I0609295

# ESSAIS

DE

# MONTAIGNE.

2123
BA.

IMPRIMERIE DE E. DUVERGER,
RUE DE VERNEUIL, N° 4.

# ESSAIS

## DE

# MONTAIGNE.

### NOUVELLE ÉDITION,

COLLATIONNÉE SUR LES MEILLEURS TEXTES.

## PARIS.

FURNE, LIBRAIRE-ÉDITEUR,
QUAI DES AUGUSTINS, N° 59;

DE BURE, LIBRAIRE,
RUE DE BUSSY, N° 50.

M DCCC XXXI.

C.

# ÉLOGE DE MONTAIGNE[1].

Dans tous les siècles où l'esprit humain se perfectionne par la culture des arts, on voit naître des hommes supérieurs qui reçoivent la lumière et la répandent, et vont plus loin que leurs contemporains, en suivant les mêmes traces. Quelque chose de plus rare, c'est un génie qui ne doive rien à son siècle, ou plutôt qui, malgré son siècle, par la seule force de sa pensée, se place de lui-même à côté des écrivains les plus parfaits, nés dans les temps les plus polis : tel est Montaigne. Penseur profond sous le règne du pédantisme, auteur brillant et ingénieux dans une langue informe et grossière, il écrit avec le secours de sa raison et des anciens : son ouvrage reste, et fait seul toute la gloire littéraire d'une nation, et lorsque, après longues années, sous les auspices de quelques génies sublimes qui s'élancent à la fois, arrive enfin l'âge du bon goût et du talent, cet ouvrage, long-temps unique, demeure toujours original; et la France, enrichie tout à coup de tant de brillantes merveilles, ne sent pas refroidir son admiration pour ces antiques et naïves beautés. Un siècle nouveau succède, aussi fameux que le précédent, plus éclairé peut-être, plus exercé à juger, plus difficile à satisfaire, parce qu'il peut comparer davantage : cette seconde épreuve n'est pas moins favorable à la gloire de Montaigne. On l'entend mieux, on l'imite plus hardiment; il sert à rajeunir la littérature, qui commençait à s'épuiser; il inspire nos plus illustres écrivains, et ce philosophe du siècle de Charles IX semble fait pour instruire le dix-huitième siècle.

Quel est ce prodigieux mérite qui survit aux variations du langage, aux changements des mœurs? c'est le naturel et la vérité : voilà le charme qui ne peut vieillir. Et ce n'est pas seulement de siècle en siècle, et à de longs intervalles, que le goût change, et que les ouvrages éprouvent des fortunes diverses : dans la vie même de l'homme, il est une période où, détrompés de ce monde idéal que les passions formaient autour de nous, ne sachant plus excuser des illusions qui ne se retrouvent plus dans nos cœurs, perdant l'enthousiasme avec la jeunesse, et réduits à ne plus aimer que la raison, nous devenons moins sensibles aux plus éclatantes beautés de l'éloquence et de la poésie. Mais qui pourroit se lasser d'un livre *de bonne foy*[2] écrit par un homme de génie ? Ces épanchements familiers de l'auteur, ces révélations inattendues sur de grands objets et sur des bagatelles, en donnant à ses écrits la forme d'une longue confidence, font disparoître la peine légère que l'on éprouve à lire un ouvrage de morale. On croit converser; et comme la conversation est piquante et variée, que souvent nous y venons à notre tour, que celui qui nous instruit a soin de nous répéter, *ce n'est pas icy ma doctrine, c'est mon étude*, nous avoue ses foiblesses, pour nous convaincre des nôtres, et nous corrige sans nous humilier, jamais on ne se lasse de l'entretien.

## PREMIÈRE PARTIE.

L'homme, dès qu'il sut réfléchir, s'étonna de lui-même, et sentit le besoin de se connoître. Les premiers sages furent ceux qui s'occupèrent de cette im-

(1) Ce discours a remporté le prix d'Éloquence décerné par la classe de la Langue et de la Littérature françoises, dans la séance du 25 mars 1812.
(2) Expression de Montaigne.

*a*

portante étude. Ils voulurent d'abord
pénétrer trop avant; de là tous les rêves
de l'antiquité, quand elle espéra lever le
voile mystérieux qui cache l'origine et
les destinées de l'homme. Ses efforts furent plus heureux dans des recherches
moins ambitieuses. Socrate, dit-on, ramena le premier la philosophie sur la
terre. Il en fit une science usuelle qui
s'appliquoit à nos besoins et à nos foiblesses, science d'observation et de raisonnement qui nous prenoit tels que nous
sommes, pour nous rendre tels que nous
devons être, et nous étudioit pour nous
corriger. Considérée sous ce point de
vue, la morale ne peut se trouver que
chez les peuples civilisés; elle suppose
des esprits développés par l'exercice de
la réflexion, et des caractères mis en jeu
par les rapports de la vie sociale. Aussi
la voyons-nous passer de la Grèce dans
Rome, lorsque Rome victorieuse fut devenue savante et polie. Mais, depuis la
chute de l'empire romain, cette science,
il faut l'avouer, resta long-temps ignorée
des peuples de l'Europe. Le pédantisme
et la superstition ne sont guère favorables à l'étude réfléchie que l'esprit humain fait sur lui-même; et la scholastique est bien loin de la morale.

En Italie même, où le génie des arts
fut si précoce, la saine raison tarda long-
temps à paroître, et, pour la trouver en
France, il faudroit aller jusqu'aux belles
années de Louis-le-Grand, si Montaigne
n'avoit paru dès le seizième siècle.

Né d'un père qui admiroit la science,
sans la juger, sans s'y connoître, et vouloit donner à son fils un bien dont il étoit
privé lui-même, il eut, dès le berceau,
un précepteur à côté de sa nourrice, et
apprit, pour ainsi dire, à bégayer dans
la langue latine. Cette première facilité
détermina son goût pour la lecture, et
le jeta naturellement dans l'étude de
l'antiquité, qui présentoit à son esprit,
avide de savoir, des plaisirs toujours nouveaux, sans le fatiguer par les efforts

qu'exige l'intelligence d'un idiome étranger.

Poètes, orateurs, historiens, philosophes, il dévore tout avec une égale ardeur. Il va de Rome dans la Grèce, qu'il
ne connut jamais aussi bien, parce qu'il
ne la connut pas dès l'enfance; mais il
trouve dans Amyot un interprète agréable, un guide auquel il aime à se confier.
Une imagination vive et curieuse lui fait
parcourir mille objets; une disposition
particulière de son esprit lui fait observer tout ce qui se rapporte à l'homme,
ses lois, ses mœurs, ses coutumes, et
l'intéresse non-seulement à l'histoire
générale, mais, pour ainsi dire, aux
anecdotes de l'espèce humaine. Enfin,
parvenu à l'âge mûr, il s'amuse à se rappeler tout ce qu'il a vu, senti, pensé,
découvert en soi-même ou dans les autres. Il jette ses idées dans l'ordre, ou
plutôt dans le désordre où elles se présentent, tantôt s'élevant aux plus sublimes
spéculations de l'ancienne philosophie,
tantôt descendant aux plus simples détails de la vie commune, parlant de tout,
se mêlant toujours lui-même à ses discours, et faisant de cette espèce d'é-
goïsme, si insupportable dans les livres
ordinaires, le plus grand charme du sien.

L'ouvrage de Montaigne est un vaste
répertoire de souvenirs, et de réflexions
nées de ces souvenirs. Son inépuisable
mémoire met à sa disposition tout ce que
les hommes ont pensé. Son jugement,
son goût, son instinct, son caprice
même, lui fournissent à tout moment
des pensées nouvelles. Sur chaque sujet, il commence par dire tout ce qu'il
sait, et, ce qui vaut mieux, il finit par
dire ce qu'il croit. Cet homme qui, dans
la discussion, cite toutes les autorités,
écoute tous les partis, accueille toutes
les opinions, lorsqu'enfin il vient à dé-
cider, ne consulte plus que lui seul, et
donne son avis, non *comme bon, mais
comme sien.* Une telle marche est longue,
mais elle est agréable, elle est instruc-

tive, elle apprend à douter ; et ce commencement de la sagesse en est quelquefois le dernier terme. Peut-être aussi cette manière de composer convenoit mieux au caractère de Montaigne, ennemi d'un long travail et d'une application soutenue. Il parle beaucoup de morale, de politique, de littérature ; il agite à la fois mille questions ; mais il ne propose jamais un système. Sa réserve tient à sa paresse autant qu'à son jugement. Il lui en coûteroit de poser des principes, de tirer des conséquences, et d'établir, à force de raisonnements, la vérité, ou ce que l'on prend pour elle. Cette entreprise lui paroîtroit trop laborieuse, et la justesse de son esprit l'avertit que souvent elle ne seroit pas moins inutile que téméraire. Il aime mieux se borner à ce qu'il voit au moment où il parle, et semble vouloir n'affirmer qu'une chose à la fois. Ce n'est pas le moyen de faire secte ; aussi jamais philosophe n'en fut plus éloigné que Montaigne. Il dit trop naïvement et le pour et le contre. Au moment où vous croyez tenir sa pensée, vous êtes déconcerté par un changement soudain, qu'au reste il ne prévoyoit pas lui-même plus que vous. Une pareille incertitude, qui prouve plus de franchise que de foiblesse, n'auroit pas dû, ce semble, exciter la sévère indignation de Pascal. Cet inexorable moraliste, si grand par son génie encore au-dessus de ses ouvrages, ne craint pas d'affirmer que Montaigne, *met toutes choses dans un doute si universel et si général, que, l'homme doutant même s'il doute, son incertitude roule sur elle-même dans un cercle perpétuel et sans repos.*

Pascal n'abuse-t-il pas ici de la puissance de son imagination pour imposer à notre foiblesse par l'énergie de la parole ? Quel est ce fantôme d'incrédulité qu'il prend plaisir à élever lui-même, pour l'écraser aisément sous le poids de son invincible éloquence ? Où peut-il donc trouver dans les aveux d'un philo-

sophe si ingénieux et si modeste cet incorrigible pyrrhonien, poursuivi par le doute jusque dans son doute même, et changeant de folie, sans pouvoir en guérir ? Montaigne n'a jamais douté ni de Dieu ni de la vertu. L'apologie de Raymond de Sébonde renferme la plus éloquente profession de foi sur l'existence de la divinité ; et les orateurs sacrés n'ont jamais peint avec plus de force les tourments du vice, et la joie de la bonne conscience. Du reste, Montaigne trouve dans la nature de l'homme de terribles difficultés et d'inconcevables mystères ; il regarde en pitié les erreurs de notre raison, la foiblesse et l'incertitude de notre entendement ; il affecte un moment de nous ravaler jusqu'aux bêtes, et Pascal l'approuve alors. Ce sublime contempteur des misères de l'homme triomphe de voir *la superbe raison froissée par ses propres armes. Il aimeroit*, dit-il, *de tout son cœur le ministre d'une si grande vengeance*[1]. Pourquoi donc, ô Pascal, défendiez-vous tout à l'heure à un sage de se défier de cette raison que vous-même reconnoissez si foible et si trompeuse ? Voulez-vous maintenant le conduire, par l'impuissance de penser, à la nécessité de croire ? et vous semble-t-il qu'il soit besoin de lui arracher le flambeau de la raison pour le précipiter dans la foi ?

La métaphysique de Montaigne se réduit donc à un petit nombre de vérités essentielles, qui demandent peu d'efforts pour être saisies. Sur tout le reste il est dans l'ignorance, et il ne s'en fâche pas. Peut-être seulement a-t-il le tort de rapporter avec trop de complaisance les opinions de ceux qui n'ont pas craint d'expliquer tant de choses qu'ils n'entendaient pas mieux que lui. Mais son incertitude, son *incuriosité*[2] se fait-elle sentir dans les principes de sa morale ? A-t-il les mêmes doutes lorsqu'il s'agit de nos devoirs ?

(1) Pensées de Pascal, chap. XI.
(2) Expression de Montaigne.

Comme il siéroit mal d'employer l'art des rhéteurs avec un écrivain qui s'en est tant moqué, nous avouerons que, si l'on peut disculper sa philosophie d'un pyrrhonisme absolu, sa morale tient beaucoup de l'école d'Épicure. Sans doute il vouloit qu'elle fût plus d'usage. Cette philosophie sublime, qui veut changer l'homme au lieu de le régler, en lui présentant pour modèle la perfection désespérante d'une vertu idéale, le dispense trop souvent de la réaliser : la leçon ne paroît pas faite pour nous : l'exemple est pris dans une autre nature : on peut l'admirer ; mais chacun trouve en soi le droit de ne pas l'imiter. Si vous voulez qu'on tâche d'atteindre au but, ne le mettez pas hors de la portée commune. Le sage, pour faire monter la foule jusqu'à lui, doit se pencher vers elle. C'est le mouvement naturel de Montaigne. Il vient à nous le premier, en nous montrant les imperfections de son esprit, ses erreurs, ses torts, ses petitesses ; mais jamais il n'a rien de bas ni de criminel à nous révéler ; et ce bonheur, ou cette discrétion, me paroît plus utile pour le lecteur que la franchise trop peu mesurée de Rousseau. J'apprends dans les aveux du premier quelles peuvent être les fautes d'un honnête homme ; et, si j'apprends à les excuser, en revanche je m'habitue à ne pas en concevoir d'autres ; mais je craindrois, en lisant Rousseau, d'arrêter trop long-temps mes regards sur de coupables foiblesses, qu'il faut toujours tenir loin de soi, et dont la peinture trop fidèle est plus dangereuse pour le cœur qu'elle n'est instructive pour la raison.

Montaigne, je l'avoue, ne connoît pas l'art d'anéantir les passions ; il réclameroit volontiers, avec La Fontaine, contre cette philosophie rigide qui *fait cesser de vivre avant que l'on soit mort*. Il aime à vivre, c'est-à-dire à goûter les plaisirs que permet la nature bien ordonnée. Pour moi, dit-il, *j'aime la vie et la cul-*

*tive telle qu'il a plu à Dieu nous l'octroyer.* Il croit que c'est le parti de la sagesse, et qu'on seroit coupable autant que malheureux de se refuser l'usage des biens que nous avons reçus en partage. *On fait tort à ce grand et tout-puissant donneur, de refuser son don, l'annuller et desfigurer. Tout bon, il a fait tout bon.* Ces maximes peuvent être rejetées par quelques esprits austères, qui ne conçoivent pas de vertu sans combat, et jugent du mérite par l'effort. Elles pourroient être dangereuses pour quelques ames ardentes et passionnées, que leurs désirs emporteroient trop loin, et qui doivent être retenues, parce qu'elles ne savent pas s'arrêter. Mais Montaigne s'adresse à ceux qui, comme lui, éprouvent plutôt les foiblesses que les fureurs des passions ; et c'est le grand nombre. Il est le conseiller qui leur convient. Il ne les effraie pas sur leurs fautes, qui lui paroissent une conséquence de leur nature. Il ne s'indigne pas de cette alternative de bien et de mal, qu'il regarde comme une foiblesse dont il trouve l'explication en lui-même. Il ne désespère personne, il n'est mécontent ni de lui, ni des autres. Ses principes ne sont jamais sévères : s'ils pouvoient l'être, ses exemples seroient là pour nous défendre et nous rassurer. Il ne cherche donc pas à nous faire peur du vice, peut-être ne croit-il pas en avoir le droit : mais il s'efforce de nous séduire à la vertu, qu'il appelle *qualité plaisante et gaie.* Pour dernier terme, il nous propose le plaisir, et c'est au bien qu'il nous conduit.

La morale de Montaigne n'est pas sans doute assez parfaite pour des chrétiens : il seroit à souhaiter qu'elle servît de guide à tous ceux qui n'ont pas le bonheur de l'être. Elle formera toujours un bon citoyen et un honnête homme. Elle n'est pas fondée sur l'abnégation de soi-même ; mais elle a pour premier principe la bienveillance envers les autres, sans distinction de pays, de mœurs, de croyance religieuse. Elle nous instruit à chérir le gouvernement sous lequel nous vivons, à respecter les lois auxquelles nous sommes soumis, sans mépriser le gouvernement et les lois des autres nations, nous avertissant de ne pas croire que nous ayons seuls le dépôt de la justice et de la vérité. Elle n'est pas héroïque, mais elle n'a rien de foible; souvent même elle agrandit, elle transporte notre ame par la peinture des fortes vertus de l'antiquité, par le mépris des choses mortelles, et l'enthousiasme des grandes vérités. Mais bientôt elle nous ramène à la simplicité de la vie commune, nous y fixe par un nouvel attrait, et semble ne nous avoir élevés si haut dans ses théories sublimes, que pour nous réduire avec plus d'avantage à la facile pratique des devoirs habituels et des vertus ordinaires.

Ces divers principes de conduite ne sont jamais, chez Montaigne, énoncés en leçons; il a trop de haine pour le ton doctoral; mais c'est le résumé des confidences qu'il laisse échapper en mille endroits. Il nous dit ce qu'il fait, ce qu'il voudroit faire. Il nous peint ce qu'il appelle sa vertu, confessant que c'est bien peu de chose, et que tout l'honneur en appartient à la nature plutôt qu'à lui. On a trouvé de l'orgueil dans cette méthode d'un homme qui rappelle tout à soi, et se fait centre de tout; elle n'est que raisonnable, et porte sur une vérité: tous les hommes se ressemblent au fond. Malgré les différences que met entre eux l'inégalité des talents, des caractères et des conditions, il est, si je puis parler ainsi, un air de famille commun à tous. A mesure qu'on a plus d'esprit, on trouve, dit Pascal, qu'il y a plus d'hommes originaux. N'est-il pas également vrai de dire qu'avec plus d'esprit encore on découvriroit l'homme original, dont tous les hommes ne sont que des nuances et des variétés qui le reproduisent avec diverses altérations, mais ne le dénaturent jamais? Voilà ce que Montaigne a voulu

trouver, et ce qu'il ne pouvoit chercher qu'en lui-même. C'est ainsi qu'il nous jugeoit en s'appréciant, et qu'il faisoit notre histoire en nous racontant la sienne. Mais en même temps qu'il étudie dans lui-même le caractère de l'homme, il étudie dans tous les hommes les modifications sans nombre dont ce caractère est susceptible. De là tant de récits sur tous les peuples du monde, sur leurs religions, leurs lois, leurs usages, leurs préjugés; de là cette immense collection d'anecdotes antiques et modernes sur tous sujets et en tous genres; entreprises hardies, sages conseils, exemples de vices ou de vertus, fautes, erreurs, foiblesses, pensées ou paroles remarquables. De là cette foule sans nombre de figures différentes qui passent tour à tour devant nos yeux, depuis les philosophes d'Athènes jusqu'aux sauvages du Canada. Placé au milieu de ce tableau mouvant, Montaigne voit et entend tous les personnages, les confrontant avec lui-même, et se persuadant de plus en plus que la coutume décide presque de tout; qu'il n'y a du reste qu'un petit nombre de choses assurées qu'il faut croire, quelques choses probables qu'il faut discuter, beaucoup de choses convenues qu'il faut respecter pour le bien général.

Mais si le scepticisme de Montaigne, plus modéré que celui de tant d'autres philosophes, ne touche jamais aux principes conservateurs de l'ordre social, sa raison en a d'autant plus de force pour attaquer les préjugés ridicules ou funestes dont ses contemporains étoient infatués; et d'abord n'oublions pas que le siècle de Montaigne étoit encore le temps de l'astrologie, des sorciers, des faux miracles, et de ces guerres de religion, les plus cruelles de toutes; n'oublions pas que les hommes les plus respectables partageoient les erreurs et la crédulité du vulgaire; et qu'enfin, écrivant plusieurs années après l'auteur des *Essais*, le judicieux de Thou rapportoit, et croyoit peut-être toutes les absurdités merveilleuses qui font rire de pitié dans un siècle éclairé. Combien aimerons-nous alors que Montaigne sache trouver la cause de tant d'erreurs dans notre curiosité et dans notre vanité! S'agit-il d'un fait incroyable, Nous disons : *Comment est-ce que cela se fait* [1] *?* Et nous découvrons une raison; mais *se fait-il? eût été mieux dit.* Une fois persuadés, nous croyons que *c'est ouvrage de charité de persuader les autres, et, pour ce faire, chacun ne craint pas d'ajouter de son invention autant qu'il en voit être nécessaire à son conte, pour suppléer à la résistance et au défaut qu'il pense être en la conception d'autruy* [2]. Et c'est ainsi que les sottises s'accréditent et se perpétuent. Il est des sottises qui ne sont que ridicules; il en est d'affreuses. Montaigne se moque des unes, et combat les autres avec les armes de la raison et de l'humanité. Il plaint ces malheureuses victimes de la superstition de leurs juges et de la leur, qui s'attribuoient un pouvoir sacrilége sur toute la nature, et ne pouvoient échapper aux flammes du bûcher.

On a beaucoup parlé des paradoxes de Montaigne. Quelques-uns surtout ont reçu de la plume d'un écrivain éloquent une célébrité nouvelle, qui nous oblige d'en rendre à leur véritable auteur ou la gloire ou le blâme. Personne n'ignore que, dans la fameuse question proposée par l'Académie de Dijon, le philosophe génevois, en se déclarant avec une sorte d'animosité le détracteur des sciences et des arts, en affectant de les accuser en son nom, ne fait cependant que répéter les reproches que l'auteur des *Essais* avoit allégués deux siècles avant lui. J'ajouterai qu'en les répétant il les exagère, et que, voulant faire un système de ce qui n'est chez son modèle qu'une opinion hasardée par caprice, comme tant d'autres, il s'éloigne plus de la vérité, et tombe dans une plus choquante erreur. Il est permis d'être sévère avec Rous-

seau; la plus rigoureuse censure n'atteindra jamais jusqu'à sa gloire; ses admirateurs même peuvent lui reprocher, en général, d'outrer les idées qu'il emprunte. Si Montaigne nous dit, avec autant de vérité que de bonhomie : *Nous avons abandonné nature, et lui voulons apprendre sa leçon, elle qui nous menoit si heureusement et si sûrement*, Rousseau ne craint pas de nous redire : *Tout est bien, sortant des mains de l'auteur des choses, tout dégénère entre les mains de l'homme.* C'est ainsi que l'Émile peut souvent paroître une exagération des idées de Montaigne, sur l'éducation de l'enfance et l'art de former les hommes.

Ce n'est pas que, sur plusieurs points de cet intéressant sujet, Rousseau ne mérite notre reconnoissance, pour avoir renouvelé, avec toutes les séductions de son talent, des vérités utiles et trop négligées. La nécessité de diriger avec soin les premières années de l'enfance, de prendre ses inclinations dès le berceau, et de les conduire, ou plutôt de les laisser aller au bien, sans gêne et sans effort; la grande importance de l'éducation physique, les exercices du corps tournant au profit de l'ame, l'art de former la raison en l'accoutumant à se faire des idées plutôt que d'en recevoir, l'inutilité des études qui n'occupent que la mémoire, le secret de faire trouver les choses au lieu de les montrer, tant d'autres idées qui n'en sont pas moins vraies pour être peu suivies, ont heureusement passé des écrits de Montaigne dans l'ouvrage de Rousseau.

Montaigne haïssoit le pédantisme; mais il aimoit la science, quoiqu'il en ait médit quelquefois. Il convient que *c'est un grand ornement et un outil de merveilleux service.* Cependant ce qu'il exige avant tout dans un gouverneur, c'est le jugement. *Je veux*, dit-il, *qu'il ait plutôt la*

(1) Montaigne.
(2) Montaigne.

*tête bien faite que bien pleine.* Quand le gouverneur aura formé le jugement de son élève, il peut lui permettre l'étude de toutes les sciences. *Notre ame s'élargit, d'autant plus qu'elle se remplit.* Ce langage n'est pas celui d'un ennemi des lettres. Et comment Montaigne auroit-il pu se défendre de les aimer ? Elles firent l'occupation et le charme de sa vie ; elles élevèrent sa raison au-dessus de celle de ses contemporains, qui les étudioient aussi, mais qui ne savoient pas s'en servir. Elles firent de lui un sage ; et, ce qu'il estimoit peut-être bien plus, elles en firent un homme heureux.

Telle est l'idée que je me forme de Montaigne, considéré comme philosophe et comme moraliste ; jamais d'exagération, jamais de système orgueilleusement chimérique ; quelquefois des idées incertaines, parce qu'il y a beaucoup d'incertitude dans l'esprit humain ; toujours une candeur et une bonne foi qui feroient pardonner l'erreur même.

Quand je me représente ces divers caractères, trop foiblement crayonnés dans un éloge imparfait, et que j'essaie d'embrasser d'une seule vue ce talent si varié, si naturel, cette imagination si vraie et si vive, je suis frappé de plusieurs ressemblances sensibles que j'aperçois entre Montaigne et l'un de nos plus célèbres écrivains, le seul que l'on ne puisse comparer à personne. Je ne sais si je m'abuse ; je crains qu'un parallèle ne semble toujours un lieu commun, et qu'un rapprochement de Voltaire et de Montaigne ne soit au moins un paradoxe. Mais, en écartant les plus brillantes productions de Voltaire, en ne choisissant qu'une seule partie de sa gloire, ses Mélanges de métaphysique et de morale, ne découvre-t-on pas en effet plusieurs rapports remarquables entre deux hommes si différents ? Des deux côtés, je vois une vaste lecture, une immense variété de souvenirs, et cette même mobilité d'imagination qui passe rapidement sur chaque objet, dans l'impatience de les parcourir tous à la fois. Des deux côtés, je suis étonné de tout le chemin que je fais en quelques instants, et du grand nombre d'idées que je trouve en quelques pages. Tous deux se montrent doués d'une raison supérieure. Montaigne, aussi vif, et cependant plus verbeux, plus diffus ; c'est le tort de son siècle : Voltaire, quelquefois moins profond, a toujours plus de justesse et de netteté ; c'est le mérite du sien. Tous deux ont connu les foiblesses et les inconséquences de l'homme ; tous deux rient de l'espèce humaine : le rire de Voltaire est plus amer, ses railleries plus cruelles. Tous deux cependant respirent l'amour de l'humanité. Celui de Voltaire est plus ardent, plus courageux, plus infatigable. On connoît assez la haine de l'un et de l'autre pour le charlatanisme et l'hypocrisie. Montaigne a mieux su s'arrêter. Voltaire confond trop souvent les objets les plus saints de la vénération publique avec de vaines superstitions que l'on doit détruire par le ridicule. Tous deux ont pensé hardiment, et ont exprimé franchement leurs pensées. La franchise de Voltaire est plus maligne, et celle de Montaigne plus naïve ; mais tous deux ont oublié trop souvent la décence dans les idées et même dans l'expression ; et nous devons leur en faire un reproche ; car le plus grand tort du génie, c'est de faire rougir la pudeur et d'offenser la vertu.

## SECONDE PARTIE.

Si Montaigne n'avoit que le mérite assez rare de dire souvent la vérité, il auroit, on peut le croire, comme Charron son imitateur, obtenu plus d'estime que de succès, et plus d'éloges que de lecteurs. Ceux même qui se piquent d'aimer avant tout la raison, veulent encore qu'elle soit assez ornée pour être agréable ; et l'on ne cherche pas l'instruction dans un livre où l'on craint de trouver l'ennui. Montaigne plaît, amuse, intéresse par la naïveté, l'énergie, la richesse de son style et les vives images dont il colore sa pensée. Ce charme se fait sentir aux hommes qui n'ont jamais réfléchi sur les secrets de l'art d'écrire ; mais il mérite d'être particulièrement analysé par tous ceux qui font leur étude de cet art si difficile, même pour le génie.

Je sais que l'on pourroit attribuer une partie du plaisir que donne le style de Montaigne à l'ancienneté de son langage. L'élégant Fénélon lui-même regrettoit quelquefois l'idiome de nos pères. Il y trouvoit je ne sais quoi *de court, de naïf, de hardi, de vif et de passionné.* On doit avouer en effet que les priviléges, ou plutôt les licences du vieux françois, le retranchement des articles, l'usage des inversions, la hardiesse habituelle des tours, le grand nombre d'expressions proverbiales que les livres empruntoient à la conversation, l'abondance des termes et la facilité de les employer tous sans blesser la bienséance, tant d'autres libertés que nous avons remplacées par des entraves, favorisoient l'écrivain, et donnoient au style un air d'aisance et d'enjouement qui charme dans les sujets badins, et pourroit offrir un amusant contraste dans les sujets sérieux. Cependant la langue françoise n'avoit encore réussi que dans les *joyeussetés folâtres.* Ronsard égaroit son talent par une imitation maladroite des langues anciennes, et Amyot n'avoit pu rendre que par une heureuse naïveté la précision énergique et l'élégance audacieuse de Plutarque. Il nous est donc permis de dire avec Voltaire : *Ce n'est pas le langage de Montaigne, c'est son imagination qu'il faut regretter.* Je ne dissimulerai pas cependant que ces expressions d'un autre siècle, ces formes antiques, et pour ainsi dire ce premier débrouillement d'une langue aujourd'hui perfectionnée peut-être jusqu'au point d'être affaiblie, présentent

un intérêt de curiosité qui peut inviter à la lecture. Mais l'emploi si naturel, les alliances si hardies, les effets si pittoresques de ces termes surannés ; ces coupes savantes, ces mots pleins d'idées, ces phrases où, par la force du sens, l'auteur a trouvé l'expression qui ne peut vieillir et deviné la langue de nos jours, voilà ce que l'on admire dans Montaigne, voilà ce qu'il n'a pas reçu de son idiome encore rude et grossier, mais ce que lui a donné son génie.

L'imagination est la qualité dominante du style de Montaigne. Cet homme n'a point de supérieur dans l'art de peindre par la parole. Ce qu'il pense, il le voit ; et par la vivacité de ses expressions, il le fait briller à tous les yeux. Telle est la prompte sensibilité de ses organes et l'activité de son ame. Il rendoit les impressions aussi fortement qu'il les recevoit.

Le philosophe Malebranche, tout ennemi qu'il étoit de l'imagination, admire celle de Montaigne, et l'admire trop peut-être ; il veut qu'elle fasse seule le mérite des *Essais,* et qu'elle y domine au préjudice de la raison. Nous n'accepterons pas un pareil éloge. Montaigne se sert de l'imagination pour produire au dehors ses sentiments tels qu'ils sont empreints dans son ame. Sa chaleur vient de sa conviction, et ses paroles animées sont nécessaires pour conserver toute sa pensée, et pour exprimer tous les mouvements de son esprit. Quand je vois *ces braves formes de s'expliquer si visves et si profondes, je ne dis pas que c'est bien dire ; je dis que c'est bien penser* [1].

Il est vrai que, lorsqu'il s'agit simplement de décrire et de montrer les objets, l'imagination n'a pas besoin du raisonnement, mais elle est toujours dans la dépendance du goût qui lui défend d'outrer la nature, et souvent ne lui permet pas de la peindre tout entière. Dirons-nous

_____

(1) Montaigne.

que, dans cette partie de l'art d'écrire, l'auteur des *Essais* soit toujours irréprochable? Non, sans doute; et l'on peut, dans quelques traits échappés à son pinceau trop libre et trop hardi, découvrir quelquefois la marque d'un siècle grossier, dont la barbarie perce jusque dans la sagesse du grand homme qui devoit la réformer. Mais que de beautés inimitables couvrent et font disparoître ce petit nombre de fautes! quelle abondance d'images! quelle vivacité de couleurs! quel cachet d'originalité! combien l'expression est toujours à lui, lors même qu'il emprunte l'idée! *Les abeilles pillottent de çà, de là, les fleurs; mais elles en font après le miel qui est tout leur : ce n'est plus thym ni marjolaine.* Voilà Montaigne. C'est ainsi que les pensées et les images des auteurs anciens, fondues sans cesse dans ses écrits, sans perdre rien de leur force et de leur élévation, y prennent un caractère qui n'appartient qu'à sa plume.

Montaigne, si je puis m'exprimer ainsi, décrit la pensée, comme il décrit les objets, par des détails animés qui la rendent sensible aux yeux. Son style est une allégorie toujours vraie, où toutes les abstractions de l'esprit revêtent une forme matérielle, prennent un corps, un visage, et se laissent en quelque sorte toucher et manier. S'il veut nous donner une idée de la vertu, il la placera dans *une plaine fertile et fleurissante, où qui en sait l'adresse peut arriver par des routes gazonnées, ombrageuses et doux fleurantes.* Il prolongera cette peinture avec la plus étonnante facilité d'expression; et, quand il l'aura terminée, pour en augmenter l'effet par le contraste, il nous montrera dans le lointain la chimérique vertu des philosophes *sur un rocher à l'écart, parmi des ronces, fantosme à effrayer les gens.*

Je céderois au plaisir facile de citer beaucoup un écrivain qu'on aimera toujours mieux entendre que son panégyriste; mais à quels traits dois-je m'arrêter

de préférence, dans un ouvrage où tous les chapitres présentent des beautés diversement originales? C'est la manière de Montaigne qu'il faudroit citer. Je choisis une phrase énergique, ou spirituelle, ou gracieuse. Je lis encore, et je rencontre bientôt une nouvelle surprise non moins piquante que la première. Rien n'est semblable, et l'impression n'est pas moins vive. En effet, l'auteur des *Essais*, dans un travail libre et sans suite, n'écrivant que lorsqu'il se sent animé par sa pensée, son expression ne peut jamais foiblir; et dès qu'il conçoit une idée, son style se prête à toutes les métamorphoses, pour la rendre plus heureusement. Ainsi, toujours renvoyé d'une page à l'autre, incertain où fixer mon admiration, chaque fois que j'ouvre le livre je découvre quelque chose de plus dans l'auteur, et je désespère de pouvoir jamais saisir ni peindre un écrivain qui, non moins varié que fécond, se renouvelle même en se répétant. Cependant ces différences sans nombre peuvent être ramenées à un principe, l'imitation des grands écrivains de l'ancienne Rome; et je ne crains pas d'assurer que l'on retrouveroit dans le génie commun de leur langue, et dans l'usage divers qu'ils en ont fait, tous les secrets de l'idiome de Montaigne. On sait avec quelle constance il avoit étudié ces grands génies, combien il avoit vécu dans leur commerce et dans leur intimité. Doit-on s'étonner que son ouvrage porte, pour ainsi dire, leur marque, et paroisse, du moins pour le style, écrit sous leur dictée? Souvent il change, modifie, corrige leurs idées. Son esprit, impatient du joug, avoit besoin de penser par lui-même; mais il conserve les richesses de leur langage et les graces de leur diction. L'heureux instinct qui le guidoit lui faisoit sentir que, pour donner à ses écrits le caractère de durée qui manquoit à sa langue, trop imparfaite pour être déjà fixée, il falloit y transporter, y natura-

*b*

liser en quelque sorte les beautés d'une autre langue qui, par sa perfection, fût assurée d'être immortelle, ou plutôt, l'habitude d'étudier les chefs-d'œuvre de la langue latine le conduisoit à les imiter. Il en prenoit à son insu toutes les formes, et se faisoit Romain sans le vouloir. Quelquefois, réglant sa marche irrégulière, il semble imiter Cicéron même : sa phrase se développe lentement, et se remplit de mots choisis qui se fortifient et se soutiennent l'un l'autre dans un enchaînement harmonieux. Plus souvent, comme Tacite, il *enfonce*[1] profondément la *signification* des mots, met une idée neuve sous un terme familier, et, dans une diction fortement travaillée, laisse quelque chose d'inculte et de sauvage. Il a le trait énergique, les sons heurtés, les tournures vives et hasardées de Salluste, l'expression rapide et profonde, la force et l'éclat de Pline l'ancien. Souvent aussi, donnant à sa prose toutes les richesses de la poésie, il s'épanche, il s'abandonne avec l'inépuisable facilité d'Ovide, ou respire la verve et l'âpreté de Lucrèce. Voilà les diverses couleurs qu'il emprunte de toutes parts, pour tracer des tableaux qui ne sont qu'à lui.

Souvent on se forme une idée générale sur la manière d'un écrivain, d'après une qualité particulière qui se fait remarquer dans son style. On cite toujours le naturel et la bonhomie de Montaigne; et sans doute l'auteur des *Essais* se montroit bonhomme lorsqu'il parloit de lui et qu'il nous disoit quel vin il aimoit le mieux. Il se servoit d'un *parler* simple et naïf, *tel sur le papier qu'à la bouche*[2]; mais il ne se servoit pas moins naturellement du langage le plus fort, le plus précis, et quelquefois même le plus magnifique, lorsqu'il étoit emporté par le souvenir d'un grand sentiment, d'une action noble et généreuse. N'est-ce pas dans Montaigne que je trouve la peinture de l'homme de cœur qui *tombe obstiné en son*

courage; qui, pour quelque danger de la mort voisine, ne relasche aucun point de son asseurance; qui regarde encore, en rendant l'ame, son ennemi d'une vue ferme et dédaigneuse; est battu, non pas de nous, mais de la fortune; est tué, sans être vaincu?*

Et cette phrase, auroit-elle paru foible à Démosthène? *Il y a des pertes triomphantes à l'envi des victoires; et ces quatre Victoires sœurs, de Salamine, de Platée, de Mycale, de Sicile, n'osèrent opposer toute leur gloire ensemble à la gloire de la déconfiture du roi Léonidas et des siens au pas des Thermopyles.*

Quelquefois chez Montaigne cette grandeur est portée trop loin, et se rapproche un peu de la grandeur souvent outrée de Sénèque et de Lucain. Il aimoit ces deux auteurs. Il ne haïssoit pas les images hardies jusqu'à l'exagération, les expressions éblouissantes, les coups de pinceau plus énergiques que réguliers. On doit le pardonner à l'extrême vivacité de son imagination. Malgré ce penchant naturel, dans ses jugemens littéraires, il donne toujours la préférence aux auteurs de l'antiquité qui ont réuni la pureté du goût à l'éclat du talent : Virgile est pour lui le premier des poètes; et si la philosophie de Cicéron lui paroît trop chargée de *longueries d'apprêts*, il trouve son éloquence incomparable. Quand il emprunte quelque idée brillante à Lucain ou à Sénèque, jamais il ne l'affoiblit; mais il sait presque toujours la rendre plus naturelle. Le bon sens tempéroit en lui l'imagination, et retenoit sa pensée dans de justes bornes, lors même que ses paroles trop vives et trop impétueuses s'élançoient avec une sorte d'irrégularité.

Ce bon sens qui dirige tous ses raisonnemens, qui se fait remarquer au milieu de ses saillies, et ne l'abandonne pas même dans ses caprices et dans ses écarts,

(1) Expression de Montaigne.
(2) Expression de Montaigne.

devoit lui présenter en foule ces pensées heureuses et précises que l'on aime à retenir parce qu'elles trouvent sans cesse leur application, et que l'on peut appeler les proverbes des sages. Dans ce genre, j'oserai dire qu'il a donné les plus heureux modèles d'un style dont La Rochefoucauld passe ordinairement pour le premier inventeur. Nulle part vous ne trouverez un plus grand nombre de sentences d'une brièveté énergique, où les mots suffisent à peine à l'idée qui se montre d'elle-même. Je n'essaierai pas de multiplier les exemples. On y verroit avec étonnement cette diction si riche en termes pittoresques, si chargée de circonlocutions ingénieuses, d'expressions redoublées, d'épithètes accumulées, si féconde en développements oratoires et poétiques, se resserrer tout à coup dans les bornes du plus rigoureux laconisme, et ne plus employer les paroles que pour le besoin de l'intelligence. Cet art d'être court, sans ôter rien à la justesse et à la clarté, semble une des perfections du langage humain; c'est au moins un des avantages que les langues obtiennent avec le plus de peine et le plus tard, après avoir été long-temps travaillées en tous sens par d'habiles écrivains.

Il est encore un autre mérite qui sembleroit au premier coup d'œil tenir à l'écrivain beaucoup plus qu'à l'idiome, et qui cependant ne se montre guère que dans les langues épurées et polies, dont il devient en quelque sorte le dernier raffinement; c'est l'esprit. Quel sens faut-il attacher à ce mot, ou plutôt en combien de sens divers est-il permis de l'entendre? Qu'est-ce que l'esprit? Voltaire lui-même, après en avoir prodigué les exemples, désespère de le définir et d'en indiquer toutes les formes. Toutefois, il est permis d'avancer que l'esprit, quel qu'il soit, se réduisant presque toujours à une manière de parler délicate, fine, détournée, se reproduit avec plus d'avantage à mesure que les ressources d'une

langue sont plus variées et mieux connues. Au commencement du siècle de Louis XIV, quelques hommes écrivoient avec génie; le reste ne couvroit le manque de génie par aucun agrément, et la sentence de Boileau se trouvoit de la plus rigoureuse exactitude :

Il n'est pas de degré du médiocre au pire.

Dans le siècle suivant, la littérature se rendit plus accessible : il fut permis d'être médiocre, sans être méprisable, et la foiblesse ornée avec art put mériter quelque estime. Ceux qui ne pouvoient atteindre aux grandes beautés composèrent ingénieusement de petites choses. Ceux qui ne trouvoient point de pensées neuves cherchèrent des expressions heureuses. A défaut de vastes conceptions, il fallut perfectionner les détails. On mit de l'esprit dans le style : les écrivains du second ordre en firent leur principal ornement; et les grands écrivains n'en dédaignèrent pas l'usage. Champfort ne brille que par l'esprit qu'il montre dans son style; Montesquieu en laisse beaucoup apercevoir dans le sien.

Mais ce mérite qui, bien éloigné d'être le premier de tous, exige du moins beaucoup d'art et d'étude, il est assez extraordinaire de le trouver au plus haut degré dans Montaigne, placé à une époque presque barbare, et maniant une langue dépourvue de grace et de souplesse.

Comment cet écrivain si naturel et si négligé connoît-il déjà tout le jeu des paroles, ces nuances fines et subtiles, ces rapprochements délicats, ces oppositions piquantes, ces artifices de l'art d'écrire, et, pour ainsi dire, ces ruses de style, auxquelles on a recours lorsque le siècle de l'invention est passé? En les employant quelquefois avec la délicatesse de Fontenelle, ou la malice de Duclos, il ne perd jamais la naïveté qui forme le trait le plus marqué de son caractère et de son talent; et, par un mélange difficile à concevoir, mais très réel, on trouve souvent en lui la simplicité de l'antique bonne foi et la finesse de l'esprit moderne. Pour expliquer ce problème d'un auteur qui réunit dans sa manière d'écrire celles de plusieurs siècles, il suffit de se souvenir qu'il avoit devant les yeux les divers âges de la littérature latine, et les étudioit indifféremment : il a dû nous deviner plus d'une fois, en imitant Pline le jeune. Des phrases vives et coupées, des bons mots, des traits, des épigrammes, convenoient d'ailleurs très bien dans un style décousu, qui, comme le dit l'auteur lui-même, *ne va que par sauts et par gambades.* Le désordre est souvent pénible : il faut du moins qu'il ait quelque chose d'amusant. Montaigne abuse beaucoup de son lecteur. Ces chapitres qui parlent de tout, excepté de ce que promettoit le titre, ces digressions qui s'embarrassent l'une dans l'autre, ces longues parenthèses qui donnent le temps d'oublier l'idée principale, ces exemples qui viennent à la suite des raisonnements et ne s'y rapportent pas, ces idées qui n'ont d'autre liaison que le voisinage des mots, enfin cette manie continuelle de dérouter l'attention du lecteur, pourroit fatiguer, et l'on seroit quelquefois tenté de ne plus suivre un écrivain qui ne veut jamais avoir de marche assurée : un trait inattendu nous ramène, un mot plaisant nous pique, nous réveille. Le sujet nous a souvent échappé ; mais nous retrouvons toujours l'auteur, et c'est lui que nous aimons.

Je n'ignore pas que c'est un grand ridicule de vouloir attribuer tous les genres de mérite à l'homme dont on fait l'éloge, et je ne m'arrêterois pas sur l'éloquence de Montaigne, dont la réputation peut se passer d'un nouveau titre, si j'avois été moins frappé de quelques morceaux des *Essais*, où ce grand talent de l'éloquence semble se trahir, à l'insu de l'auteur, par l'audace et la vivacité des mouvements.

Et pourquoi, en effet, la discussion d'une vérité morale intéressante pour l'humanité, le besoin de combattre une erreur honteuse, un préjugé funeste, ne pourroient-ils échauffer l'âme de l'écrivain, l'agrandir, lui communiquer cette force persuasive qui commande aux esprits, et du philosophe éclairé faire un orateur éloquent ? Le zèle de la vertu ne seroit-il pas aussi puissant que les passions ? C'est ainsi que Montaigne me paroît s'élever au-dessus de lui-même, lorsqu'il nous exhorte à fortifier notre âme contre la crainte de la mort. Son style devient noble, grave, austère : à l'imitation de Lucrèce, il fait paroître la Nature adressant la parole à l'homme ; mais le langage qu'il met dans sa bouche n'appartient qu'à lui. *Sortez*, dit-elle, *de ce monde comme vous y êtes entré ; le même passage que vous avez fait de la mort à la vie, sans passion et sans frayeur, refaites-le de la vie à la mort. Votre mort est une des pièces de l'ordre de l'univers, une pièce de la vie du monde.* Cette élévation se soutient dans tout le discours de la Nature. Il s'y mêle quelques-unes de ces pensées profondes qui forcent l'âme à se replier sur elle-même. *Si vous n'aviez la mort, vous me maudiriez sans cesse de vous en avoir privé.*

Une pareille éloquence semble appartenir à cette philosophie austère qui ne ménage point l'homme, et le poursuit sans cesse avec l'image de la dure vérité. Ce ton ne peut être habituel chez Montaigne. Il devoit porter son caractère dans ses écrits, et ce caractère, qu'il a pris tant de plaisir à nous dépeindre, se compose de foiblesse pour lui-même et d'indulgence pour les autres. Il nous excuse trop aisément, pour nous reprocher avec amertume nos fautes et nos erreurs, et il s'aime trop lui-même pour s'irriter contre les siennes. Il s'aime trop lui-même ! je n'ai pas craint de faire cet aveu : on ne peut en abuser. L'ami de La Boétie ne sera jamais exposé à l'accusation d'égoïsme. Non, l'égoïsme, ce sentiment stérile, cette passion avilissante, n'a jamais trouvé place là où régnoit la pure amitié. Il n'est pas épuisé par l'habitude de s'aimer seul, ce cœur qui conserve une si grande force d'aimer, et l'épanche avec une intarissable abondance sur l'ami qu'il s'est choisi. O La Boétie! que votre nom toujours répété serve à la gloire de votre ami; que toujours on pense avec délices à cette union de deux ames vertueuses qui, s'étant une fois rencontrées, se mêlent, se confondent pour toujours! Mais la mort vient briser des liens si forts et si doux; le plus à plaindre des deux, celui qui survit demeure frappé d'une incurable blessure; il ne fait plus que *traîner languissant:* il n'a plus de goût aux plaisirs. *Ils me redoublent*, dit-il, *le regret de sa perte. Nous étions à moitié de tout : il me semble que je lui dérobe sa part.* Deuil sacré de l'amitié, sainte et inviolable fidélité qui n'a plus pour objet qu'un souvenir! Quelle est l'ame détachée d'elle-même qui se plaît à prolonger son affliction pour honorer la mémoire de l'ami qu'elle a perdu? C'est celle de Montaigne; c'est Montaigne qui se fait une religion de sa douleur, et craint d'être troublé dans ses regrets par un bonheur où son ami ne peut plus être. On aime à rencontrer dans l'éloge d'un homme supérieur ces marques d'un caractère sensible et tendre. Elles nous donnent le droit de chérir celui que nous admirons; mais que dis-je? ces deux sentiments, l'admiration et l'amour, se confondent tellement au nom de Montaigne, que l'un disparoît presque dans l'autre. Son idée ne réveille pas en nos ames ce respect mêlé d'enthousiasme que nous inspirent les génies illustres qui ont fait la gloire des lettres. La distance nous paroît moins grande entre nous et lui. Nous sentons qu'il y a dans ses principes, dans sa conduite, quelque chose qui le rapproche de nous. Nous l'aimons comme un ami plein de candeur et de simplicité que nous serions tentés de croire notre

égal, si la supériorité de sa raison et la vivacité de son esprit ne se déceloient à chaque instant par des traits ingénieux et soudains, que toute sa bonhomie ne peut cacher à nos yeux.

Sa vie nous offre peu d'évènements; elle ne fut point agitée : c'est le développement paisible d'un caractère aussi noble que droit. La tendresse filiale, l'amitié, occupèrent ses plus belles années. Il voyagea n'étant déjà plus jeune, et n'ayant plus besoin d'expérience; mais son ame, nourrie si long-temps des souvenirs du génie antique, retrouva de l'enthousiasme à la vue des ruines de Rome. Malgré son éloignement pour les honneurs et les emplois, élu par le suffrage volontaire de ses concitoyens, il avoit rempli deux fois les fonctions de premier magistrat dans la ville de Bordeaux. Il croit que son administration n'étoit pas assez sévère : je le crois aussi. Sans doute il étoit plus fait pour étudier les hommes que pour les gouverner. C'étoit l'objet où se portoit naturellement son esprit. Il s'en occupa toujours dans le calme de la solitude et dans les loisirs de la vie privée. Les fureurs de la guerre civile troublèrent quelquefois son repos; et sa modération, comme il arrive toujours, ne put lui servir de sauvegarde. Cependant ces orages mêmes ne détruisirent pas son bonheur.

C'est ainsi qu'il coula ses jours dans le sein des occupations qu'il aimoit, libre et tranquille, élevé par sa raison au-dessus de tous les chagrins qui ne venoient point du cœur, attendant la mort sans la craindre, et voulant qu'elle le trouvât *occupé à bêcher son jardin, et non-chalant d'elle.*

Les *Essais*, ce monument impérissable de la plus saine raison et du plus heureux génie, ne furent pour Montaigne qu'un amusement facile, un jeu de son esprit et de sa plume. Heureux l'écrivain qui, rassemblant ses idées comme au hasard, et s'entretenant avec lui-même, sans songer à la postérité, se fait cependant écouter d'elle ! On lira toujours avec plaisir ce qu'il a produit sans effort. Toutes les inspirations de sa pensée, fixées à jamais par le style, passeront aux siècles à venir. Quel fut son secret ? il s'est mis tout entier dans ses ouvrages. Il jouira donc mieux que personne de cette immortalité que donnent les lettres, puisqu'en lui seul l'homme ne sera jamais séparé de l'écrivain, et que son caractère ne sera pas moins immortel que son talent.

Montaigne, te croyois-tu destiné à tant de gloire ? et n'en serois-tu pas étonné ? Tu ne parlois que de toi, tu ne voulois peindre que toi ; cependant tu fus notre historien. Tu retraças, non les formes incertaines et passagères de la société, mais l'homme tel qu'il est toujours et partout. Tes peintures ne sont pas vieillies après trois siècles ; et ces copies, si fidèles et si vives, toujours en présence de l'original qui n'a pas changé, conservant toute leur vérité, n'ont rien perdu de leur éclat, et paroissent même embellies par l'épreuve du temps. Ta naïve indulgence, ta franchise et ta bonhomie ont cessé depuis long-temps d'être

en usage : elles ne cesseront jamais de plaire, et tout le raffinement d'un siècle civilisé ne servira qu'à les rendre plus curieuses et plus piquantes. Tes remarques sur le cœur humain pénètrent trop avant pour devenir jamais inutiles. Malgré tant de nouvelles recherches et de nouveaux écrits, elles seront toujours aussi neuves que profondes. Pardonne-moi d'avoir essayé l'analyse de ton génie, sans autre titre que d'aimer tes ouvrages. Ah ! la jeunesse n'est pas faite pour apprécier dignement les leçons de l'expérience, et n'a pas le droit de parler du cœur humain qu'elle ne connoît pas. J'ai senti cet obstacle : plus d'une fois j'ai voulu briser ma plume, me défiant de mes idées, et craignant de ne pas assez entendre les choses que je prétendois louer. La supériorité de ta raison m'effrayoit, ô Montaigne ! Je désespérois de pouvoir atteindre si haut. Ta simplicité, ton aimable naturel, m'ont rendu la confiance et le courage : j'ai pensé que toi-même, si tu pouvois supporter un panégyrique, tu ne te plaindrois pas d'y trouver plus de bonne foi que d'éloquence, plus de candeur que de talent.

# ESSAIS

## DE MICHEL

# DE MONTAIGNE.

## L'AUCTEUR

### AU LECTEUR.

C'est icy un livre de bonne foy, lecteur. Il t'advertit dez l'entree que ie ne m'y suis proposé aulcune fin, que domestique et privee : ie n'y ay eu nulle consideration de ton service, ny de ma gloire ; mes forces ne sont pas capables d'un tel dessein. Ie l'ay voué à la commodité particuliere de mes parents et amis : à ce que m'ayants perdu (ce qu'ils ont à faire bientost), ils y puissent retrouver quelques traicts de mes conditions et humeurs, et que par ce moyen ils nourrissent plus entiere et plus vifve la cognoissance qu'ils ont euë de moy. Si c'eust esté pour rechercher la faveur du monde, ie me feusse paré de beautez empruntees : ie veulx qu'on m'y veoye en ma façon simple, naturelle et ordinaire, sans estude et artifice ; car c'est moy que ie peinds. Mes deffauts s'y liront au vif, mes imperfections et ma forme naïfve, autant que la reverence publique me l'a permis. Que si i'eusse esté parmy ces nations qu'on dict vivre encores soubs la doulce liberté des premieres loix de nature, ie t'asseure que ie m'y feusse tresvolontiers peinct tout entier et tout nud. Ainsi, lecteur, ie suis moy mesme la matiere de mon livre : ce n'est pas raison que tu employes ton loisir en un subiect si frivole et si vain ; adieu donc. De Montaigne, ce 12 de iuin 1580.

# LIVRE PREMIER.

## CHAPITRE I.

*Par divers moyens on arrive à pareille fin.*

La plus commune façon d'amollir les cœurs de ceulx qu'on a offensez, lors qu'ayants la vengeance en main, ils nous tiennent à leur mercy, c'est de les esmouvoir, par soubmission, à commiseration et à pitié : toutesfois la braverie, la constance et la resolution, moyens tout contraires, ont quelquesfois servy à ce mesme effect.

Edouard [1], prince de Galles, celuy qui regenta si longtemps nostre Guienne, personnage duquel les conditions et la fortune ont beaucoup de notables parties de grandeur, ayant esté bien fort offensé par les Limosins, et prenant leur ville par force, ne peut estre arresté par les cris du peuple et des femmes et enfants abandonnez à la boucherie, luy criants mercy, et se iectants à ses pieds ; iusqu'à ce que, passant tousiours oultre dans la ville, il apperceut trois gentilshommes françois qui, d'une hardiesse incroyable, soustenoient seuls l'effort de son armee victorieuse. La consideration et le respect d'une si notable vertu reboucha premierement la poincte de sa cholere ; et commencea par ces trois à faire misericorde à touts les aultres habitants de la ville.

Scanderberch, prince de l'Epire, suyvant un soldat des siens pour le tuer, ce soldat, ayant essayé par toute espece d'humilités et de supplications de l'appaiser, se resolut à toute extremité de l'attendre l'espee au poing : cette sienne resolution arresta sus bout la furie de son maistre, qui, pour luy avoir veu prendre un si honnorable party, le receut en grace. Cet exemple pourra souffrir aultre interpretation de ceulx qui n'auront leu la prodigieuse force et vaillance de ce prince là.

L'empereur Conrad troisiesme, ayant assiegé Guelphe, duc de Bavieres [2], ne voulut condescendre à plus doulces conditions, quelques viles et lasches satisfactions qu'on luy offrist, que de permettre seulement aux gentilsfemmes [3] qui estoient assiegees avecques le duc, de sortir, leur honneur sauve, à pied, avecques ce qu'elles pourroient emporter sur elles. Et elles, d'un cœur magnanime,

s'adviserent de charger sur leurs espaules leurs maris, leurs enfants, et le duc mesme. L'empereur print si grand plaisir à veoir la gentillesse de leur courage, qu'il en pleura d'ayse, et amortit toute cette aigreur d'inimitié mortelle et capitale qu'il avoit portee à ce duc ; et dez lors en avant traicta humainement luy et les siens.

L'un et l'aultre de ces deux moyens m'emporteroit ayseement ; car i'ai une merveilleuse lascheté vers la misericorde et mansuetude. Tant y a, qu'à mon advis ie serois pour me rendre plus naturellement à la compassion qu'à l'estimation : si est la pitié passion vicieuse aux Stoïcques ; ils veulent qu'on secoure les affligez, mais non pas qu'on flechisse et compatisse avecques eulx. Or ces exemples me semblent plus à propos, d'autant qu'on veoit ces ames, assaillies et essayees par ces deux moyens, en soustenir l'un sans s'esbranler, et courber soubs l'aultre. Il se peult dire que, de rompre son cœur à la commiseration, c'est l'effect de la facilité, debonnaireté et mollesse, d'où il advient que les natures plus foibles, comme celles des femmes, des enfants et du vulgaire, y sont plus subiectes ; mais, ayant eu à desdaing les larmes et les pleurs, de se rendre à la seule reverence de la saincte image de la vertu, que c'est l'effect d'une ame forte et imployable, ayant en affection et en honneur une vigueur masle et obstinee. Toutesfois, ez ames moins genereuses, l'estonnement et l'admiration peuvent faire naistre un pareil effect : tesmoing le peuple thebain, lequel, ayant mis en iustice d'accusation capitale ses capitaines, pour avoir continué leur charge oultre le temps qui leur avoit esté prescript et preordonné, absolut à toute peine [4] Pelopidas qui plioit soubs le faix de telles obiections, et n'employoit à se garantir que requestes et supplications ; et au contraire Epaminondas, qui veint à raconter magnifiquement les choses par luy faictes, et à les reprocher au peuple d'une façon fiere et arrogante, il n'eut pas le

(1) Que les Anglois nomment communément *the black prince*, le prince noir, fils d'Edouard III, roi d'Angleterre, et père de l'infortuné Richard II. Le trait suivant se trouve dans Froissart, vol. 1, chap. 289.
(2) En 1140, dans Weinsberg, ville de la Haute-Bavière.
(3) *Aux femmes de gentilshommes.*
(4) *Avec beaucoup de peine.*

cœur de prendre seulement les balotes[1] en main, et se departit l'assemblee, louant grandement la haultesse du courage de ce personnage.

Dionysius le vieil, aprez des longueurs et difficultez extremes, ayant prins la ville de Regge, et en icelle le capitaine Phyton, grand homme de bien, qui l'avoit si obstineement deffendue, voulut en tirer un tragique exemple de vengeance. Il luy dict premierement comme le iour avant il avoit faict noyer son fils, et touts ceulx de sa parenté : à quoy Phyton respondit seulement « Qu'ils en estoient d'un iour plus heureux que luy. » Aprez il le feit despouiller et saisir à des bourreaux, et le traisner par la ville, en le fouettant tres ignominieusement et cruellement, et en oultre le chargeant de felonnes paroles et contumelieuses[2] : mais il eut le courage tousiours constant, sans se perdre ; et, d'un visage ferme, alloit au contraire ramentevant[3] à haulte voix l'honnorable et glorieuse cause de sa mort, pour n'avoir voulu rendre son païs entre les mains d'un tyran ; le menaceant d'une prochaine punition des dieux. Dionysius, lisant dans les yeulx de la commune de son armee, que, au lieu de s'animer des bravades de cet ennemy vaincu, au mespris de leur chef et de son triumphe, elle alloit s'amollissant par l'estonnement d'une si rare vertu, et marchandoit de se mutiner et mesme d'arracher Phyton d'entre les mains de ses sergeants, feit cesser ce martyre, et à cachettes l'envoya noyer en la mer.

Certes c'est un subiect merveilleusement vain, divers et ondoyant, que l'homme : il est malaysé d'y fonder iugement constant et uniforme. Voylà Pompeius qui pardonna à toute la ville des Mamertins, contre laquelle il estoit fort animé, en consideration de la vertu et magnanimité du citoyen Zenon, qui se chargeoit seul de la faulte publicque, et ne requeroit aultre grace que d'en porter seul la peine : et l'hoste de Sylla, ayant usé, en la ville de Peruse, de semblable vertu, n'y gaigna rien ny pour soy ny pour les aultres.

Et, directement contre mes premiers exemples, le plus hardy des hommes et si gracieux aux vaincus, Alexandre, forceant, aprez beaucoup de grandes difficultez, la ville de Gaza, rencontra Betis qui y commandoit, de la valeur duquel il avoit pendant ce siege senti des preuves merveilleuses, lors seul, abandonné des siens, ses armes despecees, tout couvert de sang et de playes, combattant encores au milieu de plusieurs Macedoniens qui le chamailloient de toutes parts ; et luy dict, tout picqué d'une si chere victoire (car, entre aultres dommages, il avoit receu deux fresches blessures sur sa personne) : « Tu ne mourras pas comme tu as

voulu, Betis ; fais estat qu'il te fault souffrir toutes les sortes de torments qui se pourront inventer contre un captif : » l'aultre, d'une mine non seulement asseuree, mais rogue et altiere, se teint sans mot dire à ces menaces. Lors Alexandre, voyant son fier et obstiné silence : « A il flechy un genouil ? luy est il eschappé quelque voix suppliante ? Vrayement, ie vainqueray ce silence ; et si ie n'en puis arracher parole, i'en arracheray au moins du gemissement : » et, tournant sa cholere en rage, commanda qu'on luy perceast les talons ; et le feit ainsi traisner tout vif, deschirer et desmembrer au cul d'une charrette. Seroit ce que la force de courage luy feust si naturelle et commune, que, pour ne l'admirer point, il la respectast moins ? ou qu'il l'estimast si proprement sienne, qu'en cette haulteur il ne peust souffrir de la veoir en un aultre, sans le despit d'une passion envieuse ? ou que l'impetuosité naturelle de sa cholere feust incapable d'opposition ? De vray, si elle eust receu bride, il est à croire que, en la prinse et desolation de la ville de Thebes, elle l'eust receue, à veoir cruellement mettre au fil de l'espee tant de vaillants hommes perdus et n'ayants plus moyen de deffense publicque ; car il en feut tué bien six mille, desquels nul ne feut veu ny fuyant, ny demandant mercy ; au rebours, cherchants, qui çà, qui là, par les rues, à affronter les ennemis victorieux ; les provocquants à les faire mourir d'une mort honnorable. Nul ne feut veu si abbattu de bleceures, qui n'essayast en son dernier souspir de se venger encores, et, à tout[4] les armes du desespoir, consoler sa mort en la mort de quelque ennemy. Si ne trouva l'affliction de leur vertu aulcune pitié, et ne suffit la longueur d'un iour à assouvir sa vengeance : ce carnage dura iusques à la derniere goutte de sang espandable, et ne s'arresta qu'aux personnes desarmees, vieillards, femmes et enfants, pour en tirer trente mille esclaves.

## CHAPITRE II.

### *De la tristesse.*

Ie suis des plus exempts de cette passion, et ne l'ayme ny l'estime ; quoyque le monde ayt entreprins, comme à prix faict, de l'honnorer de faveur particuliere : ils en habillent la sagesse, la vertu, la conscience : sot et vilain ornement ! Les Italiens ont

---

(1) *Petites balles*, ou *bulletins*, employés pour aller aux voix dans les iugements ou les élections.
(2) *Iniurieuses, outrageantes.*
(3) *Rappelant, remémorant.* — (4) *Avec.*

plus sortablement baptisé de son nom la malignité[1] : car c'est une qualité tousiours nuisible, tousiours folle ; et, comme tousiours couarde et basse, les Stoïciens en deffendent le sentiment à leur sage.

Mais le conte dict que Psammenitus, roy d'Aegypte, ayant esté desfaict et prins par Cambyses, roy de Perse, veoyant passer devant luy sa fille prisonniere babillee en servante, qu'on envoyoit puiser de l'eau, touts ses amis plenrants et lamentants autour de luy, se teint coy, sans mot dire, les yeulx fichez en terre ; et, veoyant encores tantost qu'on menoit son fils à la mort, se mainteint en cette mesme contenance ; mais qu'ayant apperceu un de ses domestiques[2] conduict entre les captifs, il se meit à battre sa teste, et mener un dueil extreme.

Cecy se pourroit apparier à ce qu'on veit dernierement d'un prince des nostres, qui ayant ouy à Trente, où il estoit, nouvelles de la mort de son frere aisné, mais un frere en qui consistoit l'appuy et l'honneur de toute sa maison, et bientost aprez d'un puisné sa seconde esperance, et ayant soustenu ces deux charges d'une constance exemplaire ; comme, quelques iours aprez, un de ses gents veint à mourir, il se laissa emporter à ce dernier accident, et, quittant sa resolution, s'abandonna au dueil et aux regrets, en maniere qu'aulcuns en prinrent argument qu'il n'avoit esté touché au vif que de cette derniere secousse ; mais, à la verité, ce feut que, estant d'ailleurs plein et comblé de tristesse, la moindre surcharge brisa les barrieres de la patience. Il s'en pourroit, dis ie, autant iuger de nostre histoire, n'estoit qu'elle adiouste que, Cambyses s'enquerant à Psammenitus pourquoy, ne s'estant esmeu au malheur de son fils et de sa fille, il portoit si impatiemment celuy d'un de ses amis : « C'est, respondit il, que ce seul dernier desplaisir se peult signifier par larmes, les deux premiers surpassants de bien loing tout moyen de se pouvoir exprimer. »

A l'adventure reviendroit à ce propos l'invention de cet ancien peintre, lequel, ayant à representer, au sacrifice de Iphigenia, le dueil des assistants selon les degrez de l'interest que chascun apportoit à la mort de cette belle fille innocente, ayant espuisé les derniers efforts de son art, quand ce veint au pere de la vierge, il le peignit le visage couvert, comme si nulle contenance ne pouvoit rapporter ce degré de dueil. Voylà pourquoy les poëtes feignent cette miserable mere Niobé, ayant perdu premierement sept fils, et puis de suite autant de filles, surchargee de pertes, avoir esté enfin transmuee en rochier,

Diriguisse malis[3],

pour exprimer cette morne, muette et sourde stupidité qui nous transit, lorsque les accidents nous accablent surpassants nostre portee. De vray, l'effort d'un desplaisir, pour estre extreme, doibt estonner toute l'ame et luy empescher la liberté de ses actions : comme il nous advient, à la chaulde alarme d'une bien mauvaise nouvelle, de nous sentir saisis, transis ; et comme perclus de touts mouvements ; de façon que l'ame, se relaschant aprez aux larmes et aux plainctes, semble se desprendre, se desmesler, et se mettre plus au large et à son ayse :

Et via vix tandem voci laxata dolore est[4].

En la guerre que le roy Ferdinand mena contre la veufve du roi Iean de Hongrie[5], autour de Bude, un gendarme feut particulierement remarqué de chascun, pour avoir excessivement bien faict de sa personne en certaine meslee, et, incogneu, haultement loué et plainct, y estant demouré, mais de nul tant que de Raïsciac, seigneur allemand, esprins d'une si rare vertu. Le corps estant rapporté, cettuy cy, d'une commune curiosité, s'approcha pour veoir qui c'estoit ; et, les armes ostees au trespassé, il recogneut son fils. Cela augmenta la compassion aux assistants : luy seul, sans rien dire, sans ciller les yeulx, se teint debout, contemplant fixement le corps de son fils ; iusques à ce que la vehemence de la tristesse, ayant accablé ses esprits vitaux, le porta roide mort par terre.

Chi può dir com' egli arde, è in picciol fuoco[6],

disent les amoureux qui veulent representer une passion insupportable :

Misero quod omnes
Eripit sensus mihi : nam, simul te,
Lesbia, adspexi, nihil est super mî
Quod loquar amens :

(1) Tristezza signifie souvent malignité, méchanceté.
(2) Domestique ne signifie pas ici serviteur, mais ami de la maison, ami intime, sens qu'on donnoit encore à ce mot sous le règne de Louis XIV.
(3) Pétrifiée par la douleur. Ovide, Métam., VI, 304. Il y a dans le texte d'Ovide, Diriguitque malis.
(4) La douleur ouvre enfin le passage à sa voix. Virg., Æneid., XI, 151.
(5) Ce trait d'histoire est raconté différemment dans l'édition de 1602. Après ces mots, autour de Bude, on lit ce qui suit : « Raïsciac, capitaine allemand, veoyant rapporter le corps d'un homme de cheval, à qui chascun avoit veu excessivement bien faire en la meslee, le plaignoit d'une commune tristesse : mais, curieux aveceques les aultres de cognoistre qui il estoit, aprez qu'on l'eut desarmé, trouva que c'estoit son fils, et, parmi les larmes publieques, luy seul se teint sans espandre ny voix ny pleurs, debout sur ses pieds, les yeux immobiles, le regardant fixement, iusques à ce que l'effort de la tristesse venant à glacer ses esprits vitaux, le porta en cet estat roide mort par terre. »
(6) C'est aimer peu que de pouvoir dire combien l'on aime. Pétrarque, dernier vers du sonnet 137.

Lingua sed torpet; tenuis sub artus
Flamma dimanat; sonitu suopte
Tinniunt aures; gemina teguntur
Lumina nocte [1].

Aussi n'est ce pas en la vifve et plus cuysante chaleur de l'accez, que nous sommes propres à desployer nos plaintes et nos persuasions; l'ame est lors aggravee de profondes pensees, et le corps abbattu et languissant d'amour : et de là s'engendre par fois la defaillance fortuite qui surprend les amoureux si hors de saison, et cette glace qui les saisit, par la force d'une ardeur extreme, au giron mesme de la iouissance. Toutes passions qui se laissent gouster et digerer ne sont que mediocres:

Curæ leves loquuntur, ingentes stupent [2].

La surprise d'un plaisir inesperé nous estonne de mesme :

Ut me conspexit venientem, et Troïa circum
Arma amens vidit: magnis exterrita monstris,
Diriguit visu in medio; calor ossa reliquit;
Labitur, et longo vix tandem tempore fatur [3].

Oultre la femme romaine qui mourut surprinse d'ayse de veoir son fils revenu de la route de Cannes [4], Sophocles et Denys le tyran qui trespasserent d'ayse, et Talva qui mourut en Corsegue [5], lisant les nouvelles des honneurs que le senat de Rome luy avoit decernez; nous tenons, en notre siecle, que le pape Leon dixiesme, ayant esté adverty de la prinse de Milan qu'il avoit extremement souhaitée, entra en tel excez de ioye, que la fiebvre l'en print, et en mourut. Et, pour un plus notable tesmoignage de l'imbecillité humaine, il a esté remarqué par les anciens, que Diodorus le dialecticien mourut sur le champ, esprins d'une extreme passion de honte pour, en son eschole et en public, ne se pouvoir desvelopper d'un argument qu'on luy avoit faict. Ie suis peu en prinse de ces violentes passions : i'ai l'apprehension naturellement dure ; et l'encroustc et espessis touts les iours par discours.

---

# CHAPITRE III.

*Nos affections s'emportent au delà de nous.*

Ceulx qui accusent les hommes d'aller tousiours beants [6] aprez les choses futures, et nous apprennent à nous saisir des biens presents et nous rasseoir en ceulx la, comme n'ayants aulcune prinse sur ce qui est à venir, voire assez moins que nous n'avons sur ce qui est passé, touchent la plus commune des humaines erreurs, s'ils osent appeler erreur chose à quoy nature mesme nous achemine pour le service de la continuation de son ouvrage; nous imprimant, comme assez d'aultres, cette imagination faulse, plus ialouse de nostre action que de nostre science.

Nous ne sommes iamais chez nous; nous sommes tousiours au delà : la crainte, le desir, l'esperance, nous eslancent vers l'advenir, et nous desrobbent le sentiment et la consideration de ce qui est, pour nous amuser à ce qui sera, voire quand nous ne serons plus. *Calamitosus est animus futuri anxius* [7].

Ce grand precepte est souvent allegué en Platon : « Fay ton faict, et te cognoy. » Chascun de ces deux membres enveloppe generalement tout nostre debvoir, et semblablement enveloppe son compaignon. Qui auroit à faire son faict, verroit que sa premiere leçon, c'est cognoistre ce qu'il est, et ce qui luy est propre : et qui se cognoist, ne prend plus le faict estrangier pour le sien; s'ayme et se cultive avant toute aultre chose ; refuse les occupations superflues et les pensees et propositions inutiles. Comme la folie, quand on luy octroyera ce qu'elle desire, ne sera pas contente ; aussi est la sagesse contente de ce qui est present, ne se desplaist iamais de soy [8]. Epicurus dispense son sage de la prevoyance et soucy de l'advenir.

Entre les loix qui regardent les trespassez, celle icy me semble autant solide qui oblige les actions des princes à estre examinees aprez leur mort. Ils sont compaignons, sinon maistres, des loix : ce

---

(1) Catulle, *Carm.*, LI, 5. Ces vers sont une imitation d'une ode de Sapho que Boileau a traduite. Delille a fait quelques changements à cette traduction, pour reproduire la forme de l'ode saphique :

De veine en veine une subtile flamme
Court dans mon sein sitôt que je te vois,
Et, dans le trouble où s'égare mon ame,
Je demeure sans voix.

Je n'entends plus, un voile est sur ma vue :
Je rêve, et tombe en de douces langueurs;
Et sans haleine, interdite, éperdue,
Je tremble, je me meurs!

(2) ..... Légères, elles s'expriment; extrêmes, elles se taisent. Sénèque, *Hipp.*, acte 2, scène 3, v. 607.

(3) Dès qu'elle m'aperçoit, dès qu'elle reconnoît les armes troyennes, hors d'elle-même, frappée comme d'une vision effrayante, elle demeure immobile; son sang se glace, elle tombe, et ce n'est que long-temps après qu'elle parvient à retrouver la voix. Virg., *Énéide*, III, 306.

(4) De la déroute de Cannes.

(5) Corsegue, l'île de Corse, du latin *Corsica*.

(6) *Beer* avoit le sens du mot latin *inhiare*. Ce verbe n'est usité aujourd'hui qu'au participe, *bouche béante*.

(7) Tout esprit inquiet de l'avenir est malheureux. Sénèque, *Epist.* 98.

(8) *Ut stultitia, etsi adepta est quod concupivit, nunquam se tamen satis consecutam putat; sic sapientia semper eo contenta est, quod adest; neque eam unquam sui pænitet.* Cic., *Tusc. quæst.*, V, 18.

que la iustice. n'a peu sur leurs testes, c'est raison qu'elle le puisse sur leur reputation, et biens de leurs successeurs; choses que souvent nous preferons à la vie. C'est une usance qui apporte des commoditez singulieres aux nations où elle est observee, et desirable à touts bons princes qui ont à se plaindre de ce qu'on traicte la memoire des meschants comme la leur. Nous debvons la subjection et obeïssance egalement à touts roys, car elle regarde leur office; mais l'estimation, non plus que l'affection, nous ne la debvons qu'à leur vertu. Donnons à l'ordre politique de les souffrir patiemment, indignes; de celer leurs vices; d'aider de nostre recommendation leurs actions indifferentes, pendant que leur auctorité a besoing de nostre appuy : mais nostre commerce finy, ce n'est pas raison de refuser à la iustice et à nostre liberté l'expression de nos vrays ressentiments; et nommeement de refuser aux bons subiects la gloire d'avoir reveremment et fidellement servy un maistre, les imperfections duquel leur estoient si bien cogneues; frustrant la posterité d'un si utile exemple. Et ceulx qui, par respect de quelque obligation privee, espousent iniquement la memoire d'un prince meslouable, font iustice particuliere aux despens de la iustice publique. Titus Livius dict vray « que le langage des hommes nourris soubs la royauté, est tonsiours plein de vaines ostentations et fauls tesmoignages : chascun eslevant indifferemment son roy à l'extreme ligne de valeur et grandeur souveraine. » On peult reprouver la magnanimité de ces deux soldats qui respondirent à Neron, à sa barbe, l'un enquis de luy pourquoy il luy vouloit mal : « Ie t'aimoy quand tu le valois; mais depuis que tu es devenu parricide, boutefeu, basteleur, cochier, ie te hay comme tu merites; » l'aultre, pourquoy il le vouloit tuer : « Parceque ie ne treuve aultre remede à tes continuels malefices : » mais les publics et universels tesmoignages qui, aprez sa mort, ont esté rendus, et le seront à tout iamais à luy et à touts meschants comme luy, de ses tyranniques et vilains deportements, qui de sain entendement les peult reprouver ?

Il me desplaist qu'en une si saincte police que la lacedemonienne, se feust meslee une si feincte cerimonie : A la mort des roys, touts les confederez et voisins, et touts les Ilotes, hommes, femmes, peslemesle, se descoupoient le front pour tesmoignage de dueil, et disoient en leurs cris et lamentations, que celuy là, quel qu'il eust esté, estoit le meilleur roy de touts les leurs; attribuant au reng le loz qui appartenoit au merite, et qui appartient au premier merite, au postreme et dernier reng.

Aristote, qui remue toutes choses, s'enquiert, sur le mot de Solon que « Nul avant mourir ne peult estre dict heureux », si celuy là mesme qui a vescu, et qui est mort à souhait, peult estre dict heureux si sa renommee va mal, si sa posterité est miserable. Pendant que nous nous remuons, nous nous portons par preoccupation où il nous plaist; mais estant hors de l'estre, nous n'avons aucune communication avecques ce qui est : et seroit meilleur de dire à Solon que iamais homme n'est donc heureux, puisqu'il ne l'est qu'aprez qu'il n'est plus.

Quisquam
Vix radicitus e vita se tollit, et eiicit:
Sed facit esse sui quiddam super inscius ipse...
Nec removet satis a proiecto corpore sese, et
Vindicat [1].

Bertrand du Glesquin mourut au siege du chasteau de Randon prez du Puy en Auvergne [2] : les assiegez, s'estants rendus aprez, feurent obligez de porter les clefs de la place sur le corps du trespassé. Barthelemy d'Alviane, general de l'armee des Venitiens, estant mort au service de leurs guerres en la Bresse, et son corps ayant esté rapporté à Venise par le Veronois, terre ennemie, la pluspart de ceulx de l'armee estoient d'advis qu'on demandast saufconduict pour le passage à ceulx de Verone : mais Theodore Trivulce y contredict; et choisit plustost de le passer par vifve force, au hazard du combat : « N'estant convenable; disoit il, que celuy qui en sa vie n'avoit iamais eu peur de ses ennemis, estant mort feist demonstration des craindre. » De vray, en chose voysine, par les loix grecques, celuy qui demandoit à l'ennemy un corps pour l'inhumer, renonceoit à la victoire, et ne luy estoit plus loisible d'en dresser trophee : à celuy qui en estoit requis, c'estoit tiltre de gaing. Ainsi perdit Nicias l'advantage qu'il avoit nettement gaigné sur les Corinthiens; et, au rebours, Agesilaus asseura celuy qui luy estoit bien doubteusement acquis sur les Bœotiens.

Ces traicts se pourroient trouver estranges, s'il n'estoit receu de tout temps non seulement d'estendre le soing de nous au delà cette vie, mais encores de croire que, bien souvent, les faveurs celestes nous accompaignent au tumbeau et continuent à nos reliques. Dequoy il y a tant d'exemples anciens, laissant à part les nostres, qu'il n'est besoing que ie m'y estende. Edouard premier, roy d'Angleterre,

---

(1) On trouve à peine un sage qui s'arrache totalement à la vie. Incertain de l'avenir, l'homme s'imagine qu'une partie de son être lui survit; il ne peut s'affranchir de ce corps qui périt et qui tombe. Lucrèce, III, 890 et 895.

(2) Le 13 juillet 1380, au siege de Châteauneuf de Randon ou Randan, situé entre Mende et le Puy.

ayant essayé aux longues guerres d'entre luy et Robert roy d'Escosse, combien sa presence donnoit d'advantage à ses affaires, rapportant tousiours la victoire de ce qu'il entreprenoit en personne; mourant[1], obligea son fils, par solennel serment, à ce qu'estant trespassé il feist bouillir son corps pour desprendre sa chair d'avecques les os, laquelle il feist enterrer; et quant aux os, qu'il les reservast pour les porter avecques luy et en son armee, toutes les fois qu'il luy adviendroit d'avoir guerre contre les Escossois : comme si la destinee avoit fatalement attaché la victoire à ses membres. Iean Zischa[2], qui troubla la Boëme pour la deffense des erreurs de Wiclef, voulut qu'on l'escorchast aprez sa mort, et de sa peau qu'on feist un tabourin à porter à la guerre contre ses ennemis; estimant que cela ayderoit à continuer les advantages qu'il avoit eus aux guerres par luy conduictes contre eulx. Certains Iudiens portoient ainsy au combat contre les Espaignols les ossements d'un de leurs capitaines, en consideration de l'heur qu'il avoit eu en vivant : et d'aultres peuples, en ce mesme monde, traisnent à la guerre les corps des vaillants hommes qui sont morts en leurs battailles, pour leur servir de bonne fortune et d'encouragement. Les premiers exemples ne reservent au tumbeau que la reputation acquise par leurs actions passees; mais ceulx cy y veulent encores mesler la puissance d'agir.

Le faict du capitaine Bayard est de meilleure composition : lequel, se sentant blecé à mort d'une arquebusade dans le corps, conseillé de se retirer de la meslee, respondit qu'il ne commenceroit point sur sa fin à tourner le dos à l'ennemy; et ayant combattu autant qu'il eut de force, se sentant defaillir et eschapper du cheval, commanda à son maistre d'hostel de le coucher au pied d'un arbre, mais que ce feust en façon qu'il mourust le visage tourné vers l'ennemy : comme il feit.

Il me fault adiouster cet aultre exemple aussi remarquable, pour cette consideration, que nul des precedents. L'empereur Maximilian, bisayeul du roy Philippes qui est à present[3], estoit prince doué de tout plein de grandes qualitez, et entre autres d'une beaulté de corps singuliere : mais parmy ces humeurs il avoit cette cy, bien contraire à celle des princes qui, pour despescher leurs plus importantes affaires, font leur throsne de leur chaire percee[4]; c'est qu'il n'eut iamais valet de chambre si privé, à qui il permeist de le voir en sa garderobbe : il se desroboit pour tumber de l'eau, aussi religieux qu'une pucelle à ne descouvrir ny à medecin, ny à qui que ce feust, les parties qu'on a accoustumé de tenir cachees. Moy qui ay la bouche si effrontee, suis pourtant par complexion touché de cette honte :

si ce n'est à une grande suasion de la necessité ou de la volupté, ie ne communique gueres aux yeulx de personne les membres et actions que nostre coustume ordonne estre couvertes; i'y souffre plus de contrainctes que ie n'estime bienseant à un homme, et surtout à un homme de ma profession. Mais luy en veint à telle superstition, qu'il ordonna, par paroles expresses de son testament, qu'on luy attachast des calessons quand il seroit mort. Il debvoit adiouster, par codicille, que celuy qui les luy monteroit eust les yeulx bandez. L'ordonnance que Cyrus faict à ses enfants que ny eulx, ny aultre, ne veoye et touche son corps aprez que l'ame en sera separee, ie l'attribue à quelque sienne devotion; car et son historien et luy, entre leurs grandes qualitez, ont semé par tout le cours de leur vie un singulier soing et reverence à la religion.

Ce conte me despleut, qu'un grand me feit d'un mien allié, homme assez cogneu et en paix et en guerre : c'est que, mourant bien vieil en sa court, tormenté de douleurs extremes de la pierre, il amusa toutes ses heures dernieres, avec un soing vehement, à disposer l'honneur et la cerimonie de son enterrement; et somma toute la noblesse qui le visitoit de luy donner parole d'assister à son convoy : à ce prince mesme, qui le veit sur ses derniers traicts, il feit une instante supplication que sa maison feust commandee de s'y trouver, employant plusieurs exemples et raisons à prouver que c'estoit chose qui appartenoit à un homme de sa sorte; et sembla expirer content, ayant retiré cette promesse, et ordonné à son gré la distribution et ordre de sa montre. Ie n'ay gueres veu de vanité si perseverante.

Cette aultre curiosité contraire, en laquelle ie n'ay point aussi faulte d'exemple domestique, me semble germaine à cette cy; d'aller se soignant et passionnant à ce dernier poinct, à regler son convoy à quelque particuliere et inusitee parcimonie, à un serviteur et une lanterne. Ie veoy louer cette humeur, et l'ordonnance de Marcus Aemilius Lepidus, qui deffendit à ses heritiers d'employer pour luy les cerimonies qu'on avoit accoustumé en telles choses. Est-ce encores temperance et frugalité d'eviter la despense et la volupté, desquelles l'u-

(1) Le 7 juillet 1307, à l'âge de 69 ans, après en avoir régné 35.
(2) Mort en 1424.— (3) Philippe II, roi d'Espagne.
(4) Cette audience est, en effet, très familière aux princes. On la reprochoit à notre célèbre Vendôme et au duc d'Orléans, régent. Ce fut en le poursuivant jusque sur sa chaise percée qu'un de ses courtisans lui fit signer la nomination de son fils à un gouvernement de province; et le régent disoit à cette occasion : « Oh ! pour celui-là il ne m'est point sorti de la tête ! »

sage et la cognoissance nous est imperceptible ? voilà une aysee reformation, et de peu de coust. S'il estoit besoing d'en ordonner, ie serois d'advis qu'en celle là, comme en toutes actions de la vie, chascun en rapportast la regle au degré de sa fortune. Et le philosophe Lycon prescript sagement à ses amis de mettre son corps où ils adviseront pour le mieulx; et quant aux funerailles, de les faire ny superflues ni mechaniques[1]. Ie lairray purement la coustume ordonner de cette cerimonie, et m'en remettray à la discretion des premiers à qui ie tumberay en charge. *Totus hic locus est contemnendus in nobis, non negligendus in nostris*[2]. Et est sainctement dict à un sainct : *Curatio funeris, conditio sepulturæ, pompa exsequiarum, magis sunt vivorum solatia quam subsidia mortuorum*[3]. Pour tant Socrates à Criton, qui sur l'heure de sa fin luy demande comment il veult estre enterré : « Comme vous voudrez, » respond il. Si i'avois à m'en empescher plus avant, ie trouveroy plus galant d'imiter ceulx qui entreprennent, vivants et respirants, iouyr de l'ordre et honneur de leur sépulture, et qui se plaisent de veoir en marbre leur morte contenance. Heureux qui sachent resiouyr et gratifier leur sens par l'insensibilité, et vivre de leur mort !

A peu[4] que ie n'entre en haine irreconciliable contre toute domination populaire quoyqu'elle me semble la plus naturelle et equitable, quand il me souvient de cette inhumaine iniustice du peuple athenien, de faire mourir sans remission, et sans les vouloir seulement ouyr en leurs deffenses, ces braves capitaines venants de gaigner contre les Lacedemoniens la battaille navale prez les isles Argineuses, la plus contestée, la plus forte battaille que les Grecs ayent oncques donnee en mer de leurs forces ; parce qu'aprez la victoire ils avoient suyvi les occasions que la loy de la guerre leur presentoit, plustot que de s'arrester à recueillir et inhumer leurs morts. Et rend cette execution plus odieuse le faict de Diomedon : cettuy cy est l'un des condemnez, homme de notable vertu et militaire et politique, lequel, se tirant avant pour parler, aprez avoir ouï l'arrest de leur condemnation, et trouvant seulement lors temps de paisible audience, au lieu de s'en servir au bien de sa cause, et à descouvrir l'evidente iniustice d'une si cruelle conclusion, ne representa qu'un soing de la conservation de ses iuges ; priant les dieux de tourner ce iugement à leur bien ; et, à fin que, par faulte de rendre les vœux que luy et ses compaignons avoient vouez en recognoissance d'une illustre fortune, ils n'attirassent l'ire des dieux sur eulx, les advertissant quels vœux c'estoient ; et, sans dire aultre

chose, et sans marchander, s'achemina de ce pas courageusement au supplice.

La fortune, quelques annees aprez, les punit de mesme pain soupe : car Chabrias, capitaine general de leur armee de mer, ayant eu le dessus du combat contre Pollis, admiral de Sparte, en l'isle de Naxe, perdit le fruict tout net et comptant de sa victoire, tres important à leurs affaires, pour n'encourir le malheur de cet exemple ; et, pour ne perdre peu de corps morts de ses amis qui flottoient en mer, laissa voguer en sauveté un monde d'ennemis vivants qui, depuis, leur feirent bien acheter cette importune superstition.

Quæris, quo iaceas, post obitum, loco ?
Quo non nata iacent[5].

Cet aultre redonne le sentiment du repos à un corps sans ame :

Neque sepulcrum, quo recipiatur, habeat, portum corporis ;
Ubi, remissa humana vita, corpus requiescat a malis[6].

tout ainsi que nature nous faict veoir que plusieurs choses mortes ont encores des relations occultes à la vie : le vin s'altere aux caves, selon aulcunes mutations des saisons de sa vigne ; et la chair de venaison change d'estat aux saloirs, et de goust, selon les loix de la chair vifve, à ce qu'on dict.

---

# CHAPITRE IV.

*Comme l'ame descharge ses passions sur des obiects fauls, quand les vrays luy defaillent.*

Un gentilhomme des nostres, merveilleusement subiect à la goutte, estant pressé par les medecins de laisser du tout l'usage des viandes salees, avoit accoustumé de respondre plaisamment, que « Sur les efforts et torments du mal, il vouloit avoir à qui s'en prendre ; et que s'escriant, et mauldissant tantost le cervelat, tantost la langue de bœuf et le iambon, il s'en sentoit d'autant allegé. » Mais, en

---

(1) Mesquines, pauvres, misérables.
(2) C'est un soin qu'il faut mépriser pour soi-même, et ne pas négliger pour les siens. Cicéron, *Tuscul quæst.*, I, 45.
(3) Le soin des funérailles, le choix de la sépulture, la pompe des obsèques, sont moins nécessaires à la tranquillité des morts qu'à la consolation des vivants. Saint Augustin, *Cité de Dieu*, I, 12.
(4) Peu s'en faut.
(5) Veux-tu savoir où tu seras après la mort ? Où sont les choses à naître. Sénèque, *Troad.*, Chor. act. 2, v. 30.
(6) Loin de toi, pour jamais, cette paix des tombeaux,
    Où le corps fatigué trouve enfin le repos !
    Ennius, *apud Cic. Tuscul.*, I, 44, J. V. L.

bon escient, comme le bras estant haulsé pour frapper, il nous deult [1] si le coup ne rencontre et qu'il aille au vent; aussi que pour rendre une veue plaisante, il ne fault pas qu'elle soit perdue et escartee dans le vague de l'air, ains qu'elle ayt butte pour la soustenir à raisonnable distance:

Ventus ut amittit vires, nisi robora densæ
Occurrant silvæ, spatio diffusus inani [2] :

de mesme il semble que l'ame esbranlee et esmue se perde en soy mesme si on ne luy donne prinse; et fault tousiours luy fournir d'obiect où elle s'abutte et agisse. Plutarque dict, à propos de ceulx qui s'affectionnent aux guenons et aux petits chiens, que la partie amoureuse qui est en nous, à faulte de prinse legitime, plustost que de demourer en vain, s'en forge ainsin une faulse et frivole. Et nous voyons que l'ame en ses passions se pipe plustost elle mesme, se dressant un fauls subiect et fantastique, voire contre sa propre creance, que de n'agir contre quelque chose. Ainsin emporte les bestes leur rage à s'attaquer à la pierre et au fer qui les a blecees, et à se venger à belles dents sur soy mesme du mal qu'elles sentent:

Pannonis haud aliter post ictum sævior ursa,
Cui iaculum parva Libys amentavit habena,
Se rotat in vulnus, telumque irata receptum
Impetit, et secum fugientem circuit hastam [3].

Quelles causes n'inventons nous des malheurs qui nous adviennent? à quoy ne nous prenons nous, à tort ou à droict, pour avoir où nous escrimer? Ce ne sont pas ces tresses blondes que tu deschires, ny la blancheur de cette poictrine que despitee tu bats si cruellement, qui ont perdu d'un malheureux plomb ce frere bien aymé: prens t'en ailleurs. Livius parlant de l'armee romaine en Espaigne, aprez la perte des deux freres, ses grands capitaines [4], *flere omnes repente, et offensare capita*: c'est un usage commun. Et le philosophe Bion, de ce roy qui de dueil s'arrachoit les poils, feut il pas plaisant? « Cestuy cy pense il que la pelade soulage le dueil? » Qui n'a veu mascher et engloutir les chartes, se gorger d'une balle de dez, pour avoir où se venger de la perte de son argent? Xerxes fouetta la mer, et escrivit un cartel de desfi au mont Athos; et Cyrus amusa toute une armee plusieurs iours à se venger de la riviere de Gyndus, pour la peur qu'il avoit eue en la passant; et Caligula ruina une tresbelle maison, pour le plaisir que sa mere y avoit eu.

Le peuple disoit en ma ieunesse, qu'un roy de nos voysins [6], ayant receu de Dieu une bastonade, iura de s'en venger, ordonnant que de dix ans on

ne le priast ny parlast de luy, ny, autant qu'il estoit en son auctorité, qu'on ne creust en luy. Par où on vouloit peindre non tant la sottise que la gloire naturelle à la nation, dequoy estoit le conte; ce sont vices tousiours conioincts: mais telles actions tiennent, à la verité, un peu plus encores d'oultrecuidance que de bestise. Augustus Cesar, ayant esté battu de la tempeste sur mer, se print à desfier le dieu Neptunus, et en la pompe des ieux circenses feit oster son image du reng où elle estoit parmy les aultres dieux, pour se venger de luy: en quoy il est encores moins excusable que les precedents, et moins qu'il ne feut depuis, lors qu'ayant perdu une bataille soubs Quintilius Varus, en Allemaigne, il alloit de cholere et de desespoir choquant sa teste contre la muraille, en s'escriant: « Varus, rends moy mes soldats: » car ceulx là surpassent toute folie, d'autant que l'impieté y est ioincte, qui s'en adressent à Dieu mesme ou à la fortune, comme si elle avoit des aureilles subiectes à nostre batterie; à l'exemple des Thraces, qui, quand il tonne ou esclaire, se mettent à tirer contre le ciel d'une vengeance titanienne, pour renger Dieu à raison, à coups de fleches. Or, comme dict cet ancien poëte chez Plutarque:

Point ne se fault courroucer aux affaires;
Il ne leur chault de toutes nos choleres.

Mais nous ne dirons iamais assez d'iniures au desreglement de nostre esprit.

---

## CHAPITRE V.

*Si le chef d'une place assiegee doibt sortir pour parlementer.*

Lucius Marcius [7], legat des Romains en la guerre contre Perseus, roy de Macedoine, voulant gaigner le temps qu'il luy falloit encores à mettre en poinct son armee, sema des entreiects [8] d'accord,

(1) *Il nous fait mal. Deult*, du latin *dolet*.
(2) Et comme le vent, si d'épaisses forêts n'irritent sa fureur, perd ses forces dissipées dans le vague de l'air. LUCAIN, III, 362.
(3) Ainsi l'ourse, plus terrible après sa blessure, se replie sur sa plaie; furieuse, elle veut mordre le trait qui la déchire, et poursuit le fer qui tourne avec elle. LUCAIN, VI, 220.
(4) Publius et Cnéus Scipion. TITE-LIVE dit, XXV, 37, que « chacun se mit aussitôt à pleurer et à se frapper la tête. »
(5) Ou peut-être le *déplaisir*, car elle y avoit été renfermée. SÉNÈQUE, de Ira, III, 22.
(6) Je crois qu'il s'agit ici d'Alphonse XI, roi de Castille, mort en 1350.
(7) TITE-LIVE nomme ce lieutenant des Romains *Quintus Marcius*, XLII, 37.
(8) Ou *interjets*, c'est-à-dire *propositions, ouvertures*.

2.

desquels le roy endormy accorda trefve pour quelques iours, fournissant par ce moyen son ennemy d'opportunité et loisir pour s'armer; d'où le roy encourut sa derniere ruyne. Si est ce que les vieux du senat, memoratifs des mœurs de leurs peres, accuserent cette practique, comme ennemie de leur style ancien, qui feut, disoient ils, combatre de vertu, non de finesse, ny par surprinses et rencontres de nuict, ny par fuittes appostees et recharges inopinees; n'entreprenants guerre qu'aprez l'avoir denoncee, et souvent aprez avoir assigné l'heure et le lieu de la battaille. De cette conscience ils renvoyerent à Pyrrhus son traistre medecin, et aux Phalisques leur desloyal maistre d'eschole. C'estoient les formes vrayement romaines, non de la grecque subtilité et astuce punique, où le vaincre par force est moins glorieux que par fraude. Le tromper peult servir pour le coup; mais celuy seul se tient pour surmonté, qui sçait l'avoir esté ny par ruse ny de sort, mais par vaillance, de trouppe à trouppe, en une franche et iuste guerre. Il appert bien par le langage de ces bonnes gents, qu'ils n'avoient encores receu cette belle sentence,

Dolus, an virtus, quis in hoste requirat [1]?

Les Achaïens, dict Polybe, detestoient toute voye de tromperie en leurs guerres, n'estimants victoire, sinon ou les courages des ennemis sont abbattus. *Eam vir sanctus et sapiens sciet veram esse victoriam, quæ, salva fide et integra dignitate, parabitur* [2], dict un autre.

Vosne velit, an me, regnare hera, quidve ferat, fors,
Virtute experiamur [3].

Au royaume de Ternate [4], parmy ces nations que si à pleine bouche nous appellons barbares, la coustume porte qu'ils n'entreprennent guerre sans l'avoir premiérement denoncée; y adioustants ample declaration des moyens qu'ils ont à y employer, quels, combien d'hommes, quelles munitions, quelles armes, offensifves et defensifves: mais aussi, cela faict, si leurs ennemis ne cedent et viennent à accord, ils se donnent loy de se servir à leur guerre, sans reproche, de tout ce qui aide à vaincre.

Les anciens Florentins estoient si esloingnez de vouloir gaigner advantage sur leurs ennemis par surprinse, qu'ils les advertissoient, un mois avant que de mettre leur exercite aux champs, par le continuel son de la cloche qu'ils nommoient *Martinella*.

Quant à nous, moins superstitieux, qui tenons celuy avoir l'honneur de la guerre, qui en a le

proufit, et qui, aprez Lysander, disons que, « où la peau du lyon ne peult suffire, il y fault coudre un loppin de celle du regnard, » les plus ordinaires occasions de surprinse se tirent de cette practique; et n'est heure, disons nous, où un chef doibve avoir plus l'œil au guet, que celle des parlements et traictez d'accord: et, pour cette cause, c'est une regle, en la bouche de touts les hommes de guerre de nostre temps, « qu'il ne fault iamais que le gouverneur en une place assiegee sorte luy mesme pour parlementer. » Du temps de nos peres cela feut reproché aux seigneurs de Montmord et de l'Assigni, deffendants Mouson contre le comte de Nansau [5]. Mais aussi, à ce compte, celuy là seroit excusable qui sortiroit en telle façon, que la seureté et l'advantage demourast de son costé; comme feit en la ville de Regge le comte Guy de Rangon (s'il en fault croire du Bellay, car Guicciardin dict que ce feut luy mesme), lors que le seigneur de l'Escut s'en approcha pour parlementer; car il abandonna de si peu son fort, qu'un trouble s'estant esmeu pendant ce parlement, non seulement monsieur de l'Escut, et sa trouppe qui estoit approchee avecques luy, se trouva le plus foible, de façon qu'Alexandre Trivulce y feut tué, mais luy mesme feut contrainct, pour le plus seur, de suyvre le comte, et se iecter, sur sa foy, à l'abri des coups dans la ville.

Eumenes, en la ville de Nora, pressé par Antigonus, qui l'assiegeoit, de sortir pour luy parler, alleguant que c'estoit raison qu'il veinst devers luy, attendu qu'il estoit le plus grand et le plus fort; aprez avoir faict cette noble response, « Ie n'estimeray iamais homme plus grand que moy, tant que i'auray mon espee en ma puissance, » n'y consentit, qu'Antigonus ne luy eust donné Ptolomeus son propre nepveu en ostage, comme il demandoit.

Si est ce qu'encores en y a il qui se sont tresbien trouvez de sortir sur la parole de l'assaillant: tesmoing Henry de Vaux, chevalier champenois, lequel estant assiegé dans le chasteau de Commercy par les Anglois, Barthelemy de Bonnes [6], qui commandoit au siege, ayant par dehors faict sapper la pluspart du chasteau, si qu'il ne restoit que le feu pour accabler les assiegez soubs les ruynes, somma

---

(1) Qu'importe qu'on triomphe ou par force ou par ruse?
         Virg., En., II, 390, trad. de Delille.
(2) L'homme sage et vertueux doit savoir que la seule victoire véritable est celle que peuvent avouer la bonne foi et l'honneur. Florus, I, 12.
(3) Éprouvons par le courage, si c'est à vous ou à moi que la fortune, maîtresse des événements, destine l'empire. Ennius apud Cic., de Officiis, I, 12.
(4) La principale île des Molueques.
(5) Pont-à-Mousson contre le comte de Nassau.
(6) Froissart (vol. I, chap. 209), de qui Montaigne a pris tout ceci, le nomme Barthelemy de Brunes.

ledit Henry de sortir à parlementer pour son prou-fit, comme il feit luy quatriesme; et son evidente ruyne luy ayant esté monstree à l'œil, il s'en sentit singulierement obligé à l'ennemy; à la discretion duquel aprez qu'il se feut rendu et sa trouppe, le feu estant mis à la mine, les estansons de bois venus à faillir, le chasteau feut emporté de fond en comble.

Ie me fie aysement à la foy d'aultruy; mais mal-aysement le feroy ie, lors que ie donneroïs à iuger l'avoir plustost faict par desespoir et faulte de cœur, que par franchise et fiance de sa loyauté.

— — — —

# CHAPITRE VI.

### *L'heure des parlements, dangereuse.*

Toutesfois ie veis dernierement en mon voisi-nage de Mussidan[1], que ceulx qui en feurent des-logez à force par nostre armee, et aultres de leur party, crioyent, comme de trahison, de ce que pen-dant les entremises d'accord, et le traicté se conti-tinuant encores, on les avoit surprins et mis en pieces : chose qui eust eu à l'adventure apparence en aultre siecle. Mais, comme ie viens de dire, nos façons sont entierement esloignees de ces regles; et ne se doibt attendre fiance des uns aux aultres, que le dernier sceau d'obligation n'y soit passé; encores y a il lors assez à faire : et a tousiours esté conseil hazardeux, de fier à la licence d'une armee victo-rieuse l'observation de la foy qu'on a donnee à une ville, qui vient de se rendre par doulce et favorable composition, et d'en laisser, sur la chaulde, l'en-tree libre aux soldats.

L. Aemilius Regillus, preteur romain, ayant perdu son temps à essayer de prendre la ville de Phocees à force, pour la singuliere prouesse des habitants à se bien deffendre, feit pache avec eulx de les recevoir pour amis du peuple romain, et d'y entrer comme en ville confederee, leur ostant toute crainte d'action hostile : mais y ayant quand et luy introduict son armee pour s'y faire veoir en plus de pompe, il ne feut en sa puissance, quelque effort qu'il y employast, de tenir la bride à ses gents; et veit devant ses yeulx fourrager bonne partie de la ville, les droicts de l'avarice et de la vengeance suppeditant[2] ceulx de son auctorité et de la disci-pline militaire.

Cleomenes disoit que, quelque mal qu'on peust faire aux ennemis en guerre, cela estoit par dessus la iustice, et non subiect à icelle, tant envers les dieux qu'envers les hommes; et ayant faict trefve avec les Argiens pour sept iours, la troisiesme nuict aprez il les alla charger touts endormis, et les des-

feit, alleguant qu'en sa trefve il n'avoit pas esté parlé des nuicts; mais les dieux vengerent cette perfide subtilité.

Pendant le parlement, et qu'ils musoient sur leurs seuretez, la ville de Casilinum feut saisie par surprinse; et cela pourtant au siecle et des plus iustes capitaines et de la plus parfaicte milice ro-maine : car il n'est pas dict qu'en temps et lieu il ne soit permis de nous prevaloir de la sottise de nos ennemis, comme nous faisons de leur lascheté. Et certes la guerre a naturellement beaucoup de privileges raisonnables, au preiudice de la raison; et icy fault la regle, *neminem id agere, ut ex alte-rius prædetur inscitia*[3] : mais ie m'estonne de l'es-tendue que Xenophon leur donne, et par les propos, et par divers exploicts de son parfaict em-pereur; aucteur de merveilleux poids en telles choses, comme grand capitaine, et philosophe des premiers disciples de Socrates; et ne consens pas à la mesure de sa dispense en tout et par tout.

Monsieur d'Aubigny assiegeant Capoue, et aprez y avoir faict une furieuse batterie, le seigneur Fa-brice Colonne, capitaine de la ville, ayant com-mencé à parlementer de dessus un bastion, et ses gents faisants plus molle garde, les nostres s'en emparerent et meirent tout en pieces. Et de plus fresche memoire, à Yvoy[4], le seigneur Iulian Rom-mero, ayant faict ce pas de clerc de sortir pour parlementer avecques monsieur le connestable, trouva au retour sa place saisie. Mais à fin que nous ne nous en allions pas sans revenche, le mar-quis de Pescaire assiegeant Genes, où le duc Oc-tavian Fregose commandoit soubs nostre protection, et l'accord entre eulx ayant esté poulsé si avant qu'on le tenoit pour faict; sur le poinct de la con-clusion, les Espaignols, s'estant coulés dedans, en userent comme en une victoire planiere[5]. Et de-puis, à Ligny en Barrois, où le comte de Brienne commandoit, l'empereur l'ayant assiegé en per-sonne, et Bertheville, lieutenant du dict comte, estant sorty pour parlementer, pendant le parle-ment la ville se trouva saisie[6].

> Fù il vincer sempremai laudabil cosa,
> Vincasi o per fortuna, o per ingegno[7].

(1) Ou Mueidan, petite ville du Périgord, dans le voisinage du château de Montaigne.

(2) *Suppediter, subjuguer, dompter, fouler aux pieds.*

(3) Que personne ne doit chercher à faire son profit de la sot-tise d'autrui. Cic., *de Offic.* III, 17.

(4) Yvoy ou Carignan, petite ville de l'ancien Luxembourg français (département des Ardennes), sur la rivière de Chiers, à quatre lieues de Sedan.

(5) *Mémoires* de MARTIN DU BELLAY, liv. II, fol. 57 vers.

(6) *Mémoires* de GUILLAUME DU BELLAY, liv. IX, fol. 495.

(7) Que la victoire soit due au hasard ou à l'habileté, elle est toujours glorieuse. ARIOSTO, cant. XV, v. 1.

disent ils : mais le philosophe Chrysippus n'eust pas esté de cet advis; et moy aussi peu : car il disoit que ceulx qui courent à l'envy doibvent bien employer toutes leurs forces à la vistesse, mais il ne leur est pourtant aulcunement loisible de mettre la main sur leur adversaire pour l'arrester, ny de luy tendre la iambe pour le faire cheoir. Et plus genereusement encores ce grand Alexandre à Polypercon, qui luy suadoit de se servir de l'advantage que l'obscurité de la nuict luy donnoit pour assaillir Darius : « Point, dict il, ce n'est pas à moy de chercher des victoires desrobees : » *malo me fortunæ pœniteat, quàm victoriæ pudeat* [1].

Atque idem fugientem haud est dignatus Oroden
Sternere, nec iactâ cæcum dare cuspide vulnus :
Obvius, adversoque occurrit, seque viro vir
Contulit, haud furto melior, sed fortibus armis [2].

# CHAPITRE VII.

### *Que l'intention iuge nos actions.*

La mort, dict on, nous acquitte de toutes nos obligations. I'en sçay qui l'ont prins en diverse façon. Henry septiesme, roy d'Angleterre, feit composition avec dom Philippe, fils de l'empereur Maximilian, ou, pour le confronter plus honnorablement, pere de l'empereur Charles cinquiesme, que le dict Philippe remettroit entre ses mains le duc de Suffolc de la Rose blanche, son ennemy, lequel s'en estoit fuy et retiré au Païs Bas, moyennant qu'il promettoit de n'attenter rien sur la vie du dict duc : toutesfois, venant à mourir, il commanda par son testament à son fils de le faire mourir soubdain aprez qu'il seroit decedé [3]. Dernierement, en cette tragedie que le duc d'Albe nous feit veoir à Bruxelles ez comtes de Horne et d'Aiguemond [4], il y eut tout plein de choses remarquables; et, entre aultres, que le comte d'Aiguemond, soubs la foy et asseurance duquel le comte de Horne s'estoit venu rendre au duc d'Albe, requit avec grande instance qu'on le feist mourir le premier, à fin que sa mort l'affranchist de l'obligation qu'il avoit au dict comte de Horne, Il semble que la mort n'ayt point deschargé le premier de sa foy donnee, et que le second en estoit quitte, mesme sans mourir. Nous ne pouvons estre tenus au delà de nos forces et de nos moyens; à cette cause, parce que les effets et executions ne sont aulcunement en nostre puissance, et qu'il n'y a rien à bon escient en nostre puissance que la volonté; en celle là se fondent par necessité, et s'establissent toutes les regles du debvoir de l'homme : par ainsin le comte d'Aigue-

mond tenant son ame et volonté endebtee à sa promesse, bien que la puissance de l'effectuer ne feust pas en ses mains, estoit sans doubte absouls de son debvoir, quand il eust survescu le comte de Horne. Mais le roy d'Angleterre, faillant à sa parole par son intention, ne se peult excuser pour avoir retardé iusques aprez sa mort l'execution de sa desloyauté; non plus que le masson de Herodote [5], lequel ayant loyalement conservé durant sa vie le secret des thresors du roy d'Aegypte son maistre, mourant, le descouvrit à ses enfants.

I'ay veu plusieurs de mon temps, convaincus par leur conscience retenir de l'aultruy, se disposer à y satisfaire par leur testament et aprez leur decez. Ils ne font rien qui vaille, ny de prendre terme à chose si pressante, ny de vouloir restablir une iniure avecques si peu de leur ressentiment et interest. Ils doibvent du plus leur; et d'autant qu'ils payent plus poisamment et incommodeement, d'autant en est leur satisfaction plus iuste et meritoire : la penitence demande à se charger. Ceulx là font encore pis, qui reservent la declaration de quelque haineuse volonté envers le proche, à leur derniere volonté, l'ayant cachee pendant la vie; et monstrent avoir peu de soing du propre honneur, irritants l'offensé à l'encontre de leur memoire, et moins de leur conscience, n'ayants, pour le respect de la mort mesme, sceu faire mourir leur maltalent [6], et en estendant la vie oultre à la leur. Iniques inges, qui remettent à iuger alors qu'ils n'ont plus coguoissance de cause. Ie me garderay, si ie puis, que ma mort die chose que ma vie n'ayt premierement dict, et apertement.

# CHAPITRE VIII.

### *De l'oysifveté.*

Comme nous veoyons des terres oysifves, si elles sont grasses et fertiles, foisonner en cent mille sortes d'herbes sauvages et inutiles, et que, pour les tenir en office, il les fault assubiectir et employer à certaines semences pour nostre service; et comme

---

(1) J'aime mieux avoir à me plaindre de la fortune, qu'à rougir de ma victoire. Quinte-Curce, IV, 13.
(2) Le fier Mézence ne daigne pas frapper Orode dans sa fuite, ni lancer un dard que l'œil de son ennemi ne puisse voir partir : il le poursuit, l'atteint, l'attaque de front; ennemi de la ruse, il veut vaincre par la seule valeur. Virg.. *Enéide*, X, 732.
(3) *Mém.* de Martin du Bellay, liv. I, fol. 9.
(6) Philippe II de Montmorenci-Nivelle, comte de Horn, et Lamoral, comte d'Egmond, décapités le 4 juin 1568.
(4) L'architecte du trésor de Rhampsinite. Hérodote, II, 21.
(5) Maltalent, méchanceté, malice.

nous veoyons que les femmes produisent bien toutes seules des amas et pieces de chair informes, mais que pour faire une generation bonne et naturelle, il les fault embesongner d'une aultre semence : ainsin est il des esprits ; si on ne les occupe à certain subiect qui les bride et contraigne, ils se iectent desreglez, par cy par là, dans le vague champ des imaginations,

Sicut aquæ tremulum labris ubi lumen ahenis,
Sole repercussum, aut radiantis imagine lunæ,
Omnia pervolitat late loca; iamque sub auras
Erigitur, summique ferit laquearia tecti [1];

et n'est folie ny resverie qu'ils ne produisent en cette agitation,

Velut ægri somnia, vanæ
Finguntur species [2].

L'ame qui n'a point de but estably, elle se perd : car, comme on dict, c'est n'estre en aulcun lieu, que d'estre partout.

Quisquis ubique habitat, Maxime, nusquam habitat [3].

Dernierement que ie me retiray chez moy, deliberé, autant que ie pourroy, ne me mesler d'aultre chose que de passer en repos et à part ce peu qui me reste de vie ; il me sembloit ne pouvoir faire plus grande faveur à mon esprit, que de le laisser en pleine oysifveté s'entretenir soy mesme, et s'arrester et rasseoir en soy, ce que i'esperoy qu'il peust ineshuy [4] faire plus ayseement, devenu avecques le temps plus poisant et plus meur : mais ie treuve, comme

Variam semper dant otia mentem [5],

qu'au rebours, faisant le cheval eschappé, il se donne cent fois plus de carriere à soy mesme qu'il n'en prenoit pour aultruy ; et m'enfante tant de chimeres et monstres fantasques les uns sur les aultres, sans ordre et sans propos, que, pour en contempler à mon ayse l'ineptie et l'estrangeté, i'ay commencé de les mettre en roolle, esperant avecques le temps luy en faire honte à luy mesme.

## CHAPITRE IX.

### *Des menteurs.*

Il n'est homme à qui il siese si mal de se mesler de parler de memoire ; car ie n'en recognois quasy trace en moy ; et ne pense qu'il y en ayt au monde une aultre si merveilleuse en defaillance. I'ay tou-

tes mes aultres parties viles et communes ; mais, en cette là, ie pense estre singulier et tresrare, et digne de gaigner nom et reputation. Oultre l'inconvenient naturel que i'en souffre (car certes, veu sa necessité, Platon a raison de la nommer une grande et puissante deesse), si en mon païs on veult dire qu'un homme n'a point de sens, ils disent qu'il n'a point de memoire ; et quand ie me plains du default de la mienne, ils me reprennent et mescroyent, comme si ie m'accusois d'estre insensé : ils ne veoyent pas de chois entre memoire et entendement. C'est bien empirer mon marché! Mais ils me font tort ; car il se veoid par experience, plustost au rebours, que les memoires excellentes se ioignent volontiers aux iugements debiles. Ils me font tort aussi en cecy, qui ne sçay rien si bien faire qu'estre amy, que les mesmes paroles qui accusent ma maladie representent l'ingratitude ; on se prend de mon affection, à ma memoire ; et d'un default naturel, on en faict un default de conscience : « Il a oublié, dict on, cette priere ou cette promesse : Il ne se souvient point de ses amys : Il ne s'est point souvenu de dire, ou faire, ou taire cela, pour l'amour de moy. » Certes, ie puis ayseement oublier : mais de mettre à nonchaloir la charge que mon amy m'a donnee, ie ne le fois pas. Qu'on se contente de ma misere, sans en faire une espece de malice, et de la malice autant ennemie de mon humeur!

Ie me console aulcunement : Premierement, sur ce, Que c'est un mal duquel principalement i'ay tiré la raison de corriger un mal pire, qui se feust facilement produict en moy, sçavoir est l'ambition ; car cette defaillance est insupportable à qui s'empestre des negociations du monde : Que, comme disent plusieurs pareils exemples du progrez de nature, elle a volontiers fortifié d'aultres facultez en moy à mesure que cette cy s'est affoiblie ; et irois facilement couchant et alanguissant mon esprit et mon iugement sur les traces d'aultruy, sans exercer leurs propres forces, si les inventions et opinions estrangieres m'estoient presentes par le benefice de la memoire : Que mon parler en est plus court ; car le magasin de la memoire est volontiers plus fourny de matiere que n'est celuy de l'invention. Si elle m'eust tenu bon, i'eusse assourdi

(1) Ainsi, lorsque dans un vase d'airain une onde agitée réfléchit l'image du soleil ou les pâles rayons de Phébé, la lumière voltige incertaine : monte, descend, frappe les lambris de ses mobiles reflets. VIRG., *Énéide*, VIII, 22.

(2) Se forgeant des chiméres, qui ressemblent aux songes d'un malade. HORACE, *Art poétique*, v. 7.

(3) MARTIAL, l. VII, épig. 73.

(4) Désormais ; *meshuy*, pour *mais huy*, du latin *magis hodie*.

(5) Dans l'oisiveté, l'esprit s'égare en mille pensées diverses. LUCAIN, IV, 704.

touts mes amys de babil, les subiects esveillants cette telle quelle faculté que i'ay de les manier et employer, eschauffants et attirants mes discours. C'est pitié : ie l'essaye par la preuve d'aulcuns de mes privez amys; à mesure que la memoire leur fournit la chose entiere et presente, ils reculent si arriere leur narration, et la chargent de tant de vaines circonstances, que, si le conte est bon, ils en estouffent la bonté; s'il ne l'est pas, vous estes à mauldire ou l'heur de leur memoire, ou le malheur de leur iugement. Et c'est chose difficile de fermer un propos et de le coupper depuis qu'on est arrouté[1]; et n'est rien où la force d'un cheval se cognoisse plus, qu'à faire un arrest rond et net. Entre les pertinents mesmes, i'en veoy qui veulent et ne se peuvent desfaire de leur course : ce pendant qu'ils cherchent le poinct de clorre le pas, ils s'en vont balivernant et traisnant comme des hommes qui defaillent de foiblesse. Surtout les vieillards sont dangereux, à qui la souvenance des choses passees demeure, et ont perdu la souvenance de leurs redictes : i'ay veu des recits bien plaisants devenir tresennuyeux en la bouche d'un seigneur, chascun de l'assistance en ayant esté abbruvé cent fois.

Secondement, qu'il me souvient moins des offenses receues, ainsy que disoit cet ancien[2] : il me fauldroit un protocolle; comme Darius, pour n'oublier l'offense qu'il avoit receue des Atheniens, faisoit qu'un page, à touts les coups qu'il se mettoit à table, luy veinst rechanter par trois fois à l'aureille : «Sire, souvienne vous des Atheniens; » d'autre part, les lieux et les livres que ie reveoy, me rient tousiours d'une fresche nouvelleté.

Ce n'est pas sans raison qu'on dict, que qui ne se sent point assez ferme de memoire, ne se doibt pas mesler d'estre menteur. Ie sçay bien que les grammairiens font difference entre dire mensonge, et mentir; et disent que dire mensonge, c'est dire chose faulse, mais qu'on a prins pour vraye; et que la definition du mot de mentir en latin, d'où nostre françois est party, porte autant comme aller contre sa conscience; et que, par consequent, cela ne touche que ceulx qui disent contre ce qu'ils sçavent, desquels ie parle. Or ceulx icy, ou ils inventent marc et tout, ou ils deguisent et alterent un fond veritable. Lors qu'ils deguisent et changent, à les remettre souvent en ce mesme conte, il est malaysé qu'ils ne se desferrent; parce que la chose, comme elle est, s'estant logee la premiere dans la memoire, et s'y estant empreinte par la voye de la cognoissance et de la science, il est malaysé qu'elle ne se represente à l'imagination, deslogeant la faulseté qui n'y peult avoir le pied

si ferme ny si rassis, et que les circonstances du premier apprentissage, se coulants à touts coups dans l'esprit, ne facent perdre le souvenir des pieces rapportees faulses ou abastardies. En ce qu'ils inventent tout à faict, d'autant qu'il n'y a nulle impression contraire qui choque leur faulseté, ils semblent avoir d'autant moins à craindre de se mescompter. Toutesfois encores cecy, parce que c'est un corps vain et sans prinse, eschappe volontiers à la memoire, si elle n'est bien asseuree. De quoy i'ay souvent veu l'experience, et plaisamment, aux despens de ceulx qui font profession de ne former aultrement leur parole que selon qu'il sert aux affaires qu'ils negocient, et qu'il plaist aux grands à qui ils parlent; car ces circonstances à quoy ils veulent asservir leur foy et leur conscience, estant subiectes à plusieurs changemements, il fault que leur parole se diversifie quand et quand : d'où il advient que de mesme chose ils disent tantost gris, tantost iaune, à tel homme d'une sorte, à tel d'une aultre; et si par fortune ces hommes rapportent en butin leurs instructions si contraires, que devient cette belle art? Oultre ce qu'imprudemment ils se desferrent eulx mesmes si souvent; car quelle memoire leur pourroit suffire à se souvenir de tant de diverses formes qu'ils ont forgees en un mesme subiect? l'ay veu plusieurs de mon temps envier la reputation de cette belle sorte de prudence; qui ne veoyent pas que si la reputation y est, l'effect n'y peult estre.

En verité, le mentir est un mauldict vice : nous ne sommes hommes, et ne nous tenons les uns aux aultres, que par la parole. Si nous en cognoissions l'horreur et le poids, nous le poursuivrions à feu, plus iustement que d'autres crimes. Ie treuve qu'on s'amuse ordinairement à chastier aux enfants des erreurs innocentes, tresmal à propos, et qu'on les tormente pour des actions temeraires qui n'ont ny impression ny suitte. La menterie seule, et, un peu au dessoubs, l'opiniastreté, me semblent estre celles desquelles on debvroit à toute instance combattre la naissance et le progrez : elles croissent quand et eulx; et depuis qu'on a donné ce fauls train à la langue, c'est merveille combien il est impossible de l'en retirer : par où il advient que nous veoyons des honnestes hommes d'ailleurs, y estre subiects et asservis. l'ay un bon garçon de tailleur à qui ie n'ouy iamais dire une verité, non pas quand elle s'offre pour luy servir utilement. Si, comme la verité, le mensonge n'avoit qu'un visage, nous serions en meilleurs termes; car nous prendrions

(1) Mis en route, en chemin, en train.
(2) Cicéron, pro Ligar., c. 12 : «Oblivisci nihil soles, nisi iniurias.»

pour certain l'opposé de ce que diroit le menteur : mais le revers de la verité a cent mille figures et un champ indefiny. Les Pythagoriens font le bien certain et finy, le mal infiny et incertain. Mille routes desvoyent du blanc [1] : une y va. Certes ie ne m'asseure pas que ie peusse venir à bout de moy, à guarantir un danger évident et extreme par une effrontee et solenne mensonge. Un ancien Pere dict, que nous sommes mieulx en la compaignie d'un chien cognen, qu'en celle d'un homme duquel le langage nous est incognen. *Ut externus alieno non sit hominis vice* [2]. Et de combien est le langage fauls moins sociable que le silence !

Le roy François premier se vantoit d'avoir mis au rouet, par ce moyen, Francisque Taverna, ambassadeur de François Sforce, duc de Milan, homme tresfameux en science de parlerie. Cettuy cy avoit esté despesché pour excuser son maistre vers sa maiesté, d'un faict de grande consequence, qui estoit tel : Le roy, pour maintenir tousiours quelques intelligences en Italie, d'où il avoit esté dernierement chassé, mesme au duché de Milan, avoit advisé d'y tenir prez du duc un gentilhomme de sa part, ambassadeur par effect, mais par apparence homme privé, qui feist la mine d'y estre pour ses affaires particulieres ; d'autant que le duc, qui despendoit beaucoup plus de l'empereur ( lors principalement qu'il estoit en traicté de mariage avec sa niepce, fille du roy de Danemarc, qui est à present douairiere de Lorraine ), ne pouvoit descouvrir avoir aulcune practique et conference avecques nous, sans son grand interest. A cette commission se trouva propre un gentilhomme milannois, escuyer d'escurie chez le roy, nommé Merveille. Cettuy cy, despesché avecques lettres secrettes de creance et instructions d'ambassadeur, et avecques d'aultres lettres de recommendation envers le duc en faveur de ses affaires particulieres, pour le masque et la montre, feut si long temps auprez du duc, qu'il en veint quelque ressentiment à l'empereur ; qui donna cause à ce qui s'ensuivit aprez, comme nous pensons : ce feut que, soubs couleur de quelque meurtre, voylà le duc qui luy faict trencher la teste de belle nuict, et son procez faict en deux iours. Messire Francisque estant venu, prest d'une longue deduction contrefaicte de cette histoire ( car le roy s'en estoit adressé, pour demander raison, à touts les princes de chrestienté et au duc mesme ), feut ouy aux affaires du matin ; et ayant estably pour le fondement de sa cause, et dressé à cette fin plusieurs belles apparences du faict : que son maistre n'avoit iamais prins nostre homme que pour gentilhomme privé et sien subiect, qui estoit venu faire ses af-

faires à Milan, et qui n'avoit iamais vescu là soubs aultre visage ; desadvouant mesme avoir sceu qu'il feust en estat de la maison du roy, ny cognen de luy, tant s'en fault qu'il le prinst pour ambassadeur : le roy, à son tour, le pressant de diverses obiections et demandes, et le chargeant de toutes parts, l'accula enfin sur le poinct de l'execution faicte de nuict et comme à la desrobee ; à quoy le pauvre homme embarrassé respondit, pour faire l'honneste, que, pour le respect de sa maiesté, le duc eust esté bien marry que telle execution se feust faicte de iour. Chascun peult penser comme il feut relevé, s'estant si lourdement couppé, à l'endroict d'un tel nez que celuy du roy François.

Le pape Iule second ayant envoyé un ambassadeur vers le roy d'Angleterre, pour l'animer contre le roy François, l'ambassadeur ayant esté ouy sur sa charge, et le roy d'Angleterre s'estant arresté en sa response aux difficultez qu'il trouvoit à dresser les preparatifs qu'il fauldroit pour combattre un roy si puissant, et en alleguant quelques raisons ; l'ambassadeur repliqua mal à propos qu'il les avoit aussi considerees de sa part, et les avoit bien dictes au pape. De cette parole, si esloingnee de sa proposition, qui estoit de le poulser incontinent à la guerre, le roy d'Angleterre print le premier argument de ce qu'il trouva depuis par effect, que cet ambassadeur, de son intention particuliere, pendoit du costé de France ; et, en ayant adverty son maistre, ses biens feurent confisquez, et ne teint à gueres qu'il n'en perdist la vie.

---

## CHAPITRE X.

### *Du parler prompt, ou tardif.*

Oue ne furent à touts toutes graces donnees [3] ;

aussi veoyons nous qu'au don d'eloquence, les uns ont la facilité et la promptitude, et, ce qu'on dict, le boutehors si aisé, qu'à chasque bout de champ ils sont presls ; les aultres, plus tardifs, ne parlent iamais rien qu'elaboré et premedité.

Comme on donne des regles aux dames de prendre les ieux et les exercices du corps, selon l'advantage de ce qu'elles ont le plus beau ; si l'avois à conseiller de mesme en ces deux divers advantages de l'eloquence, de laquelle il semble en nostre

---

(1) *Détournent du but.*
(2) De sorte que deux hommes de différentes nations ne sont point hommes l'un à l'égard de l'autre. PLINE, *Nat. Hist.*, VII, 1.
(3) Ce vers est du célèbre ami de Montaigne Estienne de la Boétie.

siecle que les prescheurs et les advocats facent principale profession, le tardif seroit mieulx prescheur, ce me semble, et l'aultre, mieulx advocat : parce que la charge de cettuy là luy donne autant qu'il luy plaist de loisir pour se preparer ; et puis sa carriere se passe d'un fil et d'une suitte sans interruptiou : là où les commoditez de l'advocat le pressent à toute heure de se mettre en lice ; et les responses improuveues de sa partie adverse le reiectent de son bransle, où il luy fault sur le champ prendre nouveau party. Si est ce qu'à l'entrevene du pape Clement et du roy François à Marseille, il adveint, tout au rebours, que monsieur Poyet, homme toute sa vie nourry au barreau, en grande reputation, ayant charge de faire la harangue au pape, et l'ayant de longue main pourpensee, voire, à ce qu'on dict, apportee de Paris toute preste ; le iour mesme qu'elle debvoit estre prononcee, le pape, se craignant qu'on luy teinst propos qui peust offenser les ambassadeurs des aultres princes qui estoient autour de luy, manda au roy l'argument qui luy sembloit estre le plus propre au temps et au lieu, mais, de fortune, tout aultre que celuy sur lequél monsieur Poyet s'estoit travaillé ; de façon que sa harangue demeuroit inutile, et luy en falloit promptement refaire une aultre : mais s'en sentant incapable, il fallut que monsieur le cardinal du Bellay en prinst la charge. La part de l'advocat est plus difficile que celle du prescheur ; et nous trouvons pourtant, ce m'est advis, plus de passables advocats que prescheurs, au moins en France. Il semble que ce soit plus le propre de l'esprit d'avoir son operation prompte et soubdaine ; et plus le propre du iugement, de l'avoir lente et posee. Mais qui demeure du tout muet, s'il n'a loisir de se preparer, et celuy aussi à qui le loisir ne donne advantage de mieulx dire, sont en pareil degré d'estrangeté.

On recite de Severus Cassius, qu'il disoit mieulx sans y avoir pensé ; qu'il debvoit plus à la fortune qu'à sa diligence ; qu'il luy venoit à profit d'estre troublé en parlant ; et que ses adversaires craignoyent de le picquer, de peur que la cholere ne luy feist redoubler son eloquence. Ie cognoy par experience cette condition de nature, qui ne peult soustenir une vehemente premeditation et laborieuse : si elle ne va gayement et librement, elle ne va rien qui vaille. Nous disons d'aulcuns ouvrages, qu'ils puent à l'huyle et à la lampe, pour certaine aspreté et rudesse que le travail imprime en ceulx où il a grande part. Mais oultre cela, la solicitude de bien faire, et cette contention de l'ame trop bandée et trop tendue à son entreprinse, la rompt et l'empesche ; ainsin qu'il advient à l'eau qui,

par force de se presser, de sa violence et abondance ne peult trouver issue en un goulet ouvert. En cette condition de nature dequoy ie parle, il y a quand et quand aussi cela, qu'elle demande à estre non pas esbranlee et picquee par ces passions fortes, comme la cholere de Cassius ( car ce mouvement seroit trop aspre ), elle veult estre non pas secouee, mais solicitee ; elle veult estre eschauffee et reveillee par les occasions estrangeres, presentes, et fortuites : si elle va toute seule, elle ne faict que traisner et languir ; l'agitation est sa vie et sa grace. Ie ne me tiens pas bien en ma possession et disposition : le hazard y a plus de droict que moy ; l'occasion, la compaignie, le bransle mesme de ma voix, tire plus de mon esprit, que ie n'y treuve lorsque ie le sonde et employe à part moy. Ainsin les paroles en valent mieulx que les escripts, s'il y peult avoir chois où il n'y a point de prix. Cecy m'advient aussi, que ie ne me treuve pas où ie me cherche ; et me treuve plus par rencontre, que par inquisition de mon iugement. I'auray eslancé quelque subtilité en escrivant (i'entens bien, mornee[1] pour un aultre, affilee pour moy : laissons toutes ces honnestetez ; cela se dict par chascun selon sa force) : ie l'ai si bien perdue, que ie ne sçay ce que i'ay voulu dire ; et l'a l'estranger descouverte par fois avant moy. Si ie portoy le rasoir par tout où cela m'advient, ie me desferoy tout. Le rencontré m'en offrira le iour quelque aultre fois, plus apparent que celuy du midy, et me fera estonner de ma hesitation.

---

# CHAPITRE XI.

## *Des prognostications.*

Quant aux oracles, il est certain que bonne piece[2] avant la venue de Iesus-Christ, ils avoyent commencé à perdre leur crédit ; car nous veoyons que Cicero se met en peine de trouver la cause de leur defaillance ; et ces mots sont à luy : *Cur isto modo iam oracula Delphis non eduntur, non modo nostra ætate sed iamdiu ; ut nihil possit esse contemptius[3]?* Mais quant aux aultres prognosticques qui se tiroyent de l'anatomie des bestes aux sacrifices, ausquels Platon attribue en partie la constitution naturelle des membres internes d'icelles, du trepignement des poulets, du vol des oyseaux (*Aves*

(1) *C'est-à-dire, émoussée, sans pointe.*

(2) *Long-temps,* ou, comme on a mis dans quelques éditions, *dès long-temps.*

(3) *D'où vient que de nos jours, et même depuis long-temps, on ne rend plus de tels oracles? d'où vient que le trépied de Delphes est si méprisé?* Cic., *de Divinat.,* II, 57.

*quasdam... rerum augurandarum causa natas esse putamus* [1] ), des fouldres, du tournoyement des rivieres ( *Multa cernunt aruspices, multa augures provident, multa oraculis declarantur, multa vaticinationibus, multa somniis, multa portentis* [2] ), et aultres sur lesquels l'antiquité appuyoit la pluspart des entreprinses tant publicques que privées, nostre religion les a abolies. Et encores qu'il reste entre nous quelques moyens de divination ez astres, ez esprits, ez figures du corps, ez songes, et ailleurs; notable exemple de la forcenée curiosité de nostre nature, s'amusant à preoccuper les choses futures, comme si elle n'avoit pas assez à faire à digerer les presentes,

Cur hanc tibi, rector Olympi,
Sollicitis visum mortalibus addere curam,
Noscant venturas ut dira per omina clades?

Sit subitum, quodcumque paras; sit cæca futuri
Mens hominum fati; liceat sperare timenti [3] :

*Ne utile quidem est scire, quid futurum sit; miserum est enim, nihil proficientem angi* [4] : si est ce qu'elle est de beaucoup moindre auctorité. Voilà pourquoy l'exemple de François, marquis de Sallusses, m'a semblé remarquable : car lieutenant du roy François en son armee delà les monts, infiniment favorisé de nostre court, et obligé au roy du marquisat mesme qui avoit esté confisqué de son frere; au reste ne se presentant occasion de le faire [5], son affection mesme y contredisant, se laissa si fort espouvanter, comme il a esté adveré, aux belles prognostications qu'on faisoit lors courir de touts costez à l'advantage de l'empereur Charles cinquiesme, et à nostre desadvantage ( mesme en Italie, où ces folles propheties avoyent trouvé tant de place, qu'à Rome il feut baillé grande somme d'argent au change, pour cette opinion de nostre ruyne ), qu'aprez s'estre souvent condolu à ses privez des maulx qu'il veoyoit inevitablement preparez à la couronne de France et aux amis qu'il y avoit, se revolta et changea de party; à son grand dommage pourtant, quelque constellation qu'il y eust. Mais il s'y conduisit en homme combattu de diverses passions : car ayant et villes et forces en sa main, l'armee ennemie soubs Antoine de Leve à trois pas de luy, et nous sans soupçeons de son faict, il estoit en luy de faire pis qu'il ne feit; car pour sa trahison nous ne perdismes ny homme ny ville que Fossan [6], encores aprez l'avoir longtemps contestee.

Prudens futuri temporis exitum
Caliginosa nocte premit Deus;
Rideique, si mortalis ultra

Fas trepidat.
. . . . . Ille potens sui,
Lætusque deget, cui licet in diem
Dixisse, vixi; cras vel atra
Nube polum pater occupato,
Vel sole puro [7].

Lætus in præsens animus, quod ultra est
Oderit curare [8].

Et ceulx qui croyent ce mot, au contraire, le croyent à tort : *Ista sic reciprocantur, ut et, si divinatio sit, dii sint; et, si dii sint, sit divinatio* [9]. Beaucoup plus sagement Pacuvius,

Nam istis, qui linguam avium intelligunt,
Plusque ex alieno iecore sapiunt, quam ex suo,
Magis audiendum, quam auscultandum censeo [10].

Ce tant celebre art de deviner des Toscans nasquit ainsin : Un laboureur, perceant de son coultre profondement la terre, en veit sourdre [11] Tages, demi dieu, d'un visage enfantin, mais de senile prudence; chascun y accourut, et feurent ses paroles et sa science recueillie et conservee à plusieurs siecles, contenant les principes et moyens de cet art : naissance conforme à son progrez. J'aimeroy bien mieulx regler mes affaires par le sort des dez que par ces songes. Et de vray, en toutes republiques on a tousiours laissé bonne part d'auctorité au sort. Platon, en la police qu'il forge à discretion, luy attribue la decision de plusieurs ef-

---

(1) Nous croyons qu'il est des oiseaux qui naissent exprès pour servir à l'art des augures. Cic., *de Nat. deor.*, II . 64.

(2) Les aruspices voient quantité de choses; les augures en prévoient aussi un grand nombre; plusieurs événements sont annoncés par les oracles, et plusieurs par les devins, par les songes, par les prodiges. Ib., *ibid.*, c. 65.

(3) Pourquoi, souverain maître des dieux, avoir ajouté aux malheurs des humains cette triste inquiétude? pourquoi leur faire connoître, par d'affreux présages, leurs désastres à venir?... Fais que nos maux arrivent soudain, et qu'il soit inconnu à l'homme, et qu'il puisse du moins espérer en tremblant! Lucain, II , 4 , 14.

(4) On ne gagne rien à savoir ce qui doit nécessairement arriver : car c'est une misère de se tourmenter en vain. Cic., *de Nat. deor.*, III , 6.

(5) C'est-à-dire, *de changer de parti*, comme Montaigne le dit plus bas.

(6) *Fossano*, en Piémont, près Coni.

(7) C'est par prudence que les dieux couvrent d'une nuit épaisse les événements de l'avenir ; ils se rient d'un mortel qui porte ses inquiétudes plus loin qu'il ne doit .. Celui-là est maître de lui-même, celui-là est heureux qui peut dire chaque jour : J'ai vécu ; que demain Jupiter obscurcisse l'air de tristes nuages, ou nous donne un jour serein. Horace, *Odes*, III , 29 . 29 et suiv.

(8) Un esprit satisfait du présent se gardera bien de s'inquiéter de l'avenir. Ib., *ibid.*, II , 16 , 25.

(9) Voici leur argument : S'il y a une divination, il y a des dieux ; et s'il y a des dieux, il y a une divination. Cic., *de Divin.*, I , 6.

(10) Quant à ceux qui entendent le langage des oiseaux, et qui consultent le foie d'un animal plutôt que leur propre raison, je pense qu'il vaut mieux les écouter que les croire. Pacuvius *apud* Cic., *de Divin.*. I , 57. — (11) *Surgir, s'élever.*

fects d'importance, et veult, entre aultres choses, que les mariages se facent par sort entre les bons: et donne si grand poids à cette election fortuite, que les enfants qui en naissent, il ordonne qu'ils soyent nourris au païs; ceulx qui naissent des mauvais, en soyent mis hors: toutesfois si quelqu'un de ces bannis venoit, par cas d'adventure, à monstrer en croissant quelque bonne esperance de soy, qu'on le puisse rappeller; et exiler aussi celuy d'entre les retenus qui monstrera peu d'esperance de son adolescence.

I'en veoy qui estudient et glosent leurs almanacs, et nous en alleguent l'auctorité aux choses qui se passent. A tant dire, il fault qu'ils dient et la verité et le mensonge : *quis est enim, qui totum diem iaculans non aliquando collineet* [1] *?* Ie ne les estime de rien mieulx, pour les veoir tumber en quelque rencontre. Ce seroit plus de certitude, s'il y avoit regle et verité à mentir tousiours : ioinct que personne ne tient registre de leurs mescomptes, d'autant qu'ils sont ordinaires et infinis; et faict on valoir leurs divinations de ce qu'elles sont rares, incroiables, et prodigieuses. Ainsin respondit Diagoras, qui feut surnommé l'athee, estant en la Samothrace, à celuy qui, en luy montrant au temple force vœux et tableaux de ceulx qui avoyent eschappé le nauffrage, lui dict : « Eh bien ! vous qui pensez que les dieux mettent à nonchaloir les choses humaines, que dictes vous de tant d'hommes sauvez par leur grace ? » — « Il se faict ainsin, respondit il, ceulx là ne sont pas peincts qui sont demourez noyez, en bien plus grand nombre. »

Cicero dict que le seul Xenophanes colophonien, entre touts les philosophes qui ont advoué les dieux, a essayé de desraciner toute sorte de divination. D'autant est il moins de merveille si nous avons veu, par fois à leur dommage, aulcunes de nos ames principesques s'arrester à ces vanitez. Ie vouldrois bien avoir recogneu de mes yeulx ces deux merveilles, du livre de Ioachim, abbé calabrois, qui predisoit touts les papes futurs, leurs noms et formes; et celuy de Leon l'empereur, qui predisoit les empereurs et patriarches de Grece. Cecy ay ie recogneu de mes yeulx, qu'ez confusions publicques, les hommes, estonnez de leur fortune, se vont reiectants, comme à toute superstition, à rechercher au ciel les causes et menaces anciennes de leur malheur; et y sont si estrangement heureux de mon temps, qu'ils m'ont persuadé qu'ainsin que c'est un amusement d'esprits aigus et oysifs, ceulx qui sont duicts à cette subtilité de les replier et desnouer, seroyent en touts escripts capables de trouver tout ce qu'ils y demandent : mais sur tout leur preste beau ieu le parler obscur, ambigu et fantastique du iargon prophetique, auquel leurs auteurs ne donnent aulcun sens clair, à fin que la posterité y en puisse appliquer de tels qu'il luy plaira.

Le daimon de Socrates estoit à l'adventure certaine impulsion de volonté, qui se presentoit à luy sans le conseil de son discours [2] : en une ame bien espurce, comme la sienne, et preparee par continu exercice de sagesse et de vertu, il est vraysemblable que ces inclinations, quoyque temeraires et indigestes, estoient tousiours importantes et dignes d'estre suyvies. Chascun sent en soy quelque image de telles agitations d'une opinion prompte, vehemente, et fortuite : c'est à moy de leur donner quelque auctorité, qui en donne si peu à nostre prudence; et en ay eu de parcillement foibles en raison, et violentes en persuasion, ou en dissuasion, qui estoient plus ordinaires à Socrates, auxquelles ie me suis laissé emporter si utilement et heureusement, qu'elles pourroient estre iugees tenir quelque chose d'inspiration divine.

---

# CHAPITRE XII.

### De la constance.

La loy de la resolution et de la constance ne porte pas que nous ne nous debvions couvrir, autant qu'il est en nostre puissance, des maulx et inconvenients qui nous menacent, ny par consequent d'avoir peur qu'ils nous surprennent : au rebours, touts moyens honnestes de se guarantir des maulx, sont non seulement permis, mais louables; et le ieu de la constance se ioue principalement à porter de pied ferme les inconvenients où il n'y a point de remede. De maniere qu'il n'y a souplesse de corps ny mouvement aux armes de main, que nous trouvions mauvais, s'il sert à nous guarantir du coup qu'on nous rue.

Plusieurs nations tresbelliqueuses se servoyent, en leurs faicts d'armes, de la fuyte pour advantage principal, et montroyent le dos à l'enemy plus dangereusement que leur visage : les Turcs en retiennent quelque chose; et Socrates, en Platon, se mocque de Laches qui avoit definy la fortitude, « Se tenir ferme en son reng contre les ennemis. » Quoy, feit il, seroit ce doncques lascheté de les battre en leur faisant place ? et luy allegue Homere, qui loue en Aeneas la science de fuir. Et, parce que Laches, se r'advisant, advoue cet usage aux Scythes et enfin generalement à touts gents de che-

---

(1) Si l'on tire tout le jour, il faut bien que l'on touche quelquefois au but. Cic., *de Divinat.*, II, 59.

(2) *De sa raison.*

val, il luy allegue encores l'exemple des gents de pied lacedemoniens, nation sur toutes duicte à combattre de pied ferme, qui, en la journee de Platees, ne pouvant ouvrir la phalange persienne, s'adviserent de s'escarter et sier[1] arriere; pour, par l'opinion de leur fuyte, faire rompre et dissoudre cette masse, en les poursuivant; par où ils se donnerent la victoire.

Touchant les Scythes, on dict d'eux, quand Darius alla pour les subiuguer, qu'il manda à leur roy force reproches, pour le veoir tousiours reculant devant luy, et gauchissant la meslee. A quoy Indathyrses, car ainsin se nommoit il, feit response, « Que ce n'estoit pour avoir peur de luy ny d'homme vivant; mais que c'estoit la façon de marcher de sa nation, n'ayant ny terre cultivee, ny ville, ny maison à defendre, et à craindre que l'ennemy en peust faire proufit : mais s'il avoit si grand'faim d'y mordre, qu'il approchast pour veoir le lieu de leurs anciennes sepultures, et que là il trouveroit à qui parler tout son saoul. »

Toutesfois aux canonades, depuis qu'on leur est planté en butte, comme les occasions de la guerre portent souvent, il est messeant de s'esbranler pour la menace du coup; d'autant que, par sa violence et vistesse, nous le tenons inevitable; et en y a maint un qui pour avoir ou haulsé la main, ou baissé la teste, en a, pour le moins, appresté à rire à ses compaignons. Si est ce qu'au voyage que l'empereur Charles cinquiesme feit contre nous en Provence, le marquis de Guast estant allé recognoistre la ville d'Arles, et s'estant iecté hors du couvert d'un moulin à vent, à la faveur duquel il s'estoit approché, feut apperçu par les seigneurs de Bonneval et seneschal d'Agenois, qui se pourmenoyent sus le theatre aux arenes : lesquels l'ayant montré au sieur de Villiers, commissaire de l'artillerie, il braqua si à propos une couleuvrine, que sans ce que ledict marquis, veoyant mettre le feu, se lancea à quartier, il feut tenu qu'il en avoit dans le corps. Et de mesme quelques annees auparavant, Laurent de Medicis, duc d'Urbin, pere du roy[2], assiegeant Mondolphe, place d'Italie, aux terres qu'on nomme du Vicariat, veoyant mettre le feu à une piece qui le regardoit, bien luy servit de faire la cane; car aultrement le coup, qui ne lui raza que le dessus de la teste, lui donnoit sans doubte dans l'estomach. Pour en dire le vray, ie ne croy pas que ces mouvements se feissent avecques discours; car quel iugement pouvez vous faire de la mire haulte ou basse en chose si soubdaine? et est bien plus aisé à croire que la fortune favorisa leur frayeur; et que ce seroit moyen une aultre fois aussi bien pour se iecter dans le coup, que pour

l'eviter. Ie ne me puis deffendre, si le bruit esclatant d'une harquebusade vient à me frapper les aureilles à l'improuveu, en lieu où ie ne le deusse pas attendre, que ie n'en tressaille : ce que i'ay veu encores advenir à d'aultres qui valent mieulx que moy.

N'y n'entendent les stoïciens que l'ame de leur sage puisse resister aux premieres visions et fantasies qui luy surviennent; ains, comme à une subiection naturelle, consentent qu'il cede au grand bruit du ciel ou d'une ruyne, pour exemple, iusques à la pasleur et contraction, ainsin aux aultres passions, pourveu que son opinion demeure saulve et entiere, et que l'assiette de son discours n'en souffre atteinte ny alteration quelconque, et qu'il ne preste nul consentement à son effroy et souffrance. De celuy qui n'est pas sage, il en va de mesme en la premiere partie; mais tout aultrement en la seconde : car l'impression des passions ne demeure pas en luy superficielle, ains va penetrant iusques au siege de sa raison, l'infectant et la corrompant; il iuge selon icelles, et s'y conforme. Veoyez bien disertement et plainement l'estat du sage stoïque :

Mens immota manet; lacrymæ volvuntur inanes[3].

Le sage peripateticien ne s'exempte pas des perturbations, mais il les modere.

---

# CHAPITRE XIII.

### Cerimonie de l'entreveue des roys.

Il n'est subiect si vain qui ne merite un reng en cette rapsodie. A nos regles communes, ce seroit une notable discourtoisie, et à l'endroict d'un pareil, et plus à l'endroict d'un grand, de faillir à vous trouver chez vous quand il vous auroit adverty d'y debvoir venir : voire, adioustoit la royne de Navarre Marguerite à ce propos, que c'estoit incivilité à un gentilhomme de partir de sa maison, comme il se faict le plus souvent, pour aller au devant de celuy qui le vient trouver, pour grand qu'il soit, et qu'il est plus respectueux et civil de l'attendre pour le recevoir, ne feust que de peur de faillir sa route; et qu'il suffit de l'accompaigner à son partement[4]. Pour moy i'oublie souvent l'un et l'autre de ces vains offices; comme ie retranche en

<hr>

(1) Sier, pour se placer, du latin sedere.
(2) Catherine de Médicis, mère de François II, de Charles IX, et de Henri III, alors régnant.
(3) Les pleurs ont beau couler, son ame est inflexible.
(4) Départ.       Virg., Enéid., IV, 449.

ma maison autant que ie puis de la cerimonie. Quelqu'un s'en offense, qu'y feroy ie? Il vault mieulx que ie l'offense pour une fois, que moy touts les iours; ce seroit une subiection continuelle. A quoy faire fuit on la servitude des courts, si on l'entraisne iusques en sa taniere? C'est aussi une regle commune en toutes assemblees, qu'il touche aux moindres de se trouver les premiers à l'assignation, d'autant qu'il est mieulx deu aux plus apparents de se faire attendre.

Toutesfois, à l'entreveue qui se dressa du pape Clement[1] et du roy François à Marseille, le roy, y ayant ordonné les apprests necessaires, s'esloingna de la ville, et donna loisir au pape de deux ou trois iours pour son entree et refreschissement, avant qu'il le veinst trouver. Et de mesme, à l'entree aussi du pape[2], et de l'empereur à Bouloigne, l'empereur donna moyen au pape d'y estre le premier, et y surveint aprez luy. C'est, disent-ils, une cerimonie ordinaire aux aboucheinents de tels princes, que le plus grand soit avant les aultres au lieu assigné, voire avant celuy chez qui se faict l'assemblee; et le prennent de ce biais, que c'est à fin que cette apparence tesmoigne que c'est le plus grand que les moindres vont trouver, et le recherchent, non pas luy eulx.

Non seulement chasque païs, mais chasque cité, et chasque vacation[3], a sa civilité particuliere. I'y ay esté assez soigneusement dressé en mon enfance, et ay vescu en assez bonne compaignie, pour n'ignorer pas les loix de la nostre françoise, et en tiendrois eschole. I'ayme à les ensuivre, mais non pas si couardement que ma vie en demeure contrainte : elles ont quelques formes penibles, lesquelles pourveu qu'on oublie par discretion, non par erreur, on n'en a pas moins de grace. I'ay veu souvent des hommes incivils par trop de civilité, et importuns de courtoisie.

C'est au demourant une tresutile science que la science de l'entregent[4]. Elle est, comme la grace et la beaulté, conciliatrice des premiers abords de la societé et familiarité; et par consequent nous ouvre la porte à nous instruire par les exemples d'aultruy, et à exploicter et produire nostre exemple, s'il a quelque chose d'instruisant et communicable.

---

## CHAPITRE XIV.

*On est puny pour s'opiniastrer à une place sans raison.*

La vaillance a ses limites, comme les aultres vertus; lesquels franchis, on se treuve dans le train du vice : en maniere que par chez elle on se peult rendre à la temerité, obstination et folie, qui n'en sçait bien les bornes, malaysees en verité à choisir sur leurs confins. De cette consideration est nee la coustume que nous avons aux guerres, de punir, voire de mort, ceulx qui s'opiniastrent à deffendre une place qui par les regles militaires ne peult estre soustenue. Aultrement, soubs l'esperance de l'impunité, il n'y auroit poullier[5] qui n'arrestast une armee.

Monsieur le connestable de Montmorency, au siege de Pavie, ayant esté commis pour passer le Tesin, et se loger aux fauxbourgs sainct Antoine, estant empesché d'une tour au bout du pont, qui s'opiniastra iusques à se faire battre, feit pendre tout ce qui estoit dedans; et encores depuis, accompaignant monsieur le Dauphin au voyage delà les monts, ayant prins par force le chasteau de Villane, et tout ce qui estoit dedans ayant esté mis en pieces par la furie des soldats, horsmis le capitaine et l'enseigne, il les feit pendre et estrangler pour cette mesme raison : comme feit aussi le capitaine Martin du Bellay, lors gouverneur de Turin en cette mesme contree, le capitaine de Sainct Bony, le reste de ses gents ayant esté massacré à la prinse de la place.

Mais d'autant que le iugement de la valeur et foiblesse du lieu se prend par l'estimation et contrepoids des forces qui l'assaillent (car tel s'opiniastreroit iustement contre deux couleuvrines, qui feroit l'enragé d'attendre trente canons), où se met encores en compte la grandeur du prince conquerant, sa reputation, le respect qu'on luy doibt; il y a danger qu'on presse un peu la balance de ce costé là : et en advient par ces mesmes termes, que tels ont si grande opinion d'eulx et de leurs moyens, que ne leur semblant raisonnable qu'il y ait rien digne de leur faire teste, ils passent le coulteau partout où ils trouvent resistance, autant que fortune leur dure; comme il se veoid par les formes de sommation et desfi que les princes d'orient, et leurs successeurs qui sont encores, ont en usage, fiere, haultaine et pleine d'un commandement barbaresque. Et au quartier par où les Portugalois escornerent les Indes, ils trouverent des estats avecques cette loy universelle et inviolable, que tout ennemy vaincu par le roy en presence, ou par son lieutenant, est hors de composition de rançon et de mercy.

---

(1) Septième du nom, en 1533.
(2) Du même pape Clément VII, et de Charles-Quint, sur la fin de l'année 1532. — (3) *Chaque état, chaque profession.*
(4) *Intergentes.* l'art de se conduire dans le monde.
(5) *Poulailler (bicoque).*

Ainsin sur tout il se fault garder, qui peult, de tumber entre les mains d'un iuge ennemy, victorieux et armé.

---

# CHAPITRE XV.

### De la punition de la couardise.

I'ouy aultrefois tenir à un prince et tresgrand capitaine, que pour laschelé de cœur un soldat ne pouvoit estre condemné à mort; luy estant à table faict recit du procez du seigneur de Vervins, qui feut condemné à mort pour avoir rendu Bouloigne[1]. A la verité c'est raison qu'on face grande difference entre les faultes qui viennent de nostre foiblesse., et celles qui viennent de nostre malice : car en celles icy nous nous sommes bandez à nostre escient contre les regles de la raison que nature a empreintes en nous; et en celles là, il semble que nous puissions appeller à garant cette mesme nature, pour nous avoir laissez en telle imperfection et defaillance. De maniere que prou de gents ont pensé qu'on ne se pouvoit prendre à nous que de ce que nous faisons contre nostre conscience : et sur cette regle est en partie fondée l'opinion de ceulx qui condemnent les punitions capitales aux heretiques et mescreants, et celle qui establit qu'un advocat et un iuge ne puissent estre tenus de ce que par ignorance ils ont failly en leur charge.

Mais quant à la couardise, il est certain que la plus commune façon est de la chastier par honte et ignominie : et tient on que cette regle a esté premierement mise en usage par le legislateur Charondas; et qu'avant luy les loix de Grece punissoient de mort ceulx qui s'en estoient fuys d'une bataille : au lieu qu'il ordonna seulement qu'ils fussent par trois iours assis emmy la place publicque, vestus de robe de femme; esperant encores s'en pouvoir servir, leur ayant faict revenir le courage par cette honte. *Suffundere malis hominis sanguinem, quam effundere*[2]. Il semble aussi que les loix romaines punissoyent anciennement de mort ceulx qui avoient fuy : car Ammianus Marcellinus dict que l'empereur Iulien condemna dix de ses soldats, qui avoient tourné le dos en une charge contre les Parthes, à estre degradez, et, aprez, à souffrir mort, suyvant, dict il, les loix anciennes. Toutesfois ailleurs, pour une pareille faulte, il en condemne d'autres seulement à se tenir parmy les prisonniers soubs l'enseigne du bagage. L'aspre chastiement du peuple romain contre les soldats eschapez de Cannes, et, en cette mesme guerre, contre ceulx qui accompaignerent Cn. Fulvius en

sa desfaicte, ne veint pas à la mort. Si est il à craindre que la honte les desespere, et les rende non froids amis seulement, mais ennemis.

Du temps de nos peres[3], le seigneur de Franget, iadis lieutenant de la compaignie de monsieur le mareschal de Chastillon, ayant, par monsieur le mareschal de Chabannes, esté mis gouverneur de Fontarabie au lieu de monsieur du Lude, et l'ayant rendue aux Espaignols, fut condemné à estre degradé de noblesse, et tant luy que sa posterité declaré roturier, taillable, et incapable de porter armes : et feut cette rude sentence executee à Lyon. Depuis, souffrirent pareille punition touts les gentilshommes qui se trouverent dans Guyse, lors que le comte de Nansau[4] y entra; et aultres encores, depuis. Toutesfois quand il y auroit une si grossiere et apparente ou ignorance ou couardise, qu'elle surpassast toutes les ordinaires, ce seroit raison de la prendre pour suffisante preuve de meschanceté et de malice, et de la chastier pour telle.

---

# CHAPITRE XVI.

### Un traict de quelques ambassadeurs.

I'observe en mes voyages cette practique, pour apprendre tousiours quelque chose par la communication d'aultruy (qui est une des plus belles escholes qui puisse estre), de ramener tousiours ceulx avecques qui ie confere, aux propos des choses qu'ils sçavent le mieulx;

> Basti al nocchiero ragionar de' venti,
> Al bifolco dei tori; e le sue piaghe
> Conti 'l guerrier, conti 'l pastor gli armenti[5];

car il advient le plus souvent, au contraire, que chascun choisit plustost à discourir du mestier d'un aultre que du sien, estimant que c'est autant de nouvelle reputation acquise : tesmoing le reproche qu'Archidamus feit à Periander, qu'il quittoit la gloire de bon medecin, pour acquerir celle de mauvais poëte. Veoyez combien Cesar se desploye largement à nous faire entendre ses inventions à bastir ponts et engins; et combien, au prix, il va se serrant où il parle des offices de sa profession, de sa vaillance, et conduicte de sa milice : ses exploicts le verifient assez capitaine excellent; il se

(1) Au roi d'Angleterre Henri III qui l'assiégeoit en personne.
(2) Songez plutôt à faire rougir le coupable qu'à répandre son sang. TERTULLIEN, *Apologétique*, p. 585, éd. de Paris, 1566.
(3) En 1523. — (4) Ou Nassau.
(5) Que le pilote se contente de parler des vents, le laboureur de ses taureaux, le guerrier de ses blessures, et le berger de ses troupeaux.

veult faire cognoistre excellent enginieur [1]: qualité aulcunement estrangere. Le vieil Dionysius estoit tres grand chef de guerre, comme il convenoit à sa fortune : mais il se travailloit à donner principale recommandation de soy par la poësie; et si n'y sçavoit guere. Un homme de vacation iuridique, mené ces iours passez veoir un'estude fournie de toute sorte de livres de son mestier et de tout aultre mestier, n'y trouva nulle occasion de s'entretenir; mais il s'arresta à gloser rudement et magistralement une barricade logee sur la vis de l'estude, que cent capitaines et soldats recognoissent touts les iours sans remarque et sans offense.

Optat ephippia bos piger, optat arare caballus [2].

Par ce train vous ne faictes iamais rien qui vaille. Ainsin il fault travailler de reiecter tousiours l'architecte, le peintre, le cordonnier, et ainsin du reste, chascun à son gibbier.

Et, à ce propos, à la lecture des histoires, qui est le subiect de toutes gents, i'ay accoustumé de considerer qui en sont les escrivains : si ce sont personnes qui ne facent aultre profession que de lettres, i'en apprends principalement le style et le langage; si ce sont medecins, ie les crois plus volontiers en ce qu'ils nous disent de la temperature de l'air, de la santé et complexion des princes, des bleceures et maladies; si iurisconsultes, il en fault prendre les controverses des droits, les loix, l'establissement des polices, et choses pareilles; si theologiens, les affaires de l'Église, censures ecclesiastiques, dispenses et mariages; si courtisans, les mœurs et les cerimonies; si gents de guerre, ce qui est de leur charge, et principalement les deductions des exploicts où ils se sont trouvez en personne ; si ambassadeurs, les menees, intelligences, et practiques, et maniere de les conduire.

A cette cause, ce que i'eusse passé à un aultre sans m'y arrester, ie l'ay poisé et remarqué en l'histoire du seigneur de Langey [3], tresentendu en telles choses : c'est qu'aprez avoir conté ces belles remontrances de l'empereur Charles cinquiesme, faictes au consistoire à Rome, presents l'evesque de Mascon et le seigneur du Velly, nos ambassadeurs, où il avoit meslé plusieurs paroles oultrageuses contre nous, et, entre aultres, que si ses capitaines et soldats n'estoient d'aultre fidelité et suffisance en l'art militaire, que ceulx du roy, tout sur l'heure il s'attacheroit la chorde au col pour luy aller demander misericorde (et de cecy il semble qu'il en creust quelque chose, car deux ou trois fois en sa vie, depuis, il luy adveint de redire ces mesmes mots); aussi qu'il desfia le roy de le combattre en chemise, avecques l'espee et le poi-

gnard, dans un batteau : le dict seigneur de Langey, suyvant son histoire, adiouste que lesdicts ambassadeurs faisants une despeche au roy de ces choses, luy en dissimulerent la plus grande partie, mesme luy celerent les deux articles precedents. Or, i'ay trouvé bien estrange qu'il feust en la puissance d'un ambassadeur de dispenser sur les advertissements qu'il doibt faire à son maistre, mesme de telle consequence, venants de telle personne, et dicts en si grand'assemblee : et m'eust semblé l'office du serviteur estre de fidelement representer les choses en leur entier, comme elles sont advenues, à fin que la liberté d'ordonner, iuger et choisir, demeurast au maistre; car, de luy alterer ou cacher la verité, de peur qu'il ne la preigne aultrement qu'il ne doibt et que cela ne le poulse à quelque mauvais party, et ce pendant le laisser ignorant de ses affaires, cela m'eust semblé appartenir à celuy qui donne la loy, non à celuy qui la reçoit; au curateur et maistre d'eschole, non à celuy qui se doibt penser inferieur, non en auctorité seulement, mais aussi en prudence et bon conseil. Quoy qu'il en soit, ie ne vouldrois pas estre servy de cette façon en mon petit faict.

Nous nous soustrayons si volontiers du commandement, soubs quelque pretexte, et usurpons sur la maistrise; chascun aspire si naturellement à la liberté et auctorité, qu'au superieur nulle utilité ne doibt estre si chere, venant de ceulx qui le servent, comme luy doibt estre chere leur simple et naïfve obeïssance. On corrompt l'office du commander, quand on y obeït par discretion, non par subiection. Et P. Crassus, celuy que les Romains estimerent cinq fois heureux, lorsqu'il estoit en Asie consul, ayant mandé à un enginieur grec de luy faire mener le plus grand des deux masts de navire qu'il avoit veus à Athenes, pour quelque engin de batterie qu'il en vouloit faire : cettuy cy, soubs tiltre de sa science, se donna loy de choisir aultrement, et mena le plus petit, et, selon la raison de son art, le plus commode. Crassus, ayant patiemment ouï ses raisons, luy feit tresbien donner le fouet, estimant l'interest de la discipline plus que l'interest de l'ouvrage.

D'aultre part pourtant, on pourroit aussi considerer que cette obeïssance si contraincte n'appartient qu'aux commandements precis et prefix. Les ambassadeurs ont une charge plus libre, qui en plusieurs parties despend souverainement de leur

(1) Montaigne écrit *enginieur* (ingénieur), du mot *engin* dont il se sert souvent.
(2) Le bœuf pesant voudroit porter la selle, et le cheval tirer la charrue. HORACE, *Epist.*, I, 14, 43.
(3) MARTIN DU BELLAY, seigneur de Langey.

disposition; ils n'executent pas simplement, mais forment aussi et dressent par leur conseil la volonté du maistre. I'ay veu, en mon temps, des personnes de commandement reprins d'avoir plustost obeï aux paroles des lettres du roy, qu'à l'occasion des affaires qui estoient prez d'eulx. Les hommes d'entendement accusent encores auiourd'huy l'usage des roys de Perse de tailler les morceaux si courts à leurs agents et lieutenants, qu'aux moindres choses ils eussent à recourir à leur ordonnance; ce delay, en une si longue estendue de domination, ayant souvent apporté des notables dommages à leurs affaires. Et Crassus, escrivant à un homme du mestier, et luy donnant advis de l'usage auquel il destinoit ce mast, sembloit il pas entrer en conference de sa deliberation, et le convier à interposer son decret?

# CHAPITRE XVII.
### De la peur.

Obstupui, steteruntque comæ, et vox faucibus hæsit [1].

Ie ne suis pas bon naturaliste (qu'ils disent), et ne sçais gueres par quels ressorts la peur agit en nous; mais tant y a que c'est une estrange passion: et disent les medecins qu'il n'en est aulcune qui emporte plustost nostre iugement hors de sa deue assiette. De vray, i'ay veu beaucoup de gents devenus insensez, de peur; et, au plus rassis, il est certain, pendant que son accez dure, qu'elle engendre de terribles esblouïssements. Ie laisse à part le vulgaire, à qui elle represente tantost les bisaïeuls sortis du tumbeau enveloppez en leur suaire, tantost des loups-garous, des lutins et des chimeres; mais parmy les soldats mesmes, où elle debvroit trouver moins de place, combien de fois a elle changé un troupeau de brebis en esquadron de corselets [2]? des roseaux et des cannes, en gentsdarmes et lanciers? nos amis, en nos ennemis? et la croix blanche, à la rouge? Lors que monsieur de Bourbon print Rome [3] un port' enseigne, qui estoit à la garde du bourg sainct Pierre, feut saisi de tel effroy à la premiere alarme, que par le trou d'une ruyne il se iecta, l'enseigne au poing, hors la ville, droict aux ennemis, pensant tirer vers le dedans de la ville; et à peine enfin, veoyant la trouppe de monsieur de Bourbon se renger pour le soustenir, estimant que ce feust une sortie que ceulx de la ville feissent, il se recognent, et, tournant teste, rentra par ce mesme trou, par lequel il estoit sorty plus de trois cents pas avant en la campagne. Il n'en adveint pas du tout si heureusement à l'enseigne du capitaine Iulle, lors que sainct Paul feut prins sur nous par le comte de Bures et monsieur du Reu; car, estant si fort esperdu de frayeur, que de se iecter à tout son enseigne hors de la ville par une canoniere, il feut mis en pieces par les assaillants; et, au mesme siege, feut memorable la peur qui serra, saisit et glacea si fort le cœur d'un gentilhomme, qu'il en tumba roide mort par terre, à la bresche, sans aulcune bleceure. Pareille rage poulse par fois toute une multitude: en l'une des rencontres de Germanicus contre les Allemans, deux grosses trouppes prinrent, d'effroy, deux routes opposites; l'une fuyoit d'où l'aultre partoit. Tantost elle nous donne des ailes aux talons, comme aux deux premiers; tantost elle nous cloue les pieds et les entrave, comme on lit de l'empereur Theophile, lequel, en une bataille qu'il perdit contre les Agarenes, deveint si estonné et si transi qu'il ne pouvoit prendre party de s'enfuyr, adeo pavor etiam auxilia formidat [4]; iusques à ce que Manuel, l'un des principaulx chefs de son armee, l'ayant tirassé et secoué, comme pour l'esveiller d'un profond somme, luy dict: «Si vous ne me suyvez, ie vous tueray; car il vault mieulx que vous perdiez la vie, que si, estant prisonnier, vous veniez à perdre l'empire.» Lors exprime elle sa derniere force, quand, pour son service, elle nous reiecte à la vaillance, qu'elle a soustraicte à nostre debvoir et à nostre honneur: en la premiere iuste bataille que les Romains perdirent contre Hannibal, soubs le consul Sempronius, une trouppe de bien dix mille hommes de pied qui print l'espouvante, ne veoyant ailleurs par où faire passage à sa lascheté, s'alla iecter au travers le gros des ennemis, lequel elle percea d'un merveilleux effort, avec grand meurtre de Carthaginois; achetant une honteuse fuyte au mesme prix qu'elle eust eu une glorieuse victoire.

C'est de quoy i'ay le plus de peur que la peur: aussi surmonte elle en aigreur touts aultres accidents. Quelle affection peult estre plus aspre et plus iuste, que celle des amis de Pompeius, qui estoient en son navire, spectateurs de cet horrible massacre? Si est ce que la peur des voiles aegyptiennes, qui commençoient à les approcher, l'estouffa de maniere qu'on a remarqué qu'ils ne s'amuserent qu'à haster les mariniers de diligenter et de se sauver à coups d'aviron; iusques à ce que,

---

(1) Je frémis, ma voix meurt, et mes cheveux se dressent.
      Virg., Æneid., II, 774.
(2) Les corselets étoient de petites cuirasses que portoient les piquiers dans les régiments des gardes.
(3) En 1527.
(4) Tant la peur s'effraie même de ce qui pourroit lui donner du secours. Quinte-Curce, III, 11.

arrivez à Tyr, libres de crainte, ils eurent loy de tourner leur pensee à la perte qu'ils venoient de faire, et lascher la bride aux lamentations et aux larmes que cette aultre plus forte passion avoit suspendues.

*Tum pavor sapientiam omnem mihi ex animo expectorat* [1].

Ceulx qui auront esté bien frottez en quelque estour [2] de guerre, touts blecez encores et ensanglantez, on les rameine bien le landemein à la charge: mais ceulx qui ont conceu quelque bonne peur des ennemis, vous ne les leur feriez pas seulement regarder en face. Ceulx qui sont en pressante crainte de perdre leur bien, d'estre exilez, d'estre subiuguez, vivent en continuelle augoisse, en perdant le boire, le manger, le repos: là où les pauvres, les bannis, les serfs, vivent souvent aussi ioyeusement que les aultres. Et tant de gents qui, de l'impatience des poinctures de la peur, se sont pendus, noyez et precipitez, nous ont bien apprins qu'elle est encores plus importune et plus insupportable que la mort.

Les Grecs en recognoissent une aultre espece, qui est oultre l'erreur de nostre discours [3], venant, disent ils, sans cause apparente et d'une impulsion celeste: des peuples entiers s'en veoyent souvent frappez, et des armees entieres. Telle feut celle qui apporta à Carthage une merveilleuse desolation: on n'y oyoit que cris et voix effrayees; on veoyoit les habitants sortir de leurs maisons comme à l'alarme, et se charger, blecer et entretuer les uns les aultres, comme si ce feussent ennemis qui veinssent à occuper leur ville; tout y estoit en desordre et en fureur, iusques à ce que, par oraisons et sacrifices, ils eussent appaisé l'ire des dieux. Ils nomment cela *terreurs paniques*.

---

# CHAPITRE XVIII.

*Qu'il ne fault iuger de nostre heur qu'aprez la mort.*

Scilicet ultima semper
Exspectanda dies homini est; dicique beatus
Ante obitum nemo supremaque funera debet [4].

Les enfants sçavent le conte du roy Crœsus à ce propos: lequel ayant esté prins par Cyrus et condemné à la mort; sur le poinct de l'execution il s'escria: « O Solon! Solon! » Cela rapporté à Cyrus, et s'estant enquis que c'estoit à dire; il luy feit entendre qu'il verifioit lors à ses despens l'advertissement qu'aultrefois luy avoit donné Solon. « Que

les hommes, quelque beau visage que fortune leur face, ne se peuvent appeler heureux iusques à ce qu'on leur ayt veu passer le dernier iour de leur vie, » pour l'incertitude et varieté des choses humaines, qui, d'un bien legier mouvement, se changent d'un estat en aultre tout divers. Et pourtant Agesilaus, à quelqu'un qui disoit heureux le roy de Perse, de ce qu'il estoit venu fort ieune à un si puissant estat: « Ouy; mais, dict il, Priam en tel aage ne feut pas malheureux. » Tantost, des roys de Macedoine, successeurs de ce grand Alexandre, il s'en faict des menuisiers et greffiers à Rome; des tyrans de Sicile, des pedants à Corinthe; d'un conquerant de la moitié du monde et empereur de tant d'armees, il s'en faict un miserable suppliant des belitres officiers d'un roy d'Aegypte: tant cousta à ce grand Pompeius la prolongation de cinq ou six mois de vie! Et du temps de nos peres, ce Ludovic Sforce, dixiesme duc de Milan, soubs qui avoit si longtemps branslé toute l'Italie, on l'a veu mourir prisonnier à Loches [5], mais aprez y avoir vescu dix ans, qui est le pis de son marché. La plus belle royne [6], veufve du plus grand roy de la chrestienté, vient elle pas de mourir par la main d'un bourreau? indigne et barbare cruauté! Et mille tels exemples; car il semble que, comme les orages et tempestes se picquent contre l'orgueil et haultaineté de nos bastiments, il y ayt aussi là hault des esprits envieux des grandeurs de çà bas;

Usque adeo res humanas vis abdita quædam
Obterit, et pulchros fasces, sævasque secures
Proculeare, ac ludibrio sibi habere videtur [7]!

et semble que la fortune quelquesfois guette à poinct nommé le dernier iour de nostre vie, pour montrer sa puissance de renverser en un moment ce qu'elle avoit basty en longues annees; et nous faict crier, aprez Laberius,

Nimirum hac die
Una plus vixi mihi, quam vivendum fuit [8]!

(1) L'effroi, loin de mon cœur, a chassé ma vertu.
ENNIUS, ap. Cic. Tuscul., IV, 8.

(2) Un *estour*, dit Nicot, c'est un *conflict et combat.*

(3) C'est à-dire *qui n'est pas causée par une erreur de notre jugement.*

(4) ...... Nul homme certain d'un bonheur sans retour
Ne peut se croire heureux avant son dernier jour.
OVIDE, trad. par Saint Ange, *Métam.*, III, 135.

(5) En Touraine, sous le règne de Louis XI, qui l'y avoit fait enfermer en 1500, dans une cage de fer.

(6) Marie Stuart, reine d'Écosse, et mère de Jacques Ier, roi d'Angleterre, décapitée au château de Fotheringay, par l'ordre de la reine Élisabeth, le 18 février 1587. Elle avoit été mariée trois fois: la première à François II.

(7) Tant il est vrai qu'une force secrète se joue des choses humaines, se plaît à briser les haches consulaires, et foule aux pieds l'orgueil des faisceaux. LUCRÈCE, V, 1231.

(8) Ah! j'ai vécu trop d'un jour! MACROBE, *Saturnales*, II, 7.

Ainsin se peult prendre avecques raison ce bon advis de Solon : mais d'autant que c'est un philosophe (à l'endroict desquels les faveurs et disgraces de la fortune ne tiennent reng ny d'heur ny de malheur, et sont les grandeurs et puissances accidents de qualité à peu prez indifferente), ie treuve vraysemblable qu'il ayt regardé plus avant, et voulu dire que ce mesme bonheur de nostre vie, qui depend de la tranquillité et contentement d'un esprit bien nay, et de la resolution et asseurance d'une ame reglee ne se doibve iamais attribuer à l'homme, qu'on ne luy ayt veu iouer le dernier acte de sa comedie, et sans doubte le plus difficile. En tout le reste il y peult avoir du masque : ou ces beaux discours de la philosophie ne sont en nous que par contenance, ou les accidents ne nous essayant pas iusques au vif, nous donnent loisir de maintenir tousiours notre visage rassis; mais à ce dernier roolle de la mort et de nous, il n'y a plus que feindre, il fault parler françois, il fault montrer ce qu'il y a de bon et de net dans le fond du pot.

> Nam veræ voces tum demum pectore ab imo
> Eiiciuntur; et eripitur persona, manet res [1].

Voylà pourquoy se doibvent à ce dernier traict toucher et esprouver toutes les aultres actions de nostre vie : c'est le maistre iour; c'est le iour iuge de tous les aultres; c'est le iour, dict un ancien, qui doibt iuger de toutes mes annees passees. Ie remets à la mort l'essay du fruict de mes estudes : nous verrons là si mes discours me partent de la bouche ou du cœur. J'ay veu plusieurs donner par leur mort reputation en bien ou en mal à toute leur vie. Scipion, beau pere de Pompeius, rabilla en bien mourant la mauvaise opinion qu'on avoit eu de luy iusques alors. Epaminondas, interrogé lequel des trois il estimoit le plus, ou Chabrias, ou Iphicrates, ou soy mesme : « Il nous fault veoir mourir, dict il, avant que d'en pouvoir resoudre. » De vray, on desroberoit beaucoup à celuy là, qui le poiseroit sans l'honneur et grandeur de sa fin. Dieu l'a voulu comme il luy a pleu, mais en mon temps trois les plus exsecrables personnes que ie cognuesse en toute abomination de vie, et les plus infames, ont eu des morts reglees, et, en toute circonstance, composees iusques à la perfection. Il est des morts braves et fortunees : ie luy ay veu trencher le fil d'un progrez de merveilleux advancement, et dans la fleur de son croist, à quelqu'un, d'une fin si pompeuse, qu'à mon advis ses ambitieux et courageux desseings n'avoient rien de si hault que feut leur interruption : il arriva, sans y aller, où il pretendoit, plus grandement et glorieu-

sement que ne portoit son desir et esperance ; et devança par sa cheute le pouvoir et le nom où il aspiroit par sa course. Au iugement de la vie d'aultruy ie regarde tousiours comment s'en est porté le bout; et des principaulx estudes de la mienne, c'est qu'il se porte bien, c'est a dire quietement et sourdement.

# CHAPITRE XIX.

*Que philosopher c'est apprendre à mourir.*

Cicero dict que philosopher ce n'est aultre chose que s'apprester à la mort [2]. C'est d'autant que l'estude et la contemplation retirent aulcunement nostre ame hors de nous, et l'embesongnent à part du corps, qui est quelque apprentissage et ressemblance de la mort ; ou bien, c'est que toute la sagesse et discours du monde se resoult enfin à ce poinct, et de nous apprendre à ne craindre point la mourir. De vray, ou la raison se moque, ou elle ne doibt viser qu'à nostre contentement, et tout son travail tendre en somme à nous faire bien vivre, et à nostre aise, comme dict la saincte escriture [3]. Toutes les opinions du monde en sont là, que le plaisir est nostre but; quoyqu'elles en prennent divers moyens ; autrement on les chasseroit d'arrivee; car qui escouteroit celuy qui, pour sa fin, establiroit nostre peine et mesaise? Les dissentions des sectes philosophiques en ce cas sont verbales; *transcurramus solertissimas nugas* [4] ; il y a plus d'opiniastreté et de picoterie qu'il n'appartient à une si saincte profession : mais quelque personnage que l'homme entrepreigne, il ioue tousiours le sien parmy.

Quoy qu'ils dient, en la vertu mesme, le dernier but de nostre visee, c'est la volupté. Il me plaist de battre leurs aureilles de ce mot, qui leur est si fort à contrecœur : et s'il signifie quelque supreme plaisir et excessif contentement, il est mieulx deu à l'assistance de la vertu qu'à nulle aultre assistance. Cette volupté, pour estre plus gaillarde, nerveuse, robuste, virile, n'en est que plus serieusement voluptueuse : et luy debvions donner le nom du plaisir, plus favorable, plus doulx et naturel, non celuy de la vigueur, duquel nous l'avons denommee. Cette aultre volupté plus basse, si elle meritoit ce beau nom, ce debvoit estre en concur-

(1) Alors la nécessité nous arrache des paroles sincères; alors le masque tombe, et l'homme reste. Lucrèce. III 57.

(2) *Tota philosophorum vita commentatio mortis est.* Tusc. quæst. I, 31.

(3) *Et cognovi, quod non esset melius, nisi lætari, et facere bene in vita sua.* Eccles., c. III, v. 12.

(4) Ne nous arrêtons pas à ces jeux d'esprit. Sénèque. Epist. 117

rence, non par privilege : ie la treuve moins pure d'incommoditez et de traverses, que n'est la vertu; oultre que son goust est plus momentanee, fluide et caducque, elle a ses veilles, ses ieusnes et ses travaulx, et la sueur et le sang, et en oultre particulierement ses passions trenchantes de tant de sortes, et à son costé une satieté si lourde, qu'elle equipolle à penitence. Nous avons grand tort d'estimer que ces incommoditez luy servent d'aiguillon, et de condiment à sa doulceur (comme en nature le contraire se vivifie par son contraire); et de dire, quand nous venons à la vertu, que pareilles suittes et difficultez l'accablent, la rendent austere et inaccessible; là où, beaucoup plus proprement qu'à la volupté, elles anoblissent, aiguisent et rehaulsent le plaisir divin et parfaict qu'elle nous moyenne. Celuy là est certes bien indigne de son accointance, qui contrepoise son coust à son fruict; et n'en cognoist ny les graces ny l'usage. Ceulx qui nous vont instruisant que sa queste est scabreuse et laborieuse, sa iouïssance agreable; que nous disent ils par là, sinon qu'elle est tousiours desagreable? car quel moyen humain arriva iamais à sa iouïssance? les plus parfaicts se sont bien contentez d'y aspirer et de l'approcher, sans la posseder. Mais ils se trompent; veu que de touts les plaisirs que nous cognoissons, la poursuitte mesme en est plaisante: l'entreprinse se sent de la qualité de la chose qu'elle regarde; car c'est une bonne portion de l'effect, et consubstantielle. L'heur et la beatitude qui reluit en la vertu remplit toutes ses appartenances et advenues, iusques à la premiere entree, et extreme barriere.

Or des principaulx bienfaicts de la vertu est le mespris de la mort: moyen qui fournit nostre vie d'une molle tranquillité, et nous en donne le goust pur et amiable; sans qui toute aultre volupté est esteincte. Voylà pourquoy toutes les regles se rencontrent et conviennent à cet article. Et combien qu'elles nous conduisent aussi toutes d'un commun accord à mespriser la douleur, la pauvreté, et aultres accidents à quoy la vie humaine est subiecte, ce n'est pas d'un pareil soing: tant parce que ces accidents ne sont pas de telle necessité (la pluspart des hommes passent leur vie sans gouster de la pauvreté, et tels encores sans sentiment de douleur et de maladie, comme Xenophilus le musicien qui vescut cent et six ans d'une entiere santé); qu'aussi d'autant qu'au pis aller la mort peult mettre fin, quand il nous plaira, et couper broche à touts aultres inconveniens. Mais quant à la mort, elle est inevitable :

> Omnes eodem cogimur; omnium
> Versatur urna serius ocius.

Sors exitura, et nos in æternum
Exilium imposita cymbæ [1];

et par consequent, si elle nous faict peur, c'est un subiect continuel de torment, et qui ne se peult aulcunement soulager. Il n'est lieu d'où il ne nous vienne; nous pouvons tourner sans cesse la teste çà et là, comme en païs suspect: *quæ quasi saxum Tantalo, simper impendet* [2]. Nos parlements renvoyent souvent executer les criminels au lieu où le crime est commis: durant le chemin, promenez les par de belles maisons, faictes leur tant de bonne chere qu'il vous plaira,

> Non Siculæ dapes
> Dulcem elaborabunt saporem;
> Non avium citharæque cantus
> Somnum reducent [3]:

pensez vous qu'ils s'en puissent resiouïr; et que la finale intention de leur voyage leur estant ordinairement devant les yeulx, ne leur ayt alteré et affadi le goust à toutes ces commoditez?

> Audit iter, numeratque dies, spatioque viarum
> Metitur vitam; torquetur peste futura [4].

Le but de notre carriere c'est la mort; c'est l'obiect necessaire de nostre visee: si elle nous effroye, comme est il possible d'aller un pas avant sans fiebvre? Le remede du vulgaire, c'est de n'y penser pas: mais de quelle brutale stupidité luy peult venir un si grossier aveuglement? Il luy fault faire brider l'asne par la queue :

> Qui capite ipse suo instituit vestigia retro [5].

Ce n'est pas de merveille s'il est si souvent prins au piege. On faict peur à nos gents seulement de nommer la mort; et la pluspart s'en seignent, comme du nom du diable. Et parce qu'il s'en faict mention aux testaments, ne vous attendez pas qu'ils y mettent la main, que le medecin ne leur ayt donné l'extreme sentence : et Dieu sçait lors, entre la douleur et la frayeur, de quel bon iugement ils vous le pastissent.

Parce que cette syllabe frappoit trop rudement

---

(1) Nous sommes tous forcés d'arriver au même terme ; le sort de chacun de nous s'agite dans l'urne, pour en sortir tôt ou tard, et nous faire passer de la barque fatale dans un éternel exil. HORACE, *Od.*, II, 3, 25.

(2) Elle est toujours menaçante, comme le rocher de Tantale. CIC., *de Finibus*, I, 18.

(3) Les mets les plus délicieux ne pourront réveiller leur goût; ni les chants des oiseaux, ni les accords de la lyre, ne leur rendront le sommeil. HOR., *Od.*, III, 1, 13.

(4) Il s'inquiète du chemin, il compte les jours, et mesure sa vie sur la longueur de la route, tourmenté sans cesse par l'idée du supplice qui l'attend. CLAUDIEN, *in Ruf.*, II, 137.

(5) Puisque dans sa sottise il veut avancer à reculons. LUCRÈCE, IV, 474.

leurs aureilles, et que cette voix leur sembloit malencontreuse, les Romains avoient appris de l'amollir ou l'estendre en periphrases : au lieu de dire , il est mort : « Il a cessé de vivre, disent ils, il a vescu ; » pourveu que ce soit vie, soit elle passee, ils se consolent. Nous en avons emprunté nostre, *feu maistre Iehan*. A l'adventure est ce que, comme on dict, le terme vault l'argent. Ie nasquis entre unze heures et midi, le dernier iour de febvrier, mille cinq cents trente trois, comme nous comptons à cette heure, commenceant l'an en ianvier [1]. Il n'y a iustement que quinze iours que i'ay franchi trente neuf ans : il m'en fault, pour le moins, encores autant [2]. Cependant s'empescher du pensement de chose si esloignee, ce seroit folie. Mais quoy? les ieunes et les vieux laissent la vie de mesme condition : nul n'en sort aultrement que comme si tout presentement il y entroit; ioinct qu'il n'est homme si decrepite, tant qu'il veoid Mathusalem devant, qui ne pense avoir encores vingt ans dans le corps. Davantage, pauvre fol que tu es, qui t'a estably les termes de ta vie ? Tu te fondes sur les contes des medecins : regarde plustost l'effect et l'experience. Par le commun train des choses, tu vis pieça [3] par faveur extraordinaire : tu as passé les termes accoutumez de vivre. Et qu'il soit ainsi, compte de tes cognoissans combien il en est mort avant leur aage plus qu'il n'en y a qui l'ayent atteint : et de ceulx mesmes qui ont anobli leur vie par renommee, fais en registre; et i'entreray en gageure d'en trouver plus qui sont morts avant, qu'aprez trente cinq ans. Il est plein de raison et de pieté de prendre exemple de l'humanité mesme de Iesus Christ : or il finit sa vie à trente et trois ans. Le plus grand homme, simplement homme, Alexandre, mourut aussi à ce terme. Combien a la mort de façons de surprinse !

Quid quisque vitet, nunquam homini satis
Cautum est in horas [4] :

ie laisse à part les fiebvres et les pleuresies : qui eust iamais pensé qu'un duc de Bretaigne deust estre estouffé de la presse, comme feut celuy là à l'entree du pape Clement, mon voysin, à Lyon [5]? N'as tu pas veu tuer un de nos roys en se iouant [6]? et un de ses ancestres mourut il pas chocqué par un pourceau [7]? Aeschylus, menacé de la cheute d'une maison, a beau se tenir à l'airte [8] le voylà assommé d'un toict de tortue, qui eschappa des pattes d'un' aigle en l'air : l'aultre mourut d'un grain de raisin ; un empereur, de l'esgratigneure d'un peigne en se testonnant; Aemilius Lepidus, pour avoir heurté du pied contre le seuil de son huis; et Aufidius, pour avoir chocqué, en entrant,

contre la porte de la chambre du conseil; et entre les cuisses des femmes, Cornelius Gallus preteur, Tigillinus capitaine du guet à Rome, Ludovic fils de Guy de Gonzague, marquis de Mantoue; et d'un encores pire exemple, Speusippus philosophe platonicien , et l'un de nos papes. Le pauvre Bebius, iuge, ce pendant qu'il donne delay de huictaine à une partie, le voylà saisi, le sien de vivre estant expiré ; et Caius Iulius, medecin, gressant les yeulx d'un patient, voylà la mort qui clost les siens : et s'il m'y faust mesler, un mien frere, le capitaine S. Martin , aagé de vingt et trois ans, qui avoit desià faict assez bonne preuve de sa valeur, iouant à la paulme, reçeut un coup d'esteuf qui l'assena un peu au dessus de l'aureille droicte, sans aulcune apparence de coutusion ny de blecceure ; il ne s'en assit ny reposa, mais cinq ou six heures aprez il mourut d'une apoplexie que ce coup luy causa.

Ces exemples si frequents et si ordinaires nous passants devant les yeulx, comme est il possible qu'on se puisse desfaire du pensement de la mort, et qu'à chasque instant il ne nous semble qu'elle nous tienne au collet? Qu'importe il, me direz vous, comment que ce soit, pourveu qu'on ne s'en donne point de peine? Ie suis de cet advis : et, en quelque maniere qu'on se puisse mettre à l'abri des coups, feust ce soubs la peau d'un veau, ie ne suis pas homme qui y reculast; car il me suffit de passer à mon ayse, et le meilleur ieu que ie me puisse donner, ie le prends, si peu glorieux au reste et exemplaire que vous vouldrez.

Prætulerim... delirus inersque videri,
Dum mea delectent mala me, vel denique fallant,
Quam sapere, et ringi [9].

(1) Par une ordonnance de Charles IX , rendue en 1565 , le commencement de l'année fut fixé au 1ᵉʳ janvier : auparavant elle commençoit à Pâques. En conséquence, le 1ᵉʳ janvier 1563 devint le premier jour de l'an 1564. Le parlement ne se conforma à cette ordonnance que deux ans après , et ne commença l'année le 1ᵉʳ janvier qu'en 1567.

(2) Montaigne n'obtint pas ce qu'il lui falloit , puisqu'il mourut en 1592 , dans la soixantième année de son âge.

(3) Depuis long-temps.

(4) L'homme ne peut jamais assez prévoir quel danger le menace à chaque instant. Hor., Od., II, 13 , 13.

(5) En 1505 , sous le règne de Philippe-le-Bel ; ce duc de Bretagne se nommoit Jean II. Le pape que Montaigne appeloit son voysin étoit Bertrand de Got , archevêque de Bordeaux , qui fut élu pape le 5 juin 1505 , et prit le nom de Clément.

(6) Henri II , blessé à mort, le 10 juillet 1559 , dans un tournoi , par le comte de Montgommery, un de ses capitaines de gardes.

(7) Philippe , fils aîné de Louis-le-Gros , et qui avoit été couronné du vivant de son père.

(8) On écrit aujourd'hui alerte.

(9) Je consens à passer pour un fou, un impertinent, pourvu que mon erreur me plaise , ou que je ne m'en aperçoive pas, plutôt que d'être sage et d'enrager. Hor., Épîtres, II, 2 , 126.

Mais c'est folie d'y penser arriver par là. Ils vont, ils viennent, ils trottent, ils dansent; de mort, nulles nouvelles : tout cela est beau; mais aussi, quand elle arrive ou à eulx, ou à leurs femmes, enfants et amis, les surprenant en dessoude [1] et à descouvert, quels torments, quels cris, quelle rage et quel desespoir les accable? vistes vous iamais rien si rabbaissé, si changé, si confus? Il y fault prouveoir de meilleure heure : et cette nonchalance bestiale, quand elle pourroit loger en la teste d'un homme d'entendement, ce que ie treuve entierement impossible, nous vend trop cher ses denrees. Si c'estoit ennemy qui se peust eviter, ie conseillerois d'emprunter les armes de la couardise : mais puisqu'il ne se peult, puisqu'il vous attrappe fuyant et poltron aussi bien qu'honneste homme,

> Nempe et fugacem persequitur virum,
> Nec parcit imbellis iuventæ
> Poplitibus timidoque tergo [2],

et que nulle trempe de cuirasse ne vous couvre,

> Ille licet ferro cautus se condat et ære,
> Mors tamen inclusum protrahet inde caput [3],

apprenons à le soustenir de pied ferme et à le combattre : et pour commencer à luy oster son plus grand advantage contre nous, prenons voye toute contraire à la commune; ostons luy l'estrangeté, practiquons le, accoustumons le, n'ayons rien si souvent en la teste que la mort, à touts instants representons la à nostre imagination et en touts visages; au broncher d'un cheval, à la cheute d'une tuile, à la moindre picqueure d'espingle, remaschons soubdain : « Eh bien! quand ce seroit la mort mesme! » et là-dessus, roidissons nous, et nous efforceons. Parmy les festes et la ioye, ayons tousiours ce refrain de la souvenance de nostre condition; et ne nous laissons pas si fort emporter au plaisir, que par fois il ne nous repasse en la memoire; en combien de sortes cette nostre alaigresse est en butte à la mort et de combien de prinses elle la menace. Ainsin faisoient les Aegyptiens, qui, au milieu de leurs festins, et parmy leur meilleure chere, faisoient apporter l'anatomie seche d'un homme, pour servir d'advertissement aux conviez.

> Omnem crede diem tibi diluxisse supremum :
> Grata superveniet, quæ non sperabitur, hora [4].

Il est incertain où la mort nous attende : attendons la partout. La premeditation de la mort est premeditation de la liberté : qui a apprins à mourir, il a desapprins à servir : il n'y a rien de mal en la vie pour celuy qui a bien compris que la privation de la vie n'est pas mal : le sçavoir mourir nous affranchit de toute subiection et contraincte. Paulus Aemilius respondit à celuy que ce miserable roy de Macedoine, son prisonnier, luy envoyoit pour le prier de ne le mener pas en son triomphe : « Qu'il en face la requeste à soy mesme. »

A la verité, en toutes choses, si nature ne preste un peu, il est malaysé que l'art et l'industrie aillent gueres avant. Ie suis de moy mesme non melancholique, mais songe-creux : il n'est rien dequoy ie me soye, dez tousiours, plus entretenu que des imaginations de la mort; voire en la saison la plus licentieuse de mon aage,

> Iucundum quum ætas florida ver ageret [5].

Parmy les dames et les ieux, tel me pensoit empesché à digerer, à part moy, quelque ialousie, ou l'incertitude de quelque esperance, ce pendant que ie m'entretenois de ie ne scais qui, surprins les iours precedents d'une fiebvre chaulde et de sa fin, au partir d'une feste pareille, la teste pleine d'oysiveté, d'amour et de bon temps, comme moy, et qu'autant m'en pendoit à l'aureille :

> Iam fuerit, nec post unquam revocare licebit [6];

ie ne ridois non plus le front de ce pensement là, que d'un autre. Il est impossible que, d'arrivee, nous ne sentions des picqueures de telles imaginations; mais en les maniant et repassant, au long aller, on les appriuoise sans doubte : aultrement, de ma part, ie feusse en continuelle frayeur et frenesie; car iamais homme ne se desfia tant de sa vie; iamais homme ne feit moins d'estat de sa duree. Ny la santé, que i'ay ioüi iusques à present tresvigoureuse et peu souvent interrompue, ne m'en alonge l'esperance; ny les maladies ne me l'accourcissent : à chasque minute il me semble que ie m'eschappe, et me rechante sans cesse : « Tout ce qui peult estre faict un aultre iour, le peult estre auiourd'huy. » De vray, les hazards et dangiers nous approchent peu ou rien de nostre

---

(1) *Dessoude*, soudainement, *de subito*.

(2) Il poursuit le fuyard, il frappe sans pitié le lâche qui tourne le dos. Hor. *Od.*, III, 2, 14.

(3) Vous avez beau vous couvrir de fer et d'airain, la mort vous frappera sous votre armure. Properce, III, 18, 25.

(4) Imagine-toi que chaque jour est le dernier qui luit pour toi; tu recevras avec reconnoissance le jour que tu n'espérois plus. Hor., *Épist.*, I, 4, 13.

(5) Quand mon âge fleuri rouloit son gai printemps.
Catulle, LXVIII, 16.
Ce vers françois est de mademoiselle de Gournay; il mérite d'être conservé pour la fidélité originale de la traduction.

(6) Bientôt le temps présent ne sera plus, et nous ne pourrons le rappeler. Lucrèce, III, 928.

fin : et si nous pensons combien il en reste, sans cet accident qui semble nous menacer le plus, de millions d'aultres sur nos testes, nous trouverons que, gaillards et fiebvreux, en la mer et en nos maisons, en la battaille et en repos, elle nous est egalement prez : *Nemo altero fragilior est; nemo in crastinum sui certior* [1]. Ce que i'ay à faire avant mourir, pour l'achever tout loisir me semble court, feust ce d'un'heure.

Quelqu'un, fueilletant l'aultre iour mes tablettes, trouva un memoire de quelque chose que ie voulois estre faicte aprez ma mort : ie luy dis, comme il estoit vray, que n'estant qu'à une lieue de ma maison, et sain et gaillard, ie m'estois hasté de l'escrire là, pour ne m'asseurer point d'arriver iusques chez moy. Comme celuy qui continuellement me couve de mes pensees et les couche en moy, ie suis à toute heure preparé environ ce que ie le puis estre, et ne m'advertira de rien de nouveau la survenance de la mort. Il fault estre tousiours botté et prest à partir, entant qu'en nous est, et sur tout se garder qu'on n'aye lors affaire qu'à soy ;

> Quid brevi fortes iaculamur ævo
> Multa [2] ?

car nous y aurons assez de besongne, sans aultre surcroist. L'un se plainct, plus que de la mort, de quoy elle luy rompt le train d'une belle victoire ; l'aultre, qu'il luy fault desloger avant qu'avoir marié sa fille, ou controeollé l'institution de ses enfants : l'un plainct la compaignie de sa femme, l'aultre de son fils, comme commoditez principales de son estre. Ie suis pour cette heure en tel estat, Dieu mercy, que ie puis desloger quand il luy plaira, sans regret de chose quelconque. Ie me desnoue par tout ; mes adieux sont tantost prins de chascun, sauf de moy. Iamais homme ne se prepara à quitter le monde plus purement et pleinement, et ne s'en desprint plus universellement, que ie m'attends de faire. Les plus mortes morts sont les plus saines.

> . . . . . Miser! o miser! (aiunt) omnia ademit
> Una dies infesta mihi tot præmia vitæ [3] :

et le bastisseur,

> Manent (dict il) opera interrupta, minæque
> Murorum ingentes [4].

Il ne fault rien desseigner de si longue haleine, ou au moins avecques telle intention de se passionner pour en veoir la fin. Nous sommes nays pour agir :

> Quum moriar, medium solvar et inter opus [5].

ie veux qu'on agisse et qu'on alonge les offices de la vie, tant qu'on peult ; et que la mort me treuve plantant mes choulx, mais nonchalant d'elle, et encores plus de mon iardin imparfaict. I'en veis mourir un qui, estant à l'extremité, se plaignoit incessamment de quoy sa destinee coupoit le fil de l'histoire qu'il avoit en main, sur le quinziesme ou seiziesme de nos roys.

> Illud in his rebus non addunt, nec tibi earum
> Iam desiderium rerum super insidet una [6].

Il fault se descharger de ces humeurs vulgaires et nuisibles. Tout ainsi qu'on a planté nos cimetieres ioignant les eglises et aux lieux les plus frequentez de la ville, pour accoustumer, disoit Lycurgus, le bas populaire, les femmes et les enfants à ne s'effaroucher point de veoir un homme mort, et à fin que ce continuel spectacle d'ossements, de tumbeaux et de convois nous advertisse de nostre condition ;

> Quin etiam exhilarare viris convivia cæde
> Mos olim, et miscere epulis spectacula dira
> Certantum ferro, sæpe et super ipsa cadentum
> Pocula, respersis non parco sanguine mensis [7] ;

et comme les Aegyptiens, aprez leurs festins, faisoient presenter aux assistants une grande image de la mort par un qui leur crioit : « Boy, et t'esiouy ; car, mort, tu seras tel : » aussi ay ie prins en coustume d'avoir, non seulement en l'imagination, mais continuellement la mort en la bouche. Et n'est rien dequoy ie m'informe si volontiers que de la mort des hommes, « quelle parole, quel vi- « sage, quelle contenance ils y ont eu ; » ny endroict des histoires que ie remarque si attentifvement : il y paroist à la farcissure de mes exemples, et que i'ay en particuliere affection cette matiere. Si i'estoy faiseur de livres, ie feroy un registre commenté des morts diverses. Qui apprendroit les hommes à mourir, leur apprendroit à vivre. Dicearchus en feit un de pareil titre, mais d'aultre et moins utile fin.

---

(1) Aucun homme n'est plus fragile que les autres, aucun plus assuré du lendemain. SÉNÈQUE, *Epist.* 91.

(2) Pourquoi, dans une vie si courte, former de si vastes projets? HOR., *Od.*, II, 16, 17.

(3) O malheureux, malheureux que je suis! disent ils; un seul jour, un instant fatal nous ravit tous les biens, tous les charmes de la vie! LUCRÈCE, III, 911.

(4) Je laisserai donc imparfaits ces bâtiments superbes. En., IV, 88. — Il y a dans VIRGILE, *pendent*.

(5) Je veux que la mort me surprenne au milieu du travail. OVIDE, *Amor.*, II, 10, 36.

(6) Ils n'ajoutent pas que la mort nous ôte le regret de ce que nous quittons. LUCRÈCE, III, 913.

(7) C'étoit jadis la coutume d'égayer les festins par des meurtres, et de mettre sous les yeux des convives d'affreux combats de gladiateurs : souvent ils tomboient parmi les coupes du banquet, et inondoient les tables de sang. SILIUS ITALICUS, XI, 51.

On me dira que l'effect surmonte de si loing la pensee, qu'il n'y a si belle escrime qui ne se perde quand on en vient là. Laissez les dire : le premediter donne sans doubte grand advantage; et puis, n'est ce rien d'aller au moins iusques là sans alteration et sans fiebvre? Il y a plus; nature mesme nous preste la main, et nous donne courage : si c'est une mort courte et violente, nous n'avons pas loisir de la craindre; si elle est aultre, ie m'apperceoy qu'à mesure que ie m'engage dans la maladie, i'entre naturellement en quelque desdaing de la vie. Ie treuve que i'ay bien plus à faire à digerer cette resolution de mourir, quand ie suis en santé, que quand ie suis en fiebvre : d'autant que ie ne tiens plus si fort aux commoditez de la vie, à raison que ie commence à en perdre l'usage et le plaisir, i'en veoy la mort d'une veue beaucoup moins effroyee. Cela me faict esperer que plus ie m'esloigneray de celle là et approcheray de cette cy, plus ayseement i'entreray en composition de leur eschange. Tout ainsi que i'ay essayé, en plusieurs aultres occurrences, ce que dict Cesar, que les choses nous paroissent souvent plus grandes de loing que de prez; i'ay treuvé que sain i'avois eu les maladies beaucoup plus en horreur que lors que ie les ay senties. L'alaigresse où ie suis, le plaisir et la force, me font paroistre l'aultre estat si disproportionné à celuy là, que par imagination ie grossis ces incommoditez de la moitié, et les conceoy plus poisantes que ie ne les treuve quand ie les ay sur les espaules. I'espere qu'il m'en adviendra ainsin de la mort.

Veoyons, à ces mutations et declinaisons ordináires que nous souffrons, comme nature nous desrobe la veue de nostre perte et empirement. Que reste il à un vieillard de la vigueur de sa ieunesse et de sa vie passee?

Heu! senibus vitæ portio quanta manet [1]!

Cesar, à un soldat de sa garde, recreu et cassé, qui veint en la rue luy demander congé de se faire mourir, regardant son maintien decrepite, respondit plaisamment : « Tu penses doncques estre en vie? » Qui y tumberoit tout à un coup, ie ne crois pas que nous feussions capables de porter un tel changement : mais conduicts par sa main, d'une doulce pente et comme insensible, peu à peu, de degré en degré, elle nous roule dans ce miserable estat, et nous y apprivoise, si que nous ne sentons aulcune secousse quand la ieunesse meurt en nous, qui est, en essence et en verité, une mort plus dure que n'est la mort entiere d'une vie languissante, et que n'est la mort de la vieillesse; d'autant que le sault n'est pas si lourd du mal estre au non estre, comme il est d'un estre doulx et fleurissant à une estre penible et douloureux. Le corps courbe et plié a moins de force à soustenir un fais : aussi a nostre ame; il la fault dresser et eslever contre l'effort de cet adversaire. Car, comme il est impossible qu'elle se mette en repos pendant qu'elle le craint; si elle s'en asseure aussi, elle se peult vanter (qui est chose comme surpassant l'humaine condition) qu'il est impossible que l'inquietude, le torment et la peur, non le moindre desplaisir, loge en elle :

Non vultus instantis tyranni
   Mente quatit solida, neque Auster,
Dux inquieti turbidus Adriæ,
   Nec fulminantis magna Iovis manus [2];

elle est rendue maistresse de ses passions et concupiscences; maistresse de l'indigence, de la honte, de la pauvreté, et de toutes aultres iniures de fortune. Gaignons cet advantage, qui pourra. C'est icy la vraye et souveraine liberté, qui nous donne de quoy faire la figue à la force et à l'iniustice, et nous mocquer des prisons et des fers.

In manicis et
Compedibus, sævo te sub custode tenebo.
Ipse deus, simul atque volam, me solvet. Opinor,
Hoc sentit : Moriar. Mors ultima linea rerum est [3].

Nostre religion n'a point eu de plus asseuré fondement humain, que le mespris de la vie. Non seulement le discours de la raison nous y appelle; car pourquoy craindrions nous de perdre une chose, laquelle perdue ne peult estre regrettee? mais aussi, puisque nous sommes menacez de tant de façons de mort, n'y a il pas plus de mal à les craindre toutes qu'à en soustenir une? Que chault il quand ce soit, puisqu'elle est inevitable? A celuy qui disoit à Socrates : Les trente tyrans t'ont condemné à la mort : « Et nature, eulx, » respondit il. Quelle sottise de nous peiner, sur le poinct du passage à l'exemption de toute peine! Comme nostre naissance nous apporta la naissance de toutes choses; aussi fera la mort de toutes choses, nostre mort. Parquoy c'est pareille folie de pleurer de ce que d'icy à cent ans nous ne

(1) Ah! qu'il reste aux vieillards peu de part en la vie!
    MAXIMIAN., vel Pseudo-Gallus, I, 16.
(2) Ni le regard cruel d'un tyran, ni l'autan furieux qui bouleverse les mers, rien ne peut ébranler sa constance, non pas même la main terrible, la main foudroyante de Jupiter. Hor., Od., III, 3, 3.
(3) Je te chargerai de chaînes aux pieds et aux mains, je te livrerai à un geôlier cruel. — Un dieu me délivrera, dès que je le voudrai. — Ce dieu, je pense, est la mort : la mort est le terme de toutes choses. Hor., Epist., I, 16, 76.

vivrons pas, que de pleurer de ce que nous ne
vivions pas il y a cent ans. La mort est origine
d'une aultre vie ; ainsin pleurasmes nous, ainsin
nous cousta il d'entrer en cette cy, ainsin nous
despouillasmes nous de nostre ancien voile en y
entrant. Rien ne peult estre griel, qui n'est qu'une
fois. Est ce raison, de craindre si long temps
chose de si brief temps ? Le long temps vivre, et
le peu de temps vivre, est rendu tout un par la
mort : car le long et le court n'est point aux choses qui ne sont plus. Aristote dict qu'il y a des
petites bestes sur la riviere Hypanis, qui ne vivent qu'un iour : celle qui meurt à huict heures
du matin, elle meurt en ieunesse ; celle qui meurt
à cinq heures du soir, meurt en sa decrepitude.
Qui de nous ne se mocque de veoir mettre en
consideration d'heur ou de malheur ce moment
de duree ? Le plus et le moins en la nostre, si
nous la comparons à l'eternité, ou encores à la
duree des montaignes, des rivieres, des estoiles,
des arbres, et mesme d'aulcuns animaulx, n'est
pas moins ridicule.

Mais nature nous y force. « Sortez, dict elle,
« de ce monde, comme vous y estes entrez. Le
« mesme passage que vous feistes de la mort à la
« vie, sans passion et sans frayeur, refaictes le de
« la vie à la mort. Vostre mort est une des pieces
« de l'ordre de l'univers ; c'est une piece de la vie
« du monde.

        Inter se mortales mutua vivunt,

    Et, quasi cursores, vitaï lampada tradunt[1].

« Changeray ie pas pour vous cette belle contex-
« ture des choses ? C'est la condition de vostre
« creation ; c'est une partie de vous, que la mort ;
« vous vous fuyez vous mesmes. Cettuy vostre
« estre, que vous iouyssez, est egalement party à
« la mort et à la vie. Le premier iour de vostre
« naissance vous achemine à mourir comme à
« vivre.

    Prima, quæ vitam dedit, hora, carpsit[2].
    Nascentes morimur ; finisque ab origine pendet[3].

« Tout ce que vous vivez, vous le desrobez à la
« vie ; c'est à ses despens. Le continuel ouvrage de
« vostre vie, c'est bastir la mort. Vous estes en la
« mort pendant que vous estes en vie ; car vous
« estes aprez la mort quand vous n'estes plus en
« vie ; ou, si vous l'aimez mieulx ainsin, vous estes
« mort aprez la vie ; mais pendant la vie, vous
« estes mourant ; et la mort touche bien plus ru-
« dement le mourant que le mort, et plus vifve-
« ment et essentiellement. Si vous avez faict vostre

« proufit de la vie, vous en estes repeu : allez vous
« en satisfaict.

    Cur non ut plenus vitæ conviva recedis[4] ?

« Si vous n'en avez sceu user, si elle vous estoit
« inutile, que vous chault il de l'avoir perdue ? a
« quoi faire la voulez vous encores ?

        Cur amplius addere quæris,
    Rursum quod pereat male, et ingratum occidat
            omne[5] ?

« La vie n'est de soy ny bien ny mal ; c'est la place
« du bien et du mal, selon que vous la leur faic-
« tes. Et si vous avez vescu un iour, vous avez
« tout veu : un iour est egal à touts iours. Il n'y a
« point d'aultre lumiere ny d'aultre nuict : ce so-
« leil, cette lune, ces estoiles, cette disposition,
« c'est celle mesme que vos ayeuls ont iouye, et
« qui entretiendra vos arriere-nepveux.

    Non alium videre patres, aliumve nepotes
    Adspicient[6].

« Et au pis aller, la distribution et varieté de touts
« les actes de ma comedie se parfournit en un an.
« Si vous avez prins garde au bransle de mes qua-
« tre saisons, elles embrassent l'enfance, l'ado-
« lescence, la virilité, et la vieillesse du monde :
« il a ioué son ieu ; il n'y sçait aultre finesse que
« de recommencer ; ce sera tousiours cela mesme.

    Versamur ibidem, atque insumus usque[7].
    Atque in se sua per vestigia volvitur annus[8].

« Ie ne suis pas deliberee de vous forger aultres
« nouveaux passetemps :

    Nam tibi præterea quod machiner, inveniamque,
    Quod placeat, nihil est : eadem sunt omnia semper[9].

« Faictes place aux aultres, comme d'aultres vous
« l'ont faicte. L'equalité est la premiere piece de

---

(1) Les mortels se prêtent la vie pour un moment ; c'est la
course des jeux sacrés, où l'on se passe de main en main le flambeau. Lucrèce, II, 75 , 78.
(2) L'heure qui nous a donné la vie, l'a déjà diminuée. Sénèque, Hercul. fur., act. 3, chor., v. 874.
(3) Naître, c'est commencer de mourir ; le dernier moment
de notre vie est la conséquence du premier. Manilius, Astronu-
mic., IV, 16.
(4) Pourquoi ne sortez-vous pas du festin de la vie , comme
un convive rassasié? Lucrèce, III, 951.
(5) Pourquoi vouloir multiplier des jours que vous laisseriez
perdre de même sans en mieux profiter ? Lucrèce, III, 954.
(6) Vos neveux ne verront que ce qu'ont vu vos pères.
                            Manil., I, 529.
(7) L'homme tourne toujours dans le cercle qui l'enferme. Lucrèce, III, 1093.
(8) L'année recommence sans cesse la route qu'elle a par-
courue. Virg., Georgic., II, 402.
(9) Je ne puis rien trouver, rien produire de nouveau en votre
faveur : ce sont, ce seront toujours les mêmes plaisirs. Lucrèce,
III, 957.

« l'equité. Qui se peult plaindre d'estre comprins
« où touts sont comprins? Aussi avez vous beau
« vivre, vous n'en rabbattrez rien du temps que
« vous avez à estre mort : c'est pour neant; aussi
« longtemps serez vous en cet estat là que vous
« craignez, comme si vous estiez mort en nourrice :

> Licet quot vis vivendo vincere secla,
> Mors æterna tamen nihilominus illa manebit [1].

« Et si vous mettray en tel poinct, auquel vous
« n'aurez aulcun mescontentement;

> In vera nescis nullum fore morte alium te,
> Qui possit vivus tibi te lugere peremptum,
> Stansque iacentem [2]?

« ny ne desirerez la vie que vous plaignez tant;

> Nec sibi enim quisquam tum se, vitamque requirit.
> . . . . . . . . . . . . . . . . . . . . . .
> Nec desiderium nostri nos afficit ullum [3].

« La mort est moins à craindre que rien, s'il y
« avoit quelque chose de moins que rien :

> Multo.... mortem minus ad nos esse putandum,
> Si minus esse potest, quam quod nihil esse videmus [4];

« elle ne vous concerne ny mort ny vif : vif, parce
« que vous estes; mort, parce que vous n'estes
« plus. Davantage, nul ne meurt avant son heure :
« ce que vous laissez de temps n'estoit non plus
« vostre, que celuy qui s'est passé avant vostre nais-
« sance, et ne vous touche non plus.

> Respice enim, quam nil ad nos ante acta vetustas
> Temporis æterni fuerit [5].

« Où que vostre vie finisse, elle y est toute. L'uti-
« lité du vivre n'est pas en l'espace; elle est en
« l'usage : tel a vescu longtemps, qui a peu vescu.
« Attendez vous y pendant que vous y estes : il
« gist en vostre volonté, non au nombre des ans,
« que vous ayez assez vescu. Pensiez vous iamais
« n'arriver là où vous alliez sans cesse? encores n'y
« a il chemin qui n'ayt son issue. Et si la compai-
« gnie vous peult soulager, le monde ne va il pas
« mesme train que vous allez?

> ..... Omnia te, vita perfuncta, sequentur [6].

« Tout ne bransle il pas vostre bransle? y a il chose
« qui ne vieillisse quant et vous? mille hommes,
« mille animaux et mille aultres creatures meurent
« en ce mesme instant que vous mourez.

> Nam nox nulla diem, neque noctem aurora, se-
> 　　　　　　　　　　　quuta est,
> Quæ non audierit mixtos vagitibus ægris
> Ploratus, mortis comites et funeris atri [7].

« A quoy faire y reculez vous, si vous ne pouvez
« tirer arriere? Vous en avez assez veu qui se
« sont bien trouvez de mourir, eschevant [8] par là
« des grandes miseres : mais quelqu'un qui s'en soit
« mal trouvé, en avez vous veu? si est ce grand'
« simplesse de condemner chose que vous n'avez
« esprouvee, ny par vous, ny par aultre. Pour-
« quoy te plains tu de moy et de la destinee? Te
« faisons nous tort? Est ce à toy de nous gouver-
« ner, ou à nous toy? Encores que ton aage ne
« soit pas achevé, ta vie l'est : un petit homme est
« homme entier comme un grand; ny les hommes
« ny leurs vies ne se mesurent à l'aulne. Chiron
« refusa l'immortalité, informé des conditions
« d'icelle par le dieu mesme du temps et de la duree,
« Saturne son père. Imaginez, de vray, combien
« seroit une vie perdurable moins supportable à
« l'homme, et plus penible, que n'est la vie que
« ie luy ay donnee. Si vous n'aviez la mort, vous
« me mauldiriez sans cesse de vous en avoir privé :
« i'y ay à escient meslé quelque peu d'amertume,
« pour vous empescher, veoyant la commodité de
« son usage, de l'embrasser trop avidement et in-
« discrettement. Pour vous loger en cette modera-
« tion, ny de fuir la vie, ny de refuir à la mort,
« que ie demande de vous, i'ay temperé l'une et
« l'aultre entre la doulceur et l'aigreur. l'apprins
« à Thales, le premier de nos sages, que le vivre
« et le mourir estoit indifferent : par où, à celuy
« qui luy demanda pourquoy doncques il ne mou-
« roit, il respondit tressagement : Pource qu'il est
« indifferent. L'eau, la terre, l'air et le feu, et
« aultres membres de ce mien bastiment, ne sont
« non plus instruments de ta vie qu'instruments
« de ta mort. Pourquoy crains tu ton dernier iour?
« il ne confere non plus à ta mort que chascun des
« aultres : ie dernier pas ne faict pas la lassitude;
« il la declare. Touts les iours vont à la mort : le
« dernier y arrive. » Voylà les bons advertissements de nostre mere nature.

(1) Vivez autant de siecles que vous voudrez, la mort, après
cette longue vie, n'en restera pas moins éternelle. Lucr., III, 1103.

(2) Ne savez-vous pas que la mort ne laissera pas subsister un
autre vous-même, qui puisse, vivant, gémir sur votre trépas, et
pleurer debout sur votre cadavre? Lucrèce, III, 898.

(3) Alors nous ne nous inquiétons ni de la vie ni de nous
mêmes...: alors il ne nous reste aucun regret de l'existence.
Lucrèce, III, 932, 935.

(4) Lucrèce, III, 959. La phrase précédente est la traduction
de ces deux vers.

(5) Considérez les siècles sans nombre qui nous ont précédés :
ne sont ils pas pour nous comme s'ils n'avoient jamais été? Lucrèce, III, 935.

(6) Les races futures vont vous suivre. Lucrèce, III, 981.

(7) Jamais l'aurore, jamais la sombre nuit, n'ont visité ce
globe, sans entendre à la fois et les cris plaintifs de l'enfance au
berceau, et les sanglots de la douleur éplorée auprès d'un cer-
cueil. Lucrèce, V, 579.

(8) Esquivant, évitant.

Or i'ay pensé souvent d'où venoit cela, qu'aux guerres le visage de la mort, soit que nous la veoyions en nous ou en aultruy, nous semble sans comparaison moins effroyable qu'en nos maisons (aultrement ce seroit une armee de medecins et de pleurars); et, elle estant tousiours une, qu'il y ait toutesfois beaucoup plus d'asseurance parmy les gents de village et de basse condition, qu'ez aultres. Ie crois, à la verité, que ce sont ces mines et appareils effroyables, dequoy nous l'entournons, qui nous font plus de peur qu'elle : une toute nouvelle forme de vivre; les cris des meres, des femmes et des enfants; la visitation de personnes estonnees et transies; l'assistance d'un nombre de valets pasles et esplorez; une chambre sans iour; des cierges allumez; nostre chevet assiegé de medecins et de prescheurs; somme, tout horreur et tout effroy autour de nous : nous voylà desia ensepvelis et enterrez. Les enfants ont peur de leurs amis mesmes, quand ils les veoyent masquez: aussi avons nous. Il fault oster le masque aussi bien des choses que des personnes : osté qu'il sera, nous ne trouverons au dessoubs que cette mesme mort, qu'un valet ou simple chambriere passerent dernierement sans peur. Heureuse la mort qui oste le loisir aux apprests de tel equipage !

# CHAPITRE XX.

*De la force de l'imagination.*

*Fortis imaginatio generat casum* [1], disent les clercs.

Ie suis de ceulx qui sentent tresgrand effort de l'imagination : chascun en est heurté, mais aulcuns en sont renversez. Son impression me perce; et mon art est de luy eschapper, par faulte de force à luy resister. Ie vivroy de la seule assistance de personnes saines et gayes : la veue des angoisses d'aultruy m'angoisse materiellement, et a mon sentiment souvent usurpé le sentiment d'un tiers; un tousseur continuel irrite mon poulmon et mon gosier; ie visite plus mal volontiers les malades auxquels le debvoir m'interesse, que ceulx auxquels ie m'attends moins et que ie considere moins : ie saisis le mal que i'estudie, et le couche en moy. Ie ne treuve pas estrange qu'elle donne et les fiebvres et la mort à ceulx qui la laissent faire et qui luy applaudissent. Simon Thomas estoit un grand medecin de son temps : il me souvient que me rencontrant un iour à Toulouse, chez un riche vieillard pulmonique, et traictant

avec luy des moyens de sa guerison, il luy dict que c'en estoit l'un, de me donner occasion de me plaire en sa compaignie; et que, fichant ses yeux sur la frescheur de mon visage, et sa pensee sur cette alaigresse et vigueur qui regorgeoit de mon adolescence, et remplissant touts ses sens de cet estat florissant en quoy i'estoy, son habitude s'en pourroit amender : mais il oublioit à dire que la mienne s'en pourroit empirer aussi. Gallus Vibius banda si bien son ame à comprendre l'essence et les mouvements de la folie, qu'il emporta son ingement hors de son siege, si qu'oncques puis il ne l'y peult remettre, et se pouvoit vanter d'estre devenu fol par sagesse. Il y en a qui de frayeur anticipent la main du bourreau; et celuy qu'on desbandoit pour luy lire sa grace, se trouva roide mort sur l'eschaffaud, du seul coup de son imagination. Nous tressuons, nous tremblons, nous paslissons, et rougissons, aux secousses de nos imaginations; et, renversez dans la plume, sentons nostre corps agité à leur bransle, quelquesfois iusques à en expirer : et la ieunesse bouillante s'eschauffe si avant en son harnois, toute endormie, qu'elle assouvit en songe ses amoureux desirs :

Ut, quasi transactis sæpe omnibu' rebu', profundant Fluminis ingentes fluctus, vestemque cruentent [2].

Et encores qu'il ne soit pas nouveau de veoir croistre la nuict des cornes à tel qui ne les avoit pas en se couchant; toutesfois l'evenement de Cippus, roy d'Italie, est memorable, lequel pour avoir assisté le iour, avecques grande affection, au combat des taureaux, et avoir eu en songe toute la nuict des cornes en la teste, les produisit en son front par la force de l'imagination. La passion donna au fils de Crœsus la voix que nature luy avoit refusee. Et Antiochus print la fiebvre, par la beauté de Stratonice trop vivement empreinte en son ame. Pline dict avoir veu Lucius Cossitius, de femme, changé en homme le iour de ses nopces. Pontanus et d'aultres racontent pareilles metamorphoses advenues en Italie ces siecles passez. Et, par vehement desir de luy et de sa mere,

Vota puer solvit, quæ femina voverat, Iphis [3].

Passant à Vitry le François, ie peus veoir un

(1) « Une imagination forte produit l'événement même, » disent les savants, les gens habiles.
(2) Lucrèce, IV, 1029. Ces deux vers expliquent ce que vient de dire Montaigne, avec une liberté qu'on ne pourroit supporter dans notre langue.
(3) Iphis paya garçon les vœux qu'il fit pucelle.
                                                Ovide, *Mét.*, IX, 793.

homme que l'evesque de Soissons avoit nommé Germain en confirmation, lequel touts les habitants de là ont cogneu et veu fille iusques à l'aage de vingt deux ans, nommee Marie. Il estoit à cette heure là fort barbu et vieil, et point marié. Faisant, dict il, quelque effort en saultant, ses membres virils se produisirent : et est encores en usage, entre les filles de là, une chanson, par laquelle elles s'entradvertissent de ne faire point de grandes eniambees, de peur de devenir garçons, comme Marie Germain. Ce n'est pas tant de merveille que cette sorte d'accident se rencontre frequent ; car, si l'imagination peult en telles choses, elle est si continuellement et si vigoreusement attachee à ce subiect, que, pour n'avoir si souvent à rechoir en mesme pensee et aspreté de desir, elle a meilleur compte d'incorporer, une fois pour toutes, cette virile partie aux filles.

Les uns attribuent à la force de l'imagination les cicatrices du roy Dagobert et de sainct François. On dict que les corps s'en enlevent, telle fois, de leur place ; et Celsus recite d'un presbtre qui ravissoit son ame en telle extase, que le corps en demouroit longue espace sans respiration et sans sentiment : sainct Augustin en nomme un aultre, à qui il ne falloit que faire ouïr des cris lamentables et plainctifs ; soubdain il defailloit, et s'emportoit si vifvement hors de soy, qu'on avoit beau le tempester, et hurler, et le pincer, et le griller, iusques à ce qu'il feust ressuscité : lors, il disoit avoir ouï des voix, mais comme venants de loing ; et s'appercevoit de ses eschauldures et meurtrisseures. Et, que ce ne feust une obstination apostee contre son sentiment, cela le montroit, qu'il n'avoit ce pendant ny pouls ny haleine.

Il est vraysemblable que le principal credit des visions, des enchantements et de tels effects extraordinaires, vienne de la puissance de l'imagination, agissant principalement contre les ames du vulgaire, plus molles ; on leur a si fort saisi la creance, qu'ils pensent veoir ce qu'ils ne veoyent pas.

Ie suis encores en ce doubte, que ces plaisantes liaisons [1], dequoy nostre monde se veoid si entravé, qu'il ne se parle d'aultre chose, ce sont volontiers des impressions de l'apprehension et de la crainte : car ie sçais, par experience, que tel, de qui ie puis respondre comme de moy mesme, en qui il ne pouvoit cheoir souspeçon aulcun de foiblesse et aussi peu d'enchantement, ayant ouï faire le conte à un sien compaignon d'une defaillance extraordinaire, en quoy il estoit tumbé, sur le poinct qu'il en avoit le moins de

besoing, se trouvant en pareille occasion, l'horreur de ce conte luy veint à coup si rudement frapper l'imagination, qu'il encourut une fortune pareille ; et de là en hors feut subiect à y rechoir, ce vilain souvenir de son inconvenient le gourmandant et tyrannisant. Il trouva quelque remede à cette resverie par une aultre resverie ; c'est que, advouant luy mesme et preschant avant la main cette sienne subiection, la contention de son ame se soulageoit sur ce que, apportant ce mal comme attendu, son obligation en amoindrissoit et luy en poisoit moins. Quand il a eu loy, à son chois ( sa pensee desbrouillee et desbandee, son corps se trouvant en son deu ), de le faire lors premierement tenter, saisir, et surprendre à la cognoissance d'aultruy, il s'est guari tout net. A qui on a esté une fois capable, on n'est plus incapable, sinon par iuste foiblesse. Ce malheur n'est à craindre qu'aux entreprinses où nostre ame se treuve oultre mesure tendue de desir et de respect, et notamment où les commoditez se rencontrent improuveues et pressantes : on n'a pas moyen de se r'avoir de ce trouble. I'en sçais à qui il a servy d'y apporter le corps mesme, demy rassasié d'ailleurs, pour endormir l'ardeur de cette fureur, et qui, par l'aage, se treuve moins impuissant de ce qu'il est moins puissant ; et tel aultre à qui il a servy aussi qu'un amy l'ayt asseuré d'estre fourni d'une contrebatterie d'enchantements certains à le preserver. Il vault mieulx que ie die comment ce feut.

Un comte de tresbon lieu, de qui i'estois fort privé, se mariant avecques une belle dame, qui avoit esté poursuyvie de tel qui assistoit à la feste, mettoit en grande peine ses amis ; et nommeement une vieille dame sa parente, qui presidoit à ces nopces et les faisoit chez elle, craintifve de ces sorcelleries : ce qu'elle me feit entendre. Ie la priay s'en reposer sur moy. I'avoy, de fortune, en mes coffres certaine petite piece d'or platte, où estoient gravees quelques figures celestes, contre le coup du soleil, et pour oster la douleur de teste, la logeant à poinct sur la cousture du test ; et pour l'y tenir, elle estoit cousue à un ruban propre à rattacher soubs le menton ; resverie germaine à celle dequoy nous parlons. Iacques Peletier [2], vivant chez moy, m'avoit faict ce present singulier. I'advisay d'en tirer quelque usage, et dis au comte qu'il pourroit courre fortune comme les aultres, ayant là des hommes pour luy en vouloir prester une ; mais que hardiment il s'allast cou-

---

(1) C'est-à-dire *nouements d'aiguillettes.*
(2) Médecin célèbre du temps de Montaigne.

...ois un tour d'amy, et n'espar...
...esoing un miracle qui estoit en ma
..., pourveu que sur son honneur il me pro-
...t de le tenir tresfidelement secret: seulement,
comme sur la nuict on iroit luy porter le resveil-
lon, s'il luy estoit mal allé, il me feist un tel signe.
Il avoit eu l'ame et les aureilles si battues, qu'il se
trouva lié du trouble de son imagination, et me
feit son signe à l'heure susdicte. Ie luy dis [lors à
l'aureille, qu'il se levast, soubs couleur de nous
chasser, et prinst en se iouant la robbe de nuict
que i'avoy sur moy (nous estions de taille fort voysine), et s'en vestist tant qu'il auroit executé mon
ordonnance, qui feut, quand nous serions sortis,
qu'il se retirast à tumber de l'eau; dist trois fois
telles paroles, et feist tels mouvements; qu'à chascune de ces trois fois il ceignist le ruban que ie luy
mettois en main, et couchast bien soigneusement
la medaille, qui y estoit attachee, sur ses roignons,
la figure en telle posture : cela faict, ayant, a la
derniere fois, bien estreinct ce ruban pour qu'il ne
se peust ny desnouer ny mouvoir de sa place, qu'en
toute asseurance il s'en retournast à son prix faict [1],
et n'oubliast de reiecter ma robbe sur son lict, en
maniere qu'elle les abriast [2] touts deux. Ces singeries sont le principal de l'effect; nostre pensee ne
se pouvant desmeler que moyens si estranges ne
viennent de quelque abstruse science: leur inanité
leur donne poids et reverence. Somme, il feut certain que mes characteres se trouverent plus vene-
riens que solaires, plus en action qu'en prohibi-
tion. Ce feut une humeur prompte et curieuse qui
me convia à tel effect, esloigné de ma nature. Ie
suis ennemy des actions subtiles et feinctes; et hay
la finesse, en mes mains, non seulement recreative,
mais aussi proufitable : si l'action n'est vicieuse, la
route l'est.

Amasis, roy d'Aegypte, espousa Laodice, tresbelle fille grecque : et luy, qui se monstroit gentil
compaignon par tout ailleurs, se trouva court à
iouir d'elle, et menaça de la tuer, estimant que ce
feust quelque sorciere. Comme ez choses qui consistent en fantasie, elle le reiecta à la devotion : et
ayant faict ses vœus et promesses à Venus, il se
trouva divinement remis dez la premiere nuict,
d'aprez ses oblations et sacrifices. Or, elles ont
tort de nous recueillir de ces contenances mineu-
ses, querelleuses et fuyardes, qui nous esteignent
en nous allumant. La bru de Pythagoras disoit que
la femme qui se couche avecques un homme, doibt,
avecques sa cotte, laisser quand et quand la honte,
et la reprendre avecques sa cotte. L'ame de l'assaillant, troublee de plusieurs diverses alarmes, se perd
aysement: et à qui l'imagination a faict une fois

souffrir cette honte (et elle ne la faict souffrir
qu'aux premieres accointances, d'autant qu'elles
sont plus ardentes et aspres, et aussi qu'en cette
premiere cognoissance qu'on donne de soy, on
craint beaucoup plus de faillir), ayant mal commencé, il entre en fiebvre et despit de cet accident, qui luy dure aux occasions suyvantes.

Les mariez, le temps estant tout leur, ne doibvent ny presser ny taster leur entreprinse, s'ils ne
sont prests : et vault mieux faillir indecemment à
estrener la couche nuptiale, pleine d'agitation et
de fiebvre, attendant une et une aultre commodité
plus privee et moins alarmee, que de tumber en
une perpetuelle misere, pour s'estre estonné et desesperé du premier refus. Avant la possession prinse,
le patient se doibt, à saillies et divers temps, legierement essayer et offrir, sans se picquer et opiniastrer à se convaincre definitivement soy mesme.
Ceulx qui sçavent leurs membres de nature dociles, qu'ils se soignent seulement de contrepiper
leur fantasie.

On a raison de remarquer l'indocile liberté de
ce membre, s'ingerant si importunement lors que
nous n'en avons que faire, et defaillant si importunement lors que nous en avons le plus affaire,
et contestant de l'auctorité si imperieusement
avecques nostre volonté, refusant avecques tant
de fierté et d'obstination nos sollicitations et men-
tales et manuelles. Si toutesfois, en ce qu'on gourmande sa rebellion, et qu'on en tire preuve de sa
condemnation, il m'avoit payé pour plaider sa
cause, à l'adventure mettrois ie en souspeçon nos
aultres membres ses compaignons de luy estre allé
dresser, par belle envie de l'importance et doulceur de son usage, cette querelle apostee, et avoir,
par complot, armé le monde à l'encontre de luy,
le chargeant malignement, seul, de leur faulte commune: car ie vous donne à penser s'il y a une seule
des parties de nostre corps qui ne refuse à nostre
volonté souvent son operation, et qui souvent ne
s'exerce contre nostre volonté. Elles ont chascune
des passions propres, qui les esveillent et endorment sans nostre congé. A quant de fois tesmoignent
les mouvements forcez de nostre visage, les pensees
que nous tenions secretes, et nous trahissent aux
assistants! Cette mesme cause qui anime ce membre, anime aussi, sans nostre sceu, le cœur, le poulmon, et le pouls, la veue d'un obiect agreable res-
pandant imperceptiblement en nous la flamme
d'une esmotion fiebvreuse. N'y a il que ces muscles
et ces veines qui s'eslevent et se couchent sans

[1] A son affaire, à sa besogne.
[2] Couvrît. Vieux mot, remplacé par le mot abriter.

l'adveu non seulement de nostre volonté, mais aussi de nostre pensee? nous ne commandons pas à nos cheveux de se herisser, et à nostre peau de fremir de desir ou de crainte; la main se porte souvent où nous ne l'envoyons pas; la langue se transit, et la voix se fige à son heure; lors mesme que, n'ayant de quoy frire, nous le luy deffendrions volontiers, l'appetit de manger et de boire ne laisse pas d'esmouvoir les parties qui luy sont subiectes, ny plus ny moins que cet aultre appetit, et nous abandonne de mesme hors de propos, quand bon luy semble; les outils qui servent à descharger le ventre ont leurs propres dilatations et compressions, oultre et contre notre advis, comme ceulx cy destinés à descharger les roignons. Et ce que, pour auctoriser la puissance de nostre volonté, sainct Augustin allegue avoir veu quelqu'un qui commandoit à son derriere autant de pets qu'il en vouloit, et que Vives son glossateur encherit d'un aultre exemple de son temps, de pets organisez, suyvants le ton des voix qu'on leur prononceoit, ne suppose non plus pure l'obeïssance de ce membre; car en est il ordinairement de plus indiscret et tumultuaire? ioinct que i'en cognois un si turbulent et revesche, qu'il y a quarante ans qu'il tient son maistre à peter d'une haleine et d'une obligation constante et irremittente, et le mene ainsin à la mort. Et pleust à Dieu que ie ne le sçeusse que par les histoires, combien de fois nostre ventre, par le refus d'un seul pet, nous mene iusques aux portes d'une mort tresangoisseuse! et que l'empereur [1], qui nous donna liberté de peter par tout, nous en eust donné le pouvoir! Mais nostre volonté, pour les droicts de qui nous mettons en avant ce reproche, combien plus vraysemblablement la pouvons nous marquer de rebellion et sedition, par son desreglement et desobeïssance? Veult elle tousiours ce que nous vouldrions qu'elle voulsist? ne veult elle pas souvent ce que nous luy prohibons de vouloir, et à nostre evident dommage? se laisse elle non plus mener aux conclusions de nostre raison? Enfin, ie diroy pour monsieur ma partie, qu'il plaise à considerer qu'en ce faict sa cause estant inseparablement conioincte à un consort, et indistinctement, on ne s'addresse pourtant qu'à luy, et par les arguments et charges qui ne peuvent appartenir à son dict consort: car l'effet d'iceluy est bien de convier inopportuneement par fois, mais refuser, iamais; et de convier encores tacitement et quietement: partant se veoid l'animosité et illegalité manifeste des accusateurs. Quoy qu'il en soit, protestant que les advocats et iuges ont beau quereller et sentencier, nature tirera ce pendant son train; qui n'auroit faict que raison, quand

elle auroit doué ce membre de quelque particulier privilege; auteur du seul ouvrage immortel des mortels: ouvrage divin, selon Socrates; et amour, desir d'immortalité et daimon immortel luy mesme.

Tel, à l'adventure, par cet effect de l'imagination, laisse icy les escrouelles, que son compaignon reporte en Espaigne. Voylà pourquoy, en telles choses, l'on a accoustumé de demander une ame preparée. Pourquoy practiquent les medecins avant main la creance de leur patient, avec tant de faulses promesses de sa guarison, si ce n'est à fin que l'effect de l'imagination supplee l'imposture de leur apozeme? ils sçavent qu'un des maistres de ce mestier leur a laissé par escript, qu'il s'est trouvé des hommes à qui la seule veue de la medecine faisoit l'operation. Et tout ce caprice m'est tumbé presentement en main, sur le conte que me faisoit un domestique apotiquaire de feu mon pere, homme simple et souysse, nation peu vaine et mensongiere, d'avoir cogneu longtemps un marchand à Toulouse maladif et subiect à la pierre, qui avoit souvent besoing de clysteres, et se les faisoit diversement ordonner aux medecins selon l'occurrence de son mal: apportez qu'ils estoyent, il n'y avoit rien obmis des formes accoustumees; souvent il tastoit s'ils estoyent trop chauds; le voylà couché, renversé, et toutes les approches faictes, sauf qu'il ne s'y faisoit aulcune iniection. L'apotiquaire retiré aprez cette cerimonie, le patient accommodé comme s'il avoit veritablement prins le clystere, il en sentoit pareil effect à ceulx qui les prennent. Et si le medecin n'en trouvoit l'operation suffisante, il lui en donnoit deux ou trois aultres de mesme forme. Mon tesmoing iure que pour espargner la despense (car il les payoit comme s'il les eust receus), la femme de ce malade ayant quelquesfois essayé d'y faire seulement mettre de l'eau tiede, l'effect en descouvrit la fourbe; et, pour avoir trouvé ceulx là inutiles, qu'il faulsit revenir à la premiere façon.

Une femme, pensant avoir avalé une espingle avecques son pain, crioit et se tormentoit comme ayant une douleur insupportable au gosier, où elle pensoit la sentir arrestee: mais parce qu'il n'y avoit ny enfleure ny alteration par le dehors, un habile homme ayant iugé que ce n'estoit que fantasie et opinion, prinse de quelque morceau de pain qui l'avoit picquee en passant, la feit vomir, et iecta à la desrobee dans ce qu'elle rendit une espingle tortue. Cette femme, cuidant l'avoir rendue, se sentit soubdain deschargee de sa douleur.

---

(1) Claude, cinquième empereur romain. Mais Suétone (*Claud*, c. 32) rapporte seulement que Claude avoit eu dessein d'autoriser cette liberté par un édit.

Ie sçay qu'un gentilhomme, ayant traicté chez luy une bonne compaignie, se vanta trois ou quatre iours aprez, par maniere de ieu (car il n'en estoit rien), de leur avoir faict manger un chat en paste : dequoy une damoiselle de la troupe print telle horreur, qu'en estant tumbée en un grand desvoyement d'estomac et fiebvre, il feut impossible de la sauver. Les bestes mesmes se veoyent, comme nous, subiectes à la force de l'imagination ; tesmoings les chiens qui se laissent mourir de dueil de la perte de leurs maistres : nous les veoyons aussi iapper et tremousser en songe ; hennir les chevaulx et se debattre.

Mais tout cecy se peult rapporter à l'estroicte cousture de l'esprit et du corps s'entrecommuniquants leurs fortunes ; c'est aultre chose, que l'imagination agisse quelquefois non contre son corps seulement, mais contre le corps d'aultruy. Et tout ainsi qu'un corps reiecte son mal à son voysin, comme il se veoid en la peste, en la verolle, et au mal des yeulx, qui se chargent de l'un à l'aultre :

Dum spectant oculi læsos, læduntur et ipsi ;
Multaque corporibus transitione nocent [1] :

pareillement l'imagination, esbranlee avecques vehemence, eslance des traits qui puissent offenser l'obiect estranger. L'antiquité a tenu de certaines femmes en Scythie, qu'animees et courroucees contre quelqu'un, elles le tuoient du seul regard. Les tortues et les autruches couvent leurs œufs de la seule veue ; signe qu'ils y ont quelque vertu eiaculatrice. Et quant aux sorciers, on les dict avoir des yeulx offensifs et nuisants :

Nescio quis teneros oculus mihi fascinat agnos [2].

Ce sont pour moy mauvais respondants que magiciens. Tant y a que nous veoyons par experience les femmes envoyer, aux corps des enfants qu'elles portent au ventre, des marques de leurs fantasies ; tesmoing celle qui engendra le more : et il feut presenté à Charles, roy de Boheme et empereur, une fille d'auprez de Pise, toute velue et herissee, que sa mere disoit avoir esté ainsin conceue à cause d'une image de sainct Iean Baptiste pendue en son lict.

Des animaulx il en est de mesme ; tesmoings les brebis de Iacob, et les perdris et lievres que la neige blanchit aux montaignes. On veit dernierement chez moy un chat guestant un oyseau au hault d'un arbre, et, s'estants fichez la veue ferme l'un contre l'autre quelque espace de temps, l'oyseau s'estre laissé cheoir comme mort entre les pattes du chat ; ou enyvré par sa propre imagination, ou attiré par quelque force attractive du chat.

Ceulx qui aiment la volerie ont ouy faire le conte du faulconnier, qui, arrestant obstineement sa veue contre un milan en l'air, gageoit, de la seule force de sa veue, le ramener contrebas, et le faisoit ; à ce qu'on dict : car les histoires que i'emprunte, ie les renvoye sur la conscience de ceulx de qui ie les prens. Les discours sont à moy, et se tiennent par la preuve de la raison, non de l'experience : chascun y peult ioindre ses exemples ; et qui n'en a point, qu'il ne laisse pas de croire qu'il en est assez, veu le nombre et varieté des accidents. Si ie ne comme [3] bien, qu'un aultre comme pour moy. Aussi en l'estude que ie traite de nos mœurs et mouvements, les tesmoignages fabuleux, pourveu qu'ils soyent possibles, y servent comme les vrais : advenu ou non advenu, à Rome ou à Paris, à Iean ou à Pierre, c'est tousiours un tour de l'humaine capacité, duquel ie suis utilement advisé par ce recit. Ie le voy, et en fay mon proufit, esgalement en umbre qu'en corps ; et aux diverses leçons qu'ont souvent les histoires, ie prens à me servir de celle qui est la plus rare et memorable. Il y a des aucteurs desquels la fin, c'est dire les evenements : la mienne, si i'y sçavois arriver, seroit dire sur ce qui peult advenir. Il est iustement permis aux escholes de supposer des similitudes, quand ils n'en ont point : ie n'en fay pas ainsin pourtant, et surpasse de ce costé là en religion superstitieuse toute foy historiale. Aux exemples que ie tire ceans de ce que i'ay leu, ouï, faict, ou dict, ie me suis deffendu d'oser alterer iusques aux plus legieres et inutiles circonstances : ma conscience ne falsifie pas un iota ; mon inscience, ie ne sçay.

Sur ce propos, i'entre par fois en pensee qu'il puisse assez bien convenir à un theologien, à un philosophe, et telles gents d'exquise et exacte conscience et prudence, d'escrire l'histoire. Comment peuvent ils engager leur foy sur une foy populaire ? comment respondre des pensees de personnes incogneues, et donner pour argent comptant leurs coniectures ? Des actions à divers membres qui se passent en leur presence, ils refuseroient d'en rendre tesmoignage, assermentez par un iuge ; et n'ont homme si familier, des intentions duquel ils entreprennent de pleinement respondre. Ie tiens moins hazardeux d'escrire les choses passees, que presentes : d'autant que l'escrivain n'a à rendre compte que d'une verité empruntee.

Aulcuns me convient d'escrire les affaires de mon

---

(1) En regardant des yeux malades, les yeux le deviennent eux mêmes, et les maux se communiquent souvent d'un corps à l'autre. Ovide, de Remedio amoris, v. 615.

(2) Je ne sais quel malin regard ensorcelle mes tendres agneaux. Virg., Eclog., III, 103. — (3) Si je ne compare

temps, estimants que ie les veoy d'une veue moins blecee de passion qu'un aultre, et de plus prez, pour l'accez que fortune m'a donné aux chefs de divers partis. Mais ils ne disent pas, Que pour la gloire de Salluste ie n'en prendroy pas la peine; ennemy iuré d'obligation, d'assiduité, de constance: Qu'il n'est rien si contraire à mon style, qu'une narration estendue; ie me recouppe si souvent, à faulte d'haleine; ie n'ay ny composition ny explication, qui vaille; ignorant, au delà d'un enfant, des frases et vocables qui servent aux choses plus communes; pourtant ay ie prins à dire ce que ie sçay dire, accommodant la matiere à ma force; si i'en prenois qui me guidast, ma mesure pourroit faillir à la sienne : Que, ma liberté estant si libre, i'eusse publié des iugements, à mon gré mesme et selon raison, illegitimes et punissables.

Plutarque nous diroit volontiers, de ce qu'il en a faict, que c'est l'ouvrage d'aultruy que ses exemples soyent en tout et par tout veritables: qu'ils soyent utiles à la posterité, et presentez d'un lustre qui nous esclaire à la vertu, que c'est son ouvrage. Il n'est pas dangereux, comme en une drogue medecinale, en un conte ancien, qu'il soit ainsin ou ainsin.

## CHAPITRE XXI.

### Le proufit de l'un est dommage de l'aultre.

Demades, athenien, condemna un homme de sa ville qui faisoit mestier de vendre les choses necessaires aux enterrements, soubs tiltre de ce qu'il en demandoit trop de proufit, et que ce proufit ne luy pouvoit venir sans la mort de beaucoup de gents. Ce iugement semble estre mal prins; d'autant qu'il ne se faict aucun proufit qu'au dommage d'aultruy, et qu'à ce compte il fauldroit condemner toute sorte de gaings. Le marchand ne faict bien ses affaires qu'à la desbauche de la ieunesse; le laboureur, à la cherté des bleds; l'architecte, à la ruine des maisons; les officiers de la iustice, aux procez et querelles des hommes; l'honneur mesme et practique des ministres de la religion se tire de nostre mort et de nos vices; nul medecin ne prend plaisir à la santé de ses amys mesmes, dit l'ancien comique grec; ny soldat, à la paix de sa ville : ainsin du reste. Et qui pis est, que chascun se sonde au dedans, il trouvera que nos souhaits interieurs, pour la pluspart, naissent et se nourrissent aux despens d'aultruy. Ce que considerant, il m'est venu en fantasie, comme nature ne se desment point en cela de sa generale police; car les physiciens tiennent que la naissance, nourrissement et augmenta-

tion de chasque chose, est l'alteration et corruption d'une aultre :

Nam quodcumque suis mutatum finibus exit,
Continuo hoc mors est illius, quod fuit ante [1].

## CHAPITRE XXII.

### De la coustume, et de ne changer ayseement une loy receue.

Celuy me semble avoir tresbien conceu la force de la coustume, qui premier forgea ce conte, qu'une femme de village, ayant apprins de caresser et de porter entre ses bras un veau dez l'heure de sa naissance, et continuant tousiours à ce faire, gaigna cela par l'accoustumance, que, tout grand bœuf qu'il estoit, elle le portoit encores: car c'est, à la vérité, une violente et traistresse maistresse d'eschole que la coustume. Elle establit en nous, peu à peu, à la desrobee, le pied de son auctorité: mais, par ce doulx et humble commencement, l'ayant rassis et planté avec l'ayde du temps, elle nous descouvre tantost un furieux et tyrannique visage, contre lequel nous n'avons plus la liberté de haulser seulement les yeulx. Nous luy veoyons forcer, touts les coups, les regles de nature : Usus efficacissimus rerum omnium magister [2]. I'en croy l'antre de Platon en sa Republique; et les medecins, qui quittent si souvent à son auctorité les raisons de leur art; et ce roy, qui par son moyen rengea son estomach à se nourrir de poison; et la fille qu'Albert recite s'estre accoustumee à vivre d'araignees : et en ce monde des Indes nouvelles, on trouva des grands peuples, et en fort divers climats, qui en vivoient, en faisoient provision et les appastoient, comme aussi des saulterelles, formis, lezards, chauvesouris; et feut un crapaud vendu six escus en une necessité de vivres; ils les cuisent et apprestent à diverses saulses : il eu feut trouvé d'aultres ausquels nos chairs et nos viandes estoient mortelles et venimeuses. Consuetudinis magna vis est: pernoctant venatores in nive; in montibus uri se patiuntur; pugiles, cæstibus contusi, ne ingemiscunt quidem [3].

Ces exemples estrangers ne sont pas estranges,

---

(1) Un corps ne peut sortir de sa nature, sans que ce qu'il étoit cesse d'être. Lucrèce, II, 752.

(2) En tout, l'usage est le meilleur maître. Pline, Nat. hist., XXVI, 2.

(3) Rien de plus puissant que l'habitude. Passer les nuits au milieu des neiges, se brûler dans les montagnes au plus ardent soleil, voilà la vie des chasseurs. Ces athlètes qui se meurtrissent à coups de ceste, ne poussent pas même un gémissement. Cic. Tusc. quæst., II, 17.

si nous considerons, ce que nous essayons[1] ordinairement, combien l'accoustumance hebete nos
sens. Il ne nous fault pas aller chercher ce qu'on
dict des voysins des cataractes du Nil; et ce que
les philosophes estiment de la musique celeste,
que les corps de ces cercles, estant solides, polis,
et venants à se lescher et frotter l'un à l'autre en
roulant, ne peuvent faillir de produire une merveilleuse harmonie, aux couppures et nuances de
laquelle se manient les contours et changements
des carolles des astres, mais qu'universellement les
ouïes des creatures de çà bas, endormies, comme
celles des Aegyptiens, par la continuation de ce
son, ne le peuvent appercevoir, pour grand qu'il
soit : les mareschaux, meulniers, armuriers, ne
sçauroient demeurer au bruit qui les frappe, s'il
les perceoit comme nous.

Mon collet de fleurs[2] sert à mon nez : mais,
aprez que ie m'en suis vestu trois iours de suitte,
il ne sert qu'aux nez assistants. Cecy est plus estrange, que, nonobstant des longs intervalles et
intermissions, l'accoustumance puisse ioindre et
establir l'effect de son impression sur nos sens;
comme essayent les voysins des clochiers. Ie loge
chez moy en une tour, où, à la diane et à la
retraicte, une fort grosse cloche sonne tous les
iours l'*Ave Maria*. Ce tintamarre estonne ma tour
mesme : et aux premiers iours me semblant insupportable, en peu de temps m'appriuoise de
maniere que ie l'oy sans offense, et souvent sans
m'en esveiller.

Platon tansa un enfant qui iouoit aux noix. Il
luy respondit : «Tu me tanses de peu de chose.»
— «L'accoustumance, repliqua Platon, n'est pas
chose de peu.» Ie treuve que nos plus grands vices
prennent leur ply dez nostre plus tendre enfance,
et que nostre principal gouvernement est entre les
mains des nourrices. C'est passetemps aux meres
de voir un enfant tordre le col à un poulet, et
s'esbattre à blecer un chien et un chat : et tel
pere est si sot, de prendre à bon augure d'une
ame martiale, quand il veoid son fils gourmer iniurieusement un païsan ou un laquay qui ne se
deffend point; et à gentillesse, quand il le veoid
affiner son compaignon par quelque malicieuse desloyauté et tromperie. Ce sont pourtant les vrayes
semences et racines de la cruauté, de la tyrannie,
de la trahison : elles se germent là; et s'eslevent
aprez gaillardement, et proufitent à force entre les
mains de la coustume. Et est une tresdangereuse
institution, d'excuser ces vilaines inclinations par
la foiblesse de l'aage et legiereté du subiect : premierement, c'est nature qui parle, de qui la voix
est lors plus pure et plus naïfve, qu'elle est plus

graile et plus neufve : secondement, la laideur de
la piperie ne despend pas de la difference des
escus aux espingles; elle despend de soy. Ie treuve
bien plus iuste de conclure ainsin : «Pourquoy ne
tromperoit il aux escus, puisqu'il trompe aux espingles?» que, comme ils font : «Ce n'est qu'aux
espingles; il n'auroit garde de le faire aux escus.»
Il fault apprendre soigneusement aux enfants de
haïr les vices de leur propre contexture, et leur
en fault apprendre la naturelle difformité, à ce
qu'ils les fuyent non en leur action seulement,
mais sur tout en leur cœur; que la pensee mesme
leur en soit odieuse, quelque masque qu'ils portent.

Ie sçais bien que pour m'estre duict, en ma
puerilité, de marcher tousiours mon grand et plain
chemin, et avoir eu à contrecœur de mesler ny
tricotterie ny finesse à mes ieux enfantins (comme
de vray il fault noter que les ieux des enfants ne
sont pas ieux, et les fault iuger en eulx comme
leurs plus serieuses actions), il n'est passetemps si
legier où ie n'apporte, du dedans et d'une propension naturelle et sans estude, une extreme contradiction à tromper. Ie manie les chartes pour les
doubles[3], et tiens compte, comme pour les doubles
doublons; lorsque le gaigner et le perdre, contre
ma femme et ma fille, m'est indifferent, comme
lorsqu'il va de bon. En tout et par tout, il y a
assez de mes yeulx à me tenir en office; il n'y en
a point qui me veillent de si prez, ni que ie respecte plus.

Ie viens de veoir chez moy un petit homme
natif de Nantes, nay sans bras, qui a si bien façonné ses pieds au service que luy debvoient les
mains, qu'ils en ont, à la verité, à demy oublié
leur office naturel. Au demourant, il les nomme
ses mains; il trenche, il charge un pistolet et le
lasche, il enfile son aiguille, il coud, il escrit, il
tire le bonnet, il se peigne, il ioue aux chartes et
aux dez, et les remue avecques autant de dexterité
que sçauroit faire quelqu'aultre : l'argent que ie
luy ay donné (car il gaigne sa vie à se faire veoir),
il l'a emporté en son pied, comme nous faisons
en nostre main. I'en veis un aultre, estant enfant,
qui manioit un' espee à deux mains, et un' halle-
barde, du ply du col, à faulte de mains; les iectoit
en l'air, et les reprenoit; lanceoit une dague; et

(1) C'est à-dire *nous éprouvons*. Montaigne emploie souvent le
mot *essayer* dans ce sens-là.

(2) C'est peut-être ce qu'on nommoit *collet de senteur*, espece
de pourpoint de peau parfumée, à petites basques et sans man-
ches.

(3) Le *double* estoit une petite monnoie de cuivre qui ne valoit
qu'un double denier. un *doublon* estoit une monnoie d'Espagne
de la valeur d'une double pistole.

faisoit craqueter un fouet, aussi bien que charretier de France.

Mais on descouvre bien mieulx ses effects aux estranges impressions qu'elle faict en nos ames, où elle ne treuve pas tant de resistance. Que ne peult elle en nos iugements et en nos creances? y a il opinion si bizarre (ie laisse à part la grossiere imposture des religions, dequoy tant de grandes nations et tant de suffisants personnages se sont veus enyvrez; car cette partie estant hors de nos raisons humaines, il est plus excusable de s'y perdre, à qui n'y est extraordinairement esclairé par faveur divine), mais d'aultres opinions, y en a il de si estranges qu'elle n'aye planté et establi par loix, ez regions que bon luy a semblé? et est tresiuste cette ancienne exclamation : *Non pudet physicum , id est, speculatorem venatoremque naturæ, ab animis consuetudine imbutis quærere testimonium veritatis*[1] !

I'estime qu'il ne tumbe en l'imagination humaine aulcune fantasie si forcenee, qui ne rencontre l'exemple de quelque usage publicque, et par consequent que nostre raison n'estaye et ne fonde. Il est des peuples où on tourne le dos à celuy qu'on salue, et ne regarde on iamais celuy qu'on veult honnorer. Il en est où, quand le roy crache, la plus favorie des dames de sa court tend la main; et, en aultre nation, les plus apparents, qui sont autour de luy, se baissent à terre pour amasser en du linge son ordure. Desrobbons icy la place d'un conte.

Un gentilhomme françois se mouchoit tousiours de sa main; chose tresennemie de nostre usage : deffendant là dessus son faict (et estoit fameux en bons rencontres), il me demanda quel privilege avait ce sale excrement, que nous allassions luy apprestant un beau linge delicat à le recevoir, et puis, qui plus est, à l'empaqueter et serrer soigneusement sur nous : que cela debvoit faire plus de mal au cœur, que de le veoir verser où que ce feust, comme nous faisons toutes nos aultres ordures. Ie trouvay qu'il ne parloit pas du tout sans raison : et m'avoit la coustume osté l'appercevance de cette estrangeté, laquelle pourtant nous trouvons si hideuse, quand elle est recitee d'un aultre païs. Les miracles sont selon l'ignorance en quoy nous sommes de la nature, non selon l'estre de la nature; l'assuefaction[2] endort la veue de nostre iugement : les barbares ne nous sont de rien plus merveilleux, que nous sommes à eulx, ny avecques plus d'occasion; comme chascun advoueroit, si chascun sçavoit, aprez s'estre promené par ces loingtains exemples, se coucher sur les propres, et les conferer sainement. La raison humaine est une

teincture infuse environ de pareil poids à toutes nos opinions et mœurs, de quelque forme qu'elles soyent; infinie en matiere, infinie en diversité. Ie m'en retourne.

Il est des peuples où, sauf sa femme et ses enfants, aulcun ne parle au roy que par sarbatane. En une mesme nation, et les vierges montrent à descouvert leurs parties honteuses, et les mariees les couvrent et cachent soigneusement. A quoy cette aultre coustume, qui est ailleurs, a quelque relation : la chasteté n'y est en prix que pour le service du mariage; car les filles se peuvent abandonner à leur poste, et, engroissees, se faire avorter par medicaments propres, au veu d'un chascun. Et ailleurs, si c'est un marchand qui se marie, tous les marchands conviez à la nopce couchent avecques l'espousee avant luy; et plus il y en a, plus a elle d'honneur et de recommendation de fermeté et de capacité : si un officier se marie, il en va de mesme; de mesme si c'est un noble; et ainsin des aultres : sauf si c'est un laboureur ou quelqu'un du bas peuple; car lors c'est au seigneur à faire : et si, on ne laisse pas d'y recommender estroictement la loyauté pendant le mariage. Il en est où il se veoid des bordeaux publics de masles, voire et des mariages : où les femmes vont à la guerre quand et leurs maris, et ont reng, non au combat seulement, mais aussi au commandement : où non seulement les bagues se portent au nez, aux levres, aux ioues, et aux orteils des pieds; mais des verges d'or bien poisantes au travers des tettins et des fesses : où en mangeant on s'essuye les doigts aux cuisses, et à la bourse des genitoires, et à la plante des pieds : où les enfants ne sont pas heritiers, ce sont les freres et nepveux, et ailleurs les nepveux seulement; sauf en la succession du prince : où, pour regler la communauté des biens, qui s'y observe, certains magistrats souverains ont charge universelle de la culture des terres et de la distribution des fruicts, selon le besoing d'un chascun : où l'on pleure la mort des enfants, et festoye lon celle des vieillards : où ils couchent en des liects dix ou douze ensemble avec leurs femmes : où les femmes qui perdent leurs maris par mort violente se peuvent remarier, les aultres non : où l'on estime si mal de la condition des femmes, que l'on y tue les femelles qui y naissent, et achepte lon, des voysins, des femmes pour le besoing : où les maris peuvent repudier, sans alleguer aulcune cause; les femmes non, pour cause

---

[1] Quelle honte à un physicien, qui doit poursuivre sans relâche les secrets de la nature, d'alléguer, pour des preuves de la vérité, ce qui n'est que prévention et coutume! Cic., *de Nat. deor.*, I. 30. Il y a dans le texte *petere* au lieu de *quærere*. — [2] L'habitation.

quelconque : où les maris ont loy de les vendre si elles sont steriles : où ils font cuire le corps du trespassé, et puis piler, iusques à ce qu'il se forme comme en bouillie ; laquelle ils meslent à leur vin, et la boivent : où la plus desirable sepulture est d'estre mangé des chiens ; ailleurs, des oyseaux : où l'on croit que les ames heureuses vivent, en toute liberté, en des champs plaisants fournis de toutes commoditez, et que ce sont elles qui font cet echo que nous oyons : où ils combattent en l'eau, et tirent seurement de leurs arcs en nageant : où, pour signe de subjection, il fault haulser les espaules et baisser la teste ; et deschausser ses souliers quand on entre au logis du roy : où les eunuques, qui ont les femmes religieuses en garde, ont encores le nez et les levres à dire [1], pour ne pouvoir estre aymez : et les presbtres se crevent les yeulx, pour accointer les daimons et prendre les oracles : où chascun faict un dieu de ce qu'il luy plaist ; le chasseur, d'un lyon ou d'un regnard ; le pescheur, de certain poisson ; et des idoles, de chasque action ou passion humaine : le soleil, la lune, et la terre, sont les dieux principaulx ; la forme de iurer, c'est toucher la terre regardant le soleil ; et y mange lon la chair et le poisson crud : où le grand serment, c'est iurer le nom de quelque homme trespassé qui a esté en bonne reputation au païs, touchant de la main sa tumbe : où les estrenes annuelles que le roy envoye aux princes ses vassaux, touts les ans, c'est du feu ; lequel apporté, tout le vieil feu est esteint : et de ce feu nouveau, le peuple, despendant de ce prince, en doibt venir prendre chascun pour soy, sur peine de crime de leze majesté : où, quand le roy, pour s'adonner du tout à la devotion, se retire de sa charge, ce qui advient souvent, son premier successeur est obligé d'en faire autant, et passe le droit du royaume au troisiesme successeur : où l'on diversifie la forme de la police [2], selon que les affaires semblent le requerir ; on depose le roy, quand il semble bon ; et luy substitue lon des anciens à prendre le gouvernail de l'estat ; et le laisse lon par fois aussi ez mains de la commune : où hommes et femmes sont circoncis, et pareillement baptisez : où le soldat qui, en un ou divers combats, est arrivé à presenter à son roy sept testes d'ennemis, est faict noble : où lon vit soubs cette opinion si rare et insociable de la mortalité des ames : où les femmes s'accouchent sans plainte et sans effroy : où les femmes, en l'une et l'aultre iambe, portent des greves [3] de cuivre ; et, si un pouil les mord, sont tenues par debvoir de magnanimité de le remordre ; et n'osent espouser, qu'elles n'ayent offert à

leur roy, s'il le veult, leur pucellage : où l'on salue mettant le doigt à terre, et puis le haulsant vers le ciel : où les hommes portent les charges sur la teste, les femmes sur les espaules ; elles pissent debout, les hommes accroupis : où ils envoyent de leur sang en signe d'amitié, et encensent, comme les dieux, les hommes qu'ils veulent honnorer : où non seulement iusques au quatriesme degré, mais en aulcun plus esloingné, la parenté n'est soufferte aux mariages : où les enfants sont quatre ans à nourrisse, et souvent douze ; et là mesme il est estimé mortel, de donner à l'enfant à tetter tout le premier iour : où les peres ont charge du chastiment des masles ; et les meres, à part, des femelles ; et est le chastiment de les fumer pendus par les pieds : où on faict circoncire les femmes : où l'on mange toutes sortes d'herbes, sans aultre discretion que de refuser celles qui leur semblent avoir mauvaise senteur : où tout est ouvert ; et les maisons, pour belles et riches qu'elles soyent, sans porte, sans fenestre, sans coffre qui ferme ; et sont les larrons doublement punis qu'ailleurs : où ils tuent les pouils avec les dents comme les magots, et trouvent horrible de les veoir escacher soubs les ongles : où l'on ne couppe en toute la vie ni poil ny ongle ; ailleurs, où l'on ne couppe que les ongles de la droicte, ceulx de la gauche se nourrissent par gentillesse : où ils nourrissent tout le poil du costé droict, tant qu'il peult croistre, et tiennent raz le poil de l'aultre costé ; et en voysines provinces, celle icy nourrit le poil de devant, celle là le poil de derriere, et rasent l'opposite : où les peres prestent leurs enfants, les maris leurs femmes, à iouyr aux hostes, en payant : où on peult honnestement faire des enfants à sa mere, les peres se mesler à leurs filles et à leurs fils : où, aux assemblees des festins, ils s'entreprestent, sans distinction de parenté, les enfants les uns aux aultres : icy on vit de chair humaine : là c'est office de pieté de tuer son pere en certain aage : ailleurs les peres ordonnent, des enfants encores au ventre des meres, ceulx qu'ils veulent estre nourris et conservez, et ceulx qu'ils veulent estre abandonnez et tuez : ailleurs les vieux maris prestent leurs femmes à la ieunesse pour s'en servir ; et ailleurs elles sont communes sans peché ; voire, en tel païs, portent pour marque d'honneur autant de belles houppes frangees au bord de leurs robbes, qu'elles ont accointé de masles. N'a pas faict la coustume encores une chose publicque de femmes

---

(1) *De moins.* C'est de là que venoit l'ancien mot du palais, titre *adiré* .pièce *adirée.*

(2) *Du gouvernement.*—(3) *Des bottines, ou armures de jambes.*

à part? leur a elle pas mis les armes à la main? faict dresser des armées, et livrer des battailles? Et, ce que toute la philosophie ne peult planter en la teste des plus sages, ne l'apprend elle pas de sa seule ordonnance au plus grossier vulgaire? car nous sçavons des nations entieres, où non seulement la mort estoit mesprisée, mais festoyée; où les enfants de sept ans souffroient à estre fouettez jusques à la mort, sans changer de visage; où la richesse estoit en tel mespris, que le plus chestif citoyen de la ville n'eust daigné baisser le bras pour amasser une bourse d'escus. Et sçavons des regions tresfertiles en toutes façons de vivres, où toutesfois les plus ordinaires mets et les plus savoureux, c'estoient du pain, du nasitort[1] et de l'eau. Feit elle pas encores ce miracle en Cio, qu'il s'y passa sept cents ans, sans memoire que femme ny fille y eust faict faulte à son honneur?

Et somme, à ma fantasie, il n'est rien qu'elle ne face, ou qu'elle ne puisse; et avecques raison l'appelle Pindarus, à ce qu'on m'a dict, « la royne et emperiere du monde. » Celuy qu'on rencontra battant son pere, respondit que c'estoit la coustume de sa maison; que son pere avoit ainsin battu son ayeul; son ayeul, son bisayeul; et, montrant son fils, cettuy cy me battra, quand il sera venu au terme de l'aage où je suis : et le pere, que le fils tirassoit et sabouloit emmy la rue, luy commanda de s'arrester à certain huis, car luy n'avoit traisné son pere que jusques là; que c'estoit la borne des injurieux traictements hereditaires, que les enfants avoient en usage de faire aux peres, en leur famille. Par coustume, dit Aristote, aussi souvent que par maladie, des femmes s'arrachent le poil, rongent leurs ongles, mangent des charbons et de la terre; et, plus par coustume que par nature, les masles se meslent aux masles.

Les loix de la conscience, que nous disons naistre de nature, naissent de la coustume; chascun, ayant en veneration interne les opinions et mœurs approuvées et receues autour de luy, ne s'en peult desprendre sans remors, ny s'y appliquer sans applaudissement. Quand ceulx de Crete vouloient, au temps passé, mauldire quelqu'un, ils prioient les dieux de l'engager en quelque mauvaise coustume. Mais le principal effect de sa puissance, c'est de nous saisir et empieter de telle sorte, qu'à peine soit il en nous de nous r'avoir de sa prinse et de r'entrer en nous, pour discourir et raisonner de ses ordonnances. De vray, parceque nous les humons avec le laict de nostre naissance, et que le visage du monde se presente en cet estat à nostre premiere veue, il semble que nous soyons nayz à la condition de suyvre ce train; et les communes

imaginations que nous trouvons en credit autour de nous, et infuses en nostre ame par la semence de nos peres, il semble que ce soyent les generales et naturelles : par où il advient que ce qui est hors les gonds de la coustume, on le croit hors les gonds de la raison; Dieu sçait combien desraisonnablement le plus souvent!

Si, comme nous, qui nous estudions, avons apprins de faire, chascun, qui oid une juste sentence, regardoit incontinent par où elle luy appartient en son propre, chascun trouveroit que cette cy n'est pas tant un bon mot, qu'un bon coup de fouet à la bestise ordinaire de son jugement : mais on reçoit les advis de la verité et ses preceptes comme adressez au peuple, non jamais à soy; et au lieu de les coucher sur ses mœurs, chascun les couche en sa memoire, tressottement et tresinutilement. Revenons à l'empire de la coustume.

Les peuples nourris à la liberté, et à se commander eulx mesmes, estiment toute aultre forme de police monstrueuse et contre nature : ceulx qui sont duicts à la monarchie, en font de mesme; et, quelque facilité que leur preste fortune au changement, lors mesme qu'ils se sont, avecques grandes difficultez, desfaicts de l'importunité d'un maistre, ils courent à en replanter un nouveau avecques pareilles difficultez, pour ne se pouvoir resouldre de prendre en haine la maistrise. C'est par l'entremise de la coustume que chascun est content du lieu où nature l'a planté; et les sauvages d'Escosse n'ont que faire de la Touraine, ni les Scythes, de la Thessalie. Darius demandoit à quelques Grecs, pour combien ils vouldroient prendre la coustume des Indes, de manger leurs peres trespassez (car c'estoit leur forme, estimans ne leur pouvoir donner plus favorable sepulture que dans eulx mesmes); ils luy respondirent que pour chose du monde ils ne le feroient : mais s'estant aussi essayé de persuader aux Indiens de laisser leur façon, et prendre celle de Grece, qui estoit de brusler les corps de leurs peres, il leur feit encores plus d'horreur. Chascun en faict ainsin, d'autant que l'usage nous desrobe le vray visage des choses.

Nil adeo magnum, nec tam mirabile quidquam
Principio, quod non minuant mirarier omnes
Paullatim[2].

Aultrefois, ayant à faire valoir quelqu'une de nos observations, et receue avecques resolue auc-

(1) *Cresson alénois*.

(2) Il n'est rien de si grand, rien de si admirable au premier abord, que peu à peu l'on ne regarde avec moins d'admiration. Lucrèce, II, 1027.

torité bien loing autour de nous; et ne voulant point, comme il se faict, l'establir seulement par la force des loix et des exemples, mais questant tousiours iusques à son origine, i'y trouvay le fondement si foible, qu'à peine que ie ne m'en degoustasse, moy, qui avois à la confirmer en aultruy. C'est cette recepte, par laquelle Platon entreprend de chasser les desnaturees et preposteres amours de son temps, qu'il estime souveraine et principale; à sçavoir, que l'opinion publicque les condemne, que les poëtes, que chascun en face des mauvais contes; recepte par le moyen de laquelle les plus belles filles n'attirent plus l'amour des peres, ny les freres plus excellents en beauté, l'amour des sœurs; les fables mesmes de Thyestes, d'Oedipus, de Macareus, ayant, avecques le plaisir de leur chant, infus cette utile creance en la tendre cervelle des enfants. De vray, la pudicité est une belle vertu, et de laquelle l'utilité est assez cogneue; mais de la traicter et faire valoir selon nature, il est autant malaysé, comme il est aysé de la faire valoir selon l'usage, les loix et les preceptes. Les premieres et universelles raisons sont de difficile perscrutation; et les passent nos maistres en escumant; ou, en ne le osant pas seulement taster, se iectent d'abordee dans la franchise de la coustume; là ils s'enflent, et triumphent à bon compte. Ceulx qui ne se veulent laisser tirer hors cette originelle source, faillent encores plus, et s'obligent à des opinions sauvages; tesmoing Chrysippus, qui sema, en tant de lieux de ses escripts, le peu de compte en quoy il tenoit les coniunctions incestueuses, quelles qu'elles feussent.

Qui vouldra se desfaire de ce violent preiudice de la coustume, il trouvera plusieurs choses receues d'une resolution indubitable, qui n'ont appuy qu'en la barbe chenue et rides de l'usage qui les accompaigne : mais ce masque arraché, rapportant les choses à la verité et à la raison, il sentira son iugement comme tout bouleversé, et remis pourtant en bien plus seur estat. Pour exemple, ie luy demanderay lors, quelle chose peult estre plus estrange, que de veoir un peuple obligé à suyvre les loix qu'il n'entendit oncques; attaché en touts ses affaires domestiques, mariages, donations, testaments, ventes et achapts, à des regles qu'il ne peult sçavoir, n'estants escriptes ny publiees en sa langue, et desquelles, par necessité, il luy faille acheter l'interpretation et l'usage : non selon l'ingenieuse opinion d'Isocrates, qui conseille à son roy de rendre les traficques et negociations de ses subiects, libres, franches et lucratives, et leurs debats et querelles, onereuses, chargees de puisants subsides; mais selon une opinion prodigieuse, de mettre en traficque la raison mesme, et donner aux loix cours de marchandise. Ie sçay bon gré à la fortune dequoy, comme disent nos historiens, ce feut un gentilhomme gascon et de mon pays, qui le premier s'opposa à Charlemaigne nous voulant donner des loix latines et imperiales.

Qu'est il plus farouche que de veoir une nation où, par legitime coustume, la charge de iuger se vende [1], et les iugements soyent payez à purs deniers comptants, et où legitimement la iustice soit refusee à qui n'a dequoy la payer; et ayt cette marchandise si grand credit, qu'il se face en une police un quatriesme estat de gents maniant les procez, pour le ioindre aux trois anciens, de l'eglise, de la noblesse, et du peuple; lequel estat, ayant la charge des loix et souveraine auctorité des biens et des vies, face un corps à part de celuy de la noblesse : d'où il advienne qu'il y ayt doubles loix, celles de l'honneur, et celles de la iustice, en plusieurs choses fort contraires; aussi rigoureusement condemnent celles là un dementi souffert, comme celles icy un dementi revenché; par le debvoir des armes, celuy là soit degradé d'honneur et de noblesse, qui souffre une iniure, et par le debvoir civil, celuy qui s'en venge encoure une peine capitale; qui s'adresse aux loix pour avoir raison d'une offense faicte à son honneur, il se deshonore, et qui ne s'y adresse, il en est puny et chastié par les loix : et de ces deux pieces si diverses, se rapportants toutesfois à un seul chef, ceulx là ayent la paix, ceulx cy la guerre, en charge; ceulx là ayent le gaing, ceulx cy l'honneur; ceulx là le sçavoir, ceulx cy la vertu; ceulx là la parole, ceulx cy l'action; ceulx là la iustice, ceulx cy la vaillance; ceulx là la raison, ceulx cy la force; ceulx là la robbe longue, ceulx cy la courte, en partage?

Quant aux choses indifferentes, comme vestements; qui les vouldra ramener à leur vraye fin, qui est le service et commodité du corps, d'où despend leur grace et bienseance originelle : pour les plus fantastiques à mon gré qui se puissent imaginer, ie luy donray entre aultres nos bonnets quarrez, cette longue queue de velours plissé qui pend aux testes de nos femmes avecques son attirail bigarré, et ce vain modele et inutile d'un membre que nous ne pouvons seulement honnestement nommer, duquel toutesfois nous faisons montre et parade en public. Ces considerations ne destournent pourtant pas un homme d'entendement de suyvre le style commun : ains au rebours, il me semble que toutes façons escartees et particulieres partent plustost de folie ou d'affectation ambitieuse, que de

[1] Depuis le chancelier Duprat, sous François 1er.

vraye raison; et que le sage doibt au dedans retirer son ame de la presse, et la tenir en liberté et puissance de iuger librement des choses; mais, quant au dehors, qu'il doibt suyvre entierement les façons et formes receues. La societé publicque n'a que faire de nos pensees; mais le demourant, comme nos actions, nostre travail, nos fortunes, et nostre vie, il la fault prester et abandonner à son service et aux opinions communes : comme ce bon et grand Socrates refusa de sauver sa vie, par la desobeïssance du magistrat, voire d'un magistrat tresiniuste et tresinique; car c'est la regle des regles, et generale loy des loix, que chascun observe celle du lieu où il est :

Νόμοις ἕπεσθαι τοῖσιν ἐγχωρίοις καλόν [1].

En voicy d'une aultre cuvee. Il y a grand doubte s'il se peult trouver si evident proufit au changement d'une loy receue, telle qu'elle soit, qu'il y a de mal à la remuer : d'autant qu'une police, c'est comme un bastiment de diverses pieces ioinctes ensemble d'une telle liaison, qu'il est impossible d'en esbranler une, que tout le corps ne s'en sente. Le legislateur des Thuriens [2] ordonna que quiconque vouldroit, ou abolir une des vieilles loix, ou en establir une nouvelle, se presenteroit au peuple la chorde au col; à fin que, si la nouvelleté n'estoit approuvee d'un chascun, il feust incontinent estranglé : et celuy de Lacedemone [3] employa sa vie, pour tirer de ses citoyens une promesse asseuree de n'enfreindre aulcune de ses ordonnances. L'ephore qui coupa si rudement les deux chordes que Phrynis [4] avoit adiousté à la musique, ne s'esmoie pas si elle en vault mieulx, ou si les accords en sont mieulx remplis; il luy suffit, pour les condemner, que ce soit une alteration de la vieille façon. C'est ce que signifioit cette espee rouillee de la iustice de Marseille.

Ie suis desgouté de la nouvelleté, quelque visage qu'elle porte; et ay raison, car i'en ay veu des effects tresdommageables : celle qui nous presse depuis tant d'ans, elle n'a pas tout exploicté; mais on peult dire, avecques apparence, que par accident elle a tout produict et engendré, voire et les maulx et ruynes qui se font depuis, sans elle et contre elle : c'est à elle à s'en prendre au nez [5];

Heu ! patior telis vulnera facta meis [6] !

Ceulx qui donnent le bransle à un estat, sont volontiers les premiers absorbez en sa ruyne : le fruict du trouble ne demeure gueres à celuy qui l'a esmeu; il bat et brouille l'eau pour d'aultres pescheurs. La liaison et contexture de cette monarchie et ce grand bastiment ayant esté desmis et dissoult, notamment

sur ses vieux ans, par elle, donne tant qu'on veult d'ouverture et d'entree à pareilles iniures : la maiesté royale s'avalle plus difficilement du sommet au milieu, qu'elle ne se precipite du milieu à fond. Mais si les inventeurs sont plus dommageables, les imitateurs sont plus vicieux de se ieeter en des exemples desquels ils ont senty et puny l'horreur et le mal : et s'il y a quelque degré d'honneur, mesme au mal à faire, ceulx cy doibvent aux aultres la gloire de l'invention et le courage du premier effort. Toutes sortes de nouvelles desbauches puisent heureusement, en cette premiere et feconde source, les images et patrons à troubler nostre police : on lit en nos loix mesmes, faictes pour le remede de ce premier mal, l'apprentissage et l'excuse de toutes sortes de mauvaises entreprinses; et nous advient, ce que Thucydides dict des guerres civiles de son temps, qu'en faveur des vices publicques on les baptisoit de mots nouveaux plus doulx pour leur excuse, abastardissant et amollissant leurs vrays tiltres : c'est pourtant pour reformer nos consciences et nos creances! *honesta oratio est* [7]. Mais le meilleur pretexte de nouvelleté est tresdangereux : *adeo nihil motum ex antiquo, probabile est* [8] ! Si me semble il, à le dire franchement, qu'il y a grand amour de soy et presumption, d'estimer ses opinions iusques là que, pour les establir, il faille renverser une paix publicque, et introduire tant de maulx inevitables, et une si horrible corruption de mœurs que les guerres civiles apportent, et les mutations d'estat en chose de tel poids, et les introduire en son païs propre. Est ce pas malmesnagé, d'advancer tant de vices certains et cogneus, pour combattre des erreurs contestees et debattables? est il quelque pire espece de vices, que ceulx qui choquent la propre conscience et naturelle cognoissance? Le senat osa donner en payement cette desfaicte, sur le differend d'entre luy et le peuple, pour le ministere de leur religion, *ad deos id magis, quam ad se, pertinere; ipsos visuros, ne sacra sua polluantur* [9]; conformement à ce que res-

---

(1) Il est beau d'obéir aux lois de son pays.
*Excerpta ex tragœd. græcis*, Hug. Grotio interpr., 1626, in-4°, p. 957.

(2) *Charondas*. — (3) *Lycurgue*.

(4) *Phrynis*, de Mitylène, célèbre joueur de cithare, ajouta en effet deux cordes à cet instrument, qui n'en avoit d'abord que sept.

(5) *A mettre tout cela sur son compte.*

(6) Ah ! c'est de moi que vient tout le mal que j'endure !
Ovide, *Epist. Phyllidis Demophoonti*, v. 48.

(7) Le prétexte est honnête. Térence, *Andr.*, act. I, sc. 1, v. 114.

(8) Tant il est vrai que nous avons toujours tort de changer les institutions de nos pères. Tit.-Liv., XXXIV, 54.

(9) Que cette affaire intéressoit les dieux plus qu'eux-mêmes; ces dieux, disoient-ils, sauront bien empêcher la profanation de leur culte. Tit.-Liv., X, 6.

pondit l'oracle à ceulx de Delphes, en la guerre medoise, craignants l'invasion des Perses : ils demanderent au dieu ce qu'ils avoient à faire des tresors sacrez de son temple, ou les cacher, ou les emporter : il leur respondit, qu'ils ne bougeassent rien, qu'ils se souciassent d'eulx; qu'il estoit suffisant pour prouvoir à ce qui luy estoit propre.

La religion chrestienne a toutes les marques d'extreme iustice et utilité, mais nulle plus apparente que l'exacte recommendation de l'obeïssance du magistrat et manutention des polices. Quel merveilleux exemple nous en a laissé la sapience divine, qui, pour establir le salut du genre humain, et conduire cette sienne glorieuse victoire contre la mort et le peché, ne l'a voulu faire qu'à la mercy de nostre ordre politique; et a soubmis son progrez, et la conduicte d'un si hault effect et si salutaire, à l'aveuglement et iniustice de nos observations et usances, y laissant courir le sang innocent de tant d'esleus ses favoris, et souffrant une longue perte d'annees à meurir ce fruict inestimable! Il y a grand à dire entre la cause de celuy qui suyt les formes et les loix de son païs, et celuy qui entreprend de les regenter et changer : celuy là allegue pour son excuse la simplicité, l'obeïssance et l'exemple; quoy qu'il face, ce ne peult estre malice; c'est, pour le plus, malheur : *Quis est enim, quem non moveat clarissimis monumentis testata consignataque antiquitas* [1]? oultre ce que dict Isocrates, que la defectuosité a plus de part à la moderation que n'a l'excez : l'aultre est en bien plus rude party; car qui se mesle de choisir et de changer, usurpe l'auctorité de iuger, et se doibt faire fort de veoir la faulte de ce qu'il chasse, et le bien de ce qu'il introduict.

Cette si vulgaire consideration m'a fermy en mon siege, et tenu ma ieunesse mesme, plus temeraire, en bride, de ne charger mes espaules d'un si lourd faix, que de me rendre respondant d'une science de telle importance, et oser en cette cy ce qu'en sain iugement ie ne pourrois oser en la plus facile de celles ausquelles on m'avoit instruict, et ausquelles la temerité de iuger est de nul preiudice; me semblant tresinique de vouloir soubmettre les constitutions et observances publiques et immobiles à l'instabilité d'une privee fantasie (la raison privee n'a qu'une iurisdiction privee), et entreprendre sur les loix divines ce que nulle police ne supporteroit aux civiles; ausquelles encores que l'humaine raison ayt beaucoup plus de commerce, si sont elles souverainement iuges de leurs iuges, et l'extreme suffisance sert à expliquer et estendre l'usage qui en est re-

ceu, non à le detourner et innover. Si quelquesfois la providence divine a passé par dessus les regles ausquelles elle nous a necessairement astreincts, ce n'est pas pour nous en dispenser : ce sont coups de sa main divine, qu'il nous fault non pas imiter, mais admirer ; et exemples extraordinaires, marquez d'un exprez et particulier adveu, du genre des miracles, qu'elle nous offre pour tesmoignage de sa toute puissance, au dessus de nos ordres et de nos forces, qu'il est folie et impieté d'essayer à representer, et que nous ne debvons pas suyvre, mais contempler avec estonnement; actes de son personnage, non pas du nostre. Cotta proteste bien opportunement : *Quum de religione agitur, Ti. Coruncanium, P. Scipionem, P. Scævolam, pontifices maximos, non Zenonem, aut Cleanthem, aut Chrysippum sequor* [2]. Dieu le sçache, en nostre presente querelle, où il y a cent articles à oster et remettre, grands et profonds articles, combien ils sont qui se puissent vanter d'avoir exactement recogneu les raisons et fondemens de l'un et l'aultre party : c'est un nombre, si c'est nombre, qui n'auroit pas grand moyen de nous troubler. Mais toute cette aultre presse, où va elle ? soubs quelle enseigne se iecte elle à quartier ? Il advient de la leur comme des aultres medecines foibles et mal appliquees : les humeurs qu'elle vouloit purger en nous, elle les a eschauffees, exasperees et aigries par le conflict; et si, nous est demeuree dans le corps : elle n'a sceu nous purger par sa foiblesse, et nous a cependant affoiblis; en maniere que nous ne la pouvons vuider non plus, et ne recevons de son operation que des douleurs longues et intestines.

Si est ce que la fortune, reservant tousiours son auctorité au dessus de nos discours, nous presente aucunesfois la necessité si urgente, qu'il est besoing que les loix lui facent quelque place : et, quand on resiste à l'accroissement d'une innovation qui vient par violence à s'introduire, de se tenir en tout et par tout en regle contre ceulx qui ont la clef des champs, ausquels tout cela est loisible qui peult advancer leur desseing, qui n'ont ny loy ny ordre que de suyvre leur advantage, c'est une dangereuse obligation et inequalité.

*Aditum nocendi perfido præstat fides* [3];

---

(1) Qui pourroit ne pas respecter une antiquité qui nous a été conservée et transmise par les plus éclatants témoignages ? Cicéron, *de Divin.*, I, 40.

(2) En matière de religion, j'écoute Tib. Coruncanius, P. Scipion, P. Scévola, souverains pontifes, et non pas Zénon, Cléanthe ou Chrysippe. Cic., *de Nat. deor.*, III, 2.

(3) Se fier à un perfide, c'est lui donner moyen de nuire. Sénèque, *Œdip.*, act. III, v. 686.

d'autant que la discipline ordinaire d'un estat, qui est en sa santé, ne pourveoit pas à ces accidents extraordinaires ; elle presuppose un corps qui se tient en ses principaulx membres et offices, et un commun consentement à son observation et obeïssance. L'aller legitime est un aller froid, poisant et contrainct, et n'est pas pour tenir bon à un aller licencieux et effrené. On sçait qu'il est encores reproché à ces deux grands personnages, Octavius et Caton, aux guerres civiles, l'un de Sylla, l'aultre de Cesar, d'avoir plustost laissé encourir toutes extremitez à leur patrie, que de la secourir aux despens de ses loix, et que de rien remuer : car, à la verité, en ces dernieres necessitez où il n'y a plus que tenir, il seroit à l'adventure plus sagement faict de baisser la teste et prester un peu au coup, que, s'aheurtant, oultre la possibilité, à ne rien relascher, donner occasion à la violence de fouler tout aux pieds ; et vauldroit mieulx faire vouloir aux loix ce qu'elles peuvent, puis qu'elles ne peuvent ce qu'elles veulent. Ainsin feit celuy qui ordonna qu'elles dormissent vingt et quatre heures[1] ; et celuy qui remua pour cette fois un iour du calendrier ; et cet aultre[2] qui du mois de iuin feit le second may. Les Lacedemoniens mesmes, tant religieux observateurs des ordonnances de leur païs, estants pressez de leur loy qui deffendoit d'eslire par deux fois admiral un mesme personnage, et de l'aultre part leurs affaires requerants de toute necessité que Lysander prinst de rechef cette charge, ils feirent bien un Aracus admiral, mais Lysander surintendant de la marine : et de mesme subtilité, un de leurs ambassadeurs, estant envoyé vers les Atheniens pour obtenir le changement de quelqu'ordonnance, et Pericles luy alleguant qu'il estoit deffendu d'oster le tableau où une loy estoit une fois posee, luy conseilla de le tourner seulement, d'autant que cela n'estoit pas deffendu. C'est ce dequoy Plutarque loue Philopœmen, qu'estant nay pour commander, il sçavoit non seulement commander selon les loix, mais aux loix mesmes, quand la necessité publicque le requeroit.

---

## CHAPITRE XXIII.

### *Divers evenements de mesme conseil.*

Iacques Amyot, grand aumosnier de France, me recita un iour cette histoire à l'honneur d'un prince des nostres (et nostre estoit il à tresbonnes enseignes, encores que son origine feust estrangere[3]), que durant nos premiers troubles, au siege de Rouan, ce prince ayant esté adverti, par la royne mere du roy, d'une entreprinse qu'on faisoit sur sa vie, et instruict particulierement, par ses lettres, de celuy qui la debvoit conduire à chef, qui estoit un gentilhomme angevin, ou manceau, frequentant lors ordinairement pour cet effect la maison de ce prince, il ne communiqua à personne cet advertissement : mais se promenant l'endemain au mont saincte Catherine, d'où se faisoit nostre batterie à Rouan (car c'estoit au temps que nous la tenions assiegee), ayant à ses costez ledit seigneur grand aumosnier et un aultre evesque, il apperceut ce gentilhomme qui luy avoit esté remarqué, et le feit appeler. Comme il feut en sa presence, il luy dict ainsin, le voyant desia paslir et fremir des alarmes de sa conscience : « Monsieur de tel lieu, vous vous doubtez bien de ce que ie vous veulx, et vostre visage le montre. Vous n'avez rien à me cacher ; car ie suis instruict de vostre affaire si avant, que vous ne feriez qu'empirer vostre marché d'essayer à le couvrir. Vous sçavez bien telle chose et telle (qui estoyent les tenants et aboutissants des plus secretes pieces de cette menee) : ne faillez, sur vostre vie, à me confesser la verité de tout ce desseing. » Quand ce pauvre homme se trouva prins et convaincu (car le tout avoit esté descouvert à la royne par l'un des complices), il n'eut qu'à ioindre les mains et requerir la grace et misericorde de ce prince, aux pieds duquel il se voulut iecter ; mais il l'en garda, suyvant ainsin son propos : « Venez ça ; vous ay ie aultrefois faict desplaisir ? ay ie offensé quelqu'un des vostres par haine particuliere ? Il n'y a pas trois semaines que ie vous cognoy ; quelle raison vous a peu mouvoir à entreprendre ma mort ? » Le gentilhomme respondit à cela, d'une voix tremblante, que ce n'estoit aulcune occasion particuliere qu'il en eust, mais l'interest de la cause generale de son party, et qu'aulcuns luy avoient persuadé que ce seroit une execution pleine de pieté, d'extirper, en quelque maniere que ce feust, un si puissant ennemy de leur religion. « Or, suyvit ce prince, ie vous veulx monstrer combien la religion que ie tiens est plus doulce que celle dequoy vous faictes profession. La vostre vous a conseillé de me tuer sans m'ouïr, n'ayant receu de moy aulcune offense ; et la mienne me commande que ie vous pardonne, tout convaincu que vous estes de m'avoir voulu tuer sans raison. Allez vous en, retirez

(1) Agésilas. Plut., *Vie d'Agésilas*. — (2) Alexandre-le-Grand. Plutarque, *Alex.*, c. 5.
(3) Le duc de Guise, surnommé *le Balafré*, de la maison de Lorraine. — *Au siège de Rouen*, en 1562.

vous; que ie ne vous veoye plus icy: et, si vous estes sage, prenez doresnavant en vos entreprinses des conseillers plus gents de bien que ceulx là. »

L'empereur Auguste, estant en la Gaule, receut certain advertissement d'une coniuration que luy brassoit L. Cinna: il delibera de s'en venger, et manda pour cet effect au lendemain le conseil de ses amis. Mais la nuict d'entre deux, il la passa avecques grande inquietude, considerant qu'il avoit à faire mourir un ieune homme de bonne maison et nepveu du grand Pompeius, et produisoit en se plaignant plusieurs divers discours: « Quoy doncques, disoit il, sera il vray que ie demeureray en crainte et en alarme, et que ie lairray mon meurtrier se promener ce pendant à son ayse? S'en ira il quitte, ayant assailly ma teste, que i'ay sauvee de tant de guerres civiles, de tant de battailles par mer et par terre, et aprez avoir estably la paix universelle du monde? sera il absoult, ayant deliberé non de me meurtrir seulement, mais de me sacrifier? » car la coniuration estoit faicte de le tuer comme il feroit quelque sacrifice. Aprez cela, s'estant tenu coy quelque espace de temps, il recommenceoit d'une voix plus forte, et s'en prenoit à soy mesme: « Pourquoy vis tu, s'il importe à tant de gents que tu meures? n'y aura il point de fin à tes vengeances et à tes cruautez? Ta vie vault elle que tant de dommage se face pour la conserver? » Livia, sa femme, le sentant en ces angoisses: « Et les conseils des femmes y seront ils receus? luy dict elle: fay ce que font les medecins; quand les receptes accoustumees ne peuvent servir, ils en essayent de contraires. Par severité, tu n'as iusques à cette heure rien prousité; Lepidus a suyvi Salvidienus; Murena, Lepidus; Caepio, Murena; Egnatius, Caepio: commence à experimenter comment te succederont la douceur et la clemence. Cinna est convaincu; pardonne luy: de te nuire desormais, il ne pourra, et proufitera à ta gloire. » Auguste feut bien ayse d'avoir trouvé un advocat de son humeur; et, ayant remercié sa femme, et contremandé ses amis qu'il avoit assignez au conseil, commanda qu'on feist venir à lui Cinna tout seul; et ayant faict sortir tout le monde de sa chambre, et faict donner un siege à Cinna, il luy parla en cette maniere: « En premier lieu, ie te demande, Cinna, paisible audience; n'interromps pas mon parler; ie te donray temps et loisir d'y respondre. Tu sçais, Cinna, que t'ayant prins au camp de mes ennemis, non seulement t'estant faict mon ennemy, mais estant nay tel, ie te sauvay, ie te meis entre mains touts tes biens, et t'ai enfin rendu si accommodé et si aysé, que les victorieux sont envieux de la condition du vaincu: l'office du sacerdoce que tu me demandas, ie te l'octroyay, l'ayant refusé à d'aultres, desquels les peres avoyent tousiours combattu avecques moy. T'ayant si fort obligé, tu as entreprins de me tuer. » A quoy Cinna s'estant escrié qu'il estoit bien esloigné d'une si meschante pensee: « Tu ne me tiens pas, Cinna, ce que tu m'avois promis, suyvit Auguste; tu m'avois assuré que ie ne seroy pas interrompu. Ouy, tu as entreprins de me tuer en tel lieu, tel iour, en telle compaignie, et de telle façon. » Et le veoyant transj de ces nouvelles, et en silence, non plus pour tenir le marché de se taire, mais de la presse de sa conscience: « Pourquoy, adiousta il, le fais tu? Est ce pour estre empereur? Vrayement il va bien mal à la chose publicque, s'il n'y a que moy qui t'empesche d'arriver à l'empire. Tu ne peulx pas seulement deffendre ta maison, et perdis dernierement un procez par la faveur d'un simple libertin [1]. Quoy! n'as tu moyen ny pouvoir en aultre chose qu'à entreprendre Cesar? Ie le quitte, s'il n'y a que moy qui empesche tes esperances. Penses tu que Paulus, que Fabius, que les Cosseens et Serviliens te souffrent, et une si grande trouppe de nobles, non seulement nobles de nom, mais qui, par leur vertu, honnorent leur noblesse? » Aprez plusieurs aultres propos (car il parla à luy plus de deux heures entieres): « Or va, luy dict il, ie te donne, Cinna, la vie à traistre et à parricide, que ie te donnay aultrefois à ennemy; que l'amitié commence de ce iourd'huy entre nous; essayons qui de nous deux de meilleure foy, moy t'ayant donné ta vie, ou toy l'ayes receue. » Et se despartit d'avecques luy en cette maniere. Quelque temps aprez il luy donna le consulat, se plaignant de quoy il ne le luy avoit osé demander. Il l'eut depuis pour fort amy, et feut seul faict par luy heritier de ses biens. Or depuis cet accident, qui adveint à Auguste au quarantiesme an de son aage, il n'y eut iamais de coniuration ny d'entreprinse contre luy, et receut une iuste recompense de cette sienne clemence. Mais il n'en adveint pas de mesme au nostre [2]; car sa douceur ne le sceut garantir qu'il ne cheust de puis aux lacs de pareille trahison: tant c'est chose vaine et frivole que l'humaine prudence! et au travers de tous nos proiects, de nos conseils et precautions, la fortune maintient tousiours la possession des evenements.

---

(1) *Affranchi*, du mot latin *libertus*, ou *libertinus*; car ce dernier ne veut pas dire, comme on l'a cru long-temps, *fils d'affranchi*.

(2) Le même duc de Guise, dont Montaigne a parlé au commencement du chapitre. Ce duc, assiégeant Orléans en 1563, fut assassiné par un gentilhomme d'Angoumois, nommé Poltrot.

Nous appellons les medecins heureux, quand ils arrivent à quelque bonne fin : comme s'il n'y avoit que leur art qui ne se peust maintenir d'elle mesme, et qui eust les fondements trop frailes pour s'appuyer de sa propre force, et comme s'il n'y avoit qu'elle qui aye besoing que la fortune preste la main à ses operations. Ie croy d'elle tout le pis ou le mieulx qu'on vouldra : car nous n'avons, dieu mercy ! nul commerce ensemble. Ie suis au rebours des aultres ; car ie la meprise bien tousiours : mais quand ie suis malade, au lieu d'entrer en composition, ie commence encores à la haïr et à la craindre ; et responds à ceulx qui me pressent de prendre medecine, qu'ils attendent au moins que ie sois rendu à mes forces et à ma santé, pour avoir plus de moyen de soustenir l'effort et le hazard de leur bruvage. Ie laisse faire nature, et presuppose qu'elle se soit pourveue de dents et de griffes, pour se deffendre des assaults qui luy viennent, et pour maintenir cette contexture dequoy elle fuit la dissolution. Ie crains, au lieu de l'aller secourir, ainsin comme elle est aux prinses bien estroictes et bien ioinctes avecques la maladie, qu'on secoure son adversaire au lieu d'elle, et qu'on la recharge de nouveaux affaires.

Or, ie dy que, non en la medecine seulement, mais en plusieurs arts plus certaines, la fortune y a bonne part : les saillies poetiques qui emportent leur aucteur et le ravissent hors de soy, pourquoy ne les attribuerons nous à son bon heur, puis qu'il confesse luy mesme qu'elles surpassent sa suffisance et ses forces, et les recognoist venir d'ailleurs que de soy, et ne les avoir aulcunement en sa puissance ; non plus que les orateurs ne disent avoir en la leur ces mouvements et agitations extraordinaires qui les poulsent au delà de leur dessein ? Il en est de mesme en la peincture, qu'il eschappe par fois des traicts de la main du peintre, surpassants sa conception et sa science, qui le tirent luy mesme en admiration, et qui l'estonnent. Mais la fortune montre bien encores plus evidemment la part qu'elle a en touts ces ouvrages, par les graces et beautez qui s'y treuvent non seulement sans l'intention, mais sans la cognoissance mesme de l'ouvrier : un suffisant lecteur descouvre souvent ez esprits d'aultruy des perfections aultres que celles que l'aucteur a mises et apperceues, et y preste des sens et des visages plus riches.

Quant aux entreprinses militaires, chascun veoid comment la fortune y a bonne part. En nos conseils mesmes et en nos deliberations, il fault certes qu'il y ayt du sort et du bon heur meslé parmy ; car tout ce que nostre sagesse peult, ce n'est pas grand'chose : plus elle est aiguë et vifve, plus elle

treuve en soy de foiblesse, et se desfie d'autant plus d'elle mesme. Ie suis de l'advis de Sylla [1] ; et quand ie me prends garde de prez aux plus glorieux exploicts de la guerre, ie veoy, ce me semble, que ceulx qui les conduisent n'y employent la deliberation et le conseil que par acquit, et que la meilleure part de l'entreprinse, ils l'abandonnent à la fortune ; et, sur la fiance qu'ils ont à son secours, passent à touts les coups au delà des bornes de tout discours. Il survient des alaigresses fortuites et des fureurs estrangeres parmy leurs deliberations, qui les poulsent le plus souvent à prendre le party le moins fondé en apparence, et qui grossissent leur courage au dessus de la raison. D'où il est advenu à plusieurs grands capitaines anciens, pour donner credit à ces conseils temeraires, d'alleguer à leurs gents qu'ils y estoyent conviez par quelque inspiration, par quelque signe et prognostique.

Voylà pourquoy, en cette incertitude et perplexité que nous apporte l'impuissance de veoir et choisir ce qui est le plus commode, pour les difficultez que les divers accidents et circonstances de chaque chose tirent, le plus seur, quand aultre consideration ne nous y convieroit, est, à mon advis, de se reiecter au party où il y a plus d'honnesteté et de iustice ; et, puis qu'on est en doubte du plus court chemin, tenir tousiours le droict : comme en ces deux exemples, que ie viens de proposer, il n'y a point de doubte qu'il ne feust plus beau et plus genereux à celuy qui avoit receu l'offense, de la pardonner, que s'il eust faict aultrement. S'il en est mesadvenu au premier, il ne s'en fault pas prendre à ce sien bon desseing ; et ne sçait on, quand il eust prins le party contraire, s'il eust eschappé à la fin à laquelle son destin l'appelloit ; et si, eust perdu la gloire d'une telle humanité.

Il se veoid, dans les histoires, force gents en cette crainte ; d'où la pluspart ont suyvi le chemin de courir au devant des coniurations qu'on faisoit contre eulx, par vengeance et par supplices ; mais i'en veoy fort peu ausquels ce remede ayt servy ; tesmoing tant d'empereurs romains. Celuy qui se treuve en ce danger, ne doibt pas beaucoup esperer ny de sa force, ny de sa vigilance : car combien est il mal aysé de se garantir d'un ennemy qui est couvert du visage du plus officieux amy que nous ayons, et de cognoistre les volontez et pensements interieurs de ceulx qui nous assistent ? Il a beau employer des nations estrangeres

---

(1) « Qui osta l'envie à ses faicts, en louant souvent sa bonne fortune, et finalement en se surnommant *Faustus*, etc. » PLUTARQUE, *Comment on peut se louer soi-même*, c. 9, trad. d'Amyot.

pour sa garde, et estre tousiours ceinct d'une haye d'hommes armez; quiconque aura sa vie à mespris se rendra tousiours maistre de celle d'aultruy; et puis, ce continuel souspeçon qui met le prince en doubte de tout le monde, luy doibt servir d'un merveilleux torment. Pourtant Dion, estant adverty que Callippus espioit les moyens de le faire mourir, n'eut iamais le cœur d'en informer, disant qu'il aimoit mieulx mourir, que vivre en cette misere d'avoir à se garder, non de ses ennemis seulement, mais aussi de ses amys: ce qu'Alexandre representa bien plus vifvement par effect, et plus roidement, quand ayant eu advis, par une lettre de Parmenion, que Philippus, son plus cher medecin, estoit corrompu par l'argent de Darius pour l'empoisonner; en mesme temps qu'il donnoit à lire sa lettre à Philippus, il avala le bruvage qu'il luy avoit presenté. Feut ce pas exprimer cette resolution, que si ses amis le vouloient tuer, il consentoit qu'ils le peussent faire? Ce prince est le souverain patron des actes hazardeux; mais ie ne sçay s'il y a traict en sa vie qui ayt plus de fermeté que cettuy cy, ny une beauté illustre par tant de visages.

Ceulx qui preschent aux princes la desfiance si attentifve, soubs couleur de leur prescher leur seureté, leur preschent leur ruyne et leur honte: rien de noble ne se faict sans hazard. I'en sçais un de courage tresmartial de sa complexion, et entreprenant, de qui touts les iours on corrompt la bonne fortune par telles persuasions: « Qu'il se resserre entre les siens; qu'il n'entende à aulcune reconciliation de ses anciens ennemis; se tienne à part, et ne se commette entre mains plus fortes, quelque promesse qu'on luy face, quelque utilité qu'il y veoye. » I'en sçais un aultre qui a inesperement advancé sa fortune pour avoir prins conseil tout contraire.

La hardiesse, dequoy ils cherchent si avidement la gloire, se represente, quand il est besoing, aussi magnifiquement en pourpoinct qu'en armes; en un cabinet, qu'en un camp; le bras pendant, que le bras levé.

La prudence si tendre et circonspecte est mortelle ennemie des haultes executions. Scipion sceut, pour practiquer la volonté de Syphax, quittant son armee, et abandonnant l'Espaigne doubteuse encores sous sa nouvelle conqueste, passer en Afrique dans deux simples vaisseaux pour se commettre, en terre ennemie, à la puissance d'un roy barbare, à une foy incogneue, sans obligation, sans ostage, soubs la seule seureté de la grandeur de son propre courage, de son bon heur, et de la promesse de ses haultes esperances. *Habita fides ipsam plerumque*

*fidem obligat* [1]. A une vie ambitieuse et fameuse, il fault, au rebours, prester peu et porter la bride courte aux souspeçons: la crainte et la desfiance attirent l'offense, et la convient. Le plus desfiant de nos roys[2] establit ses affaires principalement pour avoir volontairement abandonné et commis sa vie et sa liberté entre les mains de ses ennemys: montrant avoir entiere fiance d'eulx, à fin qu'ils la prinssent de luy. A ses legions mutinees et armees contre luy, Cesar opposoit seulement l'auctorité de son visage et la fierté de ses paroles; et se fioit tant à soy et à sa fortune, qu'il ne craignoit point de s'abandonner et commettre à une armee seditieuse et rebelle:

> Stetit aggere fultus
> Cespitis, intrepidus vultu; meruitque timeri,
> Nil metuens [3].

Mais il est bien vray que cette forte asseurance ne se peult representer bien entiere et naïfve, que par ceulx ausquels l'imagination de la mort, et du pis qui peult advenir aprez tout, ne donne point d'effroy: car de la presenter tremblante encores, doubteuse et incertaine, pour le service d'une importante reconciliation, ce n'est rien faire qui vaille. C'est un excellent moyen de gaigner le cœur et volonté d'aultruy, de s'y aller soubmettre et fier, pourveu que ce soit librement et sans contraincte d'aulcune necessité, et que ce soit en condition qu'on y porte une fiance pure et nette, le front au moins deschargé de tout scrupule. Ie veis, en enfance, un gentilhomme, commandant à une grande ville, empressé à l'esmotion d'un peuple furieux: pour esteindre ce commencement de trouble, il print party de sortir d'un lieu tresasseuré où il estoit, et se rendre à cette tourbe mutine; d'où mal luy print, et y feut miserablement tué. Mais il ne me semble pas que sa faulte feust tant d'estre sorty, ainsin qu'ordinairement on le reproche à sa memoire, comme ce feut d'avoir prins une voye de soubmission et de mollesse, et d'avoir voulu endormir cette rage plustost en suyvant qu'en guidant, et en requerant plustost qu'en remontrant; et estime qu'une gracieuse severité, avecques un commandement militaire plein de securité et de confiance, convenable à son reng et à la dignité de sa charge, luy eust mieulx succedé, au moins avecques plus d'honneur et de bienseance. Il n'est rien

---

(1) La confiance que nous accordons à un autre nous gagne souvent la sienne. Tit. Liv., XXII, 22.

(2) Louis XI.

(3) Il parut sur un tertre de gazon, debout, avec un visage intrépide; il mérita d'être craint, en ne craignant pas. Lucain, V, 316.

moins esperable de ce monstre ainsin agité, que l'humanité et la doulceur; il recevra bien plustost la reverence et la crainte. Ie luy reprocherois aussi, qu'ayant prins une resolution, plustost brave à mon gré que temeraire, de se ietter foible et en pourpoinct, emmy cette mer tempestueuse d'hommes insensez, il la debvoit avaller toute, et n'abandonner ce personnage : au lieu qu'il luy adveint, aprez avoir recogneu le danger de prez, de saigner du nez, et d'alterer encores depuis cette contenance desmise [1] et flatteuse, qu'il avoit entreprinse, en une contenance effroyee : chargeant sa voix et ses yeulx d'estonnement et de penitence; cherchant à conniller [2] et à se desrober, il les enflamma et appella sur soy.

On deliberoit de faire une montre generale de diverses trouppes en armes (c'est le lieu des vengeances secrettes; et n'est poinct où, en plus grande seureté, on les puisse exercer): il y avoit publicques et notoires apparences qu'il n'y faisoit pas fort bon pour aulcuns, ausquels touchoit la principale et necessaire charge de les recognoistre. Il s'y proposa divers conseils, comme en chose difficile, et qui avoit beaucoup de poids et de suitte. Le mien feut qu'on evitast sur tout de donner aulcun tesmoignage de ce doubte; et qu'on s'y trouvast et meslast parmy les files, la teste droicte et le visage ouvert; et qu'au lieu d'en retrencher aulcune chose (à quoy les aultres opinions visoyent le plus), au contraire, l'on solicitast les capitaines d'advertir les soldats de faire leurs salves belles et gaillardes, en l'honneur des assistants, et n'espargner leur pouldre. Cela servit de gratification envers ces trouppes suspectes, et engendra dez lors en avant une mutuelle et utile confiance.

La voye qu'y teint Iulius Cesar, ie treuve que c'est la plus belle qu'on y puisse prendre. Premierement, il essaya par clemence à se faire aimer de ses ennemys mesmes, se contentant, aux coniurations qui luy estoient descouvertes, de declarer simplement qu'il en estoit adverty : cela faict, il print une tresnoble resolution d'attendre sans effroy et sans solicitude ce qui luy en pourroit advenir, s'abandonnant et se remettant à la garde des dieux et de la fortune; car certainement c'est l'estat où il estoit, quand il feut tué.

Un estranger ayant dict et publié par tout, qu'il pourroit instruire Dionysius, tyran de Syracuse, d'un moyen de sentir et descouvrir en toute certitude les parties que ses subiects machineroient contre luy, s'il luy vouloit donner une bonne piece d'argent; Dionysius, en estant adverty, le feit appeller à soy, pour s'esclaircir d'une art si necessaire à sa conservation. Cet estranger luy dict qu'il n'y avoit pas d'aultre art, sinon qu'il luy feist delivrer un talent, et se vantast d'avoir apprins de luy un singulier secret. Dionysius trouva cette invention bonne, et luy feit compter six cents escus. Il n'estoit pas vraysemblable qu'il eust donné si grande somme à un homme incogneu, qu'en recompense d'un tresutile apprentissage; et servoit cette reputation à tenir ses ennemys en crainte. Pourtant les princes sagement publient les advis qu'ils reçoivent des mences qu'on dresse contre leur vie, pour faire croire qu'ils sont bien advertis, et qu'il ne se peult rien entreprendre dequoy ils ne sentent le vent. Le duc d'Athenes feit plusieurs sottises, en l'establissement de sa fresche tyrannie sur Florence; mais cette cy la plus notable, qu'ayant receu le premier advis des monopoles [3] que ce peuple dressoit contre luy, par Matteo di Morozo, complice d'icelles, il le feit mourir pour supprimer cet advertissement, et ne faire sentir qu'aulcun en la ville s'ennuyast de sa domination.

Il me souvient avoir leu aultrefois l'histoire de quelque Romain, personnage de dignité, lequel, fuyant la tyrannie du triumvirat, avoit eschappé mille fois les mains de ceulx qui le poursuivoyent, par la subtilité de ses inventions. Il adveint un iour qu'une trouppe de gents de cheval, qui avoit charge de le prendre, passa tout ioignuant un hallier où il s'estoit tapy, et faillit de le descouvrir; mais luy, sur ce poinct là, considerant la peine et les difficultez ausquelles il avoit desia si longtemps duré, pour se sauver des continuelles et curieuses recherches qu'on faisoit de luy par tout, le peu de plaisir qu'il pouvoit esperer d'une telle vie, et combien il luy valoit mieulx passer une fois le pas, que demourer tousiours en cette transe, luy mesme les r'appella et leur trahit sa cachette, s'abandonnant volontairement à leur cruauté, pour oster eulx et luy d'une plus longue peine. D'appeller les mains ennemies, c'est un conseil un peu gaillard : si croy ie qu'encores vauldroit il mieulx le prendre, que de demourer en la fiebvre continuelle d'un accident qui n'a point de remede. Mais puisque les provisions qu'on y peult apporter sont pleines d'inquietude et d'incertitude, il vault mieulx d'une belle asseurance se preparer à tout ce qui en pourra advenir, et tirer quelque consolation de ce qu'on n'est pas asseuré qu'il advienne.

---

(1) *Soumise*, du latin *demissus*.

(2) *Conniller*, c'est s'esquiver, chercher à se cacher dans un trou, comme un timide *conil* ou lapin.

(3) *Monopole*, conjuration, conspiration. Rabelais a employé ce mot dans le même sens.

## ·CHAPITRE XXIV.

### *Du pedantisme.*

Ie me suis souvent despité, en mon enfance, de voir ez comedies italiennes tousiours un Pedante pour badin, et le surnom de Magister n'avoir gueres plus honorable signification parmy nous : car, leur estant donné en gouvernement, que pouvois ie moins faire que d'estre ialoux de leur reputation? Ie cherchoy bien de les excuser par la disconvenance naturelle qu'il y a entre le vulgaire, et les personnes rares et excellentes en iugement et en sçavoir, d'autant qu'ils vont un train entierement contraire les uns des aultres; mais en cecy perdois ie mon latin, que les plus galants hommes c'estoient ceulx les qui avoyent le plus à mespris, tesmoing nostre bon du Bellay :

Mais ie hay par sur tout un sçavoir pedantesque;

et est cette coustume ancienne; car Plutarque dict que Grec et Escholier estoient mots de reproche entre les Romains, et de mespris. Depuis, avec l'aage, i'ay trouvé qu'on avoit une grandissime raison, et que *magis magnos clericos non sunt magis magnos sapientes* [1]. Mais d'où il puisse advenir qu'une ame riche de la cognoissance de tant de choses, n'en devienne pas plus vifve et plus esveillee; et qu'un esprit grossier et vulgaire puisse loger en soy, sans s'amender, les discours et les iugements des plus excellents esprits que le monde ayt porté, i'en suis encores en doubte. A recevoir tant de cervelles estrangeres, et si fortes et si grandes, il est necessaire (me disoit une fille, la premiere de nos princesses, parlant de quelqu'un) que la sienne se foule, se contraigne et rapetisse, pour faire place aux aultres : ie diroy volontiers que, comme les plantes s'estouffent de trop d'humeur, et les lampes de trop d'huile; aussi faict l'action de l'esprit, par trop d'estude et de matiere : lequel, occupé et embarrassé d'une grande diversité de choses, perde le moyen de se desmeler, et que cette charge le tienne courbé et croupy. Mais il en va aultrement; car nostre ame s'eslargit d'autant plus qu'elle se remplit : et aux exemples des vieux temps, il se veoid, tout au rebours, des suffisants hommes aux maniements des choses publicques, des grands capitaines, et grands conseillers aux affaires d'estat, avoir esté ensemble tressçavants.

Et quant aux philosophes, retirez de toute occupation publicque, ils ont esté aussi quelquefois, à la verité, mesprisez par la liberté comique de leur temps; leurs opinions et façons les rendants ridicules. Les voulez vous faire iuges des droicts d'un procez, des actions d'un homme? ils en sont bien presls ! ils cherchent encores s'il y a vie, s'il y a mouvement, si l'homme est aultre chose qu'un bœuf; que c'est qu'agir et souffrir; quelles bestes ce sont que loix et iustice. Parlent ils du magistrat, ou parlent ils a luy? c'est d'une liberté irreverente et incivile. Oyent ils louer leur prince ou un roy? c'est un pastre pour eulx, oisif comme un pastre, occupé à pressurer et tondre ses bestes, mais bien plus rudement qu'un pastre. En estimez vous quelqu'un plus grand, pour posseder deux mille arpents de terre? eulx s'en mocquent, accoustumez d'embrasser tout le monde comme leur possession. Vous vantez vous de vostre noblesse, pour compter sept ayeulx riches? ils vous estiment de peu, ne concevant l'image universelle de nature, et combien chascun de nous a eu de predecesseurs, riches, pauvres, roys, valets, grecs, barbares; et quand vous seriez cinquantiesme descendant de Hercules, ils vous trouvent vain de faire valoir ce present de la fortune. Ainsin les desdaignoit le vulgaire, comme ignorants les premieres choses et communes, et comme presumptueux et insolents.

Mais cette peincture platonique est bien esloingnee de celle qu'il fault à nos hommes. On envioit ceulx là comme estants au dessus de la commune façon, comme mesprisants les actions publiques, comme ayants dressé une vie particuliere et inimitable, reglee à certains discours haultains et hors d'usage : ceulx cy, on les desdaigne comme estants au dessoubs de la commune façon, comme incapables des charges publicques, comme trainants une vie et des mœurs basses et viles aprez le vulgaire :

Odi homines ignava opera, philosopha sententia [2].

Quant à ces philosophes, dis ie, comme ils estoyent grands en science, ils estoyent encores plus grands en toute action. Et tout ainsin qu'on dict de ce geometrien de Syracuse, lequel ayant esté destourné de sa contemplation, pour en mettre quelque chose en practique à la deffense de son païs, qu'il meit soubdain en train des engins espouvantables et des effets surpassants toute creance humaine; desdaignant toutesfois luy mesme toute cette sienne manufacture, et pensant en cela avoir corrompu la dignité de son art, de laquelle ses ouvrages n'estoient que l'apprentissage et le iouet : aussi eulx, si quelquefois on les a mis à la preuve de l'action, on les a veu voler d'une aile si haulte,

---

(1) Regnier ( *Sat.* 3, dernier vers) traduit ainsi ce proverbe singulier,

Pardieu , les plus grands clercs ne sont pas les plus fins.

(2) Je hais ces hommes incapables d'agir, dont la philosophie est toute en paroles. Pacuvius ap. Gellium, XIII. ?

qu'il paroissoit bien leur cœur et leur ame s'estre merveilleusement grossie et enrichie par l'intelligence des choses. Mais aulcuns, veoyants la place du gouvernement politique saisie par des hommes incapables, s'en sont reculez; et celuy qui demanda à Crates, iusques à quand il fauldroit philosopher, en receut cette response : « Iusques à tant que ce ne soient plus des asniers qui conduisent nos armees. » Heraclitus resigna la royauté à son frere; et aux Ephesiens, qui luy reprochoient à quoy il passoit son temps à iouer avecques les enfants devant le temple : « Vaut il pas mieulx faire cecy, que gouverner les affaires en vostre compaignie ? » D'aultres, ayants leur imagination logee au dessus de la fortune et du monde, trouverent les sieges de la iustice, et les throsnes mesmes des roys, bas et vils; et refusa Empedocles la royauté que les Agrigentins luy offrirent. Thales, accusant quelquesfois le soing du mesnage et de s'enrichir, on luy reprocha que c'estoit à la mode du regnard, pour n'y pouvoir advenir : il luy print envie, par passe-temps, d'en montrer l'experience; et, ayant pour ce coup ravalé son sçavoir au service du proufit et du gaing, dressa une traficque qui dans un an rapporta telles richesses, qu'à peine en toute leur vie les plus experimentez de ce mestier là en pouvoyent faire de pareilles. Ce qu'Aristote recite d'aulcuns, qui appelloyent et celuy là et Anaxagoras, et leurs semblables, sages et non prudents, pour n'avoir assez de soing des choses plus utiles : oultre ce que ie ne digere pas bien cette difference de mots, cela ne sert point d'excuse à mes gents; et à veoir la basse et necessiteuse fortune dequoy ils se payent, nous aurions plustost occasion de prononcer touts les deux, qu'ils sont et non sages, et non prudents.

Ie quitte cette premiere raison, et croy qu'il vault mieulx dire que ce mal vienne de leur mauvaise façon de se prendre aux sciences; et qu'à la mode dequoy nous sommes instruicts, il n'est pas merveille, si ny les escholiers, ny les maistres, n'en deviennent pas plus habiles, quoy qu'ils s'y facent plus doctes. De vray, le soing et la despense de nos peres ne vise qu'à nous meubler la teste de science : du iugement et de la vertu, peu de nouvelles. Criez d'un passant à nostre peuple : « O le sçavant homme ! » et d'un aultre : « O le bon homme ! » il ne fauldra pas à destourner les yeulx et son respect vers le premier. Il y fauldroit un tiers crieur : « O les lourdes testes ! » Nous nous enquerons volontiers : « Sçait il du grec ou du latin ? escrit il en vers ou en prose?» mais s'il est devenu meilleur ou plus advisé, c'estoit le principal, et c'est ce qui demeure derriere. Il falloit s'enquerir qui est mieulx sçavant, non qui est plus sçavant.

Nous ne travaillons qu'à remplir la memoire, et laissons l'entendement et la conscience vuides. Tout ainsin que les oyseaux vont quelquesfois à la queste du grain, et le portent au bec sans le taster pour en faire bechee à leurs petits : ainsin nos pedantes vont pillotants la science dans les livres, et ne la logent qu'au bout de leurs levres, pour la degorger seulement et mettre au vent. C'est merveille combien proprement la sottise se loge sur mon exemple : est ce pas faire de mesme ce que ie fois en la plus part de cette composition ? ie m'en vois escorniflant, par cy par là, des livres, les sentences qui me plaisent, non pour les garder (car ie n'ay point de gardoire), mais pour les transporter en cettuy cy ; où, à vray dire, elles ne sont non plus miennes qu'en leur premiere place : nous ne sommes, ce crois ie, sçavants que de la science presente; non de la passee, aussi peu que de la future. Mais, qui pis est, leurs escholiers et leurs petits ne s'en nourrissent et alimentent non plus; ains elle passe de main en main, pour cette seule fin d'en faire parade, d'en entretenir aultruy, et d'en faire des contes, comme une vaine monnoye inutile à tout aultre usage et emploite qu'à compter et iecter. *Apud alios loqui didicerunt, non ipsi secum* [1]. *Non est loquendum, sed gubernandum* [2]. Nature, pour montrer qu'il n'y a rien de sauvage en ce qu'elle conduict, faict naistre souvent, ez nations moins cultivees par art, des productions d'esprit, qui luictent les plus artistes productions. Comme, sur mon propos, le proverbe gascon, tiré d'une chalemie [3], est il delicat, « *Bouha prou bouha, mas à remuda lous dits qu'em?* souffler prou, souffler; mais à remuer les doigts, nous en sommes là. » Nous sçavons dire : « Cicero dict ainsin; Voilà les mœurs de Platon; Ce sont les mots mesmes d'Aristote : » mais nous, disons nous nous mesmes? que iugeons nous? que faisons nous? Autant en diroit bien un perroquet.

Cette façon me faict souvenir de ce riche Romain qui avoit esté soigneux, à fort grande despense, de recouvrer des hommes suffisants en tout genre de sciences, qu'il tenoit continuellement autour de luy, à fin que, quand il escheeoit entre ses amys quelque occasion de parler d'une chose ou d'aultre, ils suppleassent en sa place, et feussent tout prests à luy fournir, qui d'un discours, qui d'un vers d'Homere, chascun selon son gibbier; et pensoit ce sçavoir estre sien, parce qu'il estoit en

(1) Ils ont appris à parler aux autres, et non pas à eux-mèmes. Cic., *Tusc. Quæst.*, V, 36.

(2) Il ne s'agit pas de parler, mais de conduire le vaisseau. Sénèque, *Epist.*, 108.

(3) Chant qui se joue sur la flûte ou *chalumeau*.

la teste de ses gents ; et comme font aussi ceulx desquels la suffisance loge en leurs sumptueuses librairies. I'en cognois à qui quand ie demande ce qu'il sçait, il me demande un livre pour me le monstrer ; et n'oseroit me dire qu'il a le derriere galeux, s'il ne va sur le champ estudier, en son lexicon, que c'est que Galeux, et que c'est que Derriere.

Nous prenons en garde les opinions et le sçavoir d'aultruy, et puis c'est tout : il les fault faire nostres. Nous semblons proprement celuy qui, ayant besoing de feu, en iroit querir chez son voysin, et, y en ayant trouvé un beau et grand, s'arresteroit là à se chauffer, sans plus se souvenir d'en rapporter chez soy. Que nous sert il d'avoir la panse pleine de viande, si elle ne se digere, si elle ne se transforme en nous, si elle ne nous augmente et fortifie ? Pensons nous que Lucullus, que les lettres rendirent et formerent si grand capitaine sans l'experience, les eust prinses à nostre mode ? Nous nous laissons si fort aller sur les bras d'aultruy, que nous nous aneantissons nos forces. Me veulx ie armer contre la crainte de la mort ? c'est aux despens de Seneca. Veulx ie tirer de là consolation pour moy ou pour un aultre ? ie l'emprunte de Cicero. Ie l'eusse prinse en moy mesme, si on m'y eust exercé. Ie n'ayme point cette suffisance relative et mendiee : quand bien nous pourrions estre sçavants du sçavoir d'aultruy, au moins sages ne pouvons nous estre que de nostre propre sagesse.

Μισῶ σοφιστὴν, ὅστις οὐχ αὐτῷ σοφός.

« Ie hay le sage qui n'est pas sage pour soy mesme. »
*Ex quo Ennius : Nequidquam sapere sapientem, qui ipse sibi prodesse non quiret* [1] :

   Si cupidus, si
Vanus, et Euganea quantumvis mollior agna [2].

*Non enim paranda nobis solum, sed fruenda sapientia est* [3].

Dionysius [4] se mocquoit des grammairiens qui ont soing de s'enquerir des maulx d'Ulysses, et ignorent les propres ; des musiciens qui accordent leurs fleutes, et n'accordent pas leurs mœurs ; des orateurs qui estudient à dire iustice, non à la faire. Si nostre ame n'en va un meilleur bransle, si nous n'en avons le iugement plus sain, i'aimerois aussi cher que mon escholier eust passé le temps à iouer à la paulme : au moins le corps en seroit plus alaigre. Voyez le revenir de là, aprez quinze ou seize ans employez ; il n'est rien si mal propre à mettre en besongne : tout ce que vous y recognoissez davantage, c'est que son latin et son grec l'ont rendu plus sot et presumptueux qu'il n'estoit party de la maison. Il en debvoit rapporter l'ame pleine,

il ne l'en rapporte que bouffie ; et l'a seulement enflee, en lieu de la grossir.

Ces maistres icy, comme Platon dict des sophistes leurs germains, sont, de touts les hommes, ceulx qui promettent d'estre les plus utiles aux hommes ; et seuls, entre touts les hommes, qui non seulement n'amendent point ce qu'on leur commet, comme faict un charpentier et un masson, mais l'empirent, et se font payer de l'avoir empiré. Si la loy que Protagoras proposoit à ses disciples estoit suyvie, « ou qu'ils le payassent selon son mot, ou qu'ils iurassent au temple combien ils estimoient le proufit qu'ils avoient receu de sa discipline, et selon iceluy satisfissent sa peine, » mes paidagogues se trouveroient chouez [5], s'estant remis au serment de mon experience. Mon vulgaire perigordin appelle fort plaisamment *Lettre-ferits*, ces sçavanteaux ; comme si vous disiez *Lettre-ferus*, ausquels les lettres ont donné un coup de marteau, comme on dict. De vray, le plus souvent ils semblent estre ravalez, mesme du sens commun : car le païsan et le cordonnier, vous leur vceoyez aller simplement et naïfvement leur train, parlant de ce qu'ils sçavent ; ceulx cy, pour se vouloir eslever et gendarmer de ce sçavoir, qui nage en la superficie de leur cervelle, vont s'embarrassant et empestrant sans cesse. Il leur eschappe de belles paroles ; mais qu'un autre les accommode : ils cognoissent bien Galien, mais nullement le malade : ils vous ont desia rempli la teste de loix ; et si, n'ont encores conceu le nœud de la cause : ils sçavent la theorique de toutes choses ; cherchez qui la mette en practique.

I'ay veu chez moy un mien amy, par mauiere de passetemps, ayant affaire à un de ceulx cy, contrefaire un iargon de galimatias, propos sans suitte, tissu de pieces rapportees, sauf qu'il estoit souvent entrelardé de mots propres à leur dispute, amuser ainsin tout un iour ce sot à debattre, pensant tousiours respondre aux obiections qu'on luy faisoit ; et si, estoit homme de lettres et de reputation, et qui avoit une belle robbe.

   Vos, o patricius sanguis, quos vivere par est
   Occipiti cæco, posticæ occurrite sannæ [6].

(1) Aussi Ennius dit-il : « Vaine est la sagesse, si elle n'est pas utile au sage. » *Apud Cic. de Offic.*, III , 15.
(2) S'il est avare, s'il est menteur, s'il est efféminé. Juv. VIII , 14.
(3) Car il ne suffit pas d'acquérir la sagesse, il faut en user. Cic., *de Finib.*, I , 1
(4) Toutes les éditions portent *Dyonisius* ; les réflexions que Montaigne lui prête ici sont de Diogène le cynique.
(5) *Frustrés, déchus de leur espoir.*
(6) Nobles patriciens, qui n'avez pas le don de voir ce qui se passe derrière vous, prenez garde que ceux à qui vous tournez le dos ne rient à vos dépens. Pers., I , 61.

Qui regardera de bien prez à ce genre de gents, qui s'estend bien loing, il trouvera comme moy que le plus souvent ils ne s'entendent ny aultruy, et qu'ils ont la souvenance assez pleine, mais le jugement entierement creux; sinon que leur nature d'elle mesme le leur ayt aultrement façonné: comme i'ay veu Adrianus Turnebus qui n'ayant faict aultre profession que de lettres, en laquelle c'estoit, à mon opinion, le plus grand homme qui feust il y a mille ans, n'ayant toutesfois rien de pedantesque que le port de sa robbe, et quelque façon externe qui pouvoit n'estre pas civilisée à la courtisane, qui sont choses de neant; et hay nos gents qui supportent plus malayseement une robbe qu'une ame de travers, et regardent à sa reverence, à son maintien et à ses bottes, quel homme il est; car au dedans c'estoit l'ame la plus polie du monde: ie l'ay souvent à mon escient iecté en propos esloingnez de son usage: il y veoyoit si clair, d'une apprehension si prompte, d'un iugement si sain, qu'il sembloit qu'il n'eust iamais faict aultre mestier que la guerre et affaires d'estat. Ce sont natures belles et fortes,

           Queis arte benigna  
   Et meliore luto finxit præcordia Titan [1],

qui se maintiennent au travers d'une mauvaise institution. Or, ce n'est pas assez que nostre institution ne nous gaste pas; il fault qu'elle nous change en mieulx.

Il y a aulcuns de nos parlements, quand ils ont à recevoir des officiers, qui les examinent seulement sur la science: les aultres y adioustent encores l'essay du sens, en leur presentant le iugement de quelque cause. Ceulx cy me semblent avoir un beaucoup meilleur style; et encores que ces deux pieces soyent necessaires, et qu'il faille qu'elles s'y treuvent toutes deux, si est ce qu'à la verité celle du sçavoir est moins prisable que celle du iugement; cette cy se peult passer de l'aultre, et non l'aultre de cette cy. Car, comme dict ce vers grec,

Ὡς οὐδὲν ἡ μάθησις, ἢν μὴ νοῦς παρῇ [2].

« A quoy faire la science, si l'entendement n'y est? » Pleust à Dieu que, pour le bien de nostre iustice, ces compaignies là se trouvassent aussi bien fournies d'entendement et de conscience, comme elles sont encores de science! Non vitæ, sed scholæ discimus [3]. Or, il ne fault pas attacher le sçavoir à l'ame, il l'y fault incorporer; il ne l'en fault pas arrouser, il l'en fault teindre; et, s'il ne la change, et meliore son estat imparfaict, certainement il vault beaucoup mieulx le laisser là: c'est un dangereux glaive, et qui empesche et offense son maistre, s'il est en main foible, et qui n'en sçache l'usage; ut fuerit melius non didicisse [4].

A l'adventure est ce la cause que et nous et la theologie ne requerons pas beaucoup de science aux femmes, et que François, duc de Bretaigne, fils de Iean V, comme on luy parla de son mariage avec Isabeau, fille d'Escosse, et qu'on luy adiousta qu'elle avoit esté nourrie simplement et sans aulcune instruction de lettres, respondit, « qu'il l'en aimoit mieulx; et qu'une femme estoit assez sçavante quand elle sçavoit mettre difference entre la chemise et le pourpoinct de son mary. »

Aussi ce n'est pas si grande merveille, comme on crie, que nos ancestres n'ayent pas faict grand estat des lettres, et qu'encores auiourd'huy elles ne se treuvent que par rencontre aux principaulx conseils de nos roys; et si cette fin de s'en enrichir, qui seule nous est auiourd'huy proposee, par le moyen de la iurisprudence, de la medecine, du pedantisme, et de la theologie encores, ne les tenoit en credit, vous les verriez sans doubte aussi marmiteuses [5] qu'elles furent onoques. Quel dommage, si elles ne nous apprennent ny à bien penser ny à bien faire? Postquam docti prodierunt, boni desunt [6]. Toute aultre science est dommageable à celuy qui n'a pas la science de la bonté.

Mais la raison que ie cherchoy tantost seroit elle pas aussi de là, que, nostre estude en France n'ayant quasi aultre but que le proufit, moins de ceulx [7] que nature a faict naistre à plus genereux offices que lucratifs, s'adonnants aux lettres, ou si courtement (retirez, avant que d'en avoir prins le goust, à une profession qui n'a rien de commun avecques les livres), il ne reste plus ordinairement, pour s'engager tout à faict à l'estude, que les gents de basse fortune qui y questent des moyens à vivre; et de ces gents là les ames estants, et par nature, et par institution domestique et exemple, du plus bas aloy, rapportent faulsement le fruict de la science: car elle n'est pas pour donner iour à l'ame qui n'en a point, ny pour faire veoir un aveugle; son mestier est, non de luy fournir de veue, mais de la luy dresser, de luy regler ses

---

(1) Que Prométhée a formées d'un meilleur limon, et douées d'un plus heureux génie. Juvén., XIV, 34.

(2) Apud Stob. tit. III, p. 57, edit. Aurel.; Allobrog. 1609, in-fol.

(3) On ne nous instruit pas pour le monde, mais pour l'école. Sénèque, Epist. 106.

(4) De sorte qu'il auroit mieux valu n'avoir rien appris. Cic., Tusc. Quæst., II, 4.

(5) Marmiteux signifie piteux, de triste mine.

(6) Depuis que les savants ont commencé à paroître parmi nous, les gens de bien se sont éclipsés. Sénèque, Epist. 95.

(7) A l'exception de ceux.

allures, pourveu qu'elle ayt de soy les pieds et les iambes droictes et capables. C'est une bonne drogue que la science; mais nulle drogue n'est assez forte pour se preserver sans alteration et corruption, selon le vice du vase qui l'estuye [1]. Tel a la veüe claire, qui ne l'a pas droicte; et par consequent veoid le bien, et ne le suit pas; et veoid la science, et ne s'en sert pas. La principale ordonnance de Platon en sa Republicque, c'est « donner à ses citoyens, selon leur nature, leur charge. » Nature peult tout, et faict tout. Les boiteux sont mal propres aux exercices du corps; et aux exercices de l'esprit, les ames boiteuses : les bastardes et vulgaires sont indignes de la philosophie. Quand nous veoyons un homme mal chaussé, nous disons que ce n'est pas merveille, s'il est chaussetier : de mesme il semble que l'experience nous offre souvent un medecin plus mal medeciné, un theologien moins reformé, et coustumierement un sçavant moins suffisant que tout aultre.

Aristo Chius avoit anciennement raison de dire que les philosophes nuisoient aux auditeurs; d'autant que la pluspart des ames ne se treuvent propres à faire leur proufit de telle instruction, qui, si elle ne se met à bien, se met à mal : *asôtôs ex Aristippi, acerbos ex Zenonis schola exire* [2].

En cette belle institution que Xenophon preste aux Perses, nous trouvons qu'ils apprenoient la vertu à leurs enfants, comme les aultres nations font les lettres. Platon dict que le fils aisné, en leur succession royale, estoit ainsin nourry : aprez sa naissance, on le donnoit, non à des femmes, mais à des eunuches de la premiere auctorité autour des roys, à cause de leur vertu. Ceulx cy prenoient charge de luy rendre le corps beau et sain; et aprez sept ans le duisoient à monter à cheval et aller à la chasse. Quand il estoit arrivé au quatorziesme, ils le deposoient entre les mains de quatre; le plus sage, le plus iuste, le plus temperant, le plus vaillant de la nation : le premier luy apprenoit la religion; le second, à estre tousiours veritable; le tiers, à se rendre maistre des cupiditez; le quart, à ne rien craindre.

C'est chose digne de tresgrande consideration, que, en cette excellente police de Lycurgus, et à la verité monstrueuse par sa perfection, si soigneuse pourtant de la nourriture des enfants comme de sa principale charge, et au giste mesme des muses, il s'y face si peu de mention de la doctrine : comme si, cette genereuse ieunesse desdaignant tout aultre joug que de la vertu, on luy aye deu fournir, au lieu de nos maistres de science, seulement des maistres de vaillance, prudence et iustice : exemple que Platon a suivi en ses loix. La façon

de leur discipline, c'estoit leur faire des questions sur le iugement des hommes et de leurs actions; et, s'ils condamnoient et louoient ou ce personnage ou ce faict, il falloit raisonner leur dire; et, par ce moyen, ils aiguisoient ensemble leur entendement, et apprenoient le droict. Astyages, en Xenophon, demande à Cyrus compte de sa derniere leçon : C'est, dict il, qu'en nostre eschole un grand garçon, ayant un petit saye [3], le donna à l'un de ses compaignons de plus petite taille, et luy osta sou saye qui estoit plus grand : nostre precepteur m'ayant faict iuge de ce different, ie iugeay qu'il falloit laisser les choses en cet estat, et que l'un et l'aultre sembloit estre mieulx accommodé en ce poinct : sur quoy il me remonstra que i'avois mal faict; car ie m'estois aresté à considerer la bienseance, et il falloit premierement avoir prouveu à la iustice, qui vouloit que nul ne feust forcé en ce qui luy appartenoit; et dict qu'il en feut fouetté, tout ainsin que nous sommes en nos villages, pour avoir oublié le premier aoriste de τύπτω [4]. Mon regent me feroit une belle harangue *in genere demonstrativo*, avant qu'il me persuadast que son eschole vault cette là. Ils ont voulu coupper chemin; et puis qu'il est ainsin que les sciences, lors mesme qu'on les prend de droict fil, ne peuvent que nous enseigner la prudence, la preud'hommie et la resolution, ils ont voulu d'arrivee mettre leurs enfants au propre des effects, et les instruire, non par ouïr dire, mais par l'essay de l'action, en les formant et moulant vifvement, non seulement de preceptes et paroles, mais principalement d'exemples et d'œuvres : à fin que ce ne feust pas une science en leur ame, mais sa complexion et habitude; que ce ne feust pas un acquest, mais une naturelle possession. A ce propos, on demandoit à Agesilaus ce qu'il seroit d'advis que les enfants apprinssent : « Ce qu'ils doibvent faire estants hommes, » respondit il. Ce n'est pas merveille, si une telle institution a produict des effects si admirables.

On alloit, dict on, aux aultres villes de Grece chercher des rhetoriciens, des peintres et des musiciens; mais en Lacedemone, des legislateurs, des magistrats, et empereurs d'armee : à Athenes, on apprenoit à bien dire; et icy à bien faire; là, à se desmesler d'un argument sophistique, et à rabattre l'imposture des mots captieusement entrelacez; icy, à se desmesler des appasts de la volupté, et à ra-

[1] *Qui la renferme.*
[2] *Il sortoit, disoit-il, des débauchés de l'école d'Aristippe, et de celle de Zénon, des sauvages.* Cic., *de Natur. deor.*, III. 31.
[3] *Casaque.*
[4] *Je frappe.*

battre, d'un grand courage, les menaces de la fortune et de la mort : ceulx là s'embesongnoient aprez les paroles; ceulx cy, aprez les choses : là, c'estoit une continuelle exercitation de la langue; icy, une continuelle exercitation de l'ame. Parquoy il n'est pas estrange si Antipater, leur demandant cinquante enfants pour ostages, ils respondirent, tout au rebours de ce que nous ferions, qu'ils aimoient mieulx donner deux fois autant d'hommes faicts : tant ils estimoient la perte de l'education de leur païs! Quand Agesilaus convie Xenophon d'envoyer nourrir ses enfants à Sparte, ce n'est pas pour y apprendre la rhetorique ou dialectique; mais « pour apprendre (ce dict il) la plus belle science qui soit, à sçavoir la science d'obeïr et de commander. »

Il est tresplaisant de veoir Socrates, à sa mode, se mocquant de Hippias, qui luy recite comment il a gaigné, specialement en certaines petites villettes de la Sicile, bonne somme d'argent à regenter; et qu'à Sparte, il n'a gaigné pas un sol; que ce sont gents idiots, qui ne sçavent ny mesurer ny compter, ne font estat ny de grammaire ny de rhythme, s'amusants seulement à sçavoir la suitte des roys, establissements et decadences des estats, et tels fatras de contes; et au bout de cela, Socrates, luy faisant advouer par le menu l'excellence de leur forme de gouvernement public, l'heur et vertu de leur vie privee, luy laisse deviner la conclusion de l'inutilité de ses arts.

Les exemples nous apprennent, et en cette martiale police et en toutes ses semblables, que l'estude des sciences amollit et effemine les courages plus qu'il ne les fermit et aguerrit. Le plus fort estat qui paroisse pour le present au monde est celuy des Turcs, peuples egalement duicts à l'estimation des armes et mespris des lettres. Ie treuve Rome plus vaillante avant qu'elle feust sçavante. Les plus belliqueuses nations, en nos iours, sont les plus grossieres et ignorantes : les Scythes, les Parthes, Tamburlan, nous servent à cette preuve. Quand les Gots ravagerent la Grece, ce qui sauva toutes les librairies d'estre passees au feu, ce feut un d'entre eulx qui sema cette opinion, qu'il falloit laisser ce meuble entier aux ennemys, propre à les destourner de l'exercice militaire, et amuser à des occupations sedentaires et oysifves. Quand nostre roy Charles huictiesme, quasi sans tirer l'espee du fourreau, se veit maistre du royaume de Naples et d'une bonne partie de la Toscane, les seigneurs de sa suitte attribuerent cette inesperee facilité de conqueste, à ce que les princes et la noblesse d'Italie s'amusoient plus à se rendre ingenieux et sçavants, que vigoreux et guerriers.

## CHAPITRE XXV.

### De l'institution des enfants.

A MADAME DIANE DE FOIX, COMTESSE DE GURSON.

Ie ne veis iamais pere, pour bossé ou teigneux que feust son fils, qui laissast de l'advouer; non pourtant, s'il n'est du tout enyvré de cette affection, qu'il ne s'apperçoive de sa defaillance; mais tant y a qu'il est sien : aussi moy, ie veoy mieulx que tout aultre que ce ne sont icy que resveries d'homme qui n'a gousté des sciences que la crouste premiere en son enfance, et n'en a retenu qu'un general et informe visage; un peu de chasque chose, et rien du tout, à la françoise. Car, en somme, ie sçay qu'il y a une medecine, une iurisprudence, quatre parties en la mathematique, et grossierement ce à quoy elles visent; et à l'adventure encores sçay ie la pretention des sciences en general au service de nostre vie : mais d'y enfoncer plus avant, de m'estre rongé les ongles à l'estude d'Aristote, monarque de la doctrine moderne, ou opiniastré aprez quelque science, ie ne l'ay iamais faict; ny n'est art dequoy ie sceusse peindre seulement les premiers lineaments; et n'est enfant des classes moyennes qui ne se puisse dire plus sçavant que moy, qui n'ay seulement pas de quoy l'examiner sur sa premiere leçon; et, si l'on m'y force, ie suis contrainct assez ineptement d'en tirer quelque matiere de propos universel, sur quoy i'examine son iugement naturel : leçon qui leur est autant incongneue, comme à moy la leur.

Ie n'ay dressé commerce avecques aulcun livre solide, sinon Plutarque et Seneque, où ie puyse comme les Danaïdes, remplissant et versant sans cesse. I'en attache quelque chose à ce papier; à moy, si peu que rien. L'histoire, c'est mon gibbier en matiere de livres, ou la poësie, que i'ayme d'une particuliere inclination : car, comme disoit Cleanthes, tout ainsin que la voix, contraincte dans l'estroict canal d'une trompette, sort plus aigüe et plus forte; ainsin me semble il que la sentence, pressee aux pieds nombreux de la poësie, s'eslance bien plus brusquement, et me fiert[1] d'une plus vifve secousse. Quant aux facultez naturelles qui sont en moy, dequoy c'est icy l'essay, ie les sens flechir soubs la charge : mes conceptions et mon iugement ne marche qu'à tastons, chancelant, bronchant et chopant; et quand ie suis allé le plus avant que ie puis, si ne me suis ie aulcunement satisfaict; ie veois encores du païs au delà, mais d'une veue trouble et en nuage, que ie ne puis desmesler. Et en-

(1) Frappe, du latin ferit.

treprenant de parler indifferemment de tout ce qui
se presente à ma fantasie, et n'y employant que
mes propres et naturels moyens, s'il m'advient,
comme il faict souvent, de rencontrer de bonne
fortune dans les bons aucteurs ces mesmes lieux
que i'ay entreprins de traicter, comme ie viens de
faire chez Plutarque tout presentement son discours de la force de l'imagination, à me recognoistre, au prix de ces gents là, si foible et si chestif, si poisant et si endormy, ie me fois pitié ou
desdaing à moy mesme : si me gratifie ie de cecy,
que mes opinions ont cet honneur de rencontrer
souvent aux leurs, et que ie veoy au moins de
loing aprez, disant que voire[1] ; aussi que i'ay cela,
que chascun n'a pas, de cógnoistre l'extreme difference d'entre eulx et moy, et laisse, ne neantmoins, courir mes inventions ainsin foibles et basses
comme ie les ay produictes, sans en replastrer et
recoudre les defaults que cette comparaison m'y
a descouverts.

Il fault avoir les reins bien fermes pour entreprendre de marcher front à front avecques ces
gents là. Les escrivains indiscrets de nostre siecle,
qui, parmy leurs ouvrages de neant, vont semant
des lieux entiers des anciens aucteurs pour se faire
honneur, font le contraire ; car cette infinie dissemblance de lustres rend un visage si pasle, si terni
et si laid à ce qui est leur, qu'ils y perdent beaucoup plus qu'ils n'y gaignent.

C'estoient deux contraires fantasies : le philosophe Chrysippus mesloit à ses livres, non les passages seulement, mais des ouvrages entiers d'aultres
aucteurs, et en un la Medee d'Euripides ; et disoit
Apollodorus, qui en retrancheroit ce qu'il y
avoit d'estranger, son papier demeureroit en blanc :
Epicurus, au rebours, en trois cents volumes qu'il
laissa, n'avoit pas mis une seule allegation.

Il m'advient, l'autre iour, de tumber sur un tel
passage : i'avois traisné languissant aprez des paroles françoises si exsangues, si descharnees et si
vuides de matiere et de sens, que ce n'estoit voirement que paroles françoises ; au bout d'un long
et ennuyeux chemin, ie veins à rencontrer une
piece haulte, riche, et eslevee iusques aux nues.
Si i'eusse trouvé la pente doulce, et la montee un
peu alongée, cela eust esté excusable : c'estoit un
precipice si droict et si couppé, que, des six premieres paroles, ie cognus que ie m'envolois en
l'aultre monde ; de là ie descouvris la fondriere
d'où ie venois, si basse et si profonde, que ie n'eus
oncques puis le cœur de m'y ravaler. Si i'estoffois
l'un de mes discours de ces riches despouilles, il
esclaireroit par trop la bestise des aultres. Reprendre en aultruy mes propres faultes, ne me semble

non plus incompatible que de reprendre, comme
ie fois souvent, celles d'aultruy en moy : il les fault
accuser par tout, et leur oster tout lieu de franchise. Si sçay ie combien audacieusement i'entreprends moy mesme, à touts coups, de m'eguaier
à mes larrecins, d'aller pair à pair quand et eulx,
non sans une temeraire esperance que ie puisse
tromper les yeulx des iuges à les discerner ; mais
c'est autant par le benefice de mon application,
que par le benefice de mon invention et de ma force.
Et puis, ie ne luicte point en gros ces vieux cham-
pions là, et corps à corps ; c'est par reprinses, menues et legieres attaincles : ie ne m'y abeurte pas ;
ie ne fois que les taster ; et ne veois point tant,
comme ie marchande d'aller. Si ie leur pouvois tenir palot[2], ie serois honneste homme ; car ie ne
les entreprends que par où ils sont les plus roides.
De faire ce que i'ay descouvert d'aulcuns, se couvrir des armes d'aultruy iusques à ne moutrer pas
seulement le bout de ses doigts ; conduire son desseing, comme il est aysé aux sçavants en une matiere commune, soubs les inventions anciennes
rappiecées par cy par là : à ceulx qui les veulent
cacher et faire propres, c'est premierement injustice et lascheté, que, n'ayants rien en leur vaillant
par où se produire, ils cherchent à se presenter par
une valeur purement estrangere ; et puis, grande
sottise, se contentants par piperie de s'acquerir l'i-
gnorante approbation du vulgaire, se descrier envers les gents d'entendement, qui hochent du nez
cette incrustation empruntee ; desquels seuls la
louange a du poids. De ma part il n'est rien que
ie veuille moins faire : ie ne dis les aultres, sinon
pour d'autant plus me dire[3]. Cecy ne touche pas
les centons, qui se publient pour centons ; et i'en
ay veu de tresingenieux en mon temps, entre aultres un, sous le nom de Capilupus, oultre les anciens : ce sont des esprits qui se font veoir, et par
ailleurs, et par là, comme Lipsius, en ce docte et
laborieux tissu de ses Politiques.

Quoy qu'il en soit, veulx ie dire, et quelles que
soient ces inepties, ie n'ay pas deliberé de les cacher ; non plus qu'un mien pourtraict chauve et
grisonnant où le peintre auroit mis, non un visage
parfaict, mais le mien. Car aussi ce sont icy mes
humeurs et opinions ; et les donne pour ce qui est
en ma creance, non pour ce qui est à croire : ie ne
vise icy qu'à descouvrir moy mesme, qui seray par
adventure aultre demain, si nouvel apprentissage
me change. Ie n'ay point l'auctorité d'estre creu,

[1] Disant que c'est vrai : oui , vraiment.
[2] C'est-à-dire , si je pouvois aller de pair avec eux.
[3] C'est-à-dire , je ne cite les autres que pour mieux exprimer
ma pensée

ny ne le desire, me sentant trop mal instruict pour instruire aultruy.

Quelqu'un doncques, ayant veu l'article precedent, me disoit chez moy, l'aultre iour, que ie me debvois estre un petit estendu sur le discours de l'institution des enfants. Or, madame, si i'avoy quelque suffisance en ce subiect, ie ne pourroy la mieulx employer que d'en faire un present à ce petit homme qui vous menace de faire tantost une belle sortie de chez vous (vous estes trop genereuse pour commencer aultrement que par un masle); car ayant eu tant de part à la conduicte de vostre mariage, i'ay quelque droict et interest à la grandeur et prosperité de tout ce qui en viendra; oultre ce que l'ancienne possession que vous avez sur ma servitude m'oblige assez à desirer honneur, bien et advantage à tout ce qui vous touche : mais à la verité ie n'y entends, sinon cela, que la plus grande difficulté et importante de l'humaine science semble estre en cet endroict, où il se traicte de la nourriture et institution des enfants. Tout ainsin qu'en l'agriculture, les façons qui vont avant le planter sont certaines et aysees, et le planter mesme; mais, depuis que ce qui est planté vient à prendre vie, à l'eslever il y a une grande varieté de façons, et difficulté : pareillement aux hommes, il y a peu d'industrie à les planter; mais depuis qu'ils sont nayz, on se charge d'un soing divers, plein d'embesongnement et de crainte, à les dresser et nourrir. La montre de leurs inclinations est si tendre en ce bas aage et si obscure; les promesses si incertaines et faulses, qu'il est malaysé d'y establir aucun solide iugement. Veoyez Cimon, veoyez Themistocles, et mille aultres, combien ils se sont disconvenus à eulx mesmes. Les petits des ours et des chiens montrent leur inclination naturelle; mais les hommes, se iectants incontinent en des accoustumances, en des opinions, en des loix, se changent ou se desguisent facilement : si est il difficile de forcer les propensions naturelles. D'où il advient que par faulte d'avoir bien choisi leur route, pour neant se travaille on souvent, et employe l'on beaucoup d'aage, à dresser des enfants aux choses ausquelles ils ne peuvent prendre pied. Toutesfois, en cette difficulté, mon opinion est de les acheminer tousiours aux meilleures choses et plus proufitables; et qu'on se doibt peu appliquer à ces legieres divinations et prognostiques que nous prenons des mouvements de leur enfance : Platon, en sa Republique, me semble leur donner trop d'auctorité.

Madame, c'est un grand ornement que la science, et un outil de merveilleux service, notamment aux personnes eslevees en tel degré de fortune, comme vous estes. A la verité, elle n'a point son vray usage en mains viles et basses : elle est bien plus fiere de prester ses moyens à conduire une guerre, à commander un peuple, à practiquer l'amitié d'un prince ou d'une nation estrangere, qu'à dresser un argument dialectique, ou à plaider un appel, ou ordonner une masse de pilules. Ainsin, madame, parce que ie croy que vous n'oublierez pas cette partie en l'institution des vostres, vous qui en avez savouré la doulceur et qui estes d'une race lettree (car nous avons encores les escripts de ces anciens comtes de Foix, d'où monsieur le comte vostre mary et vous estes descendus, et François monsieur de Candale, vostre oncle, en faict naistre touts les iours d'aultres qui estendront la cognoissance de cette qualité de vostre famille à plusieurs siecles); ie vous veulx dire là dessus une seule fantasie que i'ay, contraire au commun usage : c'est tout ce que ie puis conferer à vostre service en cela.

La charge du gouverneur que vous luy donrez, du chois duquel despend tout l'effect de son institution, elle a plusieurs aultres grandes parties, mais ie n'y touche point pour n'y scavoir rien apporter qui vaille; et de cet article sur lequel ie me mesle de luy donner advis, il m'en croira autant qu'il y verra d'apparence. A un enfant de maison, qui recherche les lettres, non pour le gaing (car une fin si abiecte est indigne de la grace et faveur des muses, et puis elle regarde et despend d'aultruy), ny tant pour les commoditez externes, que pour les siennes propres et pour s'en enrichir et parer au dedans, ayant plustost envie d'en reussir habile homme qu'homme scavant, ie vouldrois aussi qu'on feust soigneux de luy choisir un conducteur qui eust plustost la teste bien faicte que bien pleine; et qu'on y requist touts les deux, mais plus les mœurs et l'entendement, que la science; et qu'il se conduisist en sa charge d'une nouvelle maniere.

On ne cesse de criailler à nos aureilles, comme qui verseroit dans un entonnoir; et nostre charge, ce n'est que redire ce qu'on nous a dict : ie vouldrois qu'il corrigeast cette partie; et que de belle arrivee, selon la portee de l'ame qu'il a en main, il commenceast à la mettre sur la montre, luy faisant gouster les choses, les choisir, et discerner d'elle mesme; quelquefois luy ouvrant chemin, quelquefois le luy laissant ouvrir. Ie ne veulx pas qu'il invente et parle seul; ie veulx qu'il escoute son disciple parler à son tour. Socrates, et depuis Arcesilaus, faisoient premierement parler leurs disciples, et puis ils parloient à eulx. *Obest plerumque iis, qui discere volunt, auctoritas eorum, qui docent* [1]. Il est bon qu'il le face trotter devant luy, pour iuger de son train, et iuger iusques à quel poinct il se doibt ravaller pour s'accommoder à sa force. A faulte de cette proportion, nous gastons tout; et de la sçavoir choisir et s'y conduire bien mesurement, c'est une des plus ardues besongnes que ie sçache; et est l'effect d'une haulte ame et bien forte, sçavoir condescendre à ces allures pueriles, et les guider. Ie marche plus seur et plus ferme à mont qu'à val.

Ceulx qui, comme nostre usage porte, entreprennent, d'une mesme leçon et pareille mesure de conduicte, regenter plusieurs esprits de si diverses mesures et formes; ce n'est pas merveille, si en tout un peuple d'enfants ils en rencontrent à peine deux ou trois qui rapportent quelque iuste fruict de leur discipline. Qu'il ne luy demande pas seulement compte des mots de sa leçon, mais du sens et de la substance; et qu'il iuge du proufit qu'il aura faict, non par le tesmoingnage de sa memoire, mais de sa vie. Que ce qu'il viendra d'apprendre, il le luy face mettre en cent visages, et accommoder à autant de divers subiects, pour veoir s'il l'a encores bien prins et bien faict sien : prenant l'instruction de son progrez, des paidagogismes de Platon. C'est tesmoingnage de crudité et indigestion, que de regorger la viande comme on l'a avallee : l'estomach n'a pas faict son operation, s'il n'a faict changer la façon et la forme à ce qu'on luy avoit donné à cuire. Nostre ame ne branle qu'à credit, liee et contraincte à l'appetit des fantasies d'aultruy, serve et captivee soubs l'auctorité de leur leçon : on nous a tant assubiectis aux chordes, que nous n'avons plus de franches allures; nostre vigueur et liberté est esteincte : *nunquam tutelæ suæ fiunt* [2].

Ie veis privement à Pise un honneste homme, mais si aristotelicien que le plus general de ses dogmes est : « Que la touche et regle de toutes « imaginations solides et de toute verité, c'est la « conformité à la doctrine d'Aristote; que hors de « là, ce ne sont que chimeres et inanité; qu'il a tout « veu et tout dict : » cette sienne proposition, pour avoir esté un peu trop largement et iniquement interpretee, le meit aultrefois et teint longtemps en grand accessoire [3] à l'inquisition à Rome.

Qu'il luy face tout passer par l'estamine, et ne loge rien en sa teste par simple auctorité et à credit. Les principes d'Aristote ne luy soient principes, non plus que ceulx des stoïciens ou epicuriens : qu'on luy propose cette diversité de iugements, il choisira, s'il peult; sinon il en demeurera en doubte :

Che non men che saper, dubbiar m'aggrata [4].

car s'il embrasse les opinions de Xenophon et de Platon par son propre discours, ce ne seront plus les leurs, ce seront les siennes : qui suit un aultre, il ne suit rien, il ne treuve rien, voire il ne cherche rien. *Non sumus sub rege; sibi quisque se vindicet* [5]. Qu'il sçache qu'il sçait, au moins. Il fault qu'il imboive leurs humeurs, non qu'il apprenne leurs preceptes; et qu'il oublie hardiement, s'il veult, d'où il les tient, mais qu'il se les sçache approprier. La verité et la raison sont communes à un chascun, et ne sont non plus à qui les a dictes premierement, qu'à qui les dict aprez : ce n'est non plus selon Platon que selon moy, puis que luy et moy l'entendons et veoyons de mesme. Les abeilles pillotent deçà delà les fleurs; mais elles en font aprez le miel, qui est tout leur; ce n'est plus thym, ny mariolaine : ainsi les pieces empruntees d'aultruy, il les transformera et confondra pour en faire un ouvrage tout sien, à sçavoir son iugement : son institution, son travail et estude ne vise qu'à le former. Qu'il cele tout ce dequoy il a esté secouru, et ne produise que ce qu'il en a faict. Les pilleurs, les emprunteurs, mettent en parade leurs bastiments, leurs achapts; non pas ce qu'ils tirent d'aultruy : vous ne veoyez pas les espices d'un homme de parlement; vous veoyez les alliances qu'il a gaignees, et honneurs à ses enfants : nul ne met en compte publicque sa recepte; chascun y met son acquest.

Le gaing de nostre estude; c'est en estre devenu meilleur et plus sage. C'est, disoit Epicharmus, l'entendement qui veoid et qui oyt; c'est l'entendement qui approfite tout, qui dispose tout, qui agit, qui domine et qui regne; toutes aultres choses sont aveugles, sourdes et sans ame. Certes, nous le rendons servile et couard, pour ne luy laisser la liberté de rien faire de soy. Qui demanda iamais à son disciple ce qu'il luy semble de la rhetorique et de la grammaire, de telle ou telle sentence de Cicero? on nous les placque en la memoire toutes empennees, comme des oracles, où les lettres et les syllabes sont de la substance de la chose. Sçavoir par cœur n'est pas sçavoir; c'est tenir ce qu'on a donné en garde à sa memoire. Ce qu'on sçait droictement, on en dispose, sans regarder au patron, sans tourner les yeulx vers son livre. Fascheuse suffisance, qu'une suffisance pure livresque!

---

(1) L'autorité de ceux qui enseignent nuit souvent à ceux qui veulent apprendre. *Cicér., de Natur. deor.*, I, 5.

(2) Ils sont toujours en tutelle. *Sénèque*, *Epist.* 33.

(3) *En grand accident, en grand danger.*

(4) Aussi bien que savoir, douter à son mérite. *Dante*, *Inferno*, cant. XI, v. 93.

(5) Nous n'avons pas de roi; que chacun dispose librement de soi-même. *Sénèque*, *Epist.* 33.

Ie m'attends qu'elle serve d'ornement, non de fondement ; suyvant l'advis de Platon qui dict « La
fermeté, la foy, la sincerité, estre la vraye philosophie; les aultres sciences, et qui visent ailleurs,
n'estre que fard. » Ié vouldrois que le Paluël ou
Pompee, ces beaux danseurs de mon temps, apprinssent des caprioles à les veoir seulement faire,
sans nous bouger de nos places ; comme ceulx cy
veulent instruire nostre entendement, sans l'esbranler : ou qu'on nous apprinst à manier un cheval, ou une picque, ou un luth, ou la voix, sans
nous y exercer ; comme ceulx cy nous veulent apprendre à bien iuger et à bien parler, sans nous
exercer à parler ny à iuger. Or, à cet apprentissage, tout ce qui se presente à nos yeulx sert de
livre suffisant : la malice d'un page, la sottise d'un
valet, un propos de table, ce sont autant de nouvelles matieres.

A cette cause, le commerce des hommes y est
merveilleusement propre, et la visite des païs estrangers ; non pour en rapporter seulement, à la
mode de nostre noblesse françoise, combien de pas
a *Santa rotonda*[1], ou la richesse des calessons de la
signora Livia ; ou, comme d'aultres, combien le
visage de Neron, de quelque vieille ruyne de là,
est plus long ou plus large que celuy de quelque
pareille medaille ; mais pour en rapporter principalement les humeurs de ces nations et leurs façons, et pour frotter et limer nostre cervelle contre
celle d'aultruy. Ie vouldrois qu'on commenceast à
le promener dez sa tendre enfance ; et premierement, pour faire d'une pierre deux coups, par les
nations voysines où le langage est plus esloingné
du nostre, et auquel, si vous ne la formez de bonne
heure, la langue ne se peult plier.

Aussi bien est-ce une opinion receue d'un chascun, que ce n'est pas raison de nourrir un enfant
au giron de ses parents : cette amour naturelle les
attendrit trop et relasche, voire les plus sages ; ils
ne sont capables ny de chastier ses faultes, ny de
le veoir nourry grossierement comme il fault et
hazardeusement ; ils ne le sçauroient souffrir revenir suant et pouldreux de son exercice, boire chauld,
boire froid, ny le veoir sur un cheval rebours, ny
contre un rude tireur le floret au poing, ou la
premiere harquebuse. Car il n'y a remede : qui en
veult faire un homme de bien, sans doubte il ne
le fault espargner en cette ieunesse ; et fault souvent chocquer les regles de la medecine :

> Vitamque sub dio, et trepidis agat
> In rebus[2].

Ce n'est pas assez de luy roidir l'ame ; il luy fault
aussi roidir les muscles : elle est trop pressee, si elle

n'est secondee ; et a trop à faire de, seule, fournir
à deux offices. Ie sçais combien ahanne[3] la mienne
en compaignie d'un corps si tendre, si sensible,
qui se laisse si fort aller sur elle ; et apperçeois
souvent, en ma leçon[4], qu'en leurs escripts mes
maistres font valoir, pour magnanimité et force de
courage, des exemples qui tiennent volontiers plus
de l'espessissure de la peau et dureté des os.

I'ay veu des hommes, des femmes et des enfants
ainsin nayz, qu'une bastonnade leur est moins,
qu'à moy une chiquenaude ; qui ne remuent ny
langue ny sourcil aux coups qu'on leur donne :
quand les athletes contrefont les philosophes en
patience, c'est plustost vigueur de nerfs que de
cœur. Or l'accoustumance à porter le travail est
accoustumance à porter la douleur : *labor callum
obducit dolori*[5]. Il le fault rompre à la peine et
aspreté des exercices, pour le dresser à la peine et
aspreté de la dislocation, de la cholique, du cau-
tere, et de la geaule[6] aussi et de la torture ; car de
ces dernieres icy, encores peult il estre en prinse,
qui regardent les bons, selon le temps comme les
meschants : nous en sommes à l'espreuve ; quiconque
combat les loix, menace les plus gents de bien d'es-
courgees et de la chorde.

Et puis, l'auctorité du gouverneur, qui doibt
estre souveraine sur luy, s'interrompt et s'empesche par la presence des parents : ioinct que ce
respect que la famille luy porte, la cognoissance
des moyens et grandeurs de sa maison, ce ne sont
pas, à mon opinion, legieres incommoditez en cet
aage.

En cette eschole du commerce des hommes, i'ay
souvent remarqué ce vice, qu'au lieu de prendre
cognoissance d'aultruy, nous ne travaillons qu'à
la donner de nous ; et sommes plus en peine de
debiter nostre marchandise, que d'en acquerir de
nouvelle : le silence et la modestie sont qualitez tres-
commodes à la conversation. On dressera cet enfant à estre espargnant et mesnagier de sa suffisance,
quand il l'aura acquise ; à ne se formalizer point des
sottises et fables qui se diront en sa presence : car
c'est une incivile importunité de chocquer tout ce
qui n'est pas de nostre appetit. Qu'il se contente de
se corriger soy mesme, et ne semble pas reprocher
à aultruy tout ce qu'il refuse à faire, ny contraster
aux mœurs publicques : *Licet sapere sine pompa*,

(1) C'est l'ancien *Panthéon*, qu'Agrippa fit bâtir sous le règne d'Auguste.
(2) Qu'il n'ait de toit que le ciel, qu'il vive au milieu des
alarmes. Hor., *Od.*, II, 3, 5.
(3) *Souffre, fatigue.*
(4) *Dans mes lectures.*
(5) Le travail nous endurcit à la douleur. Cicér., *Tusc. quæst*,
II, 15. — (6) *Prison.*

*sine invidia* [1]. Fuye ces images regenteuses et inciviles, et cette puerile ambition de vouloir paroistre plus fin, pour estre aultre ; et, comme si ce feust marchandise malaysée que reprehensions et nouvelletez, vouloir tirer de là nom de quelque peculiere valeur. Comme il n'affiert qu'aux grands poëtes d'user des licences de l'art, aussi n'est il supportable qu'aux grandes ames et illustres de se privilegier au dessus de la coustume. *Si quid Socrates aut Aristippus contra morem et consuetudinem fecerunt ; idem sibi ne arbitretur licere : magnis enim illi et divinis bonis hanc licentiam asseque-bantur* [2]. On luy apprendra de n'entrer en discours et contestation, que là où il verra un champion digne de sa luicte ; et, là mesme, à n'employer pas touts les tours qui luy peuvent servir, mais ceulx là seulement qui luy peuvent le plus servir. Qu'on le rende delicat au chois et triage de ses raisons, et aimant la pertinence, et par consequent la briefveté. Qu'on l'instruise sur tout à se rendre et à quitter les armes à la verité, tout aussitost qu'il l'appercevra, soit qu'elle naisse ez mains de son adversaire, soit qu'elle naisse en luy mesme par quelque radvisement : car il ne sera pas mis en chaise pour dire un roolle prescript ; il n'est engagé à aulcune cause, que parce qu'il l'appreuve ; ny ne sera du mestier où se vend à purs deniers comptants la liberté de se pouvoir repentir et recognoistre : *neque, ut omnia, quæ præscripta et imperata sint, defendat, necessitate ulla cogitur* [3].

Si son gouverneur tient de mon humeur, il luy formera la volonté à estre tresloyal serviteur de son prince, et tresaffectionné et trescourageux ; mais il luy refroidira l'envie de s'y attacher aultrement que par un debvoir publicque. Oultre plusieurs aultres inconveniens qui blecent nostre liberté par ces obligations particulieres, le jugement d'un homme gagé et acheté, ou il est moins entier et moins libre, ou il est taché et d'imprudence et d'ingratitude. Un pur courtisan ne peult avoir ny loy ny volonté de dire et penser que favorablement d'un maistre qui, parmi tant de milliers d'aultres subiects, l'a choisi pour le nourrir et esle-ver de sa main ; cette faveur et utilité corrompent, non sans quelque raison, sa franchise, et l'esblouissent : pourtant veoid on coustumierement le langage de ces gents là divers à tout aultre langage en un estat, et de peu de foy en telle matiere.

Que sa conscience et sa vertu reluisent en son parler, et n'ayent que la raison pour conduicte. Qu'on luy face entendre que de confesser la faulte qu'il descouvrira en son propre discours, encores qu'elle ne soit apperceue que par luy, c'est un effect de jugement et de sincerité, qui sont les prin-cipales parties qu'il cherche ; que l'opiniastrer et contester sont qualitez communes, plus apparentes aux plus basses ames ; que se r'adviser et se corriger, abandonner un mauvais party sur le cours de son ardeur, ce sont qualitez rares, fortes et philosophiques. On l'advertira, estant en compaignie, d'avoir les yeulx par tout ; car je treuve que les premiers sieges sont communement saisis par les hommes moins capables, et que les grandeurs de fortune ne se treuvent gueres meslees à la suffisance : j'ay veu, cependant qu'on s'entretenoit au hault bout d'une table de la beauté d'une tapisserie ou du goust de la malvoisie, se perdre beaucoup de beaux traicts à l'aultre bout. Il sondera la portee d'un chascun : un bouvier, un masson, un passant, il fault tout mettre en besongne, et emprunter chascun selon sa marchandise, car tout sert en mesnage ; la sottise mesme et foiblesse d'aultruy luy sera instruction : à contrerooler les graces et façons d'un chascun, il s'engendrera envie des bonnes, et mespris des mauvaises.

Qu'on luy mette en fantasie une honneste curiosité de s'enquerir de toutes choses : tout ce qu'il y aura de singulier autour de luy, il le verra ; un bastiment, une fontaine, un homme, le lieu d'une battaille ancienne, le passage de Cesar ou de Charlemaigne :

> Quæ tellus sit lenta gelu, quæ putris ab æstu ;
> Ventus in Italiam quis bene vela ferat [4] ;

il s'enquerra des mœurs, des moyens et des alliances de ce prince, et de celuy là : ce sont choses tresplaisantes à apprendre, et tresutiles à sçavoir.

En cette practique des hommes, j'entends y comprendre, et principalement, ceulx qui ne vivent qu'en la memoire des livres : il practiquera, par le moyen des histoires, ces grandes ames des meilleurs siecles. C'est un vain estude, qui veult ; mais qui veult aussi, c'est un estude de fruict inestimable, et le seul estude, comme dict Platon, que les Lacedemoniens eussent reservé à leur part. Quel profit ne fera il, en cette part là, à la lecture des vies de nostre Plutarque ? Mais que mon guide se souvienne où vise sa charge ; et qu'il n'imprime pas tant à son disciple la date de la ruyne de Car-

---

(1) On peut être sage sans éclat, sans orgueil. SÉNÈQUE, *Épist.* 103.

(2) Si Aristippe ou Socrate n'ont pas toujours respecté les coutumes et les mœurs de leur pays, ce seroit une erreur de croire que vous puissiez les imiter. Leur mérite transcendant et presque divin autorisoit cette liberté. Cic., *de Offic.*, I, 41.

(3) Nulle nécessité ne l'oblige de défendre tout ce qu'on voudroit impérieusement lui prescrire. CICÉR., *Acad.*, II, 3.

(4) Quelle contrée est engourdie par le froid, ou brûlée par le soleil ; quel vent propre pousse les vaisseaux en Italie. PRO-PERCE, IV, 3, 39.

thage, que les mœurs de Hannibal et de Scipion;
ny tant où mourut Marcellus, que pourquoy il feut
indigne de son debvoir qu'il mourust là. Qu'il ne
luy apprenne pas tant les histoires, qu'à en iuger.
C'est à mon gré, entre toutes, la matiere à laquelle
nos esprits s'appliquent de plus diverse mesure:
i'ay leu en Tite Live cent choses que tel n'y a pas
leu; Plutarque y en a leu cent, oultre ce que i'y ay
sceu lire, et à l'adventure oultre ce que l'aucteur
y avoit mis: à d'aulcuns, c'est un pur estude grammairien; à d'aultres, l'anatomie de la philosophie,
par laquelle les plus abstruses parties de nostre nature se penetrent. Il y a dans Plutarque beaucoup
de discours estendus tresdignes d'estre sceus; car,
à mon gré, c'est le maistre ouvrier de telle besongne; mais il y en a mille qu'il n'a que touchez
simplement: il guigne seulement du doigt par où
nous irons, s'il nous plaist; et se contente quelquefois de ne donner qu'une attaincte dans le plus vif
d'un propos. Il les fault arracher de là, et mettre
en place marchande, comme ce sien mot: «Que
les habitants d'Asie servoient à un seul, pour ne
sçavoir prononcer une seule syllabe, qui est, Non,»
donna peut estre la matiere et l'occasion à La
Boëtie de sa SERVITUDE VOLONTAIRE. Cela mesme
de luy veoir trier une legiere action, en la vie
d'un homme, où un mot, qui semble ne porter
pas cela, c'est un discours. C'est dommage que
les gents d'entendement aiment tant la briefveté:
sans doubte leur reputation en vault mieulx; mais
nous en valons moins. Plutarque aime mieulx que
nous le vantions de son iugement, que de son sçavoir; il aime mieulx nous laisser desir de soy, que
satieté: il sçavoit qu'ez choses bonnes mesme on
peult trop dire; et que Alexandridas reprocha
iustement à celuy qui tenoit aux Ephores des bons
propos, mais trop longs: « O estranger, tu dis ce
qu'il fault aultrement qu'il ne fault. » Ceulx qui
ont le corps graile, le grossissent d'embourrures;
ceulx qui ont la matiere exile, l'enflent de paroles.

Il se tire une merveilleuse clarté pour le iugement humain, de la frequentation du monde:
nous sommes touts contraincts et amoncelez en
nous, et avons la veue raccourcie à la longueur
de nostre nez. On demandoit à Socrates d'où il
estoit: il ne respondit pas, d'Athenes; mais, du
monde: luy qui avoit l'imagination plus pleine
et plus estendue, embrassoit l'univers comme sa
ville, iectoit ses cognoissances, sa société et ses
affections à tout le genre humain; non pas comme
nous, qui ne regardons que soubs nous. Quand
les vignes gelent en mon village, mon presbtre en
argumente l'ire de Dieu sur la race humaine, et
iuge que la pepie en tienne desia les Cannibales.

A veoir nos guerres civiles, qui ne crie que cette
machine se bouleverse, et que le iour du iugement nous prend au collet? sans s'adviser que plusieurs pires choses se sont veues, et que les dix
mille parts du monde ne laissent pas de galler le
bon temps ce pendant: moy, selon leur licence
et impunité, admire de les veoir si doulces et
molles. A qui il greste sur la teste, tout l'hemis-
phere semble estre en tempeste et orage; et disoit
le Savoïard, que « si ce sot de roy de France eust
sceu bien conduire sa fortune, il estoit homme
pour devenir maistre d'hostel de son duc: » son
imagination ne concevoit aultre plus eslevee grandeur que celle de son maistre. Nous sommes insensiblement touts en cette erreur: erreur de
grande suitte et preiudice. Mais qui se presente
comme dans un tableau cette grande image de nostre mere nature en son entiere maiesté; qui lit
en son visage une si generale et constante varieté;
qui se remarque là dedans, et non soy, mais tout
un royaume, comme un traict d'une poincte tres-
delicate, celuy là seul estime les choses selon leur
iuste grandeur.

Ce grand monde, que les uns multiplient encores comme especes soubs un genre, c'est le mirouer où il nous fault regarder, pour nous cognoistre de bon biais. Somme, ie veulx que ce soit le
livre de mon escholier. Tant d'humeurs, de sectes,
de iugements, d'opinions, de loix et de coustumes,
nous apprennent à iuger sainement des nostres, et
apprennent nostre iugement à recognoistre son
imperfection et sa naturelle foiblesse; qui n'est pas
un legier apprentissage: tant de remuements d'estat
et changements de fortune publique nous instruisent à ne faire pas grand miracle de la nostre: tant
de noms, tant de victoires et conquestes ensepvelies
sous l'oubliance, rendent ridicule l'esperance d'e-
terniser nostre nom par la prinse de dix argoulets
et d'un pouiller [1] qui n'est cogneu que de sa cheute:
l'orgueil et la fierté de tant de pompes estrangeres,
la maiesté si enflee de tant de courts et de grandeurs,
nous fermit et asseure la veue à soustenir l'esclat
des nostres, sans ciller les yeulx: tant de milliasses
d'hommes enterrez avant nous, nous encouragent
à ne craindre d'aller trouver si bonne compaignie
en l'aultre monde; ainsin du reste. Nostre vie, disoit
Pythagoras, retire [2] à la grande et populeuse assemblee des ieux olympiques: les uns s'y exercent le
corps, pour en acquerir la gloire des ieux; d'aultres

---

(1) *De dix chétifs soldats et d'un poulailler.* — Les argoulets
étoient des arquebusiers à cheval; et comme ils n'étoient pas
considérables en comparaison des aultres cavaliers, on a dit un
argoulet pour un homme de néant.

(2) *Retirer à, ressembler.*

y portent des marchandises à vendre, pour le gaing: il en est, et qui ne sont pas les pires, lesquels n'y cherchent aultre fruict que de regarder comment et pourquoy chasque chose se faict, et estre spectateurs de la vie des aultres hommes, pour en iuger, et regler la leur.

Aux exemples se pourront proprement assortir touts les plus proufitables discours de la philosophie, à laquelle se doibvent toucher les actions humaines comme à leur regle. On luy dira,

> Quid fas optare, quid asper
> Utile nummus habet; patriæ carisque propinquis
> Quantum elargiri deceat; quem te Deus esse
> Jussit, et humana qua parte locatus es in re;
> Quid sumus, aut quidnam victuri gignimur... [1]

que c'est que sçavoir et ignorer, qui doibt estre le but de l'estude; que c'est que vaillance, temperance, et iustice; ce qu'il y a à dire entre l'ambition et l'avarice, la servitude et la subiection, la licence et la liberté; à quelles marques on cognoit le vray et solide contentement; iusques où il fault craindre la mort, la douleur et la honte;

Et quo quemque modo fugiatque feratque laborem [2];

quels ressorts nous meuvent, et le moyen de tant de divers bransles en nous : car il me semble que les premiers discours dequoy on luy doibt abruver l'entendement, ce doibvent estre ceulx qui reglent ses mœurs et son sens; qui luy apprendront à se cognoistre, et à sçavoir bien mourir et bien vivre. Entre les arts liberaux, commenceons par l'art qui nous fait libres : elles servent toutes voirement en quelque maniere à l'instruction de nostre vie et à son usage, comme toutes aultres choses y servent en quelque maniere aussi; mais choisissons celle qui y sert directement et professoirement. Si nous sçavions restreindre les appartenances de nostre vie à leurs iustes et naturels limites, nous trouverions que la meilleure part des sciences qui sont en usage est hors de nostre usage; et en celles mesmes qui le sont, qu'il y a des estendues et enfonceures tresinutiles que nous ferions mieulx de laisser là; et, suyvant l'institution de Socrates, borner le cours de nostre estude en icelles où fault l'utilité :

> Sapere aude,
> Incipe: vivendi recte qui prorogat horam,
> Rusticus exspectat, dum defluat amnis; at ille
> Labitur, et labetur in omne volubilis ævum [3].

C'est une grande simplesse d'apprendre à nos enfants,

> Quid moveant Pisces, animosaque signa Leonis,
> Lotus et Hesperia quid Capricornus aqua [4];

la science des astres et le mouvement de la huictiesme sphere, avant que les leurs propres :

> Τί Πλειάδεσσι κάμοί;
> Τί δ'ἀστράσιν Βοώτεω [5].

Anaximenes escrivant à Pythagoras : « De quel « sens puis ie m'amuser au secret des estoiles, ayant « la mort ou la servitude tousiours presente aux « yeulx? » car lors les roys de Perse preparoient la guerre contre son païs. Chascun doibt dire ainsin : « Estant battu d'ambition, d'avarice, de temerité, de superstition, et ayant au dedans tels aultres ennemis de la vie, iray ie songer au bransle du monde? »

Après qu'on luy aura apprins ce qui sert à le faire plus sage et meilleur, on l'entretiendra que c'est que logique, physique, geometrie, rhetorique; et la science qu'il choisira, ayant desia le iugement formé, il en viendra bientost à bout. Sa leçon se fera tantost par devis, tantost par livre : tantost son gouverneur luy fournira de l'aucteur mesme, propre à cette fin de son institution; tantost il luy en donnera la moelle et la substance toute maschee; et si de soy mesme il n'est assez familier des livres pour y trouver tant de beaux discours qui y sont, pour l'effect de son desseing, on luy pourra ioindre quelque homme de lettres qui à chasque besoing fournisse les munitions qu'il fauldra, pour les distribuer et dispenser à son nourrisson. Et que cette leçon ne soit plus aysee et naturelle que celle de Gaza [6], qui y peult faire doubte? Ce sont là preceptes espineux et mal plaisants, et des mots vains et descharnez, où il n'y a point de prinse, rien qui vous esveille l'esprit : en cette cy l'ame treuve où mordre, et où se paistre. Ce fruict est plus grand sans comparaison, et si sera plustost meury.

C'est grand cas que les choses en soyent là en nostre siecle, que la philosophie soit, iusques aux gents d'entendement, un nom vain et fantastique,

(1) Ce qu'on peut désirer ; à quoi doit servir l'argent ; ce qu'on doit faire pour sa patrie et sa famille ; ce que Dieu a voulu que l'homme fût sur la terre, et quel rang il lui a assigné dans le monde ; ce que nous sommes, et dans quel dessein il nous a donné l'être. Pers., III, 69.

(2) Et comment nous devons éviter ou supporter les peines. Virg., Énéid., III, 459.

(3) Ose être vertueux; commence: différer de régler sa conduite, c'est imiter la simplicité du voyageur qui, trouvant un fleuve sur son chemin, attend qu'il soit écoulé; le fleuve coule, et coulera éternellement. Hor., Epist., II, 1, 40.

(4) Quelle est l'influence des Poissons, du Lion enflammé et du Capricorne qui se plonge dans la mer occidentale. Properce, IV, 1, 89.

(5) Que m'importent les Pléiades, ou les étoiles du Bouvier ? Anacr., Od., XVII, 10.

(6) Savant du quinzième siècle, né à Thessalonique, qui passa en Italie avec plusieurs autres savants de la Grèce.

qui se treuve de nul usage et de nul prix, par opinion et par effect. Ie croy que ces ergotismes en sont cause, qui ont saisi ses avenues. On a grand tort de la peindre inaccessible aux enfants, et d'un visage renfrongné, sourcilleux et terrible : qui me l'a masquee de ce faulx visage, pasle et hideux ? Il n'est rien plus gay, plus gaillard, plus enioué, et à peu que ie ne die follastre ; elle ne presche que feste et bon temps : une mine triste et transie montre que ce n'est pas là son giste. Demetrius le grammairien rencontrant, dans le temple de Delphes, une trouppe de philosophes assis ensemble, il leur dict : « Ou ie me trompe, ou, à vous veoir la contenance si paisible et si gaye, vous n'estes pas en grand discours entre vous : » à quoy l'un d'eulx, Heracleon le Megarien, respondit : « C'est à faire à ceulx qui cherchent si le futur du verbe βάλλω[1] a double λ, ou qui cherchent la derivation des comparatifs χεῖρον et βέλτιον, et des superlatifs χείριστον et βέλτιστον, qu'il fault rider le front s'en-tretenant de leur science ; mais quant aux discours de la philosophie, ils ont accoustumé d'esgayer et resiouïr ceulx qui les traictent, non les renfrongner et contrister. »

Deprendas animi tormenta latentis in ægro
Corpore ; deprendas et gaudia : sumit utrumque
Inde habitum facies[2].

L'ame qui loge la philosophie doibt, par sa santé, rendre sain encores le corps : elle doibt faire luire iusques au dehors son repos et son aise ; doibt former à son moule le port exterieur, et l'armer, par consequent, d'une gratieuse fierté, d'un maintien actif et alaigre, et d'une contenance contente et debonnaire. La plus expresse marque de la sagesse, c'est une esiouïssance constante ; son estat est, comme des choses au dessus de la lune, tousiours serein : c'est *Baroco* et *Baralipton* qui rendent leurs supposts ainsin crottez et enfumez ; ce n'est pas elle : ils ne la cognoissent que par ouyr dire. Comment ? elle faict estat de sereiner les tempestes de l'ame, et d'apprendre la faim et les fiebvres à rire, non par quelques epicycles imaginaires, mais par raisons naturelles et palpables : elle a pour son but la vertu, qui n'est pas, comme dict l'eschole, plantee à la teste d'un mont couppé, raboteux et inaccessible : ceulx qui l'ont approchee la tiennent, au rebours, logee dans une belle plaine fertile et fleurissante, d'où elle veoid bien soubs soy toutes choses ; mais si peult on y arriver, qui en sçait l'address, par des routes ombrageuses, gazonnees et doux fleurantes, plaisamment, et d'une pente facile et polie, comme est celle des voultes celestes. Pour n'avoir hanté cette vertu

supreme, belle, triumphante, amoureuse, delicieuse pareillement et courageuse, ennemye professe et irreconciliable d'aigreur, de desplaisir, de crainte et de contraincte, ayant pour guide nature, fortune et volupté pour compaignes ; ils sont allez, selon leur foiblesse, feindre cette sotte image, triste, querelleuse, despite, menaceuse, mineuse, et la placer sur un rochier à l'escart, emmy des ronces ; fantosme à estonner les gents.

Mon gouverneur, qui cognoist debvoir remplir la volonté de son disciple autant ou plus d'affection que de reverence envers la vertu, luy sçaura dire que les poëtes suivent les humeurs communes ; et luy faire toucher au doigt que les dieux ont mis plustost la sueur aux advenues des cabinets de Venus, que de Pallas. Et, quand il commencera de se sentir, luy presentant Bradamante, ou Angelique[3] pour maistresse à iouyr ; et d'une beauté naïfve, active, genereuse, non hommasse, mais virile, au prix d'une beauté molle, affettee, delicate, artificielle ; l'une travestie en garson, coiffee d'un morion luisant ; l'aultre vestue en garse[4], coiffee d'un attiffet emperlé : il iugera masle son amour mesme, s'il choisit tout diversement à cet effeminé pasteur de Phrygie.

Il luy fera cette nouvelle leçon : Que le prix et haulteur de la vraye vertu est en la facilité, utilité et plaisir de son exercice ; si esloingné de difficulté, que les enfants y peuvent comme les hommes, les simples comme les subtils. Le reglement, c'est son outil, non pas la force. Socrates, son premier mignon, quitte à escient sa force, pour glisser en la naïfveté et aysance de son progrez. C'est la mere nourrice des plaisirs humains : en les rendant iustes, elle les rend seurs et purs ; les moderant, elle les tient en haleine et en appetit ; retranchant ceulx qu'elle refuse, elle nous aiguise envers ceulx qu'elle nous laisse ; et nous laisse abondamment tous ceulx que veult nature, et iusques à la satieté, sinon iusques à la lassete, maternellement : si d'adventure nous ne voulons dire que le regime qui arreste le beuveur avant l'yvresse, le mangeur avant la crudité, le paillard avant la pelade, soit ennemy de nos plaisirs. Si la fortune commune luy fault, elle luy eschappe, ou elle s'en passe, et s'en forge une aultre toute sienne, non plus flottante et roulante. Elle sçait estre riche, et puissante, et sçavante, et coucher en des matelats musquez ; elle aime la vie,

---

(1) Βάλλω, *lancer*, dont le futur fait Βαλῶ.

(2) Les tourments d'un esprit inquiet percent à l'extérieur aussi bien que la joie ; le visage réfléchit ces diverses affections de l'âme. JUVÉNAL, IX, 18.

(3) Deux héroïnes du poëme de l'Arioste.

(4) En *jeune fille*.

elle aime la beauté, et la gloire, et la santé : mais son office propre et particulier, c'est sçavoir user de ces biens là reglement, et le sçavoir perdre constamment; office bien plus noble qu'aspre, sans lequel tout cours de vie est desnaturé, turbulent et difforme, et y peult on iustement attacher ces escueils, ces halliers, et ces monstres.

Si ce disciple se rencontre de si diverse condition, qu'il aime mieulx ouyr une fable, que la narration d'un beau voyage, ou un sage propos, quand il l'entendra; qui, au son du tabourin qui arme la ieune ardeur de ses compaignons, se destourne à un autre qui l'appelle au ieu des batteleurs; qui, par souhait, ne treuve plus plaisant et plus doulx revenir pouldreux et victorieux d'un combat, que de la paulme ou du bal, avecques le prix de cet exercice : ie n'y treuve aultre remede, sinon qu'on le mette pastissier dans quelque bonne ville, feust il fils d'un duc; suyvant le precepte de Platon, « Qu'il fault colloquer les enfants, non selon les facultez de leur pere, mais selon les facultez de leur ame. »

Puisque la philosophie est celle qui nous instruit à vivre, et que l'enfance y a sa leçon comme les aultres aages, pourquoy ne la luy communique lon ?

Udum et molle lutum est; nunc nunc properandus,
Fingendus sine fine rota [1]. [et acri

On nous apprend à vivre quand la vie est passee. Cent escholiers ont prins la verole, avant que d'estre arrivez à leur leçon d'Aristote, De la temperance. Cicero disoit que, quand il vivroit la vie de deux hommes, il ne prendroit pas le loisir d'estudier les poëtes lyriques; et ie treuve ces ergotistes plus tristement encores inutiles. Nostre enfant est bien plus pressé : il ne doibt au paidagogisme que les premiers quinze ou seize ans de sa vie; le demourant est deu à l'action. Employons un temps si court aux instructions necessaires. Ce sont abus : ostez toutes ces subtilitez espineuses de la dialectique, de quoy nostre vie ne se peult amender; prenez les simples discours de la philosophie, sçachez les choisir et traicter à poinct : ils sont plus aysez à concevoir qu'un conte de Boccace; un enfant en est capable au partir de la nourrice, beaucoup mieulx que d'apprendre à lire ou escrire. La philosophie a des discours pour la naissance des hommes, comme pour la decrepitude.

Ie suis de l'advis de Plutarque, qu'Aristote n'amusa pas tant son grand disciple à l'artifice de composer syllogismes, ou aux principes de geometrie, comme à l'instruire des bons preceptes touchant la vaillance, prouesse, la magnanimité et

temperance, et l'asseurance de ne rien craindre; et, avecques cette munition, il l'envoya encores subiuguer l'empire du monde à tout trente mille hommes de pied, quatre mille chevaulx, et quarante deux mille escus seulement. Les aultres arts et sciences, dict il, Alexandre les honoroit bien, et louoit leur excellence et gentillesse; mais, pour plaisir qu'il y prinst, il n'estoit pas facile à se laisser surprendre à l'affection de les vouloir exercer.

Petite hinc, iuvenesque senesque,
Finem animo certum, miserisque viatica canis [2].

C'est ce que dict Epicurus au commencement de sa lettre à Meniceus : « Ny le plus ieune refuye à philosopher, ny le plus vieil s'y lasse. » Qui faict aultrement, il semble dire, ou qu'il n'est pas encores saison d'heureusement vivre, ou qu'il n'en est plus saison. Pour tout cecy, ie ne veulx pas qu'on emprisonne ce garson; ie ne veulx pas qu'on l'abandonne à la cholere et humeur melancholique d'un furieux maistre d'eschole; ie ne veulx pas corrompre son esprit à le tenir à la gehenne et au travail, à la mode des aultres, quatorze ou quinze heures par iour, comme un portefaix; ny ne trouverois bon, quand, par quelque complexion solitaire et melancholique, on le verroit adonné d'une application trop indiscrete à l'estude des livres, qu'on la luy nourrist : cela rend ineptes à la conversation civile, et les destourne de meilleures occupations. Et combien ay ie veu de mon temps d'hommes abestis par temeraire avidité de science? Carneades s'en trouva si affollé, qu'il n'eut plus le loisir de se faire le poil et les ongles. Ny ne veulx gaster ses mœurs genereuses par l'incivilité et barbarie d'aultruy. La sagesse françoise a esté anciennement en proverbe, pour une sagesse qui prenoit de bonne heure, et n'avoit gueres de tenue. A la verité, nous veoyons encores qu'il n'est rien si gentil que les petits enfants en France; mais ordinairement ils trompent l'esperance qu'on en a conceuë; et hommes faicts, on n'y veoid aulcune excellence : i'ay ouy tenir à gents d'entendement que ces colleges où on les envoye, dequoy ils ont foison, les abrutissent ainsin.

Au nostre, un cabinet, un iardin, la table et le lict, la solitude, la compaignie, le matin et le vespre, toutes heures luy seront unes, toutes places luy seront estude : car la philosophie, qui, comme formatrice des iugements et des mœurs, sera sa

(1) L'argile est encore molle et humide : vite, hâtons-nous, et, sans perdre un instant, façonnons-la sur la roue. Pers., III, 23.
(2) Jeunes gens, vieillards, tirez de là de quoi regler votre conduite; faites-vous des provisions pour le triste hiver de la vie. Pers., V, 64.

principale leçon, a ce privilege de se mesler par tout. Isocrates l'orateur estant prié en un festin de parler de son art, chascun treuve qu'il eut raison de respondre : « Il n'est pas maintenant temps de ce que ie sçay faire; et ce dequoy il est maintenant temps, ie ne le sçay pas faire : » car de presenter des harangues ou des disputes de rhetorique à une compaignie assemblee pour rire, et faire bonne chere, ce seroit un meslange de trop mauvais accord; et autant en pourroit on dire de toutes les aultres sciences. Mais, quant à la philosophie, en la partie où elle traicte de l'homme et de ses debvoirs et offices, c'a esté le iugement commun de touts les sages, que, pour la douceur de sa conversation, elle ne debvoit estre refusee ny aux festins ny aux ieux; et Platon l'ayant invitee à son Convive [1], nous veyons comme elle entretient l'assistance, d'une façon molle et accommodee au temps et au lieu, quoyque ce soit de ses plus haults discours et plus salutaires.

Æque pauperibus prodest, locupletibus æque;
Et, neglecta, æque pueris senibusque nocebit [2].

Ainsin, sans doubte, il choumera moins que les aultres. Mais, comme les pas que nous employons à nous promener dans une galerie, quoyqu'il y en ayt trois fois autant, ne nous lassent pas comme ceulx que nous mettons à quelque chemin desseigné : aussi nostre leçon, se passant comme par rencontre, sans obligation de temps et de lieu, et se meslant à toutes nos actions, se coulera sans se faire sentir; les ieux mesmes et les exercices seront une bonne partie de l'estude; la course, la luicte, la musique, la danse, la chasse, le maniement des chevaulx et des armes. Ie veulx que la bienseance exterieure, et l'entregent, et la disposition de la personne, se façonne quand et quand l'ame. Ce n'est pas une ame, ce n'est pas un corps, qu'on dresse; c'est un homme : il n'en fault pas faire à deux; et, comme dict Platon, il ne fault pas les dresser l'un sans l'aultre, mais les conduire eguàlement, comme un couple de chevaulx attelez à mesme timon; et, à l'ouyr, semble il pas prester plus de temps et plus de solicitude aux exercices du corps, et estimer que l'esprit s'en exerce quand et quand, et non au contraire?

Au demourant, cette institution se doibt conduire par une severe doulceur, non comme il se faict : au lieu de convier les enfants aux lettres, on ne leur presente, à la verité, que horreur et cruauté. Ostez moy la violence et la force : il n'est rien, à mon advis, qui abastardisse et estourdisse si fort une nature bien nee. Si vous avez envie qu'il craigne la honte et le chastiment, ne l'y endurcissez

pas : endurcissez le à la sueur et au froid, au vent, au soleil, et aux hazards qu'il luy fault mespriser; ostez luy toute mollesse et delicatesse au vestir et coucher, au manger et au boire; accoustumez le à tout; que ce ne soit pas un beau garson et damerct, mais un garson vert et vigoureux. Enfant, homme, vieil, i'ay tousiours creu et iugé de mesme. Mais, entre aultres choses, cette police de la plus part de nos colleges m'a tousiours despleu : on eust failly, à l'adventure, moins dommageablement, s'inclinant vers l'indulgence. C'est une vraye geaule [3] de ieunesse captive : on la rend desbauchee, l'en punissant avant qu'elle le soit. Arrivez y sur le poinct de leur office [4]; vous n'oyez que cris, et d'enfants suppliciez, et de maistres enyvrez en leur cholere. Quelle maniere pour esveiller l'appetit envers leur leçon, à ces tendres ames et craintifves, de les y guider d'une trongne effroyable, les mains armees de fouets! Inique et pernicieuse forme! ioinct, ce que Quintilian en a tresbien remarqué, que cette imperieuse auctorité tire des suittes perilleuses, et nommeement à nostre façon de chastiement. Combien leurs classes seroient plus decemment iouchees de fleurs et de feuillees, que de tronçons d'osier sanglants! I'y ferois pourtraire la Ioye, l'Alaigresse, et Flora, et les Graces, comme feit en son eschole le philosophe Speusippus. Où est leur proufit, que là feust aussi leur esbat : on doibt ensucrer les viandes salubres à l'enfant, et enfieller celles qui luy sont nuisibles. C'est merveille combien Platon se montre soingneux, en ses loix, de la gayeté et passetemps de la ieunesse de sa cité; et combien il s'arreste à leurs courses, ieux, chansons, saults et danses, desquelles il dict que l'antiquité a donné a conduicte et le patronnage aux dieux mesmes, Apollon, aux Muses et Minerve : il s'estend à mille preceptes pour ses gymnases; pour les sciences lettrees, il s'y amuse fort peu, et semble ne recommender particulierement la poësie que pour la musique.

Toute estrangeté et particularité en nos mœurs et conditions est evitable, comme ennemie de societé. Qui ne s'estonneroit de la complexion de Demophon, maistre d'hostel d'Alexandre, qui suoit à l'umbre, et trembloit au soleil? I'en ay veu fuir la senteur des pommes, plus que les harquebuzades; d'aultres s'effrayer pour une souris; d'aultres rendre la gorge à veoir de la cresme; d'aultres à

<hr/>

(1) Ici *convive* signifie *festin, repas.*
(2) Elle est utile aux riches ; elle l'est également aux pauvres: jeunes gens, vieillards, ne la négligeront pas sans s'en repentir. Hor., *Epist.*, 1, 1, 25.
(3) *Prison*, de l'italien *gabbia, gabbiola*, cage.
(4) *De leur devoir* (pendant leurs études ou leçons).

veoir brasser un lict de plume; comme Germanicus
ne pouvoit souffrir ny la veue ny le chant des coqs.
Il y peult avoir, à l'adventure, à cela quelque proprieté occulte; mais on l'esteindroit, à mon advis,
qui s'y prendroit de bonne heure. L'institution a
gaigné cela sur moy (il est vray que ce n'a point
esté sans quelque soing), que, sauf la biere, mon
appetit est accommodable indifferemment à toutes
choses dequoy on se paist.

Le corps est encores soupple; on le doibt, à
cette cause, plier à toutes façons et coustumes; et,
pourveu qu'on puisse tenir l'appetit et la volonté
soubs boucle, qu'on rende hardiement un ieune
homme commode à toutes nations et compaignies,
voire au desreglement et aux excez, si besoing
est. Son exercitation suive l'usage : qu'il puisse
faire toutes choses, et n'aime à faire que les bonnes. Les philosophes mesmes ne treuvent pas louable en Callisthenes d'avoir perdu la bonne grace
du grand Alexandre, son maistre, pour n'avoir
voulu boire d'autant à luy. Il rira, il follastrera,
il se desbauchera avecques son prince. Ie veulx
qu'en la desbauche mesme il surpasse en vigueur
et en fermeté ses compaignons; et qu'il ne laisse
à faire le mal ny à faulte de force ny de science,
mais à faulte de volonté : *Multum interest, utrum
peccare aliquis nolit, an nesciat* [1]. Ie pensois faire
honneur à un seigneur aussi esloigné de ces desbordements qu'il en soit en France, de m'enquerir à luy en bonne compaignie, combien de fois
en sa vie, il s'estoit enyvré pour la necessité des
affaires du roy, en Allemaigne : il le print de cette
façon; et me respondit que c'estoit trois fois, lesquelles il recita. I'en sçay qui, à faulte de cette
faculté, se sont mis en grand'peine, ayants à practiquer cette nation. I'ay souvent remarqué avecques grande admiration la merveilleuse nature
d'Alcibiades, de se transformer si ayseement à
des façons si diverses, sans interest de sa santé;
surpassant tantost la sumptuosité et pompe persienne, tantost l'austerité et frugalité lacedemonienne; autant reformé à Sparte, comme voluptueux en Ionie.

*Omnis Aristippum decuit color, et status, et res* [2]:
tel vouldrois ie former mon disciple.

Quem duplici panno patientia velat,
Mirabor, vitæ via si conversa decebit,
Personamque feret non inconcinnus utramque [3].

Voicy mes leçons : Celuy là y a mieulx proufité,
qui les faict, que qui les sçait. Si vous le veoyez,
vous l'oyez; si vous l'oyez, vous le veoyez. Ia à
dieu ne plaise, dict quelqu'un en Platon, que philosopher ce soit apprendre plusieurs choses, et

traicter les arts! *Hanc amplissimam omnium ar-
tium bene vivendi disciplinam, vita magis, quam
litteris, persecuti sunt* [4] ! Leon, prince des Phliasiens, s'enquerant à Heraclides Ponticus [5] de quelle
science, de quelle art il faisoit profession : « Ie ne
sçay, dict il, ny art ny science; mais ie suis philosophe. » On reprochoit à Diogenes, comment,
estant ignorant, il se mesloit de la philosophie :
« Ie m'en mesle, dict il, d'autant mieulx à propos. »
Hegesias le prioit de luy lire quelque livre : «Vous
estes plaisant, luy respondit il : vous choisissez les
figues vrayes et naturelles, non peinctes; que ne
choisissez vous aussi les exercitations naturelles,
vrayes, et non escriptes ? »

Il ne dira pas tant sa leçon, comme il la fera;
il la repetera en ses actions : on verra s'il y a de la
prudence en ses entreprinses, s'il y a de la bonté,
de la iustice en ses deportements; s'il y a du iugement et de la grace en son parler, de la vigueur
en ses maladies, de la modestie en ses ieux, de la
temperance en ses voluptez, de l'ordre en son
œconomie; de l'indifference en son goust, soit
chair, poisson, vin ou eau : *qui disciplinam suam
non ostentationem scientiæ, sed legem vitæ putet;
quique obtemperet ipse sibi, et decretis pareat* [6]. Le
vray mirouer de nos discours est le cours de nos
vies. Zeuxidamus respondit, à un qui luy demanda
pourquoy les Lacedemoniens ne redigeoient par
escript les ordonnances de la prouesse, et ne les
donnoient à lire à leurs ieunes gents, «Que c'estoit
parce qu'ils les vouloyent accoustumer aux faicts,
non pas aux paroles.» Comparez, au bout de quinze
ou seize ans, à cettuy cy un de ces latineurs de
college, qui aura mis autant de temps à n'apprendre simplement qu'à parler. Le monde n'est que
babil; et ne veis iamais homme qui ne die plustost
plus, que moins qu'il ne doibt. Toutesfois la moitié de nostre aage s'en va là : on nous tient quatre
ou cinq ans à entendre les mots, et les coudre en
clauses [7]; encores autant à en proportionner un

---

[1] Il y a une grande difference entre ne vouloir pas et ne savoir pas faire le mal. SÉNÈQUE, *Epist.* 90.

[2] Aristippe sut s'accommoder de tout état et de toute fortune.
Hon., *Epist.*, I, 17, 23.

[3] J'admirerai celui qui ne rougit pas de ses haillons, qui
change de fortune sans s'étonner, et qui joue les deux rôles avec
grace. Hon., *Epist.*, I, 17, 25. — Montaigne donne à ces vers un
sens directement opposé à celui que leur donne Horace.

[4] C'est par leurs mœurs plutôt que par leurs études qu'ils se
sont dévoués au plus grand de tous les arts, à celui de bien vivre.
Cic., *Tusc. quæst.*, IV, 3.

[5] Ce n'est pas Heraclide de Pont, mais Pythagore, qui fit
cette réponse à Léon, prince des Phliasiens.

[6] Si ce qu'il sait lui sert, non à montrer qu'il sait, mais à régler ses mœurs; s'il s'obéit à lui-même, et agit conformément à
ses principes. Cic., *Tusc. quæst.*, II, 4.

[7] En phrases, en périodes.

grand corps, estendu en quatre ou cinq parties;
aultres cinq, pour le moins, à les sçavoir briefvement mesler et entrelacer de quelque subtile
façon : laissons le à ceulx qui en font profession
expresse.

Allant un iour à Orléans, ie trouvay dans cette
plaine, au deçà de Clery, deux regents qui venoyent
à Bourdeaux, environ à cinquante pas l'un de
l'aultre : plus loing derriere eulx ie veoyois une
trouppe, et un maistre en teste, qui estoit feu monsieur le comte de la Rochefoucault. Un de mes
gents s'enquit au premier de ces regents, qui estoit ce gentilhomme qui venoit aprez luy : luy, qui
n'avoit pas veu ce train qui le suivoit, et qui pensoit qu'on luy parlast de son compaignon, respondit plaisamment : « Il n'est pas gentilhomme, c'est
un grammairien ; et ie suis logicien. » Or, nous qui
cherchons icy, au rebours, de former, non un
grammairien ou logicien, mais un gentilhomme,
laissons les abuser de leur loisir : nous avons affaire ailleurs. Mais que nostre disciple soit bien
pourveu de choses, les paroles ne suivront que
trop ; il les traisnera, si elles ne veulent suivre.
I'en oy qui s'excusent de ne se pouvoir exprimer,
et font contenance d'avoir la teste pleine de plusieurs belles choses, mais, à faulte d'eloquence, ne
les pouvoir mettre en evidence : c'est une baye.[1]
Sçavez-vous, à mon advis, que c'est que cela? ce
sont des ombrages qui leur viennent de quelques
conceptions informes, qu'ils ne peuvent desmesler
et esclaircir au dedans, ny par consequent produire
au dehors ; ils ne s'entendent pas encores eulx
mesmes ; et veoyez les uns peu begayer sur le
poinct de l'enfanter, vous iugez que leur travail
n'est point à l'accouchement, mais à la conception,
et qu'ils ne font que leicher cette matiere imparfaicte. De ma part, ie tiens, et Socrates l'ordonne,
que qui a dans l'esprit une vifve imagination et
claire, il la produira, soit en bergamasque, soit
par mines, s'il est muet :

Verbaque prævisam rem non invita sequentur[2].

Et comme disoit celuy là, aussi poëtiquement en
sa prose, quum res animum occupavere, verba am-
biunt[3]; et cet aultre, ipsæ res verba rapiunt[4]. Il ne
sçait pas ablatif, coniunctif, substantif, ny la grammaire : ne faict pas ses laquais, ou une haran-
giere du Petit pont ; et si, vous entretiendront tout
votre saoul, si vous en avez envie, et se desferre-
ront aussi peu, à l'adventure, aux regles de leur
langage, que le meilleur maistre ez arts de France.
Il ne sçait pas la rhetorique, ny, pour avant ieu,
capter la benevolence du candide lecteur ; ny ne
luy chault de le sçavoir. De vray, toute cette belle

peincture s'efface ayseement par le lustre d'une
verité simple et naïfve : ces gentillesses ne servent
que pour amuser le vulgaire, incapable de prendre
la viande plus massive et plus ferme ; comme Afer
montre bien clairement chez Tacitus. Les ambassadeurs de Samos estoient venus à Cleomenes, roy
de Sparte, preparez d'une belle et longue oraison,
pour l'esmouvoir à la guerre contre le tyran Polycrates ; aprez qu'il les eut bien laissez dire, il
leur respondit : « Quant à vostre commencement et
exorde, il ne m'en souvient plus, ny par consequent du milieu ; et quant à vostre conclusion, ie
n'en veulx rien faire. » Voilà une belle response,
ce me semble, et des harangueurs bien camus! Et
quoy cet aultre? les Atheniens estoient à choisir
de deux architectes à conduire une grande fabrique : le premier, plus affetté, se presenta avecques un beau discours premedité sur le subiect de
cette besongne, et tiroit le iugement du peuple à
sa faveur ; mais l'aultre en trois mots : « Seigneurs
Atheniens, ce que cettuy a dict, ie le feray. » Au
fort de l'eloquence de Cicero, plusieurs en entroient en admiration ; mais Caton n'en faisant que
rire : « Nous avons, disoit il, un plaisant consul. »
Aille devant ou aprez ; une utile sentence, un beau
traict, est tousiours de saison : s'il n'est pas bien
pour ce qui va devant, ny pour ce qui vient aprez,
il est bien en soy. Ie ne suis pas de ceulx qui
pensent la bonne rhythme faire le bon poëme :
laissez luy allonger une courte syllabe, s'il veult ;
pour cela, non force : si les inventions y rient, si
l'esprit et le iugement y ont bien faict leur office ;
voilà un bon poëte, diray ie, mais un mauvais ver-
sificateur,

       Emunctæ naris, durus componere versus[5].

Qu'on face, dict Horace, perdre à son ouvrage
toutes ses coustures et mesures,

   Tempora certa modosque, et, quod prius ordine
                                    verbum est,
   Posterius facias, præponens ultima primis...
   Invenias etiam disiecti membra poetæ[6] :

il ne se dementira point pour cela ; les pieces mesmes en seront belles. C'est ce que respondit Me-

<hr/>

[1] *Plaisanterie.*
[2] Ce que l'on conçoit bien s'énonce clairement,
  Et les mots, pour le dire, arrivent aisément.
      Hor., *Art poét.*, v. 311, imité par Boileau.
[3] Quand les choses ont saisi l'esprit, les mots viennent en
foule. Séniqur, *Controvers.*, III, *proæm.*
[4] Les choses entraînent les paroles. Cic., *de P  nib.*, III, 5.
[5] Ses vers sont négligés; mais il a de la verve. Hor. *Sat.*, l, 4.
[6] Otez-en le rhythme et la mesure, changez l'ordre des mots:
vous retrouverez le poëte dans ses membres dispersés. Hor.,
*Sat.*, I, 4. 58.

nander, comme on le tansast, approchant le iour auquel il avoit promis une comedie, de quoy il n'y avoit encores mis la main : « Elle est composee et preste ; il ne reste qu'à y adiouster les vers : » ayant les choses et la matiere disposee en l'ame, il mettoit en peu de compte le demourant. Depuis que Ronsard et du Bellay ont donné credit à nostre poësie françoise, ie ne veois si petit apprenti qui n'enfle des mots, qui ne renge les cadences à peu prez comme eulx : *Plus sonat, quam valet*[1]. Pour le vulgaire, il ne feut iamais tant de poëtes ; mais, comme il leur a esté bien aysé de representer leurs rhythmes, ils demeurent bien aussi court à imiter les riches descriptions de l'un, et les delicates inventions de l'aultre.

Voire mais, que fera il[2] si on le presse de la subtilité sophistique de quelque syllogisme ? « Le iambon faict boire ; le boire desaltere : parquoy le iambon desaltere. » Qu'il s'en mocque : il est plus subtil de s'en mocquer que d'y respondre. Qu'il emprunte d'Aristippus cette plaisante contrefinesse. «Pourquoy le deslieray ie, puisque tout lié il m'empesche?» Quelqu'un proposoit contre Cleanthes des finesses dialectiques ; à qui Chrysippus dict, « Ioue toy de ces battelages avecques les enfants ; et ne destourne à cela les pensees serieuses d'un homme d'aage. » Si ces sottes arguties, *contorta et aculeata sophismata*[3] luy doibvent persuader un mensonge, cela est dangereux ; mais si elles demeurent sans effect, et ne l'esmeuvent qu'à rire, ie ne veois pas pourquoy il s'en doibve donner garde. Il en est de si sots, qu'ils se destournent de leur voye un quart de lieue pour courir aprez un beau mot ; *aut qui non verba rebus aptant, sed res extrinsecus arcessunt, quibus verba conveniant*[4] : et l'aultre, *qui, alicuius verbi decore placentis, vocentur ad id, quod non proposuerant scribere*[5]. Ie tors bien plus volontiers une bonne sentence, pour la coudre sur moy, que ie ne destors mon fil pour l'aller querir. Au rebours, c'est aux paroles à servir et à suivre ; et que le gascon y arrive, si le françois n'y peult aller. Ie veulx que les choses surmontent, et qu'elles remplissent de façon l'imagination de celuy qui escoute, qu'il n'aye aulcune souvenance des mots. Le parler que i'aime, c'est un parler simple et naïf, tel sur le papier qu'à la bouche ; un parler succulent et nerveux, court et serré ; non tant delicat et peigné, comme vehement et brusque ;

*Hæc demum sapiet dictio, quæ feriet*[6] ;

plustost difficile qu'ennuyeux ; esloingné d'affectation ; desreglé, descousu et hardy : chasque loppin y face son corps ; non pedantesque, non fratesque[7], non plaideresque, mais plustost soldatesque,

comme Suetone appelle celuy de Iulius Cesar ; et si ne sens pas bien pourquoy il l'en appelle.

I'ay volontiers imité cette desbauche qui se veoid en nostre icunesse au port de leurs vestements : un manteau en escharpe, la cape sur une espaule, un bas mal tendu, qui represente une fierté desdaigneuse de ces parements estrangers, et nonchalante de l'art ; mais ie la treuve encores mieulx employee en la forme du parler. Toute affectation, nommeement en la gayeté et liberté françoise, est mesadvenante au courtisan ; et en une monarchie, tout gentilhomme doibt estre dressé au port d'un courtisan : parquoy nous faisons bien de gauchir un peu sur le naïf et mesprisant. Ie n'aime point de tissure où les liaisons et les coustures paroissent : tout ainsin qu'en un beau corps il ne fault pas qu'on y puisse compter les os et les veines. *Quæ veritati operam dat oratio, incomposita sit et simplex*[8]. *Quis accurate loquitur, nisi qui vult putide loqui*[9] ? L'eloquence faict iniure aux choses, qui nous destourne à soy. Comme aux accoustrements, c'est pusillanimité de se vouloir marquer par quelque façon particuliere et inusitee : de mesme au langage, la recherche des frases nouvelles et des mots peu cogneus vient d'une ambition scholastique et puerile. Peusse ie ne me servir que de ceulx qui servent aux hales à Paris ! Aristophanes le grammairien n'y entendoit rien, de reprendre en Epicurus la simplicité de ses mots, et la fin de son art oratoire, qui estoit perspicuité de langage seulement. L'imitation du parler, par sa facilité, suit incontinent tout un peuple : l'imitation du iuger, de l'inventer, ne va pas si viste. La pluspart des lecteurs, pour avoir trouvé une pareille robbe, pensent tresfaulsement tenir un pareil corps : la force et les nerfs ne s'empruntent point ; les atours et le manteau s'empruntent. La pluspart de ceulx qui me hantent parlent de mesme les Essais ; mais ie ne sçay s'ils pensent de mesme. Les Atheniens, dict Platon, ont pour leur part le soing de l'abon-

(1) Dans tout cela , plus de son que de sens. Sén., *Epist.* 40.

(2) C'est à dire , Mais que fera notre jeune élève , si on le presse, etc.

(3) Ces sophismes entortillés et épineux. Cic., *Acad.*, II , 24.

(4) Ou qui ne choisissent pas les mots pour les choses , mais qui vont chercher, hors du sujet , des choses auxquelles les mots puissent convenir. Quintil., VIII , 5.

(5) Qui , pour ne pas perdre un mot qui leur plaît, s'engagent dans une matière qu'ils n'avoient pas dessein de traiter. Sénèque , *Epist.* 59.

(6) Que l'expression frappe , elle plaira. *Épitaphe de Lucain* , citée dans la *Bibliothèque latine de Fabricius* , II , 10.

(7) *Non monacal.* Fratesque , de l'italien *fratesco*, adjectif dérivé de *frate* , moine.

(8) La vérité doit parler un langage simple et sans art. Sénèque , *Epist.*, 40.

(9) Quiconque parle avec affectation est sûr de causer du dégoût et de l'ennui. Sénèque, *Epist.* 75.

dance et elegance du parler ; les Lacedemoniens, de la briefveté ; et ceulx de Crete, de la fecondité des conceptions, plus que du langage : ceulx cy sont les meilleurs. Zenon disoit qu'il avoit deux sortes de disciples : les uns, qu'il nommoit φιλολό-γους, curieux d'apprendre les choses, qui estoient ses mignons ; les autres λογοφίλους, qui n'avoyent soing que du langage. Ce n'est pas à dire que ce ne soit une belle et bonne chose que le bien dire ; mais non pas si bonne qu'on la faict ; et suis despit de quoy nostre vie s'embesongne toute à cela. Ie vouldrois premierement bien sçavoir ma langue, et celle de mes voysins où i'ay plus ordinaire commerce.

C'est un bel et grand adgencement sans doubte que le grec et latin, mais on l'achepte trop cher. Ie diray icy une façon d'en avoir meilleur marché que de coustume, qui a esté essayee en moy mesme : s'en servira qui vouldra. Feu mon pere, ayant faict toutes les recherches qu'homme peult faire, parmy les gents sçavans et d'entendement, d'une forme d'institution exquise, feut advisé de cet inconvenient qui estoit en usage ; et luy disoit on que cette longueur que nous mettions à apprendre les langues qui ne leur coustoient rien, est la seule cause pourquoy nous ne pouvons arriver à la grandeur d'ame et de cognoissance des anciens Grecs et Romains. Ie ne croy pas que ce en soit la seule cause. Tant y a que l'expedient que mon pere y trouva, ce feut qu'en nourrisse, et avant le premier desnouement de ma langue, il me donna en charge à un Allemand, qui depuis est mort fameux medecin en France, du tout ignorant de nostre langue, et tresbien versé en la latine. Cettuy cy, qu'il avoit faict venir exprez, et qui estoit bien cherement gagé, m'avoyt continuellement entre les bras. Il en eut aussi avecques luy deux aultres moindres en sçavoir, pour me suyvre, et soulager le premier : ceulx cy ne m'entretenoient d'aultre langue que latine. Quant au reste de sa maison, c'estoit une regle inviolable que ny luy mesme, ny ma mere, ny valet, ny chambriere, ne parloient en ma compaignie qu'autant de mots de latin que chascun avoit appris pour iargonner avec moy. C'est merveille du fruict que chascun y feit : mon pere et ma mere y apprindrent assez de latin pour l'entendre, et en acquirent à suffisance pour s'en servir à la necessité, comme feirent aussi les aultres domestiques qui estoient plus attachez à mon service. Somme, nous nous latinizasmes tant, qu'il en regorgea iusques à nos villages tout autour, où il y a encores, et ont prins pied par l'usage, plusieurs appellations latines d'artisans et d'outils. Quant à moy, i'avoy plus de six ans, avant que i'entendisse non plus de françois ou de peri-

gordin que d'arabesque ; et, sans art, sans livre, sans grammaire ou precepte, sans fouet, et sans larmes, i'avois appris du latin tout aussi pur que mon maistre d'eschole le sçavoit : car ie ne le pouvois avoir meslé ny alteré. Si par essay on me vouloit donner un theme, à la mode des colleges ; on le donne aux aultres en françois, mais à moy il me le falloit donner en mauvais latin pour le tourner en bon. Et Nicolas Grouchy, qui a escript *de comitiis Romanorum* ; Guillaume Guerente, qui a commenté Aristote ; George Buchanan, ce grand poëte escossois ; Marc Antoine Muret, que la France et l'Italie recognoist pour le meilleur orateur du temps, mes precepteurs domestiques, m'ont dict souvent que i'avoy ce langage en mon enfance si prest et si à main, qu'ils craignoient à m'accoster. Buchanan, que ie veis depuis à la suitte de feu monsieur le mareschal de Brissac, me dict qu'il estoit aprez à escrire de l'institution des enfants, et qu'il prenoit l'exemplaire de la mienne ; car il avoit lors en charge ce comte de Brissac que nous avons veu depuis si valeureux et si brave.

Quant au grec, duquel ie n'ay quasi du tout point d'intelligence, mon pere desseigna [1] me le faire apprendre par art, mais d'une voye nouvelle, par forme d'esbat et d'exercice : nous pelotions nos declinaisons, à la maniere de ceulx qui, par certains ieux de tablier [2], apprennent l'arithmetique et la geometrie. Car entre aultres choses, il avoit esté conseillé de me faire gouster la science et le debvoir par une volonté non forcee, et de mon propre desir ; et d'eslever mon ame en toute doulceur et liberté, sans rigueur et contrainte : ie dis iusques à telle superstition, que, parce qu'aulcuns tiennent que cela trouble la cervelle tendre des enfans de les esveiller le matin en sursault, et de les arracher du sommeil (auquel ils sont plongez beaucoup plus que nous ne sommes) tout à coup et par violence ; il me faisoit esveiller par le son de quelque instrument ; et ne feus iamais sans homme qui m'en servist.

Cet exemple suffira pour en iuger le reste, et pour recommender aussi et la prudence et l'affection d'un si bon pere ; auquel il ne se fault prendre, s'il n'a recueilly aulcuns fruicts respondants à une si exquise culture. Deux choses en furent cause : en premier, le champ sterile et incommode ; car, quoyque i'eusse la santé ferme et entiere, et quand et quand un naturel doulx et traictable, i'estoy parmy cela si poisant, mol et endormy, qu'on ne me pouvoit arracher de l'oysifveté, non pas pour me faire iouer. Ce que ie

---

(1) *Projetta*. — (2) *Damier*. On appeloit ainsi le jeu de dames

veoyois, ie le veoyois bien; et, soubs cette complexion lourde, nourrissoie des imaginations hardies et des opinions au dessus de mon aage. L'esprit, ie l'avoy lent, et qui n'alloit qu'autant qu'on le menoit; l'apprehension, tardifve; l'invention, lasche; et, aprez tout, un incroyable default de memoire. De tout cela, il n'est pas merveille, s'il ne sceut rien tirer qui vaille. Secondement, comme ceulx que presse un furieux desir de guarison se laissent aller à toute sorte de conseils, le bon homme, ayant extreme peur de faillir en chose qu'il avoit tant à cœur, se laissa enfin emporter à l'opinion commune, qui suit tousiours ceulx qui vont devant, comme les grues; et se rengea à la coustume, n'ayant plus autour de luy ceulx qui luy avoient donné ces premieres institutions, qu'il avoit apportees d'Italie; et m'envoya environ mes six ans au college de Guienne, tresflorissant pour lors, et le meilleur de France: et là il n'est possible de rien adiouster au soing qu'il eut, et à me choisir des precepteurs de chambre suffisans, et à toutes les aultres circonstances de ma nourriture, en laquelle il reserva plusieurs façons particulieres, contre l'usage des colleges; mais tant y a que c'estoit tousiours college. Mon latin s'abastardit incontinent, duquel depuis par desaccoustumance i'ay perdu tout usage; et ne me servit cette mienne inaccoustumee institution, que de me faire eniamber d'arrivee aux premieres classes; car, à treize ans que ie sortis du college, i'avois achevé mon cours (qu'ils appellent), et, à la verité, sans aulcun fruict que ie peusse à present mettre en compte.

Le premier goust que i'eus aux livres, il me veint du plaisir des fables de la Metamorphose d'Ovide: car environ l'aage de sept ou huict ans, ie me desrobois de tout aultre plaisir pour les lire; d'autant que cette langue estoit la mienne maternelle, et que c'estoit le plus aysé livre que ie cogneusse, et le plus accommodé à la foiblesse de mon aage, à cause de la matiere: car des Lancelots du Lac, des Amadis, des Huons de Bordeaux, et tels fatras de livres à quoy l'enfance s'amuse, ie n'en cognoissois pas seulement le nom, ny ne fois encores le corps; tant exacte estoit ma discipline! Ie m'en rendois plus nonchalant à l'estude de mes aultres leçons prescriptes. Là, il me veint singulierement à propos d'avoir affaire à un homme d'entendement de precepteur, qui sceut dextrement conniver à cette mienne desbauche et aultres pareilles: car par là i'enfilay tout d'un train Virgile en l'Aeneide, et puis Terence, et puis Plaute, et des comedies italiennes, leurré tousiours par la doulceur du

subiect. S'il eust esté si fol de rompre ce train, i'estime que ie n'eusse rapporté du college que la haine des livres, comme faict quasi toute nostre noblesse. Il s'y gouverna ingenieusement, faisant semblant de n'en veoir rien; il aiguisoit ma faim, ne me laissant qu'à la desrobee gourmander ces livres, et me tenant doulcement en office pour les aultres estudes de la regle: car les principales parties que mon pere cherchoit à ceulx à qui il donnoit charge de moy, c'estoit la debonnaireté et facilité de complexion. Aussi n'avoit la mienne aultre vice que langueur et paresse. Le danger n'estoit pas que ie feisse mal, mais que ie ne feisse rien: nul ne prognostiquoit que ie deusse devenir mauvais, mais inutile; on y prevoyoit de la faineantise, non pas de la malice. Ie sens qu'il en est advenu de mesme: les plainctes qui me cornent aux aureilles sont telles: Il est oysif, froid aux offices d'amitié et de parenté; et, aux offices publicques, trop particulier, trop desdaigneux. Les plus iniurieux mesme ne disent pas, Pourquoy a il prins? pourquoy n'a il payé? mais, Pourquoy ne quitte il? pourquoy ne donne il? Ie recevrois à faveur qu'on ne desirast en moy que tels effects de supererogation; mais ils sont iniustes d'exiger ce que ie ne doy pas, plus rigoureusement beaucoup qu'ils n'exigent d'eulx ce qu'ils doibvent. En m'y condemnant, ils effacent la gratification de l'action, et la gratitude qui m'en seroit deue: là où le bien faire actif debvroit plus poiser de ma main, en consideration de ce que ie n'en ay de passif nul qui soit. Ie puis d'autant plus librement disposer de ma fortune, qu'elle est plus mienne, et de moy, que ie suis plus mien. Toutesfois, si i'estoy grand enlumineur de mes actions, à l'adventure rembarrerois ie bien ces reproches; et à quelques uns apprendrois qu'ils ne sont pas si offensez que ie ne face pas assez, que de quoy ie puisse faire assez plus que ie ne fois.

Mon ame ne laissoit pourtant en mesme temps d'avoir à part soy, des remuements fermes, et des iugements seurs et ouverts autour des obiects qu'elle cognoissoit; et les digeroit seule, sans aulcune communication; et, entre aultres choses, ie crois à la verité, qu'elle eust esté du tout incapable de se rendre à la force et violence. Mettray ie en compte cette faculté de mon enfance? une assurance de visage, et souplesse de voix et de geste à m'appliquer aux roolles que i'entreprenois: car, avant l'aage,

Alter ab undecimo tum me vix ceperat annus [1],

(1) À peine etois-je alors dans ma douzième année.
Virg., Eclog., VIII, 39.

i'ay soustenu les premiers personnages ez tragedies latines de Buchanan, de Guerente, et de Muret, qui se representerent en nostre college de Guienne avecques dignité : en cela, Andreas Goveanus[1], nostre principal, comme en toutes aultres parties de sa charge, feut sans comparaison le plus grand principal de France; et m'en tenoit on maistre ouvrier. C'est un exercice que ie ne mesloue point aux ieunes enfans de maison; et ay veu nos princes s'y addonner depuis en personne, à l'exemple d'aulcuns des anciens; honnestement et louablement : il estoit loisible mesme d'en faire mestier aux gents d'honneur, et en Grece : *Aristoni tragico actori rem aperit : huic et genus et fortuna honesta erant ; nec ars, quia nihil tale apud Græcos pudori est , ea deformabat*[2] : car i'ay tousiours accusé d'impertinence ceulx qui condamnent ces esbattements ; et d'iniustice ceulx qui refusent l'entree de nos bonnes villes aux comediens qui le valent, et envient au peuple ces plaisirs publicques. Les bonnes polices prennent soing d'assembler les citoyens, et les r'allier, comme aux offices serieux de la devotion, aussi aux exercices et ieux ; la société et amitié s'en augmente; et puis on ne leur sçauroit conceder des passetemps plus reglez que ceulx qui se font en presence d'un chascun, et à la veue mesme du magistrat : et trouveroy raisonnable que le prince, à ses despens, en gratifiast quelquesfois la commune, d'une affection et bonté comme paternelle ; et qu'aux villes populeuses il y eust des lieux destinez et disposez pour ces spectacles ; quelque divertissement de pires actions et occultes.

Pour revenir à mon propos, il n'y a tel que d'alleicher l'appetit et l'affection : aultrement on ne faict que des asnes chargez de livres; on leur donne à coups de fouet en garde leur pochette pleine de science ; laquelle, pour bien faire, il ne fault pas seulement loger chez soy, il la fault espouser.

# CHAPITRE XXVI.

*C'est folie de rapporter le vray et le faulx au iugement de nostre suffisance.*

Ce n'est pas à l'adventure sans raison que nous attribuons à simplesse et ignorance la facilité de croire et de se laisser persuader : car il me semble avoir apprins aultrefois que la creance estoit comme une impression qui se faisoit en nostre ame; et à mesure qu'elle se trouvoit plus molle et de moindre resistance, il estoit plus aysé à y empreindre quelque chose. *Ut necesse est, lancem in libra, ponderibus impositis, deprimi; sic animum*

*perspicuis cedere*[3]. D'autant que l'ame est plus vuide et sans contrepoids, elle se baisse plus facilement soubs la charge de la premiere persuasion: voilà pourquoy les enfans, le vulgaire, les femmes et les malades sont plus subiects à estre menez par les aureilles. Mais aussi, de l'aultre part, c'est une sotte presumption d'aller desdaignant et condemnant pour faulx ce qui ne nous semble pas vraysemblable: qui est un vice ordinaire de ceulx qui pensent avoir quelque suffisance oultre la commune. I'en faisois ainsin aultrefois; et si i'oyoy parler ou des esprits qui reviennent, ou du prognostique des choses futures, des enchantements, des sorcelleries, ou faire quelque aultre conte où ie ne peusse pas mordre,

Somnia, terrores magicos, miracula, sagas,
Nocturnos lemures, portentaque Thessala[4],

il me venoit compassion du pauvre peuple abusé de ces folies. Et, à present, ie treuve que i'estoy pour le moins autant à plaindre moy mesme; non que l'experience m'aye depuis rien faict veoir au dessus de mes premieres creances, et si n'a pas tenu à ma curiosité; mais la raison m'a instruict que, de condemner ainsin resolument une chose pour faulse et impossible, c'est se donner l'advantage d'avoir dans la teste les bornes et limites de la volonté de Dieu et de la puissance de nostre mere nature; et qu'il n'y a point de plus notable folie au monde, que de les ramener à la mesure de nostre capacité et suffisance. Si nous appellons monstres, ou miracles, ce où nostre raison ne peult aller, combien s'en presente il continuellement à nostre veue? Considerons au travers de quels nuages, et comment à tastons, on nous mene à la cognoissance de la pluspart des choses qui nous sont entre mains : certes, nous trouverons que c'est plustost accoustumance que science qui nous en oste l'estrangeté;

Iam nemo, fessus saturusque videndi,
Suspicere in cœli dignatur lucida templa[5];

---

(1) André de Gouvéa, né à Béja, en Portugal, vers la fin du quinzième siècle, fut nommé principal du collége de Guienne, à Bordeaux, en 1554.
(2) Il découvre son projet à l'acteur tragique Ariston. C'étoit un homme distingué par sa naissance et sa fortune, et son art ne lui ôtoit point l'estime de ses concitoyens ; car il n'a rien de honteux chez les Grecs. TITE-LIVE, XXIV, 24.
(3) Comme le poids fait nécessairement pencher la balance, ainsi l'évidence entraîne l'esprit. CIC., *Academ.*, II, 12.
(4) De songes, de visions magiques, de miracles, de sorcières, d'apparitions nocturnes, et d'autres prodiges de Thessalie. HOR., *Epist.*, II, 2, 208.
(5) Fatigués et rassasiés du spectacle des cieux, nous ne daignons plus lever les yeux vers ces palais de lumière. LUCR., II, 1037. — Montaigne refait le vers de Lucrèce, où l'on trouve *fessus satiate videndi.*

et que ces choses là, si elles nous estoient presentees de nouveau, nous les trouverions autant ou plus incroyables qu'aulcunes aultres.

Si nunc primum mortalibus adsint
Ex improviso, ceu sint obiecta repente,
Nil magis his rebus poterat mirabile dici,
Aut minus ante quod auderent fore credere gentes [1].

Celuy qui n'avoyt iamais veu de riviere, à la premiere qu'il rencontra, il pensa que ce feust l'ocean; et les choses qui sont à nostre cognoissance les plus grandes, nous les iugeons estre les extremes que nature face en ce genre :

Scilicet et fluvius qui non est maximus, ei 'st
Qui non ante aliquem maiorem vidit; et ingens
Arbor, homoque videtur; et omnia de genere omni
Maxima quæ vidit quisque, hæc ingentia fingit [2].

Consuetudine oculorum assuescunt animi, neque admirantur, neque requirunt rationes earum rerum, quas semper vident [3]. La nouvelleté des choses nous incite, plus que leur grandeur, à en rechercher les causes. Il fault iuger avecques plus de reverence de cette infinie puissance de nature, et plus de recognoissance de nostre ignorance et foiblesse. Combien y a il de choses peu vraysemblables, tesmoingnees par gents dignes de foy, desquelles, si nous ne pouvons estre persuadez, au moins les fault il laisser en suspens? car, de les condemner impossibles, c'est se faire fort, par une temeraire presumption, de sçavoir iusques où va la possibilité. Si l'on entendoit bien la difference qu'il y a entre l'impossible et l'inusité, et entre ce qui est contre l'ordre du cours de nature et contre la commune opinion des hommes, en ne croyant pas temerairement, ny aussi ne descroyant pas facilement, on observeroit la regle de Rien trop commandee par Chilon.

Quand on treuve dans Froissard [4], que le comte de Foix sceut, en Bearn, la defaicte du roy Iean de Castille à Iuberoth, le lendemain qu'elle feut advenue, et les moyens qu'il en allegue, on s'en peult mocquer; et de ce mesme que nos annales disent, que le pape Honorius, le propre iour que le roy Philippe Auguste mourut à Mante, feit faire ses funerailles publicques, et les manda faire par toute l'Italie : car l'auctorité de ces tesmoings n'a pas à l'adventure assez de reng pour nous tenir en bride. Mais quoy? si Plutarque, oultre plusieurs exemples qu'il allegue de l'antiquité, dict sçavoir de certaine science que, du temps de Domitian, la nouvelle de la battaille perdue par Antonius en Allemaigne, à plusieurs iournees de là, feut publiee à Rome, et semee par tout le monde, le mesme iour qu'elle avoit esté perdue; et si Cesar tient qu'il est souvent advenu que la renommee a devancé l'accident, dirons nous pas que ces simples gents là se sont laissez piper aprez le vulgaire, pour n'estre pas clairvoyants comme nous? Est il rien plus delicat, plus net et plus vif que le iugement de Pline, quand il luy plaist de le mettre en ieu? rien plus esloingné de vanité? ie laisse à part l'excellence de son sçavoir, duquel ie fois moins de compte : en quelle partie de ces deux là le surpassons nous? toutesfois il n'est si petit escholier qui ne le convaincque de mensonge, et qui ne luy veuille faire leçon sur le progrez des ouvrages de nature.

Quand nous lisons dans Bouchet les miracles des reliques de sainct Hilaire, passe; son credit n'est pas assez grand pour nous oster la licence d'y contredire : mais de condemner d'un train toutes pareilles histoires, me semble singuliere impudence. Ce grand sainct Augustin tesmoingne avoir veu, sur les reliques sainct Gervais et Protaise à Milan, un enfant aveugle recouvrer la veue; une femme, à Carthage, estre guarie d'un cancer par le signe de la croix qu'une femme nouvellement baptisee luy feit; Hesperius, un sien familier, avoir chassé les esprits, qui infestoient sa maison, avecques un peu de terre du sepulchre de nostre Seigneur; et cette terre depuis transportee à l'eglise, un paralytique en avoir esté soubdain guari; une femme en une procession ayant touché à la chasse sainct Estienne, d'un bouquet, et de ce bouquet s'estant frotté les yeulx, avoir recouvré la veue pieça [5] perdue; et plusieurs aultres miracles, où il dict luy mesme avoir assisté : de quoy accuserons nous et luy et deux saincts evesques Aurelius et Maximinus, qu'il appelle pour ses recors [6]? sera ce d'ignorance, simplesse, facilité? ou de malice et imposture? Est il homme en nostre siecle si impudent, qui pense leur estre comparable, soit en vertu et pieté, soit en sçavoir, iugement et suffisance? qui ut rationem nullam afferrent, ipsa auctoritate me frangerent [7].

---

(1) Si, par une apparition soudaine, ces merveilles frappoient nos regards pour la première fois, que pourrions-nous leur comparer dans la nature? Avant de les avoir vues, nous n'aurions pu rien imaginer de semblable. Lucrèce, II, 1032.

(2) Un fleuve paroit grand à qui n'en a pas vu de plus grand : il en est de même d'un arbre, d'un homme, et de tout autre objet, quand on n'a rien vu de plus grand dans la même espèce. Lucrèce, VI, 674.

(3) Notre esprit, familiarisé avec les objets qui frappent tous les jours notre vue, ne les admire point, et ne songe pas à en rechercher les causes. Cic., de Nat. deor., II, 38. — (4) En 1385.

(5) Pieça (pièce il y a), adverbe; depuis long-temps.

(6) Témoins. Recors, du verbe latin recordari, se souvenir.

(7) Quand même ils n'apporteroient aucune raison, ils me persuaderoient par leur seule autorité. Cic., Tusc. quæst., I, 21.

C'est une hardiesse dangereuse et de consequence, oultre l'absurde temerité qu'elle traisne quand et soy, de mespriser ce que nous ne concevons pas : car aprez que, selon vostre bel entendement, vous avez estably les limites de la verité et de la mensonge, et qu'il se treuve que vous avez necessairement à croire des choses où il y a encores plus d'estrangeté qu'en ce que vous niez, vous vous estes desia obligé de les abandonner. Or, ce qui me semble apporter autant de desordre en nos consciences, en ces troubles où nous sommes de la religion, c'est cette dispensation que les catholiques font de leur creance. Il leur semble faire bien les moderez et les entendus quand ils quittent aux adversaires aulcuns articles de ceulx qui sont en debat ; mais, oultre ce qu'ils ne veoyent pas quel advantage c'est à celuy qui vous charge, de commencer à luy ceder et vous tirer arriere, et combien cela l'anime à poursuivre sa poincte ; ces articles là, qu'ils choisissent pour les plus legiers, sont aulcunefois tresimportants. Ou il fault se soubmettre du tout à l'auctorité de nostre police ecclesiastique, ou du tout s'en dispenser : ce n'est pas à nous à establir la part que nous luy debvons d'obeïssance. Et davantage, ie le puis dire pour l'avoir essayé, ayant aultrefois usé de cette liberté de mon chois et triage particulier, mettant à nonchaloir certains poincts de l'observance de nostre Eglise qui semblent avoir un visage ou plus vain ou plus estrange ; venant à en communiquer aux hommes sçavants, i'ay trouvé que ces choses là ont un fondement massif et tressolide, et que ce n'est que bestise et ignorance qui nous faict les recevoir avecques moindre reverence que le reste. Que ne nous souvient il combien nous sentons de contradiction en nostre iugement mesme! combien de choses nous servoient hier d'articles de foy, qui nous sont fables auiourd'huy! La gloire et la curiosité sont les fleaux de nostre ame : cette cy nous conduict à mettre le nez par tout ; et celle là nous deffend de rien laisser irresolu et indecis.

## CHAPITRE XXVII.

### *De l'amitié.*

Considerant la conduicte de la besongne d'un peintre que i'ay, il m'a prins envie de l'ensuivre. Il choisit le plus bel endroict et milieu de chasque paroy pour y loger un tableau eslaboré de toute sa suffisance ; et le vuide tout autour, il le remplit de crotesques, qui sont peinctures fantasques,

n'ayants grace qu'en la varieté et estrangeté. Que sont ce icy aussi, à la verité, que crotesques et corps monstrueux, rappiecez de divers membres, sans certaine figure, n'ayants ordre, suitte, ny proportion que fortuite?

Desinit in piscem mulier formosa superne [1].

Ie vois bien iusques à ce second poinct avecques mon peintre : mais ie demeure court en l'aultre et meilleure partie ; car ma suffisance ne va pas si avant que d'oser entreprendre un tableau riche, poly, et formé selon l'art. Ie me suis advisé d'en emprunter un d'Estienne de la Boëtie, qui honnorera tout le reste de cette besongne : c'est un discours auquel il donna nom LA SERVITUDE VOLONTAIRE : mais ceulx qui l'ont ignoré l'ont bien proprement depuis rebaptisé, LE CONTRE UN. Il l'escrivit par maniere d'essay en sa premiere ieunesse [2], à l'honneur de la liberté contre les tyrans. Il court pieça ez mains des gents d'entendement, non sans bien grande et meritee recommendation ; car il est gentil et plein ce qu'il est possible. Si y a il bien à dire, que ce ne soit le mieulx qu'il peust faire : et si en l'aage que ie l'ay cogneu plus avancé, il eust prins un tel desseing que le mien de mettre par escript ses fantasies, nous verrions plusieurs choses rares, et qui approcheroient bien prez de l'honneur de l'antiquité ; car notamment en cette partie des dons de nature, ie n'en cognoy point qui luy soit comparable. Mais il n'est demeuré de luy que ce discours, encores par rencontre, et croy qu'il ne le veit oncques depuis qu'il luy eschappa ; et quelques memoires sur cet edict de ianvier [3], fameux par nos guerres civiles, qui trouveront encores ailleurs peut estre leur place. C'est tout ce que i'ay peu recouvrer de ses reliques, moy qu'il laissa, d'une si amoureuse recommendation, la mort entre les dents, par son testament, heritier de sa bibliotheque et de ses papiers, oultre le livret de ses œuvres que i'ay faict mettre en lumiere [4]. Et si suis obligé particulierement à cette piece, d'autant qu'elle a servy de moyen à nostre premiere accointance ; car elle me feut montree longue espace avant que je l'eusse veu, et me donna la premiere cognoissance de son nom, acheminant ainsin cette amitié que nous avons nourrie, tant que

---

(1) La partie supérieure est une belle femme, et le reste un poisson. HORACE, *Art poétique*, v. 4.
(2) *N'ayant pas atteinct le dix-huitiesme an de son aage*, édit. de 1588, in-4°. A la fin du chapitre, il dit que La Boëtie n'avoit alors que seize ans.
(3) Donné en 1562, sous le règne de Charles IX, encore mineur. Cet édit accordoit aux huguenots l'exercice public de leur religion.
(4) A Paris, en 1571, chez Frédéric Morel.

Dieu a voulu, entre nous, si entiere et si parfaicte, que certainement il ne s'en lit gueres de pareilles, et entre nos hommes il ne s'en veoid aulcune trace en usage. Il fault tant de rencontres à la bastir, que c'est beaucoup si la fortune y arrive une fois en trois siecles.

Il n'est rien à quoy il semble que nature nous aye plus acheminez qu'à la societé ; et dict Aristote, que les bons legislateurs ont eu plus de soing de l'amitié, que de la iustice. Or, le dernier poinct de sa perfection est cettuy cy : car en general toutes celles que la volupté, ou le proufit, le besoing publicque ou privé, forge et nourrit, en sont d'autant moins belles et genereuses, et d'autant moins amitiez, qu'elles meslent aultre cause et but et fruict en l'amitié, qu'elle mesme. Ny ces quatre especes anciennes, naturelle, sociale, hospitaliere, venerienne, particulierement n'y conviennent „ ny conioinctement.

Des enfants aux peres, c'est plustost respect. L'amitié se nourrit de communication, qui ne peult se trouver entre eulx pour la trop grande disparité, et offenseroit à l'adventure les debvoirs de nature : car ny toutes les secrettes pensees des peres ne se peuvent communiquer aux enfants, pour n'y engendrer une messeante privauté ; ny les advertissements et corrections, qui est un des premiers offices d'amitié, ne se pourroient exercer des enfants aux peres. Il s'est trouvé des nations où, par usage, les enfants tuoyent leurs peres, et d'aultres où les peres tuoyent leurs enfants, pour eviter l'empeschement qu'ils se peuvent quelquesfois entreporter : et naturellement l'un despend de la ruyne de l'aultre. Il s'est trouvé des philosophes desdaignants cette cousture naturelle : tesmoings Aristippus, qui, quand on le pressoit de l'affection qu'il debvoit à ses enfants pour estre sortis de luy, il se meit à cracher, disant que cela en estoit aussi bien sorti ; que nous engendrions bien des pouils et des vers : et cet aultre que Plutarque vouloit induire à s'accorder aveoques son frere ; « Ie n'en fay pas, dict il, plus grand estat pour estre sorti de mesme trou. » C'est, à la verité, un beau nom et plein de dilection, que le nom de *frere*, et à cette cause en feismes nous luy et moy nostre alliance : mais ce meslange de biens, ces partages, et que la richesse de l'un soit la pauvreté de l'aultre, cela destrempe merveilleusement et relasche cette soudure fraternelle ; les freres ayants à conduire le progrez de leur advancement en mesme sentier et mesme train, il est force qu'ils se heurtent et chocquent souvent. Davantage, la correspoudance et relation qui engendre ces vrayes et parfaictes amitiez, pourquoy se trouvera elle en

ceulx cy? Le pere et le fils peuvent estre de complexion entierement esloingnee, et les freres aussi : c'est mon fils, c'est mon parent ; mais c'est un homme farouche, un meschant, ou un sot. Et puis, à mesure que ce sont amitiez que la loy et l'obligation naturelle nous commande, il y a d'autant moins de nostre chois et liberté volontaire ; et nostre liberté volontaire n'a point de production qui soit plus proprement sienne que celle de l'affection et amitié. Ce n'est pas que ie n'aye essayé de ce costé là tout ce qui en peult estre, ayant eu le meilleur pere qui feut oncques, et le plus indulgent iusques à son extreme vieillesse ; et estant d'une famille fameuse de pere en fils, et exemplaire en cette partie de la concorde fraternelle :

Et ipse
Notus in fratres animi paterni [1].

D'y comparer l'affection envers les femmes, quoyqu'elle naisse de nostre chois, on ne peult, ny la loger en ce roolle. Son feu, ie le confesse,

Neque enim est dea nescia nostri,
Quæ dulcem curis miscet amaritiem [2].

est plus actif, plus cuisant et plus aspre ; mais c'est un feu temeraire et volage, ondoyant et divers, feu de fiebvre, subiect à accez et remises, et qui ne nous tient qu'à un coing. En l'amitié, c'est une chaleur generale et universelle, temperee, au demourant, et egale ; une chaleur constante et rassise, toute doulceur et polissure, qui n'a rien d'aspre et de poignant. Qui plus est, en l'amour, ce n'est qu'un desir forcené aprez ce qui nous fuit :

Come segue la lepre il cacciatore
Al freddo, al caldo, alla montagna, al lito ;
Nè più l'estima poi che presa vede ;
E sol dietro a chi fugge affretta il piede [3] :

aussitost qu'il entre aux termes de l'amitié, c'est à dire en la convenance des volontez, il s'esvanouit et s'alanguit ; la iouïssance le perd, comme ayant la fin corporelle et subiecte à satieté. L'amitié, au rebours, est iouïe à mesure qu'elle est desiree ; ne s'esleve, se nourrit, ny ne prend accroissance qu'en la iouïssance, comme estant spi-

---

(1) Connu moi-même par mon affection paternelle pour mes frères. Hor., Od., II, 2, 6.
(2) Car je ne suis pas inconnu à la déesse qui mêle une douce-amertume aux peines de l'amour. Catulle, LXVIII, 17.
(3) Tel, à travers les frimas et les chaleurs, à travers les montagnes et les vallées, le chasseur poursuit le lièvre ; il ne désire l'atteindre qu'autant qu'il fuit, et n'en fait plus de cas dès qu'il l'atteint. Arioste, cant. X, stanz. 7.

rituelle, et l'ame s'affinant par l'usage. Soubs cette parfaicte amitié, ces affections volages ont aultrefois trouvé place chez moy, à fin que ie ne parle de luy, qui n'en confesse que trop par ses vers : ainsin ces deux passions sont entrees chez moy, en cognoissance l'une de l'aultre, mais en comparaison, iamais ; la premiere maintenant sa route d'un vol haultain et superbe, et regardant desdaigneusement cette cy passer ses poinctes bien loing au dessoubs d'elle.

Quant au mariage, oultre ce que c'est un marché qui n'a que l'entree libre, sa duree estant contraincte et forcee, dependant d'ailleurs que de nostre vouloir, et marché qui ordinairement se faict à aultres fins, il y survient mille fusees estrangeres à desmeler parmy, suffisantes à rompre le fil et troubler le cours d'une vifve affection : là où, en l'amitié, il n'y a affaire ny commerce que d'elle mesme. Ioinct qu'à dire vray, la suffisance ordinaire des femmes n'est pas pour responde à cette conference et communication, nourrice de cette saincte cousture; ny leur ame ne semble assez ferme pour soustenir l'estreincte d'un nœud si pressé et si durable. Et certes, sans cela, s'il se pouvoit dresser une telle accointance libre et volontaire, où non seulement les ames eussent cette entiere iouïssance, mais encores où les corps eussent part à l'alliance, où l'homme feust engagé tout entier, il est certain que l'amitié en seroit plus pleine et plus comble : mais ce sexe, par nul exemple, n'y est encores peu arriver, et, par le commun consentement des escholes anciennes, en est reiecté.

Et cette aultre licence grecque est iustement abhorree par nos mœurs : laquelle pourtant, pour avoir, selon leur usage, une si necessaire disparité d'aages et difference d'offices entre les amants, ne respondoit non plus assez à la parfaicte union et convenance qu'icy nous demandons : *Quis est enim iste amor amicitiæ ? Car neque deformem adolescentem quisquam amat, neque formosum senem* [1] ? Car la peincture mesme qu'en faict l'academie ne me desadvouera pas, comme ie pense, de dire ainsin de sa part : Que cette premiere fureur, inspiree par le fils de Venus au cœur de l'amant sur l'obiect de la fleur d'une tendre ieunesse, à laquelle ils permettent touts les insolents et passionnez efforts que peult produire une ardeur immoderee, estoit simplement fondee en une beaulté externe, faulse image de la generation corporelle ; car elle ne se pouvoit fonder en l'esprit, duquel la montre estoit encores cachee, qui n'estoit qu'en sa naissance et avant l'aage de germer : Que si cette fureur saisissoit un bas courage, les moyens de sa

poursuitte, c'estoient richesses, presents, faveur à l'advancement des dignitez, et telle aultre basse marchandise qu'ils reprouvent ; si elle tumboit en un courage plus genereux, les entremises estoient genereuses de mesme, instructions philosophiques, enseignements à reverer la religion, obeïr aux loix, mourir pour le bien de son païs, exemples de vaillance, prudence, iustice ; s'estudiant l'amant de se rendre acceptable par la bonne grace et beaulté de son ame, celle de son corps estant fanee, et esperant, par cette societé mentale, establir un marché plus ferme et durable. Quand cette poursuitte arrivoit à l'effect en sa saison (car ce qu'ils ne requierent point en l'amant qu'il apportast loysir et discretion en son entreprinse, ils le requierent exactement en l'aimé, d'autant qu'il luy falloit iuger d'une beauté interne, de difficile coguoissance et abstruse descouverte); lors naissoit en l'aimé le desir d'une conception spirituelle par l'entremise d'une spirituelle beaulté. Cette cy estoit icy principale ; la corporelle, accidentale et seconde : tout le rebours de l'amant. A cette cause preferent ils l'aimé, et verifient que les dieux aussi le preferent ; et tansent grandement le poëte Aeschylus d'avoir en l'amour d'Achilles et de Patroclus donné la part de l'amant à Achilles, qui estoit en la premiere et imberbe verdeur de son adolescence, et le plus beau des Grecs. Aprez cette communauté generale, la maistresse et plus digne partie d'icelle exerçant ses offices et predominant, ils disent qu'il en provenoit des fruicts tresutiles au privé et au public ; que c'estoit la force des païs qui en recevoient l'usage, et la principale deffense de l'equité et de la liberté : tesmoings les salutaires amours de Harmodius et d'Aristogiton. Pourtant la nomment ils sacree et divine ; et n'est, à leur compte, que la violence des tyrans et laascheté des peuples qui luy soit adversaire. Enfin, tout ce qu'on peult donner à la faveur de l'academie, c'est dire que c'estoit un amour se terminant en amitié ; chose qui ne se rapporte pas mal à la definition stoïque de l'amour : *Amorem conatum esse amicitiæ faciendæ ex pulchritudinis specie* [2].

Ie reviens à ma description de façon plus equitable et plus equable. *Omnino amicitiæ corroboratis iam confirmatisque et ingeniis, et œtatibus, indicandæ sunt* [3]. Au demourant, ce que nous appellons ordinairement amys et amitiez, ce ne sont

---

(1) Qu'est-ce, en effet, que cet amour d'amitié ? d'où vient qu'il ne s'attache ni à un jeune homme laid, ni à un beau vieillard ? Cic., *Tusc. quæst.*, IV, 33.

(2) L'amour est l'envie d'obtenir l'amitié d'une personne qui nous attire par sa beauté. Cic., *Tuscul. quæst.*, IV, 34.

(3) L'amitié ne peut être solide que dans la maturité de l'âge et de l'esprit. Cic., *de Amicit.*, c. 20.

qu'accointances et familiaritez nouees par quelque occasion ou commodité, par le moyen de laquelle nos ames s'entretiennent. En l'amitié de quoy ie parle, elles se meslent et confondent l'un en l'aultre d'un meslange si universel, qu'elles effacent et ne retrouvent plus la cousture qui les a ioinctes. Si on me presse de dire pourquoy ie l'aimois, ie sens que cela ne se peult exprimer qu'en respondant, « Parce que c'estoit luy, parce que c'estoit « moy.» Il y a, au delà de tout mon discours et de ce que i'en puis dire particulierement, ie ne sçay quelle force inexplicable et fatale, mediatrice de cette union. Nous nous cherchions avant que de nous estre veus, et par des rapports que nous oyions l'un de l'aultre, qui faisoient en nostre affection plus d'effort que ne porte la raison des rapports; ie croy par quelque ordonnance du ciel. Nous nous embrassions par nos noms : et à nostre premiere rencontre, qui feut par hazard en une grande feste et compaignie de ville, nous nous trouvasmes si prins, si cogneus, si obligez entre nous, que rien dez lors ne nous feut si proche que l'un à l'aultre. Il escrivit une satyre latine excellente, qui est publiee, par laquelle il excuse et explique la precipitation de nostre intelligence si promptement parvenue à sa perfection. Ayant si peu à durer, et ayant si tard commencé (car nous estions touts deux hommes faicts, et luy plus de quelque annee), elle n'avoit point à perdre temps; et n'avoit à se regler au patron des amitiez molles et regulieres, ausquelles il fault tant de precautions de longue et prealable conversation. Cette cy n'a point d'aultre idee que d'elle mesme, et ne se peult rapporter qu'à soy : ce n'est pas une speciale consideration, ny deux, ny trois, ny quatre, ny mille; c'est ie ne sçay quelle quintessence de tout ce meslange, qui, ayant saisi toute ma volonté, l'amena se plonger et se perdre dans la sienne; qui, ayant saisi toute sa volonté, la mena se plonger et se perdre en la mienne, d'une faim, d'une concurrence pareille : ie dis perdre, à la verité, ne nous reservant rien qui nous feust propre, ny qui feust ou sien, ou mien.

Quand Lelius, en presence des consuls romains, lesquels, aprez la condamnation de Tiberius Gracchus, poursuivoient touts ceulx qui avoyent esté de son intelligence, veint à s'enquerir de Caius Blossius (qui estoit le principal de ses amys), combien il eust voulu faire pour luy, et qu'il eust respondu, « Toutes choses : » « Comment toutes choses? suivit il : et quoy ! s'il t'eust commandé de mettre le feu en nos temples ? » « Il ne me l'eust iamais commandé, » repliqua Blossius. « Mais s'il l'eust faict? » adiousta Lelius. « I'y eusse obey, »

respondit il. S'il estoit si parfaictement amy de Gracchus, comme disent les histoires, il n'avoyt que faire d'offenser les consuls par cette derniere et hardie confession ; et ne se debvoit despartir de l'asseurance qu'il avoyt de la volonté de Gracchus. Mais toutesfois ceulx qui accusent cette response comme seditieuse, n'entendent pas bien ce mystere, et ne presupposent pas, comme il est, qu'il tenoit la volonté de Gracchus en sa manche, et par puissance et par cognoissance : ils estoient plus amys que citoyens, plus amys qu'amys ou qu'ennemys de leur païs, qu'amys d'ambition et de trouble; s'estants parfaictement commis l'un à l'aultre, ils tenoient parfaictement les resnes de l'inclination l'un de l'aultre : et faictes guider cet harnois par la vertu et conduicte de la raison, comme aussi est il du tout impossible de l'atteler sans cela, la response de Blossius est telle qu'elle debvoit estre. Si leurs actions se desmancherent, ils n'estoient ny amys, selon ma mesure, l'un de l'aultre, ny amys à eulx mesmes. Au demourant, cette response ne sonne non plus que feroit la mienne à qui s'enquerroit à moy de cette façon : « Si vostre volonté « vous commandoit de tuer vostre fille, la tueriez-« vous ? » et que ie l'accordasse : car cela ne porte aulcun tesmoingnage de consentement à ce faire ; parce que ie ne suis point en doubte de ma volonté, et tout aussi peu de celle d'un tel amy. Il n'est pas en la puissance de touts les discours du monde de me desloger de la certitude que i'ay des intentions et iugements du mien : aulcune de ses actions ne me sçauroit estre presentee, quelque visage qu'elle eust, que ie n'en trouvasse incontinent le ressort. Nos ames ont charié si uniement ensemble ; elles se sont considerees d'une si ardente affection, et de pareille affection descouvertes iusques au fin fond des entrailles l'une de l'aultre, que non seulement ie cognoissois la sienne comme la mienne, mais ie me feusse certainement plus volontiers fié à luy de moy, qu'à moy.

Qu'on ne me mette pas en ce reng ces aultres amitiez communes; i'en ay autant de cognoissance qu'un aultre, et des plus parfaictes de leur genre : mais ie ne conseille pas qu'on confonde leurs regles; on s'y tromperoit. Il fault marcher en ces aultres amitiez la bride à la main, avecques prudence et precaution : la liaison n'est pas nouee en maniere qu'on n'ait aulcunement à s'en desfier. « Aimez le, disoit Chilon, comme ayant quelque iour à le haïr; haïssez le, comme ayant à l'aimer.» Ce precepte, qui est si abominable en cette souveraine et maistresse amitié, il est salubre en l'usage des amitiez ordinaires et coustumieres; à l'endroict desquelles il fault employer le mot qu'Aris-

tote avoyt tresfamilier, « O mes amys ! il n'y a nul
« amy. » En ce noble commerce, les offices et les
bienfaicts, nourrissiers des aultres amitiez, ne meritent pas seulement d'estre mis en compte; cette
confusion si pleine de nos volontez en est cause :
car tout ainsi que l'amitié que ie me porte ne
reçoit point augmentation pour le secours que ie
me donne au besoing, quoy que dient les stoïciens,
et comme ie ne me sçay aulcun gré du service que
ie me fois, aussi l'union de tels amys estant veritablement parfaicte, elle leur faict perdre le sentiment de tels debvoirs, et haïr et chasser d'entre
eulx ces mots de division et de difference, bienfaict,
obligation, recognoissance, priere, remerciement,
et leurs pareils. Tout estant, par effect, commun
entre eulx, volontez, pensements, iugements, biens,
femmes, enfants, honneur et vie et leur convenance
n'estant qu'une ame en deux corps, selon la trespropre definition d'Aristote, ils ne se peuvent ny
prester ny donner rien. Voilà pourquoy les faiseurs de loix, pour honnorer le mariage de quelque imaginaire ressemblance de cette divine liaison, deffendent les donations entre le mary et la
femme; voulants inferer par là que tout doibt estre
à chascun d'eulx, et qu'ils n'ont rien à diviser et
partir ensemble.

Si, en l'amitié de quoy ie parle, l'un pouvoit
donner à l'aultre, ce seroit celuy qui recevroit le
bienfaict qui obligeroit son compaignon : car cherchant l'un et l'aultre, plus que toute autre chose,
de s'entre-bienfaire, celuy qui en preste la matiere
et l'occasion est celuy là qui faict le liberal, donnant ce contentement à son amy d'effectuer en son
endroict ce qu'il desire le plus. Quand le philosophe Diogenes avoit faulte d'argent, il disoit, Qu'il
le redemandoit à ses amys, non qu'il le demandoit.
Et pour montrer comment cela se practique par
effect, i'en reciteray un ancien exemple singulier.
Eudamidas, corinthien, avoyt deux amys, Charixenus, sicyonien, et Areteus, corinthien : venant à
mourir, estant pauvre, et ses deux amys riches, il
feit ainsi son testament : « Ie legue à Areteus de
« nourrir ma mere, et l'entretenir en sa vieillesse;
« à Charixenus, de marier ma fille et luy donner
« le douaire le plus grand qu'il pourra : et au cas
« que l'un d'eulx vienne à defaillir, ie substitue en
« sa part celuy qui survivra. » Ceulx qui premiers
veirent ce testament, s'en mocquerent; mais ses heritiers en ayants esté advertis l'accepterent avec
un singulier contentement : et l'un d'eulx, Charixenus, estant trespassé cinq iours aprez, la substitution estant ouverte en faveur d'Areteus, il nourrit
curieusement cette mere; et de cinq talents qu'il
avoyt en ses biens, il en donna les deux et demy en

mariage à une sienne fille unique, et deux et demy
pour le mariage de la fille d'Eudamidas, desquelles
il feit les nopces en mesme iour.

Cet exemple est bien plein, si une condition en
estoit à dire, qui est la multitude d'amys ; car cette
parfaicte amitié de quoy ie parle est indivisible :
chascun se donne si entier à son amy, qu'il ne luy
reste rien à despartir ailleurs ; au rebours, il est
marry qu'il ne soit double, triple ou quadruple, et
qu'il n'ayt plusieurs ames et plusieurs volontez,
pour les conferer toutes à ce subiect. Les amitiez
communes, on les peult despartir ; on peult aimer
en cettuy cy la beaulté ; en cet aultre, la facilité de
ses mœurs ; en l'aultre, la liberalité ; en celuy là,
la paternité ; en cet aultre, la fraternité, ainsin du
reste : mais cette amitié qui possede l'ame et la regente en toute souveraineté, il est impossible qu'elle
soit double. Si deux en mesme temps demandoient
à estre secourus, auquel courriez vous ? S'ils reque-
roient de vous des offices contraires, quel ordre y
trouveriez vous ? Si l'un commettoit à vostre silence chose qui feust utile à l'aultre de sçavoir,
comment vous en demesleriez vous ? L'unique et
principale amitié descoust toutes aultres obligations : le secret que i'ay iuré de deceler à un aultre,
ie le puis sans pariure communiquer à celuy qui
n'est pas aultre, c'est moy. C'est un assez grand
miracle de se doubler ; et n'en cognoissent pas la
haulteur ceulx qui parlent de se tripler. Rien n'est
extreme, qui a son pareil : et qui presupposera que
de deux i'en aime autant l'un que l'aultre, et qu'ils
s'entr'aiment et m'aiment autant que ie les aime,
il multiplie en confrairie la chose la plus une et
unie, et de quoy une seule est encores la plus rare
à trouver au monde. Le demourant de cette histoire convient tresbien à ce que ie disoy : car Eudamidas donne pour grace et pour faveur à ses
amys de les employer à son besoing ; il les laisse
heritiers de cette sienne liberalité, qui consiste à
leur mettre en main les moyens de luy bienfaire :
et sans doubte la force de l'amitié se montre bien
plus richement en son faict qu'en celuy d'Areteus.
Somme, ce sont effects inimaginables à qui n'en a
gousté, et qui me font honnorer à merveille la
response de ce ieune soldat à Cyrus, s'enquerant à
luy pour combien il vondroit donner un cheval
par le moyen duquel il venoit de gaigner le prix
de la course, et s'il le vondroit eschanger à un
royaume : « Non certes, sire; mais bien le lairrois
« ie volontiers pour en acquerir un amy, si ie trou-
« vois homme digne de telle alliance. » Il ne disoit
pas mal, « si ie trouvois ; » car on treuve facilement
des hommes propres à une superficielle accointance : mais en cette cy, en laquelle on negocie du

fin fond de son courage, qui ne faict rien de reste, certes il est besoing que touts les ressorts soyent nets et seurs parfaictement.

Aux confederations qui ne tiennent que par un bout, on n'a à pourveoir qu'aux imperfections qui particulierement interessent ce bout là. Il n'importe de quelle religion soit mon medecin, et mon advocat; cette consideration n'a rien de commun avecques les offices de l'amitié qu'ils me doibvent : et en l'accointance domestique que dressent avecques moy ceulx qui me servent, i'en fois de mesme, et m'enquiers peu d'un laquay, s'il est chaste, ie cherche s'il est diligent; et ne crains pas tant un muletier ioueur que imbecille, ny un cuisinier iureur qu'ignorant. Ie ne me mesle pas de dire ce qu'il fault faire au monde, d'aultres assez s'en meslent, mais ce que i'y fois.

*Mihi sic usus est : tibi, ut opus est facto, face* [1].

A la familiarité de la table i'associe le plaisant, non le prudent; au lict, la beaulté avant la bonté; en la societé du discours, la suffisance, voeire sans la preud'hommie : pareillement ailleurs. Tout ainsin que cil [2] qui feut rencontré à chevauchons sur un baston, se iouant avecques ses enfants, pria l'homme qui l'y surprint de n'en rien dire iusques à ce qu'il feust pere luy mesme; estimant que la passion qui luy naistroit lors en l'ame le rendroit iuge equitable d'une telle action : ie souhaiterois aussi parler à des gents qui eussent essayé ce que ie dis : mais sçachant combien c'est chose esloingnee du commun usage qu'une telle amitié, et combien elle est rare, ie ne m'attends pas d'en trouver aulcun bon iuge; car les discours mesmes que l'antiquité nous a laissé sur ce subiect, me semblent lasches au prix du sentiment que i'en ay; et, en ce poinct, les effects surpassent les preceptes mesmes de la philosophie.

*Nil ego contulerim iucundo sanus amico* [3].

L'ancien Menander disoit celuy là heureux qui avoit peu rencontrer seulement l'umbre d'un amy : il avoit certes raison de le dire, mesme s'il en avoit tasté. Car, à la verité, si ie compare tout le reste de ma vie, quoyqu'avecques la grace de Dieu ie l'aye passee doulce, aysee, et, sauf la perte d'un tel amy, exempte d'affliction poisante, pleine de tranquillité d'esprit, ayant prins en payement mes commoditez naturelles et originelles, sans en rechercher d'aultres; si ie la compare, dis ie, toute, aux quatre annees qu'il m'a esté donné de iouyr de la doulce compaignie et societé de ce personage, ce n'est que fumee, ce n'est qu'une nuic obscure et ennuyeuse. Depuis le iour que ie le perdis,

> Quem semper acerbum,
> Semper honoratum (sic dî voluistis!) habebo [4],

ie ne fois que traisner languissant; et les plaisirs mesmes qui s'offrent à moy, au lieu de me consoler, me redoublent le regret de sa perte : nous estions à moitié de tout; il me semble que ie luy desrobe sa part.

> Nec fas esse ulla me voluptate hic frui
> Decrevi, tantisper dum ille abest meus particeps [5].

I'estois desia si faict et accoustumé à estre deuxiesme partout, qu'il me semble n'estre plus qu'à demy.

> Illam meæ si partem animæ tulit
> Maturior vis, quid moror altera?
> Nec carus æque, nec superstes
> Integer. Ille dies utramque
> Duxit ruinam [6]...

Il n'est action ou imagination où ie ne le treuve à dire; comme si eust il bien faict à moy : car de mesme qu'il me surpassoit d'une distance infinie en toute aultre suffisance et vertu, aussi faisoit il au debvoir de l'amitié.

> Quis desiderio sit pudor, aut modus
> Tam cari capitis [7]?...

> O misero frater adempte mihi!
> Omnia tecum una perierunt gaudia nostra,
> Quæ tuus in vita dulcis alebat amor.
> Tu mea, tu moriens fregisti commoda, frater;
> Tecum una tota est nostra sepulta anima :
> Cuius ego interitu tota de mente fugavi
> Hæc studia, atque omnes delicias animi.

> Alloquar? audiero nunquam tua verba loquentem? [

---

(1) C'est ainsi que j'en use; vous, faites comme vous l'entendrez. Térence, *Heautont.*, act. I, sc. I, v. 28.

(2) Cil pour *celui.*

(3) Tant que j'aurai ma raison, je ne trouverai rien de comparable à un tendre ami. Hor., *Sat.*, I, 5, 44.

(4) Jour fatal que je dois pleurer, que je dois honorer à jamais, puisque telle a été, grands dieux, votre volonté suprême! Virg., *Enéid.*, V, 49.

(5) Et je ne pense pas qu'aucun plaisir me soit permis, maintenant que je n'ai plus celui avec qui je devois tout partager. Térence, *Heautont.*, act. I, sc. I, v. 97. Montaigne, comme il fait souvent, a changé ici plusieurs mots.

(6) Puisqu'un sort cruel m'a ravi trop tôt cette douce moitié de mon ame, qu'ai-je à faire de l'autre moitié, séparée de celle qui m'étoit bien plus chère? Le même iour nous a perdus tous deux. Hor., *Od.*, II, 17, 5.

(7) Puis-je rougir ou cesser de pleurer une tête si chère? Hor., *Od.*, I, 24, 1.

Nunquam ego te, vita frater amabilior,
Adspiciam posthac? At certe semper amabo [1].

Mais oyons un peu parler ce garson de seize ans.

———

Parce que i'ay trouvé que cet ouvrage [2] a esté depuis mis en lumiere, et à mauvaise fin, par ceulx qui cherchent à troubler et changer l'estat de nostre police, sans se soucier s'ils l'amenderont, qu'ils ont meslé à d'aultres escripts de leur farine, ie me suis dedict de le loger icy. Et à fin que la memoire de l'aucteur n'en soit interessee en l'endroict de ceulx qui n'ont peu cognoistre de prez ses opinions et ses actions, ie les advise que ce subiect feut traicté par luy en son enfance par maniere d'exercitation seulement, comme subiect vulgaire et tracassé en mille endroicts des livres. Ie ne fois nul doubte qu'il ne creust ce qu'il escrivoit; car il estoit assez consciencieux pour ne mentir pas mesme en se iouant : et sçay davantage que s'il eust eu à choisir, il eust mieulx aimé estre nay à Venise qu'à Sarlac ; et avecques raison. Mais il avoyt une aultre maxime souverainement empreinte en son ame, d'obeyr et de se soubmettre tresreligieusement aux loix sous lesquelles il estoit nay. Il ne feut iamais un meilleur citoyen, ny plus affectionné au repos de son pays, ny plus ennemy des remuements et nouvelletez de son temps; il eust bien plustost employé sa suffisance à les esteindre qu'à leur fournir de quoy les esmouvoir davantage : il avoyt son esprit moulé au patron d'aultres siecles que ceulx cy. Or, en eschange de cet ouvrage serieux, i'en substitueray un aultre [3], produict en cette mesme saison de son aage, plus gaillard et plus enioué.

———

# CHAPITRE XXVIII.

*Vingt et neuf sonnets d'Estienne de La Boëtie.*

A MADAME DE GRAMMONT, COMTESSE DE GUISSEN [4].

Madame, ie ne vous offre rien du mien, ou parce qu'il est desia vostre, ou pour ce que ie n'y treuve rien digne de vous; mais i'ay voulu que ces vers, en quelque lieu qu'ils se veissent, portassent vostre nom en teste, pour l'honneur que ce leur sera d'avoir pour guide cette grande Corisande d'Andoins. Ce present m'a semblé vous estre propre, d'autant qu'il est peu de dames en France qui iugent mieulx, et se servent plus à propos que vous, de la poësie; et puis, qu'il n'en est point qui la puissent rendre

vifve et animee comme vous faictes par ces beaux et riches accords de quoy, parmy un million d'aultres beaultez, nature vous a estrenee. Madame, ces vers meritent que vous les cherissiez; car vous serez de mon advis, qu'il n'en est point sorty de Gascoigne qui eussent plus d'invention et de gentillesse, et qui tesmoingnent estre sortis d'une plus riche main. Et n'entrez pas en ialousie de quoy vous n'avez que le reste de ce que pieça i'en ay faict imprimer soubs le nom de monsieur de Foix, vostre bon parent: car, certes, ceulx cy ont ie ne sçay quoy de plus vif et de plus bouillant; comme il les feit en sa plus verte ieunesse, et eschauffé d'une belle et noble ardeur que ie vous diray, madame, un iour à l'aureille. Les aultres furent faicts depuis, comme il estoit à la poursuitte de son mariage, en faveur de sa femme, et sentant desia ie ne sçay quelle froideur maritale. Et moy ie suis de ceulx qui tiennent que la poësie ne rid point ailleurs, comme elle faict en un subiect folastre et desreglé.

———

## SONNETS [5].

### I.

Pardon, amour, pardon; ô Seigneur, ie te voüe
Le reste de mes ans, ma voix et mes escripts,
Mes sanglots, mes soupirs, mes larmes et mes cris;
Rien, rien tenir d'aulcun, que de toy, ie n'advoüe.

Helas ! comment de moy ma fortune se ioüe !
De toy n'a pas longtemps, amour, ie me suis ris.
J'ay failly, ie le voey; ie me rends, ie suis pris.
J'ay trop gardé mon cœur, or ie le desadvoüe.

Si i'ay pour le garder retardé ta victoire,
Ne l'en traitte plus mal, plus grande en est ta gloire.
Et si du premier coup tu ne m'as abbattu,

(1) *O mon frère ! que ie suis malheureux de t'avoir perdu ! Ta mort a détruit tous nos plaisirs. Avec toi s'est évanoui tout le bonheur que me donnoit la douce amitié ! avec toi mon ame est toute entière ensevelie ! Depuis que tu n'es plus, j'ai dit adieu aux muses, à tout ce qui faisoit le charme de ma vie !... Ne pourrai-je donc plus te parler ni t'entendre ? O toi qui m'étois plus cher que la vie, ô mon frère ! ne pourrai-je plus te voir ? Ah ! du moins ie t'aimerai toujours !* CATULLE, LXVIII, 20; LXV, 9.

(2) *Le traité de la Servitude volontaire, imprimé pour la première fois en 1578.*

(3) *Les vingt-neuf sonnets de La Boëtie qui se trouvent dans le chapitre suivant.*

(4) *Diane, vicomtesse de Louvigni, dite la belle Corisande d'Andouins, mariée en 1567 à Philibert, comte de Grammont et de Guiche, qui mourut au siège de La Fère en 1580.*

(5) *Supprimés dans la plupart des éditions qui suivirent celle de 1588 ; on y a substitué cette note :* « Ces vingt-neuf sonnets d'Estienne de La Boëtie, qui estoient mis en ce lieu, ont esté depuis imprimez avec ses œuvres. »

Pense qu'un bon vainqueur, et nay pour estre grand,
Son nouveau prisonnier, quand un coup il se rend,
Il prinse et l'aime mieulx, s'il a bien combattu.

## II.

C'est amour, c'est amour, c'est luy seul, ie le sens :
Mais le plus vif amour, la poison la plus forte,
A qui oncq pauvre cœur ait ouverte la porte.
Ce cruel n'a pas mis un de ses traicts perçants,

Mais arc, traicts et carquois, et luy tout dans mes sens.
Encor un mois n'a pas, que ma franchise est morte,
Que ce venin mortel dans mes veines ie porte,
Et desia i'ay perdu et le cœur et le sens.

Et quoy? si cet amour à mesure croissoit,
Qui en si grand torment dedans moy se conçoit?
O croistz, si tu peulx croistre, et amende en croissant.

Tu te nourris de pleurs, des pleurs ie te promets,
Et pour te refreschir, des souspirs pour iamais :
Mais que le plus grand mal soit au moings en naissant.

## III.

C'est faict, mon cœur, quittons la liberté.
Dequoy meshuy serviroit la deffence,
Que d'agrandir et la peine et l'offence?
Plus ne suis fort, ainsin que i'ay esté.

La raison feust un temps de mon costé :
Or, revoltee, elle veut que ie pense
Qu'il fault servir, et prendre en recompence
Qu'oncq d'un tel nœud nul ne feust arresté.

S'il se fault rendre, alors il est saison,
Quand on n'a plus devers soy la raison.
Ie veoy qu'amour, sans que ie le deserve,

Sans aulcun droict, se vient saisir de moy;
Et veoy qu'encor il fault à ce grand roy,
Quand il a tort, que la raison luy serve.

## IV.

C'estoit alors, quand, les chaleurs passees,
Le sale Automne aux cuves va foulant
Le raisin gras dessoubs le pied coulant,
Que mes douleurs furent encommencees.

Le païsan bat ses gerbes amassees,
Et aux caveaux ses bouillants muis roulant,
Et des fruictiers son automne croulant,
Se vange lors des peines advancees.

Seroit ce point un presage donné
Que mon espoir est desia moissonné?
Non, certes, non. Mais pour certain ie pense,

I'auray, si bien à deviner i'entends,

Si lon peult rien prognostiquer du temps,
Quelque grand fruict de ma longue esperance.

## V.

I'ay veu ses yeulx perçants, i'ay veu sa face claire;
Nul iamais, sans son dám, ne regarde les dieux :
Froid, sans cœur me laissa son œil victorieux,
Tout estourdy du coup de sa forte lumière.

Comme un surprins de nuict aux champs, quand il
Estonné, se pallist, si la fleche des cieulx [esclaire,
Sifflant luy passe contre, et luy serre les yeulx;
Il tremble, et veoit, transi, Jupiter en cholere.

Dy moy, Madame, au vray, dy moy, si tes yeulx verts
Ne sont pas ceulx qu'on dict que l'amour tient cou-
Tu les avoys, ie croy, la fois que ie t'ay veue; [verts?

Au moins il me souvient qu'il me feust lors advis
Qu'amour, tout à un coup, quand premier ie te vis,
Desbanda dessus moy et son arc et sa veue.

## VI.

Ce dict maint un de moy, Dequoy se plainct il tant,
Perdant ses ans meilleurs en chose si legiere?
Qu'a il tant à crier, si encore il espere?
Et s'il n'espere rien, pourquoy n'est il content?

Quand i'estois libre et sain, i'en disois bien autant.
Mais, certes, celuy là n'a la raison entiere,
Ains a le cœur gasté de quelque rigueur fiere,
S'il se plainct de ma plaincte, et mon mal il n'entend.

Amour tout à un coup de cent douleurs me point,
Et puis lon m'advertit que ie ne crie point.
Si vain ie ne suis pas que mon mal i'agrandisse

A force de parler : s'on m'en peult exempter,
Ie quitte les sonnets, ie quitte le chanter;
Qui me deffend le dueil, celuy là me guarisse.

## VII.

Quant à chanter ton los par fois ie m'adventure,
Sans oser ton grand nom dans mes vers exprimer,
Sondant le moins profond de cette large mer,
Ie tremble de m'y perdre, et aux rives m'asseure.

Ie crains, en louant mal, que ie te face iniure.
Mais le peuple estonné d'ouïr tant t'estimer,
Ardant de te cognoistre, essaye à te nommer,
Et cherchant ton sainct nom ainsin à l'adventure,

Esblouï n'attaint pas à veoir chose si claire;
Et ne te trouve point ce grossier populaire,
Qui, n'ayant qu'un moyen, ne veoit pas celuy là :

C'est que, s'il peult trier, la comparaison faicte
Des parfaictes du monde, une la plus parfaicte,
Lors, s'il a voix, qu'il crie hardiment, la voylà.

11

### VIII.

Quand viendra ce iour là, que ton nom au vray passe
Par France, dans mes vers? combien et quantesfois
S'en empresse mon cœur, s'en demangent mes doigts?
Souvent dans mes escripts de soy mesme il prend
                                                place.

Maugré moy ie t'escris, maugré moy ie t'efface.
Quand Astree viendroit, et la foy, et le droict,
Alors ioyeux, ton nom au monde se rendroit,
Ores, c'est à ce temps, que cacher il te face,

C'est à ce temps maling une grande vergoigne.
Donc, Madame, tandis tu seras ma Dourdoigne.
Toutesfois laisse moy, laisse moy ton nom mettre;

Aye pitié du temps: si au iour ie te mets,
Si le temps ce cognoist, lors ie te le promets,
Lors il sera doré, s'il le doit iamais estre.

### IX.

O, entre tes beautez, que ta constance est belle!
C'est ce cœur asseuré, ce courage constant,
C'est, parmy tes vertus, ce que l'on prinse tant:
Aussi qu'est il plus beau qu'une amitié fidelle?

Or, ne charge donc rien de ta sœur infidelle,
De Vesere [1] ta sœur: elle va s'escartant
Tousiours flotant mal seure en son cours inconstant.
Veoy tu comme à leur gré les vents se iouënt d'elle?

Et ne te repents point, pour droict de ton aisnage,
D'avoir desia choisy la constance en partage.
Mesme race porta l'amitié souveraine

Des bons iumeaux, desquels l'un à l'autre despart
Du ciel et de l'enfer la moitié de sa part;
Et l'amour diffamé de la trop belle Heleine.

### X.

Ie veoy bien, ma Dourdoigne, encor humble tu vas;
De te monstrer Gasconne en France, tu as honte.
Si du ruisseau de Sorgue on fait ores grand conte,
Si a il bien esté quelquesfois aussi bas.

Veoy tu le petit Loir comme il haste le pas?
Comme desia parmy les plus grands il se conte?
Comme il marche haultain d'une course plus prompte
Tout à costé du Mince, et il ne s'en plaint pas?

Un seul olivier d'Arne, enté au bord de Loire,
Le faict courir plus brave, et luy donne sa gloire [2].
Laisse, laisse moy faire, et un iour, ma Dourdoigne,

Si ie devine bien, on te cognoistra mieulx;
Et Garonne, et le Rhone, et ces aultres grands dieux
En auront quelque envie, et possible vergoigne.

### XI.

Toy qui oys mes souspirs, ne me sois rigoureux
Si mes larmes à part toutes miennes ie verse,
Si mon amour ne suit en sa douleur diverse
Du Florentin transi les regrets languoureux,

Ny de Catulle aussi, le folastre amoureux,
Qui le cœur de sa dame en chatouillant luy perce,
Ny le sçavant amour du migregeois Properce [3];
Ils n'aiment pas pour moy, ie n'aime pas pour eulx.

Qui pourra sur aultruy ses douleurs limiter,
Celuy pourra d'aultruy les plainctes imiter:
Chascun sent son torment, et sçait ce qu'il endure;

Chascun parla d'amour ainsin qu'il l'entendit.
Ie dis ce que mon cœur, ce que mon mal me dict.
Que celuy aime peu, qui aime à la mesure!

### XII.

Quoy! qu'est ce? ô vents! ô nuës! ô l'orage!
A poinct nommé, quand d'elle m'approchant,
Les bois, les monts, les baisses vois tranchant,
Sur moy d'aguest [4] vous poussez vostre rage.

Ores mon cœur s'embrase davantage.
Allez, allez faire peur au marchaud,
Qui dans la mer les thresors va cherchant;
Ce n'est ainsin qu'on m'abbat le courage.

Quand i'oy les vents, leur tempeste, et leurs cris,
De leur malice en mon cœur ie me ris.
Me pensent ils pour cela faire rendre?

Face le ciel du pire, et l'air aussi:
Ie veulx, ie veulx, et le declaire ainsi,
S'il faut mourir, mourir comme Leandre.

### XIII.

Vous qui aimer encore ne sçavez,
Ores m'oyant parler de mon Leandre,
Ou iamais non, vous y debvez apprendre,
Si rien de bon dans le cœur vous avez.

Il oza bien, branlant ses bras lavez,
Armé d'amour, contre l'eau se deffendre,
Qui pour tribut la fille voulut prendre,
Ayant le frere et le mouton sauvez [5].

(1) La *Vesère* est une rivière qui se jette dans la *Dordogne* à
Limeuil, à trois lieues de Belvez, en Périgord. On a vu, dans le
sonnet précédent, que La Boëtie adoptoit le nom de *Dordogne*
pour désigner celle qu'il aimoit.

(2) C'est, je crois, une allusion aux *Amours* de Ronsard.

(3) Properce, imitateur des poëtes grecs, et surtout de Calli-
maque et de Philétas.

(4) *De propos délibéré; de guet à pens.*

(5) Pour entendre ces deux vers, il faut se rappeler que Hellé
tomba dans les flots, et y périt, en passant la mer sur le dos du
bélier à la toison d'or, avec son frère Phryxus.

Un soir, vaincu par les flots rigoureux,
Voyant desia, ce vaillant amoureux,
Que l'eau maistresse à son plaisir le tourne,

Parlant aux flots, leur iecta cette voix :
Pardonnez moy maintenant que i'y veoys,
Et gardez moy la mort, quand ie retourne.

### XIV.

O cœur legier! ò courage mal seur!
Penses tu plus que souffrir ie te puisse?
O bonté creuze! ò couverte malice,
Traistre beaulté, venimeuse doulceur!

Tu estois donc tousiours sœur de ta sœur?
Et moy, trop simple, il falloit que i'en fisse
L'essay sur moy, et que tard i'entendisse
Ton parler double et tes chants de chasseur?

Depuis le iour que i'ay prins à t'aimer,
i'eusse vaincu les vagues de la mer.
Qu'est ce meshuy que ie pourrois attendre?

Comment de toy pourrois ie estre content?
Qui apprendra ton cœur d'estre constant,
Puis que le mien ne le luy peult apprendre?

### XV.

Ce n'est pas moy que l'on abuse ainsi;
Qu'à quelque enfant ses ruses on employe,
Qui n'a nul goust, qui n'entend rien qu'il oye:
ie sçay aimer, ie sçay haïr aussi.

Contente toy de m'avoir iusqu'icy
Fermé les yeulx, il est temps que i'y voye;
Et que meshuy, las et honteux ie soye
D'avoir mal mis mon temps et mon soucy.

Oserois tu, m'ayant ainsin traicté,
Parler à moy iamais de fermeté?
Tu prends plaisir à ma douleur extreme;

Tu me deffends de sentir mon torment;
Et si veulx bien que ie meure en t'aimant.
Si ie ne sens, comment veulx tu que i'aime?

### XVI.

O l'ay ie dict? Helas! l'ay ie songé?
Ou si pour vray i'ai dict blaspheme telle?
S'a faulse langue, il fault que l'honneur d'elle,
De moy, par moy, dessus moy, soit vengé.

Mon cœur chez toy, ò ma dame, est logé;
Là, donne luy quelque geene nouvelle;
Fois luy souffrir quelque peine cruelle;
Fois, fois luy tout, fors luy donner congé.

Or seras tu (ie le sçay) trop humaine,
Et ne pourras longuement veoir ma peine;
Mais un tel faict, faut il qu'il se pardonne?

A tout le moins hault ie me desdiray
De mes sonnets, et me desmentiray:
Pour ces deux faux, cinq cents vrays ie t'en donne.

### XVII.

Si ma raison en moy s'est peu remettre,
Si recouvrer astheure [1] ie me puis,
Si i'ay du sens, si plus homme ie suis,
Ie t'en mercie, ò bien-heureuse lettre!

Qui m'eust (helas!), qui m'eust sçeu recognoistre,
Lors qu'enragé, vaincu de mes ennuys,
En blasphemant ma dame ie poursuis?
De loing, honteux, ie te vis lors paroistre,

O sainct papier! alors ie me revins,
Et devers toy devotement ie vins.
Ie te donrois un autel pour ce faict,

Qu'on vist les traicts de cette main divine.
Mais de les veoir aulcun homme n'est digne;
N'y moy aussi, s'elle ne m'en eust faict.

### XVIII.

I'estois prest d'encourir pour iamais quelque blasme;
De cholere eschauffé mon courage brusloit,
Ma fole voix au gré de ma fureur branloit,
Ie despitois les dieux, et encore ma dame:

Lors qu'elle de loing iette un brevet [2] dans ma flamme,
Ie le sentis soubdain comme il me rahilloit,
Qu'aussi tost devant luy ma fureur s'en alloit,
Qu'il me rendoit, vaincqueur, en sa place mon ame.

Entre vous, qui de moy ces merveilles oyez,
Que me dictes vous d'elle? et, je vous pri', veoyez,
S'ainsin comme ie fais, adorer ie la dois?

Quels miracles en moy pensez vous qu'elle face
De son œil tout puissant, ou d'un ray de sa face,
Puis qu'en moy firent tant les traces de ses doigts?

### XIX.

Ie tremblois devant elle, et attendois, transy,
Pour venger mon forfaict quelque iuste sentence,
A moy mesme consent du poids de mon offense,
Lors qu'elle me dict : Va, ie te prends à mercy.

Que mon loz desormais par tout soit esclaircy :
Employe là tes ans : et sans plus, meshuy pense
D'enrichir de mon nom par tes vers nostre France;
Couvre de vers ta faulte, et paye moy ainsi.

Sus donc, ma plume, il fault, pour iouyr de ma peine,
Courir par sa grandeur d'une plus large veine.
Mais regarde à son œil, qu'il ne nous abandonne.

_____

(1) A cette heure. — (2) Un billet, qui a la vertu d'un talisman

Sans ses yeulx, nos esprits se mourroient languissants.
Ils nous donnent le cœur, ils nous donnent le sens.
Pour se payer de moy, il faut qu'elle me donne.

## XX.

Ó vous, maudits sonnets, vous qui printes l'audace
De toucher à ma dame! ó malings et pervers,
Des Muses le reproche, et honte de mes vers!
Si ie vous feis iamais, s'il fault que ie me face

Ce tort de confesser vous tenir de ma race,
Lors pour vous les ruisseaux ne furent pas ouverts
D'Apollon le doré, des Muses aux yeulx verts;
Mais vous reçeut naissants Tisiphone en leur place.

Si i'ay oncq quelque part à la posterité,
Ie veulx que l'un et l'aultre en soit desherité.
Et si au feu vengeur dez or ie ne vous donne,

C'est pour vous diffamer : vivez chetifs, vivez;
Vivez aux yeulx de tous, de tout honneur privez;
Car c'est pour vous punir, qu'ores ie vous pardonne.

## XXI.

N'ayez plus, mes amys, n'ayez plus cette envie
Que ie cesse d'aimer; laissez moy, obstiné,
Vivre et mourir ainsin puis qu'il est ordonné:
Mon amour, c'est le fil auquel se tient ma vie.

Ainsin me dict la Fee; ainsin en OEagrie
Elle feit Meleagre à l'amour destiné,
Et alluma sa souche à l'heure qu'il feust né,
Et dict : Toy, et ce feu, tenez vous compaignie.

Elle le dict ainsin, et la fin ordonnee
Suivit aprez le fil de cette destinee.
La souche (ce dict lon) au feu feut consommee;

Et dez lors (grand miracle!), en un mesme moment,
On veid, tout à un coup, du miserable amant
La vie et le tison s'en aller en fumee.

## XXII.

Quand tes yeulx conquerants estonné ie regarde,
I'y veoy dedans à clair tout mon espoir escript,
I'y veoy dedans amour luy mesme qui me rid,
Et m'y montre mignard le bon heur qu'il me garde.

Mais quand de te parler par fois ie me hazarde,
C'est lors que mon espoir desseiché se tarit;
Et d'advouer iamais ton œil, qui me nourrit,
D'un seul mot de faveur, cruelle, tu n'as garde.

Si tes yeulx sont pour moy, or veoy ce que ie dis:
Ce sont ceulx là, sans plus, à qui ie me rendis.
Mon Dieu, quelle querelle en toy mesme se dresse,

Si ta bouche et tes yeulx se veulent desmentir!

Mieulx vault, mon doux torment, mieulx vault le despartir,
Et que ie prenne au mot de tes yeulx la promesse.

## XXIII.

Ce sont tes yeulx tranchants qui me font le courage :
Ie veoy saulter dedans la gaye liberté,
Et mon petit archer, qui meine à son costé
La belle gaillardise et le plaisir volage.

Mais apres, la rigueur de ton triste langage
Me montre dans ton cœur la fiere honnesteté;
Et condemné, ie veoy la dure chasteté
Là gravement assise, et la vertu sauvage.

Ainsin mon temps divers par ces vagues se passe;
Ores son œil m'appelle, or sa bouche me chasse.
Helas! en cet estrif [1], combien ay ie enduré!

Et puis, qu'on pense avoir d'amour quelque asseu-
Sans cesse nuict et iour à la servir ie pense, [rance:
Ny encor de mon mal ne puis estre asseuré.

## XXIV.

Or, dis ie bien, mon esperance est morte;
Or est ce faict de mon ayse et mon bien.
Mon mal est clair : maintenant ie veoy bien,
I'ay espousé la douleur que ie porte.

Tout me court sus, rien ne me reconforte,
Tout m'abandonne, et d'elle ie n'ay rien,
Sinon tousiours quelque nouveau soustien,
Qui rend ma peine et ma douleur plus forte.

Ce que i'attends, c'est un iour d'obtenir
Quelques souspirs des gents de l'advenir:
Quelqu'un dira dessus moy par pitié:

Sa dame et luy nasquirent destinez,
Egualement de mourir obstinez,
L'un en rigueur, et l'aultre en amitié.

## XXV.

I'ai tant vescu chetif, en ma langueur,
Qu'or i'ay veu rompre, et suis encor en vie,
Mon esperance avant mes yeulx ravie,
Contre l'escueil de sa fiere rigueur.

Que m'a servy de tant d'ans la longueur?
Elle n'est pas de ma peine assouvie:
Elle s'en rit, et n'a point d'aultre envie
Que de tenir mon mal en sa vigueur.

Doncques i'auray, malheureux en aimant,
Tousiours un cœur, tousiours nouveau torment.
Ie me sens bien que i'en suis hors d'haleine,

(1) Estrif, substantif, du verbe estriver, qui signifie contester,
resister.

Prest à laisser la vie soubs le faix:
Qu'y feroit on, sinon ce que ie fois?
Piqué du mal, ie m'obstine en ma peine.

### XXVI.

Puis qu'ainsin sont mes dures destinees,
I'en saouleray, si ie puis, mon soucy.
Si i'ay du mal, elle le veut aussi:
I'accompliray mes peines ordonnees.

Nymphes des bois, qui avez, estonnees,
De mes douleurs, ie croy, quelque mercy,
Qu'en pensez vous? puis ie durer ainsi,
Si à mes maulx trefves ne sont donnees?

Or, si quelqu'une à m'escouter s'encline,
Oyez, pour Dieu, ce qu'ores ie devine:
Le iour est prez que mes forces ia vaines

Ne pourront plus fournir à mon tormént.
C'est mon espoir: si ie meurs en aimant,
A donc, ie croy, failliray ie à mes peines.

### XXVII.

Lors que lasse est de me lasser ma peine,
Amour, d'un bien mon mal refreschissant,
Flate au cœur mort ma playe languissant,
Nourrit mon mal, et luy faict prendre haleine.

Lors ie conceoy quelque esperance vaine:
Mais aussi tost, ce dur tyran, s'il sent
Que mon espoir se renforce en croissant,
Pour l'estouffer, cent torments il m'ameine

Encor tout frez:lors ie me veoys blasmant
D'avoir esté rebelle à mon torment.
Vive le mal, ô dieux! qui me devore!

Vive à son gré mon torment rigoureux!
O bien-heureux, et bien-heureux encore,
Qui sans relasche est tousiours mal'heureux!

### XXVIII.

Si contre amour ie n'ay aultre deffence,
Ie m'en plaindray, mes vers le mauldiront,
Et apres moy les roches rediront
Le tort qu'il faict à ma dure constance.

Puis que de luy i'endure cette offence,
Au moings tout hault mes rhythmes le diront,
Et nos nepveus, alors qu'ils me liront,
En l'oultrageant, m'en feront la vengeance.

Ayant perdu tout l'ayse que i'avoys,
Ce sera peu que de perdre ma voix.
S'on sçait l'aigreur de mon triste soucy,

Et feust celui qui m'a faict cette playe,
Il en aura, pour si dur cœur qu'il aye,
Quelque pitié, mais non pas de mercy.

### XXIX.

Ia reluisoit la benoiste iournee
Que la nature au monde te debvoit,
Quand des thresors qu'elle te reservoit
Sa grande clef te feust abandonnee.

Tu prins la grace à toy seule ordonnee;
Tu pillas tant de beaultez qu'elle avoyt,
Tant qu'elle, fiere, alors qu'elle te veoit,
En est par fois elle mesme estonnee.

Ta main de prendre enfin se contenta:
Mais la nature encor te presenta,
Pour t'enrichir, cette terre où nous sommes.

Tu n'en prins rien: mais en toy tu t'en ris,
Te sentant bien en avoir assez pris
Pour estre icy royne du cœur des hommes.

## CHAPITRE XXIX.

### De la moderation.

Comme si nous avions l'attouchement infect, nous corrompons par nostre maniement les choses qui d'elles mesmes sont belles et bonnes. Nous pouvons saisir la vertu de façon qu'elle en deviendra vicieuse, si nous l'embrassons d'un desir trop aspre et violent. Ceulx qui disent qu'il n'y a iamais d'excez en la vertu, d'autant que ce n'est plus vertu si l'excez y est, se iouent des paroles:

Insani sapiens nomen ferat, æquus iniqui,
Ultra quam satis est, virtutem si petat ipsam [1].

C'est une subtile consideration de la philosophie. On peult et trop aimer la vertu, et se porter excessivement en une action iuste. A ce biais s'accommode la voix divine, « Ne soyez pas plus sages qu'il ne fault; mais soyez sobrement sages [2]. » I'ay veu tel grand [3] blecer la reputation de sa religion, pour se montrer religieux oultre tout exemple des hommes de sa sorte. I'aime des natures temperees et moyennes: l'immoderation vers le bien mesme, si elle ne m'offense, elle m'estonne, et me met en peine de la baptizer. Ny la mere de Pausanias, qui donna la premiere instruction, et porta la premiere pierre, à la

---

(1) Le sage n'est plus sage, le juste n'est plus juste, si son amour pour la vertu va trop loin. Hor., *Epist.*, I, 6, 15.
(2) S. Paul, *Ep. aux Romains*, XII, 3.
(3) Il y a apparence que Montaigne veut parler ici de Henri III, roi de France. Sixte V disoit au cardinal de Joyeuse : « Il n'y a rien que votre roi n'ait fait et ne fasse pour être moine ; ni que ie n'aie fait moi, pour ne l'être point. »

mort de son fils; ny le dictateur Posthumius, qui feit mourir le sien, que l'ardeur de ieunesse avoyt heureusement poulsé sur les ennemys un peu avant son reng, ne me semble si iuste, comme estrange; et n'aime ny à conseiller ny à suivre une vertu si sauvage et si chere. L'archer qui oultrepasse le blanc fault, comme celuy qui n'y arrive pas; et les yeulx me troublent à montrer à coup vers une grande lumiere, esgualement comme à devaler à l'ombre. Callicles, en Platon, dict l'extremité de la philosophie estre dommageable, et conseille de ne s'y enfoncer oultre les bornes du proufit; que prinse avec moderation, elle est plaisante et commode; mais qu'enfin elle rend un homme sauvage et vicieux, desdaigneux des religions et loix communes, ennemy de la conversation civile, ennemy des voluptez humaines, incapable de toute administration politique, et de secourir aultruy et de se secourir soy mesme, propre à estre impuneement soufsletté. Il dict vray: car en son excez, elle esclave nostre naturelle franchise, et nous desvoye, par une importune subtilité, du beau et plain chemin que nature nous trace.

L'amitié que nous portons à nos femmes, elle est treslegitime: la theologie ne laisse pas de la brider pourtant et de la restreindre. Il me semble avoir leu aultrefois chez sainct Thomas, en un endroict où il condemne les mariages des parents ez degrez deffendus, cette raison parmy les aultres, qu'il y a danger que l'amitié qu'on porte à une telle femme soit immoderee: car si l'affection maritale s'y treuve entiere et parfaicte comme elle doibt, et qu'on la surcharge encores de celle qu'on doibt à la parentelle, il n'y a point de doubte que ce surcroist n'emporte un tel mary hors les barrieres de la raison.

Les sciences qui reglent les mœurs des hommes, comme la theologie et la philosophie, elles se meslent de tout: il n'est action si privee et secrette qui se desrobe de leur cognoissance et iurisdiction. Bien apprentis sont ceulx qui syndicquent leur liberté: ce sont les femmes qui communiquent tant qu'on veult leurs pieces à garsonner; à medeciner, la honte le deffend. Ie veulx donc, de leur part, apprendre cecy aux marys, s'il s'en treuve encores qui y soient trop acharnez: c'est que les plaisirs mesmes qu'ils ont à l'accointance de leurs femmes sont reprouvez, si la moderation n'y est observee; et qu'il y a de quoy faillir en licence et desbordement en sç subiect là, comme en un subiect illegitime. Ces encheriments[1] deshontez, que la chaleur premiere nous suggere en ce ieu, sont non indecemment

seulement, mais dommageablement, employez envers nos femmes. Qu'elles apprennent l'impudence au moins d'une aultre main: elles sont tousiours assez esveillees pour nostre besoing. Ie ne m'y suis servy que de l'instruction naturelle et simple.

C'est une religieuse liaison et devote que le mariage: voylà pourquoy le plaisir qu'on en tire ce doibt estre un plaisir retenu, serieux, et meslé à quelque severité; ce doibt estre une volupté aucunement prudente et consciencieuse. Et parceque sa principale fin c'est la generation, il y en a qui mettent en doubte si, lors que nous sommes sans l'esperance de ce fruict, comme quand elles sont hors d'aage ou enceinctes, il est permis d'en rechercher l'embrassement: c'est un homicide à la mode de Platon. Certaines nations, et entre aultres la mahometane, abominent la conionction avecques les femmes enceinctes; plusieurs aussi avecques celles qui ont leurs flueurs. Zenobia ne recevoit son mary que pour une charge; et cela faict, elle le laissoit courir tout le temps de sa conception, luy donnant lors seulement loy de recommencer: brave et genereux exemple de mariage. C'est de quelque poëte[2] disetteux et affamé de ce deduit, que Platon emprunta cette narration: Que Iupiter feit à sa femme une si chaleureuse charge une iour, que, ne pouvant avoir patience qu'elle eust gaigné son lict, il la versa sur le plancher; et par la vehemence du plaisir, oublia les resolutions grandes et importantes qu'il venoit de prendre avec les aultres dieux en sa court celeste; se vantant qu'il l'avoyt trouvé aussi bon ce coup là, que lors que premierement il la depucella à cachettes de leurs parents.

Les roys de Perse appelloient leurs femmes à la compaignie de leurs festins; mais quand le vin venoit à les eschauffer en bon escient, et qu'il falloit tout à faict lascher la bride à la volupté, ils les renvoyoient en leur privé, pour ne les faire participantes de leurs appetis immoderez; et faisoient venir en leur lieu des femmes ausquelles ils n'eussent point cette obligation de respect. Touts plaisirs et toutes gratifications ne sont pas bien logees en toutes sortes de gents. Epaminondas avoit faict emprisonner un garson desbauché; Pelopidas le pria de le mettre en liberté en sa faveur: il l'en refusa, et l'accorda à une sienne garse qui aussi l'en pria; disant, « que c'estoit une gratification deue à une amie, non à un capitaine. » Sophocles, estant compaignon en la preture avecques Pericles, voyant de cas de fortune

(1) Renchérissement. — (2) Ce poëte est Homère.

passer un beau garson : « O le beau garson que voylà ! » dict il à Pericles. « Cela seroit bon a un aultre qu'à un preteur, luy dict Pericles, qui doibt avoir non les mains seulement, mais aussi les yeulx chastes. » Aelius Verus l'empereur respondit à sa femme, comme elle se plaignoit de quoy il se laissoit aller à l'amour d'aultres femmes, « qu'il le faisoit par occasion consciencieuse, d'autant que le mariage estoit un nom d'honneur et dignité, non de folastre et lascive concupiscence. » Et nostre histoire ecclesiastique a conservé avecques honneur la memoire de cette femme qui repudia son mary, pour ne vouloir seconder et soustenir ses attouchements trop insolents et desbordez. Il n'est, en somme, aulcune si iuste volupté en laquelle l'excez et l'intemperance ne nous soit reprochable.

Mais, à parler en bon escient, est ce pas un miserable animal que l'homme ? A peine est il en son pouvoir, par sa condition naturelle, de gouster un seul plaisir entier et pur ; encores se met il en peine de le retrencher par discours : il n'est pas assez chestif, si par art et par estude il n'augmente sa misere :

Fortunæ miseras auximus arte vias [1].

La sagesse humaine faict bien sottement l'ingenieuse de s'exercer à rabattre le nombre et la doulceur des voluptez qui nous appartiennent ; comme elle faict favorablement et industrieusement d'employer ses artifices à nous peigner et farder les maulx, et en alleger le sentiment. Si i'eusse esté chef de part, i'eusse prins aultre voye plus naturelle, qui est à dire, vraye, commode et saincte ; et me feusse peutestre rendu assez fort pour la borner : quoyque nos medecins spirituels et corporels comme par complot faict entre eulx, ne treuvent aulcune voye à la guarison, ny remede aux maladies du corps et de l'ame, que par le torment, la douleur, et la peine. Les veilles, les ieusnes, les haires, les exils loingtains et solitaires, les prisons perpetuelles, les verges, et aultres afflictions, ont esté introduictes pour cela : mais en telle condition, que ce soyent veritablement afflictions, et qu'il y ayt de l'aigreur poignante ; et qu'il n'en advienne point comme à un Gallio [2], lequel ayant esté envoyé en exil en l'isle de Lesbos, on feut adverty à Rome qu'il s'y donnoit du bon temps, et que ce qu'on luy avoyt enjoinct pour peine luy tournoit à commodité : parquoy ils se radviserent de le rappeler prez de sa femme et en sa maison, et luy ordonnerent de s'y tenir, pour accommoder leur punition à son ressentiment. Car, à qui le ieusne aiguiseroit la santé

et l'alaigresse, à qui le poisson seroit plus appetissant que la chair, ce ne seroit plus recepte salutaire : non plus qu'en l'aultre medecine, les drogues n'ont point d'effect à l'endroict de celuy qui les prend avecques appetit et plaisir : l'amertume et la difficulté sont circonstances servants à leur operation. Le naturel qui accepteroit la rubarbe comme familiere, en corromproit l'usage ; il fault que ce soit chose qui blece nostre estomach pour le guarir : et icy fault la regle commune, que les choses se guarissent par leurs contraires ; car le mal y guarit le mal.

Cette impression se rapporte aulcunement à cette aultre si ancienne, de penser gratifier au ciel et à la nature par nostre massacre et homicide, qui feut universellement embrassee en toutes les religions. Encores du temps de nos peres, Amurat, en la prinse de l'Isthme, immola six cents ieunes hommes grecs à l'ame de son pere, à fin que ce sang servist de propitiation à l'expiation des pechez du trespassé. Et en ces nouvelles terres descouvertes en nostre aage, pures encores et vierges au prix des nostres, l'usage en est aulcunement receu par tout ; toutes leurs idoles s'abruvent de sang humain, non sans divers exemples d'horrible cruauté : on les brusle vifs, et demy rostis on les retire du brasier pour leur arracher le cœur et les entrailles ; à d'aultres, voire aux femmes, on les escorches vifves, et de leur peau ainsin sanglante en revest on et masque d'aultres. Et non moins d'exemples de constance et resolution : car ces pauvres gents sacrifiables, vieillards, femmes, enfants, vont, quelques iours avant questans eulx mesmes les aumosnes pour l'offrande de leur sacrifice, et se presentent à la boucherie, chantants et dansants avecques les assistants.

Les ambassadeurs du roy de Mexico, faisants entendre à Fernaud Cortez la grandeur de leur maistre, aprez luy avoir dict qu'il avoyt trente vassaulx, desquels chascun pouvoit assembler cent mille combattants, et qu'il se tenoit en la plus belle et forte ville qui feust soubs le ciel, luy adiousterent qu'il avoyt à sacrifier aux dieux cinquante mille hommes par an. De vray, ils disent qu'il nourrissoit la guerre avecques certains grands peuples voysins, non seulement pour l'exercice de la ieunesse du païs, mais principalement pour avoir de quoy fournir à ses sacrifices par des prisonniers de guerre. Ailleurs, en certain bourg, pour la bien-

---

(1) Nous avons travaillé nous-mêmes à augmenter la misère de notre condition. PROPERCE, III, 7, 44.
(2) Sénateur romain exilé pour avoir déplu à Tibère. TACITE, Annales, VI, 3.

venue dudit Cortez, ils sacrifierent cinquante hommes tout à la fois. Ie diray encores ce conte : aulcuns de ces peuples, ayants esté battus par luy, envoyerent le recognoistre, et rechercher d'amitié; les messagers luy presenterent trois sortes de presents, en cette maniere : « Seigneur, voylà cinq esclaves; si tu es un dieu fier qui te paisses de chair et de sang, mange les, et nous t'en amerrons davantage; si tu es un dieu debonnaire, voylà de l'encens et des plumes; si tu es homme, prends les oyseaux et les fruicts que voicy. »

## CHAPITRE XXX.

### *Des Cannibales.*

Quand le roy Pyrrhus passa en Italie, aprez qu'il eut recogneu l'ordonnance de l'armee que les Romains luy envoyoient au devant : « Ie ne sçay, dict il, quels barbares sont ceulx cy (car les Grecs appelloient ainsin toutes les nations estrangeres), mais la disposition de cette armee que ie voy n'est aulcunement barbare. » Autant en dirent les Grecs de celle que Flaminius feit passer en leur païs, et Philippus, voyant d'un tertre l'ordre et distribution du camp romain, en son royaume, soubs Publius Sulpicius Galba. Voylà comment il se fault garder de s'attacher aux opinions vulgaires, et les fault iuger par la voye de la raison, non par la voix commune.

I'ay eu longtemps avecques moy un homme qui avoit demeuré dix ou douze ans en cet aultre monde qui a esté descouvert en nostre siecle, en l'endroict où Villegaignon print terre[1] qu'il surnomma *la France antartique*. Cette descouverte d'un païs iufiny semble estre de consideration. Ie ne sçay si ie me puis respondre que il ne s'en face à l'advenir quelque aultre, tant de personnages plus grands que nous ayants esté trompez en ceste cy. I'ai peur que nous ayons les yeulx plus grands que le ventre, et plus de curiosité que nous n'avons de capacité : nous embrassons tout, mais nous n'estreignons que du vent.

Platon introduict Solon racontant avoir apprins des presbtres de la ville de Saïs en Aegypte, que, iadis et avant le deluge, il y avoyt une grande isle nommee *Atlantide*, droict à la bouche du destroict de Gibaltar[2], qui tenoit plus de païs que l'Afrique et l'Asie toutes deux ensemble; et que les roys de cette contree là, qui ne possedoient pas seulement cette isle, mais s'estoient estendus dans la terre ferme si avant, qu'ils tenoient de la largeur d'Afrique iusques en Aegypte, et de la longueur de

l'Europe iusques en la Toscane, entreprinrent d'eniamber iusques sur l'Asie, et subiuguer toutes les nations qui bordent la mer Mediterranee iusques au golfe de la mer Maiour[3]; et pour cet effect, traverserent les Espaignes, la Gaule, l'Italie, iusques en la Grece, où les Atheniens les sousteinrent : mais que quelque temps aprez, et les Atheniens, et eulx, et leur isle, feurent engloutis par le deluge. Il est bien vraysemblable que cet extreme ravage d'eau ayt faict des changements estranges aux habitations de la terre, comme on tient que la mer a retrenché la Sicile d'avecques l'Italie;

Hæc loca, vi quondam et vasta convulsa ruina,
. . . . . . . . . . . . . . . . .
Dissiluisse ferunt, quum protenus utraque tellus
Una foret[4].....

Chypre, d'avecques la Surie; l'isle de Negrepont, de la terre ferme de la Bœoce; et ioinct ailleurs les terres qui estoient divisees, comblant de limon et de sable les fosses d'entre deux :

Sterilisque diu palus, aptaque remis,
Vicinas urbes alit, et grave sentit aratrum[5].

Mais il n'y a pas grande apparence que cette isle soit ce monde nouveau que nous venons de descouvrir; car elle touchoit quasi l'Espaigne[6], et ce seroit un effect incroyable d'inondation de l'en avoir reculee comme elle est, de plus de douze cents lieues; oultre ce que les navigations des modernes ont desia presque descouvert que ce n'est point une isle, ains terre ferme et continente avecques l'Inde orientale d'un costé, et avecques les terres qui sont soubs les deux poles d'aultre part; ou si elle en est separee, que c'est d'un si petit destroict et intervalle, qu'elle ne merite pas d'estre nommee isle pour cela.

Il semble qu'il y ayé des mouvements naturels les uns, les aultres fiebvreux, en ces grands corps comme aux nostres. Quand ie considere l'impression que ma riviere de Dordoigne faict, de mon temps, vers la rive droicte de sa descente, et qu'en vingt ans elle a tant gaigné, et desrobé le fonde-

---

(1) Au Brésil, où il arriva en 1557.
(2) Ou *Gibraltar*, comme nous disons aujourd'hui.
(3) Qu'on nomme à présent la mer Noire.
(4) Autrefois ces terres n'étoient, dit-on, qu'un même continent; par un violent effort, l'onde en fureur les sépara. VIRG., *Enéid.*, III, 414 sq.
(5) Un marais long-temps stérile, et traversé par les rames, connoît maintenant la charrue, et nourrit les villes voisines. HOR., *Art poétiq.*, v. 65.
(6) On trouve dans les phrases suivantes quelques erreurs géographiques, répandues sans doute par les premiers voyageurs qui parcoururent le Nouveau-Monde.

ment à plusieurs bastiments, ie veoy bien que c'est une agitation extraordinaire; car si elle feut tousiours allee ce train, ou deut aller à l'advenir, la figure du monde seroit renversee : mais il leur prend des changements; tantost elles s'espandent d'un costé, tantost d'un aultre, tantost elles se contiennent. Ie ne parle pas des soubdaines inondations de quoy nous manions les causes. En Medoc, le long de la mer, mon frere, sieur d'Arsac, veoid une sienne terre ensepvelie soubs les sables que la mer vomit devant elle; le faiste d'aulcuns bastiments paroist encores : ses rentes et domaines se sont eschangez en pasquages bien maigres. Les habitants disent que, depuis quelque temps, la mer se poulse si fort vers eulx, qu'ils ont perdu quatre lieues de terre. Ces sables sont ses fourriers; et veoyons de grandes montioies [1] d'arene mouvante, qui marchent d'une demye lieue devant elle, et gaignent païs.

L'aultre tesmoingnage de l'antiquité auquel on veult rapporter cette descouverte, est dans Aristote, au moins si ce petit livret des Merveilles inouyes est à luy. Il raconte là que certains Carthaginois, s'estants iectez au travers de la mer Atlantique, hors le destroict de Gibaltar, et navigé long temps, avoyent descouvert enfin une grande isle fertile, toute revestue de bois, et arrousee de grandes et profondes rivieres, fort esloingnee de toutes terres fermes; et qu'eulx, et aultres depuis, attirez par la bonté et fertilité du terroir, s'y en allerent avecques leurs femmes et enfants, et commencerent à s'y habituer. Les seigneurs de Carthage, veoyants que leur païs se depeuploit peu à peu, feirent deffeuse expresse, sur peine de mort, que nul n'eust plus à aller là, et en chasserent ces nouveaux habitants, craignants, à ce qu'on dict, que par succession de temps ils ne veinssent à multiplier tellement, qu'ils les supplantassent eulx mesmes et ruinassent leur estat. Cette narration d'Aristote n'a non plus d'accord avecques nos terres neufves.

Cet homme que i'avoy, estoit homme simple et grossier; qui est une condition propre à rendre veritable tesmoingnage : car les fines gents remarquent bien plus curieusement et plus de choses, mais ils glosent; et, pour faire valoir leur interpretation, et la persuader, ils ne se peuvent garder d'alterer un peu l'histoire; ils ne vous representent iamais les choses pures, ils les inclinent et masquent selon le visage qu'ils leur ont veu; et, pour donner credit à leur iugement et vous y attirer, prestent volontiers de ce costé là à la matiere, l'allongent et l'amplifient. Ou il fault un homme tresfidelle, ou si simple, qu'il n'ayt pas

de quoy bastir et donner de la vraysemblance à des inventions faulses, et qui n'ayt rien espousé. Le mien estoit tel, et oultre cela, il m'a faict veoir à diverses fois plusieurs mâtelots et marchands qu'il avoyt cogneus en ce voyage : ainsin, ie me contente de cette information, sans m'enquerir de ce que les cosmographes en disent. Il nous fauldroit des topographes qui nous feissent narration particuliere des endroicts où ils ont esté : mais pour avoir cet advantage sur nous, d'avoir veu la Palestine, ils veulent iouïr du privilege de nous conter nouvelles de tout le demourant du monde. Ie voudrois que chascun escrivist ce qu'il sçait, et autant qu'il en sçait, non en cela seulement, mais en touts aultres subiects : car tel peult avoir quelque particuliere science ou experience de la nature d'une riviere ou d'une fontaine, qui ne sçait au reste que ce que chascun sçait; il entreprendra toutesfois, pour faire courir ce petit loppin, d'escrire toute la physique. De ce vice sourdent plusieurs grandes incommoditez.

Or, ie treuve, pour revenir à mon propos, qu'il n'y a rien de barbare et de sauvage en cette nation, à ce qu'on m'en a rapporté; sinon que chascun appelle *barbarie* ce qui n'est pas de son usage. Comme de vray nous n'avons aultre mire de la verité et de la raison, que l'exemple et idee des opinions et usances du païs où nous sommes : là est tousiours la parfaicte religion, la parfaicte police, parfaict et accomply usage de toutes choses. Ils sont sauvages, de mesme que nous appellons sauvages les fruicts que nature de soy et de son progrez ordinaire a produicts; tandis qu'à la verité, ce sont ceulx que nous avons alterez par nostre artifice, et destournez de l'ordre commun, que nous debvrions appeler plustost sauvages : en ceulx là sont vifves et vigoreuses les vrayes et plus utiles et naturelles vertus et proprietez; lesquelles nous avons abbastardies en ceulx cy, les accommodants au plaisir de nostre goust corrompu; et si pourtant, la saveur mesme et delicatesse se treuve, à nostre goust mesme, excellente, a l'envy des nostres, en divers fruicts de ces contrees là, sans culture. Ce n'est pas raison que l'art gaigne le poinct d'honneur sur notre grande et puissante mere nature. Nous avons tant rechargé la beauté et richesse de ses ouvrages par nos inventions, que nous l'avons du tout estouffee: si est ce que partout où sa pureté reluict, elle faict une merveilleuse honte à nos vaines et frivoles entreprinses.

Et veniunt hederæ sponte sua melius;
Surgit et in solis formosior arbutus antris;

[1] *Monticules.*

I 2

. . . . . . . . . . . . . .
Et volucres nulla dulcius arte canunt [1].

Touts nos efforts ne peuvent seulement arriver à representer le nid du moindre oyselet, sa contexture, sa beaulté, et l'utilité de son usage; non pas la tissure de la chestifve araignee.

Toutes choses, dict Platon, sont produictes ou par la nature, ou par la fortune, ou par l'art : les plus grandes et plus belles, par l'une ou l'aultre des deux premieres; les moindres et imparfaictes, par la derniere.

Ces nations me semblent doncques ainsin barbares pour avoir receu fort peu de façon de l'esprit humain, et estre encores fort voysines de leur naïfveté originelle. Les loix naturelles leur commandent encore, fort peu abbastardies par les nostres; mais c'est en telle pureté, qu'il me prend quelquefois desplaisir de quoy la cognoissance n'en soit venue plus tost, du temps qu'il y avoyt des hommes qui en eussent sceu mieulx iuger que nous : il me desplaist que Lycurgus et Platon ne l'ayent eue; car il me semble que ce que nous veoyons par experience en ces nations la surpasse non seulement toutes les peinctures de quoy la poësie a embelly l'aage doré, et toutes ses inventions à feindre une heureuse condition d'hommes, mais encores la conception et le desir mesme de la philosophie : ils n'ont peu imaginer une naïfveté si pure et simple, comme nous la veoyons par experience; ny n'ont peu croire que nostre societé se peust maintenir avecques si peu d'artifice et de soudeure humaine. C'est une nation, diroy ie à Platon, en laquelle il n'y a aulcune espece de traficque, nulle cognoissance de lettres, nulle science de nombres, nul nom de magistrat ny de superiorité politique, nul usage de service, de richesse ou de pauvreté, nuls contracts, nulles successions, nuls partages, nulles occupations qu'oysifves, nul respect de parenté que commun, nuls vestemens, nulle agriculture, nul metal, nul usage de vin ou de bled; les paroles mesmes qui signifient le mensonge, la trahison, la dissimulation, l'avarice, l'envie, la detraction, le pardon, inouyes. Combien trouveroit il la republique qu'il a imaginee, esloingnee de cette perfection! ( *Viri a diis recentes* [2].)

Hos natura modos primum dedit [3].

Au demourant, ils vivent en une contree de païs tresplaisante et bien temperee : de façon qu'à ce que m'ont dict mes tesmoings, il est rare d'y veoir un homme malade; et m'ont asseuré n'en y avoir veu aulcun tremblant, chassieux, esdenté ou courbé de vieillesse. Ils sont assis le long de la mer, et

fermez du costé de la terre de grandes et haultes montaignes, ayants, entre deux, cent lieues ou environ d'estendue en large. Ils ont grande abondance de poisson et de chairs qui n'ont aulcune ressemblance aux nostres; et les mangent sans aultre artifice que de les cuire. Le premier qui y mena un cheval, quoy qu'il les eust practiquez à plusieurs aultres voyages, leur feit tant d'horreur en cette assiette, qu'ils le tuerent à coups de traicts avant que le pouvoir recognoistre. Leurs bastimens sont fort longs, et capables de deux ou trois cents ames, estoffez d'escorce de grands arbres, tenants à terre par un bout, et se soustenants et appuyants l'un contre l'autre par le faiste, à la mode d'aulcunes de nos granges, desquelles la couverture pend iusques à terre et sert de flancq. Ils ont du bois si dur qu'ils en couppent, et en font leurs espees et des grils à cuire leur viande. Leurs licts sont d'un tissu de cotton, suspendus contre le toict comme ceulx de nos navires, à chascun le sien : car les femmes couchent à part des marys. Ils se levent avec le soleil, et mangent soubdain aprez s'estre levez, pour toute la iournee : car ils ne font aultre repas que celuy là. Ils ne boivent pas lors, comme Suidas dict de quelques aultres peuples d'Orient, qui beuvoient hors du manger; ils boivent à plusieurs fois sur iour, et d'autant. Leur bruvage est faict de quelque racine, et est de la couleur de nos vins clairets; ils ne le boivent que tiede. Ce bruvage ne se conserve que deux ou trois iours; il a le goust un peu picquant, nullement fumeux, salutaire à l'estomach, et laxatif à ceulx qui ne l'ont accoustumé : c'est une boisson tresagreable à qui y est duict [4]. Au lieu du pain, ils usent d'une certaine matiere blanche comme du coriandre confict : i'en ai tasté; le goust en est doulx et un peu fade. Toute la iournee se passe à dancer. Les plus ieunes vont à la chasse des bestes, à tout des arcs. Une partie des femmes s'amusent ce pendant à chauffer leur bruvage, qui est leur principal office. Il y a quelqu'un des vieillards qui, le matin, avant qu'ils se mettent à manger, presche en commun toute la grangee, en se promenant d'un bout à aultre, et redisant une mesme clause à plusieurs fois, iusques à ce qu'il ayt achevé le tour; car ce sont bastimens qui ont bien cent

(1) Le lierre aime à croître sans culture ; l'arboisier n'est jamais plus beau que dans les antres solitaires ; le chant des oiseaux est plus doux sans le secours de l'art. Properce, I, 2, 10 sq.
(2) Voilà des hommes qui sortent de la main des dieux. Sénèque, *Ep.* 90. Cette citation ne se trouve que dans l'exemplaire corrigé par Montaigne.
(3) Telles furent les premières lois de la nature. Virg., *Géorg.*, II, 20.
(4) Accoutumé.

pas de longueur. Il ne leur recommende que deux choses, la vaillance contre les ennemys, et l'amitié à leurs femmes : et ne faillent iamais de remarquer cette obligation pour leur refrain, « que ce sont elles qui leur maintiennent leur boisson tiede et assaisonnée. » Il se veoid en plusieurs lieux, et entre aultres chez moy, la forme de leurs licts, de leurs cordons, de leurs espees, et brasselets de bois, de quoy ils couvrent leurs poignets aux combats, et des grandes cannes ouvertes par un bout, par le son desquelles ils soustiennent la cadence en leur dance. Ils sont raz partout, et se font le poil beaucoup plus nettement que nous, sans aultre rasoir que de bois ou de pierre. Ils croyent les ames eternelles ; et celles qui ont bien merité des dieux, estre logées à l'endroict du ciel où le soleil se leve ; les mauldites, du costé de l'occident.

Ils ne sçay quels presbtres et prophetes, qui se presentent bien rarement au peuple, ayants leur demeure aux montaignes. A leur arrivee, il se faict une grande feste et assemblee solennelle de plusieurs villages : chasque grange, comme ie l'ai descripte, faict un village, et sont environ à une lieue françoise l'une de l'aultre. Ce prophete parle à eulx en public, les exhortant à la vertu et à leur debvoir : mais toute leur science ethique ne contient que ces deux articles : de la resolution à la guerre, et affection à leurs femmes. Celluy cy leur prognosticque les choses à venir, et les evenements qu'ils doibvent esperer de leurs entreprinses ; les achemine ou destourne de la guerre : mais c'est par tel si, que où il fault à bien deviner, et s'il leur advient aultrement qu'il ne leur a predict, il est haschê en mille pieces s'ils l'attrapent, et condemné pour faulx prophete. A cette cause, celuy qui s'est une fois mesconté, on ne le veoid plus.

C'est don de Dieu que la divination : voylà pourquoy ce debvroit estre une imposture punissable d'en abuser. Entre les Scythes, quand les devins avoient failly de rencontre, on les couchoit, enforgez de pieds et de mains, sur des charriotes pleines de bruyere, tirees par des bœufs, en quoy on les faisoit brusler. Ceulx qui manient les choses subiectes à la conduicte de l'humaine suffisance sont excusables d'y faire ce qu'ils peuvent : mais ces aultres, qui nous viennent pipant des asseurances d'une faculté extraordinaire qui est hors de nostre cognoissance, fault il pas les punir de ce qu'ils ne maintiennent l'effect de leur promesse, et de la temerité de leur imposture ?

Ils ont leurs guerres contre les nations qui sont au delà de leurs montaignes, plus avant en la terre ferme, ausquelles ils vont touts nuds, n'ayant aultres armes que des arcs ou des espees de bois appointees par un bout, à la mode des langues de nos espieux. C'est chose esmerveillable que de la fermeté de leurs combats, qui ne finissent iamais que par meurtre et effusion de sang : car de routes et d'effroy, ils ne sçavent que c'est. Chascun rapporte pour son trophee la teste de l'ennemy qu'il a tué, et l'attache à l'entree de son logis. Aprez avoir longtemps bien traicté leurs prisonniers, et de toutes les commoditez dont ils se peuvent adviser, celuy qui en est le maistre faict une grande assemblee de ses cognoissants. Il attache une chorde à l'un des bras du prisonnier, par le bout de laquelle il le tient esloingné de quelques pas, de peur d'en estre offensé, et donne au plus cher de ses amys l'aultre bras à tenir de mesme ; et eulx deux, en presence de toute l'assemblee, l'assomment à coups d'espee. Cela faict, ils le rostissent, et en mangent en commun, et en envoyent des loppins à ceulx de leurs amys qui sont absents. Ce n'est pas, comme on pense, pour s'en nourrir, ainsin que faisoient anciennement les Scythes ; c'est pour representer une extreme vengeance : et qu'il soit ainsin, ayants apperceu que les Portugais, qui s'estoient r'alliez à leurs adversaires, usoient d'une aultre sorte de mort contre eulx, quand ils les prenoient, qui estoit de les enterrer iusques à la ceincture, et tirer au demourant du corps force coups de traicts, et les pendre aprez ; ils penserent que ces gents icy de l'aultre monde (comme ceulx qui avoyent semé la cognoissance de beaucoup de vices parmy leur voysinage, et qui estoient beaucoup plus grands maistres qu'eulx en toute sorte de malice), ne prenoient pas sans occasion cette sorte de vengeance, et qu'elle debvoit estre plus aigre que la leur ; dont ils commencerent de quitter leur façon ancienne pour suivre cette cy. Ie ne suis pas marry que nous remarquons l'horreur barbaresque qu'il y a en une telle action ; mais ouï bien de quoy, iugeants à poinct de leurs faultes, nous soyons si aveugles aux nostres. Ie pense qu'il y a plus de barbarie à manger un homme vivant, qu'à le manger mort : à deschirer par torments et par gehennes un corps encores plein de sentiment, le faire rostir par le menu, le faire mordre et meurtrir aux chiens et aux pourceaux (comme nous l'avons non seulement leu, mais veu de fresche memoire, non entre des ennemys anciens, mais entre des voysins et concitoyens, et qui pis est, soubs pretexte de pieté et de religion), que de le rostir et manger aprez qu'il est trespassé.

Chrysippus et Zenon, chefs de la secte stoïque, ont bien pensé qu'il n'y avoit aulcun mal de se servir de nostre charongne à quoy que ce feust pour nostre besoing, et d'en tirer de la nourriture; comme nos ancestres, estant assiegez par Cesar en la ville d'Alexia, se resolurent de soustenir la faim de ce siege par les corps des vieillards, des femmes et aultres personnes inutiles au combat.

Vascones, ut fama est, alimentis talibus usi
Produxere animas [1].

Et les medecins ne craignent pas de s'en servir à toute sorte d'usage pour nostre santé, soit pour l'appliquer au dedans ou au dehors. Mais il ne se trouva iamais aulcune opinion si deresglee qui excusast la trahison, la desloyauté, la tyrannie, la cruauté, qui sont nos faultes ordinaires. Nous les pouvons donc bien appeller barbares, eu esgard aux regles de la raison; mais non pas eu esgard à nous, qui les surpassons en toute sorte de barbarie. Leur guerre est toute noble et genereuse, et a autant d'excuse et de beaulté que cette maladie humaine en peult recevoir: elle n'a aultre fondement parmy eulx, que la seule ialousie de la vertu. Ils ne sont pas en debat de la conqueste de nouvelles terres; car ils iouyssent encores de cette uberté [2] naturelle qui les fournit, sans travail et sans peine, de toutes choses necessaires, en telle abondance, qu'ils n'ont que faire d'agrandir leurs limites. Ils sont encores en cet heureux poinct de ne desirer qu'autant que leurs necessitez naturelles leur ordonnent: tout ce qui est au delà est superflu pour eulx. Ils s'entr'appellent generalement, ceulx de mesme aage, freres; enfants, ceulx qui sont au dessoubs; et les vieillards sont peres à touts les aultres. Ceulx cy laissent à leurs heritiers en commun cette pleine possession de bien par indivis, sans aultre tiltre que celuy tout pur que nature donne à ses creatures, les produisant au monde. Si leurs voysins passent les montaignes pour les venir assaillir, et qu'ils emportent la victoire sur eulx, l'acquest du victorieux c'est la gloire et l'advantage d'estre demouré maistre en valeur et en vertu, car aultrement ils n'ont que faire des biens des vaincus; et s'en retournent à leurs païs, où ils n'ont faulte d'aulcune chose necessaire, ny faulte encores de cette grande partie, de sçavoir heureusement iouyr de leur condition et s'en contenter. Autant en font ceulx cy à leur tour; ils ne demandent à leurs prisonniers aultre rançon que la confession et recognoissance d'estre vaincus: mais il ne s'en treuve pas un en tout un siecle qui n'aime mieulx la mort, que de relascher, ny par contenance ny de parole, un seul poinct d'une grandeur de courage invincible; il ne s'en veoid aulcun qui n'aime mieulx estre tué et mangé que de requerir seulement de ne l'estre pas. Ils les traictent en toute liberté, à fin que la vie leur soit d'autant

plus chere; et les entretiennent communement des menaces de leur mort future, des torments qu'ils y auront à souffrir, des appresls qu'on dresse pour cet effect, du destrenchement de leurs membres, et du festin qui se fera à leurs despens. Tout cela se faict pour cette seule fin, d'arracher de leur bouche quelque parole molle ou rabaissee, ou de leur donner envie de s'enfuyr, pour gaigner cet advantage de les avoir espouvantez et d'avoir faict force à leur constance. Car aussi, à le bien prendre, c'est en ce seul poinct que consiste la vraye victoire:

Victoria nulla est,    [tes [3].
Quam quæ confessos animo quoque subiugat hos-

Les Hongres, tresbelliqueux combattants, ne poursuivoient iadis leur poincte oultre ces termes, d'avoir rendu l'ennemy à leur mercy: car, en ayant arraché cette confession, ils le laissoient aller sans offense, sans rançon; sauf, pour le plus, d'en tirer parole de ne s'armer dez lors en avant contre eulx. Assez d'advantages gaignons nous sur nos ennemys, qui sont advantages empruntez, non pas nostres: c'est la qualité d'un portefaix, non de la vertu, d'avoir les bras et les iambes plus roides; c'est une qualité morte et corporelle, que la disposition; c'est un coup de la fortune, de faire bruncher nostre ennemy, et de luy esblouyr les yeulx par la lumiere du soleil; c'est un tour d'art et de science, et qui peult tumber en une personne lasche et de neant, d'estre suffisant à l'escrime. L'estimation et le pris d'un homme consiste au cœur et en la volonté: c'est là où gist son vray honneur. La vaillance, c'est la fermeté, non pas des iambes et des bras, mais du courage et de l'ame; elle ne consiste pas en la valeur de nostre cheval, ny de nos armes, mais en la nostre. Celuy qui tumbe obstiné en son courage, si succidèrit, de genu pugnat [4]; qui, pour quelque danger de la mort voysine, ne relasche aulcun poinct de son assurance; qui regarde encores, en rendant l'ame, son ennemy d'une veue ferme et desdaigneuse, il est battu, non pas de nous, mais de la fortune; il est tué, non pas vaincu: les plus vaillants sont par fois les plus infortunez. Aussi y a il des pertes triumphantes à l'envy des victoires. Ny ces quatre victoires sœurs, les plus belles que le soleil aye oncques veu de ses yeulx, de Salamine, de Platee, de Mycale, de Si-

---

(1) On dit que les Gascons prolongèrent leur vie en se nourrissant de chair humaine. Juv., Sat., XV, 93. — (2) Fertilité.
(3) Il n'y a de véritable victoire que celle qui force l'ennemi à s'avouer vaincu. CLAUDIEN, De sexto consulatu Honorii. v. 248.
(4) S'il tombe, il combat à genoux. SÉNÈQUE, de Providentia. c. 2. Le texte porte, etiam si ceciderit.

cile, n'oserent oncques opposer toute leur gloire ensemble à la gloire de la desconfiture du roy Leonidas et des siens au pas des Thermopyles. Qui courut iamais d'une plus glorieuse envye et plus ambitieuse au gaing du combat, que le capitaine Ischolas à la perte? qui plus ingenieusement et curieusement s'est asseuré de son salut, que luy de sa ruine? Il estoit commis à deffendre certain passage du Peloponnese contre les Arcadiens : pour quoy faire, se trouvant du tout incapable, veu la nature du lieu et inegalité des forces, et se resolvant que tout ce qui se presenteroit aux ennemys auroit de necessité à y demourer; d'aultre part, estimant indigne et de sa propre vertu et magnanimité, et du nom lacedemonien, de faillir à sa charge, il print entre ces deux extremités un moyen party, de telle sorte : les plus ïeunes et dispos de sa trouppe, il les conserva à la tuition[1] et service de leur païs, et les y renvoya ; et avecques ceulx desquels le default estoit moins important, il delibera de soustenir ce pas, et par leur mort en faire acheter aux ennemys l'entree la plus chere qu'il luy seroit possible, comme il adveint; car estant tantost environné de toutes parts par les Arcadiens, aprez en avoir faict une grande boucherie, luy et les siens feurent touts mis au fil de l'espee. Est il quelque trophee assigné pour les vaincqueurs, qui né soit mieulx deu à ces vaincus? Le vray vaincre a pour son roolle l'estour[2], non pas le salut ; et consiste l'honneur de la vertu à combattre, non à battre.

Pour revenir à nostre histoire, il s'en fault tant que ces prisonniers se rendent pour tout ce qu'on leur faict, qu'au rebours, pendant ces deux ou trois mois qu'on les garde, ils portent une contenance gaye, ils pressent leurs maistres de se haster de les mettre en cette espreuve, il les desfient, les iniurient, leur reprochent leur lascheté et le nombre des battailles perdues contre les leurs. I'ay une chanson faicte par un prisonnier, où il y a ce traict : «Qu'ils viennent hardiment trestouts, et s'assemblent pour disner de luy ; car ils mangerout quant et quant leurs peres et leurs ayeulx qui ont servy d'aliment et de nourriture à son corps : ces muscles, dict il, cette chair et ces veines, ce sont les vostres, pauvres fols que vous estes; vous ne recognoissez pas que la substance des membres de vos ancestres s'y tient encores ; savourez les bien, vous y trouverez le goust de vostre propre chair. » Invention qui ne sent aulcunement la barbarie. Ceulx qui les peignent mourants, et qui representent cette action quand on les assomme, ils peignent le prisonnier crachant au visage de ceulx qui le tuent, et leur faisant la mouc. De vray, ils

ne cessent iusques au dernier souspir de les braver et desfier de parole et de contenance. Sans mentir, au pris de nous, voylà des hommes bien sauvages: car ou il faut qu'ils le soyent bien à bon escient, ou que nous le soyons ; il y a une merveilleuse distance entre leur forme et la nostre.

Les hommes y ont plusieurs femmes, et en ont d'autant plus grand nombre qu'ils sont en meilleure reputation de vaillance. C'est une beaulté remarquable en leurs mariages, que la mesme ialousie que nos femmes ont pour nous empescher de l'amitié et bienveuillance d'aultres femmes, les leurs l'ont toute pareille pour la leur acquerir : estants plus soingneuses de l'honneur de leurs marys que de toute aultre chose, elles cherchent et mettent leur solicitude à avoir le plus de compaignes qu'elles peuvent, d'autant que c'est un tesmoingnage de la vertu du mary. Les nostres crieront au miracle : ce ne l'est pas ; c'est une vertu proprement matrimoniale, mais du plus hault estage. Et en la Bible, Lia, Rachel, Sara, et les femmes de Iacob, fournirent leurs belles servantes à leurs marys : et Livia seconda les appetits d'Auguste, à son interest[3] : et la femme du roy Deiotarus, Stratonique, presta non seulement à l'usage de son mary une fort belle ieune fille de chambre qui la servoit, mais en nourrit soingneusement les enfants, et leur feit espaule à succeder aux estats de leur pere. Et à fin qu'on ne pense point que tout cecy se face par une simple et servile obligation à leur usance, et par l'impression de l'auctorité de leur ancienne coustume, sans discours et sans iugement, et pour avoir l'ame si stupide que de ne pouvoir prendre aultre party, il fault alleguer quelques traicts de leur suffisance. Oultre celuy que ie viens de reciter de l'une de leurs chansons guerrieres, i'en ay une aultre amoureuse, qui commence en ce sens : « Couleuvre, arreste toy ; arreste toy, couleuvre, afin que ma sœur tire sur le patron de ta peincture la façon et l'ouvrage d'un riche cordon que ie puisse donner à ma mie : ainsin soit en tout temps ta beaulté et ta disposition preferee à touts les aultres serpents. » Ce premier couplet, c'est le refrain de la chanson. Or, i'ai assez de commerce avec la poësie pour iuger cecy, que non seulement il n'y a rien de barbarie en cette imagination, mais qu'elle est tout à faict anacreontique. Leur langage au demourant, c'est un langage doulx, et qui a le son agreable, retirant aux terminaisons grecques.

Trois d'entre eulx, ignorants combien coustera

(1) *Défense ; garde.*
(2) *Estour ou estur, vieux mot, qui signifie choc, mêlée, combat.*
(3) *Contre son intérêt, à son détriment, à ses dépens.*

un iour à leur repos et à leur bonheur la cognoissance des corruptions de deçà, et que de ce commerce naistra leur ruyne, comme ie presuppose qu'elle soit desia avancee (bien miserables de s'estre laissez piper au desir de la nouvelleté, et avoir quitté la doulceur de leur ciel pour venir veoir le nostre !), feurent à Rouan du temps que le feu roy Charles neufviesme y estoit. Le roy parla à eulx longtemps. On leur feit veoir nostre façon, nostre pompe, la forme d'une belle ville. Aprez cela, quelqu'un en demanda leur advis, et voulut sçavoir d'eulx ce qu'ils y avoyent trouvé de plus admirable : ils respondirent trois choses, dont i'ay perdu la troisiesme ; et en suis bien marry ; mais i'en ay encores deux en memoire. Ils dirent qu'ils trouvoient en premier lieu fort estrange que tant de grands hommes portants barbe, forts et armez, qui estoient autour du roy (il est vraysemblable qu'ils parloient des Souisses de sa garde), se soubmissent à obeyr à un enfant, et qu'on ne choisissoit plustost quelqu'un d'entre eulx pour commander. Secondement (ils ont une façon de laugage telle, qu'ils nomment les hommes moitié les uns des aultres), qu'ils avoyent apperceu qu'il y avoyt parmy nous des hommes pleins et gorgez de toutes sortes de commoditez, et que leurs moitiez estoient mendiants à leurs portes, descharnez de faim et de pauvreté ; et trouvoient estrange comme ces moitiez icy necessiteuses pouvoient souffrir une telle iniustice, qu'ils ne prinssent les aultres à la gorge, ou meissent le feu à leurs maisons.

Ie parlay à l'un d'eulx fort longtemps ; mais i'avoy un truchement qui me suivoit si mal et qui estoit si empesché à recevoir mes imaginations, par sa bestise, que ie n'en peus tirer rien qui vaille. Sur ce que ie luy demanday quel fruict il recevoit de la superiorité qu'il avoit parmy les siens (car c'estoit un capitaine, et nos matelots le nommoient roy), il me dict que c'estoit « Marcher le premier à la guerre : » De combien d'hommes il estoit suivi ? il me montra un espace de lieu, pour signifier que c'estoit autant qu'il en pourroit en une telle espace ; ce pouvoit estre quatre ou cinq mille hommes : Si hors la guerre toute son auctorité estoit expiree ? il dict « Qu'il luy en restoit cela, que, quand il visitoit les villages qui despendoient de luy, on luy dressoit des sentiers au travers des hayes de leurs bois, par où il peust passer bien à l'ayse. » Tout cela ne va pas trop mal : mais quoy ! ils ne portent point de hault de chausses.

## CHAPITRE XXXI.

*Qu'il fault sobrement se mesler de iuger des ordonnances divines.*

Le vray champ et subiect de l'imposture sont les choses incogneues : d'autant que, en premier lieu, l'estrangeté mesme donne credit ; et puis, n'estants point subiectes à nos discours ordinaires, elles nous ostent le moyen de les combattre. A cette cause, dict Platon, est il bien plus aysé de satisfaire, parlant de la nature des dieux, que de la nature des hommes, parce que l'ignorance des auditeurs preste une belle et large carriere, et toute liberté au maniement d'une matiere cachee. Il advient de là qu'il n'est rien creu si fermement que ce qu'on sçait le moins ; ny gents si asseurez que ceulx qui nous content des fables, comme alchymistes, prognosticqueurs, iudiciaires, chiromantiens, medecins, *id genus omne*[1] : ausquels ie ioindrois volontiers, si i'osois, un tas de gents, interpretes et contrerooulleurs ordinaires des desseings de Dieu, faisants estat de trouver les causes de chasque accident, et de veoir dans les secrets de la volonté divine les motifs incomprehensibles de ses œuvres ; et, quoyque la varieté et discordance continuelle des evenements les reiecte de coing en coing, et d'orient en occident, ils ne laissent de suivre pourtant leur esteuf[2], et de mesme creon peindre le blanc et le noir.

En une nation indienne, il y a cette louable observance : quand il leur mesadvient en quelque rencontre ou battaille, ils en demandent publicquement pardon au soleil, qui est leur dieu, comme d'une action iniuste ; rapportants leur heur ou malheur à la raison divine, et luy soubmettants leur jugement et discours. Suffit à un chrestien croire toutes choses venir de Dieu, les recevoir avecques recognoissance de sa divine et inscrutable sapience ; pourtant les prendre en bonne part, en quelque visage qu'elles luy soyent envoyces. Mais ie treuve mauvais, ce que ie veoy en usage, de chercher à fermir et appuyer nostre religion par la prosperité de nos entreprinses. Nostre creance a assez d'aultres fondements, sans l'auctoriser par les evenements ; car le peuple accoustumé à ces arguments plausibles et proprement de son goust, il est danger, quand les evenements viennent à leur tour contraires et desadvantageux, qu'il en esbranle sa foy : comme aux guerres où nous sommes pour la religion, ceulx qui eurent l'advantage à la rencontre de la Rochelabeille [1], faisants grand'feste de cet accident, et se servants de cette fortune pour certaine approbation de leur party; quand ils viennent aprez à excuser leurs desfortunes de Montcontour et de Iarnac [2], sur ce que ce sont verges et chastiments paternels, s'ils n'ont un peuple du tout à leur mercy, ils luy font assez aysement sentir que c'est prendre d'un sac deux moultures, et de mesme bouche souffler le chauld et le froid. Il vauldroit mieulx l'entretenir des vrays fondements de la verité. C'est une belle bataille navale qui s'est gaignee ces mois passez [3] contre les Turcs, soubs la conduicte de dom Ioan d'Austria: mais il a bien pleu à Dieu en faire aultresfois veoir d'aultres telles, à nos despens. Somme, il est malaysé de ramener les choses divines à nostre balance, qu'elles n'y souffrent du deschet. Et qui voudroit rendre raison de ce que Arius, et Leon son pape, chefs principaulx de cette heresie, moururent en divers temps de morts si pareilles et si estranges (car retirez de la dispute, par douleur de ventre, à la garde-robbe, touts deux y rendirent subitement l'ame), et exaggerer cette vengeance divine par la circonstance du lieu, y pourroit bien encores adiouster la mort de Heliogabalus, qui feut aussi tué en un retraict [4]: mais quoy! Irenee se treuve engagé en mesme fortune. Dieu nous voulant apprendre que les bons ont aultre chose à esperer, et les mauvais aultre chose à craindre, que les fortunes ou infortunes de ce monde, il les manie et applique selon sa disposition occulte, et nous oste le moyen d'en faire sottement nostre proufit. Et se mocquent ceulx qui s'en veulent prevaloir selon l'humaine raison: ils n'en donnent iamais une touche, qu'ils n'en reçoivent deux. Sainct Augustin en faict une belle preuve sur ses adversaires. C'est un conflict qui se decide par les armes de la memoire, plus que par celles de la raison. Il se fault contenter de la lumiere qu'il plaist au soleil nous communiquer par ses rayons; et qui eslevera ses yeulx pour en prendre une plus grande dans son corps mesme, qu'il ne treuve pas estrange, si, pour la peine de son oultrecuidance, il y perd la vue. *Quis hominum potest scire consilium Dei? aut quis poterit cogitare quid velit Dominus* [5]?

## CHAPITRE XXXII.

*De fuyr les voluptez, au pris de la vie.*

I'avoy bien veu convenir en cecy la pluspart des anciennes opinions: Qu'il est heure de mou-

rir lors qu'il y a plus de mal que de bien à vivre; et que de conserver nostre vie à nostre torment et incommodité, c'est chocquer les regles mesmes de nature, comme disent ces vieulx enseignements:

Ἢ ζῆν ἀλύπως, ἢ θανεῖν εὐδαιμόνως.
Καλὸν τὸ θνήσκειν οἷς ὕβριν τὸ ζῆν φέρει.
Κρεῖσσον τὸ μὴ ζῆν ἐστὶν, ἢ ζῆν ἀθλίως [6].

Mais de poulser le mespris de la mort iusques à tel degré, que de l'employer pour se distraire des honneurs, richesses, grandeurs et aultres faveurs et biens que nous appellons de la fortune, comme si la raison n'avoyt pas assez à faire à nous persuader de les abandonner, sans y adiouster cette nouvelle recharge, ie ne l'avoy veu ny commander ny practiquer, iusques lors que ce passage de Seneca me tumba entre mains, auquel conseillant à Lucilius, personnage puissant et de grande auctorité autour de l'empereur, de changer cette vie voluptueuse et pompeuse, et de se retirer de cette ambition du monde à quelque vie solitaire, tranquille et philosophique; sur quoy Lucilius alleguoit quelques difficultez : « Ie suis d'advis, dict il, que tu quittes cette vie là, ou la vie tout à faict : bien te conseille ie de suivre la plus doulce voye, et de destacher plustost que de rompre ce que tu as mal noué; pourveu que, s'il ne se peult aultrement destacher, tu le rompes : il n'y a homme si couard qui n'aime mieulx tumber une fois, que de demourer tousiours en bransle. » I'eusse trouvé ce conseil sortable à la rudesse stoïcque; mais il est plus estrange qu'il soit emprunté d'Epicurus, qui escript à ce propos choses toutes pareilles à Idomeneus. Si est ce que ie pense avoir remarqué quelque traict semblable parmy nos gents, mais avec la moderation chrestienne.

Sainct Hilaire, evesque de Poictiers, ce fameux ennemy de l'heresie arienne, estant en Syrie, feut adverty qu'Abra, sa fille unique, qu'il avoyt par deçà avecques sa mere, estoit poursuivie en mariage par les plus apparents seigneurs du païs, comme fille tres bien nourrie, belle, riche, et en la fleur de son aage: il luy escrivit (comme nous

<hr />

(1) Grande escarmouche entre les troupes de l'amiral de Coligny et celles du duc d'Anjou, au mois de mai 1569.
(2) La bataille de Montcontour gagnée par le duc d'Anjou, en 1569, au mois d'octobre. Ce prince avoit gagné celle de Jarnac au mois de mars de la même année.
(3) Dans le golfe de Lépante, le 7 octobre 1571.
(4) *In latrina*, dit Lampride, *Heliogabal.*, c. 17.
(5) Quel homme peut connoitre les desseins de Dieu, ou imaginer ce que veut le Seigneur? *Sapient.*, IX, 13.
(6) Ou une vie tranquille, ou une mort heureuse.
Il est beau de mourir lorsque la vie est un opprobre.
Il vaut mieux cesser de vivre que de vivre dans le malheur.

veoyons) qu'elle ostast son affection de touts ces plaisirs et advantages qu'on luy presentoit; qu'il luy avoyt trouvé en son voyage un party bien plus grand et plus digne, d'un mary de bien aultre pouvoir et magnificence, qui luy feroit present de robbes et de ioyaux de prix inestimable. Son desseing estoit de luy faire perdre l'appetit et l'usage des plaisirs mondains, pour la ioindre toute à Dieu; mais à cela le plus court et le plus certain moyen luy semblant estre la mort de sa fille, il ne cessa par vœux, prieres et oraisons, de faire requeste à Dieu de l'oster de ce monde, et de l'appeller à soy, comme il advint; car bientost aprez son retour elle luy mourut, de quoy il montra une singuliere ioye. Cettuy cy semble encherir sur les aultres, de ce qu'il s'adresse à ce moyen de prime face, lequel ils ne prennent que subsidiairement; et puis, que c'est à l'endroict de sa fille unique. Mais ic ne veulx obmettre le bout de cette histoire, encores qu'il ne soit pas de mon propos. La femme de sainct Hilaire, ayant entendu par luy comme la mort de leur fille s'estoit conduicte par son desseing et volonté, et combien elle avoyt plus d'heur d'estre deslogee de ce monde que d'y estre, print une si vifve apprehension de la beatitude eternelle et celeste, qu'elle solicita son mary avecques extreme instance d'en faire autant pour elle. Et Dieu, à leurs prieres communes, l'ayant retiree à soy bientost aprez, ce feut une mort embrassee avecques singulier contentement commun.

---

# CHAPITRE XXXIII.

*La fortune se rencontre souvent au train de la raison.*

L'inconstance du bransle divers de la fortune faict qu'elle nous doibve presenter toute espece de visages. Y a il action de iustice plus expresse que celle cy? le duc de Valentinois[1], ayant resolu d'empoisonner Adrian, cardinal de Cornete, chez qui le pape Alexandre sixiesme son pere et luy alloient souper au Vatican, envoya devant quelque bouteille de vin empoisonné, et commanda au sommelier qu'il la gardast bien soingneusement: le pape y estant arrivé avant le fils, et ayant demandé à boire, ce sommelier, qui pensoit ce vin ne luy avoir esté recommendé que pour sa bonté, en servit au pape; et le duc mesme y arrivant sur le poinct de la collation, et se fiant qu'on n'auroit pas touché à sa bouteille, en print à son tour: en maniere que le pere en mourut soubdain; et le fils, aprez avoir esté longuement

tormenté de maladie, feut reservé à un'aultre pire fortune.

Quelquesfois il semble à poinct nommé qu'elle se ioue à nous: Le seigneur d'Estree, lors guidon de monsieur de Vandosme, et le seigneur de Licques, lieutenant de la compaignie du duc d'Ascot, estants touts deux serviteurs de la sœur du sieur de Founguesselles[2], quoyque de divers partys (comme il advient aux voysins de la frontiere), le sieur de Licques l'emporta: mais le mesme iour des nopces, et qui pis est, avant le coucher, le marié, ayant envie de rompre un bois[3] en faveur de sa nouvelle espouse, sortit à l'escarmouche prez de S. Omer, où le sieur d'Estree se trouvant le plus fort le feit son prisonnier: et pour faire valoir son advantage, encores fallust il que la damoiselle,

*Coniugis ante coacta novi dimittere collum,*
   *Quam veniens una atque altera rursus hyems*
*Noctibus in longis avidum saturasset amorem[6],*

luy feist elle mesme requeste par courtoisie de luy rendre son prisonnier, comme il feit, la noblesse françoise ne refusant iamais rien aux dames.

Semble il pas que ce soit un sort artiste? Constantin, fils de Helene, fonda l'empire de Constantinople; et tant de siecles aprez, Constantin, fils de Helene, le finit. Quelquesfois il luy plaist envier sur nos miracles: nous tenons que le roy Clovis assiegeant Angoulesme, les murailles cheurent d'elles mesmes par faveur divine: et Bouchet emprunte de quelqu'aucteur, que le roy Robert assiegeant une ville, et s'estant desrobé du siege pour aller à Orleans solenniser la feste sainct Aignau, comme il estoit en devotion sur certain poinct de la messe, les murailles de la ville assiegee s'en allerent sans aulcun effort en ruyne. Elle feit tout à contrepoil en nos guerres de Milan: car le capitaine Rense assiegeant pour nous la ville d'Eronne, et ayant faict mettre la mine soubs un grand pan de mur, et le mur en estant brusquement enlevé hors de terre, recheut toutesfois tout empenné[5] si droict dans son fondement, que les assiegez n'en vaulsirent[4] pas moins.

Quelquesfois elle faict la medecine: Iason Phereus, estant abandonné des medecins pour une

---

(1) En 1503. — (2) Ou plutôt *Fouqueroltes.*
(3) C'est-à-dire rompre une lance.
(4) Contrainte de renoncer aux embrassements de son nouvel époux, avant que les longues nuits d'un ou de deux hivers eussent rassasié l'avidité de leur amour. CATULLE, LXVIII, 81.
(5) Tout d'une piece, comme une *flèche empennée* qui tomberoit perpendiculairement dans l'endroit d'où elle auroit été lancée vers le ciel.
(6) Du verbe *valoir.*

apostume qu'il avoyt dans la poictrine, ayant envie de s'en desfaire, au moins par la mort, se iecta dans une battaille à corps perdu dans la presse des ennemys, où il feut blecé à travers le corps si à poinct, que son apostume en creva, et guarit. Surpassa elle pas le peintre Protogenes en la science de son art? cettuy cy ayant parfaict l'image d'un chien las et recreu, à son contentement en toutes les aultres parties, mais ne pouvant representer à son gré l'escume et la bave, despité contre sa besongne, prínt son esponge, et, comme elle estoit abruvée de diverses peinctures, la iecta contre, pour tout effacer : la fortune porta tout à propos le coup à l'endroict de la bouche du chien, et y parfournit ce à quoy l'art n'avoyt pu atteindre. N'adresse[1] elle pas quelquefois nos conseils et les corrige? Isabelle, royne d'Angleterre, ayant à repasser de Zelande en son royaume[2], avecques une armée, en faveur de son fils contre son mary, estoit perdue, si elle feust arrivée au port qu'elle avoyt proiecté, y estant attendue par ses ennemys : mais la fortune la iecta contre son vouloir ailleurs, où elle print terre en toute seureté. Et cet ancien qui, ruant la pierre à un chien, en assena et tua sa marastre, eust il pas raison de prononcer ce vers,

. Ταὐτόματον ἡμῶν καλλίω βουλεύεται[3].

La fortune a meilleur advis que nous?

Icetes avoyt practiqué deux soldats pour tuer Timoleon, seiournant à Adrane en la Sicile. Ils prinrent heure sur le poinct qu'il feroit quelque sacrifice ; et se meslants parmy la multitude, comme ils se guignoyent[4] l'un l'aultre que l'occasion estoit propre à leur besongne, voicy un tiers qui d'un grand coup d'espec en assene l'un par la teste, et le rue mort par terre, et s'enfuyt. Le compaignon se tenant pour descouvert et perdu, recourut à l'autel, requerant franchise, avecques promesse de dire toute la verité. Ainsin qu'il faisoit le conte de la coniuration, voicy le tiers qui avoyt esté attrapé, lequel, comme meurtrier, le peuple poulse et saboule[5] au travers la presse, vers Timoleon et les plus apparents de l'assemblée. Là il crie mercy, et dict avoir iustement tué l'assassin de son pere ; verifiant sur le champ, par des tesmoings que son bon sort luy fournit tout à propos, qu'en la ville des Leontins son pere, de vray, avoyt esté tué par celuy sur lequel il s'estoit vengé. On luy ordonna dix mines attiques, pour avoir eu cette heur, prenant raison de la mort de son pere, d'avoir retiré de mort le pere commun des Siciliens. Cette fortune surpasse en reglement les regles de l'humaine prudence.

Pour la fin, en ce faict icy se descouvre il pas une bien expresse application de sa faveur, de bonté et pieté singuliere? Ignatius pere et fils, proscripts par les triumvirs à Rome, se resolurent à ce genereux office de rendre leurs vies entre les mains l'un de l'aultre, et en frustrer la cruauté des tyrans ; ils se coururent sus, l'espee au poing : elle en dressa les poinctes, et en feit deux coups egualement mortels ; et donna à l'honneur d'une si belle amitié, qu'ils eussent iustement la force de retirer encores des playes leurs bras sanglants et armés, pour s'entr'embrasser en cet estat d'une si forte estreinte, que les bourreaux coupperent ensemble leurs deux testes, laissants les corps tousiours prins en ce noble nœud, et les playes ioinctes, humants amoureusement le sang et les restes de la vie l'une de l'aultre.

---

# CHAPITRE XXXIV.

## D'un default de nos polices.

Feu mon pere, homme, pour n'estre aydé que de l'experience et du naturel, d'un iugement bien net, m'a dict aultrefois qu'il avoyt desiré mettre en train qu'il y eust ez villes certain lieu designé, auquel ceulx qui auroient besoing de quelque chose se peussent rendre, et faire enregistrer leur affaire à un officier establly pour cet effect : comme, « Ie cherche à vendre des perles ; Ie cherche des perles à vendre ; Tel veult compaignie pour aller à Paris ; Tel s'enquiert d'un serviteur de telle qualité ; Tel d'un maistre ; Tel demande un ouvrier ; qui cecy, qui cela, chascun selon son besoing. » Et semble que ce moyen de nous entr'advertir apporteroit non legiere commodité au commerce publicque ; car à touts coups il y a des conditions qui s'entrecherchent, et, pour ne s'entr'entendre, laissent les hommes en extreme necessité.

I'entends, avecques une grande honte de nostre siecle, qu'à nostre veue deux tresexcellents personnages en sçavoir sont morts en estat de n'avoir pas leur saoul à manger, Lilius Gregorius Giraldus[6] en Italie, et Sebastianus Castalio[7] en Allemaigne ; et croy qu'il y a mille hommes qui les eussent appelez avecques tresadvantageuses

<hr/>

(1) *Ne redresse-t-elle pas*, etc.— (2) En 1326. Voy. FROISSART.
(3) Ici Montaigne traduit exactement le vers grec qu'il vient de citer. (Ce vers est de Ménandre.)
(4) *Se faisoient signe du coin de l'œil.* — (5) *Foule aux pieds.*
(6) Giglio Gregorio Giraldi, né à Ferrare en 1489, y mourut en 1852.
(7) Sébastien Chasteillon, Dauphinois, né en 1515, mort en 1563.

conditions, ou secourus où *ils* estoient, s'ils l'eussent sceu. Le monde n'est pas si generalement
corrompu, que ie ne sçache tel homme qui souhaitteroit, de bien grande affection, que les
moyens que les siens luy ont mis en main se peussent employer, tant qu'il plaira à la fortune qu'il
en iouisse, à mettre à l'abry de la necessité les personnages rares et remarquables en quelque espece
de valeur, que le malheur combat quelquesfois
iusques à l'extremité; et qui les mettroit pour le
moins en tel estat, qu'il ne tiendroit qu'à faulte
de bon discours, s'ils n'estoient contents.

En la police œconomique, mon pere avoyt cet
ordre, que ie sçais louer, mais nullement ensuivre: c'est qu'oultre le registre des negoces du
mesnage où se logent les menus comptes, payements, marchés qui ne requierent la main du
notaire, lequel registre un receveur a en charge;
il ordonnoit à celuy de ses gents qui luy servoit
à escrire, un papier iournal à inserer toutes les
survenances de quelque remarque, et, iour par
iour, les memoires de l'histoire de sa maison,
tresplaisante à veoir quand le temps commence à
en effacer la souvenance, et trez à propos pour
nous oster souvent de peine: « Quand feut enta-
mee telle besongne, quand achevee; Quels trains
y ont passé, combien arresté; Nos voyages, nos
absences, mariages, morts; La reception des heureuses ou malencontreuses nouvelles; Changement des serviteurs principaulx; telles matieres.»
Usage ancien, que ie treuve bon à refreschir;
chacun en sa chacusniere: et me treuve un sot
d'y avoir failly.

## CHAPITRE XXXV.

### *De l'usage de se vestir.*

Ou que ie veuille donner, il me fault forcer
quelque barriere de la coustume: tant elle a soingneusement bridé toutes nos advenues! Ie devi-
sois, en cette saison frilleuse, si la façon d'aller
tout nud, de ces nations dernierement trouvees,
est une façon forcee par la chaulde temperature
de l'air, comme nous disons des Indiens et des
Mores, ou si c'est l'originelle des hommes. Les
gents d'entendement, d'autant que tout ce qui
est soubs le ciel, comme dict la saincte parole,
est subiect à mesmes loix, ont accoustumé en pareilles considerations à celles icy, où il fault distinguer les loix naturelles, des controuvees, de
recourir à la generale police du monde, où il n'y
peult avoir rien de contrefaict. Or, tout estant
exactement fourny ailleurs de filet et d'aiguille,

pour maintenir son estre, il est mescreable que
nous soyons seuls produicts en estat defectueux
et indigent, et en estat qui ne se puisse maintenir sans secours estranger. Ainsin ie tiens que,
comme les plantes, arbres, animaulx, et tout ce
qui vit, se treuve naturellement equippé de suffisante couverture pour se deffendre de l'iniure du
temps,

> Proptereaque fere res omnes aut corio sunt,
> Aut seta, aut conchis, aut callo, aut cortice, tectæ [1],

aussi estions nous: mais, comme ceulx qui esteignent par artificielle lumiere celle du iour, nous
avons esteinct nos propres moyens par les moyens
empruntez. Et est aysé à veoir que c'est la coustume qui nous faict impossible ce qui ne l'est pas:
car de ces nations qui n'ont aulcune cognoissance
de vestements, il s'en treuve d'assises environ
soubs mesme ciel que le nostre, et soubs bien
plus rude ciel que le nostre; et puis, la plus delicate partie de nous est celle qui se tient tousiours
descouverte, les yeulx, la bouche, le nez, les aureilles; à nos contadins [2], comme à nos ayeulx, la
partie pectorale et le ventre. Si nous feussions
nayz avecques condition de cotillons et de gre-
guesques, il ne fault faire doubte que nature
n'eust armé d'une peau espoisse ce qu'elle
eust abandonné à la batterie des saisons, comme
elle a faict le bout des doigts et plante des pieds.
Pourquoy semble il difficile à croire? en ma façon
d'estre vestu, et celle d'un païsan de mon païs,
ie treuve bien plus de distance, qu'il n'y a de sa
façon à celle d'un homme qui n'est vestu que
de sa peau. Combien d'hommes, et en Turquie
surtout, vont nuds par devotion! Ie ne sçais qui
demandoit à un de nos gueux, qu'il veoyoit en
chemise en plein hyver, aussi scarbillat [3] que tel
qui se tient emmitonné dans les martes iusques
aux aureilles, comme il pouvoit avoir patience.
« Et vous, monsieur, respondict il, vous avez bien
« la face descouverte: or moy, ie suis tout face. »
Les Italiens content du fol du duc de Florence,
ce me semble, que son maistre s'enquerant comment ainsin mal vestu il pouvoit porter le froid,
à quoy il estoit bien empesché luy mesme: « Sui-
« vez, dict il, ma recepte de charger sur vous touts
« vos accoustrements, comme ie fois les miens,
« vous n'en souffrirez non plus que moy. » Le roy
Massinissa, iusques à l'extreme vieillesse, né peut

---

(1) Et que, pour cette raison, presque tous les êtres sont couverts, ou de cuir, ou de poil, ou de coquilles, ou d'écorce, ou
de callosités. LUCRÈCE, IV, 936.

(2) *Payzans*, de l'italien *contadino*, qui a la même signification.

(3) Ou *escarbillat*, c'est-à-dire *éveillé*, *gai*, *de bonne humeur*.

estre induict à aller la teste couverte, par froid, orage et pluye qu'il feist; ce qu'on dict aussi de l'empereur Severus. Aux battailles donnees entre les Aegyptiens et les Perses, Herodote dict avoir esté remarqué, et par d'aultres et par luy, que de ceulx qui y demouroient morts, le test estoit sans comparaison plus dur aux Aegyptiens qu'aux Persiens; à raison que ceulx icy portent leurs testes tousiours couvertes de beguins et puis de turbans; ceux là, razes dez l'enfance et descouvertes. Et le roy Agesilaus observa iusques à sa decrepitude de porter pareille vesture en hyver qu'en esté. Cesar, dict Suetone, marchoit tousiours devant sa trouppe, et le plus souvent à pied, la teste descouverte, soit qu'il feist soleil ou qu'il pleust; et autant en dict on de Hannibal,

> Tum vertice nudo
> Excipere insanos imbres, cœlique ruinam[1].

Un Venitien, qui s'y est tenu longtemps, et qui ne faict que d'en venir, escrit qu'au royaume du Pegu, les aultres parties du corps vestues, les hommes et les femmes vont tousiours les pieds nuds, mesme à cheval. Et Platon conseille merveilleusement, pour la santé de tout le corps, de ne donner aux pieds et à la teste aultre couverture que celle que nature y a mise. Celuy que les Polonnois ont choisi pour leur roy[2] aprez le nostre, qui est à la verité l'un des plus grands princes de nostre siecle, ne porte iamais gants, ny ne change, pour hyver et temps qu'il face, le mesme bonnet qu'il porte au couvert. Comme ie ne puis souffrir d'aller desboutonné et destaché, les laboureurs de mon voysinage se sentiroient entravez de l'estre. Varro tient que quand on ordonna que nous teinssions la teste descouverte en presence des dieux ou du magistrat, on le feit plus pour nostre santé et nous fermir contre les iniures du temps, que pour compte de la reverence. Et puisque nous sommes sur le froid, et François accoustumez à nous bigarrer (non pas moy, car ie ne m'habille gueres que de noir ou de blanc, à l'imitation de mon pere), adioustons d'une aultre piece, que le capitaine Martin du Bellay recite, au voyage de Luxembourg, avoir veu les gelees si aspres[3] que le vin de la munition se couppoit à coups de hache et de congnee, se debitoit aux soldats par poids, et qu'ils l'emportoient dans des panniers : et Ovide,

> Nudaque consistunt, formam servantia testæ
>   Vina; nec hausta meri, sed data frusta, bibunt[4].

Les gelees sont si aspres en l'embouchure des Palus Maeotides, qu'en la mesme place où le lieu-

tenant de Mithridates avoyt livré battaille aux ennemys à pied sec et les y avoyt desfaicts, l'esté venu il y gaigna contre eulx encores une battaille navale. Les Romains souffrirent grand desadvantage, au combat qu'ils eurent entre les Carthaginois prez de Plaisance, de ce qu'ils allerent à la charge, le sang figé et les membres contraincts de froid : là où Hannibal avoyt faict espandre du feu par tout son ost[5] pour eschauffer ses soldats, et distribuer de l'huyle par les bandes, à fin que s'oignants ils rendissent leurs nerfs plus souples et desgourdis, et encroustassent les pores contre les coups de l'air et du vent gelé qui tiroit lors[6].

La retraicte des Grecs, de Babylone en leurs païs, est fameuse des difficultez et mesayses qu'ils eurent à surmonter : cette cy en feut, qu'accueillis aux montaignes d'Armenie d'un horrible ravage de neiges, ils en perdirent la cognoissance du païs et des chemins; et, en estans assiegez tout court, feurent un iour et une nuict sans boire et sans manger, la pluspart de leurs bestes mortes; d'entre eulx plusieurs morts, plusieurs aveugles du coup du gresil et lueur de la neige, plusieurs stropiez par les extremitez, plusieurs roides, transis et immobiles de froid, ayants encores le sens entier.

Alexandre veid une nation en laquelle on enterre les arbres fruictiers en hyver, pour les deffendre de la gelee; et nous en pouvons aussi veoir.

Sur le subiect de vestir, le roy de Mexique changeoit quatre fois par iour d'accoustrements, iamais ne les reïteroit, employant sa desferre[7] à ses continuelles liberalitez et recompenses; comme aussi ny pot, ny plat, ny utensile de sa cuisine et de sa table, ne luy estoient servis à deux fois.

---

# CHAPITRE XXXVI.

### Du ieune Cato.

Ie n'ay point cette erreur commune de iuger d'un aultre selon que ie suis : i'en croy aysement des choses diverses à moy. Pour me sentir engagé à une forme, ie n'y oblige pas le monde,

---

(1) Qui, tête nue, bravoit les torrents du ciel. SILIUS ITALICUS, I, 250.

(2) Étienne Bathory. Et c'est à lui, et non pas à Henri III, qu'il faut rapporter ces paroles, *qui est à la vérité l'un des plus grands princes de nostre siecle.*

(3) En 1543.

(4) Le vin glacé retient la forme du vase qui le renfermoit ; on ne boit pas le vin liquide, mais on le partage en morceaux. OVID., *Trist.*, III, 10, 23.

(5) *Armée.* — (6) On lit aussi, *qui couroit lors.*

(7) C'est-à-dire sa *défroque* ; ou sa *dépouille.*

comme chascun faict; et croy et conçois mille
contraires façons de vie; et, au rebours du commun, reçois plus facilement la difference que la
ressemblance en nous. Ie descharge, tant qu'on
veult, un aultre estre de mes conditions et principes; et la considere simplement en luy mesme,
sans relation, l'estoffant sur son propre modele.
Pour n'estre continent, ie ne laisse d'advouer sincerement la continence des Feuillants et des Ca-
puchins, et de bien trouver l'air de leur train:
ie m'insinue par imagination fort bien en leur
place; et les aime et les honore d'autant plus qu'ils
sont aultres que moy. Ie·desire singulierement
qu'on nous iuge chascun à part soy, et qu'on ne
me tire en cousequence des communs exemples. Ma
foiblesse n'altere aulcunement les opinions que ie
dois avoir de la force et vigueur de ceulx qui le
meritent. *Sunt qui nihil suadent, quam quod se
imitari posse confidunt* [1]. Rampant au limon de la
terre, ie ne laisse pas de remarquer iusques dans
les nues la haulteur inimitable d'aulcunes ames
heroïques. C'est beaucoup pour moy d'avoir le
iugement reglé, si les effects ne le peuvent estre,
et maintenir au moins cette maistresse partie
exempte de corruption: c'est quelque chose d'a-
voir la volonté bonne, quand les iambes me faillent. Ce siecle auquel nous vivons, au moins pour
nostre climat, est si plombé, que, ie ne dy pas
l'execution, mais l'imagination mesme; de la vertu
en est à dire: et semble que ce ne soit aultre
chose qu'un iargon de college;

Virtutem verba putant, ut<br>
Lucum ligna [2];

*quam vereri deberent, etiam si percipere non pos-
sent* [3]; c'est un affiquet à pendre en un cabinet,
ou au bout de la langue, comme au bout de l'aureille, pour parement. Il ne se recognoist plus
d'action vertueuse: celles qui en portent le visage,
elles n'en ont pas pourtant l'essence: car le proufit,
la gloire, la crainte, l'accoustumance, et aultres
telles causes estrangeres, nous acheminent à les
produire. La iustice, la vaillance, la debonnaireté que nous exerceons lors, elles peuvent estre
ainsin nommees pour la consideration d'aultruy et
du visage qu'elles portent en publicque; mais chez
l'ouvrier ce n'est aulcunement vertu, il y a une
aultre fin proposee, aultre cause mouvante. Or,
la vertu n'advoue rien, que ce qui se faict par elle
et pour elle seule.

En cette grande battaille de Potidee [4], que les
Grecs soubs Pausanias gaignerent contre Mardo-
nius et les Perses, les victorieux, suivant leur
coustume, venants à partir entre eulx la gloire de

l'exploict, attribuerent à la nation spartiate la precellence de valeur en ce combat. Les Spartiates,
excellents iuges de la vertu, quand ils vindrent
à decider à quel particulier de leur nation debou-
voit demourer l'honneur d'avoir le mieulx faict
en cette iournee, treuverent qu'Aristodeme s'estoit le plus courageusement hazardé; mais pourtant ils ne luy en donnerent point de pris, parce
que sa vertu avoyt esté incitee du desir de se purger du reproche qu'il avoyt encouru au faict des
Thermopyles, et d'un appetit de mourir courageusement pour garantir sa honte passee.

Nos iugements sont encores malades, et suivent la depravation de nos mœurs. Ie veoy la
pluspart des esprits de mon temps faire les ingenieux à obscurcir la gloire des belles et genereuses actions anciennes, leur donnant quelque interpretation vile, et leur controuvant des occasions et des causes vaines: grande subtilité! Qu'on
me donne l'action la plus excellente et pure, ie
m'en vois y fournir vraysemblablement cinquante
vicieuses intentions. Dieu sçait, à qui les veult estendre, quelle diversité d'images ne souffre nostre interne volonté! Ils ne font pas tant malicieusement, que lourdement et grossierement, les ingenieux à tout leur mesdisance.

La mesme peine qu'on prend à detracter de
ces grands noms, et la mesme licence, ie la prendroy volontiers à leur prester quelque tour d'espaule pour les haulser. Ces rares figures, et triees
pour l'exemple du monde par le consentement
des sages, ie ne me feindroy pas de les recharger
d'honneur, autant que mon invention pourroit,
en interpretation et favorable circonstance: et il
fault croire que les efforts de nostre invention
sont loing au dessoubs de leur merite. C'est l'office des gents de bien de peindre la vertu la plus
belle qui se puisse; et ne nous messieroit pas,
quand la passion nous transporteroit à la faveur de
si sainctes formes. Ce que ceulx·cy font au contraire, ils le font ou par malice, ou par ce vice de
ramener leur creance à leur portee, de quoy ie
viens de parler; ou, comme ie pense plustost,
pour n'avoir pas la veue assez forte et assez nette,
ny dressee à concevoir la splendeur de la vertu
en sa pureté naïfve: comme Plutarque dict que
de son temps aulcuns attribuoient la cause de la

(1) Il y a des gens qui ne conseillent que ce qu'ils croient
pouvoir imiter.
(2) Ils croient que la vertu n'est qu'un mot, comme ils ne
voient que du bois à brûler dans un bois sacré. Horace, *Epist.*,
I. 6, 31.
(3) La vertu qu'ils devroient respecter, quand même ils ne
pourroient la comprendre. Cic., *Tusc. quæst.*, V. 2.
(4) L'auteur a mis par méprise *Potidée*, au lieu de *Platées*.

mort du ieune Cato à la crainte qu'il avoyt eu de Cesar; de quoy il se picque avecques raison : et peult on iuger par là combien il se feust encores plus offensé de ceulx qui l'ont attribuee à l'ambition. Sottes gents! Il eust bien faict une belle action, genereuse et iuste, plustost avecques ignominie que pour la gloire. Ce personnage là feut veritablement un patron, que nature choisit pour montrer iusques où l'humaine vertu et fermeté pouvoit atteindre.

Mais ie ne suis pas icy à mesme pour traicter ce riche argument : ie veulx seulement faire luicter ensemble les traicts de cinq poëtes latins sur la louange de Cato, et pour l'interest de Cato, et, par incident, pour le leur aussi. Or, debvra l'enfant bien nourry trouver, au pris des aultres, les deux premiers traisnants; le troisieme plus verd, mais qui s'est abbattu par l'extravagance de sa force : s'il estimera que là il y auroit place à un ou deux degrez d'invention encores pour arriver au quatriesme, sur le poinct duquel il ioindra ses mains par admiration : au dernier, premier de quelque espace, mais laquelle espace il iurera ne pouvoir estre remplie par nul esprit humain, il s'estonnera, il se transira.

Voicy merveille: nous avons bien plus de poëtes que de iuges et interpretes de poësie; il est plus aysé de la faire que de la cognoistre. A certaine mesure basse, on la peult iuger par les preceptes et par art: mais la bonne, la supreme, la divine, est au dessus des regles et de la raison. Quiconque en discerne la beaulté d'une veue ferme et rassise, il ne la veoid pas, non plus que la splendeur d'un esclair : elle ne practique point nostre iugement; elle le ravit et ravage. La fureur qui espoinçonne celuy qui la sçait penetrer, fiert encores un tiers à la luy ouyr traicter et reciter; comme l'aimant non seulement attire une aiguille, mais infond encores en icelle sa faculté d'en attirer d'aultres : et il se veoid plus clairement aux theatres, que l'inspiration sacrée des Muses, ayant premierement agité le poëte à la cholere, au dueil, à la haine, et hors de soy, où elles veulent, frappe encores par le poëte l'acteur, et par l'acteur consecutivement tout un peuple; c'est l'enfileure de nos aiguilles suspendues l'une de l'aultre. Dez ma premiere enfance la poësie a eu cela, de me transpercer et transporter; mais ce ressentiment bien vif, qui est naturellement en moy, a esté diversement manié par diversité de formes, non tant plus haultes et plus basses (car c'estoient tousiours des plus haultes en chasque espece), comme differentes en couleur : premierement, une fluidité gaye et ingenieuse; depuis, une sub-

tilité aiguë et relevee; enfin, une force meure et constante. L'exemple le dira mieulx; Ovide, Lucain, Virgile.

Mais voylà nos gents sur la carriere :

Sit Cato, dum vivit, sane vel Cæsare maior [1],

dict l'un;

Et invictum, devicta morte, Catonem [2],

dict l'aultre; et l'aultre, parlant des guerres civiles d'entre Cesar et Pompeius,

Victrix causa diis placuit, sed victa Catoni [3].

et le quatriesme, sur les louanges de Cesar :

Et cuncta terrarum subacta,
Præter atrocem animum Catonis [4];

et le maistre du chœur, aprez avoir estalé les noms des plus grands Romains en sa peincture, finit en cette maniere,

His dantem iura Catonem [5].

---

## CHAPITRE XXXVII.

*Comme nous plorons et rions d'une mesme chose.*

Quand nous rencontrons dans les histoires qu'Antigonus sceut tresmauvais gré à son fils de luy avoir presenté la teste du roy Pyrrhus, son ennemy, qui venoyt sur l'heure mesme d'estre tué combattant contre luy, et que, l'ayant veue, il se print bien fort à plorer; et que le duc René de Lorraine plaingnit aussi la mort du duc Charles de Bourgoigne qu'il venoyt de desfaire [6], et en porta le dueil en son enterrement; et qu'en la bataille d'Auroy [7], que le comte de Montfort gaigna contre Charles de Blois, sa partie pour le duché de Bretaigne, le victorieux, rencontrant le corps de son ennemy trespassé, en mena grand dueil, il ne fault pas s'escrier soubdain,

E cosi avven, che l' animo ciascuna

(1) Que Caton soit pendant sa vie plus grand même que César. MARTIAL, VI, 32.
(2) Et Caton indomptable, ayant dompté la mort. MANILIUS, *Astronom.*, IV, 87.
(3) Les dieux sont pour César, mais Caton suit Pompée. Luc., I, 128.
(4) Tout le monde à ses pieds, hormis le fier Caton. HORACE. *Od.*, II, 1, 23.
(5) Et Caton, qui leur dicte des lois. VIRG., *Énéid.*, VIII, 670.
(6) Devant Nanci, en 1477.
(7) Ou d'*Auray*, près de Vannes. Cette bataille fut livrée sous Charles V, le 29 septembre 1364.

Sua passion sotto 'l contrario manto
Ricopre, con la vista or' chiara, or' bruna [1].

Quand on presenta à Cesar la teste de Pompeius, les histoires disent qu'il en destourna sa veue, comme d'un vilain et malplaisant spectacle. Il y avoyt eu entre eulx une si longue intelligence et societé au maniement des affaires publicques, tant de communauté de fortunes, tant d'offices reciproques et d'alliances, qu'il ne fault pas croire que cette contenance feust toute faulse et contrefaicte; comme estime cet aultre :

Tutumque putavit    [dentes
Iam bonus esse socer; lacrymas non sponte ca-
Effudit, gemitusque expressit pectore læto [2] ;

car, bien qu'à la verité la pluspart de nos actions ne soyent que masque et fard, et qu'il puisse quelquesfois estre vray,

Heredis fletus sub persona risus est [3],

si est ce qu'au iugement de ces accidents, il fault considerer comme nos ames se treuvent souvent agitees de diverses passions. Et tout ainsin qu'en nos corps ils disent qu'il y a une assemblee de diverses humeurs, desquelles celle là est maistresse, qui commande le plus ordinairement en nous, selon nos complexions : aussi en nos ames, bien qu'il y ayt divers mouvements qui les agitent, si fault il qu'il y en ayt un à qui le champ demoure ; mais ce n'est pas avecques si entier advantage que, pour la volubilité et souplesse de nostre ame, les plus foibles par occasion ne regaignent encores la place, et ne facent une courte charge à leur tour. D'où nous veoyons non seulement les enfants, qui vont tout naïvement aprez la nature, plorer et rire souvent de mesme chose, mais nul d'entre nous ne se peult vanter, quelque voyage qu'il face à son souhait, qu'encores, au despartir de sa famille et de ses amys, il ne se sente frissonner le courage ; et si les larmes ne luy en eschappent tout à faict, au moins met il le pied à l'estrier d'un visage morne et contristé. Et quelque gentille flamme qui eschauffe le cœur des filles bien nees, encores se despend on à force du col de leurs meres pour les rendre à leurs espoux, quoy que die ce bon compaignon :

Estne novis nuptis odio Vénus? anne parentum
Frustantur falsis gaudia lacrymulis,
Ubertim thalami quas intra limina fundunt?
Non, ita me divi, vera gemunt, iuverint [4].

Ainsin il n'est pas estrange de plaindre celuy là mort, qu'on ne voudroit aulcunement estre en vie. Quand ie tanse avecques mon valet, ie tanse du meilleur courage que i'aye ; ce sont vrayes et non feinctes imprecations : mais, cette fumee passee, qu'il ayt besoing de moy, ie luy bien feray volontiers ; ie tourne à l'instant le feuillet. Quand ie l'appelle un badin [5], un veau, ie n'entreprends pas de luy couldre à iamais ces tiltres ; ny ne pense me desdire, pour le nommer honneste homme, tantost aprez. Nulle qualité ne nous embrasse purement et universellement. Si ce n'estoit la contenance d'un fol de parler seul, il n'est iour ny heure à peine en laquelle on ne m'ouist gronder en moy mesme et contre moy, « Bran du fat ! » et si n'entends pas que ce soit ma definition. Qui, pour me veoir une mine tantost froide, tantost amoureuse envers ma femme, estime que l'une ou l'aultre soit feincte ; il est un sot. Neron, prenant congé de sa mere, qu'il envoyoit noyer, sentit toutesfois l'esmotion de cet adieu maternel, et en eut horreur et pitié. On dict que la lumiere du soleil n'est pas d'une piece continue, mais qu'il nous eslance si dru, sans cesse, nouveaux rayons les uns sur les aultres, que nous n'en pouvons appercevoir l'entredeux :

Largus enim liquidi fons luminis, ætherius sol
Inrigat assidue cœlum candore recenti,
Suppeditatque novo confestim lumine lumen [6].

Ainsin eslance nostre ame ses poinctes diversement et imperceptiblement.

Artabanus surprint Xerxes son nepveu, et le tausa de la soubdaine mutation de sa contenance. Il estoit à considerer la grandeur desmesuree de ses forces au passage de l'Hellespont pour l'entreprinse de la Grece : il luy print premierement un tressaillement d'ayse à veoir tant de milliers d'hommes à son service, et le tesmoingna par l'alaigresse et feste de son visage ; et tout soubdain, en mesme instant, sa pensee luy suggerant comme tant de vies avoyent à desfaillir au plus loing dans un

---

(1) C'est ainsi que l'ame couvre ses mouvements secrets sous une apparence contraire, triste sous un visage gai, gaie sous un visage triste. Pétrarque, fol. 25 de l'éd. de Gab. Giolito, 1545.

(2) Dés qu'il crut pouvoir sans péril se montrer sensible aux malheurs de son gendre, il répandit quelques larmes forcées, et arracha quelques gémissements d'un cœur rempli de joie. Luc., IX, 1057.

(3) Les pleurs d'un héritier sont des ris sous le masque.
     Publius Syrus, apud A. Gellium, XVII, 14.

(4) Vénus est-elle odieuse aux nouvelles mariées? ou se jouent elles de leurs parents par ces feintes larmes qu'elles versent en abondance à l'entrée de la chambre nuptiale? Que je meure, si ces larmes sont sincères! Catulle, LXVI. 15.

(5) Ce mot, du temps de Montaigne, avoit, à ce qu'il paroit, la signification de diseur de baliverne, de niaiseries. On a dit bade et badise, pour baliverne, bêtise.

(6) Le soleil, source féconde de lumière, inonde le ciel d'un éclat sans cesse renaissant, et remplace continuellement ses rayons par des rayons nouveaux. Lucrèce, V, 282.

siècle, il refroigna son front, et s'attrista iusques aux larmes.

Nous avons poursuivi aveccques resolue volonté la vengeance d'une iniure, et ressenti un singulier contentement de la victoire; nous en plorons pourtant. Ce n'est pas de cela que nous plorons; il n'y a rien de changé : mais nostre ame regarde la chose d'un aultre œil, et se la represente par un aultre visage; car chasque chose a plusieurs biais et plusieurs lustres.

La parenté, les anciennes accointances et amitiez saisissent nostre imagination, et la passionnent pour l'heure, selon leur condition : mais le contour en est si brusque qu'il nous eschappe,

Nil adeo fieri celeri ratione videtur,
Quam si mens fieri proponit, et inchoat ipsa.
Ocius ergo animus, quam res se perciet ulla,
Ante oculos quorum in promptu natura videtur [1];

et à cette cause, voulants de toute cette suitte continuer un corps, nous nous trompons. Quand Timoleon plore le meurtre qu'il avoyt commis d'une si meure et genereuse deliberation, il ne plore pas la liberté rendue à sa patrie, il ne plore pas le tyran; mais il plore son frere. L'une partie de son debvoir est iouee; laissons luy en iouer l'aultre.

# CHAPITRE XXXVIII.

### De la solitude.

Laissons à part cette longue comparaison de la vie solitaire à l'active : et quant à ce beau mot de quoy se couvre l'ambition et l'avarice, « Que nous ne sommes pas nayz pour nostre particulier, ains pour le public [2], » rapportons nous en hardiment à ceulx qui sont en la dance; et qu'ils se battent la conscience, si au contraire les estats, les charges, et cette tracasserie du monde ne se recherche plustost pour tirer du public son proufit particulier. Les mauvais moyens par où on s'y poulse en nostre siecle, montrent bien que la fin n'en vault gueres. Respondons à l'ambition, Que c'est elle mesme qui nous donne goust de la solitude : car, que fuyt elle tant que la societé ? que cherche elle tant que ses coudees franches ? Il y a de quoy bien et mal faire par tout. Toutesfois, si le mot de Bias est vray, que « La pire part, c'est la plus grande, » ou ce que dict l'Ecclesiastique, que « De mille il n'en est pas un bon; »

Rari quippe boni: numero vix sunt totidem quot
Thebarum portæ, vel divitis ostia Nili [3],

la contagion est tresdangereuse en la presse. Il fault ou imiter les vicieux, ou les haïr : touts les deux sont dangereux; et de leur ressembler, parce qu'ils sont beaucoup; et d'en haïr beaucoup, parce qu'ils sont dissemblables. Et les marchands qui vont en mer ont raison de regarder que ceulx qui se mettent en mesme vaisseau ne soyent dissolus, blasphemateurs, meschants; estimants telle societé infortunee. Parquoy Bias plaisamment, à ceulx qui passoient aveccques luy le danger d'une grande tormente, et appelloient le secours des dieux : « Taisez vous, dict il; qu'ils ne sentent point que vous soyez icy aveccques moy. » Et d'un plus pressant exemple, Albuquerque, viceroy en l'Inde pour Emmanuel, roy de Portugal, en un extreme peril de fortune de mer, print sur ses espaules un ieune garson, pour cette seule fin, qu'en la societé de leur peril son innocence luy servist de garant et de recommandation envers la faveur divine pour le mettre en sauveté. Ce n'est pas que le sage ne puisse partout vivre content, voire et seul en la foule d'un palais; mais s'il est à choisir, il en fuira, dict l'eschole, mesme la venue : il portera, s'il est besoing, cela; mais, s'il est en luy, il eslira cecy. Il ne luy semble point suffisamment s'estre desfaict des vices, s'il fault encores qu'il conteste aveccques ceulx d'aultruy. Charondas chastioit pour mauvais ceulx qui estoient convaincus de hanter mauvaise compaignie. Il n'est rien si dissociable et sociable que l'homme : l'un par son vice, l'autre par sa nature. Et Antisthenes ne me semble avoir satisfaict à celuy qui luy reprochoit sa conversation aveccques les meschants, en disant « que les medecins vivent bien entre les malades : » car s'ils servent à la santé des malades, ils deteriorent la leur par la contagion, la veue continuelle, et practique des maladies.

Or la fin, ce croy ie, en est toute une, d'en vivre plus à loisir et à son ayse : mais on n'en cherche pas tousiours bien le chemin. Souvent on pense avoir quitté les affaires, on ne les a que changez : il n'y a gueres moins de torment au gouvernement d'une famille, que d'un estat entier. Où que l'ame soit empeschee, elle y est toute : et pour estre les occupations domestiques moins importantes, elles n'en sont pas moins importunes. Davantage, pour nous estre desfaicts de la court

[1] Rien de si prompt que l'ame quand elle conçoit ou qu'elle agit; elle est plus mobile que tout ce que la nature nous met sous les yeux. Lucrèce, III, 183. D'autres lisent, quorum.

[2] C'est l'éloge que Lucain (II, 383) fait de Caton d'Utique : Nec sibi, sed toti genitum se credere mundo.

[3] Les gens de bien sont rares; à peine en pourroit on compter autant que Thebes a de portes, ou le Nil d'embouchures. Juvénal, XIII, 26.

et du marché, nous ne sommes pas desfaicts des principaulx torments de nostre vie :

> Ratio et prudentia curas,
> Non locus effusi late maris arbiter, aufert [1] :

l'ambition, l'avarice, l'irresolution, la peur et les concupiscences ne nous abandonnent point, pour changer de contrée,

> Et
> Post equidem sedet atra cura [2];

elles nous suivent souvent iusques dans les cloistres et dans les escholes de philosophie : ny les deserts, ny les rochiers creusez, ny la haire, ny les icusnes, ne nous en desmeslent :

> Hæret lateri lethalis arundo [3].

On disoit à Socrate que quelqu'un ne s'estoit aulcunement amendé en son voyage : « Ie croy bien, dict il; il s'estoit emporté avecques soy. »

> Quid terras alio calentes
> Sole mutamus? Patriæ quis exsul
> Se quoque fugit [4] ?

Si on ne se descharge premierement et son ame du faix qui la presse, le remuement la fera fouler davantage : comme en un navire les charges empeschent moins, quand elles sont rassises. Vous faictes plus de mal que de bien au malade, de luy faire changer de place : vous ensachez le mal en le remuant; comme les pals s'enfoncent plus avant et s'affermissent en les branslant et secouant. Parquoy ce n'est pas assez de s'estre escarté du peuple; ce n'est pas assez de changer de place : il se fault escarter des conditions populaires qui sont en nous; il se fault sequestrer et r'avoir de soy.

> Rupi iam vincula, dicas;
> Nam luctata canis nodum arripit; attamen illi,
> Quum fugit, a collo trahitur pars longa catenæ [5].

Nous emportons nos fers quand et nous. Ce n'est pas une entiere liberté; nous tournons encores la veue vers ce que nous avons laissé; nous en avons la fantasie pleine :

> Nisi purgatum est pectus, quæ prælia nobis
> Atque pericula tunc ingratis insinuandum?
> Quantæ conscindunt hominem cuppedinis acres
> Sollicitum curæ? quantique perinde timores?
> Quidve superbia, spurcitia, ac petulantia, quantas
> Efficiunt clades? quid luxus, desidiesque [6] ?

Nostre mal nous tient en l'ame : or, elle ne se peult eschapper à elle mesme;

> In culpa est animus, qui se non effugit unquam [7];

ainsin il la fault ramener et retirer en soy : c'est la vraye solitude, et qui se peult iouyr au milieu des villes et des courts des roys; mais elle se iouyt plus commodement à part. Or, puisque nous entreprenons de vivre seuls, et de nous passer de compaignie, faisons que nostre contentement despende de nous; desprenons nous de toutes les liaisons qui nous attachent à aultruy; gaignons sur nous de pouvoir à bon escient vivre seuls, et y vivre à nostre ayse.

Stilpon estant eschappé de l'embrasement de sa ville, où il avoyt perdu femme, enfants et chevance [8]; Demetrius Poliorcetes, le veoyant en une si grande ruyne de sa patrie, le visage non effroyé, luy demanda s'il n'avoyt pas eu du dommage; il respondit « Que non; et qu'il n'y avoyt, Dieu mercy! rien perdu du sien. » C'est ce que le philosophe Antisthenes disoit plaisamment : « Que l'homme se debvoit pourveoir de munitions qui flottassent sur l'eau, et peussent à nage eschapper avecques luy du naufrage.» Certes, l'homme d'entendement n'a rien perdu, s'il a soy mesme. Quand la ville de Nole feut ruinee par les Barbares, Paulinus, qui en estoit evesque, y ayant tout perdu, et leur prisonnier, prioit ainsin Dieu : « Seigneur, garde moy de sentir cette perte; car tu sçais qu'ils n'ont encores rien touché de ce qui est à moy : » les richesses qui le faisoient riche, et les biens qui le faisoient riche, estoient encores en leur entier. Voylà que c'est de bien choisir les thresors qui se puissent affranchir de l'iniure, et de les cacher en lieu où personne n'aille, et lequel ne puisse estre trahi que par nous mesmes. Il fault avoir femmes, enfants, biens, et sur tout de la santé, qui peult; mais non pas s'y attacher en maniere que nostre heur en despende : il se fault reserver une arriere boutique, toute nostre, toute franche, en laquelle nous establissions nostre vraye liberté et principale retraicte et solitude. En cette cy fault il pren-

---

(1) Ce qui dissipe les chagrins, ce ne sont pas ces belles solitudes qui dominent l'étendue des mers; c'est la raison, c'est la sagesse. Hor., *Epist.*, I, 11, 25.

(2) Le chagrin monte en croupe, et galope avec nous. Hor., *Od.*, III, 1, 40.

(3) Le trait mortel reste attaché au flanc. Virg., *Énéid.*, IV, 73.

(4) Pourquoi aller chercher des régions éclairées d'un autre soleil? Est-ce assez, pour se fuir soi-même, que de fuir son pays? Hor., *Od.*, II, 16, 18.

(5) J'ai rompu mes fers, direz-vous. Mais le chien qui, après de longs efforts, parvient enfin à s'échapper, traîne souvent une grande partie de son lieu. Perse, *Sat.*, V, 158.

(6) Si notre ame n'est point réglée, que de combats intérieurs à soutenir, que de perils à vaincre! De quels soucis, de quelles craintes, de quelles inquiétudes, n'est pas déchiré l'homme en proie à ses passions! Quels ravages ne font pas dans son ame l'orgueil, la débauche, l'emportement, le luxe, l'oisiveté! Lucrèce, V, 44.

(7) Hor., *Epist.*, I, 14, 13. Montaigne traduit fidèlement ce vers avant de le citer. — (8) Le bien qu'on a.

dre nostre ordinaire entretien de nous à nous mesmes, et si privé, que nulle accointance ou communication estrangere y treuve place ; discourir et y rire, comme sans femme, sans enfants et sans biens, sans train et sans valets : à fin que quand l'occasion adviendra de leur perte, il ne nous soit pas nouveau de nous en passer. Nous avons une ame contournable en soy mesme ; elle se peult faire compaignie ; elle a de quoy assaillir et de quoy deffendre, de quoy recevoir et de quoy donner. Ne craignons pas en cette solitude nous croupir d'oysifveté ennuyeuse :

In solis sis tibi turba locis [1].

La vertu se contente de soy, sans disciplines, sans paroles, sans effects. En nos actions accoustumees, de mille il n'en est pas une qui nous regarde. Celuy que tu veois grimpant contremont [2] les ruines de ce mur, furieux et hors de soy, en butte de tant de harquebuzades ; et cet aultre tout cicatricé, transi et pasle de faim, deliberé de crever plustost que de luy ouvrir la porte ; penses tu qu'ils y soyent pour eulx ? pour tel, à l'adventure, qu'ils ne veirent oncques, et qui ne se donne aulcune peine de leur faict, plongé ce pendant en l'oysifveté et aux delices. Cettuy cy, tout pituiteux, chassieux et crasseux, que tu veois sortir aprez minuict d'un estude, penses tu qu'il cherche parmy les livres comme il se rendra plus homme de bien, plus content et plus sage ? nulles nouvelles : il y mourra, ou il apprendra à la posterité la mesure des vers de Plaute, et la vraye orthographe d'un mot latin. Qui ne contrechange voluntiers la santé, le repos et la vie, à la reputation et à la gloire, la plus inutile, vaine et faulse monnoye qui soit en nostre usage ? Nostre mort ne nous faisoit pas assez de peur, chargeons nous encores de celle de nos femmes, de nos enfants et de nos gents : nos affaires ne nous donnoient pas assez de peine, prenons encores, à nous tourmenter et rompre la teste, de ceulx de nos voysins et amys.

Vah ! quemquamne hominem in animum instituere,
Parare, quod sit carius, quam ipse est sibi [3] ? [aut

La solitude me semble avoir plus d'apparence et de raison à ceulx qui ont donné au monde leur aage plus actif et fleurissant, suivant l'exemple de Thales. C'est assez vescu pour aultruy ; vivons pour nous, au moins ce bout de vie : ramenons à nous et à nostre ayse nos pensees et nos intentions. Ce n'est pas une legiere partie que de faire seurement sa retraicte : elle nous empesche assez, sans y mesler d'aultres entreprinses. Puisque Dieu nous donne loisir de disposer de nostre deslogement,

preparons nous y ; plions bagage, prenons de bonne heure congé de la compaignie ; despestrons nous de ces violentes prinses qui nous engagent ailleurs et esloingnent de nous.

Il fault desnouer ces obligations si fortes ; et meshuy aimer cecy et cela, mais n'espouser rien que soy : c'est à dire, le reste soit à nous, mais non pas ioinct et collé en façon qu'on ne le puisse despendre sans nous escorcher, et arracher ensemble quelque piece du nostre. La plus grande chose du monde, c'est de sçavoir estre à soy. Il est temps de nous desnouer de la societé, puisque nous n'y pouvons rien apporter : et qui ne peult prester, qu'il se deffende d'emprunter. Nos forces nous faillent : retirons les, et resserrons en nous. Qui peult renverser et confondre en soy les offices de l'amitié et de la compaignie, qu'il le face. En cette cheute qui le rend inutile, poisant et importun aux aultres, qu'il se garde d'estre importun à soy mesme, et poisant, et inutile. Qu'il se flatte et caresse, et surtout se regente, respectant et craignant sa raison et sa conscience, si bien qu'il ne puisse sans honte bruncher en leur presence. *Rarum est enim, ut satis se quisque vereatur* [4]. Socrates dict, que les ieunes se doibvent faire instruire ; les hommes, s'exercer à bien faire ; les vieils, se retirer de toute occupation civile et militaire, vivants à leur discretion, sans obligation à certain office. Il y a des complexions plus propres à ces preceptes de la retraicte, les unes que les aultres. Celles qui ont l'apprehension molle et lasche, et une affection et volonté delicate, et qui ne s'asservit ny s'employe pas aysement, desquelles ie suis et par naturelle condition et par discours, ils se plieront mieulx à ce conseil, que les ames actives et occupees qui embrassent tout, et s'engagent par tout, qui se passionnent de toutes choses, qui s'offrent, qui se presentent, et qui se donnent à toutes occasions. Il se fault servir de ces commoditez accidentales et hors de nous, en tant qu'elles nous sont plaisantes, mais sans en faire nostre principal fondement ; ce ne l'est pas : ny la raison ny la nature ne le veulent. Pourquoy, contre ses loix, asservirons nous nostre contentement à la puissance d'aultruy ? D'anticiper aussi les accidents de fortune ; se priver des commoditez qui nous sont en main, comme plusieurs ont

---

(1) Aux solitaires lieux sois un monde à toi-même.
TIBULLE , IV, 13 , 12.
(2) *En remontant ; de bas en haut.*
(3) Est-il possible qu'un homme aille se mettre en tête d'aimer quelque chose plus que soi-même ? TÉRENCE , *Adelph.*, acte I , sc. 1 , v. 13.
(4) Il est rare qu'on se respecte assez soi-même. QUINTILIEN , X, 7.

14

faict par devotion, et quelques philosophes par discours; se servir soy mesme, coucher sur la dure, se crever les yeulx, iecter ses richesses emmy la riviere, rechercher la douleur; ceulx là pour, par le torment de cette vie, en acquerir la beatitude d'une aultre; ceulx cy pour, s'estants logez en la plus basse marche, se mettre en seureté de nouvelle cheute, c'est l'action d'une vertu excessive. Les natures plus roides et plus fortes facent leur cachette mesme glorieuse et exemplaire :

> Tuta et parvula laudo,
> Quum res deficiunt, satis inter vilia fortis :
> Verum, ubi quid melius contingit et unctius, idem
> Hos sapere, et solos aio bene vivere, quorum
> Conspicitur nitidis fundata pecunia villis [1] :

il y a pour moy assez à faire, sans aller si avant. Il me suffit, soubs la faveur de la fortune, me preparer à sa desfaveur; et me representer, estant à mon ayse, le mal advenir, autant que l'imagination y peult atteindre : tout ainsin que nous nous accoustumons aux ioustes et tournois, et contrefaisons la guerre en pleine paix. Ie n'estime point Arcesilaus le philosophe moins reformé, pour le sçavoir avoir usé d'utensiles d'or et d'argent, selon que la condition de sa fortune le luy permettoit; et l'estime mieulx de ce qu'il en usoit modereement et liberalement, que s'il s'en feust desmis. Ie veoy iusques à quels limites va la necessité naturelle : et, considerant le pauvre mendiant à ma porte, souvent plus enioué et plus sain que moy, ie me plante en sa place; i'essaye de chausser mon ame à son biais : et, courant ainsin par les aultres exemples, quoyque ie pense la mort, la pauvreté, le mespris et la maladie à mes talons, ie me resouls ayseement de n'entrer en effroy de ce qu'un moindre que moy prend avecques telle patience; et ne veulx croire que la bassesse de l'entendement puisse plus que la vigueur, ou que les effects du discours ne puissent arriver aux effects de l'accoustumance. Et cognoissant combien ces commoditez accessoires tiennent à peu, ie ne laisse pas en pleine iouïssance de supplier Dieu, pour ma souveraine requeste, qu'il me rende content de moy mesme et des biens qui naissent de moy. Ie veoy des ieunes hommes gaillards qui portent, nonobstant, dans leurs coffres, une masse de pilules pour s'en servir quand le rheume les pressera, lequel ils craignent d'autant moins qu'ils en pensent avoir le remede en main : ainsin fault il faire; et encores, si on se sent subiect à quelque maladie plus forte, se garnir de ces medicaments qui assoupissent et endorment la partie.

L'occupation qu'il fault choisir à une telle vie,

ce doibt estre une occupation non penible ny ennuyeuse; aultrement pour neant ferions nous estat d'y estre venus chercher le seiour. Cela despend du goust particulier d'un chascun. Le mien ne s'accommode aulcunement au mesnage: ceulx qui l'aiment, ils s'y doibvent adonner avecques moderation;

> Conentur sibi res, non se submittere rebus [2] :

c'est, aultrement, un office servile que la mesnagerie, comme le nomme Salluste. Elle a des parties plus excusables, comme le soing des iardinages, que Xenophon attribue à Cyrus : et se peult trouver un moyen entre ce bas et vil soing, tendu et plein de solicitude, qu'on veoid aux hommes qui s'y plongent du tout, et cette profonde et extreme nonchalance laissant tout aller à l'abandon, qu'on veoid en d'aultres :

> Democriti pecus edit agellos [velox [3].
> Cultaque, dum peregre est animus sine corpore

Mais oyons le conseil que donne le ieune Pline à Cornelius Rufus [4], son amy, sur ce propos de la solitude : « Ie te conseille, en cette pleine et grasse retraicte où tu es, de quitter à tes gents ce bas et abiect soing du mesnage, et t'adonner à l'estude des lettres, pour en tirer quelque chose qui soit toute tienne. » Il entend la reputation : d'une pareille humeur à celle de Cicero, qui dict vouloir employer sa solitude et seiour des affaires publicques à s'en acquerir par ses escripts une vie immortelle.

> Usque adeone
> Scire tuum nihil est, nisi te scire hoc, sciat alter [5] ?

Il semble que ce soit raison, puisqu'on parle de se retirer du monde, qu'on regarde hors de luy. Ceulx cy ne le font qu'à demy: ils dressent bien leur partie, pour quand ils n'y seront plus ; mais le fruict de leur desseing, ils pretendent le tirer encores lors du monde, absents, par une ridicule contradiction.

L'imagination de ceulx qui, par devotion, re-

---

(1) Pour moi, quand je ne puis avoir mieux, je sais me contenter de peu, et je vante la paisible médiocrité: si mon sort devient meilleur, je dis qu'il n'y a de sages et d'heureux que ceux dont le revenu est fondé sur de belles terres. Hor., *Epist.*, I, 15, 42.

(2) Qu'ils tâchent de se mettre au-dessus des choses, plutôt que de s'y assujettir. Hor., *Epist.*, I, 1, 19.

(3) Les troupeaux venoient manger les moissons de Démocrite, pendant que son esprit, dégagé de son corps, voyageoit dans l'espace. Hor., *Epist.*, I, 12, 12.

(4) Ce n'est pas à *Cornelius Rufus*, mais à *Caninius Rufus*. PLINE, *Epist.*, I, 3.

(5) Quoi donc! votre savoir n'est-il rien, si l'on ne sait que vous avez du savoir? PERSE, *Sat.*, I, 23.

cherchent la solitude, remplissant leur courage de la certitude des promesses divines en l'aultre vie, est bien plus sainement assortie. Ils se proposent Dieu, object infini en bonté et en puissance; l'ame a de quoy y rassasier ses desirs en toute liberté: les afflictions, les douleurs, leur viennent à prouffit, employees à l'acquest d'une santé et resiouïssance eternelle; la mort, à souhait, passage à un si parfaict estat: l'aspreté de leurs regles est incontinent applanie par l'accoustumance; et les appetits charnels, rebutez et endormis par leur refus; car rien ne les entretient que l'usage et exercice. Cette seule fin d'une aultre vie heureusement immortelle, merite loyalement que nous abandonnions les commoditez et doulceurs de cette vie nostre, et qui peult embraser son ame de l'ardeur de cette vifve foy et esperance, reellement et constamment, il se bastit en la solitude une vie voluptueuse et delicieuse, au-delà de toute aultre sorte de vie.

Ny la fin doncques ny le moyen de ce conseil ne me contente: nous retumbons tousiours de fiebvre en chauld mal. Cette occupation des livres est aussi penible que toute aultre, et autant ennemye de la santé, qui doibt estre principalement consideree: et ne se fault point laisser endormir au plaisir qu'on y prend; c'est ce mesme plaisir qui perd le mesnagier, l'avaricieux, le voluptueux et l'ambitieux. Les sages nous apprennent assez à nous garder de la trahison de nos appetits, et à discerner les vrays plaisirs et entiers, des plaisirs meslez et bigarrez de plus de peine; car la pluspart des plaisirs, disent ils, nous chastouillent et embrassent pour nous estrangler, comme faisoient les larrons que les Aegyptiens appeloient *Philistas* [1]: et si la douleur de teste nous venoyt avant l'yvresse, nous nous garderions de trop boire; mais la volupté, pour nous tromper, marche devant, et nous cache sa suitte. Les livres sont plaisants; mais si de leur frequentation nous en perdons enfin la gayeté et la santé, nos meilleures pieces, quittons les: ie suis de ceulx qui pensent leur fruict ne pouvoir contrepoiser cette perte. Comme les hommes qui se sentent de longtemps affoiblis par quelque indisposition, se rengent à la fin à la mercy de la medecine, et se font desseigner par art certaines regles de vivre, pour ne les plus oultrepasser: aussi celuy qui se retire ennuyé et desgousté de la vie commune, doibt former cette cy aux regles de la raison, l'ordonner et renger par premeditation et discours. Il doibt avoir prins congé de toute espece de travail, quelque visage qu'il porte; et fuyr, en general, les passions qui empeschent la tranquillité du corps et de l'ame, et « choisir la route qui est plus selon son humeur, »

Unusquisque sua noverit ire via [2].

Au mesnage, à l'estude, à la chasse et tout aultre exercice, il fault donner iusques aux dernieres limites du plaisir; et garder de s'engager plus avant, où la peine commence a se mesler parmy. Il fault reserver d'embesongnement et d'occupation autant seulement qu'il en est besoing pour nous tenir en haleine, et pour nous garantir des incommoditez que tire aprez soy l'aultre extremité d'une lasche oysifveté et assopie. Il y a des sciences steriles et espineuses, et la pluspart forgees pour la presse [3]; il les fault laisser à ceulx qui sont au service du monde. Ie n'aime pour moy que des livres ou plaisants et faciles qui me chatouillent, ou ceulx qui me consolent, et conseillent à regler ma vie et ma mort:

Tacitum silvas inter reptare salubres,
Curantem, quidquid dignum sapiente bonoque est [4].

Les gents plus sages peuvent se forger un repos tout spirituel, ayant l'ame forte et vigoreuse: moy qui l'ay commune, il faut que i'ayde à me soustenir par les commoditez corporelles; et l'aage m'ayant tantost desrobé celles qui estoient plus à ma fantasie, i'instruis et aiguise mon appetit à celles qui restent plus sortables à cette aultre saison. Il fault retenir, à tout nos dents et nos griffes, l'usage des plaisirs de la vie, que nos ans nous arrachent des poings les uns aprez les aultres:

Carpamus dulcia; nostrum est,
Quod vivis: cinis, et manes, et fabula fies [5].

Or, quant à la fin que Pline et Cicero nous proposent de la gloire, c'est bien loing de mon compte. La plus contraire humeur à la retraicte, c'est l'ambition: la gloire et le repos sont choses qui ne peuvent loger en mesme giste. A ce que ie veoy, ceulx cy n'ont que les bras et les iambes hors de la presse; leur ame, leur intention y demeure engagee plus que iamais;

Tun', vetule, auriculis alienis colligis escas [6]?

---

(1) Ce nom, que les Égyptiens donnoient aux voleurs, vient probablement de ΦΥΛΑΚΤΗΣ, *insidiator*; d'où paroissent aussi venir *falla*, *Philistina*, *filou*.

(2) Properce, II, 25, 38. Montaigne a traduit ce vers avant de le citer.

(3) *Pour le monde*, *pour la vie publique*. Ainsi, un peu plus bas : « Ceulx cy n'ont que les bras et les iambes hors de la presse. »

(4) Me promenant en silence dans les bois, et m'occupant de tout ce qui mérite les soins d'un homme sage et vertueux. Hor., *Epist.*, I, 4, 4.

(5) Jouissons; les seuls jours que nous donnons au plaisir sont à nous. Tu ne seras bientôt qu'un peu de cendre, une ombre, une fable. Perse, *Sat.*, V, 151.

(6) Vieux radoteur, ne travailles tu que pour amuser l'oisiveté du peuple? Perse, *Sat.*, I, 22.

ils se sont seulement reculez pour mieulx saulter, et pour, d'un plus fort mouvement, faire une plus vifve faulsee dans la trouppe [1]. Vous plaist il veoir comme ils tirent court d'un grain? mettons au contrepoids l'advis de deux philosophes [2], et de deux sectes tresdifferentes, escrivants l'un à Idomeneus, l'aultre à Lucilius, leurs amys, pour, du maniement des affaires et des grandeurs, les retirer à la solitude. « Vous avez, disent ils, vescu nageant et flottant iusques à present; venez vous en mourir au port. Vous avez donné le reste de vostre vie à la lumiere; donnez cecy à l'umbre. Il est impossible de quitter les occupations, si vous n'en quittez le fruict: à cette cause, desfaictes vous de tout soing de nom et de gloire; il est danger que la lueur de vos actions passees ne vous esclaire que trop, et vous suive iusques dans vostre taniere. Quittez avecques les aultres volupté celle qui vient de l'approbation d'aultruy: et quant à vostre science et suffisance, ne vous chaille; elle ne perdra pas son effect, si vous en valez mieulx vous mesme. Souvienne vous de celuy à qui, comme on demanda à quoy faire il se peinoit si fort en un art qui ne pouvoit venir à la cognoissance de gueres de gents: i'en ay assez de peu, respondit il; i'en ay assez d'un; i'en ay assez de pas un. Il disoit vray. Vous et un compaignon estes assez suffisant theatre l'un à l'aultre, ou vous à vous mesmes: que le peuple vous soit un, et un vous soit tout le peuple. C'est une lasche ambition de vouloir tirer gloire de son oysifveté et de sa cachette: il fault faire comme les animaulx qui effacent la trace à la porte de leur taniere. Ce n'est plus ce qu'il vous fault chercher, que le monde parle de vous, mais comme il fault que vous parliez à vous mesmes. Retirez vous en vous; mais preparez vous premierement de vous y recevoir: ce seroit folie de vous fier à vous mesmes, si vous ne vous sçavez gouverner. Il y a moyen de faillir en la solitude, comme en la compaignie. Iusques à ce que vous vous soyez rendu tel devant qui vous n'osiez clocher, et iusques à ce que vous ayez honte et respect de vous mesmes, *obversentur species honestæ animo* [3]; presentez vous tousiours en l'imagination Cato, Phocion et Aristides, en la presence desquels les fols mesmes cacheroient leurs faultes, et establissez les contrerooleurs de toutes vos intentions: si elles se detraquent, leur reverence vous remettra en train; ils vous contiendront en cette voye, de vous contenter de vous mesmes, de n'emprunter rien que de vous, d'arrester et fermir vostre ame en certaines et limitees cogitations où elle se puisse plaire, et, ayant compris et entendu les vrays biens desquels on iouyt à mesure qu'on les entend, s'en contenter, sans

desir de prolongement de vie ny de nom. » Voylà le conseil de la vraye et naïfve philosophie, non d'une philosophie ostentatrice et parliere, comme est celle des deux premiers [4].

---

# CHAPITRE XXXIX.

### *Consideration sur Cicero.*

Encores un traict à la comparaison de ces couples. Il se tire des escripts de Cicero et de ce Pline, peu retirant à mon advis aux humeurs de son oncle, infinis tesmoingnages de nature oultre mesure ambitieuse; entre aultres, qu'ils solicitent, au sceu de tout le monde, les historiens de leur temps de ne les oublier en leurs registres: et la fortune, comme par despit, a fait durer iusques à nous la vanité de ces requestes, et pieça faict perdre ces histoires. Mais cecy surpasse toute bassesse de cœur, en personnes de tel reng, d'avoir voulu tirer quelque principale gloire du caquet et de la parlerie, iusques à y employer les lettres privees escriptes à leurs amys; en maniere que aulcunes ayant failly leur saison pour estre envoyees, ils les font ce neantmoins publier, avecques cette digne excuse, qu'ils n'ont pas voulu perdre leur travail et veilles. Sied il pas bien à deux consuls romains, souverains magistrats de la chose publique emperiere du monde, d'employer leur loisir à ordonner et fagotter gentiment une belle missive, pour en tirer la reputation de bien entendre le langage de leur nourrice! Que feroit pis un simple maistre d'eschole qui en gaignast sa vie? Si les gestes de Xenophon et de Cesar n'eussent de bien loing surpassé leur eloquence, ie ne croy pas qu'ils les eussent iamais escripts: ils ont cherché à recommander, non leur dire, mais leur faire. Et si la perfection du bien parler pouvoit apporter quelque gloire sortable à un grand personnage, certainement Scipion et Lælius n'eussent pas resigné l'honneur de leurs comedies, et toutes les mignardises et delices du langage latin, à un serf africain: car, que cet ouvrage soit leur, sa beauté et son excellence le maintient assez, et Terence l'advoue lui mesme; et me feroit on desplaisir de me desloger de cette creance.

(1) C'est-à-dire *se jeter plus avant dans la foule. Faulsee* est un vieux mot qui signifie *choc, charge, incursion, irruption*.
(2) Epicure et Sénèque.
(3) Remplissez-vous l'esprit d'images nobles et vertueuses. Cic., *Tusc. quæst.*, II, 22.
(4) De Pline le jeune et de Cicéron.

C'est une espece de mocquerie et d'iniure de vouloir faire valoir un homme par des qualitez mesadvenantes à son reng, quoyqu'elles soyent aultrement louables, et par les qualitez aussi qui ne doibvent pas estre les siennes principales; comme qui loueroit un roy d'estre bon peintre ou bon architecte, ou encores bon harquebuzier, ou bon coureur de bague. Ces louanges ne font honneur, si elles ne sont presentees en foule et à la suite de celles qui lui sont propres; à sçavoir de la iustice, et de la science de conduire son peuple en paix et en guerre. De cette façon faict honneur à Cyrus l'agriculture, et à Charlemaigne l'eloquence et cognoissance des bonnes lettres. I'ay veu de mon temps, en plus forts termes, des personnages qui tiroient d'escrire et leurs tiltres et leur vocation, desadvouer leur apprentissage, corrompre leur plume, et affecter l'ignorance de qualité si vulgaire, et que nostre peuple tient ne se rencontrer gueres en mains sçavantes, se recommandants par meilleures qualitez. Les compaignons de Demosthenes, en l'ambassade vers Philippus, louoient ce prince d'estre beau, eloquent et bon beuveur : Demosthenes disoit que c'estoient louanges qui appartenoient mieulx à une femme, à un advocat, à une esponge, qu'à un roy.

Imperet bellante prior, iacentem
Lenis in hostem [1].

Ce n'est pas sa profession de sçavoir ou bien chasser, ou bien dancer :

Orabunt causas alii, cœlique meatus
Describent radio, et fulgentia sidera dicent;
Hic regere imperio populos sciat [2].

Plutarque dict davantage, que de paroistre si excellent en ces parties moins necessaires, c'est produire entre soy le tesmoingnage d'avoir mal dispensé son loysir, et l'estude qui debvoit estre employé à choses plus necessaires et utiles. De façon que Philippus, roy de Macedoine, ayant ouï ce grand Alexandre, son fils, chanter en un festin à l'envy des meilleurs musiciens : « N'as tu pas honte, lui dict il, de chanter si bien ? » Et à ce mesme Philippus, un musicien contre lequel il debattoit de son art : « Jà à Dieu ne plaise, sire, dict il, qu'il t'advienne iamais tant de mal, que tu entendes ces choses là mieulx que moy ! » Un roy doibt pouvoir respondre comme Iphicrates respondit à l'orateur qui le pressoit, en son invective, de cette maniere : « Eh bien ! qu'es tu, pour faire tant le brave ? es tu homme d'armes ? es tu archer ? es tu picquier ? » « Ie ne suis rien de tout

cela; mais ie suis celuy qui sçait commander à touts ceulx là. » Et Antisthenes print pour argument de peu de valeur en Ismenias, de quoy on le vantoit d'estre excellent ioueur de fleutes.

Ie sçay bien, quand i'ois quelqu'un qui s'arreste au langage des *Essais*, que i'aimerois mieulx qu'il s'en teust : ce n'est pas tant eslever les mots, comme d'esprimer le sens, d'autant plus picquamment que plus obliquement. Si suis ie trompé, si gueres d'aultres donnent plus à prendre en la matière; et, comment que ce soit, mal ou bien, si nul escrivain l'a semee ny gueres plus materielle, ny au moins plus drue en son papier. Pour en renger davantage, ie n'en entasse que les testes : que i'y attache leur suitte, ie multipleray plusieurs fois ce volume. Et combien y ay ie espandu d'histoires qui ne disent mot, lesquelles qui voudra esplucher un peu plus curieusement, en produira infinis Essais. Ny elles, ny mes allegations, ne servent pas tousiours simplement d'exemple, d'auctorité ou d'ornement; ie ne les regarde pas seulement par l'usage que i'en tire : elles portent souvent, hors de mon propos, la semence d'une matiere plus riche et plus hardie; et souvent, à gauche, un ton plus delicat, et pour moy qui n'en veulx en ce lieu esprimer davantage, et pour ceulx qui rencontreront mon air.

Retournant à la vertu parliere, ie ne' treuve pas grand chois entre, Ne sçavoir dire que mal; ou, Ne sçavoir rien que bien dire. *Non est ornamentum virile, concinnitas* [3]. Les sages disent que, pour le regard du sçavoir, il n'est que la philosophie, et pour le regard des effects, que la vertu, qui generalement soit propre à touts degrez et à touts ordres.

Il y a quelque chose de pareil en ces aultres deux philosophes [4]; car ils promettent aussi eternité aux lettres qu'ils escrivent à leurs amys : mais c'est d'aultre façon, et s'accommodants, pour une bonne fin, à la vanité d'aultruy; car ils leur mandent que si le soing de se faire cognoistre aux siecles advenir, et de la renommee, les arreste encores au maniement des affaires, et leur faict craindre la solitude et la retraicte où ils les veulent appeler, qu'ils ne s'en donnent plus de peine, d'autant qu'ils ont assez de credit avec la posterité

[1] Qu'il terrasse l'ennemi qui résiste, qu'il pardonne à l'ennemi terrassé. Hon., *Carm. sœcul.*, v. 51.
[2] Que d'autres plaident avec eloquence; que d'autres armés du compas, mesurent la route des astres : mais lui, qu'il sache gouverner les empires. Virg., *Énéid.*, VI, 849. Montaigne fait ici quelques changemens aux vers de Virgile.
[3] La symétrie n'est pas un ornement digne d'un homme. Sénèque, *Epist.* 115.
[4] Épicure et Sénèque.

pour leur respondre que, quand ce ne seroit que par les lettres qu'ils leur escrivent, ils rendront leur nom aussi cogneu et fameux que pourroient faire leurs actions publiques ! Et oultre cette difference, encores ne sont ce pas lettres vuides et descharnees, qui ne se soustiennent que par un delicat chois de mots entassez et rengez à une iuste cadence, ains farcies et pleines de beaux discours de sapience, par lesquelles on se rend, non plus eloquent, mais plus sage, et qui nous apprennent, non à bien dire, mais à bien faire. Fy de l'eloquence qui nous laisse envie de soy, non des choses ! si ce n'est qu'on die que celle de Cicero, estant en si extreme perfection, se donne corps elle mesme.

J'adiousteray encores un conte que nous lisons de luy à ce propos, pour nous faire toucher au doigt son naturel : Il avoyt à orer en publicque, et estoit un peu pressé du temps pour se preparer à son ayse. Eros, l'un de ses serfs, le veint advertir que l'audience estoit remise au lendemain : il en feut si ayse, qu'il luy donna liberté pour cette bonne nouvelle.

Sur ce subiect de lettres, ie veulx dire ce mot, que c'est un ouvrage auquel mes amys tiennent que ie puis quelque chose : et eusse prins plus volontiers cette forme à publier mes verves, si i'eusse eu à qui parler. Il me falloit, comme ie l'ay eu aultrefois, un certain commerce qui m'attirast, qui me soustinst et souslevast ; car de negocier au vent comme d'aultres, ie ne sçaurois que de songe ; ny forger des vains noms à entretenir en chose serieuse : ennemy iuré de toute espece de falsification. J'eusse esté plus attentif et plus seur, ayant une addresse forte et amye, que regardant les divers visages d'un peuple : et suis deceu s'il ne m'eust mieulx succedé. J'ay naturellement un style comique et privé ; mais c'est d'une forme mienne, inepte aux negociations publicques, comme en toutes façons est mon langage, trop serré, desordonné, couppé, particulier : et ne m'entends pas en lettres cerimonieuses, qui n'ont aultre substance que d'une belle enfileure de paroles courtoises. Ie n'ay ny la faculté ny le goust de ces longues offres d'affection et de service, ie n'en croy pas tant, et me desplaist d'en dire gueres oultre ce que i'en croy. C'est bien loing de l'usage present ; car il ne feut iamais si abiecte et servile prostitution de presentations : la Vie, l'Ame, Devotion, Adoration, Serf, Esclave, touts ces mots y courent si vulgairement, que quand ils veulent faire sentir une plus expresse volonté et plus respectueuse, ils n'ont plus de maniere pour l'esprimer.

Ie hais à mort de sentir le flatteur : qui faict que ie me iecte naturellement à un parler sec, rond et crud, qui tire, à qui ne me cognoist d'ailleurs, un peu vers le desdaigneux. J'honnore le plus ceulx que i'honnore le moins ; et, où mon ame marche d'une grande alaigresse, i'oublie les pas de la contenance ; et m'offre maigrement et fierement à ceulx à qui ie suis, et me presente moins à qui ie me suis le plus donné : il me semble qu'ils le doibvent lire en mon cœur, et que l'expression de mes paroles faict tort à ma conception. A bienveigner[1], à prendre congé, à remercier, à saluer, à presenter mon service, et tels compliments verbeux des loix cerimonieuses de nostre civilité, ie ne cognoy personne si sottement sterile de langage que moy : et n'ay iamais esté employé à faire des lettres de faveur et recommendation, que celuy pour qui c'estoit n'aye trouvees seches et lasches. Ce sont grands imprimeurs de lettres, que les Italiens ; i'en ay, ce croy ie, cent divers volumes : celles de Annibale Caro[2] me semblent les meilleures. Si tout le papier que i'ay aultrefois barbouillé pour les dames estoit en nature, lorsque ma main estoit veritablement emportee par ma passion, il s'en trouveroit à l'adventure quelque page digne d'estre communiquee à la ieunesse oysifve, embabouinee de cette fureur. J'escris mes lettres tousiours en poste, et si precipiteusement, que, quoyque ie peigne insupportablement mal, i'aime mieulx escrire de ma main que d'y en employer une aultre ; car ie n'en treuve point qui me puisse suivre, et ne les transcris iamais. J'ay accoustumé les grands qui me cognoissent à y supporter des litures et des trasseures, et un papier sans plieure et sans marge. Celles qui me coustent le plus sont celles qui valent le moins : depuis que ie les traisne, c'est signe que ie n'y suis pas. Ie commence volontiers sans proiect ; le premier traict produit le second. Les lettres de ce temps sont plus en bordures et prefaces, qu'en matiere. Comme i'aime mieulx composer deux lettres que d'en clore et plier une, et resigne tousiours cette commission à quelque aultre : de mesme, quand la matiere est achevee, ie donneroy volontiers à quelqu'un la charge d'y adiouster ces longues harangues, offres et prieres que nous logeons sur la fin ; et desire que quelque nouvel usage nous en descharge, comme aussi de les inscrire d'une legende de qualitez et tiltres ; pour ausquels ne bruncher i'ay maintesfois laissé d'escrire, et notamment à gents

<hr />

(1) C'est-à-dire *a complimenter, à féliciter quelqu'un sur son heureuse arrivée, sur sa bienvenue.*
(2) Né en 1507 à Citta Nova, dans la marche d'Ancône, mort à Rome en 1566.

le iustice et de finance : tant d'innovations d'offices, une si difficile dispensation et ordonnance. le divers noms d'honneur, lesquels, estants si herement achettez, ne peuvent estre eschangez ou ubliez sans offense. Ie treuve pareillement de nauvaise grace d'en charger le front et incription les livres que nous faisons imprimer.

---

## CHAPITRE XL.

*Que le goust des biens et des maulx despend, en bonne partie, de l'opinion que nous en avons.*

Les hommes, dict une sentence grecque ancienne, sont tormentez par les opinions qu'ils ont les choses, non par les choses mesmes. Il y auroit in grand poinct gaigné pour le soulagement de iostre miserable condition humaine, qui pourroit stablir cette proposition vraye tout par tout. Car, i les maulx n'ont entree en nous que par nostre ugement, il semble qu'il soit en nostre pouvoir le les mespriser, ou contourner à bien : si les :hoses se rendent à nostre mercy, pourquoy n'en :hevirons nous [1], ou ne les accommoderons nous notre advantage? si ce que nous appellons mal t torment, n'est ny mal ny torment de soy, ains eulement que nostre fantasie luy donne cette jualité, il est en nous de la changer; et en ayant e chois, si nul ne nous force, nous sommes estranjement fols de nous bander pour le party qui ious est le plus ennuyeux, et de donner aux maadies, à l'indigence et au mespris un aigre et mauvais goust, si nous le leur pouvons donner bon, et si, la fortune fournissant simplement de matiere, :'est à nous de luy donner la forme. Or, que ce jue nous appellons mal ne le soit pas de soy; ou iu moins, tel qu'il soit, qu'il depende de nous de luy donner aultre saveur et aultre visage (car tout revient à un), veoyons s'il se peult maintenir.

Si l'estre originel de ces choses que nous craignons avoyt credit de se loger en nous de son auctorité, il logeroit pareil et semblable en touts; car les hommes sont touts d'une espece, et, sauf le plus et le moins, se treuvent garnis de pareils outils et instruments pour concevoir et iuger : mais la diversité des opinions que nous avons de ces choses là, montre clairement qu'elles n'entrent en nous que par composition; tel à l'adventure les loge chez soy en leur vray estre, mais mille aultres leur donnent un estre nouveau et contraire chez eulx. Nous tenons la mort, la pauvreté et la douleur pour nos principales parties [2] : or, cette mort,

que les uns appellent « des choses horribles la plus horrible, » qui ne sçait que d'aultres la nomment « l'unique port des torments de cette vie, le souverain bien de nature, seul appuy de nostre liberté, et commune et prompte recepte à touts maulx ? » Et comme les uns l'attendent tremblants et effroyez, d'aultres la supportent plus ayseement que la vie; celuy là se plaint de sa facilité,

Mors, utinam pavidos vitæ subducere nolles,
Sed virtus te sola daret [3] !

Or laissons ces glorieux courages. Theodorus respondict à Lysimachus, menaçant de le tuer : « Tu feras un grand coup, d'arriver à la force d'une cantharide ! » La pluspart des philosophes se treuvent avoir ou prevenu par desseing, ou hasté et secouru leur mort. Combien veoid on de personnes populaires, conduictes à la mort, et non à une mort simple, mais meslee de honte et quelquesfois de griefs torments, y apporter une telle asseurance, qui par opiniastreté, qui par simplesse naturelle, qu'on n'y apperçoit rien de changé de leur estat ordinaire; establissants leurs affaires domestiques, se recommandants à leurs amys, chantants, preschants, et entretenants le peuple, voire y meslants quelquesfois des mots pour rire, et beuvants à leurs cognoissants, aussi bien que Socrates?

Un qu'on menoit au gibet disoit, « qu'on gardast de passer par telle rue, car il y avoyt danger qu'un marchand lui feist mettre la main sur le collet, à cause d'un vieulx debte. » Un aultre disoit au bourreau, « qu'il ne le touchast pas à la gorge, de peur de le faire tressaillir de rire, tant il estoit chatouilleux. » L'aultre respondict à son confesseur qui luy promettoit qu'il souperoit ce iour là avecques nostre Seigneur, « Allez vous y en, vous; car de ma part ie ieusne. » Un aultre ayant demandé à boire, et le bourreau ayant beu le premier, dict ne vouloir boire aprez luy, de peur de prendre la verolle. Chascun a ouï faire le conte du Picard auquel, estant à l'eschelle, on presente une garse, et que (comme nostre iustice permet quelquesfois), s'il la vouloyt espouser, on luy sauveroit la vie : luy, l'ayant un peu contemplee, et apperceu qu'elle boittoit : « Attache! attache! dict il; elle cloche. » Et on dict de mesme qu'en Dannemarc, un homme condemné à avoir la teste trenchee, estant sur l'eschaffaud, comme on luy presenta une pareille con-

---

(1) *Pourquoi n'en viendrons-nous à chef, à bout, n'en jouirons-nous.*

(2) *Ou* ennemies, *mot que l'on a substitué dans quelques éditions.*

(3) *O mort! plût aux dieux que tu dedaignasses de frapper les lâches, et que la vertu seule te pût donner !* Lucain, IV, 580

dition, la refusa, parce que la fille qu'on luy offrit
avoyt les ioues avallees, et le nez trop poinctu. Un
valet, à Toulouse, accusé d'heresie, pour toute raison de sa creance, se rapportoit à celle de son
maistre, ieune escholier prisonnier avecques luy,
et aima mieulx mourir que se laisser persuader
que son maistre peust errer. Nous lisons de ceulx
de la ville d'Arras, lors que le roy Louys unziesme
la print, qu'il s'en trouva bon nombre parmy le
peuple qui se laisserent pendre plustost que de
dire, Vive le roy. Et de ces viles ames de bouf-
fons, il s'en est trouvé qui n'ont voulu abandonner leur gaudisserie en la mort mesme. Celuy à
qui le bourreau donnoit le bransle, s'écria, Vogue
la gallee!» qui estoit son refrain ordinaire. Et
l'aultre qu'on avoyt couché, sur le poinct de rendre
sa vie, le long du foyer sur une paillasse, à qui le
medecin, demandant où le mal le tenoit, «Entre
le banc et le feu,» respondict il: et le presbtre,
pour luy donner l'extreme onction, cherchant ses
pieds qu'il avoyt resserrez et contraincts par la
maladie: «Vous les trouverez, dict il, au bout de
mes iambes.» A l'homme qui l'exhortoit de se recommander à Dieu, «Qui y va?» demanda il: et
l'aultre respondant, «Ce sera tantost vous mesme,
s'il luy plaist:» «Y fusse ie bien demain au soir!»
repliqua il. «Recommandez vous seulement à luy,
suivit l'aultre, vous y serez bientost:» «Il vault
doncques mieulx, adiousta il, que ie lui porte mes
recommandations moy mesme.»

Au royaume de Narsingue, encores auiourd'-
huy, les femmes de leurs presbtres sont vifves
ensepvelies avecques le corps de leurs marys: toutes aultres femmes sont bruslees aux funerailles
des leurs, non constamment seulement, mais gayement: à la mort du roy, ses femmes et concubines,
ses mignons, et touts ses officiers et serviteurs, qui
font un peuple, se presentent si alaigrement au feu
où son corps est bruslé, qu'ils montrent prendre à
grand honneur d'y accompaigner leur maistre.
Pendant nos dernieres guerres de Milan, et tant
de prinses et rescousses [1], le peuple, impatient de
si divers changemens de fortune, print telle resolution à la mort, que i'ay ouï dire à mon pere qu'il
y veit tenir compte de bien vingt et cinq maistres
de maisons qui s'estoient desfaicts eulx mesmes en
une semaine: accident approchant à celuy des
Xanthiens, lesquels, assiegez par Brutus, se precipiterent pesle mesle, hommes, femmes et enfants,
à un si furieux appetit de mourir, qu'on ne faict
rien pour fuyr la mort que ceulx cy ne feissent pour
fuyr la vie: de maniere qu'à peine Brutus en peut
sauver un bien petit nombre.

Toute opinion est assez forte pour se faire espouser au pris de la vie. Le premier article de ce courageux serment que la Grece iura et maintient en la
guerre medoise, ce feut que chascun changeroit
plustost la mort à la vie, que les loix persiennes aux
leurs. Combien veoid on de monde en la guerre des
Turcs et des Grecs accepter plustost la mort tresaspre, que de se descirconcire pour se baptiser?
exemple de quoy nulle sorte de religion n'est incapable.

Les roys de Castille ayants banni de leurs terres
les Iuifs, le roy Iehan de Portugal leur vendit, à
huict escus pour teste, la retraicte aux siennes pour
un certain temps; à condition que, iceluy venu, ils
auroient à les vuider; et luy, promettoit leur fournir de vaisseaux à les traiecter en Afrique. Le iour
arrivé, lequel passé il estoit dict que ceulx qui n'auroient obey demeureroient esclaves, les vaisseaux
leur feurent fournis escharcement [2], et ceulx qui
s'y embarquerent, rudement et vilainement traictez par les passagiers, qui, oultre plusieurs aultres
indignitez, les amuserent sur mer, tantost avant,
tantost arriere, iusques à ce qu'ils eussent consommé leurs victuailles, et feussent contraincts d'en
achetter d'eulx si cherement et si longuement, qu'on
ne les meit à bord qu'ils ne feussent du tout mis en
chemise. La nouvelle de cette inhumanité rapportee à ceulx qui estoient en terre, la pluspart se
resolurent à la servitude; aulcuns feirent contenance de changer de religion. Emmanuel, successeur de Iehan, venu à la couronne, les meit premierement en liberté; et, changeant d'advis depuis,
leur ordonna de sortir de ses païs, assignant trois
ports à leur passage. Il esperoit, dict l'evesque
Osorius, non mesprisable historien latin de nos
siecles, que la faveur de la liberté qu'il leur avoyt
rendue ayant failli de les convertir au christianisme,
la difficulté de se commettre à la volerie des mariniers, et d'abandonner un païs où ils estoient habituez avecques grandes richesses, pour s'aller iecter
en region incogneue et estrangere, les y rameneroit.
Mais se veoyant descheu de son esperance, et
eulx touts deliberez au passage, il retrencha deux
des ports qu'il leur avoyt promis, à fin que la longueur et incommodité du traiect en reduisist aulcuns, ou qu'il eust moyen de les amonceler touts à
un lieu pour une plus grande commodité de l'execution qu'il avoyt destinee; ce feut qu'il ordonna
qu'on arrachast d'entre les mains des peres et des
meres touts les enfants au dessoubs de quatorze ans
pour les transporter, hors de leur veue et conversation, en lieu où ils feussent instruicts à nostre

<hr/>

(1) *De prises et de reprises.*
(2) *Chichement, avec trop d'espargne.*

religion. Ils disent que cet effect produisit un horrible spectacle : la naturelle affection d'entre les peres et les enfants, et, de plus, le zelé a leur ancienne creance, combattant à l'encontre de cette violente ordonnance, il y feut veu communement des peres et meres se desfaisants eulx mesmes, et d'un plus rude exemple encores, precipitants, par amour et compassion, leurs icunes enfants dans des puits, pour fuyr à la loy. Au demourant, le terme qu'il leur avoyt prefix expiré, par faulte de moyens, ils se remeirent en servitude. Quelques uns se feirent chrestiens ; de la foy desquels ou de leur race, encores auiourd'huy cent ans aprez, peu de Portugais s'asseurent, quoyque la coustume et la longueur du temps soyent bien plus fortes conseilleres à telles mutations, que toute aultre contraincte.

En la ville de Castelnau Darry, cinquante Albigeois heretiques souffrirent à la fois, d'un courage determiné, d'estre bruslez vifs en un feu, avant desadvouer leurs opinions, *Quoties non modo ductores nostri*, dict Cicero, *sed universi etiam exercitus, ad non dubiam mortem concurrerunt* [1] ! I'ay veu quelqu'un de mes intimes amys courre la mort à force, d'une vraye affection, et enracinee en son cœur par divers visages de discours que ie ne luy sceus rabbattre ; et, à la premiere qui s'offrit coeffee d'un lustre d'honneur, s'y precipiter, hors de toute apparence, d'une faim aspre et ardente. Nous avons plusieurs exemples en nostre temps de ceulx, iusques aux enfants, qui, de crainte de quelque legiere incommodité, se sont donnez à la mort. Et à ce propos, « Que ne craindrons nous, dict un ancien, si nous craignons ce que la couardise mesme a choisi pour sa retraicte ?»

D'enfiler icy un grand roolle de ceulx de touts sexes et conditions et de toutes sectes, ez siecles plus heureux, qui ont ou attendu la mort constamment ou recherché volontairement, et recherché non seulement pour fuyr les maulx de cette vie, mais aulcuns pour fuyr simplement la satieté de vivre, et d'aultres pour l'esperance d'une meilleure condition ailleurs, ie n'aurois iamais faict ; et en est le nombre si infini, qu'à la verité i'aurois meilleur marché de mettre en compte ceulx qui l'ont crainte ; Cecy seulement : Pyrrho le philosophe se trouvant, un iour de grande tormente, dans un batteau, montroit à ceulx qu'il veoyoit les plus effroyez autour de luy, et les encourageoit par l'exemple d'un pourceau qui y estoit, nullement soulcieux de cet orage. Oserons nous doncques dire que cet advantage de la raison, de quoy nous faisons tant de feste, et pour le respect du-

quel nous nous tenons maistres et empereurs du reste des creatures, ayt esté mis en nous pour nostre torment ? A quoy faire la cognoissance des choses, si nous en devenons plus lasches ? si nous en perdons le repos et la tranquillité où nous serions sans cela ? et si elle nous rend de pire condition que le pourceau de Pyrrho ? L'intelligence qui nous a esté donnee pour nostre plus grand bien, l'employerons nous à nostre ruyne ; combattants le desseing de nature et l'universel ordre des choses, qui porte, que chascun use de ses outils et moyens pour sa commodité ?

Bien, me dira lon, vostre regle serve à la mort : mais que direz vous de l'indigence ? que direz vous encores de la douleur ? que Aristippus, Hieronymus et la pluspart des sages ont estimé le dernier mal ; et ceulx qui le nioient de parole le confessoient par effect. Posidonius estant extremement tormenté d'une maladie aiguë et douloureuse, Pompeius le feut veoir, et s'excusa d'avoir prins heure si importune pour l'ouir deviser de la philosophie : « Ia à Dieu ne plaise, lui dict Posidonius, que la douleur gaigne tant sur moy qu'elle m'empesche d'en discourir ! » et se iecta sur ce mesme propos du mespris de la douleur : mais ce pendant elle iouoit son roolle, et le pressoit incessamment ; à quoy il s'escrioit : « Tu as beau faire, douleur ! si ne diray ie pas que tu sois mal. » Ce conte, qu'ils font tant valoir, que porte il pour le mespris de la douleur ? il ne debat que du mot : et cependant si ces poinctures ne l'esmeuvent, pourquoy en rompt il son propos ? pourquoy pense il faire beaucoup de ne l'appeller pas Mal ? Icy tout ne consiste pas en l'imagination : nous opinons du reste ; c'est icy la certaine science qui ioue son roolle ; nos sens mesmes en sont iuges ;

Qui nisi sunt veri , ratio quoque falsa sit omnis [2] .

Ferons nous accroire à nostre peau que les coups d'estriviere la chastouillent ? et à nostre goust que l'aloé soit du vin de Graves ? Le pourceau de Pyrrho est icy de nostre escot : il est bien sans effroy à la mort ; mais si on le bat, il crie et se tormente. Forcerons nous la generale loy de nature, qui se veoid en tout ce qui est vivant soubs le ciel, de trembler soubs la douleur ? les arbres mesmes semblent gemir aux offenses. La mort ne se sent que par le discours, d'autant que c'est le mouvement d'un instant ;

---

(1) Combien de fois n'a-t-on pas vu courir à une mort certaine, non pas nos generaux seulement, mais nos armées entières ! Cic., *Tusc. quæst.*, I , 37.

(2) Et si les sens ne sont vrais , toute raison est fausse. Lucrece, IV, 486.

Aut fuit, aut veniet; nihil est præsentis in illa;
  Morsque minus pœnæ, quam mora mortis, habet [1].

mille bestes, mille hommes sont plustost morts que
menacez. Aussi, ce que nous disons craindre principalement en la mort, c'est la douleur, son avant
coureuse coustumiere. Toutesfois, s'il en fault
croire un sainct pere, *malam mortem non facit,
nisi quod sequitur mortem* [2] : et ie dirois encores
plus vraysemblablement, que ny ce qui va devant,
ny ce qui vient aprez n'est des appartenances de
la mort.

Nous nous excusons faulsement : et ie treuve par
experience que c'est plustost l'impatience de l'i-
magination de la mort qui nous rend impatients
de la douleur, et que nous la sentons doublement
griefve de ce qu'elle nous menace de mourir;
mais la raison accusant nostre lascheté de craindre
chose si soubdaine, si inevitable, si insensible,
nous prenons cet aultre pretexte plus excusable.
Tous les maulx qui n'ont aultre danger que du
mal, nous les disons sans danger : celuy des dents
ou de la goutte, pour grief qu'il soit, d'autant
qu'il n'est pas homicide, qui le met en compte de
maladie?

Or bien presupposons le, qu'en la mort nous
regardons principalement la douleur; comme aussi
la pauvreté n'a rien à craindre que cela, qu'elle
nous iecte entre ses bras par la soif, la faim, le
froid, le chauld, les veilles qu'elle nous fait souffrir : ainsin n'ayons à faire qu'à la douleur. Ie leur
donne que ce soit le pire accident de nostre estre;
et volontiers, car ie suis l'homme du monde qui
luy veulx autant de mal et qui la fuys autant, pour
iusques à present n'avoir pas eu, Dieu mercy,
grand commerce avec elle : mais il est en nous,
sinon de l'aneantir, au moins de l'amoindrir par
patience; et, quand bien le corps s'en esmouve-
roit, de maintenir ce neantmoins l'ame et la raison
en bonne trempe. Et s'il ne l'estoit, qui auroit mis
en credit la vertu, la vaillance, la force, la magnanimité et la resolution? où ioueroyent elles leur
roolle, s'il n'y a plus de douleur à desfier ? *Avida
est periculi virtus* [3] : s'il ne fault coucher sur la
dure, soustenir armé de toutes pieces la chaleur
du midy, se paistre d'un cheval et d'un asne, se
veoir destailler en pieces et arracher une balle
d'entre les os, se souffrir recoudre, cauteriser et
sonder, par où s'acquerra l'advantage que nous
voulons avoir sur le vulgaire? C'est bien loing de
fuyr le mal et la douleur, ce que disent les sages,
«que des actions egualement bonnes, celle là est
plus souhaittable à faire où il y a plus de peine.»
*Non enim hilaritate, nec lascivia, nec risu, aut ioco,
comite levitatis, sed sæpe etiam tristes firmitate et*

*constantia sunt beati* [4]. Et à cette cause, il a esté
impossible de persuader à nos peres que les conquestes faictes par vifve force au hazard de la
guerre, ne feussent plus advantageuses que celles
qu'on faict en toute seureté par practiques et menees.

*Lætius est, quoties magno sibi constat honestum* [5].

Davantage, cela nous doibt consoler, que naturellement « si la douleur est violente, elle est courte;
si elle est longue, elle est legiere : » *si gravis, brevis; si longus, levis*. Tu ne la sentiras gueres long-
temps, si tu la sens trop; elle mettra fin à soy ou à
toy : l'un et l'autre revient à un; si tu ne la portes, elle t'emportera. *Memineris maximos morte
finiri; parvos multa habere intervalla requietis;
mediocrium nos esse dominos : ut si tolerabiles
sint, feramus; sin minus, e vita, quam ea non
placeat, tanquam e theatro, exeamus* [6]. Ce qui nous
faict souffrir avecques tant d'impatience la douleur, c'est de n'estre pas accoustumez de prendre
nostre principal contentement en l'ame, de ne
nous fonder point assez sur elle, qui est seule et
souveraine maistresse de nostre condition. Le
corps n'a, sauf le plus et le moins, qu'un train et
qu'un pli : Elle est variable en toute sorte de formes, et renge à soy, et à son estat quel qu'il soit,
les sentiments du corps et touts aultres accidents :
pourtant la fault il estudier et enquerir, et esveiller
en elle ses ressorts touts puissants. Il n'y a raison
ny prescription, ny force qui vaille contre son inclination et son chois. De tant de milliers de biais
qu'elle a en sa disposition, donnons luy en un
propre à nostre repos et conservation : nous voylà,
non couverts seulement de toute offense, mais
gratifiez mesme, et flattez, si bon luy semble, des
offenses et des maulx. Elle faict son proufit de
tout indifferemment : l'erreur, les songes, luy servent utilement, comme une loyale matiere à nous
mettre à garant et en contentement. Il est aysé à

(1) Ou elle a été, ou elle sera : il n'y a rien de présent en elle.
La mort est moins cruelle que l'attente de la mort.

(2) La mort n'est un mal que par ce qui vient après elle. Aug.,
*de Civit. Dei*, I, 11.

(3) La vertu est avide de péril. Sénèque. *de Providentia*, c. 4.

(4) Ce n'est point par la joie et les plaisirs, par les jeux et les
ris, compagnie ordinaire de la frivolité, qu'on est heureux : les
ames austères trouvent le bonheur dans la constance et la fermeté. Cicéron, *de Finib.*, II, 10.

(5) La vertu est d'autant plus douce qu'elle nous a plus coûté.
Lucain, IX, 404.

(6) Souviens-toi que les grandes douleurs se terminent par la
mort; que les petites ont plusieurs intervalles de repos, et que
nous sommes maîtres des médiocres : ainsi, tant qu'elles seront
supportables, nous souffrirons patiemment : si elles ne le sont
pas, si la vie nous déplaît, nous en sortirons comme d'un théâtre. Cic., *de Finib.*, I, 15.

veoir que ce qui aiguise en nous la douleur et la volupté, c'est la poincte de notre esprit : les bestes qui le tiennent soubs boucle, laissent aux corps leurs sentimens libres et naïfs, et par consequent uns, à peu prez, en chasque espece, ainsin qu'elles montrent par la semblable application de leurs mouvemens. Si nous ne troublions pas en nos membres la iurisdiction qui leur appartient en cela, il est à croire que nous en serions mieulx, et que nature leur a donné un iuste et moderé temperament envers la volupté et envers la douleur ; et ne peult faillir d'estre iuste, estant egual et commun. Mais, puisque nous nous sommes emancipez de ses regles pour nous abandonner à la vagabonde liberté de nos fantasies, au moins aydons nous à les plier du costé le plus agreable. Platon craint nostre engagement aspre à la douleur et à la volupté, d'autant qu'il oblige et attache par trop l'ame au corps : moy plustost, au rebours, d'autant qu'il l'en despreud et descloue. Tout ainsin que l'ennemy se rend plus aspre à nostre fuyte : aussi s'enorgueillit la douleur à nous veoir trembler soubs elle. Elle se rendra de bien meilleure composition à qui luy fera teste : il se fault opposer et bander contre. En nous acculant et tirant arriere, nous appellons à nous et attirons la ruyne qui nous menace. Comme le corps est plus ferme à la charge en le roidissant, aussi est l'ame.

Mais venons aux exemples, qui sont proprement du gibier des gents foibles de reins comme moi : où nous trouverons qu'il va de la douleur comme des pierres, qui prennent couleur ou plus haulte ou plus morne, selon la feuille où l'on les couche, et qu'elle ne tient qu'autant de place en nous que nous luy en faisons : *Tantum doluerunt, quantum doloribus se inseruerunt*[1]. Nous sentons plus un coup de rasoir du chirurgien, que dix coups d'espee en la chaleur du combat. Les douleurs de l'enfantement, par les medecins et par Dieu mesme estimees grandes[2], et que nous passons avecques tant de cerimonies, il y a des nations entieres qui n'en font nul compte. Ie laisse à part les femmes lacedemoniennes; mais aux souisses, parmy nos gents de pied, quel changement y trouvez vous ? sinon que trottant aprez leurs marys vous les veoyez auiourd'huy porter au col l'enfant qu'elles avoyent hier au ventre : et ces Aegyptiennes contrefaictes, ramassees d'entre nous, vont elles mesmes laver les leurs qui viennent de naistre, et prennent leurs bains en la plus prochaine riviere. Oultre tant de garses qui desrobent touts les iours leurs enfants en la generation comme en la conception, cette belle et noble femme de Sabinus,

patricien romain, pour l'interest d'aultruy, supporta seule, sans secours et sans voix et gemissement, l'enfantement de deux iumeaux. Un simple garsonnet de Lacedemone ayant desrobé un regnard (car ils craignoient encores plus la honte de leur sottise au larrecin que nous ne craignons la peine de nostre malice), et l'ayant mis sous sa cappe, endura plustost qu'il luy eust rongé le ventre, que de se descouvrir. Et un aultre, donnant de l'encens à un sacrifice, se laissa brusler iusques à l'os par un charbon tumbé dans sa manche, pour ne troubler le mystere : et s'en est veu un grand nombre, pour le seul essay de vertu; suivant leur institution, qui ont souffert en l'aage de sept ans d'estre fouettez iusques à la mort sans alterer leur visage. Et Cicero les a veus se battre à trouppes, de poings, de pieds et de dents, iusques à s'evanouïr, avant que d'advouer estre vaincus. *Nunquam naturam mos vinceret; est enim ea semper invicta : sed nos umbris, deliciis, otio, languore, desidia, animum infecimus, opinionibus maloque more delinitum mollivimus*[3]. Chascun sçait l'histoire de Scevola qui, s'estant coulé dans le camp ennemy pour en tuer le chef, et ayant failly d'attaincte, pour reprendre son effect d'une plus estrange invention, et descharger sa patrie, confessa à Porsenna, qui estoit le roy qu'il vouloyt tuer, non seulement son desseing, mais adiousta qu'il y avoyt en son camp un grand nombre de Romains complices de son entreprinse, tels que luy : et, pour montrer quel il estoit, s'estant faict apporter un brasier, veit et souffrit griller et rostir son bras, iusques à ce que l'ennemy mesme en ayant horreur commanda oster le brasier. Quoy! celuy qui ne daigna interrompre le lecture de son livre, pendant qu'on l'incisoit? et celuy qui s'obstina à se mocquer et à rire, à l'envy des maulx qu'on luy faisoit; de façon que la cruauté irritee des bourreaux qui le tenoient, et toutes les inventions des torments redoublez les uns sur les aultres, luy donnerent gaigné? Mais c'estoit un philosophe. Quoy ! un gladiateur de Cesar endura, tousiours riant, qu'on luy soudast et destaillast ses playes : *Quis mediocris gladiator ingemuit ? quis vultum mutavit unquam? Quis non modo stetit, verum etiam decubuit turpiter? Quis quum decubuisset,*

<hr>

(1) Autant ils se sont livrés à la douleur, autant a-t elle eu de prise sur eux. Augustin, *de Civit. Dei*, I, 10. — Montaigne a détourné le sens de ce passage.

(2) *In dolore paries filios.* Genèse, III, 16.

(3) Jamais l'usage ne pourroit vaincre la nature ; elle est invincible : mais, parmi nous, elle est corrompue par la mollesse, par les délices, par l'oisiveté, par l'indolence : elle est altérée par des opinions fausses et de mauvaises habitudes. Cic., *Tusc. quæst.*, V, 27.

*ferrum recipere iussus, collum contraxit* [1]? Meslons y les femmes. Qui n'a ouï parler à Paris de celle qui se feit escorcher, pour seulement en acquerir le teint plus frais d'une nouvelle peau? il y en a qui se sont faict arracher des dents vifves et saines, pour en former la voix plus molle et plus grasse, ou pour les renger en meilleur ordre. Combien d'exemples du mespris de la douleur avons nous en ce genre! Que ne peuvent elles, que craignent elles, pour peu qu'il y ayt d'adgencement à esperer en leur beaulté?

Vellere queis cura est albos a stirpe capillos,
Et faciem, dempta pelle, referre novam [2]:

I'en ay veu engloutir du sable, de la cendre, et se travailler à poinct nommé de ruyner leur estomach, pour acquerir les pasles couleurs. Pour faire un corps bien espagnolé, quelle gehenne ne souffrent elles, guindees et cenglees, à tout de grosses coches [3] sur les costez, iusqu'à la chair vifve? ouy, quelquesfois à en mourir.

Il est ordinaire à beaucoup de nations de nostre temps de se blecer à escient pour donner foy à leur parole : et nostre roy [4] en recite des notables exemples de ce qu'il en a veu en Poloigne, et en l'endroict de luy mesme. Mais oultre ce que ie sçay en avoir esté imité en France par aulcuns, quand ie veins de ces fameux estats de Blois, i'avoy veu peu auparavant une fille, en Picardie, pour tesmoinguer la sincerité de ses promesses et aussi sa constance, se donner, du poinçon qu'elle portoit en son poil, quatre ou cinq bons coups dans le bras, qui luy faisoient craqueter la peau, et la saignoient bien en bon escient. Les Turcs se font des grandes escarres pour leurs dames, et, à fin que la marque y demeure, ils portent soubdain du feu sur la playe, et l'y tiennent un temps incroyable, pour arrester le sang et former la cicatrice; gents qui l'ont veu l'ont escript, et me l'ont iuré : mais pour dix aspres [5], il se treuve tous les iours entre eulx personne qui se donnera une bien profonde taillade dans le bras ou dans les cuisses. Ie suis bien ayse que les tesmoings nous sont plus à main où nous en avons plus affaire; car la chrestienté nous en fournit à suffisance : et aprez l'exemple de nostre sainct Guide, il y en a eu force qui, par devotion, ont voulu porter la croix. Nous apprenons par tesmoing tresdigne de foy [6], que le roy sainct Louys porta la haire iusques à ce que, sur sa vieillesse, son confesseur l'en dispensa; et que touts les vendredis il se faisoit battre les espaules, par son presbtre de cinq chaisnettes de fer, que pour cet effect on portoit emmy ses besongnes de nuict.

Guillaume, nostre dernier duc de Guyenne, pere de cet Alienor qui transmeit ce duché aux maisons de France et d'Angleterre, porta, les dix ou douze derniers ans de sa vie, continuellement, un corps de cuirasse soubs un habit de religieux, par penitence. Foulques, comte d'Aniou, alla iusques en Ierusalem, pour là se faire fouetter à deux de ses valets, la chorde au col, devant le sepulchre de nostre Seigneur. Mais ne veoid on encores touts les iours au vendredi sainct, en divers lieux, un grand nombre d'hommes et de femmes se battre iusques à se deschirer la chair et percer iusques aux os? cela ay ie veu souvent; et sans enchantement: et disoit on (car ils vont masquez) qu'il y en avoyt qui pour de l'argent entreprenoient en cela de garantir la religion d'aultruy, par un mespris de la douleur d'autant plus grand, que plus peuvent les aiguillons de la devotion que de l'avarice. Q. Maximus enterra son fils consulaire, M. Cato le sien preteur designé, et L. Paulus les siens deux en peu de iours, d'un visage rassis, et ne portant nul tesmoignage de dueil. Ie disois, en mes iours, de quelqu'un, en gaussant, qu'il avoyt choué [7] la divine iustice; car la mort violente de trois grands enfants luy ayant esté envoyee en un iour pour un aspre coup de verge, comme il est à croire, peu s'en fallut qu'il ne la prinst à faveur et gratification singuliere du ciel. Ie n'ensuis pas ces humeurs monstrueuses; mais i'en ai perdu en nourrisse deux ou trois [8]; sinon sans regret, au moins sans fascherie : si n'est il gueres d'accident qui touche plus au vif les hommes. Ie veoy assez d'aultres communes occasions d'affliction, qu'à peine sentirois ie si elles me venoyent; et en ay mesprisé, quand elles me sont venues, de celles ausquelles le monde donne une si atroce figure, que ie n'oserois m'en vanter au peuple sans rougir : *ex quo intelligitur, non in natura, sed in opinione, esse ægritudinem* [9]. L'opinion est une puissante

(1) Jamais le dernier des gladiateurs a-t-il ou gémi ou changé de visage? Quel art dans sa chute même, pour en dérober la honte aux yeux du public! Renversé enfin aux pieds de son adversaire, tourne-t-il la tête lorsqu'on lui ordonne de recevoir le coup mortel? Cic., *Tusc. quæst.*, II , 27.

(2) Il s'en trouve qui ont le courage d'arracher leurs cheveux gris, et de s'écorcher tout le visage pour se faire une nouvelle peau. Tibulle, I, 8, 45.

(3) C'est-à-dire des *éclisses*, qui, pressées fortement sur les côtés par des ceintures, y rendoient la chair insensible , et aussi dure que la corne ou le cal qui vient aux mains de certains ouvriers.

(4) Henri III.—(5) Monnoie turque, qui vaut à peu près un sou.

(6) Le sire de Joinville, dans ses *Mémoires*.

(7) C'est-à-dire *désappointé*, comme on parloit autrefois ; ou *éludé*, comme on parle présentement.

(8) Cette indifférence est remarquable. *Deux ou trois !* il ne sait pas combien d'enfants il a perdus.

(9) D'où l'on peut voir que l'affliction n'est pas un effet de la nature, mais de l'opinion. Cic., *Tusc.*, III , 25.

partie, hardie, et sans mesure. Qui rechercha iamais de telle faim la seureté et le repos, qu'Alexandre et Cesar ont faict l'inquietude et les difficultez ? Terez, le pere de Sitalcez [1], souloit dire que « Quand il ne faisoit point la guerre, il luy estoit advis qu'il n'y avoyt point difference entre luy et son palefrenier. » Cato, consul, pour s'asseurer d'aulcunes villes en Espaigne, ayant seulement interdict aux habitans d'icelles de porter les armes, grand nombre se tuerent : *ferox gens, nullam vitam rati sine armis esse* [2]. Combien en sçavons nous qui ont fuy la douleeur d'une vie tranquille en leurs maisons, parmy leurs cognoissants pour suivre l'horreur des deserts inhabitables ; et qui se sont iectez à l'abiection, vilité et mespris du monde, et s'y sont pleus iusques à l'affectation ! Le cardinal Borromee [3], qui mourut dernierement à Milan, au milieu de la desbauche à quoy le convioit et sa noblesse, et ses grandes richesses, et l'air de l'Italie, et sa ieunesse, se mainteint en une forme de vie si austere, que la mesme robbe qui luy servoit en esté luy servoit en hyver ; n'avoyt pour son coucher que la paille ; et les heures qui lui restoient des occupations de sa charge, il les passoit estudiant continuellement, planté sur ses genouils, ayant un peu d'eau et de pain à costé de son livre, qui estoit toute la provision de ses repas, et tout le temps qu'il y employoit.

I'en sçay qui, à leur escient, ont tiré et proufit et advancement, du cocuage, de quoy le seul nom effroye tant de gents.

Si la veue n'est le plus necessaire de nos sens, il est au moins le plus plaisant : mais les plus plaisants et utiles de nos membres semblent estre ceulx qui servent à nous engendrer ; toutesfois assez de gents les ont prins en haine mortelle, pour cela seulement qu'ils estoient trop aimables, et les ont reiectez à cause de leur pris : autant en opina des yeulx celuy qui se les creva. La plus commune et plus saine part des hommes tient à grand heur l'abondance des enfants ; moy et quelques aultres à pareil heur le default : et quand on demande à Thales pourquoy il ne se marie point, il repond « qu'il n'aime point à laisser lignee de soy. »

Que nostre opinion donne pris aux choses, il se veoid par celles en grand nombre ausquelles nous ne regardons pas seulement pour les estimer, ains à nous ; et ne considerons ny leurs qualitez ny leurs utilitez, mais seulement nostre coust à les recouvrer, comme si c'estoit quelque piece de leur substance ; et appellons valeur en elles, non ce qu'elles apportent, mais ce que nous y apportons. Sur quoy ie m'advise que nous sommes grands mesnagiers de nostre mise ; selon qu'elle

poise, elle sert ; de ce mesme qu'elle poise. Nostre opinion ne la laisse iamais courir à fauls fret [4] : l'achapt donne tiltre au diamant ; et la difficulté, à la vertu ; et la douleur, à la devotion ; et l'apreté, à la medecine ; tel, pour arriver à la pauvreté, iecta ses escus en cette mesme mer, que tant d'aultres fouillent de toutes parts pour y pescher des richesses. Epicurus dict que « L'estre riche n'est pas soulagement, mais changement, d'affaires. » De vray, ce n'est pas la disette, c'est plustost l'abondance, qui produict l'avarice. Ie veulx dire mon experience autour de ce subiect.

I'ai vescu en trois sortes de conditions depuis estre sorty de l'enfance. Le premier temps, qui a duré prez de vingt annees, ie le passay, n'ayant aultres moyens que fortuits, et deshpendant de l'ordonnance et secours d'aultruy, sans estat certain et sans prescription. Ma despense se faisoit d'autant plus alaigrement et avecques moins de soing, qu'elle estoit toute en la temerité de la fortune. Ie ne feus iamais mieulx. Il ne m'est oncques advenu de trouver la bourse de mes amys close ; m'estant enioinct, au delà de toute aultre necessité, la necessité de ne faillir au terme que i'avois prins à m'acquitter, lequel ils m'ont mille fois alongé, veoyant l'effort que ie me faisois pour leur satisfaire : en maniere que i'en rendois ma loyauté mesnagiere, et aulcunement piperesse [5]. Ie sens naturellement quelque volupté à payer ; comme si ie deschargeois mes espaules d'un ennuyeux poids et de cette image de servitude ; aussi qu'il y a quelque contentement qui me chatouille à faire une action iuste et contenter aultruy. I'excepte les payements où il fault venir à marchander et compter ; car, si ie ne treuve à qui en commettre la charge, ie les esloingne honteusement et iniurieusement, tant que ie puis, de peur de cette altercation, à laquelle et mon humeur et ma forme de parler est du tout incompatible. Il n'est rien que ie haïsse comme à marchander : c'est un pur commerce de trichoterie et d'impudence ; aprez une heure de debat et de barguignage, l'un et l'aultre abandonne sa parole et ses serments pour cinq souls d'amendement. Et si

---

(1) Roi de Thrace.
(2) Peuple féroce, qui ne croyoit pas qu'on pût vivre sans combattre. Tit.-Liv., XXXIV, 17.
(3) Archevêque de Milan, honoré par l'Église sous le nom de S. Charles, né en 1538, mort en 1584.
(4) C'est-à-dire ne laisse jamais courir notre mise (le prix que nous mettons aux choses) comme une simple non-valeur. Le fret est le louage d'un navire pour transporter des marchandises d'un port à un autre. A fauls fret signifie ici d'après une trop foible appréciation.
(5) De manière que par loyauté je devenois économe, et inspirois ainsi plus de confiance à mes créanciers.

empruntois avec desadvantage : car n'ayant point le cœur de requerir en presence, i'en renvoyois le hazard sur le papier, qui ne faict gueres d'effort, et qui preste grandement la main au refuser. Ie me remettois de la conduicte de mon besoing plus gayement aux astres et plus librement, que ie n'ay faict depuis à ma providence et à mon sens. La pluspart des mesnagiers estiment horrible de vivre ainsin en incertitude : et ne s'advisent pas, Premierement, que la pluspart du monde vit ainsin ; combien d'honnestes hommes ont reiecté tout leur certain à l'abandon, et le font touts les iours, pour chercher le vent de la faveur des roys et de la fortune ! Cesar s'endebta d'un million d'or, oultre son vaillant, pour devenir Cesar : et combien de marchands commencent leur traficque par la vente de leur metairie, qu'ils envoyent aux Indes,

Tot per impotentia freta [1] !

En une si grande siccité de devotion, nous avons mille et mille colleges [2] qui la passent commodement, attendants touts les iours de la liberalité du ciel ce qu'il fault à eulx disner. Secondement, ils ne s'advisent pas que cette certitude sur laquelle ils se fondent, n'est gueres moins incertaine et hazardeuse que le hazard mesme. Ie veoy d'aussi prez la misere au delà de deux mille escus de rente, que si elle estoit tout contre moy : car, oultre ce que le sort a de quoy ouvrir cent bresches à la pauvreté au travers de nos richesses, n'y ayant souvent nul moyen entre la supreme et infime fortune,

Fortuna vitrea est : tum, quum splendet, frangitur [3].

et envoyer cul sur poincte [4] toutes nos deffenses et levées, ie treuve que, par diverses causes, l'indigence se vcoid ordinairement logee chez ceulx qui ont des biens, que chez ceulx qui n'en ont point; et qu'à l'adventure est elle aulcunement moins incommode, quand elle est seule, que quand elle se rencontre en compagnie des richesses. Elles viennent plus de l'ordre que de la recepte; faber est suæ quisque fortunæ [5] : et me semble plus miserable un riche malaysé, necessiteux, affaireux, que celuy qui est simplement pauvre. In divitiis inopes, quod genus egestatis gravissimum est [6]. Les plus grands princes et plus riches sont, par pauvreté et disette, poulsez ordinairement à l'extreme necessité ; car en est il de plus extremes que d'en devenir tyran, et iniustes usurpateurs des biens de leurs subiects ?

Ma seconde forme, c'a esté d'avoir de l'argent : à quoy m'estant prins, j'en feis bientost des reserves notables, selon ma condition; n'estimant pas que ce feust avoir, sinon autant qu'on possede oultre sa despense ordinaire, ny qu'on se puisse fier du bien qui est encores en esperance de recepte, pour claire qu'elle soit. Car, quoy ! disois ie, si i'estois surprins d'un tel ou d'un tel accident ? Et à la suitte de ces vaines et vicieuses imaginations, i'allois faisant l'ingenieux à pourveoir, par cette superflue reserve, à touts inconvenients : et sçavois encores respondre, à celuy qui m'alleguoit que le nombre des inconvenients estoit trop infiny, Que si ce n'estoit à touts, c'estoit à aulcuns et plusieurs. Cela ne se passoit pas sans penible solicitude : i'en faisois un secret : et moy, qui ose tant dire de moy, ne parlois de mon argent qu'en mensonge, comme font les aultres qui s'appauvrissent riches, s'enrichissent pauvres, et dispensent leur conscience de iamais tesmoingner sincerement de ce qu'ils ont : ridicule et honteuse prudence ! Allois ie en voyage ? il ne me sembloit estre iamais suffisamment pourveu ; et plus ie m'estois chargé de monnoye, plus aussi ie m'estois chargé de crainte, tantost de la seureté des chemins, tantost de la fidelité de ceulx qui conduisoient mon bagage, duquel, comme d'aultres que ie cognoy, ie ne m'asseurois iamais assez si ie ne l'avoy devant mes yeulx. Laissois ie ma boiste chez moy ? combien de souspeçons et pensements espineux, et, qui pis est, incommunicables ? i'avoy tousiours l'esprit de ce costé. Tout compté, il y a plus de peine à garder l'argent qu'à l'acquerir. Si ie n'en faisois du tout tant que i'en dy, au moins il me coustoit à m'empescher de le faire. De commodité, i'en tirois peu ou rien : pour avoir plus de moyens de despense, elle ne m'en poisoit pas moins ; car, comme disoit Bion, « Autant se fasche le chevelu comme le chauve, qu'on luy arrache le poil : » et, depuis que vous estes accoustumé et avez planté vostre fantasie sur certain monceau, il n'est plus à vostre service; vous n'oseriez l'escorner; c'est un bastiment qui, comme il vous semble, croulera tout si vous y touchez; il fault que la necessité vous prenne à la gorge

[1] A travers tant de mers orageuses. Catulle, IV, 18.
[2] Congrégations, couvents, qui passent la vie, etc.
[3] Ex. Mim. P. Syri. Godeau, évèque de Grasse, a traduit ainsi ce vers :
    Et comme elle a l'éclat du verre,
    Elle en a la fragilité.
Corneille a transporté cette traduction dans Polyeucte.
[4] Renverser, bouleverser toutes nos défenses et levées, sens dessus dessous.
[5] Chacun est l'artisan de sa fortune. Salluste, de Rep. ordin., I, 1.
[6] L'indigence au sein des richesses est la plus à plaindre. Sénèque, Epist. 74.

pour l'entamer : et auparavant i'engageois mes hardes et vendois un cheval, avecques bien moins de contraincte et moins envy[1], que lors ie ne faisois bresche à cette bourse favorie que ie tenois à part. Mais le danger estoit que malayseement peult on establir bornes certaines à ce desir (elles sont difficiles à trouver ez choses qu'on croit bonnes), et arrester un poinct à l'espargne : on va tousiours grossissant cet amas, et l'augmentant d'un nombre à aultre, jusques à se priver vilainement de la iouyssance de ses propres biens, et l'establir toute en la garde, et n'en user point. Selon cette espece d'usage, ce sont les plus riches gents du monde ceulx qui ont charge de la garde des portes et murs d'une bonne ville. Tout homme pecunieux est avaricieux, à mon gré. Platon renge ainsi les biens corporels ou humains : la santé, la beaulté, la force, la richesse : et la richesse, dict il, n'est pas aveugle, mais tresclairvoyante, quand elle est illuminee par la prudence. Dionysius le ieune eut bonne grace : On l'advertit que l'un de ses Syracusains avoyt caché dans terre un thresor ; il luy manda de luy apporter ; ce qu'il feit, s'en reservant à la desrobee quelque partie, avecques aquelle il s'en alla en une aultre ville, où, ayant perdu cet appetit de thesauriser, il se meit à vivre plus liberalement : ce qu'entendant, Dionysius luy feit rendre le demourant de son thresor, disant que, puisqu'il avoyt appris à en sçavoir user, il le luy rendoit volontiers.

Ie feus quelques annees en ce poinct : ie ne sçay quel bon daimon m'en iecta hors tresutilement, comme le Syracusain, et m'envoya toute cette conserve à l'abandon ; le plaisir de certain voyage de grande despense[2] ayant mis au pied cette sotte imagination : par où ie suis retumbé à une tierce sorte de vie (ie dy ce que i'en sens), certes plus plaisante beaucoup, et plus reglee ; c'est que ie fois courir ma despense quand et quand ma recepte ; tantost l'une devance, tantost l'aultre, mais c'est de peu qu'elles s'abandonnent. Ie vis du iour à la iournee, et me contente d'avoir de quoy suffire aux besoings, presents et ordinaires : aux extraordinaires, toutes les provisions du monde n'y sçauroient suffire. Et est folie de s'attendre que fortune elle mesme nous arme iamais suffisamment contre soy : c'est de nos armes qu'il la fault combattre ; les fortuites nous trahiront au bon du faict. Si i'amasse, ce n'est que pour l'esperance de quelque voysine emploite, non pour achetter des terres, de quoy ie n'ay que faire, mais pour achetter du plaisir. *Non esse cupidûm, pecunia est; non esse emacem, vectigal est*[3]. Ie n'ay ny gueres peur que bien me faille, ny nul desir qu'il

augmente : *divitiarum fructus est in copia; copiam declarat satietas*[4] et me gratifie singulierement que cette correction me soit arrivee en un aage naturellement enclin à l'avarice, et que ie me voye desfaict de cette folie si commune aux vieulx, et la plus ridicule de toutes les humaines folies.

Feraulez, qui avoyt passé par les deux fortunes, et trouvé que l'accroist de chevance n'estoit pas accroist d'appetit au boire, manger, dormir, et embrasser sa femme ; et qui, d'aultre part, sentoit poiser sur ses espaules l'importunité de l'œconomie, ainsin qu'elle faict à moy, delibera de contenter un ieune homme pauvre, son fidele amy, abboyant aprez les richesses ; et luy feit present de toutes les siennes, grandes et excessives, et de celles encores qu'il estoit en train d'accumuler touts les iours par la liberalité de Cyrus son bon maistre, et par la guerre ; moyennant qu'il prinst la charge de l'entretenir et nourrir honnestement comme son hoste et son amy. Ils vescurent ainsi depuis tresheureusement, et egualement contents du changement de leur condition.

Voylà un tour que i'imiterois de grand courage : et loue grandement la fortune d'un vieil prelat que ie veoy s'estre si purement demis de sa bourse, de sa recepte et de sa mise, tantost à un serviteur choisi, tantost à un aultre, qu'il a coulé un long espace d'annees autant ignorant cette sorte d'affaires de son mesnage comme un estranger. La fiance de la bonté d'aultruy est un non legier tesmoingnage de la bonté propre ; partant la favorise Dieu volontiers. Et pour son regard, ie ne veoy point d'ordre de maison ny plus dignement ny plus constamment conduict que le sien. Heureux qui aye reglé à si iuste mesure son besoing, que ses richesses y puissent suffire sans son soing et empeschement, et sans que leur dispensation ou assemblage interrompe d'aultres occupations qu'il suit, plus convenables, plus tranquilles, et selon son cœur !

L'aysance donc et l'indigence despendent de l'opinion d'un chascun ; et non plus la richesse que la gloire, que la santé, n'ont qu'autant de beaulté, et de plaisir, que leur en preste celuy qui les possede. Chascun est bien ou mal, selon qu'il s'en treuve : non de qui on le croid, mais qui le croid de soy, est content ; et en cela seul la creance se

---

(1) C'est-à-dire *et moins à contre-cœur*, minus invitus.
(2) Il s'agit probablement du voyage d'Italie, en 1580 et 81.
(3) C'est être riche que de n'être pas avide de richesses : c'est un revenu que de n'avoir pas la passion d'acheter. Cic., *Paradox.*, VI, 3.
(4) Le fruit des richesses est dans l'abondance, et la preuve de l'abondance, c'est le contentement. Cic., *Paradox.*, VI, 2.

donne essence et verité. La fortune ne nous faict ny bien ny mal ; elle nous en offre seulement la matiere et la semence : laquelle nostre ame, plus puissante qu'elle, tourne et applique comme il luy plaist ; seule cause et maistresse de sa condition heureuse ou malheureuse. Les accessions externes prennent saveur et couleur de l'interne constitution : comme les accoustrements nous eschauffent, non de leur chaleur, mais de la nostre, laquelle ils sont propres à couver et nourrir ; qui en abrieroit un corps froid, il en tireroit mesme service pour la froideur : ainsin se conserve la neige et la glace. Certes, tout en la maniere qu'à un faineant l'estude sert de torment ; à un yvrongne, l'abstinence du vin ; la frugalité est supplice au luxurieux ; et l'exercice, gehenne à un homme delicat et oysif : ainsin est il du reste. Les choses ne sont pas si douloureuses ny difficiles d'elles mesmes ; mais nostre foiblesse et lascheté les faict telles. Pour iuger des choses grandes et haultes, il fault une ame de mesme ; aultrement nous leur attribuons le vice qui est le nostre : un aviron droict semble courbe en l'eau ; il n'importe pas seulement qu'on veoye la chose, mais comment on la veoid.

Or sus, pourquoy, de tant de discours qui persuadent diversement les hommes de mespriser la mort et de porter la douleur, n'en trouvons nous quelqu'un qui face pour nous ? et de tant d'especes d'imaginations qui l'ont persuadé à aultruy, que chascun n'en applique il à soy une, le plus selon son humeur ? S'il ne peult digerer la drogue forte et abstersive pour desraciner le mal, au moins qu'il la prenne lenitive pour le soulager. *Opinio est quædam effeminata ac levis, nec in dolore magis, quam eadem in voluptate : qua quum liquescimus, fluimusque mollitia, apis aculeum sine clamore ferre non possumus... Totum in eo est, ut tibi imperes* [1]. Au demourant, on n'eschappe pas à la philosophie, pour faire valoir oultre mesure l'aspreté des douleurs et l'humaine foiblesse ; car on la contrainct de se reiecter à ces invincibles repliques : « S'il est mauvais de vivre en necessité, au moins de vivre en necessité il n'est aucune necessité : » « Nul n'est mal longtemps, qu'à sa faulte. » Qui n'a le cœur de souffrir ny la mort ny la vie ; qui ne veult ny resister ny fuyr : que luy feroit on ?

---

## CHAPITRE XLI.

### *De ne communiquer sa gloire.*

De toutes les resveries du monde, la plus receue et plus universelle est le soing de la reputation et de la gloire, que nous espousons iusques à quitter les richesses, le repos, la vie et la santé, qui sont biens effectuels et substantiaux, pour suivre cette vaine image et cette simple voix qui n'a ny corps ny prinse :

> La fama, ch' invaghisce a un dolce suono
> Voi superbi mortali, e par sì bella,
> È un' eco, un sogno, anzi del sogno un' ombra
> Ch' ad ogni vento si dilegua e sgombra [2] ;

et des humeurs desraisonnables des hommes, il semble que les philosophes mesmes se desfacent plus tard et plus envy de cette cy que de nulle aultre : c'est la plus revesche et opiniastre ; *quia etiam bene proficientes animos tentare non cessat* [3]. Il n'en est gueres de laquelle la raison accuse si clairement la vanité ; mais elle a ses racines si vifves en nous, que ie ne sçay si iamais aulcun s'en est peu nettement descharger. Aprez que vous avez tout dict et tout creu pour la desadvouer, elle produict contre vostre discours une inclination si intestine, que vous avez peu [4] que tenir à l'encontre : car, comme dict Cicero, ceulx mesmes qui la combattent, encores veulent ils que les livres qu'ils en escrivent portent au front leur nom, et se veulent rendre glorieux de ce qu'ils ont mesprisé la gloire. Toutes aultres choses tumbent en commerce : nous prestons nos biens et nos vies au besoing de nos amys ; mais de communiquer son honneur, et d'estrener aultruy de sa gloire, il ne se veoid gueres.

Catulus Luctatius, en la guerre contre les Cimbres, ayant faict touts ses efforts pour arrester ses soldats qui fuyoient devant les ennemys, se meit luy mesme entre les fuyards, et contrefeit le couard, à fin qu'ils semblassent plustost suivre leur capitaine que fuyr l'ennemy : c'estoit abandonner sa reputation pour couvrir la honte d'aultruy. Quand Charles cinquiesme passa en Provence l'an mil cinq cent trente sept, on tient que Antoine de Leve, veoyant l'empereur resolu de ce voyage, et l'estimant luy estre merveilleusement glorieux, opinoit toutesfois le contraire et le desconseilloit, à cette fin que toute la gloire et honneur de ce

---

(1) Par la douleur, comme par le plaisir, nos ames s'amollissent ; elles n'ont plus rien de mâle ni de solide, et une piqûre d'abeille nous arrache des cris... Tout consiste à savoir se commander. Cic., *Tusc. quæst.*, II, 22.

(2) La renommée, qui, par la douceur de sa voix, enchante les superbes mortels, et paroit si ravissante, n'est qu'un écho, un songe, ou plutôt l'ombre d'un songe qui se dissipe et s'évanouit en un moment. Tasso, *Gerus.*, cant. XIV, st. 63.

(3) Parce qu'elle ne cesse de tenter ceux même qui ont fait des progrès dans la vertu. D. Augst., *de Civit. Dei*, V, 14.

(4) C'est-à-dire, que vous avez peu de moyens de tenir à l'encontre.

conseil en feust attribué à son maistre, et qu'il feust dict, son bon advis et sa prevoyance avoir esté telle que, contre l'opinion de touts, il eut mis à fin une si belle entreprinse : qui estoit l'honnorer à ses despens. Les ambassadeurs thraciens, consolants Archileonide, mere de Brasidas, de la mort de son fils, et le hault louants iusques à dire qu'il n'avoyt point laissé son pareil, elle refusa cette louange privee et particuliere, pour la rendre au public : « Ne me dictes pas cela, repliqua elle ; ie sçay que la ville de Sparte a plusieurs citoyens plus grands et plus vaillants qu'il n'estoit. » En la bataille de Crecy[1], le prince de Gales, encores fort ieune, avoyt l'avant garde à conduire ; le principal effort de la rencontre feust en cet endroict : les seigneurs qui l'accompagnoient, se trouvants en dur party d'armes, manderent au roy Edouard de s'approcher pour les secourir. Il s'enquit de l'estat de son fils ; et luy ayant esté respondu qu'il estoit vivant et à cheval : « Ie luy ferois, dict il, tort de luy aller maintenant desrober l'honneur de la victoire de ce combat qu'il a si longtemps sousteneu ; quelque hazard qu'il y ayt, elle sera toute sienne ; » et n'y voulut aller ny envoyer, sçachant, s'il y feust allé, qu'on eust dict que tout estoit perdu sans son secours, et qu'on luy eust attribué l'advantage de cet exploict. *Semper enim quod postremum adiectum est, id rem totam videtur traxisse*[2]. Plusieurs estimoient à Rome, et se disoit communement, que les principaulx beaux faicts de Scipion estoient en partie deus à Lælius, qui toutesfois alla tousiours promouvant et secondant la grandeur et gloire de Scipion, sans aulcun soing de la sienne. Et Theopompus, roy de Sparte, à celuy qui luy disoit que la chose publicque demeuroit sur ses pieds, pour autant qu'il sçavoit bien commander : « C'est plustost, dict il, parce que le peuple sçait bien obeyr. »

Comme les femmes qui succedoient aux pairies avoyent, nonobstant leur sexe, droict d'assister et opiner aux causes qui appartienent à la iurisdiction des pairs : aussi les pairs ecclesiastiques, nonobstant leur profession, estoient tenus d'assister nos roys en leurs guerres, non seulement de leurs amys et serviteurs, mais de leur personne. Aussi l'evesque de Beauvais, se trouvant avecques Philippe Auguste en la bataille de Bouvines[3], participoit bien fort courageusement à l'effect ; mais il luy sembloit ne debvoir toucher au fruict et gloire de cet exercice sanglant et violent. Il mena de sa main plusieurs des ennemys à raison, ce iour là ; et les donnoit au premier gentilhomme qu'il trouvoit, à esgosiller[4] ou prendre prisonniers, luy en resignant tonte l'execution : et le feit ainsi de

Guillaume, comte de Salsberi, à messire Iehan de Nesle. D'une pareille subtilité de conscience à cette aultre[5], il vouloyt bien assommer, mais non pas blecer, et pourtant ne combattoit que de masse. Quelqu'un, en mes iours, estant reproché par le roy d'avoir mis les mains sur un presbtre, le nioit fort et ferme : c'estoit qu'il l'avoyt battu et foulé aux pieds.

# CHAPITRE XLII.
### De l'inequalité qui est entre nous.

Plutarque dict, en quelque lieu, qu'il ne treuve point si grande distance de beste à beste, comme il treuve d'homme à homme. Il parle de la suffisance de l'ame et qualitez internes. A la verité, ie treuve si loing d'Epaminondas, comme ie l'imagine, iusques à tel que ie cognoy, ie dy capable de sens commun, que i'encherirois volontiers sur Plutarque ; et dirois, qu'il y a plus de distance de tel à tel homme, qu'il n'y a de tel homme à telle beste ;

Hem ! vir viro quid præstat[6] ?

et qu'il y a autant de degrez d'esprits, qu'il y a d'ici au ciel de brasses, et autant innumerables. Mais, à propos de l'estimation des hommes, c'est merveille que, sauf nous, aulcune chose ne s'estime que par ses propres qualitez : nous louons un cheval de ce qu'il est vigoureux et adroict,

Volucrem
Sic laudamus equum, facili cui plurima palma
Fervet, et exsultat rauco victoria circo[7],

non de son harnois ; un levrier, de sa vistesse, non de son collier ; un oyseau[8], de son aile, non de ses longes et sonnettes : pourquoy de mesme n'estimons nous un homme par ce qui est sien ? Il a un grand train, un beau palais, tant de credit, tant de rente ; tout cela est autour de luy, non en luy. Vous n'achettez pas un chat en poche : si vous

(1) Donnée en 1546.
(2) Car ceux qui arrivent les derniers au combat semblent seuls avoir décidé la victoire. Tit.-Liv., XXVII, 45.
(3) Donnée en 1214, entre Lille et Tournay.
(4) *Couper le gosier, égorger.*
(5) C'est-à-dire, *par une subtilité de conscience pareille à cette autre dont je viens de parler, cet évêque voulait bien assommer*, etc.
(6) Ah ! qu'un homme peut être supérieur à un autre homme ! Térence, *Eunuque*, act. II, sc. 3, v. 1.
(7) On fait cas d'un coursier qui, fier et plein de cœur,
Fait paroître, en courant, sa bouillante vigueur ;
Qui jamais ne se lasse, et qui, dans la carrière,
S'est couvert mille fois d'une noble poussière.
Juv., VIII, 57, imité par Boileau.
(8) *Un oiseau de fauconnerie.*

marchandez un cheval, vous luy ostez ses hardes, vous le veoyez nud et à descouvert; ou s'il est couvert, comme on les presentoit anciennement aux princes à vendre, c'est par les parties moins necessaires, à fin que vous ne vous amusiez pas à la beaulté de son poil ou largeur de sa croupe, et que vous vous arrestiez principalement à considerer les iambes, les yeulx et le pied, qui sont les membres les plus utiles :

Regibus hic mos est: ubi equos mercantur, opertos
Inspiciunt; ne, si facies, ut sæpe, decora
Molli fulta pede est, emptorem inducat hiantem,
Quod pulchræ clunes, breve quod caput, ardua
                cervix [1] :

pourquoy estimant un homme, l'estimez vous tout enveloppé et empacqueté? Il ne nous faict montre que des parties qui ne sont aulcunement siennes, et nous cache celles par lesquelles seules on peult vrayement iuger de son estimation. C'est le pris de l'espee que vous cherchez, non de la gaine : vous n'en donnerez à l'adventure pas un quatrain[2], si vous l'avez despouillee. Il le fault iuger par luy mesme, non par ses atours; et, comme dict tresplaisamment un ancien : « Sçavez vous pourquoy vous l'estimez grand ? vous y comptez la haulteur de ses patins. » La base n'est pas de la statue. Mesurez le sans ses eschasses : qu'il mette à part ses richesses et honneurs; qu'il se presente en chemise. A il le corps propre à ses fonctions, sain et alaigre? Quelle ame a il? est elle belle, capable et heureusement prouveue de toutes ses pieces? est elle riche du sien, ou de l'aultruy? la fortune n'y a elle que veoir? Si les yeulx ouverts elle attend les espees traictes[3], s'il ne luy chault par où luy sorte la vie, par la bouche ou par le gosier; si elle est rassise, equable et contente : c'est ce qu'il fault veoir, et iuger par là les extremes differences qui sont entre nous. Est il

Sapiens, sibique imperiosus; [terrent;
Quem neque pauperies, neque mors, neque vincula
Responsare cupidinibus, contemnere honores
Fortis; et in se ipso totus teres atque rotundus,
Externi ne quid valeat per læve morari;
In quem manca ruit semper fortuna [4]?

un tel homme est cinq cents brasses au dessus des royaumes et des duchez; il est luy mesme à soy son empire :

Sapiens.... pol ipse fingit fortunam sibi [5] :

que luy reste il à desirer?

Nonne videmus,
Nil aliud sibi naturam latrare, nisi ut, quo

Corpore sciunctus dolor absit, mente fruatur
Iucundo sensu, cura semotu' metuque [6]?

Comparez luy la tourbe de nos hommes, stupide, basse, servile, instable, et continuellement flottante en l'orage des passions diverses qui la poulsent et repoulsent, pendante toute d'aultruy; il y a plus d'esloingnement que du ciel à la terre : et toutesfois l'aveuglement de nostre usage est tel, que nous en faisons peu ou point d'estat; là où, si nous considerons un païsan et un roy, un noble et un vilain, un magistrat et un homme privé, un riche et un pauvre, il se presente soubdain à nos yeulx une extreme disparité, qui ne sont differents, par maniere de dire, qu'en leurs chausses.

En Thrace, le roy estoit distingué de son peuple, d'une plaisante maniere et bien rencherie : il avoyt une religion à part, un dieu tout à luy, qu'il n'appartenoit à ses subiects d'adorer, c'estoit Mercure; et luy, desdaignoit les leurs, Mars, Bacchus, Diane. Ce ne sont pourtant que peinctures, qui ne font aulcune dissemblance essentielle : car, comme les ioueurs de comedie, vous les veoyez sur l'eschaffaud faire une mine de duc et d'empereur; mais tantost aprez les voylà devenus valets et crocheteurs miserables, qui est leur naïfve et originelle condition : aussi l'empereur, duquel la pompe vous esblouit en public;

Scilicet et grandes viridi cum luce smaragdi
Auro includuntur, teriturque thalassina vestis
Assidue, et Veneris sudorem exercita potat [7] :

veoyez le derriere le rideau; ce n'est rien qu'un homme commun, et, à l'adventure, plus vil que le moindre de ses subiects : *ille beatus invorsum est; istius bracteata felicitas est*[8]; la couardise, l'ir-

(1) Lorsque les princes achètent des chevaux, ils les examinent couverts, de peur que, si le cheval a les pieds mauvais et la tête belle, comme il arrive souvent, l'acheteur ne se laisse séduire en lui voyant une croupe arrondie, une tête effilée et une encolure relevée et hardie. Hon., Sat., I, 2, 86.

(2) Le quatrain, selon le dictionnaire de Trévoux, est une ancienne monnoie qui valoit un liard.

(5) Les épées nues, tirées du fourreau.

(4) Est-il sage et maitre de lui-même? verroit-il sans peur l'indigence, les fers, la mort? sait-il resister à ses passions, mépriser les honneurs? renfermé tout entier en lui-même, et semblable au globe parfait qu'aucune aspérité n'empêche de rouler, ne laisse-t-il aucune prise à la fortune? Hon., Sat., II, 7, 83.

(5) Le sage est l'artisan de son propre bonheur.
               PLAUTE, Trinummus, act. II, sc. 2, v. 84.
(6) Ecoutez le cri de la nature. Qu'exige-t-elle de vous? un corps exempt de douleur, une ame libre de terreurs et d'inquiétudes. LUCRECE, II, 16.
(7) Parce qu'à ses doigts brillent enchâssées dans l'or les émeraudes les plus grandes et du vert le plus éclatant: parce qu'il est toujours paré de riches habits qu'il use dans de honteux plaisirs. LUCRECE, IV, 1123.
(8) Le bonheur du sage est en lui-même: l'autre n'a qu'un bonheur superficiel. SENEQUE, Epist. 115.

resolution, l'ambition, le despit et l'envye, l'agitent comme un aultre;

> Non enim gazæ, neque consularis
> Summovet lictor miseros tumultus
> Mentis, et curas laqueata circum
>     Tecta volantes [1]:

et le soing et la crainte le tiennent à la gorge au milieu de ses armees.

> Re veraque metus hominum, curæque sequaces
> Nec metuunt sonitus armorum, nec fera tela;
> Audacterque inter reges, rerumque potentes
> Versantur, neque fulgorem reverentur ab auro [2].

La fiebvre, la migraine et la goutte l'espargnent elles non plus que nous? Quand la vieillesse luy sera sur les espaules, les archers de sa garde l'en deschargeront ils? quand la frayeur de la mort le transira, se rasseurera il par l'assistance des gentilshommes de sa chambre? quand il sera en ialousie et caprice; nos bonnettades [3] le remettront elles? Ce ciel de lict, tout enflé d'or et de perles, n'a aulcune vertu à rappaiser les tranchees d'une verte cholique.

> Nec calidæ citius decedunt corpore febres,
> Textilibus si in picturis, ostroque rubenti
> Iactaris, quam si plebeia in veste cubandum est [4].

Les flatteurs du grand Alexandre luy faisoient accroire qu'il estoit fils de Iupiter: un iour estant blecé, regardant escouler le sang de sa playe, « Eh bien! qu'en dites vous? dict il; est ce pas icy un sang vermeil et purement humain? il n'est pas de la trempe de celuy que Homere faict escouler de la playe des dieux. » Hermodorus le poëte avoyt faict des vers en l'honneur d'Antigonus, où il l'appelloit fils du soleil: et luy, au contraire: « Celuy, dict il, qui vuide ma chaize percee, sçait bien qu'il n'en est rien. » C'est un homme pour touts potages: et si de soy mesme c'est un homme mal nay, l'empire de l'univers ne le sçauroit rabiller.

>                           Puellæ
> Hunc rapiant; quidquid calcaverit hic, rosa fiat [5]:

quoy pour cela si c'est une ame grossiere et stupide? La volupté mesme et le bonheur ne se perçoivent point sans vigueur et sans esprit.

> Hæc perinde sunt, ut illius animus, qui ea possidet:
> Qui uti scit, ei bona; illi, qui non utitur recte, mala [6].

Les biens de la fortune, touts tels qu'ils sont, encores faut il avoir le sentiment propre à les savourer. C'est le iouyr, non le posseder, qui nous rend heureux.

> Non domus et fundus, non æris acervus, et auri,
> Ægroto domini deduxit corpore febres,
> Non animo curas. Valeat possessor oportet,
> Qui comportatis rebus bene cogitat uti:
> Qui cupit, aut metuit, iuvat illum sic domus, aut res,
> Ut lippum pictæ tabulæ, fomenta podagram [7].

Il est un sot, son goust est mousse et hebesté; il n'en iouyt non plus qu'un morfondu de la doulceur du vin grec, ou qu'un cheval, de la richesse du harnois duquel on l'a paré: tout ainsin comme Platon dict, que la santé, la beaulté, la force, les richesses, et tout ce qui s'appelle bien, est equalement mal a l'iniuste, comme bien au iuste; et le mal, au rebours. Et puis, où le corps et l'ame sont en mauvais estat, à quoy faire ces commoditez externes? veu que la moindre picqueure d'espingle, et passion de l'ame, est suffisante à nous oster le plaisir de la monarchie du monde. A la premiere strette [8] que luy donne la goutte, il a beau estre Sire et Maiesté,

> Totus et argento conflatus, totus et auro [9],

perd il pas le souvenir de ses palais et de ses grandeurs? s'il est en cholere, sa principaulté le garde elle de rougir, de paslir, de grincer les dents comme un fol? Or, si c'est un habile homme et bien nay, la royauté adiouste peu à son bonheur;

> Si ventri bene, si lateri est, pedibusque tuis, nil
> Divitiæ poterunt regales addere maius [10];

il veoid que ce n'est que biffe [11] et piperie. Ouy, à

---

(1) Les trésors entassés, les faisceaux consulaires, ne peuvent chasser les cruelles agitations de l'esprit, ni les soucis qui voltigent sous les lambris dorés. Hor., *Od.*, II, 16, 9.

(2) Les craintes et les soucis, inséparables de l'homme, ne s'effraient point du fracas des armes; ils se présentent hardiment à la cour des rois, et, sans respect pour le trône, s'asseyent à leurs côtés. Lucr., II, 47.—(3) *Nos salutations à coups de bonnet.*

(4) La fièvre ne vous quittera pas plus tôt, si vous êtes étendu sur la pourpre, ou sur ces tapis tissus à grands frais, que si vous êtes couché sur un lit plébéien. Lucrèce, II, 34.

(5) Que les jeunes filles se l'enlèvent, que partout les roses naissent sous ses pas. Pers., *Sat.*, II, 38.

(6) Ces choses sont tout ce que leur possesseur les fait être; des biens pour qui sait en user, des maux pour qui en fait un mauvais usage. Térence, *Heautont.*, act. I, sc. 3, v. 21.

(7) Cette maison superbe, ces terres immenses, ces tas d'or et d'argent, chassent-ils la fièvre et les soucis du maître? Pour jouir de ce qu'on possède, il faut être sain de corps et d'esprit. Pour quiconque est tourmenté de crainte ou de désir, toutes ces richesses sont comme des fomentations pour un goutteux, comme des tableaux pour des yeux qui ne peuvent souffrir la lumière. Hor., *Epist.*, I, 2, 47

(8) *Étreinte*; *stretta* vient de l'italien *stretta*, qui signifie la même chose.

(9) Tout couvert d'argent, tout brillant d'or. Tib., I, 2, 70.

(10) Avez-vous l'estomac bon, la poitrine excellente? n'êtes-vous point tourmenté de la goutte? les richesses des rois ne pourroient ajouter à votre bonheur. Hor., *Epist.*, I, 2, 5.

(11) *Trompeuse apparence.* Ce mot, qui vient sans doute de l'italien *beffa*, niche, moquerie, veut dire proprement *une pierre fausse*.

l'adventure, il sera de l'advis du roy Seleucus, « Que qui sçauroit le poids d'un sceptre, ne daigneroit l'amasser quand il le trouveroit à terre : » il le disoit pour les grandes et penibles charges qui touchent un bon roy. Certes, ce n'est pas peu de chose que d'avoir à regler aultruy, puisqu'à regler nous mesmes il se presente tant de difficultez. Quant au commander, qui semble estre si doulx, considerant l'imbecillité du iugement humain, et la difficulté du chois ez choses nouvelles et doubteuses, ie suis fort de cet advis, qu'il est bien plus aysé et plus plaisant de suivre que de guider; et que c'est un grand seiour d'esprit de n'avoir à tenir qu'une voye tracee, et à respondre que de soy :

Ut satius multo iam sit parere quietum ,
Quam regere imperio res velle [1].

Ioinct que Cyrus disoit qu'il n'appartenoit de commander à homme qui ne vaille mieulx que ceulx à qui il commande. Mais le roy Hieron, en Xenophon, dict davantage : Qu'en la iouyssance des voluptez mesmes, ils sont de pire condition que les privez; d'autant que l'aysance et la facilité leur oste l'aigredoulce poincte que nous y trouvons.

Pinguis amor, nimiumque potens, in tædia nobis
Vertitur, et, stomacho dulcis ut esca, nocet [2].

Pensons nous que les enfants de chœur prennent grand plaisir à la musique? la satieté la leur rend plustost ennuyeuse. Les festins, les dances, les masquarades, les tournois, resiouyssent ceulx qui ne les voyent pas souvent et qui ont desiré de les veoir; mais à qui en faict ordinaire, le goust en devient fade et malplaisant : ny les dames ne chatouillent celuy qui en iouyt à cœur saoul : qui ne se donne loysir d'avoir soif, ne sçauroit prendre plaisir à boire : les farces des bateleurs nous resiouyssent; mais aux ioueurs elles servent de corvee. Et qu'il soit ainsin, ce sont delices aux princes, c'est leur feste, de se pouvoir quelquesfois travestir et desmettre à la façon de vivre basse et populaire :

Plerumque gratæ principibus vices,
Mundæque parvo sub lare pauperum
Cœnæ, sine aulæis et ostro,
Sollicitam explicuere frontem [3].

Il n'est rien si empeschant, si degousté, que l'abondance. Quel appetit ne se rebuteroit à veoir trois cents femmes à sa mercy, comme les a le grand Seigneur en son serrail? Et quel appetit et visage de chasse s'estoit reservé celuy de ses ancestres, qui n'alloit iamais aux champs à moins de sept mille fauleonniers? Et oultre cela, ie croy que

ce lustre de grandeur apporte non legieres incommoditez à la iouyssance des plaisirs plus doulx ; ils sont trop esclairez et trop en butte : et ie ne sçay comment on requiert plus d'eulx de cacher et couvrir leur faulte; car ce qui est à nous indiscretion, à eulx le peuple iuge que ce soit tyrannie, mespris et desdaing des loix : et oultre l'inclination au vice, il semble qu'ils adioustent encores le plaisir de gourmander et soubmettre à leurs pieds les observances publiques. De vray, Platon, en son Gorgias, definit tyran celuy qui a licence en une cité de faire tout ce qui luy plaist : et souvent, à cette cause, la montre et publication de leur vice blece plus que le vice mesme. Chascun craint à estre espié et contreroollé : ils le sont iusques à leurs contenances et à leurs pensees, tout le peuple estimant avoir droict et interest d'en iuger; oultre ce que les taches s'agrandissent selon l'eminence et clarté du lieu où elles sont assises, et qu'un seing et une verrue au front paroissent plus que ne faict ailleurs une balafre. Voylà pourquoy les poètes feignent les amours de Iupiter conduictes soubs aultre visage que le sien; et de tant de practiques amoureuses qu'ils luy attribuent, il n'en est qu'une seule, ce me semble, où il se treuve en sa grandeur et maiesté.

Mais revenons à Hieron : il recite aussi combien il sent d'incommoditez en sa royauté, pour ne pouvoir aller et voyager en liberté, estant comme prisonnier dans les limites de son païs; et qu'en toutes ses actions il se treuve enveloppé d'une fascheuse presse. De vray, à veoir les nostres touts seuls à table, assiegez de tant de parleurs et regardants incogneus, i'en ay eu souvent plus de pitié que d'envye. Le roy Alphonse disoit que les asnes estoient en cela de meilleure condition que les roys; leurs maistres les laissent paistre à leur ayse : là où les roys ne peuvent pas obtenir cela de leurs serviteurs. Et ne m'est iamais tumbé en fantasie que ce feust quelque notable commodité, à la vie d'un homme d'entendement, d'avoir une vingtaine de contreroolleurs à sa chaize percee; ny que les services d'un homme qui a dix mille livres de rentes, ou qui a prins Casal ou deffendu Siene, luy soyent plus commodes et acceptables que d'un bon valet et bien experimenté. Les advantages principesques sont quasi advantages imaginaires; chasque degré de fortune a quelque image

(1) Il vaut bien mieux obéir tranquillement que de prendre le fardeau des affaires publiques. Lucrèce, V, 1126.
(2) L'amour déplaît, s'il est trop bien traité; c'est un aliment agreable dont l'excès devient nuisible. Ovide. Amor., II, 19, 25.
(3) Le changement plaît aux grands : une table propre, sans tapis, sans pourpre, un repas frugal sous le toit du pauvre, leur a souvent déridé le front. Hor., Od., III, 29, 13.

de principaulté; Cesar appelle roytelets touts les seigneurs ayants iustice en France de son temps. De vray, sauf le nom de Sire, on va bien avant avecques nos roys. Et voyez, aux provinces esloingnees de là court, nommons Bretaigne pour exemple, le train, les subiects, les officiers, les occupations, le service et cerimonie d'un seigneur retiré et casanier, nourry entre ses valets; et veoyez aussi le vol de son imagination, il n'est rien plus royal : il oyt parler de son maistre une fois l'an, comme du roi de Perse, et ne le recognoist que par quelque vieulx cousinage que son secretaire tient en registre. A la verité, nos loix sont libres assez; et le poids de la souveraineté ne touche un gentilhomme françois à peine deux fois en sa vie. La subiection essentielle et effectuelle ne regarde, d'entre nous, que ceulx qui s'y convient, et qui aiment à s'honnorer et enrichir par tel service : car qui se veult tapir en son foyer, et sçait conduire sa maison sans querelle et sans procez, il est aussi libre que le duc de Venise. *Paucos servitus, plures servitutem tenent* [1].

Mais sur tout Hieron faict cas de quoy il se veoid privé de toute amitié et société mutuelle, en laquelle consiste le plus parfaict et doulx fruict de la vie humaine. Car quel tesmoingnage d'affection et de bonne volonté puis ie tirer de celuy qui me doibt, veuille il ou non, tout ce qu'il peult? Puis ie faire estat de son humble parler et courtoise reverence, veu qu'il n'est pas en luy de me le refuser? L'honneur que nous recevons de ceulx qui nous craignent, ce n'est pas honneur; ces respects se doibvent à la royauté, non à moy.

> Maximum hoc regni bonum est,
> Quod facta domini cogitur populus sui
> Quam ferre, tam laudare [2].

Veoy ie pas que le meschant, le bon roy, celuy qu'on hait, celuy qu'on aime, autant en a l'un que l'aultre? De mesmes apparences, de mesme cerimonie estoit servy mon predecesseur, et le sera mon successeur. Si mes subiects ne m'offensent pas, ce n'est tesmoingnage d'aulcune bonne affection : pourquoy le prendroy ie en cette part là, puisqu'ils ne pourroient quand ils voudroient? Nul ne me suit pour l'amitié qui soit entre luy et moy; car il ne s'y sçauroit couldre amitié où il y a si peu de relation et de correspondance : ma haulteur m'a mis hors du commerce des hommes; il y a trop de disparité et de disproportion. Ils me suivent par contenance et par coustume, ou, plustost que moy, ma fortune, pour en accroistre la leur. Tout ce qu'ils me dient et font, ce n'est que fard, leur liberté estant bridee de toutes parts par

la grande puissance que i'ay sur eulx : ie ne veoy rien antour de moy, que couvert et masqué.

Ses courtisans louoient un iour Iulian l'empereur de faire bonne iustice : « Ie m'enorgueillirois volontiers, dict il, de ces louanges, si elles venoyent de personnes qui osassent accuser ou mesluer mes actions contraires, quand elles y seroient. » Toutes les vrayes commoditez qu'ont les princes leur sont communes avecques les hommes de moyenne fortune (c'est à faire aux dieux de monter des chevaulx aislez, et se paistre d'ambrosie) : ils n'ont point d'aultre sommeil et d'aultre appetit que le nostre; leur acier n'est pas de meilleure trempe que celuy de quoy nous nous armons; leur couronne ne les couvre ny du soleil ny de la pluie.

Diocletian, qui en portoit une si reveree et si fortunee, la resigna, pour se retirer au plaisir d'une vie privee; et quelque temps aprez, la necessité des affaires publiques requerant qu'il reveinst en prendre la charge, il respondit à ceulx qui l'en prioient : « Vous n'entreprendriez pas de me persuader cela, si vous aviez veu le bel ordre des arbres que i'ay moy mesme plantez chez moy, et les beaux melons que i'y ai semez. »

A l'advis d'Anacharsis, le plus heureux estat d'une police seroit où, toutes aultres choses estants equales, la precedence se mesureroit à la vertu, et le rebut au vice.

Quand le roy Pyrrhus entreprenoit de passer en Italie, Cineas, son sage conseiller, luy voulant faire sentir la vanité de son ambition : « Eh bien! sire, luy demanda il, à quelle fin dressez vous cette grande entreprinse? » « Pour me faire maistre de l'Italie, » respondit il soubdain. « Et puis, suivit Cineas, cela faict? » « Ie passeray, dict l'aultre, en Gaule et en Espaigne. » « Et aprez? » « Ie m'en iray subiuguer l'Afrique; et enfin, quand i'auray mis le monde en ma subiection, ie me reposeray et vivray content et à mon ayse. » « Pour dieu! sire, rechargea lors Cineas, dictes moy à quoy il tient que vous ne soyez dez à present, si vous voulez, en cet estat? pourquoy ne vous logez vous dez cette heure où vous dictes aspirer, et vous espargnez tant de travail et de hazard, que vous iectez entre deux? »

Nimirum, quia non bene norat, quæ esset habendi
Finis, et omnino quoad crescat vera voluptas [3].

(1) Peu d'hommes sont enchaînés à la servitude; un grand nombre s'y enchaînent. SÉNÈQUE, *Epist.* 22.
(2) Le plus grand avantage de la royauté, c'est que les peuples sont obligés non-seulement de souffrir, mais de louer les actions de leurs maîtres. SÉNÈQUE, *Thyest.*, act. II, sc. 1, v. 50.
(3) C'est qu'il ne connoissoit pas les bornes qu'on doit mettre à ses désirs; c'est qu'il ignoroit jusqu'où va le plaisir véritable. LUCRÈCE, V, 1431.

Ie m'en vois clorre ce pas par un verset ancien que ie treuve singulierement beau à ce propos : *Mores cuique sui fingunt fortunam*[1].

---

## CHAPITRE XLIII.

### *Des loix sumptuaires.*

La façon de quoy nos loix essayent à regler les folles et vaines despenses des tables et vestements, semble estre contraire à sa fin. Le vray moyen, ce seroit d'engendrer aux hommes le mespris de l'or et de la soye, comme de choses vaines et inutiles ; et nous leur augmentons l'honneur et le pris, qui est une bien inepte façon pour en desgouster les hommes. Car dire ainsin, qu'il n'y aura que les princes qui mangent du turbot, et qui puissent porter du velours et de la tresse d'or, et l'interdire au peuple, qu'est ce aultre chose que mettre en crédit ces choses là, et faire croistre l'envye à chascun d'en user ? Que les roys quittent hardiment ces marques de grandeur ; ils en ont assez d'aultres : tels excez sont plus excusables à tout aultre qu'à un prince. Par l'exemple de plusieurs nations, nous pouvons apprendre assez de meilleures façons de nous distinguer exterieurement, et nos degrez[2] ( ce que i'estime à la verité estre bien requis en un estat), sans nourrir pour cet effect cette corruption et incommodité si apparente. C'est merveille comme la coustume en ces choses indifferentes plante ayseement et soubdain le pied de son auctorité. A peine feusmes nous un an, pour le dueil du roy Henry second, à porter du drap à la court, il est certain que desia à l'opinion d'un chascun les soyes estoient venues à telle vilité, qui si vous en veoyiez quelqu'un vestu, vous en faisiez incontinent quelque homme de ville ; elles estoient demeurees en partage aux medecins et aux chirurgiens : et quoiqu'un chascun feust à peu prez vestu de mesme, si y avoyt il d'ailleurs assez de distinctions apparentes des qualitez des hommes. Combien soubdainement viennent en honneur parmy nos armees les pourpoincts crasseux de chamois et de toile ; et la polissure et richesse des vestements, à reproche et à mespris ! Que les roys commencent à quitter ces despenses, ce sera faict en un mois, sans edict et sans ordonnance : nous irons touts aprez. La loy debvroit dire, au rebours, que le cramoisy et l'orfevrerie est deffendue à toute espece de gents, sauf aux basteleurs et aux courtisanes. De pareille invention corrigea Zeleucus les mœurs corrompues des Locriens. Ses ordonnan-

ces estoient telles : « Que la femme de condition libre ne puisse mener aprez elle plus d'une chambriere, sinon lorsqu'elle sera yvre ; ny ne puisse sortir hors la ville, de nuict, ny porter ioyaux d'or à l'entour de sa personne, ny robbe enrichie de broderie, si elle n'est publicque et putain : Que, sauf les ruffiens, à homme ne loise[3] porter en son doigt anneau d'or, ny robbe delicate, comme sont celles des draps tissus en la ville de Milet. » Et ainsin, par ces exceptions honteuses, il divertissoit ingenieusement ses citoyens des superfluitez et delices pernicieuses : c'estoit une tres-utile maniere d'attirer, par honneur et ambition, les hommes à leur debvoir et à l'obeyssance.

Nos roys peuvent tout en telles reformations externes ; leur inclination y sert de loy : *Quidquid principes faciunt, præcipere videntur*[4] : le reste de la France prend pour regle la regle de la court. Qu'ils se desplaisent de cette vilaine chausseure qui montre si à descouvert nos membres occultes ; ce lourd grossissement de pourpoincts, qui nous faict touts aultres que nous ne sommes, si incommode à s'armer ; ces longues tresses de poil, effeminees ; cet usage de baiser ce que nous presentons à nos compaignons, et nos mains en les saluant, cerimonie deue aultresfois aux seuls princes ; et qu'un gentilhomme se treuve en lieu de respect sans espee à son costé, tout esbraillé et destaché, comme s'il venoyt de la garderobbe ; et que, contre la forme de nos peres et la particuliere liberté de la noblesse de ce royaume, nous nous tenons descouverts bien loing autour d'eulx, en quelque lieu qu'ils soyent ; et, comme autour d'eulx, autour de cent aultres, tant nous avons de tiercelets et quartelets de roys ; et ainsin d'aultres pareilles introductions nouvelles et vicieuses : elles se verront incontinent esvanouïes et descriees. Ce sont erreurs superficielles, mais pourtant de mauvais prognosticque ; et sommes advertis que le massif se desment quand nous veoyons fendiller l'enduict et la crouste de nos paroys.

Platon en ses loix, n'estime peste au monde plus dommageable à sa cité, que de laisser prendre liberté à la ieunesse de changer, en accoustrements, en gestes, en dances, en exercices et en chansons, d'une forme à une aultre ; remuant son iugement tantost en cette assiette, tantost en cette là ; courant aprez les nouvelletez, honnorant leurs inventeurs : par où les mœurs se corrompent, et

---

(1) Chacun se fait à soi-même sa destinée. Cons. Nep., *Vie d'Atticus*, c. 11.

(2) *Nous, et le rang que nous occupons.* — (3) Permet.

(4) Tout ce que les princes font, il semble qu'ils le commandent. Quintilien, *Déclam.* 3, p. 38, éd. de 1665.

toutes anciennes institutions viennent à desdaing et à mespris. En toutes choses, sauf simplement aux mauvaises la mutation est à craindre; la mutation des saisons, des vents, des vivres, des humeurs. Et nulles loix ne sont en leur vray credit, que celles ausquelles Dieu a donné quelque ancienne durée, de mode que personne ne sçache leur naissance, ny qu'elles ayent iamais esté aultres.

---

# CHAPITRE XLIV.

## *Du dormir.*

La raison nous ordonne bien d'aller tousiours mesme chemin, mais non toutesfois mesme train: et, ores que[1] le sage ne doibve donner aux passions humaines de se fourvoyer de la droicte carriere, il peult bien, sans interest de son debvoir, leur quitter aussi cela, d'en haster ou retarder son pas, et ne se planter comme un colosse immobile et impassible. Quand la vertu mesme seroit incarnée, ie croy que le pouls luy battroit plus fort, allant à l'assault qu'allant disner: voire il est necessaire qu'elle s'eschauffe et s'esmeuve. A cette cause, i'ay remarqué pour chose rare, de veoir quelquesfois aux grands personnages, aux plus haultes entreprinses et importants affaires, se tenir si entiers en leur assiette, que de n'en accourcir pas seulement leur sommeil. Alexandre le Grand, le iour assigné à cette furieuse bataille contre Darius dormit si profondement et si haulte matinée, que Parmenion feut contraict d'entrer en sa chambre, et, approchant de son lict, l'appeller deux ou trois fois par son nom pour l'esveiller, le temps d'aller au combat le pressant. L'empereur Othon ayant resolu de se tuer, cette mesme nuict, aprez avoir mis ordre à ses affaires domestiques, partagé son argent à ses serviteurs et affilé le trenchant d'une espee de quoy il se vouloyt donner, n'attendant plus qu'à sçavoir si chascun de ses amys s'estoit retiré en seureté, se print si profondement à dormir, que ses valets de chambre l'entendoient ronfler. La mort de cet empereur a beaucoup de choses pareilles à celle du grand Cato, et mesme cecy: car Cato estant prest à se desfaire, ce pendant qu'il attendoit qu'on luy rapportast nouvelles si les senateurs qu'il faisoit retirer s'estoient eslargis du port d'Utique, se meit si fort à dormir qu'on l'oyoit souffler, de la chambre voysine; et celuy qu'il avoyt envoyé vers le port l'ayant esveillé pour luy dire que la tormente empeschoit les senateurs de faire voile à leur ayse, il y en renvoya encores un aultre, et se r'enfon-

çant dans le lict, se remeit encores à sommeiller iusques à ce que ce dernier l'asseura de leur partement. Encores avons nous de quoy le comparer au faict d'Alexandre, en ce grand et dangereux orage qui le menaçoit par la sedition du tribun Metellus, voulant publier le decret du rappel de Pompeius dans la ville avecques son armée, lors de l'esmotion de Catilina; auquel decret Cato seul resistoit, et en avoyent eu Metellus et luy de grosses paroles et grandes menaces au senat: mais c'estoit au lendemain, en la place, qu'il falloit venir à l'execution, où Metellus, oultre la faveur du peuple et de Cesar, conspirant lors aux advantages de Pompeius, se debvoit trouver accompaigné de force esclaves estrangers et escrimeurs à oultrance, et Cato, fortifié de sa seule constance; de sorte que ses parents, ses domestiques et beaucoup de gents de bien en estoient en grand soulcy, et en y eut qui passerent la nuict ensemble sans vouloir reposer, ny boire, ny manger, pour le danger qu'il luy veoyoient preparé; mesme sa femme et ses sœurs ne faisoient que pleurer et se tormenter en sa maison: là où luy, au contraire, reconfortoit tout le monde; et, aprez avoir souppé comme de coustume, s'en alla coucher, et dormir de fort profond sommeil iusques au matin, que l'un de ses compaignons au tribunat le veint esveiller pour aller à l'escarmouche. La cognoissance que nous avons de la grandeur de courage de cet homme, par le reste de sa vie, nous peult faire iuger, en toute seureté, que cecy luy partoit d'une ame si loing eslevee au dessus de tels accidents, qu'il n'en daignoit entrer en cervelle, non plus que d'accidents ordinaires.

En la bataille navale que Augustus gaigna contre Sextus Pompeius en Sicile, sur le poinct d'aller au combat, il se trouva pressé d'un si profond sommeil, qu'il fallut que ses amys l'esveillassent pour donner le signe de la bataille: cela donna occasion à M. Antonius de luy reprocher, depuis, qu'il n'avoyt pas eu le cœur seulement de regarder les yeux ouverts l'ordonnance de son armée, et de n'avoir osé se presenter aux soldats, iusques à ce qu'Agrippa luy veinst annoncer la nouvelle de la victoire qu'il avoyt eu sur ses ennemys. Mais quant au ieune Marius, qui feit encores pis, car le iour de sa derniere iournee contre Sylla, aprez avoir ordonné son armée et donné le mot et signe de la bataille, il se coucha dessoubs un arbre à l'umbre pour se reposer, et s'endormit si serré qu'à peine se peut il esveiller de la route et fuyte de ses gents, n'ayant rien veu du combat; ils disent

---

[1] *Quoique le sage ne doive pas permettre aux*, etc.

que ce feust pour estre si extremement aggravé de travail et de faulte de dormir, que nature n'en pouvoit plus. Et à ce propos, les medecins adviseront si le dormir est si necessaire, que nostre vie en despende : car nous trouvons bien qu'on feit mourir le roy Perseus de Macedoine prisonnier à Rome, luy empeschant le sommeil; mais Pline en allegue qui ont vescu long temps sans dormir. Chez Herodote, il y a des nations ausquelles les hommes dorment et veillent par demy annees. Et ceulx qui escrivent la vie du sage Epimenides, disent qu'il dormit cinquante sept ans de suitte.

———

# CHAPITRE XLV.

### De la bataille de Dreux.

Il y eut tout plein de rares accidents en nostre bataille de Dreux [1]; mais ceulx qui ne favorisent pas fort la reputation de M. de Guyse, mettent volontiers en avant, qu'il ne se peult excuser d'avoir faict alte et temporisé avecques les forces qu'il commandoit, ce pendant qu'on enfonçoit monsieur le connestable, chef de l'armee, avecques l'artillerie, et qu'il valoit mieulx se hazarder, prenant l'ennemy par flanc, que, attendant l'advantage de le voir en queue, souffrir une si lourde perte. Mais, oultre ce que l'issue en tesmoingna, qui en debattra sans passion me confessera ayseement, à mon advis, que le but et la visee, non seulement d'un capitaine, mais de chasque soldat, doibt regarder la victoire en gros; et que nulles occurrences parlieres, quelque interest qu'il y ayt, ne le doibvent divertir de ce poinct là. Philopœmen, en un rencontre de Machanidas, ayant envoyé devant, pour attaquer l'escarmouche, bonne trouppe d'archers et gents de traict; et l'ennemy, aprez les avoir renversez, s'amusant à les poursuivre à toute bride, et coulant, aprez sa victoire, le long de la bataille où estoit Philopœmen, quoy que ses soldats s'en esmeussent, il ne feut d'advis de bouger de sa place, ny de se presenter à l'ennemy pour secourir ses gents; ains les ayant laissé chasser et mettre en pieces à sa veue, commença la charge sur les ennemys au bataillon de leurs gents de pied, lorsqu'il les veid tout à fait abandonnez de leurs gents de cheval; et bien que ce feussent Lacedemoniens, d'autant qu'il les print à l'heure que, pour tenir tout gaigné, ils commençoient à se desordonner; il en veint aysement à bout; et, cela faict, se meit à poursuivre Machanidas. Ce cas est germain à celuy de monsieur de Guyse.

En cette aspre bataille d'Agesilaus contre les Bœotiens, que Xenophon, qui y estoit, dict estre la plus rude qu'il eust oncques veu, Agesilaus refusa l'advantage, que fortune luy presentoit, de laisser passer le bataillon des Bœotiens et les charger en queue, quelque certaine victoire qu'il en preveist, estimant qu'il y avoyt plus d'art que de vaillance; et, pour montrer sa prouesse, d'une merveilleuse ardeur de courage choisit plustost de leur donner en teste : mais aussi feust il bien battu et bien blecé, et contrainct enfin de se desmesler, et prendre le party qu'il avoyt refusé au commencement, faisant ouvrir ses gents pour donner passage à ce torrent de Bœotiens; puis, quand ils feurent passez, prenant garde qu'ils marchoient en desordre comme ceulx qui cuidoient bien estre hors de tout danger, il les feit suivre et charger par les flancs: mais pour cela ne les peut il tourner en fuyte à val de route; ains se retirerent le petit pas, monstrants tousiours les dents, iusques à ce qu'ils se feurent rendus à sauveté.

———

# CHAPITRE XLVI.

### Des noms.

Quelque diversité d'herbes qu'il y ayt, tout s'enveloppe sous le nom de salade : de mesme, sous la consideration des noms, ie m'en vois faire icy une galimafree de divers articles.

Chasque nation a quelques noms qui se prennent ie ne sçay comment, en mauvaise part : et à nous Iehan, Guillaume [2], Benoist. Item, il semble y avoir, en genealogie des princes, certains noms fatalement affectez: comme des Ptolomees à ceulx d'Aegypte, des Henrys en Angleterre, Charles en France, Baudoins en Flandres, et en nostre ancienne Aquitaine, des Guillaumes, d'où l'on dict que le nom de Guienne est venu [3], par un froid rencontre, s'il n'en y avoyt d'aussi cruds dans Platon mesme.

Item, c'est une chose legiere, mais toutesfois digne de memoire par son estrangeté; et escripte par tesmoing oculaire, que Henry, duc de Normandie, fils de Henry second, roy d'Angleterre, faisant un festin en France, l'assemblee de la noblesse y

(1) Donnée en 1562, sous le règne de Charles IX, et gagnée par la conduite et la valeur du duc de Guise.
(2) Guillaume se disoit autrefois par mépris des gens dont on ne faisoit pas grand cas.
(3) Le nom de Guienne ne vient point de Guillaume, mais bien du mot Aquitania, l'Aquitaine, dont on a fait d'abord l'Aquienne, et ensuite la Guienne.

feut si grande, que, pour passe-temps, s'estant divisee en bandes par la ressemblance des noms; en la premiere trouppe qui feut des Guillaumes, il se trouva cent dix chevaliers assis à table portant ce nom, sans mettre en compte les simples gentilshommes et serviteurs.

Il est autant plaisant de distribuer les tables par les noms des assistants, comme il estoit à l'empereur Geta de faire distribuer le service de ses mets par la consideration des premieres lettres du nom des viandes : on servoit celles qui se commenceoient par M : mouton, marcassin, merlus, marsoin, ainsin des aultres.

Item, il se dict qu'il faict bon avoir bon nom, c'est à dire credit et reputation; mais encores, à la verité, est il commode d'avoir un nom beau, et qui aysement se puisse prononcer et retenir, car les roys et les grands nous en cognoissent plus aysement, et oublient plus mal volontiers; et de ceulx mesmes qui nous servent, nous commandons plus ordinairement et employons ceulx desquels les noms se presentent le plus facilement à la langue. I'ay veu le roy Henry second ne pouvoir nommer à droict un gentilhomme de ce quartier de Gascoigne; et à une fille de la royne, il feut luy mesme d'advis de donner le nom general de la race, parce que celuy de la maison paternelle luy sembla trop divers. Et Socrates estime digne du soing paternel de donner un beau nom aux enfants.

Item, on dict que la fondation de nostre Dame la grand' à Poitiers, print origine de ce qu'un icune homme desbauché, logé en cet endroict, ayant recouvré une garse, et luy ayant d'arrivée demandé son nom, qui estoit Marie, se sentit si vivement esprins de religion et de respect de ce nom sacrosainct de la Vierge mere de nostre Sauveur, que non seulement il la chassa soubdain, mais en amenda tout le reste de sa vie; et qu'en consideration de ce miracle, il feut basty, en la place où estoit la maison de ce ieune homme, une chapelle au nom de nostre Dame, et depuis l'eglise que nous y voyons. Cette correction voyelle et auriculaire, devotieuse, tira droict à l'ame : cette aultre suivante, de mesme genre, s'insinua par les sens corporels. Pythagoras, estant en compaignie de icunes hommes, lesquels il sentit complotter, eschauffez de la feste, d'aller violer une maison pudique, commanda à la menestriere de changer de ton; et, par une musique poisante, severe et spondaïque, enchanta tout doulcement leur ardeur, et l'endormit.

Item, dira pas la posterité que nostre reformation d'auiourd'huy ayt esté delicate et exacte, de n'avoir pas seulement combattu les erreurs et les

vices, et rempli le monde de devotion, d'humilité, d'obeyssance, de paix et de toute espece de vertu; mais d'avoir passé iusques à combattre ces anciens noms de nos baptesmes, Charles, Louys, François, pour peupler le monde de Mathusalem, Ezechiel, Malachie, beaucoup mieulx sentants de la foy? Un gentilhomme, mien voysin, estimant les commoditez du vieulx temps au pris du nostre, n'oublioit pas de mettre en compte la fierté et magnificence des noms de la noblesse de ce temps là, Dom Grumedan, Quedragan, Agesilan; et qu'à les ouyr seulement souner, il se sentoit qu'ils avoyent esté bien aultres gents que Pierre, Guillot, et Michel.

Item, ie sçay bon gré à Iacques Amyot d'avoir laissé, dans le cours d'une oraison françoise, les noms latins touts entiers, sans les bigarrer et changer pour leur donner une cadence françoise. Cela sembloit un peu rude au commencement; mais desia l'usage, par le credit de son Plutarque, nous en a osté toute l'estrangeté. I'ay souhaitté souvent que ceulx qui escrivent les histoires en latin nous laissassent nos noms touts tels qu'ils sont; car, en faisant de Vaudemont, *Vallemontanus*, et les metamorphosant pour les garber[1] à la grecque ou à la romaine, nous ne sçavons où nous en sommes, et en perdons la cognoissance.

Pour clorre nostre compte, c'est un vilain usage, et de tresmauvaise consequence en nostre France, d'appeler chascun par le nom de sa terre et seigneurie, et la chose du monde qui faict plus mesler et mescognoistre les races. Un cadet de bonne maison ayant eu pour son appanage une terre, sous le nom de laquelle il a esté cogneu et honnoré, ne peult honnestement l'abandonner : dix ans aprez sa mort, la terre s'en va à un estranger qui en faict de mesme; devinez où nous sommes de la cognoissance de ces hommes. Il ne fault pas aller querir d'aultres exemples que de nostre maison royale, où autant de partages, autant de surnoms : cependant l'originel de la tige nous est eschappé. Il y a tant de liberté en ces mutations, que de mon temps ie n'ay veu personne, eslevé par la fortune à quelque grandeur extraordinaire, à qui on n'ayt attaché incontinent des tiltres genealogiques nouveaux et ignorez à son pere, et qu'on n'ayt enté en quelque illustre tige : et, de bonne fortune, les plus obscures familles sont plus idoines[2] à falsification. Combien avons nous de gentilshommes en France qui sont de royale race selon leurs comptes? plus,

<hr/>

(1) *Garber*, vient de garbe ou galbe, qui signifie *montre, apparence*.

(2) *Idoine*; propre, convenable à une chose. *Idoneus*.

17

ce croy ie, que d'aultres. Feut il pas dict de boñne grace par un de mes amys? ils estoient plusieurs assemblez pour la querelle d'un seigneur contre un aultre; lequel aultre avoyt, à la verité, quelque prerogative de tiltres et d'alliances eslevees au dessus de la commune noblesse. Sur le propos de cette prerogative, chascun, cherchant à s'egualer à luy, alleguoit, qui une origine, qui une aultre, qui la ressemblance du nom, qui des armes, qui une vieille pancharte domestique; et le moindre se trouvoit arriere fils de quelque roy d'oultremer. Comme ce feut à disner, celtuy cy, au lieu de prendre sa place, se recula en profondes reverences, suppliant l'assistance de l'excuser de ce que, par temerité, il avoyt iusques lors vescu avec eulx en compaignon; mais qu'ayant esté nouvellement informé de leurs vieilles qualitez, il commenceoit à les honnorer selon leurs degrez, et qu'il ne luy appartenoit pas de se seoir parmy tant de princes. Aprez sa farce, il leur dict mille iniures : « Contentons nous, de par Dieu! de ce de quoy nos peres se sont contentez, et de ce que nous sommès; nous sommes assez, si nous le sçavons bien maintenir : ne desadvouons pas la fortune et condition de nos ayeuls, et ostons ces sottes imaginations, qui ne peuvent faillir à quiconque a l'impudence de les alleguer. »

Les armoiries n'ont de seureté non plus que les surnoms. Ie porte d'azur semé de trefles d'or, à une patte de lyon de mesme, armee de gueules, mise en fasce [1]. Quel privilege a cette figure pour demourer particulierement en ma maison? un gendre la transportera en une aultre famille : quelque chestif achetteur en fera ses premieres armes. Il n'est chose où il se rencontre plus de mutation et de confusion.

Mais cette consideration me tire par force à un aultre champ. Sondons un peu de prez, et, pour Dieu! regardons à quel fondement nous attachons cette gloire et reputation pour laquelle se boulleverse le monde : où asseons nous cette renommee que nous allons questant avecques si grand' peine? c'est, en somme, Pierre ou Guillaume qui la porte, prend en garde, et à qui elle touche. O la courageuse faculté que l'esperance, qui, en un subiect mortel, et en un moment, va usurpant l'infinité, l'immensité, l'éternité, et remplissant l'indigence de son maistre de la possession de toutes les choses qu'il peult imaginer et desirer, autant qu'elle veult! Nature nous a là donné un plaisant iouet! Et ce Pierre ou Guillaume, qu'est ce qu'une voix pour tous potages, ou trois ou quatre traicts de plume, premierement si aysez à varier, que ie demanderois volontiers, A qui touche l'honneur de

tant de victoires, à Guesquin, à Glesquin, ou à Gueaquin [2]? Il y auroit bien plus d'apparence icy, qu'en Lucien, que Σ mit T en procez [3] ; car

Non levia aut ludicra petuntur
Præmia [4];

il y va de bon ; il est question, laquelle de ces lettres doibt estre payee de tant de sieges, battailles, bleceures, prisons et services faicts à la couronne de France par ce sien fameux connestable.

Nicolas Denisot [5] n'a eu soing que des lettres de son nom, et en a changé toute la contexture pour en bastir le conte d'Alsinois, qu'il a estrené de la gloire de sa poesie et peincture. Et l'historien Suetone n'a aimé que le sens du sien ; et, en ayant privé Lenis, qui estoit le surnom de son pere, a laissé Tranquillus successeur de la reputation de ses escripts. Qui croiroit que le capitaine Bayard n'eust honneur que celuy qu'il a emprunté des faicts de Pierre Terrail? et qu'Antoine Esculin se laisse voler, à sa veue, tant de navigations et charges par mer et par terre, au capitaine Poulin et au baron de La Garde [6]?

Secondement, ce sont traicts de plume communs à mill'hommes. Combien y a il, en toutes les races, de personnes de mesme nom et surnom? et en diverses races, siecles et païs, combien? L'histoire a cogneu trois Socrates, cinq Platons, huict Aristotes, sept Xenophons, vingt Demetrius, vingt Theodores : et pensez combien elle n'en a pas cogneu. Qui empesche mon palefrenier de s'appeller Pompee le grand? Mais, aprez tout, quels moyens, quels ressorts y a il qui attachent à mon palefrenier trespassé; ou à cet aultre homme qui eust la teste tranchee en Aegypte, et qui ioignent à eulx cette voix glorifiee et ces traicts de plume ainsin honnorez, à fin qu'ils s'en advantagent?

Id cinerem et manes credis curare sepultos [7]?

---

(1) Montaigne, comme on le voit dans le *Journal de ses Voyages*, laissa ses armoiries à Plombières, à Ausbourg, et dans plusieurs autres villes ; à Pise, il les fit *blasonner et dorer avec de belles et vives couleurs*; ensuite il les encadra, et les cloua au mur de sa chambre, *sous la condition qu'elles y resteroient; son hôte, le capitaine Paulino, le lui promit, et en fit serment.*

(2) Ménage a remarqué qu'on nommoit le célèbre *Du Guesclin* de quatorze façons différentes : *Du Guéclin, Du Gayaquin, Du Guesquin, Guesquinius, Guesclinius, Guesquinas, etc.*

(3) Allusion au *Jugement des Voyelles*, par Lucien?

(4) Il ne s'agit pas ici d'un prix de peu de valeur. VIRG., *Én.*, XII, 764.

(5) Peintre et poëte, né au Mans l'an 1515.

(6) Antoine *Iscalin* (c'étoit son véritable nom) fut aussi appelé le *capitaine Poulin* et *baron de La Garde*. C'étoit un officier de fortune, qui se distingua dans la carrière militaire et dans celle des ambassades, sous les règnes de François Ier et de ses successeurs, jusqu'à Charles IX.

(7) Croyez-vous que tout cela puisse toucher une froide cendre et des mânes ensevelis? VIRG., *Énéid.*, IV, 34.

Quel ressentiment ont les deux compaignons en principale valeur entre les hommes, Epaminondas, de ce glorieux vers qui court tant de siecles pour luy en nos bouches,

Consiliis nostris laus est attrita Laconum [1];

et Africanus, de cet aultre,

À sole exoriente, supra Mæoti' paludes,
  Nemo est qui factis me æquiparare queat [2].

Les survivants se chatouillent de la douleur de ces voix, et, par icelles sollicitez de ialousie et desir, transmettent inconsidereement par fantasie aux trespassez cettuy leur propre ressentiment; et, d'une pipeuse esperance, se donnent à croire d'en estre capables à leur tour. Dieu le sçait. Toutesfois,

Ad hæc se
Romanus, Graiusque, et Barbarus induperator
Erexit; causas discriminis atque laboris
Inde habuit: tanto maior famæ sitis est, quam
Virtutis [3]!

# CHAPITRE XLVII.

*De l'incertitude de nostre iugement.*

C'est bien, ce que dict ce vers,

Ἐπέων δὲ πολὺς νομὸς ἔνθα καὶ ἔνθα.

« Il y a prou de loy [4] de parler, par tout, et pour et contre. »

Pour exemple :

Vince Hannibal, et non seppe usar poi
Ben la vittoriosa sua ventura [5].

Qui voudra estre de ce party, et faire valoir avecques nos gents la faulte de n'avoir dernierement poursuivy nostre poincte à Moncontour; ou qui voudra accuser le roi d'Espaigne [6] de n'avoir sçeu se servir de l'advantage qu'il eut contre nous à Sainct Quentin; il pourra dire cette faulte partir d'une ame enyvrée de sa bonne fortune, et d'un courage, lequel, plein et gorgé de ce commencement de bonheur, perd le goust de l'accroistre, desia par trop empesché à digerer ce qu'il en a : il en a sa brassee toute comble, il n'en peult saisir davantage, indigne que la fortune luy aye mis un tel bien entre mains : car quel proufit en sent il, si neantmoins il donne à son ennemy moyen de se remettre sus ? Quelle esperance peult on avoir qu'il ose une aultre fois attaquer ceulx cy ralliez et remis, et de nouveau armez de despit et de ven-

geance, qui ne le a osé ou sçeu poursuivre touts rompus et effroyez,

Dum fortuna calet, dum conficit omnia terror [7]?

Mais enfin, que peult il attendre de mieulx que ce qu'il vient de perdre ? Ce n'est pas comme à l'escrime, où le nombre des touches donne gaing : tant que l'ennemy est en pieds, c'est à recommencer de plus belle ; ce n'est pas victoire, si elle ne met fin à la guerre. En cette escarmouche où Cesar eut du pire prez la ville d'Oricum, il reprochoit aux soldats de Pompeius qu'il eust esté perdu, si leur capitaine eust sçeu vaincre : et luy chaussa bien aultrement les esperons quand ce feut à son tour.

Mais pourquoy ne dira on aussi, au contraire, Que c'est l'effect d'un esprit precipiteux et insatiable de ne sçavoir mettre fin à sa convoitise; Que c'est abuser des faveurs de Dieu, de leur vouloir faire perdre la mesure qu'il leur a prescripte; et Que de se reiecter au danger aprez la victoire, c'est la remettre encores un coup à la mercy de la fortune; Que l'une des plus grandes sagesses en l'art militaire, c'est de ne poulser son ennemy au desespoir? Sylla et Marius, en la guerre sociale, ayants desfaict les Marses, en veoyants encores une trouppe de reste qui, par desespoir, se revenoyent iecter sur eulx comme bestes furieuses, ne feurent pas d'advis de les attendre. Si l'ardeur de M. de Foix ne l'eust emporté à poursuivre trop asprement les restes de la victoire de Ravenne, il ne l'eust pas souillee de sa mort: toutesfois encores servit la recente memoire de son exemple à conserver M. d'Anguien de pareil inconvenient à Serisoles. Il faict dangereux assaillir un homme à qui vous avez osté tout aultre moyen d'eschapper que par les armes : car c'est une violente maistresse d'eschole que la necessité : *gravissimi sunt morsus irritatæ necessitatis* [8].

Vincitur haud gratis, iugulo qui provocat hostem [9].

(1) Sparte devant ma gloire abaissa son orgueil.
(2) De l'aurore au couchant il n'est point de guerriers
  Dont le front soit couvert de si nobles lauriers.
                                  Cic., *Tusc.*, V, 17.
(3) Voilà l'esperance qui enflamma les généraux grecs, romains et barbares; voilà ce qui leur fit endurer mille travaux, affronter mille dangers : tant il est vrai que l'homme est plus altéré de gloire que de vertu ! Juv., *Sat.*, X, 137.
(4) C'est-à-dire *il y a beaucoup de liberté de parler*, ou, *on peut parler à son aise.*
(5) Annibal vainquit les Romains; mais il ne sut pas profiter de sa victoire. Petrarca, *Sonnets.*
(6) Philippe II, qui battit les François près de Saint-Quentin, en 1556, le 10 d'aout, fête de saint Laurent.
(7) Lorsque la fortune entraîne tout, lorsque tout cède à la terreur. Lucain, VII, 734. — (8) Salluste, *Fragm.*, c. II.
(9) Celui qui défie la mort ne la reçoit guère sans la donner. Lucain, IV, 275.

Voylà pourquoy Pharax empescha le roy de Lacedemone, qui venoyt de gaigner la iournee contre
les Mantineens, de n'aller affronter mille Argiens
qui estoient eschappez entiers de la desconfiture;
ains les laisser couler en liberté, pour ne venir
à essayer la vertu picquee et despitee par le malheur. Clodomire, roy d'Aquitaine, aprez sa victoire, poursuivant Gondemar, roy de Bourgoigne,
vaincu et fuyant, le força de tourner teste; mais
son opiniastreté lui osta le fruict de sa victoire,
car il y mourut.

Pareillement, qui auroit à choisir, ou de tenir
ses soldats richement et sumptueusement armez,
ou armez seulement pour la necessité, il se presenteroit en faveur du premier party, duquel estoit
Sertorius, Philopœmen, Brutus, Cesar, et aultres,
que c'est tousiours un aiguillon d'honneur et de
gloire au soldat de se veoir paré, et une occasion
de se rendre plus obstiné au combat, ayant à sauver ses armes comme ses biens et heritages; raison, dict Xenophon, pourquoy les Asiatiques
menoient en leurs guerres, femmes, concubines,
avecques leurs ioyaux et richesses plus cheres.
Mais il s'offriroit aussi, de l'aultre part, qu'on
doibt plustost oster au soldat le soing de se conserver, que de le luy accroistre; qu'il craindra, par
ce moyen, doublement à se hazarder : ioinct que
c'est augmenter à l'ennemy l'envye de la victoire
par ces riches despovilles; et à lon remarqué que
d'aultres fois cela encouragea merveilleusement les
Romains à l'encontre des Samnites. Anthiochus,
montrant à Hannibal l'armee qu'il preparoit contre eulx, pompeuse et magnifique en toute sorte
d'equipage, et luy demandant : « Les Romains se
contenteront ils de cette armee? » « S'ils s'en contenteront? respondict il: vrayment, ouy; pour
avares qu'ils soyent. » Lycurgus deffendoit aux
siens, non seulement la sumptuosité en leur
equipage, mais encores de despouiller leurs ennemys vaincus; voulant, disoit il, que la pauvreté et frugalité reluisist avecques le reste de la
bataille.

Aux sieges et ailleurs où l'occasion nous approche de l'ennemy, nous donnons volontiers licence
aux soldats de le braver, desdaigner et iniurier de
toutes façons de reproches, et non sans apparence
de raison; car ce n'est pas faire peu de leur oster
toute esperance de grace et de composition, en
leur representant qu'il n'y a plus ordre de l'attendre de celuy qu'ils ont si fort oultragé, et qu'il ne
reste remede que de la victoire : si est ce qu'il en
mesprint à Vitellius; car ayant affaire à Othon,
plus foible en valeur de soldats desaccoustumez de
longue main du faict de la guerre, et amollis par

les delices de la ville, il les agacea tant enfin par
ses paroles picquantes, leur reprochant leur pusillanimité, et le regret des dames et festes qu'ils
venoyent de laisser à Rome, qu'il leur remeit par
ce moyen le cœur au ventre, ce que nuls exhortements n'avoyent sceu faire, et les attira luy mesme
sur ses bras, où lon ne les pouvoit poulser. Et de
vray, quand ce sont iniures qui touchent au vif,
elles peuvent faire ayseement que celuy qui alloit
laschement à la besongne pour la querelle de son
roy, y aille d'une aultre affection pour la sienne
propre.

A considerer de combien d'importance est la
conservation d'un chef en une armee, et que la
visee de l'ennemy regarde principalement cette
teste à laquelle tiennent toutes les aultres et en despendent, il semble qu'on ne puisse mettre en
doubte ce conseil, que nous veoyons avoir esté prins
par plusieurs grands chefs, de se travestir et desguiser sur le poinct de la meslee : toutesfois l'inconvenient qu'on encourt par ce moyen n'est pas
moindre que celuy qu'on pense fuyr; car le capitaine venant à estre mescognu des siens, le courage qu'ils prennent de son exemple et de sa presence vient aussi quand et quand à leur faillir, et
perdant la veue de ses marques et enseignes accoustumees, ils le iugent, ou mort, ou s'estre desrobé
desesperant de l'affaire. Et quant à l'experience,
nous luy veoyons favoriser tantost l'un, tantost
l'aultre party. L'accident de Pyrrhus, en la bataille
qu'il eut contre le consul Levinus en Italie, nous
sert à l'un et l'aultre visage; car pour s'estre voulu
cacher soubs les armes de Megacles, et luy avoir
donné les siennes, il sauva bien sans doubte sa vie,
mais aussi il en cuida encourir l'aultre inconvenient de perdre la iournee. Alexandre, Cesar, Lucullus, aimoient à se marquer au combat par des
accoustrements et armes riches, de couleur relui-
sante et particuliere. Agis, Agesilaus, et ce grand
Gylippus, au rebours, alloient à la guerre obscurement couverts et sans atour imperial.

A la bataille de Pharsale, entre aultres reproches qu'on donne à Pompeius, c'est d'avoir arresté
son armee pied coy, attendant l'ennemy : « Pour
« autant que cela (ie desroberay icy les mots mes-
« mes de Plutarque, qui valent mieulx que les
« miens) affoiblit la violence que le courir donne
« aux premiers coups; et quand et quand oste
« l'eslancement des combattants les uns contre les
« aultres, qui a accoustumé de les remplir d'impe-
« tuosité et de fureur, plus qu'aultre chose, quand
« ils viennent à s'entrechocquer de roideur, leur
« augmentant le courage par le cry et la course; et
« rend la chaleur des soldats, en maniere de dire,

« refroidie et figée. » Voyla ce qu'il dict pour ce roolle. Mais, si Cesar eust perdu, qui n'eust peu aussi bien dire, Qu'au contraire la plus forte et roide assiette est celle en laquelle on se tient planté sans bouger ; et Que qui est en sa marche arresté, resserrant et espargnant pour le besoing sa force en soy mesme, a grand advantage contre celuy qui est esbranlé, et qui a desia consommé à la course la moitié de son haleine ? oultre ce que l'armee estant un corps de tant de diverses pieces, il est impossible qu'elle s'esmeuve, en cette furie, d'un mouvement si iuste, qu'elle n'en altere ou rompe son ordonnance, et que le plus dispos ne soit aux prinses, avant que son compaignon le secoure. En cette vilaine battaille des deux freres Perses, Clearchus, Lacedemonien, qui commandoit les Grecs du party de Cyrus, les mena tout bellement à la charge, sans se haster : mais à cinquante pas prez, il les meit à la course, esperant, par la briefveté de l'espace, mesnager et leur ordre et leur haleine ; leur donnant cependant l'advantage de l'impetuosité pour leurs personnes et pour leurs armes à traicts. D'aultres ont reglé ce double en leurs armees, de cette maniere : « Si les ennemys vous cou-« rent sus, attendez les de pied coy ; s'ils vous at-« tendent de pied coy, courez leur sus. »

Au passage que l'empereur Charles cinquiesme feit en Provence, le roy François feut au propre d'eslire, ou de luy aller au devant en Italie, ou de l'attendre en ses terres : et bien qu'il considerast, Combien c'est d'advantage de conserver sa maison pure et nette des troubles de la guerre, à fin qu'entiere en ses forces, elle puisse continuellement fournir deniers et secours au besoing ; Que la necessité des guerres porte à touts les coups de faire le gast [1], ce qui ne se peult faire bonnement en nos biens propres ; et si, le païsan ne porte pas si doulcement ce ravage de ceulx de son party, que de l'ennemy, en maniere qu'il s'en peult ayseement allumer des seditions et des troubles parmy nous ; Que la licence de desrober et piller, qui ne peult estre permise en son païs, est un grand support aux ennuys de la guerre ; et qui n'a aultre esperance de gaing que sa solde, il est malaysé qu'il soit tenu en office, estant à deux pas de sa femme et de sa retraicte ; Que celuy qui met la nappe, tumbe tousiours des despens ; Qu'il y a plus d'alaigresse à assaillir qu'à deffendre ; et Que la secousse de la perte d'une battaille dans nos entrailles est si violente, qu'il est malaysé qu'elle ne croulle tout le corps, attendu qu'il n'est passion contagieuse comme celle de la peur, ny qui se prenne si ayseement à credit, et qui s'espande plus brusquement ; et que les villes qui auront ouï l'esclat de cette tem-

peste à leurs portes, qui auront recueilly leurs capitaines et soldats tremblants encores et hors d'haleine, il est dangereux sur la chaulde qu'elles ne se iectent à quelque mauvais party : si est ce qu'il choisit de rappeller les forces qu'il avoyt delà les monts, et de veoir venir l'ennemy. Car il peult imaginer, au contraire, Qu'estant chez luy et entre ses amys, il ne pouvoit faillir d'avoir planté [2] de toutes commoditez ; Les rivieres, les passages, à sa devotion, luy conduiroient et vivres et deniers en toute seureté, et sans besoing d'escorte ; Qu'il auroit ses subiects d'autant plus affectionnez, qu'ils auroient le danger plus prez ; Qu'ayant tant de villes et barrieres pour sa seureté, ce seroit à luy de donner loy au combat, selon son opportunité et advantage : Et, s'il luy plaisoit de temporiser, qu'à l'abry et à son ayse, il pourroit veoir morfondre son ennemy, et se desfaire soy mesme par les difficultez qui'le combattroient engagé en une terre contraire, où il n'auroit devant, ny derriere luy, ny à costé, rien qui ne luy feist guerre, ny le moyen de refreschir ou d'eslargir son armee, si les maladies s'y mettoient, ny de loger à couvert ses blecez, nuls deniers, nuls vivres, qu'à poincte de lance, nul loysir de se reposer et prendre haleine, nulle science de lieux ny de païs qui le sceust deffendre d'embusches et surprinses ; et, s'il venoyt à la perte d'une battaille, aulcun moyen d'en sauver les reliques. Et n'avoyt pas faulte d'exemples pour l'un et pour l'aultre party.

Scipion trouva bien meilleur d'aller assaillir les terres de son ennemy en Afrique, que de deffendre les siennes, et le combattre en Italie, où il estoit ; d'où bien luy print. Mais, au rebours, Hannibal, en cette mesme guerre, se ruyna d'avoir abandonné la conqueste d'un païs estranger pour aller deffendre le sien. Les Atheniens, ayants laissé l'ennemy en leurs terres pour passer en la Sicile, eurent la fortune contraire : mais Agathocles, roy de Syracuse, l'eut favorable, ayant passé en Afrique, et laissé la guerre chez soy.

Ainsin nous avons bien accoustumé de dire, avecques raison, que les evenements et issues despendent, notamment en la guerre, pour la pluspart, de la fortune ; laquelle ne se veult pas ranger et assubiectir à nostre discours et prudence, comme disent ces vers,

Et male consultis pretium est ; prudentia fallax.
Nec fortuna probat causas, sequiturque merentes,
Sed vaga per cunctos nullo discrimine fertur.

[1] Dégats.
[2] C'est-à-dire abondance. — Planté et plante, de plénité, qui vient de plénitas, abondance.

Scilicet est aliud, quod nos cogatque regatque
Maius, et in proprias ducat mortalia leges[1].

Mais à le bien prendre, il semble que nos conseils
et deliberations en dependent bien autant; et que
la fortune engage en son trouble et incertitude aussi
nos discours. « Nous raisonnons hazardeusement et
temerairement, dict Timæus en Platon, parce que,
comme nous, nos discours ont grande participation
à la temerité du hazard. »

---

# CHAPITRE XLVIII.

## *Des destriers.*

Me voicy devenu grammairien, moy qui n'apprins iamais langue que par routine, et qui ne sçay
encores que c'est d'adiectif, coniunctif, et d'ablatif. Il me semble avoir ouï dire que les Romains
avoyent des chevaulx qu'ils appelloient *funales*, ou
*dextrarios*[2], qui se menoient à dextre, ou à relais,
pour les prendre touts frais au besoing : et de là
vient que nous appellons *destriers* les chevaulx de
service; et nos romans disent ordinairement, *ades-
trer*, pour *accompaigner*. Ils appelloient aussi *de-
sultorios equos*, des chevaulx qui estoient dressez
de façon que, courants de toute leur roideur, ac-
couplez coste à coste l'un de l'aultre, sans bride,
sans selle, les gentilshommes romains, voire touts
armez, au milieu de la course se iectoient et reiectoient de l'un à l'aultre. Les Numides gendarmes
menoient en main un second cheval, pour changer
au plus chauld de la meslee : *quibus, desultorum
in modum, binos trahentibus equos, inter acerri-
mam sæpe pugnam, in recentem equum, ex fesso,
armatis transsultare mos erat : tanta velocitas ipsis,
tamque docile equorum genus*[3]! Il se treuve plusieurs chevaulx dressez à secourir leur maistre,
courir sus à qui presente une espee nue, se
iecter, des pieds et des dents, sur ceulx qui les
attaquent et affrontent : mais il leur advient plus
souvent de nuire aux amys qu'aux ennemys; ioinct
que vous ne les desprenez pas à vostre poste, quand
ils se sont une fois harpez, et demeurez à la misericorde de leur combat. Il mesprint lourdement à Artybius, general de l'armee de Perse,
combattant contre Onesilus, roy de Salamine, de
personne à personne, d'estre monté sur un cheval
façonné en cette eschole; car il feut cause de sa
mort, le coustilier[4] d'Onesilus l'ayant accueilly
d'une faulx entre les deux espaules, comme il s'estoit cabré sur son maistre. Et ce que les Italiens
disent, qu'en la bataille de Fornouve, le cheval
du roy Charles le deschargea, à ruades et penna-

des, des ennemys qui le pressoient, et qu'il estoit
perdu sans cela; ce feut un grand coup de hazard,
s'il est vray. Les Mammelus se vantent d'avoir les
plus adroicts chevaulx de gendarmes du monde;
que par nature et par coustume ils sont faicts à
cognoistre et distinguer l'ennemy, sur qui il fault
qu'ils se ruent de dents et de pieds, selon la voix
ou signe qu'on leur faict; et pareillement à relever, de la bouche, les lances et dards emmy la
place, et les offrir au maistre, selon qu'il le commande. On dict de Cesar, et aussi du grand Pompeius, que parmy leurs aultres excellentes qualitez, ils estoient fort bons hommes de cheval : et
de Cesar, qu'en sa ieunesse, monté à dos sur un
cheval, et sans bride, il luy faisoit prendre carriere, les mains tournees derriere le dos. Comme
nature a voulu faire de ce personnage, et d'Alexandre, deux miracles en l'art militaire, vous diriez
qu'elle s'est aussi efforcee à les armer extraordinairement : car chascun sçait, du cheval d'Alexandre, Bucephal, qu'il avoyt la teste retirant à celle
d'un taureau; qu'il ne se souffroit monter à personne
qu'à son maistre, ne peut estre dressé que par luy
mesme, feut honnoré aprez sa mort, et une ville
bastie en son nom. Cesar en avoyt aussi un aultre
qui avoyt les pieds de devant comme un homme,
ayant l'ongle couppee en forme de doigts, lequel ne
peust estre monté ni dressé que par Cesar, qui de-
dia son image aprez sa mort à la deesse Venus.

Ie ne desmonte pas volontiers quand ie suis à
cheval; car c'est l'assiette en laquelle ie me treuve
le mieulx, et sain, et malade. Platon la recommande pour la santé, aussi dict Pline qu'elle est
salutaire à l'estomach et aux ioinctures. Poursuivons doncques, puisque nous y sommes.

On lit en Xenophon la loy deffendant de voyager à pied à homme qui eust cheval. Trogus et
Iustinus disent que les Parthes avoyent accoustumé de faire à cheval, non seulement la guerre,
mais aussi touts leurs affaires publicques et privez,
marchander, parlementer, s'entretenir, et se promener; et que la plus notable difference des libres

---

(1) Souvent l'imprudence réussit, et la prudence nous trompe ;
souvent la fortune ne favorise pas les plus dignes : toujours inconstante, elle voltige çà et là au gré de ses caprices. C'est qu'il
y a une puissance supérieure qui nous maîtrise, et qui tient sous
sa dépendance toutes les choses mortelles. MANILIUS, IV, 95.

(2) *D'attelage, ou de main.*

(3) Comme ceux de nos cavaliers qui sautent d'un cheval sur
l'autre, les Numides avoient coutume de mener deux chevaux;
et, tout armés, dans le fort du combat, ils se jetoient souvent
d'un cheval fatigué sur un cheval frais : telle étoit leur agilité, et
la docilité de leurs chevaux! TITE-LIVE, XXIII, 29.

(4) On nommoit *coustilliers*, dit Fauchet, les valets qui portoient la *coustille*, et se tenoient près de l'homme d'armes.
*Coustille* étoit une épée, ou long poignard.

et des serfs, parmy eulx, c'est que les uns vont à cheval, les aultres à pied : institution nee du roy Cyrus.

Il y a plusieurs exemples en l'histoire romaine (et Suetone le remarque plus particulierement de Cesar), des capitaines qui commandoient à leurs gents de cheval de mettre pied à terre, quand ils se trouvoient pressez de l'occasion, pour oster aux soldats toute esperance de fuyte, et pour l'advantage qu'ils esperoient en cette sorte de combat : *quo, haud dubie, superat Romanus* [1] dict Tite Live. Si est il que la premiere provision de quoy ils se servoient à brider la rebellion des peuples de nouvelle conqueste, c'estoit leur oster armes et chevaulx : pourtant veoyons nous si souvent en Cesar: *arma proferri, iumenta produci, obsides dari iubet* [2]. Le grand Seigneur ne permet auiourd'huy, ni à chrestien, ny à iuif, d'avoir cheval à soy, soubs son empire.

Nos ancestres, et notamment du temps de la guerre des Anglois, ez combats solennels et iournees assignees, se mettoient, la pluspart du temps, touts à pied, pour ne se fier à aultre chose qu'à leur force propre et vigueur de leur courage et de leurs membres, de chose si chere que l'honneur et la vie. Vous engagez, quoy qu'en die Chrysanthes en Xenophon, vostre valeur et vostre fortune à celle de vostre cheval : ses playes et sa mort tirent la vostre en consequence; son effroy ou sa fougue vous rendent ou temeraire ou lasche; s'il a faulte de bouche ou d'esperon, c'est à vostre honneur à en respondre. A cette cause, ie ne treuve pas estrange que ces combats là feussent plus fermes et plus furieux, que ceulx qui se font à cheval :

> Cædebant pariter, pariterque ruebant
> Victores victique; neque his fuga nota, neque illis [3]:

leurs battailles se veoyent bien mieulx contestees; ce ne sont à cette heure que routes, *primus clamor atque impetus rem decernit* [4]. Et chose que nous appellons à la société d'un si grand hazard, doibt estre en nostre puissance le plus qu'il se peult; comme ie conseillerois de choisir les armes les plus courtes, et celles de quoy nous nous pouvons le mieulx respondre. Il est bien plus apparent de s'asseurer d'une espee que nous tenons au poing, que du boulet qui eschappe de nostre pistole, en laquelle il y a plusieurs pieces, la pouldre, la pierre, le rouet, desquelles la moindre qui vienne à faillir vous fera faillir vostre fortune. On assene peu seurement le coup que l'air vous conduict :

> Et, quo ferre velint, permittere vulnera ventis :
> Ensis habet vires; et gens quæcumque virorum est,
> Bella gerit gladiis [5].

Mais quant à cette arme là, i'en parleray plus amplement, où ie feray comparaison des armes anciennes aux nostres; et, sauf l'estonnement des aureilles, à quoy desormais chascun est apprivoisé, ie croy que c'est une arme de fort peu d'effect, et espere que nous en quitterons un iour l'usage. Celle de quoy les Italiens se servoient, de iect et à feu, estoit plus effroyable : ils nommoient *phalarica* une certaine espece de iaveline, armee par le bout d'un fer de trois pieds, à fin qu'il peust percer d'oultre en oultre un homme armé, et se lançoit tantost de la main en la campagne, tantost à tout des engins, pour deffendre les lieux assiegez : la hante, revestue d'estouppe empoixee et huilee, s'enflammoit de sa course; et, s'attachant au corps ou au bouclier, ostoit tout usage d'armes et de membres. Toutesfois il me semble que pour venir au ioindre, elle portast aussi empeschement à l'assaillant, et que le champ ionché de ces tronçons bruslants peult produire en la meslee une commune incommodité :

> Magnum stridens contorta phalarica venit,
> Fulminis acta modo [6].

Ils avoyent d'aultres moyens, à quoy l'usage les dressoit, et qui nous semblent incroyables par inexperience; par où ils suppleoient au deffault de nostre pouldre et de nos boulets. Ils dardoient leurs piles de telle roideur, que souvent ils en enfiloient deux boucliers et deux hommes armez, et les cousoient. Les coups de leurs fondes n'estoient pas moins certains et loingtains : *saxis globosis... funda, mare apertum incessentes... coronas modici circuli, magno ex intervallo loci, assueti traiicere, non capita modo hostium vulnerabant, sed quem locum destinassent* [7]. Leurs pieces de batteries representoient, comme l'effect, aussi le tintamarre, des nostres : *ad ictus mœnium cum terribili sonitu*

---

(1) Où, sans aucun doute, les Romains excellent. TITE-LIVE, IX, 22.
(2) Il commande qu'on livre armes, chevaux, otages. *De Bello Gallico*. VII, 11.
(3) Personne ne songeoit à fuir; les vainqueurs, les vaincus, avançoient, combattoient, frappoient, mouroient ensemble. VIRG. *Énéide*. X, 756.
(4) Les premiers cris et la première charge décident de la victoire. TITE-LIVE, XXV, 41.
(5) Lorsqu'on laisse aux vents le soin de diriger ses coups. L'épée est la force du soldat; toutes les nations guerrières combattent avec l'épée. LUCAIN, VIII, 384.
(6) Semblable à la foudre, la *phalarique* fendoit l'air avec un horrible sifflement. VIRG. *Énéide*, IX, 705.
(7) Exercés à lancer sur la mer les cailloux ronds que l'on trouve sur les rivages, et à tirer d'une distance considérable dans un cercle de médiocre grandeur, ils blessoient leurs ennemis non-seulement à la tête, mais à telle partie du visage qu'il leur plaisoit. TITE-LIVE, XXXVIII, 29.

*editos, pavor et trepidatio cepit* [1]. Les Gaulois nos cousins, en Asie, haïssoient ces armes traistresses et volantes; duicts à combattre main à main avecques plus de courage. *Non tam patentibus plagis moventur... ubi latior quam altior plaga est, etiam gloriosius se pugnare putant : iidem, quum aculeus sagittæ, aut glandis abditæ introrsus tenui vulnere in speciem urit... tum, in rabiem et pudorem tam parvæ perimentis pestis versi, prosternunt corpora humi* [2] : peincture bien voysine d'une harquebuzade. Les dix mille Grecs, en leur longue et fameuse retraicte, rencontrerent une nation qui les endommagea merveilleusement à coups de grands arcs et forts, et de sagettes si longues, qu'à les reprendre à la main, on les pouvoit reiecter à la mode d'un dard, et perceoient de part en part un bouclier et un homme armé. Les engins [3], que Dionysius inventa à Syracuse, à tirer des gros traits massifs et des pierres d'horrible grandeur, d'une si longue volee et impetuosité, representoient de bien prez nos inventions.

Encores ne fault il pas oublier la plaisante assiette qu'avoyt sur sa mule un maistre Pierre Pol, docteur en theologie, que Monstrelet recite avoir accoustumé se promener par la ville de Paris, assis de costé comme les femmes. Il dict aussi ailleurs que les Gascons avoyent des chevaux terribles, accoustumez de virer en courant : de quoy les François, Picards, Flamands et Brabançons faisoient grand miracle, « pour n'avoir accoustumé de les veoir; » ce sont ses mots. Cesar, parlant de ceulx de Suede [4] : « Aux rencontres qui se font à cheval, dict il, ils se iectent souvent à terre pour combattre à pied, ayant accoustumé leurs chevaux de ne bouger ce pendant de la place, ausquels ils recourent promptement, s'il en est besoing ; et, selon leur coustume, il n'est rien si vilain et si lasche que d'user de selles et bardelles; et mesprisent ceulx qui en usent : de maniere que, fort peu en nombre, ils ne craignent pas d'en assaillir plusieurs. » Ce que i'ay admiré aultrefois, de veoir un cheval dressé à se manier à toutes mains avecques une baguette, la bride avallee sur ses aureilles, estoit ordinaire aux Massyliens, qui se servoient de leurs chevaux sans selle et sans bride :

Et gens, quæ nudo residens Massylia dorso,
Ora levi flectit, frænorum nescia, virga [5].

Et Numidæ infræni cingunt [6].

*Equi sine frænis ; deformis ipse cursus, rigida cervice, et extento capite currentium* [7].

Le roy Alphonse [8], celuy qui dressa en Espaigne l'ordre des chevaliers de la Bande ou de l'Escharpe,

leur donna, entre aultres regles, de ne monter ny mule ny mulet, sur peine d'un marc d'argent d'amende; comme ie vieus d'apprendre dans les Lettres de Guavera, desquelles ceulx qui les ont appellees Dorees faisoient iugement bien aultre que i'en fois [9]. *Le Courtisan* [10] dict qu'avant son temps c'estoit reproche à un gentilhomme d'en chevaucher. Les Abyssins, au rebours, à mesure qu'ils sont les plus advancez prez le Pretteian leur prince, affectent pour la dignité et pompe de monter de grandes mules.

Xenophon recite que les Assyriens tenoient tousiours leurs chevaulx entravez au logis, tant ils estoient fascheux et farouches; et qu'il falloit tant de temps à les destacher et hanarcher, que, pour que cette longueur ne leur apportast dommage, s'ils venoyent à estre en desordre surprins par les ennemys, ils ne logeoient iamais en camp qui ne feust fossoyé et remparé. Son Cyrus, si grand maistre au faict de chevalerie, mettoit les chevaulx de son escot, et ne leur faisoit bailler à manger qu'ils ne l'eussent gaigné par la sueur de quelque exercice. Les Scythes, où la necessité les pressoit en la guerre, tiroient du sang de leurs chevaulx, et s'en abruvoient et nourrissoient :

Venit et epoto Sarmata pastus equo [11].

Ceulx de Crete, assiegez par Metellus, se trouverent en telle disette de tout aultre bruvage, qu'ils eurent à se servir de l'urine de leurs chevaulx.

Pour verifier combien les armees turquesques se conduisent et maintiennent à meilleure raison que les nostres, ils disent, qu'oultre ce que les

---

[1] Au retentissement des murailles frappées avec un bruit terrible, le trouble et l'effroi s'empara des assiégés. TITE-LIVE, XXXVIII, 5.

[2] La largeur des plaies ne les effraie pas: lorsque la blessure est plus large que profonde, ils s'en font gloire comme d'une preuve de valeur. Mais lorsque la pointe d'un dard ou une balle de plomb pénètre fort avant dans les chairs en laissant une ouverture peu apparente, alors, furieux de périr par une atteinte si légère, ils se roulent par terre de rage et de honte. TITE-LIVE, XXXVIII, 21.

[3] La *catapulte*, dont on attribue l'invention à Denys lui-même.

[4] Lisez *de Suève* ou *de Souabe*.

[5] Les Massyliens montent leurs chevaux à nu, et les font obéir à une simple verge, qui leur tient lieu de frein. LUCAIN, IV, 682.

[6] Et les Numides conduisent leurs chevaux sans frein. VIRG., *Énéid.*, IV, 41.

[7] Leurs chevaux sans frein ont l'allure désagréable, l'encolure roide, et la tête tendue en avant. TITE-LIVE, XXXV, 11.

[8] Alphonse XI, roi de Léon et de Castille, mort en 1350, à trente-huit ans.

[9] Voyez Bayle, au mot *Guevara*.

[10] C'est un ouvrage publié en italien par Bolthasar Castiglione, en 1528, sous le titre *del Cortegiano*.

[11] On y voit le Sarmate qui se nourrit du sang de cheval. MARTIAL, *Spectacul. Lib.*, epigr. 3, v. 4.

soldats ne boivent que de l'eau, et ne mangent que riz et de la chair salee mise en pouldre, de quoy chascum porte ayseement sur soy provision pour un mois, ils peuvent aussi vivre du sang de leurs chevaulx, comme les Tartares et Moscovites, et le salent.

Ces nouveaux peuples des Indes, quand les Espaignols y arriverent, estimerent, tant des hommes que des chevaulx, que ce feussent ou dieux, ou animaulx en noblesse au dessus de leur nature : aulcuns, aprez avoir esté vaincus, venants demander paix et pardon aux hommes, et leur apporter de l'or et des viandes, ne faillirent d'en aller autant offrir aux chevaulx avecques une toute pareille harangue à celle des hommes, prenants leur hennissement pour languague de composition et de trefve.

Aux Indes de deçà, c'estoit anciennement le principal et royal honneur de chevaucher un elephant; le second, d'aller en coche traisné à quatre chevaulx; le tiers, de monter un chameau; le dernier et plus vil degré, d'estre porté ou charrié par un cheval seul. Quelqu'un de nostre temps escript avoir veu, en ce climat là, des païs où on chevauche les bœufs avecques bastines, estriers et brides, et s'estre bien trouvé de leur porture.

Quintus Fabius Maximus Rutilianus, contre les Samnites, veoyant que ses gents de cheval, à trois ou quatre charges, avoyent failly d'enfoncer le battaillon des ennemys, print ce conseil; qu'ils debridassent leurs chevaulx, et brochassent[1] à toute force des esperons; si que, rien ne les pouvant arrester au travers des armes et des hommes renversez, ils ouvrirent le pas à leurs gents de pied, qui parfirent une tressanglante desfaicte. Autant en commanda Quintus Fulvius Flaccus contre les Celtiberiens : *Id cum maiore vi equorum facietis, si effrænatos in hostes equos immittitis; quod sæpe romanos equites cum laude fecisse sua, memoriæ proditum est... Detractisque frænis, bis ultro citroque cum magna strage hostium, infractis omnibus hastis, transcurrerunt*[2].

Le duc de Moscovie debvoit anciennement cette reverence aux Tartares, quand ils envoyoient vers luy des ambassadeurs, qu'il leur alloit au devant à pied, et leur presentoit un gobeau de laict de iument (bruvage qui leur est en delices); et si, en beuvant, quelque goutte en tumboit sur le crin de leurs chevaulx, il estoit tenu de le leicher avec la langue. En Russie, l'armee que l'empereur Baiazet y avoyt envoyee, feut accablee d'un si horrible ravage de neiges, que, pour s'en mettre à couvert et sauver du froid, plusieurs s'adviserent de tuer et eventrer leurs chevaulx pour se iecter dedans,

et iouyr de cette chaleur vitale. Baiazet, aprez cet aspre estour où il feut rompu par Tamburlan[3], se sauvoit belle erre[4] sur une iument arabesque, s'il n'eust esté contrainct de la laisser boire son saoul au passage d'un ruisseau; ce qui la rendit si flacque et refroidie, qu'il feut bien ayseement aprez acconsuivi par ceulx qui le poursuivoient. On dict bien qu'on les lasche, les laissant pisser; mais le boire, i'eusse plustost estimé qu'il l'eust renforcee.

Crœsus, passant le long de la ville de Sardis, y trouva des pastis où il y avoyt grande quantité de serpents, desquels les chevaulx de son armee mangeoient de bon appetit; qui feut un mauvais prodige à ses affaires, dict Herodote.

Nous appellons un cheval entier, qui a crin et aureille; et ne passent les aultres à la montre[5]: les Lacedemoniens, ayants desfaict les Atheniens en la Sicile, retournants de la victoire en pompe en la ville de Syracuse, entre aultres bravades, feirent tondre les chevaulx vaincus, et les menerent ainsi en triumphe. Alexandre combattit une nation, *Dahas*[6]. Ils alloient deux à deux armez à cheval à la guerre; mais, en la meslee, l'un descendoit à terre, et combattoient ores à pied, ores à cheval, l'un aprez l'aultre.

Ie n'estime point qu'en suffisance et en grace à cheval, nulle nation nous emporte. Bon homme de cheval, à l'usage de nostre parler, semble plus regarder au courage qu'à l'adresse. Le plus sçavant, le plus seur, le mieulx advenant à mener un cheval à raison, que i'aye cogneu, feut, à mon gré, monsieur de Carnavalet, qui en servoit nostre roy Henry second. I'ay veu homme donner carriere à deux pieds sur sa selle, demonter sa selle, et au retour la relever, reaccommoder, et s'y rasseoir, fuyant tousiours à bride avallee; ayant passé par dessus un bonnet, y tirer par derriere de bons coups de son arc; amasser ce qu'il vouloyt, se iectant d'un pied à terre, tenant l'aultre en l'estrier; et aultres pareilles singeries, de quoy il vivoit.

On a veu de mon temps, à Constantinople, deux hommes sur un cheval, lesquels, en sa plus roide course, se reiectoient, à tours[7], à terre, et puis sur la selle; et un qui, seulement des dents, bri-

---

(1) *Piquassent.*

(2) Pour que leur choc soit plus impétueux, débridez vos chevaux, dit-il; c'est une manœuvre dont le succès a souvent fait le plus grand honneur à la cavalerie romaine... A peine l'ordre est-il donné, qu'ils débrident leurs chevaux, percent les rangs ennemis, brisent toutes les lances, reviennent sur leurs pas, et font un grand carnage. TITE-LIVE, XL, 40.

(3) En 1402. On dit plus communément aujourd'hui *Tamerlan.*

(4) *En grande hâte.*

(5) *Et on n'en admet point d'autres dans les montres ou revues.*

(6) Les Dahes. — (7) *Tour à tour.*

18

doit et enharnachoit son cheval : un aultre qui, entre deux chevaulx, un pied sur une selle, l'aultre sur l'aultre, portant un second sur ses bras, picquoit à toute bride ; ce second, tout debout sur luy, tirant, en la course, des coups bien certains de son arc : plusieurs qui, les iambes contremont[1], donnoient carriere, la teste plantée sur leurs selles entre les poinctes des cimeterres attachez au harnois. En mon enfance, le prince de Sulmone, à Naples, maniant un rude cheval de toute sorte de maniements, tenoit soubs ses genouils, et soubs ses orteils, des reales[2], comme si elles y eussent esté clouées, pour montrer la fermeté de son assiette.

---

# CHAPITRE XLIX.

### Des coustumes anciennes.

I'excuserois volontiers, en nostre peuple, de n'avoir aultre patron et regle de perfection, que ses propres mœurs et usances ; car c'est un commun vice, non du vulgaire seulement, mais quasi de touts hommes, d'avoir leur visee et leur arrest sur le train auquel ils sont nays. Ie suis content, quand il verra Fabricius ou Lælius, qu'il leur treuve la contenance et le port barbare, puisqu'ils ne sont ny vestus ny façonnez à nostre mode : mais ie me plains de sa parliere indiscretion de se laisser si fort piper et aveugler à l'auctorité de l'usage present, qu'il soit capable de changer d'opinion et d'advis touts les mois, s'il plaist à la coustume, et qu'il iuge si diversement de soy mesme. Quand il portoit le busc de son pourpoinct entre les mammelles, il maintenoit, par vifves raisons, qu'il estoit en son vray lieu : quelques annees aprez, le voylà avalé iusques entre les cuisses ; il se mocque de son aultre usage, le treuve inepte et insupportable. La façon de se vestir presente luy faict incontinent condemner l'ancienne, d'une resolution si grande et d'un consentement si universel, que vous diriez que c'est quelque espece de manie qui luy tourneboule ainsin l'entendement. Parceque nostre changement est si subit et si prompt en cela, que l'invention de touts les tailleurs du monde ne sçauroit fournir assez de nouvelletez, il est force que bien souvent les formes mesprisees reviennent en credit, et celles là mesmes tumbent en mespris tantost aprez ; et qu'un mesme iugement prenne, en l'espace de quinze ou vingt ans, deux ou trois, non diverses seulement, mais contraires opinions, d'une inconstance et legiereté incroyable. Il n'y a si fin entre nous, qui ne se laisse embabouiner de cette contradiction, et esblouïr tant

les yeulx internes que les externes insensiblement.

Ie veulx icy entasser aulcunes façons anciennes que i'ay en memoire, les unes de mesme les nostres, les aultres differentes ; à fin qu'ayant en l'imagination cette continuelle variation des choses humaines, nous en ayons le iugement plus esclaircy et plus ferme.

Ce que nous disons de combattre à l'espee et la cape, il s'usoit encores entre les Romains, ce dict Cesar : *Sinistras sagis involvunt, gladiosque distringunt*[3] ; et remarque dez lors en nostre nation ce vice, qui y est encores, d'arrester les passants que nous rencontrons en chemin, et de les forcer de nous dire qui ils sont, et de recevoir à iniure et occasion de querelle, s'ils refusent de nous respondre.

Aux bains, que les anciens prenoient touts les iours avant le repas, et les prenoient aussi ordinairement que nous faisons de l'eau à laver les mains, ils ne se lavoient du commencement que les bras et les iambes ; mais depuis, et d'une coustume qui a duré plusieurs siecles et en la pluspart des nations du monde, ils se lavoient tout nuds d'eau mixtionnee et parfumee, de maniere qu'ils employoient pour tesmoignage de grande simplicité, de se laver d'eau simple. Les plus affettez et delicats se parfumoient tout le corps bien trois ou quatre fois par iour. Ils se faisoient souvent pinceter tout le poil, comme les femmes françoises ont prins en usage, depuis quelque temps, de faire leur front,

Quod pectus, quod crura tibi, quod brachia vellis[4],

quoyqu'ils eussent des oignements propres à cela.

Psilothro nitet, aut acida latet oblita creta[5].

Ils aimoient à se coucher mollement, et alleguent pour preuve de patience, de coucher sur les matelats. Ils mangeoient couchez sur des licts, à peu prez en mesme assiette que les Turcs de nostre temps :

Inde toro pater Æneas sic orsus ab alto[6].

Et dict on du ieune Cato, que depuis la bataille de Pharsale, estant entré en dueil du mauvais es-

---

(1) *En remontant ; de bas en haut.*
(2) *Sorte de monnoie d'Espagne.*
(3) Ils s'enveloppent la main gauche de leurs saies, et tirent l'epée. Césař, *de Bello civili*. I, 75.
(4) Tu t'épiles la poitrine, les iambes et les bras. Martial, II, 62, 1.
(5) Elle oint sa peau d'onguents dépilatoires, ou l'enduit de craie détrempée dans du vinaigre. Ib., VI, 93, 9.
(6) Alors, du lit élevé où il étoit placé, Enée parla ainsi. Virg. *Énéide*, II, 2.

tat des affaires publicques, il mangea tousiours assis, prenant un train de vie austere. Ils baisoient les mains aux grands, pour les honnorer et caresser. Et entre les amys, ils s'entrebaisoient, en se saluant, comme font les Venitiens :

*Gratatusque darem cum dulcibus oscula verbis* [1],

et touchoient aux genouils pour requerir et saluer un grand. Pasiclez le philosophe, frere de Cratez, au lieu de porter la main au genouil, la porta aux genitoires : celuy à qui il s'addressoit l'ayant rudement repoulsé : «Comment, dict il, cette partie n'est elle pas vostre, aussi bien que l'aultre ? » Ils mangeoient, comme nous, le fruict à l'issue de la table. Ils se torchoient le cul (il fault laisser aux femmes cette vaine superstition des paroles) avecques une esponge ; voylà pourquoy *spongia* est un mot obscœne en latin : et estoit cette esponge attachee au bout d'un baston, comme tesmoingne l'histoire de celuy qu'on menoit pour estre presenté aux bestes devant le peuple, qui demanda congé d'aller à ses affaires ; et n'ayant aultre moyen de se tuer, il se fourra ce baston et esponge dans le gosier, et s'en estouffa. Ils s'essuyoient le catze [2] de laine parfumee, quand ils en avoyent faict :

*At tibi nil faciam ; sed lota mentula lana* [3].

Il y avoyt aux carrefours à Rome des vaisseaux et demy cuves pour y apprester à pisser aux passants :

*Pusi sæpe lacum propter, se, ac dolia curta,*
*Somno devincti, credunt extollere vestem* [4].

Ils faisoient collation entre les repas. Et y avoyt en esté des vendeurs de neige pour refreschir le vin ; et y en avoyt qui se servoient de neige en hyver, ne trouvants pas le vin encore lors assez froid. Les grands avoyent leurs eschansons et trenchants ; et leurs fols, pour leur donner du plaisir. On leur servoit en hyver la viande sur les fouyers qui se portoient sur la table ; et avoyent des cuisines portatives, comme i'en ay veu, dans lesquelles tout leur service se traisnoit aprez eulx.

> Has vobis epulas habete, lauti :
> Nos offendimur ambulante cœna [5].

Et en esté, ils faisoient souvent, en leurs salles basses, couler de l'eau fresche et claire dans des canaux au dessoubs d'eulx, où il y avoyt force poisson en vie, que les assistants choisissoient et prenoient en la main, pour le faire apprester, chascun à sa poste [6]. Le poisson a tousiours eu ce privilege, comme il a encores, que les grands se meslent de le sçavoir apprester : aussi en est le goust beaucoup plus exquis que de la chair, au

moins pour moy. Mais en toute sorte de magnificence, desbauche, et d'inventions voluptueuses, de mollesse et de sumptuosité, nous faisons à la verité ce que nous pouvons pour les egaler (car nostre volonté est bien aussi gastee que la leur) ; mais nostre suffisance n'y peult arriver : nos forces ne sont non plus capables de les ioindre en ces parties là vicieuses, qu'aux vertueuses ; car les unes et les aultres partent d'une vigueur d'esprit qui estoit sans comparaison plus grande en eulx qu'en nous : et les ames, à mesure qu'elles sont moins fortes, elles ont d'autant moins de moyen de faire ny fort bien ny fort mal.

Le hault bout d'entre eulx, c'estoit le milieu. Le devant et derriere n'avoyent, en escrivant et parlant, aulcune signification de grandeur, comme il se veoid evidemment par leurs escripts : ils diront Oppius et Cesar aussi volontiers que Cesar et Oppius ; et diront Moy et Toy indifferemment, comme Toy et Moy. Voylà pourquoy i'ay aultrefois remarqué, en la vie de Flaminius de Plutarque françois, un endroict où il semble que l'aucteur, parlant de la ialousie de gloire qui estoit entre les Ætoliens et les Romains, pour le gaing d'une bataille qu'ils avoyent obtenu en commun, face quelque poids de ce qu'aux chansons grecques on nommoit les Ætoliens avant les Romains, s'il n'y a de l'amphibologie aux mots françois.

Les dames, estant aux estuves, y recevoient quand et quand des hommes ; et se servoient, là mesme, de leurs valets à les frotter et oindre :

*Inguina succinctus nigra tibi servus aluta* [7]
*Stat, quoties calidis nuda foveris aquis* [7].

Elles se saulpouldroient de quelque pouldre pour reprimer les sueurs.

Les anciens Gaulois, dict Sidonius Apollinaris, portoient le poil long par le devant, et le derriere de la teste tondu, qui est cette façon qui vient à estre renouvellee par l'usage effeminé et lasche de ce siecle.

Les Romains payoient ce qui estoit deu aux bateliers, pour leur nolcage [8], dez l'entree du ba-

---

(1) Je te baiserois en te felicitant dans les termes les plus touchants. OVIDE, *de Ponto* , IV, 9 , 15.
(2) C'est le mot italien *cozzo* ; le membre viril.
(3) MARTIAL, II, 58, 11.
(4) Les petits enfants endormis croient souvent lever leur robe pour uriner dans les réservoirs publics destinés à cet usage. LUCRÈCE, IV, 1024.
(5) Riches voluptueux, gardez ces mets pour vous : je n'aime pas un souper ambulant. MART., VII, 48, 4. — (6) *A son goust.*
(7) Un esclave, ceint d'un tablier de peau noire, se tient debout pour te servir, lorsque tu prends un bain chaud. MARTIAL, VII, 35, 1.
(8) *Nolcage*, du latin *naulum*; loyer d'un bateau.

teau, ce que nous faisons aprez estre rendu à port :

Dum æs exigitur, dum mula ligatur,
Tota abit hora[1].

Les femmes couchoient au lict du costé de la ruelle : voylà pourquoy on appelloit Cesar, *spondam regis Nicomedis*[2]. Ils prenoient haleine en beuvant. Ils baptisoient le vin :

Quis puer ocius
Restinguet ardentis falerni
Pocula prætereunte lympha[3] ?

Et ces champisses[4] contenances de nos laquays y estoient aussi :

O Iane! a tergo quem nulla ciconia pinsit,
Nec manus auriculas imitata est mobilis albas,
Nec linguæ, quantum sitiat canis Appula, tantum[5].

Les dames argiennes et romaines portoient le dueil blanc, comme les nostres avoyent accoustumé, et debvroient continuer de faire, si i'en estois creu. Mais il y a des livres entiers faicts sur cet argument.

---

# CHAPITRE

*De Democritus et Heraclitus.*

Le iugement est un outil à touts subiects, et se mesle partout : à cette cause, aux Essais que i'en fois icy, i'y employe toute sorte d'occasion. Si c'est un subiect que ie n'entende point, à cela mesme ie l'essaye, sondant le gué de bien loing ; et puis, le trouvant trop profond pour ma taille, ie me tiens à la rive : et cette recognoissance de ne pouvoir passer oultre, c'est un traict de son effect, ouy de ceulx[6] dont il se vante le plus. Tantost, à un subiect vain et de neant, i'essaye veoir s'il trouvera de quoy luy donner corps, et de quoy l'appuyer et l'estansonner[7] : tantost ie le promene à un subiect noble et tracassé, auquel il n'a rien à trouver de soy, le chemin en estant si frayé, qu'il ne peult marcher que sur la piste d'aultruy : là il faict son ieu à eslire la route qui luy semble la meilleure ; et de mille sentiers, il dict que cettuy cy ou cettuy là a esté le mieulx choisi. Ie prends, de la fortune, le premier argument ; ils me sont egualement bons, et ne desseigne iamais de les traicter entiers : car ie ne veoy le tout de rien ; ne font pas ceulx qui nous promettent de nous le faire veoir. De cent membres et visages qu'a chasque chose, i'en prends un, tantost à leicher seulement, tantost à efflorer, et parfois à

pincer iusqu'à l'os : i'y donne une poincte, non pas le plus largement, mais le plus profondement que ie sçay, et aime plus souvent à les saisir par quelque lustre inusité. Ie me hazarderois de traicter à fond quelque matiere, si ie me cognoissois moins, et me trompois en mon impuissance. Semant icy un mot, icy un aultre, eschantillons desprins de leur piece, escartez, sans desseing, sans promesse ; ie ne suis pas tenu d'en faire bon, ny de m'y tenir moy mesme, sans varier quand il me plaist, et me rendre au doubte et incertitude, et à ma maistresse forme, qui est l'ignorance.

Tout mouvement nous descouvre : cette mesme ame de Cesar qui se faict veoir à ordonner et dresser la bataille de Pharsale, elle se faict aussi veoir à dresser des parties oysifves et amoureuses : on iuge un cheval, non seulement à le veoir manier sur une carriere, mais encores à luy veoir aller le pas, voire et à le veoir en repos à l'estable. Entre les functions de l'ame, il en est de basses : qui ne la veoid encores par là, n'acheve pas de la cognoistre ; et à l'adventure, la remarque lon mieulx où elle va son pas simple. Les vents des passions la prennent plus en ses hautes assiettes : ioinct qu'elle se couche entiere sur chasque matiere, et s'y exerce entiere ; et n'en traicte iamais plus d'une à la fois, et la traicte, non selon elle, mais selon soy. Les choses, à part elles, ont peut-estre leurs poids, mesures et conditions ; mais au dedans, en nous, elle les leur taille comme elle l'entend. La mort est effroyable à Cicero, desirable à Cato, indifferente à Socrates. La santé, la conscience, l'auctorité, la science, la richesse, la beaulté, et leurs contraires, se despouillent à l'entree, et reçoivent, de l'ame, nouvelle vesture et de la teincture qu'il luy plaist ; brune, claire, verte, obscure, aigre, doulce, profonde, superficielle, et qu'il plaist à chascune d'elles ; car elles n'ont pas verifié en commun leurs styles, regles et formes ; chascune est royne en son estat. Parquoy ne prenons plus excuse des externes qualitez des choses ; c'est à nous à nous en rendre compte. Nostre bien et nostre mal ne tient qu'à nous. Offrons y nos offrandes et nos vœux ; non pas à la fortune : elle

---

(1) Une heure entière se passe à atteler la mule, et à faire payer les passagers. Hon., *Sat.*, I, 5, 13.

(2) La ruelle du roi Nicomède. Suétone, *César*, c. 49.

(3) Esclaves, hâtez-vous de tempérer l'ardeur de ce vin du Falerne, en y mêlant l'eau de cette source qui coule auprès de nous. Hon., *Od.*, II, 11, 18.

(4) *Malignes, goguenardes.*

(5) O Janus! on n'avoit garde de vous faire les cornes, les oreilles d'âne, ou de vous tirer la langue ; vous aviez deux visages ! Perse, *Sat.*, I, 58.

(6) *Même de ceux.* — (7) *Soutenir.*

ne peult rien sur nos mœurs; au rebours, elles l'entraisnent à leur suitte, et la moulent à leur forme. Pourquoy ne iugeray ie d'Alexandre à table, devisant et beuvant d'autant; ou s'il manioit des eschecs? quelle chorde de son esprit ne touche et n'employe ce niais et puerile ieu? ie le hais et fuys de ce qu'il n'est pas assez ieu, et qu'il nous esbat trop serieusement, ayant honte d'y fournir l'attention qui suffiroit à quelque bonne chose. Il ne feut pas plus embesongné à dresser son glorieux passage aux Indes; ny cet aultre, à desnouer un passage duquel despend le salut du genre humain. Veoyez combien nostre ame trouble cet amusement ridicule, si touts ses nerfs ne bandent; combien amplement elle donne loy à chascun, en cela, de se cognoistre et iuger droictement de soy. Ie ne me veois et retaste plus universellement en nulle aultre posture : quelle passion ne nous y exerce? la cholere, le despit, la haine, l'impatience, et une vehemente ambition de vaincre en chose en laquelle il seroit plus excusable de se rendre ambitieux d'estre vaincu; car la precellence rare, et au dessus du commun, messied à un homme d'honneur en chose frivole. Ce que ie dy en cet exemple se peult dire en touts aultres. Chasque parcelle, chasque occupation de l'homme l'accuse et le montre egalement qu'un' aultre.

Democritus et Heraclitus ont esté deux philosophes, desquels le premier, trouvant vaine et ridicule l'humaine condition, ne sortoit en public que qu'avecques un visage mocqueur et riant; Heraclitus ayant pitié et compassion de cette mesme condition nostre, en portoit le visage continuellement triste, et les yeulx chargez de larmes :

Alter
Ridebat, quoties a limine moverat unum
Protuleratque pedem; flebat contrarius alter [1].

J'aime mieulx la premiere humeur; non parce qu'il est plus plaisant de rire que de plorer, mais parce qu'elle est plus desdaigneuse, et qu'elle nous condemne plus que l'aultre; et il me semble que nous ne pouvons iamais estre assez mesprisez selon nostre merite. La plainte et la commiseration sont meslées à quelque estimation de la chose qu'on plaind : les choses de quoy on se mocque, on les estime sans pris. Ie ne pense point qu'il y ayt tant de malheur en nous, comme il y a de vanité; ny tant de malice, comme de sottise : nous ne sommes pas si pleins de mal, comme d'inanité; nous ne sommes pas si miserables, commes nous sommes vils. Ainsin Diogenes, qui baguenaudoit à part soy, roulant son tonneau, et hochant du nez le grand Alexandre, nous estimant des mouches ou

des vessies pleines de vent, estoit bien iuge plus aigre et plus poignant, et par consequent plus iuste à mon humeur, que Timon, celuy qui feut surnommé le Haïsseur des hommes: car ce qu'on hait, on le prend à cœur. Cettuy cy nous souhaittoit du mal, estoit passionné du desir de nostre ruyne, fuyoit nostre conversation comme dangereuse, de meschants et de nature despravee: l'aultre nous estimoit si peu, que nous ne pourrions ny le troubler ny l'alterer par nostre contagion; nous laissoit de compaignie, non pour la crainte, mais pour le desdaing, de nostre commerce; il ne nous estimoit capables ny de bien ny de mal faire.

De mesme marque feut la response de Statilius, auquel Brutus parla pour le ioindre à la conspiration contre Cesar: il trouva l'entreprinse iuste; mais il ne trouva pas les hommes dignes pour lesquels on se meist aulcunement en peine; conformement à la discipline de Hegesias, qui disoit, « Le sage ne debvoir rien faire que pour soy; d'autant que seul il est digne pour qui on face; » et à celle de Theodorus, « Que c'est iniustice, que le sage se hazarde pour le bien de son pays, et qu'il mette en peril la sagesse pour des fols. » Nostre propre condition est autant ridicule que risible.

---

## CHAPITRE LI.

### De la vanité des paroles.

Un rhetoricien du temps passé disoit que son mestier estoit, « De choses petites, les faire paroistre et trouver grandes. » C'est un cordonnier qui sçait faire de grands souliers à un petit pied. On luy eust faict donner le fouet en Sparte, de faire profession d'un art piperesse et mensongiere; et croy qu'Archidamus, qui en estoit roy, n'ouyt pas sans estonnement la response de Thucydides, auquel il s'enqueroit qui estoit plus fort à la luicte, ou Pericles, ou luy : « Cela, feit il, seroit malaysé à verifier : car, quand ie l'ay porté par terre en luictant, il persuade à ceulx qui l'ont veu qu'il n'est pas tumbé, et le gaigne. » Ceulx qui masquent et fardent les femmes, font moins de mal; car c'est chose de peu de perte de ne les veoir pas en leur naturel : là où ceulx cy font estat de tromper, non pas nos yeulx, mais nostre iugement, et d'abastardir et corrompre l'essence des choses. Les republiques qui se sont maintenues en un estat re-

---

[1] Dès qu'ils avoient mis le pied hors de la maison, l'un rioit, l'autre pleuroit. Jcv., Sat., X, 28.

glé et bien policé, comme la cretense ou lacedemonienne, elles n'ont pas faict grand compte d'o-
rateurs. Ariston definit sagement la rhetorique,
« Science à persuader le peuple : » Socrates, Platon, « Art de tromper et de flatter. » Et ceulx qui
le nient en la generale description, le verifient
partout en leurs preceptes. Les Mahometans en
deffendent l'instruction à leurs enfants, pour son
inutilité; et les Atheniens, s'appercevants combien
son usage, qui avoyt tout credit en leur ville, estoit
pernicieux, ordonnerent que sa principale partie,
qui est esmouvoir les affections, feust ostee ensemble les exordes et perorations. C'est un outil
inventé pour manier et agiter une tourbe et une
commune desreglee; et est outil qui ne s'employe
qu'aux estats malades, comme la medecine. En
ceulx où le vulgaire, où les ignorants, où touts,
ont tout peu, comme celuy d'Athenes, de Rhodes
et de Rome, et où les choses ont esté en perpetuelle tempeste, là ont afflué les orateurs. Et, à la
verité, il se veoid peu de personnages en ces republiques là qui se soient poulsez en grand credit,
sans le secours de l'éloquence. Pompeius, Cesar,
Crassus, Lucullus, Lentulus, Metellus, ont prins
de là leur grand appuy à se monter à cette grandeur d'auctorité où ils sont enfin arrivez, et s'en
sont aydez plus que des armes, contre l'opinion
des meilleurs temps; car L. Volumnius, parlant en
publique en faveur de l'election au consulat faicte
des personnes de Q. Fabius et P. Decius : « Ce sont
gents nays à la guerre, grands aux effects; au
combat du babil, rudes; esprits vrayement consulaires : les subtils, eloquents et sçavants, sont bons
pour la ville, preteurs à faire iustice, » dict il.
L'eloquence a flori le plus à Rome lorsque les affaires ont esté en plus mauvais estat, et que l'o-
rage des guerres civiles les agitoit : comme un
champ libre et indompté porte les herbes plus gaillardes. Il semble par là que les polices qui despendent d'un monarque en ont moins de besoing que
les aultres : car la bestise et facilité qui se treuve
en la commune, et qui la rend subiecte à estre ma-
niee et contournee par les aureilles au doulx son
de cette harmonie, sans venir à poiser et cognoistre la verité des choses par la force de raison;
cette facilité, dy ie, ne se treuve pas si ayseement
en un seul, et est plus aysé de le garantir, par
bonne institution et bon conseil, de l'impression
de cette poison. On n'a pas veu sortir de Macedoine, ny de Perse, aulcun orateur de renom.

I'en ay dict ce mot sur le subiect d'un Italien
que ie viens d'entretenir, qui a servy le feu cardinal Caraffe de maistre d'hostel iusques à sa mort.
Ie luy faisois conter de sa charge : il m'a faict un
discours de cette science de gueule, avecques une
gravité et contenance magistrale, comme s'il m'eust
parlé de quelque grand poinct de theologie : il
m'a dechifré une difference d'appetits; celuy
qu'on a à ieun, qu'on a aprez le second et tiers
service; les moyens tantost de luy plaire simplement, tantost de l'esveiller et picquer; la police
de ses saulces; premierement en general, et puis
particularisant les qualitez des ingredients et leurs
effects; les differences des salades selon leur saison, celle qui doibt estre reschauffee, celle qui
veult estre servie froide, la façon de les orner et
embellir pour les rendre encores plaisantes à la
veue. Aprez cela, il est entré sur l'ordre du service, plein de belles et importantes consideration
tions :

Nec minimo sane discrimine refert,
Quo gestu lepores, et quo gallina secetur [1];

et tout cela enflé de riches et magnifiques paroles,
et celles mesmes qu'on employe à traicter du gouvernement d'un empire. Il m'est souvenu de mon
homme :

Hoc salsum est, hoc adustum est, hoc lautum est
Illud recte; iterum sic memento: sedulo [parum;
Moneo, quæ possum, pro mea sapientia. [mea,
Postremo, tanquam in speculum, in patinas, De-
Inspicere iubeo, et moneo, quid facto usus sit [2].

Si est ce que les Grecs mesmes louerent grandement
l'ordre et la disposition que Paulus Æmilius observa au festin qu'il leur feit au retour de Macedoine. Mais ie ne parle point icy des effects, ie
parle des mots.

Je ne sçay s'il en advient aux aultres comme à
moi; mais ie ne me puis garder, quand i'oys nos
architectes s'enfler de ces gros mots de Pilastres,
Architraves, Corniches, d'ouvrages Corinthien et
Dorique, et semblables de leur iargon, que mon
imagination ne se saisisse incontinent du palais
d'Apollidon : et, par effect, ie treuve que ce sont
les chestifves pieces de la porte de ma cuisine.

Oyez dire Metonymie, Metaphore, Allegorie,
et aultres tels noms de la grammaire, semble il pas
qu'on signifie quelque forme de langage rare et

---

(1) Car ce n'est pas une chose indifférente que la manière dont
on s'y prend pour découper un lièvre ou un poulet. Juv., Sat.,
V, 125.

(2) Cela est trop salé, ceci est brûlé; cela n'est pas d'un goût
assez relevé ; ceci est fort bien: souvenez-vous de le faire de
même une autre fois. Je leur donne les meilleurs avis que je puis,
selon mes foibles lumières. Enfin, Déméa, je les exhorte à se
mirer dans leur vaisselle, comme dans un miroir, et je les avertis de tout ce qu'ils ont à faire. Térence, Adelph., acte III,
sc. 3. v. 71.

pellegrin [1]? ce sont tiltres qui touchent le babil de vostre chambriere.

C'est une piperie voysine à cette cy, d'appeller les offices de nostre estat par les tiltres superbes des Romains, encores qu'ils n'ayent aulcune ressemblance de charge, et encores moins d'auctorité et de puissance. Et cette cy aussi, qui servira, à mon advis, un iour de reproche à nostre siecle, d'employer indignement, à qui bon nous semble, les surnoms les plus glorieux de quoy l'ancienneté ayt honnoré un ou deux personnages en plusieurs siecles. Platon a emporté ce surnom de Divin, par un consentement universel qu'aulcun n'a essayé luy envier : et les Italiens, qui se vantent, et avecques raison, d'avoir communement l'esprit plus esveillé et le discours plus sain que les aultres nations de leur temps, en viennent d'estrener l'Aretin, auquel, sauf une façon de parler bouffie et bouillonnee de poinctes, ingenieuses à la verité, mais recherchees de loing et fantastiques, et oultre l'eloquence enfin, telle qu'elle puisse estre, ie ne veoy pas qu'il y ayt rien au dessus des communs aucteurs de son siecle : tant s'en fault qu'il approche de cette divinité ancienne. Et le surnom de Grand, nous l'attachons à des princes qui n'ont rien au dessus de la grandeur populaire.

---

## CHAPITRE LII.

### De la parcimonie des Anciens.

Attilius Regulus, general de l'armee romaine en Afrique, au milieu de sa gloire et de ses victoires contre les Carthaginois, escrivit à la chose publicque qu'un valet de labourage, qu'il avoyt laissé seul au gouvernement de son bien, qui estoit en tout sept arpents de terre, s'en estoit enfuy, ayant desrobé ses outils à labourer ; et demandoit congé pour s'en retourner et y pourvoir, de peur que sa femme et ses enfants n'en eussent à souffrir. Le senat prouveut à commettre un aultre à la conduicte de ses biens, et luy feit restablir ce qui luy avoyt esté desrobé, et ordonna que sa femme et enfants seroient nourris aux despens du publicque.

Le vieulx Cato, revenant d'Espaigne consul, vendit son cheval de service pour espargner l'argent qu'il eust cousté à le ramener par mer en Italie; et, estant au gouvernement de Sardaigne, faisoit ses visitations à pied, n'ayant avecques luy aultre suitte qu'un officier de la chose publicque qui luy portoit sa robbe et un vase à faire des sacrifices; et le plus souvent il portoit sa male luy

mesme. Il se vantoit de n'avoir iamais eu robbe qui eust cousté plus de dix escus, ny avoir envoyé au marché plus de dix sols pour un iour; et de ses maisons aux champs, qu'il n'en avoyt aulcune qui feust crepie et enduite par dehors.

Scipion Æmilianus, aprez deux triumphes et deux consulats, alla en legation avec sept serviteurs seulement. On tient qu'Homere n'en eut iamais qu'un, Platon trois; Zenon, le chef de la secte stoïcque, pas un. Il ne feut taxé que cinq souls et demy pour iour à Tiberius Gracchus, allant en commission pour la chose publicque, estant lors le premier homme des Romains.

---

## CHAPITRE LIII.

### D'un mot de Cesar.

Si nous nous amusions par fois à nous considerer ; et le temps que nous mettons à contrerooller aultruy, et à cognoistre les choses qui sont hors de nous, que nous l'employissions à nous sonder nous mesmes nous sentirions aysement combien toute cette nostre contexture est bastie de pieces foibles et desfaillantes. N'est ce pas un singulier tesmoingnage d'imperfection, ne pouvoir r'asseoir nostre contentement en aulcune chose; et que, par desir mesme et imagination, il soit hors de nostre puissance de choisir ce qu'il nous fault? De quoy porte bon tesmoingnage cette grande dispute qui a tousiours esté entre les philosophes, pour trouver le souverain bien de l'homme, et qui dure encores, et durera éternellement, sans resolution et sans accord.

Dum abest quod avemus, id exuperare videtur
Cætera ; post aliud, quum contigit illud, avemus,
Et sitis æque tenet [2].

Quoy que ce soit qui tumbe en nostre cognoissance et iouyssance, nous sentons qu'il ne nous satisfaict pas, et allons beeant aprez les choses advenir et incogneues, d'autant que les presentes ne nous saoulent point; non pas, à mon advis, qu'elles n'ayent assez de quoy nous saouler, mais c'est que nous les saisissons d'une prinse malade et desreglee :

Nam quum vidit hic, ad victum quæ flagitat usus,
Omnia iam ferme mortalibus esse parata ;

---

(1) Fin, poli, délicat, de l'italien pellegrino, qui signifie la même chose.
(2) Le bien qu'on n'a pas paroit toujours le bien suprême. En jouit-on? c'est pour soupirer après un autre avec la même ardeur. LUCRÈCE, III, 1095.

Divitiis homines , et honore , et laude potentes
Affluere, atque bona natorum excellere fama;
Nec minus esse domi cuiquam tamen anxia corda,
Atque animum infestis cogi servire querelis :
Intellexit ibi vitium vas efficere ipsum,
Omniaque, illius vitio, corrumpier intus,
Quæ collata foris et commoda quæque venirent [1].

Nostre appetit est irresolu et incertain; il ne sçait
rien tenir ny rien iouyr de bonne façon. L'homme,
estimant que ce soit le vice de ces choses qu'il
tient, se remplit et se paist d'aultres choses qu'il
ne sçait point et qu'il ne cognoist point où il applique ses desirs et ses esperances, les prend en
honneur et reverence, comme dict Cesar : *Com-
muni fit vitio naturæ , ut invisis, latitantibus atque
incognitis rebus magis confidamus , vehementiusque
exterreamur* [2].

## CHAPITRE LIV.

### *Des vaines subtilitez.*

Il est de ces subtilitez frivoles et vaines, par le
moyen desquelles les hommes cherchent quelquesfois de la recommandation ; comme les poëtes qui
font des ouvrages entiers de vers commenceants
par une mesme lettre; nous veoyons des œufs, des
boules, des ailes, des haches, façonnees anciennement par les Grecs avecques la mesure de leurs
vers, en les allongeant ou accourcissant, en maniere qu'ils viennent à representer telle ou telle
figure; telle estoit la science de celuy qui s'amusa
à compter en combien de sortes se pouvoient renger les lettres de l'alphabet, et y en trouva ce nombre incroyable qui se veoid dans Plutarque. Ie
treuve bonne l'opinion de celuy à qui on presenta
un homme apprins à iecter de la main un grain
de mil avecques telle industrie, que, sans faillir,
il le passoit tousiours dans le trou d'une aiguille;
et luy demanda lon, aprez, quelque present pour
loyer d'une si rare suffisance : sur quoy il ordonna
bien plaisamment, et iustement, à mon advis,
qu'on feist donner à cet ouvrier deux ou trois mi-
nots de mil, à fin qu'un si bel art ne demeurast sans
exercice. C'est un tesmoingnage merveilleux de la
foiblesse de nostre iugement, qu'il recommande
les choses par la rareté ou nouvelleté, ou encores
par la difficulté, si la bonté et utilité n'y sont
ioinctes.

Nous venons presentement de nous iouer chez
moy, à qui pourroit trouver plus de choses qui
se teinssent par les deux bouts extremes : comme,
Sire ; c'est un tiltre qui se donne à la plus eslevee
personne de nostre estat, qui est le Roy ; et se

donne aussi au vulgaire, comme aux marchands,
et ne touche point ceulx d'entre deux. Les femmes
de qualité, on les nomme Dames ; les moyennes,
Damoiselles ; et Dames encores, celles de la plus
basse marche. Les daiz qu'on estend sur les tables
ne sont permis qu'aux maisons des princes, et aux
tavernes. Democritus disoit que les dieux, et les
bestes, avoyent leurs sentimens plus aigus que les
hommes, qui sont au moyen estage. Les Romains
portoient mesme accoustrement les iours de dueil
et les iours de feste. Il est certain que la peur extreme, et l'extreme ardeur de courage , troublent
egalement le ventre et le laschent. Le saubriquet
de Tremblant, duquel le douziesme roy de Navarre Sancho feut surnommé, apprend que la
hardiesse, aussi bien que la peur, engendrent du
tremoussement aux membres. Ceulx qui armoient
ou luy, ou quelque aultre de pareille nature, à
qui la peau frissonnoit, essayerent à le rasseurer,
appetissans le dauger auquel il s'alloit iecter :
« Vous me cognoissez mal, leur dict il ; si ma
chair sçavoit iusques où mon courage la portera
tantost, elle s'en transiroit tout à plat. » La foiblesse qui nous vient de froideur et desgoustement
aux exercices de Venus, elle nous vient aussi d'un
appetit trop vehement, et d'une chaleur desreglee. L'extreme froideur, et l'extreme chaleur, cuisent et rostissent : Aristote dict que les cueux [3] de
plomb se fondent de froid et coulent de la rigueur de l'hyver, comme d'une chaleur vehemente. Le desir et la satieté remplissent de douleur les sieges au dessus et au dessoubs de la
volupté. La bestise et la sagesse se rencontrent en
mesme poinct de sentiment et de resolution à la
souffrance des accidents humains. Les sages gourmandent et commandent le mal, et les aultres l'i-
gnorent : ceulx cy sont, par maniere de dire, au
deçà des accidents ; les aultres au delà, lesquels,
aprez en avoir bien poisé et consideré les qualitez,
les avoir mesurez et iugez tels qu'ils sont, s'eslan-

---

(1) Epicure, considerant que les mortels ont à peu près tout
ce qui leur est nécessaire , et que cependant , avec des richesses,
des honneurs , de la gloire , et des enfants bien nés , ils n'en sont
pas moins en proie à mille chagrins intérieurs , et qu'ils ne peuvent s'empêcher de gémir comme des esclaves dans les fers,
comprit que tout le mal vient du vase même , qui , corrompu
d'avance , aigrit et altère ce qu'on y verse de plus précieux. Lv-
crèce, VI. 9.

(2) Il se faict, par un vice ordinaire de nature, que nous ayons
et plus de fiance et plus de crainte des choses que nous n'avons
pas veu, et qui sont cachees et incognues. *De Bello civil.*, II , 4.
— C'est Montaigne qui traduit ainsi ce passage dans deux éditions
de ses *Essais* , 1580 et 1588.

(3) C'est-à-dire *des masses de plomb* , telles qu'elles sortent de
la première fonte. On trouve ce mot dans Cotgrave , qui l'écrit
*queuse*, et le fait féminin. Ce que Montaigne appelle *cueux* , et
Cotgrave *queuse* , se nomme à présent *gueuse*.

cent au dessus par la force d'un vigoureux courage ; ils les desdaignent et foulent aux pieds, ayants une ame forte et solide, contre laquelle les traicts de la fortune venants à donner, il est force qu'ils reiaillissent et s'esmoussent, trouvants un corps dans lequel ils ne peuvent faire impression : l'ordinaire et moyenne condition des hommes loge entre ces deux extremitez ; qui est de ceulx qui apperceoivent les maulx, les sentent et ne les peuvent supporter. L'enfance et la decrepitude se rencontrent en imbecillité de cerveau ; l'avarice et la profusion, en pareil desir d'attirer et d'acquerir.

Il se peult dire, avecques apparence, qu'il y a ignorance abecedaire, qui va devant la science : une aultre doctorale, qui vient aprez la science ; ignorance que la science faict et engendre, tout ainsin comme elle desfaict et destruict la premiere. Des esprits simples, moins curieux et moins instruicts, il s'en faict de bons chrestiens, qui, par reverence et obeyssance, croyent simplement, et se maintiennent soubs les loix. En la moyenne vigueur des esprits et moyenne capacité, s'engendre l'erreur des opinions ; ils suivent l'apparence du premier sens, et ont quelque tiltre d'interpreter à niaiserie et bestise que nous soyons arrestez en l'ancien train, regardants à nous qui n'y sommes pas instruicts par estude. Les grands esprits, plus rassis et clairvoyants, font un aultre genre de biencroyants ; lesquels, par longue et religieuse investigation, penetrent une plus profonde et abstruse lumiere ez Escriptures, et sentent le mysterieux et divin secret de nostre police ecclesiastique ; pourtant en veoyons nous aulcuns estre arrivez à ce dernier estage par le second, avecques merveilleux fruict et confirmation, comme à l'extreme limite de la chrestienne intelligence, et iouyr de leur victoire avecques consolation, actions de graces, reformation de mœurs, et grande modestie. Et en ce reng n'entends ie pas loger ces aultres qui, pour se purger du souspeçon de leur erreur passee, et pour nous asseurer d'eulx, se rendent extremes, indiscrets et iniustes à la conduicte de nostre cause, et la tachent d'infinis reproches de violence. Les paisans simples sont honnestes gents ; et honnestes gents, les philosophes, ou, selon que nostre temps les nomme, des natures fortes et claires, enrichies d'une large instruction de sciences utiles : les mestis, qui ont desdaigné le premier siege de l'ignorance des lettres, et n'ont peu ioindre l'aultre (le cul entre deux selles, desquels ie suis et tant d'aultres), sont dangereux, ineptes, importuns ; ceulx cy troublent le monde. Pourtant, de ma part, ie me recule tant que ie puis dans le premier et naturel siege, d'où ie me suis pour neant essayé de partir.

La poësie populaire et purement naturelle a des naïfvetez et graces, par où elle se compare à la principale beaulté de la poësie parfaicte, selon l'art ; comme il se veoid ez villanelles de Gascoigne, et aux chansons qu'on nous rapporte des nations qui n'ont cognoissance d'aulcune science, ny mesme d'escripture : la poësie mediocre, qui s'arreste entre deux, et desdaignee, sans honneur et sans pris.

Mais parce que, aprez que le pas a esté ouvert à l'esprit, i'ay trouvé, comme il advient ordinairement, que nous avions prins pour un exercice malaysé et d'un rare subiect, ce qui ne l'est aulcunement, et qu'aprez que nostre invention a esté eschauffee, elle descouvre un nombre infiny de pareils exemples, ie n'en adiousteray que cettuy cy : Que si ces Essais estoient dignes qu'on en iugeast, il en pourroit advenir à mon advis, qu'ils ne plairoient gueres aux esprits communs et vulgaires, ny gueres aux singuliers et excellents ; ceulx là n'y entendroient pas assez ; ceulx cy y entendroient trop : ils pourroient vivoter en la moyenne region.

## CHAPITRE LV.

### Des senteurs.

Il se dict d'aulcuns, comme d'Alexandre le Grand, que leur sueur espandoit une odeur souefve, par quelque rare et extraordinaire complexion : de quoy Plutarque et aultres recherchent la cause. Mais la commune façon des corps est au contraire ; et la meilleure condition qu'ils ayent, c'est d'estre exempts de senteur : la douleeur mesme des haleines plus pures n'a rien de plus parfaict que d'estre sans aulcune odeur qui nous offense, comme sont celles des enfants bien sains. Voylà pourquoy, dict Plaute,

*Mulier tum bene olet, ubi nihil olet;*

« la plus exquise senteur d'une femme, c'est ne sentir rien. » Et les bonnes senteurs estrangeres, on a raison de les tenir pour suspectes à ceulx qui s'en servent, et d'estimer qu'elles soyent employees pour couvrir quelque default naturel de ce costé là. D'où naissent ces rencontres des poëtes anciens, C'est puïr que sentir bon.

*Rides nos, Coracine, nil olentes:*
*Malò, quam bene olere, nil olere* [1]

---

[1] Tu te moques de moi, Coracinus. parce que je ne suis point parfumé ; et moi, j'aime mieux ne rien sentir que de sentir bon. MARTIAL, VI, 55. 4.

Et ailleurs,

> Postume, non bene olet, qui bene semper olet[1].

I'aime pourtant bien fort à estre entretenu de bonnes senteurs; et hais oultre mesure les mauvaises, que ie tire de plus loing que tout aultre :

> Namque sagacius unus odoror,
> Polypus, an gravis hirsutis cubet hircus in alis,
> Quam canis acer, ubi lateat sus[2].

Les senteurs plus simples et naturelles me semblent plus agreables. Et touche ce soing principalement les dames : en la plus espesse barbarie, les femmes scythes, aprez s'estre lavees, se saulpoudrent et encroustent tout le corps et le visage de certaine drogue qui naist en leur terroir, odoriferante; et pour approcher les hommes, ayant osté ce fard, elles s'en treuvent et polies et parfumees. Quelque odeur que ce soit, c'est merveille combien elle s'attache à moy, et combien i'ay la peau propre à s'en abruver. Celuy qui se plainct de nature, de quoy elle a laissé l'homme sans instrument à porter les senteurs au nez, a tort; car elles se portent elles mesmes : mais à moy particulierement, les moustaches que i'ay pleines m'en servent; si i'en approche mes gauts ou mon mouchoir, l'odeur y tiendra tout un iour : elles accusent le lieu d'où ie viens. Les estroicts baisers de la ieunesse, savoureux, gloutons et gluants, s'y colloient aultrefois, et s'y tenoient plusieurs heures aprez. Et si pourtant ie me treuve peu subiect aux maladies populaires, qui se chargent par la conversation, et qui naissent de la contagion de l'air; et me suis sauvé de celles de mon temps, de quoy il y en a eu plusieurs sortes en nos villes et en nos armees. On lit de Socrates, que, n'estant iamais party d'Athenes pendant plusieurs recheutes de peste qui la tormenterent tant de fois, luy seul ne s'en trouva iamais plus mal.

Les medecins pourroient, ce croy ie, tirer des odeurs plus d'usage qu'ils ne font; car i'ay souvent apperceu qu'elles me changent, et agissent en mes esprits, selon qu'elles sont : qui me faict approuver ce qu'on dict, que l'invention des encens et parfums aux eglises, si ancienne et si espandue en toutes nations et religions, regarde à cela, de nous resiouyr, esveiller et purifier le sens, pour nous rendre plus propres à la contemplation.

Ie voudrois bien, pour en iuger, avoir eu ma part de l'ouvrage de ces cuisiniers qui sçavent assaisonner les odeurs estrangeres avecques la saveur des viandes; comme on remarqua singulierement au service du roy de Thunes[3], qui de nostre aage print terre à Naples, pour s'aboucher avec l'em-

pereur Charles. On farcissoit ses viandes de drogues odoriferantes, de telle sumptuosité, qu'un paon et deux faisands se trouverent sur ses parties revenir à cent ducats, pour les apprester selon leur maniere; et quand on les despeceoit, non la salle seulement, mais toutes les chambres de son palais, et les rues d'autour, estoient remplies d'une tressouefve vapeur, qui ne s'esvanouïssoit pas si soubdain.

Le principal soing que i'aye à me loger, c'est de fuyr l'air puant et poisant. Ces belles villes, Venise et Paris, alterent la faveur que ie leur porte, par l'aigre senteur, l'une de son marais, l'aultre de sa boue.

---

# CHAPITRE LVI.

### Des prieres.

Ie propose des fantasies informes et irresolues, comme font ceulx qui publient des questions doubteuses à desbattre aux escholes, non pour establir la verité, mais pour la chercher; et les soubmets au iugement de ceulx à qui il touche de regler, non seulement mes actions et mes escripts, mais encores mes pensees. Egualement m'en sera acceptable et utile la condemnation comme l'approbation, tenant pour absurde et impie, si rien se rencontre, ignoramment ou inadvertamment couché en cette rapsodie, contraire aux sainctes resolutions et prescriptions de l'Eglise catholique, apostolique et romaine, en laquelle ie meurs, et en laquelle ie suis nay : et pourtant, me remettant tousiours à l'auctorité de leur censure, qui peult tout sur moy, ie me mesle ainsin temerairement à toute sorte de propos, comme icy.

Ie ne sçay si ie me trompe; mais puisque, par une faveur parliere de la bonté divine, certaine façon de priere nous a esté prescripte et dictee mot à mot par la bouche de Dieu, il m'a tousiours semblé que nous en debvions avoir l'usage plus ordinaire que nous n'avons; et, si i'en estois creu, à l'entree et à l'issue de nos tables, à nostre lever et coucher, et à toutes actions parlieres ausquelles on a accoustumé de mesler des prieres, ie voudrois

(1) Celui qui sent toujours bon. Postumus, sent mauvais. MARTIAL, II, 12, 14.

(2) Mon odorat distingue les mauvaises odeurs plus subtilement qu'un chien d'excellent nez ne reconnoît la bauge du sanglier. Hor., *Epod*, 12, 4.

(3) Muley-Haçan, roi de Tunis, que Montaigne appelle, dans le chapitre VIII du second livre, *Muleusses*. Il prit terre à Naples en 1543; mais il n'y trouva point Charles-Quint, dont il renoit implorer une seconde fois l'appui contre ses sujets révoltés.

que ce feust le Patenostre que les chrestiens y employassent, sinon seulement, au moins tousiours. L'Eglise peult estendre et diversifier les prieres, selon le besoing de nostre instruction ; car ie sçay bien que c'est tousiours mesme substance et mesme chose : mais on debvoit donner à celle là ce privilege, que le peuple l'eust continuellement en la bouche ; car il est certain qu'elle dict tout ce qu'il fault, et qu'elle est trespropre à toutes occasions. C'est l'unique priere de quoy ie me sers partout, et la repete au lieu d'en changer : d'où il advient que ie n'en ay aussi bien en memoire que celle-là.

J'avoy presentement en la pensee, d'où nous venoyt cette erreur, de recourir à Dieu en touts nos desseings et entreprinses, et l'appeller à toute sorte de besoing, et en quelque lieu que nostre foiblesse veult de l'ayde, sans considerer si l'occasion est iuste ou iniuste ; et de escrier son nom et sa puissance, en quelque estat et action que nous soyons, pour vicieuse qu'elle soit. Il est bien nostre seul et unique protecteur, et peult toutes choses à nous ayder : mais encores qu'il daigne nous honnorer de cette doulce alliance paternelle, il est pourtant autant iuste, comme il est bon et comme il est puissant ; mais il use bien plus souvent de sa iustice que de son pouvoir, et nous favorise selon la raison d'icelle, non selon nos demandes.

Platon, en ses loix, fait trois sortes d'iniurieuse creance des dieux : « Qu'il n'y en aye point ; Qu'ils ne se meslent pas de nos affaires ; Qu'ils ne refusent rien à nos vœux, offrandes et sacrifices. » La premiere erreur, selon son advis, ne dura iamais immuable en homme, depuis son enfance iusques à sa vieillesse. Les deux suivantes peuvent souffrir de la constance.

Sa iustice et sa puissance sont inseparables : pour neant implorons nous sa force en une mauvaise cause. Il fault avoir l'ame nette, au moins en ce moment auquel nous le prions, et deschargee de passions vicieuses ; aultrement nous luy presentons nous mesmes les verges de quoy nous chastier : au lieu de rabiller nostre faulte, nous la redoublons, presentants, à celuy à qui nous avons à demander pardon, une affection pleine d'irreverence et de haine. Voylà pourquoy ie ne loue pas volontiers ceulx que ie voy prier Dieu plus souvent et plus ordinairement, si les actions voysines de la priere ne me tesmoignent quelque amendement et reformation,

Si, nocturnus adulter,
Tempora Santonico velas adoperta cucullo [1].

Et l'assiette d'un homme meslant à une vie execrable la devotion, semble estre aulcunement plus condemnable que celle d'un homme conforme à soy, et dissolu partout : pourtant refuse nostre Eglise touts les iours la faveur de son entree et societé aux mœurs obstinees à quelque insigne malice. Nous prions par usage et par coustume, ou, pour mieulx dire, nous lisons et prononceons nos prieres ; ce n'est enfin que mine : et me desplaist de veoir faire trois signes de croix au Benedicite, autant à Graces (et plus m'en desplaist il de ce que c'est un signe que i'ay en reverence et continuel usage, mesmement quand ie baaille) ; et ce pendant, toutes les aultres heures du iour, les veoir occupees à la haine, l'avarice, l'iniustice : aux vices leur heure ; son heure à Dieu, comme par compensation et composition. C'est miracle de veoir continuer des actions si diverses, d'une si pareille teneur, qu'il ne s'y sente point d'interruption et d'alteration, aux confins mesmes et passage de l'une à l'aultre. Quelle prodigieuse conscience se peult donner repos, nourrissant mesme giste, d'une societé si accordante et si paisible, le crime et le iuge ?

Un homme de qui la paillardise sans cesse regente la teste, et qui la iuge tresodieuse à la veue divine, que dict il à Dieu quand il luy en parle ? Il se ramene ; mais soubdain il recheoit. Si l'obiect de la divine iustice et sa presence frappoient, comme il dict, et chastioient son ame ; pour courte qu'en feust la penitence, la crainte mesme y reiecteroit si souvent sa pensee, qu'incontinent il se verroit maistre de ces vices qui sont habituez et acharnez en luy. Mais quoy [2] ! ceulx qui couchent une vie entiere sur le fruict et emolument du peché qu'ils sçavent mortel ? combien avons nous de mestiers et vacations receues, de quoy l'essence est vicieuse ? et celuy qui, se confessant à moy, me recitoit avoir, tout un aage, faict profession et les effects d'une religion damnable selon luy, et contradictoire à celle qu'il avoyt en son cœur, pour ne perdre son credit et l'honneur de ses charges, comment pastissoit il ce discours en son courage ? de quel langage entretiennent ils sur ce subiect la iustice divine ? Leur repentance, consistant en visible et maniable reparation, ils perdent et envers Dieu et envers nous le moyen de l'alleguer : sont ils si hardis de demander pardon, sans satisfaction et sans repentance ? Ie tiens que de ces premiers, il en va comme de ceulx icy ; mais l'obstination n'y est pas si aisee à convaincre. Cette contrarieté et volubilité d'opinion si soubdaine, si violente,

<hr />

[1] Si, pour assouvir la nuit tes désirs adultères, tu te couvres la tête d'une cape gauloise. Juv., VIII, 144.

[2] *Mais que dire de ceux qui fondent leur vie entière sur le fruit*, etc.

qu'ils nous feignent, sent pour moy son miracle : ils nous representent l'estat d'une indigestible agonie.

Que l'imagination me sembloit fantastique de ceulx qui, ces annees passees, avoyent en usage de reprocher à chascun, en qui il reluisoit quelque clarté d'esprit, professant la religion catholique ; que c'estoit à feincte : et tenoient mesme, pour luy faire honneur, quoy qu'il dist par apparence, qu'il ne pouvoit faillir au dedans d'avoir sa creance reformee à leur pied ! Fascheuse maladie, de se croire si fort, qu'on se persuade qu'il ne se puisse croire au contraire ! et plus fascheuse encores, qu'on se persuade d'un tel esprit, qu'il prefere ie ne sçay quelle disparité de fortune presente, aux esperances et menaces de la vie eternelle ! Ils m'en peuvent croire : si rien eust deu tenter ma ieunesse, l'ambition du hazard et de la difficulté qui suivoient cette recente entreprinse, y eust eu bonne part.

Ce n'est pas sans grande raison, ce me semble, que l'Eglise deffend l'usage promiscue [1], temeraire et indiscret, des sainctes et divines chansons que le sainct Esprit a dicté en David. Il ne fault mesler Dieu en nos actions, qu'avecques reverence et attention pleine d'honneur et de respect : cette voix est trop divine pour n'avoir aultre usage que d'exercer les poulmons et plaire à nos aureilles ; c'est de la conscience qu'elle doibt estre produicte, et non pas de la langue. Ce n'est pas raison qu'on permette qu'un garson de boutique, parmy ses vains et frivoles pensemens, s'en entretienne et s'en ioue ; ny n'est certes raison de veoir tracasser, par une salle et par une cuisine, le sainct livre des sacrez mysteres de nostre creance : t'estoient aultrefois mysteres, ce sont à present desduits et esbats. Ce n'est pas en passant, et tumultuairement, qu'il fault manier un estude si serieux et venerable ; ce doibt estre un action destinee et rassise, à laquelle on doibt tousiours adiouster cette preface de notre office, *Sursum corda*, et y apporter le corps mesme disposé en contenance qui tesmoingne une parliere attention et reverence. Ce n'est pas l'estude de tout le monde ; c'est l'estude des personnes qui y sont vouees, que Dieu y appelle ; les meschants, les ignorants, s'y empirent : ce n'est pas une histoire à conter ; c'est une histoire à reverer, craindre et adorer. Plaisantes gents, qui pensent l'avoir rendue palpable au peuple, pour l'avoir mise en langage populaire ! Ne tient il qu'aux mots, qu'ils n'entendent tout ce qu'ils treuvent par escript ? Diray ie plus ? pour l'en approcher de ce peu, ils l'en reculent : l'ignorance pure, et remise toute en aultruy, estoit bien plus salutaire et plus sçavante

que n'est cette science verbale et vaine, nourrice de presumption et de temerité.

Ie croy aussi que la liberté à chascun de dissiper une parole si religieuse et importante, à tant de sortes d'idiomes, a beaucoup plus de danger que d'utilité. Les Iuifs, les Mahometans et quasi touts aultres, ont espousé et reverent le langage auquel originellement leurs mysteres avoyent esté conceus ; et en est deffendue l'alteration et changement ; non sans apparence. Sçavons nous bien qu'en Basque, et en Bretaigne, il y ayt des iuges assez pour establir cette traduction faicte en leur langue ? L'Eglise universelle n'a point de iugement plus ardu [2] à faire, et plus solenne. En preschant et parlant, l'interpretation est vague, libre, muable, et d'une parcelle ; ainsin ce n'est pas de mesme.

L'un de nos historiens grecs accuse iustement son siecle, de ce que les secrets de la religion chrestienne estoient espandus emmy la place, ez mains des moindres artisans ; que chascun en pouvoit desbattre et dire selon son sens ; et que ce nous debvoit estre grande honte, nous qui, par la grace de Dieu, iouyssons des purs mysteres de la pieté, de les laisser profaner en la bouche de personnes ignorantes et populaires, veu que les Gentils interdisoient à Socrates, à Platon, et aux plus sages, de s'enquerir et parler des choses commises aux prebstres de Delphes : dict aussi que les factions des princes, sur le subiect de la theologie, sont armees, non de zele, mais de cholere ; que le zele tient de la divine raison et iustice, se conduisant ordonneement et modereement, mais qu'il se change en haine et envye, et produict, au lieu de froment et de raisin, de l'ivroye et des orties, quand il est conduict d'une passion humaine. Et iustement aussi, cet aultre, conseillant l'empereur Theodose, disoit les disputes n'endormir pas tant les schismes de l'Eglise, que les esveiller, et animer les heresies ; que pourtant il falloit fuyr toutes contentions et argumentations dialectiques, et se rapporter nuement aux prescriptions et formules de la foy establies par les anciens. Et l'empereur Andronicus, ayant rencontré en son palais des principaulx hommes aux prinses de parole contre Lapodius, sur un de nos poincts de grande importance, les tansa, iusques à menacer de les iecter en la riviere s'ils continuoient. Les enfants et les femmes, en nos iours, regentent les hommes plus vieulx et experimentez sur les loix ecclesiastiques : là où la premiere de celles de Platon leur

[1] *Meslé, confus, sans distinction.*
[2] *Arduus ; difficile, escarpé, penible.*

deffend de s'enquerir seulement de la raison des loix civiles, qui doibvent tenir lieu d'ordonnances divines; et permettant aux vieulx d'en communiquer entre eulx, et avecques le magistrat, il adiouste: prouveu que ce ne soit pas en presence des ieunes, « et personnes profanes. »

Un evesque a laissé par escript, qu'en l'aultre bout du monde il y a une isle, que les anciens nommoient Dioscoride, commode en fertilité de toutes sortes d'arbres, fruicts, et salubrité d'air; de laquelle le peuple est chrestien, ayant des eglises et des autels qui ne sont parez que de croix sans aultres images, grand observateur de ieusnes et de festes, exact payeur de dismes aux presbtres, et si chaste, que nul d'eulx ne peult cognoistre qu'une femme en sa vie; au demourant, si content de sa fortune, qu'au milieu de la mer il ignore l'usage des navires, et si simple, que de la religion qu'il observe soingneusement, il n'en entend un seul mot: chose incroyable à qui ne sçauroit les païens, si devosts idolastres, ne cognoistre de leurs dieux que simplement le nom et la statue. L'ancien commencement de *Menalippe*, tragedie d'Euripides, portoit ainsin:

O Jupiter! car de toy rien sinon
Je ne cognoy seulement que le nom.

I'ay veu aussi de mon temps faire plaincte d'aulcuns escripts, de ce qu'ils sont purement humains et philosophiques sans meslange de theologie. Qui diroit au contraire, ce ne seroit pourtant sans quelque raison, Que la doctrine divine tient mieulx son reng à part, comme royne et dominatrice; Qu'elle doibt estre principale par tout, point suffragante et subsidiaire; et Qu'à l'adventure se prendroyent les exemples à la grammaire, rhetorique, logique, plus sortablement d'ailleurs, que d'une si saincte matiere; comme aussi les arguments des theatres, ieulx et spectacles publiques; Que les raisons divines se considerent plus venerablement et reveremment seules, et en leur style, qu'apparices aux discours humains; Qu'il se vooid plus souvent cette faulte, que les theologiens escrivent trop humainement, que cette autre, que les humanistes escrivent trop peu theologalement; la philosophie, dict sainct Chrysostome, est pieça bannie de l'eschole saincte comme servante inutile, et estimee indigne de veoir, seulement en passant de l'entree, le sacraire des saincts thresors de la doctrine celeste; Que le dire humain a ses formes plus basses, et ne se doibt servir de la dignité, maiesté, regence, du parler divin. Ie luy laisse, pour moy, dire *verbis indisciplinatis*[1] Fortune, Destinee, Accident, Heur, et Malheur, et les Dieux, et aultres frases, selon

sa mode. Ie propose les fantasies humaines et, miennes, simplement comme humaines fantasies, et separement considerees; non comme arrestees et reglees par l'ordonnance celeste, incapable de doubte et d'alteration; matiere d'opinion, non matiere de foy; ce que ie discours selon moy, non ce que ie croy selon Dieu; d'une façon laïcque, non clericale, mais tousiours tres religieuse; comme les enfants proposent leurs essais, instruisables, non instruisants.

Et ne diroit on pas aussi sans apparence, que l'ordonnance de ne s'entremettre, que bien reservement, d'escrire de la religion à touts aultres qu'à ceulx qui en font expresse profession, n'auroit pas faulte de quelque image d'utilité et de iustice; et à moy avecques, peutestre, de m'en taire. On m'a dict que ceulx mesmes qui ne sont pas des nostres, deffendent pourtant entre eulx l'usage du nom de Dieu en leurs propos communs; ils ne veulent pas qu'on s'en serve par une maniere d'interiection ou d'exclamation, ny pour tesmoingnage, ny pour comparaison: en quoy ie trouve qu'ils ont raison; et en quelque maniere que ce soit que nous appellons Dieu à nostre commerce et societé, il fault que ce soit serieusement et religieusement.

Il y a, ce me semble en Xenophon, un tel discours où il montre que nous debvons plus rarement prier Dieu, d'autant qu'il n'est pas aysé que nous puissions si souvent remettre nostre ame en cette assiette reglee, reformee et devotieuse, où il fault qu'elle soit pour ce faire: aultrement nos prieres ne sont pas seulement vaines et inutiles, mais vicieuses. «Pardonne nous, disons nous, comme nous pardonnons à ceulx qui nous ont offensez:» que disons nous par là, sinon que nous luy offrons nostre ame exempte de vengeance et de rancune? Toutesfois nous invoquons Dieu et son ayde au complot de nos faultes, et le convions à l'iniustice:

*Quæ, nisi seductis, nequeas committere divis*[2]:

l'avaricieux le prie pour la conservation vaine et superflue de ses thresors; l'ambitieux, pour ses victoires et conduicte de sa fortune: le voleur l'employe à son ayde, pour franchir le hazard et les difficultez qui s'opposent à l'execution de ses meschantes entreprinses, ou le remercie de l'aysance qu'il a trouvé à desgosiller un passant; au pied de la maison qu'ils vont escheller ou petar-

---

(1) En termes vulgaires et non approuvés. S. Aug., *de Civit. Dei*, X, 29.

(2) En demandant des choses qu'on ne peut dire aux dieux qu'en les prenant. Perse, II, 4.

der, ils font leurs prieres, l'intention et l'esperance pleine de cruauté, de luxure, et d'avarice.

Hoc ipsum, quo tu Iovis aurem impellere tentas,
Dic agedum Staio : Proh Iuppiter! o bone, clamet,
Iuppiter! At sése non clamet Iuppiter ipse [1] ?

La royne de Navarre Marguerite [2] recite d'un ieune prince, et, encores qu'elle ne le nomme pas, sa grandeur l'a rendu cognoissable assez, qu'allant à une assignation amoureuse, et coucher avecques la femme d'un advocat de Paris, son chemin s'addonnant au travers d'une eglise, il ne passoit iamais en ce lieu sainct, allant ou retournant de son entreprinse, qu'il ne feist ses prieres et oraisons. Ie vous laisse à iuger, l'ame pleine de ce beau pensement, à quoy il employoit la faveur divine. Toutesfois elle allegue cela pour un tesmoingnage de singuliere dévotion. Mais ce n'est pas par cette preuve seulement qu'on pourroit verifier que les femmes ne sont gueres propres à traicter les matieres de la theologie.

Une vraye priere et une religieuse reconciliation de nous à Dieu, elle ne peult tumber en une ame impure et soubmise, lors mesme, à la domination de Satan. Celuy qui appelle Dieu à son assistance pendant qu'il est dans le train du vice, il faict comme le couppeur de bourse qui appelleroit la iustice à son ayde, ou comme ceulx qui produisent le nom de Dieu en tesmoinguage de mensonge.

Tacito. mala vota susurro
Concipimus [3].

Il est peu d'hommes qui osassent mettre en evidence les requestes secretes qu'ils font à Dieu :

Haud cuivis promptum est, murmurque, humiles-
[que susurros
Tollere de templis, et aperto vivere voto [4] :

voylà pourquoy les pythagoriens vouloyent qu'elles feussent publicques et ouïes d'un chascun; à fin qu'on ne le requist de chose indecente et iniuste, comme celuy là,

Clare quum dixit, Apollo!
Labra movet, metuens audiri : « Pulchra Laverna,
Da mihi fallere, da iustum sanctumque videri;
Noctem peccatis, et fraudibus obiice nubem [5]. »

Les dieux punirent griefvement les iniques vœux d'OEdipus, en les luy octroyant : il avoyt prié que ses enfants vuidassent entre eulx, par armes, la succession de son estat; il feut si miserable de se veoir prins au mot. Il ne fault pas demander que toutes choses suivent nostre volonté, mais qu'elle suive la prudence.

Il semble, à la verité, que nous nous servons de nos prieres comme d'un iargon, et comme ceulx qui employent les paroles sainctes et divines à des sorcelleries et effects magiciens; et que nous facions nostre compte que ce soit de la contexture, ou son, ou suitte des mots, ou de nostre contenance, que despendent leur effect : car ayants l'ame pleine de concupiscence, non touchee de repentance ny d'aulcune nouvelle reconciliation envers Dieu, nous luy allons presenter ces paroles que la memoire preste à nostre langue, et esperons en tirer une expiation de nos faultes. Il n'est rien si aysé, si doulx et si favorable que la loy divine; elle nous appelle à soy, ainsin faultiers et detestables comme nous sommes; elle nous tend les bras, et nous receoit en son giron pour vilains, ords [6] et bourbeux que nous soyons et que nous ayons à estre à l'advenir : mais encores, en recompense, la fault il regarder de bon œil; encores fault il recevoir ce pardon avec action de graces; et au moins, pour cet instant que nous nous adressons à elle, avoir l'ame desplaisante de ses faultes, et ennemye des passions qui nous ont poulsé à l'offenser. Ny les dieux, ny les gents de bien, dict Platon, n'acceptent le present d'un meschant.

Immunis aram si tetigit manus,
Non sumptuosa blandior hostia,
Mollivit aversos Penates
Farre pio, et saliente mica [7].

―――――

## CHAPITRE LVII.

### De l'aage.

Ie ne puis recevoir la façon de quoy nous establissons la duree de nostre vie. Ie veoy que les

(1) Dis à Staïus ce que tu voudrois obtenir de Jupiter : « Grand Jupiter ! s'écriera Staïus, peut-on vous faire de telles demandes ? » Et tu crois que Jupiter lui-même ne diça pas comme Staïus ? PERSE, II, 21.
(2) Sœur unique de François 1er, et femme de Henri d'Albret, roi de Navarre.
(3) Nous murmurons à voix basse des prieres criminelles. LUCAIN, V, 104.
(4) Il est peu d'hommes qui n'aient pas besoin de prier à voix basse, et qui puissent exprimer tout haut les vœux qu'ils adressent aux dieux. PERSE, II, 6.
(5) Qui, après avoir invoqué Apollon à haute voix, ajoute aussitôt tout bas, en remuant à peine les lèvres : « Belle Laverne, donne-moi les moyens de tromper, et de passer pour un homme de bien ; couvre d'un nuage épais, d'une nuit obscure, mes secrètes friponneries. » Hon., Epist., I, 16, 59.
(6) Ord, sale, malpropre, infect, incommode : de sordidus ; on a fait de ce mot celui d'ordure.
(7) Que des mains innocentes touchent l'autel ; elles apaisent aussi sûrement les dieux pénates avec un gâteau de fleur de farine et quelques grains de sel, qu'en immolant de riches victimes. HOR., Od., III, 23, 17.

sages l'accourcissent bien fort, au pris de la commune opinion : « Comment, dict le ieune Cato à ceulx qui le vouloyent empescher de se tuer, suis ie à cette heure en aage où l'on me puisse reprocher d'abandonner trop tost la vie ? » Si n'avoyt il que quarante et huict ans. Il estimoit cet aage là bien meur et bien advancé, considerant combien peu d'hommes y arrivent. Et ceulx qui s'entretiennent de ce que ie ne sçay quel cours, qu'ils nomment naturel, promet quelques annees au delà ; ils le pourroient faire, s'ils avoyent privilege qui les exemptast d'un si grand nombre d'accidents ausquels chascun de nous est en bute par une naturelle subiection, qui peuvent interrompre ce cours qu'ils se promettent. Quelle resverie est ce de s'attendre de mourir d'une defaillance de forces que l'extreme vieillesse apporte, et de se proposer ce but à nostre duree ? veu que c'est l'espece de mort la plus rare de toutes, et la moins en usage. Nous l'appellons seule, naturelle ; comme si c'estoit contre nature de veoir un homme se rompre le col d'une cheute, s'estouffer d'un naufrage, se laisser surprendre à la peste ou à une pleuresie ; et comme si nostre condition ordinaire ne nous presentoit à touts ces inconveniens. Ne nous flattons pas de ces beaux mots : on doibt à l'adventure appeler plustost naturel ce qui est general, commun et universel.

Mourir de vieillesse, c'est une mort rare, singuliere et extraordinaire, et d'autant moins naturelle que les autres ; c'est la derniere et extreme sorte de mourir : plus elle est esloingnee de nous, d'autant est elle moins esperable. C'est bien la borne au delà de laquelle nous n'irons pas, et que la loy de nature a prescript pour n'estre point oultrepassée : mais c'est un sien rare privilege de nous faire durer iusques là ; c'est une exemption qu'elle donne par faveur parliere à un seul, en l'espace de deux ou trois siecles, le deschargeant des traverses et difficultez qu'elle a ietté entre deux en cette longue carriere. Par ainsin mon opinion est de regarder que l'aage auquel nous sommes arrivez, c'est un aage auquel peu de gents arrivent. Puisque d'un train ordinaire les hommes ne viennent pas iusques là, c'est signe que nous sommes bien avant ; et puisque nous avons passé les limites accoustumez, qui est la vraye mesure de nostre vie, nous ne debvons esperer d'aller gueres oultre : ayant eschappé tant d'occasions de mourir où nous veoyons tresbucher le monde, nous debvons recognoistre qu'une fortune extraordinaire, comme celle là qui nous maintient, et hors de l'usage commun, ne nous doibt gueres durer.

C'est un vice des loix mesmes d'avoir cette faulse imagination ; elles ne veulent pas qu'un homme soit capable du maniement de ses biens, qu'il n'ait vingt et cinq ans : et à peine conservera il iusques lors le maniement de sa vie. Auguste retrencha cinq ans des anciennes ordonnances romaines, et declara qu'il suffisoit à ceulx qui prenoient charge de iudicature d'avoir trente ans. Servius Tullius dispensa les chevaliers qui avoyent passé quarante sept ans, des courvees de la guerre : Auguste les remeit à quarante et cinq. De renvoyer les hommes au seiour avant cinquante cinq ou soixante ans, il me semble n'y avoir pas grande apparence. Ie serois d'advis qu'on estendist nostre vacation et occupation autant qu'on pourroit, pour la commodité publicque : mais ie treuve la faulte en l'aultre costé, de ne nous y embesongner pas assez tost. Cettuy cy avoit esté iuge universel du monde à dix neuf ans ; et veult que, pour iuger de la place d'une gouttiere, on en ayt trente.

Quant à moy, i'estime que nos ames sont desnouees, à vingt ans, ce qu'elles doibvent estre, et qu'elles promettent tout ce qu'elles pourront : iamais ame, qui n'ayt donné, en cet aage là, arrhe bien evidente de sa force, n'en donna depuis la preuve. Les qualitez et vertus naturelles produisent dans ce terme là, ou iamais, ce qu'elles ont de vigoreux et de beau :

> Si l'espine nous picque quand nai,
> A pene que picque iamai [1],

disent ils en Daulphiné. De toutes les belles actions humaines qui sont venues à ma cognoissance, de quelque sorte qu'elles soyent, ie penserois en avoir plus grande part à nombrer en celles qui ont esté productes, et aux siecles anciens et au nostre, avant l'aage de trente ans, qu'aprez : ouy, en la vie des mesmes hommes souvent. Ne le puis ie pas dire en toute seureté de celles de Hannibal, et de Scipion son grand adversaire ? la belle moitié de leur vie, ils la vescurent de la gloire acquise en leur ieunesse : grands hommes depuis au pris de touts aultres, mais nullement au pris d'eulx mesmes. Quant à moy, ie tiens pour certain que, depuis cet aage, et mon esprit et mon corps ont plus diminué qu'augmenté, et plus reculé que advancé. Il est possible qu'à ceulx qui employent bien le temps, la science et l'experience croissent avecques la vie ; mais la vivacité, la promptitude, la fermeté, et aultres parties bien plus nostres, plus importantes et essentielles, se fanissent et s'allanguissent.

---

[1] Si l'épine ne pique point en naissant, à peine piquera-t-elle jamais.

Ubi iam validis quassatum est viribus ævi
Corpus, et obtusis ceciderunt viribus artus,
Claudicat ingenium, delirat linguaque, mensque [1].

Tantost c'est le corps qui se rend le premier à la vieillesse; parfois aussi c'est l'ame : et en ay assez veu qui ont eu la cervelle affoiblie avant l'estomach et les iambes; et d'autant que c'est un mal peu sensible à qui le souffre, et d'une obscure montre,

d'autant est il plus dangereux. Pour ce coup, ie me plains des loix, non pas de quoy elles nous laissent trop tard à la besongne, mais de quoy elles nous y employent trop tard. Il me semble que considerant la foiblesse de nostre vie, et à combien d'escueils ordinaires et naturels elle est exposee, on n'en debvroit pas faire si grande part à la naissance, à l'oysifveté, et à l'apprentissage.

---

# LIVRE SECOND.

## CHAPITRE I.

### De l'inconstance de nos actions.

Ceulx qui s'exercent à contrerooller les actions humaines, ne se treuvent en aulcune partie si empeschez, qu'à les rapiecer et mettre à mesme lustre; car elles se contredisent communeement de si estrange façon, qu'il semble impossible qu'elles soyent parties de mesme boutique. Le ieune Marius se treuve tantost fils de Mars, tantost fils de Venus : le pape Boniface huictiesme entra, dict on, en sa charge comme un regnard, s'y porta comme un lyon, et mourut comme un chien : et qui croiroit que ce feust Neron, cette vraye image de cruauté, qui, comme on luy presenta à signer, suivant le style, la sentence d'un criminel condemné, eust respondu, « Pleust à Dieu que ie n'eusse iamais sceu escrire! » tant le cœur luy serroit de condemner un homme à mort! Tout est si plein de tels exemples, voire chascun en peult tant fournir à soy mesme, que ie treuve estrange de veoir quelquesfois des gents d'entendement se mettre en peine d'assortir ces pieces; veu que l'irresolution me semble le plus commun et apparent vice de nostre nature : tesmoing ce fameux verset de Publius le farceur,

Malum consilium est, quod mutari non potest [2].

Il y a quelque apparence de faire iugement d'un homme par les plus communs traicts de sa vie; mais, veu la naturelle instabilité de nos mœurs et opinions, il m'a semblé souvent que les bons aucteurs mesmes ont tort de s'opiniastrer à former de nous une constante et solide contexture : ils choisissent un air universel; et, suivant cette image, vont rengeant et interpretant toutes les actions d'un

personnage; et, s'ils ne les peuvent assez tordre, les renvoyent à la dissimulation. Auguste leur est eschappé; car il se treuve en cet homme une varieté d'actions si apparente, soubdaine et continuelle, tout le cours de sa vie, qu'il s'est faict lascher entier, et indecis, aux plus hardis iuges. Ie croy, des hommes, plus malayseement la constance, que toute aultre chose; et rien plus ayseement que l'inconstance. Qui en iugeroit en detail et distinctement, piece à piece, rencontreroit plus souvent à dire vray. En toute l'ancienneté, il est malaysé de choisir une douzaine d'hommes qui ayent dressé leur vie à un certain et asseuré train, qui est le principal but de la sagesse : car, pour la comprendre toute en un mot, dict un ancien, et pour embrasser en une toutes les regles de nostre vie, « C'est vouloir, et ne vouloir pas, tousiours mesme chose : ie ne daignerois, dict il, adiouster, prouveu que la volonte soit iuste; car, si elle n'est iuste, il est impossible qu'elle soit tousiours une. » De vray, i'ay aultrefois apprins que le vice n'est que desreglement et faulte de mesure; et par consequent il est impossible d'y attacher la constance. C'est un mot de Demosthenes, dict on, « que le commencement de toute vertu, c'est consultation et deliberation; et la fin et perfection, constance. » Si, par discours, nous entreprenions certaine voye, nous la prendrions la plus belle; mais nul n'y a pensé :

Quod petiit, spernit; repetit, quod nuper omisit;
Æstuat, et vitæ disconvenit ordine toto [3].

(1) Lorsque l'effort puissant des années a courbé le corps et usé les ressorts d'une machine épuisée, le jugement chancelle, l'esprit s'obscurcit, la langue bégaie. LUCRÈCE, III, 452.

(2) C'est un mauvais plan que celui qu'on ne peut changer. Ex Publii mimis, apud A. GELL., XVII, 14.

(3) Il quitte ce qu'il vouloit avoir; il retourne à ce qu'il a quitté; toujours flottant, il se contredit sans cesse lui-même. HOR., Epist., I, 1, 98.

Nostre façon ordinaire, c'est d'aller aprez les inclinations de nostre appetit, à gauche, à dextre, contre mont, contre bas, selon que le vent des occasions nous emporte. Nous ne pensons ce que nous voulons, qu'à l'instant que nous le voulons; et changeons comme cet animal qui prend la couleur du lieu où on le couche. Ce que nous avons à cette heure proposé, nous le changeons tantost; et tantost encores retournons sur nos pas : ce n'est que bransle et inconstance;

Ducimur, ut nervis alienis mobile lignum [1].

Nous n'allons pas; on nous emporte : comme les choses qui flottent, ores [2] doulcement, ores avecques violence, selon que l'eau est ireuse ou bonasse;

Nonne videmus,
Quid sibi quisque velit, nescire, et quærere semper;
Commutare locum, quasi onus deponere possit [3]?

chasque iour, nouvelle fantasie; et se meuvent nos humeurs avecques les mouvements du temps :

Tales sunt hominum mentes, quali pater ipse
Iuppiter auctiferas lustravit lumine terras [4].

Nous flottons entre divers advis; nous ne voulons rien librement, rien absoluement, rien constamment. A qui auroit prescript et establv certaines loix et certaine police en sa teste, nous verrions tout par tout en sa vie reluire une equalité de mœurs, un ordre et une relation infaillible des unes choses aux aultres (Empedocles remarquoit cette difformité aux Agrigentins, qu'ils s'abandonnoient aux delices comme s'ils avoyent landemein [5] à mourir, et bastissoient comme si iamais ils ne debvoient mourir) : le discours en seroit bien aysé à faire; comme il se veoid du ieune Cato : qui en a touché une marche, a tout touché; c'est une harmonie de sons tresaccordants, qui ne se peult desmentir. A nous, au rebours, autant d'actions, autant fault il de iugements particuliers. Le plus scur, à mon opinion, seroit de les rapporter aux circonstances voysines, sans entrer en plus longue recherche, et sans en conclure aultre consequence.

Pendant les desbauches de nostre pauvre estat, on me rapporta qu'une fille, de bien prez de là où i'estois, s'estoit precipitee du hault d'une fenestre pour eviter la force d'un belitre de soldat, son hoste : elle ne s'estoit pas tuee à la cheute, et, pour redoubler son entreprinse, s'estoit voulu donner d'un coulteau par la gorge, mais on l'en avoyt empeschee : toutesfois, aprez s'y estre bien fort blecee, elle mesme confessoit que le soldat

ne l'avoyt encores pressee que de requestes, solicitations et presents, mais qu'elle avoyt eu peur qu'enfin il en veinst à la contraincte : et là dessus les paroles, la contenance, et ce sang tesmoing de sa vertu, à la vraye façon d'une aultre Lucrece. Or, i'ai sceu, à la verité, qu'avant et depuis elle avoit esté garse de non si difficile composition. Comme dict le conte, « Tout beau et honneste que vous estes, quand vous aurez failly vostre poincte, n'en concluez pas incontinent une chasteté inviolable en vostre maistresse; ce n'est pas à dire que le muletier n'y treuve son heure. »

Antigonus, ayant prins en affection un de ses soldats pour sa vertu et vaillance, commanda à ses medecins de le panser d'une maladie longue et interieure qui l'avoyt tormenté longtemps; et s'appercevant, aprez sa guarison, qu'il alloit beaucoup plus froidement aux affaires, luy demanda qui l'avoyt ainsin changé et encouardy. «Vous mesme, sire, luy respondict il, m'ayant deschargé des maulx pour lesquels ie ne tenois compte de ma vie. » Le soldat de Lucullus, ayant esté desvalisé par les ennemys, feit sur eulx, pour se revencher, une belle entreprinse : quand il se feut remplumé de sa perte, Lucullus, l'ayant prins en bonne opinion, l'employoit à quelque exploict hazardeux, par toutes les plus belles remontrances de quoy il se pouvoit adviser;

Verbis, quæ timido quoque possent addere men-
[tem [6] :

«Employez y, respondict il, quelque miserable soldat desvalisé; »

Quantumvis rusticus, ibit,
Ibit eo, quo vis, qui zonam perdidit, inquit [7];

et refusa resoluement d'y aller. Quand nous lisons que Mahomet, ayant oultrageusement rudoyé Chasan, chef de ses ianissaires, de ce qu'il veoyoit sa trouppe enfoncee par les Hongres, et luy se porter laschement au combat; Chasan alla, pour toute response, se ruer furieusement, seul,

[1] Nous nous laissons conduire comme l'automate suit la corde qui le dirige. Hor., Sat., II, 7, 82. — (2) Tantôt.
[3] Ne voyons-nous pas que l'homme cherche toujours, sans savoir ce qu'il désire, et qu'il change sans cesse de place, comme s'il pouvoit se délivrer ainsi du fardeau qui l'accable. Lucrèce, III, 1070.
[4] Les pensers des mortels, et leur deuil, et leur joie, Changent avec les jours que le ciel leur envoie. Hom., Odyss., XVIII, 135, trad. par Cicéron.
[5] Montaigne écrit indifféremment l'endemain, landemein pour le lendemain.
[6] En termes capables d'inspirer du courage au plus timide. Hor., Epist., II, 2, 36.
[7] Tout grossier qu'il étoit, il répondit : « Ira là qui aura perdu sa bourse. » Hor., ibid., v. 39.

20

en l'estat qu'il estoit, les armes au poing, dans le premier corps des ennemys qui se presenta, où il feut soubdain englouty : ce n'est, à l'adventure, pas tant iustification que radvisement; ny tant prouesse naturelle, qu'un nouveau despit. Celuy que vous vistes hier si avantureux, ne trouvez pas estrange de le veoir aussi poltron le lendemain; ou la cholere, ou la necessité, ou la compaignie, ou le vin, ou le son d'une trompette, luy avoyt mis le cœur au ventre : ce n'est pas un cœur ainsin formé par discours, ces circonstances le luy ont fermy ; ce n'est pas merveille si le voylà devenu aultre, par aultres circonstances contraires. Cette variation et contradiction qui se veoid en nous, si souple, a faict que aulcuns nous songent deux ames, d'aultres deux puissances, qui nous accompaignent et agitent chascune à sa mode, vers le bien l'une, l'aultre vers le mal; une si brusque diversité ne se pouvant bien assortir à ûn subiect simple.

Non seulement le vent des accidents me remue selon son inclination, mais en oultre ie me remue et trouble moy mesme par l'instabilité de ma posture ; et qui y regarde primement, ne se treuve gueres deux fois en mesme estat. Ie donne à mon ame tantost un visage, tantost un aultre, selon le costé où ie la couche. Si ie parle diversement de moy, c'est que ie me regarde diversement : toutes les contrarietez s'y treuvent selon quelque tour et en quelque façon; honteux, insolent; chaste, luxurieux; bavard, taciturne; laborieux, delicat; ingenieux, hebeté; chagrin, debonnaire; menteur, veritable; sçavant, ignorant; et liberal, et avare, et prodigue : tout cela ie le veoy en moy aulcunement, selon que ie me vire; et quiconque s'estudie bien attentifvement, treuve en soy, voire et en son iugement mesme, cette volubilité et discordance. Ie n'ay rien à dire de moy entierement, simplement et solidement, sans confusion et sans meslange, ny en un mot: *Distinguo*, est le plus universel membre de ma logique.

Encores que ie sois tousiours d'advis de dire du bien le bien, et d'interpreter plustost en bonne part les choses qui le peuvent estre, si est ce que l'estrangeté de nostre condition porte que nous soyons souvent, par le vice mesme, poulsez à bien faire; si le bien faire ne se iugeoit par la seule intention : par quoy un faict courageux ne doibt pas conclure un homme vaillant; celuy qui le seroit bien à poinct, il le seroit tousiours et à toutes occasions. Si c'estoit une habitude de vertu, et non une saillie, elle rendroit un homme pareillement resolu à touts accidents; tel seul, qu'en compaignie; tel en camp clos, qu'en une bataille; car, quoy qu'on die, il n'y a pas aultre vaillance sur le

pavé, et aultre au camp; aussi courageusement porteroit il une maladie en son lict, qu'une bleceure au camp; et ne craindroit non plus la mort en sa maison, qu'en un assault : nous ne verrions pas un mesme homme donner dans la bresche, d'une brave asseurance, et se tormenter aprez, comme une femme, de la perte d'un procez ou d'un fils: quand, estant lasche à l'infamie, il est ferme à la pauvreté; quand, estant mol contre les rasoirs des barbiers, il se treuve roide contre les espees des adversaires: l'action est louable, non pas l'homme. Plusieurs Grecs, dict Cicero, ne peuvent veoir les ennemys, et se treuvent constants aux maladies; les Cimbres et les Celtiberiens, tout au rebours: *Nihil enim potest esse æquabile, quod non a certa ratione proficiscatur* [1]. Il n'est point de vaillance plus extreme en son espece, que celle d'Alexandre; mais elle n'est qu'en espece, ny assez pleine par tout, et universelle. Toute incomparable qu'elle est, si a elle encores ses taches: qui faict que nous le veoyons se troubler si esperduement aux plus legiers soupeçons qu'il prend des machinations des siens contre sa vie, et se porter en cette recherche d'une si vehemente et indiscrette iniustice, et d'une crainte qui subvertit sa raison naturelle. La superstition aussi de quoy il estoit si fort attainct, porte quelque image de pusillanimité: et l'excez de la penitence qu'il feit du meurtre de Clitus, est aussi tesmoingnage de l'inequalité de son courage. Nostre faict, ce ne sont que pieces rapportees, et voulons acquerir un honneur à faulses enseignes. La vertu ne veult estre suivie que pour elle mesme; et si on emprunte parfois son masque pour aultre occasion, elle nous l'arrache aussitost du visage. C'est une vifve et forte teincture, quand l'ame en est une fois abbruvee; et qui ne s'en va, qu'elle n'emporte la piece. Voylà pourquoy, pour iuger d'un homme, il fault suivre longuement et curieusement sa trace : si la constance ne s'y maintient de son seul fondement, *cui vivendi via considerata atque provisa est* [2]; si la varieté des occurrences luy faict changer de pas (ie dy de voye, car le pas s'en peult ou haster, ou appesantir), laissez le courre; celuy là s'en va avau le vent [3], comme dict la devise de nostre Talebot.

Ce n'est pas merveille, ce dict un ancien, que le hazard puisse tant sur nous, puisque nous vivons par hazard. A qui n'a dressé en gros sa vie à une

---

[1] Pour avoir une conduite uniforme, il faut partir d'un principe invariable. Cic., *Tusc. quæst.*, II, 27.

[2] De sorte qu'il suive, sans jamais s'écarter, la route qu'il s'est choisie. Cic., *Paradox.*, V, 1.

[3] Selon le cours du vent.

certaine fin, il est impossible de disposer les actions particulieres : il est impossible de renger les pieces, à qui n'a une forme du total en sa teste : à quoy faire la provision des couleurs, à qui ne sçait ce qu'il a à peindre? Aucun ne faict certain desseing de sa vie, et n'en deliberons qu'à parcelles. L'archer doibt premierement sçavoir où il vise, et puis y accommoder la main, l'arc, la chorde, la flesche, et les mouvements : nos conseils fourvoyent, parce qu'ils n'ont pas d'adresse et de but : nul vent ne faict, pour celuy qui n'a point de port destiné. Ie ne suis pas d'advis de ce iugement qu'on feit pour Sophocles, de l'avoir argumenté suffisant au maniement des choses domestiques, contre l'accusation de son fils, pour avoir veu l'une de ses tragedies; ny ne treuve la coniecture des Pariens, envoyez pour reformer les Milesiens, suffisante à la consequence qu'ils en tircrent : visitants l'isle, ils remarquoient les terres mieulx cultivees et maisons champestres mieulx gouvernees; et, ayants enregistré le nom des maistres d'icelles, comme ils eurent faict l'assemblee des citoyens en la ville, ils nommerent ces maistres là pour nouveaux gouverneurs et magistrats; iugeants que, soigneux de leurs affaires privees, ils le seroient des publiques. Nous sommes touts de lopins, et d'une contexture si informe et diverse, que chasque piece, chasque moment, faict son ieu; et se treuve autant de difference de nous à nous mesmes, que de nous à aultruy : *Magnam rem puta, unum hominem agere* [1]. Puisque l'ambition peult apprendre aux hommes et la vaillance, et la temperance, et la liberalité, voire et la iustice; puisque l'avarice peult planter au courage d'un garson de boutique, nourri à l'ombre et à l'oysifveté, l'asseurance de se ietter, si loing du foyer domestique, à la mercy des vagues et de Neptune courroucé, dans un fraile bateau; et qu'elle apprend encores la discretion et la prudence; et que Venus mesme fournit de resolution et de hardiesse à la ieunesse encores soubs la discipline et la verge, et gendarme le tendre cœur des pucelles au giron de leurs meres :

Hac duce, custodes furtim transgressa iacentes,
Ad iuvenem tenebris sola puella venit [2].

ce n'est pas tour d'entendement rassis, de nous iuger simplement par nos actions de dehors; il faut sonder iusqu'au dedans, et veoir par quels ressorts se donne le bransle. Mais d'autant que c'est une hazardeuse et haulte entreprinse, ie voudrois que moins de gents s'en meslassent.

## CHAPITRE II.

### De l'yvrongnerie.

Le monde n'est que varieté et dissemblance : les vices sont touts pareils, en ce qu'ils sont touts vices; et de cette façon l'entendent à l'adventure les stoïciens : mais encores qu'ils soyent egualement vices, ils ne sont pas eguaux vices; et que celuy qui a franchi de cent pas les limites,

Quos ultra, citraque nequit consistere rectum [3],

ne soit de pire condition que celuy qui n'en est qu'à dix pas, il n'est pas croyable, et que le sacrilege ne soit pire que le larrecin d'un chou de nostre iardin :

Nec vincet ratio hoc, tantundem ut peccet, idem-
Qui teneros caules alieni fregerit horti, [que,
Et qui nocturnus divum sacra legerit [4]....

Il y a autant en cela de diversité, qu'en aulcune aultre chose. La confusion de l'ordre et mesure des pechez, est dangereuse : les meurtriers, les traistres, les tyrans, y ont trop d'acquest; ce n'est pas raison que leur conscience se soulage sur ce que tel aultre ou est oysif, ou est lascif, ou moins assidu à la devotion. Chascun poise sur le peché de son compagnon, et esleve [5] le sien. Les instructeurs mesmes les rengent souvent mal, à mon gré. Comme Socrates disoit, que le principal office de la sagesse estoit distinguer les biens et les maulx; nous aultres, chez qui le meilleur est tousiours en vice, debvons dire de mesme de la science de distinguer les vices, sans laquelle, bien exacte, le vertueux et le meschant demeurent meslez et incogneus.

Or l'yvrongnerie, entre les aultres, me semble un vice grossier et brutal. L'esprit a plus de part ailleurs; et il y a des vices qui ont ie ne sçay quoy de genereux, s'il le fault ainsin dire; il y en a où la science se mesle, la diligence, la vaillance, la prudence, l'adresse et la finesse : cettuy cy est tout corporel et terrestre. Aussi la plus grossiere nation de celles qui sont auiourd'huy, c'est celle

---

(1) Soyez persuadé qu'il est bien difficile d'être toujours le même homme. Séxèque, *Epist.* 126.

(2) Sous la conduite de Vénus, la jeune fille passe furtivement au travers de ses surveillants endormis, et seule, pendant la nuit, va trouver son amant. Tibulle, II, 1, 75.

(3) Dont on ne peut s'écarter en aucun sens, qu'on ne s'égare du droit chemin. Hor., *Sat.*, I, 1, 107.

(4) On ne prouvera jamais, par de bonnes raisons, que voler des choux dans un jardin soit un aussi grand crime que de piller un temple. Hor., *Sat.*, I, 3, 115.

(5) Cherche à rendre le sien plus léger. Du latin *elevat*; image prise des deux plateaux d'une balance.

là seule qui le tient en credit. Les aultres vices alterent l'entendement; cettuy cy le renverse, et estonne le corps.

> Quum vini vis penetravit....
> Consequitur gravitas membrorum, præpediuntur
> Crura vacillanti, tardescit lingua, madet mens,
> Nant oculi; clamor, singultus, iurgia, gliscunt [1].

Le pire estat de l'homme, c'est où il perd la cognoissance et gouvernement de soy. Et en dict on, entre aultres choses, que comme le moust, bouillant dans un vaisseau, poulse à mont [2] tout ce qu'il y a dans le fond; aussi le vin faict desbonder les plus intimes secrets à ceux qui en ont prins oultre mesure.

> Tu sapientium
> Curas, et arcanum iocoso
> Consilium retegis Lyæo [3].

Iosephe recite qu'il tira le ver du nez à un certain ambassadeur que les ennemys luy avoyent envoyé, l'ayant faict boire d'autant. Toutesfois Auguste, s'estant fié à Lucius Piso, qui conquit la Thrace, des plus privez affaires qu'il eust, ne s'en trouva iamais mescompté; ny Tiberius, de Cossus, à qui il se deschargeoit de touts ses conseils; quoyque nous les sçachions avoir esté si fort subiects au vin, qu'il en a fallu rapporter souvent du senat et l'un et l'autre yvre,

> Hesterno inflatum venas, de more, Lyæo [4]:

et commeit on, aussi fidellement qu'à Cassius, buveur d'eau, à Cimber le desseing de tuer Cesar, quoyqu'il s'enyvrast souvent : d'où il respondit plaisamment : « Que ie portasse un tyran! moy, qui ne puis porter le vin ! » Nous veoyons nos Allemands, noyez dans le vin, se souvenir de leur quartier, du mot, et de leur reng :

> Nec facilis victoria de madidis, et
> Blæsis, atque mero titubantibus [5].

Ie n'eusse pas creu d'yvresse si profonde, estoufée et ensepvelie, si ie n'eusse leu cecy dans les histoires : qu'Attalus, ayant convié à souper, pour luy faire une notable indignité, ce Pausanias qui, sur ce mesme subiect, tua depuis Philippus, roy de Macedoine, roy portant, par ses belles qualitez, tesmoingnage de la nourriture qu'il avoyt prinse en la maison et compaignie d'Epaminondas, il le feit tant boire, qu'il peust abandonner sa beauté, insensiblement, comme le corps d'une putain buissonniere, aux muletiers et nombre d'abiects serviteurs de sa maison : et ce que m'apprint une dame que i'honnore et prise

fort, que prez de Bordeaux, vers Castres, où est sa maison, une femme de village, veufve, de chaste reputation, sentant des premiers umbrages de grossesse, disoit à ses voysins qu'elle penseroit estre enceinte, si elle avoyt un mary; mais, du iour à la journée croissant l'occasion de ce souspeçon, et enfin iusques à l'evidence, elle en veint là de faire declarer au prosne de son eglise, que qui seroit consent de ce faict, en le advouant, elle promettoit de le luy pardonner, et, s'il le trouvoit bon, de l'espouser : un sien ieune valet de labourage, enhardy de cette proclamation, declara l'avoir trouvee un iour de feste, ayant bien largement prins son vin, endormie si profondement prez de son foyer, et si indecemment, qu'il s'en estoit peu servir sans l'esveiller : ils vivent encores mariez ensemble.

Il est certain que l'antiquité n'a pas fort descrié ce vice : les escripts mesmes de plusieurs philosophes en parlent bien mollement; et, iusques aux stoïciens, il y en a qui conseillent de se dispenser quelquesfois à boire d'autant, et de s'enyvrer, pour relascher l'ame.

> Hoc quoque virtutum quondam certamine magnum
> Socratem palmam promeruisse ferunt [6].

Ce censeur et correcteur des aultres, Cato, a esté reproché de bien boire :

> Narratur et prisci Catonis
> Sæpe mero caluisse virtus [7].

Cyrus, roy tant renommé, allegue, entre ses aultres louanges pour se preferer à son frere Artaxerxes, qu'il sçavoit beaucoup mieux boire que luy. Et ez nations les mieulx reglees et policees, cet essay de boire d'autant estoit fort en usage. I'ay ouï dire à Silvius, excellent medecin de Paris, que, pour garder que les forces de nostre estomach ne s'apparessent, il est bon, une fois le mois, de les esveiller par cet excez et les picquer, pour garder de s'engourdir. Et escript on

---

(1) Lorsque l'homme est dompté par la force du vin, ses membres deviennent pesants, sa démarche est incertaine, ses pas chancellent, sa langue s'embarrasse ; son ame semble noyée, et ses yeux flottants ; il pousse d'impurs hoquets, il bégaie des injures. Lucrèce, III, 475.

(2) *En haut.*

(3) Dans tes joyeux transports, ô Bacchus ! le sage se laisse arracher son secret. Hor., *Od.*, III, 21, 14.

(4) Les veines encore enflées du vin qu'il avoit bu la veille. Virg., *Eclog.*, VI, 15.

(5) Et, quoique noyés dans le vin, bégayants et chancelants, il n'est pas facile de les vaincre. Juv., XV, 47.

(6) Dans ce noble combat, le grand Socrate remporta, dit-on, la palme. Pseudo-Gallus, I, 47.

(7) On raconte aussi du vieux Caton que le vin réchauffoit sa vertu. Hor., *Od.*, III, 21, 11.

que les Perses, aprez le vin, consultoient de leurs principaulx affaires.

Mon goust et ma complexion est plus ennemye de ce vice que mon discours; car, oultre ce que ie captive ayseement mes creances soubs l'auctorité des opinions anciennes, ie le treuve bien un vice lasche et stupide, mais moins malicieux et dommageable que les aultres qui chocquent quasi touts, du plus droict fil, la societé publicque. Et, si nous ne nous pouvons donner du plaisir qu'il ne nous couste quelque chose, comme ils tiennent, ie treuve que ce vice couste moins à notre conscience que les aultres; outre ce qu'il n'est point de difficile apprest, ny malaysé à trouver : consideration non meprisable. Un homme avancé en dignité et en aage, entre trois principales commoditez qu'il me disoit luy rester en la vie, comptoit cette cy; et où les veult on trouver plus iustement qu'entre les naturelles ? mais il la prenoit mal : la delicatesse y est à fuyr, et le soingneux·triage du vin; si vous fondez vostre volupté à le boire friand, vous vous obligez à la douleur de le boire aultre. Il fault avoir le goust plus lasche et plus libre : pour estre bon beuveur, il fault un palais moins tendre. Les Allemands boivent quasi egualement de tout vin avecques plaisir; leur fin, c'est l'avaller, plus que le gouster. Ils en ont bien meilleur marché : leur volupté est bien plus plantureuse [1] et plus en main. Secondement, boire à la françoise, à deux repas, et modereement, c'est trop restreindre les faveurs de ce dieu; il y fault plus de temps et de constance : les anciens franchissoient des nuicts entieres à cet exercice, et y attachoient souvent les iours; et si fault dresser son ordinaire plus large et plus ferme. I'ay veu un grand seigneur de mon temps, personnage de haultes entreprinses et fameux succez, qui, sans effort et au train de ses repas communs, ne beuvoit gueres moins de cinq lots de vin [2]; et ne se montroit, au partir de là, que trop sage et advisé aux despens de nos affaires. Le plaisir, duquel nous voulons tenir compte au cours de nostre vie, doit en employer plus d'espace; il fauldroit, comme des garsons de boutique et gents de travail, ne refuser nulle occasion de boire, et avoir ce desir tousiours en teste. Il semble que touts les iours nous raccourcissons l'usage de cettuy cy; et qu'en nos maisons, comme i'ay veu en mon enfance, les desieusners, les ressiners [3] et les collations feussent plus frequentes et ordinaires qu'à present. Seroit ce qu'en quelque chose nous allassions vers l'amendement ? Vrayement non : mais ce peult estre que nous nous sommes beaucoup plus iectez à la paillardise, que nos

peres. Ce sont deux occupations qui s'entr'empeschent en leur vigueur : ell' a affoibli nostre estomach, d'une part; et d'aultre part, la sobrieté sert à nous rendre plus coints [4], plus damerets, pour l'exercice de l'amour.

C'est merveille des contes que i'ay ouï faire à mon pere, de la chasteté de son siecle. C'estoit à lui d'en dire, estant tresadvenant, et par art et par nature, à l'usage des dames. Il parloit peu et bien; et si mesloit son langage de quelque ornement des livres vulgaires, sur tout espaignols; et entre les espaignols, luy estoit ordinaire celuy qu'ils nommoient *Marc Aurele*. Le port, il l'avoyt d'une gravité doulce, humble et tresmodeste; singulier soing de l'honnesteté et decence de sa personne et de ses habits, soit à pied, soit à cheval : monstrueuse foy en ses paroles; et une conscience et religion, en general, penchant plustost vers la superstition que vers l'aultre bout : pour un homme de petite taille, plein de vigueur, et d'une stature droicte et bien proportionnee; d'un visage agreable, tirant sur le brun; adroict et exquis en touts nobles exercices. I'ay veu encores des cannes farcies de plomb, desquelles on dict qu'il exerceoit ses bras pour se preparer à ruer la barre ou la pierre, ou à l'escrime; et des souliers aux semelles plombees, pour s'alleger au courir et au saulter. Du primsault [5], il a laissé en memoire des petits miracles : ie l'ay veu, par de là soixante ans, se mocquer de nos alaigresses [6], se iecter avecques sa robbe fourree sur un cheval, faire le tour de la table sur son poulce, ne monter gueres en sa chambre, sans s'eslancer trois ou quatre degrez à la fois. Sur mon propos, il disoit qu'en toute une province, à peine y avoyt il une femme de qualité, qui feust mal nommee; recitoit des estranges privautez, nommeement siennes, avec des honnestes femmes, sans souspeçon quelconque; et, de soy, iuroit sainctement estre venu vierge à son mariage; et si, c'estoit aprez avoir eu longue part aux guerres delà les monts, desquelles il nous a laissé un papier iournal de sa main, suivant poinct par poinct ce qui s'y passa et pour le public, et pour son privé. Aussi se maria il bien avant en aage, l'an mil cinq cent vingt et huict, qui estoit son trente et troisiesme, sur le chemin de son retour d'Italie. Revenons à nos bouteilles.

(1) *Abondante.* — (2) Environ dix bouteilles.
(3) *Le goûter*; collation qu'on faisoit autrefois entre le diner et le souper.
(4) *Coint* et *joli*, termes synonymes, selon Nicot : *cultus, comptus*; *coint*, c'est, dit Borel, *beau, galant, ajusté.*
(5) C'est-à-dire *du premier saut.* — (6) *De notre agilité.*

Les incommoditez de la vieillesse, qui ont besoing de quelque appuy et refreschissement, pourroient m'engendrer avecques raison desir de cette faculté; car c'est quasi le dernier plaisir que le cours des ans nous desrobe. La chaleur naturelle, disent les bons compaignons, se prend premierement aux pieds; celle là touche l'enfance: de là elle monte à la moyenne region, où elle se plante long temps, et y produict, selon moy, les seuls vrays plaisirs de la vie corporelle; les aultres voluptez dorment au pris: sur la fin, à la mode d'une vapeur qui va montant et s'exhalant, elle arrive au gosier, où elle faict sa derniere pose. Ie ne puis pourtant entendre comment on vienne à allonger le plaisir de boire oultre la soif, et se forger en l'imagination un appetit artificiel et contre nature: mon estomach n'iroit pas iusques là; il est assez empesché à venir à bout de ce qu'il prend pour son besoing. Ma constitution est ne faire cas du boire que pour la suitte du manger; et bois, à cette cause, le dernier coup tousiours le plus grand. Et par ce qu'en la vieillesse nous apportons le palais encrassé de rheume, ou alteré par quelque aultre mauvaise constitution, le vin nous semble meilleur, à mesme que nous avons ouvert et lavé nos pores: au moins il ne m'advient gueres que, pour la premiere fois, i'en prenne bien le goust. Anacharsis s'estonnoit que les Grecs beussent, sur la fin du repas, en plus grands verres qu'au commencement: c'estoit, comme ie pense, pour la mesme raison que les Allemands le font, qui commencent lors le combat à boire d'autant.

Platon deffend aux enfants de boire vin avant dix huict ans, et avant quarante de s'enyvrer; mais, à ceulx qui ont passé les quarante, il pardonne de s'y plaire, et de mesler un peu largement en leurs convives l'influence de Dionysius, ce bon dieu qui redonne aux hommes la gayeté, et la ieunesse aux vieillards, qui adoucit et amollit les passions de l'ame, comme le fer s'amollit par le feu. et, en ses loix, treuve telles assemblees à boire utiles, prouveu qu'il y aye un chef de bande à les contenir et regler; l'yvresse estant, dict il, une bonne espreuve et certaine de la nature d'un chascun, et, quand et quand, propre à donner aux personnes d'age le courage de s'esbaudir[1] en dances et en la musique; choses utiles, et qu'ils n'osent entreprendre en sens rassis: Que le vin est capable de fournir à l'ame de la temperance, au corps de la santé. Toutesfois ces restrictions, en partie empruntees des Carthaginois, luy plaisent: Qu'on s'en espargne en expedition de guerre; Que tout magistrat et tout iuge s'en

abstienne sur le poinct d'executer sa charge, et de consulter des affaires publicques; Qu'on n'y employe le iour, temps deu à d'aultres occupations, ny celle nuict qu'on destine à faire des enfants.

Ils disent que le philosophe Stilpon, aggravé de vieillesse, hasta sa fin à escient par le bruvage de vin pur. Pareille cause, mais non du propre desseing, suffoqua aussi les forces abbattues par l'aage du philosophe Arcesilaus.

Mais c'est une vieille et plaisante question, « Si l'ame du sage seroit pour se rendre à la force du vin, »

Si munitæ adhibet vim sapientiæ[2].

A combien de vanité nous poulse cette bonne opinion que nous avons de nous! La plus reglee ame du monde et la plus parfaicte n'a que trop à faire à se tenir en pieds, et à se garder de s'emporter par terre de sa propre foiblesse: de mille, il n'en est pas une qui soit droicte et rassise un instant de sa vie; et se pourroit mettre en doubte si, selon sa naturelle condition, elle y peult iamais estre: mais d'y ioindre la constance, c'est sa derniere perfection; ie dy quand rien ne la chocqueroit, ce que mille accidents peuvent faire: Lucrece, ce grand poëte, a beau philosopher et se bander; le voylà rendu insensé par un bruvage amoureux. Pensent ils qu'une apoplexie n'estourdisse aussi bien Socrates qu'un portefaix? Les uns ont oublié leur nom mesme par la force d'une maladie; et une legiere bleceure a renversé le iugement à d'aultres. Tant sage qu'il voudra, mais enfin c'est un homme; qu'est il plus caducque, plus miserable, et plus de neant? la sagesse ne force pas nos conditions naturelles:

Sudores itaque, et pallorem exsistere toto
Corpore, et infringi linguam, vocemque aboriri,
Caligare oculos, sonere aures, succidere artus,
Denique concidere, ex animi terrore, videmus[3].

il fault qu'il cille les yeulx au coup qui le menace; il fault qu'il fremisse planté au bord d'un precipice, comme un enfant; nature ayant voulu se reserver ces legieres marques de son auctorité; inexpugnables à nostre raison et à la vertu stoïcque, pour luy apprendre sa moralité et nostre

---

(1) Égayer, récréer, divertir.
(2) Si le vin peut terrasser la sagesse la plus ferme. Hor., Od., III, 28, 4.
(3) Aussi, lorsque l'esprit est frappé de terreur, tout le corps pâlit et se couvre de sueur, la langue bégaie, la voix s'éteint, la vue se trouble, les oreilles tintent, la machine se relâche et s'affaisse. Lucrèce, III, 155.

fadera [1] ; il paslit à la peur, il rougit à la honte, il gemit à la cholique, sinon d'une voix desesperee et esclatante, au moins d'une voix cassee et enrouee :

Humani a se nihil alienum putet [2].

Les poëtes, qui feignent tout à leur poste, n'osent pas descharger seulement des larmes leurs heros :

Sic fatur lacrymans, classique immittit habenas [3].

Luy suffise de brider et moderer ses inclinations; car, de les emporter, il n'est pas en luy. Celluy mesme nostre Plutarque, si parfaict et excellent iuge des actions humaines, à veoir Brutus et Torquatus tuer leurs enfants, est entré en doubte si la vertu pouvoit donner iusques là, et si ces personnages n'avoyent pas esté plustost agitez par quelque aultre passion. Toutes actions hors les bornes ordinaires sont subiectes à sinistre interpretation, d'autant que nostre goust n'advient non plus à ce qui est au dessus de luy, qu'à ce qui est au dessoubs.

Laissons cette aultre secte [4] faisant expresse profession de fierté : mais quand, en la secte mesme estimee la plus molle [5], nous oyons ces vanteries de Metrodorus : Occupavi te, Fortuna, atque cepi ; omnesque aditus tuos interclusi, ut ad me adspirare non posses [6] : quand Anaxarchus, par l'ordonnance de Nicocreon, tyran de Cypre, couché dans un vaisseau de pierre, et assommé à coups de mail de fer, ne cesse de dire, «Frappez, rompez; ce n'est pas Anaxarchus, c'est son estuy, que vous pilez : » quand nous oyons nos martyrs crier au tyran, au milieu de la flamme, « C'est assez rosti de ce costé là ; hache le, mange le, il est cuit; recommence de l'aultre : » quand nous oyons, en Iosephe, cet enfant tout deschiré de tenailles mordantes, et percé des alesnes d'Antiochus, le desfier encores, criant d'une voix ferme et asseuree : «Tyran, tu perds temps, me voicy tousiours à mon ayse ; où est cette douleur; où sont ces torments de quoy tu me menaceois? n'y sçais tu que cecy? ma constance te donne plus de peine que ie n'en sens de ta cruauté : ô lasche belitre! tu te rends, et ie me renforce · fois moy plaindre, fois moy flechir, fois moy rendre si tu peulx; donne courage à tes satellites et à tes bourreaux ; les voylà defaillis de cœur, ils n'en peuvent plus; arme les, acharne les : » certes, il fault confesser qu'en ces ames là il y a quelque alteration et quelque fureur, tant saincte soit elle. Quand nous arrivons à ces saillies stoïcques, «l'aime mieulx estre furieux, que voluptueux; » mot d'Antisthenes, Μανείην μᾶλλον ἥ ἡσθείην : quand Sextius nous dict, «qu'il aime mieulx estre enferré de la douleur que de la volupté : » quand Epicurus entreprend de se faire mignarder à la goutte, et refusant le repos et la santé, que de gayeté de cœur il desfie les maulx ; et, mesprisant les douleurs moins aspres, desdaignant les luicter et les combattre, qu'il en appelle et desire des fortes, poignantes, et dignes de luy ;

Spumantemque dari, pecora inter inertia, votis
Optat aprum, aut fulvum descendere monte leo-
    [nem [7] :

qui ne iuge que ce sont boutees [8] d'un courage eslancé hors de son giste? Nostre ame ne sçauroit de son siege atteindre si hault ; il fault qu'elle le quitte et s'esleve, et que, prenant le frein aux dents, elle emporte et ravisse son homme si loing, qu'apres il s'estonne luy mesme de son faict : comme aux exploicts de la guerre, la chaleur du combat poulse les soldats genereux souvent à franchir des pas si hazardeux, qu'estants revenus à eulx, ils en transissent d'estonnement les premiers : comme aussi les poëtes sont esprius souvent d'admiration de leurs propres ouvrages, et ne recognoissent plus la trace par où ils ont passé une si belle carriere ; c'est ce qu'on appelle aussi en eulx ardeur et manie. Et comme Platon dict, que pour neant heurte à la porte de la poësie un homme rassis : aussi dict Aristote, qu'aulcune ame excellente n'est exempte de meslange de folie ; et a raison d'appeller folie tout eslancement, tant louable soit il, qui surpasse nostre propre iugement et discours; d'autant que la sagesse est un maniement reglé de nostre ame, et qu'elle conduict avecques mesure et proportion, et s'en respond. Platon argumente ainsin, « que la faculté de prophetiser est au dessus de nous; qu'il fault estre hors de nous quand nous la traictons; il fault que nostre prudence soit offusquee ou par le sommeil, ou par quelque maladie, ou enlevee de sa place par un ravissement celeste. »

(1) Notre folie, notre sottise, notre foiblesse.
(2) Qu'il ne se croie donc à l'abri d'aucun accident humain. Térence, Heautontim., act. I, sc. I, v. 25.
(3) Ainsi parloit Énée, les larmes aux yeux ; et sa flotte voguoit à pleines voiles. Virg., Æn., VI, 1
(4) Celle des stoïciens, ou de Zénon, son fondateur.
(5) Celle d'Épicure.
(6) Je t'ai prévenue, je t'ai domptée, ô Fortune! J'ai fortifié toutes les avenues par où tu pouvois venir jusqu'à moi. Cic. Tusc. quæst., V, 9.
(7) Dédaignant ces animaux timides, il voudroit qu'un sanglier écumant vînt s'offrir à lui, ou qu'un lion descendît de la montagne. Virg., Æn., IV, 158.
(8) Efforts.

## CHAPITRE III.

*' Coustume de l'isle de Cea.*

Si philosopher c'est doubter, comme ils disent, à plus forte raison niaiser et fantastiquer, comme ie fois, doibt estre doubter; car c'est aux apprentifs à enquerir et à debattre, et au cathedrant[1] de resoudre. Mon cathedrant, c'est l'auctorité de la volonté divine, qui nous regle sans contredict, et qui a son reng au dessus de ces humaines et vaines contestations.

Philippus estant entré à main armee au Peloponnese, quelqu'un disoit à Damindas que les Lacedemoniens auroient beaucoup à souffrir, s'ils ne se remettoient en sa grace : « Eh, poltron! respondict il, que peuvent souffrir ceulx qui ne craignent point la mort? » On demandoit aussi à Agis comment un homme pourroit vivre libre : « Mesprisant, dict il, le mourir. » Ces propositions, et mille pareilles qui se rencontrent à ce propos, sonnent evidemment quelque chose au delà d'attendre patiemment la mort, quand elle nous vient : car il y a en la vie plusieurs accidents pires à souffrir que la mort mesme; tesmoing cet enfant lacedemonien, prins par Antigonus, et vendu pour serf, lequel, pressé par son maistre de s'employer à quelque service abiect : « Tu verras, dict il, qui tu as achetté : ce me seroit honte de servir, ayant la liberté si à main; » et, ce disant, se precipita du hault de la maison. Antipater, menaceant asprement les Lacedemoniens : pour les renger à certaine sienne demande, « Si tu nous menaces de pis que la mort, respondirent ils, nous mourrons plus volontiers : » et à Philippus, leur ayant escript qu'il empescheroit toutes leurs entreprinses, « Quoy! nous empescheras tu aussi de mourir? » C'est ce qu'on dict, que le sage vit tant qu'il doibt, non pas tant qu'il peult; et que le present que la nature nous ayt faict le plus favorable, et qui nous oste tout moyen de nous plaindre de nostre condition, c'est de nous avoir laissé la clef des champs : elle n'a ordonné qu'une entree à la vie, et cent mille yssues. Nous pouvons avoir faulte de terre pour y vivre; mais de terre pour y mourir, nous n'en pouvons avoir faulte, comme respondict Boiocalus aux Romains. Pourquoy te plains tu de ce monde? il ne te tient pas : si tu vis en peine, ta laschet é en est cause. A mourir, il ne reste que le vouloir :

Ubique mors est; optime hoc cavit deus.
Eripere vitam nemo non homini potest;
At nemo mortem : mille ad hanc aditus patent [2].

Et ce n'est pas la recepte à une seule maladie, la mort est la recepte à touts maulx; c'est un port tresasseuré; qui n'est iamais à craindre, et souvent à rechercher. Tout revient à un, que l'homme se donne sa fin, ou qu'il la souffre; qu'il courre au devant de son iour, ou qu'il l'attende; d'où qu'il vienne, c'est tousiours le sien : en quelque lieu que le filet se rompe, il y est tout; c'est le bout de la fusee. La plus volontaire mort, c'est la plus belle. La vie despend de la volonté d'aultruy; la mort, de la nostre. En aulcune chose nous ne debvons tant nous accommoder à nos humeurs, qu'en celle là. La reputation ne touche pas une telle entreprinse; c'est folie d'y avoir respect. Le vivre, c'est servir, si la liberté de mourir en est à dire. Le commun train de la guarison se conduict aux despens de la vie : on nous incise, on nous cauterise, on nous destrenche les membres, on nous soustraict l'aliment et le sang; un pas plus oultre, nous voylà guaris tout à faict. Pourquoy n'est la veine du gosier autant à nostre commandement que la mediane[3]? Aux plus fortes maladies, les plus forts remedes. Servius le grammairien, ayant la goutte, n'y trouva meilleur conseil que de s'appliquer du poison à tuer ses iambes : qu'elles feussent podagriques à leur poste, prouveu qu'elles feussent insensibles. Dieu nous donne assez de congé, quand il nous met en tel estat, que le vivre est pire que le mourir. C'est foiblesse de ceder aux maulx, mais c'est folie de les nourrir. Les stoïciens disent que c'est vivre convenablement à nature, pour le sage, de se despartir de la vie, encores qu'il soit en pleine heur, s'il le faict opportunement; et au fol, de maintenir sa vie, encores qu'il soit miserable, prouveu qu'il soit en la plus grande part des choses qu'ils disent estre selon nature. Comme ie n'offense les loix qui sont faictes contre les larrons, quand i'emporte le mien, et que ie couppe ma bourse; ni des boutefeux, quand ie brusle mon bois : aussi ne suis ie tenu aux loix faictes contre les meurtriers, pour m'estre osté ma vie. Hegesias disoit, que comme la condition de la vie, aussi la condition de la mort debvoit despendre de nostre eslection. Et Diogenes, rencontrant le philosophe Speusippus affligé de longue hydropisie, se faisant porter en lictiere, qui luy escria : « Le bon salut! Diogenes; » « A toy, point de salut, respondict il, qui souffres le vivre, estant en

(1) *Professeur* : de *cathedra*, *chaire*.
(2). Par un effet de la sagesse divine, la mort est partout. Chacun peut ôter la vie à l'homme, personne ne peut lui ôter la mort : mille chemins ouverts y conduisent. SÉNÈQUE, *Thebaïd.*, act. I, sc. 1, v. 151.
(3). *Veine du pli du coude.*

tel estat. » De vray, quelque temps aprez, Speusippus, se feit mourir, ennuyé d'une si penible
condition de vie.

Mais cecy ne s'en va pas sans contraste : car
plusieurs tiennent, Que nous ne pouvons abandonner cette garnison du monde, sans le commandement exprez de celuy qui nous y a mis; et Que
c'est à Dieu, qui nous a icy envoyez, non pour
nous seulement, ouy bien pour sa gloire, et service d'aultruy, de nous donner congé quand il
luy plaira, non à nous de le prendre : Que nous
ne sommes pas nays pour nous, ains aussi pour
nostre païs : Les loix nous redemandent compte
de nous pour leur interest, et ont action d'homicide contre nous; aultrement, comme deserteurs
de nostre charge, nous sommes punis en l'aultre
monde :

Proxima deinde tenent mœsti loca, qui sibi letum
Insontes peperere manu, lucemque perosi
Proiecere animas [1] :

Il y a bien plus de constance à user la chaisne qui
nous tient, qu'à la rompre, et plus d'espreuve de
fermeté en Regulus qu'en Cato ; c'est l'indiscretion et l'impatience qui nous haste le pas : Nuls
accidents ne font tourner le dos à la vifve vertu ;
elle cherche les maulx et la douleur comme son
aliment ; les menaces des tyrans, les gehennes et
les bourreaux, l'animent et la vivifient ;

Duris ut ilex tonsa bipennibus
Nigræ feraci frondis in Algido,
Per damna, per cædes, ab ipso
Ducit opes, animumque ferro [2] :

et comme dict l'aultre,

Non est, ut putas, virtus, pater,
Timere vitam ; sed malis ingentibus
Obstare, nec se vertere, ac retro dare [3].

Rebus in adversis facile est contemnere mortem :
Fortius ille facit, qui miser esse potest [4].

C'est le roole de la couardise, non de la vertu, de
s'aller tapir dans un creux, soubs une tumbe massifve, pour eviter les coups de la fortune ; la vertu
ne rompt son chemin ni son train, pour orage
qu'il fasse :

Si fractus illabatur orbis,
Impavidum ferient ruinæ [5].

Le plus communéement, la fuyte d'aultres inconveniens nous poulse à cettuy cy ; voire quelquesfois la fuyte de la mort faict que nous y courons :

Hic, rogo, non furor est, ne moriare, mori [6] ?

comme ceulx qui, de peur du precipice, s'y lancent eulx mesmes :

Multos in summa pericula misit
Venturi timor ipse mali : fortissimus ille est,
Qui promptus metuenda pati, si cominus instent,
Et differre potest [7].

Usque adeo, mortis formidine, vitæ
Percipit humanos odium, lucisque videndæ,
Ut sibi consciscant mœrenti pectore letum,
Obliti fontem curarum hunc esse timorem [8].

Platon, en ses loix, ordonne sepulture ignomi-
nieuse à celuy qui a privé son plus proche et plus
amy, sçavoir est soy mesme, de la vie et du cours
des destinees, non contrainct par jugement publicque, ny par quelque triste et inevitable accident de la fortune, ny par une honte insupportable, mais par lascheté et foiblesse d'une ame craintifve. Et l'opinion qui desdaigne nostre vie, elle
est ridicule ; car enfin c'est nostre estre, c'est nostre tout. Les choses qui ont un estre plus noble
et plus riche, peuvent accuser le nostre ; mais
c'est contre nature que nous mesprisons et mettons nous mesmes à nonchaloir [9] ; c'est une maladie particuliere, et qui ne se veoid en aulcune aultre creature, de se haïr et desdaigner. C'est de
pareille vanité que nous desirons estre aultre chose
que ce que nous sommes : le fruict d'un tel desir
ne nous touche pas, d'autant qu'il se contredict
et s'empesche en soy. Celuy qui desire d'estre faict,
d'un homme, auge, il ne faict rien pour luy ; il
n'en vauldroit de rien mieulx : car n'estant plus,
qui se resiouyra et ressentira de cet amendement
pour luy ?

(1) Plus loin, on voit accablés de tristesse les malheureux qui
ont tranché, par une mort volontaire, des jours jusque alors innocents, et qui, détestant la lumière, ont rejeté le fardeau de la
vie. Virg., Æn., VI, 434.

(2) Tel le chêne, dans les noires forêts de l'Algide, se fortifie
sous les coups redoublés de la hache ; ses pertes, ses blessures, le
fer même qui le frappe, lui donnent une vigueur nouvelle.
Hor., Od., IV, 4, 57.

(3) La vertu, mon père, ne consiste pas, comme vous le
pensez, à craindre la vie, mais à ne pas fuir honteusement, à
faire face à l'adversité. Séxio., Thebaid., act. I, v. 190.

(4) Dans l'adversité, il est facile de mépriser la mort : il a bien
plus de courage, celui qui sait être malheureux. Martial, XI,
56, 15.

(5) Que l'univers brisé s'écroule ; les ruines le frapperont sans
l'effrayer. Hor., Od., III, 3, 7

(6) Dites-moi, je vous prie, mourir de peur de mourir, n'est
ce pas folie? Martial, II, 80, 2.

(7) La crainte même du peril fait souvent qu'on se hate de s'y
précipiter. L'homme courageux est celui qui brave le danger s'il
le faut, et qui l'évite s'il est possible. Lucain, VII, 104.

(8) La crainte de la mort inspire souvent aux hommes un tel
dégoût de la vie, qu'ils tournent contre eux-mêmes des mains
désespérées, oubliant que la crainte de la mort étoit l'unique
source de leurs peines. Lucrèce, III, 79.

(9) Négliger.

Debet enim, misere cui forte, ægreque futurum est,
Ipse quoque esse in eo tum tempore, quum male
Accidere [1].                                          [possit

La securité, l'indolence, l'impassibilité, la privation des maulx de cette vie, que nous achettons au pris de la mort, ne nous apporte aulcune commodité : pour neant evite la guerre, celuy qui ne peult iouyr de la paix; et pour neant fuyt la peine, qui n'a de quoy savourer le repos.

Entre ceulx du premier advis, il y a eu grand doubte sur cecy, Quelles occasions sont assez iustes pour faire entrer un homme en ce party de se tuer ? ils appellent cela, εὔλογον ἐξαγωγήν [2]. Car, quoyqu'ils dient qu'il fault souvent mourir pour causes legieres, puisque celles qui nous tiennent en vie ne sont gueres fortes, si y fault il quelque mesure. Il y a des humeurs fantastiques et sans discours qui ont poulsé, non des hommes particuliers seulement, mais des peuples, à se desfaire : i'en ay allegué par cy devant des exemples; et nous lisons en oultre des vierges milesiennes, que, par une conspiration furieuse, elles se pendoient les unes aprez les aultres; iusques à ce que le magistrat y prouveust, ordonnant que celles qui se trouveroient ainsin pendues, feussent trainnees du mesme licol toutes nues par la ville. Quand Threicion presche Cleomenes de se tuer pour le mauvais estat de ses affaires, et, ayant fuy la mort plus honnorable en la battaille qu'il venoyt de perdre, d'accepter cette aultre qui luy est seconde en honneur, et ne donner point de loysir aux victorieux de luy faire souffrir ou une mort ou une vie honteuse; Cleomenes, d'un courage lacedemonien et stoïcque, refuse ce conseil, comme lasche et effeminé : « C'est une recepte, dict il, qui ne me peult iamais manquer, et de laquelle il ne se fault pas servir tant qu'il y a un doigt d'esperance de reste; que le vivre est quelquesfois constance et vaillance; qu'il veult que sa mort mesme serve à son païs, et en veult faire un acte d'honneur et de vertu. » Threicion se creut dez lors, et se tua. Cleomenes en feit aussi autant depuis, mais ce feut aprez avoir essayé le dernier poinct de la fortune. Touts les inconvenients ne valent pas qu'on vueille mourir pour les eviter : et puis, y ayant tant de soudains changements aux choses humaines, il est malaysé à iuger à quel poinct nous sommes iustement au bout de nostre esperance :

Sperat et in sæva victus gladiator arena,
  Sit licet infesto pollice turba minax [5].

Toutes choses, disoit un mot ancien, sont esperables à un homme, pendant qu'il vit. « Ouy,

mais, respond Seneca, pourquoy auray ie plustost en la teste cela, Que la fortune peult toutes choses pour celuy qui est vivant; que cecy, Que fortune ne peult rien sur celuy qui sçait mourir ? » On veoid Josephe engagé en un si apparent danger et si prochain, tout un peuple s'estant eslevé contre luy, que par discours il n'y pouvoit avoir aulcune ressource; toutesfois estant, comme il dict, conseillé sur ce poinct, par un de ses amys, de se desfaire, bien luy servit de s'opiniastrer encores en l'esperance; car la fortune contourna, oultre toute raison humaine, cet accident, si bien qu'il s'en veid delivré sans aulcun inconvenient. Et Cassius et Brutus, au contraire, acheverent de perdre les reliques de la romaine liberté, de laquelle ils estoient protecteurs, par la precipitation et temerité de quoy ils se tuerent avant le temps et l'occasion. A la iournee de Serisolles, monsieur d'Anguien essaya deux fois de se donner de l'espee dans la gorge, desesperé de la fortune du combat qui se porta mal en l'endroict où il estoit; et cuida par precipitation se priver de la iouyssance d'une si belle victoire [4]. I'ay veu cent lievres se sauver soubs les dents des levriers : *Aliquis carnifici suo superstes fuit* [6].

Multa dies, variusque labor mutabilis ævi
Rettulit in melius; multos alterna revisens
Lusit, et in solido rursus fortuna locavit [6].

Pline dict qu'il n'y a que trois sortes de maladie pour lesquelles eviter on aye droict de se tuer; la plus aspre de toutes, c'est la pierre à la vessie, quand l'urine en est retenue : Seneque, celles seulement qui esbranlent pour longtemps les offices de l'ame. Pour eviter une pire mort, il y en a qui sont d'advis de la prendre à leur poste. Democritus, chef des Ætoliens, mené prisonnier à Rome, trouva moyen, de nuict, d'eschapper; mais, suivi par ses gardes, avant que se laisser reprendre, il se donna de l'espee au travers du corps. Antinoüs et Theodotus, leur ville d'Epire

---

(1) On n'a rien à craindre du malheur, si l'on n'existe plus dans le temps où il pourroit arriver. Lucrèce, III, 874.

(2) Εὔλογον ἐξαγωγήν, *sortie raisonnable.* C'étoit l'expression des stoïciens.

(3) Renversé sur l'arène, le gladiateur vaincu espère encore quoique, par le signe ordinaire, le peuple ordonne qu'il meure. Pentadius, *de Spe, ap. Virg. Catalecta, ed. Scaligero,* p. 223.

(4) Blaise de Montluc, qui eut beaucoup de part au gain de la bataille, l'assure positivement dans ses *Commentaires,* fol. 95, verso. Cette bataille se donna en 1544.

(5) Tel a survécu à son bourreau. Sénèq., *Epist.* 13.

(6) Les temps, les événements divers, ont souvent amené des changements heureux; capricieuse dans ses jeux, la fortune abaisse souvent les hommes pour les relever avec plus d'éclat. Virg., *Æn.,* XI. 425.

reduicte à l'extremité par les Romains, feurent d'advis au peuple de se tuer touts : mais le conseil de se rendre plustost ayant gaigné, ils allerent chercher la mort, se ruants sur les ennemys en intention de frapper, non de se couvrir. L'isle de Goze [1] forcee par les Turcs il y a quelques annees, un Sicilien, qui avoyt deux belles filles prestes à marier, les tua de sa main, et leur mere aprez, qui accourut à leur mort : cela faict, sortant en rue avecques un arbaleste et une harquebuze, de deux coups il en tua les deux premiers Turcs qui s'approcherent de sa porte, et puis, mettant l'espee au poing, s'alla mesler furieusement, où il feut souldain enveloppé et mis en pieces, se sauvant ainsi du servage aprez en avoir delivré les siens. Les femmes iuifves, aprez avoir faict circoncire leurs enfants, s'alloient precipiter quand et eulx, fuyant la cruauté d'Antiochus. On m'a conté qu'un prisonnier de qualité estant en nos conciergeries, ses parents, advertis qu'il seroit certainement condemné, pour eviter la honte de telle mort, aposterent un presbtre pour luy dire que le souverain remede de sa delivrance estoit, qu'il se recommandast à tel sainct avec tel et tel vœu, et qu'il feust huict iours sans prendre aulcun aliment, quelque defaillance et foiblesse qu'il sentist en soy. Il l'en creut, et par ce moyen se desfeit, sans y penser, de sa vie et du danger. Scribonia, conseillant Libo, son nepveu, de se tuer plustost que d'attendre la main de la iustice, luy disoit que c'estoit proprement faire l'affaire d'aultruy, que de conserver sa vie pour la remettre entre les mains de ceulx qui la viendroient chercher trois ou quatre iours aprez ; et que c'estoit servir ses ennemys, de garder son sang pour leur en faire curee.

Il se lit dans la Bible, que Nicanor, persecuteur de la loy de Dieu, ayant envoyé ses satellites pour saisir le bon vieillard Razias, surnommé, pour l'honneur [de sa vertu, le pere aux Iuifs ; comme ce bon homme n'y veit plus d'ordre, sa porte bruslee, ses ennemys prests le saisir, choisissant de mourir genereusement plustost que de venir entre les mains des meschants, et de se laisser mastiner contre l'honneur de son reng, il se frappa de son espee : mais le coup, pour la haste, n'ayant pas esté bien asséné, il courut se precipiter du hault d'un mur au travers de la trouppe, laquelle, s'escartant et luy faisant place, il cheut droictement sur la teste : ce neantmoins, se sentant encores quelque reste de vie, il r'alluma son courage, et, s'eslevant en pied, tout ensanglanté et chargé de coups, et faulsant la presse, donna iusques à certain rochier couppé et precipiteux,

où, n'en pouvant plus, il print par l'une de ses plaies à deux mains ses entrailles, les deschirant et froissant, et les iecta à travers les poursuivants, appellant sur eulx et attestant la vengeance divine.

Des violences qui se font à la conscience, la plus à eviter, à mon advis, c'est celle qui se faict à la chasteté des femmes, d'autant qu'il y a quelque plaisir corporel naturellement meslé parmy ; et, à cette cause, le dissentiment n'y peult estre assez entier, et semble que la force soit meslee à quelque volonté. L'histoire ecclesiastique a en reverence plusieurs tels exemples de personnes devotes, qui appellerent la mort à garant contre les oultrages que les tyrans preparoient à leur religion et conscience. Pelagia et Sophronia, toutes deux canonisees, celle là se precipita dans la riviere avecques sa mere et ses sœurs, pour eviter la force de quelques soldats ; et cette cy se tua aussi pour eviter la force de Maxentius l'empereur.

Il nous sera à l'adventure honnorable aux siecles advenir, qu'un sçavant aucteur de ce temps, et notamment parisien, se mette en peine de persuader aux dames de nostre siecle de prendre plustost tout aultre party, que d'entrer en l'horrible conseil d'un tel desespoir. Ie suis marry qu'il n'a sceu, pour mesler à ses contes, le bon mot que i'apprins à Toulouse, d'une femme passee par les mains de quelques soldats : « Dieu soit loué ! disoit elle, qu'au moins une fois en ma vie ie m'en suis saoulee sans peché ! » A la verité, ces cruautez ne sont pas dignes de la doulceur françoise. Aussi, Dieu mercy, nostre air s'en veoid infiniment purgé depuis ce bon advertissement. Suffit qu'elles dient « Nenny, » en le faisant, suivant la regle du bon Marot.

L'histoire est toute pleine de ceulx qui, en mille façons, ont changé à la mort une vie peineuse. Lucius Arantius se tua, « pour, disoit il, fuyr et l'advenir et le passé. » Granius Silvanus et Statius Proximus, aprez estre pardonnez par Neron, se tuerent ; ou pour ne vivre de la grace d'un si meschant homme, ou pour n'estre en peine une aultre fois d'un second pardon, veu sa facilité aux souspeçons et accusations à l'encontre des gents de bien. Spargapizez, fils de la royne Tomyris, prisonnier de guerre de Cyrus, employa à se tuer la premiere faveur que Cyrus luy feit de le faire destacher, n'ayant pretendu aultre fruict de sa liberté que de venger sur soy la honte de sa prinse.

---

(1) Petite ile à l'occident de celle de Malte, dont elle n'est pas fort eloignee.

Bogez, gouverneur en Eione de la part du roy Xerxes, assiegé par l'armée des Atheniens soubs la conduicte de Cimon, refusa la composition de s'en retourner seurement en Asie à tout sa chevance, impatient de survivre à la perte de ce que son maistre luy avoyt donné en garde; et, aprez avoir deffendu iusqu'à l'extremité sa ville, n'y restant plus que manger, iecta premierement en la riviere de Strymon tout l'or et tout ce de quoy il luy sembla l'ennemy pouvoir faire plus de butin; et puis, ayant ordonné allumer un grand buchier, et d'esgosiller femmes, enfants, concubines et serviteurs, les meit dans le feu, et puis soy mesme.

Ninachetuen, seigneur indois, ayant senty le premier vent de la deliberation du vice roy portugais de le depposeder, sans aulcune cause apparente, de la charge qu'il avoyt en Malaca, pour la donner au roy de Campar, prînt à part soy cette resolution : il feit dresser un eschaffauld plus long que large, appuyé sur des colonnes, royalement tapissé et orné de fleurs et de parfums en abondance; et puis, s'estant vestu d'une robbe de drap d'or, chargée de quantité de pierreries de hault pris, sortit en rue, et par des degrez monta sur l'eschaffauld, en un coing duquel il y avoyt un buchier de bois aromatiques allumé. Le monde accourut veoir à quelle fin ces preparatifs inaccoustumez : Ninachetuen remontra, d'un visage hardy et mal content, l'obligation que la nation portugaloise luy avoyt; combien fidelement il avoyt versé en sa charge; qu'ayant si souvent tesmoingné pour aultruy, les armes en main, que l'honneur luy estoit de beaucoup plus cher que la vie, il n'estoit pas pour en abandonner le soing pour soy mesme; que la fortune luy refusant tout moyen de s'opposer à l'iniure qu'on luy vouloyt faire, son courage au moins luy ordonnoit de s'en oster le sentiment, et de ne servir de fable au peuple, et de triumphe à des personnes qui valoient moins que luy : ce disant, il se iecta dans le feu.

Sextilia, femme de Scaurus, et Paxea, femme de Labeo, pour encourager leurs marys à eviter les dangers qui les pressoient, ausquels elles n'avoyent part que par l'interest de l'affection coniugale, engagerent volontairement la vie, pour leur servir, en cette extreme necessité, d'exemple et de compaignie. Ce qu'elles feirent pour leurs marys, Cocceius Nerva le feit pour sa patrie, moins utilement, mais de pareil amour : ce grand iurisconsulte, fleurissant en santé, en richesses, en reputation, en credit prez de l'empereur, n'eut aultre cause de se tuer, que la compassion du miserable estat de la chose publicque romaine. Il ne se peult rien adiouster à la delicatesse de la mort de la femme de Fulvius, familier d'Auguste : Auguste, ayant descouvert qu'il avoyt esventé un secret important qu'il luy avoyt fié, un matin qu'il le veint veoir, luy en feit une maigre mine : il s'en retourne au logis plein de desespoir, et dict tout piteusement à sa femme, qu'estant tumbé en ce malheur, il estoit resolu de se tuer : elle tout franchement : « Tu ne feras que raison, veu qu'ayant assez souvent experimenté l'incontinence de ma langue, tu ne t'en es point donné de garde : mais laisse, que ie me tue la premiere : » et, sans aultrement marchander, se donna d'une espee dans le corps. Vibius Virius, desesperé du salut de sa ville, assiegee par les Romains, et de leur misericorde, en la derniere deliberation de leur senat, aprez plusieurs remontrances employees à cette fin, conclud que le plus beau estoit d'eschapper à la fortune par leurs propres mains; les ennemys les auroient en honneur, et Hannibal sentiroit de combien fideles amys il auroit abandonnés : conviant ceulx qui approuveroient son advis, d'aller prendre un bon souper qu'on avoyt dressé chez luy, où, aprez avoir faict bonne chere, ils boiroient ensemble de ce qu'on luy presenteroit; bruvage qui delivrera nos corps des torments, nos ames des iniures, nos yeulx et nos aureilles du sentiment de tant de vilains maulx que les vaincus ont à souffrir des vaincqueurs trescruels et offensez : i'ay, disoit il, mis ordre qu'il y aura personnes propres à nous iecter dans un buchier au devant de mon huis [1], quand nous serons expirez. Assez de gents approuverent cette haulte resolution; peu l'imiterent : vingt et sept senateurs le suivirent; et, aprez avoir essayé d'estouffer dans le vin cette fascheuse pensee, finirent leur repas par ce mortel mets; et s'entre embrassants, aprez avoir en commun deploré le malheur de leur païs, les uns se retirerent en leurs maisons, les aultres s'arresterent pour estre enterrez dans le feu de Vibius avec luy : et eurent touts la mort si longue, la vapeur du vin ayant occupé les veines et retardant l'effect du poison, qu'aulcuns feurent à une heure prez de veoir les ennemys dans Capoue, qui feut emportee le landemein, et d'encourir les miseres qu'ils avoyent si cherement fuy. Taurea Iubellius, un aultre citoyen de là, le consul Fulvius retournant de cette honteuse boucherie qu'il avoyt faicte de deux cents vingt cinq senateurs, le rappella fierement par son nom, et l'ayant arresté : « Commande, feit il, qu'on me massacre aussi aprez tant d'aultres, à fin que tu te puisses vanter d'avoir tué un beaucoup plus vaillant homme que toy.» Ful-

[1] *Huis, porte.*

vius, le desdaignant comme insensé, aussi que sur l'heure il venoyt de recevoir lettres de Rome, contraires à l'inhumanité de son execution, qui luy lioient les mains; Iubellius continua : « Puisque mon païs prins, mes amys morts, et ayant occis de ma main ma femme et mes enfants pour les soustraire à la desolation de cette ruyne, il m'est interdict de mourir de la mort de mes concitoyens, empruntons de la vertu la vengeance de cette vie odieuse : » et tirant un glaive qu'il avoyt caché, s'en donna au travers la poictrine, tumbant renversé, et mourant aux pieds du consul.

Alexandre assiegeoit une ville aux Indes; ceulx de dedans, se trouvants pressez, se resolurent vigoreusement à le priver du plaisir de cette victoire, et s'embraiserent universellement touts quand et leur ville, en despit de son humanité : nouvelle guerre; les ennemys combattoient pour les sauver, eulx pour se perdre, et faisoient, pour garantir leur mort, toutes les choses qu'on faict pour garantir sa vie.

Astapa, ville d'Espaigne, se trouvant foible de murs et de deffenses pour soustenir les Romains, les habitants feirent un amas de leurs richesses et meubles en la place; et, ayants rengé au dessus de ce monceau les femmes et les enfants, et l'ayant entouré de bois et matiere propre à prendre feu soubdainement, et laissé cinquante ieunes hommes d'entre eulx pour l'execution de leur resolution, feirent une sortie où, suivant leur vœu, à faulte de pouvoir vaincre, ils se feirent touts tuer. Les cinquante, aprez avoir massacré toute ame vivante esparse par leur ville, et mis le feu en ce monceau, s'y lancerent aussi, finissants leur genereuse liberté en un estat insensible, plustost que douloureux et honteux, et montrants aux ennemys que, si fortune l'eust voulu, ils eussent eu aussi bien le courage de leur oster la victoire, comme ils avoyent eu de la leur rendre et frustratoire et hideuse, voire et mortelle à ceulx qui, amorcez par la lueur de l'or coulant en cette flamme, s'en estants approchez en bon nombre, y feurent suffoquez et bruslez, le reculer leur estant interdict par la foule qui les suivoit.

Les Abydeens, pressez par Philippus, se resolurent de mesmes : mais, estants prins de trop court, le roy, ayant horreur de voir la precipitation temeraire de cette execution (les thresors et les meubles, qu'ils avoyent diversement condemnez au feu et au naufrage, saisis), retirant ses soldats, leur conceda trois iours à se tuer avecques plus d'ordre et plus à l'ayse; lesquels ils remplirent de sang et de meurtre au delà de toute hostile cruauté, et ne s'en sauva une seule personne qui eust

pouvoir sur soy. Il y a infinis exemples de pareilles conclusions populaires, qui semblent plus aspres d'autant que l'effect en est plus universel : elles le sont moins, que separees; ce que le discours ne feroit en chascun, il le faict en touts, l'ardeur de la societé ravissant les particuliers iugements.

Les condemnez qui attendoient l'execution, du temps de Tibere, perdoient leurs biens et estoient privez de sepulture : ceux qui l'anticipoient, en se tuants eulx mesmes, estoient enterrez, et pouvoient faire testament.

Mais on desire aussi quelquesfois la mort pour l'esperance d'un plus grand bien : « Ie desire, dict sainct Paul, estre dissoult, pour estre avecques Iesus Christ : » et « Qui me desprendra de ces liens ? » Cleombrotus Ambraciota, ayant leu le Phædon de Platon, entra en si grand appetit de la vie advenir, que, sans aultre occasion, il s'alla precipiter en la mer. Par où il appert combien improprement nous appellons Desespoir cette dissolution volontaire, à laquelle la chaleur de l'espoir nous porte souvent, et souvent une tranquille et rassise inclination de iugement. Iacques du Chastel, evesque de Soissons, au voyage d'oultremer que feit sainct Louys, voyant le roy et toute l'armee en train de revenir en France, laissant les affaires de la religion imparfaictes, print resolution de s'en aller plus tost en Paradis; et, ayant adieu à ses amys, donna seul, à la vue d'un chascun, dans l'armee des ennemys, où il feut mis en pieces. En certain royaume de ces nouvelles terres, au iour d'une solenne procession, auquel l'idole qu'ils adorent est promenee en publicque sur un char de merveilleuse grandeur; oultre ce qu'il se veoid plusieurs se detaillant les morceaux de leur chair vifve à luy offrir, il s'en veoid nombre d'aultres, se prosternants emmy la place, qui se font mouldre et briser sous les roues pour en acquerir, aprez leur mort, veneration de saincteté qui leur est rendue. La mort de cet evesque, les armes au poing, a de la generosité plus, et moins de sentiment, l'ardeur du combat en amusant une partie.

Il y a des polices qui se sont meslees de regler la iustice et opportunité des morts volontaires. En nostre Marseille il se gardoit, au temps passé, du venin preparé à tout de la ciguë, aux despens publicques, pour ceulx qui voudroient haster leurs iours; ayant premierement approuvé aux six cents, qui estoit leur senat, les raisons de leur entreprinse : et n'estoit loisible, aultrement que par congé du magistrat et par occasions legitimes, de mettre la main sur soy. Cette loy estoit encore ailleurs.

Sextus Pompeius, allant en Asie, passa par l'isle

de Cea de Negrepont; il adveint, de fortune, pendant qu'il y estoit, comme nous l'apprend l'un de ceulx de sa compaignie, qu'une femme de grande auctorité, ayant rendu compte à ses citoyens pourquoi elle estoit resolue de finir sa vie, pria Pompeius d'assister à sa mort, pour la rendre plus honnorable : ce qu'il feit ; et, ayant longtemps essayé pour neant, à force d'eloquence, qui luy estoit merveilleusement à main, et de persuasion, de la destourner de ce desseing, souffrit enfin qu'elle se contentast. Elle avoyt passé quatre vingts dix ans en tresheureux estat d'esprit et de corps : mais, lors couchee sur son lict mieulx paré que de coustume, et appuyée sur le coude, « Les dieux, dict elle, ô Sextus Pompeius, et plustost ceulx que ie laisse que ceulx que ie vay trouver, te sçachent gré de quoy tu n'as desdaigné d'estre et conseiller de ma vie, et tesmoing de ma mort ! De ma part, ayant tousiours essayé le favorable visage de fortune, de peur que l'envye de trop vivre ne m'en face veoir un contraire, ie m'en vay d'une heureuse fin donner congé aux restes de mon ame, laissant de moy deux filles et une legion de nepveux. » Cela faict, ayant presché et exhorté les siens à l'union et à la paix, leur ayant desparty ses biens, et recommandé les dieux domestiques à sa fille aisnee, elle print d'une main asseuree la couppe où estoit le venin, et, ayant faict ses vœux à Mercure et les prieres de la conduire en quelque heureux siege en l'aultre monde, avala brusquement ce mortel bruvage. Or entreteint elle la compaignie du progrez de son operation, et comme les parties de son corps se sentoient saisies de froid l'une aprez l'aultre ; iusques à ce qu'ayant dict enfin qu'il arrivoit au cœur et aux entrailles, elle appella ses filles pour luy faire le dernier office et luy clorre les yeulx.

Pline recite de certaine nation hyperboree, qu'en icelle, pour la doulce temperature de l'air, les vies ne se finissent communement que par la propre volonté des habitants; mais qu'estants las et saouls de vivre, ils ont en coustume, au bout d'un long aage, aprez avoir faict bonne chere, se precipiter en la mer, du hault d'un certain rochier destiné à ce service. La douleur et une pire mort me semblent les plus excusables incitations.

## CHAPITRE IV.

*A demain les affaires.*

Ie donne avecques raison, ce me semble, la palme à Iacques Amyot sur touts nos escrivains françois, non seulement pour la naïfveté et pureté du langage, en quoy il surpasse touts aultres, ny pour la constance d'un si long travail, ny pour la profondeur de son sçavoir, ayant peu developper si heureusement un aucteur si espineux et ferré (car on m'en dira ce qu'on voudra, ie n'entends rien au grec, mais ie veoy un sens si bien ioinct et entretenu par tout en sa traduction, que, ou il a certainement entendu l'imagination vraye de l'aucteur, ou ayant, par longue conversation, planté vifvement dans son ame une generale idee de celle de Plutarque, il ne luy a au moins rien presté qui le desmente ou qui le desdie); mais, sur tout, ie luy sçay bon gré d'avoir sceu trier et choisir un livre si digne et si à propos, pour en faire present à son païs. Nous aultres ignorants estions perdus, si ce livre ne nous eust relevé du bourbier : sa mercy, nous osons à cett' heure et parler et escrire ; les dames en regentent les maistres d'eschole ; c'est nostre breviaire. Si ce bon homme vit, ie luy resigne Xenophon, pour en faire autant : c'est une occupation plus aysee, et d'autant plus propre à sa vieillesse; et puis, ie ne sçay comment il me semble, quoyqu'il se desmesle bien brusquement et nettement d'un mauvais pas, que toutesfois son style est plus chez soy, quand il n'est pas pressé et qu'il roule à son ayse.

I'estois à cett' heure sur ce passage où Plutarque dict de soy mesme, que Rusticus, assistant à une sienne declamation à Rome, y receut un paquet de la part de l'empereur, et temporisa de l'ouvrir iusques à ce que tout feust faict : en quoy, dict il, toute l'assistance loua singulierement la gravité de ce personnage. De vray, estant sur le propos de la curiosité, et de cette passion avide et gourmande de nouvelles, qui nous faict, avecques tant d'indiscretion et d'impatience, abandonner toutes choses pour entretenir un nouveau venu, et perdre tout respect et contenance pour crocheter soubdain, où que nous soyons, les lettres qu'on nous apporte, il a eu raison de louer la gravité de Rusticus ; et pouvoit encores y ioindre la louange de sa civilité et courtoisie, de n'avoir voulu interrompre le cours de sa declamation. Mais ie fois doubte qu'on le peust louer de prudence ; car recevant à l'improveu lettres, et notamment d'un empereur, il pouvoit bien advenir que le differer à les lire eust esté d'un grand preiudice. Le vice contraire à la curiosité, c'est la nonchalance, vers laquelle ie penche evidemment de ma complexion, et en laquelle i'ay veu plusieurs hommes si extremes, que, trois ou quatre iours aprez, on retrouvoit encores en leur pochette les lettres toutes closes qu'on leur avoyt envoyees.

le n'en ouvris iamais, non seulement de celles qu'on m'eust commises, mais de celles mesmes que la fortune m'eust faict passer par les mains; et fois conscience si mes yeulx desrobent, par mesgarde, quelque cognoissance des lettres d'importance qu'il lit quand ie suis à costé d'un grand. Iamais homme ne s'enquit moins et ne furieta moins ez affaires d'aultruy.

Du temps de nos peres, monsieur de Boutieres cuida perdre Turin pour, estant en bonne compaignie à souper, avoir remis à lire un advertissement qu'on luy donnoit des trahisons qui se dressoient contre cette ville, où il commandoit. Et ce mesme Plutarque m'a apprins que Iulius Cesar se feust sauvé, si, allant au senat le iour qu'il y feut tué par les coniurez, il eust leu un memoire qu'on luy presenta : et faict aussi le conte d'Archias, tyran de Thebes, que, le soir, avant l'execution de l'entreprinse que Pelopidas avoyt faicte de le tuer pour remettre son païs en liberté, il luy feut escript par un aultre Archias, Athenien, de poinct en poinct, ce qu'on luy preparoit; et que ce pacquet luy ayant esté rendu pendant son souper, il remeit à l'ouvrir, disant ce mot, qui depuis passa en proverbe en Grece : « A demain les affaires. »

Un sage homme peult, à mon opinion, pour l'interest d'aultruy, comme pour ne rompre indecemment compaignie, ainsin que Rusticus, ou pour ne discontinuer un aultre affaire d'importance, remettre à entendre ce qu'on luy apporte de nouveau; mais, pour son interest ou plaisir particulier, mesme s'il est homme ayant charge publique, pour ne rompre son disner, voire ny son sommeil, il est inexcusable de le faire. Et anciennement estoit à Rome la place consulaire, qu'ils appelloient la plus honnorable à table, pour estre plus à delivre, et plus accessible à ceulx qui surviendroient pour entretenir celuy qui y seroit assis : tesmoingnage que, pour estre à table, ils ne se despartoient pas de l'entremise d'aultres affaires et survenances. Mais, quand tout est dict, il est malaysé ez actions humaines de donner regle si iuste par discours de raison, que la fortune n'y maintienne son droict.

## CHAPITRE V.

### De la conscience.

Voyageant un iour, mon frere sieur De La Brousse et moy, durant nos guerres civiles, nous rencontrasmes un gentilhomme de bonne façon. Il estoit du party contraire au nostre; mais ie n'en sçavois rien, car il se contrefaisoit aultre : et le

pis de ces guerres, c'est que les chartes sont si meslees, vostre ennemy n'estant distingué d'avecques vous d'aulcune marque apparente, ny de langage, ny de port, nourry en mesmes loix, mœurs et mesme air, qu'il est malaysé d'y eviter confusion et desordre. Cela me faisoit craindre à moy mesme de rencontrer nos trouppes en lieu où ie ne feusse cogneu, pour n'estre en peine de dire mon nom, et de pis, à l'adventure, comme il m'estoit aultrefois advenu; car en un tel mescompte ie perdis et hommes et chevaulx, et m'y tua lon miserablement, entre aultres, un page, gentilhomme italien, que ie nourrissois soingneusement, et feut esteincte en luy une tresbelle enfance et pleine de grande esperance. Mais cettuy cy en avoyt une frayeur si esperdue, et ie le veoyois si mort, à chasque rencontre d'hommes à cheval et passage de villes qui tenoient pour le roy, que ie devinay enfin que c'estoient alarmes que sa conscience luy donnoit. Il sembloit à ce pauvre homme qu'au travers de son masque, et des croix de sa casaque, on iroit lire iusques dans son cœur ses secrettes intentions : tant est merveilleux l'effort de la conscience! Elle nous faict trahir, accuser et combattre nous mesmes, et à faulte de tesmoing estranger, elle nous produict contre nous,

Occultum quatiens animo tortore flagellum [1].

Ce conte est en la bouche des enfants : Bessus, pæonien, reproché d'avoir de gayeté de cœur abattu un nid de moyneaux, et les avoir tuez, disoit avoir eu raison, parce que ces oysillons ne cessoient de l'accuser faulsement du meurtre de son pere. Ce parricide, iusques lors, avoyt esté occulte et incogneu : mais les furies vengeresses de la conscience le feirent mettre hors à celuy mesme qui en debvoit porter la penitence. Hesiode corrige le dire de Platon, « que la peine suit de bien prez le peché; » car il dict « qu'elle naist en l'instant et quand et quand le peché. » Quiconque attend la peine, il la souffre; et quiconque l'a meritee, l'attend. La meschanceté fabrique des torments contre soy :

Malum consilium, consultori pessimum [2] :

comme la mouche guespe picque et offense aultruy, mais plus soy mesme; car elle y perd son aiguillon et sa force pour iamais,

Vitasque in vulnere ponunt [3].

(1) Elle nous sert elle-même de bourreau, et nous frappe sans cesse de fouets invisibles. Juvén, XIII, 195.

(2) Le mal retombe sur celui qui l'a medité. Apud A. Gellium. IV, 5.

(3) Et laisse sa vie dans la blessure qu'elle a faite. Virg., Géorg., IV, 238.

Les cantharides ont en elles quelque partie qui sert contre leur poison de contrepoison, par une contrarieté de nature : aussi à mesme qu'on prend le plaisir au vice, il s'engendre un desplaisir contraire en la conscience, qui nous tormente de plusieurs imaginations penibles, veillants et dormants :

Quippe ubi se multi, per somnia sæpe loquentes,
Aut morbo delirantes, protraxe ferantur,
Et celata diu in medium peccata dedisse [1].

Apollodorus songeoit qu'il se veoyoit escorcher par les Scythes, et puis bouillir dedans une marmitte, et que son cœur murmuroit en disant : « Ie te suis cause de touts ces maulx. » Aulcune cachette ne sert aux meschants, disoit Epicurus, parce qu'ils ne se peuvent asseurer d'estre cachez, la conscience les descouvrant à eulx mesmes.

Prima est hæc ultio, quod se
Iudice nemo nocens absolvitur [2].

Comme elle nous remplit de crainte, aussi faict elle d'asseurance et de confiance ; et ie puis dire avoir marché en plusieurs hazards d'un pas bien plus ferme, en consideration de la secrette science que j'avoy de ma volonté, et innocence de mes desseings :

Conscia mens ut cuique sua est, ita concipit intra
Pectora pro facto spemque, metumque suo [3].

Il y en a mille exemples ; il suffira d'en alleguer trois de mesme personnage. Scipion, estant un iour accusé devant le peuple romain d'une accusation importante, au lieu de s'excuser, ou de flatter ses iuges : « Il vous siera bien, leur dict il, de vouloir entreprendre de iuger de la teste de celuy par le moyen duquel vous avez l'auctorité de iuger de tout le monde ! » Et une aultre fois, pour toute response aux imputations que luy mettoit sus un tribun du peuple, au lieu de plaider sa cause : « Allons, dict il, mes citoyens, allons rendre graces aux dieux de la victoire qu'ils me donnerent contre les Carthaginois en pareil iour que cettuy cy ; » et, se mettant à marcher devant, vers le temple, voylà toute l'assemblee et son accusateur mesme à sa suitte. Et Petilius ayant esté suscité par Cato pour luy demander compte de l'argent manié en la province d'Antioche, Scipion, estant venu au senat pour cet effect, produisit le livre de raisons, qu'il avoyt dessoubs sa robbe, et dict que ce livre en contenoit au vray la recepte et la mise : mais, comme on le luy demanda pour le mettre au greffe, il le refusa, disant ne se vouloir pas faire cette honte à soy mesme ; et de

ses mains, en la presence du senat, le deschira et meit en piece. Ie ne croy pas qu'une ame cauterisee sceust contrefaire une telle asseurance. Il avoyt le cœur trop gros de nature, et accoustumé à trop haulte fortune, dict Tite Live, pour sçavoir estre criminel, et se desmettre à la bassesse de deffendre son innocence.

C'est une dangereuse invention que celle des gehennes, et semble que ce soit plustost un essay de patience que de verité. Et celuy qui les peult souffrir cache la verité, et celuy qui ne les peult souffrir : car, pourquoy la douleur me fera elle plustost confesser ce qui en est, qu'elle ne me forcera de dire ce qui n'est pas ? Et, au rebours, si celuy qui n'a pas faict ce de quoy on l'accuse, est assez patient pour supporter ces torments ; pourquoy ne le sera celuy qui l'a faict, un si beau guerdon [5] que de la vie luy estant proposé ? Ie pense que le fondement de cette invention vient de la consideration de l'effort de la conscience : car, au coupable, il semble qu'elle ayde à la torture pour luy faire confesser sa faulte, et qu'elle l'affoiblisse ; et de l'aultre part, qu'elle fortifie l'innocent contre la torture. Pour dire vray, c'est un moyen plein d'incertitude et de danger : que ne diroit on, que ne feroit on pour fuyr à si griefves douleurs ?

Etiam innocentes cogit mentiri dolor [6].

d'où il advient que celuy que le iuge a gehenné, pour ne le faire mourir innocent, il le face mourir innocent et gehenné. Mille et mille en ont chargé leur teste de faulses confessions, entre lesquels ie loge Philotas, considerant les circonstances du procez qu'Alexandre luy feit, et le progrez de sa gehenne. Mais tant y a que c'est, dict on, le moins mal que l'humaine foiblesse aye peu inventer : bien inhumainement pourtant, et bien inutilement, à mon advis.

Plusieurs nations moins barbares en cela que la grecque et la romaine qui les appellent ainsin, estiment horrible et cruelle de tormenter et desrompre un homme, de la faulte duquel vous estes encores en doubte. Que peut il mais de vostre

---

(1) Souvent les coupables se sont accusés eux-mêmes en songe ou dans le délire de la fièvre, et ont révélé des crimes long-temps cachés. LUCRÈCE, V, 1157.

(2) Le premier châtiment du coupable, c'est qu'il ne sauroit s'absoudre à son propre tribunal. JUV., Sat., XIII, 2.

(3) Selon le témoignage que l'homme se rend à soi même, il a le cœur rempli de crainte ou d'espérance. OVIDE, Fast., I, 485.

(4) Les gênes, signifient ici tortures.

(5) Une si belle récompense que celle, etc.

(6) La douleur force à mentir ceux même qui sont innocents. Sentences de PUBLIUS SYRUS.

ignorance? Estes vous pas iniuste, qui, pour ne
le tuer sans occasion, luy faictes pis que le tuer?
Qu'il soit ainsin, veoyez combien de fois il aime
mieulx mourir sans raison, que de passer par cette
information plus penible que le supplice, et qui
souvent par son aspreté, devance le supplice, et
l'execute. Ie ne sçay d'où ie tiens ce conte, mais
il rapporte exactement la conscience de nostre iustice. Une femme de village accusoit devant un general d'armee[1], grand iusticier, un soldat pour
avoir arraché à ses petits enfants ce peu de bouillie qui luy restoit à les substanter, cette armee
ayant tout ravagé. De preuve, il n'y en avoyt
point. Le general, aprez avoir sommé la femme
de regarder bien à ce qu'elle disoit, d'autant
qu'elle seroit coulpable de son accusation, si elle
mentoit; et elle persistant, il feit ouvrir le ventre
au soldat pour s'esclaircir de la verité du faict : et
la femme se trouva avoir raison. Condemnation
instructive.                                    €

# CHAPITRE VI.

## De l'exercitation.

Il est malaysé que le discours et l'instruction,
encores que nostre creance s'y applique volontiers, soient assez puissantes pour nous acheminer
iusques à l'action, si, oultre cela, nous n'exerceons et formons nostre ame par experience au
train auquel nous la voulons renger : aultrement,
quand elle sera au propre des effects, elle s'y trouvera sans doubte empeschee. Voylà pourquoy,
parmy les philosophes, ceulx qui ont voulu attaindre à quelque plus grande excellence, ne se sont
pas contentez d'attendre à couvert et en repos les
rigueurs de la fortune, de peur qu'elle ne les sur-
prinst inexperimentez et nouveaux au combat,
ains ils luy sont allez au devant, et se sont iectez,
à escient, à la preuve des difficultez : les uns en
ont abandonné les richesses, pour s'exercer à une
pauvreté volontaire ; les aultres en ont recherché le
labeur et une austerité de vie penible, pour se
durcir au mal et au travail; d'aultres se sont privez des parties du corps les plus cheres, comme
de la veue, et des membres propres à la generation, de peur que leur service, trop plaisant et
trop mol, ne relaschast et n'attendrist la fermeté
de leur ame.

Mais à mourir, qui est la plus grande besongne
que nous ayons à faire, l'exercitation ne nous y
peult ayder. On se peult, par usage et par experience, fortifier contre les douleurs, la honte,
l'indigence, et tels aultres accidents : mais, quant

à la mort, nous ne la pouvons essayer qu'une
fois; nous y sommes touts apprentis quand nous
y venons.

Il s'est trouvé anciennement des hommes si
excellents mesnagiers du temps, qu'ils ont essayé,
en la mort mesme, de la gouster et savourer, et
ont bandé leur esprit pour veoir que c'estoit de ce
passage; toutesfois ils ne sont pas revenus nous en
dire des nouvelles :

<blockquote>
Nemo expergitus exstat,<br>
Frigida quem semel est vitaï pausa secquuta[2].
</blockquote>

Canius Iulius, noble romain, de vertu et fermeté singuliere, ayant esté condemné à la mort
par ce maraud de Caligula; oultre plusieurs merveilleuses preuves qu'il donna de sa resolution,
comme il estoit sur le poinct de souffrir la main
du bourreau, un philosophe, son amy, luy demanda : « Eh bien, Canius! en quelle demarche
est à cette heure vostre ame! que faict elle? en
quels pensements estes vous? » « Ie pensois, luy
respondict il, à me tenir prest et bandé de toute
ma force, pour veoir si, en cet instant de la mort,
si court et si brief, ie pourray appercevoir quelque deslogement de l'ame, et si elle aura quelque
ressentiment de son yssue; pour, si i'en apprends
quelque chose, en revenir donner aprez, si ie
puis, advertissement à mes amys. » Cettuy ci philosophe, non seulement iusques à la mort, mais
en la mort mesme. Quelle asseurance estoit ce, et
quelle fierté de courage, de vouloir que sa mort
luy servist de leçon, et avoir loysir de penser ailleurs en un si grand affaire !

<blockquote>
Ius hoc animi morientis habebat[3].
</blockquote>

Il me semble toutesfois qu'il y a quelque façon
de nous apprivoiser à elle, et de l'essayer aulcunement. Nous en pouvons avoir experience, sinon
entiere et parfaicte, au moins telle qu'elle ne soit
pas inutile, et qui nous rende plus fortifiez et asseurez : si nous ne la pouvons ioindre, nous la
pouvons approcher, nous la pouvons recognoistre; et si nous ne donnons iusques à son fort, au
moins verrons nous et en practiquerons les advenues. Ce n'est pas sans raison qu'on nous faict regarder à nostre sommeil mesme, pour la ressemblance qu'il a de la mort : combien facilement
nous passons du veiller au dormir! avecques combien peu d'interest nous perdons la cognoissance

---

(1) Bajazet Ier.
(2) On ne se réveille jamais, dès qu'une fois on a senti le
froid repos de la mort. Lucrèce, III, 942.
(3) Tant il exerçoit d'empire sur son ame, à l'heure même
de la mort. Lucain, VIII, 636.

de la lumiere et de nous! A l'adventure pourroit sembler inutile et contre nature la faculté du sommeil, qui nous prive de toute action et de tout sentiment, n'estoit que par ce moyen nature nous instruict qu'elle nous a pareillement faicts pour mourir que pour vivre; et, dez la vie, nous presente l'eternel estat qu'elle nous garde aprez icelle, pour nous y accoustumer et nous en oster la crainte. Mais ceulx qui sont tumbez par quelque violent accident en defaillance de cœur, et qui y ont perdu touts sentiments, ceulx là, à mon advis, ont esté bien prez de voir son vray et naturel visage : car, quant à l'instant et au poinct du passage, il n'est pas à craindre qu'il porte avecques soy aulcun travail ou desplaisir, d'autant que nous ne pouvons avoir nul sentiment sans loysir; nos souffrances ont besoing de temps, qui est si court et si precipité en la mort, qu'il fault necessairement qu'elle soit insensible. Ce sont les approches que nous avons à craindre; et celles là peuvent tumber en experience.

Plusieurs choses nous semblent plus grandes par imagination que par effect : i'ay passé une bonne partie de mon aage en une parfaicte et entiere santé; ie dy non seulement entiere, mais encores alaigre et bouillante; cet estat, plein de verdeur et de feste, me faisoit trouver si horrible la consideration des maladies, que, quand ie suis venu à les experimenter, i'ay trouvé leurs poincturés molles et lasches au pris de ma crainte. Voicy que i'espreuve touts les iours : suis ie à couvert chauldement, dans une bonne salle, pendant qu'il se passe une nuict orageuse et tempestueuse, ie m'estonne et m'afflige pour ceulx qui sont lors en la campaigne : y suis ie moy mesme, ie ne desire pas seulement d'estre ailleurs. Cela seul, d'estre tousiours enfermé dans une chambre, me sembloit insupportable; ie feus incontinent dressé à y estre une semaine et un mois, plein d'emotion, d'alteration et de foiblesse; et ay trouvé que, lors de ma santé, ie plaignois les malades beaucoup plus que ie ne me treuve à plaindre moy mesme, quand i'en suis; et que la force de mon apprehension encherissoit prez de moitié l'essence et verité de la chose. I'espere qu'il m'en adviendra de mesme de la mort, et qu'elle ne vault pas la peine que ie prends à tant d'apprests que ie dresse et tant de secours que i'appelle et assemble pour en soustenir l'effort. Mais à toutes adventures, nous ne pouvons nous donner trop d'advantage.

Pendant nos troisiesmes troubles, ou deuxiesmes (il ne me souvient pas bien de cela), m'estant allé un jour promener à une lieue de chez moy,

qui suis assis dans le moïau[1] de tout le trouble des guerres civiles de France; estimant estre en toute seureté, et si voysin de ma retraicte, que ie n'avoy point besoing de meilleur equipage, i'avoy prins un cheval bien aysé, mais non gueres ferme. A mon retour, une occasion soubdaine s'estant presentee de m'ayder de ce cheval à un service qui n'estoit pas bien de son usage, un de mes gents, grand et fort, monté sur un puissant roussin qui avoyt une bouche desesperee, frais au demourant et vigoreux, pour faire le hardy et devancer ses compaignons, veint à le poulser à toute bride droict dans ma route, et fondre comme un colosse sur le petit homme et petit cheval, et le fouldroyer de sa roideur et de sa pesanteur, nous envoyant l'un et l'aultre les pieds contremont : si que voylà le cheval abbattu et couché tout estourdy; moy, dix ou douze pas au delà, estendu à la renverse, le visage tout meurtry et tout escorché, mon espee, que i'avoy à la main, à plus de dix pas au delà, ma ceincture en pieces, n'ayant ny mouvement ny sentiment non plus qu'une souche. C'est le seul esvanouïssement que i'aye senty iusques à cette heure. Ceulx qui estoient avecques moy, aprez avoir essayé, par touts les moyens qu'ils peurent, de me faire revenir, me tenants pour mort, me prindrent entre leurs bras, et m'emportoient avecques beaucoup de difficulté en ma maison, qui estoit loing de là, environ une demy lieue françoise. Sur le chemin, et aprez avoir esté plus de deux grosses heures tenu pour trespassé, ie commenceay à me mouvoir et respirer; car il estoit tumbé si grande abondance de sang dans mon estomach, que, pour l'en descharger, nature eut besoing de resusciter ses forces. On me dressa sur mes pieds, où ie rendis un plein seau de bouillons de sang pur; et plusieurs fois, par le chemin il m'en fallut faire de mesme. Par là, ie commenceay à reprendre un peu de vie; mais ce feut par les menus, et par un si long traict de temps, que mes premiers sentiments estoient beaucoup plus approchants de la mort que de la vie :

Perchè, dubbiosa ancor del suo ritorno,
Non s' assicura attonita la mente[2].

Cette recordation, que i'en ay fort empreinte en mon ame, me representant son visage et son idee si prez du naturel, me concilie aulcunement à elle. Quand ie commenceay à y veoir, ce feut d'une

<hr/>

(1) Le milieu, ou le centre.
(2) Car l'ame abattue, encore incertaine de son retour, ne peut se raffermir. Torq. Tasso, Gerusal. liberata, cant. XII, stanz. 74.

veuë si trouble, si foible et si morte, que ie ne discernois encores rien que la lumière,

Come quel ch' or apre, or chiude
Gli occhi, mezzo tra 'l sonno e l' esser desto [1].

Quant aux functions de l'ame, elles naissoient avecques mesme progrez que celles du corps. Ie me veis tout sanglant; car mon pourpoinct estoit taché partout du sang que i'avoy rendu. La premiere pensee qui me veint, ce feut que i'avoy une harquebuzade en la teste : de vray, en mesme temps, il s'en tiroit plusieurs autour de nous. Il me sembloit que ma vie ne me tenoit plus qu'au bout des levres; ie fermois les yeulx pour ayder, ce me sembloit, à la poulser hors, et prenois plaisir à m'alanguir et à me laisser aller. C'estoit une imagination qui ne faisoit que nager superficiellement en mon ame, aussi tendre et aussi foible que tout le reste, mais à la verité non seulement exempte de desplaisir, ains meslee à cette douleur que sentent ceulx qui se laissent glisser au sommeil.

Ie croy que c'est ce mesme estat où se treuvent ceulx qu'on veoid defaillants de foiblesse en l'agonie de la mort; et tiens que nous les plaignons sans cause, estimants qu'ils soyent agitez de griefves douleurs, ou qu'ils ayent l'ame pressee de cogitations [2] penibles. C'a esté tousiours mon advis, contre l'opinion de plusieurs, et mesme d'Estienne de La Boëtie, que ceulx que nous veoyons ainsin renversez et assopis aux approches de leur fin, ou accablez de la longueur du mal, ou par accident d'une apoplexie, ou mal caducque,

Vi morbi sæpe coactus
Ante oculos aliquis nostros, ut fulminis ictu,
Concidit, et spumas agit; ingemit, et fremit artus;
Desipit, extentat nervos, torquetur, anhelat,
Inconstanter et in iactando membra fatigat [3].

ou blecez en la teste, que nous oyons rommeller [4] et rendre par fois des soupirs trenchants, quoyque nous en tirous aulcuns signes par où il semble qu'il leur reste encores de la cognoissance, et quelques mouvements que nous leur veoyons faire du corps; i'ay tousiours pensé, dy ie, qu'ils avoyent et l'ame et le corps ensepveli et endormi,

Vivit, et est vitæ nescius ipse suæ [5].

et ne pouvois croire qu'à un si grand estonnement de membres, et si grande defaillance des sens, l'ame peust maintenir aulcune force au dedans pour se recognoistre; et que par ainsin ils n'avoyent aulcun discours qui les tormentast, et qui leur peust faire iuger et sentir la misere de leur condition;

et que, par consequent, ils n'estoient pas fort à plaindre.

Ie n'imagine aulcun estat pour moy si insupportable et horrible, que d'avoir l'ame vifve et affligee, sans moyen de se declarer; comme ie dirois de ceulx qu'on envoie au supplice, leur ayant couppé la langue (si ce n'estoit qu'en cette sorte de mort, la plus muette me semble la mieulx seante, si elle est accompaignee d'un ferme visage et grave); et comme ces miserables prisonniers qui tumbent cz mains des vilains bourreaux soldats de ce temps, desquels ils sont tormentez de toute espece de cruel traictement, pour les contraindre à quelque rançou excessifve et impossible; tenus ce pendant en condition et en lieu où ils n'ont moyen quelconque d'expression et signification de leurs pensees et de leur misere. Les poëtes ont feinct quelques dieux favorables à la delivrance de ceulx qui traisnoient ainsin une mort languissante;

Hunc ego Diti
Sacrum iussa fero, teque isto corpore solvo [6]:

et les voix et responses courtes et descousues qu'on leur arrache quelquesfois, à force de crier autour de leurs aureilles et de les tempester, ou des mouvements qui semblent avoir quelque consentement à ce qu'on leur demande, ce n'est pas tesmoignage qu'ils vivent pourtant, au moins une vie entiere. Il nous advient ainsin sur le begueyement du sommeil, avant qu'il nous ayt du tout saisis, de sentir comme en songe ce qui se faict autour de nous, et suivre les voix, d'une ouïe trouble et incertaine qui semble ne donner qu'aux bords de l'ame; et faisons des responses, à la suitte des dernieres paroles qu'on nous a dictes, qui ont plus de fortune que de sens.

Or, à present que ie l'ay essayé par effect, ie ne fois nul doubte que ie n'en aye bien iugé iusques à cette heure: car, premierement, estant tout esvanouï, ie me travaillois d'entr'ouvrir mon pourpoinct à beaux ongles (car i'estois desarmé), et si sçay que ie ne sentois en l'imagination rien qui me

---

[1] Comme un homme qui, moitié endormi et moitié éveillé, tantôt ouvre et tantôt ferme les yeux. Tous. Tasso, *Gerus. liberata*, cant. VIII, stanz. 26.

[2] *Pensées.*

[3] Souvent un malheureux, attaqué d'un mal subit, tombe tout à coup à vos pieds, comme frappé de la foudre : sa bouche écume, sa poitrine gémit, ses membres palpitent. Hors de lui, il se roidit, il se débat, il respire à peine; il se roule et s'agite en tous sens. Lucrèce, III, 485.

[4] *Rommeller*, pour *grommeler*, *gronder entre ses dents.*

[5] Il vit, mais sans savoir s'il jouit de la vie.
Ovid., *Trist.*, I, 3, 12.

[6] J'exécute, dit Iris, l'ordre que j'ai reçu, j'enleve cette ame devouée au dieu des enfers, et je brise ses chaines mortelles. Virg., *Énéid.*, IV, 702...

bleccast: car il y a plusieurs mouvements en nous qui ne partent pas de nostre ordonnance;

Semianimesque micant digiti, ferrumque retrac-
[tant[1];

ceulx qui tumbent eslancent ainsin les bras au devant de leur chente, par une naturelle impulsion qui faict que nos membres se prestent des offices, et ont des agitations à part de nostre discours.

Falciferos memorant currus abscindere membra,...
Ut tremere in terra videatur ab artubus id quod
Decidit abscissum; quum mens tamen atque homi-
[nis vis,
Mobilitate mali, non quit sentire dolorem[2].

I'avoy mon estomach pressé de ce sang caillé: mes mains y couroient d'elles mesmes, comme elles font souvent où il nous demange, contre l'advis de nostre volonté. Il y a plusieurs animaulx, et des hommes mesmes, aprez qu'ils sont trespassez, ausquels on veoid resserrer et remuer des muscles: chascun sçait par experience qu'il a des parties qui se branslent, dressent et couchent souvent sans son congé. Or, ces passions, qui ne nous touchent que par l'escorce, ne se peuvent dire nostres: pour les faire nostres, il fault que l'homme y soit engagé tout entier; et les douleurs que le pied ou la main sentent pendant que nous dormons, ne sont pas à nous.

Comme i'approchay de chez moy, où l'alarme de ma cheute avoyt desia couru, et que ceulx de ma famille m'eurent rencontré avecques les cris accoustumez en telles choses, non seulement ie respondois quelque mot à ce qu'on me demandoit, mais encores ils disent que ie m'advisay de commander qu'on donnast un cheval à ma femme, que ie veoyois s'empestrer et se tracasser dans le chemin, qui est montueux et malaysé. Il semble que cette consideration deust partir d'une ame esveillee; si est ce que ie n'y estois aulcunement: c'estoient des pensements vains, en nue[3], qui estoient esmeus par les sens des yeulx et des aureilles; ils ne venoyent pas de chez moy. Ie ne sçavois pourtant ny d'où ie venoy, ny où i'allois; ny ne pouvois poiser et considerer ce qu'on me demandoit: ce sont de legiers effects que les sens produisoient d'eulx mesmes, comme d'un usage[4]; ce que l'ame y prestoit, c'estoit en songe, touchee bien legierement, et comme leichee seulement et arrousée par la molle impression des sens. Ce pendant, mon assiette estoit à la verité tresdoulce et paisible: ie n'avoy affliction ny pour aultruy ny pour moy; c'estoit une langueur et une extreme foiblesse sans aulcune douleur. Ie

veis ma maison sans la recognoistre. Quand on m'eut couché, ie sentis une infinie doulceur à ce repos; car i'avoy esté vilainement tirassé par ces pauvres gents, qui avoyent prins la peine de me porter sur leurs bras par un long et tresmauvais chemin, et s'y estoient lassez deux ou trois fois les uns aprez les aultres. On me presenta force remedes, de quoy ie n'en receus aulcun, tenant pour certain que i'estois blecé à mort par la teste. C'eust esté, sans mentir, une mort bien heureuse; car la foiblesse de mon discours me gardoit d'en rien iuger, et celle du corps d'en rien sentir: ie me laissois couler si doulcement, et d'une façon si molle et si aysee, que ie ne sens gueres aultre action moins poisante que celle là estoit. Quand ie veins à revivre et à reprendre mes forces,

Ut tandem sensus convaluere mei[5],

qui feut deux ou trois heures aprez, ie me sentis tout d'un train rengager aux douleurs, ayant les membres touts moulus et froissez de ma cheute, et en feus si mal deux ou trois nuicts aprez, que i'en cuiday remourir encores un coup, mais d'une mort plus vifve; et me sens encores de la secousse de cette froissure. Ie ne veulx pas oublier cecy, que la derniere chose en quoy ie me peus remettre, ce feut la souvenance de cet accident; et me feis redire plusieurs fois où i'allois, d'où ie venoy, à quelle heure cela m'estoit advenu, avant que de le pouvoir concevoir. Quant à la façon de ma cheute, on me la cachoit en faveur de celuy qui en avoyt esté cause, et m'en forgeoit on d'aultres. Mais longtemps aprez, et le lendemain, quand ma memoire veint à s'entr'ouvrir, et me representer l'estat où ie m'estois trouvé, en l'instant que i'avoy apperceu ce cheval fondant sur moy (car ie l'avoy veu à mes talons, et me teins pour mort; mais ce pensement avoyt esté si soubdain, que la peur n'eut pas loysir de s'y engendrer), il me sembla que c'estoit un esclair qui me frappoit l'ame de secousse; et que ie revenois de l'aultre monde.

Ce conte d'un evenement si legier est assez vain, n'estoit l'instruction que i'en ay tiree pour moy; car, à la verité, pour s'appriyoiser à la mort, ie treuve qu'il n'y a que de s'en avoysiner. Or, comme dict Pline, chascun est à soy mesme une tresbonne

---

(1) Les doigts mourants s'agitent, et ressaisissent le fer qui leur échappe. Virg., Énéid., X, 396.
(2) On dit qu'au fort de la mêlee les chars armés de faux couppent les membres avec tant de rapidité, qu'on les voit palpitants à terre, avant que la douleur d'un coup si prompt ait pu parvenir jusqu'à l'ame. Lucrèce, III, 642.
(3) En l'air. — (4) Comme par habitude.
(5) Lorsque enfin mes sens reprirent quelque vigueur. Ovid., Trist., I, 3, 14.

discipline, prouveu qu'il ayt la suffisance de s'espier de prez. Ce n'est pas icy ma doctrine, c'est mon estude; et n'est pas la leçon d'aultruy, c'est la mienne : et ne me doibt on pourtant sçavoir mauvais gré si ie la communique; ce qui me sert peult aussi, par accident, servir à un aultre. Au demourant, ie ne gaste rien, ie n'use que du mien; et si ie fois le fol, c'est à mes despens, et sans l'interest de personne; car c'est en folie qui meurt en moy, qui n'a point de suitte. Nous n'avons nouvelles que de deux ou trois anciens qui ayent battu ce chemin; et si ne pouvons dire si c'est du tout en pareille maniere à celle cy, n'en cognoissant que les noms. Nul depuis ne s'est iecté sur leur trace. C'est une espineuse entreprinse, et plus qu'il ne semble, de suivre une allure si vagabonde que celle de nostre esprit, de penetrer les profondeurs opaques de ses replis internes, de choisir et arrester tant de menus airs de ses agitations; et est un amusement nouveau et extraordinaire qui nous retire des occupations communes du monde, ouy, et des plus recommandees. Il y a plusieurs annees que ie n'ay que moy pour visee à mes pensees, que ie ne contreroolle et n'estudie que moy; et si i'estudie aultre chose, c'est pour soubdain le coucher sur moy, ou en moy, pour mieulx dire : et ne me semble point faillir, si, comme il se faict des aultres sciences sans comparaison moins utiles, ie fois part de ce que i'ay apprins en cette cy, quoyque ie ne me contente gueres du progrez que i'y ay faict. Il n'est description pareille en difficulté à la description de soy mesme, ny certes en utilité : encores se fault il testonner [1], encores se fault il ordonner et renger, pour sortir en place : or, ie me pare sans cesse, car ie me descris sans cesse. La coustume a faict le parler de soy vicieux, et le prohibe obstineement, en haine de la ventance qui semble tousiours estre attachee aux propres tesmoingnages : au lieu qu'on doibt moucher l'enfant, cela s'appelle l'enaser [2],

In vitium ducit culpæ fuga [3];

ie treuve plus de mal que de bien à ce remede. Mais, quand il seroit vray que ce feust necessairement presumption d'entretenir le peuple de soy, ie ne doibs pas, suivant mon general desseing, refuser une action qui publie cette maladifve qualité, puisqu'elle est en moy; et ne doibs cacher cette faulte, que i'ay non seulement en usage, mais en profession. Toutesfois, à dire ce que i'en croy, cette coustume a tort de condemner le vin, parce que plusieurs s'y envvrent : on ne peult abuser que des choses qui sont bonnes; et croy de cette regle, qu'elle ne regarde que la populaire defaillance. Ce sont brides à veaux, desquelles ny les saincts, que nous oyons si haultement parler d'eulx, ny les philosophes, ny les theologiens, ne se brident; ne fois ie moy, quoyque ie sois aussi peu l'un que l'aultre. S'ils n'en escrivent à poinct nommé, au moins, quand l'occasion les y porte, ne feignent ils pas de se iecter bien avant sur le trottoir. De quoy traicte Socrates plus largement que de soy? à quoy achemine il plus souvent les propos de ses disciples, qu'à parler d'eulx, non pas de la leçon de leur livre, mais de l'estre et bransle de leur ame? Nous nous disons religieusement à Dieu et à nostre confesseur, comme nos voysins [4] à tout le peuple. « Mais nous n'en disons, me respondra on, que les accusations. » Nous disons donc tout; car nostre vertu mesme est faultiere et repentable. Mon mestier et mon art, c'est vivre : qui me deffend d'en parler selon mon sens, experience et usage, qu'il ordonne à l'architecte de parler des bastiments, non selon soy, mais selon son voysin, selon la science d'un aultre, non selon la sienne. Si c'est gloire, de soy mesme publier ses valeurs, que ne met Cicero en avant l'eloquence de Hortense, Hortense celle de Cicero? A l'adventure entendent ils que ie tesmoingne de moy par ouvrage et effects, non nuement par des paroles. Ie peins principalement mes cogitations, subiect informe qui ne peult tumber en production ouvragiere; à toute peine le puis ie coucher en ce corps aëré de la voix : des plus sages hommes et des plus devots ont vescu fuyants tous apparents effects. Les effects diroient plus de la fortune que de moy : ils tesmoingnent leur roolle, non pas le mien, si ce n'est coniecturalement et incertainement; eschantillons d'une moutre particuliere. Ie m'estale entier : c'est un skeletos [5] où, d'une veue, les veines, les muscles, les tendons, paroissent, chasque piece en son siege; l'effect de la toux en produisoit une partie; l'effect de la pasleur ou battement de cœur, un' aultre, et doubteusement. Ce ne sont mes gestes que i'escris; c'est moy, c'est mon essence.

Ie tiens qu'il fault estre prudent à estimer de soy, et pareillement conscientieux à en tesmoigner, soit bas, soit hault, indifferemment. Si ie me semblois bon et sage tout à faict, ie l'entonnerois à pleine teste. De dire moins de soy qu'il n'y en a, c'est sottise, non modestie; se payer de moins qu'on ne vault, c'est lascheté et pusillanimité, selon Aristote; nulle vertu ne s'ayde de la faulseté,

(1) Se friser les cheveux, se parer la tête.... pour se montrer en public.
(2) Enaser; couper, arracher le nez.
(3) Souvent la peur d'un mal nous conduit dans un pire.
Hor., de Arte poet., v. 31.
(4) Les protestants. — (5) Squelette.

et la verité n'est iamais matiere d'erreur. De dire de soy plus qu'il n'en y a, ce n'est pas tousiours presumption, c'est encores souuent sottise : se complaire oultre mesure de ce qu'on est, en tumber en amour de soy indiscrete, est, à mon advis, la substance de ce vice. Le supreme remede à le guarir, c'est faire tout le rebours de ce que ceulx icy ordonnent, qui, en deffendant le parler de soy, deffendent par consequent encores plus de penser à soÿ. L'orgueil gist en la pensee, la langue n'y peult avoir qu'une bien legiere part.

De s'amuser à soy, il leur semble que c'est se plaire en soy ; de se hanter et practiquer, que c'est se trop cherir : mais cet excez naist seulement en ceulx qui ne se tastent que superficiellement ; qui se voyent aprez leurs affaires ; qui appellent resverie et oysifveté, de s'entretenir de soy ; et s'estoffer et bastir, faire des chasteaux en Espaigne ; s'estimants chose tierce et estrangere à eulx mesmes. Si quelqu'un s'enyvre de sa science, regardant soubs soy, qu'il tourne les yeulx au dessus, vers les siecles passez, il baissera les cornes, y trouvant tant de milliers d'esprits qui le foulent aux pieds : s'il entre en quelque flateuse presumption de sa vaillance, qu'il se ramentoive les vies de Scipion, d'Epaminondas, de tant d'armees, de tant de peuples, qui le laisse si loing derriere eulx. Nulle particuliere qualité n'enorgueillira celuy qui mettra quand et quand en compte tant d'imparfaictes et foibles qualitez aultres qui sont en luy, et au bout la nihilité [1] de l'humaine condition. Parce que Socrates avoyt seul mordu à certes [2] au precepte de son dieu, « de se cognoistre, » et par cet estude estoit arrivé à se mespriser, il feut estimé seul digne du nom de *sage*. Qui se cognoistra ainsin, qu'il se donne hardiment à cognoistre par sa bouche.

------

## CHAPITRE VII.

### *Des recompenses d'honneur.*

Ceulx qui escrivent la vie d'Auguste Cesar remarquent cecy, en sa discipline militaire, que des dons il estoit merveilleusement liberal envers ceulx qui le meritoient ; mais que des pures recompenses d'honneur il en estoit bien autant espargnant ; si est ce qu'il avoyt esté luy mesme gratifié par son oncle de toutes les recompenses militaires avant qu'il eust iamais esté à la guerre. C'a esté une belle invention, et receue en la pluspart des polices du monde, d'establir certaines marques vaines et sans pris pour en honnorer et recompenser la vertu,

comme sont les couronnes de laurier, de chesne, de meurte [3], la forme de certain vestement, le privilege d'aller en côche par ville, ou de nuict avecques flambeau, quelque assiette particuliere aux assemblees publiques, la prerogative d'aulcuns surnoms et tiltres, certaines marques aux armoiries, et choses semblables, de quoy l'usage a esté diversement receu selon l'opinion des nations, et dure encores.

Nous avons pour nostre part, et plusieurs de nos voysins, les ordres de chevalerie, qui ne sont establis qu'à cette fin. C'est, à la verité, une bien bonne et proufitable coustume de trouver moyen de recognoistre la valeur des hommes rares et excellents, et de les contenter et satisfaire par des payements qui ne chargent aulcunement le publicque, et qui ne coustent rien aù prince. Et ce qui a esté tousiours cogneu par experience ancienne, et que nous avons aultrefois aussi peu veoir entre nous, que les gents de qualité avoyent plus de ialousie de telles recompenses, que de celles où il y avoyt du gaing et du proufit, cela n'est pas sans raison et grande apparence. Si, au pris qui doibt estre simplement d'honneur, on y mesle d'aultres commoditez et de la richesse, ce meslange au lieu d'augmenter l'estimation, la ravale et en retranche. L'ordre sainct Michel, qui a esté si longtemps en credit parmy nous, n'avoyt point de plus grande commodité que celle là, de n'avoir communication d'aulcune autre commodité : cela faisoit qu'aultrefois il n'y avoyt ny charge, ny estat, quel qu'il feust, auquel la noblesse pretendist avecques tant de desir et d'affection qu'elle faisoit à l'ordre, ny qualité qui apportast plus de respect et de grandeur ; la vertu embrassant et aspirant plus volontiers à une recompense purement sienne, plutost glorieuse qu'utile. Car, à la verité, les aultres dons n'ont pas leur usage si digne ; d'autant qu'on les employe à toute sorte d'occasions ; par des richesses, on satisfaict le service d'un valet, la diligence d'un courrier, le dancer, le voltiger, le parler, et les plus vils offices qu'on receoive ; voire et le vice s'en paye, la flaterie, le maquerelage, la trahison : ce n'est pas merveille si la vertu receoit et desire moins volontiers cette sorte de monnoye commune, que celle qui luy est propre et particuliere, toute noble et genereuse. Auguste avoyt raison d'estre beaucoup plus mesnagier et espargnant de cette cy, que de l'aultre ; d'autant que l'honneur est un privilege qui tire sa principale essence de la rareté ; et la vertu mesme.

(1) *Nullité.* — (2) *Sincérement, sérieusement.*
(3) *Myrte.*

*Cui malus est nemo, quis bonus esse potest¹?*

On ne remarque pas, pour la recommandation d'un homme, qu'il ayt soing de la nourriture de ses enfants, d'autant que c'est une action commune, quelque iuste qu'elle soit; non plus qu'un grand arbre, où la forest est toute de mesme. Ie ne pense pas qu'aulcun citoyen de Sparte se glorifiast de sa vaillance, car c'estoit une vertu populaire en leur nation; et aussi peu de la fidelité, et mespris des richesses. Il n'escheoit pas de recompense à une vertu, pour grande qu'elle soit, qui est passee en coustume; et ne sçay avecques, si nous l'appellerious iamais grande, estant commune.

Puis donc que ces loyers d'honneur n'ont aultre pris et estimation, que cette là, que peu de gents en iouyssent, il n'est, pour les aneantir, que d'en faire largesse. Quand il se trouveroit plus d'hommes qu'au temps passé qui meritassent nostre ordre², il n'en falloit pas pourtant corrompre l'estimation: et peult aysement advenir que plus le meritent; car il n'est aulcune des vertus qui s'espande si aysecment que la vaillance militaire. Il y en a une aultre vraye, parfaicte et philosophique, de quoy ie ne parle point, et me sers de ce mot selon nostre usage, bien plus grande que cette cy et plus pleine, qui est une force et assurance de l'ame, mesprisant egualement toute sorte de contraires accidents, equable, uniforme et constante, de laquelle la nostre n'est qu'un bien petit rayon. L'usage, l'institution, l'exemple, et la coustume, peuvent tout ce qu'elles veulent en l'establissement de celle de quoy ie parle, et la rendent aysement vulgaire, comme il est tresaysé à voir par l'experience que nous en donnent nos guerres civiles: et qui nous pourroit ioindre à cette heure, et acharner à une entreprinse commune tout nostre peuple, nous ferions refleurir nostre ancien nom militaire. Il est bien certain que la recompense de l'ordre ne touchoit pas, au temps passé, seulement la vaillance; elle regardoit plus loing: ce n'a iamais esté le payement d'un valeureux soldat, mais d'un capitaine fameux; la science d'obeyr ne meritoit pas un loyer si honnorable. On y requeroit anciennement une expertise bellique plus universelle, et qui embrassast la plus part et les plus grandes parties d'un homme militaire, *neque enim eædem, militares et imperatoriæ, artes sunt*³; qui feust encores, oultre cela, de condition accommodable à une telle dignité. Mais ie dy, quand plus de gents en seroient dignes qu'il ne s'en trouvoit aultrefois, qu'il ne falloit pas pourtant s'en rendre plus liberal; et eust mieulx vallu faillir à n'en estrener pas touts ceulx à qui il estoit deu, que de perdre pour iamais, comme nous venons de faire, l'usage d'une inven-

tion si utile. Aulcun homme de cœur ne daigne s'advantager de ce qu'il a de commun avec plusieurs; et ceulx d'auiourd'huy, qui ont moins merité cette recompense, font plus de contenance de la desdaigner, pour se loger par là au reng de ceulx à qui on faict tort d'espandre indignement et avilir cette marque qui leur estoit particulierement deue.

Or, de s'attendre, en effaceant et abolissant cette cy, de pouvoir soubdain remettre en credit et renouveller une semblable coustume, ce n'est pas entreprinse propre à une saison si licencieuse et malade qu'est celle où nous nous trouvons à present: et en adviendra que la derniere⁴ encourra, dez sa naissance, les incommoditez qui viennent de ruyner l'aultre. Les regles de la dispensation de ce nouvel ordre auroient besoing d'estre extremement tendues et contrainctes, pour luy donner auctorité; et cette saison tumultuaire n'est pas capable d'une bride courte et reglee: oultre ce qu'avant qu'on luy puisse donner credit, il est besoing qu'on ayt perdu la memoire du premier, et du mespris auquel il est cheu.

Ce lieu pourroit recevoir quelque discours sur la consideration de la vaillance, et difference de cette vertu aux aultres; mais Plutarque estant souvent retumbé sur ce propos, ie me meslerois pour neant de rapporter icy ce qu'il en dict. Cecy est digne d'estre considéré, que nostre nation donne à la *vaillance* le premier degré des vertus, comme son nom montre, qui vient de *valeur:* et qu'à nostre usage, quand nous disons un homme qui vault beaucoup, ou un homme de bien, au style de nostre court et de nostre noblesse, ce n'est à dire aultre chose qu'un vaillant homme, d'une façon pareille à la romaine; car la generale appellation de *vertu* prend chez eulx etymologie de la *force.* La forme propre, et seule, et essencielle, de no blesse en France, c'est la vacation militaire. Il est vraysemblable que la premiere vertu qui se soit faict paroistre entre les hommes, et qui a donné advantage aux uns sur les aultres, c'a esté cette cy, par laquelle les plus forts et courageux se sont rendus maistres des plus foibles, et ont acquis reng et reputation particuliere, d'où luy est demeuré cet honneur et dignité de langage; ou bien, que ces nations, estants tresbelliqueuses, ont donné le pris à celle des vertus qui leur estoit plus familiere,

---

(1) À qui nul ne paroit méchant,
Nul ne sauroit paroître juste.
MARTIAL, XII, 82.

(2) L'ordre de Saint Michel, institué par une ordonnance de Louis XI, à Amboise, le 1ᵉʳ août 1469.

(3) Car les talents du soldat et ceux du général ne sont pas les mêmes. TIT.-LIV., XXV, 19.

(4) L'ordre du Saint-Esprit, institué par Henri III en 1578.

et le plus digne tiltre : tout ainsin que nostre passion, et cette fiebvreuse solicitude que nous avons de la chasteté des femmes, faict aussi que Une bonne femme, Une femme de bien, et Femme d'honneur et de vertu, ce ne soit en effect à dire aultre chose pour nous que Une femme chaste ; comme si, pour les obliger à ce debvoir, nous mettions à nonchaloir touts les aultres, et leur laschions la bride à toute aultre faulte, pour entrer en composition de leur faire quitter cette cy.

---

# CHAPITRE VIII.

*De l'affection des peres aux enfants.*

### A MADAME D'ESTISSAC [1].

Madame, si l'estrangeté ne me sauve et la nouvelleté, qui ont accoustumé de donner pris aux choses, ie ne sors iamais à mon honneur de cette sotte entreprinse : mais elle est si fantastique, et a un visage si esloingné de l'usage commun, que cela luy pourra donner passage. C'est une humeur melancholique, et une humeur par consequent tresennemye de ma complexion naturelle, produicte par le chagrin de la solitude en laquelle il y a quelques annees que ie m'estois iecté, qui m'a mis premierement en teste cette resverie de me mesler d'escrire. Et puis, me trouvant entierement despourveu et vuide de toute aultre matiere, ie me suis presenté moy mesme à moy pour argument et pour subiect. C'est le seul livre au monde de son espece, d'un desseing farouche et extravagant. Il n'y a rien aussi en cette besongne digne d'estre remarqué, que cette bizarrerie ; car à un subiect si vain et si vil, le meilleur ouvrier de l'univers n'eust sceu donner façon qui merite qu'on en face compte. Or, madame, ayant à m'y pourtraire au vif, i'en eusse oublié un traict d'importance, si ie n'y eusse representé l'honneur que i'ay tousiours rendu à vos merites : et i'ay voulu dire signamment à la teste de ce chapitre, d'autant que, parmy vos aultres bonnes qualitez, celle de l'amitié que vous avez montree à vos enfants tient l'un des premiers rengs. Qui sçaura l'aage auquel monsieur d'Estissac, vostre mary, vous laissa veufve, les grands et honnorables partys qui vous ont esté offerts autant qu'à dame de France de vostre condition, la constance et fermeté de quoy vous avez sousteru, tant d'annees, et au travers de tant d'espineuses difficultez, la charge et conduicte de leurs affaires, qui vous ont agitee par touts les coings de France, et vous tiennent encores assie-

gee, l'heureux acheminement que vous y avez donné par vostre seule prudence ou bonne fortune ; il dira aysement, avecques moy, que nous n'avons poinct d'exemple d'affection maternelle en nostre temps plus exprez que le vostre. Ie loue Dieu, madame, qu'elle aye esté si bien employee ; car les bonnes esperances que donne de soy monsieur d'Estissac, vostre fils, asseurent assez que, quand il sera en aage, vous en tirerez l'obeyssance et recognoissance d'un tresbon enfant. Mais d'autant qu'à cause de sa puerilité, il n'a peu remarquer les extremes offices qu'il a receu de vous en si grand nombre, ie veulx, si ces escripts viennent un iour à luy tumber en main lors que ie n'auray plus ny bouche ny parole qui le puisse dire, Qu'il receoive de moy ce tesmoingnage en toute verité, qui luy sera encores plus vifvement tesmoingné par les bons effects de quoy, si Dieu plaist, il se ressentira, qu'il n'est gentilhomme en France qui doibve plus à sa mere, qu'il faict ; et qu'il ne peult donner à l'advenir plus certaine preuve de sa bonté et de sa vertu, qu'en vous recognoissant pour telle.

S'il y a quelque loy vrayement naturelle, c'est à dire quelque instinct qui se voye universellement et perpetuellement empreint aux bestes et en nous (ce qui n'est pas sans controverse), ie puis dire, à mon advis, qu'aprez le soing que chasque animal a de sa conservation et de fuyr ce qui nuit, l'affection que l'engendrant porte à son engeance tient le second lieu en ce reng. Et, parce que nature semble nous l'avoir recommandee, regardant à estendre et faire aller avant les pieces successives de cette sienne machine, ce n'est pas merveille, si, à reculons, des enfants aux peres, elle n'est pas si grande : ioinct cette aultre consideration aristotelique, que celuy qui bien faict à quelqu'un l'aime mieulx, qu'il n'en est aimé ; et celuy à qui il est deu aime mieulx, que celuy qui doibt ; et tout ouvrier aime mieulx son ouvrage, qu'il n'en seroit aimé si l'ouvrage avoyt du sentiment : d'autant que nous avons cher, Estre ; et Estre consiste en mouvement et action ; parquoy chascun est aulcunement en son ouvrage. Qui bien faict, exerce un' action belle et honneste ; qui receoit, l'exerce utile seulement. Or, l'utile est de beaucoup moins aimable que l'honneste : l'honneste est stable et permanent, fournissant à celuy qui l'a faict une gratification constante ; l'utile se perd et eschappe facilement, et n'en est la me-

---

(1) Il paroît que le fils de cette dame accompagna Montaigne, en 1580, dans son voyage à Rome. « Le pape, d'un visage courtois, admonesta M. d'Estissac à l'estude et à la vertu. » *Voyages*, t. I, p. 287.

moire ny si fresche ny si doulce. Les choses nous sont plus cheres, qui nous ont plus cousté; et le donner est de plus de coust que le prendre.

Puisqu'il a pleu à Dieu nous douer de quelque capacité de discours, à fin que, comme les bestes, nous ne feussions pas servilement assubiectis aux loix communes, ains que nous nous y appliquassions par iugement et liberté volontaire, nous debvons bien prester un peu à la simple auctorité de nature, mais non pas nous laisser tyranniquement emporter à elle : la seule raison doibt avoir la conduicte de nos inclinations. I'ay, de ma part, le goust estrangement mousse[1] à ces propensions qui sont produictes en nous sans l'ordonnance et entremise de nostre iugement, comme, sur ce subiect duquel ie parle, ie ne puis recevoir cette passion de quoy on embrasse les enfants à peine encore nayz, n'ayants ny mouvement en l'ame, ny forme recognoissable au corps, par où ils se puissent rendre aimables, et ne les ay pas souffert volontiers nourrir prez de moy. Une vraye affection et bien reglee debvroit naistre et s'augmenter avecques la cognoissance qu'ils nous donnent d'eulx ; et lors, s'ils le valent, la propension naturelle marchant quand et quand la raison, les cherir d'une amitié vrayement paternelle; et en iuger de mesme, s'ils sont aultres : nous rendants tousiours à la raison, nonobstant la force naturelle. Il en va fort souvent au rebours ; et le plus communement nous nous sentons plus esmeus des trepignements, ieux et niaiseries pueriles de nos enfants, que nous ne faisons aprez de leurs actions toutes formees; comme si nous les avions aimez pour nostre passetemps, ainsin que des guenons, non ainsin que des hommes : et tel fournit bien liberalement de iouets à leur enfance, qui se treuve resserré à la moindre despense qu'il leur fault estants en aage. Voire il semble que la ialousie que nous avons de les veoir paroistre et iouyr du monde quand nous sommes à mesme[2] de le quitter, nous rende plus espargnants et retrains envers eulx : il nous fasche qu'ils nous marchent sur les talons, comme pour nous soliciter de sortir ; et si nous avions à craindre cela, puisque l'ordre des choses porte qu'ils ne peuvent, à dire verité, estre ny vivre qu'aux despens de nostre estre et de nostre vie, nous ne debvions pas nous mesler d'estre peres.

Quant à moy, ie treuve que c'est cruauté et iniustice de ne les recevoir au partage et societé de nos biens, et compaignons en l'intelligence de nos affaires domestiques, quand ils en sont capables, et de ne retrencher et resserrer nos commoditez pour prouvoir aux leurs, puisque nous les avons engendrez à cet effect. C'est iniustice de veoir

qu'un pere vieil, cassé et demy mort, iouysse seul, à un coing du foyer, des biens qui suffiroient a l'advancement et entretien de plusieurs enfants, et qu'il les laisse ce pendant, par faulte de moyens, perdre leurs meilleures annees sans se poulser au service publicque et cognoissance des hommes. On les iecte au desespoir de chercher par quelque voye, pour iniuste qu'elle soit, à prouvoir à leur besoing : comme i'ay veu, de mon temps, plusieurs icunes hommes, de bonne maison, si addonnez au larrecin, que nulle correction les en pouvoit destourner. I'en cognoy un, bien apparenté, à qui, par la priere d'un sien frere treshonneste et brave gentilhomme, ie parlay une fois pour cet effect. Il me respondit, et confessa tout rondement, qu'il avoyt esté acheminé à cett' ordure par la rigueur et avarice de son pere; mais qu'à present il y estoit si accoustumé, qu'il ne s'en pouvoit garder. Et lors il venoyt d'estre surprins en larrecin des bagues d'une dame, au lever de laquelle il s'estoit trouvé avecques beaucoup d'aultres. Il me feit souvenir du conte que i'avoy ouï faire d'un autre gentilhomme, si faict et façonné à ce beau mestier du temps de sa ieunesse, que, venant aprez à estre maistre de ses biens, deliberé d'abandonner cette trafique, il ne se pouvoit garder pourtant, s'il passoit prez d'une boutique où il y eust chose de quoy il eust besoing, de la desrober, en peine de l'envoyer payer aprez. Et en ay veu plusieurs si dressez et duicts à cela, que, parmy leurs compaignons mesmes, ils desroboient ordinairement des choses qu'ils vouloyent rendre. Ie suis Gascon, et si n'est vice auquel ie m'entende moins : ie le hais un peu plus par complexion, que ie ne l'accuse par discours; seulement par desir, ie ne soustrais rien à personne. Ce quartier en est, à la verité, un peu plus descrié que les aultres de la françoise nation : si est ce que nous avons veu de nostre temps, à diverses fois, entre les mains de la iustice, des hommes de maison, d'aultres contrees, convaincus de plusieurs horribles voleries. Ie crains que, de cette desbauche, il s'en faille aulcunement prendre à ce vice des peres.

Et si on me respond ce que feit un iour un seigneur de bon entendement, « qu'il faisoit espargne des richesses, non pour en tirer aultre fruict et usage, que pour se faire honnorer et rechercher aux siens; et que l'aage luy ayant osté toutes aultres forces, c'estoit le seul remede qui luy restoit, pour se maintenir en auctorité dans sa famille, et pour

(1) Mousse, pour émoussé, affoibli, diminué.
(2) Au moment même, sur le point de le quitter. — Retrains, resserrés.

23

eviter qu'il ne veinst à mespris et desdaing à tout le monde; » de vray, non la vieillesse seulement, mais toute imbecillité, selon Aristote, est promotrice de l'avarice : celà est quelque chose; mais c'est la medecine à un mal, duquel on debvoit eviter la naissance. Un pere est bien miserable, qui ne tient l'affection de ses enfants que par le besoing qu'ils ont de son secours, si cela se doibt nommer affection : il fault se rendre respectable par sa vertu et par sa suffisance, et aimable par sa bonté, et doulceur de ses mœurs; les cendres mesmes d'une riche matiere, elles ont leur pris; et les os et reliques des personnes d'honneur, nous avons accoustumé de les tenir en respect et reverence. Nulle vieillesse peult estre si caducque et si rance à un personnage qui a passé en honneur son aage, qu'elle ne soit venerable, et notamment à ses enfants, desquels il fault avoir reglé l'ame à leur debvoir par raison, non par necessité et par le besoing, ny par rudesse et par force :

Et errat longe, mea quidem sententia,
Qui imperium credat esse gravius, aut stabilius,
Vi quod fit, quam illud, quod amicitia adiungitur [1].

I'accuse toute violence en l'education d'une ame tendre, qu'on dresse pour l'honneur et la liberté. Il y a ie ne sçay quoy de servile en la rigueur et en la contraincte; et tiens ce qui ne se peult faire par la raison, et par prudence et adresse, ne se faict iamais par la force. On m'a ainsin eslevé : ils disent qu'en tout mon premier aage, ie n'ay tasté des verges qu'à deux coups, et bien mollement. I'ay deu la pareille aux enfants que i'ay eu : ils me meurent touts en nourrisse; mais Leonor, une seule fille qui est eschappée à cette infortune [2], a attainct six ans et plus, sans qu'on ayt employé à sa conduicte, et pour le chastiement de ses faultes pueriles (l'indulgence de sa mere s'y appliquant aysement), aultre chose que paroles, et bien doulces : et quand mon desir y seroit frustré, il est assez d'aultres causes ausquelles nous prendre, sans entrer en reproche avecques ma discipline, que ie sçay estre iuste et naturelle. I'eusse esté beaucoup plus religieux encores en cela envers des masles, moins nayz à servir, et de condition plus libre : i'eusse aimé à leur grossir le cœur d'ingenuité et de franchise. Ie n'ay veu aultre effect aux verges, sinon de rendre les ames plus lasches, ou plus malicieusement opiniastres.

Voulons nous estre aimez de nos enfants? leur voulons nous oster l'occasion de souhaitter nostre mort (combien que nulle occasion d'un si horrible souhait ne peult estre ny iuste ny excusable, *nullum scelus rationem habet* [3])? accommodons leur

vie raisonnablement de ce qui est en nostre puissance. Pour cela, il ne nous fauldroit pas marier si ieunes, que nostre aage vienne quasi à se confondre avecques le leur; car cet inconvenient nous iecte à plusieurs grandes difficultez : ie dy specialement à la noblesse, qui est d'une condition oysifve, et qui ne vit, comme on dict, que de ses rentes; car ailleurs, où la vie est questuaire [4], la pluralité et compaignie des enfants, c'est un adgencement [5] de mesnage, ce sont autant de nouveaux outils et instruments à s'enrichir.

Ie me mariay à trente trois ans, et loue l'opinion de trente cinq, qu'on dict estre d'Aristote. Platon ne veult pas qu'on se marie avant les trente; mais il a raison de se mocquer de ceulx qui font les œuvres de mariage aprez cinquante cinq, et condemne leur engeance indigne d'aliment et de vie. Thales y donna les plus vrayes bornes; qui, ieune, respondit à sa mere, le pressant de se marier, « qu'il n'estoit pas temps; » et, devenu sur l'aage, « qu'il n'estoit plus temps. » Il fault refuser l'opportunité à toute action importune. Les anciens Gaulois estimoient à extreme reproche d'avoir eu accointance de femme avant l'aage de vingt ans, et recommandoient singulierement aux hommes qui se vouloyent dresser pour la guerre, de conserver bien avant en aage leur pucelage, d'autant que les courages s'amollissent et divertissent par l'accouplage des femmes :

Mà or congiunto a giovinetta sposa,
E lieto omai de' figli, era inulito
Ne gli affetti di padre e di marito [6].

Mulcasses, roy de Thunes [7] celuy que l'empereur Charles cinquiesme remeit en ses estats, reprochoit la memoire de Mahomet son pere, de sa hantise avecques les femmes, l'appellant brode [8], effeminé, engendreur d'enfants. L'histoire grecque remarque de Iccus, tarentin, de Crisso, d'Astyllus, de Diopompus, et d'aultres, que, pour maintenir leurs corps fermes au service de la course des ieux olympiques, de la palestrine [9], et tels exercices,

---

(1) C'est se tromper fort, à mon avis, que de croire mieux établir son autorité par la force que par l'affection. TÉRENCE, *Adelph.*, act. I, sc. 1, v. 40.

(2) Montaigne parle encore de sa fille au chapitre 5 du troisième livre des *Essais*. Elle fut mariée depuis au vicomte de Gamaches.

(3) Car nul crime n'est fondé en raison. TIT.-LIV., XXVIII, 28.

(4) De *quæstuarius*, mercenaire, qui travaille pour vivre.

(5) Du latin, *ad gentem; convenance, agrément*.

(6) Uni à une jeune épouse, il goûtoit le bonheur d'être père; et ces sentiments si doux avoient amolli son courage. TASSO, *Gerus. liber.*, canto X, stanza 39.

(7) Mulcy-Haçan, roi de Tunis. — (8) Lâche.

(9) *Palestrine*, pour *lutte* ou *palestre*.

ils se priverent, autant que leur dura ce soing, de toute sorte d'acte venerien. En certaine contree des Indes espaignolles, on ne permettoit aux hommes de se marier qu'apres quarante ans; et si le permettoit on aux filles à dix ans. Un gentilhomme qui a trente cinq ans, il n'est pas temps qu'il face place à son fils qui en a vingt : il est luy mesme au train de paroistre et aux voyages des guerres, et en la court de son prince : il a besoing de ses pieces : et en doibt certainement faire part, mais telle part qu'il ne s'oublie pas pour aultruy. Et à celuy là peult servir iustement cette response, que les peres ont ordinairement en la bouche: « Ie ne me veulx pas despouiller, devant que de m'aller coucher. »

Mais un pere atteré d'annees et de maulx, privé, par sa foiblesse et faulte de santé, de la commune societé des hommes, il se faict tort, et aux siens, de couver inutilement un grand tas de richesses. Il est assez en estat, s'il est sage, pour avoir desir de se despouiller, à fin de se coucher, non pas iusques à la chemise, mais iusques à une robbe de nuict bien chaulde : le reste des pompes, de quoy il n'a plus que faire, il doibt en estrener volontiers ceulx à qui, par ordonnance naturelle, cela doibt appartenir. C'est raison qu'il leur en laisse l'usage, puisque nature l'en prive : aultrement sans doubte il y a de la malice et de l'envie. La plus belle des actions de l'empereur Charles cinquiesme feut celle là, à l'imitation d'aulcuns anciens de son qualibre, d'avoir sceu recognoistre que la raison nous commande assez de nous despouiller, quand nos robbes nous chargent et empeschent, et de nous coucher quand les iambes nous faillent : il resigna ses moyens, grandeur et puissance à son fils, lorsqu'il sentit defaillir en soy la fermeté et la force pour conduire les affaires avecques la gloire qu'il y avoyt acquise.

Solve senescentem mature sanus equum, ne
Peccet ad extremum ridendus, et ilia ducat [1],

Cette faulte, de ne se sçavoir recognoistre de bonne heure, et ne sentir l'impuissance et extreme alteration que l'aage apporte naturellement et au corps et à l'ame, qui, à mon opinion, est eguale, si l'ame n'en a plus de la moitié, a perdu la reputation de la pluspart des grands hommes du monde. J'ay veu, de mon temps, et cogneu familierement, des personnages de grande auctorité, qu'il estoit bien aysé à veoir estre merveilleusement descheus de cette ancienne suffisance, que ie cognoissois par la reputation qu'ils en avoyent acquise en leurs meilleurs ans : ie les eusse, pour leur honneur, volontiers souhaittez retirez en leur maison à leur

ayse, et deschargez des occupations publicques et guerrieres, qui n'estoient plus pour leurs espaules. J'ai aultrefois esté privé en la maison d'un gentilhomme veuf et fort vieil, d'une vieillesse toutesfois assez verte; celluy cy avoyt plusieurs filles à marier, et un fils desia en aage de paroistre : cela chargeoit sa maison de plusieurs despenses et visites estrangeres, à quoy il prenoit peu de plaisir, non seulement pour le soing de l'espargne, mais encores plus pour avoir, à cause de l'aage, prins une forme de vie fort esloingnee de la nostre, Ie luy dy un iour, un peu hardiment, comme i'ay accoustumé, qu'il luy sieroit mieulx de nous faire place, et de laisser à son fils sa maison principale ( car il n'avoyt que celle là de bien logee et accommodee), et se retirer en une sienne terre voysine, où personne n'apporteroit incommodité à son repos, puisqu'il ne pouvoit aultrement eviter nostre importunité, veu la condition de ses enfants. Il m'en creut depuis, et s'en trouva bien.

Ce n'est pas à dire qu'on leur donne par telle voye d'obligation, de laquelle on ne se puisse plus desdire : ie leur lairrois, moy qui suis à mesme de iouer ce roolle, la iouyssance de ma maison et de mes biens, mais avecques liberté de m'en repentir, s'ils m'en donnoient occasion ; ie leur en lairrois l'usage, parce qu'il ne me seroit plus commode; et de l'auctorité des affaires en gros, ie m'en reserverois autant qu'il me plairoit : ayant tousiours iugé que ce doibt estre un grand contentement à un pere vieil, de mettre luy mesme ses enfants en train du gouvernement de ses affaires, et de pouvoir, pendant sa vie, contrerooller leurs deportements, leur fournissant d'instruction et d'advis suivant l'experience qu'il en a, et d'acheminer luy mesme l'ancien honneur et ordre de sa maison en la main de ses successeurs, et se respondre par là des esperances qu'il peult prendre de leur conduicte à venir. Et, pour cet effect, ie ne voudrois pas fuyr leur compaignie ; ie voudrois les esclairer de prez, et iouyr, selon la condition de mon aage, de leur alaigresse et de leurs festes. Si ie ne vivois parmy eulx (comme ie ne pourrois, sans offenser leur assemblee, par le chagrin de mon aage et la subiection de mes maladies, et sans contraindre aussi et forcer les regles et façons de vivre que i'aurois lors), ie voudrois au moins vivre prez d'eulx, en un quartier de ma maison, non pas le plus en parade, mais le plus en commodité. Non comme ie veis, il y a quelques annees, un doyen de Sainct Hilaire de

(1) Malheureux, laisse en paix ton cheval vieillissant,
De peur que, tout à coup efflanqué, hors d'haleine,
Il ne laisse, en tombant, son maître sur l'arène.
          Hor., Epist., I, 1, 8 (imitation de Boileau).

Poictiers, rendu à telle solitude par l'incommodité de sa melancholie, que, lorsque i'entray en sa chambre, il y avoyt vingt et deux ans qu'il n'en estoit sorti un seul pas; et si avoyt toutes ses actions libres et aysees, sauf un rheume qui lui tumboit sur l'estomach : à peine une fois la sepmaine vouloyt il permettre qu'aulcun entrast pour le veoir; il se tenoit tousiours enfermé par le dedans de sa chambre, seul, sauf qu'un valet luy portoit une fois le iour à manger, qui ne faisoit qu'entrer et sortir : son occupation estoit de se promener, et lire quelque livre, car il cognoissoit aulcunement les lettres, obstiné, au demourant, de mourir en cette desmarche, comme il feit bientost aprez. I'essayerois, par une doulce conversation, de nourrir en mes enfants une vifve amitié et bienvueillance, non feincte, en mon endroict; ce qu'on gaigne ayseement envers des natures bien nees : car si ce sont bestes furieuses, comme notre siecle en produict à milliers, il les fault haïr et fuyr pour telles.

Ie veulx mal à cette coustume, d'interdire aux enfants l'appellation paternelle, et leur en enioindre une estrangere, comme plus reverentiale, nature n'ayant volontiers pas suffisamment prouveu à nostre auctorité . Nous appellons Dieu tout puissant , Pere : et desdaignons que nos enfants nous en appellent : i'ay reformé cett' erreur en ma famille. C'est aussi folie et iniustice de priver les enfants, qui sont en aage, de la familiarité des peres, et vouloir maintenir en leur endroict une morgue austere et desdaigneuse, esperant par là les tenir en crainte et obeyssance : car c'est une farce tresinutile, qui rend les peres ennuyeux aux enfants, et, qui pis est, ridicules. Ils ont la ieunesse et les forces en la main, et par consequent le vent et la faveur du monde; et receoivent avec mocquerie ces mines fieres et tyranniques d'un homme qui n'a plus de sang ny au cœur ny aux veines; vrays espovantails de cheneviere. Quand ie pourrois me faire craindre, i'aimerois encores mieulx me faire aimer : il y a tant de sortes de defaults en la vieillesse, tant d'impuissance, elle est si propre au mespris, que le meilleur acquest qu'elle puisse faire, c'est l'affection et amour des siens; le commandement et la crainte, ce ne sont plus ses armes. I'en ay veu quelqu'un, duquel la ieunesse avoyt esté tresimperieuse; quand c'est venu sur l'aage, quoyqu'il le passe sainement ce qui se peult, il frappe, il mord, il iure, le plus tempestatif maistre de France; il se ronge de soing et de vigilance. Tout cela n'est qu'un bastelage, auquel la famille mesme complotte : du grenier, du cellier, voire et de sa bource, d'aultres ont la meilleure part de l'usage, ce pendant qu'il en a les clefs en sa gibbeciere, plus cherement que ses yeulx. Ce pendant qu'il se contente de l'espargne et chicheté de sa table, tout est en desbauche en divers reduicts de sa maison, en ieu, et en despense, et en l'entretien des contes de sa vaine cholere et pourvoyance. Chascun est en sentinelle contre luy. Si, par fortune, quelque chestif serviteur s'y addonne [1], soubdain il luy est mis en souspeçon, qualité à laquelle la vieillesse mord si volontiers de soy mesme. Quantes fois s'est il vanté à moy de la bride qu'il donnoit aux siens, et exacte obeyssance et reverence qu'il en recevoit; combien il veoyoit clair en ses affaires.

Ille solus nescit omnia [2].

Ie ne sache homme qui peust apporter plus de parties, et naturelles et acquises, propres à conserver la maistrise, qu'il faict; et si en est descheu comme un enfant : partant l'ay ie choisy, parmy plusieurs telles conditions que ie cognoy, comme plus exemplaire. Ce seroit matiere à une question scholastique, « s'il est ainsin mieulx, ou aultrement. » En presence, toutes choses luy cedent; et laisse l'on ce vain cours à son auctorité, qu'on ne luy resiste iamais. On le croit, on le craint, on le respecte, tout son saoul. Donne il congé à un valet? il plie son paquet, le voylà parti, mais hors de devant luy seulement : les pas de la vieillesse sont si lents, les sens si troublés, qu'il vivra et fera son office en mesme maison, un an, sans estre apperceu. Et quand la saison en est, on faict venir des lettres loingtaines, piteuses, supliantes, pleines de promesses de mieulx faire : par où on le remet en grace. Monsieur faict il quelque marché ou quelque despeche qui desplaise? on la supprime, forgeant tantost aprez assez de causes pour excuser la faulte d'execution ou de response. Nulles lettres estrangeres ne luy estants premierement apportees, il ne veoid que celles qui semblent commodes à sa science. Si, par cas d'adventure, il les saisit, ayant sa coustume de se reposer sur certaine personne de les luy lire, on y treuve sur le champ ce qu'on veult; et faict on, à touts coups, que tel luy demande pardon, qui l'iniurie par sa lettre. Il ne veoid enfin ses affaires que par une image disposee et desseignee [3], et satisfactoire le plus qu'on peult, pour n'esveiller son chagrin et son courroux. I'ay veu soubs des figures differentes, assez d'œconomies longues, constantes, de tout pareil effect.

---

(1) S'attache à lui.
(2) Il ignore , seul, tout ce qu'on fait chez lui. Tir., *Adelph*, act. IV, sc. 2, v. 9.
(3) *Faite à dessein . préparée d'avance.*

Il est tousiours proclive [1] aux femmes de disconvenir à leurs marys: elles saisissent à deux mains toutes couvertures de leur contraster; la premiere excuse leur sert de pleniere iustification. I'en ay veu une qui desroboit gros à son mary, pour, disoit elle à son confesseur, faire ses aulmosnes plus grasses. Fiez vous à cette religieuse dispensation! Nul maniement leur semble avoir assez de dignité, s'il vient de la concession du mary; il fault qu'elles l'usurpent, ou finement, ou fierement, et tousiours iniurieusement, pour luy donner de la grace et de l'auctorité. Comme en mon propos, quand c'est contre un pauvre vieillard, et pour des enfants, lors empoignent elles ce tiltre, et en servent leur passion avecques gloire; et, comme en un commun servage, monopolent facilement contre sa domination et gouvernement. Si ce sont masles grands et fleurissants, ils subornent aussi incontinent, ou par force ou par faveur, et maistre d'hostel et receveur, et tout le reste. Ceulx qui n'ont ny femme ny fils tumbent en ce malheur plus difficilement, mais plus cruellement aussi et indignement. Le vieil Cato disoit en son temps, « qu'Autant de valets, autant d'ennemys: » veoyez si, selon la distance de la pureté de son siecle au nostre, il ne nous a pas voulu advertir que femme, fils et valets, autant d'ennemys à nous. Bien sert à la decrepitude de nous fournir le doulx benefice d'inappercevance et d'ignorance, et facilité à nous laisser tromper. Si nous y mordions, que seroit ce de nous, mesme en ce temps où les iuges, qui ont à decider nos controverses, sont communement partisans de l'enfance et interessez? Au cas que cette piperie m'eschappe à veoir, au moins ne m'eschappe il pas à veoir que ie suis trespipable. Et aura l'on iamais assez dict de quel pris est un amy, à comparaison de ces liaisons civiles? L'image mesme que i'en veoy aux bestes, si pure, avecques quelle religion ie la respecte! Si les aultres me pipent, au moins ne me pipe ie pas moy mesme à m'estimer capable de m'en garder, ny à me ronger la cervelle pour m'en rendre: ie me sauve de telles trahisons en mon propre giron; non par une inquiete et tumultuaire curiosité, mais par diversion plustost et resolution. Quand i'oys reciter l'estat de quelqu'un, ie ne m'amuse pas à luy; ie tourne incontinent les yeulx à moy, veoir comment i'en suis: tout ce qui le touche me regarde; son accident m'advertit, et m'esveille de ce costé là. Touts les iours et à toutes heures, nous disons d'un aultre ce que nous dirions plus proprement de nous, si nous sçavions replier, aussi bien qu'estendre, nostre consideration. Et plusieurs aucteurs blecent en cette maniere la protection de leur cause, courant en avant temerairement à l'encontre de celles qu'ils attaquent, et lancceant à leurs ennemys des traicts propres à leur estre relancez plus advantageusement.

Feu monsieur le mareschal de Montluc, ayant perdu son fils, qui mourut en l'isle de Maderes, brave gentilhomme, à la verité, et de grande esperance, me faisoit fort valoir, entre ses aultres regrets, le desplaisir et crevecœur qu'il sentoit, de ne s'estre iamais communiqué à luy; et, sur cette humeur d'une gravité et grimace paternelle, avoir perdu la commodité de gouster et bien cognoistre son fils, et aussi de luy declarer l'extreme amitié qu'il luy portoit, et le digne iugement qu'il faisoit de sa vertu. « Et ce pauvre garson, disoit il, n'a « rien veu de moy qu'une contenance renfrongnee « et pleine de mespris; et a emporté cette creance, « que ie n'ay sceu ny l'aimer ny l'estimer selon son « merite. A qui gardois ie à descouvrir cette sin- « guliere affection que ie luy portois dans mon « ame? estoit ce pas luy qui en debvoit avoir tout le « plaisir et toute l'obligation? Ie me suis contrainct « et gehenné pour maintenir ce vain masque; et y « ay perdu le plaisir de sa conversation, et sa vo- « lonté quand et quand, qu'il ne me peult avoir « portee aultre que bien froide, n'ayant iamais re- « ceu de moy que rudesse, ny senty que'une façon « tyrannique. » Ie treuve que cette plaincte estoit bien prinse et raisonnable: car, comme ie sçay par une trop certaine experience, il n'est aucune si doulce consolation en la perte de nos amys, que celle que nous apporte la science de n'avoir rien oublié à leur dire, et d'avoir eu avecques eulx une parfaicte et entiere communication. O mon amy [2]! en vaulx ie mieulx d'en avoir le goust? ou si i'en vaulx moins? I'en vaulx, certes, bien mieulx; son regret me console et m'honnore: est ce pas un pieux et plaisant office de ma vie, d'en faire à tout iamais les obseques? est il iouyssance qui vaille cette privation?

Ie m'ouvre aux miens tant que ie puis, et leur signifie tresvolontiers l'estat de ma volonté et de mon iugement envers eulx, comme envers un chascun: ie me haste de me produire et de me presenter; car ie ne veulx pas qu'on s'y mescompte, de quelque part que ce soit. Entre aultres coustumes particulieres qu'avoyent nos anciens Gaulois, à ce que dict Cesar, cette cy en estoit l'une, que les enfants ne se presentoient aux peres, ny s'osoient trouver en publicque en leur compaignie, que lorsqu'ils commenceoient à porter les armes; comme s'ils eussent voulu dire que lors il estoit

(1) Enclin, porté à, qui penche à. — (2) La Boétie.

aussi saison que les peres les receussent en leur familiarité et accointance.

I'ay veu encores une aultre sorte d'indiscretion en aulcuns peres de mon temps, qui ne se contentent pas d'avoir privé, pendant leur longue vie, leurs enfants de la part qu'ils debvoient avoir naturellement en leurs fortunes, mais laissent encores aprez eulx à leurs femmes cette mesme auctorité sur touts leurs biens, et loy d'en disposer à leur fantasie. Et ay cogneu tel seigneur, des premiers officiers de nostre couronne, ayant, par esperance de droict à venir, plus de cinquante mille escus de rente, qui est mort necessiteux, et accablé de debtes, aagé de plus de cinquante ans, sa mere, en son extreme decrepitude, iouyssant encores de touts ses biens par l'ordonnance du pere, qui avoyt de sa part vescu prez de quatre vingts ans. Cela ne me semble aulcunement raisonnable. Pourtant treuve ie peu d'advancement à un homme de qui les affaires se portent bien, d'aller chercher une femme qui le charge d'un grand dot; il n'est point de debte estrangere qui apporte plus de ruyne aux maisons : mes predecesseurs ont communement suivi ce conseil bien à propos; et moy aussi. Mais ceulx qui nous desconseillent les femmes riches, de peur qu'elles soient moins traictables et recognoissantes, se trompent de faire perdre quelque reelle commodité pour une si frivole coniecture. A une femme desraisonnable, il ne couste non plus de passer par dessus une raison, que par dessus une aultre; elles s'aiment le mieulx où elles ont plus de tort : l'iniustice les alleiche; comme les bonnes, l'honneur de leurs actions vertueuses; et en sont debonnaires d'autant plus qu'elles sont plus riches; comme plus volontiers et glorieusement chastes, de ce qu'elles sont belles.

C'est raison de laisser l'administration des affaires aux meres pendant que les enfants ne sont pas en l'aage, selon les loix, pour en manier la charge; mais le pere les a bien mal nourrys, s'il ne peult esperer qu'en leur maturité ils auront plus de sagesse et de suffisance que sa femme, veu l'ordinaire foiblesse du sexe. Bien seroit il toutesfois, à la verité, plus contre nature, de faire despendre les meres de la discretion de leurs enfants. On leur doibt donner largement de quoy maintenir leur estat, selon la condition de leur maison et de leur aage; d'autant que la necessité et l'indigence est beaucoup plus malseante et malaysee à supporter à elles qu'aux masles : il fault plustost en charger les enfants que la mere.

En general, la plus saine distribution de nos biens, en mourant, me semble estre les laisser distribuer à l'usage du pays : les loix y ont mieulx

pensé que nous; et vault mieulx les laisser faillir en leur eslection, que de nous hazarder de faillir temerairement en la nostre. Ils ne sont pas proprement nostres, puisque, d'une prescription civile, et sans nous, ils sont destinez à certains successeurs. Et encores que nous ayons quelque liberté au delà, ie tiens qu'il fault une grande cause, et bien apparente, pour nous faire oster à un ce que sa fortune luy avoyt acquis, et à quoy la iustice commune l'appelloit; et que c'est abuser, contre raison, de cette liberté, d'en servir nos fantasies frivoles et privees. Mon sort m'a faict grace de ne m'avoir presenté des occasions qui me peussent tenter, et divertir mon affection de la commune et legitime ordonnance. I'en veoy qui c'est temps perdu d'employer un long soing de bons offices : un mot receu de mauvais biais efface le merite de dix ans. Heureux qui se treuve à poinct pour leur oindre la volonté sur ce dernier passage ! La voysine action l'emporte : non pas les meilleurs et plus frequents offices, mais les plus recents et presents, font l'operation. Ce sont gents qui se iouent de leurs testaments, comme de pommes ou de verges, à gratifier ou chastier chasque action de ceulx qui y pretendent interest. C'est chose de trop longue suitte, et de trop de poids, pour estre ainsin promenee à chasque instant; et en laquelle les sages se plantent une fois pour toutes, regardants sur tout à la raison et observance publicque. Nous prenons un peu trop à cœur ces substitutions masculines, et proposons une eternité ridicule à nos noms. Nous poisons aussi trop les vaines coniectures de l'advenir, que nous donnent les esprits puerils. A l'adventure eust on faict iniustice de me desplacer de mon reng, pour avoir esté le plus lourd et plombé, le plus long et desgousté en ma leçon, non seulement que touts mes freres, mais que touts les enfants de ma province; soit leçon d'exercice d'esprit, soit leçon d'exercice de corps. C'est folie de faire des triages extraordinaires sur la foy de ces divinations, ausquelles nous sommes si souvent trompez. Si on peult blecer cette regle, et corriger les destinees au chois qu'elles ont faict de nos heritiers, on le peult, avecques plus d'apparence, en consideration de quelque remarquable et enorme difformité corporelle, vice constant, inamendable [1], et, selon nous grands estimateurs de la beaulté, d'important preiudice.

Le plaisant dialogue du legislateur de Platon avecques ses citoyens, fera honneur à ce passage. « Comment doncques, disent ils, sentants leur fin

(1) Négatif sans équivalent : *qu'on ne peult amender, corriger.*

prochaine, ne pourrons nous point disposer de ce qui est à nous à qui il nous plaira? O dieux! quelle cruauté, qu'il ne nous soit loysible, selon que les nostres nous auront servi en nos maladies, en nostre vieillesse, en nos affaires, de leur donner plus et moins, selon nos fantasies!» A quoy le legislateur respond en cette maniere: «Mes amys, qui avez sans doubte bientost à mourir, il est malaysé et que vous vous cognoissiez, et que vous cognoissiez ce qui est à vous, suivant l'inscription delphique. Moy, qui fois les loix, tiens que ny vous n'estes à vous, ny n'est à vous ce que vous iouyssez. Et vos biens et vous estes à vostre mille, tant passee que future; mais encores plus sont au publicque et votre famille et vos biens. Parquoy, de peur que quelque flatteur en vostre vieillesse ou en vostre maladie, ou quelque passion, vous solicite mal à propos de faire testament iniuste, ie vous en garderay: mais, ayant respect et à l'interest universel de la cité et à celuy de vostre maison, i'establiray des loix, et feray sentir, comme de raison, que la commodité particuliere doibt ceder à la commune. Allez vous en ioyeusement où la nécessité humaine vous appelle. C'est à moy, qui ne regarde pas l'une chose plus que l'aultre, qui, autant que ie puis, me soigne du general, d'avoir soucy de ce que vous laissez.»

Revenant à mon propos, il me semble, en toutes façons, qu'il naist rarement des femmes à qui la maistrise soit deue sur des hommes, sauf la maternelle et naturelle; si ce n'est pour le chastiement de ceulx qui, par quelque humeur fiebvreuse, se sont volontairement soubmis à elles: mais cela ne touche aulcunement les vieilles, de quoy nous parlons icy. C'est l'apparence de cette consideration qui nous a faict forger et donner pied si volontiers à cette loy, que nul ne veit oncques, qui prive les femmes de la succession de cette couronne; et n'est gueres seigneurie au monde où elle ne s'allegue, comme icy, par une vraysemblance de raison qui l'auctorise: mais la fortune luy a donné plus de credit en certains lieux qu'aux aultres. Il est dangereux de laisser à leur iugement la dispensation de nostre succession selon le chois qu'elles feront des enfants, qui est à touts les coups inique et fantastique: car cet appetit desreglé et goust malade qu'elles ont au temps de leurs groisses[1], elles l'ont en l'ame en tout temps. Communement on les veoid s'addonner aux plus foibles et malotrus, ou à ceulx, si elles en ont, qui leur pendent encores au col. Car, n'ayant point assez de force de discours pour choisir, et embrasser ce qui le vault, elles se laissent plus volontiers aller où les impressions de nature sont plus seules; comme les animaulx qui n'ont cognoissance de leurs petits que pendant qu'ils tiennent à leurs mammelles. Au demourant, il est aysé à veoir, par experience, que cette affection naturelle, à qui nous donnons tant d'auctorité, a les racines bien foibles: pour un fort legier proufit, nous arrachons touts les iours leurs propres enfants d'entre les bras des meres, et leur faisons prendre les nostres en charge; nous leur faisons abandonner les leurs à quelque chestifve nourrisse à qui nous ne voulons pas commettre les nostres, ou à quelque chevre, leur deffendant non seulement de les allaicter, quelque danger qu'ils en puissent encourir, mais encores d'en avoir aulcun soing, pour s'employer du tout au service des nostres: et veoid on, en la pluspart d'entre elles, s'engendrer bientost, par accoustumance, une affection bastarde plus vehemente que la naturelle, et plus grande solicitude de la conservation des enfants empruntez, que des leurs propres. Et ce que i'ay parlé des chevres, c'est d'autant qu'il est ordinaire, autour de chez moy, de veoir les femmes de village, lorsqu'elles ne peuvent nourrir les enfants de leurs mammelles, appeller des chevres à leur secours: et i'ay à cette heure deux laquays qui ne tetterent iamais que huict iours laict de femmes. Ces chevres sont incontinent duictes à venir allaicter ces petits enfants, recognoissent leur voix quand ils crient, et y accourent: si on leur en presente un aultre que leur nourrisson, elles le refusent; et l'enfant en faict de mesme d'une aultre chevre. I'en veis un l'aultre iour à qui on osta la sienne, parce que son pere ne l'avoyt qu'empruntee d'un sien voysin: il ne peut iamais s'addonner à l'aultre qu'on luy presenta, et mourut, sans doubte de faim. Les bestes alterent et abbastardissent, aussi ayseement que nous, l'affection naturelle. Ie croy qu'en ce que recite Herodote, de certain destroict de la Libye, il y a souvent du mescompte; il dict qu'on s'y mesle aux femmes indifferemment, mais que l'enfant, ayant force de marcher, treuve son pere celuy vers lequel, en la presse, la naturelle inclination porte ces premiers pas.

Or, à considerer cette simple occasion d'aimer nos enfants pour les avoir engendrez, pour laquelle nous les appellons aultres nous mesmes, il semble qu'il y ayt bien une aultre production venant de nous qui ne soit pas de moindre recommandation: car ce que nous engendrons par l'ame, les enfantements de nostre esprit, de nostre courage et suffisance, sont produicts par une plus noble partie que la corporelle, et sont plus nostres; nous sommes

[1] De leurs grossesses.

pere et mere ensemble en cette generation. Ceulx cy nous coustent bien plus cher, et nous apportent plus d'honneur, s'ils ont quelque chose de bon : car la valeur de nos aultres enfants est beaucoup plus leur que nostre, la part que nous y avons est bien legiere ; mais de ceulx cy, toute la beauté, toute la grace et le pris, est nostre. Par ainsin, ils nous representent et nous rapportent bien plus vifvement que les aultres. Platon adiouste que ce sont icy des enfants immortels qui immortalisent leurs peres, voire et les deïfient, comme Lycurgus, Solon, Minos. Or, les histoires estants pleines d'exemples de cette amitié commune des peres envers les enfants, il ne m'a pas semblé hors de propos d'en trier aussi quelqu'un de cette cy. Heliodorus, ce bon evesque de Tricca [1], aima mieulx perdre la dignité, le proufit, la devotion d'une prelature si venerable, que de perdre sa fille, fille qui dure encores bien gentille, mais à l'adventure pourtant un peu trop curieusement et mollement goderonnee [2] pour fille ecclesiastique et sacerdotale, et de trop amoureuse façon. Il y eut un Labienus à Rome, personnage de grande valeur et auctorité, et, entre aultres qualitez, excellent en toute sorte de litterature, qui estoit, ce croy ie, fils de ce grand Labienus, le premier des capitaines qui feurent soubs Cesar en la guerre des Gaules, et qui depuis, s'estant iecté au party du grand Pompeius, s'y mainteint si valeureusement, iusques à ce que Cesar le desfeit en Espaigne : ce Labienus, de quoy ie parle, eut plusieurs envieux de sa vertu, et, comme il est vraysemblable, les courtisans et favoris des empereurs de son temps pour ennemys de sa franchise, et des humeurs paternelles qu'il retenoit encores contre la tyrannie, desquelles il est croyable qu'il avoyt teinct ses escripts et ses livres. Ses adversaires poursuivirent devant le magistrat à Rome, et obteindrent de faire condemner plusieurs siens ouvrages, qu'il avoyt mis en lumiere, à estre bruslez. Ce feut par luy que commença ce nouvel exemple de peine, qui depuis feut continué à Rome à plusieurs aultres, de punir de mort les escripts mesmes et les estudes. Il n'y avoyt point assez de moyen et matiere de cruauté, si nous n'y meslions des choses que nature a exemptees de tout sentiment et de toute souffrance, comme la reputation et les inventions de nostre esprit, et si nous n'allions communiquer les maulx corporels aux disciplines et monuments des Muses. Or, Labienus ne peut souffrir cette perte, ny de survivre à cette sienne si chere geniture : il se feit porter et enfermer tout vif dans le monument de ses ancestres ; là où il prouveut tout d'un train à se tuer et à s'enterrer ensemble. Il est malaysé de montrer aulcune aultre plus vehemente affection

paternelle que celle là. Cassius Severus, homme treseloquent, et son familier, veoyant brusler ses livres, crioit que, par mesme sentence, on le debvoit quand et quand condemner à estre bruslé tout vif ; car il portoit et conservoit en sa memoire ce qu'ils contenoient. Pareil accident adveint à Cremutius Cordus, accusé d'avoir en ses livres loué Brutus et Cassius : ce senat vilain, servile et corrompu, et digne d'un pire maistre que Tibere, condemna ses escripts au feu. Il feut content de faire compaignie à leur mort, et se tua par abstinence de manger. Le bon Lucanus, estant iugé par ce coquin de Neron, sur les derniers traicts de sa vie, comme la pluspart du sang feut desia escoulé par les veines des bras qu'il s'estoit faict tailler à son medecin pour mourir, et que la froideur eut saisi les extremitez de ses membres, et commença à s'approcher des parties vitales, la derniere chose qu'il eut en sa memoire, ce feurent aulcuns des vers de son livre de la guerre de Pharsale, qu'il recitoit ; et mourut ayant cette derniere voix en la bouche. Cela qu'estoit ce, qu'un tendre et paternel congé qu'il prenoit de ses enfants, representant les adieux et les estroicts embrassements que nous donnons aux nostres en mourant, et un effect de cette naturelle inclination qui r'appelle en nostre souvenance, en cette extremité, les choses que nous avons eu les plus cheres pendant nostre vie ?

Pensons nous qu'Epicurus, qui, en mourant, tormenté, comme il dict, des extremes douleurs de la cholique, avoyt toute sa consolation en la beauté de la doctrine qu'il laissoit au monde, eust receu autant de contentement d'un nombre d'enfants bien nayz et bien eslevez, s'il en eust eu, comme il faisoit de la production de ses riches escripts ? et que, s'il eust esté au chois de laisser, aprez luy, un enfant contrefaict et mal nay, ou un livre sot et inepte, il ne choisist plustost, et non luy seulement, mais tout homme de pareille suffisance, d'encourir le premier malheur que l'aultre ? Ce seroit à l'adventure impieté en sainct Augustin (pour exemple), si, d'un costé, on luy proposoit d'enterrer ses escripts, de quoy nostre religion receoit un si grand fruict, ou d'enterrer ses enfants, au cas qu'il en eust, s'il n'aimoit mieulx enterrer ses enfants. Et ie ne sçay si ie n'aimerois pas mieulx beaucoup en avoir produict un, parfaictement bien formé, de l'accointance des Muses, que de l'accointance de ma femme. A cettuy cy, tel qu'il est, ce que ie donne, ie le donne purement et irrevocablement, comme on donne aux enfants corporels. Ce peu de bien que

<hr />

(1) *Tricca* ; maintenant *Triccala*, en Thessalie.
(2) *Ajustée, parée.*

ie luy ay faict, il n'est plus en ma disposition : il peult scavoir assez de choses que ie ne sçay plus, et tenir de moy ce que ie n'ay point retenu, et qu'il fauldroit que, tout ainsin qu'un estranger, i'empruntasse de luy, si besoing m'en venoyt; si ie suis plus sage que luy, il est plus riche que moy. Il est peu d'hommes addonnez à la poësie, qui ne se gratifiassent plus d'estre peres de l'Aeneïde, que du plus beau garson de Rome; et qui ne souffrissent plus ayseement une perte que l'aultre : car, selon Aristote, de touts ouvriers, le poëte est nommeement le plus amoureux de son ouvrage. Il est malaysé à croire qu'Epaminondas, qui se vantoit de laisser pour toute posterité des filles qui feroient un iour honneur à leur pere (c'estoient les deux nobles victoires qu'il avoyt gaigné sur les Lacedemoniens), eust volontiers consenti d'eschanger celles là aux plus gorgiases [1] de toute la Grece; ou qu'Alexandre et Cesar ayent iamais souhaitté d'estre privez de la grandeur de leurs glorieux faicts de guerre, pour la commodité d'avoir des enfants et heritiers, quelque parfaicts et accomplis qu'ils peussent estre. Voire ie fois grand doubte que Phidias, ou aultre excellent statuaire, aimast autant la conservation et la durée de ses enfants naturels, comme il feroit d'une image excellente qu'avecques long travail et estude il auroit parfaicte selon l'art. Et quant à ces passions vicieuses et furieuses qui ont eschauffé quelquesfois les peres à l'amour de leurs filles, ou les meres envers leurs fils, encores s'en treuve il de pareilles en cette aultre sorte de parenté : tesmoing ce que l'on recite de Pygmalion, qu'ayant basty une statue de femme, de beaulté singuliere, il deveint si esperduement esprins de l'amour forcené de ce sien ouvrage, qu'il fallut qu'en faveur de sa rage les dieux la luy vivifiassent :

Tentatum mollescit ebur, positoque rigore
Subsidit digitis [2].

## CHAPITRE IX.

### Des armes des Parthes.

C'est une façon vicieuse de la noblesse de nostre temps, et pleine de mollesse, de ne prendre les armes que sur le poinct d'une extreme necessité, et s'en descharger aussi tost qu'il y a tant soit peu d'apparence que le danger soit esloingné : d'où il survient plusieurs desordres; car, chascun criant et courant à ses armes sur le poinct de la charge, les uns sont à lacer encores leur cuirasse, que leurs compaignons sont desia rompus. Nos peres donnoient leur salade [3], leur lance et leurs gantelets à porter, et n'abandonnoient le reste de leur equipage tant que la courvee duroit. Nos trouppes sont à cette heure toutes troublees et difformees par la confusion du bagage et des valets, qui ne peuvent esloingner leurs maistres à cause de leurs armes. Tite Live, parlant des nostres, *Intolerantissima laboris corpora vix arma humeris gerebant* [4]. Plusieurs nations vont encores, et alloient anciennement, à la guerre sans se couvrir, ou se couvroient d'inutiles deffenses :

Tegmina queis capitum, raptus de subere cortex [5].

Alexandre, le plus hazardeux capitaine qui feut iamais, s'armoit fort rarement. Et ceulx d'entre nous qui les mesprisent, n'empirent pour cela de gueres leur marché : s'il se veoid quelqu'un tué par le default d'un harnois, il n'en est gueres moindre nombre que l'empeschement des armes a faict perdre, engagez soubs leur pesanteur, ou froissez et rompus, ou par un contrecoup, ou aultrement. Car il semble, à la verité, à voir le poids des nostres et leur espesseur, que nous ne cherchions qu'à nous deffendre, et en sommes plus chargez que couverts. Nous avons assez à faire à en soustenir le faix, entravez et contraincts, comme si nous n'avions à combattre que du choc de nos armes; et comme si nous n'avions pareille obligation à les deffendre, qu'elles ont à nous. Tacitus peinct plaisamment des gents de guerre de nos anciens Gaulois, ainsin armez pour se maintenir seulement, n'ayants moyen ny d'offenser, ny d'estre offensez, ny de se relever abbattus. Lucullus, veoyant certains hommes d'armes medois qui faisoient front en l'armee de Tigranes, poisamment et malayseement armez, comme dans une prison de fer, print de là opinion de les desfaire ayseement, et par eulx commencea sa charge, et sa victoire. Et à present que nos mousquetaires sont en credit, ie croy que l'on trouvera quelque invention de nous emmurer pour nous en garantir, et nous faire traisner à la guerre enfermez dans des bastions, comme ceulx que les anciens faisoient porter à leurs elephants.

Cette humeur est bien esloingnee de celle du ieune Scipion, lequel accusa aigrement ses soldats

---

(1) *Aux plus belles, aux plus aimables.*
(2) Il touche l'ivoire, et l'ivoire, oubliant sa dureté naturelle, cède et s'amollit sous ses doigts. Ovide, *Metamorph.*, X, 283.
(3) « Du mot italien *celata*, qui signifie *elmo*, casque, armet, les soldats françois firent en Italie le mot *salade*. » Volt., *Dict. Philos.*, art. *Langues.*
(4) Incapables de souffrir la fatigue, ils avoient peine à porter leurs armes. Tit.-Liv., X, 28.
(5) Ils se faisoient des casques avec la molle écorce du liége. Virg., *Æn.*, VII, 742.

2 i

de ce qu'ils avoyent semé des chaussetrapes soubs l'eau, à l'endroict du fossé par où ceulx d'une ville qu'il assiegeoit pouvoient faire des sorties sur luy; disant que ceulx qui assailloient debvoient penser à entreprendre, non pas à craindre : et craignoit avecques raison, que cette provision endormist leur vigilance à se garder. Il dict aussi à un ieune homme qui luy faisoit montre de son beau bouclier : « Il est vrayement beau, mon fils! mais un soldat romain doibt avoir plus de fiance en sa main dextre qu'en la gauche. »

Or, il n'est que la coustume qui nous rende insupportable la charge de nos armes :

L' usbergo in dosso aveano, e l' elmo in testa,
Duo di questi guerrier, dei quali io canto;
Ne notte o di, dopo ch' entraro in questa
Stanza, gl' aveano mai messi da canto;
Che facile a portar come la vesta
Era lor, perchè in uso l' avean tanto [1].

L'empereur Caracalla alloit par païs à pied, armé de toutes pieces, conduisant son armee. Les pietons romains portoient non seulement le morion [2], l'espee et l'escu (car, quant aux armes, dict Cicero, ils estoient si accoustumez à les avoir sur le dos, qu'elles ne les empeschoient non plus que leurs membres, *arma enim, membra militis esse dicunt*[3]); mais quand et quand encores ce qu'il leur falloit de vivres pour quinze iours, et certaine quantité de paulx [4] pour faire leurs remparts, iusques à soixante livres de poids. Et les soldats de Marius, ainsi chargez, marchants en bataille, estoient duicts à faire cinq lieues en cinq heures, et six, s'il y avoyt haste. Leur discipline militaire estoit beaucoup plus rude que la nostre; aussi produisoit elle de bien aultres effects. Le ieune Scipion, reformant son armee en Espaigne, ordonna à ses soldats de ne manger que debout, et rien de cuict. Ce traict est merveilleux à ce propos, qu'il feut reproché à un soldat lacedemonien, qu'estant à l'expedition d'une guerre, on l'avoyt veu soubs le couvert d'une maison : ils estoient si durcis à la peine, que c'estoit honte d'estre veu soubs un aultre toict que celuy du ciel, quelque temps qu'il feist. Nous ne menerions gueres loing nos gents, à ce pris là !

Au demourant, Marcellinus, homme nourry aux guerres romaines, remarque curieusement la façon que les Parthes avoyent de s'armer, et la remarque d'autant qu'elle estoit esloignee de la romaine. « Ils avoyent, dict il, des armes tissues en maniere de petites plumes, qui n'empeschoient pas le mouvement de leur corps; et si estoient si fortes, que nos dards reiaillissoient venants à les

heurter : » (ce sont les escailles de quoy nos ancestres avoyent fort accoustumé de se servir.) Et en un aultre lieu : « Ils avoyent, dict il, leurs chevaulx forts et roides, couverts de gros cuir; et eulx estoient armez, de cap à pied, de grosses lames de fer, rengees de tel artifice, qu'à l'endroict des ioinctures des membres elles prestoient au mouvement. On eust dict que c'estoient des hommes de fer; car ils avoyent des accoustrements de teste si proprement assis, et representants au naturel la forme et partie du visage, qu'il n'y avoyt moyen de les assener que par des petits trous ronds qui respondoient à leurs yeulx, leur donnant un peu de lumiere, et par des fentes qui estoient à l'endroict des nazeaux, par où ils prenoient assez malayseement haleine. »

Flexilis inductis animatur lamina membris,
Horribilis visu; credas simulacra moveri
Ferrea, cognatoque viros spirare metallo.
Par vestitus equis : ferrata fronte minantur,
Ferratosque movent, securi vulneris, armos [5].

Voylà une description qui retire bien fort à l'equipage d'un homme d'armes françois, à touts ses bardes. Plutarque dict que Demetrius feit faire, pour luy et pour Alcimus, le premier homme de guerre qui feust prez de luy, à chascun un harnois complet du poids de six vingt livres, là où les communs harnois n'en poisoient que soixante.

---

# CHAPITRE X.

## Des livres.

Ie ne fois point de doubte qu'il ne m'advienne souvent de parler de choses qui sont mieulx traictees chez les maistres du metier et plus veritablement. C'est icy purement l'essay de mes facultez

(1) Deux des guerriers que je chante ici avoient la cuirasse sur le dos et le casque en tête : depuis qu'ils étoient dans ce château, ils n'avoient quitté ni jour ni nuit cette double armure, qu'ils portoient aussi aisément que leurs habits, tant ils y étoient accoutumés. ARIOSTO, cant. XII, stanz. 3o.

(2) Le *morion* est une sorte de casque semblable à celui qu'on appeloit *salade*; mais l'un est à l'usage des soldats de pied, l'autre des chevau-légers.

(3) Ils disent que les armes du soldat sont ses membres. CIC., *Tusc. quæst.*, II, 16. — De là, en latin, l'analogie d'*arma*, armes, avec *armus*, épaule, et *armilla*, bracelet.

(4) *Pieux*, ou *palissades*; au singulier, *pal*, du latin *palus*.

(5) Leur cuirasse flexible semble recevoir la vie du corps qu'elle enferme; les yeux étonnés voient marcher des statues de fer : on diroit que le métal est incorporé avec le guerrier qui le porte. Les coursiers ont aussi leur armure : le fer couvre leur front superbe; et leurs flancs, sous un rempart de fer, bravent les traits impuissants. CLAUDIEN, *contre Rufin*, II, 358.

naturelles, et nullement des acquises : et qui me surprendra d'ignorance, il ne fera rien contre moy ; car à peine respondrois ie à aultruy de mes discours qui ne m'en responds point à moy, ny n'en suis satisfaict. Qui sera en cherche de science, si la pesche où elle se loge ; il n'est rien de quoy ie face moins de profession. Ce sont icy mes fantasies, par lesquelles ie ne tasche point de donner à cognoistre les choses, mais moy : elles me seront à l'adventure cogneues un iour, ou l'ont aultrefois esté, selon que la fortune m'a peu porter sur les lieux où elles estoient esclaircies ; mais il ne m'en souvient plus ; et si ie suis homme de quelque leçon, ie suis homme de nulle retention : ainsin ie ne pleuvis [1], aulcune certitude, si ce n'est de faire cognoistre jusques à quel poinct monte, pour cette heure, la cognoissance que i'en ay. Qu'on ne s'attende pas aux matieres, mais à la façon que i'y donne : qu'on veoye, en ce que i'emprunte, si i'ay sceu choisir de quoy rehaulser ou secourir proprement l'invention, qui vient tousiours de moy ; car ie fois dire aux aultres, non à ma teste, mais à ma suitte, ce que ie ne puis si bien dire, par foiblesse de mon langage, ou par foiblesse de mon sens. Ie ne compte pas mes emprunts, ie les poise ; et si ie les eusse voulu faire valoir par nombre, ie m'en feusse chargé deux fois autant : ils sont touts, ou fort peu s'en fault, de noms si fameux et anciens, qu'ils me semblent se nommer assez sans moy. Ez raisons, comparaisons, arguments, si i'en transplante quelqu'un en mon solage [2], et confonds aux miens ; à escient i'en cache l'aucteur, pour tenir en bride la temerité de ces sentences hastifves qui se iectent sur toute sorte d'escripts, notamment ieunes escripts, d'hommes encores vivants, et en vulgaire [3], qui receoit tout le monde à en parler, et qui semble convaincre la conception et le desseing vulgaire de mesme : ie veulx qu'ils donnent une nazarde à Plutarque sur mon nez, et qu'ils s'eschauldent à iniurier Seneque en moy. Il fault musser [4] ma foiblesse soubs ces grands credits. I'aimeray quelqu'un qui me sçache deplumer, ie dy par clarté de iugement, et par la seule distinction de la force et beaulté des propos : car moy, qui, à faulte de memoire, demeure court touts les coups à les tirer par cognoissance de nation, sçay tresbien cognoistre, à mesurer ma portee, que mon terroir n'est aulcunement capable d'aulcunes fleurs trop riches que i'y treuve semees ; et que touts les fruicts de mon creu ne les sçauroient payer. De cecy suis ie tenu de respondre ; si ie m'empesche moy mesme ; s'il y a de la vanité et vice en mes discours, que ie ne sente point, ou que ie ne soye

capable de sentir en me le representant : car il eschappe souvent des faultes à nos yeulx ; mais la maladie du iugement consiste à ne les pouvoir appercevoir lorsqu'un aultre nous les descouvre. La science et la verité peuvent loger chez nous sans iugement ; et le iugement y peult aussi estre sans elles : voire la recognoissance de l'ignorance est l'un des plus beaux et plus seurs tesmoingnages de iugement que ie treuve. Ie n'ay point d'aultre sergeant de bande, à renger mes pieces, que la fortune : à mesme que mes resveries se presentent, ie les entasse ; tantost elles se pressent en foule, tantost elles se traisnent à la file. Ie veulx qu'on veoye mon pas naturel et ordinaire, ainsin destracqué qu'il est ; ie me laisse aller comme ie me treuve ; aussi ne sont ce point icy matieres qu'il ne soit pas permis d'ignorer, et d'en parler casuellement et temerairement. Ie souhaitterois avoir plus parfaicte intelligence des choses ; mais ie ne la veulx pas achetter si cher qu'elle couste. Mon desseing est de passer doulcement, et non laborieusement, ce qui me reste de vie : il n'est rien pour quoy ie me veuille rompre la teste, non pas pour la science, de quelque grand pris qu'elle soit.

Ie ne cherche aux livres qu'à m'y donner du plaisir par un honneste amusement : ou si i'estudie, ie n'y cherche que la science qui traicte de la cognoissance de moy mesme, et qui m'instruise à bien mourir et à bien vivre :

Has meus ad metas sudet oportet equus [5].

Les difficultez, si i'en rencontre en lisant, ie n'en ronge pas mes ongles ; ie les laisse là, aprez leur avoir faict une charge ou deux. Si ie m'y plantois, ie m'y perdrois, et le temps ; car i'ay un esprit primsaultier [6] ; ce que ie ne veoy de la premiere charge, ie le veoy moins en m'y obstinant. Ie ne fois rien sans gayeté ; et la continuation et contention trop ferme esblouit mon iugement, l'attriste et le lasse. Ma veue s'y confond et s'y dissipe ; il fault que ie la retire, et que ie l'y remette à secousses : tout ainsin que pour iuger du lustre de l'escarlatte, on nous ordonne de passer les yeulx par dessus, en la parcourant à diverses veues, soubdaines reprinses, et reiterees. Si ce livre me fasche, i'en prends un aultre ; et ne m'y

(1) Pleuvir, garantir, cautionner, assurer.
(2) Sol, terrain, terroir. — (3) En langage vulgaire.
(4) Cacher.
(5) C'est vers ce but que doivent tendre mes coursiers Prov. IV, 1, 70.
(6) Qui fait ses plus grands efforts du premier coup, de primo saut, a primo saltu.

addonne qu'aux heures où l'ennuy de rien faire commence à me saisir. Ie ne me prends gueres aux nouveaux, pour ce que les anciens me semblent plus pleins et plus roides : ny aux grecs, parce que mon iugement ne sçait pas faire ses besongnes d'une puerile et apprentisse intelligence.

Entre les livres simplement plaisants, ie treuve, des modernes, le Decameron de Boccace, Rabelais, et les baisers de Iehan Second[1], s'il les fault loger soubs ce tiltre, dignes qu'on s'y amuse. Quant aux Amadis, et telles sortes d'escripts, ils n'ont pas eu le credit d'arrester seulement mon enfance. Ie diray encores cecy, ou hardiement, ou temerairement, que cette vieille ame poisante ne se laisse plus chatouiller, non seulement à l'Arioste, mais encores au bon Ovide : sa facilité et ses inventions, qui m'ont ravi aultrefois, à peine m'entretiennent elles à cette heure. Ie dy librement mon advis de toutes choses, voire et de celles qui surpasse l'adventure ma suffisance, et que ie ne tiens aulcunement estre de ma iurisdiction : ce que i'en opine, c'est aussi pour declarer la mesure de ma veue, non la mesure des choses. Quand ie me treuve desgousté de l'Axioche de Platon, comme d'un ouvrage sans force, eu esgard à un tel aucteur, mon iugement ne s'en croit pas : il n'est pas si oultrecuidé[2] de s'opposer à l'auctorité de tant d'aultres fameux iugements anciens, qu'il tient ses regents et ses maistres, et avecques lesquel il est plustost content de faillir ; il s'en prend à soy, et se condemne, ou de s'arrester à l'escorce, ne pouvant penetrer iusques au fonds, ou de regarder la chose par quelque fauls lustre. Il se contente de se garantir seulement du trouble et du desreglement : quant à sa foiblesse, il la recognoist et advoue volontiers. Il pense donner iuste interpretation aux apparences que sa conception luy presente ; mais elles sont imbecilles et imparfaictes. La pluspart des fables d'Esope ont plusieurs sens et intelligences : ceulx qui les mythologisent, en choisissent quelque visage qui quadre bien à la fable ; mais pour la pluspart, ce n'est que le premier visage et superficiel ; il y en a d'aultres plus vifs, plus essentiels et internes, ausquels ils n'ont sceu penetrer : voylà comme i'en fois.

Mais, pour suivre ma route, il m'a tousiours semblé qu'en la poësie, Virgile, Lucrece, Catulle et Horace tiennent de bien loing le premier reng ; et signamment[3] Virgile en ses Georgiques, que i'estime le plus accomply ouvrage de la poësie : à comparaison duquel on peult recognoistre aysement qu'il y a des endroicts de l'Aeneïde, ausquels l'aucteur eust donné encores quelque tour de pigne[4], s'il en eust eu loysir ; et le cinquiesme livre en l'Aeneïde me semble le plus parfaict. I'aime aussi Lucain, et le practique volontiers, non tant pour son style, que pour sa valeur propre et verité de ses opinions et iugements. Quant au bon Terence, la mignardise et les graces du langage latin, ie le treuve admirable à representer au vif les mouvements de l'ame et la condition de nos mœurs ; à toute heure nos actions me reiectent à luy : ie ne le puis lire si souvent, que ie n'y treuve quelque beaulté et grace nouvelle. Ceulx des temps voysins à Virgile se plaignoient de quoy aulcuns luy comparoient Lucrece : ie suis d'opinion que c'est à la verité une comparaison inegale ; mais i'ay bien à faire à me r'asseurer en cette creance, quand ie me treuve attaché à quelque beau lieu de ceulx de Lucrece. S'ils se picquoient de cette comparaison, que diroient ils de la bestise et stupidité barbaresque de ceulx qui luy comparent à cette heure Arioste ? et qu'en diroit Arioste luy mesme ?

O seclum insipiens et inficetum[5] !

I'estime que les anciens avoyent encores plus à se plaindre de ceulx qui apparioient Plaute à Terence (cettuy cy sent bien mieulx son gentilhomme), que Lucrece à Virgile. Pour l'estimation et preference de Terence, faict beaucoup que le pere de l'eloquence romaine l'a si souvent en la bouche, seul de son reng ; et la sentence que le premier iuge des poëtes romains donne de son compaignon. Il m'est souvent tumbé en fantasie comme, en nostre temps, ceulx qui se meslent de faire des comedies (ainsin que les Italiens qui y sont assez heureux) employent trois ou quatre arguments de celles de Terence ou de Plaute pour en faire une des leurs : ils entassent en une seule comedie cinq ou six contes de Boccace. Ce qui les faict ainsin se charger de matiere, c'est la desfiance qu'ils ont de se pouvoir soustenir de leurs propres graces : il fault qu'ils treuvent un corps où s'appuyer ; et n'ayants pas du leur, assez de quoy nous arrester, ils veulent que le conte nous amuse. Il en va de mon aucteur tout au contraire : les perfections et beaultez de sa façon de dire nous font perdre l'appetit de son subiect ; sa gentillesse et sa mignardise nous retiennent par tout ; il est par tout si plaisant,

Liquidus, puroque simillimus amni[6],

(1) Jean Second étoit né à La Haye, en 1511 ; il mourut à Tournai, en 1556, n'ayant pas encore vingt-cinq ans.

(2) Téméraire, présomptueux.

(3) Principalement, notamment. — (4) Peigne.

(5) O siècle sans jugement et sans goût ! CATULLE, XLIII, 8,

(6) Il coule avec tant d'aisance et de pureté. HOR., Epist., II, ?, 120.

et nous remplit tant l'ame de ses graces, que nous en oublions celles de sa fable. Cette mesme consideration me tire plus avant : ie veoy que les anciens poëtes ont evité l'affectation et la recherche, non seulement des fantastiques eslevations espaignolles et petrarchistes, mais des poinctes mesmes plus doulces et plus retenues, qui sont l'ornement de touts les ouvrages poëtiques des siecles suivants. Si n'y a il bon juge qui les treuve à dire en ces anciens, et qui n'admire plus sans comparaison l'eguale polissure et cette perpetuelle doulceur et beaulté fleurissante des epigrammes de Catulle, que touts les aiguillons de quoy Martial aiguise la queue des siens. C'est cette mesme raison que ie disois tantost, comme Martial de soy, *minus illi ingenio laborandum fuit, in cuius locum materia successerat*[1]. Ces premiers là, sans s'esmouvoir et sans se picquer, se font assez sentir ; ils ont de quoy rire par tout, il ne fault pas qu'ils se chatouillent : ceulx cy ont besoing de secours estranger ; à mesure qu'ils ont moins d'esprit, il leur fault plus de corps ; ils montent à cheval parce qu'ils ne sont assez forts sur leurs iambes : tout ainsin qu'en nos bals, ces hommes de vile condition qui en tiennent eschole, pour ne pouvoir representer le port et la decence de nostre noblesse, cherchent à se recommander par des saults perilleux, et aultres mouvements estranges et basteleresques ; et les dames ont meilleur marché de leur contenance aux dances où il y a diverses descouppures et agitations de corps, qu'en certaines aultres dances de parade, où elles n'ont simplement qu'à marcher un pas naturel, et representer un port naïf et leur grace ordinaire : et comme i'ay veu aussi les badins excellents, vestus en leur à touts les iours[2] et en une contenance commune, nous donner tout le plaisir qui se peult tirer de leur art ; les apprentifs et qui ne sont de si haulte leçon, avoir besoing de s'enfariner le visage, de se travestir, se contrefaire en mouvements de grimaces sauvages pour nous apprester à rire. Cette mienne conception se recognoist mieulx, qu'en tout aultre lieu, en la comparaison de l'Aeneïde et du Furieux[3] : celuy là on le voit aller à tire d'aile, d'un vol hault et ferme, suivant tousiours sa poincte ; cettuy cy voleter et saulteler de conte en conte, comme de branche en branche, ne se fiant à ses ailes que pour une bien courte traverse, et prendre pied à chasque bout de champ, de peur que l'haleine et la force luy faille ;

Excursusque breves tentat[4].

Voylà doncques, quant à cette sorte de subiects, les aucteurs qui me plaisent le plus.

Quant à mon aultre leçon, qui mesle un peu plus de fruict au plaisir, par où i'apprends à ranger mes opinions et conditions, les livres qui m'y servent, c'est Plutarque, depuis qu'il est françois, et Seneque. Ils ont touts deux cette notable commodité pour mon humeur, que la science que i'y cherche y est traictee à pieces descousues, qui ne demandent pas l'obligation d'un long travail, de quoy ie suis incapable : ainsin sont les opuscules de Plutarque, et les epistres de Seneque, qui sont la plus belle partie de leurs escripts et la plus proufitable. Il ne fault pas grande entreprinse pour m'y mettre ; et les quitte où il me plaist : car elles n'ont point de suitte et dependance des unes aux aultres. Ces aucteurs se rencontrent en la pluspart des opinions utiles et vrayes ; comme aussi leur fortune les feit naistre environ mesme siecle ; touts deux precepteurs de deux empereurs romains ; touts deux venus de païs estranger ; touts deux riches et puissants. Leur instruction est de la cresme de la philosophie, et presentee d'une simple façon, et pertinente. Plutarque est plus uniforme et constant ; Seneque plus ondoyant et divers : Cettuy cy se peine, se roidit et se tend, pour armer la vertu contre la foiblesse, la crainte et les vicieux appetits ; L'aultre semble n'estimer pas tant leurs efforts, et desdaigner d'en haster son pas et se mettre sur sa garde : Plutarque a les opinions platoniques, doulces et accommodables à la société civile ; L'aultre les a stoïcques et epicuriennes, plus esloingnees de l'usage commun, mais, selon moy, plus commodes en particulier et plus fermes : Il paroist eu Seneque qu'il preste un peu à la tyrannie des empereurs de son temps, car ie tiens pour certain que c'est d'un iugement forcé qu'il condemne la cause de ces genereux meurtriers de Cesar ; Plutarque est libre par tout : Seneque est plein de poinctes et saillies ; Plutarque, de choses : Celuy là vous eschauffe plus et vous esmeut ; Cettuy cy vous contente davantage et vous paye mieulx ; il nous guide, l'aultre nous poulse.

Quant à Cicero, les ouvrages qui me peuvent servir chez luy à mon desseing, ce sont ceulx qui traictent de la philosophie, specialement morale. Mais, à confesser hardiment la verité (car, puisqu'on a franchi les barrieres de l'impudence, il n'y a plus de bride), sa façon d'escrire me semble ennuyeuse ; et toute aultre pareille façon : car ses prefaces, definitions, partitions, etymologies, con-

---

(1) Il n'avoit pas de grands efforts à faire : le sujet mesme lui tenoit lieu d'esprit. MARTIAL, *Preface du liv. VIII.*
(2) *A leur ordinaire.* — (3) L'*Orlando furioso* de l'Arioste.
(4) Il tente de petites courses. VIRG., *Géorg.*, IV. 194.

sument la plus part de son ouvrage; ce qu'il y a de vif et de mouelle est estouffé par ses longueries d'apprets. Si i'ay employé une heure à le lire, qui est beaucoup pour moy, et que ie ramentoive ce que i'en ay tiré de suc et de substance, la plus part du temps ie n'y treuve que du vent; car il n'est pas encores venu aux arguments qui servent à son propos, et aux raisons qui touchent proprement le nœud que ie cherche. Pour moy, qui ne demande qu'à devenir plus sage, non plus sçavant ou eloquent, ces ordonnances logiciennes et aristoteliques ne sont pas à propos; ie veulx qu'on commence par le dernier poinct: i'entends assez que c'est que Mort et Volupté; qu'on ne s'amuse pas à les anatomizer. Ie cherche des raisons bonnes et fermes, d'arrivee, qui m'instruisent à en soustenir l'effort; ny les subtilitez grammairiennes, ny l'ingenieuse contexture de paroles et d'argumentations, n'y servent. Ie veulx des discours qui donnent la premiere charge dans le plus fort du doubte: les siens languissent autour du pot; ils sont bons pour l'eschole, pour le barreau et pour le sermon, où nous avons loysir de sommeiller, et sommes encores, un quart d'heure aprez, assez à temps pour en retrouver le fil. Il est besoing de parler ainsin aux iuges qu'on veult gaigner à tort ou à droict, aox enfants et au vulgaire à qui il fault tout dire, et veoir ce qui portera. Ie ne veulx pas qu'on s'employe à me rendre attentif, et qu'on me crie cinquante fois, « Or oyez! » à la mode de nos heraults: les Romains disoient en leur religion, *Hoc age*, que nous disons en la nostre, *Sursum corda*: ce sont autant de paroles perdues pour moy; i'y viens tout preparé du logis. Il ne me fault point d'alleichement ny de saulse; ie mange bien la viande toute crue: et au lieu de m'aiguiser l'appetit par ces preparatoires et avant ieux, on me le lasse et affadit. La licence du temps m'excusera elle de cette sacrilege audace, d'estimer aussi traisnants les dialogismes de Platon mesme, estouffant par trop sa matiere; et de plaindre le temps que met à ces longues interlocutions vaines et preparatoires un homme qui avoyt tant de meilleures choses à dire? mon ignorance m'excusera mieulx, sur ce que ie ne veoy rien en la beaulté de son langage. Ie demande en general les livres qui usent des sciences, non ceulx qui les dressent. Les deux premiers[1], et Pline, et leurs semblables, ils n'ont point de *Hoc age*; ils veulent avoir à faire à gents qui s'en soyent advertis eulx mesmes: ou s'ils en ont, c'est un *Hoc age* substantiel, et qui a son corps à part. Ie veoy aussi volontiers les espistres *ad Atticum*, non seulement parce qu'elles contiennent une tresample instruction de l'histoire et af-

faires de son temps; mais beaucoup plus pour y descouvrir ses humeurs privees: car i'ay une singuliere curiosité, comme i'ay dict ailleurs, de cognoistre l'ame et les naïfs iugements de mes aucteurs. Il fault bien iuger leur suffisance, mais non pas leurs mœurs ny eulx, par cette montre de leurs escripts qu'ils etalent au theatre du monde. I'ay mille fois regretté que nous ayons perdu le livre que Brutus avoyt escript De la vertu: car il faict beau apprendre la theorique de ceulx qui sçavent bien la practique. Mais d'autant que c'est aultre chose le presche, que le prescheur, i'aime bien autant veoir Brutus chez Plutarque, que chez luy mesme: ie choisirois plustost de sçavoir au vray les devis qu'il tenoit en sa tente à quelqu'un de ses privez amys, la veille d'une bataille, que les propos qu'il teint le lendemain à son armee; et ce qu'il faisoit en son cabinet et en sa chambre, que ce qu'il faisoit emmy la place et au senat. Quant à Cicero, ie suis du iugement commun, que, hors la science, il n'y avoyt pas beaucoup d'excellence en son ame: il estoit bon citoyen, d'une nature debonnaire, comme sont volontiers les hommes gras et gosseurs, tel qu'il estoit; mais de mollesse, et de vanité ambitieuse, il en avoyt, sans mentir, beaucoup. Et si ne sçay comment l'excuser d'avoir estimé sa poësie digne d'estre mise en lumiere: ce n'est pas grande imperfection que de faire mal des vers; mais c'est imperfection de n'avoir pas senty combien ils estoient indignes de la gloire de son nom. Quant à son eloquence, elle est du tout hors de comparaison: ie croy que iamais homme ne l'egualera. Le ieune Cicero, qui n'a ressemblé son pere que de nom, commandant en Asie, il se trouva un iour en sa table plusieurs estrangers, et entre aultres Cestius, assis au bas bout, comme on se fourre souvent aux tables ouvertes des grands. Cicero s'informa qui il estoit à l'un de ses gents, qui luy dict son nom: mais, comme celuy qui songeoit ailleurs, et qui oublioit ce qu'on luy respondoit, il le luy redemanda encores, depuis, deux ou trois fois. Le serviteur, pour n'estre plus en peine de luy redire si souvent mesme chose, et pour le luy faire cognoistre par quelque circonstance, « C'est, dict il, ce Cestius, de qui on vous a dict qu'il ne faict pas grand estat de l'eloquence de vostre pere, au pris de la sienne. » Cicero, s'estant soubdain picqué de cela, commanda qu'on empoignast ce pauvre Cestius, et le feist tresbien fouetter en sa presence. Voylà un mal courtois hoste! Entre ceulx mesmes qui ont estimé, toutes choses comptees, cette

[1] Plutarque et Séneque.

sienne eloquence incomparable, il y en a eu qui n'ont pas laissé d'y remarquer des faultes; comme ce grand Brutus, son amy, disoit que c'estoit une eloquence cassee et esrenee, *fractam et elumbem*. Les orateurs voysins de son siecle, reprenoient aussi en luy ce curieux soing de certaine longue cadence au bout de ses clauses, et notoient ces mots *esse videatur*, qu'il y employe si souvent. Pour moy, i'aime mieulx une cadence qui tumbe plus court, coúppee en ïambes. Si mesle il parfois bien rudement ses nombres, mais rarement; i'en ay remarqué ce lieu à mes aureilles: *Ego vero me minus diu senem esse mallem, quam esse senem ante, quam essem* [1].

Les historiens sont ma droicte balle; car ils sont plaisans et aysez; et quand et quand l'homme en general, de qui ie cherche la cognoissance, y paroist plus vif et plus entier qu'en nul aultre lieu; la varieté et verité de ses conditions internes, en gros et en detail, la diversité des moyens de son assemblage, et des accidents qui le menacent. Or ceulx qui escrivent les vies, d'autant qu'ils s'amusent plus aux conseils qu'aux evenements, plus à ce qui part du dedans qu'à ce qui arrive au dehors, ceulx là me sont plus propres: voylà pourquoy, en toutes sortes, c'est mon homme que Plutarque. Ie suis bien marry que nous n'ayons une douzaine de Laertius, ou qu'il ne soit plus estendu, ou plus entendu: car ie suis pareillement curieux de cognoistre les fortunes et la vie de ces grands precepteurs du monde, comme de cognoistre la diversité de leurs dogmes et fantasies. En ce genre d'estude des histoires, il fault feuilleter, sans distinction, toutes sortes d'aucteurs et vieils et nouveaux, et barragouins et françois, pour y apprendre les choses de quoy diversement ils traictent. Mais Cesar singulierement me semble meriter qu'on l'estudie, non pour la science de l'histoire seulement, mais pour luy mesme: tant il a de perfection et d'excellence par dessus touts les aultres, quoyque Salluste soit du nombre. Certes, ie lis cet aucteur avec un peu plus de reverence et de respect, qu'on ne lit les humains ouvrages; tantost le considerant luy mesme par ses actions et le miracle de sa grandeur; tantost la pureté et inimitable polissure de son langage, qui a surpassé non seulement touts les historiens, comme dict Cicero, mais à l'adventure Cicero mesme: avecques tant de sincerité en ses iugements, parlant de ses ennemys, que, sauf les faulses couleurs de quoy il veult couvrir sa mauvaise cause et l'ordure de sa pestilente ambition, ie pense qu'en cela seul on y puisse trouver à redire qu'il a esté trop espargnant à parler de

soy; car tant de grandes choses ne peuvent avoir esté executees par luy, qu'il n'y soit allé beaucoup plus du sien qu'il n'y en met.

I'aime les historiens ou fort simples, ou excellents. Les simples, qui n'ont point de quoy y mesler quelque chose du leur, et qui n'y apportent que le soing et la diligence de r'amasser tout ce qui vient à leur notice, et d'enregistrer, à la bonne foy, toutes choses sans chois et sans triage, nous laissent le iugement entier pour la cognoissance de la verité: tel est entre aultres, pour exemple, le bon Froissard, qui a marché, en son entreprinse, d'une si franche naïfveté, qu'ayant faict une faulte, il ne craint aulcunement de la recognoistre et corriger en l'endroict où il en a esté adverty, et qui nous represente la diversité mesme des bruits qui couroient, et les differents rapports qu'on luy faisoit: c'est là la matiere de l'histoire nue et informe; chascun en peut faire son proufit autant qu'il a d'entendement. Les biens excellents ont la suffisance de choisir ce qui est digne d'estre sceu; peuvent trier, de deux rapports, celuy qui est plus vraysemblable; de la condition des princes et de leurs humeurs, ils en concluent les conseils, et leur attribuent les paroles convenables: ils ont raison de prendre l'auctorité de regler nostre creance à la leur; mais, certes, cela n'appartient à gueres de gents. Ceulx d'entre deux (qui est la plus commune façon) nous gastent tout; ils veulent nous mascher les morceaux; ils se donnent loy de iuger, et par consequent d'incliner l'histoire à leur fantasie; car, depuis que le iugement pend d'un costé, on ne se peult garder de contourner et tordre la narration à ce biais: ils entreprennent de choisir les choses dignes d'estre sceues, et nous cachent souvent telle parole, telle action privee, qui nous instruiroit mieulx; obmettent, pour choses incroyables, celles qu'ils n'entendent pas, et peut estre encores telle chose, pour ne la sçavoir dire en bon latin ou françois. Qu'ils estalent hardiment leur eloquence et leur discours, qu'ils iugent à leur poste: mais qu'ils nous laissent aussi de quoy iuger aprez eulx; et qu'ils n'alterent ny dispensent, par leurs racourciments et par leur chois, rien sur le corps de la matiere, ains qu'ils nous la r'envoyent pure et entiere en toutes ses dimensions.

Le plus souvent on trie, pour cette charge, et notamment en ces siecles icy, des personnes d'entre le vulgaire, pour cette seule consideration de sçavoir bien parler; comme si nous cherchions d'y ap-

[1] Pour moi, j'aimerois mieux être vieux moins long-temps que de vieillir avant la vieillesse. Cic., *de Senectute*, c. 10.

prendre la grammaire : et eulx ont raison, n'ayants esté gagez que pour cela, et n'ayants mis en vente que le babil, de ne se soulcier aussi principalement que de cette partie ; ainsin, à force beaux mots, ils nous vont pastissant une belle contexture des bruits qu'ils r'amassent ez carrefours des villes. Les seules bonnes histoires sont celles qui ont esté escriptes par ceulx mesmes qui commandoient aux affaires, ou qui estoient participants à les conduire, ou au moins qui ont eu la fortune d'en conduire d'aultres de mesme sorte : telles sont quasi toutes les grecques et romaines ; car plusieurs tesmoings oculaires ayants escript de mesme subiect (comme il advenoit en ce temps là, que la grandeur et le sçavoir se rencontroient communement), s'il y a de la faulte, elle doibt estre merveilleusement legiere, et sur un accident fort doubteux. Que peult on esperer d'un medecin traictant de la guerre, ou d'un escholier traictant les desseings des princes ? Si nous voulons remarquer la religion que les Romains avoyent en cela, il n'en fault que cet exemple : Asinius Pollio trouvoit ez histoires mesme de Cesar quelque mescompte en quoy il estoit tumbé, pour n'avoir peu iecter les yeulx en touts les endroicts de son armee, et en avoir creu les particuliers qui luy rapportoient souvent des choses non assez verifiees ; ou bien pour n'avoir esté assez curieusement adverty par ses lieutenants des choses qu'ils avoyent conduictes en son absence. On peult voir, par là, si cette recherche de la verité est delicate, qu'on ne se puisse pas fier d'un combat à la science de celuy qui a commandé, ny aux soldats, de ce qui s'est passé prez d'eulx, si, à la mode d'une information iudiciaire, on ne confronte les tesmoings et receoit les obiects sur la preuve des ponctilles de chasque accident. Vrayement la cognoissance que nous avons de nos affaires est bien plus lasche : mais cecy a esté suffisamment traicté par Bodin, et selon ma conception.

Pour subvenir un peu à la trahison de ma memoire, et à son default, si extreme, qu'il m'est advenu plus d'une fois de reprendre en main des livres comme recents et à moy incogneus, que i'avoy leu soigneusement quelques annees auparavant, et barbouillé de mes notes, i'ay prins en coustume, depuis quelque temps, d'adiouster au bout de chasque livre (ie dy de ceulx desquels ie ne me veulx servir qu'une fois) le temps auquel i'ay achevé de le lire, et le ingement que i'en ay retiré en gros ; à fin que cela me represente au moins l'air et idee generale que i'avoy conceu de l'aucteur en le lisant. Ie veulx icy transcrire aulcune de ces annotations.

Voicy ce que ie meis, il y a environ dix ans, en mon Guicciardin, ( car, quelque langue que parlent mes livres, ie leur parle en la mienne) : « Il est historiographe diligent, et duquel, à mon advis, autant exactement que de nul aultre, on peult apprendre la verité des affaires de son temps : aussi, en la plus part, en a il esté acteur luy mesme, et en reng honnorable. Il n'y a aulcune apparence que par haine, faveur ou vanité, il ayt desguisé les choses ; de quoy font foy les libres iugements qu'il donne des grands, et notamment de ceulx par lesquels il avoyt esté advancé et employé aux charges, comme du pape Clement septiesme. Quant à la partie de quoy il semble se vouloir prevaloir le plus, qui sont ses digressions et discours, il y en a de bons et enrichis de beaux traicts : mais il s'y est trop pleu ; car, pour ne vouloir rien laisser à dire, ayant un subiect si plein et ample, et à peu prez infiny, il en devient lasche, et sentant un peu le cacquet scholastique. I'ay aussi remarqué cecy, que de tant d'ames et d'effects qu'il iuge, de tant de mouvements et conseils, il n'en rapporte iamais un seul à la vertu, religion et conscience, comme si ces parties là estoient du tout esteinctes au monde ; et de toutes les actions, pour belles par apparence qu'elles soient d'elles mesmes, il en reiecte la cause à quelque occasion vicieuse ou à quelque proufit. Il est impossible d'imaginer que, parmy cet infiny nombre d'actions de quoy il iuge, il n'y en ayt eu quelqu'une produicte par la voye de la raison : nulle corruption peult avoir saisi les hommes si universellement, que quelqu'un n'eschappe de la contagion. Cela me faict craindre qu'il y aye un peu du vice de son goust ; et peult estre advenu qu'il ayt estimé d'aultruy selon soy. »

Et mon Philippe de Comines, il y a cecy : « Vous y trouverez le langage doulx et agreable, d'une naïfve simplicité ; la narration pure, et en laquelle la bonne foy de l'aucteur reluit evidemment, exempte de vanité parlant de soy, et d'affection et d'envye parlant d'aultruy ; ses discours et enhortements [1] accompaignez plus de bon zele et de verité, que d'aulcune exquise suffisance ; et, tout par tout, de l'auctorité et gravité, representant son homme de bon lieu, et eslevé aux grands affaires. »

Sur les Memoires de monsieur du Bellay : « C'est tousiours plaisir de veoir les choses escriptes par ceulx qui ont essayé comme il les fault conduire ; mais il ne se peult nier qu'il ne se descouvre evidemment, en ces deux seigneurs icy [2], un grand

---

[1] De *enhorter*, qui signifie *exhorter, encourager*.
[2] Guillaume et Martin DU BELLAY.

deschet de la franchise et liberté d'escrire, qui reluit ez anciens de leur sorte, comme au sire de Iouinville, domestique de sainct Louys, Eginard, chancelier de Charlemaigne, et, de plus fresche memoire, en Philippe de Comines. C'est icy plustost un plaidoyer pour le roy François, contre l'empereur Charles cinquiesme, qu'une histoire. Ie ne veulx pas croire qu'ils ayent rien changé quant au gros du faict; mais, de contourner le iugement des evenements, souvent contre raison, à nostre advantage, et d'obmettre tout ce qu'il y a de chatouilleux en la vie de leur maistre, ils en font mestier : tesmoing les reculements de messieurs de Montmorency et de Biron, qui y sont oubliez; voire le seul nom de madame d'Estampes ne s'y treuve point. On peult couvrir les actions secrettes; mais de taire ce que tout le monde sçait, et les choses qui ont tiré des effects publicques et de telle consequence, c'est un default inexcusable. Somme, pour avoir l'entiere cognoissance du roy François et des choses advenues de son temps, qu'on s'addresse ailleurs, si on m'en croit. Ce qu'on peult faire ici de proufit, c'est par la deduction particuliere des battailles et exploicts de guerre où ces gentilshommes se sont trouvez; quelques paroles et actions privees d'aulcuns princes de leur temps; et les practiques et negociations conduictes par le seigneur de Langeay, où il y a tout plein de choses dignes d'estre sceues, et des discours non vulgaires. »

---

# CHAPITRE XI.

### De la cruauté.

Il me semble que la vertu est chose aultre, et plus noble, que les inclinations à la bonté qui naissent en nous. Les ames reglees d'elles mesmes et bien nees, elles suivent mesme train, et representent, en leurs actions, mesme visage que les vertueuses : mais la vertu sonne ie ne sçay quoy de plus grand et de plus actif que de se laisser, par une heureuse complexion, doulcement et paisiblement conduire à la suitte de la raison. Celuy qui, d'une doulceur et facilité naturelle, mepriseroit les offenses receues, feroit chose tresbelle et digne de louange : mais celuy qui, picqué et oultré iusques au vif d'une offense, s'armeroit des armes de la raison contre ce furieux appetit de vengeance, et, aprez un grand conflict, s'en rendroit enfin maistre, feroit sans doubte beaucoup plus. Celuy là feroit bien; et cettuy cy, vertueusement : l'une action se pourroit dire bonté; l'aultre, vertu; car il

semble que le nom de la vertu presuppose de la difficulté et du contraste, et qu'elle ne peult s'exercer sans partie [1]. C'est à l'adventure pourquoy nous nommons Dieu, bon, fort, et liberal, et iuste, mais nous ne le nommons pas *vertueux* ; ses operations sont toutes naïfves et sans effort. Des philosophes, non seulement stoïciens, mais encores epicuriens (et cette enchere ie l'emprunte de l'opinion commune, qui est fausse, quoy que die ce subtil rencontre d'Arcesilaus à celuy qui luy reprochoit que beaucoup de gents passoient de son eschole en l'epicurienne, mais iamais au rebours : « Ie croy bien : des coqs il se faict des chappons assez; mais des chappons il ne s'en faict iamais des coqs: » car, à la verité, en fermeté et rigueur d'opinions et de preceptes, la secte epicurienne ne cede aulcunement à la stoïque; et un stoïcien, recognoissant [2] meilleure foy que ces disputateurs, qui, pour combattre Epicurus et se donner beau ieu, luy font dire à quoy il ne pensa iamais, contournants ses paroles à gauche, argumentants par la loy grammairienne aultre sens de sa façon de parler, et aultre creance que celle qu'ils sçavent qu'il avoyt en l'ame et en ses mœurs, dict qu'il a laissé d'estre epicurien pour cette consideration entre aultres, qu'il treuve leur route trop haultaine et inaccessible : *et ii, qui φιλήδονοι vocantur, sunt φιλόκαλοι et φιλοδίκαιοι, omnesque virtutes et colunt, et retinent* [3]) : des philosophes stoïciens et epicuriens, dy ie, il y en a plusieurs qui ont iugé que ce n'estoit pas assez d'avoir l'ame en bonne assiette, bien reglee et bien disposee à la vertu; ce n'estoit pas assez d'avoir nos resolutions et nos discours au dessus de touts les efforts de fortune ; mais qu'il falloit encores rechercher les occasions d'en venir à la preuve : ils veulent quester de la douleur, de la necessité, et du mespris, pour les combattre, et pour tenir leur ame en haleine : *multum sibi adiicit virtus lacessita* [4]. C'est l'une des raisons pourquoy Epaminondas, qui estoit encores d'une tierce secte [5], refuse des richesses que la fortune luy met en main par une voye treslegitime, pour avoir, dict il, à s'escrimer contre la pauvreté, en laquelle extreme il se maintient tousiours. Socrates s'essayoit, ce me semble, encores plus rudement, conservant pour son exercice la malignité de sa femme, qui est un essay à fer esmoulu. Metellus, ayant, seul de touts les senateurs romains, entreprins, par l'effort de

(1) *Sans partie adverse, sans opposition.* — (2) *Montrant.*
(3) *Car ceux qu'on appelle amoureux de la volupté sont en effet amoureux de l'honnêteté et de la justice, et ils respectent et pratiquent toutes les vertus.* Cic., *Epist. fam.*, XV, 19.
(4) *La vertu se perfectionne par les combats.* Sén., *Epist.* 13.
(5) *La pythagoricienne.*

sa vertu, de soustenir la violence de Saturninus, tribun du peuple à Rome, qui vouloyt à toute force faire passer une loy iniuste en faveur de la commune [1], et ayant encouru par là les peines capitales que Saturninus avoyt establies contre les refusants, entretenoit ceulx qui en cette extremité le conduisoient en la place, de tels propos : « Que c'estoit chose trop facile et trop lasche que de mal faire; et Que de faire bien où il n'y eust point de danger, c'estoit chose vulgaire : mais De faire bien où il y eust danger, c'estoit le propre office d'un homme de vertu. Ces paroles de Metellus nous representent bien clairement ce que ie vouloy verifier, que la vertu refuse la facilité pour compaigne; et que cette aysee, doulce et penchante voye, par où se conduisent les pas reglez d'une bonne inclination de nature, n'est pas celle de la vraye vertu: elle demande un chemin aspre et espineux; elle veult avoir, ou des difficultez estrangeres à luicter, comme celle de Metellus, par le moyen desquelles fortune se plaist à luy rompre la roideur de sa course, ou des difficultez internes que luy apportent les appetits desordonnez et imperfections de nostre condition.

Ie suis venu iusques icy bien à mon ayse: mais, au bout de ce discours, il me tumbe en fantasie que l'ame de Socrates, qui est la plus parfaicte qui soit venue à ma cognoissance, seroit, à mon compte, une ame de peu de recommandation : car ie ne puis concevoir en ce personnage aulcun effort de vicieuse concupiscence; au train de sa vertu, ie n'y puis imaginer aulcune difficulté ny aulcune contraincte; ie cognoy sa raison si puissante et si maistresse chez luy, qu'elle n'eust iamais donné moyen à un appetit vicieux seulement de naistre; à une vertu si eslevee que la sienne, ie ne puis rien mettre en teste; il me semble la voir marcher d'un victorieux pas et triumphant, en pompe et à son ayse, sans empeschement ne destourbier [2]. Si la vertu ne peult luire que par le combat des appetits contraires, dirons nous doncques qu'elle ne se puisse passer de l'assistance du vice, et qu'elle luy doibve cela, d'en estre mise en credit et en honneur? que deviendroit aussi cette brave et genereuse volupté epicurienne, qui faict estat de nourrir mollement en son giron et y faire folastrer la vertu, luy donnant pour ses iouets la honte, les fiebvres, la pauvreté, la mort et les gehennes? Si ie presuppose que la vertu parfaicte se cognoist à combattre et porter patiemment la douleur, à soustenir les efforts de la goutte sans s'esbranler de son assiette; si ie luy donne pour son obiect necessaire l'aspreté et la difficulté : que deviendra la vertu qui sera montee à tel poinct, que de non seulement mespriser la dou-

leur, mais de s'en esiouyr, et de se faire chatouiller aux poinctes d'une forte cholique; comme est celle que les epicuriens ont establie, et de laquelle plusieurs d'entre eulx nous ont laissé par leurs actions des preuves trescertaines? comme ont bien d'aultres, que ie treuve avoir surpassé par effect les regles mesmes de leur discipline; tesmoing le ieune Cato: quand ie le veoy mourir et se deschirer les entrailles, ie ne me puis contenter de croire simplement qu'il eust lors son ame exempte totalement de trouble et d'effroy; ie ne puis croire qu'il se mainteint seulement en cette desmarche, que les regles de la secte stoïcque luy ordonnoient, rassise, sans esmotion et impassible; il y avoyt, ce me semble, en la vertu de cet homme trop de gaillardise et de verdeur pour s'en arrester là: ie croy sans doubte qu'il sentit du plaisir et de la volupté en une si noble action, et qu'il s'y agrea plus qu'en aultre de celles de sa vie: *Sic abiit e vita, ut causam moriendi nactum se esse gauderet* [3]. Ie le croy si avant, que i'entre en doubte s'il eust voulu que l'occasion d'un si bel exploict luy feust ostee; et, si la bonté qui luy faisoit embrasser les commoditez publicques plus que les siennes ne me tenoit en bride, ie tumberois aysement en cette opinion, Qu'il sçavoit bon gré à la fortune d'avoir mis sa vertu à une si belle espreuve, et d'avoir favorisé ce brigand [4] à fouler aux pieds l'ancienne liberté de sa patrie. Il me semble lire en cette action ie ne sçay quelle esiouyssance de son ame, et une esmotion de plaisir extraordinaire et d'une volupté virile, lorsqu'elle consideroit la noblesse et haulteur de son entreprinse:

*Deliberata morte ferocior* [5];

non pas aiguisee par quelque esperance de gloire, comme les iugements populaires et effeminez d'aulcuns hommes ont iugé (car cette consideration est trop basse pour toucher un cœur si genereux, si haultain et si roide); mais pour la beaulté de la chose mesme en soy, laquelle il veoyoit bien plus claire et en sa perfection, luy qui en manioit les ressorts, que nous ne pouvons faire. La philosophie m'a faict plaisir de iuger qu'une si belle action eust esté indecemment logee en toute aultre vie qu'en celle de Cato, et qu'à la sienne seule il appartenoit de finir ainsin : pourtant ordonna il, selon raison, et à son fils et aux senateurs qui l'ac-

(1) *Du peuple*, ou *des plébéiens*.
(2) *Ni trouble*, du latin *disturbare*.
(3) Il sortit de la vie, heureux d'avoir trouvé un motif pour se donner la mort. Cic., *Tusc. quæst.*, I, 30. — (4) César.
(5) Plus fière, parce qu'elle avoit résolu de mourir. Hor., *Od.*, I, 37, 29.

compaignoient, de prouveoir aultrement à leur faict. *Catoni quum incredibilem natura tribuisset gravitatem, eamque ipse perpetua constantia roboravisset, semperque in proposito consilio permansisset, moriendum potius, quam tyranni vultus adspiciendus, erat*[1]. Toute mort doibt estre de mesme sa vie : nous ne devenons pas aultres pour mourir. l'interprete tousiours la mort par la vie : et, si on m'en recite quelqu'une, forte par apparence, attachée à une vie foible, ie tiens qu'elle est produicte de cause foible, et sortable à sa vie. L'aisance doncques de cette mort, et cette facilité qu'il avoyt acquise par la force de son ame, dirous nous qu'elle doibve rabattre quelque chose du lustre de sa vertu ? Et qui, de ceulx qui ont la cervelle tant soit peu teincte de la vraye philosophie, peult se contenter d'imaginer Socrates, seulement franc de crainte et de passion en l'accident de sa prison, de ses fers et de sa condemnation ? et qui ne recognoist en luy non seulement de la fermeté et de la constance (c'estoit son assiette ordinaire que celle là), mais encores ie ne sçay quel contentement nouveau, et une alaigresse eniouee en ses propos et façons dernieres ? A ce tressaillir, du plaisir qu'il sent à gratter sa iambe aprez que les fers en furent hors, accuse il pas une pareille doulceur et ioye en son ame pour estre desenforgee[2] des incommoditez passees, et à mesme d'entrer en cognoissance des choses à venir ? Cato me pardonnera, s'il luy plaist ; sa mort est plus tragique et plus tendue, mais cette cy est encores, ie ne sçay comment, plus belle. Aristippus, à ceulx qui la plaignoient, « Les dieux m'en envoyent une telle ! » dict il. On veoid aux ames de ces deux personnages[3] et de leurs imitateurs (car, de semblables, ie fois grand doubte qu'il y en ayt eu), une si parfaicte habitude à la vertu, qu'elle leur est passee en complexion. Ce n'est plus vertu penible, ny des ordonnances de la raison, pour lesquelles maintenir il faille que leur ame se roidisse ; c'est l'essence mesme de leur ame, c'est son train naturel et ordinaire ; ils l'ont rendue telle par un long exercice des principes de la philosophie, ayants rencontré une belle et riche nature : les passions vicieuses, qui naissent en nous, ne treuvent plus par où faire entree en eulx ; la force et roideur de leur ame estouffe et esteinct les concupiscences aussitost qu'elles commencent à s'esbranler.

Or qu'il ne soit plus beau, par une haulte et divine resolution, d'empescher la naissance des tentations, et de s'estre formé à la vertu, de maniere que les semences mesmes des vices en soyent desracinees, que d'empescher à vifve force leur

progrez, et, s'estant laissé surprendre aux esmotions premieres des passions, s'armer et se bander pour arrester leur course et les vaincre ; et que ce second effect ne soit encores plus beau que d'estre simplement garny d'une nature facile et debonnaire, et desgoutee par soy mesme de la desbauche et du vice, ie ne pense point qu'il y ayt doubte : car cette tierce et derniere façon, il semble bien qu'elle rende un homme innocent, mais non pas vertueux ; exempt de mal faire, mais non assez apte à bien faire : ioinct que cette condition est si voysine à l'imperfection et à la foiblesse, que ie ne sçay pas bien comment en desmesler les confins et les distinguer ; les noms mesmes de Bonté et d'Innocence sont à cette cause aulcunement noms de mespris. Ie veoy que plusieurs vertus, comme la chasteté, sobrieté et temperance, peuvent arriver à nous par defaillance corporelle ; la fermeté aux dangers (si fermeté il la fault appeller), le mespris de la mort, la patience aux infortunes, peuvent venir et se treuvent souvent aux hommes par faulte de bien iuger de tels accidents, et ne les concevoir tels qu'ils sont : là faulte d'apprehension et la bestise contrefont ainsin par fois les effects vertueux ; comme i'ay veu souvent advenir qu'on a loué des hommes de ce de quoy ils meritoient du blasme. Un seigneur italien tenoit une fois ce propos en ma presence, au desadvantage de sa nation : Que la subtilité des Italiens et la vivacité de leurs conceptions estoit si grande, qu'ils prevoyoient les dangers et accidents qui leur pouvoient advenir, de si loing, qu'il ne falloit pas trouver estrange si on les veoyoit souvent à la guerre prouveoir à leur seureté, voire avant que d'avoir recogneu le peril : Que nous et les Espaignols, qui n'estions pas si fins, allions plus oultre ; et qu'il nous falloit faire veoir à l'œil, et toucher à la main le danger, avant que de nous en effroyer ; et que lors aussi nous n'avions plus de tenue : mais que les Allemans et les Souysses, plus grossiers et plus lourds, n'avoyent le sens de se radviser, à peine lors mesme qu'ils estoient accablez soubs les coups. Ce n'estoit à l'adventure que pour rire. Si est il bien vray qu'au mestier de la guerre, les apprentifs se iectent bien souvent aux hazards, d'aultre inconsideration qu'ils ne font aprez y avoir esté eschauldez :

(1) Caton, qui avoit reçu de la nature une sévérité inflexible, et qui, toujours inébranlable dans ses principes et ses devoirs, avoit fortifié par l'habitude la fermeté de son caractère, Caton dut mourir plutôt que de soutenir l'aspect d'un tyran. Cic., de Officiis. I, 31.
(2) Désentravée, dégagée. — (3) Socrate et Caton.

Haud ignarus... quantum nova gloria in armis,
Et prædulce decus, primo certamine, possit[1].

Voylà pourquoy, quand on iuge d'une action particuliere, il fault considerer plusieurs circonstances, et l'homme tout entier qui l'a produicte, avant la baptizer.

Pour dire un mot de moy mesme : i'ay veu quelquesfois mes amys appeller prudence en moy ce qui estoit fortune ; et estimer advantage de courage et de patience ce qui estoit advantage de iugement et opinion; et m'attribuer un tiltre pour aultre, tantost à mon gaing, tantost à ma perte. Au demourant, il s'en fault tant que ie sois arrivé à ce premier et plus parfaict degré d'excellence, où de la vertu il se faict une habitude, que du second mesme ie n'en ay faict gueres de preuves. Ie ne me suis mis en grand effort pour brider les desirs de quoy ie me suis trouvé pressé : ma vertu, c'est une vertu, ou innocence, pour mieulx dire, accidentale et fortuite. Si ie feusse nay d'une complexion plus desreglee, ie crains qu'il feust allé piteusement de mon faict ; car ie n'ay essayé gueres de fermeté en mon ame pour soustenir des passions, si elles eussent esté tant soit peu vehementes : ie ne sçay point nourrir des querelles et du desbat chez moy. Ainsin, ie ne puis dire nul grand mercy de quoy ie me treuve exempt de plusieurs vices.

Si vitiis mediocribus et mea paucis
Mendosa est natura, alioqui recta; velut si
Egregio inspersos reprehendas corpore nævos[2]:

ie le dois plus à ma fortune qu'à ma raison. Elle m'a faict naistre d'une race fameuse en preud'hommie, et d'un tresbon pere : ie ne sçay s'il a escoulé en moy partie de ses humeurs, ou bien si les exemples domestiques, et la bonne institution de mon enfance, y ont insensiblement aydé, ou si ie suis aultrement ainsin nay,

Seu Libra, seu me Scorpius adspicit
Formidolosus, pars violentior
Natalis horæ, seu tyrannus
Hesperiæ Capricornus undæ[3]:

mais tant y a que la pluspart des vices, ie les ay de moy mesme en horreur. Le mot d'Antisthenes à celuy qui luy demandoit le meilleur apprentissage : « Desapprendre le mal, » semble s'arrester à cette image. Ie les ay, dy ie, en horreur, d'une opinion si naturelle et si mienne, que ce mesme instinct et impression que i'en ay apporté de la nourrice, ie l'ay conservé sans qu'aulcunes occasions me l'ayent sceu faire alterer ; voire non pas mes discours propres, qui, pour s'estre desbandez en aul-

cunes choses de la route commune, me licencieroient ayseement à des actions que cette naturelle inclination me faict haïr. Ie diray un monstre ; mais ie le diray pourtant : ie treuve par là en plusieurs choses plus d'arrest et de regle en mes mœurs qu'en mon opinion ; et ma concupiscence moins desbauchee, que ma raison. Aristippus establit des opinions si hardies en faveur de la volupté et des richesses, qu'il meit en rumeur toute la philosophie à l'encontre de luy : mais, quant à ses mœurs, Dionysius le tyran luy ayant presenté trois belles garses, pour qu'il en feist le chois, il respondit qu'il les choisissoit toutes trois, et qu'il avoyt mal prins à Paris d'en preferer une à ses compaignes ; mais, les ayant conduictes à son logis, il les renvoya sans en taster. Son valet se trouvant surchargé en chemin de l'argent qu'il portoit aprez luy, il luy ordonna qu'il en versast et iectast là ce qui luy faschoit. Et Epicurus, duquel les dogmes sont irreligieux et delicats, se porta en sa vie tres-devotieusement et laborieusement : il escrit à un sien amy, qu'il ne vit que de pain bis et d'eau ; le prie de luy envoyer un peu de fromage, pour quand il voudra faire quelque sumptueux repas. Seroit il vray que, pour estre bon tout à faict, il nous le faille estre par occulte, naturelle et universelle proprieté, sans loy, sans raison, sans exemple ? Les desbordements ausquels ie me suis trouvé engagé, ne sont pas, Dieu mercy, des pires ; ie les ay bien condemnez chez moy selon qu'ils le valent, car mon iugement ne s'est pas trouvé infecté par eulx ; au rebours, ie les accuse plus rigoureusement en moy qu'en un aultre : mais c'est tout ; car, au demourant, i'y apporte trop peu de resistance, et me laisse trop ayseement pencher à l'aultre part de la balance, sauf pour les regler et empescher du meslange d'aultres vices, lesquels s'entretiennent et s'entr'enchaisnent pour la pluspart les uns aux aultres, qui ne s'en prend garde ; les miens, ie les ay retrenchez et contraincts les plus seuls et les plus simples que i'ay peu ;

Nec ultra

Errorem foveo[4].

Car, quant à l'opinion des stoïciens, qui disent,

(1) Ou sait ce que peut sur un jeune guerrier la soif de la gloire, et la douce espérance d'un premier triomphe. Virg., Æn., XI, 154.

(2) Si je n'ai que des défauts peu considérables et en petit nombre, comme quelques taches légères qui seroient éparses sur un beau visage, Hon., Sat., I, 6, 65.

(3) Soit que je sois né sous le signe de la Balance, ou sous celui du Scorpion, dont le regard est si terrible au moment de la naissance, ou sous le Capricorne, qui règne sur les mers d'Occident. Hon., Od., II, 17, 17.

(4) Hors de là, je ne suis pas vicieux. Juv., Sat., VIII, 164.

«Ie sage œuvrer, quand il œuvre, par toutes les vertus ensemble, quoyqu'il y en ayt une plus apparente, selon la nature de l'action; et à cela leur pourroit servir aulcunement la similitude du corps humain; car l'action de la cholere ne se peult exercer que toutes les humeurs ne nous y aydent, quoyque la cholere predomine : si de là ils veulent tirer pareille consequence, que quand le faultier fault, il fault par touts les vices ensemble, ie ne les en croy pas ainsin simplement, ou ie ne les entends pas; car ic sens par effect le contraire : ce sont subtilitez aiguës, insubstantielles, ausquelles la philosophie s'arreste par fois. Ie suis quelques vices; mais i'en fuys d'aultres autant que sçauroit faire un sainct. Aussi desadvouent les peripateticiens cette connexité et cousture indissoluble; et tient Aristote, qu'un homme prudent et iuste peult estre et intemperant et incontinent. Socrates advouoit à ceulx qui recognoissoient en sa physionomie quelque inclination au vice, que c'estoit, à la verité, sa propension naturelle, mais qu'il l'avoyt corrigee par discipline : et les familiers du philosophe Stilpo disoient qu'estant nay subiéct au vin et aux femmes, il s'estoit rendu par estude tresabstinent de l'un et de l'aultre.

Ce que i'ay de bien, ic l'ay, au rebours, par le sort de ma naissance; ie ne le tiens ny de loy, ny de precepte, ou aultre apprentissage : l'innocence qui est en moy est une innocence niaise; peu de vigueur, et point d'art. Ie hais, entre aultres vices, cruellement la cruauté, et par nature et par iugement, comme l'extreme de touts les vices; mais c'est iusques à telle mollesse, que ie ne veoy pas esgorger un poulet sans desplaisir, et ois impatiemment gemir un lievre soubs les dents de mes chiens, quoyque ce soit un plaisir violent que la chasse. Ceulx qui ont à combattre la volupté usent voluntiers de cet argument, pour monstrer qu'elle est toute vicieuse et desraisonnable, «Que lorsqu'elle est en son plus grand effort, elle nous maistrise de façon que la raison n'y peult avoir accez; » et alleguent l'experience que nous en sentons en l'accointance des femmes,

Quum iam præsagit gaudia corpus,
Atque in co est Venus, ut muliebria conserat arva [1]

où il leur semble que le plaisir nous transporte si fort hors de nous, que nostre discours ne sçauroit lors faire son office, tout perclus et ravi en la volupté. Ie sçay qu'il en peult aller aultrement, et qu'on arrivera par fois, si on veult, à reiecter l'ame, sur ce mesme instant, à aultres pensements : mais il la fault tendre et roidir d'aguet [2]. Ie sçay qu'on peult gourmander l'effort de ce plaisir, et m'y

cognoy bien : et n'ay point trouvé Venus si imperieuse deesse, que plusieurs et plus reformez que moy la tesmoingnent. Ie ne prends pour miracle, comme faict la royne de Navarre en l'un des contes de son Heptameron (qui est un gentil livre pour son estoffe), ny pour chose d'extreme difficulté, de passer des nuicts entieres, en toute commodité et liberté, avecques une maistresse de long temps desiree, maintenant la foy qu'on luy aura engagee de se contenter des baisers et simples attouchements. Ie croy que l'exemple du plaisir de la chasse y seroit plus propre : comme il y a moins de plaisir, il y a plus de ravissement et de surprinse, par où nostre raison estonnee perd ce loysir de se preparer à l'encontre, lorsqu'aprez une longue queste la beste vient en sursault à se presenter en lieu où, à l'adventure, nous l'esperions le moins; cette secousse, et l'ardeur de ces huees, nous frappe si bien, qu'il seroit malaysé, à ceulx qui aiment cette sorte de petite chasse, de retirer sur ce poinct la pensee ailleurs : et les poëtes font Diane victorieuse du brandon et des flesches de Cupidon :

Quis non malarum, quas amor curas habet,
Hæc inter obliviscitur [3]?

Pour revenir à mon propos, ie me compassionne fort tendrement des afflictions d'aultruy, et plorerois aysement par compaignie, si, pour occasion que ce soit, ie sçavois plorer. Il n'est rien qui tente mes larmes que les larmes, non vrayes seulement, mais, comment que ce soit, ou feinctes, ou peinctes. Les morts, ie ne les plains gueres, et les envierois plustost; mais ie plains bien fort les mourants. Les sauvages ne m'offensent pas tant de rostir et manger les corps des trespassez, que ceulx qui les tormentent et persecutent vivants. Les executions mesmes de la iustice, pour raisonnables qu'elles soient, ie ne les puis veoir d'une veue ferme. Quelqu'un ayant à tesmoingner la clemence de Iulius Cesar : «Il estoit, dict il, doulx en ses vengeances : ayant forcé les pirates de se rendre à luy, qui l'avoyent auparavant prins prisonnier et mis à rançon; d'autant qu'il les avoyt menacez de les faire mettre en croix, il les y condemna, mais ce feut aprez les avoir faict estrangler. Philemon, son secretaire, qui l'avoyt voulu empoisonner, il ne le punit pas plus aigrement que d'une mort simple. » Sans dire qui est cet

(1) Aux approches du plaisir, au moment où Vénus va féconder son domaine. Lucrèce, IV, 1099.
(2) De propos délibéré.
(3) Peut-on, au milieu de ces distractions, ne pas oublier les soucis du cruel amour? Hor., Epod., II . 37.

aucteur latin, qui ose alleguer pour tesmoingnage de clemence, de seulement tuer ceulx desquels on a esté offensé, il est aysé à deviner qu'il est frappé des vilains et horribles exemples de cruauté que les tyrans romains meirent en usage.

Quant à moy, en la iustice mesme, tout ce qui est au delà de la mort simple me semble pure cruauté; et notamment à nous, qui debvrions avoir respect d'envoyer les ames en bon estat; ce qui ne se peult, les ayant agitees et desesperees par torments insupportables. Ces iours passez, un soldat prisonnier ayant apperceu, d'une tour où il estoit, que le peuple s'assembloit en la place, et que des charpentiers y dressoient leurs ouvrages, creut que c'estoit pour luy; et, entré en la resolution de se tuer, ne trouva, qui l'y peust secourir, qu'un vieulx clou de charrette, rouillé, que la fortune luy offrit: de quoy il se donna premierement deux grands coups autour de la gorge; mais, veoyant que ce avoyt esté sans effect, bientost aprez il s'en donna un tiers dans le ventre, où il laissa le clou fiché. Le premier de ses gardes qui entra où il estoit, le trouva en cet estat, vivant encores, mais couché, et tout affoibly de ses coups. Pour employer le temps avant qu'il defaillist, on se hasta de luy prononcer sa sentence; laquelle ouïe, et qu'il n'estoit condemné qu'à avoir la teste trenchee, il sembla reprendre un nouveau courage, accepta du vin qu'il avoyt refusé, remercia ses iuges de la doulceur inesperee de leur condemnation; qu'il avoyt prins party d'appeller la mort, pour la crainte d'une mort plus aspre et insupportable, ayant conceu opinion, par les apprests qu'il avoyt veu faire en la place, qu'on le voulsist tormenter de quelque horrible supplice; et sembla estre delivré de la mort, pour l'avoir changee.

Ie conseillerois que ces exemples de rigueur, par le moyen desquels on veult tenir le peuple en office, s'exerceassent contre les corps des criminels: car de les veoir priver de sepulture, de les veoir bouillir et mettre à quartiers, cela toucheroit quasi autant le vulgaire, que les peines qu'on faict souffrir aux vivants; quoyque, par effect, ce soit peu ou rien, comme Dieu dict, *qui corpus occidunt, et postea non habent, quod faciant* [1]: et les poëtes font singulierement valoir l'horreur de cette peincture, et audessus de la mort:

Heu! reliquias semiassi regis, denudatis ossibus,
Per terram sanie delibutas fœde divexarier [2]!

Ie me rencontrai un iour à Rome, sur le poinct qu'on desfaisoit Catena, un voleur insigne: on l'estrangla, sans aulcune esmotion de l'assistance; mais, quand on veint à le mettre à quartiers, le bourreau ne donnoit coup, que le peuple ne suivist d'une voix plaintifve et d'une exclamation, comme si chascun eust presté son sentiment à cette charongne. Il fault exercer ces inhumains excez contre l'escorce, non contre le vif. Ainsin amollit, en cas aulcunement pareil, Artaxerxes, l'aspreté des loix anciennes de Perse, ordonnant que les seigneurs qui avoyent failly en leur charge, au lieu qu'on les souloit fouetter, feussent despouillez, et leurs vestements fouettez pour eulx; et, au lieu qu'on leur souloit arracher les cheveux, qu'on leur ostast leur hault chapeau [3] seulement. Les Aegyptiens, si devotieux, estimoient bien satisfaire à la iustice divine, luy sacrifiant des pourceaux en figure et representez: invention hardie, de vouloir payer en peincture et en umbrage Dieu, substance si essentielle!

Ie vis en une saison en laquelle nous abondons en exemples incroyables de ce vice, par la licence de nos guerres civiles; et ne veoid on rien aux histoires anciennes de plus extreme, que ce que nous en essayons touts les iours: mais cela ne m'y a nullement apprivoisé. A peine me pouvois ie persuader, avant que ie l'eusse veu, qu'il se feust trouvé des ames si farouches, qui, pour le seul plaisir du meurtre, le voulussent commettre; hacher et destrencher les membres d'aultruy; aiguiser leur esprit à inventer des torments inusitez et des morts nouvelles, sans inimitié, sans proufit, et pour cette seule fin de iouyr du plaisant spectacle des gestes et mouvements pitoyables, des gemissements et voix lamentables, d'un homme mourant en angoisse. Car voylà l'extreme poinct où la cruauté puisse attaindre; *Ut homo hominem, non iratus, non timens, tantum spectaturus, occidat* [4]. De moy, ie n'ay pas sceu veoir seulement, sans desplaisir, poursuivre et tuer une beste innocente qui est sans deffense, et de qui nous ne recevons aulcune offense; et, comme il advient communement que le cerf, se sentant hors d'haleine et de force, n'ayant plus aultre remede, se reiecte et rend à nous mesmes qui le poursuivons, nous demandant mercy par ses larmes,

Questuque, cruentus,
Atque imploranti similis [5]:

[1] Ils tuent le corps, et, après cela, ne peuvent rien faire de plus. S. Luc, c. XII, v. 4.

[2] Ah! ne leur laissez pas, sur ces champs désolés, Traîner d'un roi sanglant les os demi-brûlés. Cic., *Tuscul.*, I, 44.

[3] Leur tiare.

[4] Que l'homme tue un homme sans y être poussé par la colère ou par la crainte, mais par le seul plaisir de le voir expirer. Sénèq., *Epist.* 90.

[5] Et, sanglant, par ses pleurs semble demander grace. Virg., *Énéid.*, VII, 501.

ce m'a tousiours semblé un spectacle tresdesplai-
sant. Ie ne prends guere beste en vie, à qui ie ne
redonne les champs ; Pythagoras les achettoit des
pescheurs et des oyseleurs, pour en faire autant :

Primoque a cæde ferarum
Incaluisse puto maculatum sanguine ferrum [1].

Les naturels sanguinaires à l'endroict des bestes tesmoingnent une propension naturelle à la cruauté.
Aprez qu'on se feut apprivoisé à Rome aux spectacles des meurtres des animaulx, on veint aux
hommes et aux gladiateurs. Nature a, ce crains ie,
elle mesme attaché à l'homme quelque instinct à
l'inhumanité ; nul ne prend son esbat à veoir des
bestes s'entreiouer et caresser ; et nul ne fault de
le prendre à les veoir s'entredeschirer et desmembrer. Et, à fin qu'on ne se mocque de cette sympathie que i'ay avecques elles, la theologie mesme
nous ordonne quelque faveur en leur endroict ;
et, considerant qu'un mesme maistre nous a logez
en ce palais pour son service, et qu'elles sont,
comme nous, de sa famille, elle a raison de nous
enioindre quelque respect et affection envers elles.
Pythagoras emprunta la metempsychose des Aegyptiens; mais depuis elle a esté receue par plusieurs
nations, et notamment par nos Druydes :

Morte carent animæ ; semperque, priore relicta
Sede, novis domibus vivunt, habitantque receptæ [2] :

la religion de nos anciens Gaulois portoit que les
ames estant eternelles ne cessoient de se remuer
et changer de place d'un corps à un aultre : meslant
en oultre à cette fantasie quelque consideration de la iustice divine ; car, selon les desportements de l'ame, pendant qu'elle avoyt esté chez
Alexandre, ils disoient que Dieu luy ordonnoit un
aultre corps à habiter, plus ou moins penible, et
rapportant à sa condition :

Muta ferarum
Cogit vincla pati : truculentos ingerit ursis,
Prædonesque lupis ; fallaces vulpibus addit :

Atque ubi per varios annos, per mille figuras
Egit, Lethæo purgatos flumine, tandem
Rursus ad humanæ revocat primordia formæ [3] :

si elle avoyt esté vaillante, ils la logeoient au corps
d'un lyon ; si voluptueuse, en celuy d'un pourceau ;
si lasche, en celuy d'un cerf ou d'un lievre ; si malicieuse, en celuy d'un regnard ; ainsi du reste,
iusques à ce que, purifiee par ce chastiement, elle
reprenoit le corps de quelque aultre homme :

Ipse ego, nam memini, Troiani tempore belli,
Panthoïdes Euphorbus eram [4].

Quant à ce cousinage là, d'entre nous et les bestes,
ie n'en fois pas grand recepte : ny de ce aussi que
plusieurs nations, et notamment des plus anciennes
et plus nobles, ont non seulement receu des bestes
à leur societé et compaignie, mais leur ont donné
un reng bien loing au dessus d'eulx, les estimant
tantost familieres et favories de leurs dieux, et les
ayant en respect et reverence plus qu'humaine ; et
d'aultres ne recognoissant aultre Dieu ny aultre
divinité qu'elles. *Belluæ a barbaris propter beneficium consecratæ* [5] :

Crocodilon adorat
Pars hæc ; illa pavet saturam serpentibus ibin :
Effigies sacri hic nitet aurea cercopitheci ;
. . . . . hic piscem fluminis, illic
Oppida tota canem venerantur [6].

Et l'interpretation mesmé que Plutarque donne à
cette erreur, qui est trez bien prinse, leur est encores honnorable : car il dict que ce n'estoit pas le
chat ou le bœuf (pour exemple) que les Aegyptiens adoroient ; mais qu'ils adoroient en ces bestes
là quelque image des facultez divines : en cette cy,
la patience et l'utilité ; en cette là, la vivacité, ou,
comme nos voysins les Bourguignons, avecques
toute l'Allemaigne, l'impatience de se veoir enfermez ; par où ils representoient la Liberté, qu'ils
aimoient et adoroient au delà de toute aultre faculté divine ; et ainsin des aultres. Mais quand ie
rencontre, parmy les opinions plus moderees, les
discours qui essayent à montrer la prochaine ressemblance de nous aux animaulx, et combien ils
ont de part à nos plus grands privileges, et avecques combien de vraysemblance on nous desrie la
parité, certes, i'en rabats beaucoup de nostre presumption, et me demets volontiers de cette royauté

---

(1) C'est, je crois, du sang des animaux que le premier glaive
a été teint. Ovide, *Métam.*, XV, 106.

(2) Les ames ne meurent point : mais, après avoir quitté leur
premier domicile, elles vont habiter et vivre dans de nouvelles
demeures. Ovid., *Métam.*, XV, 158.

(3) Il emprisonne les ames dans le corps des animaux : le cruel
habite au sein d'un ours ; le ravisseur, dans les flancs d'un loup ;
le renard est le cachot du fourbe.... Soumises, pendant un long
cercle d'années, à mille diverses métamorphoses, les ames sont
enfin purifiées dans le fleuve de l'Oubli, et Dieu les rend à leur
forme première. Claudien, *in Rufin.*, II, 482-491.

(4) Moi-même (il m'en souvient encore), au temps de la
guerre de Troie, j'étois Euphorbe, fils de Panthée. — C'est
Pythagore qui parle ainsi de lui-même, dans Ovide, *Métam.*,
XV, 160.

(5) Les barbares ont divinisé les bêtes, parce qu'ils en recevoient du bien. Cic., *de Nat. deor.*, I, 36.

(6) Les uns adorent le crocodile ; les autres regardent avec une
frayeur religieuse un ibis engraissé de serpents : ici, sur les autels, brille la statue d'or d'un singe à longue queue : là on adore
un poisson du Nil : et des villes entieres se prosternent devant
un chien. Juvén., XV, 2-7.

imaginaire qu'on nous donne sur les aultres creatures.

Quand tout cela en seroit à dire, si y a il un certain respect qui nous attache, et un general debvoir d'humanité, non aux bestes seulement qui ont vie et sentiment, mais aux arbres mesmes et aux plantes. Nous debvons la iustice aux hommes, et la grace et la benignité aux aultres creatures qui en peuvent estre capables : il y a quelque commerce entre elles et nous, et quelque obligation mutuelle. Ie ne crains point à dire la tendresse de ma nature, si puerile, que ie ne puis pas bien refuser à mon chien la feste qu'il m'offre hors de saison, ou qu'il me demande. Les Turcs ont des aulmosnes et des hospitaulx pour les bestes. Les Romains avoyent un soing publicque de la nourriture des oyes, par la vigilance desquelles leur Capitole avoyt esté sauvé. Les Atheniens ordonnerent que les mules et mulets qui avoyent servy au bastiment du temple appellé Hecatompedon, feussent libres, et qu'on les laissast paistre par tout sans empeschement. Les Agrigentins avoyent en usage commun d'enterrer serieusement les bestes qu'ils avoyent eu cheres, comme les chevaulx de quelque rare merite, les chiens et les oyseaux utiles, ou mesme qui avoyent servy de passetemps à leurs enfants : et la magnificence, qui leur estoit ordinaire en toutes aultres choses, paroissoit aussi singulierement à la sumptuosité et nombre des monuments eslevez à cette fin, qui ont duré en parade plusieurs siecles depuis. Les Aegyptiens enterroient les loups, les ours, les crocodiles, les chiens et les chats, en lieux sacrez, embausmoient leurs corps, et portoient le dueil à leur trespas. Cimon feit une sepulture honnorable aux iuments avec lesquelles il avoyt gaigné par trois fois le pris de la course aux ieux olympiques. L'ancien Xanthippus feit enterrer son chien sur un chef[1] en la coste de la mer qui en a depuis retenu le nom. Et Plutarque faisoit, dict il, conscience de vendre et envoyer à la boucherie, pour un legier proufit, un bœuf qui l'avoyt long temps servy.

---

# CHAPITRE XII.

### Apologie de Raimond Sebond[2].

C'est, à la verité, une tresutile et grande partie que la science ; ceulx qui la mesprisent tesmoingnent assez leur bestise : mais ie n'estime pas pourtant sa valeur iusques à cette mesure extreme qu'aulcuns luy attribuent, comme Herillus le philosophe, qui logeoit en elle le souverain bien, et tenoit qu'il

feust en elle de nous rendre sages et contents ; ce que ie ne croy pas : ny ce que d'aultres ont dict, que la science est mere de toute vertu, et que tout vice est produict par l'ignorance. Si cela est vray, il est subiect à une longue interpretation. Ma maison a esté dez long temps ouverte aux gents de sçavoir, et en est fort cogneue ; car mon pere, qui l'a commandee cinquante ans et plus, eschauffé de cette ardeur nouvelle de quoy le roy François premier embrassa les lettres et les meit en credit, recherchea avecques grand soing et despense l'accointance des hommes doctes, les recevant chez luy comme personnes sainctes, et ayants quelque particuliere inspiration de sagesse divine, recueillant leurs sentences et leurs discours comme des oracles, et avecques d'autant plus de reverence et de religion, qu'il avoyt moins de loy d'en iuger ; car il n'avoyt aulcune cognoissance des lettres, non plus que ses predecesseurs. Moy, ie les aime bien, mais ie ne les adore pas. Entre aultres, Pierre Bunel[3], homme de grande reputation de sçavoir en son temps, ayant arresté quelques iours à Montaigne, en la compaignie de mon pere, avecques d'aultres hommes de sa sorte, luy feit present, au desloger, d'un livre qui s'intitule : *Theologia naturalis, sive Liber creaturarum, magistri Raimondi de Sebonde* ; et parce que la langue italienne et espaignolle estoient familieres à mon pere, et que ce livre est basty d'un espaignol baragouiné en terminaisons latines, il esperoit qu'avecques bien peu d'ayde il en pourroit faire son proufit, et le luy recommanda comme livre tresutile, et propre à la saison en laquelle il le luy donna ; ce feut lors que les nouvelletez de Luther commenceoient d'entrer en credit, et esbranler en beaucoup de lieux nostre ancienne creance : en quoy il avoyt un tresbon advis, prevoyant bien, par discours de raison, que ce commencement de maladie declineroit aysement en un execrable atheïsme ; car le vulgaire n'ayant pas la faculté de iuger des choses par elles mesmes, se laissant emporter à la fortune et aux apparences, aprez qu'on luy a mis en main la hardiesse de mespriser et controoller les opinions qu'il avoyt eues en extreme reverence, comme sont celles où il va de son salut, et qu'on a mis aulcuns articles de sa religion en doubte et à la balance, il iecte tantost aprez aysement en pareille incertitude toutes les aultres

(1) *Sur un cap ou promontoire.*

(2) Appelé aussi *Sebon, Sebeyde, Sabonde*, ou de *Sebonde*; né à Barcelone, dans le quatorzième siècle; mort en 1432, à Toulouse, où il professoit la médecine et la théologie.

(3) Toulousain, un des plus habiles cicéroniens du seizième siècle, au jugement d'Henri Estienne : né en 1499, mort à Turin en 1546.

pieces de sa creance, qui n'avoyent pas chez luy plus d'auctorité ny de fondement que celles qu'on luy a esbranlees, et secoue, comme un ioug tyrannique, toutes les impressions qu'il avoyt receues par l'auctorité des loix ou reverence de l'ancien usage,

Nam cupide conculcatur nimis ante metutum [1];

entreprenant dez lors en avant de ne recevoir rien à quoy il n'ayt interposé son decret, et presté particulier consentement.

Or, quelques iours avant sa mort, mon pere, ayant, de fortune, rencontré ce livre soubs un tas d'aultres papiers abandonnez, me commanda de le luy mettre en françois. Il faict bon traduire les aucteurs comme celuy là, où il n'y a gueres que la matiere à representer : mais ceulx qui ont donné beaucoup à la grace et à l'elegance du langage, ils sont dangereux à entreprendre, nommeement pour les rapporter à un idiome plus foible. C'estoit une occupation bien estrange, et nouvelle pour moy ; mais estant, de fortune, pour lors de loysir, et ne pouvant rien refuser au commandement du meilleur pere qui feut oncques, i'en veins à bout, comme ie peus : à quoi il print un singulier plaisir, et donna charge qu'on le feist imprimer ; ce qui feut executé aprez sa mort. Ie trouvay belles les imaginations de cet aucteur, la contexture de son ouvrage bien suivie, et son desseing plein de pieté. Parce que beaucoup de gents s'amusent à le lire, et notamment les dames, à qui nous debvons plus de service, ie me suis trouvé souvent à mesme de les secourir, pour descharger leur livre de deux principales objections qu'on luy faict. Sa fin est hardie et courageuse ; car il entreprend, par raisons humaines et naturelles, d'establir et verifier contre les atheïstes touts les articles de la religion chrestienne : en quoy, à dire la verité, ie le treuve si ferme et si heureux, que ie ne pense point qu'il soit possible de mieulx faire en cet argument là ; et croy que nul ne l'a egualé. Cet ouvrage me semblant trop riche et trop beau pour un aucteur duquel le nom soit si peu cogneu, et duquel tout ce que nous sçavons, c'est qu'il estoit Espaignol, faisant profession de medecine, à Toulouse, il y a environ deux cents ans ; ie m'enquis aultresfois à Adrianus Turnebus, qui sçavoit toutes choses, ce pouvoit estre de ce livre : il me respondit qu'il pensoit que ce feust quelque quintessence tiree de sainct Thomas d'Aquin ; car, de vray, cet esprit là, plein d'une erudition infinie, et d'une subtilité admirable, estoit seul capable de telles imaginations. Tant y a que, quiconque en soit l'aucteur ou inventeur (et ce n'est pas raison d'oster sans plus grande occasion à Sebond ce tiltre), c'estoit un tres-suffisant homme, et ayant plusieurs belles parties.

La premiere reprehension qu'on faict de son ouvrage, c'est que les chrestiens se font tort de vouloir appuyer leur creance par des raisons humaines, qui ne se conceoit que par foy, et par une inspiration particuliere de la grace divine. En cette obiection, il semble qu'il y ayt quelque zele de pieté ; et, à cette cause, nous fault il, avecques autant plus de douleeur et de respect, essayer de satisfaire à ceulx qui la mettent en avant. Ce seroit mieulx la charge d'un homme versé en theologie, que de moy, qui n'y sçay rien : toutesfois ie iuge ainsin, qu'à une chose si divine et si haultaine, et surpassant de si loing l'humaine intelligence, comme est cette Verité de laquelle il a pleu à la bonté de Dieu nous esclairer, il est bien besoing qu'il nous preste encores son secours, d'une faveur extraordinaire et privilegiee, pour la pouvoir concevoir et loger en nous ; et ne croy pas que les moyens purement humains en soient aulcunement capables ; et, s'ils l'estoient, tant d'ames rares et excellentes, et si abondamment garnies de forces naturelles ez siecles anciens, n'eussent pas failly, par leur discours, d'arriver à cette cognoissance. C'est la foy seule qui embrasse vifvement et certainement les haults mysteres de nostre religion : mais ce n'est pas à dire que ce ne soit une tresbelle et treslouable entreprinse d'accommoder encores au service de nostre foy les outils naturels et humains que Dieu nous a donnez ; il ne fault pas doubter que ce ne soit l'usage le plus honnorable que nous leur sçaurions donner, et qu'il n'est occupation ny desseing plus digne d'un homme chrestien, que de viser, par touts ses estudes et pensements, à embellir, estendre et amplifier la verité de sa creance. Nous ne nous contentons point de servir Dieu d'esprit et d'ame ; nous luy debvons encores, et rendons, une reverence corporelle ; nous appliquons nos membres mesmes, et nos mouvements, et les choses externes, à l'honnorer : il en fault faire de mesme, et accompaigner nostre foy de toute la raison qui est en nous ; mais tousiours avecques cette reservation, de n'estimer pas que ce soit de nous qu'elle despende, ny que nos efforts et arguments puissent attaindre à une si supernaturelle et divine science. Si elle n'entre chez nous par une infusion extraordinaire ; si elle y entre non seulement par discours, mais encores par moyens humains, elle n'y est pas en sa dignité ny en sa splendeur : et certes ie crains pourtant que nous

[1] On foule aux pieds avec joie ce qu'on a craint et révéré. Lucrèce, V, 1139.

26

ne la iouyssions que par cette voye. Si nous tenions à Dieu par l'entremise d'une foy vifve; si nous tenions à Dieu par luy, non par nous; si nous avions un pied et un fondement divin: les occasions humaines n'auroient pas le pouvoir de nous esbranler comme elles ont; nostre fort ne seroit pas pour se rendre à une si foible batterie; l'amour de la nouvelleté, la contraincte des princes, la bonne fortune d'un party, le changement temeraire et fortuite de nos opinions, n'auroient pas la force de secouer et alterer nostre croyance; nous ne la lairrions pas troubler à la mercy d'un nouvel argument, et à la persuasion, non pas de toute la rhetorique qui feut oncques; nous soustiendrions ces flots, d'une fermeté inflexible et immobile:

Illisos fluctus rupes ut vasta refundit,
Et varias circum latrantes dissipat undas
Mole sua [1].

Si ce rayon de la divinité nous touchoit aulcunement il y paroistroit partout; non seulement nos paroles, mais encores nos operations, en porteroient la lueur et le lustre; tout ce qui partiroit de nous, on le verroit illuminé de cette noble clarté. Nous debvrions avoir honte, qu'ez sectes humaines il ne feut iamais partisan, quelque difficulté et estrangeté que mainteinst sa doctrine, qui n'y conformast aulcunement ses desportements et sa vie: et une si divine et celeste institution ne marque les chrestiens que par la langue! Voulez vous veoir cela? comparez nos mœurs à un mahometan, à un païen; vous demeurez tousiours au dessoubs: là où, au regard de l'advantage de nostre religion, nous debvrions luire en excellence, d'une extreme et incomparable distance; et debvroit on dire, « Sont ils si iustes, si charitables, si bons? ils sont donc chrestiens. » Toutes aultres apparences sont communes à toutes religions; esperance, confiance, evenements, cerimonies, penitence, martyres: la marque peculiere [2] de nostre Verité debvroit estre nostre vertu, comme elle est aussi la plus celeste marque et la plus difficile, et comme c'est la plus digne production de la Verité. Pourtant eut raison nostre bon sainct Louys, quand ce roy tartare qui s'estoit faict chrestien desseignoit de venir à Lyon baiser les pieds au pape, et y recognoistre la sanctimonie qu'il esperoit trouver en nos mœurs, de l'en destourner instamment, de peur qu'au contraire nostre desbordee façon de vivre ne le desgoustast d'une si saincte creance: combien que depuis il adveint tout diversement à cet autre, lequel, estant allé à Rome pour mesme effect, y veoyant la dissolution des prelats et peuple de ce temps là, s'esta-

blit d'autant plus fort en nostre religion, considerant combien elle debvoit avoir de force et de divinité, à maintenir sa dignité et sa splendeur parmy tant de corruption, et en mains si vicieuses. Si nous avions une seule goutte de foy, nous remuerions les montaignes de leur place, dict la saincte Parole: nos actions, qui seroient guidees et accompaignees de la Divinité, ne seroient pas simplement humaines; elles auroient quelque chose de miraculeux comme nostre croyance: Brevis est institutio vitæ honestæ beatæque, si credas [3]. Les uns font accroire au monde qu'ils croyent ce qu'ils ne croyent pas; les aultres, en plus grand nombre, se le font accroire à eulx mesmes, ne sçachants pas penetrer que c'est que croire: et nous trouvons estrange si, aux guerres qui pressent à cette heure nostre estat, nous veoyons flotter les evenements et diversifier d'une maniere commune et ordinaire; c'est que nous n'y apportons rien que le nostre. La iustice, qui est en l'un des partys, elle n'y est que pour ornement et couverture: elle y est bien alleguee; mais elle n'y est ny receue, ny logee, ny espousee: elle y est comme en la bouche de l'advocat, non comme dans le cœur et affection de la partie. Dieu doibt son secours extraordinaire à la foy et à la religion, non pas à nos passions: les hommes y sont conducteurs, et s'y servent de la religion; ce debvroit estre tout le contraire. Sentez, ce n'est par nos mains que nous la menons; à tirer, comme de cire, tant de figures contraires à une regle si droicte et si ferme. Quand s'est il veu mieulx, qu'en France, en nos iours? Ceulx qui l'ont prinse à gauche, ceulx qui l'ont prinse à droicte, ceulx qui en disent le noir, ceulx qui en disent le blanc, l'employent si pareillement à leurs violentes et ambitieuses entreprinses, s'y conduisent d'un progrez si conforme en desbordement et iniustice, qu'ils rendent doubteuse et malaysee à croire la diversité qu'ils pretendent de leurs opinions, en chose de laquelle depend la conduicte et loy de nostre vie: peut on veoir partir de mesme eschole et discipline des mœurs plus unies, plus unes? Vceyez l'horrible impudence de quoy nous pelotons les raisons divines; et combien irreligieusement nous les avons et reiectees, et reprinses, selon que la fortune nous a changé de place en ces orages publicques. Cette proposition si solenne, « S'il est

(1) Tel, inébranlable sur ses bases profondes, un vaste rocher repousse les flots qui grondent autour de lui, et brise leur rage impuissante. ( Vers imités de VIRGILE, Æn., VII, 587, et qui ont été faits par un anonyme à la louange de RONSARD. )
(2) Spéciale.
(3) Crois, et tu connoîtras bientôt la route de la vertu et du bonheur. QUINTIL., XII, 1).

permis au subiect de se rebeller et armer contre son prince pour la deffense de la religion : » souvienne vous en quelles bouches, cette annee passee, l'affirmative d'icelle estoit l'arc boutant d'un party ; la negative, de quel aultre party c'estoit l'arc boutant : et oyez à present de quel quartier vient la voix et instruction de l'une et de l'aultre ; et si les armes bruyent moins pour cette cause que pour celle là. Et nous bruslons les gents qui disent qu'il fault faire souffrir à la Verité le ioug de nostre besoing : et de combien faict la France pis que de le dire ? Confessons la verité : qui trieroit de l'armee, mesme legitime, ceulx qui y marchent par le seul zele d'une affection religieuse, et encores ceulx qui regardent seulement la protection des loix de leur païs, ou service du prince, il n'en sçauroit bastir une compaignie de gents-d'armes complette. D'où vient cela, qu'il s'en treuve si peu qui ayent maintenu mesme volonté et mesme progrez en nos mouvements publiques, et que nous les veoyons tantost n'aller que le pas, tantost y courir à bride avalee, et mesmes hommes tantost gaster nos affaires par leur violence et aspreté, tantost par leur froideur, mollesse et pesanteur ; si ce n'est qu'ils y sont poulsez par des considerations particulieres et casuelles, selon la diversité desquelles ils se remuent ?

Ie veoy cela evidemment, que nous ne prestons volontiers à la devotion que les offices qui flattent nos passions : il n'est point d'hostilité excellente comme la chrestienne : nostre zele faict merveilles, quand il va secondant nostre pente vers la haine, la cruauté, l'ambition, l'avarice, la detraction, la rebellion ; à contrepoil, vers la bonté, la benignité, la temperance, si, comme par miracle, quelque rare complexion ne l'y porte, il ne va ny de pied, ny d'aile. Nostre religion est faicte pour extirper les vices : elle les couvre, les nourrit, les incite. Il ne fault point faire barbe de foarre à Dieu, comme on dict[1]. Si nous le croyions, ie ne dy pas par foy, mais d'une simple croyance ; voire (et ie le dy à nostre grande confusion) si nous le croyions et cognoissions, comme une aultre histoire, comme l'un de nos compaignons, nous l'aimerions au dessus de toutes aultres choses, pour l'infinie bonté et beauté qui reluict en luy ; au moins marcheroit il en mesme reng de nostre affection que les richesses, les plaisirs, la gloire, et nos amys. Le meilleur de nous ne craint point de l'oultrager, comme il craint d'oultrager son voysin, son parent, son maistre. Est il si simple entendement, lequel, ayant d'un costé l'obiect d'un de nos vicieux plaisirs, et de l'aultre, en pareille cognoissance et persuasion, l'estat d'une gloire immor-

telle, entrast en bigue[2] de l'un pour l'aultre ? et si, nous y renonçons souvent de pur mespris : car quelle envye nous attire au blasphemer, sinon à l'adventure l'envye mesme de l'offense ? Le philosophe Antisthenes, comme on l'initioit aux mysteres d'Orpheus, le presbtre luy disant que ceulx qui se vouoient à cette religion avoyent à recevoir, aprez leur mort, des biens eternels et parfaicts : « Pourquoy, si tu le croys, ne meurs tu doncques toy mesme ? » luy feit il. Diogenes, plus brusquement, selon sa mode, et plus loing de nostre propos, au presbtre qui le preschoit de mesme de se faire de son ordre pour parvenir aux biens de l'aultre monde : « Veulx tu pas que ie croye qu'Agesilaus et Epaminondas, si grands hommes, seront miserables ; et que toy, qui n'es qu'un veau, et qui ne fois rien qui vaille, seras bienheureux, parce que tu es presbtre ? » Ces grandes promesses de la beatitude eternelle, si nous les recevions de pareille auctorité qu'un discours philosophique, nous n'aurions pas la mort en telle horreur que nous avons :

> Non iam se moriens dissolvi conquereretur ; [guis,
> Sed magis ire foras, vestemque relinquere, ut an-
> Gauderet, prælonga senex aut cornua cervus[3],

« Ie veulx estre dissoult, dirions nous, et estre avecques Iesus Christ. » La force du discours de Platon, de l'immortalité de l'ame, poulsa bien aulcuns de ses disciples à la mort, pour iouyr plus promptement des esperances qu'il leur donnoit.

Tout cela, c'est un signe tres evident que nous ne recevons nostre religion qu'à nostre façon, et par nos mains, et non aultrement que comme les aultres religions se reçoivent. Nous nous sommes rencontrez au païs où elle estoit en usage ; ou nous regardons son anciennté, ou l'auctorité des hommes qui l'ont maintenue ; ou craignons les menaces qu'elle attache aux mescreants, ou suivons ses promesses. Ces considerations là doibvent estre employees à nostre creance, mais comme subsidiaires ; ce sont liaisons humaines : une aultre religion, d'aultres tesmoings, pareilles promesses et menaces nous pourroient imprimer, par mesme voye, une creance contraire. Nous sommes chrestiens, à mesme tiltre que nous sommes ou perigordins, ou allemans. Et ce que dict Platon, qu'il

---

(1) Vieux proverbe dont le sens est qu'il ne faut pas se moquer de Dieu , et *lui faire barbe de poille*. — (2) *True*, échange.

(3) Bien loin de gémir de notre dissolution, nous nous en irions avec joie ; nous laisserions notre enveloppe comme le serpent quitte sa dépouille, comme le cerf se défait de son vieux bois. Lucrèce, III, 612.

est peu d'hommes si fermes en l'atheïsme, qu'un danger pressant ne ramene à la recognoissance de la divine puissance, ce roolle ne touche point un vrai chrestien; c'est à faire aux religions mortelles et humaines, d'estre receues par une humaine conduicte. Quelle foy doibt ce estre, que la lascheté et la foiblesse de cœur plantent en nous et establissent? plaisante foy, qui ne croid ce qu'elle croid, que pour n'avoir pas le courage de le descroire! Une vicieuse passion, comme celle de l'inconstance et de l'etonnement, peult elle faire en nostre ame aulcune production reglee? Ils establissent, dict il, par la raison de leur iugement, que ce qui se recite des enfers, et des peines futures, est feinct : mais l'occasion de l'experimenter s'offrant lorsque la vieillesse ou les maladies les approchent de leur mort, sa terreur les remplit d'une nouvelle creance, par l'horreur de leur condition à venir. Et, parce que telles impressions rendent les courages craintifs, il deffend, en ses loix, toute instruction de telles menaces, et la persuasion que des dieux il puisse venir à l'homme aulcun mal, sinon pour son plus grand bien, quand il y escheoit, et pour un medecinal effect. Ils recitent de Bion, qu'infect des athcïsmes de Theodorus, il avoyt esté long temps se mocquant des hommes religieux; mais, la mort le surprenant, qu'il se rendit aux plus extremes superstitions : comme si les dieux s'ostoient et se remettoient selon l'affaire de Bion. Platon, et ces exemples, veulent conclurre que nous sommes ramenez à la creance de Dieu, ou par raison, ou par force. L'atheïsme estant une proposition comme desnaturee et monstrueuse, difficile aussi et malaysee d'establir en l'esprit humain, pour insolent et desreglé qu'il puisse estre, il s'en est veu assez, par vanité, et par fierté de concevoir des opinions non vulgaires et reformatrices du monde, en affecter la profession par contenance; qui, s'ils sont assez fols, ne sont pas assez forts pour l'avoir plantee en leur conscience : pourtant ils ne lairront de ioindre leurs mains vers le ciel, si vous leur attachez un bon coup d'espee en la poictrine; et quand la crainte ou la maladie aura abbattu et appesanti cette licencieuse ferveur d'humeur volage, ils ne lairront pas de se revenir, et se laisser tout discretement manier aux creances et exemples publiques. Aultre chose est un dogme serieusement digeré; aultre chose, ces impressions superficielles, lesquelles, nces de la desbauche d'un esprit desmanché, vont nageant temerairement et incertainement en la fantasie. Hommes bien miserables et escervellez, qui taschent d'estre pires qu'ils ne peuvent!

L'erreur du paganisme, et l'ignorance de nostre saincte Verité, laissa tumber cette grande ame de Platon, mais grande d'humaine grandeur seulement, encores en cet aultre voysin abus, « que les enfants et les vieillards se treuvent plus susceptibles de religion : » comme si elle naissoit et tiroit son credit de nostre imbecillité. Le nœud qui debvroit attacher nostre iugement et nostre volonté, qui debvroit estreindre nostre ame et ioindre à nostre Createur, ce debvroit estre un nœud prenant ses replis et ses forces, non pas de nos considerations, de nos raisons et passions, mais d'une estreincte divine et supernaturelle, n'ayant qu'une forme, un visage et un lustre, qui est l'auctorité de Dieu et sa grace. Or, nostre cœur et nostre ame estant regie et commandee par la foy, c'est raison qu'elle tire au service de son desseing toutes nos aultres pieces, selon leur portee. Aussi n'est il pas croyable que toute cette machine n'ayt quelques marques empreintes de la main de ce grand architecte, et qu'il n'y ayt quelque image ez choses du monde rapportant aulcunement à l'ouvrier qui les a basties et formees. Il a laissé en ces haults ouvrages le charactere de sa divinité, et ne tient qu'à nostre imbecillité que nous ne le puissions descouvrir : c'est ce qu'il nous dict luy mesme, « Que ses operations invisibles il nous les manifeste par les visibles. » Sebond s'est travaillé à ce digne estude, et nous montre comment il n'est piece du monde qui desmentent son facteur [1]. Ce seroit faire tort à la bonté divine, si l'univers ne consentoit à nostre creance : le ciel, la terre, les elements, nostre corps et nostre ame, toutes choses y conspirent; il n'est que de trouver le moyen de s'en servir : elles nous instruisent, si nous sommes capables d'entendre; car ce monde est un temple tressainct, dedans lequel l'homme est introduict pour y contempler des statues, non ouvrees de mortelle main, mais celles que la divine Pensee a faict sensibles, le soleil, les estoiles, les eaux et la terre, pour nous representer les intelligibles. «Les choses invisibles de Dieu, dict sainct Paul, apparoissent par la creation du monde, considerant sa sapience eternelle, et sa divinité, par ses œuvres [2]. »

Atque adeo faciem cœli non invidet orbi
Ipse Deus, vultusque suos, corpusque recludit
Semper volvendo; seque ipsum inculcat, et offert:

(1) Tout ainsin que par ce peu de lumiere que nous avons la nuict, nous imaginons la lumiere du soleil qui est esloigné de nous; de mesme, par l'estre du monde que nous cognoissons, nous argumentons l'estre de Dieu qui nous est caché, etc. R. Sebond, *Théologie naturelle*, c. 24. Traduction de Montaigne.

(2) Épître aux Romains. C. 1, v. 20.

Ut bene coguosci possit, doceatque videndo
Qualis eat, doceatque suas attendere leges [1].

Or, nos raisons et nos discours humains, c'est comme la matiere lourde et sterile : la grace de Dieu en est la forme ; c'est elle qui y donne la façon et le pris. Tout ainsi que les actions vertueuses de Socrate et de Cato demeurent vaines et inutiles pour n'avoir eu leur fin, et n'avoir regardé l'amour et obeyssance du vray createur de toutes choses, et pour avoir ignoré Dieu : ainsin est il de nos imaginations et discours ; ils ont quelque corps, mais une masse informe, sans façon et sans iour, si la foy et grace de Dieu n'y sont ioinctes. La foy venant à teindre et illustrer les arguments de Sebond, elle les rend fermes et solides : ils sont capables de servir d'acheminement et de premiere guide à un apprentif, pour le mettre à la voye de cette cognoissance ; ils le façonnent aulcunement, et rendent capable de la grace de Dieu, par le moyen de laquelle se parfournit [2], et se perfect aprez, nostre creance. Ie sçay un homme d'auctorité, nourrý aux lettres, qui m'a confessé avoir esté ramené des erreurs de la mescreance, par l'entremise des arguments de Sebond. Et quand on les despouillera de cet ornement et du secours et approbation de la foy, et qu'on les prendra pour fantasies pures humaines, pour en combattre ceulx qui sont precipitez aux espoventables et horribles tenebres de l'irreligion, ils se trouveront encores lors aussi solides et autant fermes, que nuls aultres de mesme condition qu'on leur puisse opposer : de façon que nous serons sur les termes de dire à nos parties,

Si melius quid habes, arcesse ; vel imperium fer [3] ;

qu'ils souffrent la force de nos preuves, ou qu'ils nous en facent veoir ailleurs, et sur quelque aultre subiect, de mieulx tissues et mieulx estoffees. Ie me suis, sans y penser, à demy desia engagé dans la seconde obiection à laquelle i'avoy proposé de respondre pour Sebond.

Aulcuns disent que ses arguments sont foibles, et ineptes à verifier ce qu'il veult : et entreprennent de les chocquer aysement. Il fault secouer ceulx cy un peu plus rudement ; car ils sont plus dangereux et plus malicieux que les premiers. On couche volontiers les dicts d'aultruy à la faveur des opinions qu'on a preiugees en soy : à un atheiste touts escripts tirent à l'atheisme ; il infecte de son propre venin la matiere innocente. Ceulx cy ont quelque preoccupation de iugement qui leur rend le goust fade aux raisons de Sebond. Au demourant, il leur semble qu'on leur donne beau ieu, de les mettre en liberté de combattre nostre religion par les armes pures humaines, laquelle ils n'oseroient attaquer en sa maiesté pleine d'auctorité et de commandement. Le moyen que ie prends pour rabbattre cette frenesie, et qui me semble le plus propre c'est de froisser et de fouler aux pieds l'orgueil et l'humaine fierté ; leur faire sentir l'inanité, la vanité et deneantise [4] de l'homme ; leur arracher des poings les chestifves armes de leur raison ; leur faire baisser la teste et mordre la terre soubs l'auctorité et reverence de la maiesté divine. C'est à elle seule qu'appartient la science et la sapience ; elle seule qui peult estimer de soy quelque chose, et à qui nous desrobons ce que nous nous comptons et ce que nous nous prisons. Οὐ γὰρ ἐᾷ φρονέειν ὁ θεὸς μέγα ἄλλον, ἢ ἑαυτόν [5]. Abbattons ce cuider [6], premier fondement de la tyrannie du maling esprit : Deus superbis resistit ; humilibus autem dat gratiam [7]. L'intelligence est en touts les dieux, dict Platon, et point ou peu aux hommes. Or, c'est cependant beaucoup de consolation à l'homme chrestien, de veoir nos outils mortels ou caducques si proprement assortis à nostre foy saincte et divine, que, lorsqu'on les employe aux subiects de leur nature mortels et caducques, ils n'y soient pas appropriez plus uniement, ny avec plus de force. Veoyons donc si l'homme a en sa puissance d'aultres raisons plus fortes que celles de Sebond ; voire s'il est en luy d'arriver à aulcune certitude, par argument et par discours. Car sainct Augustin, plaidant contre ces gents icy, a occasion de reprocher leur iniustice, en ce qu'ils tiennent faulses les parties de nostre creance que nostre raison fault à establir ; et, pour montrer qu'assez de choses peuvent estre et avoir esté, desquelles nostre discours ne sçauroit fonder la nature et les causes, il leur met en avant certaines experiences cogneues et indubitables ausquelles l'homme confesse ne rien veoir ; et cela faict il, comme toutes aultres choses, d'une curieuse et ingenieuse recherche. Il fault plus faire, et leur apprendre que pour couvaincre la foiblesse de leur raison, il n'est besoing d'aller triant des rares exemples, et qu'elle est si manque et si aveugle, qu'il n'y a nulle si claire facilité qui luy soit assez claire ; que l'aysé et le malaysé luy sont un ;

(1) Dieu n'envie pas à la terre l'aspect du ciel : en le faisant sans cesse rouler sur nos têtes, il se montre à nous face à face : il s'offre à nous, il s'imprime en nous ; il veut être clairement connu ; il nous apprend à contempler sa marche et à méditer ses lois. MANILIUS, IV, 907.

(2) Parfournir ; achever, terminer, compléter.

(3) Si vous avez quelque chose de meilleur, produisez-le ; ou bien soumettez-vous. HOR., Epist., I, 5, 6. — (4) Bassesse.

(5) Car Dieu ne veut pas qu'un autre que lui s'enorgueillisse. HÉRODOTE, VII, 10. — (6) Penser.

(7) Dieu resiste aux superbes, et fait grace aux humbles. I. Epist. S. Petri, c. v, v. 5.

que touts subiects egualement, et la nature en
general desadvoue sa iurisdiction et entremise.

Que nous presche la Verité, quand elle nous
presche De fuyr la mondaine philosophie; quand
elle nous inculque si souvent Que nostre sagesse
n'est que folie devant Dieu; Que de toutes les vanitez, la plus vaine c'est l'homme; Que l'homme,
qui presume de son sçavoir, ne sçait pas encores
que c'est que sçavoir; et Que l'homme, qui n'est
rien, s'il pense estre quelque chose, se seduict soy
mesme et se trompe? ces sentences du sainct Esprit
expriment si clairement et si vifvement ce que ie
veulx maintenir, qu'il ne me fauldroit aucune autre preuve contre des gents qui se rendroient
avecques toute soubmission et obeyssance à son
auctorité : mais ceulx cy veulent estre fouettez à
leurs propres despens, et ne veulent souffrir qu'on
combatte leur raison, que par elle mesme.

Considerons doncques pour cette heure l'homme
seul, sans secours estranger, armé seulement de ses
armes, et despourveu de la grace et cognoissance
divine, qui est tout son honneur, sa force, et le
fondement de son estre; veoyons combien il a de
tenue en ce bel equippage. Qu'il me face entendre,
par l'effort de son discours, sur quels fondements
il a basty ces grands advantages qu'il pense avoir
sur les aultres creatures : Qui luy a persuadé que
ce bransle admirable de la voulte celeste, la lumiere eternelle de ces flambeaux roulants si fierement sur sa teste, les mouvements espouventables
de cette mer infinie, soyent establis, et se continuent tant de siecles, pour sa commodité et pour
son service? Est il possible de rien imaginer si ridicule, que cette miserable et chestifve creature,
qui n'est pas seulement maistresse de soy, exposée
aux offenses de toutes choses, se die maistresse et
emperiere de l'univers, duquel il n'est pas en sa
puissance de cognoistre la moindre partie, tant
s'en fault de la commander? Et ce privilege qu'il
s'attribue d'estre seul en ce grand bastiment, qui
ayt la suffisance d'en recognoistre la beauté et les
pieces, seul qui en puisse rendre graces à l'architecte, et tenir compte de la recepte et mise du
monde; qui lui a scellé ce privilege? Qu'il nous
montre lettres de cette belle et grande charge : ont
elles esté octroyees en faveur des sages seulement?
elles ne touchent gueres de gents : les fols et les
meschants sont ils dignes de faveur si extraordinaire, et, estants la pire piece du monde, d'estre
preferez à tout le reste? En croirons nous cettuy
là ¹? *Quorum igitur causa quis dixerit effectum esse
mundum? Eorum scilicet animantium, quæ ratione
utuntur; hi sunt dii et homines, quibus profecto nihil est melius :* nous n'aurons iamais assez baffoué

l'impudence de cet accouplage. Mais, pauvret,
qu'a il en soy digne d'un tel advantage? A considerer cette vie incorruptible des corps celestes,
leur beaulté, leur grandeur, leur agitation continuee d'une si iuste regle;

> Quam suspicimus magni cœlestia mundi
> Templa super, stellisque micantibus æthera fixum,
> Et venit in mentem lunæ solisque viarum ²;

à considerer la domination et puissance que ces
corps là ont, non seulement sur nos vies et conditions de nostre fortune,

> Facta etenim et vitas hominum suspendit ab astris ³,

mais sur nos inclinations mesmes, nos discours,
nos volontez, qu'ils regissent, poulsent et agitent
à la mercy de leurs influences, selon que nostre
raison nous l'apprend et le treuve;

> Speculataque longe
> Deprendit tacitis dominantia legibus astra,
> Et totum alterna mundum ratione moveri,
> Fatorumque vices certis discurrere signis ⁴;

à veoir que non un homme seul, non un roy, mais
les monarchies, les empires, et tout ce bas monde, se
meut au bransle des moindres mouvements celestes;

> Quantaque quam parvi faciant discrimina motus...
> Tantum est hoc regnum, quod regibus imperat
> [ipsis ⁵!

si nostre vertu, nos vices, nostre suffisance et
science, et ce mesme discours que nous faisons
de la force des astres, et cette comparaison d'eulx
à nous, elle vient, comme iuge nostre raison, par
leur moyen et de leur faveur;

> Furit alter amore,
> Et pontum tranare potest, et vertere Troiam :
> Alterius sors est scribendis legibus apta.
> Ecce patrem nati perimunt, natosque parentes;

---

(1) Le stoïcien Balbus, qui, dans Cicéron, *de Nat. deor.*, II,
54, parle ainsi : *Quorum igitur*, etc. « Pour qui dirons-nous donc
« que le monde a été fait? C'est sans doute pour les êtres ani-
« més qui ont l'usage de la raison, savoir, les dieux et les hommes,
« qui sont les plus parfaits de tous les êtres. »

(2) Quand on contemple au dessus de sa tête ces immenses
voûtes du monde, et les astres dont elles étincellent : quand on
réfléchit sur le cours réglé de la lune et du soleil. Lucrèce, V,
1205.

(3) Car la vie et les actions des hommes dépendent de l'influence des astres. Manil., III, 58.

(4) Elle reconnoît que ces astres que nous voyons si éloignés
de nous, ont sur l'homme un secret empire : que les mouvements
de l'univers sont assujettis à des lois périodiques, et que l'enchaînement des destinées est déterminé par des signes certains.
Manil., I, 60.

(5) Que les plus grands changements sont produits par ces
mouvements insensibles, dont l'empire suprême s'étend jusque
sur les rois. Manil., I, 55; IV, 93.

Mutuaque armati coeunt in vulnera fratres. [vere,
Non nostrum hoc bellum est; coguntur tanta mo-
lnque suas ferri pœnas, lacerandaque membra.

. . . . . . . . . . . . . . . .

Hoc quoque fatale est, sic ipsum expendere fatum[1];

si nous tenons de la distribution du ciel cette part
de raison que nous avons, comment nous pourra
elle eguater à luy? comment soubmettre à nostre
science son essence et ses conditions? Tout ce que
nous voyons en ces corps là nous estonne : *Quæ
molitio, quæ ferramenta, qui vectes, quæ machi-
næ, qui ministri tanti operis fuerunt*[2]? Pourquoy
les privons nous et d'ame, et de vie, et de discours? y avons nous recogneu quelque stupidité
immobile et insensible, nous qui n'avons aulcun
commerce avecques eulx, que d'obeyssance? Dirons
nous que nous n'avons veu, en nulle aultre creature qu'en l'homme, l'usage d'une ame raisonnable? Eh quoy! avons nous veu quelque chose semblable au soleil? laisse il d'estre, parce que nous
n'avons rien veu de semblable? et ses mouvements,
d'estre, parce qu'il n'en est point de pareils? Si ce
que nous n'avons pas veu n'est pas, nostre science
est merveilleusement raccourcie : *Quæ sunt tantæ
animi angustiæ*[3]! Sont ce pas des songes de l'humaine vanité, de faire de la lune une terre celeste? y songer des montaignes, des vallees, comme
Anaxagoras? y planter des habitations et demeures
humaines, et y dresser des colonies pour nostre
commodité, comme faict Platon et Plutarque? et
de nostre terre, en faire un astre esclairant et lumineux? *Inter cætera mortalitatis incommoda, et
hoc est, caligo mentium; nec tantum necessitas er-
randi, sed errorum amor*[4]. *Corruptibile corpus ag-
gravat animam, et deprimit terrena inhabitatio
sensum multa cogitantem*[5].

La presumption est nostre maladie naturelle et
originelle. La plus calamiteuse et fragile de toutes
les creatures, c'est l'homme, et quand et quand
la plus orgueilleuse : elle se sent et se veoid logee icy parmy la bourbe et le fient du monde,
attachee et clouee à la pire, plus morte et croupie partie de l'univers, au dernier estage du logis
et le plus esloingné de la voûlte celeste, avecques
les animaulx de la pire condition des trois; et se
va plantant, par imagination, au dessus du cercle
de la lune, et ramene le ciel soubs ses pieds.
C'est par la vanité de cette mesme imagination,
qu'il s'eguale à Dieu, qu'il s'attribue les conditions
divines, qu'il se trie soy mesme, et separe de la
presse des aultres creatures, taille les parts aux
animaulx ses confreres et compaignons, et leur
distribue telle portion de facultez et de forces
que bon lui semble. Comment cognoist il, par l'ef-

fort de son intelligence, les bransles internes et
secrets des animaulx? par quelle comparaison
d'eulx à nous conclud il la bestise qu'il leur attribue? Quand ie me ioue à ma chatte, qui sçait si
elle passe son temps de moy, plus que ie ne fois
d'elle? nous nous entretenons de singeries reciproques : si i'ay mon heure de commencer ou de
refuser, aussi a elle la sienne. Platon, en sa peincture de l'aage doré soubs Saturne, compte, entre
les principaulx advantages de l'homme de lors,
la communication qu'il avoyt avecques les bestes
desquelles s'enquerant et s'instruisant, il sçavoit
les vrayes qualitez et differences de chascune d'i-
celles; par où il acqueroit une tresparfaicte intelligence et prudence, et en conduisoit de bien loing
plus heureusement sa vie, que nous ne sçaurions
faire : nous fault il meilleure preuve à iuger l'impudence humaine sur le faict des bestes? Ce
grand aucteur a opiné qu'en la plus part de la
forme corporelle que nature leur a donné, elle a
regardé seulement l'usage des prognostications
qu'on en tiroit en son temps. Ce default, qui empesche la communication d'entre elles et nous,
pourquoy n'est il aussi bien à nous, qu'à elles?
c'est à deviner à qui est la faulte de ne nous entendre point, car nous ne les entendons non plus
qu'elles nous : par cette mesme raison, elles nous
peuvent estimer bestes, comme nous les en estimons.
Ce n'est pas grand merveille si nous ne les
entendons pas : aussi ne faisons nous les Basques
et les Troglodytes. Toutesfois aulcuns se sont vantez de les entendre, comme Apollonius tyaneus,
Melampus, Tiresias, Thales, et aultres. Et puis
qu'il est ainsin, comme disent les cosmographes,
qu'il y a des nations qui receoivent un chien pour
leur roy, il fault bien qu'ils donnent certaine interpretation à sa voix et mouvements. Il nous
fault remarquer la parité qui est entre nous : nous
avons quelque moyenne intelligence de leurs sens,

(1) L'on, furieux d'amour, brave une mer orageuse pour
causer la ruine de Troie, sa patrie. L'autre est destiné, par lo
sort, à composer des lois. Ici, les fils assassinent leurs pères; là,
les pères égorgent leurs fils, et les frères arment contre leurs
frères des mains sacrilèges. N'accusons point les hommes de ces
crimes : le destin les entraine, et les force à se déchirer, à se punir de leurs propres mains.... Et si je parle ainsi du destin, c'est
que le destin l'a voulu. MANILIUS, IV, 79, 118.
(2) Quels instruments, quels leviers, quelles machines, quels
ouvriers ont élevé un si vaste édifice? CIC., de Nat. deor., I, 8.
(3) Ah! que les bornes de notre esprit sont étroites! CIC., de
Nat. deor., I, 31.
(4) Entre autres maux attachés à la nature humaine, est cet
aveuglement de l'ame qui force l'homme à errer, et qui lui fait
encore chérir ses erreurs. SÉNÈQUE, de Ira, II, 9.
(5) Le corps, sujet à la corruption, appesantit l'ame de
l'homme, et cette enveloppe grossière abaisse sa pensée et l'attache à la terre. Liv. de la Sagesse, IX, 15; cité par saint Augustin, de Civ. Dei, XII, 15.

aussi ont les bestes des nostres, environ à mesme mesure : elles nous flattent, nous menacent, et nous requierent ; et nous elles. Au demourant, nous descouvrons bien evidemment qu'entre elles il y a une pleine et entiere communication, et qu'elles s'entr'entendent, non seulement celles de mesme espece, mais aussi d'especes diverses :

Et mutæ pecudes, et denique secla ferarum
Dissimiles suerunt voces variasque ciere,
Quum metus aut dolor est, aut quum iam gaudia
[gliscunt [1].

En certain abbayer du chien, le cheval cognoist qu'il y a de la cholere ; de certaine aultre sienne voix, il ne s'effroye point. Aux bestes mesme qui n'ont pas de voix, par la societé d'offices que nous veoyons entre elles, nous argumentons aysement quelque aultre moyen de communication ; leurs mouvements discourent et traictent :

Non alia longe ratione, atque ipsa videtur
Protrahere ad gestum pueros infantia linguæ [2].

Pourquoy non ? tout aussi bien que nos muets disputent, argumentent, et content des histoires, par signes : i'en ay veu de si souples et formez à cela, qu'à la verité il ne leur manquoit rien à la perfection de se sçavoir faire entendre. Les amoureux se courroucent, se reconcilient, se prient, se remercient, s'assignent, et disent enfin toutes choses, des yeulx :

E 'l silentio ancor suole
Aver prieghi e parole [3].

Quoy des mains, nous requerons, nous promettons, appellons, congedions, menaceons, prions, supplions, nions, refusons, interrogeons, admirons, nombrons, confessons, repentons, craignons, vergoignons [4], doubtons, instruisons, commandons, incitons, encourageons, iurons, tesmoingnons, accusons, condemnons, absolvons, iniurions, mesprisons, desfions, despitons, flattons, applaudissons, benissons, humilions, mocquons, reconcilions, recommandons, exaltons, festoyons, resiouyssons, complaignons, attristons, desconfortons, desesperons, estonnons, escrions, taisons, et quoy non ? d'une variation et multiplication, à l'envy de la langue. De la teste, nous convions, renvoyons, advouons, desadvouons, desmentons, bienveignons [5], honnorons, venerons, desdaignons, demandons, esconduisons, esguayons, lamentons, caressons, tansons, soubmettons, bravons, enhortons, menaceons, asseurons, enquerons. Quoy des sourcils ? quoy des espaules ? Il n'est mouvement qui ne parle, et un langage intelligible sans discipline, et un langage publicque ; qui faict, veoyant la varieté et usage distingué des aultres, que cettuy cy doibt plustost estre iugé le propre de l'humaine nature. Ie laisse à part ce que particulierement la necessité en apprend soubdain à ceulx qui en ont besoing ; et les alphabets des doigts, et grammaires en gestes ; et les sciences qui ne s'exercent et ne s'espriment que par iceulx ; et les nations que Pline dict n'avoir point d'autre langue. Un ambassadeur de la ville d'Abdere, aprez avoir longuement parlé au roy Agis de Sparte, luy demanda : « Et bien, sire, quelle response veulx tu que ie rapporte à nos citoyens ? » « Que ie t'ay laissé dire tout ce que tu as voulu, et tant que tu as voulu, sans iamais dire mot. » Voylà pas un taire parlier [6], et bien intelligible ?

Au reste, quelle sorte de nostre suffisance ne recognoissons nous aux operations des animaulx ? Est il police reglee avecques plus d'ordre, diversifiee à plus de charges et d'offices, et plus constamment entretenue que celle des mouches à miel ? cette disposition d'actions et de vacations si ordonnee, la pouvons nous imaginer se conduire sans discours et sans prudence ?

His quidam signis atque hæc exempla sequuti,
Esse apibus partem divinæ mentis, et haustus
Aethereos, dixere [7].

Les arondelles, que nous veoyons au retour du printemps fureter touts les coins de nos maisons, cherchent elles sans iugement, et choisissent elles sans discretion, de mille places, celle qui leur est la plus commode à se loger ? Et en cette belle et admirable contexture de leurs bastiments, les oyseaux peuvent ils se servir plustost d'une figure quarree, que de la ronde, d'un angle obtus, que d'un angle droit, sans en sçavoir les conditions et les effects ? prennent ils tantost de l'eau, tantost de l'argille, sans iuger que la dureté s'amollit en l'humectant ? planchent ils de mousse leur palais, ou de duvet, sans prevoir que les membres tendres de leurs petits y seront plus mollement et plus à l'ayse ? se couvrent ils du vent pluvieux, et plantent leur

<hr>

(1) Les animaux domestiques et les bêtes féroces font entendre des sons différents, selon que la crainte, la douleur ou la joie agissent en eux. LUCRÈCE, V, 1058.

(2) Ainsi l'impuissance de se faire entendre par des bégayements, force les enfants à recourir aux gestes. LUCR., V, 1029.

(3) Le silence même a son langage ; il sait prier, il sait se faire entendre. Aminta del TASSO, atto II, nel choro, v. 54.

(4) Avons honte. — (5) Félicitons quelqu'un sur sa bienvenue.

(6) Parlier, adjectif ; qui parle beaucoup.

(7) Frappés de ces merveilles, des sages ont pensé qu'il y avoit dans les abeilles une parcelle de la divine intelligence. VIRG., Georg., IV, 219.

loge à l'orient, sans cognoistre les conditions differentes de ces vents, et considerer que l'un leur est plus salutaire que l'aultre? Pourquoi espessit l'araignee sa toile en un endroict, et relasche en un aultre, se sert à cette heure de cette sorte de nœud, tantost de celle là, si elle n'a et deliberation, et pensement, et conclusion? Nous recognoissons assez, en la pluspart de leurs ouvrages, combien les animaulx ont d'excellence au dessus de nous, et combien nostre art est foible à les imiter: nous veoyons toutesfois aux nostres, plus grossiers, les facultez que nous y employons, et que nostre ame s'y sert de toutes ses forces; pourquoy n'en estimons nous autant d'eulx? pourquoi attribuons nous à ie ne sçay quelle inclination naturelle et servile les ouvrages qui surpassent tout ce que nous pouvons par nature et par art? En quoy, sans y penser, nous leur donnons un tresgrand advantage sur nous, de faire que nature, par une doulceur maternelle, les accompaigne et guide, comme par la main, à toutes les actions et commoditez de leur vie; et qu'à nous elle nous abandonne au hazard et à la fortune, et à quester, par art, les choses necessaires à nostre conservation; et nous refuse quand et quand les moyens de pouvoir arriver, par aulcune institution et contention d'esprit, à la suffisance naturelle des bestes: de maniere que leur stupidité brutale surpasse en toutes commoditez tout ce que peult nostre divine intelligence. Vrayement, à ce compte, nous aurions bien raison de l'appeller une tresiniuste marastre: mais il n'en est rien; nostre police n'est pas si difforme et desreglee.

Nature a embrassé universellement toutes ses creatures; et n'en est aulcune qu'elle n'ayt bien pleinement fournie de touts moyens necessaires à la conservation de son estre: car ces plaintes vulgaires que i'oys faire aux hommes (comme la licence de leurs opinions les esleve tantost au dessus des nues, et puis les ravalle aux antipodes), Que nous sommes le seul animal abandonné, nud sur la terre nue, lié, garotté, n'ayant de quoy s'armer et couvrir que la despouille d'aultruy; là où toutes les aultres creatures nature les a revestues de coquilles, de gousses, d'escorce, de poil, de laine, de poinctes, de cuir, de bourre, de plume, d'escaille, de toison et de soye, selon le besoing de leur estre: les a armees de griffes, de dents, de cornes, pour assaillir et pour deffendre, et les a elle mesme instruictes à ce qui leur est propre, à nager, à courir, à voler, à chanter; là où l'homme ne sçait ny cheminer, ny parler, ny manger, ny rien que plorer, sans apprentissage;

Tum porro puer, ut sævis proiectus ab undis
Navita, nudus humi iacet, infans, indigus omni

Vitali auxilio, quum primum in luminis oras
Nixibus ex alvo matris natura profudit,
Vagituque locum lugubri complet; ut æquum est,
Cui tantum in vita restet transire malorum.
At variæ crescunt pecudes, armenta, feræque,
Nec crepitacula eis opus est, nec cuiquam adhi-
                                    [benda est
Almæ nutricis blanda atque iufracta loquela;
Nec varias quærunt vestes pro tempore cœli;
Denique non armis opus est, non mœnibus altis,
Queis sua tutentur, quando omnibus omnia large
Tellus ipsa parit, naturaque dædala rerum [1].

ces plainctes là sont faulses; il y a en la police du monde une egualité plus grande, et une relation plus uniforme. Nostre peau est prouveue, aussi suffisamment que la leur, de fermeté contre les iniures du temps: tesmoing plusieurs nations qui n'ont encores gousté aucun usage des vestemens; nos anciens Gaulois n'estoient gueres vestus; ne sont pas les Irlandois nos voysins, soubs un ciel si froid: mais nous le iugeons mieulx par nous mesmes; car touts les endroicts de la personne qu'il nous plaist descouvrir au vent et à l'air, se treuvent propres à le souffrir, le visage, les pieds, les mains, les iambes, les espaules, la teste, selon que l'usage nous y convie: car s'il y a partie en nous foible, et qui semble debvoir craindre la froidure, ce debvroit estre l'estomach, où se faict la digestion; nos peres le portoient descouvert; et nos dames ainsin molles et delicates qu'elles sont, elles s'en vont tantost entr'ouvertes iusques au nombril. Les liaisons et emmaillottemens des enfants ne sont non plus necessaires; et les meres lacedemoniennes eslevoient les leurs en toute liberté de mouvemens de membres, sans les attacher ne plier. Nostre plorer est commun à la pluspart des aultres animaulx, et n'en est gueres qu'on ne veoye se plaindre et gemir longtemps aprez leur naissance; d'autant que c'est une contenance bien sortable à la foiblesse en quoy ils se sentent. Quant à l'usage du manger, il est, en nous comme en eulx, naturel et sans instruction;

Sentit enim vim quisque suam quam possit abuti [2]:

(1) Semblable au nautonnier qu'une affreuse tempête a jeté sur le rivage, l'enfant est étendu à terre, nu, sans parole, dénué de tous les secours de la vie, dès le moment que la nature l'a arraché avec effort du sein maternel, pour lui faire voir la lumière. Il remplit de ses cris plaintifs le lieu de sa naissance; et n'a-t-il pas raison de pleurer l'infortuné à qui il reste tant de maux à souffrir? Au contraire, les animaux domestiques et les bêtes féroces croissent sans peine: ils n'ont besoin ni du hochet bruyant, ni du langage enfantin d'une nourrice caressante; la differcuce des saisons ne les force pas à changer de vêtemens: il ne leur faut ni armes pour défendre leurs biens, ni forteresses pour les mettre à couvert, puisque de son sein fecond la nature leur prodigue ses inépuisables bienfaits. LUCRÈCE, V, 223.

(2) Car chaque animal sent sa force et ses besoins. LUCRÈCE, V, 1032.

qui faict doubte qu'un enfant, arrivé à la force de se nourrir, ne sceust quester sa nourriture? et la terre en produict et luy en offre assez pour sa necessité, sans aultre culture et artifice; et si non en tout temps, aussi ne faict elle pas aux bestes, tesmoing les provisions que nous veoyons faire aux formis, et aultres, pour les saisons steriles de l'annee. Ces nations que nous venons de descouvrir, si abondamment fournies de viande et de bruvage naturel, sans soing et sans façon, nous viennent d'apprendre que le pain n'est pas nostre seule nourriture, et que, sans labourage, nostre mere nature nous avoyt munis à planté [1] de tout ce qu'il nous falloit; voire, comme il est vraysemblable, plus plainement et plus richement qu'elle ne faict à present que nous y avons meslé nostre artifice;

> Et tellus nitidas fruges, vinetaque læta
> Sponte sua primum mortalibus ipsa creavit;
> Ipsa dedit dulces fœtus, et pabula læta;
> Quæ nunc vix nostro grandescunt aucta labore,
> Conterimusque boves, et vires agricolarum [2];

le debordement et desreglement de nostre appetit devanceant toutes les inventions que nous cherchons de l'assouvir.

Quant aux armes, nous en avons plus de naturelles que la pluspart des aultres animaulx, plus de divers mouvements de membres, et en tirons plus de service naturellement, et sans leçon; ceulx qui sont duicts à combattre nuds, on les veoid se iecter aux hazards, pareils aux nostres : si quelques bestes nous surpassent en cet advantage, nous en surpassons plusieurs aultres. Et l'industrie de fortifier le corps, et le couvrir par moyens acquis, nous l'avons par un instinct et precepte naturel : qu'il soit ainsin, l'elephant aiguise et esmould ses dents, desquelles il se sert à la guerre ( car il en a de particulieres pour cet usage, lesquelles il espargne, et ne les employe aulcunement à ses aultres services); quand les taureaux vont au combat, ils respandent et iectent la poussiere à l'entour d'eulx; les sangliers affinent leurs deffenses; et l'ichneumon, quand il doibt venir aux prinses avecques le crocodile, munit son corps, l'enduict et le crouste tout à l'entour de limon bien serré et bien paistri, comme d'une cuirasse : pourquoy ne dirons nous qu'il est aussi naturel de nous armer de bois et de fer?

Quant au parler, il est certain que, s'il n'est pas naturel, il n'est pas necessaire. Toutesfois, ie croy qu'un enfant qu'on auroit nourri en pleine solitude, esloingné de tout commerce (qui seroit un essay malaysé à faire), auroit quelque espece de parole pour esprimer ses conceptions : et n'est

pas croyable que nature nous ayt refusé ce moyen qu'elle a donné à plusieurs aultres animaulx; car qu'est ce aultre chose que parler, cette faculté que nous leur veoyons de se plaindre, de se resiouyr, de s'entr'appeller au secours, se convier à l'amour, comme ils font par l'usage de leur voix? Comment ne parleroient elles entr'elles? elles parlent bien à nous, et nous à elles : en combien de sortes parlons nous à nos chiens? et ils nous respondent : d'aultre langage, d'aultres appellations, devisons nous avecques eulx qu'avecques les oyseaux, avecques les pourceaux, les bœufs, les chevaulx; et changeons d'idiome, selon l'espece.

> Cosi per entro loro schiera bruna
> S'ammusa l'una con l'altra formica,
> Forse a spiar lor via e lor fortuna [3].

Il me semble que Lactance attribue aux bestes, non le parler seulement, mais le rire encores. Et la difference de langage qui se veoid entre nous, selon la difference des contrees, elle se treuve aussi aux animaulx de mesme espece : Aristote allegue à ce propos le chant divers des perdrix, selon la situation des lieux :

> Variæque volucres...
> Longe alias alio iaciunt in tempore voces...
> Et partim mutant cum tempestatibus una
> Raucisonos cantus [4].

Mais cela est à sçavoir, quel langage parleroit cet enfant : et ce qui s'en dict par divination n'a pas beaucoup d'apparence. Si on m'allegue, contre cette opinion, que les sourds naturels ne parlent point : ie responds que ce n'est pas seulement pour n'avoir peu recevoir l'instruction de la parole par les aureilles, mais plustost pource que le sens de l'ouïe, duquel ils sont privez, se rapporte à celuy du parler, et se tiennent ensemble d'une cousture naturelle; en façon que ce que nous parlons, il fault que nous le parlions premierement à nous, et que nous le facions sonner au dedans à nos aureilles, avant que de l'envoyer aux estrangeres.

I'ay dict tout cecy pour maintenir cette ressem-

(1) *A planté*, c'est-à-dire *avec plénitude.*

(2) La terre produisit d'elle-même, et offrit d'abord aux mortels les humides pâturages, les moissons jaunissantes et les riants vignobles. A peine accorde-t-elle aujourd'hui les trésors de son sein à nos longues fatigues; et nous épuisons les forces des laboureurs et des taureaux. Lucrèce, II, 1157.

(3) Ainsi, dans le noir essaim des fourmis, on en voit qui semblent s'aborder et se parler entre elles, peut-être pour épier les desseins et la fortune l'une de l'autre. Dante, *nel Purg.*, c. XXVI, v. 34.

(4) Les oiseaux changent de voix, selon les différents temps... Il en est à qui une saison nouvelle inspire un nouveau ramage. Lucrèce, V, 1077, 1080, 1082, 1083.

blance qu'il y a aux choses humaines, et pour nous ramener et ioindre à la presse : nous ne sommes ny au dessus, ny au dessoubs du reste. Tout ce qui est soubs le ciel, dict le sage, court une loy et fortune pareille :

Indupedita suis fatalibus omnia vinclis [1] :

il y a.quelque difference, il y a des ordres et des degrez; mais c'est soubs le visage d'une mesme nature :

Res... quæque suo ritu procedit; et omnes
Fœdere naturæ certo discrimina servant [2].

Il fault contraindre l'homme, et le renger dans les barrieres de cette police. Le miserable n'a garde d'eniamber par effect au delà : il est entravé et engagé, il est assubiecty de pareille obligation que les aultres creatures de son ordre, et d'une condition fort moyenne, sans aulcune prerogative, preexcellence, vraye et essentielle; celle qu'il se donne, par opinion et par fantasie, n'a ny corps ny goust. Et s'il est ainsin, que luy seul de touts les animaulx ayt.cette liberté de l'imagination, et ce desreglement de pensees, lui representant ce qui est, ce qui n'est pas, et ce qu'il veult, le fauls et le veritable; c'est un advantage qui luy est bien cher vendu, et duquel il a bien peu à se glorifier : car de là naist la source principale des maulx qui le pressent, peché, maladie, irresolution, trouble, desespoir. Ie dy donc, pour revenir à mon propos, qu'il n'y a point d'apparence d'estimer que les bestes facent par inclination naturelle et forcee les mesmes choses que nous faisons par nostre chois et industrie : nous debvons conclure de pareils effects, pareilles facultez; et de plus riches effects, des facultez plus riches; et confesser, par consequent, que ce mesme discours, cette mesme voye, que nous tenons à ouvrer, aussi la tiennent les animaulx, ou quelque aultre meilleure. Pourquoy imaginons nous en eulx cette contrainte naturelle, nous qui n'en esprouvons aulcun pareil effect? ioinct qu'il est plus honnorable d'estre acheminé et obligé à reglement agir par naturelle et inevitable condition, et plus approchant de la Divinité, que d'agir reglement par liberté temeraire et fortuite; et plus seur de laisser à nature, qu'à nous, les resnes de nostre conduicte. La vanité de nostre presumption faict que nous aimons mieulx debvoir à nos forces, qu'à sa liberalité, nostre suffisance; et enrichissons les aultres animaulx des biens naturels, et les leur renonceons, pour nous honnorer et ennoblir des biens acquis : par une humeur bien simple, ce me semble; car ie priserois bien autant des graces

toutes miennes et naïfves, que celles que i'aurois esté mendier et quester de l'apprentissage : il n'est pas en nostre puissance d'acquerir une plus belle recommandation, que d'estre favorisé de Dieu et de nature.

Par ainsin, le regnard, de quoy se servent les habitants de la Thrace, quand ils veulent entreprendre de passer par dessus la glace de quelque riviere gelee, et le laschent devant eulx pour cet effect; quand nous le verrions au bord de l'eau approcher son aureille bien prez de la glace, pour sentir s'il orra, d'une longue ou d'une voysine distance, bruire l'eau, courant au dessoubs, et, selon qu'il treuve par là qu'il y a plus ou moins d'espesseur en la glace, se reculer, ou s'advancer, n'aurions nous pas raison de iuger qu'il luy passe par la teste ce mesme discours qu'il feroit en la nostre, et que c'est une ratiocination [3] et consequence tiree du sens naturel : « Ce qui faict bruict se remue; ce qui se remue, n'est pas gelé; ce qui n'est pas gelé, est liquide; et ce qui est liquide, plie soubs le faix? » car d'attribuer cela seulement à une vivacité du sens de l'ouïe, sans discours et sans consequence, c'est une chimere, et ne peult entrer en nostre imagination. De mesme fault il estimer de tant de sortes de ruses et d'inventions, de quoy les bestes se couvrent des entreprinses que nous faisons sur elles.

Et si nous voulons prendre quelque advantage de cela mesme, qu'il est en nous de les saisir, de nous en servir, et d'en user à nostre volonté; ce n'est que ce mesme advantage que nous avons les uns sur les aultres : nous avons à cette condition nos esclaves; et les Climacides estoient ce pas des femmes, en Syrie, qui servoient, couchees à quatre pattes, de marchepied et d'eschelle aux dames à monter en coche? et la pluspart des personnages libres abandonnent, pour bien legieres commoditez, leur vie et leur estre à la puissance d'aultruy : les femmes et concubines des Thraces plaident à qui sera choisie pour estre tuee au tumbeau de son mary : les tyrans ont ils iamais failli de trouver assez d'hommes vouez à leur devotion, aulcuns d'eulx adioustants davantage cette necessité de les accompaigner à la mort comme en la vie? des armees entieres se sont ainsin obligees à leurs capitaines : la formule du serment, en cette rude eschole des escrimeurs à oultrance, portoit ces promesses : « Nous iurons de nous laisser en-

<hr>

(1) Tout est enchaîné par les liens de la destinée. Lucrèce, V, 874.

(2) Tous les êtres ont leur caractère propre; tous gardent les differences que les lois de la nature ont établies entre eux. Lucr., V, 921. — (3) Raisonnement.

chaisner, brusler, battre, et tuer de glaive, et souffrir tout ce que les gladiateurs legitimes souffrent de leur maistre; engageant tresreligieusement et le corps et l'ame à son service : »

Ure meum, si vis, flamma caput, et pete ferro
Corpus, et intorto verbere terga seca[1] :

c'estoit une obligation veritable; et si, il s'en trouvoit dix mille, telle annee, qui y entroient et s'y perdoient. Quand les Scythes enterroient leur roy, ils estrangloient sur son corps la plus favorie de ses concubines[1], son eschanson, escuyer d'escurie, chambellan, huissier de chambre, et cuisinier; et, en son anniversaire, ils tuoient cinquante chevaulx, montez de cinquante pages, qu'ils avoyent empalez par l'espine du dos iusques au gozier, et les laissoient ainsi plantez en parade autour de la tumbe. Les hommes qui nous servent le font à meilleur marché, et pour un traictement moins curieux et moins favorable, que celuy que nous faisons aux oyseaux, aux chevaulx et aux chiens. A quel soulcy ne nous desmettons nous pour leur commodité? il ne me semble point que les plus abiects serviteurs facent volontiers pour leurs maistres ce que les princes s'honnorent de faire pour ces bestes. Diogenes veoyant ses parents en peine de le rachetter de servitude : « Ils sont fols, disoit il; c'est celuy qui me traicte et nourrit, qui me sert : » 'et ceulx qui entretiennent les bestes, se doibvent dire plustost les servir, qu'en estre servis. Et si, elles ont cela de plus genereux, que iamais lyon ne s'asservit à un aultre lyon, ny un cheval à un aultre cheval, par faulte de cœur. Comme nous allons à la chasse des bestes, ainsi vont les tigres et les lyons à la chasse des hommes; et ont un pareil exercice les unes sur les aultres, les chiens sur les lievres, les brochets sur les tenches, les arondelles sur les cigales, les esperviers sur les merles et sur les allouettes :

Serpente ciconia pullos
Nutrit, et inventa per devia rura lacerta...
Et leporem aut capream famulæ Iovis et generosæ
In salta venantur aves[2].

Nous partons[3] le fruict de nostre chasse avecques nos chiens et oyseaux, comme la peine et l'industrie : et au dessus d'Amphipolis, en Thrace, les chasseurs, et les faulcons sauvages, partent iustement le butin par moitié; comme, le long des Palus Mæotides, si le pescheur ne laisse aux loups, de bonne foy, une part eguale de sa prinse, ils vont incontinent deschirer ses rets. Et comme nous avons une chasse qui se conduict plus par subtilité que par force, comme celle des colliers[4], de nos

lignes, et de l'hamesson, il s'en veoid aussi de pareilles entre les bestes : Aristote dict que la seche iecte de son col un boyau long comme une ligne, qu'elle estend au loing en le laschant, et le retire à soy quand elle veult : à mesure qu'elle apperceoit quelque petit poisson s'approcher, elle luy laisse mordre le bout de ce boyau, estant cachee dans le sable ou dans la vase, et, petit à petit, le retire iusques à ce que ce petit poisson soit si prez d'elle, que d'un sault elle puisse l'attraper.

Quant à la force, il n'est animal au monde en butte de tant d'offenses, que l'homme : il ne nous fault point une baleine, un elephant et un crocodile, ny tels aultres animaulx, desquels un seul est capable de desfaire un grand nombre d'hommes; les pouils sont suffisants pour faire vacquer la dictature de Sylla[5]; c'est le desieusner d'un petit ver, que le cœur et la vie d'un grand et triumphant empereur.

Pourquoy disons nous que c'est à l'homme science et cognoissance, bastie par art et par discours, de discerner les choses utiles à son vivre, et au secours de ses maladies, de celles qui ne le sont pas; de cognoistre la force de la rubarbe et du polypode : et, quand nous veoyons les chevres de Candie, si elles ont receu un coup de traict, aller, entre un million d'herbes, choisir le dictame pour leur guarison; et la tortue, quand elle a mangé de la vipere, chercher incontinent de l'origanum pour se purger; le dragon, fourbir et esclairer ses yeulx avecques du fenoil; les cigoignes, se donner elles mesmes des clysteres à tout de l'eau de marine; les elephants, arracher non seulement les dards de leurs corps, et de leurs compaignons, mais des corps aussi de leurs maistres ( tesmoing celuy du roy Porus, qu'Alexandre desfeit ), les iavelots et les dards qu'on leur a iectez au combat, et les arracher si dextrement que nous ne le sçaurions faire avecques si peu de douleur; pourquoy ne disons nous de mesme que c'est science et prudence? Car d'alleguer, pour les deprimer, que c'est par la seule instruction et maistrise de nature qu'elles le sçavent; ce n'est pas leur oster le tiltre de science et de prudence, c'est le leur attribuer à plus forte raison qu'à nous, pour l'hon-

(1) Brûle-moi, j'y consens, brûle-moi la tête, perce-moi le corps d'un glaive, et déchire-moi le dos à coups de fouet. Tib., I, 9, 21.

(2) La cicogne nourrit ses petits de serpents et de lézards qu'elle trouve loin des routes frayées...; l'aigle, ministre de Jupiter, chasse dans les forêts le lièvre et le chevreuil. Juv. XIV, 74, 81.

(3) Du verbe partir, diviser en plusieurs parts.

(4) Des collets, sorte de lacs à prendre des lièvres.

(5) Allusion à la maladie pédiculaire, dont Sylla mourut à l'âge de soixante ans.

ueur d'une si certaine maistresse d'eschole. Chrysippus, bien qu'en toutes aultres choses autant
desdaigneux iuge de la condition des animaulx
que nul aultre philosophe, considerant les mouvements du chien qui, se rencontrant en un carrefour à trois chemins, ou à la queste de son maistre
qu'il a esgaré, ou à la poursuitte de quelque proye
qui fuyt devant luy, va essayant un chemin aprez
l'aultre; et, aprez s'estre asseuré des deux, et n'y
avoir trouvé la trace de ce qu'il cherche, s'eslance
dans le troisiesme sans marchander; il est contrainct de confesser qu'en ce chien là un tel discours
se passe : « I'ay suivi iusques à ce carrefour
mon maistre à la trace; il fault necessairement
qu'il passe par l'un de ces trois chemins : ce n'est
ny par cettuy cy, ny par celuy là : il fault doncques
infailliblement qu'il passe par cet aultre : » et que,
s'asseurant par cette conclusion et discours, il ne
se sert plus de son sentiment au troisiesme chemin, ny ne le sonde plus, ains s'y laisse emporter
par la force de la raison. Ce traict, purement dialecticien, et cet usage de propositions divisees et
conioinctes, et de la suffisante enumeration des
parties, vault il pas autant que le chien le sçache
de soy, que de Trapezonce[1] ?

Si ne sont pas les bestes incapables d'estre encores instruictes à nostre mode : les merles, les
corbeaux, les pies, les perroquets, nous leur apprenons à parler; et cette facilité que nous recognoissons à nous fournir leur voix et haleine si
souple et si maniable, pour la former et l'astrein-
dre à certain nombre de lettres et de syllabes, tesmoingne qu'ils ont un discours au dedans qui les
rend ainsin disciplinables et volontaires à apprendre. Chascun est saoul, ce croy ie, de veoir
tant de sortes de singeries que les basteleurs apprennent à leurs chiens; les dances où il ne faillent une seule cadence du son qu'ils oyent; plusieurs divers mouvemens et saults qu'ils leur font
faire, par le commandement de leur parole. Mais
ie remarque avecques plus d'admiration cet effect,
qui est toutesfois assez vulgaire, des chiens de
quoy se servent les aveugles, et aux champs et
aux villes; ie me suis prins garde comme ils s'arrestent à certaines portes, d'où ils ont accoustumé
de tirer l'aulmosne; comme ils evitent le choc
des coches et des charrettes, lors mesme que,
pour leur regard, ils ont assez de place pour leur
passage; i'en ay veu le long d'un fossé de ville,
laisser un sentier plain et uni, et en prendre un
pire, pour esloingner son maistre du fossé : comment pouvoit on avoir faict concevoir à ce chien,
que c'estoit sa charge de regarder seulement à la
seureté de son maistre, et mespriser ses propres

commoditez pour le servir? Et comment avoyt il
la cognoissance que tel chemin luy estoit bien assez large, qui ne le seroit pas pour un aveugle? Tout
cela se peut il comprendre sans ratiocination ?

Il ne fault pas oublier ce que Plutarque dict
avoir veu à Rome d'un chien, avecques l'empereur Vespasien le pere, au theatre de Marcellus :
ce chien servoit à un basteleur qui iouoit une
fiction à plusieurs mines et à plusieurs personnages, et y avoyt son roolle. Il falloit, entre aultres
choses, qu'il contrefeist pour un temps le mort,
pour avoir mangé de certaine drogue : aprez avoir
avalé le pain qu'on feignoit estre cette drogue,
il commencea tantost à trembler et bransler,
comme s'il eust esté estourdi : finalement, s'estendant et se roidissant, comme mort, il se laissa
tirer et traisner d'un lieu à aultre, ainsin que portoit le subiect du ieu; et puis, quand il cogneut
qu'il estoit temps, il commencea premierement à
se remuer tout bellement, ainsin que s'il se feust
revenu[2] d'un profond sommeil, et, levant la teste,
regarda çà et là, d'une façon qui estonnoit touts
les assistants.

Les bœufs qui servoient aux iardins royaux de
Suse, pour les arrouser, et tourner certaines
grandes roues à puiser de l'eau, ausquelles il y
avoyt des bacquets attachez (comme il s'en veoid
plusieurs en Languedoc), on leur avoyt ordonné
d'en tirer par iour iusques à cent tours chascun,
dont ils estoient si accoustumez à ce nombre, qu'il
estoit impossible, par aulcune force, de leur en
faire tirer un tour davantage; et, ayants faict leur
tasche, ils s'arrestoient tout court. Nous sommes
en l'adolescence avant que nous sçachions compter
iusques à cent, et venons de descouvrir des nations
qui n'ont aulcune cognoissance des nombres.

Il y a encores plus de discours à instruire aultruy qu'à estre instruict : or, laissant à part ce que
Democritus iugeoit, et prouvoit, que la pluspart
des arts, les bestes nous les ont apprinses, comme
l'araignee à tistre et à coudre, l'arondelle à bastir, le cygne et le rossignol la musique, et plusieurs
animaulx, par leur imitation, à faire la medecine : Aristote tient que les rossignols instruisent
leurs petits à chanter, et y employent du temps
et du soing, d'où il advient que ceulx que nous
nourrissons en cage, qui n'ont point eu loysir d'aller à l'eschole soubs leurs parents, perdent beaucoup de la grace de leur chant : nous pouvons iu-

---

[1] *Georgius Trapezuntius*, que nous appelons *George de Trébi-
zonde*, un de ces savants grecs qui, forcés de quitter l'Orient
dans le quinzième siècle, se réfugièrent en Occident, où ils firent revivre les lettres. Eugène IV lui confia la direction d'un
des collèges de Rome. — [2] *Se revenir, se recolligere.*

ger par là qu'il receoit de l'amendement par discipline et par estude; et, entre les libres mesme, il n'est pas un et pareil, chascun en a prins selon sa capacité; et sur la ialousie de leur apprentissage, ils se debattent, à l'envy, d'une contention si courageuse, que, par fois, le vaincu y demeure mort, l'haleine luy faillant plustost que la voix. Les plus ieunes ruminent pensifs, et prennent à imiter certains couplets de chanson; le disciple escoute la leçon de son precepteur, et en rend compte avecques grand soing; ils se taisent, l'un tantost, tantost l'aultre; on oyt corriger les faultes, et sent on aulcunes reprehensions du precepteur. I'ay veu, dict Arianus, aultresfois un elephant ayant à chascune cuisse un cymbale pendu, et un aultre attaché à sa trompe, au son desquels touts les aultres dancoient en rond, s'eslevants et s'inclinants à certaines cadences, selon que l'instrument les guidoit; et y avoyt plaisir à ouïr cette harmonie. Aux spectacles de Rome, il se veoyoit ordinairement des elephants dressez à se mouvoir, et dancer, au son de la voix, des dances à plusieurs entrelasseures, couppures, et diverses cadences tresdifficiles à apprendre. Il s'en est veu qui, en leur privé, rememoroient leur leçon, et s'exerceoient, par soing et par estude, pour n'estre tansez et battus de leurs maistres.

Mais cett'aultre histoire de la pie, de laquelle nous avons Plutarque mesme pour respondant, est estrange: Elle estoit en la boutique d'un barbier, à Rome, et faisoit merveilles de contrefaire avecques la voix tout ce qu'elle oyoit. Un iour, il advint que certaines trompettes s'arresterent à sonner longtemps devant cette boutique. Depuis cela, et tout le lendemain, voylà cette pie pensifve, muette et melancholique; de quoy tout le monde estoit esmerveillé, et pensoit que le son des trompettes l'eust ainsi estourdie et estonnee, et qu'avecques l'ouie, la voix se feust quand et quand esteincte: mais on trouva enfin que c'estoit une estude profonde, et une retraicte en soymesme, son esprit s'exercitant, et preparant sa voix à representer le son de ces trompettes: de maniere que sa premiere voix ce feut celle là, d'esprimer parfaictement leurs reprinses, leurs poses, et leurs nuances, ayant quitté, par ce nouvel apprentissage, et prins à desdaing, tout ce qu'elle sçavoit dire auparavant.

Ie ne veulx pas obmettre d'alleguer aussi cet aultre exemple d'un chien que ce mesme Plutarque dict avoir veu (car, quant à l'ordre, ie sens bien qu'ie le trouble; mais ie n'en observe non plus à renger ces exemples, qu'au reste de toute ma besongne), luy estant dans un navire: ce

chien, estant en peine d'avoir l'huile qui estoit dans le fond d'une cruche, où il ne pouvoit arriver de la langue, pour l'estroicte emboucheure du vaisseau, alla querir des cailloux, et en meit dans cette cruche iusques à ce qu'il eust faict haulser l'huile plus prez du bord, où il la peust atteindre. Cela qu'est ce, si ce n'est l'effect d'un esprit bien subtil? On dict que les corbeaux de Barbarie en font de mesme, quand l'eau qu'ils veulent boire est trop basse. Cette action est aulcunement voysine de ce que recitoit des elephants un roy de leur nation, Iuba, que quand, par la finesse de ceulx qui les chassent, l'un d'entre eulx se treuve prins dans certaines fosses profondes qu'on leur prepare, et les recouvre lon de menues brossailles pour les tromper, ses compaignons y apportent en diligence force pierres et pieces de bois, à fin que cela l'ayde à s'en mettre hors. Mais cet animal rapporte, en tant d'aultres effects, à l'humaine suffisance, que si ie vouloy suivre par le menu ce que l'experience en a appris, ie gaignerois ayseement ce que ie maintiens ordinairement, qu'il se treuve plus de difference de tel homme à tel homme, que de tel animal à tel homme. Le gouverneur d'un elephant, en une maison privee de Syrie, desroboit à touts les repas la moitié de la pension qu'on luy avoyt ordonnee: un iour le maistre voulut luy mesme le panser, versa dans sa mangeoire la iuste mesure d'orge qu'il luy avoyt prescripte pour sa nourriture; l'elephant, regardant de mauvais œil ce gouverneur, separa avecques la trompe et en meit à part la moitié, declarant par là le tort qu'on luy faisoit. Et un aultre, ayant un gouverneur qui mesloit dans sa mangeaille des pierres pour en croistre la mesure, s'approcha du pot où il faisoit cuire sa chair pour en disner, et le lui remplit de cendre. Cela, ce sont des effects particuliers: mais ce que tout le monde a veu, et que tout le monde sçait, qu'en toutes les armees qui se conduisoient du païs du Levant, l'une des plus grandes forces consistoit aux elephants, desquels on tiroit des effects sans comparaison plus grands que nous ne faisons à present de nostre artillerie, qui tient à peu prez leur place en une bataille ordonnee (cela est aysé à iuger à ceulx qui cognoissent les histoires anciennes).

Siquidem Tyrio servire solebant
Annibali, et nostris ducibus, regique Molosso,
Horum maiores, et dorso ferre cohortes,
Partem aliquam belli, et euntem in prælia turrim [1]:

(1) Les ancêtres de nos éléphants combattoient dans les armées d'Annibal, du roi d'Épire et des généraux de Rome; ils

il falloit bien qu'on se respondist à bon escient de la creance de ces bestes et de leur discours, leur abandonnant la teste d'une bataille, là où le moindre arrest qu'elles eussent sceu faire pour la grandeur et pesanteur de leur corps, le moindre effroy qui leur eust faict tourner la teste sur leurs gents, estoit suffisant pour tout perdre: et s'est veu peu d'exemples où cela soit advenu qu'ils se reiectassent sur leurs trouppes, au lieu que nous mesmes nous reiectons les uns sur les aultres, et nous rompons. On leur donnoit charge, non d'un mouvement simple, mais de plusieurs diverses parties, au combat; comme faisoient aux chiens les Espaignols à la nouvelle conqueste des Indes, ausquels ils payoient solde, et faisoient partage au butin: et montroient ces animaulx autant d'adresse et de iugement à poursuivre et arrester leur victoire, à charger ou à reculer, selon les occasions, à distinguer les amys des ennemys, comme ils faisoient d'ardeur et d'aspreté.

Nous admirons et poisons mieulx les choses estrangeres que les ordinaires; et, sans cela, ie ne me feusse pas amusé à ce long registre: car, selon mon opinion, qui contreroollera de prez ce que nous veoyons ordinairement ez animaulx qui vivent parmy nous, il y a de quoy y trouver des effects autant admirables que ceulx qu'on va recueillant ez païs et siecles estrangers. C'est une mesme nature qui roule son cours: qui en auroit suffisamment iugé le present estat, en pourroit seurement conclure et tout l'advenir et tout le passé. l'ay veu aultresfois parmy nous des hommes amenez par mer de loingtain païs, desquels parce que nous n'entendions aulcunement le language, et que leur façon, au demourant, et leur contenance, et leurs vestements, estoient du tout esloingnez des nostres, qui de nous ne les estimoit et sauvages et brutes? qui n'attribuoit à stupidité et à bestise de les veoir muets, ignorants la langue françoise, ignorants nos baisemains et nos inclinations serpentees, nostre port, et nostre maintien, sur lequel, sans faillir, doibt prendre son patron la nature humaine? Tout ce qui nous semble estrange, nous le condemnons, et ce que nous n'entendons pas. Il nous advient ainsi au iugement que nous faisons des bestes. Elles ont plusieurs conditions qui se rapportent aux nostres; de celles là, par comparaison, nous pouvons tirer quelque coniecture: mais, de ce qu'elles ont particulier, que sçavons nous que c'est? Les chevaulx, les chiens, les bœufs, les brebis, les oyseaux, et la pluspart des animaulx qui vivent avecques nous, recognoissent nostre voix, et se laissent conduire par elle: si faisoit bien encores

la murene de Crassus, et venoyt à luy quand il l'appeloit; et le font aussi les anguilles qui se treuvent en la fontaine d'Arethuse; et i'ay veu des gardoirs assez, où les poissons accourent, pour manger, à certain cri de ceulx qui les traictent,

Nomen habent, et ad magistri
Vocem quisque sui venit citatus [1]:

nous pouvons iuger de cela. Nous pouvons aussi dire que les elephants ont quelque participation de religion, d'autant qu'aprez plusieurs ablutions et purifications, on les veoid haulsant leur trompe, comme des bras; et, tenant les yeulx fichez vers le soleil levant, se planter longtemps en meditation et contemplation à certaines heures du jour, de leur propre inclination, sans instruction et sans precepte. Mais, pour ne veoir aulcune telle apparence ez aultres animaulx, nous ne pouvons pourtant establir qu'ils soient sans religion, et ne pouvons prendre en aulcune part ce qui nous est caché; comme nous veoyons quelque chose en cette action que le philosophe Cleanthes remarqua, parce qu'elle retire aux nostres: il veit, dict il, des formis partir de leur formiliere, portants le corps d'un formi mort vers une aultre formiliere, de laquelle plusieurs aultres formis leur veindrent au devant, comme pour parler à eulx; et, aprez avoir esté ensemble quelque piece, ceulx cy s'en retournerent pour consulter, pensez, avecques leurs concitoyens, et feirent ainsi deux ou trois voyages, pour la difficulté de la capitulation: enfin, ces derniers venus apporterent aux premiers un ver de leur taniere, comme pour la rançon du mort, lequel ver les premiers chargerent sur leur dos, et emporterent chez eulx, laissans aux aultres le corps du trespassé. Voilà l'interpretation que Cleanthes y donna, tesmoingnant par là que celles qui n'ont point de voix, ne laissent pas d'avoir praetique et communication mutuelle, de laquelle c'est nostre default que nous ne soyons participants; et nous meslons, à cette cause, sottement d'en opiner. Or, elles produisent encore d'aultres effects qui surpassent de bien loing nostre capacité; ausquels il s'en fault tant que nous puissions arriver par imitation, que, par imagination mesme, nous ne les pouvons concevoir. Plusieurs tiennent qu'en cette grande et derniere bataille navale qu'Antonius perdit contre Auguste, sa galere capitainesse feut arrestee au milieu de sa course par ce petit poisson que les Latins nom-

portoient sur leur dos des cohortes entieres, et des tours que l'on voyoit s'avancer au milieu des batailles. Juv., XII, 107.

(1) Ils ont un nom: et chacun d'eux vient à la voix du maître qui l'appelle. Martial., IV, 29, 6.

ment *Remora*, à cause de cette sienne propriété d'arrester toute sorte de vaisseaux ausquels il s'attache. Et l'empereur Caligula, voguant avecques une grande flotte en la coste de la Romanie, sa seule galere feut arrestee tout court par ce mesme poisson; lequel il feit prendre attaché comme il estoit au bas de son vaisseau, tout despit de quoy un si petit animal pouvoit forcer et la mer et les vents, et la violence de touts ses avirons, pour estre seulement attaché par le bec à sa galere (car c'est un poison à coquille); et s'estonna encores, non sans grande raison, de ce que, luy estant apporté dans le batteau, il n'avoyt plus cette force qu'il avoyt au dehors. Un citoyen de Cyzique acquit iadis reputation de bon mathematicien, pour avoir appris la condition de l'herisson; il a sa taniere ouverte à divers endroicts et à divers vents, et, prevoyant le vent advenir, il va boucher le trou du costé de ce vent là: ce que remarquant, ce citoyen apportoit en sa ville certaines predictions du vent qui avoyt à tirer. Le cameleon prend la couleur du lieu où il est assis; mais le poulpe se donne luy mesme la couleur qu'il luy plaist, selon les occasions, pour se cacher de ce qu'il craint, et attraper ce qu'il cherche: au cameleon, c'est changement de passion: mais au poulpe, c'est changement d'action. Nous avons quelques mutations de couleur, à la frayeur, la cholere, la honte, et aultres passions, qui alterent le teinct de nostre visage; mais c'est par l'effect de la souffrance, comme au cameleon: il est bien en la iaunisse de nous faire iaunir; mais il n'est pas en la disposition de nostre volonté. Or, ces effects, que nous recognoissons aux aultres animaulx, plus grands que les nostres, tesmoingnent en eulx quelque faculté plus excellente qui nous est occulte; comme il est vraysemblable que sont plusieurs aultres de leurs conditions et puissances, desquelles nulles apparences ne viennent iusques à nous.

De toutes les predictions du temps passé, les plus anciennes et plus certaines estoient celles qui se tiroient du vol des oyseaux: nous n'avons rien de pareil, ny de si admirable. Cette regle, cet ordre du bransler de leur aile, par lequel on tire des consequences des choses à venir, il fault bien qu'il soit conduict par quelque excellent moyen à une si noble operation: car c'est prester à la lettre, d'aller attribuant ce grand effect à quelque ordonnance naturelle, sans l'intelligence, consentement et discours de qui le produict; et est une opinion evidemment faulse. Qu'il soit ainsi. La torpille a cette condition, non seulement d'endormir les membres qui la touchent, mais, au travers des filets et de la seine, elle transmet une pesanteur en-

dormie aux mains de ceulx qui la remuent et manient; voire, dict on davantage, que si on verse de l'eau dessus, on sent cette passion qui gaigne contremont iusques à la main, et endort l'attouchement au travers de l'eau. Cette force est merveilleuse: mais elle n'est pas inutile à la torpille; elle la sent, et s'en sert, de maniere que, pour attraper la proye qu'elle queste, on la veoid se tapir soubs le limon, à fin que les aultres poissons, se coulants par dessus, frappez et endormis de cette sienne froideur, tumbent en sa puissance. Les grues, les arondelles, et aultres oyseaux passagiers, changeants de demeure selon les saisons de l'an, montrent assez la cognoissance qu'elles ont de leur faculté divinatrice, et la mettent en usage. Les chasseurs nous asseurent que, pour choisir d'un nombre de petits chiens celuy qu'on doibt conserver pour le meilleur, il ne fault que mettre la mere au propre de le choisir elle mesme; comme, si on les emporte hors de leur giste, le premier qu'elle y rapportera sera tousiours le meilleur; ou bien, si on fait semblant d'entourner de feu leur giste de toutes parts, celuy des petits au secours duquel elle courra premierement: par où il appert qu'elles ont un usage de prognosticque, que nous n'avons pas, ou qu'elles ont quelque vertu à iuger de leurs petits, aultre et plus vifve que la nostre.

La maniere de naistre, d'engendrer, nourrir, agir, mouvoir, vivre et mourir, des bestes, estants si voysine de la nostre, tout ce que nous retrenchons de leurs causes motrices, et que nous adioustons à nostre condition au dessus de la leur, cela ne peult aulcunement partir du discours de nostre raison. Pour reglement de nostre santé, les medecins nous proposent l'exemple du vivre des bestes, et leur façon; car ce mot est de tout temps en la bouche du peuple:

> Tenez chaulds les pieds et la teste;
> Au demourant, vivez en beste.

La generation est la principale des actions naturelles; nous avons quelque disposition de membres qui nous est plus propre à cela: toutesfois ils nous ordonnent de nous renger à l'assiette et disposition brutale;

> More ferarum,     [tur
> Quadrupedumque magis ritu, plerumque putan-
> Concipere uxores: quia sic loca sumere possunt,
> Pectoribus positis, sublatis semina lumbis [1];

---

[1] On croit communément que, pour être féconde, l'union des époux doit se faire dans l'attitude des quadrupèdes, parce qu'alors la situation horizontale de la poitrine et l'élévation des reins favorisent la direction du fluide générateur. Lucen., IV, 1261.

et reiectent, comme nuisibles, ces mouvements indiscrets et insolents que les femmes y ont meslé de leur creu ; les ramenant à l'exemple et usage des bestes de leur sexe, plus modeste et rassis :

Nam mulier prohibet se concipere atque repugnat,
Clunibus ipsa viri Venerem si læta retractet,
Atque exossato ciet omni pectore fluctus.
Eicit enim sulci recta regione viaque
Vomerem, atque locis avertit seminis ictum [1].

Si c'est iustice de rendre à chascun ce qui luy est deu, les bestes qui servent, aiment et deffendent leurs bienfaicteurs, et qui poursuivent et oultragent les estrangers et ceulx qui les offensent, elles representent en cela quelque air de nostre iustice : comme aussi en conservant une egualité tresequitable en la dispensation de leurs biens à leurs petits. Quant l'amitié, elles l'ont, sans comparaison, plus vifve et plus constante que n'ont pas les hommes. Hyrcanus, le chien du roy Lysimachus, son maistre mort, demeura obstiné sur son lict, sans vouloir boire ne manger ; et le iour qu'on en brusla le corps, il print sa course, et se iecta dans le feu, où il feut bruslé : comme feit aussi le chien d'un nommé Pyrrhus ; car il ne bougea de dessus le lict de son maistre depuis qu'il feut mort ; et, quand on l'emporta, il se laissa enlever quand et luy, et finalement se laucea dans le buchier où on brusloit le corps de son maistre. Il y a certaines inclinations d'affection qui naissent quelquefois en nous sans le conseil de la raison, qui viennent d'une temerité fortuite que d'aultres nomment sympathie ; les bestes sont capables comme nous : nous veoyons les chevaulx prendre certaine accointance des uns aux autres, iusques à nous mettre en peine pour les faire vivre ou voyager separeement : on les veoid appliquer leur affection à certain poil de leurs compaignons, comme à certain visage, et, où ils le rencontrent, s'y ioindre incontinent avecques feste et demonstration de bienveillance, et prendre quelque aultre forme à contrecœur et en haine. Les animaulx ont chois, comme nous, en leurs amours, et font quelque triage de leurs femelles ; ils ne sont pas exempts de nos ialousies et d'envyes extremes et irreconciliables.

Les cupiditez sont ou naturelles et necessaires, comme le boire et le manger ; ou naturelles et non necessaires, comme l'accointance des femelles ; ou elles ne sont ny naturelles ny necessaires : de cette derniere sorte sont quasi toutes celles des hommes ; elles sont toutes superflues et artificielles ; car c'est merveille combien peu il fault à nature pour se contenter, combien peu elle nous a laissé à desirer : les apprests de nos cuisines ne touchent pas son ordonnance ; les stoïciens disent qu'un homme auroit de quoy se substanter d'une olive par iour : la delicatesse de nos vins n'est pas de sa leçon, ny la recharge que nous adioustons aux appetits amoureux :

Neque illa
Magno prognatum deposcit consule cunnum [2].

Ces cupiditez estrangeres, que l'ignorance du bien et une faulse opinion ont coulees en nous, sont en si grand nombre, qu'elles chassent presque toutes les naturelles : ny plus ny moins que si en une cité il y avoyt si grand nombre d'estrangers, qu'ils en meissent hors les naturels habitants, ou esteignissent leur auctorité et puissance ancienne, l'usurpant entierement et s'en saisissant. Les animaulx sont beaucoup plus reglez que nous ne sommes, et se contiennent avec plus de moderation soubs les limites que nature nous a prescripts ; mais non pas si exactement, qu'ils n'ayent encores quelque convenance à nostre desbauche ; et tout ainsin, comme il s'est trouvé des desirs furieux qui ont poulsé les hommes à l'amour des bestes, elles se trouvent aussi par fois esprinses de nostre amour, et receoivent des affections monstrueuses d'une espece à aultre : tesmoing l'elephant corrival d'Aristophanes le grammairien, en l'amour d'une ieune bouquetiere en la ville d'Alexandrie, qui ne luy cedoit en rien aux offices d'un poursuivant bien passionné ; car, se promenant par le marché où l'on vendoit des fruicts, il en prenoit avecques sa trompe, et les luy portoit ; il ne la perdoit de veue que le moins qu'il luy estoit possible ; et luy mettoit quelquesfois la trompe dans le sein par dessoubs son collet, et luy tastoit les tettins. Ils recitent aussi d'un dragon amoureux d'une fille ; et d'une oye esprinse de l'amour d'un enfant, en la ville d'Asope ; et d'un belier serviteur de la menestriere Glaucia : et il se veoid touts les iours des magots furieusement esprins de l'amour des femmes. On veoid aussi certains animaulx s'addonner à l'amour des masles de leur sexe. Oppianus [5], et aultres, recitent quelques exemples pour montrer la reverence que les bestes, en leurs mariages, portent à la parenté ; mais l'experience nous faict bien souvent veoir le contraire :

Nec habetur turpe iuvencæ
Ferre patrem tergo ; fit equo sua filia coniux ;

---

[1] Les mouvements lascifs par lesquels la femme excite l'ardeur de son époux, sont un obstacle à la fécondation ; ils ôtent le soc du sillon, et détournent les germes de leur but. Lucrèce, IV, 1266.
[2] La volupté ne lui semble pas plus vive dans les bras de la fille d'un consul. Hor., Sat., I, 2, 69. — [3] Poëme de la Chasse.

28

Quasque creavit, init pecudes caper; ipsaque cuius
Semine concepta est, ex illo concipit ales [1].

De subtilité malicieuse, en est-il une plus expresse que celle du mulet du philosophe Thales? lequel, passant au travers d'une riviere, chargé de sel, et, de fortune, y estant brunché, si que les sacs qu'il portoit en feurent touts mouillez, s'estant apperceu que le sel, fondu par ce moyen, luy avoyt rendu sa charge plus legiere, ne failloit iamais, aussitost qu'il rencontroit quelque ruisseau, de se plonger dedans avecques sa charge; iusques à ce que son maistre, descouvrant sa malice, ordonna qu'on le chargeast de laine; à quoy, se trouvant mescompté, il cessa de plus user de cette finesse. Il y en a plusieurs qui representent naïfvement le visage de nostre avarice; car on leur veoid un soing extreme de surprendre tout ce qu'elles peuvent, et de le curieusement cacher, quoyqu'elles n'en tirent point d'usage. Quant à la mesnagerie, elles nous surpassent, non seulement en cette prevoyance d'amasser et espargner pour le temps à venir, mais elles ont encores beaucoup de parties de la science qui y est necessaire : les formis estendent au dehors de l'aire leurs grains et semences pour les esventer, refreschir, et seicher, quand ils veoyent qu'ils commencent à se moisir et à sentir le rance, de peur qu'ils ne se corrompent et pourrissent. Mais la caution et prevention dont ils usent à ronger le grain de froment, surpasse toute imagination de prudence humaine : parce que le froment ne demeure pas tousiours sec ny sain, ains s'amollit, se resoult, et destrempe comme en laict, s'acheminant à germer et produire; de peur qu'il ne devienne semence, et perde sa nature et proprieté de magasin pour leur nourriture, ils rongent le bout par où le germe a coustume de sortir.

Quant à la guerre, qui est la plus grande et pompeuse des actions humaines, ie sçaurois volontiers si nous nous en voulons servir pour argument de quelque prerogative, ou, au rebours, pour tesmoingnage de nostre imbecillité et imperfection; comme de vray, la science de nous entredesfaire et entretuer, de ruyner et perdre nostre propre espece, il semble qu'elle n'a beaucoup de quoy se faire desirer aux bestes qui ne l'ont pas :

Quando leoni
Fortior eripuit vitam leo? quo nemore unquam
Exspiravit aper maioris dentibus apri [2]?

mais elles n'en sont pas universellement exemptes pourtant; tesmoing les furieuses rencontres des mouches à miel, et les entreprinses des princes des deux armees contraires :

Sæpe duobus
Regibus incessit magno discordia motu;
Continuoque animos vulgi et trepidantia bello
Corda licet longe præsciscere [3].

Ie ne veoy iamais cette divine description, qu'il ne m'y semble lire peincte l'ineptie et vanité humaine : car ces mouvements guerriers, qui nous ravissent de leur horreur et espouventement, cette tempeste de sons et de cris,

Fulgur ibi ad cœlum se tollit, totaque circum
Aere renidescit tellus, subterque virum vi
Excitur pedibus sonitus, clamoreque montes
Icti reiectant voces ad sidera mundi [4];

cette effroyable ordonnance de tant de milliers d'hommes armez, tant de fureur, d'ardeur, et de courage, il est plaisant à considerer par combien vaines occasions elle est agitee, et par combien legieres occasions esteincte:

Paridis propter narratur amorem
Græcia Barbariæ diro collisa duello [5] :

toute l'Asie se perdit, et se consomma en guerres pour le macquerellage de Paris : l'envye d'un seul homme, un despit, un plaisir, une ialousie domestique, causes qui ne debvroient pas esmouvoir deux harengieres à s'esgratigner, c'est l'ame et le mouvement de tout ce grand trouble. Voulons nous en croire ceulx mesmes qui en sont les principaulx aucteurs et motifs? oyons le plus grand, le plus victorieux empereur, et le plus puissant qui feust oncques, se iouant, et mettant en risee tres plaisamment et tresingenieusement plusieurs battailles hazardees et par mer et par terre, le sang et la vie de cinq cents mille hommes qui suivirent sa fortune, et les forces et richesses des deux parties du monde espuisees, pour le service de ses entreprinses :

Quod futuit Glaphyran Antonius, hanc mihi pœ-
Fulvia constituit, se quoque uti futuam.  [nam

(1) La génisse se livre sans honte à son père; la cavale assouvit les desirs du cheval dont elle est née; le bouc s'unit aux chèvres qu'il a engendrées; et l'oiseau féconde l'oiseau à qui il a donné l'être. Ovide, *Metam.*, X, 325.

(2) Vit-on iamais un lion déchirer un lion plus foible que lui? dans quelle forêt un sanglier a-t-il expiré sous la dent d'un sanglier plus vigoureux? Juvén., XV, 160.

(3) Souvent, dans une ruche, il s'élève entre deux rois de sanglantes querelles : dès lors on peut pressentir la fureur des combats dont le peuple est agité. Virg., *Géorg.*, IV, 67.

(4) L'acier renvoie ses éclairs au ciel; les campagnes sont colorées par le reflet de l'airain : la terre retentit sous les pas des soldats, et les monts voisins repoussent leurs cris guerriers jusqu'aux voûtes du monde. Lucrèce, II, 325.

(5) On raconte qu'une guerre funeste, allumée par l'amour de Paris, précipita les Grecs sur les barbares. Horace, *Epist.*, I, 2, 6.

Fulviam ego ut futuam! quid, si me Manius oret
Pædicem, faciam? non puto, si sapiam.
Aut futue, aut pugnemus, ait. Quid, si mihi vita
Carior est ipsa mentula? signa canant [1].

(i'use en liberté de conscience de mon latin, avecques le congé que vous m'en avez donné [2].) Or, ce
grand corps, à tant de visages et de mouvements,
qui semble menacer le ciel et la terre;

Quam multi Libyco volvuntur marmore fluctus,
Sævus ubi Orion hibernis conditur undis,
Vel quam sole novo densæ torrentur aristæ,
Aut Hermi campo, aut Lyciæ flaventibus arvis;
Scuta sonant, pulsuque pedum tremit excita tel-
[lus [3]:

ce furieux monstre, à tant de bras et à tant de testes, c'est tousiours l'homme, foible, calamiteux et
miserable; ce n'est qu'une formilliere esmeue et
eschauffee;

It nigrum campis agmen [4]:

un souffle de vent contraire, le croassement d'un
vol de corbeaux, le faux pas d'un cheval, le passage fortuite d'un aigle, un songe, une voix, un
signe, une bruee [5] matiniere, suffisent à le renverser et porter par terre. Donnez luy seulement d'un
rayon de soleil par le visage, le voylà fondu et esvanouï; qu'on luy esvente seulement un peu de
poulsiere aux yeulx, comme aux mouches à miel
de nostre poëte, voylà toutes nos enseignes, nos
legions, et le grand Pompeius mesme à leur teste,
rompu et fracassé: car ce feut luy, ce me semble,
que Sertorius battit en Espaigne avecques ces belles
armes, qui ont aussi servi à Eumenes contre Antigonus, à Surena contre Crassus:

Hi motus animorum, atque hæc certamina tanta,
Pulveris exigui iactu compressa quiescent [6].

Qu'on descouple mesme de nos mouches aprez,
elles auront et la force et le courage de le dissiper.
De fresche memoire, les Portugalois assiegeants la
ville de Tamly, au territoire de Xiatine, les habitants d'icelle porterent sur la muraille grand'
quantité de ruches, de quoy ils sont riches; et
avec du feu chasserent les abeilles si vifvement
sur leurs ennemys, qu'ils abandonnerent leur entreprinse, ne pouvants soustenir leurs assaults et
piqueures: ainsin demeura la victoire et liberté de
leur ville à ce nouveau secours; avecques telle fortune, qu'au retour du combat il ne s'en trouva une
seule à dire. Les ames des empereurs et des sava-
tiers [7] sont iectees à mesme moule: considerants
l'importance des actions des princes, et leur poids,
nous nous persuadons qu'elles soient produictes

par quelques causes aussi poisantes et importantes; nous nous trompons: ils sont menez et ramenez en leurs mouvements par les mesmes ressorts
que nous sommes aux nostres; la mesme raison,
qui nous faict tanser avecques un voysin, dresse
entre les princes une guerre; la mesme raison, qui
nous faict fouetter un laquay, tumbant en un roy,
luy faict ruyner une province; ils veulent aussi legierement que nous, mais ils peuvent plus; pareils
appetits agitent un ciron et un elephant.

Quant à la fidelité, il n'est animal au monde
traistre au pris de l'homme. Nos histoires racontent la vifve poursuitte que certains chiens ont faict
de la mort de leurs maistres. Le roy Pyrrhus, ayant
rencontré un chien qui gardoit un homme mort, et
ayant entendu qu'il y avoyt trois iours qu'il faisoit
cet office, commanda qu'on enterrast ce corps, et
mena ce chien quand et luy. Un iour qu'il assistoit
aux montres generales de son armee, ce chien,
appercevant les meurtriers de son maistre, leur
courut sus avecques grands abbays et aspreté de
courroux, et, par ce premier indice, achemina la
vengeance de ce meurtre, qui en feut faicte bientost
aprez par la voye de la iustice. Autant en feit le
chien du sage Hesiode, ayant convaincu les enfants
de Ganyctor, naupactien, du meurtre commis en
la personne de son maistre. Un autre chien, estant
à la garde d'un temple à Athenes, ayant apperceu
un larron sacrilege qui emportoit les plus beaux
ioyaux, se meit à abbayer contre luy tant qu'il peut;
mais les marguilliers ne s'estants point esveillez pour
cela, il se meit à le suivre, et, le iour estant venu,

---

(1) Cette épigramme, composée par Auguste, nous a été conservée par Martial, *Epigr.*, XI, 21, 5. Voici l'imitation que Fontenelle en a faite dans ses *Dialogues des Morts:*

Parce qu'Antoine est charmé de Glaphyre,
Fulvie à ses beaux yeux me veut assujettir.
Antoine est infidèle. Hé bien donc? Est-ce à dire
Que des fautes d'Antoine on me fera pâtir?
Qui? moi! que je serve Fulvie!
Suffit-il qu'elle en ait envie?
A ce compte, on verroit se retirer vers moi
Mille épouses mal satisfaites.
Aime-moi, me dit-elle, ou combattons. Mais quoi?
Elle est bien laide! Allons, sonnez, trompettes.

(2) On croit que cette longue *Apologie de Sebond* étoit adressée
par l'auteur à la reine Marguerite de France, femme du roi de
Navarre (depuis Henri IV), connue par ses poésies et ses mémoires.

(3) Comme les flots innombrables qui roulent en mugissant
sur la mer de Libye, quand l'orageux Orion, au retour de l'hiver,
se plonge dans les eaux; ou comme les innombrables épis que
dore le soleil de l'été, soit dans les champs de l'Hermus, soit
dans la féconde Lycie: les boucliers résonnent, et la terre tremble sous les pas des guerriers. VIRG., VII, 718.

(4) Le noir essaim marche dans la plaine. VIRG., *Én.*, IV, 404.

(5) Un *brouillard*, une *brume du matin*.

(6) Et tout ce fier courroux, tout ce grand mouvement,
Qu'on jette un peu de sable, il cesse en un moment.
Géorg., trad. par Delille, IV, 86.

(7) On dit aujourd'hui *Savetier*.

se teint un peu plus esloingné de luy, sans le perdre iamais de veue : s'il luy offroit à manger, il n'en vouloyt pas ; et, aux aultres passants qu'il rencontroit en son chemin, il leur faisoit feste de la queue, et prenoit de leurs mains ce qu'ils luy donnoient à manger : si son larron s'arrestoit pour dormir, il s'arrestoit quand et quand au lieu mesme. La nouvelle de ce chien estant venue aux marguilliers de cette eglise, ils se meirent à le suivre à la trace, s'enquerants des nouvelles du poil de ce chien, et enfin le rencontrerent en la ville de Cromyon, et le larron aussi, qu'ils ramenerent en la ville d'Athenes, où il feut puni : et les iuges, en recognoissance de ce bon office, ordonnerent, du publicque, certaine mesure de bled pour nourrir le chien, et aux presbtres d'en avoir soing. Plutarque tesmoingne cette histoire comme chose tresaveree et advenue en son siecle.

Quant à la gratitude (car il me semble que nous avons besoing de mettre ce mot en credit), ce seul exemple y suffira, qu'Appion recite comme en ayant esté luy mesme spectateur : Un iour, dict il, qu'on donnoit à Rome, au peuple, le plaisir du combat de plusieurs bestes estranges, et principalement de lyons de grandeur inusitee, il y en avoyt un, entre aultres, qui, par son port furieux, par la force et grosseur de ses membres, et un rugissement haultain et espovantable, attiroit à soy la veue de toute l'assistance. Entre les aultres esclaves qui feurent presentez au peuple en ce combat des bestes, feut un Androdus, de Dace, qui estoit à un seigneur romain de qualité consulaire. Ce lyon, l'ayant apperceu de loing, s'arresta premierement tout court, comme estant entré en admiration, et puis s'approcha tout doulcement, d'une façon molle et paisible, comme pour entrer en recognoissance avecques luy : cela faict, et s'estant asseuré de ce qu'il cherchoit, il commencea à battre de la queue, à la mode des chiens qui flattent leur maistre, et à baiser et leicher les mains et les cuisses de ce pauvre miserable, tout transi d'effroy, et hors de soy. Androdus ayant reprins ses esprits par la benignité de ce lyon, et r'asseuré sa veue pour le considerer et recognoistre ; c'estoit un singulier plaisir de voir les caresses et les festes qu'ils s'entrefaisoient l'un à l'aultre. De quoy le peuple ayant eslevé des cris de ioye, l'empereur feit appeller cest esclave pour entendre de luy le moyen d'un si estrange evenement. Il luy recita une histoire nouvelle et admirable : « Mon maistre, dict il, estant proconsul en Afrique, ie feus contrainct, par la cruauté et rigueur qu'il me tenoit, me faisant iournellement battre, me desrober de luy, et m'en fuyr ; et, pour me cacher seurement d'un personnage ayant si

grande auctorité en la province, ie trouvay mon plus court de gaigner les solitudes et les contrees sablonneuses et inhabitables de ce païs là, resolu, si le moyen de me nourrir venoyt à me faillir, de trouver quelque façon de me tuer moy mesme. Le soleil estant extremement aspre sur le midy, et les chaleurs insupportables, ie m'embattis [1] sur une caverne cachee et inaccessible, et ie m'y iectay dedans. Bientost aprez y surveint ce lyon, ayant une patte sanglante et blecee, tout plaintif et gemissant des douleurs qu'il y souffroit. A son arrivee, i'eus beaucoup de frayeur ; mais luy, me veoyant mussé [2] dans un coing de sa loge, s'approcha tout doulcement de moy, me presentant sa patte offensee, et me la montrant comme pour demander secours : ie luy ostay lors un grand escot [3] qu'il y avoyt, et, m'estant un peu apprivoisé à luy, pressant sa playe, ie feis sortir l'ordure qui s'y amassoit, l'essuyay et nettoyay le plus proprement que ie peus. Luy, se sentant allegé de son mal et soulagé de cette douleur, se print à reposer et à dormir, ayant tousiours sa patte entre mes mains. De là en hors, luy et moy vesquismes ensemble en cette caverne, trois ans entiers, de mesmes viandes ; car des bestes qu'il tuoit à sa chasse, il m'en apportoit les meilleurs endroicts, que ie faisois cuire au soleil, à faulte de feu, et m'en nourrissois. A la longue, m'estant ennuyé de cette vie brutale et sauvage, comme ce lyon estoit allé un iour à sa queste accoustumee, ie partis de là ; et, à ma troisiesme iournee, feus surprins par les soldats qui me menerent d'Afrique en cette ville à mon maistre, lequel soubdain me condemna à mort, et à estre abandonné aux bestes. Or, à ce que ie veoy, ce lyon feut aussi prins bientost aprez, qui m'a à cette heure voulu recompenser du bienfaict et guarison qu'il avoyt receu de moy. » Voylà l'histoire qu'Androdus recita à l'empereur, laquelle il feit aussi entendre de main à main au peuple : parquoy, à la requeste de tous, il feut mis en liberté, et absouls de cette condemnation, et, par ordonnance du peuple, luy feut fait present de ce lyon. Nous veoyions depuis, dict Appion, Androdus conduisant ce lyon à tout une petite lesse, se promenant par les tavernes à Rome, recevoir l'argent qu'on luy donnoit, le lyon se laisser couvrir des fleurs qu'on luy iectoit, et chascun dire en les rencontrant : « Voylà le lyon, hoste de l'homme : voylà l'homme, medecin du lyon. »

Nous plorons souvent la perte des bestes que nous aimons ; aussi font elles la nostre :

---

1) *Embattre*, signifie *arriver à.*
2) *Caché ; tapi.* — (3) *Escharde ; eclat de bois.*

Post, bellator equus, positis insignibus, Aethon
It lacrymans, guttisque humectat grandibus ora [1].

Comme aulcunes de nos nations ont les femmes en
commun; aulcunes, à chascun la sienne: cela ne se
veoid il pas aussi entre les bestes; et des mariages
mieulx gardez que les nostres? Quant à la société
et confederation qu'elles dressent entre elles pour
se liguer ensemble et s'entresecourir, il se veoid,
des bœufs, des porceaux, et aultres animaulx,
qu'au cry de celuy que vous offensez, toute la
trouppe accourt à son ayde, et se rallie pour sa
deffense: l'escare, quand il a avallé l'hameçon du
pescheur, ses compaignons s'assemblent en foule
autour de luy, et rongent la ligne; et, si d'adventure il y en a un qui ayt donné dedans la nasse, les
aultres luy baillent la queue par dehors, et luy la
serre tant qu'il peult à belles dents: ils les tirent
ainsi au dehors, et l'entraisnent. Les barbiers,
quand l'un de leurs compaignons est engagé, mettent la ligne contre leur dos, dressants un' espine,
qu'ils ont dentelee comme une scie, à l'ayde de laquelle ils la scient et couppent. Quant aux particuliers offices que nous tirons l'un de l'aultre pour le
service de la vie, il s'en veoid plusieurs pareils
exemples parmy elles: ils tiennent que la baleine
ne marche iamais qu'elle n'ayt au devant d'elle un
petit poisson semblable au goujon de mer, qui s'appelle pour cela *La guide*: la baleine le suit, se laissant mener et tourner, aussi facilement que le timon
faict retourner le navire; et, en recompense aussi,
au lieu que toute aultre chose, soit beste, ou vaisseau, qui entre dans l'horrible chaos de la bouche
de ce monstre, est incontinent perdu et englouty,
ce petit poisson s'y retire en toute seureté, et y
dort; et pendant son sommeil la baleine ne bouge:
mais aussi tost qu'il sort, elle se met à le suivre sans
cesse; et si, de fortune, elle l'escarte, elle va errant
çà et là, et souvent se froissant contre les rochers,
comme un vaisseau qui n'a point de gouvernail:
ce que Plutarque tesmoingne avoir veu en l'isle
d'Anticyre. Il y a une pareille societé entre le petit
oyseau qu'on nomme le roytelet, et le crocodile:
le roytelet sert de sentinelle à ce grand animal; et
si l'ichneumon, son ennemy, s'approche pour le
combattre, ce petit oyseau, de peur qu'il ne le
surprenne endormy, va, de son chant, et à coups
de bec, l'esveillant, et l'advertissant de son danger:
il vit des demeurants de ce monstre, qui le receoit
familierement en sa bouche, et luy permet de bec-
queter dans ses machoueres et entre ses dents, et
y recueillir les morceaux de chair qui y sont demeurez; et, s'il veult fermer la bouche, il l'advertit
premierement d'en sortir, en la serrant peu à peu,
sans l'estreindre et l'offenser. Cette coquille, qu'on

nomme la Nacre, vit aussi ainsin avecques le pin-
notere, qui est un petit animal de la sorte d'un
cancre, luy servant d'huissier et de portier, assis
à l'ouverture de cette coquille, qu'il tient continuellement entrebaaillee et ouverte, iusques à ce
qu'il y veoye entrer quelque petit poisson propre
à leur prinse: car lors il entre dans la nacre, et luy
va pinceant la chair vifve, et la contrainct de fermer
sa coquille: lors eulx deux ensemble mangent la
proye enfermee dans leur fort. En la maniere de
vivre des thuns, on y remarque une singuliere science
des trois parties de la mathematique: quant à l'astrologie, ils l'enseignent à l'homme; car ils s'arrestent au lieu où le solstice d'hyver les surprend, et
n'en bougent iusques à l'equinoxe ensuivant; voylà
pourquoy Aristote mesme leur concede volontiers
cette science: quant à la geometrie et arithmetique,
ils font tousiours leur bande de figure cubique, carree en touts sens, et en dressent un corps de battaillon solide, clos et environné tout à l'entour, à six
faces toutes eguales; puis nagent en cette ordonnance
carree, autant large derriere que devant; de façon
que qui en veoid et compte un reng, il peult aise-
ment nombrer toute la trouppe, d'autant que le
nombre de la profondeur est egal à la largeur, et la
largeur à la longueur.

Quant à la magnanimité, il est malaysé de luy
donner un visage plus apparent qu'en ce faict du
grand chien qui feut envoyé des Indes au roy
Alexandre: on luy presenta premierement un
cerf pour le combattre, et puis un sanglier, et
puis un ours; il n'en feit compte, et ne daigna se
remuer de sa place: mais, quand il veid un lyon,
il se dressa incontinent sur ses pieds, montrant
manifestement qu'il declaroit celuy là seul digne
d'entrer en combat avecques luy. Touchant la repentance et recognoissance des faultes, on recite
d'un elephant, lequel ayant tué son gouverneur
par impetuosité de cholere, en print un dueil si
extreme, qu'il ne voulut oncques puis manger, et
se laissa mourir. Quant à la clemence, on recite
d'un tigre, la plus inhumaine beste de toutes,
que luy ayant esté baillé un chevreau, il souffrit
deux iours la faim avant que de le vouloir offenser,
et le troisiesme il brisa la cage où il estoit enfermé,
pour aller chercher aultre pasture, ne se voulant
prendre au chevreau, son familier et son hoste.
Et quant aux droicts de la familiarité et convenance, qui se dresse par la conversation, il nous
advient ordinairement d'apprivoiser des chats, des
chiens et des lievres ensemble.

[1] Ensuite venoit, dépouillé de toute parure, Éthon, son
cheval de bataille, pleurant, et laissant tomber de ses yeux de
grosses larmes. Virg., Én., XI, 89. — Voy. Plin., VIII, 4x.

Mais ce que l'experience apprend à ceulx qui voyagent par mer, et notamment en la mer de Sicile, de la condition des halcyons, surpasse toute humaine cogitation : de quelle espece d'animaulx a iamais nature tant honnoré les couches, la naissance et l'enfantement ? car les poëtes disent bien qu'une seule isle de Delos, estant auparavant vagante, feut affermie pour le service de l'enfantement de Latone; mais Dieu a voulu que toute la mer feust arrestee, affermie et applanie, sans vagues, sans vents et sans pluye, ce pendant que l'halcyon faict ses petits, qui est iustement environ le solstice, le plus court iour de l'an ; et, par son privilege, nous avons sept iours et sept nuicts, au fin cœur de l'hyver, que nous pouvons naviguer sans danger. Leurs femelles ne recognoissent aultre masle que le leur propre; l'assistent toute leur vie, sans iamais l'abandonner : s'il vient à estre debile et cassé, elles le chargent sur leurs espaules, le portent partout, et le servent iusques à la mort. Mais aulcune suffisance n'a encores pu atteindre à la cognoissance de cette merveilleuse fabrique de quoy l'halcyon compose le nid pour ses petits, ny en deviner la matiere. Plutarque, qui en a veu et manié plusieurs, pense que ce soit des arrestes de quelque poisson qu'elle conioinct et lie ensemble, les entrelaceant, les unes de long, les aultres de travers, et adioustant des courbes et des arrondissements, tellement qu'enfin elle en forme un vaisseau rond prest à voguer : puis, quand elle a parachevé de le construire, elle le porte au battement du flot marin, là où la mer, le battant tout doulcement, luy enseigne à radouber ce qui n'est pas bien lié, et à mieulx fortifier aux endroicts où elle veoid que sa structure se desment et se lasche par les coups de mer : et, au contraire, ce qui est bien ioinct, le battement de la mer le vous estreinct et vous le serre, de sorte qu'il ne se peult ny rompre, ny dissouldre, ou endommager à coups de pierre, ny de fer, si ce n'est à toute peine. Et ce qui plus est à admirer, c'est la proportion et figure de la concavité du dedans : car elle est composee et proportionnee de maniere qu'elle ne peult recevoir ny admettre aultre chose que l'oyseau qui l'a bastie; car à toute aultre chose elle est impenetrable, close et fermee, tellement qu'il n'y peult rien entrer, non pas l'eau de la mer seulement. Voylà une description bien claire de ce bastiment, et empruntee de bon lieu : toutesfois il me semble qu'elle ne nous esclaircit pas encores suffisamment la difficulté de cette architecture. Or, de quelle vanité nous peult il partir, de loger au dessoubs de nous, et d'interpreter desdaigneuse-

ment les effects que nous ne pouvons imiter ny comprendre ?

Pour suivre encores un peu plus loing cette egualité et correspondance de nous aux bestes : le privilege, de quoy nostre ame se glorifie, de ramener à sa condition tout ce qu'elle conceoit, de despouiller de qualitez mortelles et corporelles tout ce qui vient à elle, de renger les choses, qu'elle estime dignes de son accointance à desvestir et despouiller leurs conditions corruptibles, et leur faire laisser à part, comme vestements superflus et viles, l'espesseur, la longueur, la profondeur, le poids, la couleur, l'odeur, l'aspreté, la polisseure, la dureté, la mollesse, et touts accidents sensibles, pour les accommoder à sa condition immortelle et spirituelle ; de maniere que Rome et Paris, que i'ay en l'ame, Paris que i'imagine, ie l'imagine et le comprends sans grandeur et sans lieu, sans pierre, sans plastre et sans bois : ce mesme privilege, dy ie, semble estre bien evidemment aux bestes; car un cheval accoustumé aux trompettes, aux harquebuzades et aux combats, que nous veoyons tremousser et fremir en dormant, estendu sur la litiere, comme s'il estoit en la meslee, il est certain qu'il conceoit en son asme un son de tabourin sans bruict, une armee sans armes et sans corps :

Quippe videbis equos fortes, quum membra iacent
In somnis, sudare tamen, spirareque sæpe, [hunt
Et quasi de palma summas contendere vires [1] :

ce lievre, qu'un levrier imagine en songe, aprez lequel nous le veoyons haleter en dormant, allonger la queue, secouer les iarrets, et representer parfaictement les mouvements de sa course, c'est un lievre sans poil et sans os :

Venantumque canes in molli sæpe quiete
Iactant crura tamen subito, vocesque repente
Mittunt, et crebras reducunt naribus auras,
Ut vestigia si teneant inventa ferarum :
Expergefactique sequuntur inania sæpe
Cervorum simulacra, fugæ quasi dedita cernant;
Donec discussis redeant erroribus ad [2] :

les chiens de garde que nous veoyons souvent

---

(1) Vous verrez des coursiers, quoique profondément endormis, se baigner de sueur, souffler fréquemment, et tendre tous leurs muscles, comme s'ils disputoient le prix de la course. LUCRÈCE, IV, 988.

(2) Souvent, au milieu du sommeil, les chiens de chasse agitent tout à coup les pieds, aboient, et aspirent l'air à plusieurs reprises, comme s'ils étoient sur la trace de la proie : souvent même, en se réveillant, ils continuent de poursuivre les vains simulacres d'un cerf qu'ils s'imaginent voir fuir devant eux, jusqu'à ce que, revenus à eux, ils reconnoissent leur erreur. LUCRÈCE, IV, 992.

gronder en songeant, et puis lapper tout à faict,
et s'esveiller en sursault, comme s'ils appercevoient quelque estranger arriver; cet estranger,
que leur ame veoid, c'est un homme spirituel et
imperceptible, sans dimension, sans couleur, et
sans estre :

Consueta domi catulorum blanda propago
Degere, sæpe levem ex oculis volucremque sopo-
Discutere, et corpus de terra corripere instant, [rem
Proinde quasi ignotas facies atque ora tuantur [1].

Quant à la beaulté du corps, avant passer oultre, il me fauldroit sçavoir si nous sommes d'accord de sa description. Il est vraysemblable que
nous ne sçavons gueres que c'est que beaulté
en nature et en general, puisque à l'humaine et
nostre beaulté nous donnons tant de formes diverses, de laquelle, s'il y avoyt quelque prescription
naturelle, nous la recognoistrions en commun,
comme la chaleur du feu. Nous en fantasions les
formes à nostre appetit :

Turpis Romano Belgicus ore color [2]:

les Indes la peignent noire et basannee, aux levres grosses et enflees, au nez plat et large; et
chargent de gros anneaux d'or le cartilage d'entre
les nazeaux; pour le faire pendre iusques à la bouche; comme aussi la balieure [3], de gros cercles
enrichis de pierreries, si qu'elle leur tumbe sur le
menton, et est leur grace de montrer leurs dents
iusques au dessoubs des racines. Au Peru, les
plus grandes aureilles sont les plus belles, et les estendent aultant qu'ils peuvent par artifice : et un
homme d'auiourd'huy dict avoir veu, en une nation orientale, ce soing de les agrandir en tel credit, et de les charger de poisants ioyaux, qu'à
touts coups il passoit son bras vestu au travers
d'un trou d'aureille. Il est ailleurs des nations qui
noircissent les dents avec grand soing, et ont à
mespris de les veoir blanches : ailleurs, ils les tei-
gnent de couleur rouge. Non seulement en Basque, les femmes se treuvent plus belles la teste
raze; mais assez ailleurs, et, qui plus est, en certaines contrees glaciales, comme dict Pline. Les
Mexicanes comptent entre les beaultez la petitesse
du front; et où elles se font le poil par tout le
reste du corps, elles le nourrissent au front, et
peuplent par art; et ont en si grande recommandation la grandeur des tettins, qu'elles affectent
de pouvoir donner la mammelle à leurs enfants
par dessus l'espaule : nous formerions ainsi la laideur. Les Italiens la façonnent grosse et massive;
les Espaignols, vuidee et estrillee : et entre nous,
l'un la faict blanche, l'aultre brune; l'un molle et

delicate, l'aultre forte et vigoreuse; qui y demande de la mignardise et de la douleur; qui, de
la fierté et maiesté. Tout ainsin que la preference
en beaulté, que Platon attribue à la figure spherique, les epicuriens la donnent à la pyramidale
plustost, ou carree, et ne peuvent avaller un dieu
en forme de boule. Mais, quoy qu'il en soit, nature ne nous a non plus privilegiez en cela qu'au
demourant, sur ses loix communes : et, si nous
nous iugeons bien, nous trouverons que s'il est
quelques animaulx moins favorisez en cela que
nous, il y en a d'aultres, et en grand nombre, qui
le sont plus, a multis animalibus decore vincimur [4],
voire des terrestres nos compatriotes; car, quant aux
marins, laissant la figure, qui ne peult tumber en
proportion, tant elle est aultre, en couleur, netteté, polisseure, disposition, nous leur cedons assez; et non moins, en toutes qualitez, aux aërez.
Et cette prerogative que les poëtes font valoir de
nostre stature droicte, regardant vers le ciel son
origine,

Pronaque quum spectent animalia cetera terram,
Os homini sublime dedit, cœlumque tueri
Iussit, et erectos ad sidera tollere vultus [5],

elle est vrayement poëtique; car il y a plusieurs
bestioles qui ont la veue renversee tout à faict vers
le ciel; et l'encoleure des chameaux et des austruches, ie la treuve encores plus relevee et droicte
que la nostre. Quels animaulx n'ont la face au
hault, et ne l'ont devant, et ne regardent vis à
vis, comme nous, et ne descouvrent, en leur iuste
posture, autant du ciel et de la terre, que l'homme?
Et quelles qualitez de nostre corporelle constitution, en Platon et en Cicero, ne peuvent servir à
mille sortes de bestes? Celles qui nous retirent le
plus, ce sont les plus laides et les plus abiectes de
toute la bande; car, pour l'apparence exterieure
et forme du visage, ce sont les magots :

Simia quam similis, turpissima bestia, nobis [6]!

pour le dedans et parties vitales, c'est le porceau.

(1) Souvent le gardien fidèle et caressant, qui vit sous nos
toits, dissipe tout à coup le sommeil léger qui couvroit ses pau-
pieres, se dresse avec précipitation sur ses pieds, croyant voir
un visage étranger et des traits incounus. LUCRÈCE, IV, 999.
(2) Le teint belgique depare un visage romain. PROPERCE, II,
17, 26. — (3) La lèvre d'en-bas.
(4) Plusieurs animaux nous surpassent en beauté. SÉNÈQUE,
Epist. 124.
(5) Dieu a courbé les animaux, et attaché leurs regards à la
terre; mais il a donné à l'homme un front sublime; il a voulu
qu'il regardât le ciel, et qu'il levât, pour contempler les astres,
sa face majestueuse. OVIDE, Mét., I, 85.
(6) Tout difforme qu'il est, le singe nous ressemble.
ENNIUS apud Cic., de Nat. deor., I, 35.

Certes, quand i'imagine l'homme tout nud, ouy en ce sexe qui semble avoir plus de part à la beauté, ses tares, sa subjection naturelle et ses imperfections, ie treuve que nous avons eu plus de raison que nul aultre animal de nous couvrir. Nous avons esté excusables d'emprunter ceulx que nature avoyt favorisez en cela plus que nous, pour nous parer de leur beauté, et nous cacher soubs leur despouille, de laine, plume, poil, soye. Remarqueons au demourant que nous sommes le seul animal duquel le defaut offense nos propres compaignons, et seuls qui avons à nous desrober, en nos actions naturelles, de nostre espece. Vrayement c'est aussi un effect digne de consideration, que les maistres du metier ordonnent pour remede aux passions amoureuses, l'entiere veue et libre du corps qu'on recherche ; et que pour refroidir l'amitié, il ne faille que veoir librement ce qu'on aime :

> Ille quod obscœnas in aperto corpore portes
> Viderat, in cursu qui fuit, hæsit amor [1]:

or, encores que cette recepte puisse à l'adventure partir d'une humeur un peu delicate et refroidie, si est ce un merveilleux signe de nostre defaillance, que l'usage et la cognoissance nous desgouste les uns des aultres. Ce n'est pas tant pudeur, qu'art et prudence, qui rend nos dames si circonspectes à nous refuser l'entree de leurs cabinets, avant qu'elles soyent peinctes et parees pour la montre publique :

> Nec Veneres nostras hoc fallit; quo magis ipsæ
> Omnia summopere hos vitæ postscenia celant,
> Quos retinere volunt, adstrictoque esse in amore [2]:

là où, en plusieurs animaulx, il n'est rien d'eulx que nous n'aimions, et qui ne plaise à nos sens ; de façon que de leurs excrements mesmes et de leur descharge nous tirons non seulement de la friandise au manger, mais nos plus riches ornements et parfums. Ce discours ne touche que nostre commun ordre ; et n'est pas si sacrilege d'y vouloir comprendre ces divines, supernaturelles et extraordinaires beaultez qu'on veoid par fois reluire entre nous, comme des astres soubs un voile corporel et terrestre.

Au demourant, la part mesme que nous faisons aux animaulx des faveurs de nature, par nostre confession, elle leur est bien advantageuse : nous nous attribuons des biens imaginaires et fantastiques, des biens futurs et absents, desquels l'humaine capacité ne se peult d'elle mesme respondre, ou des biens que nous nous attribuons faulsement par la licence de nostre opinion, comme la raison,

la science et l'honneur ; et à eulx nous laissons en partage des biens essentiels, maniables et palpables, la paix, le repos, la securité, l'innocence et la santé : la santé, dy ie, le plus beau et le plus riche present que nature nous sçache faire. De façon que la philosophie, voire la stoïcque, ose bien dire que Heraclitus et Pherecydes, s'ils eussent peu eschanger leur sagesse avecques la santé, et se delivrer, par ce marché, l'un de l'hydropisie, l'aultre de la maladie pediculaire qui le pressoit, ils eussent bien faict. Par où ils donnent encores plus grand pris à la sagesse, la comparant et contrepoisant à la santé, qu'ils ne font en cette aultre proposition, qui est aussi des leurs : ils disent que si Circé eust presenté à Ulysses deux bruvages, l'un pour faire devenir un homme de fol sage, l'aultre de sage fol, qu'Ulysses eust deu plustost accepter celuy de la folie, que de consentir que Circé eust changé sa figure humaine en celle d'une beste ; et disent que la sagesse mesme eust parlé à luy en cette maniere : « Quitte moy, laisse moy là, plustost que de me loger soubs la figure et corps d'un asne. » Comment? cette grande et divine sapience, les philosophes la quittent donc pour ce voile corporel et terrestre? ce n'est doncques plus par la raison, par le discours et par l'ame, que nous excellons sur les bestes ; c'est par nostre beaulté, nostre beau teinct, et nostre belle disposition de membres, pour laquelle il nous fault mettre nostre intelligence, nostre prudence, et tout le reste à l'abandon. Or, i'accepte cette naïfve et franche confession : certes, ils ont cogneu que ces parties là, de quoy nous faisons tant de feste, ce n'est que vaine fantasie. Quand les bestes auroient donques toute la vertu, la science, la sagesse et suffisance stoïcque, ce seroient tousiours des bestes ; ny ne seroient pourtant comparables à un homme miserable, meschant et insensé. Car enfin tout ce qui n'est comme nous sommes, n'est rien qui vaille ; et Dieu mesme, pour se faire valoir, il fault qu'il y retire, comme nous dirons tantost : par où il appert que ce n'est par vray discours, mais par une fierté folle et opiniastreté, que nous nous preferons aux aultres animaulx, et nous sequestrons de leur condition et societé.

Mais pour revenir à mon propos, nous avons pour nostre part l'inconstance, l'irresolution, l'in-

---

(1) Tel, pour avoir vu à découvert les plus secrètes parties du corps de l'objet aimé, a senti, au milieu des plus vifs transports, s'éteindre sa passion. Ovide. de Remed. amor., v. 429.

(2) C'est ce que les femmes savent bien : elles ont grand soin de cacher ces arrière-scènes de la vie, aux amants qu'elles veulent retenir dans leurs chaînes. Lucrèce, IV, 1182.

certitude, le dueil, la superstition, la sollicitude des choses à venir, voire aprez nostre vie, l'ambition, l'avarice, la ialousie, l'envye, les appetits desreglez, forcenez et indomptables, la guerre, le mensonge, la desloyauté, la detraction, et la curiosité. Certes, nous avons estrangement surpayé ce beau discours[1], de quoy nous nous glorifions, et cette capacité de iuger et cognoistre, si nous l'avons achettee au pris de ce nombre infiny de passions ausquelles nous sommes incessamment en prinse : s'il ne nous plaist de faire encores valoir, comme faict bien Socrates, cette notable prerogative sur les aultres animaulx, que où nature leur a prescript certaines saisons et limites à la volupté venerienne, elle nous en a lasché la bride à toutes heures et occasions. *Ut vinum ægrotis, quia prodest raro, nocet sæpissime, melius est non adhibere omnino, quam, spe dubiæ salutis, in apertam perniciem incurrere : sic haud scio, an melius fuerit, humano generi motum istum celerem cogitationis, acumen, solertiam, quam rationem vocamus, quoniam pestifera sint multis, admodum paucis salutaria, non dari omnino, quam tam munifice et tam large dari*[2]. De quel fruict pouvons nous estimer avoir esté à Varro et Aristote cette intelligence de tant de choses ? les a elle exemptez des incommoditez humaines ? ont ils esté deschargez des accidents qui pressent un crocheteur ? ont ils tiré de la logique quelque consolation à la goutte ? pour avoir sceu comme cette humeur se loge aux ioinctures, l'en ont ils moins sentie ? sont ils entrez en composition de la mort, pour sçavoir qu'aulcunes nations s'en resiouyssent ; et du cocuage, pour sçavoir les femmes estre communes en quelque region ? au rebours, ayants tenu le premier reng en sçavoir, l'un entre les Romains, l'aultre entre les Grecs, et en la saison où la science fleurissoit le plus, nous n'avons pas pourtant appris qu'ils ayent eu aulcune particuliere excellence en leur vie ; voire le Grec a assez à faire à se descharger d'aulcunes taches notables en la sienne. A l'on trouvé que la volupté et la santé soient plus savoureuses à celuy qui sçait l'astrologie et la grammaire ?

Illitterati num minus nervi rigent[3] ?

et la honte et pauvreté moins importune ?

Scilicet et morbis, et debilitate carebis,
Et luctum et curam effugies, et tempora vitæ
Longa tibi post hæc fato meliore dabuntur[4].

I'ay veu en mon temps cent artisans, cent laboureurs, plus sages et plus heureux que des recteurs de l'université ; et lesquels i'aimerois mieulx ressembler. La doctrine, ce m'est advis, tient reng entre les choses necessaires à la vie, comme la gloire, la noblesse, la dignité, ou pour le plus, comme la beauté, la richesse, et telles autres qualitez qui y servent voirement[5] mais de loing, et plus par fantasie que par nature. Il ne nous fault guere plus d'offices, de regles et de loix de vivre en nostre communauté, qu'il en fault aux grues et aux formis en la leur ; et ce neantmoins nous veoyons qu'elles s'y conduisent tresordonneement, sans erudition. Si l'homme estoit sage, il prendroyt le vray pris de chasque chose, selon qu'elle seroit la plus utile et propre à sa vie. Qui nous comptera par nos actions et deportements, il s'en trouvera plus grand nombre d'excellents entre les ignorants qu'entre les sçavants : ie dy en toute sorte de vertu. La vieille Rome me semble en avoir bien porté de plus grande valeur, et pour la paix et pour la guerre, que cette Rome sçavante, qui se ruyna soy mesme : quand le demourant seroit tout pareil, au moins la preud'hommie et l'innocence demeureroient du costé de l'ancienne ; car elle loge singulierement bien avecques la simplicité. Mais ie laisse ce discours, qui me tireroit plus loing que ie ne voudrois suivre. I'en diray seulement encores cela, que c'est la seule humilité et soubmission qui peult effectuer un homme de bien. Il ne fault pas laisser au iugement de chascun la cognoissance de son debvoir ; il le luy fault prescrire, non pas le laisser choisir à son discours : aultrement, selon l'imbecillité et varieté infinie de nos raisons et opinions, nous nous forgerions enfin des debvoirs qui nous mettroient à nous manger les uns les aultres, comme dict Epicurus.

La premiere loy que Dieu donna iamais à l'homme, ce feut une loy de pure obeyssance ; ce feut un commandement nud et simple, où l'homme n'eust rien à cognoistre et à causer, d'autant que l'obeyr est le propre office d'une

---

(1) *Estalié cette belle raison. Surpayer une chose*, c'est la payer au-delà de son juste prix.

(2) Il vaut mieux ne point donner de vin aux malades, parce qu'en leur donnant ce remède quelquefois utile, mais le plus souvent nuisible, on les exposeroit, pour une espérance incertaine, à un véritable danger : de même il vaudroit peut-être mieux, à mon avis, que la nature nous eût refusé cette activité de pensée, cette pénétration, cette industrie, que nous appelons raison, et qu'elle nous a si libéralement accordée, puisque cette noble faculté n'est salutaire qu'à un petit nombre d'hommes, tandis qu'elle est funeste à tous les autres. Cic., *de Nat. deor.*, III, 27.

(3) Un ignorant soutient-il avec moins de vigueur les combats de l'amour ? Hor., *Epod.*, 8, v. 17.

(4) C'est par-là, sans doute, que vous serez exempt d'infirmités et de maladies ; vous ne connoîtrez ni le chagrin ni l'inquiétude ; vous jouirez d'une vie plus longue et plus heureuse. Juv., XIV, 156. — (5) *Véritablement*.

ame raisonnable, recognoissant un celeste superieur et bienfacteur. De l'obeyr et ceder naist toute aultre vertu; comme du cuider, tout peché. Et au rebours, la premiere tentation qui veint à l'humaine nature de la part du diable, sa premiere poison, s'insinua en nous par les promesses qu'il nous feit de science et de cognoissance, *Eritis sicut dii, scientes bonum et malum* [1] : et les sireines, pour piper Ulysse en Homere, et l'attirer en leurs dangereux et ruyneux laqs, luy offrent en don la science. La peste de l'homme, c'est l'opinion de sçavoir : voylà pourquoy l'ignorance nous est tant recommandee par nostre religion, comme piece propre à la creance et à l'obeyssance : *Cavete, ne quis vos decipiat per philosophiam et inanes seductiones, secundum elementa mundi* [2]. En cecy, y a il une generale convenance entre touts les philosophes de toutes sectes, que le souverain bien consiste en la tranquillité de l'ame et du corps : mais où la trouvons nous?

Ad summum, sapiens uno minor est Iove, dives,
Liber, honoratus, pulcher, rex denique regum;
Præcipue sanus, nisi quum pituita molesta est [3].

Il semble, à la verité, que nature, pour la consolation de nostre estat miserable et chestif, ne nous ayt donné en partage que la presumption; c'est ce que dict Epictete, « que l'homme n'a rien proprement sien que l'usage de ses opinions : » nous n'avons que du vent et de la fumee en partage. Les dieux ont la santé en essence, dict la philosophie, et la maladie en intelligence : l'homme, au contraire, possede ses biens par fantasie, les maulx en essence. Nous avons eu raison de faire valoir les forces de nostre imagination; car touts nos biens ne sont qu'en songe. Oyez braver [4] ce pauvre et calamiteux animal : « Il n'est rien, dict Cicero, si doulx que l'occupation des lettres, de ces lettres, dy ie, par le moyen desquelles l'infinité des choses, l'immense grandeur de nature, les cieux en ce monde mesme, et les terres et les mers nous sont descouvertes : ce sont elles qui nous ont apprins la religion, la moderation, la grandeur de courage, et qui ont arraché nostre ame des tenebres, pour luy faire veoir toutes choses haultes, basses, premieres, dernieres et moyennes; ce sont elles qui nous fournissent de quoy bien et heureusement vivre, et nous guident à passer nostre aage sans desplaisir et sans offense : » cettuy cy ne semble il pas parler de la condition de Dieu toutvivant et toutpuissant? Et, quant à l'effect, mille femmelettes ont vescu au village une vie plus equable, plus doulce et plus constante que ne feut la sienne.

Deus ille fuit „deus, inclute Memmi,
Qui princeps vitæ rationem invenit eam, quæ
Nunc appellatur Sapientia; quique per artem
Fluctibus e tantis vitam, tantisque tenebris,
In tam tranquilla et tam clara luce locavit [5] :

voylà des paroles tresmagnifiques et belles; mais un bien legier accident meit l'entendement de cettuy cy [6] en pire estat que celuy du moindre berger, nonobstant ce dieu precepteur, et cette divine sapience. De mesme impudence est cette promesse du livre de Democritus, « Ie m'en vois parler de toutes choses; » et ce sot tiltre, qu'Aristote nous preste, de « dieux mortels; » et ce iugement de Chrysippus, que « Dion estoit aussi vertueux que Dieu : » et mon Seneca recognoist, dict il, que « Dieu luy a donné le vivre, mais qu'il a de soy le bien vivre; » conformément à cet aultre, *In virtute vere gloriamur; quod non contingeret, si id donum a deo, non a nobis haberemus* [7] : cecy est aussi de Seneca : « que le sage a la fortitude pareille à Dieu, mais en l'humaine foiblesse; par où il le surmonte. » Il n'est rien si ordinaire que de rencontrer des traicts de pareille temerité : il n'y a aulcun de nous qui s'offense tant de se veoir apparier à Dieu, comme il faict de se veoir deprimer au reng des aultres animaulx : tant nous sommes plus ialoux de nostre interest, que de celuy de nostre Createur!

Mais il fault mettre aux pieds cette sotte vanité, et secouer vifvement et hardiement les fondements ridicules sur quoy ces faulses opinions se bastissent. Tant qu'il pensera avoir quelque moyen et quelque force de soy, iamais l'homme ne recognoistra ce qu'il doibt à son maistre; il fera tousiours de ses œufs poules, comme on dict : il le fault mettre en chemise. Veoyons quelque notable

---

(1) Vous serez comme des dieux, sachant le bien et le mal. *Genes.*, III, 5.

(2) Prenez garde que personne ne vous séduise par la philosophie, et par de vaines et trompeuses subtilités, selon les doctrines du monde. S. Paul., *ad Coloss.*, II, 8.

(3) Le sage ne voit au-dessus de lui que Jupiter : il est riche, beau, comblé d'honneurs, libre; il est le roi des rois, et surtout il jouit d'une santé merveilleuse, si ce n'est quand la pituite le tourmente. Hor., *Epist.*, I, 1, 106. — (4) Faire le brave.

(5) Il fut un dieu, illustre Memmius; oui, il fut un dieu, celui qui le premier trouva cet art de vivre auquel on donne aujourd'hui le nom de Sagesse; celui qui, par cet art vraiment divin, a foit succéder le calme et la lumière à l'orage et aux ténèbres. Lucrèce, V, 8.

(6) De Lucrèce, qui, dans les vers précédents, parle si magnifiquement d'Epicure et de sa doctrine : car un breuvage, que lui donna sa femme ou sa maitresse, lui troubla si fort la raison, que la violence du mal ne lui laissa que quelques intervalles lucides, qu'il employa à composer son poëme : et le porta enfin à se tuer lui-même. *Chron.* d'Eusèbe.

(7) C'est avec raison que nous nous glorifions de notre vertu : ce qui ne seroit point, si nous la tenions d'un dieu, et non pas de nous-mêmes. Cic., *de Nat. deor.*, III, 36.

exemple de l'effect de sa philosophie : Posidonius, estant pressé d'une si douloureuse maladie qu'elle luy faisoit tordre les bras et grincer les dents, pensoit bien faire la figue à la douleur, pour s'escrier contre elle : « Tu as beau faire, si ne diray ie pas que tu sois mal. » Il sent mesmes passions que mon laquay; mais il se brave, sur ce qu'il contient au moins sa langue soubs les loix de sa secte : *re succumbere non oportebat, verbis gloriantem* [1]. Arcesilas estant malade de la goutte, Carneades, qui le veint visiter, s'en retournoit tout fasché; il le rappella, et, luy montrant ses pieds et sa poictrine : « Il n'est rien venu de là icy, » luy dict il. Cettuy cy a un peu meilleure grace; car il sent avoir du mal, et en voudroit estre depestré; mais de ce mal pourtant son cœur n'en est pas abbattu ny affoibly : l'aultre se tient en sa roideur, plus, ce crains ie, verbale, qu'essentielle. Et Dionysius Heracleotes, affligé d'une cuison vehemente des yeulx, feut rengé à quitter ces resolutions stoïcques. Mais, quand la science feroit par effect ce qu'ils disent, d'esmoucer et rabbattre l'aigreur des infortunes qui nous suivent, que faict elle que ce que faict beaucoup plus purement l'ignorance, et plus evidemment ? Le philosophe Pyrrho, courant en mer le hazard d'une grande tormente, ne presentoit à ceulx qui estoient avecques luy à imiter, que la securité d'un porceau qui voyageoit avecques eulx, regardant cette tempeste sans effroy. La philosophie, au bout de ses preceptes, nous renvoye aux exemples d'un athlete et d'un muletier, ausquels on veoid ordinairement beaucoup moins de ressentiment de mort, de douleur et d'aultres incouvenients, et plus de fermeté, que la science n'en fournit oncques à aulcun qui n'y feust nay et preparé de soy mesme par habitude naturelle. Qui faict qu'on incise et taille les tendres membres d'un enfant, et ceulx d'un cheval, plus aysement que les nostres, si ce n'est l'ignorance? Combien en a rendu de malades la seule force de l'imagination? Nous en veoyons ordinairement se faire saigner, purger et mediciner, pour guarir des maulx qu'ils ne sentent qu'en leur discours. Lorsque les vrays maulx nous faillent, la science nous preste les siens : cette couleur et ce teinct vous presagent quelque defluxion catarrheuse; cette saison chaulde vous menace d'une esmotion fiebvreuse; cette couppure de la ligne vitale de vostre main gauche vous advertit de quelque notable et voysine indisposition : et enfin elle s'en addresse tout destrousseement [2] à la santé mesme; cette alaigresse et vigueur de ieunesse ne peult arrester en une assiette; il luy fault desrober du sang et de la force, de peur

qu'elle ne se tourne contre vous mesme. Comparez la vie d'un homme asservy à telles imaginations, à celle d'un laboureur se laissant aller aprez son appetit naturel, mesurant les choses au seul sentiment present, sans science et sans prognosticque, qui n'a du mal que lorsqu'il l'a; où l'aultre a souvent la pierre en l'ame avant qu'il ayt aux reins : comme s'il n'estoit point assez à temps de souffrir le mal lorsqu'il y sera, il l'anticipe par fantasie, et luy court au devant. Ce que ie dy de la medecine se peult tirer par exemple generalement à toute science : de là est venue cette ancienne opinion des philosophes [3], qui logeoient le souverain bien à la recognoissance de la foiblesse de nostre iugement. Mon ignorance me preste autant d'occasion d'esperance que de crainte; et, n'ayant aultre regle de ma santé que celle des exemples d'aultruy et des evenements que ie veoy ailleurs en pareille occasion, i'en treuve de toutes sortes, et m'arreste aux comparaisons qui me sont plus favorables. Ie recois la santé les bras ouverts, libre, plaine et entiere; et aiguise mon appetit à la iouyr, d'autant plus qu'elle m'est à present moins ordinaire et plus rare : tant s'en fault que ie trouble son repos et sa doulceur par l'amertume d'une nouvelle et contraincte forme de vivre. Les bestes nous montrent assez combien l'agitation de nostre esprit nous apporte de maladies : ce qu'on nous dict de ceulx du Bresil, qu'ils ne mouroient que de vieillesse, on l'attribue à la serenité et tranquillité de leur air; ie l'attribue plustost à la tranquillité et serenité de leur ame, deschargee de toute passion, pensee et occupation tendue ou desplaisante; comme gents qui passoient leur vie en une admirable simplicité et ignorance, sans lettres, sans loy, sans roy, sans religion quelconque. Et d'où vient, ce qu'on veoid par experience, que les plus grossiers et plus lourds sont plus fermes et plus desirables aux executions amoureuses; et que l'amour d'un muletier se rend souvent plus acceptable que celle d'un gallant homme; sinon qu'en cettuy cy l'agitation de l'ame trouble sa force corporelle, la rompt et lasse, comme elle lasse aussi et trouble ordinairement soy mesme? Qui la desmeut, qui la iecte plus coustumierement à la manie, que sa promptitude, sa poincte, son agilité, et enfin sa force propre? de quoy se faict la plus subtile folie, que de la plus subtile sagesse? Comme des grandes amitiez naissent des grandes inimitiez; des santez

(1) Faisant le brave en paroles, il ne falloit pas succomber en effet. Cic., *Tusc. quæst.*, II , 13.
(2) Onccrtement. — (3) Des sceptiques.

vigoreuses, les mortelles maladies : ainsin des rares et vifves agitations de nos ames, les plus excellentes manies et plus destracquees ; il n'y a qu'un demi tour de cheville à passer de l'un à l'aultre. Aux actions des hommes insensez, nous veoyons combien proprement la folie convient avecques les plus vigoreuses operations de nostre ame. Qui ne sçait combien est imperceptible le voysinage d'entre la folie avecques les gaillardes eslevations d'un esprit libre, et les effects d'une vertu supreme et extraordinaire ? Platon dict les melancholiques plus disciplinables et excellents : aussi n'en est il point qui ayent tant de propension à la folie. Infinis esprits se treuvent ruynez par leur propre force et soupplesse : quel sault vient de prendre, de sa propre agitation et alaigresse, l'un des plus iudicieux, ingenieux, et plus formez à l'air de cette antique et pure poësie, qu'aultre poëte italien aye iamais esté ? n'a il pas de quoy sçavoir gré à cette sienne vivacité meurtriere ? à cette clarté qui l'a aveuglé ? à cette exacte et tendue apprehension de la raison, qui l'a mis sans raison ? à la curieuse et laborieuse queste des sciences, qui l'a conduict à la bestise ? à cette rare aptitude aux exercices de l'ame, qui l'a rendu sans exercice et sans ame ? I'eus plus de despit encores que de compassion, de le veoir à Ferrare en si piteux estat, survivant à soy mesme, mescognoissant et soy et ses ouvrages, lesquels, sans son sceu, et toutesfois à sa veue, on a mis en lumiere incorrigez et informes [1].

Voulez vous un homme sain, le voulez vous reglé, et en ferme et seure posture ? affublez le de tenebres d'oysifveté et de pesanteur : il nous fault abestir, pour nous assagir [2] ; et nous esblouir, pour nous guider. Et si on me dict que la commodité d'avoir l'appetit froid et mousse [3] aux douleurs et aux maulx, tire aprez soy cette incommodité de nous rendre aussi, par consequent, moins aigus et friands à la iouyssance des biens et des plaisirs ; cela est vray : mais la misere de nostre condition porte que nous n'avons pas tant à iouyr qu'à fuyr, et que l'extreme volupté ne nous touche pas comme une legiere douleur, *segnius homines bona quam mala sentiunt* [4] : nous ne sentons point l'entiere santé : comme la moindre des maladies ;

        Pungit
In cute vix summa violatum plagula corpus ;
Quando valere nihil quemquam movet. Hoc iuvat
                                    [unum,
Quod me non torquet latus, aut pes : cetera quis-
                                    [quam
Vix queat aut sanum sese, aut sentire valentem [5] :

estre bien estre, ce n'est que la privation d'estre

mal. Voylà pourquoy la secte de philosophie, qui a le plus faict valoir la volupté, encores l'a elle rengee à la seule indolence. Le n'avoir point de mal, c'est le plus avoir de bien que l'homme puisse esperer, comme disoit Ennius,

        Nimium boni est, cui nihil est mali [6] ;

car ce mesme chatouillement et aiguisement qui se rencontre en certains plaisirs, et semble nous enlever au dessus de la santé simple et de l'indolence ; cette volupté actifve, mouvante, et ie ne sçay comment cuisante et mordante, celle là mesme ne vise qu'à l'indolence, comme à son but ; l'appetit qui nous ravit à l'accointance des femmes, il ne cherche qu'à chasser la peine que nous apporte le desir ardent et furieux, et ne demande qu'à l'assouvir et se loger en repos et en l'exemption de cette fiebvre : ainsin des aultres. Ie dy doncques que si la simplesse nous achemine à n'avoir point de mal, elle nous achemine à un tresheureux estat, selon nostre condition. Si ne la fault il point imaginer si plombee, qu'elle soit du tout sans sentiment : car Crantor avoyt bien raison de combattre l'indolence d'Epicurus, si on la bastissoit si profonde, que l'abord mesme et la naissance des maulx en feust à dire. « Ie ne loue point cette indolence qui n'est ny possible ny desirable : ie suis content de n'estre pas malade ; mais si ie le suis, ie veulx sçavoir que ie le suis ; et si on me cauterise ou iucise, ie le veulx sentir. » De vray, qui desracineroit la cognoissance du mal, il extirperoit quand et quand la cognoissance de la volupté, et enfin aneantiroit l'homme : *Istud nihil dolere, non sine magna mercede contingit immanitatis in animo, stuporis in corpore* [7]. Le mal est, à l'homme, bien à son tour : ny la douleur ne luy est tousiours à fuyr, ny la volupté tousiours à suivre.

C'est un tresgrand advantage pour l'honneur de l'ignorance, que la science mesme nous reiecte entre ses bras, quand elle se treuve empeschee à nous roidir contre la pesanteur des maulx ; elle est contraincte de venir à cette composition, de nous

(1) Torquato Tasso, auteur de la *Jérusalem délivrée*, enfermé dans l'hôpital Sainte-Anne au mois de mars 1579, et qui n'en sortit qu'au mois de juillet 1586.

(2) *Rendre sage.* — (3) *Affaibli.*

(4) Les hommes sont moins sensibles au plaisir qu'à la douleur. Tit. Liv., XXX, 21.

(5) Nous sentons vivement la piqûre qui nous effleure à peine, et nous ne sommes pas sensibles au plaisir de la santé. L'homme se félicite de n'avoir ni la pleurésie ni la goutte ; mais à peine sait-il qu'il est sain et plein de vigueur. *Stephani Boetiani poemata*, au revers de la pag. 115, ligne 11, etc.

(6) Ennius apud Cic. *de Finib.*, II, 13.

(7) Cette indolence ne se peut acquérir, qu'il n'en coûte cher à l'esprit et au corps : il faut que l'esprit devienne féroce, et le corps léthargique. Cic. *Tuscul.*, III, 6.

lascher la bride, et donner congé de nous sauver en son giron, et nous mettre, soubs sa faveur, à l'abry des coups et iniures de la fortune : car que veult elle dire aultre chose, quand elle nous presche « De retirer nostre pensee des maulx qui nous tiennent, et l'entretenir des voluptez perdues; De nous servir, pour consolation des maulx presents, de la souvenance des biens passez; et D'appeller à nostre secours un contentement esvanouï, pour l'opposer à ce qui presse? » *Levationes ægritudinum in avocatione a cogitanda molestia, et revocatione ad contemplandas voluptates, ponit* [1]: si ce n'est que, où la force luy manque, elle veult user de ruse, et donner un tour de souplesse et de iambe, où la vigueur du corps et des bras vient à luy faillir; car non seulement à un philosophe, mais simplement à un homme rassis, quand il sent par effect l'alteration cuisante d'une fiebvre chaulde, quelle monnoye est ce de le payer de la soubvenance de la douceur du vin grec? ce seroit plustost luy empirer son marché :

Che ricordarsi il ben doppia la noia [2].

De mesme condition est cet aultre conseil que la philosophie donne, « De maintenir en la memoire seulement le bonheur passé, et d'en effacer les desplaisirs que nous avons soufferts; » comme si nous avions en nostre pouvoir la science de l'oubli : et conseil duquel nous valons moins, encores un coup.

Suavis laborum est præteritorum memoria [3].

Comment? la philosophie, qui me doibt mettre les armes à la main pour combattre la fortune; qui me doibt roidir le courage pour fouler aux pieds toutes les adversitez humaines, vient elle à cette mollesse de me faire conniller par ses destours couards et ridicules? car la memoire nous represente, non pas ce que nous choisissons, mais ce qui luy plaist; voire, il n'est rien qui imprime si vifvement quelque chose en nostre souvenance, que le desir de l'oublier : c'est une bonne maniere de donner en garde, et d'empreindre en nostre ame quelque chose, que de la solliciter de la perdre. Et cela est faulx, *Est situm in nobis, ut et adversa quasi perpetua oblivione obruamus, et secunda iucunde et suaviter meminerimus* [4] et cecy est vray, *Memini etiam quæ nolo; oblivisci non possum quæ volo* [5]. Et de qui est ce conseil? de celuy, *qui se unus sapientem profiteri sit ausus* [6];

Qui genus humanum ingenio superavit, et omnis
Præstinxit, stellas exortus uti ætherius sol [7].

De vuider et desmunir la memoire, est ce pas le vray et propre chemin à l'ignorance?

*Iners malorum remedium ignorantia est* [8].

Nous veoyons plusieurs pareils preceptes, par lesquels on nous permet d'emprunter, du vulgaire, des apparences frivoles, où la raison vifve et forte ne peult assez, prouveu qu'elles nous servent de contentement et de consolation : où ils ne peuvent guarir la playe, ils sont contents de l'endormir et pallier. Ie croy qu'ils ne me nieront pas cecy, que s'ils pouvoient adiouster de l'ordre et de la constance, en un estat de vie qui se mainteinst en plaisir et en tranquillité par quelque foiblesse et maladie de iugement, qu'ils ne l'acceptassent :

Potare, et spargere flores
Incipiam, patiarque vel inconsultus haberi [9].

Il se trouveroit plusieurs philosophes de l'advis de Lycas : cettuy cy ayant, au demourant, ses mœurs bien reglees, vivant doulcement et paisiblement en sa famille, ne manquant à nul office de son debvoir envers les siens et les estrangers, se preservant tresbien des choses nuisibles, s'estoit, par quelque alteration de sens, imprimé en la cervelle une resverie, C'est qu'il pensoit estre perpetuellement aux theatres à y veoir des passetemps, des spectacles, et des plus belles comedies du monde. Guari, qu'il feut, par les medecins, de cette humeur peccante, à peine qu'il ne les meist en procez pour le restablir en la doulceur de ces imaginations :

Pol! me occidistis, amici,
Non servastis, ait; cui sic extorta voluptas,
Et demptus per vim mentis gratissimus error [10] :

d'une pareille resverie à celle de Thrasylaus, fils

---

(1) Pour bannir le chagrin, il faut, dit Épicure, écarter toute idée fâcheuse, et se rappeler les idées riantes. CICÉR., *Tuscul.*, III, 15.

(2) Le souvenir du bien double le mal.

(3) Des maux passés le souvenir est doux.

EURIPID. *apud* CIC., *de Finib.*, II, 52.

(4) Il est en notre puissance d'effacer entièrement nos malheurs de notre mémoire, et de rappeler dans notre esprit l'agréable souvenir de tout ce qui nous est arrivé d'heureux. CIC., *de Finib.*, I, 17.

(5) Je me souviens des choses que je voudrois oublier, et je ne puis oublier celles dont je voudrois perdre le souvenir. CIC., *de Finib.*, II, 52.

(6) Qui, seul entre les hommes, a osé se dire sage (Épicure). CIC., *de Fin.*, II, 3.

(7) Qui, par son génie, supérieur à tous les hommes, les a tous effacés : comme le soleil, en se levant, éteint tous les feux célestes. LUCRÈCE, III, 1056.

(8) Et l'ignorance n'est à nos maux qu'un foible remède. SÉNÈQUE, *Œdipe*, act. III, v. 7.

(9) Au hasard de passer pour fou, je veux boire, je veux répandre des fleurs autour de moi. HOR., *Epist.*, I, 5, 14.

(10) Ah! mes amis, qu'avez-vous fait? En me guérissant, vous m'avez tué! C'est m'ôter tous mes plaisirs, que de m'arracher de l'ame cette douce erreur dont j'étois enchanté. HOR., *Epist.*, II, 2, 138.

de Pythodorus, qui se faisoit accroire que touts les navires qui relaschoient du port de Piree et y abordoient ne travailloient que pour son service: se resiouyssant de la bonne fortune de leur navigation, les recueillant avecques ioye. Son frere Crito l'ayant faict remettre en son meilleur sens, il regrettoit cette sorte de condition en laquelle il avoyt vescu en liesse, et deschargé de tout desplaisir. C'est ce que dict ce vers ancien grec, qu' « Il y a beaucoup de commodité à n'estre pas si advisé, »

Ἐν τῷ φρονεῖν γὰρ μηδὲν, ἥδιστος βίος [1].

Et l'Ecclesiaste, « En beaucoup de sagesse, beaucoup de desplaisir; et qui acquiert science, s'acquiert du travail et du torment. »

Cela mesme à quoy la philosophie consent en general, cette derniere recepte qu'elle ordonne à toute sorte de necessitez, qui est De mettre fin à la vie que nous ne pouvons supporter. *Placet? pare. Non placet? quacumque vis, exi.... Pungit dolor? Vel fodiat sane. Si nudus es : da iugulum ; sin tectus armis Vulcaniis, id est fortitudine, resiste* [2]; et ce mot des Grecs convives qu'ils y appliquent, *Aut bibat, aut abeat* [3], qui sonne plus sortablement en la langue d'un Gascon, qui change volontiers en V le B, qu'en celle de Cicero :

> Vivere si recte nescis, decede peritis.
> Lusisti satis, edisti satis, atque bibisti;
> Tempus abire tibi est, ne potum largius æquo
> Rideat, et pulset lasciva decentius ætas [4]:

qu'est ce autre chose qu'une confession de son impuissance, et un renvoy non seulement à l'ignorance, pour y estre à couvert, mais à la stupidité mesme, au non sentir, et au non estre?

> Democritum postquam matura vetustas
> Admonuit memorem, motus languescere mentis;
> Sponte sua letho caput obvius obtulit ipse [5].

C'est ce que disoit Antisthenes, « qu'il falloit faire provision ou de sens pour entendre, ou de licol pour se pendre, » et ce que Chrysippus alleguoit sur ce propos du poëte Tyrtæus,

De la vertu, ou de mort approcher :

et Cratez disoit « que l'amour se guarissoit par la faim, sinon par le temps; et, à qui ces deux moyens ne plairoient, par la hart. » Celuy, Sextius, duquel Seneque et Plutarque parlent avecques si grande recommandation, s'estant iecté, toutes choses laissees, à l'estude de la philosophie, delibera de se precipiter en la mer, voyant le progrez de ses estudes trop tardif et trop long : il courut à la mort, au defaut de la science. Voicy les mots de

la loy sur ce subiect : « Si d'adventure il survient quelque grand inconvenient qui ne se puisse remedier, le port est prochain, et se peult on sauver, à nage, hors du corps, comme hors d'un esquif qui faict eau; car c'est la crainte de mourir, non pas le desir de vivre, qui tient le fol attaché au corps. »

Comme la vie se rend par la simplicité plus plaisante, elle s'en rend aussi plus innocente et meilleure, comme ie commenceois tantost à dire : Les simples, dit sainct Paul, et les ignorants, s'eslevent et se saisissent du ciel; et nous, à tout nostre sçavoir, nous plongeons aux abismes infernaux. Ie ne m'arreste ny à Valentian [6], ennemy declaré de la science et des lettres; ny à Licinius, touts deux empereurs romains, qui les nommoient le venin et la peste de tout estat politique; ny à Mahomet qui, comme i'ay entendu, interdict la science à ses hommes: mais l'exemple de ce grand Lycurgus, et son auctorité, doibt certes avoir grand poids, et la reverence de cette divine police lacedemonicune, si grande, si admirable, et si long temps fleurissante en vertu et en bonheur, sans aulcune institution ny exercice de lettres. Ceulx qui reviennent de ce monde nouveau, qui a esté descouvert du temps de nos peres par les Espaignols, nous peuvent tesmoigner combien ces nations, sans magistrat et sans loy, vivent plus legitimement et plus reglement que les nostres, où il y a plus d'officiers et de loix qu'il n'y a d'aultres hommes, et qu'il n'y a d'actions :

> Di cittatorie piene, e di libelli,
> D' esamine, et di carte di procure,
> Hanno le mani e il seno, e gran fastelli
> Di chiose, di consigli, e di letture :
> Per cui le facultà de' poverelli
> Non sono mai nelle città sicure;

---

(1) SOPHOCLE, *Ajax*, v. 553.

(2) Te plait-elle encore? supporte-la. En es-tu las? sors-en par où tu voudras... La douleur te pique? je suppose même qu'elle te deobire. Prête le flanc, si tu es sans défense; mais, si tu es couvert des armes de Vulcain, c'est-à-dire armé de force et de courage, résiste. — Les premières paroles sont un passage altéré de SÉNÈQUE, *Epist.* 70: *Placet? vive. Non placet? licet eo reverti, unde venisti.* Le reste est de CICÉRON, *Tusc. quæst.*, II, 14.

(3) Qu'il boive ou qu'il s'en aille. CIC., *Tusc. quæst.*, V, 4.

(4) Si tu ne sais point user de la vie, cède la place à ceux qui le savent. Tu as assez folâtré, assez bu, assez mangé : il est temps pour toi de faire retraite. Ne crains-tu pas de t'enivrer, et de devenir la risée et le jouet des jeunes gens à qui la gaieté convient mieux qu'à toi? Hor., *Epist.*, II, 2. 213.

(5) Démocrite, averti par l'âge que les ressorts de son esprit commençoient à s'user, alla lui-même au-devant de la mort. LUCRÈCE, III, 1052.

(6) Comme on ne connoît point d'empereur romain de ce nom, on croit qu'il s'agit ici de *Valens*, empereur qui vivoit dans la seconde moitié du quatrième siècle, et qui fut en effet, comme Licinius, un ennemi déclaré des sciences et de la philosophie.

Hanno dietro et dinanzi, et d' ambi i lati,
Notai, procuratori, ed avvocati [1].

C'estoit ce que disoit un senateur romain des derniers siecles, Que leurs predecesseurs avoyent l'haleine puante à l'ail, et l'estomach musqué de bonne conscience; et qu'au rebours, ceulx de son temps ne sentoient au dehors que le parfum, puants au dedans à toute sorte de vices : c'est à dire, comme ie pense, qu'ils avoyent beaucoup de sçavoir et de suffisance, et grand' faulte de preud'-homme. L'incivilité, l'ignorance, la simplesse, la rudesse, s'accompaignent volontiers de l'innocence : la curiosité, la subtilité, le sçavoir, traisnent la malice à leur suitte : l'humilité, la crainte, l'obeyssance, la debonnaireté, qui sont les pieces principales pour la conservation de la société humaine, demandent une ame vuide, docile et presumant peu de soy. Les chrestiens ont une particuliere cognoissance, combien la curiosité est un mal naturel et originel en l'homme : le soing de s'augmenter en sagesse et en science, ce feut la premiere ruyne du genre humain, c'est la voye par où il s'est precipité à la damnation eternelle, l'orgueil est sa perte et sa corruption; c'est l'orgueil qui iecte l'homme à quartier des voyes communes, qui luy faict embrasser les nouvelletez, et aimer mieulx estre chef d'une trouppe errante et desvoyee au sentier de perdition, aimer mieulx estre regent et precepteur d'erreur et de mensonge, que d'estre disciple en l'eschole de verité, se laissant mener et conduire par la main d'aultruy à la voye battue et droicturiere. C'est à l'adventure ce que dict ce mot grec ancien, que «la superstition suit l'orgueil, et lui obeyt comme à son pere : » ἡ δεισιδαιμονία καθάπερ πατρὶ τῷ τυφῷ πείθεται [2]. O cuider ! combien tu nous empesches !

Aprez que Socrates feust adverty que le dieu de sagesse luy avoyt attribué le nom de Sage, il en feust estonné; et, se recherchant et secouant partout, n'y trouvoit aulcun fondement à cette divine sentence : il en sçavoit de iustes, temperants, vaillants, sçavants comme luy, et plus eloquents, et plus beaux, et plus utiles au païs. Enfin il se resolut, qu'il n'estoit distingué des aultres, et n'estoit sage, que parce qu'il ne se tenoit pas tel; et que son dieu estimoit bestise singuliere à l'homme l'opinion de science et de sagesse; et que sa meilleure doctrine estoit la doctrine de l'ignorance, et la simplicité sa meilleure sagesse. La saincte Parole declare miserables ceulx d'entre nous qui s'estiment : « Bourbe et cendre, leur dict elle, qu'as tu à te glorifier? » Et ailleurs, « Dieu a faict l'homme semblable à l'ombre; » de laquelle qui iugera, quand

par l'esloingnement de la lumiere elle sera esvanouïe? Ce n'est rien que de nous.

Il s'en fault tant que nos forces conceoivent la haulteur divine, que, des ouvrages de nostre Createur, ceulx là portent mieulx sa marque, et sont mieulx siens, que nous entendons le moins. C'est aux chrestiens une occasion de croire, que de rencontrer une chose incroyable; elle est d'autant plus selon raison, qu'elle est contre l'humaine raison : si elle estoit selon raison, ce ne seroit plus miracle; et si elle estoit selon quelque exemple, ce ne seroit plus chose singuliere. *Melius scitur Deus, nesciendo* [3], dict sainct Augustin; et Tacitus, *Sanctius est ac reverentius de actis deorum credere, quam scire* [4]; et Platon estime qu'il y ayt quelque vice d'impieté à trop curieusement s'enquerir de Dieu, et du monde, et des causes premieres des choses : *Atque illum quidem parentem huius universitatis invenire, difficile; et quam iam inveneris, indicare in vulgus, nefas* [5], dict Cicero. Nous disons bien, Puissance, Verité, Iustice : ce sont paroles qui signifient quelque chose de grand; mais cette chose là, nous ne la veoyons aulcunement, ny ne la concevons. Nous disons que Dieu craint, que Dieu se courrouce, que Dieu aime,

Immortalia mortali sermone notantes [6] :

ce sont toutes agitations et esmotions qui ne peuvent loger en Dieu, selon nostre forme; ny nous, l'imaginer selon la sienne. C'est à Dieu seul de se cognoistre, et interpreter ses ouvrages; et le faict en nostre langue improprement, pour s'avaller [7] et descendre à nous, qui sommes à terre couchez. « La prudence [8], comment luy peult elle convenir, qui est l'eslite entre le bien et le mal; veu que nul mal ne le touche ? quoy la raison et l'intelligence, desquelles nous nous servons pour arriver, par les choses obscures, aux apparentes; veu qu'il n'y a

---

(1) Ils ont le sein et les mains pleines d'ajournements, de requêtes, d'informations, et de lettres de procuration; ils marchent chargés de sacs remplis de gloses, de consultations, et de procédures. Grace à eux, le pauvre peuple n'est jamais en sûreté dans les villes; par devant, par derrière, des deux côtés, il est assiégé d'une foule de notaires, de procureurs et d'avocats. ARIOSTO, *Orlando furioso*, c. 14, stanz. 84.

(2) C'est un mot de Socrate, s'il faut en croire STOBÉE, qui le lui attribue, *Serm.* XXII, p. 189.

(3) On connoît mieux ce qu'est la Divinité quand on se soumet à l'ignorer. S. AUGUST., *de Ordine*, II, 16.

(4) A l'égard de ce que font les dieux, il est plus respectueux et plus saint de croire que d'approfondir. TAC., *de Mor. Germ.*, c. 34.

(5) Il est difficile de connoître l'auteur de cet univers; et, si on parvient à le découvrir, il est impossible de le dire à tous. CIC., trad. du *Timée* de Platon, c. 2.

(6) Exprimant des choses divines en termes humains. LUCR., V, 122. — (7) Tomber.

(8) Montaigne transcrit ici un long passage de Cicéron, sans le nommer. Voy. *de Nat. deor.*, III, 15.

rien d'obscur à Dieu? la iustice, qui distribue à chascun ce qui luy appartient, engendree pour la societé et communauté des hommes, comment est elle en Dieu? la temperance, comment? qui est la moderation des voluptez corporelles, qui n'ont nulle place en la divinité : la fortitude à porter la douleur, le labeur, les dangers, luy appartiennent aussi peu; ces trois choses n'ayants nul accez prez de luy; » parquoy Aristote le tient egualement exempt de vertu et de vice: *Neque gratia, neque ira teneri potest; quod quæ talia essent, imbecilla essent omnia* [1].

La participation que nous avons à la cognoissance de la Verité, quelle qu'elle soit, ce n'est point par nos propres forces que nous l'avons acquise : Dieu nous a assez appris cela par les tesmoings qu'il a choisis du vulgaire, simples et ignorants, pour nous instruire de ses admirables secrets. Nostre foy, ce n'est pas nostre acquest; c'est un pur present de la liberalité d'aultruy : ce n'est pas par discours, ou par nostre entendement, que nous avons receu nostre religion; c'est par auctorité et par commandement estranger : la foiblesse de nostre iugement nous y ayde plus que la force, et nostre aveuglement plus que nostre clairvoyance; c'est par l'entremise de nostre ignorance, plus que de nostre science, que nous sçavans de ce divin sçavoir. Ce n'est pas merveille, si nos moyens naturels et terrestres ne peuvent concevoir cette cognoissance supernaturelle et celeste : apportons y seulement, du nostre, l'obeyssance et la subiection; car, comme il est escript : « Ie destruiray la sapience des sages, et abbattray la prudence des prudents : où est le sage? où est l'escrivain? où est le disputateur de ce siecle? Dieu n'a il pas abesty la sapience de ce monde? car, puisque le monde n'a point cogneu Dieu par sapience, il luy a pleu, par l'ignorance et simplesse de la predication, sauver les croyants. »

Si me fault il veoir enfin s'il est en la puissance de l'homme de trouver ce qu'il cherche; et si cette queste qu'il y a employee depuis tant de siecles l'a enrichy de quelque nouvelle force et de quelque verité solide. Ie croy qu'il me confessera, s'il parle en conscience, que tout l'acquest qu'il a retiré d'une si longue poursuitte, c'est d'avoir appris à recognoistre sa foiblesse. L'ignorance, qui estoit naturellement en nous, nous l'avons, par longue estude, confirmee et averee. Il est advenu aux gents veritablement sçavants ce qui advient aux espics de bled; ils vont s'eslevant et se haulsant la teste droicte et fiere, tant qu'ils sont vuides; mais quand ils sont pleins et grossis de grains en leur maturité, ils commencent à s'humilier et baisser les cornes : pareil-

lement, les hommes ayant tout essayé, tout sondé, et n'ayant trouvé, en cet amas de science et provision de tant de choses diverses, rien de massif et ferme, et rien que vanité, ils ont renoncé à leur presumption, et recogneu leur condition naturelle. C'est ce que Velleius reproche à Cotta et à Cicero, « qu'ils ont apprins de Philo n'avoir rien apprins. » Pherecydes, l'un des sept sages, escrivant à Thales, comme il expiroit, « l'ay, dict il, ordonné aux miens, aprez qu'ils m'auront enterré, de te porter mes escripts. S'ils contentent et toy et les aultres sages, publie les; sinon, supprime les : ils ne contiennent nulle certitude qui me satisface à moy mesme; aussi ne fois ie pas profession de sçavoir la verité, ny d'y atteindre : i'ouvre les choses plus que ie ne les descouvre. » Le plus sage homme qui feut oncques, quand on luy demanda ce qu'il sçavoit, respondit, « Qu'il sçavoit cela, qu'il ne sçavoit rien. » Il verifioit ce qu'on dict, que la plus grand' part de ce que nous sçavons est la moindre de celle que nous ignorons; c'est à dire, que ce mesme que nous pensons sçavoir, c'est une piece, et bien petite, de nostre ignorance. Nous sçavons les choses en songe, dict Platon, et les ignorons en verité. *Omnes pene veteres, nihil cognosci, nihil percipi, nihil sciri posse dixerunt; angustos sensus, imbecilles animos, brevia curricula vitæ* [2]. Cicero mesme, qui debvoit au sçavoir tout son vaillant, Valerius dict que, sur sa vieillesse, il commencea à desestimer les lettres : et, pendant qu'il les traictoit, c'estoit sans obligation d'aulcun party; suivant ce qui luy sembloit probable, tantost en l'une secte, tantost en l'aultre; se tenant tousiours soubs la dubitation de l'academie : *Dicendum est, sed ita, ut nihil affirmem, quæram omnia, dubitans plerumque, et mihi diffidens* [3].

I'aurois trop beau ieu, si ie vouloy considerer l'homme en sa commune façon et en gros; et ie pourrois faire pourtant par sa regle propre, qui iuge la verité, non par le poids des voix, mais par le nombre. Laissons là le peuple,

Qui vigilans stertit,
Mortua cui vita est prope iam, vivo atque videnti [4];

qui ne se sent point, qui ne se iuge point, qui

---

[1] Il n'est susceptible ni de haine ni d'amour, parce que ces passions décèlent des êtres foibles. Cic., *de Nat. deor.*, I, 17.

[2] Presque tous les anciens ont dit qu'on ne pouvoit rien connoître, rien comprendre, rien savoir; que nos sens étoient bornés, notre intelligence foible, et notre vie trop courte. Cic., *Acad.*, I, 12.

[3] Je vais parler, mais sans rien affirmer : je chercherai toujours, je douterai souvent, et je me defierai de moi même. Cic., *de Divinat.*, II, 3.

[4] Qui dort en veillant, qui est presque mort, quoiqu'il vive et qu'il ait les yeux ouverts. Lucrece, III, 1061, 1059.

laisse la pluspart de ses facultez naturelles, oysives : ie veulx prendre l'homme en sa plus haulte
assiette. Considerons le en ce petit nombre d'hommes excellents et triez, qui, ayants esté douez d'une
belle et particuliere force naturelle, l'out encores
roidie et aiguisee par soing, par estude, et par art,
et l'ont montee au plus hault poinct de sagesse où
elle puisse atteindre : ils ont manié leur ame à
touts sens et à touts biais, l'ont appuyee et estan-
sonnee [1] de tout le secours estranger qui luy a esté
propre, et enrichie et ornee de tout ce qu'ils ont
peu emprunter, pour sa commodité, du dedans et
dehors du monde : c'est en eulx que loge la haulteur extreme de l'humaine nature : ils ont reglé le
monde de polices et de loix ; ils l'ont instruict par
arts et sciences, et instruict encores par l'exemple
de leurs mœurs admirables. Ie ne mettray en compte
que ces gents là, leur tesmoingnage, et leur experience ; reoyons iusques où ils sont allez, et à quoy
ils se sont tenus : les maladies et les defaults que
nous trouverons en ce college là, le monde les
pourra hardiement bien advouer pour siens.

Quiconque cherche quelque chose, il en vient à
ce poinct, ou qu'il dict qu'il l'a trouvee ; ou qu'elle
ne se peult trouver ; ou qu'il en est encores en
queste. Toute la philosophie est despartie en ces
trois genres : son desseing est de chercher la verité, la science, et la certitude. Les peripateticiens, epicuriens, stoïciens, et aultres, ont pensé
l'avoir trouvee : ceulx cy ont estably les sciences
que nous avons, et les ont traictees comme notices
certaines. Clitomachus, Carneades, et les academiciens, ont desesperé de leur queste, et iugé que
la verité ne se pouvoit concevoir par nos moyens :
la fin de ceulx cy, c'est la foiblesse et humaine
ignorance ; ce party a eu la plus grande suitte et les
sectateurs les plus nobles. Pyrrho, et aultres sceptiques ou epechistes, les dogmes de qui plusieurs
anciens ont tenu estre tirez de Homere, des sept
sages, et d'Archilochus et d'Euripides, et y attachent Zeno, Democritus, Xenophanes, disent
qu'ils sont encores en cherche de la verité : ceulx
cy iugent que ceulx là qui pensent l'avoir trouvee
se trompent infiniment, et qu'il y a encores de la
vanité trop hardie et en second degré qui asseure
que les forces humaines ne sont pas capables d'y
atteindre ; car cela, d'establir la mesure de nostre
puissance, de cognoistre et iuger la difficulté des
choses, c'est une grande et extreme science, de laquelle ils doubtent que l'homme soit capable.

Nil sciri si quis putat, id quoque nescit
An sciri possit quo se nil scire fatetur [2].

L'ignorance qui se sçait, qui se iuge, et qui se

condemne, ce n'est pas une entiere ignorance ;
pour l'estre, il fault qu'elle s'ignore soy mesme :
de façon que la profession des pyrrhoniens est de
bransler, doubter, et enquerir, ne s'asseurer de
rien, de rien ne se respondre. Des trois actions
de l'ame, l'imaginatifve, l'appetitifve, et la con-
sentante, ils en reçoivent les deux premieres ; la
derniere, ils la soustiennent et la maintiennent
ambiguë, sans inclination ny approbation d'une
part ou d'aultre, tant soit elle legiere. Zeno peignoit de geste son imagination sur cette partition
des facultez de l'ame : la main espandue et ouverte,
c'estoit Apparence ; la main à demy serree, et les
doigts un peu croches, Consentement ; le poing
fermé, Comprehension ; quand de la main gauche
il venoyt encores à clorre ce poing plus estroict,
Science. Or, cette assiette de leur iugement, droicte
et inflexible, recevant touts obiects sans application et consentement, les achemine à leur Ataraxie, qui est une condition de vie paisible, rassise, exempte des agitations que nous recevons par
l'impression de l'opinion et science que nous pensons avoir des choses ; d'où naissent la crainte,
l'avarice, l'envye, les desirs immoderez, l'ambition,
l'orgueil, la superstition, l'amour de nouvelleté,
la rebellion, la desobeyssance, l'opiniastreté, et
la pluspart des maulx corporels : voire ils s'exemp-
tent par là de la ialousie de leur discipline ; car ils
debattent d'une bien molle façon ; ils ne craignent
point la revenche à leur dispute : quand ils disent
que le poisant va contre bas, ils seroient bien
marris qu'on les en creust ; et cherchent qu'on
les contredie, pour engendrer la dubitation et surseance de iugement, qui est leur fin. Ils ne mettent
en avant leurs propositions, que pour combattre
celles qu'ils pensent que nous ayons en nostre
creance. Si vous prenez la leur, ils prendront aussi
volontiers la contraire à soustenir : tout leur est
un ; ils n'y ont aulcun chois. Si vous establissez que
la neige soit noire ; ils argumentent, au rebours,
qu'elle est blanche : si vous dites qu'elle n'est ny
l'un ny l'aultre, c'est à eulx à maintenir qu'elle est
touts les deux : si, par certain iugement, vous tenez que vous n'en sçavez rien, ils vous maintien-
dront que vous le sçavez : ouy ; et si, par un axiome
affirmatif, vous asseurez que vous en doubtez, ils
vous iront debattant que vous n'en doubtez pas,
ou que vous ne pouvez iuger et establir que vous
en doubtez. Et, par cette extremité de doubte,
qui se secoue soy mesme, ils se separent et

(1) Soutenue.
(2) Celui qui croit qu'on ne peut rien savoir ne sait pas même
si on peut rien savoir qui lui permette d'assurer qu'il ne sait rien.
Lucrèce, IV, 470.

se divisent de plusieurs opinions, de celles mesmes qui ont maintenu en plusieurs façons le doubte et l'ignorance. Pourquoy ne leur sera il permis, disent ils, comme il est entre les dogmatistes, à l'un dire vert, à l'autre iaulne, à eulx aussi de doubter? est il chose qu'on vous puisse proposer pour l'advouer ou refuser, laquelle il ne soit pas loysible de considerer comme ambiguë? et, où les aultres sont portez, ou par la coustume de leurs païs, ou par l'institution des parents, ou par rencontre, comme par une tempeste, sans iugement et sans chois, voire le plus souvent avant l'aage de discretion, à telle ou telle opinion, à la secte ou stoïcque ou epicurienne, à laquelle ils se treuvent hypothequez, asservis et collez, comme à une prinse qu'ils ne peuvent demordre, *ad quamcumque disciplinam, velut tempestate, delati, ad eam, tanquam ad saxum, adhærescunt* [1] ; pourquoy à ceulx cy ne sera il pareillement concedé de maintenir leur liberté, et considerer les choses sans obligation et servitude? *hoc liberiores et solutiores, quod integra illis est iudicandi potestas* [2]. N'est ce pas quelque advantage de se trouver desengagé de la necessité qui bride les aultres? vault il pas mieulx demourer en suspens, que de s'infrasquer [3] en tant d'erreurs que l'humaine fantasie a produictes? vault il pas mieulx suspendre sa persuasion, que de se mesler à ces divisions seditieuses et querelleuses? Qu'iray ie choisir? « Ce qu'il vous plaira, prouveu que vous choisissiez. » Voylà une sotte response: à laquelle pourtant il me semble que tout le dogmatisme arrive, par qui il ne nous est pas permis d'ignorer ce que nous ignorons. Prenez le plus fameux party, iamais il ne sera si seur, qu'il ne vous faille, pour le deffendre, attaquer et combattre cent et cent contraires partys: vault il pas mieulx se tenir hors de cette meslee? Il vous est permis d'espouser, comme vostre honneur et vostre vie, la creance d'Aristote sur l'eternité de l'ame, et desdire et desmentir Platon là dessus; et à eulx il sera interdict d'en doubter? S'il est loysible à Panætius de soustenir son iugement autour des aruspices, songes, oracles, vaticinations [4], desquelles choses les stoïciens ne doubtent aulcunement; pourquoy un sage n'osera il, en toutes choses, ce que cettuy cy ose en celles qu'il a apprinses de ses maistres, establies du commun consentement de l'eschole, de laquelle il est sectateur et professeur? Si c'est un enfant qui iuge, il ne sçait que c'est; si c'est un sçavant, il est preoccupé. Ils se sont reservé un merveilleux advantage au combat, s'estant deschargez du soing de se couvrir: il ne leur importe qu'on les frappe, prouveu qu'ils frappent; et font leurs besongnes de tout: s'ils vainquent, vostre proposition cloche; si vous, la

leur: s'ils faillent, ils verifient l'ignorance; si vous faillez, vous la verifiez: s'ils prouvent que rien ne se sçache, il va bien; s'ils ne le sçavent pas prouver, il est bon de mesme: *Ut quum in eadem re paria contrariis in partibus momenta inveniuntur, facilius ab utraque parte assertio sustineatur* [5]: et font estat de trouver bien plus facilement pourquoy une chose soit faulse, que non pas qu'elle soit vraye; et ce qui n'est pas, que ce qui est; et ce qu'ils ne croyent pas, que ce qu'ils croyent. Leurs façons de parler sont, « Ie n'establis rien : Il n'est non plus ainsin qu'ainsin, ou que ny l'un ny l'aultre : Ie ne le comprends point : Les apparences sont egualles partout : La loy de parler, et pour et contre, est pareille : Rien ne semble vray, qui ne puisse sembler fauls. » Leur mot sacramental, c'est ἐπέχω, c'est à dire, « ie soustiens, ie ne bouge : » voylà leurs refrains, et aultres de pareille substance. Leur effect, c'est une pure, entiere, et tresparfaicte surseance et suspension de iugement: ils se servent de leur raison pour enquerir et pour debattre, mais non pas pour arrester et choisir. Quiconque imaginera une perpetuelle confession d'ignorance, un iugement sans pente et sans inclination, à quelque occasion que ce puisse estre, il conçoit le pyrrhonisme. l'esprime cette fantasie autant que ie puis, parce que plusieurs la treuvent difficile à concevoir; et les aucteurs mesmes la representent un peu obscurement et diversement.

Quant aux actions de la vie, ils sont en cela de la commune façon: ils se prestent et accommodent aux inclinations naturelles, à l'impulsion et contraincte des passions, aux constitutions des loix et des coustumes, et à la tradition des arts: *Non enim nos Deus ista scire, sed tantummodo uti, voluit* [6]. Ils laissent guider à ces choses là leurs actions communes, sans aulcune opination [7] ou iugement: qui faict que ie ne puis pas bien assortir à ce discours ce qu'on dict de Pyrrho; ils le peignent stupide et immobile, prenant un train de vie farouche et inassociable, attendant le heurt des charrettes, se presentant aux precipices, refusant de

(1) Ils s'attachent à la premiere secte que leur offre le hasard, comme à un rocher sur lequel la tempête les auroit jetés. Cic., *Academ.*, II , 3.

(2) D'autant plus libres et plus indépendants, qu'ils ont une pleine puissance de juger. Cic., *Academ.*, II , 3.

(3) *S'infrasquer*, de l'italien *infrascare*, qui signifie couvrir de feuilles : au figuré, *s'embrouiller*, *s'embarrasser*.

(4) *Prédictions*, du latin *vaticinatio*.

(5) Afin que, trouvant sur un même sujet des raisons égales pour et contre, il soit plus facile, sur un point ou sur l'autre, de suspendre son jugement. Cic., *Acad.*, I , 12.

(6) Car Dieu nous a refusé la connoissance de ces choses, et ne nous en a accordé que l'usage. Cic., *de Divinat.*, I , 18.

(7) *Opinion*.

s'accommoder aux loix. Cela est encherir sur sa discipline: il n'a pas voulu se faire pierre ou souche; il a voulu se faire homme vivant, discourant et raisonnant, iouyssant de touts plaisirs et commoditez naturelles, et se servant de toutes ses pieces corporelles et spirituelles, en regle et droicture: les privileges fantastiques, imaginaires et fauls, que l'homme s'est usurpé, de regenter, d'ordonner, d'establir, il les a de bonne foy renoncé et quittez. Si n'est il point de secte qui ne soit contraincte de permettre à son sage de suivre assez de choses non comprinses, ny perseues, ny consenties, s'il veult vivre: et quand il monte en mer, il suit ce desseing, ignorant s'il luy sera utile; et se plie à ce que le vaisseau est bon, le pilote experimenté, la saison commode; circonstances probables seulement, aprez lesquelles il est tenu d'aller, et se laisser remuer aux apparences pourveu qu'elles n'ayent point d'expresse contrarieté. Il a un corps, il a une ame; les sens le poulsent, l'esprit l'agite. Encores qu'il ne treuve point en soy cette propre et singuliere marque de iuger, et qu'il s'apperçoive qu'il ne doibt engager son consentement, attendu qu'il peult estre quelque fauls pareil à ce vray, il ne laisse de conduire les offices de sa vie pleinement et commodement. Combien y a il d'arts qui font profession de consister en la coniecture plus qu'en la science, qui ne decident pas du vray et du fauls, et suivent seulement ce qu'il semble? Il y a, disent ils, et vray et fauls; et y a en nous de quoy le chercher, mais non pas de quoy l'arrester à la touche. Nous en valons bien mieulx de nous laisser manier, sans inquisition, à l'ordre du monde: une ame garantie de preiugez a un merveilleux advancement vers la tranquillité; gents qui iugent et contreroollent leurs iuges, ne s'y soubmettent iamais deuement.

Combien et aux loix de la religion, et aux loix politiques, se treuvent plus dociles, et ayez à mener les esprits simples et incurieux[1], que ces esprits surveillants et pædagogues des causes divines et humaines! Il n'est rien en l'humaine invention où il y ayt taut de verisimilitude et d'utilité: cette cy presente l'homme nud et vuide; recognoissant sa foiblesse naturelle; propre à recevoir d'en hault quelque force estrangere; desgarni d'humaine science, et d'autant plus apte à loger en soy la divine; aneantissant son iugement pour faire plus de place à la foy; ny mescreant, ny establissant aulcun dogme contre les observances communes; humble, obeyssant, disciplinable, studieux, ennemy iuré d'heresie, et s'exemptant, par consequent, des vaines et irreligieuses opinions introduictes par les faulses sectes: c'est une charte

blanche, preparee à prendre du doigt de Dieu telles formes qu'il luy plaira d'y graver. Plus nous nous renvoyons et commettons à Dieu, et renonceons à nous; mieulx nous en valons. « Accepte, dit l'Ecclesiaste, en bonne part, les choses au visage et au goust qu'elles se presentent à toy, du iour à la iournee; le demourant est hors de ta cognoissance. » *Dominus scit cogitationes hominum, quoniam vanæ sunt*[2].

Voylà comment, des trois generales sectes de philosophie, les deux font expresse profession de dubitation et d'ignorance: et, en celle des dogmatistes, qui est troisiesme, il est aysé à descouvrir que la pluspart n'ont prins le visage de l'asseurance, que pour avoir meilleure mine; ils n'ont pas tant pensé nous establir quelque certitude, que nous montrer iusques où ils estoient allez en cette chasse de la verité, *quam docti fingunt magis, quam norunt*[3]. Timæus, ayant à instruire Socrates de ce qu'il sçait des dieux, du monde et des hommes, propose d'en parler comme un homme à un homme; et qu'il suffit, si ses raisons sont probables comme les raisons d'un aultre: car les exactes raisons n'estre en sa main, ny en mortelle main. Ce que l'un de ses sectateurs a ainsin imité: *Ut potero, explicabo: nec tamen, ut Pythius Apollo, certa ut sint et fixa, quæ dixero; sed, ut homunculus, probabilia coniectura sequens*[4]; et cela sur le discours du mespris de la mort, discours naturel et populaire: ailleurs il l'a traduict sur le propos mesme de Platon: *Si forte, de deorum natura ortuque mundi disserentes, minus id, quod habemus in animo, consequimur, haud erit mirum; æquum est enim meminisse, et me, qui disseram, hominem esse, et vos, qui iudicetis; ut, si probabilia dicentur, nihil ultra requiratis*[5]. Aristote nous entasse ordinairement un grand nombre d'aultres opinions, et d'aultres creances, pour y comparer la sienne, et nous faire veoir de combien il est allé plus oultre, et combien il approche de plus prez la verisimilitude; car la verité ne se iuge point par auctorité et tesmoingnage d'aultruy; et pourtant evita

---

[1] *Insoucians*.
[2] Dieu sait que les pensées des hommes ne sont que vanité. *Psaume* XCIII, v. 11.
[3] Que les savants supposent, plutôt qu'ils ne la connoissent.
[4] Je m'expliquerai comme je pourrai; mais, en m'écoutant, ne croyez pas entendre Apollon sur son trépied, et ne prenez pas ce que je dirai pour des vérités indubitables: foible mortel, je cherche, par des conjectures, à découvrir la vraisemblance. Cic., *Tuscul.*, I, 9.
[5] Si, en discourant sur la nature des dieux et sur l'origine du monde, je ne puis atteindre le but que je me propose, il ne faut pas vous en étonner: car vous devez vous souvenir que moi qui parle, et vous qui jugez, nous sommes des hommes; et si je vous donne des probabilités, ne demandez rien de plus. Cic., trad. du *Timée de Platon*, c. 3.

religieusement Epicurus d'en alleguer en ses escripts. Cettuy là est le prince des dogmatistes; et
si, nous apprenons de luy que le beaucoup sçavoir
apporte l'occasion de plus doubter : on le veoid à
escient se couvrir souvent d'obscurité si espesse
et inextricable, qu'on n'y peult rien choisir de son
advis; c'est par effect un pyrrhonisme soubs une
forme resolutifve. Oyez la protestation de Cicero,
qui nous explique la fantasie d'aultruy par la
sienne : *Qui requirunt, quid de quaque re ipsi sen-*
*tiamus, curiosius id faciunt, quam necesse est...*
*Hæc in philosophia ratio contra omnia disserendi,*
*nullamque rem aperte iudicandi, profecta a Socrate,*
*repetita ab Arcesila, confirmata a Carneade, usque*
*ad nostram viget ætatem... Hi sumus, qui omnibus*
*veris falsa quædam adiuncta esse dicamus, tanta*
*similitudine, ut in iis nulla insit certe iudicandi et*
*assentiendi nota*[1]. Pourquoy, non Aristote seulement, mais la pluspart des philosophes ont ils affecté la difficulté, si ce n'est pour faire valoir la
vanité du subiect, et amuser la curiosité de nostre
esprit, luy donnant où se paistre, à ronger cet os
creux et descharné? Clitomachus affermoit n'avoir
iamais sceu, par les escripts de Carneades, entendre de quelle opinion il estoit : pourquoy a
evité aux siens Epicurus, la facilité; et Heraclitus
en a esté surnommé σκοτεινός[2]. La difficulté est
une monnoye que les sçavants employent, comme
les ioueurs de passe passe, pour ne descouvrir
l'inanité de leur art, et de laquelle l'humaine bestise se paye aysement :

> Clarus, ob obscuram linguam, magis inter inanes...
> Omnia enim stolidi magis admirantur, amantque,
> Inversis quæ sub verbis latitantia cernunt[3].

Cicero reprend aulcuns de ses amys d'avoir accoustumé de mettre à l'astrologie, au droict, à la dialectique et à la geometrie, plus de temps que ne
meritoient ces arts; et que cela les divertissoit
des debvoirs de la vie, plus utiles et honnestes : les
philosophes cyrenaïques mesprisoient egualement
la physique et la dialectique : Zeno, tout au commencement des livres de la Republique, declaroit
inutiles toutes les liberales disciplines : Chrysippus
disoit que ce que Platon et Aristote avoyent escript
de la logique, ils l'avoyent escript par ieu et par
exercice; et ne pouvoit croire qu'ils eussent parlé
à certes d'une si vaine matière : Plutarque le dict
de la metaphysique; Epicurus l'eust encores dict
de la rhetorique, de la grammaire, poësie, mathematique, et, hors de physique, de toutes les
sciences; et Socrates, de toutes aussi, sauf celle
seulement qui traicte des mœurs et de la vie : de
quelque chose qu'on s'enquist à luy, il ramenoit

en premier lieu tousiours l'enquerant à rendre
compte des conditions de sa vie presente et passee,
lesquelles il examinoit et iugeoit, estimant tout aultre apprentissage subsecutif à celuy là et supernumeraire; *parum mihi placeant eæ litteræ, quæ*
*ad virtutem doctoribus nihil profuerunt*[4]; la pluspart des arts ont esté ainsi mesprisees par le sçavoir
mesme : mais ils n'ont pas pensé qu'il feust hors de
propos d'exercer leur esprit, ez choses mesmes où
il n'y avoyt aulcune solidité proufitable.

Au demourant, les uns ont estimé Platon dog-
matiste; les aultres, dubitateur; les aultres, en certaines choses l'un, et en certaines choses l'aultre :
le conducteur de ses dialogismes, Socrates, va tousiours demandant et esmouvant la dispute, non
iamais l'arrestant, iamais satisfaisant; et dict n'a-
voir aultre science que la science de s'opposer. Homere, leur aucteur, a planté egualement les fon-
déments à toutes les sectes de philosophie, pour
montrer combien il estoit indifferent par où nous
allassions. De Platon nasquirent dix sectes diverses, dict on; aussi, à mon gré, iamais instruction
ne feut titubante[5] et rien asseverante[6], si la sienne
ne l'est.

Socrates disoit, que les sages femmes, en prenant ce mestier de faire engendrer les aultres, quittent le mestier d'engendrer, elles : que luy, par le
tiltre de Sage homme que les dieux luy ont deferé,
s'estoit aussi desfaict, en son amour virile et mentale, de la faculté d'enfanter; se contentant d'ayder et favorir[7] de son secours les engendrants,
ouvrir leur nature, graisser leurs conduits, faci-
liter l'yssue de leur enfantement, iuger d'iceluy,
le baptizer, le nourrir, le fortifier, l'emmaillotter,
et circoncire; exerceant et mauiant son engin[8] aux
perils et fortunes d'aultruy.

Il est ainsi de la pluspart des aucteurs de ce
tiers geñre, comme les anciens ont remarqué aux
escripts d'Anaxagoras, Democritus, Parmenides,
Xenophanes, et aultres : ils ont une forme d'es-

---

[1] Ceux qui voudroient savoir ce que nous pensons sur chaque matière, poussent trop loin la curiosité... La secte des academiciens, dont le caractère est de tout soumettre à la dispute, sans decider sur rien : cette secte fondée par Arcesilas, affermie par Carneade, a fleuri jusqu'à nos jours.... Voici donc notre sentiment : Le faux est partout mêlé avec le vrai, et lui ressemble si fort, qu'il n'y a point de marque certaine pour les distinguer. Cic., *de Nat. deor.*, I, 5.

[2] *Ténébreux.* Cic., *de Finib.*, II, 5.

[3] C'est par l'obscurité de son langage qu'Héraclite s'est attiré la vénération des ignorants; car la sotise n'estime et n'admire que les opinions cachées sous des termes mystérieux. Lucrèce, I, 640.

[4] J'estime peu ces arts qui n'ont point servi à rendre vertueux ceux qui les possèdent. Salluste, *discours de Marius, Bell. Jug.*, c. 85.

[5] *Chancelante, tremblante.* — [6] *Affirmante, certifiante.*

[7] *Pour favoriser.* — [8] *Son esprit.*

crire doubteuse en substance et en desseing, enquerant plustost qu'instruisant; encores qu'ils en-
tresement leur style de cadences dogmatistes. Cela
se veoid il pas aussi bien en Seneque et en Plutarque? combien disent ils tantost d'un visage,
tantost d'un aultre, pour ceulx qui y regardent de
prez? Et les reconciliateurs des iurisconsultes debvoient premierement les concilier chascun à soy.
Platon me semble avoir aimé cette forme de philosopher par dialogues, à escient, pour loger plus
decemment en diverses bouches la diversité et variation de ses propres fantasies. Diversement traicter les matieres, est aussi bien les traicter que
conformement, et mieulx; à sçavoir plus copieu-
sement et utilement. Prenons exemple de nous :
les arrests font le poinct extreme du parler dog-
matiste et resolutif; si est-ce que ceulx que nos
parlements presentent au peuple, les plus exemplaires, propres à nourrir en luy la reverence qu'il
doibt à cette dignité, principalement par la suffisance des personnes qui l'exercent, prennent
leur beaulté, non de la conclusion qui est à eulx
quotidienne, et qui est commune à tout iuge,
tant comme de la disceptation[1] et agitation des
diverses et contraires ratiocinations[2] que la matiere
du droict souffre : et le plus large champ aux reprehensions des uns philosophes à l'encontre des
aultres, se tire des contradictions et diversitez,
en quoy chascun d'eulx se trouve empestré; ou
par desseing, pour montrer la vacillation de l'esprit humain autour de toute matiere, ou forcé
ignoramment par la volubilité et incomprehensi-
bilité de toute matiere; que signifie ce refrain :
« en un lieu glissant et coulant, suspendons nostre creance? » car, comme dict Euripides,

    Les œuvres de Dieu, en diverses
    Façons, nous donnent des traverses;

semblable à celuy qu'Empedocles semoit souvent
en ses livres, comme agité d'une divine fureur, et
forcé de la verité : « Non, non, nous ne sentons
rien, nous ne veoyons rien; toutes choses nous
sont occultes, il n'en est aucune de laquelle nous
puissions establir quelle elle est; » revenant à ce
mot divin : *Cogitationes mortalium timidæ, et in-
certæ adinventiones nostræ, et providentiæ*[3]. Il ne
fault pas trouver estrange, si gents desesperez de
la prinse n'ont pas laissé d'avoir plaisir à la chasse,
l'estude estant de soy une occupation plaisante, et
si plaisante, que, parmy les voluptez, les stoiciens
deffendent aussi celle qui vient de l'exercitation
de l'esprit, y veulent de la bride, et treuvent de
l'intemperance à trop sçavoir.

    Democritus, ayant mangé à sa table des figues

qui sentoient le miel, commencea soubdain à chercher en son esprit d'où leur venoyt cette doulceur
inusitee; et, pour s'en esclaircir, s'alloit lever de
table pour veoir l'assiette du lieu où ces figues
avoyent esté cueillies : sa chambriere, ayant entendu la cause de ce remuement, luy dict, en
riant qu'il ne se peinast plus pour cela; car c'estoit qu'elle les avoyt mises en un vaisseau où il y
avoyt eu du miel. Il se despita de quoy elle luy avoyt
osté l'occasion de cette recherche, et desrobé matiere à sa curiosité : « Va, luy dict il, tu m'as faict
desplaisir; ie ne lairray pourtant d'en chercher la
cause, comme si elle estoit naturelle : » et volontiers n'eust failly de trouver quelque raison vraye
à un effect faulx et supposé. Cette histoire d'un
fameux et grand philosophe nous represente bien
clairement cette passion studieuse qui nous amuse
à la poursuitte des choses, de l'acquest desquelles
nous sommes desesperez. Plutarque recite un pareil exemple de quelqu'un qui ne vouloyt pas estre
esclaircy de ce de quoy il estoit en doubte, pour ne
perdre le plaisir de le chercher : comme l'aultre,
qui ne vouloyt pas que son medecin luy ostast l'alteration de la fiebvre, pour ne perdre le plaisir de
l'assouvir en beuvant. *Satius est supervacua discere, quam nihil*[4]. Tout ainsin qu'en toute pasture, il y a le plaisir souvent seul; et tout ce que
nous prenons, qui est plaisant, n'est pas tousiours
nutritif, ou sain : pareillement ce que nostre esprit
tire de la science, ne laisse pas d'estre voluptueux,
encores qu'il ne soit ny alimentant ny salutaire.
Voicy comme ils disent : « La consideration de la
nature est une pasture propre à nos esprits; elle
nous esleve et enfle, nous faict desdaigner les
choses basses et terriennes, par la comparaison
des superieures et celestes; la recherche mesme
des choses occultes et grandes est tresplaisante,
voire à celuy qui n'en acquiert que la reverence
et crainte d'en iuger : » ce sont des mots de leur
profession. La vaine image de cette maladifve curiosité se veoid plus expressement encores en cet
aultre exemple, qu'ils ont par honneur si souvent
en la bouche : Eudoxus souhaittoit et prioit les
dieux, qu'il peust une fois veoir le soleil de prez,
comprendre sa forme, sa grandeur et sa beaulté,
à peine d'en estre bruslé soubdainement. Il veult,
au pris de sa vie, acquerir une science, de laquelle
l'usage et possession luy soit quand et quand ostee;
et, pour cette soubdaine et volage cognoissance,

<hr>

(1) *Débat, discussion, différent.* — (2) *Raisonnements.*
(3) Les pensées des hommes sont timides : leur prévoyance et
leurs inventions sont incertaines. *Sagesse*, IX, 14
(4) Il vaut mieux apprendre des choses inutiles, que de ne
rien apprendre. Sén., *Epist.* 88.

perdre toutes aultres cognoissances qu'il a, et qu'il peult acquerir par aprez.

Ie ne me persuade pas ayseement qu'Epicurus, Platon, et Pythagoras, nous ayent donné pour argent comptant leurs Atomes, leurs Idées, et leurs Nombres: ils estoient trop sages pour establir leurs articles de foy de chose si incertaine et si debattable. Mais, en cette obscurité et ignorance du monde, chascun de ces grands personnages s'est travaillé d'apporter une telle quelle image de lumiere; et ont promené leur ame à des inventions qui eussent au moins une plaisante et subtile apparence, prouveu que, toute faulse, elle se peust maintenir contre les oppositions contraires : *Unicuique ista pro ingenio finguntur, non ex scientiæ vi*[1].

Un ancien, à qui on reprochoit qu'il faisoit profession de la philosophie, de laquelle pourtant en son iugement il ne tenoit pas grand compte, respondit que « Cela c'estoit vrayement philosopher. » Ils ont voulu considerer tout, balancer tout, et ont trouvé cette occupation propre à la naturelle curiosité qui est en nous : aulcunes choses il les ont escriptes pour le besoing de la societé publique, comme leurs religions; et a esté raisonnable, pour cette consideration, que les communes opinions ils n'ayent voulu les espelucher au vif, aux fins de n'engendrer du trouble en l'obeyssance des loix et coustumes de leur païs.

Platon traicte ce mystere, d'un ieu assez descouvert : car, où il escript selon soy, il ne prescript rien à certes : quand il faict le legislateur, il emprunte un style regentant et asseverant, et si y mesle hardiement les plus fantastiques de ses inventions, autant utiles à persuader à la commune, que ridicules à persuader à soy mesme; sçachant combien nous sommes propres à recevoir toutes impressions, et, sur toutes, les plus farouches et enormes : et pourtant, en ses loix, il a grand soing qu'on ne chante en publicque que des poësies, desquelles les fabuleuses feinctes tendent à quelque utile fin; estant si facile d'imprimer toute sorte de fantosmes en l'esprit humain, que c'est iniustice de ne le paistre plustost de mensonges proufitables, que de mensonges ou inutiles, ou dommageables; il dict tout destrousseement[2], en sa Republique, « Que, pour le proufit des hommes, il est souvent besoing de les piper. » Il est aysé à distinguer quelques sectes avoir plus suivi la verité, quelques aultres l'utilité, par où celles cy ont gaigné credit. C'est la misere de nostre condition, que souvent ce qui se presente à nostre imagination pour le plus vray, ne s'y presente pas pour le plus utile à nostre vie : les plus hardies sectes, epicurienne, pyrrhonienne, nouvelle academie, encores sont elles

contrainctes de se plier à la loy civile, au bout du compte.

Il y a d'aultres subiects qu'ils ont beluttez[3], qui à gauche, qui à dextre, chascun se travaillant d'y donner quelque visage, à tort ou à droict; car, n'ayant rien trouvé de si caché de quoy ils n'ayent voulu parler, il leur est souvent force de forger des coniectures foibles et folles, non qu'ils les prinssent eulx mesmes pour fondement, ny pour establir quelque verité, mais pour l'exercice de leur estude : *Non tam id sensisse quod dicerent, quam exercere ingenia materiæ difficultate videntur voluisse*[4]. Et si on ne le prenoit ainsin, comment couvririons nous une si grande inconstance, varieté, et vanité, d'opinions, que nous veoyons avoir esté produictes par ces ames excellentes et admirables ? car, pour exemple, qu'est il plus vain que de vouloir deviner Dieu par nos analogies et coniectures ? le regler, et le monde, à nostre capacité et nos loix ?. et nous servir, aux despens de la Divinité, de ce petit eschantillon de suffisance qu'il luy a pleu despartir à nostre naturelle condition; et, parce que nous ne pouvons estendre nostre veue iusques en son glorieux siege, l'avoir ramené çà bas à nostre corruption et à nos miseres ?

De toutes les opinions humaines et anciennes touchant la religion, celle là me semble avoir eu plus de vraysemblance et plus d'excuse, qui recognoissoit Dieu comme une puissance incomprehensible, origine et conservatrice de toutes choses, toute bonté, toute perfection, recevant et prenant en bonne part l'honneur et la reverence que les humains lui rendoient, soubs quelque visage, soubs quelque nom et en quelque maniere que ce feust :

Iupiter omnipotens, rerum, regumque, deumque
Progenitor, genitrixque[5].

Ce zele universellement a esté veu du ciel de bon œil. Toutes polices ont tiré fruict de leur devotion; les hommes, les actions impies, ont eu partout les evenements sortables. Les histoires païennes recognoissent de la dignité, ordre, iustice, et des prodiges et oracles employez à leur proufit et instruc-

---

(1) Ces systèmes sont les fictions du génie de chaque philosophe, plutôt que le résultat de leurs découvertes. M. SENEC., *Suasor.* 4.

(2) *Tout ouvertement.*

(3) *Blutés, passés au sas, ou tamis, au blutoir.*

(4) Ils semblent avoir écrit, moins par suite d'une conviction profonde, que pour exercer leur esprit par la difficulté du sujet.

(5) *Tout puissant Jupiter, père et mère du monde, et des dieux, et des rois. Valerius Soranus, ap. D. Augustin, de Civit. Dei, VII, 9 et 11.*

tion, en leurs religions fabuleuses : Dieu, par sa misericorde, daignant, à l'adventure, fomenter, par ces benefices temporels, les tendres principes d'une telle quelle brute cognoissance, que la raison naturelle leur donnoit de luy au travers des faulses images de leurs songes. Non seulement faulses, mais impies aussi et injurieuses, sont celles que l'homme a forgé de son invention; et de toutes les religions que sainct Paul trouva en credit à Athenes, celle qu'ils avoyent dediée à une « Divinité cachee et incogneue, » luy sembla la plus excusable.

Pythagoras adumbra la verité de plus prez, jugeant que la cognoissance de cette Cause premiere et Estre des estres debvoit estre indefinie, sans prescription, sans declaration; que cen'estoit aultre chose que l'extreme effort de nostre imagination vers la perfection, chascun en amplifiant l'idee selon sa capacité. Mais si Numa entreprint de conformer à ce project la devotion de son peuple, l'attacher à une religion purement mentale, sans object prefix et sans meslange materiel, il entreprint chose de nul usage : l'esprit humain ne se sçauroit maintenir, vaguant en cet infini de pensees informes; il les luy fault compiler en certaine image à son modele. La majesté divine s'est ainsin, pour nous, aulcunement laissé circonscrire aux limites corporels : ses sacrements supernaturels et celestes ont des signes de nostre terrestre condition; son adoration s'exprime par offices et paroles sensibles : car c'est l'homme qui croit et qui prie. Je laisse à part les aultres arguments qui s'employent à ce subject : mais à peine me feroit on accroire que la veue de nos crucifix et peincture de ce piteux supplice, que les ornements et mouvements cerimonieux de nos eglises, que les voix accommodees à la devotion de nostre pensee, et cette esmotion des sens, n'eschauffent l'ame des peuples d'une passion religieuse de tresutile effect.

De celles[1] ausquelles on a donné corps, comme la necessité l'a requis parmy cette cecité universelle, je me feusse, ce me semble, plus volontiers attaché à ceulx qui adoroient le soleil,

La lumiere commune,
L'œil du monde; et si Dieu au chef porte des yeulx,
Les rayons du soleil sont ses yeulx radieux, [dent,
Qui donnent vie à touts, nous maintiennent et gar-
Et les traict des humains en ce monde regardent;
Ce beau, ce grand soleil qui nous faict les saisons,
Selon qu'il entre ou sort de ses douze maisons;
Qui remplit l'univers de ses vertus cogneues;
Qui d'un traict de ses yeulx nous dissipe les nues;
L'esprit, l'ame du monde, ardent et flamboyant,
En la course d'un jour tout le ciel tournoyant;
Plein d'immense grandeur, rond, vagabond, et
[ferme;

Lequel tient dessoubs luy tout le monde pour ter-
En repos, sans repos; oysif, et sans sejour; [me:
Fils aisné de nature, et le pere du jour :

d'autant qu'oultre cette sienne grandeur et beaulté, c'est la piece de cette machine que nous descouvrons la plus esloingnee de nous, et par ce moyen si peu cogneue, qu'ils estoient pardonnables d'en entrer en admiration et reverence.

Thales, qui le premier s'enquit de telle matiere, estima dieu un esprit qui feit d'eau toutes choses : Anaximander, que les dieux estoient mourants et naissants à diverses saisons, et que c'estoient des mondes infinis en nombre : Anaximenes, que l'air estoit dieu, qu'il estoit produict et immense, tousiours mouvant. Anaxagoras, le premier, a tenu la description et maniere de toutes choses estre conduicte par la force et raison d'un esprit infini. Alcmaeon a donné la divinité au soleil, à la lune, aux astres, et à l'ame. Pythagoras a faict dieu un esprit espandu par la nature de toutes choses, d'où nos ames sont desprinses : Parmenides, un cercle entourant le ciel, et maintenant le monde par l'ardeur de la lumiere. Empedocles disoit estre des dieux, les quatre natures, desquelles toutes choses sont faictes : Protagoras, n'avoir rien que dire s'ils sont ou non, ou quels ils sont : Democritus, tantost que les images et leurs circuitions sont dieux; tantost cette nature qui eslance ces images; et puis, nostre science et intelligence. Platon dissipe sa creance à divers visages : il dict, au Timee, le pere du monde ne se pouvoir nommer; aux Loix, qu'il ne se fault enquerir de son estre; et ailleurs, en ces mesmes livres, il faict le monde, le ciel, les astres, la terre, et nos ames, dieux; et receoit, en oultre, ceulx qui ont esté receus par l'ancienne institution, en chasque republique. Xenophon rapporte un pareil trouble de la discipline de Socrates; tantost qu'il ne se fault enquerir de la forme de dieu; et puis il luy faict establir que le soleil est dieu, et l'ame, dieu; qu'il n'y en a qu'un; et puis, qu'il y en a plusieurs. Speusippus, nepveu de Platon, faict dieu certaine force gouvernant les choses, et qu'elle est animale : Aristote, asture[2] que c'est l'esprit, asture le monde; asture il donne un aultre maistre à ce monde, et asture faict dieu l'ardeur du ciel. Xenocrates en faict huict; les cinq nommez entre les planetes; le sixieme composé de toutes les estoiles fixes, comme de ses membres; le septiesme et huictiesme, le soleil et la lune. Heraclides Ponticus ne faict que vaguer entre ses advis, et enfin prive dieu de sentiment, et

(1) Des divinités. — (2) A cette heure.

le faict remuant de forme à aultre; et puis dict que c'est le ciel et la terre. Theophraste se promene, de pareille irresolution, entre toutes ses fantasies; attribuant l'intendance du monde, tantost à l'entendement, tantost au ciel, tantost aux estoiles : Strato, que c'est nature ayant la force d'engendrer, augmenter, et diminuer, sans forme et sentiment : Zeno, la loy naturelle, commandant le bien et prohibant le mal, laquelle loy est un animant; et oste les dieux accoustumez, Iupiter, Iuno, Vesta : Diogenes apolloniates, que c'est l'aage. Xenophanes faict dieu rond, veoyant, oyant, non respirant, n'ayant rien de commun avecques l'humaine nature. Ariston estime la forme de dieu incomprenable, le prive de sens, et ignore s'il est animant ou aultre chose : Cleanthes, tantost la raison, tantost le monde, tantost l'ame de nature, tantost la chaleur supreme entourant et enveloppant tout. Perseus, auditeur de Zeno, a tenu qu'on a surnommé dieux ceulx qui avoyent apporté quelque notable utilité à l'humaine vie, et les choses mesmes proufitables. Chrysippus faisoit un amas confus de toutes les precedentes sentences, et compte entre mille formes de dieux qu'il faict, les hommes aussi qui sont immortalisez. Diagoras et Theodorus nioient tout sec qu'il y eust des dieux. Epicurus faict les dieux luisants, transparents et perflables [1], logez, comme entre deux forts, entre deux mondes, à convert des coups; revestus d'une humaine figure et de nos membres, lesquels membres leur sont de nul usage :

Ego deum genus esse semper dixi, et dicam cœlitum;
Sed eos non curare opinor, quid agat humanum
                                        [genus [2].

Fiez vous à vostre philosophie; vantez vous d'avoir trouvé la febve au gasteau, à veoir ce tintamarre de tant de cervelles philosophiques ! Le trouble des formes mondaines a gaigné sur moy, que les diverses mœurs et fantasies aux miennes ne me desplaisent pas tant, comme elles m'instruisent; ne m'enorgueillissent pas tant, comme elles m'humilient en les conferant : et tout autre chois, que celui qui vient de la main expresse de Dieu, me semble chois de peu de prerogative. Les polices du monde ne sont pas moins contraires en ce subiect, que les escholes : par où nous pouvons apprendre que la fortune mesme n'est pas plus diverse et variable que nostre raison, ny plus aveugle et inconsideree. Les choses les plus ignorees sont plus propres à estre deifiees : parquoy, de faire de nous des dieux, comme l'anciennete, cela surpasse l'extreme foiblesse de discours. J'eusse encores plustost suivi ceulx qui adoroient

le serpent, le chien et le bœuf; d'autant que leur nature et leur estre nous est moins cogneu, et avons plus de loy d'imaginer ce qu'il nous plaist de ces bestes là, et leur attribuer des facultez extraordinaires : mais d'avoir faict des dieux de nostre condition, de laquelle nous debvons cognoistre l'imperfection, leur avoir attribué le desir, la cholere, les vengeances, les mariages, les generations et les parenteles, l'amour et la ialousie, nos membres et nos os, nos fiebvres et nos plaisirs, nos morts, nos sepultures, il fault que cela soit party d'une merveilleuse yvresse de l'entendement humain ;

Quæ procul usque adeo divino ab numine distant,
Inque deum numero quæ sint indigna videri [3];

*Formæ, ætates, vestitus, ornatus noti sunt ; genera, coniugia, cognationes, omniaque traducta ad similitudinem imbecillitatis humanæ : nam et perturbatis animis inducuntur ; accipimus enim deorum cupiditates, ægritudines, iracundias* [4]; comme d'avoir attribué la divinité non seulement à la foy, à la vertu, à l'honneur, concorde, liberté, victoire, pieté, mais aussi à la volupté, fraude, mort, envye, vieillesse, misere, à la peur, à la fiebvre et à la male fortune, et aultres iniures de nostre vie fraisle et caducque :

Quid iuvat hoc, templis nostros inducere mores?
O curvæ in terris animæ, et cœlestium inanes [5] !

Les Aegiptiens, d'une impudente prudence, deffendoient, sur peine de la hart, que nul eust à dire que Serapis et Isis, leurs dieux, eussent aultresfois esté hommes; et nul n'ignoroit qu'ils ne l'eussent esté : et leur effigie representee le doigt sur la bouche, signifioit, dict Varro, cette ordonnance mysterieuse, à leurs presbtres, de taire leur origine mortelle, comme, par raison necessaire, annullant toute leur veneration. Puisque l'homme desiroit tant de s'apparier à Dieu, il eust mieulx faict, dict Cicero, de ramener à soy les conditions divines et les attirer çà bas, que d'envoyer là hault

(1) *Aériens.*
(2) Il est des dieux, des dieux sans amour, sans courroux,
Dont les regards jamais ne s'abaissent sur nous.
    Ennius, cité par Cicéron, *de Divinat.*, II, 50. Traduction de M. J. V. Leclère.
(3) Toutes choses qui sont indignes des dieux, et qui n'ont rien de commun avec leur nature. Lucrèce, V, 125.
(4) On connoît les différentes figures de ces dieux, leur âge, leurs habillements, leurs ornements, leurs généalogies, leurs mariages, leurs alliances; et on les représente, à tous égards, sur le modèle de l'infirmité humaine, sujets aux mêmes passions, amoureux, chagrins, colères. Cic., *de Nat. deor.*, II, 28.
(5) Pourquoi consacrer dans les temples la corruption de nos mœurs? O ames attachées à la terre, et vides de celestes pensées! Perse, *Sat.*, II, 61 et 62.

sa corruption et sa misere : mais, à le bien prendre, il a faict, en plusieurs façons, et l'un et l'aultre, de pareille vanité d'opinion.

Quand les philosophes espeluchent la hierarchie de leurs dieux, et font les empressez à distinguer leurs alliances, leurs charges et leur puissance, ie ne puis pas croire qu'ils parlent à certes. Quand Platon nous deschiffre le vergier de Pluton, et les commoditez ou peines corporelles qui nous attendent encores aprez la ruyne et aneantissement de nos corps, et les accommode au ressentiment que nous avons en cette vie :

> Secreti celant calles, et myrtea circum
> Silva tegit ; curæ non ipsa in morte relinquunt[1] ;

quand Mahomet promet aux siens un paradis tapissé, paré d'or et de pierreries, peuplé de garses d'excellente beaulté, de vins et de vivres singuliers : ie veoy bien que ce sont des mocqueurs qui se plient à nostre bestise, pour nous emmieller et attirer par ces opinions et esperances, convenables à nostre mortel appetit. Si sont aulcuns des nostres tumbez en pareil erreur, se promettants, aprez la resurrection, une vie terrestre et temporelle, accompaignee de toute sorte de plaisirs et commoditez mondaines. Croyons nous que Platon, luy qui a eu ses conceptions si celestes, et si grande accointance à la divinité, que le surnom luy en est demouré, ayt estimé que l'homme, cette pauvre creature, eust rien en luy d'applicable à cette incomprehensible puissance ? et qu'il ayt creu que nos prinses languissantes feussent capables, ny la force de nostre sens assez robuste pour participer à la beatitude, ou peine eternelle ? Il fauldroit luy dire, de la part de la raison humaine : Si les plaisirs que tu nous promets en l'aultre vie sont de ceulx que i'ay sentis çà bas, cela n'a rien de commun avecques l'infinité : Quand touts mes cinq sens de nature seroient combles de liesse, et cette ame saisie de tout le contentement qu'elle peult ; cela, ce ne seroit encores rien : S'il y a quelque chose du mien, il n'y a rien de divin : Si cela n'est aultre que ce qui peult appartenir à cette nostre condition presente, il ne peult estre mis en compte ; tout contentement des mortels est mortel : la recognoissance de nos parents, de nos enfants et de nos amys, si elle nous peult toucher et chatouiller en l'aultre monde, si nous tenons encores à un tel plaisir, nous sommes dans les commoditez terrestres et finies : Nous ne pouvons dignement concevoir la grandeur de ces haultes et divines promesses, si nous les pouvons aulcunement concevoir ; pour dignement les imaginer, il les fault imaginer inimaginables, indicibles et incomprehensibles, et parfaictement aultres que celles de nostre miserable experience. Oeil ne sçauroit vebir, dict sainct Paul, et ne peult montrer en cœur d'homme, l'heur que Dieu prepare aux siens. Et si, pour nous en rendre capables, on reforme et rechange nostre estre (comme tu dis, Platon, par tes purifications), ce doibt estre d'un si extreme changement et si universel, que, par la doctrine physique, ce ne sera plus nous ;

> Hector erat tunc quum bello certabat ; at ille
> Tractus ab Aemonio, non erat Hector, equo[2] ;

ce sera quelque aultre chose qui recevra ses recompenses :

> Quod mutatur... dissolvitur ; interit ergo :
> Traiiciuntur enim partes, atque ordine migrant[3].

Car, en la metempsychose de Pythagoras, et changement d'habitation qu'il imaginoit aux ames, pensons nous que le lyon, dans lequel est l'ame de Cesar, espouse les passions qui touchoient Cesar, ny que ce soit luy ? si c'estoit encores luy, ceulx là auroient raison, qui, combattants cette opinion contre Platon, luy reprochent que le fils se pourroit trouver à chevaucher sa mere revestue d'un corps de mule ; et semblables absurditez. Et pensons nous qu'ez mutations qui se font des corps des animaulx en aultres de mesme espece, les nouveaux venus ne soyent aultres que leurs predecesseurs ? Des cendres d'un phœnix s'engendre, dict on, un ver, et puis un aultre phœnix ; ce second phœnix, qui peult imaginer qu'il ne soit aultre que le premier ? Les vers qui font nostre soye, on les veoid comme mourir et assecher, et de ce mesme corps se produire un papillon, et de là un aultre ver, qu'il seroit ridicule estimer estre encores le premier ; ce qui a cessé une fois d'estre, n'est plus :

> Nec, si materiam nostram collegerit ætas
> Post obitum, rursumque redegerit, ut sita nunc est,
> Atque iterum nobis fuerint data lumina vitæ,
> Pertineat quidquam tamen ad nos id quoque fac-
> Interrupta semel quum sit repetentia nostra[4]. [tum,

---

[1] Ils se cachent dans un bois de myrtes, coupé de sentiers solitaires : la mort même ne les a pas délivrés de leurs soucis. VIRG., Enéid., VI, 443.

[2] C'étoit Hector qui combattoit les armes à la main ; mais le corps qui fut traîné par les chevaux d'Achille, ce n'étoit plus Hector. OVID., Trist., III, 11, 27.

[3] Ce qui est changé, se dissout : donc il périt : en effet, les corps sont séparés par d'autres corps, et l'organisation est détruite. LUCRÈCE, III, 756.

[4] Et si le temps rassembloit la matière de notre corps après qu'il a été dissous, de sorte qu'il remît cette matière dans la situation où elle est à présent, et qu'il nous rendît à la vie, tout cela ne seroit rien à notre égard, dès que le cours de notre existence a été une fois interrompu. LUCRÈCE, III. 859.

Et quand tu dis ailleurs, Platon, que ce sera la partie spirituelle de l'homme à qui il touchera de iouyr des recompenses de l'aultre vie, tu nous dis chose d'aussi peu d'apparence :

Scilicet, avolsus radicibus, ut nequit ullam
Dispicere ipse oculus rem, seorsum corpore toto [1];

car, à ce compte, ce ne sera plus l'homme, ny nous, par consequent, à qui touchera cette iouyssance ; car nous sommes bastis de deux pieces principales essentielles, desquelles la separation c'est la mort et ruyne de nostre estre :

Inter enim iecta est vitaï pausa, vageque
Deerrarunt passim motus ab sensibus omnes [2] :

nous ne disons pas que l'homme souffre quand les vers luy rongent ses membres de quoy il vivoit, et que la terre les consomme :

Et nihil hoc ad nos, qui coitu coniugioque
Corporis atque animæ consistimus uniter apti [3].

Davantage, sur quel fondement de leur iustice peuvent les dieux recognoistre et recompenser à l'homme, aprez sa mort, ses actions bonnes et vertueuses, puisque ce sont eulx mesmes qui les ont acheminees et productes en luy ? Et pourquoy s'offensent ils et vengent sur luy les vicieuses, puisqu'ils l'ont eulx mesmes produict en cette condition faultiere, et que d'un seul clin de leur volonté ils le peuvent empescher de faillir ? Epicurus opposeroit il pas cela à Platon, avecques grand'apparence de l'humaine raison, s'il ne se couvroit souvent par cette sentence, « Qu'il est impossible d'establir quelque chose de certain de l'immortelle nature, par la mortelle ? » Elle ne faict que fourvoyer partout, mais specialement quand elle se mesle des choses divines. Qui le sent plus evidemment que nous ? car encores que nous luy ayons donné des principes certains et infaillibles, encores que nous esclairions ses pas par la saincte lampe de la Verité, qu'il a pleu à Dieu nous communiquer, nous veoyons pourtant iournellement, pour peu qu'elle se desmente du sentier ordinaire, et qu'elle se destourne ou escarte de la voye trassee et battue par l'Eglise, comme tout aussitost elle se perd, s'embarrasse et s'entrave, tournoyant et flottant dans cette mer vaste, trouble et ondoyante, des opinions humaines, sans bride et sans but : aussitost qu'elle perd ce grand et commun chemin ; elle se va divisant et dissipant en mille routes diverses.

L'homme ne peult estre que ce qu'il est, ny imaginer que selon sa portee. C'est plus grande presumption, dict Plutarque, à ceulx qui ne sont qu'hommes, d'entreprendre de parler et discourir des dieux et des demy dieux ; que ce n'est à un homme ignorant de musique vouloir iuger de ceulx qui chantent, ou à un homme qui ne feut iamais au camp, vouloir disputer des armes et de la guerre, en presumant comprendre, par quelque legiere coniecture, les effects d'un art qui est hors de sa cognoissance. L'ancienneté pensa, ce croy ie, faire quelque chose pour la grandeur divine, de l'apparier à l'homme, le vestir de ses facultez, et estrener de ses belles humeurs et plus honteuses necessitez, luy offrant de nos viandes à manger, de nos dances, mommeries et farces à la resiouyr, de nos vestements à se couvrir, et maisons à loger, la caressant par l'odeur des encens et sons de la musique, festons et bouquets, et, pour l'accommoder à nos vicieuses passions, flattant sa iustice d'une inhumaine vengeance, l'esiouyssant de la ruyne et dissipation des choses par elle creees et conservees : comme Tiberius Sempronius, qui feit brusler par sacrifice à Vulcan, les riches despouilles et armes qu'il avoyt gaigné sur les ennemys en la Sardaigne ; et Paul Emyle, celles de Macedoine, à Mars et à Minerve ; et Alexandre, arrivé à l'ocean indique, iecta en mer, en faveur de Thetis, plusieurs grands vases d'or ; remplissant en oultre ses autels d'une boucherie, non de bestes innocentes seulement, mais d'hommes aussi ; ainsin que plusieurs nations, et entre aultres la nostre, avoyent en usage ordinaire ; et croy qu'il n'en est aulcune exempte d'en avoir faict essay :

Sulmone creatos
Quatuor hic iuvenes, totidem, quos educat Ufens,
Viventes rapit, inferias quos immolet umbris [4].

Les Getes se tiennent immortels ; et leur mourir n'est que s'acheminer vers leur dieu Zamolxis. De cinq en cinq ans, ils despeschent vers luy quelqu'un d'entre eulx pour le requerir des choses necessaires. Ce deputé est choisi au sort ; et la forme de le despescher, aprez l'avoir, de bouche, informé de sa charge, est que de ceulx qui l'assistent, trois tiennent debout autant de iavelines, sur lesquelles les aultres le lancent à force de bras. S'il vient à s'enferrer en lieu mortel, et qu'il trespasse soub-

---

(1) De même l'œil arraché de son orbite, et séparé du corps, ne peut voir aucun objet. Lucrèce, III, 562.

(2) En effet, dés que le cours de la vie est interrompu, le mouvement abandonne tous les sens, et se dissipe. Lucr., III, 872.

(3) Cela ne nous touche pas, puisque nous sommes un tout formé du mariage du corps et de l'ame. Lucrèce, III, 857.

(4) Énée saisit quatre jeunes guerriers, fils de Sulmone, et quatre, nourris sur les bords de l'Ufens, pour les immoler vivants aux mânes de Pallas. Virg., Énéid., X, 517.

dain, ce leur est certain argument de faveur divine : s'il en eschappe, ils l'estiment meschant et exsecrable, et en deputent encores un aultre de mesme. Amestris, mere de Xerxes, devenue vieille, feit, pour une fois, ensepvelir touts vifs quatorze iouvenceaux des meilleures maisons de Perse, suivant la religion du païs, pour gratifier à quelque dieu soubterrain. Encores auiourd'huy les idoles de Themixtitan se cimentent du sang des petits enfants; et n'aiment sacrifice que de ces pueriles et pures ames : iustice affamee du sang de l'innocence !

Tantum relligio potuit suadere malorum [1] !

Les Carthaginois immoloient leurs propres enfants à Saturne; et qui n'en avoyt point en achettoit : estant cependant le pere et la mere tenus d'assister à cet office avecques contenance gaye et contente.

C'estoit une estrange fantasie, de vouloir payer la bonté divine de nostre affliction ; comme les Lacedemoniens, qui mignardoient leur Diane par le bourrellement des ieunes garsons qu'ils faisoient fouetter en sa faveur, souvent iusques à la mort : c'estoit une humeur farouche, de vouloir gratifier l'architecte de la subversion de son bastiment, et de vouloir garantir la peine due aux coulpables, par la punition des non coulpables; et que la pauvre Iphigenia, au port d'Aulide, par sa mort et par son immolation, deschargeast envers Dieu l'armee des Grecs des offenses qu'ils avoyent commises;

Et casta inceste, nubendi tempore in ipso,
Hostia conciderct mactatu mœsta parentis [2] :

et ces deux belles et genereuses ames des deux Decius, pere et fils, pour propitier la faveur des dieux envers les affaires romaines, s'allassent iecter, à corps perdu, à travers le plus espez des ennemys. Quæ fuit tanta deorum iniquitas, ut placari populo romano non possent, nisi tales viri occidissent [3] ? Ioinct que ce n'est pas au criminel de se faire fouetter à sa mesure et à son heure; c'est au iuge, qui ne met en compte de chastiement que la peine qu'il ordonne, et ne peult attribuer à punition ce qui vient à gré à celuy qui le souffre : la vengeance divine presuppose nostre dissentement entier, pour sa iustice, et pour nostre peine. Et feut ridicule l'humeur de Polycrates, tyran de Samos, lequel, pour interrompre le cours de son continuel bonheur, et le compenser, alla iecter en mer le plus cher et precieux ioyau qu'il eust, estimant que, par ce malheur aposté, il satisfaisoit à la revolution et vicissitude de la fortune : et elle, pour se moecquer de son ineptie, feit que ce mesme ioyau reveinst encores en ses mains, trouvé

au ventre d'un poisson. Et puis, à quel usage les deschirements et desmembrements des Corybantes, des Menades, et, en nos temps, des Mahometans qui se balaffrent le visage, l'estomach, les membres, pour gratifier leur prophete : veu que l'offense consiste en la volonté, non en la poictrine, aux yeulx, aux genitoires, en l'embonpoinct, aux espaules et au gosier ? *Tantus est perturbatæ mentis, et sedibus suis pulsæ furor, ut sic dii placentur, quemadmodum ne homines quidem sæviunt* [4]. Cette contexture naturelle regarde, par son usage, non seulement nous, mais aussi le service de Dieu et des aultres hommes; c'est iniustice de l'affoler à nostre escient, comme de nous tuer pour quelque pretexte que ce soit : ce semble estre grande lascheté et trahison de mastiner et corrompre les functions du corps, stupides et serves, pour espargner à l'ame la solicitude de les conduire selon raison ; *ubi iratos deos timent, qui sic propitios habere merentur ?... In regiæ libidinis voluptatem castrati sunt quidam; sed nemo sibi, ne vir esset, iubente domino, manus intulit* [5]. Ainsin remplissoient ils leur religion de plusieurs mauvais effects :

Sæpius olim
Relligio peperit scelerosa atque impia facta [6].

Or rien du nostre ne se peult apparier ou rapporter, en quelque façon que ce soit, à la nature divine, qui ne la tache et marque d'autant d'imperfection. Cette infinie beaulté, puissance, et bonté, comment peult elle souffrir quelque correspondance et similitude à chose si abiecte que nous sommes, sans un extreme interest et deschet de sa divine grandeur ? *Infirmum Dei fortius est hominibus ; et stultum Dei sapientius est hominibus* [7]. Stilpon le philosophe, interrogé si les dieux

(1) Tant la superstition a pu conseiller de crimes ! Lucrèce, I, 102.

(2) Que cette vierge infortunée, au moment destiné à son hymen, expirât sous les coups impitoyables d'un père. Lucrèce. I, 99.

(3) Comment les dieux étoient-ils si irrités contre le peuple romain, qu'ils ne pussent être satisfaits qu'au prix d'un sang si généreux ? Cic., de Nat. deor., III, 6.

(4) Tel est leur délire, telle est leur fureur, qu'ils pensent apaiser les dieux en surpassant toutes les cruautés des hommes. S. Augustin, de Civit. Dei, VI, 10.

(5) De quelles actions pensent-ils que les dieux s'irritent, ceux qui croient se les rendre propices par des crimes?... On a vu des hommes qui ont été faits eunuques, pour servir aux plaisirs des rois ; mais jamais esclave ne s'est mutilé lui-même, lorsque son maître lui commandoit de ne plus être homme. S. Augustin, de Civit. Dei, VI, 10, d'après Sénèque.

(6) Autrefois la superstition a souvent inspiré des actions impies et détestables. Lucrèce, I, 83.

(7) La foiblesse de Dieu est plus forte que la force des hommes : sa folie est plus sage que leur sagesse. S. Paul, Corinth. I, 1, 25.

s'esiouyssent de nos honneurs et sacrifices : « Vous estes indiscret, respondict il; retirons nous à part, si vous voulez parler de cela. » Toutesfois, nous luy prescrivons des bornes, nous tenons sa puissance assiegee par nos raisons (i'appelle raison nos resveries et nos songes, avecques la dispense de la philosophie, qui dict, « le fol mesme, et le meschant, forcener par raison; mais que c'est une raison de particuliere forme; ») nous le voulons asservir aux apparences vaines et foibles de nostre entendement, luy qui a faict et nous et nostre cognoissance. Parce que rien ne se faict de rien, Dieu n'aura sceu bastir le monde sans matiere. Quoi! Dieu nous a il mis en main les clefs et les derniers ressorts de sa puissance? s'est il obligé à n'oultrepasser les bornes de nostre science? Mets le cas, ô homme, que tu ayes peu remarquer icy quelques traces de ses effects; penses tu qu'il a ayt employé tout ce qu'il a peu, et qu'il ayt mis toutes ses formes et toutes ses idees en cet ouvrage? Tu ne veois que l'ordre et la police de ce petit caveau où tu es logé; au moins si tu la veois : sa divinité a une iurisdiction infinie au delà; cette piece n'est rien au pris du tout :

Omnia cum cœlo, terraque, marique,
Nil sunt ad summam summaï totius omnem [1] :

c'est une loy municipale que tu allegues, tu ne sçais pas quelle est l'universelle. Attache toy à ce à quoy tu es subiect, mais non pas luy; il n'est pas ton confrere, ou concitoyen, ou compaignon. S'il s'est aulcunement communiqué à toy, ce n'est pas pour se ravaller à ta petitesse, ny pour te donner le controerolle de son pouvoir : le corps humain ne peult voler aux nues; c'est pour toy. Le soleil bransle, sans seiour, sa course ordinaire; les bornes des mers et de la terre ne se peuvent confondre; l'eau est instable et sans fermeté; un mur est, sans froissure, impenetrable à un corps solide; l'homme ne peult conserver sa vie dans les flammes; il ne peult estre et au ciel, et en la terre, et en mille lieux ensemble corporellement : c'est pour toy qu'il a faict ces regles; c'est toy qu'elles attachent : il a tesmoigné aux chrestiens qu'il les a toutes franchies, quand il luy a pleu. De vray, pourquoy, tout puissant comme il est, auroit il restreinct ses forces à certaine mesure? en faveur de qui auroit il renoncé son privilege? Ta raison n'a, en aulcune aultre chose, plus de verisimilitude et de fondement, qu'en ce qu'elle te persuade la pluralité des mondes;

Terramque, et solem, lunam, mare, cetera quæ
[sunt,
Non esse unica, sed numero magis innumerali [2]

les plus fameux esprits du temps passé l'ont creue, et aulcuns des nostres mesmes, forcez par l'apparence de la raison humaine; d'autant qu'en ce bastiment que nous veoyons, il n'y a rien seul et un,

Quum in summa res nulla sit una,
Unica quæ gignatur, et unica solaque crescat [3];

et que toutes les especes sont multipliees en quelque nombre; par où il semble n'estre pas vraysemblable que Dieu ayt faict ce seul ouvrage sans compaignon, et que la matiere de cette forme ayt esté toute espuisee en ce seul individu;

Quare etiam atque etiam tales fateare necesse est,
Esse alios alibi congressus materiaï,
Qualis hic est, avido complexu quem tenet æther [4] :

notamment, si c'est un animant, comme ses mouvements le rendent si croyable que Platon l'asseure, et plusieurs des nostres, ou le confirment, ou ne l'osent infirmer; non plus que cette ancienne opinion, que le ciel, les estoiles et aultres membres du monde, sont creatures composees de corps et ame, mortelles en consideration de leur composition, mais immortelles par la determination du Createur. Or, s'il y a plusieurs mondes, comme Democritus, Epicurus, et presque toute la philosophie a pensé, que sçavons nous si les principes et les regles de cettuy cy touchent pareillement les aultres? ils ont, à l'adventure, aultre visage et aultre police. Epicurus les imagine, ou semblables, ou dissemblables. Nous veoyons en ce monde une infinie difference et varieté, pour la seule distance des lieux : ny le bled ny le vin ne se veoid, ni aulcun de nos animaulx, en ce nouveau coin du monde que nos peres ont descouvert; tout y est divers : et, au temps passé, veoyez en combien de parties du monde on n'avoyt cognoissance ny de Bacchus ny de Ceres. Qui en voudra croire Pline et Herodote, il y a des especes d'hommes, en certains endroicts, qui ont fort peu de ressemblance à la nostre; et y a des formes mestisses et ambiguës entre l'humaine nature et la brutale; il y a des contrees où les hommes naissent sans teste, portant les yeulx et la bouche en la poictrine; où ils sont touts androgynes; où ils marchent de quatre pattes; où ils n'ont qu'un œil au front, et

---

(1) Le ciel, la terre et la mer, pris ensemble, ne sont rien, en comparaison de l'immensité du grand tout. Lucrèce, VI, 679.

(2) Que la terre, le soleil, la lune, la mer, et tous les êtres, ne sont point uniques, mais en nombre infini. Lucr., II, 1085.

(3) Qu'il n'y a point, dans la nature, d'être unique de son espece, qui naisse et qui croisse isolé. Lucrèce, II, 1077.

(4) On ne peut donc s'empêcher de convenir qu'il a dû se faire ailleurs d'autres aggrégations de matiere, semblables à celle que l'éther embrasse dans son vaste contour. Lucrèce, II, 1064.

'la teste plus semblable à celle d'un chien qu'à la nostre; où ils sont moitié poisson par embas, et vivent en l'eau; où les femmes accouchent à cinq ans, et n'en vivent que huict; où ils ont la teste si dure et la peau du front, que le fer n'y peult mordre, et rebouche contre; où les hommes sont sans barbe; des nations sans usage de feu; d'aultres qui rendent le sperme de couleur noire; quoy, ceulx qui naturellement se changent en loups, en iumens, et puis encores en hommes? et, s'il est ainsin, comme dict Plutarque, qu'en quelque endroict des Indes il y ayt des hommes sans bouche, se nourrissants de la senteur de certaines odeurs, combien y a il de nos descriptions faulses? Il n'est plus risible, ny à l'adventure capable de raison et de société; l'ordonnance et la cause de nostre bastiment interne seroient, pour la pluspart, hors de propos.

Davantage combien y a il de choses en nostre cognoissance qui combattent ces belles regles que nous avons taillees et prescriptes à nature? Et nous entreprendrons d'y attacher Dieu mesme! Combien de choses appellons nous miraculeuses et contre nature? cela se faict par chasque homme et par chasque nation, selon la mesure de son ignorance : combien trouvons nous de proprietez occultes et de quintessences? car « aller selon nature, » pour nous, ce n'est qu' « aller selon nostre intelligence, » autant qu'elle peult suivre, et autant que nous y veyons : ce qui est au delà est monstrueux et desordonné. Or, à ce compte, aux plus advisez et aux plus habiles, tout sera doncques monstrueux : car à ceulx là l'humaine raison a persuadé qu'elle n'avoyt ny pied ny fondement quelconque, non pas seulement pour asseurer si la neige est blanche, et Anaxagoras la disoit noire; s'il y a quelque chose, ou s'il n'y a nulle chose; s'il y a science ou ignorance, ce que Metrodorus Chius nioit l'homme pouvoir dire; ou, si nous vivons, comme Euripides est en doubte, « si la vie que nous vivons est vie, ou si c'est ce que nous appellons mort qui soit vie : »

Τίς δ' οἶδεν εἰ ζῆν τοῦθ', ὃ κέκληται θανεῖν,
Τὸ ζῆν δὲ, θνήσκειν ἐστί.

et non sans apparence; car pourquoy prenons nous tiltre d'estre, de cet instant qui n'est qu'une eloise [1] dans le cours infini d'une nuict eternelle, et une interruption si briefve de nostre perpetuelle et naturelle condition, la mort occupant tout le devant et tout le derriere de ce moment, et encores une bonne partie de ce moment? D'aultres iurent, Qu'il n'y a point de mouvement, que rien ne bouge, comme les suivants de Melissus; car

s'il n'y a rien qu'Un, ny ce mouvement spherique ne luy peult servir, ny le mouvement de lieu à aultre, comme Platon preuve : d'aultres, Qu'il n'y a ny generation ny corruption en nature. Protagoras dict qu'il n'y a rien en nature que le doubte; que de toutes choses on peult egalement disputer; et de cela mesme, si on peult egalement disputer de toutes choses : Nausiphanes, Que, des choses qui semblent, rien n'est non plus que non est; Qu'il n'y a aultre certain que l'incertitude : Parmenides, Que de ce qu'il semble il n'est aulcune chose en general; qu'il n'est qu'Un : Zeno, qu'Un mesme n'est pas, et qu'il n'y a rien; si Un estoit, il seroit ou en un aultre ou en soy mesme; s'il est en un aultre, ce sont deux; s'il est en soy mesme, ce sont encores deux, le comprenant et le comprins. Selon ces dogmes, la nature des choses n'est qu'un' umbre ou faulse ou vaine.

Il m'a tousiours semblé qu'à un homme chrestien cette sorte de parler est pleine d'indiscretion et d'irreverence : « Dieu ne peult mourir; Dieu ne se peult desdire; Dieu ne peult faire cecy ou cela. » Ie ne treuve pas bon d'enfermer ainsin la puissance divine soubs les loix de nostre parole : et l'apparence qui s'offre à nous en ces propositions, il la fauldroit representer plus reveremment et plus religieusement.

Nostre parler a ses foiblesses et ses defaults, comme tout le reste : la plus part des occasions des troubles du monde sont grammairiennes; nos procez ne naissent que du debat de l'interpretation des loix; et la plus part des guerres, de cette impuissance de n'avoir sceu clairement esprimer les conventions et traictez d'accord des princes : combien de querelles et combien importantes a produict au monde le doubte du sens de cette syllabe, Hoc [2]? Prenons la clause que la logique mesme nous presentera pour la plus claire : si vous dictes, « Il faict beau temps, » et que vous dissiez [3] verité, il fait doncques beau temps. Voylà pas une forme de parler certaine? encores nous trompera elle : qu'il soit ainsin, suivons l'exemple : si vous dictes, « Ie ments, » et que vous dissiez vray, vous mentez doncques. L'art, la raison, la force de la conclusion de cette cy sont pareilles à l'aultre; toutesfois nous voylà embourbez. Ie veoy les philosophes pyrrhoniens qui ne peuvent esprimer leur generale conception en aulcune maniere de parler;

(1) Eclair.
(2) Montaigne veut parler ici des controverses des catholiques et des protestants sur la transsubstantiation.
(3) C'est ainsi que Montaigne a orthographié deux fois de suite ce mot dans l'exemplaire corrigé de sa main. Nous écririons au jourd'hui disiez.

car il leur fauldroit un nouveau langage : le nostre est tout formé de propositions affirmatifves, qui leur sont du tout ennemyes; de façon que, quand ils disent, « Ie doubte », on les tient incontinent à la gorge, pour leur faire avouer qu'au moins asseurent et sçavent ils cela, qu'Ils doubtent. Ainsin on les a contraincts de se sauver dans cette comparaison de la medecine, sans laquelle leur humeur seroit inexplicable : quand ils prononcent « l'ignore, » ou « le doubte, » ils disent que cette proposition s'emporte elle mesme quand et quand le reste, ny plus ny moins que la rubarbe qui poulse hors les mauvaises humeurs, et s'emporte hors quand et quand elle mesme. Cette fantasie est plus seurement conceue par interrogation : QUE SÇAY IE? comme ie la porte à la devise d'une balance.

Veoyez comment on se prevault de cette sorte de parler, pleine d'irreverence : aux disputes qui sont à present en nostre religion, si vous pressez trop les adversaires, ils vous diront tout destroussement qu' « Il n'est pas en la puissance de Dieu de faire que son corps soit en paradis et en la terre, et en plusieurs lieux ensemble. » Et ce mocqueur ancien, comment il en faict son proufit ! « Au moins, dict il, est ce une non legiere consolation à l'homme de ce qu'il veoid Dieu ne pouvoir pas toutes choses : car il ne se peult tuer quand il le voudroit, qui est la plus grande faveur que nous avons en nostre condition; il ne peult faire les mortels immortels, ny revivre les trespassez, ny que celui qui a vescu n'ayt point vescu, celuy qui a eu des honneurs ne les ayt point eus; n'ayant aultre droict sur le passé que de l'oubliance : et à fin que cette société de l'homme à Dieu s'accouple encores par des exemples plaisants, il ne peult faire que deux fois dix ne soyent vingt. » Voylà ce qu'il dict, et qu'un chrestien debvroit eviter de passer par sa bouche : là où, au rebours, il semble que les hommes recherchent cette folle fierté de langage, pour ramener Dieu à leur mesure.

Cras vel atra
Nube polum Pater occupato,
Vel sole puro; non tamen irritum,
Quodcumque retro est, efficiet, neque
Diffinget, infectumque reddet,
Quod fugiens semel hora vexit [1].

Quand nous disons Que l'infinité des siecles, tant passez qu'à venir, n'est à Dieu qu'un instant; Que sa bonté, sapience, puissance, sont mesme chose avecques son essence, nostre parole le dict, mais nostre intelligence ne l'apprehende [2] point. Et

toutesfois nostre oultrecuidance [3] veult faire passer la Divinité par nostre estamine; et de là s'engendrent toutes les resveries et les erreurs desquelles le monde se trouve saisi, ramenant et poisant à sa balance chose si esloingnee de son poids. *Mirum, quo procedat improbitas cordis humani, parvulo aliquo invitata successu* [4]. Combien insolemment rebrouent Epicurus les stoïciens, sur ce qu'il tient, l'Estre veritablement bon et heureux n'appartenir qu'à Dieu, et l'homme sage n'en avoir qu'un umbrage et similitude ! combien temerairement ont ils attaché Dieu à la destinee ! (à la mienne volonté, qu'aulcuns du surnom de chrestiens ne le facent pas encores !) et Thales, Platon et Pythagoras l'ont asservy à la necessité. Cette fierté de vouloir descouvrir Dieu par nos yeulx, a faict qu'un grand personnage des nostres a attribué à la Divinité une forme corporelle; et est cause de ce qui nous advient touts les iours d'attribuer à Dieu les evenements d'importance, d'une particuliere assignation : parce qu'ils nous poisent, il semble qu'ils luy poisent aussi, et qu'il y regarde plus entier et plus attentif qu'aux evenements qui nous sont legiers, ou d'une suitte ordinaire; *magna dii curant, parva negligunt* [5] escoutez son exemple, il vous esclaircira de sa raison; *nec in regnis quidem reges omnia minima curant* [6]; comme si à ce roy là c'estoit plus de remuer un empire, ou la feuille d'un arbre; et si sa providence s'exerceoit aultrement, inclinant l'evenement d'une battaille, que le sault d'une pulce. La main de son gouvernement se preste à toutes choses, de pareille teneur, mesme force et mesme ordre; nostre interest n'y apporte rien; nos mouvements et nos mesures ne le touchent pas : *Deus ita artifex magnus in magnis, ut minor non sit in parvis* [7]. Nostre arrogance nous remet tousiours en avant cette blasphemeuse apparition. Parce que nos occupations nous chargent, Straton a estrené les dieux de toute immunité d'offices, comme sont leurs presbtres; il faict produire et maintenir toutes

(1) Que demain l'air soit couvert de nuages épais, ou que le soleil brille dans un ciel pur; les dieux ne peuvent faire que ce qui a été n'ait point été, ni détruire ce que le temps rapide a emporté sur ses ailes. Hor., *Od.*, III, 29. 45.

(2) Ne le comprend point. — (3) Présomption.

(4) Il est étonnant jusqu'où se porte l'arrogance du cœur de l'homme, lorsqu'elle est encouragée par le moindre succes. Pl., *Nat. Hist.*, II, 23.

(5) Les dieux prennent soin des grandes choses, et négligent les petites. Cic., *de Nat. deor.*, II, 66.

(6) Les rois mêmes n'entrent pas dans les petits details de l'administration. Cic., *ibid.*, III, 35.

(7) Dieu, qui est si parfait ouvrier dans les grandes choses, ne l'est pas moins dans les petites. S. Augustin, *de Civit. Dei*, XI, 22.

choses à nature; et de ses poids et mouvements construit les parties du monde, deschargeant l'humaine nature de la crainte des iugements divins; *quod beatum æternumque sit, id nec habere negotii quidquam, nec exhibere alteri* [1]. Nature veult qu'en choses pareilles il y ayt relation pareille : le nombre doncques infini des mortels conclud un pareil nombre d'immortels; les choses infinies qui tuent et ruynent en presupposent autant qui conservent et proufitent. Comme les ames des dieux, sans langue, sans yeulx, sans aureilles, sentent entre elles chascune ce que l'aultre sent, et iugent nos pensees : ainsi les ames des hommes, quand elles sont libres et desprinses du corps par le sommeil ou par quelque ravissement, divinent, prognostiquent, et veoyent choses qu'elles ne sçauroient veoir meslees aux corps. Les hommes, dict sainct Paul, sont devenus fols, pensants estre sages, et ont mué [2], la gloire de Dieu incorruptible, en l'image de l'homme corruptible. Veoyez un peu ce bastelage des deïfications anciennes; aprez la grande et superbe pompe de l'enterrement, comme le feu venoyt à prendre au hault de la pyramide et saisir le lict du trespassé, ils laissoient en mesme temps eschapper un aigle, lequel, s'envolant à mont, signifioit que l'ame s'en alloit en paradis : nous avons mille medailles, et notamment de cette honneste femme de Faustine [3], où cet aigle est representé emportant à la chevremorte [4] vers le ciel ces ames deïfiees. C'est pitié que nous nous pipons de nos propres singeries et inventions;

Quod finxere, timent [5].

comme les enfants qui s'effroyent de ce mesme visage qu'ils ont barbouillé et noircy à leur compaignon; *quasi quidquam infelicius sit homine, cui sua figmenta dominantur* [6]. C'est bien loing d'honnorer celuy qui nous a faicts, que d'honnorer celuy que nous avons faict. Auguste eut plus de temples que Iupiter, servis avec autant de religion et creance de miracles. Les Thasiens, en recompense des bienfaicts qu'ils avoyent receus d'Agesilaus, luy vindrent dire qu'ils l'avoyent canonisé : « Vostre nation, leur dict il, a elle ce pouvoir de faire dieu qui bon luy semble? Faictes en, pour veoir, l'un d'entre vous : et puis, quand l'auray veu comme il s'en sera trouvé, ie vous diray grandmercy de vostre offre. » L'homme est bien insensé! il ne sçauroit forger un ciron, et forge des dieux à douzaine! Oyez Trismegiste louant nostre suffisance : « De toutes les choses admirables, cecy a surmonté l'admiration, que l'homme ayt peu trouver la divine nature et la faire. » Voicy des arguments de l'eschole mesme de la philosophie,

Nosse qui divos et cœli numina soli,
Aut soli nescire, datum [7] :

« Si Dieu est, il est animal [8]; s'il est animal, il a sens; et s'il a sens, il est subiect à corruption. S'il est sans corps, il est sans ame, et par consequent sans action; et s'il a corps, il est perissable. » Voylà pas triumphé! « Nous sommes incapables d'avoir faict le monde : il y a doncques quelque nature plus excellente qui y a mis la main. Ce seroit une sotte arrogance de nous estimer la plus parfaicte chose de cet univers : il y a doncques quelque chose de meilleur; cela c'est Dieu. Quand vous veoyez une riche et pompeuse demeure, encores que vous ne sçachiez qui en est le maistre; si ne direz vous pas qu'elle soit faicte pour des rats; et cette divine structure que nous veoyons du palais celeste, n'avons nous pas à croire que ce soit le logis de quelque maistre plus grand que nous ne sommes? Le plus hault est il pas tousiours le plus digne? et nous sommes placez au plus bas. Rien sans ame et sans raison ne peult produire un animant capable de raison : le monde nous produict; il a doncques ame et raison. Chasque part de nous est moins que nous : nous sommes part du monde; le monde est donc fourny de sagesse et de raison, et plus abondamment que nous ne sommes. C'est belle chose que d'avoir un grand gouvernement : le gouvernement du monde appartient doncques à quelque heureuse nature. Les astres ne nous font pas de nuisance : ils sont doncques pleins de bonté. Nous avons besoing de nourriture: aussi ont doncques les dieux, et se paissent des vapeurs de çà bas. Les biens mondains ne sont pas biens à Dieu : ce ne sont doncques pas biens à nous. L'offenser et l'estre offensés ont egalement tesmoingnages d'imbecillité : c'est doncques folie de craindre Dieu. Dieu est bon par sa nature; l'homme par son industrie, qui est plus. La sagesse divine et l'humaine sagesse n'ont aultre distinction, sinon que celle là est eternelle : or, la duree n'est aucune accession à la sagesse; parquoy nous voylà compai-

[1] Un être heureux et éternel n'a point de peine, et n'en fait à personne. Cic., *de Nat. deor.*, I, 17.

[2] *Changé.*

[3] C'est par ironie que Montaigne l'appelle *honnête femme.* Ses honteuses débauches n'étoient ignorées, dans l'empire, que de Marc-Aurèle, son mari.

[4] Celui qui est porté *à la chèvremorte* est couché sur le dos de celui qui le porte, et lui embrasse le cou, en tenant ses cuisses et ses jambes autour de son corps.

[5] Ils redoutent ce qu'ils ont eux-mêmes inventé. Lucain, I, 486.

[6] Quoi de plus malheureux que l'homme, esclave des chimères qu'il s'est faites!

[7] Qui seule peut connoître les dieux et les puissances célestes, ou sans savoir qu'on ne peut les connoître. Luc., I, 452.

[8] *Animé.*

gnons. Nous avons vie, raison et liberté, estimons la bonté, la charité et la iustice : ces qualitez sont doncques en luy. » Somme, le bastiment et le desbastiment [1], les conditions de la Divinité, se forgent par l'homme, selon la relation à soy. Quel patron! et quel modele! Estirons[2], eslevons et grossissons les qualitez humaines tant qu'il nous plaira : enfle toy, pauvre homme, et encores, et encores, et encores;

     Non, si te ruperis, inquit[3].

*Profecto non Deum, quem cogitare non possunt, sed semet ipsos pro illo cogitantes, non illum, sed se ipsos, non illi, sed sibi comparant[4].* Ez choses naturelles, les effects ne rapportent qu'à demy leurs causes : quoy cette cy? elle est au dessus de l'ordre de nature; sa condition est trop haultaine, trop esloinguee et trop maistresse, pour souffrir que nos conclusions l'attachent et la garottent. Ce n'est point par nous qu'on y arrive, cette route est trop basse : nous ne sommes non plus prez du ciel sur le mont Cenis, qu'au fond de la mer : consultez en pour veoir avecques vostre astrolabe. Ils ramenent Dieu iusques à l'accointance charnelle des femmes, à combien de fois, à combien de generations : Paulina, femme de Saturninus, matrone de grande reputation à Rome, pensant coucher avec le dieu Serapis, se trouva entre les bras d'un sien amoureux, par le macquerellage des presbtres de ce temple : Varro, le plus subtil et le plus sçavant aucteur latin, en ses livres de la theologie; escript que le sacristain de Hercules, iectant au sort d'une main pour soy, de l'aultre pour Hercules, ioua contre luy un soupper et une garse; s'il gaignoit, aux despens des offrandes; s'il perdoit, aux siens : il perdit, paya son soupper et sa garse, son nom fut Laurentine, qui veid de nuict ce dieu entre ses bras, luy disant au surplus que, le lendemain, le premier qu'elle rencontreroit la payeroit celestement de son salaire : ce feut Taruncius, ieune homme riche, qui la mena chez luy, et avecques le temps la laissa heritiere. Elle, à son tour, esperant faire chose agreable à ce dieu, laissa heritier le peuple romain : pourquoy on lui attribua des honneurs divins. Comme s'il ne suffisoit pas que, par double estoc[5], Platon feust originellement descendu des dieux, et avoir pour aucteur commun de sa race Neptune; il estoit tenu pour certain, à Athenes, que Ariston ayant voulu iouyr de la belle Perictione, n'avoyt sceu; et feust adverty en songe par le dieu Apollo de la laisser impollue et intacte iusques à ce qu'elle feust accouchee : c'estoient les pere et mere de Platon. Combien y a il, ez histoires, de pareils cocuages procurez par les dieux

contre les pauvres humains? et des marys iniurieusement descriez en faveur des enfants? En la religion de Mahomet, il se trouve, par la creance de ce peuple, assez de Merlins, à sçavoir enfants sans pere, spirituels, nayz divinement au ventre des pucelles; et portent un nom qui le signifie en leur langue.

Il nous fault noter qu'à chasque chose il n'est rien plus cher et plus estimable que son estre; le lyon, l'aigle, le daulphin, ne prisent rien au dessus de leur espece; et que chascune rapporte les qualitez de toutes aultres choses à ses propres qualitez; lesquelles nous pouvons bien estendre et raccourcir, mais c'est tout; car, hors de ce rapport et de ce principe, nostre imagination ne peult aller, ne peult rien diviner aultre, et est impossible qu'elle sorte de là et qu'elle passe au delà : d'où naissent ces anciennes conclusions: « De toutes les formes, « la plus belle est celle de l'homme : Dieu donecques « est de cette forme. Nul ne peult estre heureux « sans vertu; ny la vertu estre sans raison; et nulle « raison loger ailleurs qu'en l'humaine figure : Dieu « est doncques revestu de l'humaine figure. » *Ita est informatum anticipatumque mentibus nostris, ut homini, quum de Deo cogitet, forma occurrat humana[6].* Pourtant disoit plaisamment Xenophanes, que si les animaulx se forgent des dieux, comme il est vraysemblable qu'ils facent, ils les forgent certainement de mesme eulx, et se glorifient comme nous. Car pourquoy ne dira un oyson ainsin. « Toutes les pieces de l'univers me regardent; la terre me sert à marcher, le soleil à m'esclairer, les estoiles à m'inspirer leurs influences; i'ay telle commodité des vents, telle des eaux; il n'est rien que cette voulte regarde si favorablement que moy; ie suis le mignon de nature? Est-ce pas l'homme qui me traicte, qui me loge, qui me sert? c'est pour moy qu'il faict et semer et mouldre; s'il me mange, aussi faict il bien l'homme son compaignon; et si fois ie moy les vers qui le tuent et qui le maugent. » Autant en diroit une grue; et plus magnifiquement encores, pour la liberté de son vol, et

(1) *Le théisme et l'athéisme, tous ces arguments pour et contre la Divinité, se forgent, etc.*

(2) *Étendons, alongeons.*

(3) *Quand tu crèverois, tu n'en approcherois pas.* Hor., Sat., II, 3, 19.

(4) *Certes les hommes, croyant penser à Dieu, dont ils ne peuvent se former l'idée, ne pensent point à lui, mais à eux-mêmes; ils ne voient qu'eux, et non pas lui; c'est à eux, non à lui-même, qu'ils le comparent.* S. Augusr., *de Civ. Dei*, XII, 15.

(5) *Des deux côtés, du côté paternel et maternel. — Estoc,* ligne d'extraction, la source d'une lignée, où toute la lignée rapporte son commencement.

(6) *C'est une habitude et un préjugé de notre esprit que nous ne pouvons penser à Dieu sans nous le représenter sous une forme humaine.* Cic., *de Nat. deor.*, I, 27.

la possession de cette belle et haulte region : *Tam blanda conciliatrix, et tam sui est lena ipsa natura* [1] !

Or-doncques, par ce mesme train, pour nous soit les destinees, pour nous le monde; il luit, il tonne pour nous; et le createur et les creatures, tout est pour nous : c'est le but et le poinct où vise l'université des choses. Regardez le registre que la philosophie a tenu, deux mille ans et plus, des affaires celestes : les dieux n'ont agi, n'ont parlé que pour l'homme; elle ne leur attribue aultre consultation et aultre vacation. Les voylà contre nous en guerre;

Domitosque Herculea manu
Telluris iuvenes, unde periculum
Fulgens contremuit domus
Saturni veteris [2].

Les voicy partisans de nos troubles, pour nous rendre la pareille de ce que tant de fois nous sommes partisans des leurs :

Neptunus muros, magnoque emota tridenti
Fundamenta quatit, totamque a sedibus urbem
Eruit : hic Iuno Scæas sævissima portas
Prima tenet [3].

Les Cauniens, pour la ialousie de la domination de leurs dieux propres, prennent armes en dos le iour de leur devotion, et vont courant toute leur banlieue, frappants l'air par cy, par là, à touts leurs glaives, pourchassants ainsin à oultrance, et bannissants les dieux estrangers de leur territoire. Leurs puissances sont retranchees selon nostre necessité : qui guarit les chevaulx, qui les hommes, qui la peste, qui la teigne, qui la toux, qui une sorte de gale, qui une aultre; *adeo minimis etiam rebus prava religio inserit deos* [4] ! qui faict naistre les raisins, qui les aulx; qui a la charge de la paillardise, qui de la marchandise; à chasque race d'artisans, un dieu; qui a sa province en orient, et son credit; qui en ponent :

Hic illius arma,
Hic currus fuit [5].

O saucte Apollo, qui umbilicum certum terrarum
[obtines [6] !

Pallada Ceeropidæ, Minoïa Creta Dianam,
Vulcanum tellus Hypsipylea colit,
Iunonem Sparte, Pelopeïadesque Mycenæ;
Pinigerum Fauni Mænalis ora caput;
Mars Latio venerandus erat [7].

qui n'a qu'un bourg ou une famille en sa possession; qui loge seul; qui en compaignie ou volontaire ou necessaire,

Iunctaque sunt magno templa nepotis avo [8];

il en est de si chestifs et populaires (car le nombre

s'en monte iusques à trente six mille), qu'il en fault entasser bien cinq ou six à produire un espic de bled, et en prennent leurs noms divers; trois à une porte, celuy de l'ais, celuy du gond, celuy du seuil; quatre à un enfant, protecteurs de son maillot, de son boire, de son manger, de son tetter : aulcuns certains, aulcuns incertains et doubteux; aulcuns qui n'entrent pas encores en paradis :

Quos, quoniam cœli nondum dignamur honore,
Quas dedimus, certe terras habitare sinamus [9] :

il en est de physiciens, de poëtiques, de civils : aulcuns, moyens entre la divine et l'humaine nature, mediateurs, entremetteurs de nous à Dieu; adorez par certain second ordre d'adoration et diminutif; infinis en tiltres et offices; les uns bons, les aultres mauvais : il en est de vieulx et cassez, et en est de mortels; car Chrysippus estimoit qu'en la derniere conflagration du monde, touts les dieux auroient à finir, sauf Iupiter. L'homme forge mille plaisantes societez entre Dieu et luy : est il pas son compatriote ?

Iovis incunabula Creten [10].

Voicy l'excuse que nous donnent, sur la consideration de ce subiect, Scevola, grand pontife, et Varro, grand theologien en leur temps : « Qu'il est besoing que le peuple ignore beaucoup de choses vrayes, et en croye beaucoup de faulses : « *Quum veritatem, qua liberetur, inquirat; credatur ei expedire, quod fallitur* [11]. Les yeulx humains ne peuvent appercevoir les choses que

(1) Tant la nature, adroite et indulgente, porte tous les êtres à s'aimer eux-mêmes! Cic., *de Nat. deor.*, I, 27.

(2) Les enfants de la terre firent trembler l'auguste palais du vieux Saturne, et tombèrent enfin sous le bras d'Hercule. Hor., *Od.*, II, 12, 6.

(3) Neptune, de son trident redoutable, ébranle les murs de Troie, et renverse de fond en comble cette cité superbe ; plus loin, l'impitoyable Junon occupe les portes Scées. Virg., *En.*, II, 610.

(4) Tant la superstition aime à placer la Divinité même dans les plus petites choses ! Tit.-Liv., XXVII, 23.

(5) Là étoient les armes et le char de Junon. Virg., *En.*, I, 16.

(6) Vénérable Apollon, qui habites le centre du monde. Cic., *de Divin.*, II, 56. — Delphes passoit pour le *nombril* ou le centre de la terre.

(7) Athènes adore Pallas ; l'île de Minos, Diane ; Lemnos, le dieu du feu. Sparte et Mycène honorent Junon. Pan est le dieu du Ménale, et Mars celui du Latium. Ovide, *Fast.*, III, 81.

(8) Et le temple du petit-fils est réuni à celui de son divin aïeul. Ovide, *ibid.*, I, 294.

(9) Puisque nous ne les jugeons pas encore dignes d'être admis dans le ciel, permettons-leur d'habiter les terres que nous leur avons accordées. Ovide, *Métam.*, I, 194.

(10) L'île de Crète, berceau de Jupiter. Ov., *Met.*, VIII, 99.

(11) Comme il ne cherche la vérité que pour se délivrer du joug, croyons qu'il lui est avantageux d'être trompé. S. Augustin, *de Civ. Dei*, IV, 31.

32

par les formes de leur cognoissance : et ne nous souvient pas quel sault print le miserable Phaëthon pour avoir voulu manier les renes des chevaulx de son pere d'une main mortelle ? Nostre esprit retumbe en pareille profondeur, se dissipe et se froisse de mesme, par sa temerité. Si vous demandez à la philosophie de quelle matiere est le ciel et le soleil : que vous respondra elle, sinon de fer, ou, avecques Anaxagoras, de pierre, ou aultre estoffe de son usage ? S'enquiert on à Zeno, que c'est que nature ? « Un feu, dict il, artiste, propre à engendrer, procedant reglement. » Archimedes, maistre de cette science qui s'attribue la presseance sur toutes les aultres en verité et certitude, « Le soleil, dict il, est un dieu de fer enflammé. » Voylà pas une belle imagination produicte de la beaulté et inevitable necessité des demonstrations geometriques ! non pourtant si inevitable et utile, que Socrates n'ayt estimé qu'il suffisoit d'en sçavoir iusques à pouvoir arpenter la terre qu'on donnoit et recevoit ; et que Polyaenus, qui en avoyt esté fameux et illustre docteur, ne les ayt prinses à mespris, comme pleines de faulseté et de vanité apparente, aprez qu'il eust gousté les doulx fruicts des iardins poltronesques d'Epicurus. Socrates, en Xenophon, sur ce propos d'Anaxagoras, estimé par l'antiquité entendu au dessus de touts aultres ez choses celestes et divines, dict qu'il se troubla du cerveau, comme font touts hommes qui perscrutent immoderement les cognoissances qui ne sont de leur appartenance : sur ce qu'il faisoit le soleil une pierre ardente, il ne s'advisoit pas qu'une pierre ne luit point au feu ; et, qui pis est, qu'elle s'y consume : en ce qu'il faisoit un du soleil et du feu ; que le feu ne noircit pas ceulx qu'il regarde ; que nous regardons fixement le feu ; que le feu tue les plantes et les herbes. C'est, à l'advis de Socrates, et au mien aussi, le plus sagement iugé du ciel, que n'en iuger point. Platon, ayant à parler des daimons au Timee : « C'est entreprinse, dict il, qui surpasse nostre portee ; il en fault croire ces anciens, qui se sont dicts engendréz d'eulx : c'est contre raison de refuser foy aux enfants des dieux, encores que leur dire ne soit establi par raisons necessaires ny vraysemblables ; puisqu'ils nous respondent de parler de choses domestiques et familieres. »

Veoyons si nous avons quelque peu plus de clarté en la cognoissance des choses humaines et naturelles. N'est ce pas une ridicule entreprinse, à celles ausquelles, par nostre propre confession, nostre science ne peult atteindre, leur aller forgeant un aultre corps, et prestant une forme faulse, de nostre invention ; comme il se veoid au

mouvement des planetes, auquel d'autant que nostre esprit ne peult arriver ny imaginer sa naturelle conduicte, nous leur prestons, du nostre, des ressorts materiels, lourds et corporels :

Temo aureus, aurea summæ
Curvatura rotæ, radiorum argenteus ordo [1] :

vous diriez que nous avons eu des cochers, des charpentiers, et des peintres, qui sont allez dresser là hault des engins à divers mouvements, et renger les rouages et entrelassements des corps celestes bigarrez en couleur, autour du fuseau de la Necessité, selon Platon :

Mundus domus est maxima rerum,
Quam quinque altitonæ fragmine zonæ
Cingunt, per quam limbus pictus bis sex signis
Stellimicantibus, altus in obliquo æthere, lunæ
Bigas acceptat [2] :

ce sont touts songes et fanatiques folies. Que ne plaist il un iour à nature nous ouvrir son sein, et nous faire veoir au propre les moyens et la conduicte de ses mouvements, et y preparer nos yeulx ? ô Dieu ! quels abus, quels mescomptes nous trouverions en nostre pauvre science ! Ie suis trompé, si elle tient une seule chose droictement en son poinct : et m'en partiray d'icy plus ignorant toute aultre chose que mon ignorance.

Ay ie pas veu, en Platon, ce divin mot, « que nature n'est rien qu'une poësie ainigmatique [3] ? » comme, peultestre, qui diroit une peinture voilee et tenebreuse, entreluisant d'une infinie varieté de fauls iours à exercer nos coniectures. Latent ista omnia crassis occultata et circumfusa tenebris ; ut nulla acies humani ingenii tanta sit, quæ penetrare in cælum, terram intrare possit [4]. Et certes, la philosophie n'est qu'une poësie sophistiquee. D'où tirent ses aucteurs anciens toutes leurs auctoritez, que des poëtes ? et les premiers feurent poëtes eulx mesmes, et la traicterent en leur art. Platon n'est qu'un poëte descousu : Timon l'appelle, par iniure, Grand forgeur de miracles. Toutes les sciences surhumaines s'accous-

---

(1) Le timon étoit d'or, les roues de même métal, et les rayons étoient d'argent. OVIDE, *Métam.*, II, 107.

(2) Le monde est une maison immense, environnée de cinq zones, et traversée obliquement par une bordure enrichie de douze signes rayonnants d'étoiles, où sont admis le char et les deux coursiers de la lune. — Ces vers sont de VARRON.

(3) Montaigne a mal pris le sens de Platon, dont voici les propres paroles, Ἔστι τε φύσει ποιητική, ἡ ξύμπασα αἰνιγματώδης, *Second Alcibiade*, p. 42, ce qui signifie : « Toute poësie est, de sa nature, énigmatique. »

(4) Toutes ces choses sont enveloppées des plus épaisses ténèbres, et il n'y a point d'esprit assez perçant pour penetrer dans le ciel, ou dans les profondeurs de la terre. CIC., *Acad.*, II, 39.

trent du style poëtique. Tout ainsin que les femmes employent des dents d'yvoire, où les leurs naturelles leur manquent; et au lieu de leur vray teinct, en forgent un de quelque matiere estrangere; comme elles font des cuisses de drap et de feutre, et de l'embonpoinct de coton; et, au veu et sceu d'un chascun, s'embellissent d'une beauté faulse et empruntee : ainsin faict la science (et nostre droict mesme a, dict on, des fictions legitimes sur lesquelles il fonde la verité de sa iustice); elle nous donne en payement, et en presupposition, les choses qu'elle mesme nous apprend estre inventees; car ces epicycles excentriques, concentriques, de quoy l'astrologie s'ayde à conduire le bransle de ses estoiles, elle nous les donne pour le mieulx qu'elle ayt sceu inventer en ce subiect : comme aussi, au reste, la philosophie nous presente, non pas ce qui est, ou ce qu'elle croit, mais ce qu'elle forge ayant plus d'apparence et de gentillesse. Platon, sur le discours de l'estat de nostre corps, et de celuy des bestes : « Que ce que nous avons dict soit vray, nous en asseurerions, si nous avions sur cela confirmation d'un oracle; seulement nous asseurons que c'est le plus vraysemblablement que nous ayons sceudire. »

Ce n'est pas au ciel seulement qu'elle envoye ses cordages, ses engins et ses roues; considerons un peu ce qu'elle dict de nous mesmes et de nostre contexture : il n'y a pas plus de retrogradation, trepidation, accession, reculement, ravissement, aux astres et corps celestes, qu'ils en ont forgé en ce pauvre petit corps humain. Vrayement ils ont eu par là raison de l'appeler le petit monde [1] : tant ils ont employé de pieces et de visages à le massouner et bastir. Pour accommoder les mouvements qu'ils veoyent en l'homme, les diverses functions et facultez que nous sentons en nous, en combien de parties ont ils divisé nostre ame ? en combien de sieges logee ? à combien d'ordres et d'estages ont ils desparty ce pauvre homme, oultre les naturels et perceptibles ? et à combien d'offices et de vacations ? Ils en font une chose publicque imaginaire : c'est un subiect qu'ils tiennent et qu'ils manient; on leur laisse toute puissance de le descouldre, renger, rassembler et estoffer, chascun à sa fantasie : et si ne le possedent pas encores. Non seulement en verité, mais en songe mesme, ils ne le peuvent regler, qu'il ne s'y trouve quelque cadence, ou quelque son, qui eschappe à leur architecture, toute enorme qu'elle est, et rapiecee de mille loppins fauls et fantastiques. Et ce n'est pas raison de les excuser : car, aux peintres, quand ils peignent le ciel, la terre, les mers, les monts, les isles escartees,

nous leur condonnons [2] qu'ils nous en rapportent seulement quelque marque legiere, et, comme de choses ignorees, nous contentons d'un tel quel umbrage et feincte; mais quand ils nous tirent aprez le naturel, ou aultre subiect qui nous est familier et cognu, nous exigeons d'eulx une parfaicte et exacte representation des lineaments et des couleurs; et les mesprisons, s'ils y faillent.

Ie sçay bon gré à la garse [3] milesienne, qui, veoyant le philosophe Thales s'amuser continuellement à la contemplation de la voulte celeste, et tenir tousiours les yeulx eslevez contremont, luy meit en son passage quelque chose à le faire bruncher, pour l'advertir qu'il seroit temps d'amuser son pensement aux choses qui estoient dans les nues, quand il auroit prouveu à celles qui estoient à ses pieds : elle luy conseilloit certes bien de regarder plustost à soy qu'au ciel; car, comme dict Democritus, par la bouche de Cicero,

Quod est ante pedes, nemo spectat : cœli scrutantur
[plagas [4].

Mais nostre condition porte que la cognoissance de ce que nous avons entre mains est aussi esloingnee de nous, et aussi bien au dessus des nues, que celle des astres : comme dict Socrates, en Platon, que à quiconque se mesle de la philosophie, on peult faire le reproche que faict cette femme à Thales, qu'il ne veoid rien de ce qui est devant luy : car tout philosophe ignore ce que faict son voysin; ouy, et ce qu'il faict luy mesme; et ignore ce qu'ils sont touts deux, ou bestes, ou hommes.

Ces gents icy, qui treuvent les raisons de Sebond trop foibles, qui n'ignorent rien, qui gouvernent le monde, qui sçavent tout,

Quæ mare compescant causæ; quid temperet an-
[num;
Stellæ sponte sua, iussæve, vagentur et errent;
Quid premat obscurum lunæ, quid proferat orbem,
Quid velit et possit rerum concordia discors [5];

n'ont ils pas quelquesfois sondé, parmy leurs livres, les difficultez qui se presentent à cognoistre leur estre propre ? Nous veoyons bien que le doigt

[1] Microcosme.
[2] Du latin condonare; accordons, permettre.
[3] À la jeune servante, non pas de Milet, mais de Thrace, comme dit Platon dans le Théétète, t. I, p. 173, ed. d'Estienne.
[4] Personne ne regarde ce qui est à ses pieds, et l'on scrute avec soin ce qui se passe dans le ciel. Cic., de Divinat., II, 13.
[5] Ce qui retient la mer dans ses bornes, ce qui règle les saisons; si les astres ont un mouvement propre, ou sont emportés par une force estrangere; d'où vient que la lune croit et decroit regulierement : et comment la discorde des elements fait l'harmonie de l'univers. Hor., Epist., I, 12, 16.

se meut, et que le pied se meut, qu'aulcunes parties se branslent d'elles mesmes, sans nostre congé, et que d'aultres nous les agitons par nostre ordonnance; que certaine apprehension engendre la rougeur, certaine aultre la pasleur; telle imagination agit en la rate seulement, telle aultre au cerveau; l'une nous cause le rire, l'autre le plorer; telle aultre transit et estonne touts nos sens, et arreste le mouvement de nos membres; à tel obiect l'estomach se soubleve, à tel aultre quelque partie plus basse : mais comme une impression spirituelle face une telle faulsee [1] dans un subiect massif et solide [2], et la nature de la liaison et cousture de ces admirables ressorts, iamais homme ne l'a sceu; *omnia incerta ratione, et in naturæ maiestate abdita* [3], dict Pline; et sainct Augustin, *Modus, quo corporibus adhærent spiritus,... omnino mirus est, nec comprehendi ab homine potest; et hoc ipse homo est* [4]; et si ne le met on pas pourtant en doubte; car les opinions des hommes sont receues à la suitte des creances anciennes, par auctorité et à credit, comme si c'estoit religion et loix : on receoit comme un iargon ce qui en est communement tenu ; on receoit cette verité avec tout son bastiment et attelage d'arguments et de preuves, comme un corps ferme et solide qu'on n'esbranle plus, qu'on ne iuge plus; au contraire, chascun, à qui mieulx mieulx, va plastrant et confortant cette creance receue, de tout ce que peult sa raison, qui est un outil souple, contournable, et accommodable à toute figure : ainsin se remplit le monde, et se confit en fadese et en mensonge. Ce qui faict qu'on ne doubte que de gueres de choses, c'est que les communes impressions, on ne les essaye iamais; on n'en sonde point le pied, où gist la faulte et la foiblesse; on ne debat que sur les branches : on ne demande pas si cela est vray, mais s'il a esté ainsin ou ainsin entendu; on ne demande pas si Galen a rien dict qui vaille, mais s'il a dict ainsin ou aultrement. Vrayement c'estoit bien raison que cette bride et contraincte de la liberté de nos iugements, et cette tyrannie de nos creances, s'estendist iusques aux escholes et aux arts : le dieu de la science scholastique, c'est Aristote; c'est religion de debattre de ses ordonnances, comme de celles de Lycurgus à Sparte; sa doctrine nous sert de loy magistrale, qui est, à l'adventure, autant faulse qu'une aultre. Ie ne sçay pas pourquoy ie n'acceptasse autant volontiers, ou les idees de Platon, ou les atomes d'Epicurus, ou le plein et le vuide de Leucippus et Democritus, ou l'eau de Thales, ou l'infinité de nature d'Anaximander, ou l'air de Diogenes, ou les nombres et symmetrie

de Pythagoras, ou l'infini de Parmenides, ou l'Un de Musaeus, ou l'eau et le feu d'Apollodorus, ou les parties similaires d'Anaxagoras, ou la discorde et amitié d'Empedocles, ou le feu de Heraclitus, ou toute aultre opinion de cette confusion infinie d'advis et de sentences que produict cette belle raison humaine, par sa certitude et clairvoyance, en tout ce de quoy elle se mesle, que ie ferois l'opinion d'Aristote sur ce subiect des principes des choses naturelles : lesquels principes il bastit de trois pieces, matiere, forme, et privation. Et qu'est il plus vain que de faire l'inanité mesme, cause de la production des choses ? la privation, c'est une negatifve; de quelle humeur en a il peu faire la cause et origine des choses qui sont? Cela toutesfois ne s'oseroit esbransler, que pour l'exercice de la logique; on n'y debat rien pour le mettre en doubte, mais pour deffendre l'aucteur de l'eschole des obiections estrangeres : son auctorité, c'est le but au delà duquel il n'est pas permis de s'enquerir.

Il est bien aysé, sur des fondements advouez, de bastir ce qu'on veult; car, selon la loy et ordonnance de ce commencement, le reste des pieces du bastiment se conduict ayseement sans se desmentir. Par cette voye, nous trouvons nostre raison bien fondee, et discourons à boulevcue : car nos maistres preoccupent et gaignent avant main autant de lieu en nostre creance qu'il leur en fault pour conclure aprez ce qu'ils veulent, à la mode des geometriens, par leurs demandes advouees; le consentement et approbation que nous leur prestons, leur donnant de quoy nous traisner à gauche et à dextre, et nous pirouetter à leur volonté. Quiconque est creu de ses presuppositions, il est nostre maistre et nostre dieu; il prendra le plan de ses fondements, si ample et si aysé, que par iceulx il nous pourra monter, s'il veult, iusques aux nues. En cette practique et negociation de science, nous avons prins pour argent comptant le mot de Pythagoras, « Que chasque expert doibt estre creu en son art : » le dialecticien se rapporte au grammairien de la signification des mots; le rhetoricien emprunte du dialecticien les lieux des arguments; le poëte, du

---

(1) *Faulsée* vient de *faulser*, ou *fausser*, et signifie ici *irruption*.

(2) *Mais comment une impression spirituelle peut s'insinuer ainsi dans un sujet corporel et solide, c'est ce que l'homme n'a jamais su*, etc.

(3) Tous ces mysteres sont impénétrables à la raison humaine, et restent cachés dans la majesté de la nature. PLINE, II, 37.

(4) La manière dont les esprits sont unis aux corps est tout-à-fait merveilleuse, et ne peut être comprise par l'homme : et cette union est l'homme même. S. AUG., *de Civit. Dei*, XXI, 10.

musicien, les mesures; le geometrien, de l'arithmetique, les proportions; les metaphysiciens prennent pour fondement les coniectures de la physique : car chasque science a ses principes presupposez; par où le iugement humain est bridé de toutes parts. Si vous venez à chocquer cette barriere en laquelle gist la principale erreur, ils ont incontinent cette sentence en la bouche, « Qu'il ne fault pas debattre contre ceulx qui nient les principes; » or n'y peult il avoir des principes aux hommes, si la Divinité ne les leur a revelez: de tout le demourant, et le commencement, et le milieu, et la fin, ce n'est que songe et fumee. A ceulx qui combattent par presupposition, il leur fault presupposer au contraire le mesme axiome de quoy on debat: car toute presupposition humaine, et toute enunciation, a autant d'auctorité que l'aultre, si la raison n'en faict la difference. Ainsin il les fault toutes mettre à la balance; et premierement les generales, et celles qui nous tyrannisent. La persuasion de la certitude est un certain tesmoingnage de folie et d'incertitude extreme; et n'est point de plus folles gents ny moins philosophes que les philodoxes[1] de Platon: il fault sçavoir si le feu est chauld, si la neige est blanche, s'il y a rien de dur ou de mol en nostre cognoissance.

Et quant à ces responses, de quoy il se faict des contes anciens; comme à celuy qui mettoit en doubte la chaleur, à qui on dict qu'il se iectast dans le feu; à celuy qui nioit la froideur de la glace, qu'il s'en meist dans le sein; elles sont tres indignes de la profession philosophique. S'ils nous eussent laissé en nostre estat naturel, recevants les apparences estrangeres, selon qu'elles se presentent à nous par nos sens, et nous eussent laissé aller aprez nos appetits simples et reglez par la condition de nostre naissance, ils auroient raison de parler ainsin; mais c'est d'eulx que nous avons appris de nous rendre iuges du monde; c'est d'eulx que nous tenons cette fantasie, » Que la raison humaine est contreroolleuse generale de tout ce qui est au dehors et au dedans de la voulte celeste; qui embrasse tout, qui peult tout, par le moyen de laquelle tout se sçait et cognoist. » Cette response seroit bonne parmy les Cannibales, qui iouyssent l'heur d'une longue vie, tranquille et paisible, sans les preceptes d'Aristote, et sans la cognoissance du nom de la physique: cette response vauldroit mieulx à l'adventure, et auroit plus de fermeté que toutes celles qu'ils emprunteront de leur raison et de leur invention: de cette cy seroient capables avecques nous touts les animaulx, et tout ce où le commandement est

encores pur et simple de la loy naturelle; mais eulx, ils y ont renoncé. Il ne fault pas qu'ils me dient, « Il est vray; car vous le vcoyez et sentez ainsin : » il fault qu'ils me dient si ce que ie pense sentir, ie le sens pourtant en effect; et, si ie le sens, qu'il me dient aprez pourquoy ie le sens, et comment, et quoy; qu'ils me dient le nom, l'origine, les tenants et aboutissants de la chaleur, du froid, les qualitez de celuy qui agit et de celuy qui souffre; ou qu'ils me quittent leur profession, qui est de ne recevoir ny approuver rien que par la voye de la raison : c'est leur touche à toutes sortes d'essais; mais, certes, c'est une touche pleine de faulseté, d'erreur, de foiblesse, et defaillance.

Par où la voulons nous mieulx esprouver que par elle mesme? s'il ne la fault croire, parlant de soy, à peine sera elle propre à iuger des choses estrangeres : si elle cognoist quelque chose, au moins sera ce son estre et son domicile; elle est en l'ame et partie, ou effect, d'icelle : car la vraye raison et essentielle, de qui nous desrobons le nom à faulses enseignes, elle loge dans le sein de Dieu; c'est là son giste et sa retraicte; c'est de là où elle part quant il plaist à Dieu nous en faire veoir quelque rayon, comme Pallas saillit de la teste de son pere pour se communiquer au monde.

Or, veoyons ce que l'humaine raison nous a appris de soy, et de l'ame; non de l'ame, en general, de laquelle quasi toute la philosophie rend les corps celestes et les premiers corps participants, ny de celle que Thales attribuoit aux choses mesmes qu'on tient inanimees, convié par la consideration de l'aimant; mais de celle qui nous appartient, que nous debvons mieulx cognoistre :

Ignoratur enim, quæ sit natura animai;
Nata sit; an, contra, nascentibus insinuetur;
Et simul intereat nobiscum morte dirempta;
An tenebras Orci visat, vatesque lacunas,
An pecudes alias divinitus insinuet se[2].

A Crates et Dicæarchus, qu'il n'y en avoyt du tout point, mais que le corps s'esbransloit ainsin d'un mouvement naturel: à Platon que c'estoit

(1) Gens qui se remplissent l'esprit d'opinions dont ils ignorent les fondements, qui s'entêtent de mots, qui n'aiment et ne voient que les apparences des choses. — Cette définition est prise de Platon, qui les a caractérisés très particulièrement à la fin du cinquième livre de sa *République*.

(2) La nature de l'ame est un problème: naît-elle avec le corps? s'y insinue-t-elle au moment de la naissance? périt-elle avec nous par la dissolution de ses parties? va-t-elle visiter le sombre empire? enfin, les dieux la font ils passer dans les corps des animaux? On l'ignore. LUCRÈCE, I. 113.

une substance se mouvant de soy mesme : à Thales, une nature sans repos : à Asclepiades, une exercitation des sens ; à Hesiodus et Anaximander, chose composee de terre et d'eau ; à Parmenides, de terre et de feu ; à Empedocles, de sang ;

Sanguineam vomit ille animam [1] :

à Posidonius, Cleanthes et Galen, une chaleur ou complexion chaleureuse

Igneus est ollis vigor, et cœlestis origo [2] :

à Hippocrates, un esprit espandu par le corps ; à Varro, un air receu par la bouche, eschauffé au poulmon, attrempé au cœur, et espandu par tout le corps ; à Zeno [3] la quint'essence des quatre elements ; à Heraclides Ponticus, la lumiere ; à Xenocrates et aux Aegyptiens, un nombre mobile ; aux Chaldees, une vertu sans forme determinee ;

Habitum quemdam vitalem corporis esse,
Harmoniam Græci quam dicunt [4] :

n'oublions pas Aristote, Ce qui naturellement faict mouvoir le corps, qu'il nomme *Entelechie*, d'une autant froide invention que nulle aultre ; car il ne parle ny de l'essence, ny de l'origine, ny de la nature de l'ame, mais en remarque seulement l'effect : Lactance, Seneque, et la meilleure part entre les dogmatistes, ont confessé que c'estoit chose qu'ils n'entendoient pas : Et aprez tout ce denombrement d'opinions, *harum sententiarum quæ vera sit*, *Deus aliquis viderit* [5], dit Cicero. Ie cognoy par moi, dict sainct Bernard, combien Dieu est incomprehensible ; puisque les pieces de mon estre propre, ie ne les puis comprendre. Heraclitus, qui tenoit tout estre plein d'ames et de daimons, maintenoit pourtant qu'on ne pouvoit aller tant avant vers la cognoissance de l'ame, qu'on y peult arriver ; si profonde estre son essence.

Il n'y a pas moins de dissention ny de debat à la loger. Hippocrates et Herophilus la mettent au ventricule du cerveau ; Democritus et Aristote, par tout le corps ;

Ut bona sæpe valetudo quum dicitur esse
Corporis, et non est tamen hæc pars ulla valentis [6] :

Epicurus, en l'estomach ;

Hic exsultat enim pavor ac metus ; hæc loca circum
Lætitiæ mulcent [7] :

les stoïciens, autour et dedans le cœur ; Erasistratus, ioignant la membrane de l'epicrane ; Empedocles, au sang ; comme aussi Moïse, qui feut la cause pourquoy il deffendit de manger le sang des

bestes, auquel leur ame est ioincte : Galen a pensé que chasque partie du corps ayt son ame ; Strato l'a logee entre les deux sourcils : *Qua facie quidem sit animus, aut ubi habitet, ne quærendum quidem est* [8], dict Cicero ; ie laisse volontiers à cet homme ses mots propres : irois ie à l'eloquence alterer son parler ? ioinct qu'il y a peu d'acquest à desrober la matiere de ses inventions ; elles sont et peu frequentes, et peu roides, et peu ignorees. Mais la raison pourquoy Chrysippus l'argumente autour du cœur, comme les aultres de sa secte, n'est pas pour estre oubliee : c'est par ce, dict il, que quand nous voulons asseurer quelque chose, nous mettons la main sur l'estomach, et quand nous voulons prononcer Ἐγὼ, qui signifie Moy, nous baissons vers l'estomach la maschouere d'en bas. Ce lieu ne se doibt passer sans remarquer la vanité d'un si grand personnage ; car oultre ce que ces considerations sont d'elles mesmes infiniment legieres, la derniere ne preuve qu'aux Grecs qu'ils ayent l'ame en cet endroict là : il n'est iugement humain, si tendu, qui ne sommeille par fois. Que craignons nous à dire ? voylà les stoïciens, peres de l'humaine prudence, qui treuvent que l'ame d'un homme, accablé soubs une ruyne, traisne et ahanne [9] long temps à sortir, ne se pouvant desmesler de la charge, comme une souris prinse à la trappelle [10]. Aulcuns tiennent que le monde feut faict pour donner corps, par punition, aux esprits descheus, par leur faulte, de la pureté, en quoy ils avoyent esté creez ; la premiere creation n'ayant esté qu'incorporelle ; et que, selon qu'ils se sont plus ou moins esloingnez de leur spiritualité, on les incorpore plus et moins alaigrement ou lourdement : de là vient la varieté de tant de matiere creee. Mais l'esprit qui feut, pour sa peine, investi du corps du soleil, debvoit avoir une mesure d'alteration bien rare et particuliere.

Les extremitez de nostre perquisition tumbent toutes en esblouïssement ; comme dict Plutarque

(1) Il vomit son ame de sang. Virg., *Énéid.*, IV, 349.

(2) Les ames ont la force et la vivacité du feu, et leur origine est céleste. Virg., *Énéid.*, VI, 730.

(3) Montaigne paroît attribuer ici à Zénon l'opinion d'Aristote.

(4) Une certaine habitude vitale, nommée par les Grecs harmonie. Lucrèce, III, 100.

(5) Un Dieu seul peut savoir quelle est la vraie. Cic., *Tusc.*, I, 11.

(6) Ainsi l'on dit que la santé appartient à tout le corps, et pourtant elle n'est pas une partie de l'homme en santé. Lucn., III, 103.

(7) C'est là qu'on sent palpiter la crainte et la terreur : c'est là que l'on éprouve les douces émotions du plaisir. Lucn., III, 142.

(8) Pour la figure de l'ame et le lieu où elle réside, c'est ce qu'il ne faut pas chercher à connoître. Cic., *Tusc.*, I, 28.

(9) Du latin *anhelare* ; fatiguer, peiner.

(10) De l'italien *trappola*, une souricière.

de la teste des histoires, qu'à la mode des chartes, l'oree[1] des terres cogueues est saisie de ma-
rests, forests profondes, deserts et lieux inhabitables : voylà pourquoy les plus grossieres et pueriles
ravasseries[2] se treuvent plus en ceulx qui traictent
les choses plus haultes et plus avant, s'abysmants
en leur curiosité et presumption. La fin et le commencement de science se tiennent en pareille bestise : veoyez prendre à mont l'essor à Platon en
ses nuages poëtiques, veoyez chez luy le iargon des
dieux ; mais à quoy songeoit il, quand il definit
l'homme « un animal à deux pieds, sans plumes ? »
fournissant à ceulx qui avoyent envye de se mocquer de luy une plaisante occasion ; car ayants plumé
un chapon vif, ils alloient le nommant « l'Homme
de Platon. »

Et quoy les epicuriens ? de quelle simplicité
estoient ils allez premierement imaginer que leurs
atomes, qu'ils disoient estre des corps ayants
quelque poisanteur et un mouvement naturel contre
bas, eussent basti le monde : iusques à ce qu'ils
feussent advisez par leurs adversaires, que par cette
description il n'estoit pas possible qu'ils se ioignis-
sent et se prinssent l'un à l'aultre, leur cheute estant aussi droicte et perpendiculaire, et engendrant
par tout des lignes paralleles ? parquoy il feut force
qu'ils y adioustassent depuis un mouvement de costé,
fortuite, et qu'ils fournissent encores à leurs atomes
des queues courbes et crochues pour les rendre
aptes à s'attacher et se couldre : et lors mesme,
ceulx qui les poursuivent de cette autre consideration les mettent ils pas en peine ? « Si les atomes
ont, par sort, formé tant de sortes de figures, pourquoy ne se sont ils iamais rencontrez à faire une
maison et un soulier? pourquoy de mesme ne croit
on qu'un nombre infini de lettres grecques versees
emmy la place seroient pour arriver à la contexture
de l'Iliade ? »

« Ce qui est capable de raison, dict Zeno, est
meilleur que ce qui n'en est point capable : il n'est
rien meilleur que le monde ; il est doncques capable de raison. » Cotta, par cette mesme argumen-
tation, faict le monde mathematicien ; et le faict
musicien et organiste par cett' aultre argumenta-
tion aussi de Zeno : « Le tout est plus que la partie :
nous sommes capables de sagesse, et sommes parties du monde ; il est doncques sage. » Il se veoid
infinis pareils exemples, non d'arguments faulx seulement, mais ineptes, ne se tenants point, et accusants leurs aucteurs, non tant d'ignorance que
d'imprudence, ez reproches que les philosophes se
font les uns aux aultres sur les dissentions de leurs
opinions et de leurs sectes.

Qui fagoteroit suffisamment un amas des asne-
ries de l'humaine sapience, il diroit merveilles. l'en
assemble volontiers, comme une montre, par quelque biais non moins utile que les instructions plus
moderees. Iugeons par là ce que nous avons à estimer de l'homme, de son sens et de sa raison, puis
qu'en ces grands personnages, et qui ont porté si
hault l'humaine suffisance, il s'y treuve des defaults si apparents et si grossiers.

Moy i'aime mieulx croire qu'ils ont traicté la
science casuellement, ainsin qu'un iouet à toutes
mains, et se sont esbaitus de la raison, comme d'un
instrument vain et frivole, mettants en avant toutes sortes d'inventions et de fantasies, tantost plus
tendues, tantost plus lasches. Ce mesme Platon,
qui definit l'homme comme une poule, dict ailleurs, aprez Socrates, « Qu'il ne sçait à la verité
que c'est que l'homme ; et que c'est l'une des pieces
du monde d'autant difficile cognoissance. » Par
cette varieté et instabilité d'opinions, ils nous menent comme par la main tacitement à cette resolution de leur irresolution. Ils font profession de ne
presenter pas tousiours leur advis à visage descouvert et apparent, ils l'ont caché tantost soubs des
umbrages fabuleux de la poësie, tantost soubs quelque aultre masque : car nostre imperfection porte
encores cela, que la viande crue n'est pas tousiours
propre à nostre estomach ; il la fault asseicher,
alterer et corrompre : ils font de mesme ; ils obscurcissent par fois leurs naïsves opinions et iugements, et les falsifient, pour s'accommoder à l'u-
sage publicque. Ils ne veulent pas faire profession
expresse d'ignorance, et de l'imbecillité de la raison
humaine, pour ne faire peur aux enfants : mais ils
nous la descouvrent assez soubs l'apparence d'une
science trouble et inconstante.

Ie conseillois, en Italie, à quelqu'un qui estoit
en peine de parler italien, que pourveu qu'il ne
cherchast qu'à se faire entendre, sans y vouloir
aultrement exceller, qu'il employast seulement les
premiers mots qui luy viendroient à la bouche, latins, françois, espaignols, ou gascons, et qu'en y
adioustant la terminaison italienne, il ne fauldroit
iamais à rencontrer quelque idiome du païs, ou
toscan, ou romain, ou venitien, ou piemontois,
ou napolitain, et de se ioindre à quelqu'une de
tant de formes : ie dy de mesmes de la philosophie ;
elle a tant de visages et de varieté, et a tant dict,
que touts nos songes et resveries s'y treuvent ; l'humaine fantasie ne peult rien concevoir, en bien et
en mal, qui n'y soit ; *nihil tam absurde dici potest,
quod non dicatur ab aliquo philosophorum*[3]. Et

---

(1) *Le bord, l'extrémité.* — (2) *Resveries.*
(3) *On ne peut rien dire de si absurde, qui n'ait été dit par
quelque philosophe. Cic., de Divinat., II, 58.*

i'en laisse plus librement aller mes caprices en publicque : d'autant que bien qu'ils soient nayz chez moy et sans patron, ie sçay qu'ils trouveront leur relation à quelque humeur ancienne, et ne fauldra quelqu'un de dire : « Voylà d'où il le print. » Mes mœurs sont naturelles ; ie n'ay point appelé, à les bastir, le secours d'aulcune discipline : mais toutes imbecilles qu'elles sont, quand l'envye m'a prins de les reciter, et que, pour les faire sortir en publicque un peu plus decemment, ie me suis mis en debvoir de les assister et de discours et d'exemples ; ç'a esté merveille à moy mesme de les rencontrer, par cas d'adventure, conformes à tant d'exemples et discours philosophiques. De quel regiment estoit ma vie, ie ne l'ay apprins qu'aprèz qu'elle est exploictee et employee : nouvelle figure, Un philosophe impremedité et fortuite.

Pour revenir à nostre ame : ce que Platon a mis la raison au cerveau, l'ire au cœur, et la cupidité au foye, il est vraysemblable que ç'a esté plustost une interpretation des mouvements de l'ame, qu'une division et separation qu'il en ayt voulu faire, comme d'un corps en plusieurs membres. Et la plus vraysemblable de leurs opinions est, Que c'est tousiours une ame qui, par sa faculté, ratiocine [1], se souvient, comprend, iuge, desire, et exerce toutes ses aultres operations par divers instruments du corps ; comme le nocher gouverne son navire selon l'experience qu'il en a, ores tendant ou laschant une chorde, ores haulsant l'antenne, ou remuant l'aviron, par une seule puissance conduisant divers effects : et Qu'elle loge au cerveau ; qui appert de ce que les blecceures et accidents qui touchent cette partie, offensent incontinent les facultez de l'ame : de là il n'est pas inconvenient qu'elle s'escoule par le reste du corps ;

      Medium non deserit unquam
Cœli Phœbus iter ; radiis tamen omnia lustrat [2] ;

comme le soleil espand du ciel en hors sa lumiere et ses puissances, et en remplit le monde :

      Cetera pars animæ, per totum dissita corpus,
Paret, et ad numen mentis momenque movetur [3].

Aulcuns ont dict qu'il y avoyt une ame generale, comme un grand corps, duquel toutes les ames particulieres estoient extraictes, et s'y en retournoient, se remeslant tousiours à cette matiere universelle :

      Deum namque ire per omnes [dum :
Terrasque, tractusque maris, cœlumque profun-
Hinc pecudes, armenta, viros, genus omne ferarum,
Quemque sibi tenues nascentem arcessere vitas :

Scilicet huc reddi deinde, ac resoluta referet
Omnia ; nec morti esse locum [4] :

d'aultres, qu'elles ne faisoient que s'y reioindre r'attacher ; d'aultres, qu'elles estoient prouvq de la substance divine ; d'aultres, par les de feu et d'air : aulcuns, de toute anciennement cuns, sur l'heure mesme du besoing ; aulcuns font descendre du rond de la lune, et y retourne le commun des anciens croyoit qu'elles ses gendrees de pere en fils, d'une pareille production que toutes aultres choses naturel argumentants cela par la ressemblance des aux peres ;

Instillata patris virtus tibi [5] :
      Fortes creantur fortibus, et bonis [6] ;

et de ce qu'on veoid escouler des peres aux non seulement les marques du corps, mais une ressemblance d'humeurs, de complex inclinations de l'ame :

Denique cur acris violentia triste leonum
Seminium sequitur ? dolu vulpibus, et fugg
A patribus datur, et patrius pavor incitat

Si non certa suo quia semine, seminioque
Vis animi pariter crescit cum corpore toto [7]

que là dessus se fonde la iustice divine, pu aux enfants la faulte des peres ; d'autant contagion des vices paternels est aulcunemé preinte en l'ame des enfants, et que le deb ment de leur volonté les touche : davantage si les ames venoyent d'ailleurs que d'une suite turelle, et qu'elles eussent esté quelque chose hors du corps, elles auroient record

(1) Raisonne.

(2) Le soleil ne s'écarte jamais, dans sa course, du un ub cieux, et pourtant il éclaire tout de ses rayons. Cl en Sexto consul. Honorii, v. 411.

(3) L'autre partie de l'ame, répandue par tout le té al soumise à l'intelligence, et se meut au gré de cette puissiq prême. Lucrèce, III, 144.

(4) Dieu remplit, disent-ils, le ciel, la terre et l'ond
      Dieu circule partout, et son ame féconde
      A tous les animaux prête un souffle léger :
      Aucun ne doit périr, mais tous doivent changer,
      Et, retournant aux cieux en globes de lumière,
      Vont rejoindre leur être à la masse première ;
      Virg., Géorg., IV, 221, trad. de Delille.

(5) La vertu de ton père t'a été transmise avec la vie
      On ne sait d'où Montaigne a tiré ce

(6) D'un père plein de valeur naît un fils courageux. H
IV, 4. 29.

(7) Enfin, pourquoi le lion transmet-il à sa race sa pourquoi la ruse est-elle héréditaire aux renards ; aux fuite et la timidité ?... si ce n'est que l'ame ayant corps, son germe et ses éléments, les qualités de l'ame et se développent en même temps que celles du corps
III, 741, 746.

...estre premier, attendu les naturelles facultez ... y sont propres, de discourir, raisonner et se ...nir :

Si in corpus nascentibus insinuatur,
...super anteactam œtatem meminisse nequimus,
...vestigia gestarum rerum ulla tenemus [1]?

...pour faire valoir la condition de nos ames, ... nous voulons, il les fault presupposer tou...avantes, lors qu'elles sont en leur simplicité ...reté naturelle : par ainsin elles eussent esté ..., estants exemptes de la prison corporelle, ...bien avant que d'y entrer, comme nous es...qu'elles seront aprez qu'elles en seront sor...de ce sçavoir, il fauldroit qu'elles se ressou...ent encores estants au corps, comme disoit ..., « Que ce que nous apprenions n'estoit ...ressouvenir de ce que nous avions sceu : » ...que chascun par experience peult maintenir ...faulse; en premier lieu, d'autant qu'il ne nous ...vient iustement que de ce qu'on nous ap... , et que, si la memoire faisoit purement son ..., au moins nous suggereroit elle quelque ...oultre l'apprentissage; secondement, ce ...sçavoit estant en sa pureté, c'estoit une ...science, cognoissant les choses comme elles ...par sa divine intelligence : là où icy on luy ...recevoir le mensonge et le vice, si on l'en ...; en quoy elle ne peult employer sa remi...ce, cette image et conception n'ayant iamais ...elle. De dire que la prison corporelle es...de maniere ses facultez naïfves, qu'elles y ...toutes esteinctes : cela est premierement con...à cette aultre creance, de recognoistre ses ...si grandes, et les operations que les hommes ...ent en cette vie, si admirables, que d'en ...conclu cette divinité et eternité passee, et ...ortalité à venir :

...si tantopore est animi mutata potestas,
...mis ut actarum exciderit retinentia rerum,
..., ut opinor, ea ab letho iam longior errat [2].

...oultre, c'est icy, chez nous, et non ailleurs, ...doibvent estre considerees les forces et les ef...de l'ame; tout le reste de ses perfections luy ...et inutile : c'est de l'estat present que doibt ...payee et recogneue toute son immortalité; ...vie de l'homme, qu'elle est comptable seu...Ce seroit iniustice de luy avoir retrenché ...oyens et ses puissances; de l'avoir desarmee, ...du temps de sa captivité et de sa prison, de ...blesse et maladie, du temps où elle auroit ...orcee et contraincte, tirer le iugement et une ...amnation de duree infinie et perpetuelle; et

de s'arrester à la consideration d'un temps si court, qui est à l'adventure d'une ou de deux heures, ou au pis aller d'un siecle, qui n'ont non plus de proportion à l'infinité qu'un instant; pour, de ce moment d'intervalle, ordonner et establir definitifvement de tout son estre : ce seroit une disproportion inique aussi, de tirer une recompense eternelle en consequence d'une si courte vie. Platon, pour se sauver de cet inconvenient, veult que les payements futurs se limitent à la duree de cent ans, relatifvement à l'humaine duree; et des nostres assez leur ont donné bornes temporelles : par ainsin ils ingeoient que sa generation suivoit la commune condition des choses humaines, comme aussi sa vie, par l'opinion d'Epicurus et de Democritus, qui a esté la plus receue : suivant ces belles apparences, Qu'on la veoyoit naistre à mesme que le corps en estoit capable; on veoyoit eslever ses forces comme les corporelles; on y recognoissoit la foiblesse de son enfance, et avecques le temps sa vigueur et sa maturité, et puis sa declination et sa vieillesse, et enfin sa decrepitude :

Gigni pariter cum corpore, et una
Crescere sentimus, pariterque senescere mentem [3] :

ils l'appercevoient capable de diverses passions, et agitee de plusieurs mouvements penibles, d'où elle tumboit en lassitude et en douleur; capable d'alteration et de changement, d'alaigresse, d'assopissement, et de langueur; subiecte à ses maladies et aux offenses, comme l'estomach ou le pied;

Mentem sanari, corpus ut ægrum,
Cernimus, et flecti medicina posse videmus [4];

esblouïe et troublee par la force du vin; desmeue [5] de son assiette par les vapeurs d'une fiebvre chaulde; endormie par l'application d'aulcuns medicaments, et reveillee par d'aultres;

Corpoream naturam animi esse necesse est,
Corporeis quoniam telis ictuque laborat [6] :

on luy veoyoit estonner et renverser toutes ses fa-

---

(1) Si l'ame s'insinue dans le corps au moment où il naît, pourquoi ne pouvons-nous nous rappeler notre vie passée? pour quoi ne conservons-nous aucune trace de nos anciennes actions? LUCRÈCE, III, 671.
(2) Car, si ses facultés sont tellement altérées, qu'elle ait entièrement perdu le souvenir de tout ce qu'elle a fait, cet état diffère bien peu, ce me semble, de celui de la mort. LUCRÈCE, III, 674.
(3) Nous sentons qu'elle naît avec le corps, qu'elle croît et vieillit avec lui. LUCRÈCE, III, 446.
(4) Nous voyons l'esprit se guérir comme un corps malade, et se rétablir par les secours de la médecine. LUCRÈCE, III, 509.
(5) Déplacé, délogé, dérangé.
(6) Il faut que l'âme soit corporelle, puisque nous la voyons sensible à toutes les impressions des corps. LUCRÈCE, III, 176.

cultez par la seule morsure d'un chien malade, et n'y avoir nulle si grande fermeté de discours, nulle suffisance, nulle vertu, nulle resolution philosophique, nulle contention de ses forces, qui la peust exempter de la subiection de ces accidents; la salive d'un chestif mastin, versee sur la main de Socrates, secouer toute sa sagesse et toutes ses grandes et si reglees imaginations, les aneantir de maniere qu'il ne restast aulcune trace de sa cognoissance premiere,

> Vis. . . . . . animai
> Conturbatur, et. . . . . . divisa seorsum
> Disiectatur, eodem illo distracta veneno [1];

et ce venin ne trouver non plus de resistance en cette ame, qu'en celle d'un enfant de quatre ans: venin capable de faire devenir toute la philosophie, si elle estoit incarnee, furieuse et insensee; de sorte que Cato, qui tordoit le col à la mort mesme et à la fortune, ne peust souffrir la veue d'un mirouer ou de l'eau, accablé d'espovantement et d'effroy, quand il seroit tumbé, par la contagion d'un chien enragé, en la maladie que les medecins nomment hydrophobie:

> Vis morbi distracta per artus
> Turbat agens animam, spumantes æquore salso
> Ventorum ut validis fervescunt viribus undæ [2].

Or, quant à ce poinct, la philosophie a bien armé l'homme, pour la souffrance de touts aultres accidents, ou de patience, ou, si elle couste trop à trouver, d'une desfaicte infaillible, en se desrobant tout à faict du sentiment: mais ce sont moyens qui servent à une ame estant à soy et en ses forces, capable de discours et de deliberation; non pas à cet inconvenient [3] où, chez un philosophe, une ame devient l'ame d'un fol, troublee, renversee, et perdue: ce que plusieurs occasions produisent, comme une agitation trop vehemente, que, par quelque forte passion, l'ame peult engendrer en soy mesme, ou une bleceure en certain endroict de la personne, ou une exhalation de l'estomach, nous iectant à un esblouissement et tournoyement de teste.

> Morbis in corporis avius errat
> Sæpe animus; dementit enim, deliraque fatur:
> Interdumque gravi lethargo fertur in altum
> Aeternumque soporem, oculis nutuque cadenti [4].

Les philosophes n'ont, ce me semble, gueres touché cette chorde, non plus qu'un' autre de pareille importance: ils ont ce dilemme tousiours en la bouche, pour consoler nostre mortelle condition: « Ou l'ame est mortelle, ou immortelle: Si mor-

telle, elle sera sans peine; Si immortelle, ell' ira en amendant. » Ils ne touchent iamais l'autre branche; « Quoy, si elle va en empirant? » et laissent aux poëtes les menaces des peines futures: mais par là ils se donnent un beau ieu. Ce sont deux obmissions qui s'offrent à moy souvent en leurs discours. Ie reviens à la premiere.

Cette ame perd l'usage du souverain bien stoique, si constant et si ferme: il fault que nostre belle sagesse se rende en cet endroict, et quitte les armes. Au demourant, ils consideroient aussi, par la vanité de l'humaine raison, que le meslange et societé de deux pieces si diverses, comme est le mortel et l'immortel, est inimaginable:

> Quippe etenim mortale æterno iungere, et una
> Consentire putare, et fungi mutua posse, [est,
> Desipere est. Quid enim diversius esse putandum
> Aut magis inter se disiunctum discrepitansque,
> Quam, mortale quod est, immortali atque perenni
> Iunctum, in concilio sævas tolerare procellas [5]?

D'advantage ils sentoient l'ame s'engager en la mort comme le corps:

> Simul ævo fessa fatiscit [6]:

ce que, selon Zeno, l'image du sommeil nous montre assez; car il estime « que c'est une defaillance et cheute de l'ame, aussi bien que du corps, » *contrahi animum, et quasi labi putat atque decidere*: et, ce qu'on appercevoit en aulcuns, sa force et sa vigueur se maintenir en la fin de la vie, ils le rapportoient à la diversité des maladies; comme on veoid les hommes, en cette extremité, maintenir, qui un sens, qui un aultre, qui l'ouyr, qui le fleurer, sans alteration; et ne se veoid point d'affoiblissement si universel, qu'il n'y reste quelques parties entieres et vigoureuses:

> Non alio pacto, quam si, pes quam dolet ægri,
> In nullo caput interea sit forte dolore [7].

---

(1) L'ame est troublée, bouleversée, brisée par la force de ce poison. Lucrèce, III, 498.

(2) La violence du mal répandue dans les membres, trouble l'ame et la tourmente, comme le souffle impétueux des vents fait bouillonner la mer agitée. Lucr., III, 491. — (3) *Accident.*

(4) Souvent, dans les maladies du corps, la raison s'égare, la démence et le délire paroissent dans les discours; quelquefois une pesante léthargie plonge l'ame dans un assoupissement profond et éternel: les yeux se ferment, la tête s'abat. Lucrèce, III, 464.

(5) Quelle folie d'unir le mortel à l'immortel, de supposer entre eux un mutuel accord, une communauté de fonctions! Qu'y a-t-il de plus différent, de plus distinct et de plus opposé que ces deux substances, l'une périssable, l'autre indestructible, que vous prétendez réunir, pour les exposer ensemble aux plus funestes orages? Lucrèce, III, 801.

(6) Elle succombe avec lui sous le poids des ans. Lucr., III, 459.

(7) Ainsi quelquefois les pieds sont malades sans que la tête ressente aucune douleur. Lucrèce, III, 111.

La veue de nostre iugement en rapporte à la verité, comme faict l'œil du chathuant à la splendeur du soleil, ainsin que dict Aristote. Par où le sçaurions nous mieulx convaincre, que par si grossiers aveuglements en une si apparente lumiere? car l'opinion contraire de l'immortalité de l'ame, laquelle Cicero dict avoir esté premierement introduicte, au moins selon le tesmoingnage des livres, par Pherecydes Syrius du temps du roy Tullus, d'aultres en attribuent l'invention à Thales, et aultres à d'aultres; c'est la partie de l'humaine science traictée avecques plus de reservation et de doubte. Les dogmatistes les plus fermes sont contraincts, en cet endroict principalement, de se reiecter à l'abry des umbrages de l'academie. Nul ne sçait ce qu'Aristote a estably de ce subiect, non plus que touts les anciens, en general, qui le manient d'une vacillante creance ; *rem gratissimam promittentium magis, quam probantium*[1] : il s'est caché soubs le nuage de paroles et sens difficiles et non intelligibles, et a laissé à ses sectateurs autant à debattre sur son iugement que sur la matiere.

Deux choses leur rendoient cette opinion plausible : l'une, que sans l'immortalité des ames il n'y auroit plus de quoy asseoir les vaines esperances de la gloire, qui est une consideration de merveilleux credit au monde ; l'aultre, que c'est une tresutile impression, comme dict Platon, que les vices, quand ils se desroberont de la veue et cognoissance de l'humaine iustice, demeurent tousiours en butte à la divine, qui les poursuivra ; voire aprez la mort des coulpables. Un soing extreme tient l'homme d'alonger son estre : il y a prouveu par toutes ses pieces, et pour la conservation du corps sont les sepultures ; pour la conservation du nom, la gloire : il a employé toute son opinion à se rebastir, impatient de sa fortune, et à s'estansonner[2] par ses inventions. L'ame, par son trouble et sa foiblesse, ne se pouvant tenir sur son pied, va questant de toutes parts des consolations, esperances, et fondements, et des circonstances estrangeres où elle s'attache et se plante ; et, pour legiers et fantastiques que son invention les lui forge, s'y repose plus seurement qu'en soy, et plus volontiers. Mais les plus aheurtez à cette si iuste et claire persuasion de l'immortalité de nos esprits, c'est merveille comme ils se sont trouvez courts et impuissants à l'establir par leurs humaines forces : *somnia sunt non docentis, sed optantis*, disoit un ancien[3]. L'homme peult recognoistre, par ce tesmoingnage, qu'il doibt à la fortune et au rencontre la verité qu'il descouvre luy seul ; puisque, lors mesme qu'elle luy est tumbée en main, il n'a pas de quoy la saisir et la maintenir, et que sa raison n'a pas la

force de s'en prevaloir. Toutes choses produictes par nostre propre discours et suffisance, autant vrayes que faulses, sont subiectes à incertitude et debat. C'est pour le chastiement de nostre fierté, et instruction de nostre misere et incapacité, que Dieu produisit le trouble et la confusion de l'ancienne tour de Babel : tout ce que nous entreprenons sans son assistance, tout ce que nous veoyons sans la lampe de sa grace, ce n'est que vanité et folie; l'essence mesme de la verité, qui est uniforme et constante, quand la fortune nous en donne la possession, nous la corrompons et abastardissons par nostre foiblesse. Quelque train que l'homme prenne de soy, Dieu permet qu'il arrive tousiours à cette mesme confusion, de laquelle il nous represente si vifvement l'image par le iuste chastiement de quoy il battit l'oultrecuidance de Nembroth, et aneantit les vaines entreprinses du bastiment de sa pyramide ; *perdam sapientiam sapientium, et prudentiam prudentium reprobabo*[4]. La diversité d'idiomes et de langues, de quoy il troubla cet ouvrage, qu'est ce aultre chose que cette infinie et perpetuelle altercation et discordance d'opinions et de raisons, qui accompaigne et embrouille le vain bastiment de l'humaine science, et l'embrouille utilement? Qui nous tiendroit, si nous avions un grain de cognoissance? Ce sainct m'a faict grand plaisir : *Ipsa veritatis occultatio aut humilitatis exercitatio est, aut elationis attritio*[5]. Iusques à quel poinct de presumption et d'insolence ne portons nous nostre aveuglement et nostre bestise?

Mais pour reprendre mon propos, c'estoit vrayement bien raison que nous fenssions tenus à Dieu seul, et au benefice de sa grace, de la verité d'une si noble creance, puisque de sa seule liberalité nous recevons le fruict de l'immortallité, lequel consiste en la iouyssance de la beatitude eternelle. Confessons ingenuement que Dieu seul nous l'a dict, et la foy; car leçon n'est ce pas de nature et de nostre raison : et qui retentera[6] son estre et ses forces, et dedans et dehors; sans ce privilege divin; qui verra l'homme sans le flatter, il n'y verra ny efficace ny faculté qui sente aultre chose que la mort et la terre.

(1) C'est la promesse agréable d'un bien dont ils ne nous prouvent guère la certitude. Sénèque, *Epist.* 102.
(2) *Appuyer, soutenir.*
(3) Ce sont les rêves d'un homme qui désire, mais qui ne prouve pas. Cic., *Academ.*, II, 58.
(4) Je confondrai la sagesse des sages, et je réprouverai la prudence des prudents. S. Paul, *Corinth.*, I, 1, 19.
(5) Les ténèbres dans lesquelles la vérité se cache, exercent l'humilité, ou domptent l'orgueil. S. Aug., *de Civit. Dei*, XI, 22.
(6) *Et qui sonde de nouveau. Retenter*, du latin *retentare*, éprouver, essayer à plusieurs reprises.

Plus nous donnons, et debvons, et rendons à Dieu, nous en faisons d'autant plus chrestiennement. Ce qué ce philosophe stoïcien dict tenir du fortuite consentement de la voix populaire, valoyt il pas mieulx qu'il le tinst de Dieu ? *Quam de animorum æternitate disserimus, non leve momentum apud nos habet consensus hominum aut timentium inferos, aut colentium. Utor hac publica persuasione* [1].

Or, la foiblesse des arguments humains sur ce subiect, se cognoist singulierement par les fabuleuses circonstances qu'ils ont adioustees à la suitte de cette opinion, pour trouver de quelle condition estoit cette nostre immortalité. Laissons les stoïciens (*usuram nobis largiuntur tanquam cornicibus : diu mansuros aiunt animos; semper, negant* [2]), qui donnent aux ames une vie au delà de cette cy, mais finie. La plus universelle et plus receue fantasie, et qui dure iusques à nous en divers lieux [3], ç'a esté celle de laquelle on faict aucteur Pythagoras; non qu'il en feust le premier inventeur, mais d'autant qu'elle receut beaucoup de poids et de credit par l'auctorité de son approbation : c'est que « les ames, au partir de nous, ne faisoient que rouler d'un corps à un aultre, d'un lyon à un cheval, d'un cheval à un roy, se promenants ainsin sans cesse de maison en maison : » et luy, disoit « se souvenir avoir esté Aethalides, depuis aprez Hermotimus, puis aprez Hermotimus, enfin de Pyrrhus estre passé en Pythagoras; ayant memoire de soy de deux cents six ans. » Adioustoient aulcuns que ces mesmes ames remontent au ciel par fois, et aprez en devallent encores :

O pater, anne aliquas ad cœlum hinc ire putandum
Sublimes animas, iterumque ad tarda reverti [est
Corpora ? Quæ lucis miseris tam dira cupido [4]?

Origene les faict aller et venir eternellement du bon au mauvais estat. L'opinion que Varro recite est qu'en quatre cents quarante ans de revolution, elles se reioignent à leur premier corps : Chrysippus, que cela doibt advenir aprez certain espace de temps incogneu et non limité. Platon, qui dict tenir de Pindare et de l'ancienne poësie cette croyance des infinies vicissitudes de mutation ausquelles l'ame est preparee, n'ayant ny les peines ny les recompenses en l'aultre monde que temporelles, comme sa vie en cettuy cy n'est que temporelle, conclud en elle une singuliere science des affaires du ciel, de l'enfer, et d'icy, où elle a passé, repassé, et seiourné à plusieurs voyages; matiere à sa reminiscence. Voicy son progrez ailleurs : « Qui a bien vescu, il se reioinct à l'as-

tre auquel il est assigné : qui mal, il passe en femme ; et, si lors mesme il ne se corrige point, il se rechange en beste de condition convenable à ses mœurs vicieuses; et ne verra fin à ses punitions, qu'il ne soit revenu à sa naïfve constitution, s'estant, par la force de la raison, desfaict des qualitez grossieres, stupides et elementaires qui estoient en luy. » Mais ie ne veulx oublier l'obiection que font les epicuriens à cette transmigration de corps en aultre; elle est plaisante : ils demandent « Quel ordre il y auroit si la presse des mourants venoyt à estre plus grande que des naissants ? car les ames deslogees de leur giste seroient à se fouler à qui prendroit place la premiere dans ce nouvel estuy; » et demandent aussi « à quoy elles passeroient leur temps, ce pendant qu'elles attendroient qu'un logis leur feust apresté ? Ou, au rebours, s'il naissoit plus d'animaulx qu'il n'en mourroit, ils disent que les corps seroient en mauvais party, attendant l'infusion de leur ame; et en adviendroit qu'aulcuns d'iceulx se mourroient avant que d'avoir esté vivants. »

Denique connubia ad veneris, partusque ferarum
Esse animas præsto, deridiculum esse videtur;
Et spectare immortales mortalia membra
Innumero numero, certareque præproperanter
Inter se, quæ prima potissimaque insinuetur [5].

D'aultres ont arresté l'ame au corps des trespassez, pour en animer les serpens, les vers, et aultres bestes qu'on dict s'engendrer de la corruption de nos membres, voire et de nos cendres : d'aultres la divisent en une partie mortelle, et l'aultre immortelle : aultres la font corporelle, et ce neantmoins immortelle : aulcuns la font immortelle, sans science et sans cognoissance. Il y en a aussi qui ont estimé que des ames des condemnez il s'en faisoit des diables; et aulcuns des nostres l'ont ainsi iugé; comme Plutarque pense qu'il se face des dieux de celles qui sont sauvees; car il est peu de choses que cet aucteur là establisse

---

(1) Lorsque nous traitons de l'immortalité de l'ame, nous comptons beaucoup sur le consentement général des hommes qui craignent les dieux infernaux, ou qui les honorent. Je profite de cette persuasion publique. Sénèque, *Epist.* 117.

(2) Ils prétendent que nos ames ne vivent que comme des corneilles, long-temps, mais non pas toujours. Cic., *Tusc.*, I, 31.

(3) En Perse, dans l'Indoustan, et ailleurs.

(4) O mon père! est-il vrai que des ames retournent d'ici sur la terre, et qu'une enveloppe corporelle les appesantit de nouveau? Qui peut inspirer à ces malheureux cet excès d'amour pour la vie ? Virg., *Æn.*, VI, 719.

(5) Il est ridicule de s'imaginer que les ames se trouvent prêtes au moment précis de l'accouplement des animaux et de leur naissance; qu'un nombreux essaim de substances immortelles s'empressent autour d'un germe mortel, et que chacune se dispute l'avantage d'être introduite la première. Lucr., III, 777.

d'une façon de parler si resolue qu'il falet cette cy, maintenant partout ailleurs une maniere dubitatrice et ambiguë : « Il fault estimer, dict il, et croire fermement que les ames des hommes vertueux, selon nature et selon iustice divine, deviennent d'hommes, saincts ; et de saincts, demy dieux ; et de demy dieux, aprez qu'ils sont parfaictement, comme ez sacrifices de purgation, nettoyez et purifiez, estants delivrez de toute passibilité et de toute mortalité, ils deviennent, non par aulcune ordonnance civile, mais à la verité, et selon raison vraysemblable, dieux entiers et parfaicts, en recevant une fin tresheureuse et tresglorieuse. » Mais qui le voudra veoir, luy qui est des plus retenus pourtant et moderez de la bande, s'escarmoucher avecques plus de hardiesse, et nous conter ses miracles sur ce propos, ie le renvoye à son discours de la Lune et du Daimon de Socrates, où, aussi evidemment qu'en nul aultre il se peult adverer les mysteres de la philosophie avoir beaucoup d'estrangetez communes avecques celles de la poësie : l'entendement humain se perdant à vouloir sonder et contrerooller toutes choses iusques au bout ; tout ainsin comme, lassez et travaillez de la longue course de nostre vie, nous retumbons en enfantillage. Voylà les belles et certaines instructions que nous tirons de la science humaine sur le subiect de nostre ame !

Il n'y a pas moins de temerité en ce qu'elle nous apprend des parties corporelles. Choisissons en un ou deux exemples ; car aultrement nous nous perdrions dans cette mer trouble et vaste des erreurs medecinales. Sçachons si on s'accorde au moins en cecy, De quelle matiere les hommes se produisent les uns des aultres : car, quant à leur premiere production, ce n'est pas merveille si, en chose si haulte et ancienne, l'entendement humain se trouble et dissipe. Archelaüs le physicien, duquel Socrates feut le disciple et le mignon, selon Aristoxenus, disoit, Et les hommes et les animaulx avoir esté faicts d'un limon laicteux, esprimé par la chaleur de la terre : Pythagoras dict nostre semence estre l'escume de nostre meilleur sang : Platon, l'escoulement de la moëlle de l'espine du dos ; ce qu'il argumente de ce que cet endroict se sent le premier de la lasseté de la besongne : Alcmeon, partie de la substance du cerveau ; et qu'il soit ainsin, dict il, les yeulx troublent à ceulx qui se travaillent oultre mesure à cet exercice : Democritus, une substance extraicte de toute la masse corporelle ; Epicurus, extraicte de l'ame et du corps : Aristote, un excrement tiré de l'aliment du sang, le dernier qui

s'espand en nos membres : aultres, du sang cuict et digeré par la chaleur des genitoires, ce qu'ils iugent de ce qu'aux extremes efforts on rend des gouttes de pur sang ; en quoy il semble qu'il y ayt plus d'apparence, si on peult tirer quelque apparence d'une confusion si infinie. Or, pour mener à effect cette semence, combien en font ils d'opinions contraires ? Aristote et Democritus tiennent Que les femmes n'ont point de sperme, et que ce n'est qu'une sueur qu'elles eslancent par la chaleur du plaisir et du mouvement, et qui ne sert de rien à la generation : Galen, au contraire, et ses suivants, Que sans la rencontre des semences, la generation ne se peult faire. Voylà les medecins, les philosophes, les iurisconsultes et les theologiens, aux prinses pesle mesle avecques nos femmes, sur la dispute : « A quels termes les femmes portent leur fruict ; » et moy ie secours, par l'exemple de moy mesme, ceulx d'entr' eulx qui maintiennent la grossesse d'onze mois [1]. Le monde est basti de cette experience ; il n'est si simple femmelette qui ne puisse dire son advis sur toutes ces contestations : et si nous n'en sçaurions estre d'accord.

En voylà assez pour verifier que l'homme n'est non plus instruict de la cognoissance de soy en la partie corporelle, qu'en la spirituelle. Nous l'avons proposé luy mesme à soy ; et sa raison, à sa raison, pour veoir ce qu'elle nous en diroit. Il me semble assez avoir montré combien peu elle s'entend en elle mesme ; et qui ne s'entend en soy, en quoy se peult il entendre ? *Quasi vero mensuram ullius rei possit agere, qui sui nesciat* [2]. Vrayement, Protagoras nous en contoit de belles, faisant l'homme la mesure de toutes choses, qui ne sceut iamais seulement la sienne : si ce n'est luy, sa dignité ne permettra pas qu'aultre creature ayt cet advantage ; or, luy estant en soy si contraire, et l'un iugement subvertissant l'aultre sans cesse, cette favorable proposition n'estoit qu'une risée, qui nous menoit à conclure, par necessité, la neantise du compas et du compasseur. Quand Thales estime la cognoissance de l'homme tres difficile à l'homme, il luy apprend la cognoissance de toute aultre chose luy estre impossible.

Vous, pour qui i'ay prins la peine d'estendre un si long corps, contre ma coustume, ne refuyrez point de maintenir vostre Sebond par la forme or-

---

(1) On peut conclure de ce passage que la mère de Montaigne étoit ou croyoit être accouchée de lui au onzième mois de sa grossesse.

(2) Comme si celui qui ignore sa propre mesure, pouvoit entreprendre de mesurer quelque autre chose. PLINE, *Nat. Hist.*, II, 1.

dinaire d'argumenter de quoy vous estes touts les iours instruicte, et exercerez en cela vostre esprit et vostre estude : car ce dernier tour d'escrime icy, il ne le fault employer que comme un extreme remede; c'est un coup desesperé, auquel il fault abandonner vos armes, pour faire perdre à vostre adversaire les siennes ; et un tour secret, duquel il se fault servir rarement et reserveement. C'est grande temerité de vous perdre pour perdre un aultre : il ne fault pas vouloir mourir pour se venger, comme feit Gobrias; car, estant aux prinses bien estroictes avecques un seigneur de Persè, Darius y survenant l'espee au poing, qui craignoit de frapper de peur d'assener Gobrias, il lui cria qu'il donnast hardiement, quand il debvroit donner au travers de touts les deux. I'ay veu reprouver pour iniustes des armes et conditions de combats singuliers, desesperees, et ausquelles celuy qui les offroit mettoit luy et son compaignon en termes d'une fin à touts deux inevitable. Les Portugalois prindrent, en la mer des Indes, certains Turcs prisonniers, lesquels, impatiens de leur captivité, se resolurent, et leur succeda, de mettre, et eulx et leurs maistres, et le vaisseau, en cendre, frottant des clous de navire l'un contre l'aultre, tant qu'une estincelle de feu tumbast dans les caques de pouldre qu'il y avoyt dans l'endroict où ils estoient gardez. Nous secouons icy les limites et dernieres clostures des sciences, ausquelles l'extremité est vicieuse, comme en la vertu. Tenez vous dans la route commune ; il ne faict pas bon estre si subtil et si fin. Souvienne vous de ce que dict le proverbe toscan :

Chi troppo s'assottiglia, si scavezza [1].

Ie vous conseille, en vos opinions et en vos discours, autant qu'en vos mœurs et en toute aultre chose, la moderation et l'attrempance [2], et la fuyte de la nouvelleté et de l'estrangeté : toutes les voyes extravagantes me faschent. Vous, qui, par l'auctorité que vostre grandeur vous apporte, et encores plus par les advantages que vous donnent les qualitez plus vostres, pouvez, d'un clin d'œil, commander à qui il vous plaist, debviez donner cette charge à quelqu'un qui feist profession des lettres, qui vous eust bien aultrement appuyé et enrichi cette fantasie. Toutesfois, en voicy assez pour ce que vous en avez à faire.

Epicurus disoit, des loix, que les pires nous estoient si nécessaires, que, sans elles, les hommes s'entremangeroient les uns les aultres ; et Platon verifie que, sans loix, nous vivrions comme bestes. Nostre esprit est un outil vagabond, dangereux et temeraire; il est malaysé d'y ioindre l'ordre et la mesure : et, de mon temps, ceulx qui ont

quelque rare excellence au dessus des aultres, et quelque vivacité extraordinaire, nous les veoyons quasi touts desbordez en licence d'opinions et de mœurs; c'est miracle s'il s'en rencontre un rassis et sociable. On a raison de donner à l'esprit humain les barrieres les plus contrainctes qu'on peult : en l'estude, comme au reste, il luy fault compter et regler ses marches; il luy fault tailler par art les limites de sa chasse. On le bride et garrotte de religions, de loix, de coustumes, de science, de preceptes, de peines et recompenses mortelles et immortelles; encores veoid on que, par sa volubilité et dissolution, il eschappe à toutes ces liaisons : c'est un corps vain, qui n'a par où estre saisi et assené; un corps divers et difforme, auquel on ne peult asseoir nœud ni prinse. Certes, il est peu d'ames, si reglees, si fortes, et bien nees, à qui on se puisse fier de leur propre conduicte, et qui puissent, avecques moderation et sans temerité, voguer en la liberté de leurs iugements, au delà des opinions communes : il est plus expedient de les mettre en tutelle. C'est un oultrageux glaive, à son possesseur mesme, que l'esprit, à qui ne sçait s'en armer ordonneement et discrettement; et n'y a point de beste à qui plus iustement il faille donner des orbieres [3], pour tenir sa veue subiecte et contrainete devant ses pas, et la garder d'extravaguer ny çà ny là, hors les ornieres que l'usage et les loix luy tracent : parquoy il vous siera mieulx de vous resserrer dans le train accoustumé, quel qu'il soit, que de iecter vostre vol à cette licence effrenee. Mais si quelqu'un de ces nouveaux docteurs entreprend de faire l'ingenieux en vostre presence, aux despens de son salut et du vostre; pour vous desfaire de cette dangereuse peste qui se respand touts les iours en vos courts, ce preservatif, à l'extreme necessité, empeschera que la contagion de ce venin n'offensera ny vous, ny vostre assistance.

La liberté doncques et gaillardise de ces esprits anciens produisoit, en la philosophie et sciences humaines, plusieurs sectes d'opinions differentes; chascun entreprenant de iuger, et de choisir, pour prendre party. Mais à present que les hommes vont touts un train, *qui certis quibusdam destinatisque sententiis addicti et consecrati sunt, ut etiam, quæ non probant, cogantur defendere* [4], et que nous recevons les arts par civile auctorité et ordon-

---

(1) Par trop subtiliser, on s'égare soi-même.
                PETRARCA, canz. XI, v. 48.
(2) *Tempérance, modération, réserve.*
(3) *Des œillères, des garde-vue.*
(4) Qu'ayant épousé certains dogmes dont ils ne peuvent se départir, ils sont forcés d'admettre et de défendre des conséquences qu'ils n'approuvent pas. CIC., *Tusc.*, II, 2.

nance, si bien que les escholes n'ont qu'un patron et pareille institution et discipline circonscripte, on ne regarde plus ce que les monnoyes poisent et valent, mais chascun à son tour les reçoit selon le pris que l'approbation commune et le cours leur donne; on ne plaide pas de l'alloy, mais de l'usage. Ainsi se mettent egualement toutes choses: on reçoit la medecine, comme la geometrie; et les bastelages, les enchantements, les liaisons, le commerce des esprits des trespassez, les prognostications, les domifications [1], et iusques à cette ridicule poursuitte de la pierre philosophale, tout se met sans contredict. Il ne fault que sçavoir que le lieu de Mars loge au milieu du triangle de la main, celuy de Venus au poulce, et de Mercure au petit doigt; et que quand la mensale [2] couppe le tubercle de l'enseigneur, c'est signe de cruauté; quand elle fault soubs le mitoyen, et que la moyenne naturelle faict un angle avecques la vitale soubs mesme endroict, que c'est signe d'une mort miserable: que si à une femme, la naturelle est ouverte, et ne ferme point l'angle avecques la vitale, cela denote qu'elle sera mal chaste: ie vous appelle vous mesme à tesmoing, si avecques cette science un homme ne peult passer, avec reputation et faveur, parmy toutes compaignies.

Theophrastus disoit que l'humaine cognoissance, acheminee par les sens, pouvoit iuger des causes des choses iusques à certaine mesure; mais qu'estant arrivee aux causes extremes et premieres, il falloit qu'elle s'arrestast, et qu'elle rebouchast, à raison, ou de sa foiblesse, ou de la difficulté des choses. C'est une opinion moyenne et doulce, Que nostre suffisance nous peult conduire iusques à la cognoissance d'aulcunes choses, et qu'elle a certaines mesures de puissance, outre lesquelles c'est temerité de l'employer: cette opinion est plausible, et introduicte par gents de composition. Mais il est malaysé de donner bornes à nostre esprit; il est curieux et avide, et n'a point occasion de s'arrester plustost à mille pas qu'à cinquante: ayant essayé, par experience, que ce à quoy l'un s'estoit failly, l'aultre y est arrivé, et que ce qui estoit incogneu à un siecle, le siecle suivant l'a esclairci, et que les sciences et les arts ne se iectent pas en moule, ains se forment et figurent peu à peu en les maniant et polissant à plusieurs fois, comme les ours façonnent leurs petits en les leschant à loysir; ce que ma force ne peult descouvrir, ie ne laisse pas de le sonder et essayer; et en retastant et pestrissant cette nouvelle matiere, la remuant et l'eschauffant, i'ouvre à celuy qui me suit quelque facilité, pour en iouyr plus à son ayse, et la luy rends plus souple et plus maniable,

Ut Hymettia sole
Cera remollescit, tractataque pollice multas
Vertitur in facies, ipsoque fit utilis usu [3];

autant en fera le second au tiers: qui est cause que la difficulté ne me doibt pas desesperer, ny aussi peu mon impuissance; car ce n'est que la mienne.

L'homme est capable de toutes choses, comme d'aulcunes: et s'il advoue, comme dict Theophrastus, l'ignorance des causes premieres et des principes, qu'il me quitte hardiement tout le reste de sa science; si le fondement luy fault, son discours est par terre: le disputer et l'enquerir n'a aultre but et arrest que les principes; si cette fin n'arreste son cours, il se iecte à une irresolution infinie. *Non potest aliud alio magis minusve comprehendi, quoniam omnium rerum una est definitio comprehendendi* [4]. Or, il est vraysemblable que si l'ame sçavoit quelque chose, elle se sçauroit premierement elle mesme; et si elle sçavoit quelque chose hors d'elle, ce seroit son corps et son estuy, avant toute aultre chose: si on veoid, iusques auiourd'huy, les dieux de la medecine se debattre de nostre anatomie,

Mulciber in Troiam, pro Troia stabat Apollo [5];

quand attendons nous qu'ils en soient d'accord? Nous nous sommes plus voysins, que ne nous est la blancheur de la neige, ou la pesanteur de la pierre; si l'homme ne se cognoist, comment cognoist il ses functions et ses forces? Il n'est pas, à l'adventure, que quelque notice veritable ne loge chez nous; mais c'est par hazard: et d'autant que par mesme voye, mesme façon et conduicte, les erreurs se receoivent en nostre ame, elle n'a pas de quoy les distinguer, ny de quoy choisir la verité, du mensonge..

Les Academiciens recevoient quelque inclination de iugement; et trouvoient trop crud de dire « qu'il n'estoit pas plus vraysemblable que la neige feust blanche que noire; et que nous ne feussions non plus asseurez du mouvement d'une pierre qui

---

(1) Ce mot est formé de *domifier*, terme d'astrologie, qui signifie partager le ciel en douze maisons, pour dresser un thème céleste ou un horoscope; du latin, *domus*, maison, et *facere*, faire.

(2) *La mensale* est, en terme de chiromancie, une ligne qui traverse le milieu de la main, depuis l'index jusqu'au petit doigt. — *L'enseigneur*, l'indicateur.

(3) Comme la cire du mont Hymette s'amollit au soleil, et, prenant sous le doigt qui la presse mille formes différentes, devient plus maniable à mesure qu'elle est maniée. Ov., *Métam.*, X, 284.

(4) Une chose ne peut être plus ou moins comprise qu'une autre: la compréhension est la même pour tout; elle n'a point de degrés. Cic., *Acad.*, II, 41.

(5) Vulcain combattoit contre Troie, mais Troie avoit pour elle Apollon. Ovide, *Trist.*, I, 1, 5.

part de nostre main, que de celuy de la huictiesme sphere : » et , pour eviter cette difficulté et estrangeté, qui ne peult à la verité loger en nostre imagination que malayseement, quoyqu'ils establissent que nous n'estions aulcunement capables de sçavoir, et que la verité est engoufree dans de profonds abysmes où la veue humaine ne peult penetrer ; si advouoient ils aulcunes choses estre plus vraysemblables que les aultres, et recevoient en leur iugement cette faculté de se pouvoir incliner plustost à une apparence qu'à une aultre : ils luy permettoient cette propension, luy deffendant toute resolution. L'advis des pyrrhoniens est plus hardi, et quand et quand plus vraysemblable ; car cette inclination academique, et cette propension à une proposition plustost qu'à une aultre, qu'est ce aultre chose que la recognoissance de quelque plus apparente verité en cette cy qu'en celle là ? Si nostre entendement est capable de la forme, des lineaments, du port et du visage de la verité, il la verroit entiere, aussi bien que demye, naissante et imperfecte : cette apparence de verisimilitude, qui les faict prendre plustost à gauche qu'à droicte, augmentez la ; cette once de verisimilitude qui incline la balance, multipliez la de cent, de mille onces ; il en adviendra enfin que la balance prendra party tout à faict, et arrestera un chois et une verité entiere. Mais comment se laissent ils plier à la vraysemblance, s'ils ne cognoissent le vray ? comment cognoissent ils la semblance de ce de quoy ils ne cognoissent pas l'essence ? Ou nous pouvons iuger tout à faict ; ou tout à faict nous ne le pouvons pas. Si nos facultez intellectuelles et sensibles sont sans fondement et sans pied, si elles ne font que flotter et venter, pour neant laissons nous emporter nostre iugement à aulcune partie de leur operation, quelque apparence qu'elle semble nous presenter ; et la plus seure assiette de nostre entendement, et la plus heureuse, ce seroit celle là où il se maintiendroit rassis, droict, inflexible, sans bransle et sans agitation : *inter visa vera , aut falsa, ad animi assensum nihil interest* [1]. Que les choses ne logent pas chez nous en leur forme et en leur essence, et n'y facent leur entree de leur force propre et auctorité, nous le veoyons assez : parce que s'il estoit ainsin, nous les recevrions de mesme façon ; le vin seroit tel en la bouche du malade, qu'en la bouche du sain ; celuy qui a des crevasses aux doigts, ou qui les a gourds, trouveroit une pareille dureté au bois ou au fer qu'il manie, que faict un aultre : les subiects estrangers se rendent doncques à nostre mercy ; ils logent chez nous comme il nous plaist. Or, si de nostre part nous recevions quelque chose sans alteration, si les prin-

ses humaines estoient assez capables et fermes pour saisir la verité par nos propres moyens, ces moyens estants communs à touts les hommes, cette verité se reiecteroit de main en main de l'un à l'aultre ; et au moins se trouveroit il une chose au monde, de tant qu'il y en a, qui se croiroit par les hommes d'un consentement universel : mais ce, qu'il ne se veoid aulcune proposition qui ne soit debattue et controverse entre nous, ou qui ne le puisse estre, montre bien que nostre iugement naturel ne saisit pas bien clairement ce qu'il saisit ; car mon iugement ne le peult faire recevoir au iugement de mon compaignon : qui est signe que ie l'ay saisi par quelque aultre moyen que par une naturelle puissance qui soit en moy et en touts les hommes.

Laissons à part cette infinie confusion d'opinions qui se veoid entre les philosophes mesmes, et ce debat perpetuel et universel en la cognoissance des choses : car cela est presupposé tresveritablement, Que d'aulcune chose les hommes, ie dy les sçavants les mieulx nayz, les plus suffisants, ne sont d'accord, non pas que le ciel soit sur nostre teste ; car ceulx qui doubtent de tout, doubtent aussi de cela ; et ceulx qui nient que nous puissions comprendre aulcune chose, disent que nous n'avons pas comprins que le ciel soit sur nostre teste : et ces deux opinions sont, en nombre, sans comparaison les plus fortes.

Oultre cette diversité et division infinie ; par le trouble que nostre iugement nous donne à nous mesme, et l'incertitude que chascun sent en soy, il est aysé à veoir qu'il a son assiette bien mal asseuree. Combien diversement iugeons nous des choses ? combien de fois changeons nous nos fantasies ? Ce que ie tiens auiourd'huy, et ce que ie croy, ie le tiens et ie le croy de toute ma croyance ; touts mes outils et touts mes ressorts empoignent cette opinion, et m'en respondent sur tout ce qu'ils peuvent, ie ne sçaurois embrasser aulcune verité, ny la conserver avec plus d'asseurance, que ie fois cette cy ; i'y suis tout entier, i'y suis voirement : mais ne m'est il pas advenu, non une fois, mais cent, mais mille, et touts les iours, d'avoir embrassé quelque aultre chose, à l'ayde de ces mesmes instruments, en cette mesme condition, que depuis i'ai iugee faulse ? Au moins fault il devenir sage à ses propres despens : si ie me suis trouvé souvent trahi soubs cette couleur ; si ma touche se treuve ordinairement faulse, et ma balance inegale et iniuste, quelle asseurance en puis ie prendre à cette fois plus qu'aux aultres ? n'est-ce pas sottise de me

(1) Entre les apparences vraies ou fausses, pour l'assentiment de l'esprit, il n'y a point de différence. Cic., *Acad.*, II , 25.

laisser tant de fois piper à un guide? Toutesfois, que la fortune nous remue cinq cents fois de place, qu'elle ne face que vuider et remplir sans cesse, comme dans un vaisseau, dans nostre creance aultres et aultres opinions ; tousiours la presente et la derniere, c'est la certaine et l'infaillible : pour cette cy il fault abandonner les biens, l'honneur, la vie, et le salut, et tout.

Posterior. . . . . . . . res illa reperta
Perdit et immutat sensus ad pristina quæque [1].

Quoy qu'on nous presche, quoy que nous apprenions, il fauldroit tousiours se souvenir que c'est l'homme qui donne, et l'homme qui receoit : c'est une mortelle main qui nous le presente ; c'est une mortelle main qui l'accepte. Les choses qui nous viennent du ciel ont seules droict et auctorité de persuasion ; seules, la marque de verité : laquelle aussi ne veoyons nous pas de nos yeulx, ny ne la recevons par nos moyens ; cette saincte et grande image ne pourroit pas en un si chestif domicile, si Dieu pour cet usage ne le prepare, si Dieu ne le reforme et fortifie par sa grace et faveur particuliere et supernaturelle. Au moins debvroit nostre condition faultiere [2] nous faire porter plus modereement et reteneument en nos changements : il nous debvroit souvenir quoy que nous receussions en l'entendement, que nous recevons souvent des choses, faulses et que c'est par ces mesmes outils qui se desmentent et qui se trompent souvent.

Or n'est il pas merveille s'ils se desmentent, estants si aisez à incliner et à tordre par bien legieres occurrences. Il est certain que nostre apprehension, nostre iugement, et les facultez de nostre ame, en general, souffrent selon les mouvements et alterations du corps, lesquelles alterations sont continuelles : n'avons nous pas l'esprit plus esveillé, la memoire plus prompte, le discours plus vif, en santé qu'en maladie? la ioye et la gayeté ne nous font elles pas recevoir les subiects qui se presentent à nostre ame, de tout aultre visage que le chagrin et la melancholie ? Pensez vous que les vers de Catulle ou de Sappho rient à un vieillard avaricieux et rechigné, comme à un ieune homme vigoreux et ardent ? Cleomenes, fils d'Anaxandridas, estant malade, ses amys luy reprochoient qu'il avoyt des humeurs et fantasies nouvelles et non accoustumees : Ie croy bien, repliqua il ; aussi ne suis ie pas celuy que ie suis estant sain : estant aultre, aussi sont aultres mes opinions et fantasies. » En la chicane de nos palais, ce mot est en usage, qui se dict des criminels qui rencontrent les iuges en quelque bonne trempe, doulce et debonnaire, Gaudeat de bona fortuna [3] ;

car il est certain que les iugements se rencontrent, par fois plus tendus à la condemnation, plus espineux et aspres, tantost plus faciles, aysez, et enclins à l'excuse : tel qui rapporte de sa maison la douleur de la goutte, la ialousie, ou le larrecin de son valet, ayant toute l'ame teincte et abbruvee de cholere, il ne fault pas doubter que son iugement ne s'en altere vers cette part là. Ce venerable senat d'Areopage iugeoit de nuict, de peur que la veue des poursuivants corrompist sa iustice. L'air mesme et la serenité du ciel nous apporte quelque mutation ; comme dict ce vers grec, en Cicero,

Tales sunt hominum mentes, quali pater ipse
Iuppiter auctifera lustravit lampade terras [4].

Ce ne sont pas seulement les fiebvres, les bruvages, et les grands accidents qui renversent nostre iugement ; les moindres choses du monde le tournevirent [5] et ne fault pas doubter, encores que nous ne le sentions pas, que si la fiebvre continue peult atterrer nostre ame, que la tierce n'y apporte quelque alteration selon sa mesure et proportion ; si l'apoplexie assopit et esteinct tout à faict la veue de nostre intelligence, il ne fault pas doubter que le morfondement ne l'esblouïsse : et, par consequent, à peine se peult il rencontrer une seule heure en la vie où nostre iugement se treuve en sa deue assiette, nostre corps estant subiect à tant de continuelles mutations, et estoffé de tant de sortes de ressorts, que i'en croy les medecins, combien il est malaysé qu'il n'y en ayt tousiours quelqu'un qui tire de travers.

Au demourant, cette maladie ne se descouvre pas si aysement, si elle n'est du tout extreme et irremediable ; d'autant que la raison va tousiours, et torte, et boiteuse, et deshanchee, et avecques le mensonge, comme avecques la verité : par ainsin, il est malaysé de descouvrir son mescompte et desreglement. I'appelle tousiours raison cette apparence de discours que chascun forge en soy : cette raison, de la condition de laquelle il y en peult avoir cent contraires autour d'un mesme subiect, c'est un instrument de plomb et de cire, alongeable, ployable, et accommodable à touts biais et à toutes mesures ; il ne reste que la suffisance de le sçavoir contourner. Quelque bon des-

(1) La derniere nous dégoûte des premieres, et les décrédite dans notre esprit. Lucrèce, V, 1415.
(2) Fautive.
(3) Qu'il iouisse de ce bonheur. Traduct. de Montaigne.
(4) Tel est le iour qui éclaire le monde, telle est l'humeur des hommes. Cicér., Progm. poem., 10, 4591. Ces vers sont une traduction d'Homère, Odyssée, XVIII, 135.
(5) Le tournent et le virent en tous sens.

34

seing qu'ayt un iuge, s'il ne s'escoute de prez, à
quoy peu de gents s'amusent, l'inclination à l'a-
mitié, à la parenté, à la beaulté, et à la vengeance, et non pas seulement choses si poisantes,
mais cet instinct fortuite, qui nous faict favoriser
une chose plus qu'une aultre, et qui nous donne
sans le congé de la raison le chois en deux pareils
subiects, ou quelque umbrage de pareille vanité,
peuvent insinuer insensiblement en son iugement
la recommandation ou desfaveur d'une cause, et
donner pente à la balance.

Moy, qui m'espie de plus prez, qui ay les yeulx
incessamment tendus sur moy, comme celuy qui
n'a pas fort à faire ailleurs,

> Quis sub Arcto
> Rex gelidæ metuatur oræ,
> Quid Tiridatem terreat, unice
> Securus [1],

à peine oserois ie dire la vanité et la foiblesse que
ie treuve chez moy : i'ay le pied si instable et si
mal assis, ie le treuve si aysé à crouler et si prest
au bransle, et ma veue si desreglee, que à icun ie
me sens aultre qu'aprez le repas; si ma santé me
rid et la clarté d'un beau iour, me voylà honneste
homme; si i'ay un cor qui me presse l'orteil, me
voylà renfrongné, mal plaisant, et inaccessible :
un mesme pas de cheval me semble tantost rude,
tantost aysé; ce mesme chemin, à cette heure plus
court, une aultre fois plus long; et une mesme
forme, ores plus, ores moins agreable : maintenant ie suis à tout faire, maintenant à rien faire;
ce qui m'est plaisir à cette heure, me sera quelquesfois peine. Il se faict mille agitations indiscrettes et casuelles chez moy : où l'humeur melancholique me tient, ou la cholerique; et, de son
auctorité privee, à cett' heure le chagrin predomine en moy, à cett' heure l'alaigresse. Quand ie
prends des livres, i'auray apperceu, en tel passage, des graces excellentes, et qui auront feru [2]
mon ame : qu'une aultre fois i'y retombe, i'ay
beau le tourner et virer, i'ay beau le plier et le
manier, c'est une masse incogneue et informe pour
moy. En mes escripts mesmes, ie ne retreuve pas
tousiours l'air de ma premiere imagination : ie ne
sçay ce que i'ay voulu dire; et m'eschaulde souvent à corriger et y mettre un nouveau sens, pour
avoir perdu le premier qui valoit mieulx. Ie ne
fois qu'aller et venir : mon iugement ne tire pas
tousiours avant; il flotte, il vague,

> Velut minuta magno
> Deprensa navis in mari, vesaniente vento [3].

Maintesfois, comme il m'advient de faire volontiers, ayant prins, pour exercice et pour esbat, à
maintenir une contraire opinion à la mienne, mon
esprit, s'appliquant et tournant de ce costé là,
m'y attache si bien, que ie ne treuve plus la raison de mon premier advis, et m'en despars. Ie m'en-
traisue quasi où ie penche, comment que ce soit,
et m'emporte de mon poids.

Chascun à peu prez en diroit autant de soy,
s'il se regardoit comme moy : les prescheurs sçavent que l'esmotion qui leur vient en parlant, les
anime vers la creance; et qu'en cholere nous nous
addonnons plus à la deffense de nostre proposition, l'imprimons en nous, et l'embrassons avecques plus de vehemence et d'approbation, que
nous ne faisons estant en nostre sens froid et reposé.
Vous recitez simplement une cause à l'advocat :
il vous y respond chancellant et doubteux; vous
sentez qu'il luy est indifferent de prendre à soustenir l'un ou l'aultre party : l'avez vous bien payé
pour y mordre et pour s'en formalizer, commence
il d'en estre interessé, y a il eschauffé sa volonté?
sa raison et sa science s'y eschauffent quand et
quand; voylà une apparente et indubitable verité
qui se presente à son entendement; il y descouvre
une toute nouvelle lumiere, et le croit à bon escient, et se le persuade ainsi. Voire, ie ne sçay
si l'ardeur qui naist du despit et de l'obstination à
l'encontre de l'impression et violence du magistrat et du danger, ou l'interest de la reputation,
n'ont envoyé tel homme sousteuir iusques au feu
l'opinion pour laquelle, entre ses amys et en liberté, il n'eust pas voulu s'eschaulder le bout du
doigt. Les secousses et esbranlements que nostre
ame receoit par les passions corporelles peuvent
beaucoup en elles, mais encores plus les siennes
propres, auxquelles elle est si forte en prinse,
qu'il est, à l'adventure, soustenable qu'elle n'a
aulcune aultre allure et mouvement que du souffle
de ses vents, et que sans leur agitation elle resteroit sans action, comme un navire en pleine
mer, que les vents abandonnent de leur secours :
et qui maintiendroit cela, suivant le party des
peripateticiens, ne nous feroit pas beaucoup de
tort, puisqu'il est cogneu que la pluspart des plus
belles actions de l'ame procedent, et ont besoing
de cette impulsion des passions; la vaillance, disent ils, ne se peult parfaire sans l'assistance de
la cholere; *semper Aiax fortis, fortissimus tamen*

---

[1] Qui ne m'inquiète guères de savoir quel roi fait tout trembler sous l'Ourse glacée, et pourquoi Tiridate est dans les alarmes. Hor., *Od.*, I, 26, 3.
[2] Frappé.
[3] Comme une foible barque surprise, en pleine mer, par
la fureur de la tempête. Catulle, *Epigr.*, XXV, 12.

*in furore* [1] ; ny ne court on sus aux meschants, et aux ennemys assez vigoureusement, si on n'est courroucé ; et veulent que l'advocat inspire le courroux aux iuges, pour en tirer iustice.

Les cupiditez esmeurent Themistocles, esmeurent Demosthenes, et ont poulsé les philosophes aux travaux, veillees et peregrinations [2] ; nous menent à l'honneur, à la doctrine, à la santé, fins utiles : et cette lascheté d'ame à souffrir l'ennuy et la fascherie sert à nourrir en la conscience la penitence et la repentance, et à sentir les fleaux de Dieu pour nostre chastiement, et les fleaux de la correction politique : la compassion sert d'aiguillon à la clemence ; et la prudence de nous conserver et gouverner est esveillee par nostre crainte : et combien de belles actions par l'ambition ? combien par la presumption ? aulcune eminente et gaillarde vertu enfin n'est sans quelque agitation desreglee. Seroit ce pas l'une des raisons qui auroit meu les epicuriens à descharger Dieu de tout soing et solicitude de nos affaires, d'autant que les effects mesmes de sa bonté ne se pouvoient exercer envers nous, sans esbranler son repos par le moyen des passions, qui sont comme des picqueures et solicitations acheminant l'ame aux actions vertueuses ? ou bien ont ils creu aultrement, et les ont prinses comme tempestes qui desbauchent hontensement l'ame de sa tranquillité ? *ut maris tranquillitas intelligitur, nulla, ne minima quidem, aura fluctus commovente : sic animi quietus et placatus status cernitur, quum perturbatio nulla est, qua moveri queat* [3].

Quelles differences de sens et de raison, quelle contrarieté d'imaginations, nous presente la diversité de nos passions ? Quelle asseurance pouvons nous donques prendre de chose si instable et si mobile, subiecte par sa condition à la maistrise du trouble, n'allant iamais qu'un pas forcé et emprunté ? Si nostre ingement est en main à la maladie mesme et à la perturbation ; si c'est de la folie et de la temerité, qu'il est tenu de recevoir l'impression des choses ; quelle seureté pouvons nous attendre de luy ?

N'y a il point de hardiesse à la philosophie d'estimer des hommes, qu'ils produisent leurs plus grands effects et plus approchants de la divinité, quand ils sont hors d'eulx, et furieux, et insensez ? nous nous amendons par la privation de nostre raison et son assopissement ; les deux voyes naturelles, pour entrer au cabinet des dieux, et y prevoir le secours des destinees, sont la fureur et le sommeil : cecy est plaisant à considerer ; par la dislocation que les passions apportent à nostre raison, nous devenons vertueux ; par son extirpation, que la fureur ou l'image de la mort apporte, nous devenons prophetes et devins. Iamais plus volontiers ie ne l'en creus. C'est un pur enthousiasme que la saincte Verité a inspiré en l'esprit philosophique, qui luy arrache, contre sa proposition, que l'estat tranquille de nostre ame, l'estat rassis, l'estat plus sain que la philosophie luy puisse acquerir, n'est pas son meilleur estat : nostre veillee est plus endormie que le dormir ; nostre sagesse moins sage que la folie ; nos songes valent mieulx que nos discours ; la pire place que nous puissions prendre, c'est en nous. Mais pense elle [4] pas que nous ayons l'advisement de remarquer que la voix qui faict l'esprit, quand il est desprins de l'homme, si clairvoyant, si grand, si parfaict, et pendant qu'il est en l'homme, si terrestre, ignorant et tenebreux, c'est une voix partant de l'esprit qui est en l'homme terrestre, ignorant et tenebreux ; et, à cette cause, voix infiable [5] et incroyable.

Ie n'ay point grande experience de ces agitations vehementes, estant d'une complexion molle et poisante, desquelles la pluspart surprennent subitement nostre ame, sans luy donner loysir de se recognoistre : mais cette passion, qu'on dict estre produicte par l'oysifveté au cœur des ieunes hommes, quoyqu'elle s'achemine aveecques loysir et d'un progrez mesuré, elle represente bien evidemment, à ceulx qui ont essayé de s'opposer à son effort, la force de cette conversion et alteration que nostre iugement souffre. I'ay aultresfois entrepris de me tenir bandé pour la soustenir et rabbattre ; car il s'en fault tant que ie sois de ceulx qui convient les vices, que ie ne les suis pas seulement, s'ils ne m'entrainsent : ie le sentois naistre, croistre, et s'augmenter en despit de ma resistance, et enfin, tout veoyant et vivant, me saisir et posseder, de façon que, comme d'une yvresse, l'image des choses me commenceoit à paroistre aultre que de coustume ; ie veoyois evidemment grossir et croistre les advantages du subiect que i'allois desirant, et les sentois aggrandir et enfler par le vent de mon imagination ; les difficultez de mon entreprinse s'aysger et se planir [6] ; mon discours et ma conscience se tirer arriere : mais, ce feu estant evaporé, tout à un instant, comme de la clarté

---

(1) Ajax fut toujours brave ; mais il ne le fut iamais tant que dans sa fureur. Cic., *Tusc.*, IV, 25.

(2) *Voyages.*

(3) De même que l'on juge du calme de la mer, quand sa surface n'est agitée par aucun souffle de vent ; ainsi l'on peut assurer que l'ame est tranquille quand nulle passion ne peut l'emouvoir. Cic., *Tusc.*, V, 6.

(4) *La philosophie.* — (5) *Infidèle, peu digne de foi.*

(6) *Diminuer et s'aplanir.*

d'un esclair, mon ame reprendre une aultre sorte de veue, aultre estat, et aultre iugement; les difficultez de la retraicte me sembler grandes et invincibles, et les mesmes choses de bien aultre goust et visage que la chaleur du desir ne me les avoyt presentees : lequel plus veritablement ? Pyrrho n'en sçait rien. Nous ne sommes iamais sans maladie : les fiebvres ont leur chauld et leur froid; des effects d'une passion ardente, nous retumbons aux effects d'une passion frilleuse : autant que ie m'estois iecté en avant, ie me relance d'autant en arriere :

> Qualis ubi alterno procurrens gurgite pontus,
> Nunc ruit ad terras, scopulosque superiacit undam
> Spumeus, extremamque sinu perfundit arenam;
> Nunc rapidus retro, atque æstu revoluta resorbens
> Saxa, fugit, littusque vado labente relinquit[1].

Or, de la cognoissance de cette mienne volubilité, i'ay, par accident, engendré en moy quelque constance d'opinion; et n'ay gueres alteré les miennes premieres et naturelles : car, quelque apparence qu'il y ayt en la nouvelleté, ie ne change pas aysement, de peur que i'ay de perdre au change; et puisque ie ne suis pas capable de choisir, ie prends le chois d'aultruy, et me tiens en l'assiette où Dieu m'a mis : aultrement ie ne me sçaurois garder de rouler sans cesse. Ainsin me suis ie, par la grace de Dieu, conservé entier, sans agitation et trouble de conscience, aux anciennes creances de nostre religion, au travers de tant de sectes et de divisions que nostre siecle a produictes. Les escripts des anciens, ie dy les bons escripts, pleins et solides, me tentent et remuent quasi où ils veulent; celuy que i'oys me semble tousiours le plus roide; ie les treuve avoir raison chascun à son tour, quoyqu'ils se contrarient : cette aysance que les bons esprits ont de rendre ce qu'ils veulent vraysemblable, et qu'il n'est rien si estrange, à quoy ils n'entreprennent de donner assez de couleur pour tromper une simplicité pareille à la mienne, cela montre evidemment la foiblesse de leur preuve. Le ciel et les estoiles ont bransié trois mille ans; tout le monde l'avoyt ainsin creu, iusques à ce que Cleanthes le samien, ou, selon Theophraste, Nicetas syracusien, s'advisa de maintenir que c'estoit la terre qui se mouvoit, par le cercle oblique du zodiaque tournant à l'entour de son aixieu; et, de nostre temps, Copernicus a si bien fondé cette doctrine, qu'il s'en sert tresreglement à toutes les consequences astrologiennes : que prendrons nous de là, sinon qu'il ne nous doibt chaloir lequel ce soit des deux? et qui sçait qu'une tierce opinion, d'icy à mille ans, ne renverse les deux precedentes?

> Sic volvenda ætas commutat tempora rerum :
> Quod fuit in pretio, fit nullo denique honore;
> Porro aliud succedit, et e contemptibus exit,
> Inque dies magis appetitur, floretque repertum
> Laudibus, et miro est mortales inter honore[2].

Ainsin, quand il se presente à nous quelque doctrine nouvelle, nous avons grande occasion de nous en desfier, et de considerer qu'avant qu'elle feust produicte, sa contraire estoit en vogue; et, comme elle a esté renversee par cette cy, il pourra naistre à l'advenir une tierce invention qui choquera de mesme la seconde. Avant que les principes qu'Aristote a introduicts feussent en credit, d'aultres principes contentoient la raison humaine, comme ceulx cy nous contentent à cette heure. Quelles lettres ont ceulx cy, quel privilege particulier, que le cours de nostre invention s'arreste à eulx, et qu'à eulx appartienne pour tout le temps advenir la possession de nostre creance? ils ne sont non plus exempts du boutehors[3], qu'estoient leurs devanciers. Quand on me presse d'un nouvel argument, c'est à moy à estimer que ce à quoy ie ne puis satisfaire, un aultre y satisfera : car de croire toutes les apparences desquelles nous ne pouvons nous desfaire, c'est une grande simplesse; il en adviendroit par là que tout le vulgaire, et nous sommes touts du vulgaire, auroit sa creance contournable comme une girouette; car son ame, estant molle et sans resistance, seroit forcee de recevoir sans cesse aultres et aultres impressions, la derniere effaceant tousiours la trace de la precedente. Celuy qui se treuve foible, il doibt respondre, suivant la practique, qu'il en parlera à son conseil; ou s'en rapporter aux plus sages desquels il a receu son apprentissage. Combien y a il que la medecine est au monde? On dict qu'un nouveau venu, qu'on nomme Paracelse[4], change et renverse tout l'ordre des regles anciennes, et maintient que iusques à cette heure elle n'a servy qu'à faire mourir les hommes. Ie croy qu'il verifiera aysement cela :

(1) Ainsi la mer, dans son double mouvement, tantôt s'élance vers la terre, inonde les rochers d'écume, et va couvrir la grève la plus éloignée ; tantôt, retournant sur elle même, entraîne dans son reflux rapide les pierres qu'elle avoit apportées, et, abaissant ses eaux, laisse la plage à découvert. Virg., *Én.*, XI, 624.

(2) Ainsi le temps change le prix des choses : ce qui fut estimé, tombe dans le mépris ; tandis que l'objet d'un long dédain s'élève, et est estimé à son tour : on le désire de plus en plus, on le vante, on l'admire, et il se place au premier rang dans l'opinion des hommes. Lucrèce, V, 1276.

(3) D'être déboutés, jetés dehors, chassés.

(4) Fameux alchimiste, né dans le canton de Schwitz en 1493. Appelé en 1596 à une chaire de l'université de Bâle, il commença par brûler publiquement les ouvrages d'Avicenne et de Galien, disant que les cordons de sa chaussure en savoient autant qu'eux. Il fut consulté par Erasme, et méprisé de presque tout le monde ; il annonçoit la pierre philosophale, et il mourut à l'hôpital de Saltzbourg, en 1541.

mais de mettre ma vie à la preuve de sa nouvelle experience, ie treuve que ce ne seroit pas grande sagesse. Il ne fault pas croire à chascun, dict le precepte, parce que chascun peult dire toutes choses. Un homme de cette profession de nouvelletez et de reformations physiques, me disoit, il n'y a pas longtemps, que touts les anciens s'estoient notoirement mescomptez en la nature et mouvements des vents, ce qu'il me feroit tresevidemment toucher à la main, si ie vouloy l'entendre. Aprez que i'eus eu un peu de patience à ouyr ses arguments qui avoyent tout plein de verisimilitude, « Comment doncques, lui feis ie, ceulx qui navigeoient soubs les loix de Theophraste, alloient ils en occident, quand ils tiroient en levant? alloient ils à costé, ou à reculons? » « C'est la fortune, me respondit il : tant y a qu'ils se mescomptoient. » Ie luy repliquay lors que i'amois mieulx suivre les effects que la raison. Or, ce sont choses qui se choquent souvent : et m'a lon dict qu'en la geometrie ( qui pense avoir gaigné le hault poinct de certitude parmy les sciences ), il se treuve des demonstrations inevitables, subvertissant la verité de l'experience : comme Iacques Peletier[1] me disoit chez moy qu'il avoyt trouvé deux lignes s'acheminant l'une vers l'aultre pour se ioindre, qu'il verifioit toutesfois ne pouvoir iamais, iusques à l'infinité, arriver à se toucher. Et les Pyrrhoniens ne servent de leurs arguments et de leur raison que pour ruyner l'apparence de l'experience : et est merveille iusques où la souplesse de nostre raison les a suivis à ce desseing de combattre l'evidence des effects; car ils verifient que nous ne nous mouvons pas, que nous ne parlons pas, qu'il n'y a point de poisant ou de chauld, avecques une pareille force d'argumentations que nous verifions les choses plus vraysemblables. Ptolemeus, qui a esté un grand personnage, avoyt establ y les bornes de nostre monde; touts les philosophes anciens ont pensé en tenir la mesure, sauf quelques isles escartees qui pouvoient eschapper à leur cognoissance; c'eust esté pyrrhoniser, il y a mille ans, que de mettre en doubte la science de la cosmographie, et les opinions qui en estoient receues d'un chascun; c'estoit heresie d'advouer des antipodes : voylà de nostre siecle une grandeur infinie de terre ferme, non pas une isle ou une contree particuliere, mais une partie egale à peu prez en grandeur à celle que nous cognoissions, qui vient d'estre descouverte. Les geographes de ce temps ne faillent pas d'assurer que meshuy[2] tout est trouvé, et que tout est veu;

Nam quod adest præsto, placet, et pollere videtur[3].

Sçavoir mon[4], si Ptolemeus s'y est trompé aul-

tresfois, sur les fondements de sa raison, si ce ne seroit pas sottise de me fier maintenant à ce que ceulx cy en disent; et s'il n'est plus vraysemblable que ce grand corps, que nous appellons le Monde, est chose bien aultre que nous ne iugeons.

Platon dict qu'il change de visage à touts sens; que le ciel, les estoiles et le soleil renversent par fois le mouvement que nous y veoyons, changeant l'orient en occident. Les presbtres aegyptiens dirent à Herodote, que depuis leur premier roy, de quoy il y avoyt onze mille tant d'ans (et de touts leurs roys ils luy feirent veoir les effigies en statues tirees aprez le vif), le soleil avoyt changé quatre fois de route; Que la mer et la terre se changent alternativement l'une en l'aultre : Que la naissance du monde est indeterminee : Aristote, Cicero, de mesme : et quelqu'un d'entre nous, Qu'il est de toute eternité, mortel, et renaissant à plusieurs vicissitudes, appellant à tesmoing Salomon et Esaïe; pour eviter ces oppositions, que Dieu a esté quelquefois createur sans creature; qu'il a esté oysif; qu'il s'est desdict de son oysifveté, mettant la main à cet ouvrage; et qu'il est par consequent subiect aux changements. En la plus fameuse des escholes grecques[5], le monde est tenu pour un dieu, faict par un aultre dieu plus grand, et est composé d'un corps, et d'un' ame qui loge en son centre, s'espandant, par nombre de musique, à sa circonference; divin, tresheureux, tresgrand, tressage, eternel : en luy sont d'aultres dieux, la terre, la mer, les astres, qui s'entretiennent d'une harmonieuse et perpetuelle agitation et dance divine; tantost se rencontrants, tantost s'esloingnants; se cachants, montrants; changeants de reng, ores d'avant, et ores derriere. Heraclitus establissoit le monde estre composé par feu; et, par l'ordre des destinees, se debvoir enflammer et resouldre en feu quelque iour, et quelque iour encores renaistre. Et des hommes dict Apuleius, *sigillatim mortales, cunctim perpetui*[6]. Alexandre escrivit à sa mere la narration d'un presbtre aegyptien, tiree de leurs monuments, tesmoingnant l'antiquité de cette nation, infinie, et comprenant la naissance et progrez des aultres païs au vray. Cicero et Diodorus disent, de leur temps,

(1) Jacques Peletier, mathématicien, poëte et grammairien, naquit au Mans en 1517, et mourut à Paris en 1582. Il mérita de son temps quelque célébrité, et fut lié aussi avec Théodore de Bèze, Ronsard, Saint Gelais, Fernel, etc. — (2) *Dèsormais.*

(3) Car on se plait dans ce qu'on a, et on le croit préférable à tout le reste. Lucrèce, V, 1411.

(4) C'est-à-dire, *il reste présentement à savoir.*

(5) Celle de Platon.

(6) Comme individus, ils sont mortels : comme espèce, immortels. Apulée, *de Dio Socratis.*

que les Chaldeens tenoient registre de quatre cents mille tant d'ans : Aristote, Pline, et aultres, que Zoroastre vivoit six mille ans avant l'aage de Platon. Platon dict que ceulx de la ville de Saïs ont des memoires par escript de huict mille ans, et que la ville d'Athenes feut bastie mille ans avant ladicte ville de Saïs : Epicurus, qu'en mesme temps que les choses sont icy, comme nous les veoyons, elles sont toutes pareilles et en mesme façon en plusieurs aultres mondes : ce qu'il eust dict plus asseureement, s'il eust veu les similitudes et convenances de ce nouveau monde des Indes occidentales avecques le nostre present et passé, en de si estranges exemples.

En verité, considerant ce qui est venu à nostre science du cours de cette police terrestre, ie me suis souvent esmerveillé de veoir, en une tresgrande distance de lieux et de temps, les rencontres d'un si grand nombre d'opinions populaires, monstrueuses, et des mœurs et creances sauvages, et qui, par aulcun biais, ne semblent tenir à nostre naturel discours. C'est un grand ouvrier de miracles, que l'esprit humain ! Mais cette relation a ie ne sçay quoy encores de plus heteroclite : elle se treuve aussi en noms, et en mille aultres choses : car on y trouva des nations n'ayants, que nous sçachions, iamais ouï nouvelles de nous ; où la circoncision estoit en credit ; où il y avoyt des estats et grandes polices maintenues par des femmes, sans hommes ; où nos ieusnes et nostre caresme estoit representé, y adioustant l'abstinence des femmes : où nos croix estoient en diverses façons en credit ; icy on en honnoroit les sepultures ; on les appliquoit là, et nommeement celle de sainct André, à se deffendre des visions nocturnes, et à les mettre sur les couches des enfants contre les enchantements ; ailleurs, ils en rencontrerent une de bois, de grande haulteur, adorce pour dieu de la pluye, et celle là bien fort avant dans la terre ferme : on y trouva une bien expresse image de nos penitenciers ; l'usage des mitres, le cœlibat des presbtres, l'art de diviner par les entrailles des animaulx sacrifiez, l'abstinence de toute sorte de chair et poisson, à leur vivre ; la façon aux presbtres d'user, en officiant, de langue particuliere et non vulgaire ; et cette fantasie, que le premier dieu feust chassé par un second, son frere puisné : qu'ils feurent creez avecques toutes commoditez, lesquelles on leur a depuis retrenchees pour leur peché ; changé leur territoire, et empiré leur condition naturelle : qu'aultrefois ils ont esté submergez par l'inondation des eaux celestes ; qu'il ne s'en sauva que peu de familles, qui se ietterent dans les haults creux des montaignes, lesquels creux ils

boucherent, si que l'eau n'y entra point, ayant enfermé là dedans plusieurs sortes d'animaulx ; que quand ils sentirent la pluye cesser, ils meirent hors des chiens, lesquels estants revenus nets et mouillez, ils iugerent l'eau n'estre encore gueres abbaissee ; depuis, en ayant faict sortir d'aultres, et les veoyants revenir bourbeux, ils sortirent repeupler le monde, qu'ils trouverent plein seulement de serpents : on rencontra, en quelque endroict, la persuasion du iour du iugement, de sorte qu'ils s'offensoient merveilleusement contre les Espaignols, qui espandoient les os des trespassez en fouillant les richesses des sepultures, disants que ces os escartez ne se pourroient facilement reioindre ; la traficque par eschange, et non aultre ; foires et marchez pour cet effect ; des nains et personnes difformes pour l'ornement des tables des princes ; l'usage de la faulconnerie selon la nature de leurs oyseaux ; subsides tyranniques ; delicatesses de iardinages ; dances, saults basteleresques, musique d'instruments, armoiries ; ieux de paulme, ieu de dez et de sort auquel ils s'eschauffent souvent iusques à s'y iouer eulx mesmes et leur liberté ; medecine non aultre que de charmes ; la forme d'escrire par figures ; creance d'un seul premier homme pere de tous les peuples ; adoration d'un Dieu qui vesquit aultrefois homme en parfaicte virginité, ieusne et penitence, preschant la loy de nature et des cerimonies de la religion, et qui disparut du monde sans mort naturelle ; l'opinion des geants ; l'usage de s'enyvrer de leurs bruvages et de boire d'autant ; ornements religieux peincts d'ossements et testes de morts, surplis, eau beneicte, aspergez ; femmes et serviteurs, qui se presentent à l'envy à se brusler et enterrer avecques le mary ou maistre trespassé ; loy que les aisnez succedent à tout le bien, et n'est reservé aulcune part au puisné, que d'obeyssance ; coustume, à la promotion de certain office de grande auctorité, que celuy qui est promeu prend un nouveau nom et quitte le sien ; de verser de la chaulx sur le genouil de l'enfant freschement nay, en luy disant, « Tu es venu de pouldre, et retourneras en pouldre ; » l'art des augures. Ces vains umbrages de nostre religion, qui se veoyent en aulcuns de ces exemples, en tesmoingnent la dignité et la divinité : non seulement elle s'est aulcunement insinuce en toutes les nations infidelles de deçà par quelque imitation, mais à ces barbares aussi comme par une commune et supernaturelle inspiration ; car on y trouva aussi la creance du purgatoire, mais d'une forme nouvelle ; ce que nous donnons au feu, ils le donnent au froid, et imaginent les ames et

purgees et punies par la rigueur d'une extreme
froidure : et m'advertit cet exemple, d'une aultre
plaisante diversité; car, comme il s'y trouva des
peuples qui aimoient à deffubler le bout de leur
membre, et en retranchoient la peau à la mahometane et à la iuifve, il s'y en trouva d'aultres
qui faisoient si grande conscience de le deffubler,
qu'à tout des petits cordons ils portoient leur peau
bien soigneusement estiree et attachee au dessus,
de peur que ce bout ne veist l'air; et de cette
diversité aussi, que, comme nous honnorons les
roys et les festes en nous parant des plus honnestes
vestements que nous ayons; en aulcunes regions,
pour montrer toute disparité et soubmission à leur
roy, les subiects se presentoient à luy en leurs plus
vils habillements, et entrants au palais prennent
quelque vieille robbe deschiree sur la leur bonne,
à ce que tout le lustre et l'ornement soit au maistre.
Mais suivons.

Si nature enserre dans les termes de son progrez
ordinaire, comme toutes aultres choses, aussi les
creances, les iugements et opinions des hommes;
si elles ont leur revolution, leur saison, leur naissance, leur mort, comme les choulx; si le ciel les
agite et les roule à sa poste, Quelle magistrale auctorité et permanente leur allons nous attribuant?
Si, par experience, nous touchons à la main [1] que
la forme de nostre estre despend de l'air, du climat
et du terroir où nous naissons, non seulement le
teinct, la taille, la complexion et les contenances,
mais encores les facultez de l'ame; *et plaga cœli
non solum ad robur corporum, sed etiam animorum
facit* [2] dict Vegece; et que la deesse fondatrice de
la ville d'Athenes choisit, à la situer, une temperature de païs qui feist les hommes prudents,
comme les presbtres d'Aegypte apprindrent à Solon, *Athenis tenue cœlum; ex quo etiam acutio-
res putantur Attici: crassum Thebis; itaque pin-
gues Thebani, et valentes* [3]; en maniere que, ainsin
que les fruicts naissent divers et les animaulx, les
hommes naissent aussi plus et moins belliqueux,
iustes, temperants et dociles; icy subiects au vin,
ailleurs au larrecin ou à la paillardise; icy enclins
à superstition, ailleurs à la mescreance; icy à la
liberté, icy à la servitude; capables d'une science,
ou d'un art; grossiers, ou ingenieux; obeyssants,
ou rebelles; bons, ou mauvais, selon que porte
l'inclination du lieu où ils sont assis; et prennent
nouvelle complexion si on les change de place,
comme les arbres; qui feust la raison pour laquelle
Cyrus ne voulut accorder aux Perses d'abandonner
leur païs, aspre et bossu, pour se transporter en
un aultre doulx et plain, disant que les terres grasses
et molles font les hommes mols, et les fertiles, les

esprits infertiles : si nous veoyons tantost fleurir
un art, une creance, tantost une aultre, par quelque influence celeste; tel siecle produire telles natures, et incliner l'humain genre à tel ou tel ply;
les esprits des hommes tantost gaillards, tantost
maigres, comme nos champs; Que deviennent toutes ces belles prerogatives de quoy nous nous allons
flattants? Puisqu'un homme sage se peult mescompter, et cent hommes et plusieurs nations;
voire et l'humaine nature selon nous se mescompte
plusieurs siecles en cecy ou en cela : quelle seureté
avons nous que par fois elle cesse de se mescompter, et qu'en ce siecle elle ne soit en mescompte?

Il me semble, entre aultres tesmoingnages de
nostre imbecillité, que celuy cy ne merite pas d'estre oublié, Que, par desir mesme, l'homme ne
sçache trouver ce qu'il luy fault; Que, non par
iouyssance, mais par imagination et par souhait,
nous ne puissions estre d'accord de ce de quoy
nous avons besoing pour nous contenter. Laissons
à nostre pensee tailler et couldre à son plaisir;
elle ne pourra pas seulement desirer ce qui luy est
propre, et se satisfaire :

> Quid enim ratione timemus,
> Aut cupimus? quid tam dextro pede concipis, ut te
> Conatus non pœnitet, votique peracti [4]?

C'est pourquoy Socrates ne requeroit les dieux
sinon de luy donner ce qu'ils sçavoient luy estre
salutaire : et la priere des Lacedemoniens, publique et privee, portoit simplement, Les choses
bonnes et belles leur estre octroyees; remettant à
la discretion de la puissance supresme le triage et
chois d'icelles :

> Coniugium petimus, partumque uxoris; at illis
> Notum, qui pueri, qualisque futura sit uxor [5]:

et le chrestien supplie Dieu « Que sa volonté soit
faicte, » pour ne tumber en l'inconvenient que les
poëtes feignent du roy Midas. Il requit les dieux
que tout ce qu'il toucheroit se convertist en or : sa
priere feut exaucee; son vin feut or, son pain or
et la plume de sa couche, et d'or sa chemise et son

---

(1) *Nous maintenons, nous prétendons.*
(2) Le climat ne contribue pas seulement à la vigueur du
corps, mais aussi à celle de l'esprit. Végèce, I, 2.
(3) L'air d'Athènes est subtil, et l'on croit que c'est ce qui
donne aux Athéniens tant de finesse : à Thèbes, l'air est épais,
aussi les Thébains ont-ils plus de vigueur que d'esprit. Cic., *de
Fato*, c. 4.
(4) Est-ce la raison qui règle nos craintes et nos désirs? Qui jamais conçut un projet sous des auspices assez favorables pour ne
s'être pas repenti de l'entreprise, et même du succès? Juv., *Sat.*
X, 4.
(5) Nous voulons une épouse, et la voulons féconde; mais ce
sont les dieux qui savent quelle sera la mère, quels seront les enfants. Juv., *Sat.*, X, 352.

vestement ; de façon qu'il se trouva accablé soubs la iouyssance de son desir, et estrené d'une insupportable commodité : il luy falut desprier ses prieres.

Attonitus novitate mali, divesque, miserque,
Effugere optat opes, et, quæ modo voverat, odit[1].

Disons de moy mesme : Ie demandois à la fortune, aultant qu'aultre chose, l'ordre sainct Michel, estant ieune ; car c'estoit lors l'extreme marque d'honneur de la noblesse françoise, et tresrare. Elle me l'a plaisamment accordé : au lieu de me monter et haulser de ma place pour y aveindre, elle m'a bien plus gracieusement traicté, elle l'a ravallé et rabaissé iusques à mes espaules et au dessoubs. Cleobis et Biton, Trophonius et Agamedes, ayant requis, ceulx là leur deesse, ceulx cy leur dieu, d'une recompense digne de leur picté, eurent la mort pour present : tant les opinions celestes sur ce qu'il nous fault sont diverses aux nostres ! Dieu pourroit nous octroyer les richesses, les honneurs, la vie et la santé mesme, quelquesfois à nostre dommage ; car tout ce qui nous est plaisant ne nous est pas tousiours salutaire. Si, au lieu de la guarison, il nous envoye la mort ou l'empirement de nos maulx, *virga tua, et baculus tuus, ipsa me consolata sunt*[2] ; il le faict par les raisons de sa providence, qui regarde bien plus certainement ce qui nous est deu, que nous ne pouvons faire ; et le debvons prendre en bonne part, comme d'une main tressage et tresamie ;

Si consilium vis :
Permittes ipsis expendere numinibus, quid
Conveniat nobis, rebusque sit utile nostris...
Carior est illis homo quam sibi[3] :

car de les requerir des honneurs, des charges, c'est les requerir qu'ils vous iectent à une bataille, ou au ieu des dez, ou de telle aultre chose de laquelle l'yssue vous est incogneue et le fruict doubteux.

Il n'est point de combat si violent entre les philosophes, et si aspre, que celuy qui se dresse sur la question du souverain bien de l'homme ; duquel, par le calcul de Varro, nasquirent deux cents quatre vingt huict sectes. *Qui autem de summo bono dissentit, de tota philosophiæ ratione disputat*[4],

Tres mihi convivæ prope dissentire videntur,
Poscentes vario multum diversa palato :  [alter ;
Quid dem ? quid non dem ? Renuis tu, quod iubet
Quod petis, id sane est invisum acidumque duo-
                                        [bus[5].

nature debvroit ainsin respondre à leurs contestations et à leurs debats. Les uns disent nostre bienestre loger en la vertu ; d'aultres ,en la volupté ; d'aultres, au consentir à nature ; qui en la science , qui à n'avoir point de douleur, qui à ne se laisser emporter aux appareuces ; et à cette fantasie semble retirer cett' aultre de l'ancien Pythagoras,

Nil admirari, prope res est una, Numici,
Solaque, quæ possit facere et servare beatum[6],

qui est la fin de la secte pyrrhonienne : Aristote attribue à magnanimité n'admirer rien : et , disoit Archesilas, les soustenements et l'estat droict et flexible du iugement, estre les biens, mais les consentements et applications, estre les vices et les maulx ; il est vray qu'en ce qu'il l'establissoit par axiome certain, il se despartoit du pyrrhonisme : les pyrrhoniens, quand ils disent que le souverain bien c'est l'*ataraxie*[7], qui est l'immobilité du iugement, ils ne l'entendent pas dire d'uue façon affirmatifve ; mais le mesme bransle de leur ame, qui leur faict fuyr les precipices, et se mettre.à couvert du screin, celuy là mesme leur presente cette fantasie et leur en faict refuser une aultre.

Combien ie desire que, pendant que ie vis, ou quelque aultre, ou Iustus Lipsius[8], le plus sçavant homme qui nous reste, d'un esprit trespoly et iudicieux ; vrayement germain à mon Turnebus, eust et la volonté, et la santé, et assez de repos, pour ramasser en un registre, selon leurs divisions et leurs classes, sincerement et curieusement autant que nous y pouvons veoir, les opinions de l'ancienne philosophie sur le subiect de nostre estre et de nos mœurs, leurs controverses, le credit et suitte des parts, l'application de la vie des aucteurs et sectateurs à leurs preceptes ez accidents memorables et exemplaires : le bel ouvrage et utile que ce seroit !

Au demourant, si c'est de nous que nous tirons

---

(1) Étonné d'un mal si nouveau , riche et indigent à la fois , il voudroit échapper à ses richesses, et déteste ses vœux imprudents. OVIDE , *Métam.*, XI, 128.

(2) Ta verge et ton bâton m'ont consolé. *Psalm.*, XXII, 4.

(3) Croyez-moi , laissons faire aux dieux ; ils savent ce qui nous convient , ce qui peut nous être utile ; l'homme leur est plus cher qu'il ne l'est à lui-même. JUV., *Sat.*, X, 346.

(4) Or, dès qu'on ne s'accorde pas sur le souverain bien , on diffère d'opinion sur toute la philosophie. CIC., *de Finib.*, V, 5.

(5) Il me semble voir trois convives de goûts différents : que leur donnerai-je ? que ne leur donnerai-je pas ? Vous refusez ce qu'un autre demande , et ce que vous voulez déplaît aux deux autres. HOR., *Epist.*, II, 2 , 61.

(6) Ne rien admirer, Numicius, c'est presque le seul moyen d'assurer son bonheur. HOR., *Epist.*, I, 6 , 1.

(7) Mot grec qui signifie *tranquillité parfaite* , *absolue indifférence* , ἀδιαφορία , autre terme de la philosophie pyrrhonienne.

(8) Juste Lipse , savant belge , qui fut en commerce de lettres avec Montaigne.

le reglement de nos mœurs, à quelle confusion nous reiectons nous? car ce que nostre raison nous y conseille de plus vraysemblable, c'est generalement à chascun d'obeyr aux loix de son païs, comme porte l'advis de Socrates, inspiré, dict il, d'un conseil divin; et par là que veult elle dire, sinon que nostre debvoir n'a aultre regle que fortuite? La verité doibt avoir un visage pareil et universel: la droicture et la iustice, si l'homme en cognoissoit qui eust corps et veritable essence, il ne l'attacheroit pas à la condition des coustumes de cette contrée, ou de celle là; ce ne seroit pas de la fantasie des Perses ou des Indes, que la vertu prendroit sa forme. Il n'est rien subiect à plus continuelle agitation que les loix: depuis que ie suis nay, i'ay veu trois et quatre fois rechanger celles des Anglois nos voysins; non seulement en subiect politique, qui est celuy qu'on veult dispenser de constance, mais au plus important subiect qui puisse estre, à sçavoir de la religion[1]: de quoy i'ay honte et despit, d'autant plus que c'est une nation à laquelle ceulx de mon quartier ont eu aultresfois une si privée accoinstance, qu'il reste encores en ma maison aulcunes traces de nostre ancien cousinage: et chez nous icy, i'ay veu telle chose qui nous estoit capitale, devenir legitime; et nous, qui en tenons d'aultres, sommes à mesme, selon l'incertitude de la fortune guerrière, d'estre un iour criminels de leze maiesté humaine et divine, nostre iustice tumbant à la mercy de l'iniustice, et, en l'espace de peu d'années de possession, prenant une essence contraire. Comment pouvoit ce dieu ancien plus clairement accuser en l'humaine cognoissance l'ignorance de l'estre divin, et apprendre aux hommes que leur religion n'estoit qu'une piece de leur invention propre à lier leur société, qu'en declarant, comme il feit à ceulx qui en recherchoient l'instruction de son trepied, « Que le vray culte à chascun estoit celuy qu'il trouvoit observé par l'usage du lieu où il estoit? » O Dieu! quelle obligation n'avons nous à la benignité de nostre souverain Createur, pour avoir desniaisé nostre creance de ces vagabondes et arbitraires devotions, et l'avoir logée sur l'eternelle base de sa saincte parole! Que nous dira doncques en cette necessité la philosophie? «Que nous suivions les loix de nostre païs; » c'est à dire cette mer flottante des opinions d'un peuple ou d'un prince, qui me peindront la iustice d'autant de couleurs, et la reformeront en autant de visages, qu'il y aura en eulx de changements de passion: ie ne puis pas avoir le iugement si flexible. Quelle bonté est ce, que ie veoyois hier en credit; et demain ne l'estre plus; et que le traiect d'une rivière faict crime? Quelle

verité est ce que ces montaignes bornent, mensonge au monde qui se tient au delà?

Mais ils sont plaisants, quand, pour donner quelque certitude aux loix, ils disent qu'il y en a aulcunes fermes, perpetuelles et immuables, qu'ils nomment naturelles, qui sont empreintes en l'humain genre par la condition de leur propre essence; et de celles là, qui en faict le nombre de trois, qui de quatre, qui plus, qui moins: signe que c'est une marque aussi doubteuse que le reste. Or, ils sont si desfortunez, (car comment puis ie nommer cela, sinon desfortune, que d'un nombre de loix si infini, il ne s'en rencontre pas au moins une que la fortune et temerité du sort ayt permis estre universellement receue par le consentement de toutes les nations?) ils sont, dy ie, si miserables que de ces trois ou quatre loix choisies, il n'en y a une seule qui ne soit contredicte et desadvouée, non par une nation, mais par plusieurs. Or, c'est la seule enseigne vraysemblable par laquelle ils puissent argumenter aulcunes loix naturelles que l'université de l'approbation : car ce que nature nous auroit veritablement ordonné, nous l'ensuivrions sans doubte d'un commun consentement; et non seulement toute nation, mais tout homme particulier, ressentiroit la force et la violence que luy feroit celuy qui le voudroit poulser au contraire de cette loy. Qu'ils m'en montrent, pour veoir, une de cette condition. Protagoras et Ariston ne donnoient aultre essence à la iustice des loix, que l'auctorité et opinion du legislateur; et que, cela mis à part, le bon et l'honneste perdoient leurs qualitez, et demeuroient des noms vains de choses indifferentes : Trasymachus, en Platon, estime qu'il n'y a point d'aultre droict que la commodité du superieur. Il n'est chose en quoy le monde soit si divers qu'en coustumes et loix : telle chose est icy abominable, qui apporte recommandation ailleurs, comme en Lacedemone la subtilité de desrober; les mariages entre les proches sont capitalement deffendus entre nous, ils sont ailleurs en honneur :

> Gentes esse feruntur,
> In quibus et nato genitrix, et nata parenti
> Iungitur, et pietas geminato crescit amore[2];

le meurtre des enfants, meurtre des peres, communication de femmes, trafficque de voleries, li-

---

[1] En effet, de 1554 à 1558, Montaigne avoit pu voir les Anglois, ou plutôt la cour d'Angleterre, changer quatre fois de religion.

[2] Il est, dit on, des peuples où la mère s'unit à son fils, la fille à son père, et où l'amour resserre les liens sacrés de la nature. Ovide, Metam., X, 331.

cence à toutes sortes de voluptez, il n'est rien en somme si extreme qui ne se treuve receu par l'usage de quelque nation.

Il est croyable qu'il y a des loix naturelles, comme il se veoid ez aultres creatures : mais en nous elles sont perdues; cette belle raison humaine s'ingerant partout de maistriser et commander, brouillant et confondant le visage des choses, selon sa vanité et inconstance ; *nihil itaque amplius nostrum est; quod nostrum dico, artis est* [1]. Les subiects ont divers lustres et diverses considerations ; c'est de là que s'engendre principalement la diversité d'opinions : une nation regarde un subiect par un visage, et s'arreste à celuy là, l'aultre par un aultre.

Il n'est rien si horrible à imaginer que de manger son pere : les peuples qui avoyent anciennement cette coustume la prenoient toutesfois pour tesmoingnage de pieté et de bonne affection, cherchants par là à donner à leurs progeniteurs la plus digne et honnorable sepulture ; logeants en eulx mesmes et comme en leurs moelles les corps de leurs peres et leurs reliques; les vivifiants aulcunement et regenerants par la transmutation en leur chair vifve, au moyen de la digestion et du nourrissement : il est aysé à considerer quelle cruauté et abomination c'eust esté à des hommes abbruvez et imbus de cette superstition, de iecter la despouille des parents à la corruption de la terre, et nourriture des bestes et des vers.

Lycurgus considera au larrecin la vivacité, diligence, hardiesse et adresse qu'il y a à surprendre quelque chose de son voysin, et l'utilité qui revient au public que chascun en regarde plus curieusement à la conservation de ce qui est sien ; et estima que de cette double institution à assaillir et à deffendre, il s'en tiroit du fruict à la discipline militaire (qui estoit la principale science et vertu à quoy il vouloyt duire cette nation) de plus grande consideration que n'estoit le desordre et l'iniustice de se prevaloir de la chose d'aultruy.

Dionysius le tyran offrit à Platon une robbe à la mode de Perse, longue, damasquinee et parfumee; Platon la refusa, disant qu'estant nay homme, il ne se vestiroit pas volontiers de robbe de femme : mais Aristippus l'accepta, avecques cette response « Que nul accoustrement ne pouvoit corrompre un chaste courage. » Ses amys tansoient sa lascheté de prendre si peu à cœur que Dionysius luy eust craché au visage : « Les pescheurs, dict il, souffrent bien d'estre baignez des ondes de la mer, depuis la teste iusqu'aux pieds, pour attraper un goujon. » Diogenes lavoit ses choulx, et le veoyant passer, « Si tu sçavois vivre de choulx, tu ne ferois

pas la court à un tyran : » à quoy Aristippus, « Si tu sçavois vivre entre les hommes, tu ne laverois pas des choulx. » Voylà comment la raison fournit d'apparence à divers effects : c'est un pot à deux anses, qu'on peult saisir à gauche et à dextre :

Bellum, o terra hospita, portas :
Bello armantur equi; bellum hæc armenta miuan-
Sed tamen idem olim curru succedere sueti    [tur.
Quadrupedes, et frena iugo concordia ferre,
Spes est pacis [2].

On preschoit Solon de n'espandre pour la mort de son fils des larmes impuissantes et inutiles : « Et c'est pour cela, dict il, que plus iustement ie les espands, qu'elles sont inutiles et impuissantes. » La femme de Socrates rengregeoit [3] son dueil par telle circonstance : Oh ! qu'iniustement le font mourir ces meschants iuges? « Aimerois tu doncques mieulx que ce feust iustement ? » luy repliqua il. Nous portons les aureilles percees ; les Grecs tenoient cela pour une marque de servitude. Nous nous cachons pour iouyr de nos femmes ; les Indiens le font en publicque. Les Scythes immoloient les estrangers en leurs temples ; ailleurs les temples servent de franchise.

Iude furor vulgi, quod numina vicinorum
Odit quisque locus, quum solos credat habendos
Esse deos, quos ipse colit [4].

I'ay ouï parler d'un iuge, lequel, où il rencontroit un aspre conflict entre Bartolus et Baldus [5], et quelque matiere agitee de plusieurs contrarietez, mettoit en marge de son livre, « Question pour l'amy : » c'est à dire que la verité estoit si embrouillee et debattue, qu'en pareille cause il pourroit favoriser celle des parties que bon luy sembleroit. Il ne tenoit qu'à faulte d'esprit et de suffisance, qu'il ne peust mettre par tout, « Question pour l'amy : » les advocats et les iuges de nostre temps treuvent à toutes causes assez de biais pour les accommoder où bon leur semble. A une science si infinie despendant de l'auctorité de tant

---

(1) Il ne reste plus rien qui soit véritablement nôtre : ce que j'appelle nôtre, n'est qu'une production de l'art.

(2) Est-ce donc la guerre que tu nous apportes, ô rive hospitalière ? c'est pour la guerre qu'on arme les coursiers ; c'est la guerre que nous présagent ces fiers animaux. Mais quelquefois aussi on les attèle à un char, et le frein les habitue à marcher ensemble sous le même joug : j'espère encore la paix. VIRG., *En.* III, 539.

(3) *Augmentoit.*

(4) Il règne entre certains peuples une haine furieuse, parce que les uns adorent des dieux que les autres détestent, et que chacun pense qu'il n'y a de dieux que les siens. JUV., XV, 37.

(5) Deux célèbres jurisconsultes du quatorzième siècle. Le premier naquit à Sasso-Ferrato, ville d'Ombrie ; le second, qui fut disciple de Bartole, étoit de Perouse.

d'opinions, et d'un subiect si arbitraire, il ne peult estre qu'il n'en naisse une confusion extreme de iugements; aussi n'est il gueres si clair procez auquel les advis ne se treuvent divers; ce qu'une compaignie a iugé, l'aultre le iuge au contraire, et elle mesme au contraire une aultre fois. De quoy nous veoyons des exemples ordinaires, par cette licence, qui tache merveilleusement la cerimonieuse auctorité et lustre de nostre iustice, de ne s'arrester aux arrests, et courir des uns aux aultres iuges pour decider d'une mesme cause.

Quant à la liberté des opinions philosophiques touchant le vice et la vertu, c'est chose où il n'est besoing de s'estendre, et où il se treuve plusieurs advis qui valent mieulx teus que publiez aux foibles esprits. Arcesilaus disoit n'estre considerable en la paillardise de quel costé et par où on le feust : *Et obscœnas voluptates, si natura requirit, non genere, aut loco, aut ordine, sed forma, ætate, figura, metiendas Epicurus putat.... Ne amores quidem sanctos a sapiente alienos esse arbitrantur :.... Quœramus, ad quam usque œtatem iuvenes amandi sint[1],* Ces deux derniers lieux stoïcques, et, sur ce propos, le reproche de Dicaearchus à Platon mesme, monstrent combien la plus saine philosophie souffre de licences esloingnees de l'usage commun, et excessifves.

Les loix prennent leur auctorité de la possession et de l'usage; il est dangereux de les ramener à leur naissance : elles grossissent et s'annoblissent en roulant, comme nos rivieres; suivez les contremont iusques à leur source, ce n'est qu'un petit sourgeon d'eau à peine recognoissable, qui s'enorgueillit ainsi et se fortifie en vieillissant. Veoyez les anciennes considerations qui ont donné le premier bransle à ce fameux torrent, plein de dignité, d'horreur et de reverence; vous les trouverez si legieres et si delicates, que ces gents icy, qui poisent tout et le ramenent à la raison, et qui ne reçoivent rien par auctorité et à credit, il n'est pas merveille s'ils ont leurs iugements souvent treseslloingnez des iugements publicques. Gents qui prennent pour patron l'image premiere de nature, il n'est pas merveille si, en la pluspart de leurs opinions, ils gauchissent la voye commune : comme, pour exemple, peu d'entre eulx eussent approuvé les conditions contrainctes de nos mariages; et la pluspart ont voulu les femmes communes et sans obligation : ils refusoient nos cerimonies; Chrysippus disoit qu'un philosophe fera une douzaine de culebuttes en publicque, voire sans hault de chausses, pour une douzaine d'olives; à peine eust il donné advis à Clisthenes de refuser la belle Agariste, sa fille, à Hippoclides pour luy avoir veu faire

l'arbre fourché[2] sur une table. Metrocles lascha un peu indiscretement un pet, en disputant, en presence de son eschole, et se tenoit en sa maison caché de honte; iusques à ce que Crates le feut visiter, et adioustant à ses consolations et raisons l'exemple de sa liberté, se mettant à peter à l'envy avecques luy, il luy osta ce scrupule, et, de plus, le retira à sa secte stoïcque, plus franche, de la secte peripatetique plus civile, laquelle iusques lors il avoyt suivi. Ce que nous appellons Honnesteté, de n'oser faire à descouvert ce qui nous est honneste de faire à couvert, ils l'appeloient Sottise; et de faire le fin à taire et desadvouer ce que nature, coustume et nostre desir publient et proclament de nos actions, ils l'estimoient Vice : et leur sembloit, Que c'estoit affoler[3] les mysteres de Venus que de les oster du retiré sacraire de son temple, pour les exposer à la veue du peuple; et Que tirer ses ieux hors du rideau, c'estoit les perdre : c'est chose de poids que la honte; la recelation, reservation, circonscription, parties de l'estimation : Que la volupté tresiugenieusement faisoit instance, soubs le masque de la vertu, de n'estre prostituee au milieu des quarrefours, foulee des pieds et des yeulx de la commune, trouvant à dire la dignité et commodité de ses cabinets accoustumez. De là disent aulcuns que d'oster les bordels publicques, c'est non seulement espandre partout la paillardise qui estoit assignee à ce lieu là; mais encore aiguillonner les hommes vagabonds et oisifs à ce vice, par la malaysance :

Mœchus es Aufidiæ, qui vir, Scævine, fuisti:
    Rivalis fuerat qui tuus, ille vir est.
Cur aliena placet tibi, quæ tua non placet uxor?
    Numquid securus non potes arrigere[4]?

Cette experience se diversifie en mille exemples :

Nullus in urbe fuit tota, qui tangere vellet
    Uxorem gratis, Cæciliane, tuam,

---

(1) A l'égard des plaisirs obscènes, Épicure pense que, si la nature les demande, il faut moins s'arrêter à la naissance et au rang, qu'à l'âge et à la figure. Cic., *Tusc. quæst.*, V, 33. — Les stoïciens ne pensent pas que des amours saintement réglés soient interdits au sage. Cic., *de Finib. bonor. et mal.*, III, 20. — Voyons (disent les stoïciens) jusqu'à quel âge on doit aimer les jeunes gens. Sén., *Epist.* 123.

(2) C'est faire une double fourche, en se tenant la tête en bas sur les deux mains, et les pieds en l'air, contre un arbre ou un mur. Ce jeu d'enfant s'appelle aujourd'hui *faire l'arbre fourchu*, ou *la bourrée*.

(3) *Ravaler, déprécier.*

(4) Jadis mari d'Aufidia, Scévinus, te voilà son galant, aujourd'hui qu'elle est la femme de ton rival. Elle te déplaisoit quand elle étoit à toi : d'où vient qu'elle te plaît depuis qu'elle est à un autre? Es tu donc impuissant dès que tu n'as rien à craindre? MARTIAL, III, 70.

Dum licuit : sed nunc, positis custodibus, ingens
Turba fututorum est. Ingeniosus homo es [1].

On demanda à un philosophe qu'on surprit à mesme,
« ce qu'il faisoit : » il respondit tout froidement, « Ie
plante un homme : » ne rougissant non plus d'estre
rencontré en cela, que si on l'eust trouvé plantant
des aulx.

C'est, comme i'estime, d'une opinion tendre,
respectueuse, qu'un grand et religieux aucteur
tient cette action si necessairement obligee à l'oc-
cultation et à vergongne, qu'en la licence des
embrassemens cyniques il ne se peult persuader
que la besongne en veinst à sa fin, ains qu'elle
s'arrestoit à representer des mouvemens lascifs
seulement, pour maintenir l'impudence de la profession de leur eschole ; et que, pour eslancer ce
que la honte avoyt contrainct et retiré, il leur estoit encores aprez besoing de chercher l'umbre.
Il n'avoyt pas veu assez avant en leur desbauche :
car Diogenes, exerceant en public sa masturba-
tion, faisoit souhait, en presence du peuple assistant, « de pouvoir ainsin saouler son ventre en
le frottant. » A ceulx qui luy demandoient pourquoy il ne cherchoit lieu plus commode à manger
qu'en pleine rue : « C'est, respondoit il, que i'ay
faim en pleine rue. » Les femmes philosophes,
qui se mesloient à leur secte, se mesloient aussi
à leur personne, en tout lieu, sans discretion ; et
Hipparchia ne feut receue en la societé de Crates,
qu'à condition de suivre en toutes choses les uz
et coustumes de sa regle. Ces philosophes icy donnoient extreme pris à la vertu, et refusoient toutes
aultres disciplines que la morale : si est ce qu'en
toutes actions ils attribuoient la souveraine auctorité à l'eslection de leur sage, et au dessus des
loix ; et n'ordonnoient aux voluptez aultre bride,
que la moderation, et la conservation de la liberté
d'aultruy.

Heraclitus et Protagoras, de ce que le vin semble amer au malade, et gracieux au sain ; l'aviron
tortu dans l'eau, et droict à ceulx qui le veoyent
hors de là, et de pareilles apparences contraires
qui se treuvent aux subiects, argumenterent que
touts subiects avoyent en eulx les causes de ces
apparences ; et qu'il y avoyt au vin quelque amertume qui se rapportoit au goust du malade ; l'a-
viron, certaine qualité courbe se rapportant à
celuy qui le regarde dans l'eau ; et ainsin de tout
le reste : qui est dire que tout est en toutes choses,
et par consequent rien en aulcune ; car rien n'est,
où tout est.

Cette opinion me ramentoit [2] l'experience que
nous avons, qu'il n'est aulcun sens ny visage,
ou droict, ou amer, ou doulx, ou courbe, que

l'esprit humain ne treuve aux escripts qu'il entreprend de fouiller : en la parole la plus nette,
pure et parfaicte qui puisse estre, combien de
faulseté et de mensonge a l'on faict naistre ? quelle
heresie n'y a trouvé des fondemens assez et tesmoingnages pour entreprendre et pour se maintenir ? C'est pour cela que les aucteurs de telles
erreurs ne se veulent iamais despartir de cette
preuve du tesmoingnage de l'interpretation des
mots. Un personnage de dignité, me voulant approuver par auctorité cette queste de la pierre
philosophale où il est tout plongé, m'allegua dernierement cinq ou six passages de la Bible sur lesquels il disoit s'estre premierement fondé pour la
descharge de sa conscience ( car il est de profession
ecclesiastique ) ; et, à la verité, l'invention n'en
estoit pas seulement plaisante, mais encores bien
proprement accommodee à la deffense de cette belle
science.

Par cette voye se gaigne le credit des fables
divinatrices : il n'est prognosticqueur, s'il a cette
auctorité qu'on luy daigne feuilleter, et rechercher curieusement touts les plis et lustres de ses
paroles, à qui on ne face dire tout ce qu'on voudra, comme aux Sibylles ; il y a tant de moyens
d'interpretation, qu'il est malaysé que, de biais
ou de droict fil, un esprit ingenieux ne rencontre
en tout subiect quelque air qui luy serve à son
poinct : pourtant se treuve un style nubileux et
doubteux en si frequent et ancien usage [3]. Que
l'aucteur puisse gaigner cela, d'attirer et embesongner à soy la posterité, ce que non seulement
la suffisance, mais autant, ou plus, la faveur fortuite de la matiere peult gaigner ; qu'au demourant il se presente, par bestise, ou par finesse,
un peu obscurement et diversement ; ne luy chaille :
nombre d'esprits, le beluttans et secouans, en
esprimeront quantité de formes, ou selon, ou à
costé, ou au contraire, de la sienne, qui luy feront
toutes honneur ; il se verra enrichy des moyens de
ses disciples, comme les regents du landy [4]. C'est
ce qui a faict valoir plusieurs choses de neant,
qui a mis en credit plusieurs escripts, et les a
chargez de toute sorte de matiere qu'on a voulu ;

<hr />

[1] Dans toute la ville, ô Cécilianus ! il ne s'est trouvé personne qui voulût *gratis* approcher de ta femme, tant qu'on en
avoit la liberté : mais, depuis que tu la fais garder, les amans
l'assiègent : tu es un homme ingénieux ! MARTIAL, I, 74.

[2] *Rappeloit.*

[3] C'est à-dire *voilà pourquoi le style obscur et équivoque est
d'un usage si frequent et si ancien.*

[4] *Landy* ou *landit* se prend ici pour le salaire ou présent que
les écoliers donnoient à leur maitre à l'époque de la fête et de la
foire du *Landy* ; c'est pour cela qu'on traduisoit, en latin, *Landy*
par *Minerval* ; et qu'on appeloit, en terme d'écolier, *frippelandis*,
les écoliers qui frustroient leurs régents de ce présent.

une mesme chose renovant mille et mille, et autant qu'il nous plaist d'images et considerations diverses.

Est il possible qu'Homere ayt voulu dire tout ce qu'on lui faict dire; et qu'il se soit presté à tant et si diverses figures, que les theologiens, legislateurs, capitaines, philosophes, toute sorte de gents qui traictent sciences, pour diversement et contrairement qu'ils les traictent, s'appuyent de luy, s'en rapportent à luy? maistre general à touts offices, ouvrages et artisans; general conseiller à toutes entreprinses : quiconque a eu besoing d'oracles et de predictions, en y a trouvé pour son faict. Un personnage sçavant, et de mes amys, c'est merveille quels rencontres et combien admirables il y faict naistre en faveur de nostre religion; et ne se peult aysement despartir de cette opinion, que ce ne soit le desseing d'Homere; si luy est cet aucteur aussi familier qu'à homme de nostre siecle : et ce qu'il treuve en faveur de la nostre, plusieurs anciennement l'avoyent trouvé en faveur des leurs. Veoyez demener et agiter Platon : chascun, s'hounorant de l'appliquer à soy, le couche du costé qu'il le veult; on le promeine et l'insere à toutes les nouvelles opinions que le monde reçoit; et le differente lon [1] à soy mesme, selon le different cours des choses; l'on faict desadvouer à son sens les mœurs licites en son siecle, d'autant qu'elles sont illicites au nostre : tout cela, vifvement et puissamment, autant qu'est puissant et vif l'esprit de l'interprete. Sur ce mesme fondement qu'avoyt Heraclitus et cette sienne sentence, « Que toutes choses avoyent en elle les visages qu'on y trouvoit, » Democritus en tiroit une toute contraire conclusion, c'est « que les subiects n'avoyent du tout rien de ce que nous y trouvions; » et, de ce que le miel estoit doulx à l'un et amer à l'aultre, il argumentoit qu'il n'estoit ni doulx, ni amer. Les pyrrhoniens diroient, qu'ils ne sçavent s'il est doulx ou amer, ou ny l'un, ny l'autre, ou touts les deux; car ceulx cy gaignent tousiours le hault poinct de la dubitation. Les cyrenaicus [2] tenoient que rien n'estoit perceptible par le dehors, et que cela estoit seulement perceptible qui nous touchoit par l'interne attouchement, comme la douleur et la volupté; ne recognoissants ny ton, ny couleur, mais certaines affections seulement qui nous en venoyent; et que l'homme n'avoyt aultre siege de son iugement. Protagoras estimoit « estre vray à chascun ce qui semble à chascun. » Les epicuriens logent aux sens tout iugement, et en la notice des choses, et en la volupté. Platon a voulu le iugement de la verité, et la verité mesme, retiree des opinions et des sens, appartenir à l'esprit et à la cogitation.

Ce propos m'a porté sur la consideration des sens, ausquels gist le plus grand fondement et preuve de nostre ignorance. Tout ce qui se cognoist, il se cognoist sans doubte par la faculté du cognoissant; car, puisque le iugement vient de l'operation de celuy qui iuge, c'est raison que cette operation il la parface par ses moyens et volonté, non par la contrainte d'aultruy, comme il adviendroit si nous cognoissions les choses par la force et selon la loy de leur essence. Or, toute cognoissance s'achemine en nous par les sens; ce sont nos maistres :

Via qua munita fidei [tis [3];
Proxima fert humanum in pectus, templaque men-

la science commence par eulx, et se resoult en eulx. Aprez tout, nous ne sçaurions non plus qu'une pierre, si nous ne sçavions qu'il y a son, odeur, lumiere, saveur, mesure, poids, mollesse, dureté, aspreté, couleur, polissure, largeur, profondeur : voylà le plan et les principes de tout le bastiment de nostre science; et selon aulcuns, Science n'est rien aultre chose que Sentiment. Quiconque ne peult poulser à contredire les sens, il me tient à la gorge; il ne me sçauroit faire reculer plus arriere : les sens sont le commencement et la fin de l'humaine cognoissance :

Invenies primis ab sensibus esse creatam
Notitiam veri; neque sensus posse refelli...
Quid maiore fide porro, quam sensus, haberi
Debet [4]?

Qu'on leur attribue le moins qu'on pourra, tousiours fauldra il leur donner cela, que, par leur voye et entremise, s'achemine toute nostre instruction. Cicero dict que Chrysippus, ayant essayé de rabbatre de la force des sens et de leur vertu, se representa à soy mesme des arguments au contraire, et des oppositions si vehementes, qu'il n'y peult satisfaire : sur quoy Carneades, qui maintenoit le contraire party, se vantoit de se servir des armes mesmes et paroles de Chrysippus pour le combattre, et s'escrioit à cette cause contre luy : « O miserable, ta force t'a perdu ! » Il n'est aucun absurde, selon nous, plus extreme, que de maintenir que le feu n'eschauffe point, que la lu-

(1) Et on le met en opposition à lui-même, etc. C'est ce qu'emporte ici le mot différenter.
(2) Ou Cyrénaïques.
(3) Ce sont les voies par lesquelles l'évidence pénètre dans le sanctuaire de l'esprit humain. LUCRÈCE, V, 105.
(4) Vous serez convaincu que la connoissance de la vérité nous vient primitivement des sens, et qu'on ne peut en récuser le témoignage... Quel autre guide mérite plus notre confiance ? LUCRÈCE, IV, 479, 485.

miere n'esclaire point, qu'il n'y a point de pesanteur au fer ny de fermeté, qui sont notices que
nous apportent les sens, ny creance ou science en
l'homme qui se puisse comparer à celle là en certitude.

La premiere consideration que i'ay sur le subiect
des sens, est que ie mets en doubte que l'homme
soit prouveu de touts sens naturels. Ie veoy plusieurs animaulx qui vivent une vie entiere et parfaicte, les uns sans la veue, aultres sans l'ouïe :
qui sçait si, à nous aussi, il ne manque pas encores un, deux, trois, et plusieurs aultres sens?
Car, s'il en manque quelqu'un, nostre discours
n'en peult descouvrir le defaut. C'est le privilege
des sens d'estre l'extreme borne de nostre appercevance : il n'y a rien au delà d'eulx qui nous
puisse servir à les descouvrir; voire ny l'un des
sens ne peult descouvrir l'aultre :

An poterunt oculos aures reprehendere? an aures
Tactus? an hunc porro tactum sapor arguet oris?
An confutabunt nares, oculive revincent [1]?

ils font trestouts la ligne extreme de nostre faculté :

Seorsum cuique potestas
Divisa est, sua vis cuique est [2].

Il est impossible de faire concevoir à un homme
naturellement aveugle, qu'il n'y veoid pas; impossible de luy faire desirer la veue, et regretter
son defaut : parquoy nous ne debvons prendre
aulcune asseurance de ce que nostre ame est contente et satisfaicte de ceulx que nous avons; veu
qu'elle n'a pas de quoy sentir eu cela sa maladie
et son imperfection, si elle y est. Il est impossible
de dire chose à cet aveugle, par discours, argument, ny similitude, qui loge en son imagination
aulcune apprehension de lumiere, de couleur et
de veue : il n'y a rien plus arriere qui puisse poulser le sens en evidence. Les aveugles naiz qu'on
veoid desirer à veoir, ce n'est pas pour entendre
ce qu'ils demandent : ils ont appris de nous qu'ils
ont à dire quelque chose, qu'ils ont quelque chose
à desirer qui est en nous, laquelle ils nomment
bien, et ses effects et consequences; mais ils ne
sçavent pourtant pas que c'est, ny ne l'apprehen-
dent [3] ny prez ny loing.

I'ay veu un gentilhomme de bonne maison,
aveugle nay, au moins aveugle de tel aage qu'il ne
sçait que c'est que de veue : il entend si peu ce qui
luy manque, qu'il use et se sert comme nous des
paroles propres au veoir, et les applique d'une
mode toute sienne et particuliere. On luy presentoit un enfant, duquel il estoit parrain; l'ayant

prins entre ses bras : « Mon Dieu, dict il, le bel
enfant! qu'il le faict beau veoir! qu'il a le visage
gay! » Il dira, comme l'un d'entre nous, » Cette
salle a une belle veue; il faict clair; il faict beau
soleil. » Il y a plus : car, parce que ce sont nos
exercices que la chasse, la paulme, la bute [4], et
qu'il l'a ouï dire, il s'y affectionne, s'y empesche,
et croit y avoir la mesme part que nous y avons :
il s'y picque et s'y plaist; et ne les receoit pourtant que par les aureilles. On luy crie que voylà
un lievre, quand on est en quelque belle splanade
où il puisse picquer; et puis on luy dict encores
que voylà un lievre prins : le voylà aussi fier de sa
prinse, comme il oit dire aux aultres qu'ils le sont.
L'esteuf [5], il le prend à la main gauche, et le
poulse à tout sa raquette : de la harquebuze, il en
tire à l'adventure, et se paye de ce que ses gents
luy disent qu'il est ou hault ou costier [6].

Que sçait on si le genre humain faict une sottise pareille, à faulte de quelque sens, et que par
ce defaut la pluspart du visage des choses nous
soit caché? Que sçait on si les difficultez que nous
trouvons en plusieurs ouvrages de nature viennent de là? et si plusieurs effects des animaulx,
qui excedent nostre capacité, sont produicts par
la faculté de quelque sens que nous ayons à dire [7]?
et si aulcuns d'entre eulx ont une vie plus pleine
par ce moyen, et plus entiere que la nostre? Nous
saisissons la pomme quasi par touts nos sens; nous
y trouvons de la rougeur, de la polissure, de l'o-
deur, et de la douleur : oultre cela, elle peult
avoir d'aultres vertus, comme d'assecher ou restreindre, ausquelles nous n'avons point de sens
qui se puisse rapporter. Les proprietez que nous
appellons occultes en plusieurs choses, comme à
l'aimant d'attirer le fer, n'est il pas vraysemblable
qu'il y a des facultez sensitifves en nature propres
à les iuger et à les appercevoir, et que le defaut
de telles facultez nous apporte l'ignorance de la
vraye essence de telles choses? C'est, à l'adventure, quelque sens particulier qui descouvre aux
coqs l'heure du matin et de minuict, et les esmeut
à chanter; qui apprend aux poules, avant tout
usage et experience, de craindre un esparvier, et

(1) L'ouïe pourra-t-elle rectifier la vue, et le toucher l'ouïe?
le goût nous préservera-t-il des surprises du tact? l'odorat et la
vue pourront-ils le réformer? Lucrèce, IV, 487.

(2) Chacun d'eux a sa puissance à part, et sa force particuliere.
Id., ibid., v. 490.

(3) Ne le saisissent, ne le conçoivent de près, ni de loin.

(4) La bute; ce mot a signifie, 1° la butte où l'on tire de l'arquebuse; 2° l'exercice même de l'arquebuse : c'est dans ce dernier sens qu'il est pris ici.

(5) Balle pour le jeu de paume.

(6) Qu'il a tiré haut, ou à côté du but.

(7) Que nous ayons à regretter, qui nous manque.

non un' oye ny un paon, plus grandes hostes; qui advertit les poulets de la qualité hostile qui est au chat contre eulx, et à ne se desfier du chien; l'armer contre le miaulement, voix aulcunement flatteuse, non contre l'abbayer, voix aspre et querelleuse; aux freslons, aux formis, et aux rats, le choisir tousiours le meilleur fromage et la meilleure poire, avant que d'y avoir tasté; et qui acheminc le cerf, l'elephant, le serpent, à la cognoissance de certaine herbe propre à leur guarison. Il n'y a sens qui n'ayt une grande domination, et qui n'apporte par son moyen un nombre infini de cognoissances. Si nous avions à dire l'intelligence des sons, de l'harmonie, et de la voix, cela apporteroit une confusion inimaginable à tout le reste de nostre science : car, oultre ce qui est attaché au propre effect de chasque sens, combien d'arguments, de consequences, et de conclusions tirons nous aux aultres choses, par la comparaison d'un sens à l'aultre? Qu'un homme entendu imagine humaine nature produicte originellement sans la veue, et discoure combien d'ignorance et de trouble luy apporteroit un tel default, combien de tenebres et d'aveuglement en nostre ame; on verra par là combien nous importe, à la cognoissance de la verité, la privation d'un aultre tel sens, ou de deux, ou de trois, si elle est en nous. Nous avons formé une verité, par la consultation et concurrence de nos cinq sens : mais à l'adventure falloit il l'accord de huict, ou de dix sens, et leur contribution, pour l'appercevoir certainement, et en son essence.

Les sectes qui combattent la science de l'homme, elles la combattent principalement par l'incertitude et foiblesse de nos sens : car, puisque toute cognoissance vient en nous par leur entremise et moyen, s'ils faillent au rapport qu'ils nous font, s'ils corrompent ou alterent ce qu'ils nous charrient du dehors, si la lumiere, qui par eulx s'escoule en nostre ame, est obscurcie au passage, nous n'avons plus que tenir. De cette extreme difficulté sont nees toutes ces fantasies : « Que chasque subiect a en soy tout ce que nous y trouvons; Qu'il n'a rien de ce que nous y pensons trouver : » et celle des epicuriens, « Que le soleil n'est non plus grand que ce que nostre veue le iuge :

Quidquid id est, nihilo fertur maiore figura,
Quam, nostris oculis quam cernimus, esse videtur[1];

Que les apparences qui representent un corps grand à celuy qui en est voysin, et plus petit à celuy qui en est esloingné, sont toutes deux vrayes :

Nec tamen hic oculos falli concedimus hilum...
Proinde animi vitium hoc oculis adfingere noli[2] :

et resoluement, Qu'il n'y a aulcune tromperie aux sens; qu'il fault passer à leur mercy, et chercher ailleurs des raisons pour excuser la difference et contradiction que nous y trouvons, voire inventer toute aultre mensonge et resverie (ils en viennent iusques là), plustost que d'accuser les sens. » Timagoras iuroit que pour presser ou biaiser son œil, il n'avoyt iamais apperceu doubler la lumiere de la chandelle, et que cette semblance venoyt du vice de l'opinion, non de l'instrument. De toutes les absurditez la plus absurde, aux epicuriens[3], est desadvouer la force et l'effect des sens :

Proinde, quod in quoque est his visum tempore,
[verum est.
Et, si non poterit ratio dissolvere causam,
Cur ea, quæ fuerint iuxtim quadrata, procul sint
Visa rotunda; tamen præstat rationis egentem
Reddere mendose causas utriusque figuræ,
Quam manibus manifesta suis emittere quæquam,
Et violare fidem primam, et convellere tota
Fundamenta, quibus nixatur vita, salusque;
Non modo enim ratio ruat omnis, vita quoque ipsa
Concidat extemplo, nisi credere sensibus ausis,
Præcipitesque locos vitare, et cetera, quæ sint
In genere'hoc fugienda[4].

Ce conseil desesperé, et si peu philosophique, ne represente aultre chose, sinon que l'humaine science ne se peult maintenir que par raison desraisonnable, folle, et forcenee; mais qu'encores vault il mieulx que l'homme, pour se faire valoir, s'en serve, et de tout aultre remede tant fantastique soit il, que d'advouer, sa necessaire bestise : verité si desadvantageuse. Il ne peult fuyr que les sens ne soient les souverains maistres de sa cognoissance : mais ils sont incertains, et falsifiables à toutes circonstances; c'est là où il fault battre à oultrance, et, si les forces iustes luy faillent, comme elles font, y employer l'opiniastreté, la temerité, l'impudence. Au cas que ce que disent les epicuriens soit vray, à sçavoir « Que nous n'avons pas de science, si les apparences des sens sont faulses; » et que ce que disent les stoïciens, soit

<hr/>

(1) Montaigne vient de traduire ces vers. LUCRÈCE, V, 577.

(2) Nous ne convenons pas pour cela que les yeux se trompent... Ne leur imputons donc pas les erreurs de l'esprit. LUCR., IV, 380, 387.

(3) C'est-à-dire au jugement des epicuriens.

(4) Les rapports des sens sont vrais en tout temps. Si la raison ne peut expliquer pourquoi les objets qui sont carrés de près, paroissent ronds dans l'éloignement, il vaut mieux, au défaut d'une solution vraie, donner une fausse raison de cette double apparence, que de laisser échapper l'évidence de ses mains, que de détruire tous les principes de la crédibilité, que de ruiner cette base sur laquelle sont fondées notre vie et notre conservation : car, ne croyez pas qu'il ne s'agisse que des intérêts de la raison : la vie elle-même ne se conserve qu'en évitant, sur le rapport des sens, les précipices et les autres objets nuisibles. LUCR., IV, 500.

vray aussi, « Que les apparences des sens sont si faulses, qu'elles ne nous peuvent produire aulcune science : » nous conclurons, aux despens de ces deux grandes sectes dogmastistes, Qu'il n'y a point de science.

Quant à l'erreur et incertitude de l'operation des sens, chascun s'en peult fournir autant d'exemples qu'il lui plaira : tant les faultes et tromperies qu'ils nous font sont ordinaires. Au retentir d'un valon, le son d'une trompette semble venir devant nous, qui vient d'une lieue derriere :

Extantesque procul medio de gurgite montes,
Classibus iuter quos liber patet exitus, iidem
Apparent, et longe divolsi licet, ingens
Insula coniunctis tamen ex his una videtur...
Et fugere ad puppim colles campique videntur,
Quos agimus præter navim, velisque volamus....
    Ubi in medio nobis equus acer obhæsit
Flumine, equi corpus transversum ferre videtur
Vis, et in adversum flumen contrudere raptim[1] :

A manier une balle de harquebuze soubs le second doigt, celuy du milieu estant entrelacé par dessus, il fault extremement se contraindre pour advouer qu'il n'y en ayt qu'une, tant le sens nous en represente deux. Car que les sens soient maintesfois maistres du discours, et le contraignent de recevoir des impressions qu'il sçait et iuge estre faulses, il se veoid à touts coups. Ie laisse à part celuy de l'attouchement, qui a ses functions plus voysines, plus vifves et substancielles, qui renverse tant de fois, par l'effect de la douleur qu'il apporte au corps, toutes ces belles resolutions stoïcques, et contrainct de crier au ventre celuy qui a establi en son ame ce dogme, avecques toute resolution, « Que la cholique, comme toute aultre maladie et douleur, est chose indifferente, n'ayant la force de rien rabattre du souverain bonheur et felicité en laquelle le sage est logé par sa vertu ; » il n'est cœur si mol, que le son de nos tabourins et de nos trompettes n'eschauffe, ny si dur, que la douleur de la musique n'esveille et ne chatouille ; ny ame si reveshe, qui ne se sente touchee de quelque reverence à considerer cette vastité sombre de nos eglises, la diversité d'ornements et ordre de nos cerimonies, et ouyr le son devotieux de nos orgues, et l'harmonie si posee et religieuse de nos voix : ceulx mesmes qui y entrent avecques mespris sentent quelque frisson dans le cœur, et quelque horreur, qui les met en desfiance de leur opinion. Quant à moy, ie ne m'estime point assez fort pour ouyr en sens rassis des vers d'Horace et de Catulle, chantez d'une voix suffisante par une belle et ieune bouche : et Zeno avoyt raison de dire que la voix estoit la fleur de la beaulté. On m'a voulu

faire accroire qu'un homme, que touts nous aultres François cognoissons, m'avoyt imposé, en me recitant des vers qu'il avoyt faicts ; qu'ils n'estoient pas tels sur le papier qu'en l'air, et que mes yeulx en feroient contraire iugement à mes aureilles : tant la prononciation a de credit à donner pris et façon aux ouvrages qui passent à sa mercy ! Sur quoy Philoxenus ne feut pas fascheux[2] en ce qu'oyant un liseur donner mauvais ton à quelque sienne composition, il se print à fouler aux pieds et casser de la brique qui estoit à luy ; disant : « Ie romps ce qui est à toy ; comme tu corromps ce qui est à moy. » A quoy faire, ceulx mesmes qui se sont donné la mort d'une certaine resolution, destournoient ils la face pour ne veoir le coup qu'ils se faisoient donner ? et ceulx qui, pour leur santé, desirent et commandent qu'on les incise et cauterise, pourquoy ne peuvent ils soustenir la veue des apprests, outils et operation du chirurgien ; attendu que la veue ne doibt avoir aulcune participation à cette douleur ? cela, ne sont ce pas propres exemples à verifier l'auctorité que les sens ont sur le discours ? Nous avons beau sçavoir que ces tresses sont empruntees d'un page ou d'un laquay ; que cette rougeur est venue d'Espaigne, et cette blancheur et polissure, de la mer oceane ; encores fault il que la veue nous force d'en trouver le subiect plus aimable et plus agreable, contre toute raison : car en cela, il n'y a rien du sien.

Auferimur cultu ; gemmis, auroque teguntur
Crimina ; pars miuima est ipsa puella sui.
Sæpe, ubi sit quod ames, inter tam multa requiras :
Decipit hac oculos ægide dives amor[3].

Combien donnent à la force des sens, les poëtes qui font Narcisse esperdu de l'amour de son umbre,

Cunctaque miratur, quibus est mirabilis ipse ;
Se cupit imprudens ; et, qui probat, ipse probatur ;
Dumque petit, petitur ; pariterque accendit, et
    [ardet[4] :

---

[1] Une chaine de montagnes élevées au-dessus de la mer, entre lesquelles des flottes entières trouveroient un libre passage, ne nous paroissent de loin qu'une même masse ; et, quoique très distantes l'une de l'autre, elles se réunissent à l'œil sous l'aspect d'une grande île. Les collines et les campagnes que nous côtoyons, en naviguant à pleines voiles, semblent fuir vers la poupe... Si votre coursier s'arrête au milieu d'un fleuve, le cheval vous paroitra emporté par une force étrangère contre le courant. Lucr., IV, 398, 390, 421. — [2] Ne fut pas blâmable, n'eut pas tort.

[3] Nous sommes séduits par la parure : l'or et les pierreries cachent les défauts : une jeune fille est la moindre partie de ce qui plaît en elle. Souvent on a peine à trouver ce qu'on aime, sous ces riches ornements : c'est l'égide avec laquelle l'amour et l'opulence éblouissent nos yeux. Ov., de Remed. amor., I, 343.

[4] Il admire ce qu'il a lui même d'admirable. L'insensé ! il se désire lui-même : il est l'objet de ses vœux, de ses louanges, et brûle des feux qu'il a lui-même allumés. Ov., Métam., III, 424.

et l'entendement de Pygmalion si troublé par l'impression de la veue de sa statue d'ivoire, qu'il l'aime et la serve pour vifve !

Oscula dat, reddique putat, sequiturque, tenet-
·Et credit tactis digitos insidere membris ; [que,
Et metuit, pressos veniat ne livor in artus.[1].

Qu'on loge un philosophe dans une cage de menus filets de fer clair semez, qui soit suspendue au hault des tours Nostre Dame de Paris ; il verra, par raison evidente, qu'il est impossible qu'il en tumbe ; et si ne se sçauroit garder ( s'il n'a accoustumé le mestier des couvreurs), que la veue de cette haulteur extreme ne l'espovante et ne le transisse : car nous avons assez affaire de nous asseurer aux galeries qui sont en nos clochiers, si elles sont façonnees à iour, encores qu'elles soient de pierre ; il y en a qui n'en peuvent pas seulement porter la pensee. Qu'on iecte une poultre entre ces deux tours, d'une grosseur telle qu'il nous la fault à nous promener dessus, il n'y a sagesse philosophique de si grande fermeté qui puisse nous donner courage d'y marcher, comme nous ferions si elle estoit à terre. I'ay souvent essayé cela en nos montaignes de deçà : et si suis de ceulx qui ne s'effroyent que mediocrement de telles choses, que ie ne pouvois souffrir la veue de cette profondeur infinie, sans horreur et tremblement de iarrets et de cuisses ; encores qu'il s'en fallust bien ma longueur que ie ne feusse du tout au bord, et n'eusse sceu cheoir si ie ne me feusse porté à escient au danger. I'y remarquay aussi, quelque haulteur qu'il y eust, que prouveu qu'en cette pente il se presentast un arbre ou bosse de rochier pour soustenir un peu la veue et la diviser, cela nous allege et donne asseurance, comme si c'estoit chose de quoy à la cheute nous peussions recevoir secours ; mais que les precipices couppez et unis, nous ne les pouvons pas seulement regarder sans tournoyement de teste : ut despici sine vertigine simul oculorum animique non possit [2] : qui est une evidente imposture de la veue. Ce feut pourquoy ce beau philosophe se creva les yeulx, pour descharger l'ame de la desbauche qu'elle en recevoit, et pouvoir philosopher plus en liberté : mais à ce compte, il se debvoit aussi faire estoupper les aureilles, que Theophrastus dict estre le plus dangereux instrument que nous ayons pour recevoir des impressions violentes à nous troubler et changer, et se debvoit priver enfin de touts les aultres sens, c'est à dire de son estre et de sa vie ; car ils ont touts cette puissance de commander nostre discours et nostre ame. Fit etiam sæpe specie quadam, sæpe vocum gravitate et cantibus, ut pellantur animi vehemen-

tius ; sæpe etiam cura et timore [3]. Les medecins tiennent qu'il y a certaines complexions qui s'agitent, par aulcuns sons et instruments, iusques à la fureur. I'en ay veu qui ne pouvoient ouyr ronger un os soubs leur table, sans perdre patience ; et n'est gueres homme qui ne se trouble à ce bruit aigre et poignant que font les limes en raclant le fer ; commè, à ouyr mascher prez de nous, ou ouyr parler quelqu'un qui ayt le passage du gosier ou du nez empesché, plusieurs s'en esmeuvent iusques à la cholere et la haine. Ce fleuteur protocole [4] de Gracchus, qui amollissoit, roidissoit et contournoit la voix de son maistre lorsqu'il haranguoit à Rome, à quoy servoit il, si le mouvement et qualité du son n'avoyt force à esmouvoir et alterer le iugement des auditeurs ? Vrayement il y a bien de quoy faire si grande feste de la fermeté de cette belle piece, qui se laisse manier et changer au bransle et accidents d'un si legier vent !

Cette mesme piperie que les sens apportent à nostre entendement, ils la receoivent à leur tour ; nostre ame par fois s'en revenche de mesme : ils mentent et se trompent à l'envy. Ce que nous veoyons et oyons, agitez de cholere, nous ne l'oyons pas tel qu'il est :

Et solem geminum, et duplices se ostendere The-
[bas [5] :

l'obiect que nous aimons nous semble plus beau qu'il n'est ;

Multimodis igitur pravas turpesque videmus
Esse in deliciis, summoque in honore vigere [6] ;

et plus laid celuy que nous avons à contre cœur : à un homme ennuyé et affligé, la clarté du iour semble obscurcie et tenebreuse. Nos sens sont non seulement alterez, mais souvent hebestez du tout par les passions de l'ame : combien de choses veoyons nous, que nous n'appercevons pas si nous avons nostre esprit empesché ailleurs ?

In rebus quoque apertis noscere possis,

(1) Il la couvre de baisers, et croit qu'elle y répond ; il la saisit il l'embrasse : il se figure que ses membres cèdent à l'impression de ses doigts, et craint d'y laisser une empreinte livide en les serrant trop vivement. Ovide, Métam., X, 256. Il y a dans Ovide, loquiturque, tenetque.

(2) De sorte qu'on ne peut regarder en bas, que la tête ne tourne , et que l'esprit ne se trouble, Tite-Live, XLIV, 6.

(3) Il arrive souvent que tel spectacle , tel son , tel chant , remuent fortement les esprits ; et souvent aussi la douleur et la crainte produisent le même effet. Cic., de Divinat., I , 37.

(4) Souffleur.

(5) Alors on voit (comme Penthée) deux soleils et deux Thèbes. Virg., Énéide, IV, 470.

(6) Souvent nous voyons la laideur et la difformité captiver les cœurs , et fixer les hommages. Lucrèce. IV, 1152.

36

Si non advortas animum, proinde esse, quasi omni
Tempore semotæ fuerint, longeque remotæ,[1] :

il semble que l'ame retire au dedans, et amuse les
puissances des sens. Par ainsin, et le dedans et le
dehors de l'homme est plein de foiblesse et de
mensonge.

Ceulx qui ont apparié nostre vie à un songe,
ont eu de la raison, à l'adventure, plus qu'ils ne
pensoient. Quand nous songeons, nostre ame vit,
agit, exerce toutes ses facultez, ne plus ne moins
que quand elle veille ; mais si plus mollement et
obscurement, non de tant, certes, que la difference y soit comme de la nuict à une clarté visve ;
ouy, comme de la nuict à l'umbre : là elle dort, icy
elle sommeille ; plus et moins, ce sont tousiours
tenebres, et tenebres cimmeriennes[2]. Nous veillons dormants, et veillants dormons. Ie ne veoy
pas si clair dans le sommeil ; mais quant au veiller,
ie ne le treuve iamais assez pur et sans nuage : encores le sommeil en sa profondeur, endort par fois
les songes ; mais nostre veiller n'est iamais si esveillé qu'il purge et dissipe bien à poinct les resveries, qui sont les songes des veillants, et pires
que songes. Nostre raison et nostre ame recevant
les fantasies et opinions qui luy naissent en dormant, et auctorisant les actions de nos songes de
pareille approbation qu'elle faict celles du iour,
pourquoy ne mettons nous en doubte si nostre
penser, nostre agir, est pas un aultre songer, et
nostre veiller quelque espece de dormir ?

Si les sens sont nos premiers iuges, ce ne sont
pas les nostres qu'il fault seuls appeler au conseil ;
car, en cette faculté, les animaulx ont autant ou
plus de droict que nous : il est certain qu'aulcuns
ont l'ouïe plus aiguë que l'homme, d'aultres la
veue, d'aultres le sentiment, d'aultres l'attouchement ou le goust. Democritus disoit que les dieux
et les bestes avoyent les facultez sensitifves beaucoup plus parfaictes que l'homme. Or, entre les
effects de leurs sens et les nostres, la difference est
extreme : nostre salive nettoie et asseiche nos
plaies, elle tue le serpent :

Tantaque in his rebus distantia, differitasque est,
Ut quod aliis cibus est, aliis fuat acre venenum.
Sæpe etenim serpens, hominis contacta saliva,
Disperit, ac sese mandendo conficit ipsa[3] :

quelle qualité donnerons nous à la salive ? ou selon nous, ou selon le serpent ? par quel des deux
sens verifierons nous sa veritable essence que nous
cherchons ? Pline dict qu'il y a aux Indes certains lievres marins qui nous sont poison, et nous
à eulx de maniere que du seul attouchement nous
les tuons : qui sera veritablement poison, ou

l'homme ou le poisson ? à qui en croirons nous,
ou au poisson, de l'homme, ou à l'homme, du
poisson ? Quelque qualité d'air infecte l'homme,
qui ne nuit point au bœuf ; quelque aultre, le
bœuf, qui ne nuit point à l'homme : laquelle des
deux sera, en verité et en nature, pestilente qualité ? Ceulx qui ont la iaunisse, ils voient toutes
choses iaunastres et plus pasles que nous :

Lurida præterea fiunt, quæcunque tuentur
Arquati[4] :

ceulx qui ont cette maladie que les medecins nomment *Hyposphagma*, qui est une suffusion de sang
soubs la peau, veoyent toutes choses rouges et
sanglantes. Ces humeurs qui changent ainsin les
offices de nostre veue, que savons nous si elles
predominent aux bestes, et leur sont ordinaires ?
car nous en veoyons les unes qui ont les yeulx
iaunes comme nos malades de iaunisse, d'aultres
qui les ont sanglants de rougeur ; à celles là il est
vraysemblable que la couleur des obiects paroist
aultre qu'à nous : quel iugement des deux sera le
vray ? car il n'est pas dict que l'essence des choses
se rapporte à l'homme seul ; la dureté, la blancheur, la profondeur, et l'aigreur, touchent le service et science des animaulx comme la nostre : nature leur en a donné l'usage comme à nous. Quand
nous pressons l'œil, les corps que nous regardons,
nous les appercevons plus longs et plus estendus ;
plusieurs bestes ont l'œil ainsin pressé : cette longueur est doncques, à l'adventure, la veritable
forme de ce corps, non pas celle que nos yeulx
luy donnent en leur assiette ordinaire. Si nous
serrons l'œil par dessoubs, les choses nous semblent doubles :

Bina lucernarum flagrantia lumina flammis...
Et duplices hominum facies, et corpora bina[5].

Si nous avons les aureilles empeschees de quelque chose, ou le passage de l'ouïe resserré, nous
recevons le son aultre que nous ne faisons ordinairement : les animaulx qui ont les aureilles ve-
lues, ou qui n'ont qu'un bien petit trou au lieu
de l'aureille, ils n'oyent par consequent pas ce

---

(1) Les corps même les plus exposés à la vue, si l'ame ne
s'applique à les observer, sont pour elle comme s'ils en avoient
toujours été à une très grande distance. Lucrèce, IV, 812.

(2) *Profondes.*

(3) Entre ces effets, il y a une telle différence, que ce qui
nourrit les uns, est pour les autres un poison mortel. Ainsi le
serpent, à peine humecté de la salive de l'homme, périt et se
dévore lui-même. Lucrèce, IV, 638.

(4) Tout paroît jaune à ceux qui ont la jaunisse. Lucrèce, IV,
555.

(5) Nous voyons aux lampes une double lumière ; nous voyons
les hommes avec deux corps et deux visages. Lucr., IV, 451.

que nous oyons, et receoivent le son aultre. Nous veoyons aux festes et aux theatres, qu'opposant à la lumiere des flambeaux, une vitre teincte de quelque couleur, tout ce qui est en ce lieu nous appert ou vert, ou iaune, ou violet :

Et volgo faciunt id lutea russaque vela,
Et ferrugina, quum, magnis intenta theatris,
Per malos volgata trabesque, trementia pendent :
Namque ibi concessum caveai subter, et omnem
Scenai speciem, patrum, matrumque, deorumque
Inficiunt, coguntque suo fluitare colore [1] :

il est vraysemblable que les yeulx des animaulx, que nous veoyons estre de diverse couleur, leur produisent les apparences des corps de mesme leurs yeulx.

Pour le iugement de l'operation des sens, il fauldroit donecques que nous en feussions premierement d'accord aveques les bestes, secondement entre nous mesmes ; ce que nous ne sommes aulcunement, et entrons en debat touts les coups de ce que l'un oyt, veoid, ou gouste quelque chose aultrement qu'un aultre ; et debattons, autant que d'aultre chose, de la diversité des images que les sens nous rapportent. Aultrement oyt et veoid, par la regle ordinaire de nature, et aultrement gouste un enfant, qu'un homme de trente ans ; et cettuy cy aultrement qu'un sexagenaire : les sens sont aux uns plus obscurs et plus sombres, aux aultres plus ouverts et plus aigus. Nous recevons choses aultres et aultres, selon que nous sommes, et qu'il nous semble : or, nostre sembler estant si incertain et controversé, ce n'est plus miracle si on nous dict que nous pouvons advouer que la neige nous apparoist blanche ; mais que d'establir si de son essence elle soit telle et à la verité, nous ne nous en sçaurions responde : et ce commencement esbranslé, toute la science du monde s'en va necessairement à vau l'eau. Quoy, que nos sens mesme s'entr'empeschent l'un l'aultre ? une peincture semble eslevee à la veue, au maniement elle semble plate : dirons nous que le musc soit agreable ou non, qui resiouyt nostre sentiment, et offense nostre goust ? il y a des herbes et des onguents propres à une partie du corps, qui en blecent une aultre : le miel est plaisant au goust, mal plaisant à la veue : ces bagues, qui sont entaillees en forme de plumes, qu'on appelle en devise, *Pennes sans fin*, il n'y a œil qui en puisse discerner la largeur, et qui se sceust deffendre de cette piperie que d'un costé elles n'aillent en eslargissant : et s'appointant et estrecissant par l'aultre, mesme quand on les roule autour du doigt ; toutesfois au maniement elles vous semblent equa-

bles en largeur et partout pareilles. Ces personnes qui, pour ayder leur volupté, se servoient anciennement de mirouers propres à grossir et aggrandir l'obiect qu'ils representent, à fin que les membres qu'ils avoyent à employer, leur pleussent davantage par cette accroissance oculaire ; auquel des deux sens donnoient ils gaigné, ou à la veue qui leur representoit ces membres gros et grands à souhait, ou à l'attouchement qui les leur presentoit petits et desdaignables ? Sont ce nos sens qui prestent au subiect ces diverses conditions, et que les subiects n'en aient pourtant qu'une ? comme nous veoyons du pain que nous mangeons ; ce n'est que pain ; mais nostre usage en faict des os, du sang, de la chair, des poils, et des ongles ;

Ut cibus in membra atque artus quum diditur om-
Disperit, atque aliam naturam sufficit ex se [2] ; [nes,

l'humeur que succe la racine d'un arbre, elle se faict tronc, feuille et fruict ; et l'air n'estant qu'un, il se faict, par l'application à une trompette, divers en mille sortes de sons : sont ce, dy ie, nos sens qui façonnent de mesme de diverses qualitez ces subiects ? ou s'ils les ont telles ? et sur ce doubte que pouvons nous resouldre de leur veritable essence ? D'advantage, puisque les accidents des maladies, de la resverie ou du sommeil, nous font paroistre les choses aultres qu'elles ne paroissent aux sains, aux sages, et à ceulx qui veillent ; n'est il pas vraysemblable que nostre assiette droicte, et nos humeurs naturelles, ont aussi de quoy donner un estre aux choses, se rapportant à leur condition, et les accommoder à soy, comme font les humeurs desreglees ? et nostre santé aussi capable de leur fournir son visage, comme la maladie ? pourquoy n'a la temperé quelque forme des obiects relatifve à soy, comme l'intemperé ; et ne leur imprimera il pareillement son charactere ? le degousté charge la fadeur au vin ; le sain, la saveur ; l'alteré, la friandise. Or, nostre estat accommodant les choses à soy, et les transformant selon soy, nous ne sçavons plus quelles sont les choses en verité ; car rien ne vient à nous que falsifié et alteré par nos sens. Où le compas, l'esquarre et la regle sont gauches, toutes les proportions qui s'en tirent, touts les bastiments qui se dressent à leur mesure, sont aussi necessairement manques et desfaillants ;

(1) C'est l'effet que produisent ces voiles jaunes, rouges et bruns, qui, suspendus à des poutres, couvrent nos théâtres, et flottent au gré de l'air dans leur vaste enceinte : l'éclat de ces voiles se reflechit sur les spectateurs ; la scène en est frappée ; les senateurs, les femmes, les statues des dieux, sont teints d'une lumière mobile. Lucrèce, IV, 75.

(2) Comme les aliments qui se filtrent dans nos membres périssent en formant une nouvelle substance. Lucrèce, III, 703.

l'incertitude de nos sens rend incertain tout ce qu'ils produisent :

Denique ut in fabrica, si prava est regula prima,
Normaque si fallax rectis regionibus exit,
Et libella aliqua si ex parti claudicat hilum ;
Omnia mendose fieri, atque obstipa necessum est,
Prava, cubantia, prona, supina, atque absona tecta;
Iam ruere ut quædam videantur velle, ruantque
Prodita iudiciis fallacibus omnia primis :
Sic igitur ratio tibi rerum prava necesse est, [est[1].
Falsaque sit, falsis quæcumque ab sensibus orta

Au demourant, qui sera propre à iuger de ces differences ? Comme nous disons, aux debats de la religion, qu'il nous fault un iuge non attaché à l'un ny a l'aultre party, exempt de chois et d'affection, ce qui ne se peult parmy les chrestiens : il advient de mesme en cecy; car, s'il est vieil, il ne peult iuger du sentiment de la vieillesse, estant luy mesme partie en ce debat; s'il est ieune, de mesme; sain, de mesme ; de mesme, malade, dormant, et veillant : il nous fauldroit quelqu'un exempt de toutes ces qualitez, à fin que, sans preoccupation de iugement, il iugeast de ces propositions comme à luy indifferentes ; et, à ce compte, il nous fauldroit un iuge qui ne feust pas.

Pour iuger des apparences que nous recevons des subiects, il nous fauldroit un instrument iudicatoire ; pour verifier cet instrument, il nous y fault de la demonstration; pour verifier la demonstration, un instrument : nous voylà au rouet[2]. Puisque les sens ne peuvent arrester nostre dispute, estants pleins eulx mesmes d'incertitude, il fault que ce soit la raison ; aulcune raison ne s'establira sans une aultre raison : nous voylà à reculons iusques à l'infini. Nostre fantasie ne s'applique pas aux choses estrangeres, ains elle est conceue par l'entremise des sens; et les sens ne comprennent pas le subiect estranger, ains seulement leurs propres passions : et par ainsin la fantasie et apparence n'est pas du subiect, ains seulement de la passion et souffrance du sens; laquelle passion et subiect sont choses diverses : par quoy qui iuge par les apparences, iuge par chose aultre que le subiect. Et de dire que les passions des sens rapportent à l'ame la qualité des subiects estrangers, par ressemblance; comment se peult l'ame et l'entendement asseurer de cette ressemblance, n'ayant de soy nul commerce avecques les subiects estrangers ? Tout ainsin comme, qui ne cognoist pas Socrates, veoyant son pourtraict, ne peult dire qu'il luy ressemble. Or, qui voudroit toutesfois iuger par les apparences ; si c'est par toutes, il est impossible; car elles s'entr'empeschent par leurs contrarietez et discrepances[3], comme nous veoyons par experience : sera

ce qu'aulcunes apparences choisies reglent les aultres ? il fauldra verifier cette choisie par une aultre choisie, la seconde par la tierce ; et par ainsin ce ne sera iamais faict. Finalement, il n'y a aulcune constante existence, ny de nostre estre, ny de celuy des obiects ; et nous, et nostre iugement, et toutes choses mortelles, vont coulant et roulant sans cesse : ainsin, il ne se peult establir rien de certain de l'un à l'aultre, et le iugeant et le iugé estants en continuelle mutation et bransle.

Nous n'avons aulcune communication à l'estre, parce que toute humaine nature est tousiours au milieu, entre le naistre et le mourir, ne baillant de soy qu'une obscure apparence et umbre, et une incertaine et debile opinion : et si, de fortune, vous fichez vostre pensee à vouloir prendre son estre, ce sera ne plus ne moins que qui voudroit empoigner l'eau ; car tant plus il serrera et pressera ce qui de sa nature coule par tout, tant plus il perdra ce qu'il vouloyt tenir et empoigner. Ainsin, veu que toutes choses sont subiectes à passer d'un changement en aultre, la raison, qui y cherche une reelle subsistance, se treuve deceue, ne pouvant rien apprehender de subsistant et permanent, parce que tout ou vient en estre et n'est pas encores du tout, ou commence à mourir avant qu'il soit nay. Platon disoit Que les corps n'avoyent iamais existence, ouy bien naissance; estimant que Homere eust faict l'Ocean pere des dieux, et Thetis la mere, pour nous montrer que toutes choses sont en fluxion, muance[4] et variation perpetuelle; opinion commune à touts les philosophes avant son temps, comme il dict, sauf le seul Parmenides, qui refusoit mouvement aux choses, de la force duquel il faict grand cas : Pythagoras, Que toute matiere est coulante et labile[5] : les stoïciens, Qu'il n'y a point de temps present, et que ce que nous appellons Present n'est que la ioincture et assemblage du futur et du passé : He-

(1) Si, dans la construction d'un édifice, l'architecte se sert d'une règle fausse; si l'équerre s'écarte de la direction perpendiculaire ; si le niveau s'éloigne par quelque endroit de sa juste situation, il faut nécessairement que tout le bâtiment soit vicieux, penché, affaissé, sans grace, sans aplomb, sans proportion ; qu'une partie semble prête à s'écrouler, et que tout s'écroule en effet, pour avoir été d'abord mal conduit. De même, si l'on ne peut compter sur le rapport des sens, tous les jugements seront trompeurs et illusoires. Lucrèce, IV, 514.

(2) C'est-à-dire *au bout de nos inventions*. Être mis au rouet se dit proprement du lièvre qui, épuisé par une longue course, ne fait plus que tourner autour des chiens.

(3) *Discrepance*, du latin *discrepantia*, *différence*, *discordance*, *diversité*.

(4) *Que toutes choses sont en vicissitude, transformation*, etc. *Fluxion*, de *fluere*, *couler*, *s'échapper*; *muance*, de *mutare*, *changer*.

(5) *Sujette à changer. Labile*, de *labilis*, *tombant*, *caduc*, *fragile*.

raclitus, Que iamais homme n'estoit deux fois entré
en mesme riviere : Epicharmus, Que celuy qui a
iadis emprunté de l'argent, ne le doibt pas maintenant ; et que celuy qui cette nuict a esté convié
à venir ce matin disner, vient auiourd'huy non
convié, attendu que ce ne sont plus eulx, ils sont
devenus aultres : « et qu'il ne se pouvoit trouver
« une substance mortelle deux fois en mesme estat ;
« car, par soubdaineté et legiereté de changement,
« tantost elle dissipe, tantost elle rassemble, elle
« vient, et puis s'en va ; de façon que ce qui com-
« mence à naistre ne parvient iamais iusques à per-
« fection d'estre, pour autant que ce naistre n'a-
« cheve iamais et iamais n'arreste comme estant à
« bout, ains, depuis la semence, va tousiours se
« changeant et muant d'un à aultre ; comme de
« semence humaine se faict premierement, dans
« le ventre de la mere, un fruict sans forme, puis
« un enfant formé, puis, estant hors du ventre, un
« enfant de mammelle, aprez il devient garson,
« puis consequemment un iouvenceau, aprez un
« homme faict, puis un homme d'aage, à la fin de-
« crepite vieillard ; de maniere que l'aage et gene-
« ration subsequente va tousiours desfaisant et gas-
« tant la precedente :

Mutat enim mundi naturam totius ætas,
Ex alioque alius status excipere omnia debet ;
Nec manet ulla sui similis res : omnia migrant,
Omnia commutat natura, et vertere cogit [1].

« Et puis, nous aultres sottement craignons une
« espece de mort, là où nous en avons desia passé
« et en passons tant d'aultres : car, non seulement,
« comme disoit Heraclitus, la mort du feu est ge-
« neration de l'air, et la mort de l'air, generation
« de l'eau ; mais encores plus manifestement le
« pouvons nous veoir en nous mesmes ; la fleur
« d'aage se meurt et passe quand la vieillesse sur-
« vient, et la ieunesse se termine en fleur d'aage
« d'homme faict, l'enfance en la ieunesse, et le
« premier aage meurt en l'enfance, et le iour d'hier
« meurt en celuy du iour d'huy, et le iour d'huy
« mourra en celuy de demain, et n'y a rien qui de-
« meure ne qui soit tousiours un ; car qu'il soit ain-
« sin, si nous demeurons tousiours mesmes et uns,
« comment est ce que nous nous esiouyssons main-
« tenant d'une chose, et maintenant d'une aultre ?
« comment est ce que nous aimons choses contraires
« ou les haïssons, nous les louons ou nous les blas-
« mons ? comment avons nous differentes affec-
« tions, ne retenants plus le mesme sentiment en
« la mesme pensee ? car il n'est pas vraysemblable
« que, sans mutation, nous prenions aultres pas-
« sions ; et ce qui souffre mutation ne demeure

« pas un mesme, et s'il n'est pas un mesme, il
« n'est doncques pas aussi ; ains, quand et l'estre
« tout un, change aussi l'estre simplement, de-
« venant tousiours aultre d'un aultre : et par con-
« sequent se trompent et mentent les sens de na-
« ture prenants ce qui apparoist pour ce qui est,
« à faulte de bien sçavoir que c'est qui est. Mais
« qu'est ce doncques qui est veritablement?ce qui est
« eternel ; c'est à dire, qui n'a iamais eu de naissan-
« ce, ny n'aura iamais fin ; à qui le temps n'apporte
« iamais aulcune mutation : car c'est chose mobile
« que le Temps, et qui apparoist comme en umbre,
« avecques la matiere coulante et fluante, tous-
« iours sans iamais demeurer stable ny permanente,
« à qui appartiennent ces mots, Devant, et Aprez,
« et A esté, ou Sera, lesquels tout de prime face
« montrent evidemment que ce n'est pas chose qui
« soit ; car ce seroit grande sottise, et faulseté
« toute apparente, de dire que cela soit, qui n'est
« pas encores en estre, ou qui desia a cessé d'estre ;
« et quant à ces mots, Present, Instant, Mainte-
« nant, par lesquels il semble que principalement
« nous soustenons et fondons l'intelligence du
« temps, la raison le descouvrant, le destruict
« tout sur le champ ; car elle le fend incontinent,
« et le partit en futur et en passé, comme le vou-
« lant veoir necessairement desparti en deux. Au-
« tant en advient il à la nature qui est mesurée,
« comme au temps qui la mesure ; car il n'y a non
« plus en elle rien qui demeure, ne qui soit sub-
« sistant, ains y sont toutes choses ou nees, ou
« naissantes, ou mourantes. Au moyen de quoy
« ce seroit peché de dire de Dieu, qui est le seul
« qui Est, que Il feut, ou Il sera ; car ces termes
« là sont des declinaisons, passages ou vicissitudes
« de ce qui ne peult durer ny demourer en estre :
« parquoy il fault conclure que Dieu seul Est, non
« point selon aulcune mesure du temps, mais selon
« une eternité immuable et immobile, non mesu-
« rée par temps, ni subiecte à aulcune declinai-
« son : devant lequel rien n'est, ny ne sera aprez,
« ny plus nouveau ou plus recent ; ains un reale-
« ment Estant, qui, par un seul Maintenant, em-
« plit le Tousiours ; et n'y a rien qui veritable-
« ment soit, que luy seul, sans qu'on puisse dire,
« Il a esté, ou, Il sera, sans commencement et
« sans fin [2]. »

A cette conclusion si religieuse d'un homme

(1) Le temps change la face entière du monde ; un nouvel ordre de choses succède nécessairement au premier ; nul être ne
demeure constamment le même ; tout nous atteste les vicissitudes, les révolutions, et les métamorphoses continuelles de la
nature. Lucrèce, V, 826.
(2) Plutarq., *Traité sur le mot Ei*, c. 12. Trad. d'Amyot.

païen, ie veulx ioindre seulement ce mot d'un tesmoing de mesme condition, pour la fin de ce long
et ennuyeux discours, qui me fourniroit de matiere
sans fin : « O la vile chose, dict il, et abiecte, que
l'homme, s'il ne s'esleve au dessus de l'humanité! »
Voylà un bon mot et un utile desir, mais pareillement absurde : car de faire la poignee plus grande
que le poing, la brassee plus grande que le bras,
et d'esperer eniamber plus que de l'estendue de nos
iambes, cela est impossible et monstrueux; ny que
l'homme se monte au dessus de soy et de l'humanité :
car il ne peult veoir que de ses yeulx, ny saisir que
de ses prinses. Il s'eslevera, si Dieu luy preste extraordinairement la main; il s'eslevera, abandonnant
et renonceant à ses propres moyens, et se laissant
haulser et soublever par les moyens purement celestes. C'est à nostre foy chrestienne, non à sa vertu
stoïcque, de pretendre à cette divine et miraculeuse
metamorphose.

## CHAPITRE XIII.

### De iuger de la mort d'aultruy.

Quand nous iugeons de l'asseurance d'aultruy
en la mort, qui est sans doubte la plus remarquable
action de la vie humaine, il se fault prendre garde
d'une chose, Que malayseement on croit estre arrivé à ce poinct. Peu de gens meurent, resolus que
ce soit leur heure derniere; et n'est endroict où la
piperie de l'esperance nous amuse plus : elle ne
cesse de corner aux aureilles : « D'aultres ont bien
esté plus malades sans mourir; L'affaire n'est pas
si desesperee qu'on pense; et, au pis aller, Dieu
a bien faict d'aultres miracles. » Et advient cela,
de ce que nous faisons trop de cas de nous : il
semble que l'université des choses souffre aulcunement de nostre aneantissement, et qu'elle soit
compassionnee à nostre estat; d'autant que nostre
veue alteree se represente les choses abusivement,
et nous est advis qu'elles lui faillent à mesure qu'elle
leur fault : comme ceulx qui voyagent en mer, à
qui les montaignes, les campaignes, les villes, le
ciel, et la terre, vont mesme bransle et quand et
quand eulx :

Provehimur portu, terræque urbesque recedunt [1].

Qui veid iamais vieillesse qui ne louast le temps
passé et ne blasmast le present, chargeant le monde
et les mœurs des hommes de sa misere et de son
chagrin ?

Iamque caput quassans, grandis suspirat arator...
Et quum tempora temporibus præsentia confert

Præteritis, laudat fortunas sæpe parentis,
Et crepat antiquum genus ut pietate repletum [2].

Nous entraisnons tout avecques nous; d'où il
s'ensuit que nous estimons grande chose nostre
mort, et qui ne passe pas si aysement, ny sans
solenne consultation des astres; *tot circa unum caput tumultuantes deos* [3]; et le pensons d'autant plus,
que plus nous nous prisons : « Comment ? tant de
science se perdroit elle avecques tant de dommage,
sans particulier soulcy des destinees ? Un' ame si
rare et exemplaire ne couste elle non plus à tuer,
qu'un' ame populaire et inutile ? Cette vie, qui en
couvre tant d'aultres, de qui tant d'aultres vies despendent, qui occupe tant de monde par son usage,
remplit tant de places, se desplace elle comme celle
qui tient à son simple nœud ? » Nul de nous ne
pense assez n'estre qu'un : de là viennent ces mots
de Cesar à son pilote, plus enflez que la mer qui le
menaceoit;

Italiam si, cœlo auctore, recusas,
Me, pete : sola tibi causa hæc est iusta timoris,
Vectorem non nosse tuum; perrumpe procellas,
Tutela secure mei [4] :

et ceulx cy,

Credit iam digna pericula Cæsar
Fatis esse suis; Tantusque evertere, dixit,
Me superis labor est, parva quem puppe sedentem
Tam magno petiere mari [5] ?

et cette resverie publicque, que le soleil porta
en son front, tout le long d'un an, le dueil de sa
mort :

Ille etiam exstincto miseratus Cæsare Romam,
Quum caput obscura nitidum ferrugine texit [6] :

et mille semblables, de quoy le monde se laisse
si aysement piper, estimant que nos interets alterent le ciel, et que son infinité se formalise de nos
menues actions. *Non tanta cœlo societas nobiscum*

---

(1) La terre et les villes reculent à mesure que nous nous éloi-
gnons du port. VIRG., *Énéide*, III, 72.

(2) Le vieux laboureur secoue, en soupirant, sa tête chauve :
il compare le temps passé avec le présent; il envie le sort de ses
pères, et parle sans cesse de la piété des anciens temps. LUCR.,
II, 1165.

(3) Tant de dieux en mouvement pour la vie d'un seul homme.
M. SENL., *Suasor.*, I, 4.

(4) Au défaut des dieux, vogue sous mes auspices : tu ignores
qui tu conduis, et voilà pourquoi tu te troubles. Fort de mon
appui, précipite-toi à travers la tempête. LUCAN., V, 579.

(5) César reconnoît enfin des périls dignes de son courage.
Quoi! dit-il, les immortels ont besoin de tant d'efforts pour
perdre César ! ils attaquent, de toute la fureur des mers, le frêle
esquif où je suis assis ! LUCAIN, V, 653.

(6) Le soleil aussi, quand César mourut, prit part au malheur
de Rome, et couvrit son front d'un voile lugubre. VIRG., *Géorg.*,
I, 466.

*est, ut nostro fato mortalis sit ille quoque siderum*
*fulgor* [1].

Or, de juger la resolution et la constance en
celuy qui ne croit pas encores certainement estre
au danger, quoy qu'il y soit, ce n'est pas raison ;
et ne suffit pas qu'il soit mort en cette desmarche,
s'il ne s'y estoit mis iustement pour cet effect : il
advient à la pluspart de roidir leur contenance et
leurs paroles pour en acquerir reputation, qu'ils
esperent encores iouyr vivants. D'autant que i'en
ay veu mourir, la fortune a disposé les contenances, non leur desseing ; et de ceulx mesmes
qui se sont anciennement donné la mort, il y a
bien à choisir si c'est une mort soubdaine, ou
mort qui ayt du temps [2]. Ce cruel empereur romain disoit de ses prisonniers, qu'il leur vouloyt
faire sentir la mort ; et si quelqu'un se desfaisoit
en prison, « Celuy là m'est eschappé, » disoit il : il
vouloyt estendre la mort et la faire sentir par les
torments.

> Vidimus et toto quamvis in corpore cæso
> Nil animæ lethale datum, moremque nefandæ
> Durum sævitiæ, pereuntis parcere morti [3].

De vray, ce n'est pas si grand' chose d'establir, tout
sain et tout rassis, de se tuer ; il est bien aysé de
faire le mauvais avant que de venir aux prinses :
de maniere que le plus effeminé homme du monde,
Heliogabalus, parmy ses plus lasches voluptez,
desseignoit bien [4] de se faire mourir delicatement, où l'occasion l'en forceroit ; et, à fin que sa
mort ne desmentist point le reste de sa vie, avoyt
faict bastir exprez une tour somptueuse, le bas et
le devant de laquelle estoit planché d'ais enrichis
d'or et de pierreries, pour se precipiter ; et aussi
faict faire des chordes d'or et de soye cramoisie
pour s'estrangler ; et battre une espee d'or pour
s'enferrer ; et gardoit du venin dans des vaisseaux
d'emeraude et de topaze, pour s'empoisonner, selon
que l'envye luy prendroit de choisir de toutes ces
façons de mourir :

> Impiger... et fortis virtute coacta [5].

Toutesfois, quant à cettuy cy, la mollesse de ses
appresls rend plus vraysemblable que le nez luy
eust saigné, qui l'en eust mis au propre [6]. Mais
de ceulx mesmes qui, plus vigoreux, se sont resolus à l'execution, il fault veoir, dy le, si c'a esté
d'un coup qui ostast le loysir d'en sentir l'effect : car
c'est à deviner, à veoir escouler la vie peu à peu,
le sentiment du corps se meslant à celuy de l'ame,
s'offrant le moyen de se repentir, si la constance s'y
feust trouvee, et l'obstination en une si dangereuse
volonté.

Aux guerres civiles de Cesar, Lucius Domitius,
prins en la Bruisse [7], s'estant empoisonné, s'en
repentit aprez. Il est advenu de nostre temps que
tel, resolu de mourir, et de son premier essay
n'ayant donné assez avant, la demangeaison de la
chair lui repoulsant le bras, se rebleca bien fort
à deux ou trois fois aprez, mais ne peut iamais
gaigner sur luy d'enfoncer le coup. Pendant qu'on
faisoit le procez à Plautius Silvanus, Urgulania,
sa mere grand', luy envoya un poignard, duquel
n'ayant peu venir à bout de se tuer, il se feit coupper les veines à ses gents. Albucilla, du temps
de Tibere, s'estant, pour se tuer, frappee trop
mollement, donna encores à ses parties moyen de
l'emprisonner et faire mourir à leur mode. Autant
en feit le capitaine Demosthenes, aprez sa route
en la Sicile : et C. Fimbria, s'estant frappé trop
foiblement, impetra de son valet de l'achever. Au
rebours, Ostorius, lequel, pour ne se pouvoir
servir de son bras, desdaigna d'employer celuy de
son serviteur à aultre chose qu'à tenir le poignard
droict et ferme ; et, se donnant le brausle, porta
luy mesme sa gorge à l'encontre, et la transpercea.
C'est une viande, à la verité, qu'il fault engloutir
sans mascher, qui n'a le gosier serré à glace : et
pourtant l'empereur Adrianus feit que son medecin marquast et circonscrivist, en son tettin,
iustement l'endroict mortel, où celuy eust à
viser, à qui il donna la charge de le tuer. Voylà
pourquoy Cesar, quand on luy demandoit quelle
mort il trouvoit la plus souhaittable, « La moins
premeditee, respondit il, et la plus courte. » Si
Cesar l'a osé dire, ce ne m'est plus lascheté de
le croire. « Une mort courte, dict Pline, est le
souverain heur de la vie humaine. » Il leur fasche de la recognoistre. Nul ne se peult dire estre
resolu à la mort, qui craint à la marchander,
qui ne peult la soustenir les yeulx ouverts : ceulx
qu'on veoid aux supplices courir à leur fin, et
haster l'execution et la presser, ils ne le font pas de
resolution, ils se veulent oster le temps de la considerer ; l'estre mort ne les fasche pas, mais ouy bien
le mourir ;

(1) Il n'existe pas une telle alliance entre le ciel et nous, qu'à
notre mort la lumière des astres doive s'éteindre. PL., *Nat. Hist.*,
II . 8.

(2) *A observer, à examiner si c'est une mort soudaine, ou qui
vienne, pour ainsi dire, à pas comptés.*

(3) Nous l'avons vu ce corps, qui, tout couvert de plaies, n'a-
voit pas encore reçu le coup mortel, et dont on ménageoit la vie
expirante, par un excès inouï de cruauté. LUCAIN, IV, 178.

(4) *Projetoit bien.*

(5) Courageux par nécessité. LUCAIN, IV, 798.

(6) *Si on l'eût mis dans ce cas.*

(7) A Corfinium, dans l'Abruzze citerieure, en latin *Apru-
tium.* Montaigne, dans son *Voyage*, t. II, p. 116, écrit ce mot
de la même manière.

Emori nolo, sed me esse mortuum nibili æstimo[1] : c'est un degré de fermeté auquel i'ay experimenté que ie pourrois arriver, comme ceulx qui se iectent dans les dangers, ainsin que dans la mer, à yeulx clos.

Il n'y a rien, selon moy, plus illustre en la vie de Socrates, que d'avoir eu trente iours entiers à ruminer le decret de sa mort, de l'avoir digeree tout ce temps là d'une trescertaine esperance, sans esmoy, sans alteration, et d'un train d'actions et de paroles ravallé plustost et anonchaly, que tendu et relevé par le poids d'une telle cogitation[2].

Ce Pomponius Atticus à qui Cicero escript, estant malade, feit appeller Agrippa, son gendre, et deux ou trois aultres de ses amys; et leur dict qu'ayant essayé qu'il ne gaignoit rien à se vouloir guarir, et que tout ce qu'il faisoit pour allonger sa vie, allongeoit aussi et augmentoit sa douleur, il estoit deliberé de mettre fin à l'un et à l'aultre, les priant de trouver bonne sa deliberation, et, au pis aller, de ne perdre point leur peine à l'en destourner. Or, ayant choisi de se tuer par abstinence, voylà sa maladie guarie par accident : ce remede, qu'il avoyt employé pour se desfaire, le remet en santé. Les medecins et ses amys, faisants feste d'un si heureux evenement, et s'en resiouyssants avecques luy, se trouverent bien trompez ; car il ne leur feut possible pour cela de luy faire changer d'opinion, disant qu'ainsin comme ainsin luy falloit il, un iour franchir ce pas, et qu'en estant si avant, il se vouloyt oster la peine de recommencer un' aultre fois. Cettuy cy ayant recongneu la mort tout à loysir, non seulement ne se descourage pas au ioindre, mais il s'y acharne; car estant satisfaict en ce pourquoy il estoit entré en combat, il se picque par braverie d'en veoir la fin : c'est bien loing au delà de ne craindre point la mort, que de la vouloir taster et savourer.

L'histoire du philosophe Cleanthes est fort pareille : Les gengives luy estoient enflees et pourries; les medecins luy conseillerent d'user d'une grande abstinence : ayant ieusné deux iours, il est si bien amendé qu'ils luy declarent sa guarison, et permettent de retourner à son train de vivre accoustumé; luy, au rebours, goustant desià quelque douleur en cette defaillance, entreprend de ne se retirer plus en arriere, et franchit le pas qu'il avoyt fort advancé.

Tullius Marcellinus, ieune homme romain, voulant anticiper l'heure de sa destinee, pour se desfaire d'une maladie qui le gourmandoit plus qu'il ne vouloyt souffrir, quoyque les medecins luy en promissent guarison certaine, sinon si soubdaine, appella ses amys pour en deliberer : les uns, dict Seneca, luy donnoient le conseil que par lascheté ils eussent prins pour eulx mesmes; les aultres, par flatterie, celuy qu'ils pensoient luy debvoir estre plus agreable : mais un stoïcien luy dict ainsin : « Ne te travaille pas, Marcellinus, « comme si tu deliberois de chose d'importance : « ce n'est pas grand' chose que vivre; tes valets et « les bestes vivent : mais c'est grand' chose de « mourir honnestement, sagement, et constam- « ment. Songe combien il y a que tu fois mesme « chose, manger, boire, dormir; boire, dormir, « et manger : nous rouons[3] sans cesse en ce cer- « cle. Non seulement les mauvais accidents et in- « supportables, mais la satieté mesme de vivre « donne envye de la mort. » Marcellinus n'avoyt besoing d'homme qui le conseillast, mais d'homme qui le secourust : les serviteurs craignoient de s'en mesler ; mais ce philosophe leur feit entendre que les domestiques sont soupçonnez lors seulement qu'il est en doubte si la mort du maistre a esté volontaire : aultrement qu'il seroit d'aussi mauvais exemple de l'empescher, que de le tuer; d'autant que

Invitum qui servat, idem facit occidenti[4].

Aprez il advertit Marcellinus qu'il ne seroit pas messeant, comme le dessert des tables se donne aux assistants, nos repas faicts, aussi la vie finie, de distribuer quelque chose à ceulx qui en ont esté les ministres. Or, estoit Marcellinus de courage franc et liberal : il feit despartir quelque somme à ses serviteurs et les consola. Au reste, il n'y eut besoing de fer ny de sang; il entreprint de s'en aller de cette vie, non de s'en fuyr; non d'eschapper à la mort, mais de l'essayer. Et pour se donner loysir de la marchander, ayant quitté toute nourriture, le troisiesme iour suivant, aprez s'estre faict arrouser d'eau tiede, il defaillit peu à peu, et non sans quelque volupté, à ce qu'il disoit.

De vray, ceulx qui ont eu ces defaillances de cœur qui prennent par foiblesse, disent n'y sentir aulcune douleur, ains plustost quelque plaisir, comme d'un passage au sommeil et au repos. Voylà des morts estudiees et digerees.

Mais à fin que le seul Cato peust fournir à tout exemple de vertu, il semble que son bon destin

---

(1) Je ne crains pas d'être mort, mais de mourir. Cic., Tusc. quæst., I, 8. C'est la traduction d'un vers d'Epicharme.

(2) Pensée.

(3) Nous tournons. Rouer, signifie tourner comme une roue.

(4) C'est tuer un homme, que de le sauver malgré lui. Hor., de Art. poet., v. 467.

loy feist avoir mal en la main dequoy il se donna le coup, à ce qu'il eust loysir d'affronter la mort et de la colleter, renforceant le courage au danger, au lieu de l'amollir. Et si c'eust esté à moy de le representer en sa plus superbe assiette, c'eust esté deschirant tout ensanglanté ses entrailles, plustost que l'espee au poing, comme feirent les statuaires de son temps : car ce second meurtre feut bien plus furieux que le premier.

---

# CHAPITRE XIV.

*Comme nostre esprit s'empesche soy mesme.*

C'est une plaisante imagination, de concevoir un esprit balancé iustement entre deux pareilles envyes : car il est indubitable qu'il ne prendra iamais party, d'autant que l'application et le chois porte inegalité de pris ; et qui nous logeroit entre la bouteille et le iambon, avecques eguale appetit de boire et de manger, il n'y auroit sans doute remede que de mourir de soif et de faim. Pour prouvoir à cet inconvenient, les stoïciens, quand on leur demande d'où vient en nostre ame l'eslection de deux choses indifferentes, et qui faict que d'un grand nombre d'escus nous en prenions plustost l'un que l'autre, estants touts pareils, et n'y ayant aulcune raison qui nous incline à la preference, respondent que ce mouvement de l'ame est extraordinaire et desreglé, venant en nous d'une impulsion estrangere, accidentale et fortune. Il se pourroit dire, ce me semble, plustost, que aulcune chose ne se presente à nous, où il n'y ayt quelque difference, quelque legiere qu'elle soit ; et que, ou à la veue ou à l'attouchement, il y a tousiours quelque chois qui nous tente et attire, quoyque ce soit imperceptiblement : pareillement qui presupposera une ficelle egualement forte par tout, il est impossible de toute impossibilité qu'elle rompe ; car par où voulez vous que la faulsee commence ? et de rompre partout ensemble, il n'est pas en nature. Qui ioindroit encores à cecy les propositions geometriques qui concluent, par la certitude de leurs demonstrations, le contenu plus grand que le contenant, le centre aussi grand que sa circonference, et qui trouvent deux lignes s'approchants sans cesse l'une de l'autre, et ne se pouvants iamais ioindre, et la pierre philosophale, et quadrature du cercle, où la raison et l'effect sont si opposites ; en tireroit à l'adventure quelque argument pour secourir ce mot hardi de Pline, *solum certum nihil esse certi, et homine nihil miserius, aut superbius* [1].

# CHAPITRE XV.

*Que nostre desir s'accroist par la malaysance.*

Il n'y a raison qui n'en aye une contraire, dict le plus sage party des philosophes. Ie remaschois [2] tantost ce beau mot qu'un ancien allegue pour le mespris de la vie, « Nul bien ne nous peult apporter plaisir, si ce n'est celuy à la perte duquel nous sommes preparez ; » *In æquo est dolor amissæ rei et timor amittendæ* [3], voulant gaigner par là que la fruïtion [4] de la vie ne nous peult estre vrayement plaisante, si nous sommes en crainte de la perdre. Il se pourroit toutesfois dire, au revers, que nous serrons et embrassons ce bien, d'autant plus estroict et avecques plus d'affection, que nous le veoyons nous estre moins seur, et craignons qu'il nous soit osté : car il se sent evidemment, comme le feu se picque à l'assistance du froid, que nostre volonté s'aiguise aussi par le contraste :

Si nunquam Danaen habuisset ahenea turris,
    Non esset Danae de Jove facta parens [5] ;

et qu'il n'est rien naturellement si contraire à nostre goust, que la satieté qui vient de l'aysance ; ny rien qui l'aiguise tant, que la rareté et difficulté : *omnium rerum voluptas ipso, quo debet fugare, periculo crescit* [6].

Galla, nega ; satiatur amor, nisi gaudia torquent [7].

Pour tenir l'amour en haleine, Lycurgue ordonna que les mariez de Lacedemone ne se pourroient practiquer qu'à la desrobee, et que ce seroit pareille honte de les rencontrer couchez ensemble qu'avecques d'aultres. La difficulté des assignations, le danger des surprinses, la honte du lendemain,

            Et languor, et silentium,
    ... et latere petitus imo spiritus [8],

c'est ce qui donne poincte à la saulse. Combien de

---

(1) Il n'y a rien de certain que l'incertitude, et rien de plus misérable et plus fier que l'homme. PLINE, *Nat. Hist.*, II, 7. Traduction de Montaigne.

(2) *Remascher*, au figuré, c'est repasser plusieurs fois dans son esprit.

(3) Le chagrin d'avoir perdu une chose, et la crainte de la perdre, affectent également l'esprit. SÉNÈQ., *Epist.* 98.

(4) *Jouissance.*

(5) Si Danaé n'eût pas été renfermée dans une tour d'airain, jamais elle n'eût donné un fils à Jupiter. OV., *Amor.*, II, 19, 27.

(6) Le plaisir, en toutes choses, reçoit un nouvel attrait du péril même qui devroit nous en éloigner. SÉN., *de Benef.*, VII, 9.

(7) Galla, refuse moi : l'amour se rassasie bientôt, si le plaisir n'est mêlé de tourment. MARTIAL, IV, 37.

(8) Et la langueur, et le silence, et les soupirs tirés du fond du cœur. HOR., *Epod.*, XI, 9.

ieux treslascifvement plaisants naissent de l'honneste et vergongneuse maniere de parler des ouvrages de l'amour? La volupté mesme cherche à s'irriter par la douleur : elle est bien plus sucree quand elle cuict, et quand elle escorche. La courtisane Flora disoit n'avoir iamais couché avecques Pompeius, qu'elle ne luy eust faict porter les marques de ses morsures.

Quod petiere, premunt arcte, faciuntque dolorem
Corporis, et dentes inlidunt sæpe labellis...
Et stimuli subsunt, qui instigant lædere id ipsum,
Quodcumque est, rabies unde illæ germina sur-
[gunt[1].

Il en va ainsin partout ; la difficulté donne pris aux choses : ceulx de la Marque d'Ancone font plus volontiers leurs vœux à sainct Iacques, et ceulx de Galice à Nostre dame de Lorete : on faict au Liege grande feste des bains de Lucques ; et , en la Toscane, de ceulx d'Aspa : il ne se veoid gueres de Romains en l'eschole de l'escrime à Rome , qui est pleine de François. Ce grand Cato se trouva , aussi bien que nous, desgousté de sa femme, tant qu'elle feut sienne, et la desira quand elle feut à un aultre. I'ay chassé au haras un vieulx cheval, duquel, à la senteur des iuments, on ne pouvoit venir à bout : la facilité l'a incontinent saoulé envers les siennes ; mais envers les estrangeres et la premiere qui passe le long de son pastis, il revient à ses importuns hennissements et à ses chaleurs furieuses, comme devant. Nostre appetit mesprise et oultrepasse ce qui luy est en main, pour courir aprez ce qu'il n'a pas :

Transvolat in medio posita, et fugientia captat[2].

Nous deffendre quelque chose, c'est nous en donner envye :

Nisi tu servare puellam
Incipis, incipiet desinere esse mea[3] :

nous l'abandonner tout à faict, c'est nous en engendrer mespris. La faulte et l'abondance retumbent en mesme inconvenient :

Tibi quod superest, mihi quod defit, dolet[4].

Le desir et la iouyssance nous mettent pareillement en peine. La rigueur des maistresses est ennuyeuse ; mais l'aysance et la facilité l'est , à vray dire, encores plus : d'autant que le mescontentement et la cholere naissent de l'estimation en quoy nous avons la chose desiree , aiguisent l'amour, et le reschauffent ; mais la satiété engendre le desgoust ; c'est une passion[6] mousse[5], hebetee, lasse, et endormie.

Si qua volet regnare diu, contemnat amantem[6].
Contemnite, amantes :
Sic hodie veniet, si qua negavit heri[7].

Pourquoy inventa Poppea de masquer les beaultez de son visage, que pour les rencherir à ses amants ? Pourquoy a lon voilé iusques au dessoubs des talons ces beaultez que chascune desire montrer, que chascun desire veoir ? Pourquoy couvrent elles de tant d'empeschements, les uns sur les aultres, les parties où loge principalement nostre desir et le leur ? et à quoy servent ces gros bastions, dequoy les nostres viennent d'armer leurs flancs, qu'à leurrer notre appetit[8], et nous attirer à elles en nous esloingnant ?

Et fugit ad salices, et se cupit ante videri[9].
Interdum tunica duxit operta moram[10].

A quoy sert l'art de cette honte virginale, cette froideur rassise, cette contenance severe, cette profession d'ignorance des choses qu'elles sçavent mieulx que nous qui les en instruisons, qu'à nous accroistre le desir de vaincre, gourmander, et fouler à nostre appetit, toute cette cerimonie et ces obstacles ? car il y a non seulement du plaisir, mais de la gloire encores, d'affolir[11] et desbaucher cette molle doulceur et cette pudeur enfantine, et de renger à la mercy de nostre ardeur une gravité froide et magistrale : c'est gloire, disent-ils, de triumpher de la modestie, de la chasteté, et de la temperance ; et qui desconseille aux dames ces parties là, il les trahit, et soy mesme. Il fault croire que le cœur leur fremit d'effroy, que le son de nos mots blece la pureté de leurs aureilles, qu'elles nous en haïssent, et s'accordent à nostre

(1) Ils serrent avec fureur l'objet de leurs désirs ; ils le blessent, et , d'une dent cruelle , impriment sur ses lèvres des baisers douloureux ;... ils sont animés , par de secrets aiguillons , contre l'objet qui allume la fureur de leurs transports. Lucrèce , IV, 1076.

(2) Il dédaigne ce qui est à sa disposition , et poursuit ce qui fuit. Hor., Sat., I , 2 , 108.

(3) Si tu ne fais garder ta maîtresse, elle cessera bientôt d'être à moi. Ovide , Amor., II , 19 , 47.

(4) Tu te plains de ton superflu , et moi de mon indigence. Térence , Phorm., act. I , sc. III , v. 9.

(5) Émoussée , affoiblie.

(6) Voulez-vous régner long temps sur votre amant, dédaignez ses prières. Ovide , Amor., II , 19 , 53.

(7) Amants , faites les dédaigneux : celle qui vous refusa hier viendra elle-même s'offrir à vous. Properce , II , 14 , 19.

(8) Par la difficulté , comme ajoute l'édition in-4° de 1588 , fol. 263.

(9) La bergère court se cacher entre les saules , mais auparavant elle veut être aperçue. Virg., Eclog., III , 65.

(10) Souvent elle a opposé sa robe à mes impatients désirs. Properce , II , 15 , 6.

(11) De porter à une gaieté licencieuse cette molle douceur. Affolir, rendre fou, badin. C'est sans doute dans ce sens-là que Montaigne emploie ici ce mot , qui , du reste , ne se trouve dans aucun de nos vieux dictionnaires.

importunité d'une farce forcée. Là beauté, toute puissante qu'elle est, n'a pas de quoy se faire savourer, sans cette entremise. Veoyez en Italie, où il y a plus de beauté à vendre, et de la plus fine, comment il fault qu'elle cherche d'aultres moyens estrangers et d'aultres arts pour se rendre agreable; et si, à la verité, quoy qu'elle face, estant venale et publicque, elle demeure foible et languissante : tout ainsi que, mesme en la vertu, de deux effects pareils, nous tenons neantmoins celuy là le plus beau et plus digne, auquel il y a plus d'empeschement et de hazard proposé.

C'est un effect de la Providence divine de permettre sa saincte Eglise estre agitée, comme nous la veoyons, de tant de troubles et d'orages, pour esveiller par ce contraste les ames pies, et les r'avoir de l'oisifveté et du sommeil où les avoyt plongees une si longue tranquillité : si nous contrepoisons la perte que nous avons faicte par le nombre de ceulx qui se sont desvoyez, au gaing qui nous vient pour nous estre remis en haleine, resuscité nostre zele et nos forces à l'occasion de ce combat, ie ne sçay si l'utilité ne surmonte point le dommage.

Nous avons pensé attacher plus ferme le nœud de nos mariages pour avoir osté tout moyen de les dissoudre; mais d'autant s'est desprins et relasché le nœud de la volonté et de l'affection, que celuy de la contraincte s'est estrecy : et, au rebours, ce qui teint les mariages, à Rome, si long-temps en honneur et en seureté, feut la liberté de les rompre qui voudroit ; ils gardoient mieulx leurs femmes d'autant qu'ils les pouvoient perdre ; et, en pleine licence de divorces, il se passa cinq cents ans, et plus, avant que nul s'en servist.

Quod licet, ingratum est ; quod non licet, acrius
                                        . [urit [1].

A ce propos se pourroit ioindre l'opinion d'un ancien, « Que les supplices aiguisent les vices, plustost qu'ils ne les amortissent ; Qu'ils n'engendrent point le soing de bien faire, c'est l'ouvrage de la raison et de la discipline, mais seulement un soing de n'estre surprius, en faisant mal : »

Latius excisæ pestis contagia serpunt [2] :

ie ne sçay pas qu'elle soit vraye ; mais cecy sçay ie par experience, que iamais police ne se trouva reformée par là : l'ordre et reglement des mœurs despend de quelque aultre moyen.

Les histoires grecques font mention des Argippees, voysins de la Scythie, qui vivent sans verge et sans baston à offenser ; que non seulement nul n'entreprend d'aller attaquer, mais quiconque s'y peult sauver, il est en franchise, à cause de leur

vertu et saincteté de vie ; et n'est aulcun si osé d'y toucher : on recourt à eulx pour appoincter les differends qui naissent entre les hommes d'ailleurs. Il y a nation où la closture des iardins et des champs qu'on veult conserver, se faict d'un filet de coton, et se treuve bien plus seure et plus ferme que nos fossez et nos hayes. *Furem signata sollicitant.... Aperta effractarius præterit [3].*

A l'adventure sert, entre aultres moyens, l'aysance, à couvrir ma maison de la violence de nos guerres civiles ; la deffense attire l'entreprinse ; et la desfiance, l'offense. I'ay affoibly le desseing des soldats, ostant à leur exploict le hazard, et toute matiere de gloire militaire, qui a accoustumé de leur servir de tiltre et d'excuse : ce qui est faict courageusement, est tousiours faict honnorablement, en temps où la iustice est morte. Ie leur rends la conqueste de ma maison lasche et traistresse : elle n'est close à personne qui y hurte ; il n'y a pour toute prouvision qu'un portier, d'ancien usage et cerimonie, qui ne sert pas tant à deffendre ma porte, qu'à l'offrir plus decemment et gracieusement ; ie n'ay ny garde ny sentinelle que celle que les astres font pour moy. Un gentilhomme a tort de faire montre d'estre en deffense, s'il ne l'est parfaictement. Qui est ouvert d'un costé, l'est par tout : nos peres ne penserent pas à bastir des places frontieres. Les moyens d'assaillir, ie dy sans batterie et sans armee, et de surprendre nos maisons, croissent touts les iours au dessus des moyens de se garder, les esprits s'aiguisent generalement de ce costé là : l'invasion touche touts ; la deffense non, que les riches. La mienne estoit forte selon le temps qu'elle feut faicte ; ie n'y ay rien adiousté de ce costé là, et craindrois que sa force se tournast contre moy mesme ; ioinct qu'un temps paisible requerra qu'on les desfortifie. Il est dangereux de ne les pouvoir regaigner, et est difficile de s'en asseurer : car en matiere de guerres intestines, vostre valet peult estre du party que vous craignez ; et où la religion sert de pretexte, les parentez mesmes deviennent infiables avecques couverture de iustice. Les finances publicques n'entretiendront pas nos garnisons domestiques ; elles s'y espuiseroient : nous n'avons pas de quoy le faire sans nostre ruyne ; ou, plus incommodement et iniurieusement encores, sans celle du peuple. L'estat

---

(1) Ce qui est permis, n'a aucun attrait pour nous ; ce qui est défendu, irrite nos désirs. Ovide, *Amor.*, II, 19, 3.

(2) Le mal qu'on croyoit avoir extirpé, gagne et s'estend plus loin. Rutilius, *Itinerar.*, I, 397. — Le poëte parle des Juifs et de leur religion.

(3) Les serrures attirent les voleurs ; ceux qui brisent les portes, n'entrent pas dans les maisons ouvertes. Sénèque, *Epist.* 68.

(4) *Superbis.*

de ma perte ne seroit de guere pire. Au demourant, vous y perdez vous : vos amys mesmes s'amusent à accuser vostre invigilance et improvidence[1], plus qu'à vous plaindre, et l'ignorance ou nonchalance aux offices de vostre profession. Ce que tant de maisons gardees se sont perdues, où cette cy dure, me faict souspeçonner qu'elles se sont perdues de ce qu'elles estoient gardees; cela donne et l'envye et la raison à l'assaillant : toute garde porte visage de guerre. Qui se iectera, si Dieu veult, chez moy; mais tant y a, que ie ne l'y appelleray pas : c'est la retraicte à me reposer des guerres. I'essaye de soustraire ce coing à la tempeste publique, comme ie fois un aultre coing en mon ame. Nostre guerre a beau changer de formes, se multiplier et diversifier en nouveaux partys : pour moi ie ne bouge. Entre tant de maisons armees, moy seul, que ie sçache, en France, de ma condition, ay fié purement au ciel la protection de la mienne ; et n'en ay iamais osté ny vaisselle d'argent, ny tiltre, ny tapisserie. Ie ne veulx ny me craindre, ny me sauver à demy. Si une pleine recognoissance acquiert la faveur divine, elle me durera iusqu'au bout; sinon i'ay tousiours assez duré pour rendre ma duree remarquable et enregistrable. Comment? il y a bien trente ans.

## CHAPITRE XVI.

### De la gloire.

Il y a le nom et la chose : le nom c'est une voix qui remarque et signifie la chose; le nom, ce n'est pas une partie de la chose, ny de la substance; c'est une piece estrangere ioincte à la chose, et hors d'elle.

Dieu, qui est en soy toute plenitude et le comble de toute perfection, il ne peult s'augmenter et accroistre au dedans; mais son nom se peult augmenter et accroistre par la benediction et louange que nous donnons à ses ouvrages exterieurs : laquelle louange, puisque nous ne la pouvons incorporer en luy, d'autant qu'il n'y peult avoir accession de bien, nous l'attribuons à son nom, qui est la piece hors de luy la plus voysine ; voylà comment c'est à Dieu seul à qui gloire et honneur appartient : et il n'est rien si esloingné de raison, que de nous en mettre en queste pour nous ; car, estants indigents et necessiteux au dedans, nostre essence estant imparfaicte, et ayant continuellement besoing d'amelioration, c'est là à quoy nous nous debvons travailler; nous sommes tout creux et vuides; ce n'est pas de vent et de voix que nous avons à nous remplir, il nous fault de la substance plus solide à nous reparer; un homme affamé seroit bien simple de chercher à se prouveoir plustost d'un beau vestement que d'un bon repas ; il fault courir au plus pressé. Comme disent nos ordinaires prieres, *Gloria in excelsis Deo, et in terra pax hominibus*[2]. Nous sommes en disette de beaulté, santé, sagesse, vertu, et telles parties essentielles : les ornements externes se chercheront, aprez que nous aurons prouveu aux choses necessaires. La theologie traicte amplement et plus pertinemment ce subiect; mais ie n'y suis gueres versé.

Chrysippus et Diogenes ont esté les premiers aucteurs, et les plus fermes, du mespris de la gloire; et, entre toutes les voluptez, ils disoient qu'il n'y en avoyt point de plus dangereuse, ny plus à fuyr, que celle qui nous vient de l'approbation d'aultruy. De vray, l'experience nous en faict sentir plusieurs trahisons bien dommageables : il n'est chose qui empoisonne tant les princes que la flatterie, ny rien par où les meschants gaignent plus ayseement credit autour d'eulx ; ny macquerelage si propre et si ordinaire à corrompre la chasteté des femmes, que de les paistre et entretenir de leurs louanges : le premier enchantement que les sireines employent à piper Ulysses, est de cette nature :

Deça vers nous, deça, ô treslouable Ulysse,
Et le plus grand honneur dont la Grece fleurisse.

Ces philosophes là disoient que toute la gloire du monde ne meritoit pas qu'un homme d'entendement estendist seulement le doigt pour l'acquerir :

Gloria quantalibet quid erit, si gloria tantum est[3]?

ie dy pour elle seule ; car elle tire souvent à sa suitte plusieurs commoditez, pour lesquelles elle se peult rendre desirable : elle nous acquiert de la bienvueillance; elle nous rend moins exposez aux iniures et offenses d'aultruy, et choses semblables. C'estoit aussi des principaulx dogmes d'Epicurus; car ce precepte de sa secte, CACHE TA VIE, qui deffend aux hommes de s'empescher des charges et negociations publicques, presuppose aussi necessairement qu'on mesprise la gloire, qui est une approbation que le monde faict des actions que nous mettons en evidence. Celuy qui nous ordonne de nous cacher et de n'avoir soing que de nous, et qui ne veult pas que nous soyons connus d'aultruy,

(1) *Votre négligence à veiller et à pourvoir à votre sûreté.*
(2) Gloire à Dieu dans les cieux, et paix aux hommes sur la terre. S. Luc, *Evang.*, II, 14.
(3) *Que sera la plus grande gloire, si elle n'est que de la gloire?* Juv., *Sat.* 7, v. 81.

il veult encores moins que nous en soyons honnorez et glorifiez : aussi conseille il à Idomeneus de ne regler aulcunement ses actions par l'opinion ou reputation commune , si ce n'est pour eviter les aultres incommoditez accidentales que le mespris des hommes luy pourroit apporter.

Ces discours là sont infiniement vrays, à mon advis , et raisonnables: mais nous sommes, ie ne sçay comment , doubles en nous mesmes, qui faict que ce que nous croyons, nous ne le croyons pas, et ne nous pouvons desfaire de ce que nous condemnons. Veoyons les dernieres paroles d'Epicurus , et qu'il dict en mourant: elles sont grandes , et dignes d'un tel philosophe; mais si ont elles quelques marques de la recommandation de son nom, et de cette humeur qu'il avoyt descrite par ses preceptes. Voicy une lettre qu'il dicta un peu avant son dernier soupir :

#### EPICURUS A HERMACHUS, salut.

« Ce pendant que ie passois l'heureux, et celuy là mesme le dernier jour de ma vie, i'escrivois cecy accompaigné toutesfois de telle douleur en la vessie et aux intestins, qu'il ne peult rien estre adiousté à sa grandeur : mais elle estoit compensee par le plaisir qu'apportoit à mon ame la souvenance de mes inventions et de mes discours. Or toy, comme requiert l'affection que tu as eu dez ton enfance envers moy et la philosophie, embrasse la protection des enfants de Metrodorus. »

Voylà sa lettre. Et ce qui me faict interpreter que ce plaisir, qu'il dict sentir en son ame de ses inventions, regarde aulcunement la reputation qu'il en esperoit acquerir apres sa mort, c'est l'ordonnance de son testament, par lequel il veult que « Amynomachus et Timocrates, ses heritiers, fournissent pour la celebration de son iour natal, touts les mois de janvier, les frais que Hermachus ordonneroit, et aussi pour la despense qui se feroit le vingtiesme iour de chaque lune, au traictement des philosophes ses familiers, qui s'assembleroient à l'honneur de la memoire de luy et de Metrodorus. »

Carneades a esté chef de l'opinion contraire; et a maintenu que la gloire estoit pour elle mesme desirable : tout ainsin que nous embrassons nos posthumes pour eulx mesmes, n'en ayant aulcune cognoissance ni iouyssance. Cette opinion n'a pas failly d'estre plus communement suivie, comme sont volontiers celles qui s'accommodent le plus à nos inclinations. Aristote luy donne le premier reng entre les biens externes; evite, comme deux extremes vicieux, l'immoderation et à la rechercher et à la fuyr. Ie croy que si nous avions

les livres que Cicero avoyt escripts sur ce subiect, il nous en conteroit de belles; car cet homme là feut si forcené de cette passion, que , s'il eust osé, il feust, ce croy ie, volontiers tumbé en l'excez où tumberent d'aultres, Que la vertu mesme n'estoit desirable que pour l'honneur qui se tenoit tousiours à sa suitte:

> Paulum sepultæ distat inertiæ
> Celata virtus [1] :

qui est un' opinion si faulse, que ie suis despit qu'elle ayt iamais peu entrer en l'entendement d'homme qui eust cet honneur de porter le nom de philosophe.

Si cela estoit vray, il ne fauldroit estre vertueux qu'en public; et les operations de l'ame, où est le vray siege de la vertu, nous n'aurions que faire de les tenir en regle et en ordre, sinon autant qu'elles debvroient venir à la cognoissance d'aultruy. N'y va il doncques que de faillir finement et subtilement! « Si tu sçais, dict Carneades, un serpent caché en ce lieu auquel, sans y penser, se va seoir celuy de la mort duquel tu esperes proufit, tu fois meschamment si tu ne l'en advertis; et d'autant plus que ton action ne doibt estre cogneue que de toy. » Si nous ne prenons de nous mesmes la loy de bien faire, si l'impunité nous est iustice ; à combien de sortes de meschancetez avons nous touts les iours à nous abandonner? Ce que Sext. Peduceus feit , de rendre fidelement cela que C. Plotius avoyt commis à sa seule science, de ses richesses, et ce que i'en ay faict souvent de mesme , ie ne le treuve pas tant louable , comme ie trouverois execrable que nous y eussions failly : et treuve bon et utile à ramentevoir en nos iours l'exemple de P. Sextilius Rufus, que Cicero accuse pour avoir recueilli une heredité contre sa conscience, non seulement, non contre les loix, mais par les loix mesmes ; et M. Grassus, et Q. Hortensius, lesquels , à cause de leur auctorité et puissance, ayant esté, pour certaines quotitez, appelez par un estranger à la succession d'un testament fauls, à fin que , par ce moyen , il y establist sa part, se contenterent de n'estre participants de la faulseté, et ne refuserent d'en retirer du fruict; assez couverts, s'ils se tenoient à l'abry des accusations, et des tesmoings, et des loix : *Meminerint Deum se habere testem, id est (ut ego arbitror), mentem suam* [2].

(1) La vertu cachée differe peu de l'obscure oisiveté. Hor., Od., IV, 9 , 29.
(2) Il faut se souvenir qu'on a Dieu pour témoin ; et ce témoin, à mon avis, c'est notre propre conscience. Cic., de Offic., III, 10.

La vertu est chose bien vaine et frivole, si elle tire sa recommandation de la gloire : pour neant entreprendrions nous de luy faire tenir son reng à part, et la desioindrions de la fortune; car qu'est il plus fortuité que la reputation? *Profecto fortuna in omni re dominatur : ea res cunctas ex libidine magis, quam ex vero, celebrat, obscuratque* [1]. De faire que les actions soient cogneues et veues, c'est le pur ouvrage de la fortune; c'est le sort qui nous applique la gloire, selon sa temerité. Ie l'ay veue fort souvent marcher avant le merite; et souvent oultrepasser le merite, d'une longue mesure. Celuy qui premier s'advisa de la ressemblance de l'umbre, à la gloire, feit mieulx qu'il ne vouloyt : ce sont choses excellemment vaines : elle va aussi quelquefois devant son corps; et quelquefois l'excede de beaucoup en longueur. Ceulx qui apprennent à la noblesse de ne chercher en la vaillance que l'honneur, *quasi non sit honestum, quod nobilitatum non sit* [2]; que gaignent ils par là, que de les instruire de ne se hazarder iamais, si on ne les veoid, et de prendre bien garde s'il y a des tesmoings qui puissent rapporter nouvelles de leur valeur : là où il se presente mille occasions de bien faire, sans qu'on en puisse estre remarqué? Combien de belles actions particulieres s'ensepvelissent dans la foule d'une bataille? quiconque s'amuse à controoller aultruy pendant une telle meslee, il n'y est gueres embesongné, et produict contre soy mesme le tesmoingnage qu'il rend des desportements de ses compaignons. *Vera et sapiens animi magnitudo, honestum illud, quod maxime natura sequitur, in factis positum, non in gloria, iudicat* [3].

Toute la gloire que ie pretends de ma vie, c'est de l'avoir vescue tranquille : tranquille, non selon Metrodorus, ou Arcesilas, ou Aristippus, mais selon moy. Puisque la philosophie n'a sceu trouver aulcune voye pour la tranquillité, qui feust bonne en commun; que chascun la cherche en son particulier.

A qui doibvent Cesar et Alexandre cette grandeur infinie de leur renommee, qu'à la fortune? combien d'hommes a elle esteincts sur le commencement de leur progrez, desquels nous n'avons aulcune cognoissance, qui y apportoient mesme courage que le leur, si le malheur de leur sort ne les eust arrestez tout court sur la naissance mesme de leurs entreprinses? Au travers de tant et si extremes dangers, il ne me souvient point avoir leu que Cesar ayt esté iamais blecé : mille sont morts de moindres perils que le moindre de ceulx qu'il franchit. Infinies belles actions se doibvent perdre sans tesmoingnage, avant qu'il en vienne

une à proufit : on n'est pas tousiours sur le hault d'une bresche, ou à la teste d'une armee, à la veue de son general, comme sur un eschaffaud; on est surprins entre la haye et le fossé; il fault tenter fortune contre un poulailler; il fault denicher quatre chestifs harquebuziers d'une grange; il fault seul s'escarter de la trouppe, et entreprendre seul, selon la necessité qui s'offre. Et si on prend garde, on trouvera, à mon advis, qu'il advient par experience, que les moins esclatantes occasions sont les plus dangereuses; et qu'aux guerres qui se sont passees de nostre temps, il s'est perdu plus de gents de bien aux occasions legieres et peu importantes, et à la contestation de quelque bicoque, qu'ez lieux dignes et honnorables.

Qui tient sa mort pour mal employee, si ce n'est en occasion signalee, au lieu d'illustrer sa mort, il obscurcit volontiers sa vie, laissant eschapper ce pendant plusieurs iustes occasions de se hazarder; et toutes les iustes sont illustres assez, sa conscience les trompettant suffisamment à chascun. *Gloria nostra est testimonium conscientiæ nostræ* [4]. Qui n'est homme de bien que parce qu'on le sçaura, et parce qu'on l'en estimera mieulx aprez l'avoir sceu; qui ne veult bien faire qu'en condition que sa vertu vienne à la cognoissance des hommes, celuy là n'est pas personne de qui on puisse tirer beaucoup de service.

    Crede che 'l resto di quel verno cose
    Facesse degne di tenerne conto;
    Ma fur sin da quel tempo si nascose,
    Che non è colpa mia s' or non le conto :
    Perchè Orlando a far l' opre virtuose,
    Più ch' a narrarle poi, sempre era pronto;
    Nè mai fu alcuno de' suoi fatti espresso,
    Se non quando ebbe i testimoni appresso [5].

Il fault aller à la guerre pour son debvoir, et en attendre cette recompense, qui ne peult faillir à toutes belles actions, pour occultes qu'elles soyent, non pas mesme aux vertueuses pensees; c'est le

---

(1) Certainement l'empire de la fortune s'eteud sur tout : elle rend les uns célèbres, et laisse les autres obscurs, moins selon leur mérite, que selon son caprice. SALL., *Bell. Catilin.*, c. 8.

(2) Comme si une action n'étoit vertueuse que lorsqu'elle a été célèbre. CIC., *de Offic.*, I, 4.

(3) C'est dans les actions vertueuses, et non dans la gloire, qu'une ame véritablement grande place l'honneur, qui est le principal but de notre nature. CIC., *de Offic.*, I, 19.

(4) Notre gloire, c'est le témoignage de notre conscience. S. PAUL, *Epist. ad Corinth*, II, 1, 12.

(5) Je crois que, le reste de cet hiver, Roland fit des choses très dignes de mémoire; mais jusqu'ici elles ont été si secrètes, que ce n'est pas ma faute si je ne les raconte point : car Roland a toujours été plus prompt à faire de belles actions, qu'à les publier : et jamais ses exploits n'ont été divulgués que lorsqu'il en a eu des témoins. ARIOSTO, *Orlando*, cant. XI, stanz. 81.

contentement qu'une conscience bien reglee reçoit, en soy, de bien faire. Il fault estre vaillant
pour soy mesme, et pour l'advantage que c'est d'a-
voir son courage logé en une assiette ferme et as-
seurée contre les assaults de la fortune :

Virtus, repulsæ nescia sordidæ,
Intaminatis fulget honoribus ;
Nec sumit, aut ponit secures
Arbitrio popularis auræ[1].

Ce n'est pas pour la montre, que nostre ame doibt
iouer son roolle ; c'est chez nous, au dedans, où
nuls yeulx ne donnent que les nostres : là elle
nous couvre de la crainte de la mort, des douleurs
et de la honte mesme ; elle nous asseure là de la
perte de nos enfants, de nos amys et de nos fortunes ; et quand l'opportunité s'y presente, elle
nous conduict aussi aux hazards de la guerre, *non
emolumento aliquo, sed ipsius honestatis decore*[2].
Ce proufit est bien plus grand, et bien plus digne
d'estre souhaitté et esperé, que l'honneur et la
gloire, qui n'est aultre chose qu'un favorable iugement qu'on faict de nous.

Il fault trier de toute une nation une douzaine
d'hommes, pour iuger d'un arpent de terre : et
le iugement de nos inclinations et de nos actions,
la plus difficile matiere et la plus importante qui
soit, nous le remettons à la voix de la commune et
de la tourbe, mere d'ignorance, d'iniustice, et d'inconstance. Est ce raison de faire despendre la vie
d'un sage, du iugement des fols ? *An quidquam
stultius, quam, quos singulos contemnas, eos aliquid putare esse universos*[3] ? Quiconque vise à leur
plaire, il n'a iamais faict ; c'est une butte qui n'a
ny forme ny prinse : *Nil tam inæstimabile est, quam
animi multitudinis*[4]. Demetrius disoit plaisamment de la voix du peuple, qu'il ne faisoit non
plus de recepte de celle qui luy sortoit par en
hault, que de celle qui luy sortoit par en bas : celuy là dict encores plus : *Ego hoc iudico, si quando
turpe non sit, tamen non esse non turpe, quum id
a multitudine laudetur*[5]. Null'art, nulle souplesse
d'esprit pourroit conduire nos pas à la suitte d'un
guide si devoyé et si desreglé : en cette confusion
venteuse de bruits, de rapports et opinions vulgaires qui nous poulsent, il ne se peult establir
aulcune route qui vaille. Ne nous proposons point
une fin si flottante et volage : allons constamment
aprez la raison : que l'approbation publicque nous
suive par là, si elle veult ; et, comme elle despend
toute de la fortune, nous n'avons pas loy de l'esperer plustost par aultre voye que par celle là.
Quand, pour sa droicture, ie ne suivrois le droict
chemin, ie le suivrois pour avoir trouvé, par ex-

perience, qu'au bout du compte, c'est communément le plus heureux et le plus utile : *Dedit hoc
providentia hominibus munus, ut honesta magis
iuvarent*[6]. Le marinier ancien disoit ainsi à Neptune, en une grande tempeste : « O dieu, tu me sau-
veras, si tu veulx ; si tu veulx, tu me perdras : mais
si tiendray ie tousiours droict mon timon. » I'ay
veu de mon temps mill'hommes souples, mestis, ambigus, et que nul ne doubtoit plus prudents mondains que moy, se perdre où ie me suis
sauvé :

Risi successu posse carere dolos[7].

Paul Emile, allant en sa glorieuse expedition de
Macedoine, advertit surtout le peuple à Rome, « de
contenir leur langue de ses actions, pendant son
absence. » Que la licence des iugements est un
grand destourbier[8] aux grandes affaires ! d'autant
que chascun n'a pas la fermeté de Fabius, à l'encontre des voix communes contraires et iniurieuses, qui aima mieulx laisser desmembrer son auctorité aux vaines fantasies des hommes, que faire
moins bien sa charge, avecques favorable reputation et populaire consentement.

Il y a ie ne sçay quelle doulceur naturelle à se
sentir louer ; mais nous luy prestons trop de beaucoup :

Laudari haud metuam, neque enim mihi cornea
[fibra est ;
Sed recti finemque, extremumque esse recuso,
Euge tuum, et belle[9].

Ie ne me soulcie pas tant quel ie sois chez aultruy,
comme ie me soulcie quel ié sois en moy mesme :
ie veulx estre riche par moy, non par emprunt[10].

<hr>

(1) La véritable vertu brille d'un éclat que rien ne peut ternir ; elle ne connoît point les refus honteux : elle ne prend pas,
elle ne quitte pas les faisceaux au gré d'un peuple volage. Hor.,
*Od.*, III, 2, 17.

(2) Non pour notre intérêt personnel, mais pour l'honneur attaché à la vertu. Cic., *de Finib.*, I, 10.

(3) Quoi de plus insensé, que d'estimer réunis ceux que l'on
méprise chacun à part ? Cic., *Tusc. quæst.*, V, 36.

(4) Rien de moins appréciable que les jugements de la multitude. Tit.-Liv., XXXI, 34.

(5) Et moi, bien qu'une chose ne soit pas honteuse en elle-
même, je dis cependant qu'elle semble l'être si elle est louée par
la multitude. Cic., *de Finib.*, II, 15.

(6) C'est un bienfait de la providence des dieux, que les
choses honnêtes sont aussi les plus utiles. Quintil., *Inst. orat.*,
I, 12.

(7) J'ai ri de voir que la ruse pouvoit échouer. Ovide, *Héroïd.*,
I, 18.

(8) Trouble, obstacle, empêchement.

(9) Je ne hais pas d'être loué, car je ne suis pas de pierre :
mais jamais un, *Que cela est beau !* ne me paroîtra le terme et
le but qu'on doive proposer à la vertu. Pers., *Sat.*, I, 47.

(10) Édition de 1588, fol. 267. « Je veulx estre riche de mes
propres richesses, non des richesses empruntées. »

Les estrangers ne veoyent que les evenements et apparences externes; chascun peult faire bonne mine par le dehors, plein au dedans de fiebvre et d'effroy : ils ne veoyent pas mon cœur, ils ne veoyent que mes contenances. On a raison de descrier l'hypocrisie qui se treuve en la guerre : car qu'est il plus aysé à un homme practique [1], que de gauchir aux dangers, et de contrefaire le mauvais, ayant le cœur plein de mollesse ? Il y a tant de moyens d'eviter les occasions de se hazarder en particulier, que nous aurons trompé mille fois le monde, avant que de nous engager à un dangereux pas; et lors mesme, nous y trouvant empestrez, nous sçaurons bien, pour ce coup, couvrir nostre ieu d'un bon visage et d'une parole asseuree, quoyque l'ame nous tremble au dedans : et qui auroit l'usage de l'anneau platonique [2], rendant invisible celuy qui le portoit au doigt, si on luy donnoit le tour vers le plat de la main, assez de gents souvent se cacheroient où il se fault presenter le plus, et se repentiroient d'estre placez en lieu si honnorable, auquel la necessité les rend asseurez.

Falsus honor iuvat, et mendax infamia terret
Quem, nisi mendosum et mendacem [3]?

Voylà comment touts ces iugements, qui se font des apparences externes, sont merveilleusement incertains et doubteux; et n'est aulcun si asseuré tesmoing, comme chascun à soy mesme. En celles là combien avons nous de gouiats, compaignons de nostre gloire? celuy qui se tient ferme dans une trenchee descouverte, que faict il en cela que ne facent devant luy cinquante pauvres pionniers qui luy ouvrent le pas, et le couvrent de leurs corps pour cinq sols de paye par iour?

Non, quidquid turbida Roma
Elevet, accedas; examenque improbum in illa
Castiges trutina : nec te quæsiveris extra [4].

Nous appellons aggrandir nostre nom, l'estendre et semer en plusieurs bouches; nous voulons qu'il y soit receu en bonne part, et que cette sienne accroissance luy vienne à proufit : voylà ce qu'il y peult avoir de plus excusable en ce desseing. Mais l'excez de cette maladie en va iusques là, que plusieurs cherchent de faire parler d'eulx en quelque façon que ce soit : Trogus Pompeius dict de Herostratus, et Titus Livius, de Maulius Capitolinus, qu'ils estoient plus desireux de grande que de bonne reputation. Ce vice est ordinaire : nous nous soignons plus qu'on parle de nous, que comment on en parle; et nous est assez que nostre nom coure par la bouche des hommes, en quelque

condition qu'il y coure : il semble que l'estre cogneu, ce soit aulcunement avoir sa vie et sa duree en la garde d'aultruy. Moy, ie tiens que ie ne suis que chez moy; et de cette aultre mienne vie, qui loge en la cognoissance de mes amys, à la considerer nue et simplement en soy, ie sçay bien que ie n'en sens fruict ny iouyssance que par la vanité d'une opinion fantastique : et quand ie seray mort, ie m'en ressentiray encores beaucoup moins; et si perdray tout net l'usage des vrayes utilitez, qui accidentalement la suivent par fois. Ie n'auray plus de prinse par où saisir la reputation, ny par où elle puisse me toucher, ny arriver à moy; car de m'attendre que mon nom la receoive, premierement, ie n'ay point de nom qui soit assez mien; de deux que i'ay, l'un est commun à toute ma race, voire encores à d'aultres; il y a une famille à Paris et à Montpellier qui se surnomme Montaigne, une aultre en Bretaigne et en Xaintonge, De la Montaigne; le remuement d'une seule syllabe meslera nos fusees de façon que i'auray part à leur gloire, et eulx à l'adventure à ma honte; et si les miens se sont aultresfois surnommez Eyquem, surnom qui touche encores une maison cogneue en Angleterre : quant à mon aultre nom, il est à quiconque aura envye de le prendre; ainsin i'honnoreray peult estre un crocheteur en ma place. Et puis, quand i'aurois une marque particuliere pour moy, que peult elle marquer quand ie n'y suis plus? peult elle designer et favorir [6] l'inanité?

Nunc levior cippus non imprimit ossa.
Laudat posteritas; nunc non e manibus illis,
Nunc non e tumulo, fortunataque favilla,
Nascuntur violæ [7]:

mais de cecy i'en ay parlé ailleurs. Au demourant, en toute une bataille où dix mill' hommes sont stropiez ou tuez, il n'en est pas quinze de quoy l'on parle; il fault que ce soit quelque grandeur bien eminente, ou quelque consequence d'importance que la fortune y ayt ioincte, qui face valoir un' action privee, non d'un harquebuzier

(1) Qui a de la pratique, de l'expérience, que de se détourner des dangers. — (2) L'anneau de Gygès.
(3) Qui est flatté des fausses louanges? qui redoute la calomnie? N'est ce pas celui qui se sent coupable, et qui veut tromper? Hor., Epist., 1, 16, 39.
(4) Lorsque la tumultueuse Rome déprime quelque chose, il ne faut ni l'en croire, ni entreprendre de redresser sa balance infidèle. Ne cherchez point hors de vous-même ce que vous êtes. Perse, Sat., 1, 5.
(5) Favoriser le néant même, donner du relief à la vanité.
(7) Que la postérité me loue : la pierre qui couvre mes os en est elle plus légère! mes mânes, mon tombeau, mon bûcher, vont ils pour cela se couronner de fleurs? Perse, Sat., 1, 37.

seulement, mais d'un capitaine : car de tuer un homme, ou deux, ou dix, de se presenter courageusement à la mort, c'est à la verité quelque chose à chascun de nous, car il y va de tout ; mais pour le monde, ce sont choses si ordinaires, il s'en veoid tant touts les jours, et en fault tant de pareilles pour produire un effect notable, que nous n'en pouvons attendre aulcune particuliere recommandation ;

Casus multis hic cognitus, ac iam
Tritus, et e medio fortunæ ductus acervo [1].

De tant de milliasses de vaillants hommes qui sont morts, depuis quinze cents ans en France, les armes en la main, il n'y en a pas cent qui soyent venus à nostre coguoissance : la memoire, non des chefs seulement, mais des battailles et victoires, est ensepvelie : les fortunes de plus de la moitié du monde, à faulte de registre, ne bougent de leur place, et s'esvanouïssent sans duree. Si i'avoy en ma possession les evenements incognus, i'en penserois tresfacilement supplanter les cogneus, en toute espece d'exemples. Quoy, que des Romains mesmes et des Grecs, parmy tant d'escrivains et de tesmoings, et tant de rares et nobles exploicts, il en est venu si peu iusques à nous !

Ad nos vix tenuis famæ perlabitur aura [2].

Ce sera beaucoup, si, d'icy à cent ans, on se souvient en gros que de nostre temps il y a eu des guerres civiles en France. Les Lacedemoniens sacrifioient aux Muses, entrants en battaille, à fin que leurs gestes feussent bien et dignement escripts, estimants que ce feust une faveur divine et non commune que les belles actions trouvassent des tesmoings qui leur sceussent donner vie et memoire. Pensons nous qu'à chasque harquebuzade qui nous touche, et à chasque hazard que nous courons, il y ayt soubdain un greffier qui l'enroolle ? et cent greffiers oultre cela le pourront escrire, desquels les commentaires ne dureront que trois iours, et ne viendront à la veue de personne. Nous n'avons pas la milliesme partie des escripts anciens ; c'est la fortune qui leur donne vie, ou plus courte, ou plus longue, selon sa faveur : et ce que nous en avons, il nous est loysible de doubter si c'est le pire, n'ayant pas veu le demourant. On ne faict pas des histoires de choses de si peu : il fault avoir esté chef à conquerir un empire ou un royaume ; il fault avoir gaigné cinquante deux battailles assignees, tousiours plus foible en nombre, comme Cesar : dix mille bons compaignons et plusieurs grands capitaines moururent à sa suitte vaillamment et courageusement,

desquels les noms n'ont duré qu'autant que leurs femmes et leurs enfants vesquirent :

Quos fama obscura recondit [3].

De ceulx mesmes que nous veoyons bien faire, trois mois ou trois ans aprez qu'ils y sont demourez, il ne s'en parle non plus que s'ils n'eussent iamais esté. Quiconque considerera, avecques iuste mesure et proportion, de quelles gents et de quels faicts la gloire se maintient en la memoire des livres, il trouvera qu'il y a, de nostre siecle, fort peu d'actions et fort peu de personnes qui y puissent pretendre nul droict. Combien avons nous veu d'hommes vertueux survivre à leur propre reputation, qui ont veu et souffert esteindre en leur presence l'honneur et la gloire tresiustement acquise en leurs ieunes aus ? Et pour trois ans de cette vie fantastique et imaginaire, allons nous perdant nostre vraye vie et essentielle, et nous engager à une mort perpetuelle ! Les sages se proposent une plus belle et plus iuste fin à une si importante entreprinse : Recte facti, fecisse merces est [4] : Officii fructus, ipsum officium est. Il seroit, à l'adventure, excusable à un peintre ou aultre artisan, ou encores à un rhetoricien ou grammairien, de se travailler pour acquerir nom par ses ouvrages ; mais les actions de la vertu, elles sont trop nobles d'elles mesmes pour rechercher aultre loyer que de leur propre valeur, et notamment pour la chercher en la vanité des iugements humains.

Si toutesfois cette faulse opinion sert au public à contenir les hommes en leur debvoir ; si le peuple en est esveillé à la vertu ; si les princes sont touchez de veoir le monde benir la memoire de Traian, et abominer celle de Neron ; si cela les esmeut de veoir le nom de ce grand pendard, aultresfois si effroyable et si redoubté, mauldit et outragé si librement par le premier escholier qui l'entreprend : qu'elle accroisse hardiment, et qu'on la nourrisse entre nous le plus qu'on pourra : et Platon, employant toutes choses à rendre ses citoyens vertueux, leur conseille aussi de ne mespriser la bonne reputation et estimation des peuples ; et dict que par quelque divine inspiration il advient que les meschants mesmes sçavent souvent, tant de parole que d'opinion, iustement distinguer les bons des mauvais. Ce personnage et son paidagogue

(1) C'est un accident ordinaire, arrivé à mille autres, et pris dans les innombrables chances de la fortune. Juv., Sat., XIII, 9.
(2) A peine un foible bruit nous a transmis leur gloire.
                    Virg., Æneid., VII, 646.
(3) Et la nuit du passé nous a caché leurs noms.
                    Virg., Æneid., V, 302.
(4) La recompense d'une bonne action, c'est de l'avoir faite. Sén., Epist. 81. Le fruit d'un service, c'est le service même.

sont merveilleux et hardis ouvriers à faire ioindre les operations et revelations divines tout partout où fault l'humaine force; *ut tragici poetæ confugiunt ad deum, quum explicare argumenti exitum non possunt* [1] : et pour cette cause peut estre l'appelloit Timon, en l'iniuriant, le grand forgeur de miracles. Puisque les hommes, par leur insuffisance, ne se peuvent assez payer d'une bonne monnoye : qu'on y employe encores la faulse. Ce moyen a esté practiqué par touts les legislateurs ; et n'est police où il n'y ayt quelque meslange, ou de vanité cerimonieuse, ou d'opinion mensongiere, qui serve de bride à tenir le peuple en office. C'est pour cela que la pluspart ont leurs origines et commencements fabuleux, et enrichis de mysteres supernaturels; c'est cela qui a donné credit aux religions bastardes, et les a faictes favorir aux gents d'entendement, et pour cela, que Numa et Sertorius, pour rendre leurs hommes de meilleure creance, les paissoient de cette sottise, l'un que la nymphe Egeria, l'aultre que sa biche blanche, luy apportoit de la part des dieux touts les conseils qu'il prenoit : et l'auctorité que Numa donna à ses loix soubs tiltre du patronage de cette deesse, Zoroastre, le legislateur des Bactrians et des Perses, la donna aux siennes, soubs le nom du dieu Oromazis; Trismegiste des Aegyptiens, de Mercure; Zamolxis des Scythes, de Vesta; Charondas des Chalcides, de Saturne; Minos des Candiots, de Iupiter; Lycurgus des Lacedemoniens, d'Apollo; Dracon et Solon des Atheniens, de Minerve : et toute police a un dieu à sa teste, faulsement les aultres, veritablement celle que Moïse dressa au peuple de Iudee sorty d'Aegypte. La religion des Bedoins, comme dict le sire de Iouinville, portoit, entre aultres choses, que l'ame de celuy d'entre eulx qui mouroit pour son prince, s'en alloit en un aultre corps plus heureux, plus beau, et plus fort que le premier : au moyen de quoy ils en hazardoient beaucoup plus volontiers leur vie ;

In ferrum mens prona viris, animæque capaces
Mortis, et ignavum est redituræ parcere vitæ [2].

Voylà une creance tressalutaire, toute vaine qu'elle soit. Chasque nation a plusieurs tels exemples chez soy : mais ce subiect meriteroit un discours à part.

Pour dire encores un mot sur mon premier propos, ie ne conseille non plus aux dames d'appeller honneur leur debvoir; *ut enim consuetudo loquitur, id solum dicitur honestum, quod est populari fama gloriosum* [3]; leur debvoir est le marc, leur honneur n'est que l'escorce : ny ne leur conseille de nous donner cette excuse en payement de leur refus; car ie presuppose que leurs intentions, leur desir, et leur volonté, qui sont pieces où l'honneur n'a que veoir, d'autant qu'il n'en paroist rien au dehors, soyent encores plus reglees que les effects :

Quæ, quia non liceat, non facit, illa facit [4]:

l'offense et envers Dieu et en la conscience seroit aussi grande de le desirer, que de l'effectuer : et puis ce sont actions d'elles mesmes cachees et occultes; il seroit bien aysé qu'elles en desrobassent quelqu'une à la cognoissance d'aultruy, d'où l'honneur despend, si elles n'avoyent aultre respect à leur debvoir et à l'affection qu'elles portent à la chasteté, pour elle mesme. Toute personne d'honneur choisit de perdre plustost son honneur, que de perdre sa conscience.

----

# CHAPITRE XVII.

### *De la presumption.*

Il y a une aultre sorte de gloire, qui est une trop bonne opinion que nous concevons de nostre valeur [5]. C'est un'affection inconsideree, de quoy nous nous cherissons, qui nous represente à nous mesmes aultres que nous ne sommes : comme la passion amoureuse preste des beaultez et des graces au subiect qu'elle embrasse, et faict que ceulx qui en sont esprins treuvent, d'un iugement trouble et alteré, ce qu'ils aiment aultre et plus parfaict qu'il n'est.

Ie ne veulx pas que, de peur de faillir de ce costé là, un homme se mescognoisse pourtant, ny qu'il pense estre moins que ce qu'il est; le iugement doibt tout par tout maintenir son droict : c'est raison qu'il voye en ce subiect, comme ailleurs, ce que la verité luy presente; si c'est Cesar, qu'il se treuve hardiment le plus grand capitaine du monde. Nous ne sommes que cerimonie : la cerimonie nous emporte, et laissons la substance des choses : nous nous tenons aux branches, et abandonnons le tronc et le corps : nous avons apprins aux dames de rougir, oyants seulement nommer ce qu'elles ne craignent aucunement à faire : nous n'osons appeller à droict nos membres, et

----

(1) À l'exemple des poëtes tragiques, qui ont recours à un dieu, lorsqu'ils ne savent comment trouver le dénouement de leur pièce. *Cic., de Nat. deor.*, I, 20.
(2) Leur ardeur bravoit le fer, leur courage embrassoit la mort : c'étoit une lâcheté de ménager une vie qui devoit renaître. *Lucain*, I, 461.
(3) Dans le langage ordinaire, on n'appelle honnête que ce qui est glorieux dans l'opinion du peuple. *Cic., de Finib.*, II, 15.
(4) Celle-là succombe, qui se refuse que parce qu'il ne lui est pas permis de succomber. *Ovid. Amor.*, III, 4, 4.
(5) *De notre mérite.*

ne craignons pas de les employer à toute sorte de desbauches : la cerimonie nous deffend d'esprimer, par paroles, les choses licites et naturelles, et nous l'en croyons; la raison nous deffend de n'en faire point d'illicites et mauuaises, et personne ne l'en croit. Ie me treuve icy empestré ez loix de la cerimonie; car elle ne permet, ny qu'on parle bien de soy, ny qu'on en parle mal : nous la lairrons là pour ce coup.

Ceulx de qui la fortune (bonne ou mauuaise qu'on la doibve appeller) a faict passer la vie en quelque eminent degré, ils peuvent par leurs actions publiques tesmoingner quels ils sont : mais ceulx qu'elle n'a employez qu'en foule, et de qui personne ne parlera, si eulx mesmes n'en parlent, ils sont excusables, s'ils prennent la hardiesse de parler d'eulx mesmes envers ceulx qui ont interest de les cognoistre; à l'exemple de Lucilius,

    Ille velut fidis arcana sodalibus olim
    Credebat libris, neque si male cesserat, usquam
    Decurrens alio, neque si bene : quo fit, ut omnis
    Votiva pateat veluti descripta tabella
    Vita senis [1];

celuy là commettoit à son papier ses actions et ses pensees, et s'y peignoit tel qu'il se sentoit estre : *nec id Rutilio et Scauro citra fidem, aut obtrectationi fuit* [2].

Il me souvient doncques que, dez ma plus tendre enfance, on remarquoit en moy ie ne sçay quel port de corps, et des gestes, tesmoingnants quelque vaine et sotte fierté. I'en veulx dire premierement cecy, qu'il n'est pas inconvenient d'avoir des conditions et des propensions [3] si propres et si incorporees en nous, que nous n'ayons pas moyen de les sentir et recognoistre; et de telles inclinations naturelles, le corps en retient volontiers quelque ply, sans notre sceu et consentement : c'estoit une certaine affetterie consente de sa beaulté [4], qui faisoit un peu pencher la teste d'Alexandre sur un costé, et qui rendoit le parler d'Alcibiades mol et gras; Iulius Cesar se grattoit la teste d'un doigt, qui est la contenance d'un homme rempli de pensements penibles; et Cicero, ce me semble, avoyt accoustumé de rincer [5] le nez, qui signifie un naturel mocqueur : tels mouvements peuvent arriver imperceptiblement en nous. Il y en a d'aultres artificiels, de quoy ie ne parle point, comme les salutations et reverences, par où on acquiert, le plus souvent à tort, l'honneur d'estre bien humble et courtois : on peult estre humble, de gloire. Ie suis assez prodigue de bonnetades, notamment en esté, et n'en reçois iamais sans revenche, de quelque qualité d'hommes que ce soit, s'il n'est à mes gages.

Ie desirasse d'aulcuns princes que ie cognoy, qu'ils en feussent plus espargnants et iustes dispensateurs : car ainsin indiscretement espanduës, elles ne portent plus de coup; si elles sont sans esgard, elles sont sans effect. Entre les contenances desreglees, n'oublions pas la morgue de l'empereur Constantius, qui en public tenoit tousiours la teste droicte, sans la coutourner ou fleschir ny çà ny là, non pas seulement pour regarder ceulx qui le saluoient à costé; ayant le corps planté immobile, sans se laisser aller au bransle de son coche, sans oser ny cracher, ny se moucher, ny essuyer le visage devant les gents. Ie ne sçay si ces gestes qu'on remarquoit en moy, estoient de cette premiere condition, et si à la verité i'avoy quelque occulte propension à ce vice, comme il peult bien estre; et ne puis pas respondre des bransles du corps : mais quant aux bransles de l'ame, ie veulx icy confesser ce que i'en sens.

Il y a deux parties en cette gloire : sçavoir est, de S'estimer trop; et N'estimer pas assez aultruy. Quant à l'une, il me semble premierement ces considerations debvoir estre mises en compte, Que ie me sens pressé d'une erreur d'ame, qui me desplaist, et comme inique, et encores plus comme importune; i'essaye à la corriger, mais l'arracher ie ne puis : c'est que ie diminue du iuste pris des choses que ie possede, et haulse le pris aux choses d'autant qu'elles sont estrangeres, absentes, et non miennes : cette humeur s'espand bien loing. Comme la prerogative de l'auctorité faict que les marys regardent les femmes propres d'un vicieux desdaing, et plusieurs peres leurs enfants : ainsin fois ie, et entre deux pareils ouvrages poiserois tousiours contre le mien; non tant que la ialousie de mon advancement et amendement trouble mon iugement, et m'empesche de me satisfaire, comme que, d'elle mesme, la maistrise [6] engendre mespris de ce qu'on tient et regente. Les polices, les mœurs loingtaines me flattent, et les langues; et m'apperçois que le latin me pipe par la faveur de sa dignité, au delà de ce qui luy appartient, comme aux enfants et au vulgaire : l'œconomie, la maison, le cheval de mon voysin, en eguale valeur, vault mieulx que le mien, de ce qu'il n'est pas mien :

---

[1] Qui confioit tous ses secrets à son papier, comme à un ami fidèle ; qu'il en arrivât bien ou mal, jamais il ne chercha d'autres confidents : aussi le voit-on tout entier dans ses ouvrages, comme dans un tableau qu'il auroit voulu consacrer aux dieux. Hor., *Sat.*, II, 1, 30.

[2] Rutilius et Scaurus n'en ont été ni moins crus, ni moins estimés (*pour avoir écrit leurs mémoires*). Tacit., *Agric.*, c. 1.

[3] Qu'il n'est pas étrange, extraordinaire, *que nous ayons de telles qualités et des penchants*, etc.

[4] *Convenable à sa beauté*, ou qui sçavoit bien à sa beauté.

[5] *Froncer, rider.* — [6] *La possession.*

dadvantage que ie suis tres ignorant en mon faict, i'admire l'asseurance et promesse que chascun a de soy; au lieu qu'il n'est quasi rien que ie sçache sçavoir, ny que i'ose me respondre pouvoir faire. Ie n'ay point mes moyens en proposition et par estat : et n'en suis instruict qu'aprez l'effect; autant doubteux de ma force, que d'une aultre force. D'où il advient, si ie rencontre louablement en une besongne, que ie le donne plus à ma fortune qu'à mon industrie; d'autant que ie les desseigne [1] toutes au hazard et en crainte. Pareillement i'ay en general cecy, que De toutes les opinions que l'ancienneté a eues de l'homme en gros, celles que i'embrasse plus volontiers, et ausquelles ie m'attache le plus, ce sont celles qui nous mesprisent, avilissent, et aneantissent le plus : la philosophie ne me semble iamais avoir si beau ieu, que quand elle combat nostre presumption et vanité, quand elle recognoist de bonne foy son irresolution, sa foiblesse, et son ignorance. Il me semble que la mere nourrice des plus faulses opinions, et publiques et particulieres, c'est la trop bonne opinion que l'homme a de soy. Ces gents qui se perchent à chevauchons sur l'epicycle de Mercure, qui veoient si avant dans le ciel; ils m'arrachent les dents : car, en l'estude que ie fois, duquel le subiect c'est l'homme, trouvant une si extreme varieté de iugements, un si profond labyrinthe de difficultez les unes sur les aultres, tant de diversité et incertitude en l'eschole mesme de la sapience; vous pouvez penser, puisque ces gents là n'ont peu se resoudre de la cognoissance d'eulx mesmes, et de leur propre condition, qui est continuellement presente à leurs yeulx, qui est dans eulx, puis qu'ils ne sçavent comment bransle ce qu'eulx mesmes font bransler, ny comment nous peindre et deschiffrer les ressorts qu'ils tiennent et manient eulx mesmes, comment ie les croirois de la cause du flux et reflux de la riviere du Nil. La curiosité de cognoistre les choses a esté donnee aux hommes pour fleau, dict la saincte parole.

Mais pour venir à mon particulier, il est bien difficile, ce me semble, qu'aulcun aultre s'estime moins, voire qu'aulcun aultre m'estime moins, que ce que ie m'estime : ie me tiens de la commune sorte, sauf en ce que ie m'en tiens; coulpable des defectuositez plus basses et populaires, mais non desadvouees, non excusees; et ne me prise seulement que de ce que ie sçay mon pris. S'il y a de la gloire, ell' est infuse en moy superficiellement, par la trahison de ma complexion, et n'a point de corps qui comparoisse à la veue de mon iugement; i'en suis arrousé, mais non pas teinct : car, à la verité, quant aux effects de l'esprit, en quelque

façon que ce soit, il n'est iamais parti de moy chose qui me contentast; et l'approbation d'aultruy ne me paye pas. I'ay le iugement tendre et difficile, et notamment en mon endroict : ie me desadvoue sans cesse, et me sens par tout flotter et flechir de foiblesse; ie n'ay rien du mien de quoy satisfaire mon iugement. I'ay la veue assez claire et reglee, mais, à l'ouvrer [2], elle se trouble : comme i'essaye plus evidemment en la poësie; ie l'aime infiniement, ie me cognoy assez aux ouvrages d'aultruy; mais ie fois, à la verité, l'enfant quand i'y veulx mettre la main; ie ne me puis souffrir. On peult faire le sot par tout ailleurs, mais non en la poësie;

> Mediocribus esse poetis
> Non di, non homines, non concessere columnæ [3].

Pleust à Dieu que cette sentence se trouvast au front des boutiques de touts nos imprimeurs, pour en deffendre l'entree à tant de versificateurs!

> Verum
> Nil securius est malo poeta [4].

Que n'avons nous de tels peuples [5]? Dionysius le pere n'estimoit rien tant de soy que sa poësie : à la saison des ieux olympiques, avecques des chariots surpassants touts aultres en magnificence, il envoya aussi des poëtes et musiciens, pour presenter ses vers, avecques des tentes et pavillons dorez et tapissez royalement. Quand on veint à mettre ses vers en avant, la faveur et excellence de la prononciation attira sur le commencement l'attention du peuple; mais, quand par aprez il veint à poiser l'ineptie de l'ouvrage, il entra premierement en mespris, et continuant d'aigrir son iugement, il se iecta tantost en furie, et courut abbattre et deschirer par despit touts ses pavillons : et, ce que ses chariots ne feirent non plus rien qui vaille en la course, et que la navire qui rapportoit ses gents faillit la Sicile, et feut par la tempeste poulsee et fracassee contre la coste de Tarente; ce mesme peuple teint pour certain que c'estoit un effect de l'ire des dieux irritez, comme luy, contre ce mauvais poëme; et les mariniers mesmes eschappez du naufrage alloient secondant l'opinion de ce peu-

---

(1) *Je les détermine, j'en forme le dessein*, etc.

(2) *Au travail, à l'ouvrage.*

(3) *Tout défend la médiocrité aux poëtes, et les dieux, et les hommes, et les colonnes des portiques où sont affichés leurs ouvrages.* Hor., *de Art. poet.*, v. 372.

(4) *Mais rien de si confiant qu'un mauvais poëte.* Martial, XII, 63, 13.

(5) C'est-à-dire, *des peuples du génie de ceux qui, dans l'assemblée des jeux olympiques, marquèrent si vivement le mepris qu'ils faisoient de la mauvaise poesie du vieux Denys, tyran de Syracuse, et maître de la meilleure partie de la Sicile.*

ple, à laquelle l'oracle qui predit sa mort sembla aussi aucunement souscrire : il portoit : « que Dionysius seroit prez de sa fin, quand il auroit vaincu ceulx qui vauldroient mieulx que luy. » Ce qu'il interpreta des Carthaginois qui le surpassoient en puissance; et ayant affaire à eulx, gauchissoit souvent la victoire, et la temperoit, pour n'encourir le sens de cette prediction : mais il l'entendoit mal; car le dieu marquoit le temps de l'advantage que par faveur et iniustice il gaigna à Athenes sur les poëtes tragiques meilleurs que luy, ayant faict iouer à l'envy la sienne intitulee les *Lenciens;* soubdain aprez laquelle victoire il trespassa, et en partie pour l'excessive ioye qu'il en conceut.

Ce que ie treuve excusable du mien, ce n'est pas de soy et à la verité, mais c'est à la comparaison d'aultres choses pires, ausquelles ie veoy qu'on donne credit. Ie suis envieux du bonheur de ceulx qui se sçavent resiouyr et gratifier en leur ouvrage; car c'est un moyen aysé de se donner du plaisir, puisqu'on le tire de soy mesme, specialement s'il y a un peu de fermeté en leur opiniastrise [1]. Ie sçay un poëte à qui, fort et foible, en foule et en chambre, et le ciel et la terre crient qu'il n'y entend gueres : il n'en rabbat pour tout cela rien de la mesure à quoy il s'est taillé; tousiours recommence, tousiours reconsulte, et tousiours persiste, d'autant plus fort en son advis, et plus roide, qu'il touche à luy seul de le maintenir.

Mes ouvrages, il s'en fault tant qu'ils me rient, qu'autant de fois que ie les retaste, autant de fois ie m'en despite :

Quum relego, scripsisse pudet; quia plurima cerno,
Me quoque, qui feci, iudice, digna lini [2].

I'ay tousiours une idee en l'ame et certaine image trouble, qui me presente comme en songe une meilleure forme que celle que i'ay mis en besongne; mais ie ne la puis saisir et exploicter : et cette idee mesme n'est que du moyen estage. Ce que i'argumente par là, que les productions de ces riches et grandes ames du temps passé sont bien loing au delà de l'extreme estendue de mon imagination et souhaict : leurs escripts ne me satisfont pas seulement et me remplissent, mais ils m'estonnent et transissent d'admiration; ie iuge leur beaulté, ie la veoy, sinon iusques au bout, au moins si avant qu'il m'est impossible d'y aspirer. Quoy que i'entreprenne, ie doibs un sacrifice aux Graces, comme dict Plutarque de quelqu'un, pour practiquer leur faveur :

Si quid enim placet,
Si quid dulce hominum sensibus influit.
Debentur lepidis omnia Gratiis [3].

Elles m'abandonnent par tout; tout est grossier chez moy; il y a faulte de gentillesse et de beaulté : ie ne sçay faire valoir les choses pour le plus que ce qu'elles valent : ma façon n'ayde rien à la matiere; voylà pourquoy il me fault forte, qui ayt beaucoup de prinse, et qui luise d'elle mesme. Quand i'en saisis des populaires et plus gayes, c'est pour me suivre à moy, qui n'aime point une sagesse cerimonieuse et triste, comme faict le monde; et pour m'esgayer, non pour esgayer mon style, qui les veult plustost graves et severes : au moins si ie doibs nommer style un parler informe et sans regle, un iargon populaire, et un proceder sans definition, sans partition, sans conclusion, trouble, à la guise de celuy d'Amafanius et de Rabirius. Ie ne sçay ny plaire, ny resiouyr, ny chastouiller : le meilleur conte du monde se seiche entre mes mains, et se ternit. Ie ne sçay parler qu'en bon escient : et suis du tout desnué de cette facilité, que ie veoy en plusieurs de mes compaignons, d'entretenir les premiers venus, et tenir en haleine toute une trouppe, ou amuser, sans se lasser, l'aureille d'un prince de toute sorte de propos; la matiere ne leur faillant iamais, pour cette grace qu'ils ont de sçavoir employer la premiere venue, et l'accommoder à l'humeur et portee de ceulx à qui ils ont affaire. Les princes n'aiment gueres les discours fermes; ny moy à faire des contes. Les raisons premieres et plus aysees, qui sont communement les mieulx prinses, ie ne sçay pas les employer; mauvais prescheur de commune : de toute matiere ie dy volontiers les plus extremes choses que i'en sçay. Cicero estime que, ez traictez de la philosophie, le plus difficile membre soit l'exorde : s'il est ainsi, ie me prends à la conclusion sagement. Si fault il sçavoir relascher la chorde à toute sorte de tons; et le plus aigu est celuy qui vient le moins souvent en ieu. Il y a pour le moins autant de perfection à relever une chose vuide, qu'à en soustenir une poisante : tantost il fault superficiellement manier les choses, tantost les profonder [4]. Ie sçay bien que la pluspart des hommes se tiennent en ce bas estage, pour ne concevoir les choses que par cette premiere escorce; mais ie sçay aussi que les plus grands maistres, et Xenophon et Platon, on les veoid souvent se relascher à cette basse façon et populaire de dire et

<hr/>

(1) *Entêtement, obstination.*

(2) Quand je les relis, j'en ai honte ; car j'y vois bien des choses qui, même aux yeux indulgents de leur auteur, méritent d'être effacées. OVIDE, *de Ponto*, I, 5, 15.

(3) Car tout ce qui plaît, tout ce qui charme les sens des mortels, c'est aux Graces qu'on en est redevable. *Ces vers latins sont probablement d'un moderne.*

(4) *Approfondir.*

traicter les choses, la soustenants des graces qui leur manquent iamais.

Au demourant, mon langage n'a rien de facile et poly; il est aspre et desdaigneux, ayant ses dispositions libres et desreglees; et me plaist ainsin, sinon par mon iugement, par mon inclination : mais ie sens bien que par fois ie m'y laisse trop aller, et qu'à force de vouloir eviter l'art et l'affectation, i'y retumbe d'une aultre part;

Brevis esse laboro,
Obscurus fio [1].

Platon dict que le long ou le court ne sont pas proprietez qui ostent ny qui donnent pris au langage. Quand i'entreprendrois de suivre cet aultre style equable, uny et ordonné, ie n'y sçaurois advenir : et encores que les couppures et cadences de Saluste reviennent plus à mon humeur, si est ce que ie treuve Cesar et plus grand et moins aysé à representer; et si mon inclination me porte plus à l'imitation du parler de Seneque, ie ne laisse pas d'estimer dadvantage celuy de Plutarque. Comme à faire, à dire aussi, ie suis tout simplement ma forme naturelle : d'où c'est, à l'adventure, que ie puis plus à parler, qu'à escrire. Le mouvement et action animent les paroles, notamment à ceulx qui se remuent brusquement, comme ie fois, et qui s'eschauffent : le port, le visage, la voix, la robbe, l'assiette, peuvent donner quelque pris aux choses qui d'elles mesmes n'en ont gueres, comme le babil. Messala se plainct, en Tacitus, de quelques accoustrements estroicts de son temps, et de la façon des bancs où les orateurs avoyent à parler, qui affoiblissoient leur eloquence.

Mon langage françois est alteré, et en la prononciation, et ailleurs, par la barbarie de mon creu : ie ne veis iamais homme des contrees de deçà, qui ne sentist bien evidemment son ramage, et qui ne bleceast les aureilles pures françoises. Si n'est ce pas pour estre fort entendu en mon perigordin; car ie n'en ay non plus d'usage que de l'allemand, et ne m'en chault gueres; c'est un langage (comme sont autour de moy, d'une bande et d'aultre, le poittevin, xaintongeois, angoumoisin, limosin, auvergnat), brode [2], traisnant, esfoiré : il y a bien au dessus de nous, vers les montaignes, un gascon que ie treuve singulierement beau, sec, bref, signifiant, et à la verité, un langage masle et militaire plus qu'aultre que i'entende, autant nerveux, puissant et pertinent, comme le françois est gracieux, delicat et abondant.

Quant au latin, qui m'a esté donné pour maternel [3], i'ay perdu par desaccoustumance la promp-

titude de m'en pouvoir servir à parler; ouy, et à escrire : en quoy aultresfois ie me faisois appeler maistre Iehan. Voylà combien peu ie vaulx de ce costé là.

La beauté est une piece de grande recommandation au commerce des hommes; c'est le premier moyen de conciliation des uns aux aultres, et n'est homme si barbare et si rechigné, qui ne se sente aulcunement frappé de sa doulceur. Le corps a une grande part à nostre estre, il y tient un grand reng; ainsi sa structure et composition sont de bien iuste consideration. Ceulx qui veulent desprendre nos deux pieces principales, et les sequestrer l'une de l'aultre, ils ont tort : au rebours, il les fault r'accoupler et reioindre; il fault ordonner à l'ame non de se tirer à quartier, de s'entretenir à part, de mespriser et abandonner le corps (aussi ne le sçauroit elle faire que par quelque singerie contrefaicte), mais de se r'allier à luy, de l'embrasser, le cherir, luy assister, le contrerooller, le conseiller, le redresser, et ramener quand il fourvoye, l'espouser en somme, et luy servir de mary, à ce que leurs effects ne paroissent pas divers et contraires, ains accordants et uniformes. Les chrestiens ont une particuliere instruction de cette liaison : car ils savent que la iustice divine embrasse cette societé et ioincture du corps et de l'ame, iusques à rendre le corps capable des recompenses eternelles; et que Dieu regarde agir tout homme, et veult qu'entier il receoive le chastiement, ou le loyer, selon ses demerites. La secte peripatetique, de toutes sectes la plus sociable, attribue à la sagesse ce seul soing, de prouvoir et procurer en commun le bien de ces deux parties associees : et montrent les aultres sectes, pour ne s'estre assez attachees à la consideration de ce meslange, s'estre partialisees, cette cy pour le corps, cette aultre pour l'ame, d'une pareille erreur; et avoir escarté leur subiect, qui est l'Homme; et leur guide, qu'ils advouent en general estre Nature. La premiere distinction qui ayt esté entre les hommes, et la premiere consideration qui donna des preeminences aux uns sur les aultres, il est vraysemblable que ce feut l'advantage de la beaulté :

Agros divisere atque dedere
Pro facie cuiusque, et viribus, ingenioque;
Nam facies multum valuit, viresque vigebant [4].

(1) J'évite d'être long, et je deviens obscur.
          Boil., d'apr. Hor., Art poét., v. 25.
(2) Lâche, languissant. — (3) Voy. liv. I des Essais, ch. 25.
(4) Le partage des terres fut réglé à proportion de la beauté, de la force et de l'esprit : car la beauté et la force etoient les premières distinctions. Lucrèce, V, 1109.

Or, ie suis d'une taille un peu au dessoubs de la moyenne [1] : ce defaut n'a pas seulement de la laideur, mais encores de l'incommodité, à ceulx mesmement qui ont des commandemens et des charges ; car l'auctorité que donne une belle presence et maiesté corporelle en est à dire. C. Marius ne recevoit pas volontiers des soldats qui n'eussent six pieds de haulteur. *Le Courtisan* a bien raison de vouloir, pour ce gentilhomme qu'il dresse, une taille commune, plustost que toute aultre ; et de refuser pour luy toute estrangeté qui se fasse montrer au doigt. Mais de choisir, s'il fault à cette mediocrité, qu'il soit plustost au deçà, qu'au delà d'icelle, ie ne le ferois pas à un homme militaire. Les petits hommes, dict Aristote, sont bien iolis, mais non pas beaux ; et se cognoist en la grandeur, la grand'ame : comme la beaulté, en un grand corps et hault : les Ethiopes et les Indiens, dict il, elisans leurs roys et magistrats, avoyent esgard à la beaulté et procerité [2] des personnes. Ils avoyent raison ; car il y a du respect pour ceulx qui le suivent, et, pour l'ennemy, de l'effroy, de veoir à la teste d'une trouppe marcher un chef de belle et riche taille.

Ipse inter primos praestanti corpore Turnus
Vertitur, arma tenens, et toto vertice supra est [3].

Nostre grand roy divin et celeste, duquel toutes les circonstances doibvent estre remarquees avec soing, religion et reverence, n'a pas refusé la recommandation corporelle, *speciosus forma prae filiis hominum* [4] : et Platon, avecques la temperance et la fortitude, desire la beaulté aux conservateurs de sa republique. C'est un grand despit, qu'on s'addresse à vous parmi vos gents pour vous demander « Où est monsieur ? » et que vous n'ayez que le reste de la bonnetade qu'on faict à vostre barbier ou à vostre secretaire ; comme il adveint au pauvre Philopœmen : Estant arrivé le premier de sa trouppe en un logis où on l'attendoit, son hostesse, qui ne le cognoissoit pas, et le veoyoit d'assez mauvaise mine, l'employa d'aller un peu ayder à ses femmes à puiser de l'eau, ou attiser du feu, pour le service de Philopœmen : les gentilshommes de sa suitte estants arrivez et l'ayants surprins embesongné à cette belle vacation, car il n'avoyt pas failly d'obeyr au commandement qu'on luy avoyt faict, luy demanderent ce qu'il faisoit là : « Ie paie, leur respondit il, la peine de ma laideur. » Les aultres beaultez sont pour les femmes : la beaulté de la taille est la seule beaulté des hommes. Où est la petitesse ; ny la largeur et rondeur du front, ny la blancheur et doulceur des yeulx, ny la mediocre forme du nez, ny

la petitesse de l'aureille et de la bouche, ny l'ordre et la blancheur des dents, ny l'espesseur bien unie d'une barbe brune à escorce de chastaigne, ny le poil relevé, ny la iuste rondeur de teste, ny la frescheur du teinct, ny l'air du visage agreable, ny un corps sans senteur, ny la proportion legitime des membres, peuvent faire un bel homme.

I'ay, au demourant, la taille forte et ramassee ; le visage, non pas gras, mais plein ; la complexion entre le iovial et le melancholique, moyennement sanguine et chaulde,

Un de rigent setis mihi crura, et pectora villis [5] ;

la santé, forte et alaigre, iusques bien avant en mon aage, rarement troublee par les maladies. I'estois tel ; car ie ne me considere pas à cette heure que ie suis engagé dans les avenues de la vieillesse, ayant pieça franchy les quarante ans :

Minutatim vires et robur adultum
Frangit, et in partem peiorem liquitur ætas [6] :

ce que ie scray doresnavant, ce ne sera plus qu'un demy estre ; ce ne sera plus moy ; ie m'eschappe touts les iours, et me desrobe à moy :

Singula de nobis anni prædantur euntes [7].

D'adresse et de disposition, ie n'en ai point eu ; et si suis fils d'un pere tresdispos, et d'une alaigresse qui lui dura iusques à son extreme vieillesse. Il ne trouva gueres homme de sa condition qui s'egualast à luy en tout exercice de corps : comme ie n'en ay trouvé gueres aulcun qui ne me surmontast : sauf au courir, en quoy i'estois des mediocres. De la musique, ny pour la voix, que i'y ay tresinepte ; ny pour les instruments, on ne m'y a iamais sceu rien apprendre. A la dance, à la paulme, à la luicte, ie n'y ay peu acquerir qu'une bien fort legiere et vulgaire suffisance ; à nager, à escrimer, à voltiger, et à saulter, nulle du tout. Les mains, ie les ay si gourdes [8], que ie

(1) Montaigne se traite lui-même de *petit homme*, liv. II, ch. 6, p. 170. Dans son *Voyage en Italie*, tom. I, pag. 252, il remarque avec un certain plaisir que le grand duc François-Marie de Médicis étoit de *sa taille*.

(2) *Hauteur, longueur.*

(3) Au premier rang on voit marcher Turnus, les armes à la main ; sa taille est haute, et il passe de la tête tous ceux qui l'entourent. Virg., *Enéid.*, VII, 783.

(4) Il étoit le plus beau des fils des hommes. Ps., XLV, 3.

(5) Aussi ai-je l'estomac, les jambes. et les cuisses, hérissés de poils. Martial, II, 36. 5.

(6) Insensiblement les forces se perdent, la vigueur s'épuise, et notre être va toujours en déclinant. Lucrèce, II, 1131.

(7) Les années, dans leur course, nous dérobent sans cesse quelque portion de nous-mêmes. Hor., *Epist.*, II, 2, 55.

(8) *Si pesantes, si maladroites.*

ne sçay pas escrire seulement pour moy; de façon que, ce que i'ay barbouillé, i'aime mieulx le refaire que de me donner la peine de le demesler : et ne lis gueres mieulx; ie me sens poiser aux escoutants : aultrement bon clerc. Ie ne sçay pas clorre à droict une lettre, ny ne sceus iamais tailler plume, ny trencher à table, qui vaille, ny equipper un cheval de son harnois, ny porter à poing un oyseau et le lascher, ny parler aux chiens, aux oyseaux, aux chevaulx. Mes conditions corporelles sont, en somme, tresbien accordantes à celles de l'ame : il n'y a rien d'alaigre; il y a seulement une vigueur pleine et ferme : ie dure bien à la peine; mais i'y dure, si ie m'y porte moy mesme, et autant que mon desir m'y conduict,

Molliter austerum studio fallente laborem [1] :

aultrement, si ie n'y suis alleiché par quelque plaisir, et si i'ay aultre guide que ma pure et libre volonté, ie n'y vauls rien; car i'en suis là, que, sauf la santé et la vie, il n'est chose pour quoy ie veuille ronger mes ongles, et que ie veuille achetter au pris du torment d'esprit et de la contraincte :

Tanti mihi non sit opaci      [rum [2].
Omnis arena Tagi, quodque in mare volvitur au-

Extremement oysif, extremement libre, et par nature et par art, ie presterois aussi volontiers mon sang que mon soing. I'ay une ame libre et toute sienne, accoustumee à se conduire à sa mode : n'ayant eu, iusques à cette heure, ny commandant, ny maistre forcé, i'ay marché aussi avant, et le pas, qu'il m'a pleu; cela m'a amolli et rendu inutile au service d'aultruy, et ne m'a faict bon qu'à moy.

Et, pour moy, il n'a esté besoing de forcer ce naturel poisant, paresseux, et faineant; car, m'estant trouvé en tel degré de fortune, dez ma naissance, que i'ay eu occasion de m'y arrester, une occasion pourtant que mille aultres de ma cognoissance eussent prinse pour planche plus tost à se passer à la queste, à l'agitation et inquietude, et en tel degré de sens, que i'ay senti en avoir occasion, ie n'ay rien cherché, et n'ay aussi rien prins :

Non agimur tumidis velis Aquilone secundo,
Non tamen adversis ætatem ducimus Austris;
Viribus, ingenio, specie, virtute, loco, re,
Extremi primorum, extremis usque priores [3] :

ie n'ay eu besoing que de la suffisance de me contenter; qui est toutesfois un reglement d'ame, à le bien prendre, egalement difficile en toute sorte de condition, et que, par usage, nous veoyons se trouver plus facilement encores en la disette qu'en l'abondance; d'autant, à l'adventure, que, selon le cours de nos aultres passions, la faim des richesses est plus aiguisee par leur usage que par leur disette, et la vertu de la moderation, plus rare que celle de la patience : et n'ay eu besoing que de iouyr doulcement des biens que Dieu, par sa liberalité, m'avoyt mis entre mains. Ie n'ay gousté aucune sorte de travail ennuyeux : ie n'ay eu gueres en maniement que mes affaires; ou, si i'en ay eu, ce a esté en condition de les manier à mon heure et à ma façon, commis par gents qui s'en fioient à moy, et qui ne me pressoient pas, et me cognoissoient; car encores tirent les experts quelque service d'un cheval restif et poulsif.

Mon enfance mesme a esté conduicte d'une façon molle et libre, et exempte de subiection rigoureuse. Tout cela m'a formé une complexion delicate et incapable de solicitude; iusques là, que i'aime qu'on me cache mes pertes, et les desordres qui me touchent. Au chapitre de mes mises, ie loge ce que ma nonchalance me couste à nourrir et entretenir :

Hæc nempe supersunt,
Quæ dominum fallunt, quæ prosunt furibus [4];

i'aime à ne sçavoir pas le compte de ce que i'ay, pour sentir moins exactement ma perte : ie prie ceulx qui vivent avecques moy, où l'affection leur manque et les bons effects, de me piper et payer de bonnes apparences. A faulte d'avoir assez de fermeté pour souffrir l'importunité des accidents contraires ausquels nous sommes subiects, et pour ne me pouvoir tenir tendu à regler et ordonner les affaires, ie nourris, autant que ie puis, en moy cett' opinion, m'abandonnant du tout à la fortune, « De prendre toutes choses au pis; et ce pis là, me resoudre à le porter doulcement et patiemment : » c'est à cela seul que ie travaille, et le but auquel i'achemine touts mes discours. A un danger, ie ne songe pas tant comment i'en eschapperay, que combien peu il importe que i'en eschappe : quand i'y demeurerois, que seroit ce? Ne pouvant regler les evenements, ie me regle moy mesme; et m'applique à eulx, s'ils ne s'appliquent

(1) Car le plaisir qui accompagne le travail en fait oublier la fatigue. Hor., Sat., II, 2, 12.

(2) Non, je ne voudrois point à ce prix-là tout le sable du Tage, avec l'or qu'il porte à l'Ocean. Juv., Sat., III, 54.

(3) Le vent du nord n'enfle pas mes voiles, il est vrai; mais l'Auster ne trouble pas ma course paisible. Je suis, en force, en talent, en figure, en vertu, en naissance, en biens, des derniers de la premiere classe, mais des premiers de la derniere. Hor., Epist., II, 2, 201.

(4) Surplus qui échappe aux yeux du maitre, et dont les voleurs s'accommodent. Hor., Epist., I, 6, 45.

à moy. Ie n'ay gueres d'art pour sçavoir gauchir la fortune et luy eschapper ou la forcer, et pour dresser et conduire par prudence les choses à mon poinct: i'ay encores moins de tolerance pour supporter le soing aspre et penible qu'il fault à cela; et la plus penible assiette pour moy, c'est estre suspens ez choses qui pressent, et agité entre la crainte et l'esperance.

Le deliberer, voire ez choses plus legieres, m'importune; et sens mon esprit plus empesché à souffrir le bransle et les secousses diverses du doubte et de la consultation, qu'à se rasseoir et resoudre à quelque party que ce soit, aprez que la chance est livree. Peu de passions m'ont troublé le sommeil; mais, des deliberations, la moindre me le trouble. Tout ainsin que des chemins, i'en evite volontiers les costez pendants et glissants, et me iecte dans le battu, le plus boueux et enfondrant, d'où ie ne puisse aller plus bas; et y cherche seureté: aussi i'aime les malheurs touts purs, qui ne m'exercent et tracassent plus aprez l'incertitude de leur rabillage, et qui du premier sault me poulsent droictement en la souffrance:

Dubia plus torquent mala [1].

Aux evenements, ie me porte virilement; en la conduicte, puerilement: l'horreur de la cheute me donne plus de fiebvre que le coup. Le ieu ne vault pas la chandelle: l'avaricieux a plus mauvais compte de sa passion, que n'a le pauvre, et le ialoux, que le cocu; et y a moins de mal souvent à perdre sa vigne, qu'à la plaider. La plus basse marche est la plus ferme; c'est le siege de la constance; vous n'y avez besoing que de vous; elle se fonde là et appuye toute en soy. Cet exemple d'un gentilhomme que plusieurs ont cogneu, a il pas quelque air philosophique? Il se maria bien avant en l'aage, ayant passé en bon compaignon sa jeunesse, grand diseur, grand gaudisseur [2]. Se souvenant combien la matiere de cornardise luy avoyt donné de quoy parler et se mocquer des aultres; pour se mettre à couvert, il espousa une femme qu'il print au lieu où chascun en trouve pour son argent, et dressa avecques elle ses alliances: « Bon iour, putain; » « Bon iour, cocu; » et n'est chose de quoy plus souvent et ouvertement il entretinst chez luy les survenants que de ce sien desseing: par où il bridoit les occultes caquets des mocqueurs, et esmouceoit la poincte de ce reproche.

Quant à l'ambition qui est voysine de la presumption, ou fille plustost, il eust fallu, pour m'advancer, que la fortune me feust venue querir par le poing; car, de me mettre en peine pour un' esperance incertaine, et me soubmettre à toutes les difficultez qui accompaignent ceulx qui cherchent à se poulser en credit sur le commencement de leur progrez, ie ne l'eusse sceu faire:

Spem pretio non emo [3]:

ie m'attache à ce que ie veoy et que ie tiens, et ne m'esloingne gueres du port;

Alter remus aquas, alter tibi radat arenas [4]:

et puis, on arrive peu à ces advancements, qu'en hazardant premierement le sien; et ie suis d'advis que si ce qu'on a suffit à maintenir la condition en laquelle on est nay et dressé, c'est folie d'en lascher la prinse sur l'incertitude de l'augmenter. Celuy à qui la fortune refuse de quoy planter son pied, et establir un estre tranquille et reposé, il est pardonnable s'il iecte au hazard ce qu'il a, puis qu'ainsin comme ainsin la necessité l'envoye à la queste:

Capienda rebus in malis præceps via est [5]:

et i'excuse plustost un cabdet de mettre sa legitime au vent, que celuy à qui l'honneur de la maison est en charge, qu'on ne peult point veoir necessiteux que par sa faulte. I'ay bien trouvé le chemin plus court et plus aysé, avecques le conseil de mes bons amys du temps passé, de me desfaire de ce desir, et de me tenir coy;

Qui sit conditio dulcis sine pulvere palmæ [6]:

iugeant aussi bien sainement de mes forces, qu'elles n'estoient pas capables de grandes choses; et me souvenant de ce mot du feu chancelier Olivier, « que les François semblent des guenons, qui vont grimpant contremont un arbre, de branche en branche, et ne cessent d'aller, iusques à ce qu'elles soyent arrivees à la plus haulte branche, et y montrent le cul quand elles y sont. »

Turpe est, quod nequeas, capiti committere pondus,
Et pressum inflexo mox dare terga genu [7].

Les qualitez mesmes qui sont à moy non repro-

[1] Ce sont les maux incertains qui me tourmentent le plus. Sénèque, *Agamemn.*, act. III, sc. 1, v. 29.
[2] Grand railleur.
[3] Je n'achète pas l'espérance argent comptant. Térence, *Adelph.*, act. II, sc. 3, v. 11.
[4] Qu'une rame fende les flots, et l'autre, les sables du rivage. Properce, III, 3, 23.
[5] Dans le malheur, choisissons les résolutions téméraires. Sénèq., *Agamemn.*, act. II, sc. 1, v. 47.
[6] Quelle plus douce condition que celle de vaincre sans avoir combattu! Hor., *Epist.*, I, 1, 51.
[7] Il est honteux de se charger la tête d'un poids qu'on ne sauroit porter, pour plier ensuite, et se soustraire au fardeau. Prop., III, 9, 5.

chables, ie les trouvois inutiles en ce siecle : la facilité de mes mœurs, on l'eust nommee lascheté et foiblesse; la foy et la conscience s'y feussent trouvees scrupuleuses et superstitieuses; la franchise et la liberté, importune, inconsideree, et temeraire. A quelque chose sert le malheur : il faict bon naistre en un siecle fort depravé; car, par comparaison d'aultruy, vous estes estimé vertueux, à bon marché : qui n'est que parricide en nos iours et sacrilege, il est homme de bien et d'honneur :

Nunc, si depositum non inficiatur amicus,
Si reddat veterem cum tota ærugine follem,
Prodigiosa fides, et Tuscis digna libellis,
Quæque coronata lustrari debeat agna[1] :

et ne feut iamais temps et lieu où il y eust, pour les princes, loyer plus certain et plus grand proposé à la bonté et à la iustice. Le premier qui s'advisera de se poulser en faveur et en credit par cette voye là; ie suis bien deceu si à bon compte il ne devance ses compaignons : la force, la violence, peuvent quelque chose, mais non pas tousiours tout. Les marchands, les iuges de village, les artisans, nous les veoyons aller à pair de vaillance et science militaire avecques la noblesse : ils rendent des combats honnorables et publicques et privez, ils battent, ils deffendent villes en nos guerres presentes : un prince estouffe sa recommandation emmy cette presse : Qu'il reluise d'humanité, de verité, de loyauté, de temperance, et surtout de iustice; marques rares, incogneues et exilees : c'est la seule volonté des peuples dequoy il peult faire ses affaires; et nulles aultres qualitez ne peuvent attirer leur volonté comme celles là, leur estants les plus utiles : *Nihil est tam populare, quam bonitas*[2].

Par cette proportion[3], ie me feusse trouvé grand et rare; comme ie me treuve pygmee et populaire, à la proportion d'aulcuns siecles passez, ausquels il estoit vulgaire, si d'aultres plus fortes qualitez n'y concurroient, de voir un homme moderé en ses vengeances, mol au ressentiment des offenses, religieux en l'observance de sa parole, ny double, ny souple, ny accommodant sa foy à la volonté d'aultruy et aux occasions : plustost lairrois ie rompre le col aux affaires, que de tordre ma foy pour leur service. Car, quant à cette nouvelle vertu de feinctise et dissimulation, qui est à cette heure si fort en credit, ie la hais capitalement; et de touts les vices, ie n'en treuve aulcun qui tesmoingne tant de lascheté et bassesse de cœur. C'est une humeur couarde et servile de s'aller desguiser et cacher soubs un masque, et de n'oser se faire veoir tel qu'on est : par là nos hommes se dressent à la

perfidie; estants duicts à produire des paroles faulses, ils ne font pas conscience d'y manquer. Un cœur genereux ne doibt point desmentir ses pensees; il se veult faire veoir iusques au dedans; tout y est bon, ou au moins, tout y est humain. Aristote estime office de magnanimité, haïr et aimer à descouvert; iuger, parler avecques toute franchise, et, au pris de la verité, ne faire cas de l'approbation ou reprobation d'aultruy. Apollonius disoit que « c'estoit aux serfs de mentir, et aux libres de dire la verité : » c'est la premiere et fondamentale partie de la vertu; il la fault aimer pour elle mesme. Celuy qui dict vray, parce qu'il y est d'ailleurs obligé, et parce qu'il sert[4]; et qui ne craint point à dire mensonge, quand il n'importe à personne, il n'est pas veritable suffisamment. Mon ame, de sa complexion, refuyt la menterie, et hait mesme à la penser : i'ay un' interne vergongne et un remords picquant, si parfois elle m'eschappe; comme parfois elle m'eschappe, les occasions me surprenant et agitant impremeditément. Il ne fault pas tousiours dire tout; car ce seroit sottise : mais ce qu'on dict il fault qu'il soit tel qu'on le pense; aultrement, c'est meschanceté. Ie ne sçay quelle commodité ils attendent de se feindre et contrefaire sans cesse, si ce n'est, de n'en estre pas creus lors mesmes qu'ils disent verité; cela peult tromper une fois ou deux les hommes : mais de faire profession de se tenir couvert, et se vanter, comme ont faict aulcuns de nos princes, Que « ils iecteroient leur chemise au feu, si elle estoit participante de leurs vrayes intentions, » qui est un mot de l'ancien Metellus Macedonicus; et publier, Que « qui ne sçait se feindre ne sçait pas regner[5], » c'est tenir advertis ceulx qui ont à les practiquer, que ce n'est que piperie et mensonge qu'ils disent; *quo quis versutior et callidior est, hoc invisior et suspectior, detracta opinione probitatis*[6] : ce seroit une grande simplesse à qui se lairroit amuser ny au visage, ny aux paroles de celuy qui faict estat d'estre tousiours aultre au dehors qu'il n'est au dedans, comme faisoit Tibere. Et ne sçay quelle part telles gents peuvent avoir au

(1) Maintenant, si ton ami ne nie point ton dépôt, s'il te rend ton vieux sac, et ton argent noirci par le temps, c'est un trait de probité digne d'être inscrit dans les livres des pontifes, c'est un prodige qu'il faut expier par le sang d'une brebis. JUVÉNAL, XIII, 60.
(2) Rien n'est si populaire que la bonté. CIC., pro *Ligar.*, c. 12.
(3) D'après cette comparaison de mes qualités et de mes mœurs avec celles de notre temps, etc.
(4) Parce que cela lui sert, lui est utile.
(5) Maxime favorite de Louis XI.
(6) Plus un homme est fin et adroit, plus il est odieux et suspect, lorsqu'il vient à perdre la réputation d'homme de bien. CIC., de *Offic.*, II, 9.

commerce des hommes, ne produisants rien qui
soit receu pour comptant : qui est desloyal envers
la vérité, l'est aussi envers le mensonge.

Ceulx qui, de nostre temps, ont considéré, en
l'establissement du debvoir d'un prince, le bien de
ses affaires seulement, et l'ont preferé au soing de
sa foy et conscience, diroient quelque chose à un
prince de qui la fortune auroit rengé à un tel
poinct les affaires, que pour tout iamais il les peust
establir par un seul manquement et faulte à sa parole : mais il n'en va pas ainsin ; on recheoit souvent en pareil marché ; on faict plus d'une paix,
plus d'un traicté en sa vie. Le gaing qui les convie
à la premiere desloyauté, et quasi tousiours il s'en
presente ; comme à toutes aultres meschancetez ; les
sacrileges, les meurtres, les rebellions, les trahisons, s'entreprennent pour quelque espece de
fruict : mais ce premier gaing apporte infinis dommages suivants, iectant ce prince hors de tout
commerce et de tout moyen de negociation, par
l'exemple de cette infidelité. Soliman, de la race
des Ottomans, race peu soigneuse de l'observance
des promesses et paches[1], lorsque, de mon enfance[2],
il feit descendre son armee à Otrante, ayant sceu
que Mercurin de Gratinare, et les habitants de
Castro, estoient detenus prisonniers aprez avoir
rendu la place, contre ce qui avoyt esté capitulé
par ses gents avecques eulx, manda qu'on les relaschast ; et qu'ayant en main d'aultres grandes entreprinses en cette contree là, cette desloyauté,
quoyqu'elle eust quelque apparence d'utilité pré-
sente, luy apporteroit pour l'advenir un descri et
une desfiance d'infini preiudice.

Or, de moy, i'aime mieulx estre importun et
indiscret, que flatteur et dissimulé. I'advoue
qu'il se peult mesler quelque poincte de fierté et
d'opiniastreté, à se tenir ainsin entier et ouvert
comme ie suis, sans consideration d'aultruy ; et me
semble que ie deviens un peu plus libre où il le
fauldroit moins estre, et que ie m'eschauffe par l'opposition du respect : il peult estre aussi que ie me
laisse aller aprez ma nature, à faulte d'art. Presen
tant aux grands cette mesme licence de langue et
de contenance que i'apporte de ma maison, ie sens
combien elle decline vers l'indiscretion et incivilité :
mais, oultre ce que ie suis ainsin faict, ie n'ay pas
l'esprit assez souple pour gauchir à une prompte
demande, et pour en eschapper par quelque destour, ny pour feindre une verité, ny assez de memoire pour la retenir ainsin feincte, ny certes
assez d'asseurance pour la maintenir, et fois le brave
par foiblesse ; parquoy ie m'abandonne à la naïfveté, et à tousiours dire ce que ie pense, et par
complexion et par desseing, laissant à la fortune d'en

conduire l'evenement. Aristippus disoit, « le principal fruict qu'il eust tiré de la philosophie, estre
Qu'il parloit librement et ouvertement à chascun. »

C'est un outil et merveilleux service que la memoire, et sans lequel le iugement faict bien à peine
son office ; elle me manque du tout. Ce qu'on me
veult proposer, il fault que ce soit à parcelles ;
car de respondre à un propos où il y eust plusieurs
divers chefs, il n'est pas en ma puissance : ie ne
sçaurois recevoir une charge sans tablettes. Et,
quand i'ay un propos de consequence à tenir, s'il
est de longue haleine, ie suis reduict à cette vile
et miserable necessité d'apprendre par cœur, mot
à mot, ce que i'ay à dire ; aultrement ie n'aurois
ny façon, ny asseurance, estant en crainte que ma
memoire veinst à me faire un mauvais tour. Mais
ce moyen m'est non moins difficile ; pour apprendre trois vers, il m'y fault trois heures ; et puis,
en un propre ouvrage, la liberté et auctorité de
remuer l'ordre, de changer un mot, variant sans
cesse la matiere, la rend plus malaysee à arrester
en la memoire de son aucteur. Or, plus ie m'en
desfie, plus elle se trouble ; elle me sert mieulx
par rencontre : il fault que ie la solicite nonchalamment ; car, si ie la presse, elle s'estonne ; et
depuis qu'ell' a commencé à chanceler, plus ie la
sonde, plus elle s'empestre et embarrasse : elle me
sert à son heure, non pas à la mienne.

Cecy que ie sens en la memoire, ie le sens en
plusieurs aultres parties : ie fuys le commandement,
l'obligation, et la contraincte ; ce que ie fois ayseement et naturellement, si ie m'ordonne de le faire
par une expresse et prescripte ordonnance, ie ne
sçay plus le faire. Au corps mesme, les membres
qui ont quelque liberté et iurisdiction plus particuliere sur eulx, me refusent parfois leur obeyssance, quand ie les destine et attache à certain
poinct et heure de service necessaire : cette preordonnance contraincte et tyrannique les rebute ;
ils se croupissent d'effroy ou de despit, et se transissent. Aultresfois, estant en lieu où c'est discourtoisie barbaresque de ne respondre à ceulx qui
vous convient à boire, quoy qu'on m'y traictast
avec toute liberté, i'essuyay de faire le bon compaignon en faveur des dames qui estoient de la partie, selon l'usage du païs : mais il y eut du plaisir ;
car cette menace et preparation d'avoir à m'efforcer oultre ma coustume et mon naturel, m'estoupa
de maniere le gosier, que ie ne sceus avaller une
seule goutte, et feus privé de boire pour le besoing
mesme de mon repas ; ie me trouvay saoul et de-

---

(1) C'est-à-dire accords, traités ou pactes. Pache est encore en
usage à Genève et dans le pays de Gex.
(2) En 1537. Montaigne avoit quatre ans.

salteré par tant de bruvage, que mon imagination avoyt preoccupé. Cet effect est plus apparent en ceulx qui ont l'imagination plus vehemente et puissante; mais il est pourtant naturel, et n'est aulcun qui ne s'en ressente aulcunement. On offroit à un excellent archer, condemné à la mort, de luy sauver la vie, s'il vouloyt faire veoir quelque notable preuve de son art : il refusa de s'en essayer, craignant que la trop grande contention de sa volonté luy feist fourvoyer la main, et qu'au lieu de sauver sa vie, il perdist encores la reputation qu'il avoyt acquise au tirer de l'arc. Un homme qui pense ailleurs, ne fauldra point, à un poulce prez, de refaire tousiours un mesme nombre et mesure de pas au lieu où il se promene; mais s'il y est avecques attention de les mesurer et compter, il trouvera que ce qu'il faisoit par nature et par hazard, il ne le fera pas si exactement par desseing.

Ma librairie, qui est des belles entre les librairies de village, est assise à un coing de ma maison : s'il me tumbe en fantasie chose que i'y vueille aller chercher ou escrire, de peur qu'elle ne m'eschappe, en traversant seulement ma cour, il fault que ie la donne en garde à quelqu'aultre. Si ie m'enhardis, en parlant, à me destourner tant soit peu de mon fil, ie ne fauls iamais de le perdre : qui faict que ie me tiens, en mes discours, contrainct, sec, et resserré. Les gents qui me servent, il fault que ie les appelle par le nom de leurs charges ou de leur païs, car il m'est tresmalaysé de retenir des noms; ie diray bien qu'il a trois syllabes, que le son en est rude, qu'il commence ou termine par telle lettre : et si ie durois à vivre longtemps, ie ne croy pas que ie n'oubliasse mon nom propre, comme ont faict d'aultres. Messala Corvinus feut deux ans n'ayant trace aulcune de memoire, ce qu'on dict aussi de George Trapezonce. Et pour mon interest, ie rumine souvent quelle vie c'estoit que la leur, et si, sans cette piece, il me restera assez pour me sousteniravecques quelque aysance; et y regardant de prez, ie crains que ce default, s'il est parfaict, perde toutes les functions de l'ame :

Plenus rimarum sum, hac atque illac perfluo [1].

Il m'est advenu plus d'une fois d'oublier le mot du guet, que i'avoy trois heures auparavant donné, ou receu d'un aultre; et d'oublier où i'avoy caché ma bource, quoy qu'en die Cicero : fic m'ayde à perdre ce que ie serre particulierement. *Memoria certe non modo philosophiam, sed omnis vitæ usum, omnesque artes, una maxime continet* [2]. C'est le receptacle et l'estuy de la science que la memoire : l'ayant si defaillante, ie n'ay pas fort à me plaindre si ie ne sçay gueres. Ie sçay en general le nom des arts, et ce de quoy ils traictent; mais rien aual n'ait en le feuillete les livres; ie ne les estudie pas : [...] m'en demeure, c'est chose que ie ne recogno[...] estre d'aultruy, c'est cela seulement de quoy[...] iugement a faict son proufit, les discours et [...] imaginations de quoy il s'est imbu; l'auctes[...] lieu, les mots, et aultres circonstances, ie [...] blie incontinent : et suis si excellent en l'oubli[...] que mes escripts mesmes et compositions, ie [...] oublie pas moins que le reste; on m'allegue[...] les coups à moy mesme, sans que ie le sento[...] voudroit sçavoir d'où sont les vers et exer[...] que i'ay ici entassez, me mettroit en peine de[...] dire : et ie ne les ay mendiez qu'ez portes co[...] et fameuses; ne me contentant pas qu'ils fe[...] riches, s'ils ne venoyent encores de main ri[...] honnorable : l'auctorité y concurre [3] quan[...] raison. Ce n'est pas grand' merveille si mon[...] suit la fortune des aultres livres, et si ma m[...] desempare ce que i'escris, comme ce que ie [...] ce que ie donne, comme ce que ie reccois. [...]

Oultre le defaut de la memoire, i'en ay d'a[...] qui aydent beaucoup à mon ignorance : l'ay[...] prit tardif et mousse, le moindre nuage luy a[...] sa pointe, en façon que (pour exemple) ie n[...] proposay iamais enigme si aysé, qu'il sceus[...] velopper; il n'est si vaine subtilité qui ne [...] pesche; aux ieux où l'esprit a sa part, des ec[...] des chartes, des dames, et aultres, ie n'y com[...] que les plus grossiers traicts : L'apprehens[...] l'ay lente et embrouillee; mais qu'elle tie[...] fois, elle le tient bien, et l'embrasse bien u[...] sellement, estroictement, et profondement, [...] le temps qu'elle le tient : i'ay la veue longue, [...] et entiere, mais qui se lasse aysement au tr[...] et se charge; à cette occasion, ie ne puis a[...] long commerce avecques les livres, que [...] moyen du service d'aultruy. Le ieune Plin[...] truira ceulx qui ne l'ont essayé, combien [...] tardement est important à ceulx qui s'addo[...] à cette occupation.

Il n'est point ame si chestifve et brutale, [...] quelle on ne veoye reluire quelque faculté p[...] liere; il n'y en a point de si ensepvelie, qui n[...] une saillie par quelque bout : et comment i[...] vienne qu'une ame, aveugle et endormie à t[...] aultres choses, se treuve vifve, claire, et e[...] lente à certain particulier effect, il s'en [...]

(1) Je suis comme un vase félé, je ne puis rien retenir.[...]
*Eunuch.*, act. 1, sc. 11, v. 25.

(2) Il est certain que la mémoire renferme non-seulem[...] philosophie, mais tous les arts, et tout ce qui appartient à l'[...] de la vie. Cic., *Acad.*, II, 7.

(5) C'est-à-dire que l'autorité y concourt avec la raison.

aux maistres. Mais les belles ames, ce sont universelles, ouvertes, et prestes à tout; instruictes, au moins instruisables: ce que ie accuser la mienne; car, soit par foiblesse (et de mettre à nonchaloir ce qui à pieds, ce que nous avons entre mains, garde de plus prez l'usage de la vie), c'est esloingnee de mon dogme), il n'en est si inepte et si ignorante que la mienne telles choses vulgaires, et qui ne se sans honte ignorer. Il fault que i'en conte exemples.

nay et nourry aux champs, et parmy le ; i'ay des affaires et du mesnage en main, ceulx qui me devanceoient en la pos... les biens que ie iouys m'ont quitté leur ; ie ne sçay compter ny à iect[1] ny à la pluspart de nos monnoyes, ie ne les ; ny ne sçay la difference d'un grain à ny en la terre, ny au grenier, si elle trop apparente; ny à peine celle d'entre et les laictues de mon iardin: ie n'en... seulement les noms des premiers outils age, ny les plus grossiers principes de l'a... e, et que les enfants sçavent; moins aux arts ...ques, en la traficque[2], et en la cognois... marchandises, diversité et nature des le vins, de viandes, ny à dresser un oy... à medeciner un cheval ou un chien; et, me fault faire la honte toute entiere, il n'y mois qu'on me surprint ignorant de quoy servoit à faire du pain, et que c'estoit cuver du vin. On coniectura ancienne... Athenes une aptitude à la mathematique, à qui on veoyoit ingenieusement adgen... gotter une charge de brossailles: vraye... tireroit de moy une bien contraire con... car qu'on me donne tout l'apprest d'une on me voyla à la faim. Par ces traicts de ma on en peult imaginer d'aultres à mes Mais quel que ie me face cognoistre, prou... ie me face cognoistre tel que ie suis, en effect; et si ne m'excuse pas d'oser escript des propos si bas et frivoles que la bassesse du subiect m'y contrainct; use si on veult mon proiect, mais mon non: tant y a que, sans l'advertissement ie veoy assez le peu que tout cecy vault et la folie de mon desseing; c'est prou[3] iugement ne se desferre point, duquel y les essais.

sis usque licet, sis denique nasus,
quantum noluerit ferre rogatus Atlas,
si te ipsum tu deridere Latinum,

Non patos in hugas dicere plura meas,
Ipse ego quam dixi: quid dentem dente iuvabit
Rodere? carne opus est, si satur esse velis.
Ne perdas operam: qui se mirantur, in illos
Virus habe; nos hæc novimus esse nihil[4].

Ie ne suis pas obligé à ne dire point de sottises, prouveu que ie ne me trompe pas à les cognoistre: et de faillir à mon escient, cela m'est si ordinaire, que ie ne fauls gueres d'aultre façon; ie ne fauls gueres fortuitement. C'est peu de chose de prester à la temerité de mes humeurs les actions ineptes, puisque ie ne me puis pas deffendre d'y prester ordinairement les vicieuses.

Ie veis un iour, à Barleduc[5], qu'on presentoit au roy François second, pour la recommandation de la memoire de René, roy de Sicile, un pourtraict qu'il avoyt luy mesme faict de soy: Pourquoy n'est il loysible de mesme à chascun de se peindre de la plume, comme il se peignoit d'un creon? Ie ne veulx doncques pas oublier encores cette cicatrice, bien mal propre à produire en public; c'est l'irresolution: default tresincommode à la negociation des affaires du monde. Ie ne sçay pas prendre party ez entreprinses doubteuses:

Ne si, ne no, nel cor mi suona intero[6]:

ie sçay bien soustenir une opinion, mais non pas la choisir. Parce qu'ez choses humaines, à quelque bande qu'on penche, il se presente force apparences qui nous y confirment (et le philosophe Chrysippus disoit qu'il ne vouloyt apprendre, de Zeno et Cleanthes, ses maistres, que les dogmes simplement; car quant aux preuves et raisons, qu'il en fourniroit assez de luy mesme), de quelque costé que ie me tourne, ie me fournis tousiours assez de cause et de vraysemblance pour m'y maintenir: ainsin i'arreste chez moy le doubte et la liberté de choisir, iusques à ce que l'occasion me presse; et lors, à confesser la verité, ie iecte le plus souvent la plume au vent, comme on dict, et m'abandonne à la mercy de la fortune;

(1) Avec des jetons. — (2) Au trafic.
(3) Assez.
(4) Soyez le plus fin critique du monde: confondez, par vos plaisanteries, Latinus lui-même: vous ne sauriez jamais dire pis de ces bagatelles que ce que j'en ai dit moi-même. Pourquoi vous tourmenter pour y trouver de quoi mordre? Attaquez quelque chose de plus solide. Si vous ne voulez pas perdre votre peine, répandez votre venin sur ceux qui s'admirent eux-mêmes; car, pour moi, je sais que tout ceci n'est rien. MART., II, 13.
(5) Au mois de septembre 1559. Le roi François II conduisoit alors en Lorraine Claude de France sa sœur, mariée à Charles III, duc de Lorraine. On voit, en effet, dans le Journal du voyage de Montaigne, en 1580, à l'article Bar, tom, I, p. 15, qu'il y avoyt esté aultresfois.
(6) Le cœur ne me dit ni oui, ni non. PETRARCA, p. 208, édit. de Gabr. Giolito, Venise, 1557.

une bien legiere inclination et circonstance m'emporte ;

Dum in dubio est animus, paulo momento huc
Illuc impellitur [1].                          [atque

L'incertitude de mon iugement est si egualement balancee en la pluspart des occurrences, que ie compromettrois volontiers à la decision du sort et des dez; et remarque, avecques grande consideration de nostre foiblesse humaine, les exemples que l'histoire divine mesme nous a laissé de cet usage de remettre à la fortune et au hazard la determination des eslections ez choses doubteuses: *sors cecidit super Mathiam* [2]. La raison humaine est un glaive double et dangereux; et en la main mesme de Socrates, son plus intime et plus familier amy, voyez à quants de bouts c'est un baston [3] ! Ainsin, ie ne suis propre qu'à suivre, et me laisse ayseement emporter à la foule: ie ne me fie pas assez en mes forces, pour entreprendre de commander, ny guider; ie suis bien ayse de trouver mes pas tracez par les aultres. S'il fault courre le hazard d'un chois incertain, i'aime mieulx que ce soit soubs tel qui s'asseure plus de ses opinions, et les espouse plus, que ie ne fois les miennes, ausquelles ie treuve le fondement et le plant glissant.

Et si ne suis pas trop facile pourtant au change; d'autant que i'apperceois aux opinions contraires une pareille foiblesse; *ipsa consuetudo assentiendi periculosa esse videtur, et lubrica* [4]; notamment aux affaires politiques, il y a un beau champ ouvert au bransle et à la contestation :

Iusta pari premitur veluti quum pondere libra
Prona, nec hac plus parte sedet, nec surgit ab illa [5].

Les discours de Machiavel, pour exemple, estoient assez solides pour le subiect; si y a il eu grand' aysance à les combattre; et ceulx qui l'ont faict, n'ont pas laissé moins de facilité à combattre les leurs: il s'y trouveroit tousiours, à un tel argument, de quoy fournir responses, dupliques, repliques, tripliques, quadrupliques, et cette infinie contexture de debats que nostre chicane a alongé tant qu'elle a peu en faveur des procez;

Cædimur, et totidem plagis consumimus hostem [6];

les raisons n'y ayant gueres aultre fondement que l'experience, et la diversité des evenemens humains nous presentant infinis exemples à toutes sorte de formes. Un sçavant personnage de nostre temps dict qu'en nos almanacs, où ils disent chauld, qui voudra dire froid, et au lieu de sec, humide, et mettre tousiours le rebours de ce qu'ils prognostiquent, s'il devoit entrer en gageure de l'evenement de l'un ou l'aultre, qu'il ne se soulcieroit pas quel party il prinst; sauf ez choses où il n'y peult eschoir incertitude, comme de promettre à Noël des chaleurs extremes, et à la sainct Iean des rigueurs de l'hyver : l'en pense de mesme de ces discours politiques; à quelque roolle qu'on vous mette, vous avez aussi beau ieu que vostre compaignon, prouveu que vous ne veniez à choquer les principes trop grossiers et apparents : et pourtant, selon mon humeur, ez affaires publiques, il n'est aulcun si mauvais train, prouveu qu'il aye de l'aage et de la constance, qui ne vaille mieulx que le changement et le remuement. Nos mœurs sont extremement corrompues, et penchent d'une merveilleuse inclination vers l'empirement; de nos loix et usances, il y en a plusieurs barbares et monstrueuses : toutesfois pour la difficulté de nous mettre en meilleur estat : et le danger de ce croullement, si ie pouvois planter une cheville à nostre roue et l'arrester en ce poinct, ie le ferois de bon cœur :

Nunquam adeo fœdis, adeoque pudendis
Utimur exemplis, ut non peiora supersint [7].

Le pis que ie treuve en nostre estat, c'est l'instabilité; et que nos loix, non plus que nos vestemens, ne peuvent prendre aulcune forme arrestee. Il est bien aysé d'accuser d'imperfection une police, car toutes choses mortelles en sont pleines; il est bien aysé d'engendrer à un peuple le mespris de ses anciennes observances; iamais homme n'entreprint cela, qui n'en veinst à bout : mais d'y restablir un meilleur estat en la place de celuy qu'on a ruyné, à cecy plusieurs se sont morfondus de ceulx qui l'avoyent entreprins. Ie fois peu de part à ma prudence de ma conduicte; ie me laisse volontiers mener à l'ordre publique du monde. Heureux peuple qui faict ce qu'on commande mieulx que ceulx qui commandent, sans se tormenter des causes; qui se laisse mollement rouler apres le roulement celeste ! l'obeyssance n'est iamais pure ny tranquille en celuy qui raisonne et qui plaide.

---

(1) Lorsque l'esprit est dans le doute, le moindre poids le fait pencher de l'un ou de l'autre côté. Tér., *Andr.*, act. I, sc. vi, v. 32.

(2) Le sort tomba sur Mathias. *Act. Apost.*, I, 26.

(3) *Voyez combien de bouts a ce bâton !*

(4) L'habitude même de donner son assentiment paroit entraîner bien des erreurs et des dangers. Cic., *Acad.*, II, 21.

(5) Ainsi, lorsque les bassins de la balance sont chargés d'un poids égal, elle ne penche ni ne s'élève d'aucun côté. Tibull., IV, 41.

(6) L'ennemi nous bat, et nous le battons à notre tour. Hor., *Epist.*, II. 2. 97.

(7) Citer l'action la plus honteuse, la plus infâme ; il en est de pires encore. Juv., VIII, 183.

Somme, pour revenir à moy, ce seul par où ie m'estime quelque chose, c'est ce en quoy iamais homme ne s'estima defaillant : ma recommandation est vulgaire, commune, et populaire ; car qui a iamais cuidé avoir faulte de sens ? ce seroit une proposition qui impliqueroit en soy de la contradiction : c'est une maladie qui n'est iamais où elle se veoid ; elle est bien tenace et forte, mais laquelle pourtant le premier rayon de la veue du patient perce et dissipe, comme le regard du soleil un brouillas opaque : s'accuser, ce seroit s'excuser en ce subiect là ; et se condemner, ce seroit s'absouldre. Il ne feut iamais crocheteur ny femmelette qui ne pensast avoir assez de sens pour sa provision. Nous recognoissons ayseement aux aultres l'advantage du courage, de la force corporelle, de l'experience, de la disposition, de la beaulté : mais l'advantage du iugement, nous ne le cedons à personne ; et les raisons qui partent du simple discours naturel en aultruy, il nous semble qu'il n'a tenu qu'à regarder de ce costé là, que nous ne les ayons trouvees. La science, le style, et telles parties que nous veoyons ez ouvrages estrangers, nous touchons bien ayseement si elles surpassent les nostres : mais les simples productions de l'entendement, chascun pense qu'il estoit en luy de les rencontrer toutes pareilles ; et en apperçoit malayseement le poids et la difficulté, si ce n'est, et à peine, en une extreme et incomparable distance ; et qui verroit bien à clair la haulteur d'un iugement estranger, il y arriveroit, et y porteroit le sien. Ainsin, c'est une sorte d'exercitation, de laquelle on doibt esperer fort peu de recommandation et de louange, et une maniere de composition de peu de nom. Et puis, pour qui escrirez vous ? Les sçavans, à qui appartient la iurisdiction livresque, ne cognoissent aultre prix que de la doctrine, et n'advouent aultre proceder en nos esprits que celuy de l'erudition et de l'art ; si vous avez prins l'un des Scipions pour l'aultre, que vous reste il à dire qui vaille ? qui ignore Aristote, selon eulx, s'ignore quand et quand soy mesme : Les ames communes et populaires ne veoyent pas la grace et le poids d'un discours haultain et deslié. Or, ces deux especes occupent le monde. La tierce, à qui vous tumbez en partage, des ames reglees et fortes d'elles mesmes, est si rare, que iustement elle n'a ny nom, ny reng entre nous : c'est, à demy, temps perdu d'aspirer et de s'efforcer à luy plaire.

On dict communement que le plus iuste partage que nature nous ayt faict de ses graces, c'est celuy du sens ; car il n'est aulcun qui ne se contente de ce qu'elle luy a distribué : n'est ce pas raison ? qui

verroit au delà, il verroit au delà de sa veue. Ie pense avoir les opinions bonnes et saines ; mais qui n'en croit autant des siennes ? L'une des meilleures preuves que i'en aye, c'est le peu d'estime que ie fois de moy ; car si elles n'eussent esté bien asseurees, elles se fussent ayseement laissé piper à l'affection que ie me porte, singuliere, comme celuy qui la ramene quasi toute à moy, et qui ne l'espands gueres hors de là : tout ce que les aultres en distribuent à une infinie multitude d'amys et de cognoissans, à leur gloire, à leur grandeur, ie le rapporte tout au repos de mon esprit et à moy ; ce qui m'en eschappe ailleurs, ce n'est pas proprement de l'ordonnance de mon discours :

Mihi nempe valere et vivere doctus [1].

Or, mes opinions, ie les treuve infiniement hardies et constantes à condemner mon insuffisance. De vray, c'est aussi un subiect auquel i'exerce mon iugement autant qu'à nul aultre. Le monde regarde tousiours vis à vis : moy, ie replie ma veue au dedans ; ie la plante, ie l'amuse là. Chascun regarde devant soy : moi, ie regarde dedans moy ; ie n'ay affaire qu'à moy, ie me considere sans cesse, ie me contreroolle, ie me gouste. Les aultres vont tousiours ailleurs, s'ils y pensent bien ; ils vont tousiours avant ;

Nemo in sese tentat descendere [2] :

moy, ie me roule en moy mesme. Cette capacité de tirer le vray, quelle qu'elle soit en moy, et cett'humeur libre de n'assubiectir ayseement ma creance, ie la doibs principalement à moy ; car les plus fermes imaginations que i'aye, et generales, sont celles qui, par maniere de dire, nasquirent avecques moy : elles sont naturelles, et toutes miennes. Ie les produisis crues et simples, d'une production hardie et forte, mais un peu trouble et imparfaicte : depuis, ie les ay establies et fortifiees par l'auctorité d'aultruy, et par les sains exemples des anciens ausquels ie me suis rencontré conforme en iugement ; ceulx là m'en ont asseuré la prinse, et m'en ont donné la iouyssance et possession plus claire. La recommandation que chascun cherche De vivacité et promptitude d'esprit ; ie la pretends du reglement : D'une action esclatante et signalee, ou de quelque particuliere suffisance ; ie la pretends de l'ordre, correspondance, et tranquillité d'opinions et de mœurs : omnino si quidquam est decorum, nihil est profecto magis, quam æquabilitas universæ vitæ, tum singularum actionum ; quam

---

(1) Vivre, me bien porter, voilà ma science. Lucr., V, 959.
(2) Personne ne cherche à descendre en soi même. Perse, IV, 23.

*conservare non possis, si, aliorum naturam imitans, omittas tuam* [1].

Voylà doncques iusques où ie me sens coulpable de cette premiere partie que ie disois estre au vice de la presumption. Pour la seconde, qui consiste à N'estimer point assez aultruy, ie ne sçay si ie m'en puis si bien excuser; car, quoy qu'il me couste, ie delibere de dire ce qui en est. A l'adventure que le commerce continuel que i'ay avecques les humeurs anciennes, et l'idee de ces riches ames du temps passé, me desgouste et d'aultruy, et de moy mesme; ou bien qu'à la verité nous vivons en un siecle qui ne produict les choses que bien mediocres : tant y a que ie ne cognoy rien digne degrande admiration. Aussi ne cognoy ie gueres d'hommes avecques telle privauté qu'il fault pour en pouvoir iuger; et ceulx ausquels ma condition me mesle plus ordinairement, sont, pour la pluspart, gents qui ont peu de soing de la culture de l'ame, et ausquels on ne propose, pour toute beatitude, que l'honneur, et pour toute perfection, que la vaillance.

Ce que ie voey de beau en aultruy, ie le loue et l'estime tresvolontiers; voire i'encheris souvent sur ce que i'en pense, et me permets de mentir iusques là, car ie ne sçay point inventer un subiect fauls : ie tesmoingne volontiers de mes amys, par ce que i'y treuve de louable, et d'un pied de valeur i'en fois volontiers un pied et demy; mais de leur prester les qualitez qui n'y sont pas, ie ne puis, ny les deffendre ouvertement des imperfections qu'ils ont : voire à mes ennemys, ie rends nettement ce que ie doibs de tesmoingnage d'honneur; mon affection se change, mon iugement non, et ne confonds point ma querelle avecques aultres circonstances qui n'en sont pas : et suis tant ialoux de la liberté de mon iugement, que malayseement la puis ie quitter pour passion que ce soit; ie me fois plus d'iniure en mentant, que ie n'en fois à celuy de qui ie ments. On remarque cette louable et genereuse coustume de la nation persienne, qu'ils parloient de leurs mortels ennemys, et à qui ils faisoient guerre à oultrance, honnorablement et equitablement, autant que portoit le merite de leur vertu.

Ie cognoy des hommes assez qui ont diverses parties belles, qui l'esprit, qui le cœur, qui l'adresse, qui la conscience, qui le langage, qui une science, qui un' aultre; mais de grand homme en general, et ayant tant de belles pieces ensemble, ou une en tel degré d'excellence qu'on le doibve admirer ou le comparer à ceulx que nous honnorons du temps passé, ma fortune ne m'en a faict veoir nul : et le plus grand que i'aye cognu au vif, ie dy des parties naturelles de l'ame, et le mieulx nay,

c'estoit Estienne de la Boëtie; c'estoit vrayement un' ame pleine, et qui montroit un beau visage à tout sens; un' ame à la vieille marque, et qui eust produict de grands effects si sa fortune l'eust voulu ; ayant beaucoup adiousté à ce riche naturel, par science et estude.

Mais ie ne sçay comment il advient, et si advient sans doubte, qu'il se treuve autant de vanité et de foiblesse d'entendement en ceulx qui font profession d'avoir plus de suffisance, qui se meslent de vacations lettrees et de .charges qui despendent des livres, qu'en nulle aultre sorte de gents; ou bien parceque l'on requiert et attend plus d'eulx, et qu'on ne peult excuser en eulx les faultes communes; ou bien, que l'opinion du sçavoir leur donne plus de hardiesse de se produire et de se descouvrir trop avant, par où ils se perdent et se trahissent. Comme un artisan tesmoingne bien mieulx sa bestise en une riche matiere qu'il ayt entre mains, s'il l'accommode et mesle sottement et contre les regles de son ouvrage, qu'en une matiere vile ; et s'offense lon plus du default en une statue d'or qu'en celle qui est de plastre : ceulx cy en font autant lors qu'ils mettent en avant des choses qui d'elles mesmes, et en leur lieu, seroient bonnes; car ils s'en servent sans discretion, faisants honneur à leur memoire aux despens de leur entendement, et faisants honneur à Cicero, à Galen, à Ulpian, et à sainct Hierosme, pour se rendre eulx ridicules.

Ie retumbe volontiers sur ce discours de l'ineptie de nostre institution : elle a eu pour sa fin, de nous faire, non bons et sages, mais sçavants; elle y est arrivee : elle ne nous a pas appris de suivre et embrasser la vertu et la prudence, mais elle nous en a imprimé la derivation et l'etymologie; nous sçavons decliner Vertu, si nous ne sçavons l'aimer; si nous ne sçavons que c'est que prudence par effect et par experience, nous le sçavons par iargon et par cœur : de nos voysins, nous ne nous contentons pas d'en sçavoir la race, les parentelles et les alliances, nous les voulons avoir pour amys, et dresser avecques eulx quelque conversation et intelligence; toutesfois elle nous a apprins les definitions, les divisions et partitions de la vertu, comme des surnoms et branches d'une genealogie, sans avoir aultre soing de dresser entre nous et elle quelque practique de familiarité et privee accointance; elle nous a choisis, pour nostre

[1] S'il y a quelque chose de bienséant et d'honorable, c'est, sans contredit, une conduite uniforme et conséquente dans toutes les actions de la vie; ce qui ne peut se trouver dans un homme qui, se dépouillant de son caractère, s'attache à imiter les autres. Cic., *de Offic.*, I, 3 t.

apprentissage, non les livres qui ont les opinions plus saines et plus vrayes, mais ceulx qui parlent le meilleur grec et latin, et parmy ses beaux mots nous a faict couler en la fantasie les plus vaines humeurs de l'antiquité.

Une bonne institution, elle change le iugement et les mœurs : comme il adveint à Polemon, ce jeune homme grec desbauché, qui, estant allé ouyr par rencontre une leçon de Xenocrates, ne remarqua pas seulement l'eloquence et la suffisance du lecteur [1], et n'en rapporta pas seulement en la maison la science de quelque belle matiere, mais un fruict plus apparent et plus solide, qui feut le soubdain changement et amendement de sa premiere vie. Qui a iamais senti un tel effect de nostre discipline ?

Faciasne, quod olim
Mutatus Polemon? ponas insignia morbi,
Fasciolas, cubital, focalia; potus ut ille
Dicitur ex collo furtim carpsisse coronas,
Postquam est impransi correptus voce magistri ? [2]

La moins desdaignable condition de gents me semble estre celle qui par simplesse tient le dernier reng; et nous offrir un commerce plus reglé : les mœurs et les propos des païsans, je les treuve communement plus ordonnez selon la prescription de la vraye philosophie, que ne sont ceulx de nos philosophes : *plus sapit vulgus, quia tantum, quantum opus est, sapit* [3].

Les plus notables hommes que i'aye iugé, par les apparences externes (car, pour les iuger à ma mode, il les fauldroit esclairer de plus prez), ce ont esté, pour le faict de la guerre et suffisance militaire, le duc de Guyse, qui mourut à Orleans, et le feu mareschal Strozzi; pour gents suffisants et de vertu non commune, Olivier, et L'Hospital, chanceliers de France. Il me semble aussi de la poësie qu'elle a eu sa vogue en nostre siecle; nous avons abondance de bons artisans de ce mestier là, Aurat [4], Beze, Buchanan [5], L'Hospital, Montdoré [6], Turnebus : quant aux François, ie pense qu'ils l'ont montee au plus haut degré où elle sera iamais, et aux parties en quoy Ronsard et du Bellay excellent, ie ne les treuve gueres esloignez de la perfection ancienne. Adrianus Turnebus sçavoit plus, et sçavoit mieulx ce qu'il sçavoit qu'homme qui feust de son siecle, ny loing au delà. Les vies du duc d'Albe, dernier mort, et de nostre connestable de Montmorency, ont esté des vies nobles et qui ont eu plusieurs rares ressemblances de fortune; mais la beaulté et la gloire de la mort de cettuy cy, à la veue de Paris et de son roy, pour leur service, contre ses plus proches, à la teste d'une armee victorieuse par sa conduicte;

et d'un coup de main, en si extreme vieillesse, me semble meriter qu'on la loge entre les remarquables eveenements de mon temps; comme aussi, la constante bonté, douleeur de mœurs, et facilité conscieneieuse de monsieur de la Noue, en une telle iniustice de parts armees (vraye eschole de trahison, d'inhumanité et de brigandage), où tousiours il s'est nourry, grand homme de guerre et tres-experimenté.

J'ay prins plaisir à publier, en plusieurs lieux, l'esperance que i'ay de Marie de Gournay le Iars, ma fille d'alliance, et certes aimee de moy beaucoup plus que paternellement, et enveloppee en retraicte et solitude comme l'une des meilleures parties de mon propre estre : ie ne regarde plus qu'elle au monde. Si l'adolescence peult donner presage, cette ame sera quelque iour capable des plus belles choses, et entre aultres, de la perfection de cette tressaincte amitié, où nous ne lisons point que son sexe ayt peu monter encores : la sincerité et la solidité de ses mœurs y sont desia bastantes [7]; son affection vers moy, plus que surabondante, et telle, en somme, qu'il n'y a rien à souhaitter, sinon que l'apprehension qu'elle a de ma fin, par les cinquante et cinq ans ausquels elle m'a rencontré, la travaillast moins cruellement. Le iugement qu'elle feit des premiers Essais, et femme, et en ce siecle, et si ieune, et seule en son quartier; et la vehemence fameuse dont elle m'aima et me desira longtemps, sur la seule estime qu'elle en print de moy, longtemps avant m'avoir veu, sont des accidents de tresdigne consideration.

Les aultres vertus ont eu peu ou point de mise en cet aage : mais la vaillance, elle est devenue populaire par nos guerres civiles; et en cette partie, il se treuve parmy nous des ames fermes iusques à la perfection, et en grand nombre, si que le triage en est impossible à faire.

1. *Du professeur. Lecteur public, professor.*

(2) Ferez vous en que fit autrefois Polemon converti? renoncerez-vous à toutes les marques de votre folie, aux vêtements et feminés, aux ridicules parures, comme ce jeune débauché qui, assisté par hasard aux leçons de l'austère Xenocrate, rougit de lui-même, et jeta à la dérobée ses couronnes et ses fleurs. Hor., Sat., II, 3, 253.

(3) Le vulgaire est plus sage, parce qu'il n'est sage qu'autant qu'il le faut. Lactance, *Div. Institut.*, III, 5.

(4 Mort en 1588. On dit plutôt Daurat, ou Dorat, en latin *Auratus.*

(5) Buchanan, poëte et historien, né en 1506, mort en 1582.

(6) Pierre Mondoré, maitre des requêtes et bibliotheraire du roi, étoit très versé dans la philosophie d'Aristote et habile mathématicien; il fut persecuté vers l'an 1567, et chassé d'Orleans sa patrie, comme attaché aux nouvelles opinions. Retiré à Saueerre, dans le Berri, il y mourut en 1571.

(7) Dans un assez haut degré. De l'italien *bastare*, suffire, on a fait *taster, bastant* et *baste.*

Voylà tout ce que i'ay cogneu, iusques à cette heure, d'extraordinaire grandeur et non commune.

---

# CHAPITRE XVIII.

## *Du desmentir.*

Voire mais, on me dira que ce desseing de se servir de soy, pour subiect à escrire, seroit excusable à des hommes rares et fameux, qui, par leur reputation, auroient donné quelque desir de leur cognoissance. Il est certain, ie l'advoue et sçay bien, que pour veoir un homme de la commune façon, à peine qu'un artisan leve les yeulx de sa besongne; là où, pour veoir un personnage grand et signalé arriver en une ville, les ouvroirs [1] et les boutiques s'abandonnent. Il messied à tout aultre de se faire cognoistre, qu'à celuy qui a de quoy se faire imiter, et duquel la vie et les opinions peuvent servir de patron : Cesar et Xenophon ont eu de quoy fonder et fermir leur narration, en la grandeur de leurs faicts, comme en une base iuste et solide : ainsin sont à souhaitter les papiers iournaux du grand Alexandre, les commentaires qu'Auguste, Cato, Sylla, Brutus, et aultres avoyent laissé de leurs gestes : de telles gents, on aime et estudie les figures, en cuivre mesme et en pierre.

Cette remonstrance est tresvraye ; mais elle ne me touche que bien peu :

Non recito cuiquam, nisi amicis, idque rogatus ;
Non ubivis, coramve quibuslibet : in medio qui
Scripta foro recitent, sunt multi, quique lavantes [2].

Ie ne dresse pas icy une statue à planter au quarrefour d'une ville, ou dans une eglise, ou place publicque :

Non equidem hoc studeo, bullatis ut mihi nugis
Pagina turgescat.
Secreti loquimur [3] ;

c'est pour le coing d'une librairie, et pour en amuser un voysin, un parent, un amy, qui aura plaisir à me raccointer [4] et repractiquer en cett' image. Les aultres ont prins cœur de parler d'eulx, pour y avoir trouvé le subiect digne et riche ; moy, au rebours, pour l'avoir trouvé si sterile et si maigre, qu'il n'y peult escheoir soupeçon d'ostentation. Ie iuge volontiers des actions d'aultruy : des miennes, ie donne peu à iuger, à cause de leur nihilité ; ie ne treuve pas tant de bien en moy, que ie ne le puisse dire sans rougir. Quel contentement me seroit ce d'ouyr ainsin quelqu'un qui me recitast les mœurs, le visage, la contenance, les

plus communes paroles, et les fortunes de mes ancestres ! combien i'y serois attentif ! Vrayement cela partiroit d'une mauvaise nature, d'avoir à mespris les pourtraicts mesmes de nos amys et predecesseurs, la forme de leurs vestements et de leurs armes. I'en conserve l'escriture, le seing, des heures, et un' espee peculiere [5] qui leur a servy [6] ; et n'ay point chassé de mon cabinet des longues gaules que mon pere portoit ordinairement en la main : *Paterna vestis, et annulus, tanto carior est posteris, quanto erga parentes maior affectus [7]*. Si toutesfois ma posterité est d'aultre appetit, i'auray bien de quoy me revencher ; car ils ne sçauroient faire moins de compte de moy que i'en feray d'eulx en ce temps là. Tout le commerce que i'ay en cecy avecques le publicque, c'est que i'emprunte les outils de son escriture, plus soubdaine et plus aysee : en recompense, i'empescheray peult estre que quelque coing de beurre ne se fonde au marché :

Ne toga cordyllis, ne penula desit olivis [8] :

Et laxas scombris sæpe dabo tunicas [9].

Et quand personne ne me lira, ay ie perdu mon temps, de m'estre entretenu tant d'heures oisifves à des pensements si utiles et agreables ? Moulant sur moy cette figure, il m'a fallu si souvent me testonner [10] et composer pour m'extraire, que le patron s'en est fermy, et aulcunement formé soy mesme : me peignant pour aultruy, ie me suis peinct en moy, de couleurs plus nettes que n'estoient les miennes premieres. Ie n'ay pas plus faict mon livre, que mon livre m'a faict : livre consubstantiel à son aucteur, d'une occupation propre, membre de ma vie, non d'une occupation et fin tierce et estrangere, comme touts aultres livres. Ay ie perdu mon temps, de m'estre rendu compte

---

(1) Ateliers où les gens de métier faisoient leur *ouvrage*.

(2) Je ne lis pas ceci en tout lieu, ni devant toute sorte de personnes : je le lis à mes seuls amis, et lorsque j'en suis prié ; tandis qu'il est des auteurs qui déclament leurs ouvrages dans les bains et dans les places publiques. Hor., *Sat.*, I, 4, 73.

(3) Mon dessein n'est pas de grossir ce livre de pompeuses bagatelles ; je parle comme en tête à tête avec mon lecteur. Perse, V, 19.

(4) *A se familiariser encore avec moi par le moyen de cette image.*

(5) *Particulière.*

(6) Édit. in-4° de 1588, fol. 285. « Un poignard, un harnois, une espee qui leur a servy, ie les conserve pour l'amour d'eulx, autant que ie puis, de l'iniure du temps. »

(7) L'habit, l'anneau d'un père, sont d'autant plus chers à ses enfants, qu'ils conservent plus d'affection pour lui. S. August., *de Civit. Dei*, I, 13.

(8) J'empêcherai que les olives et le poisson ne manquent d'enveloppe. Martial, XIII, 1, 1.

(9) Souvent je fournirai aux maquereaux des habits où ils seront fort à l'aise. Catulle, XCIV, 8.

(10) Parer la tête.

de moy, si continuellement, si curieusement? car ceulx qui se repassent par fantasie seulement et par langue, quelque heure, ne s'examinent pas si primement[1] ny ne se penetrent, comme celuy qui en faict son estude, son ouvrage et son mestier, qui s'engage à un registre de durée, de toute sa foy, de toute sa force : les plus delicieux plaisirs, si se digerent ils au dedans, fuyent à laisser trace de soy, et fuyent la veue, non seulement du peuple, mais d'un aultre. Combien de fois m'a cette besongne diverti de cogitations ennuyeuses? et doibvent estre comptées pour ennuyeuses toutes les frivoles. Nature nous a estrenez d'une large faculté à nous entretenir à part; et nous y appelle souvent, pour nous apprendre que nous nous debvons en partie à la societé, mais en la meilleure partie à nous. Aux fins de renger ma fantasie à resver mesme par quelque ordre et project, et la garder de se perdre et extravaguer au vent, il n'est que de donner corps et mettre en registre tant de menues pensees qui se presentent à elle : i'escoute à mes resveries, parce que i'ay à les enroller. Quantesfois, estant marry de quelque action que la civilité et la raison me prohiboient de reprendre à descouvert, m'en suis ie icy desgorgé, non sans desseing de publicque instruction? et si, ces verges poëtiques,

> Zon sus l'œil, zon sur le groin,
> Zon sur le dos du sagoin[2],

s'impriment encores mieulx en papier qu'en la chair vifve. Quoy, si ie preste un peu plus attentivement l'aureille aux livres, depuis que ie guette si i'en pourray fripponner quelque chose de quoy esmailler ou estayer le mien? Ie n'ay aulcunement estudié pour faire un livre; mais i'ay aulcunement estudié pour ce que ie l'avoy faict : si c'est aulcunement estudier qu'effleurer et pincer, par la teste, ou par les pieds, tantost un aucteur, tantost un aultre, nullement pour former mes opinions; ouy, pour les assister pieça formées, seconder et servir.

Mais à qui croirons nous parlant de soy, en une saison si gastee? veu qu'il en est peu, ou point, à qui nous puissions croire parlant d'aultruy, où il y a moins d'interest à mentir. Le premier traict de la corruption des mœurs, c'est le bannissement de la verité : car, comme disoit Pindare, l'estre veritable est le commencement d'une grande vertu, et le premier article que Platon demande au gouverneur de sa republique. Nostre verité de maintenant, ce n'est pas ce qui est, mais ce qui se persuade à aultruy : comme nous appelons Monnoye, non celle qui est loyale seulement, mais la faulse

aussi qui a mise. Nostre nation est de long temps reprochee de ce vice : car Salvianus Massiliensis, qui estoit du temps de l'empereur Valentinian, dict, « qu'aux François le mentir et se parjurer « n'est pas vice, mais une façon de parler. » Qui voudroit encherir sur ce tesmoingnage, il pourroit dire que ce leur est à present vertu : on s'y forme, on s'y façonne, comme à un exercice d'honneur; car la dissimulation est des plus notables qualitez de ce siecle.

Ainsin, i'ay souvent consideré d'où pouvoit naistre cette coustume, que nous observons si religieusement, De nous sentir plus aigrement offensez du reproche de ce vice, qui nous est si ordinaire, que de nul aultre; et que ce soit l'extreme iniure qu'on nous puisse faire de parole, que de nous reprocher la mensonge. Sur cela, ie treuve qu'il est naturel de se deffendre le plus des defauts de quoy nous sommes les plus entachez : il semble qu'en nous ressentans de l'accusation et nous en esmouvans, nous nous deschargeons aulcunement de la coulpe[3]; si nous l'avons par effect, au moins nous la condemnons par apparence. Seroit ce pas aussi que ce reproche semble envelopper la couardise et lascheté de cœur? en est il de plus expresse que se desdire de sa parole? quoy, se desdire de sa propre science? C'est un vilain vice que le mentir, et qu'un ancien peinct bien honteusement, quand il dict que « c'est donner tesmoingnage de mespriser Dieu, et quand et quand de craindre les hommes : » il n'est pas possible d'en representer plus richement l'horreur, la vilité, et le desreglement; car que peult on imaginer plus vilain que d'estre couard à l'endroict des hommes, et brave à l'endroict de Dieu? Nostre intelligence se conduisant par la seule voye de la parole, celuy qui la faulse trahit la societé publicque : c'est le seul outil par le moyen duquel se communiquent nos volontez et nos pensees, c'est le truchement de nostre ame; s'il nous fault, nous ne nous tenons plus, nous ne nous entrecognoissons plus; s'il nous trompe, il rompt tout nostre commerce, et dissout toutes les liaisons de nostre police. Certaines nations des nouvelles Indes (on n'a que faire d'en remarquer les noms, ils ne sont plus; car, iusques à l'entier abolissement des noms, et aucune cognoissance des lieux, s'est estendue la desolation de cette conqueste, d'un merveilleux exemple et inouï), offroient à leurs dieux du sang humain, mais non aultre que tiré de leur langue et aureilles, pour expiation du peché de la mensonge, tant ouie que prononcee.

(1) Si exactement.
(2) MAROT, dans son epitre intitulée, Fripelippes, valet de Marot, à Sagon. — (3) Faute, du latin culpa.

Ce bon compaignon de Grece disoit que les enfants s'amusent par les osselets, les hommes par les paroles.

Quant aux divers usages de nos desmentirs, et les loix de nostre honneur en cela, et les changements qu'elles ont receu, ie remets à une aultre fois d'en dire ce que i'en sçay; et apprendray ce pendant, si ie puis, en quel temps print commencement cette coustume de si exactement poiser et mesurer les paroles, et d'y attacher nostre honneur : car il est aysé à iuger qu'elle n'estoit pas anciennement entre les Romains et les Grecs; et m'a semblé souvent nouveau et estrange de les veoir se desmentir et s'iniurier, sans entrer pourtant en querelle : les loix de leur debvoir prenoient quelque aultre voye que les nostres. On appelle Cesar, tantost voleur, tantost yvrongne, à sa barbe : nous veoyons la liberté des invectives qu'ils font les uns contre les aultres, ie dy les plus grands chefs de guerre de l'une et l'aultre nation, où les paroles se revenchent seulement par les paroles, et ne se tirent à aultre consequence.

## CHAPITRE XIX.

### De la liberté de conscience.

Il est ordinaire de veoir les bonnes intentions, si elles sont conduictes sans moderation, poulser les hommes à des effects tresvicieux. En ce debat, par lequel la France est à present agitee de guerres civiles, le meilleur et le plus sain party est sans doubte celuy qui maintient et la religion et la police ancienne du païs : entre les gents de bien toutesfois qui le suivent (car ie ne parle point de ceulx qui s'en servent de pretexte pour, ou exercer leurs vengeances particulieres, ou fournir à leur avarice, ou suivre la faveur des princes; mais de ceulx qui le font par vray zele envers leur religion, et saincte affection à maintenir la paix et l'estat de leur patrie), de ceulx cy, dy ie, il s'en veoid plusieurs que la passion poulse hors les bornes de la raison, et leur faict par fois prendre des conseils iniustes, violents, et encores temeraires.

Il est certain qu'en ces premiers temps que nostre religion commencea de gaigner auctorité avecques les loix, le zele en arma plusieurs contre toute sorte de livres payens, de quoy les gents de lettres souffrent une merveilleuse perte; i'estime que ce desordre ayt plus porté de nuisance aux lettres, que touts les feux des barbares : Cornelius Tacitus en est un bon tesmoing; car, quoyque l'empereur Tacitus, son parent, en eust peuplé,

par ordonnances expresses, toutes les librairies du monde; toutesfois un seul exemplaire entier n'a peu eschapper la curieuse recherche de ceulx qui desiroient l'abolir pour cinq ou six vaines clauses contraires à nostre creance.

Ils ont aussi eu cecy, de prester aysement des louanges faulses à touts les empereurs qui faisoient pour nous, et condemner universellement toutes les actions de ceulx qui nous estoient adversaires, comme il est aysé à veoir en l'empereur Iulian, surnommé l'Apostat [1]. C'estoit, à la verité, un tresgrand homme et rare, comme celuy qui avoyt son ame vifvement teincte des discours de la philosophie, ausquels il faisoit profession de regler toutes ses actions; et de vray, il n'est aulcune sorte de vertu de quoy il n'ayt laissé de tresnotables exemples : En chasteté (de laquelle le cours de sa vie donne bien clair tesmoingnage), on lit de luy un pareil traict à celuy d'Alexandre et de Scipion, que de plusieurs tresbelles captifves, il n'en voulut pas seulement veoir une, estant en la fleur de son aage; car il feut tué par les Parthes, aagé de trente un ans seulement : Quant à la iustice, il prenoit luy mesme la peine d'ouyr les parties; et encores que par curiosité il s'informast, à ceulx qui se presentoient à luy, de quelle religion ils estoient, toutesfois l'inimitié qu'il portoit à la nostre ne donnoit aulcun contrepoids à la balance : il feit luy mesme plusieurs bonnes loix; et retrancha une grande partie des subsides et impositions que levoient ses predecesseurs.

Nous avons deux bons historiens tesmoings oculaires de ses actions : l'un desquels, Marcellinus, reprend aigrement, en divers lieux de son histoire, cette sienne ordonnance par laquelle il deffendit l'eschole et interdict l'enseigner à touts les rhetoriciens et grammairiens chrestiens, et dict qu'il souhaitteroit cette sienne action estre ensepvelie soubs le silence : il est vraysemblable, s'il eust faict quelque chose de plus aigre contre nous, qu'il ne l'eust pas oublié, estant bien affectionné à nostre party. Il nous estoit aspre, à la verité, mais non pourtant cruel ennemy; car nos gents mesmes recitent de luy cette histoire, Que se pourmenant un iour autour de la ville de Chalcedoine, Maris, evesque du lieu, osa bien l'appeller Meschant, Traistre à Christ; et qu'il n'en feit aultre chose, sauf luy respondre : « Va, miserable,

(1) Ce que Montaigne va dire de l'empereur Julien fut blâmé, pendant son séjour à Rome en 1581, par le Maître du sacré palais ; mais le censeur, dit-il, remit à ma conscience de rhabiller ce que ie verrois estre de mauvais goust. (Voyage, t. II, p. 35.) Il paroit qu'il n'a rien rhabillé; et ce chapitre a fourni, depuis, à Voltaire, la plupart des éloges qu'il a faits de Julien.

‹ plore la perte de tes yeulx; » ‹ à quoy l'evesque encores replica : « Ie rends grace à Iesus Christ ‹ de m'avoir osté la veue, pour ne veoir ton visage impudent : » affectant[1] en cela, disent ils, une pa- ience philosophique. Tant y a que ce faict là ne se peult pas bien rapporter aux cruautez qu'on e dict avoir exercees contre nous. « Il estoit, dict ‹ Eutropius, mon aultre tesmoing, ennemy de la ‹ chrestienté, mais sans toucher au sang. »

Et, pour revenir à sa iustice, il n'est rien qu'on ? puisse accuser, que les rigueurs de quoy il usa, ιu commencement de son empire contre ceulx qui ιvoyent suivi le party de Constantius, son pre- lecesseur. Quant à sa sobrieté, il vivoit tousiours ιn vivre soldatesque; et se nourrissoit, en pleine ιaix, comme celuy qui se preparoit et accoustu- noit à l'austerité de la guerre. La vigilance estoit elle en luy, qu'il despartoit la nuict à trois ou à ιuatre parties, dont la moindre estoit celle qu'il ιonnoit au sommeil : le reste, il l'employoit à vi- iter luy mesme en personne l'estat de son armee ιt ses gardes, ou à estudier; car, entre aultres iennes rares qualitez, il estoit tresexcellent en oute sorte de litterature. On dict d'Alexandre le ιrand, qu'estant couché, de peur que le sommeil ιe le desbauchast de ses pensemens et de ses es- ιudes, il faisoit mettre un bassin ioignant son lict, ιt tenoit l'une de ses mains au dehors, avecques ιne boulette de cuivre, à fin que, le dormir ιurprenant et relaschant les prinses de ses doigts, ιtte boulette, par le bruict de sa cheute dans le ιassin, le reveillast : cettuy cy avoyt l'ame si ten- lue à ce qu'il vouloyt, et si peu empeschee de ιumees, par sa singuliere abstinence, qu'il se pas- ιoit bien de cet artifice. Quant à la suffisance mi- ιtaire, il feut admirable en toutes les parties d'un ιrand capitaine; aussi feut il quasi toute sa vie en ιontinuel exercice de guerre, et la pluspart avec- ques nous, en France, contre les Allemans et Francons : nous n'avons gueres memoire d'homme ιui ayt veu plus de hazards, ny qui ayt plus sou- ιent faict preuve de sa personne.

Sa mort a quelque chose de pareil à celle d'E- ιaminondas; car il feut frappé d'un traict, et es- ιaya de l'arracher, et l'eust faict, sans ce que le ιraict estant trenchant, il se couppa et affoiblit la main. Il demandoit incessamment qu'on le rap- ιortast en ce mesme estat, en la meslee, pour y encourager ses soldats, lesquels contesterent cette battaille sans luy trescourageusement, iusques à ce que la nuict separa les armees. Il debvoit à la ιhilosophie un singulier mespris en quoy il avoyt ιa vie et les choses humaines : il avoyt ferme creance de l'eternité des ames.

En matiere de religion, il estoit vicieux par tout; on l'a surnommé l'Apostat, pour avoir aban- donné la nostre : toutesfois cette opinion me sem- ble plus vraysemblable, Qu'il ne l'avoyt iamais eue à cœur, mais que, pour l'obeyssance des loix, il s'estoit feinct iusques à ce qu'il teinst l'empire en sa main. Il feut si superstitieux en la sienne, que ceulx mesmes qui en estoient, de son temps, s'en mocquoient; et, disoit on, s'il eust gaigné la vic- toire contre les Parthes, qu'il eust faict tarir la race des bœufs au monde, pour satisfaire à ses sacri- fices. Il estoit aussi embabouiné de la science di- vinatrice, et donnoit auctorité à toute façon de prognosticques. Il dict, entre aultres choses, en mourant, qu'il sçavoit bon gré aux dieux, et les remercioit, de quoy ils ne l'avoyent pas voulu tuer par surprinse, l'ayant de long temps adverti du lieu et heure de sa fin, ny d'une mort molle ou lasche, mieulx convenable aux personnes oysifves et delicates, ny languissante, longue, et doulou- reuse; et qu'ils l'avoyent trouvé digne de mourir de cette noble façon, sur le cours de ses victoires, et en la fleur de sa gloire. Il avoyt eu une pareille vision à celle de Marcus Brutus, qui premiere- ment le menaça en Gaule, et depuis se representa à luy en Perse, sur le poinct de sa mort. Ce lan- gage qu'on luy faict tenir, quand il se sentit frappé : « Tu as vaincu, Nazareen » ou, comme d'aultres, « Contente toy, Nazareen, » à peine eust il esté oublié, s'il eust esté creu par mes tesmoings, qui, estans presents en l'armee, ont remarqué iusques aux moindres mouvemens et paroles de sa fin; non plus que certains aultres miracles qu'on y at- tache.

Et pour venir au propos de mon theme, il cou- voit, dict Marcellinus, de long temps en son cœur le paganisme; mais parce que toute son armee estoit de chrestiens, il ne l'osoit descouvrir : en- fin, quand il se veit assez fort pour oser publier sa volonté, il feit ouvrir les temples des dieux, et s'essaya par touts moyens de remettre sus l'idola- trie. Pour parvenir à son effect, ayant rencontré, en Constantinople, le peuple descousu, avecques les prelats de l'Eglise chrestienne divisez, les ayant faict venir à luy au palais, il les admonesta ins- tamment d'assopir ces dissentions civiles, et que chascun, sans empeschement et sans crainte, ser- vist à sa religion : ce qu'il solicitoit avecques grand soing, pour l'esperance que cette licence augmen- teroit les parts et les brigues de la division, et em- pescheroit le peuple de se reunir et de se fortifier par consequent contre luy par leur concorde et

---

1. Ce mot se rapporte à Julien.

unanime intelligence ; ayant essayé, par la cruauté d'aulcuns chrestiens, « Qu'il n'y a point de beste au monde tant à craindre à l'homme, que l'homme : » voylà ses mots à peu prez.

En quoy cela est digne de consideration, que l'empereur Iulian se sert, pour attiser le trouble de la dissention civile, de cette mesme recepte de liberté de conscience que nos roys viennent d'employer pour l'esteindre. On peult dire d'un costé, que de lascher la bride aux pars d'entretenir leur opinion, c'est espandre et semer la division ; c'est prester quasi la main à l'augmenter, n'y ayant aulcune barriere ny coerction des loix qui bride et empesche sa course : mais, d'aultre costé, on diroit aussi que, de lascher la bride aux pars d'entretenir leur opinion, c'est les amollir et relascher par la facilité et par l'aysance, et que c'est esmoucer l'aiguillon qui s'affine par la rareté, la nouvelleté, et la difficulté : et si croy mieulx, pour l'honneur de la devotion de nos roys, c'est que, n'ayants peu ce qu'ils vouloyent, ils ont faict semblant de vouloir ce qu'ils pouvoient.

-----

## CHAPITRE XX.

*Nous ne goustons rien de pur.*

La foiblesse de nostre condition faict que les choses, en leur simplicité et pureté naturelle, ne puissent pas tumber en nostre usage ; les elements que nous iouyssons, sont alterez, et les metaux de mesme ; et l'or, il le fault empirer par quelque aultre matiere pour l'accommoder à nostre service : ny la vertu ainsin simple, qu'Ariston et Pyrrho, et encores les stoïciens faisoient « But de la vie, » n'y a peu servir sans composition : ny la volupté cyrenaïque et aristippique. Des plaisirs et biens que nous avons, il n'en est aulcun exempt de quelque meslange de mal et d'incommodité :

Medio de fonte leporum
Surgit amari aliquid, quod in ipsis floribus angat [1].

Nostre extreme volupté a quelque air de gemissement et de plaincte ; diriez vous pas qu'elle se meurt d'angoisse ? Voire quand nous en forgeons l'image en son excellence, nous la fardons d'epithetes et qualitez maladifves et douloureuses ; langueur, mollesse, foiblesse, defaillance, *morbidezza* : grand tesmoingnage de leur consanguinité et consubstantialité. La profonde ioye a plus de severité que de gayeté ; l'extreme et plein contentement, plus de rassis que d'enioué ; *Ipsa felicitas, se nisi temperat, premit* [2] : l'ayse nous masche.

C'est ce que dict un verset grec ancien, de tel sens, « Les dieux nous vendent touts les biens qu'ils nous donnent : » c'est à dire, ils ne nous en donnent aulcuns pur et parfaict, et que nous n'achettions au pris de quelque mal.

Le travail et le plaisir tresdissemblables de nature, s'associent pourtant de ie ne sçay quelle ioincture naturelle. Socrates dict que quelque dieu essaya de mettre en masse et confondre la douleur et la volupté ; mais que, n'en pouvant sortir, il s'advisa de les accoupler au moins par la queue. Metrodorus disoit, qu'en la tristesse il y a quelque alliage de plaisir. Ie ne sçay s'il vouloyt dire aultre chose ; mais, moy, i'imagine bien qu'il y a du desseing, du consentement, et de la complaisance, à se nourrir en la melancholie : ie dy oultre l'ambition, qui s'y peult encores mesler ; il y a quelque umbre de friandise et delicatesse qui nous rit et qui nous flatte au giron mesme de la melancholie. Y a il pas des complexions qui en font leur aliment ?

Est quædam flere voluptas [3] :

et dict un Attalus en Seneque, que la memoire de nos amys perdus nous aggree ; comme l'amer, au vin trop vieulx,

Minister vetuli, puer, Falerni
Inger' mi calices amariores [4].

et comme des pommes doulcement aigres. Nature nous descouvre cette confusion : les peintres tiennent que les mouvements et plis du visage qui servent au plorer, servent aussi au rire : de vray, avant que l'un ou l'aultre soyent achevez d'esprimer, regardez à la conduicte de la peincture, vous estes en doubte vers lequel c'est qu'on va ; et l'extremité du rire se mesle aux larmes. *Nullum sine auctoramento malum est* [5].

Quand i'imagine l'homme assiegé de commoditez desirables (mettons le cas que touts ses membres feussent saisis pour tousiours d'un plaisir pareil à celuy de la generation, en son poinct plus excessif), ie le sens fondre soubs la charge de son ayse, et le veoy du tout incapable de porter une si pure, si constante volupté et si universelle. De vray, il fuyt quand il y est, et se haste naturellement d'en eschapper, comme d'un pas où il ne se peult fermir, où il craint d'enfondrer.

-----

(1) De la source des plaisirs s'élève je ne sais quelle amertume, qui tourmente même sur les fleurs. LUCRÈCE, IV, 1130.
(2) La félicité qui ne se modère pas, se détruit elle-même. SÉNÈQUE, *Épist.* 74.
(3) Les larmes ont quelque douceur. OV., *Trist.*, IV, 3, 37.
(4) Jeune esclave, toi qui verses le vin vieux de Falerne, verse-m'en du plus amer. CATULLE, XXVII, 1.
(5) Il n'y a point de mal sans compensation. SÉN., *Epist.* 69.

Quand ie me confesse à moy religieusement, ie treuve que la meilleure bonté que i'aye a quelque teincture vicieuse; et crains que Platon, en sa plus verte vertu (moy qui en suis autant sincere et loyal estimateur, et des vertus de semblable marque, qu'aultre puisse estre), s'il y eust escouté de prez, comme sans doubte il faisoit, y eust senty quelque ton gauche de mixtion humaine, mais ton obscur, et sensible seulement à soy. L'homme, en tout et par tout, n'est que rapiecement et bigarrure. Les loix mesmes de la iustice ne peuvent subsister sans quelque meslange d'iniustice; et dict Platon, que ceulx là entreprennent de coupper la teste de Hydra, qui pretendent oster des loix toutes incommoditez et inconvenients. *Omne magnum exemplum habet aliquid ex iniquo, quod contra singulos utilitate publica rependitur* [1], dict Tacitus.

Il est pareillement vray que, pour l'usage de la vie, et service du commerce publicque, il y peult avoir de l'excez en la pureté et perspicacité de nos esprits; cette clarté penetrante a trop de subtilité et de curiosité : il les fault appesantir et esmoucer pour les rendre plus obeyssants à l'exemple et à la practique, et les espessir et obscurcir pour les proportionner à cette vie tenebreuse et terrestre : pourtant [2] se treuvent les esprits communs et moins tendus, plus propres et plus heureux à conduire affaires; et [*] les opinions de la philosophie eslevees et exquises se treuvent ineptes à l'exercice. Cette poincue vivacité d'ame, et cette volubilité souple et inquiete, trouble nos negociations. Il fault manier les entreprinses humaines plus grossierement et superficiellement, et en laisser bonne et grande part pour les droicts de la fortune : il n'est pas besoing d'esclairer les affaires si profondement et si subtilement; on s'y perd, à la consideration de tant de lustres contraires et formes diverses; *voluntantibus res inter se pugnantes, obtorpuerant..... animi* [3].

C'est ce que les anciens disent de Simonides : parce que son imagination luy presentoit, sur la demande que luy avoyt faict le roy Hieron (pour à laquelle satisfaire il avoyt eu plusieurs iours de pensements) diverses considerations aiguës et subtiles; doubtant laquelle estoit la plus vraysemblable, il desespera du tout de la verité.

Qui en recherche et embrasse toutes les circonstances et consequences [4], il empesche son election : un engin moyen conduict egalement, et suffit aux executions de grand et de petit poids. Regardez que les meilleurs mesnagiers sont ceulx qui nous sçavent moins dire comme ils le sont; et que ces suffisants conteurs n'y font le plus souvent rien qui vaille : ie sçay un grand diseur et tresex-

cellent peintre de toute sorte de mesnage, qui a laissé bien piteusement couler par ses mains cent mille livres de rente : i'en sçay un aultre qui dict, qui consulte, mieulx qu'homme de son conseil, et n'est point au monde une plus belle montre d'ame et de suffisance; toutesfois, aux effects, ses serviteurs treuvent qu'il est tout aultre, ie dy sans mettre le malheur en compte.

---

# CHAPITRE XXI.

### *Contre la faineantise.*

L'empereur Vespasien, estant malade de la maladie dont il mourut, ne laissoit pas de vouloir entendre l'estat de l'empire; et, dans son lict mesme, depeschoit sans cesse plusieurs affaires de consequence : et son medecin l'en tansant, comme de chose nuisible à sa santé, « Il fault, disoit il, qu'un empereur meure debout. » Voylà un beau mot, à mon gré, et digne d'un grand prince. Adrian, l'empereur, s'en servit depuis à ce mesme propos : et le debvroit on souvent ramentevoir aux roys pour leur faire sentir que cette grande charge qu'on leur donne du commandement de tant d'hommes, n'est pas une charge oysifve; et qu'il n'est rien qui puisse si iustement desgouster un subiect de se mettre en peine et en hazard, pour le service de son prince, que de le veoir appoltrony ce pendant luy mesme à des occupations lasches et vaines, et d'avoir soing de sa conservation, le voyant si nonchalant de la nostre.

Quand quelqu'un voudra maintenir qu'il vault mieulx que le prince conduise ses guerres par aultre que par soy, la fortune luy fournira assez d'exemples de ceulx à qui leurs lieutenants ont mis à chef des grandes entreprinses; et de ceulx encores desquels la presence y eust esté plus nuisible qu'utile : mais nul prince vertueux et courageux ne pourra souffrir qu'on l'entretienne de si honteuses instructions. Soubs couleur de conserver sa teste, comme la statue d'un sainct, à la bonne fortune de son estat, ils le degradent de son office, qui est iuste-

---

(1) Dans toute punition sévère, il y a quelque injustice qui atteint les particuliers, mais qui se trouve compensée par l'utilité publique. TACITE, *Annal.*, XIV, 44.

(2) *C'est pour cela que*, etc.

(3) Considérant en eux-mêmes des choses si opposées, ils en étoient tout étourdis. TITE-LIVE, XXXII, 20.

(4) Il faut joindre ceci à ce qui est dit plus haut : Qu'il n'est pas besoing d'esclairer les affaires si promptement et si subtilement, etc. Ces deux phrases se lisent de suite, dans l'édition in-4° de 1588. Le mot de Simonide, que Montaigne a depuis intercalé, empêche qu'on ne sente d'abord à quoi se rapportent ces paroles : *Qui en recherche et embrasse*, etc.

ment tout en action militaire, et l'en desclarent incapable. I'en sçay un [1] qui aimeroit bien mieulx estre battu que de dormir pendant qu'on se battroit pour luy, et qui ne veid jamais sans ialousie ses gents mesmes faire quelque chose de grand en son absence. Et Selym premier disoit, avecques grande raison, ce me semble, « que les victoires qui se gaignent sans le maistre ne sont pas completes : » de tant plus volontiers eust il dict que ce maistre debvroit rougir de honte d'y pretendre part pour son nom, n'y ayant embesongné que sa voix et sa pensee; ny cela mesme, veu qu'en telle besongne, les advis et commandements qui apportent l'honneur, sont ceulx là seulement qui se donnent sur le champ, et au propre de l'affaire. Nul pilote n'exerce son office, de pied ferme [2]. Les princes de la race ottomane, la premiere race du monde en fortune guerriere, ont chauldement embrassé cette opinion; et Baiazet second, avecques son fils, qui s'en despartirent, s'amusants aux sciences et aultres occupations casanieres, donnerent aussi de bien grands soufflets à leur empire : et celuy qui regne à present, Amurath troisiesme, à leur exemple, commence assez bien de s'en trouver de mesme. Feut ce pas le roy d'Angleterre, Edouard troisiesme, qui dict, de nostre Charles cinquiesme, ce mot : « Il n'y eut oncques roy qui moins s'armast, et si n'y eut oncques roi qui tant me donnast à faire. » Il avoyt raison de le trouver estrange, comme un effect du sort plus que de la raison. Et cherchent aultre adherent que moy, ceulx qui veulent nombrer, entre les belliqueux et magnanimes conquerants, les roys de Castille et de Portugal, de ce qu'à douze cents lieues de leur oysifve demeure, par l'escorte de leurs facteurs, ils se sont rendus maistres des Indes d'une et d'aultre part, desquelles c'est à sçavoir s'ils auroient seulement le courage d'aller iouyr en presence.

L'empereur Iulian disoit encores plus, « Qu'un philosophe et un galant homme ne debvoient pas seulement respirer; » c'est à dire ne donner aux necessitez corporelles que ce qu'on ne leur peult refuser, tenant tousiours l'ame et le corps embesongnez à choses belles, grandes et vertueuses. Il avoyt honte, si en public on le veoyoit cracher ou suer (ce qu'on dict aussi de la ieunesse lacedemonienne, et Xenophon de la persienne), parce qu'il estimoit que l'exercice, le travail continuel, et la sobrieté, debvoient avoir cuict et asseiché toutes ces superfluitez. Ce que dict Seneque ne ioindra pas mal en cet endroict; que les anciens Romains maintenoient leur ieunesse droicte : « Ils n'apprenõient, dict il, rien à leurs enfants qu'ils deussent apprendre assis. »

C'est une genereuse envye, de vouloir mourir mesme utilement et virilement; mais l'effect n'en gist pas tant en nostre bonne resolution qu'en nostre bonne fortune : mille ont proposé de vaincre ou de mourir en combattant, qui ont failli à l'un et à l'aultre, les blecceures, les prisons leur traversant ce desseing, et leur prestant une vie forcee; il y a des maladies qui atterrent iusques à nos desirs et nostre cognoissance. Fortune ne debvoit pas seconder la vanité des legions romaines qui s'obligerent, par serment, de mourir ou de vaincre : *Victor, Marce Fabi, revertar ex acie : si fallo, Iovem patrem, Gradivumque Martem, aliosque iratos invoco deos* [3]. Les Portugalois disent qu'en certain endroict de leur conqueste des Indes, ils rencontrerent des soldats qui s'estoient condemnez, avecques horribles exsecrations, de n'entrer en aulcune composition que de se faire tuer ou demourer victorieux; et, pour marque de ce vœu, portoient la teste et la barbe raze. Nous avons beau nous hazarder et obstiner : il semble que les coups fuyent ceulx qui s'y presentent trop alaigrement, et n'arrivent volontiers à qui s'y presente trop volontiers et corrompt leur fin. Tel ne pouvant obtenir de perdre sa vie par les forces adversaires, aprez avoir tout essayé, a esté contrainct, pour fournir à sa resolution, d'en rapporter l'honneur ou de n'en rapporter pas la vie, se donner soi mesme la mort en la chaleur propre du combat. Il en est d'aultres exemples; mais en voici un : Philistus, chef de l'armee de mer du ieune Dionysius contre les Syracusains, leur presenta la battaille, qui feut asprement contestee, les forces estants pareilles : en icelle il eut du meilleur au commencement par sa prouesse; mais, les Syracusains se rangeants autour de sa galere pour l'investir, ayant faict grands faicts d'armes de sa personne pour se desvelopper, n'y esperant plus de ressource, s'osta de sa main la vie, qu'il avoyt si liberalement abandonnee, et frustatoirement [4], aux mains ennemyes.

Moley Moluch, roy de Fez, qui vient de gaigner [5], contre Sebastian, roy de Portugal, cette iournee fameuse par la mort de trois roys, et par la transmission de cette grande couronne à celle de Castille, se trouva grievement malade dez lors que les Portugalois entrerent à main armee en son

[1] Probablement Henri IV.
[2] *Ayant les pieds sur la terre*, comme un planteur de choux.
[3] *Je retournerai vainqueur du combat, ô Marcus Fabius! Si je manque à mon serment, j'invoque sur moi la colère de Jupiter, de Mars, et des autres dieux.* Tite-Live, II, 45.
[4] *Inutilement, en vain. Frustratoire,* vain et inutile, est encore en usage au Palais. *Frustratoirement* n'est plus françois.
[5] En 1578.

estat; et alla tousiours depuis en empirant vers la mort, et la prevoyant. Iamais homme ne se servit de soy plus vigoureusement et bravement. Il se trouva foible pour soustenir la pompe cerimonieuse de l'entree de son camp, qui est selon leur mode, pleine de magnificence, et chargee de tout plein d'action; et resigna cet honneur à son frere : mais ce feut aussi le seul office de capitaine qu'il resigna; touts les aultres necessaires et utiles, il les feit treslaborieusement et exactement, tenant son corps couché, mais son entendement et son courage debout et ferme iusques au dernier souspir, et aulcunement au delà. Il pouvoit miner ses ennemys, indiscretement advancez en ses terres; et luy poisa merveilleusement qu'à faulte d'un peu de vie, et pour n'avoir qui substituer à la conduicte de cette guerre et aux affaires d'un estat troublé, il eust à chercher la victoire sanglante et hazardeuse, en ayant une aultre pure et nette entre ses mains : toutesfois il mesnagea miraculeusement la duree de sa maladie, à faire consumer son ennemy, et l'attirer loing de l'armee de mer et des places maritimes qu'il avoyt en la coste d'Afrique, iusques au dernier iour de sa vie, lequel, par desseing, il employa et reserva à cette grande iournee. Il dressa sa battaille en rond, assiegeant de toutes parts l'ost [1] des Portugalois, lequel rond venant à se courber et serrer, les empescha non seulement au conflict (qui feut tresaspre par la valeur de ce ieune roy assaillant), veu qu'ils avoyent à montrer visage à touts sens, mais aussi les empescha à la fuyte aprez leur roupte [2]; et, trouvants toutes les yssues saisies et closes, ils feurent contraincts de se reiecter à culx mesmes, *coacervanturque non solum cæde, sed etiam fuga* [3], et s'amonceller les uns sur les aultres, fournissants aux vainqueurs une tresmeurtriere victoire et tresentiere. Mourant, il se feit porter et tracasser [4] où le besoing l'appelloit, et, coulant le long des files, enhortoit ses capitaines et soldats, les uns aprez les aultres : mais un coing de sa battaille se laissant enfoncer, on ne le peut tenir qu'il ne montast à cheval l'espee au poing; il s'efforçoit pour s'aller mesler, ses gents l'arrestants, qui par la bride, qui par sa robbe et par ses estriers. Cet effort acheva d'accabler ce peu de vie qui luy restoit : on le recoucha. Luy, se resuscitant comme en sursault de cette pasmoison, toute aultre faculté luy defaillant pour advertir qu'on teust sa mort, qui estoit le plus necessaire commandement qu'il eust lors à faire, à fin de n'engendrer quelque desespoir aux siens par cette nouvelle, expira tenant le doigt contre sa bouche close, signe ordinaire de faire silence. Qui vescut

onques si longtemps, et si avant en la mort? qui mourut onques si debout?

L'extreme degré de traicter courageusement la mort, et le plus naturel, c'est la veoir, non seulement sans estonnement, mais sans soing, continuant libre le train de la vie iusques dedans elle, comme Cato, qui s'amusoit à estudier et à dormir, en ayant une violente et sanglante, presente en sa teste et en son cœur, et la tenant en sa main.

---

# CHAPITRE XXII.

### *Des postes.*

Ie n'ay pas esté des plus foibles en cet exercice, qui est propre à gents de ma taille, ferme et courte: mais i'en quitte le mestier; il nous essaye [5] trop pour y durer longtemps. Ie lisois, à cette heure, que le roy Cyrus, pour recevoir plus facilement nouvelles de touts les costez de son empire, qui estoit d'une fort grande estendue, feit regarder combien un cheval pouvoit faire de chemin en un iour, tout d'une traicte; et, à cette distance, il establit des hommes qui avoyent charge de tenir des chevaulx prests pour en fournir à ceulx qui viendroient vers luy; et disent aulcuns, que cette vistesse d'aller revient à la mesure du vol des grues.

Cesar dict que Lucius Vibullius Rufus, ayant haste de porter un advertissement à Pompeius, s'achemina vers luy iour et nuict, changeant de chevaulx, pour faire diligence : et luy mesme, à ce que dict Suetone, faisoit cent milles par iour sur un coche de louage; mais c'estoit un furieux courrier; car, où les rivieres luy trenchoient son chemin, il les franchissoit à la nage, et ne se destournoit du droict, pour aller querir un pont ou un gué. Tiberius Nero, allant veoir son frere Drusus malade en Allemaigne, feit deux cents milles en vingt quatre heures, ayant trois coches. En la guerre des Romains contre le roy Antiochus, T. Sempronius Gracchus, dict Tite Live, *per dispositos equos prope incredibili celeritate ab Amphissa tertio die Pellam pervenit* [6] : et appert, à veoir le lieu, que c'estoient postes assises, non ordonnees freschement pour cette course.

L'invention de Cecina à r'envoyer des nouvelles

---

(1) *L'armée.* — (2) *Rupture.*

(3) Entassés non seulement par le carnage, mais aussi par la fuite.

(4) *Mener çà et là.* — (5) *Il nous fatigue trop.*

(6) Se rendit en trois jours d'Amphisse à Pella, sur des chevaux de relais, avec une rapidité presque incroyable. TITE LIVE, XXXVII.

à ceulx de sa maison, avoyt bien plus de promptitude : il emporta quand et soy des arondelles, et les relaschoit vers leurs nids quand il vouloyt r'envoyer de ses nouvelles, en les teignant de marque de couleur propre à signifier ce qu'il vouloyt, selon qu'il avoyt concerté avecques les siens.

Au theatre à Rome, les maistres de famille avoyent des pigeons dans leur sein, ausquels ils attachoient des lettres, quand ils vouloyent mander quelque chose à leurs gents au logis; et estoient dressez à en rapporter response. D. Brutus en usa, assiegé à Mutine [1]; et aultres, ailleurs.

Au Peru, ils couroient sur les hommes, qui les chargeoient sur les espaules à tout des portoires, par telle agilité, que, tout en courant, les premiers porteurs reiectoient aux seconds leur charge, sans arrester un pas.

l'entends que les Valachi, courriers du grand Seigneur, font des extremes diligences, d'autant qu'ils ont loy de desmonter le premier passant qu'ils treuvent en leur chemin, en luy donnant leur cheval recreu [2]; et que, pour se garder de lasser, ils se serrent à travers le corps bien estroictement d'une baude large, comme font assez d'aultres. Ie n'ay trouvé nul seiour [3] à cet usage.

---

# CHAPITRE XXIII.

*Des mauvais moyens employés à bonne fin.*

Il se treuve une merveilleuse relation et correspondance en cette universelle police des ouvrages de nature, qui montre bien qu'elle n'est ny fortuite, ny conduicte par divers maistres. Les maladies et conditions de nos corps se veoient aussi aux estats et polices: les royaumes, les republiques naissent, fleurissent, et fanissent de vieillesse, comme nous. Nous sommes subiects à une repletion d'humeurs, inutile et nuysible; soit de bonnes humeurs (car cela mesme les medecins le craignent; et, parce qu'il n'y a rien de stable chez nous, ils disent que la perfection de santé trop alaigre et vigoureuse, il nous la fault essimer [4] et rabbattre par art, de peur que nostre nature, ne se pouvant rasseoir en nulle certaine place, et n'ayant plus où monter pour s'ameliorer, ne se recule en arriere en desordre et trop à coup; ils ordonnent pour cela aux athletes les purgations et les saignees, pour leur soustraire cette superabondance de santé); soit repletion de mauvaises humeurs, qui est l'ordinaire cause des maladies. De semblable repletion se veoient les estats souvent malades, et a lon accoustumé d'user de diverses sortes de pur-

gation. Tantost on donne congé à une grande multitude de familles, pour en descharger le païs, lesquelles vont chercher ailleurs où s'accommoder aux despens d'aultruy : de cette façon nos anciens Francons, partis du fond d'Allemaigne, veindrent se saisir de la Gaule et en deschasser les premiers habitants; ainsin se forgea cette infinie maree [5] d'hommes, qui s'escoula en Italie sous Brennus et aultres; ainsin les Goths et Vandales, comme aussi les peuples qui possedent à present la Grece, abandonnerent leur naturel païs pour s'aller loger ailleurs plus au large; et à peine est il deux ou trois coings au monde qui n'ayent senti l'effect d'un tel remuement. Les Romains bastissoient par ce moyen leurs colonies ; car sentants leur ville se grossir oultre mesure, ils la deschargeoient du peuple moins necessaire, et l'envoyoient habiter et cultiver les terres par eulx conquises : par fois aussi ils ont à escient nourry des guerres avec aulcuns de leurs ennemys, non seulement pour tenir leurs hommes en haleine, de peur que l'oysifveté, mere de corruption, ne leur apportast quelque pire inconvenient,

Et patimur longæ pacis mala; sævior armis
Luxuria incumbit [6];

mais aussi pour servir de saignee à leur republique, et esventer un peu la chaleur trop vehemente de leur ieunesse, escourter et esclaircir le branchage de ce tige foisonnant en trop de gaillardise; à cet effect se sont ils autrefois servis de la guerre contre les Carthaginois.

Au traité de Bretigny, Edouard troisiesme, roy d'Angleterre, ne voulut comprendre, en cette paix generale qu'il feit avec nostre roy, le different du duché de Bretaigne, afin qu'il eust où se descharger de ses hommes de guerre, et que cette foule d'Anglois, dequoy il s'estoit servy aux affaires de deçà, ne se reiectast en Angleterre. Ce feut l'une des raisons pourquoy nostre roy Philippe consentit d'envoyer Iean son fils à la guerre d'oultremer, à fin d'emmener quand et luy un grand nombre de ieunesse bouillante qui estoit en sa gendarmerie.

Il y en a plusieurs en ce temps qui discourent de pareille façon, soubaittants que cette esmotion chaleureuse, qui est parmy nous, se peust deriver à quelque guerre voysine, de peur que ces humeurs

---

(1) On dit aujourd'hui *Modène.*
(2) *Fatigué, ereinté.* — (3) *Nul soulagement.*
(4) *Amaigrir, diminuer.* — (5) *Foule.*
(6) Nous subissons les maux inseparables d'une trop longue paix : plus terrible que les armes, le luxe nous a domptés. Ju-vénal, VI, 291.

peccantes qui dominent pour cette heure nostre corps, si on ne les escoule ailleurs, maintiennent nostre fiebvre tousiours en force, et apportent enfin nostre entiere ruyne : et de vray, une guerre estrangere est un mal bien plus doulx que la civile. Mais ie ne croy pas que Dieu favorisast une si iniuste entreprinse, d'offenser et quereller aultruy pour nostre commodité.

Nil mihi tam valde placeat, Rhamnusia virgo,
Quod temere invitis suscipiatur heris [1].

Toutesfois la foiblesse de nostre condition nous poulse souvent à cette necessité, de nous servir de mauvais moyens pour une bonne fin : Lycurgus, le plus vertueux et parfaict legislateur qui feust oneques, inventa cette tresiniuste façon, pour instruire son peuple à la temperance, de faire enyvrer par force les Elotes qui estoient leurs serfs, à fin qu'en les veoyant ainsin perdus et ensepvelis dans le vin, les Spartiates prinsent en horreur le desbordement de ce vice. Ceulx là avoyent encores plus de tort, qui permettoient anciennement que les criminels, à quelque sorte de mort qu'ils feussent condemnez, feussent dechirez tout vifs par les medecins, pour y veoir au naturel nos parties interieures, et en establir plus de certitude en leur art : car, s'il se fault desbaucher, on est plus excusable le faisant pour la santé de l'ame, que pour celle du corps ; comme les Romains dressoient le peuple à la vaillance et au mespris des dangers et de la mort, par ces furieux spectacles de gladiateurs et escrimeurs à oultrance qui se combattoient, detailloient et entretuoient en leur presence :

Quid vesani aliud sibi vult ars impia ludi, [tas [2]?
Quid mortes iuvenum, quid sanguine pasta volup—

et dura cet usage iusques à Theodosius, l'empereur :

Arripe dilatam tua, dux, in tempora famam,
Quodque patris superest, successor laudis habeto...
Nullus in urbe cadat, cuius sit pœna voluptas...
Iam solis contenta feris, infamis arena
Nulla cruentatis homicidia ludat in armis [3].

C'estoit, à la verité, un merveilleux exemple, et de tresgrand fruict pour l'institution du peuple, de veoir touts les iours en sa presence cent, deux cents, voire mille couples d'hommes, armez les uns contre les aultres, se hacher en pieces, avecques une si extreme fermeté de courage, qu'on ne leur veit lascher une parole de foiblesse ou commiseration, iamais tourner le dos, ny faire seulement un mouvement lasche pour gauchir au

coup de leur adversaire, ains tendre le col à son espee, et se presenter au coup : il est advenu à plusieurs d'entre eulx, estants blecez à mort de force playes, d'envoyer demander au peuple s'il estoit content de leur debvoir, avant que se coucher pour rendre l'esprit sur la place. Il ne falloit pas seulement qu'ils combattissent et mourussent constamment, mais encores alaigrement ; en maniere qu'on les hurloit et mauldissoit, si on les veoyoit estriver [4] à recevoir la mort : les filles mesmes les incitoient :

Consurgit ad ictus,
Et, quoties victor ferrum iugulo inserit, illa
Delicias ait esse suas, pectusque iacentis
Virgo modesta iubet converso pollice rumpi [5].

Les premiers Romains employoient à cet exemple les criminels : mais depuis on y employa des serfs innocents, et des libres mesmes qui se vendoient pour cet effect, iusques à des senateurs et chevaliers romains, et encores des femmes :

Nunc caput in mortem vendunt, et funus arenæ :
Atque hostem sibi quisque parat, quum bella quies-
[cunt [6],

Hos inter fremitus novosque lusus...
Stat sexus rudis insciusque ferri,
Et pugnas capit improbus viriles [7] :

ce que ie trouverois fort estrange et incroyable si nous n'estions accoustumez de veoir touts les iours, en nos guerres, plusieurs milliasses d'hommes estrangers, engageants, pour de l'argent, leur sang et leur vie à des querelles où ils n'ont aulcun interest.

(1) O puissante Némésis ! puissé-je ne jamais rien désirer si vivement, que j'entreprenne de l'avoir malgré les légitimes possesseurs ! CATULLE, LXVIII, 77.

(2) Autrement, quel seroit le but de l'art insensé des gladiateurs, de ces jeux barbares, de ces fêtes de la mort, de ces plaisirs sanguinaires ?

(3) Saisissez, grand prince, une gloire réservée à votre règne : ajoutez à l'héritage de gloire de votre pere, la seule louange qui vous reste à mériter... Que le sang humain ne coule plus pour le plaisir du peuple... Que l'arène se contente du sang des bêtes, et que des jeux homicides ne souillent plus nos yeux. PRUD., contra Symmaque, II, 643.

(4) Résister, témoigner de la répugnance.

(5) La vierge modeste se lève à chaque coup ; et toutes les fois que le vainqueur égorge son adversaire, elle est charmée, ravie, et, d'un signe fatal, elle ordonne que le vaincu périsse. PRUD., contra Symmaque, II, 617.

(6) Maintenant ils vendent leur sang, et, pour un prix convenu, ils vont mourir sur l'arène : au milieu de la paix, chacun d'eux se fait un ennemi. MANIL., Astron., IV, 225.

(7) Parmi ces frémissements et ces nouveaux plaisirs, un sexe inhabile aux armes descend dans l'arène, et s'exerce avec audace aux jeux des guerriers. STACE, Sylv., I, 6, 51.

## CHAPITRE XXIV.

### De la grandeur romaine.

Ie ne veulx dire qu'un mot de cet argument infini, pour montrer la simplesse de ceulx qui apparient à celle là les chestifves grandeurs de ce temps. Au septiesme livre des Epistres familieres de Cicero (et que les grammairiens en ostent ce surnom de familieres, s'ils veulent; car, à la verité, il n'y est pas fort à propos; et ceulx qui, au lieu de familieres, y ont substitué *ad familiares*, peuvent tirer quelque argument pour eulx de ce que dict Suetone en la vie de Cesar, qu'il y avoyt un volume de lettres de luy *ad familiares*), il y en a une qui s'addresse à Cesar estant lors en la Gaule, en laquelle Cicero redict ces mots, qui estoient sur la fin d'une aultre lettre que Cesar luy avoyt escript : « Quant à Marcus Furius, que tu m'as re-« commandé, ie le feray roy de Gaule; et si tu « veulx que i'advance quelque autre de tes amys, « envoye le moy. » Il n'estoit pas nouveau à un simple citoyen, comme estoit lors Cesar, de disposer des royaumes; car il osta bien au roy Deiotarus le sien, pour le donner à un gentilhomme de la ville de Pergame, nommé Mithridates : et ceulx qui escrivent sa vie enregistrent plusieurs royaumes par luy vendus; et Suetone dict qu'il tira pour un coup, du roy Ptolemaeus, trois millions six cent mill' escus, qui feut bien prez de luy vendre le sien.

Tot Galatæ, tot Pontus eat, tot Lydia nummis [1].

Marcus Antonius disoit que la grandeur du peuple romain ne se montroit pas tant par ce qu'il prenoit, que par ce qu'il donnoit : si en avoyt il, quelque siecle avant Antonius, osté un, entre aultres, d'auctorité si merveilleuse, que, en toute son histoire, ie ne sçache marque qui porte plus hault le nom de son credit. Antiochus possedoit toute l'Aegypte, et estoit aprez à conquerir Cypre et aultres demourants de cet empire. Sur le progrez de ses victoires, C. Popilius arriva à luy de la part du senat; et, d'abordee, refusa de luy toucher à la main, qu'il n'eust premierement leu les lettres qu'il luy apportoit. Le roy les ayant leues, et dict qu'il en delibereroit, Popilius circonscrit la place où il estoit, à tout sa baguette, en luy disant : « Rends moy response que ie puisse rapporter au senat, avant que tu partes de ce cercle. » Antiochus, estonné de la rudesse d'un si pressant commandement, aprez y avoir un peu songé : « Ie feray (dict il) ce que le senat me commande. » Lors le salua Popilius, comme amy

du peuple romain. Avoir renoncé à une si grande monarchie et cours d'une si fortunee prosperité, par l'impression de trois traicts d'escripture! il eut vrayement raison, comme il feit, d'envoyer depuis dire au senat, par ses ambassadeurs, qu'il avoyt receu leur ordonnance, de mesme respect que si elle feust venue des dieux immortels.

Touts les royaumes qu'Auguste gaigna par droict de guerre, il les rendit à ceulx qui les avoyent perdus, ou en feit present à des estrangers. Et, sur ce propos, Tacitus, parlant du roy d'Angleterre Cogidunus, nous faict sentir, par un merveilleux traict, cette infinie puissance : Les Romains, dict il, avoyent accoustumé, de toute ancienneté, de laisser les roys qu'ils avoyent surmontez, en la possession de leurs royaumes, soubs leur auctorité, « à ce qu'ils eussent des roys mesmes, outils « de la servitude : » *Ut haberent instrumenta ser-« vitutis et reges.* Il est vraysemblable que Solyman, à qui nous avons veu faire liberalité du royaume de Hongrie et aultres estats, regardoit plus à cette consideration, qu'à celle qu'il avoyt accoustumé d'alleguer, « Qu'il estoit saoul et chargé de tant de monarchies et de dominations que sa vertu ou celle de ses ancestres lui avoyent acquis. »

---

## CHAPITRE XXV.

### De ne contrefaire le malade.

Il y a un epigramme en Martial, qui est des bons, car il y en a chez luy de toutes sortes, où il recite plaisamment l'histoire de Celius, qui, pour fuyr à faire la court à quelques grands à Rome, se trouver à leur lever, les assister et les suivre, feit la mine d'avoir la goutte; et, pour rendre son excuse plus vraysemblable, se faisoit oindre les iambes, les avoyt enveloppees, et contrefaisoit entierement le port et la contenance d'un homme goutteux. Enfin la fortune luy feit ce plaisir, de le rendre goutteux tout à faict.

Tantum cura potest, et ars doloris !
Desit fingere Cœlius podagram [2].

I'ay veu en quelque lieu d'Appian, ce me semble, une pareille histoire d'un, qui, voulant eschapper aux proscriptions des triumvirs de Rome, pour se desrober de la cognoissance de ceulx qui le poursuivoient, se tenant caché et travesti, y

---

[1] A tel prix la Galatie, à tel prix le Pont, à tel prix la Lydie. CLAUDIEN, *in Eutrop.*, I, 203.
[2] Voyez ce que c'est que de si bien faire le malade! Célius n'a plus besoin de feindre qu'il a la goutte. MART., VII, 39, 8.

adiousta encores cette invention, de contrefaire le borgne : quand il veint à recouvrer un peu plus de liberté, et qu'il voulut desfaire l'emplastre qu'il avoyt long temps porté sur son œil, il trouva que sa veue estoit effectuellement perdue sous ce masque. Il est possible que l'action de la veue s'estoit hebetee [1] pour avoir esté si long temps sans exercice, et que la force visive s'estoit toute reiectee en l'aultre œil; car nous sentons evidemment que l'œil que nous tenons couvert, r'envoye à son compaignon quelque partie de son effect, en maniere que celuy qui reste s'en grossit et s'en enfle : comme aussi l'oysifveté, avecques la chaleur des liaisons et des medicaments, avoyt bien peu attirer quelque humeur podagrique au goutteux de Martial.

Lisant chez Froissard le vœu d'une trouppe de ieunes gentilshommes anglois, de porter l'œil gauche bandé, iusques à ce qu'ils eussent passé en France et exploicté quelque faict d'armes sur nous; ie me suis souvent chatouillé de ce pensement, qu'il leur eust prins comme à ces aultres, et qu'ils se feussent trouvez touts esborguez au reveoir des maistresses pour lesquelles ils avoyent faict l'entreprinse.

Les meres ont raison de tanser leurs enfants quand ils contrefont les borgnes, les boiteux, et les bicles [2], et tels aultres defauts de la personne : car, oultre ce que le corps, ainsin tendre, en peult recevoir un mauvais ply, ie ne sçay comment il semble que la fortune se ioue à nous prendre au mot; et i'ay ouï reciter plusieurs exemples de gents devenus malades, ayant desseigné de feindre l'estre. De tout temps, i'ay apprins de charger ma main, et à cheval et à pied, d'une baguette ou d'un baston, iusques à y chercher de l'elegance, et de m'en seiourner, d'une contenance affettee : plusieurs m'ont menacé que fortune tourneroit un iour cette mignardise en necessité. Ie me fonde sur ce que je serois tout le premier goutteux de ma race.

Mais alongeons ce chapitre, et le bigarrons d'une aultre piece, à propos de la cecité. Pline dict d'un qui, songeant estre aveugle, en dormant, se le trouva le lendemain, sans aucune maladie precedente. La force de l'imagination peult bien ayder à cela, comme i'ay dict ailleurs [3]; et semble que Pline soit de cet advis : mais il est plus vraysemblable que les mouvements que le corps sentoit au dedans, desquels les medecins trouveront, s'ils veulent, la cause, qui luy ostoient la veue, feurent occasion du songe.

Adioustons encores un' histoire voysine de ce propos, que Seneque recite en l'une de ses lettres : « Tu sçais, dict il escrivant à Lucilius, que Harpasté, la folle de ma femme, est demeuree chez moy, pour charge hereditaire : car, de mon goust, ie suis ennemy de ces monstres; et, si i'ay envye de rire d'un fol, il ne me le fault chercher gueres loing, ie ris de moy mesme. Cette folle a subitement perdu la veue. Ie te recite chose estrange, mais veritable : elle ne sent point qu'elle soit aveugle, et presse incessamment son gouverneur de l'emmener, parce qu'elle dict que ma maison est obscure. Ce que nous rions en elle, ie te prie croire qu'il advient à chascun de nous; nul ne cognoist estre avare, nul convoiteux : encores les aveugles demandent un guide; nous nous fourvoyons de nous mesmes. Ie ne suis pas ambitieux, disons nous; mais à Rome on ne peult vivre autrement : ie ne suis pas sumptueux; mais la ville requiert une grande despense : ce n'est pas ma faulte si ie suis cholere, si ie n'ay encores estably aucun train asseuré de vie : c'est la faulte de la ieunesse. Ne cherchons pas hors de nous nostre mal, il est chez nous, il est planté en nos entrailles : et cela mesme, que nous ne sentons pas estre malades, nous rend la guarison plus malaysee. Si nous ne commenceons de bonne heure à nous panser, quand aurons nous prouveu à tant de playes et à tant de maulx ? Si avons nous une tresdoulce medecine, que la philosophie; car des aultres, on n'en sent le plaisir qu'aprez la guarison, cette cy plaist et guarit ensemble. » Voylà ce que dict Seneque, qui m'a emporté hors de mon propos; mais il y a du proufit au change.

---

## CHAPITRE XXVI.

### Des poulces.

Tacitus recite que, parmy certains roys barbares, pour faire une obligation asseuree, leur maniere estoit de ioindre estroictement leurs mains droictes l'une à l'aultre, et s'entrelacer les poulces : et quand, à force de les presser, le sang en estoit monté au bout, ils les bleceoient de quelque legiere poincte, et puis se les entresuceoient.

Les medecins disent que les poulces sont les maistres doigts de la main, et que leur etymologie latine vient de *pollere* [4]. Les Grecs l'appellent

(1) *Affoiblie.*
(2) *Bicle*, ou *bigle*, comme on dit présentement, signifie *louche.*
(3) *Fortis imaginatio generat casum*, disent les clercs. Liv. I, chap. 20, pag. 55.
(4) *Être fort et puissant.*

ἀντιχείρ, comme qui diroit une aultre main. Et il semble que par fois les Latins les prennent aussi en ce sens de main entiere :

> Sed nec vocibus excitata blandis,
> Molli pollice nec rogata, surgit [1].

C'estoit à Rome une signification de faveur, de comprimer et baisser les poulces,

> Fautor utroque tuum laudabit pollice ludum [2],

et de desfaveur, de les haulser et contourner au dehors :

> Converso pollice vulgi,
> Quemlibet occidunt populariter [3].

Les Romains dispensoient de la guerre ceulx qui estoient blecez au poulce, comme s'ils n'avoyent plus la prinse des armes assez ferme. Auguste confisqua les biens à un chevalier romain, qui avoyt, par malice, couppé les poulces à deux siens ieunes enfants, pour les excuser d'aller aux armees : et avant luy, le senat, du temps de la guerre italique, avoyt condemné Caius Vatienus à prison perpetuelle, et luy avoyt confisqué touts ses biens, pour s'estre à escient couppé le poulce de la main gauche, pour s'exempter de ce voyage.

Quelqu'un, dont il ne me souvient point [4], ayant gaigné une battaille navale, feit coupper les poulces à ses ennemys vaincus, pour leur oster le moyen de combattre et de tirer la rame. Les Atheniens les feirent coupper aux Aeginetes, pour leur oster la preference en l'art de marine.

En Lacedemone, le maistre chastioit les enfants en leur mordant le poulce.

---

## CHAPITRE XXVII.

*Couardise, mere de la cruauté.*

J'ay souvent ouï dire que la couardise est mere de la cruauté : et si ay par experience apperceu que cette aigreur et aspreté de courage malicieux et inhumain s'accompaigne coustumierement de mollesse feminine ; i'en ay veu des plus cruels, subiects à plorer ayseement, et pour des causes frivoles. Alexandre, tyran de Pheres, ne pouvoit souffrir d'ouyr au theatre le ieu des tragedies, de peur que ses citoyens ne le veissent gemir aux malheurs de Hecuba et d'Andromache, luy qui, sans pitié, faisoit cruellement meurtrir tant de gents touts les iours. Seroit ce foiblesse d'ame qui les rendist ainsin ployables à toutes extremitez ?

La vaillance, de qui c'est l'effect de s'exercer seulement contre la resistance.

> Nec nisi bellantis gaudet cervice iuveni [5],

s'arreste [6] à veoir l'ennemy à sa mercy : mais la pusillanimité, pour dire qu'elle est aussi de la feste, n'ayant peu se mesler à ce premier roolle, prend pour sa part le second, du massacre et du sang. Les meurtres des victoires s'exercent ordinairement par le peuple, et par les officiers du bagage : et ce qui faict veoir tant de cruautez inouies aux guerres populaires, c'est que cette canaille de vulgaire s'aguerrit, et se gendarme [7], à s'ensanglanter iusques aux coudes, et deschiquetter un corps à ses pieds, n'ayant ressentiment d'aultre vaillance :

> Et lupus, et turpes instant morientibus ursi,
> Et quæcumque minor nobilitate fera est [8] :

comme les chiens couards, qui deschirent en la maison et mordent les peaux des bestes sauvages qu'ils n'ont osé attaquer aux champs. Qu'est ce qui faict, en ce temps, nos querelles toutes mortelles ; et qu'au lieu que nos peres avoyent quelque degré de vengeance, nous commenceons à cette heure par le dernier ; et ne se parle, d'arrivee, que de tuer ? qu'est ce, si ce n'est couardise ?

Chascun sent bien qu'il y a plus de braverie et desdaing à battre son ennemy qu'à l'achever, et de le faire bouquer [9] que de le faire mourir ; d'advantage, que l'appetit de vengeance s'en assouvit, et contente mieulx ; car elle ne vise qu'à donner ressentiment de soy : voylà pourquoy nous n'attaquons pas une beste ou une pierre quand elle nous blece, d'autant qu'elles sont incapables de sentir nostre revenche : et de tuer un homme, c'est le mettre à l'abry de nostre offense. Et tout ainsin comme Bias crioit à un meschant homme, « Ie sçay que tost ou tard tu en seras puny, mais ie crains que ie ne le voyc pas ; et plaignoit les Orchomeniens, de

(1) Ces deux vers de MARTIAL, XII, 95, 8, sont trop libres pour être traduits.

(2) Il applaudira à tes jeux, en baissant les deux pouces. HOR., *Epist.*, I, 18, 66.

(3) Dès que le peuple a tourné le pouce en haut, il faut, pour lui plaire, que les gladiateurs s'égorgent. JUV., III, 36.

(4) Philoclès, un des généraux des Athéniens, dans la guerre du Péloponnèse.

(5) Qui ne se plait à immoler un taureau, que lorsqu'il résiste. CLAUDIEN, *Epist. ad Hadrianum*, v. 50.

(6) *S'arrête*, dès qu'elle voit l'ennemi à sa merci.

(7) *Se gendarmer*, se mettre en humeur, en posture d'homme qui veut combattre.

(8) Le loup, et l'ours, et les animaux les moins nobles, s'acharnent sur les mourants. OVIDE, *Trist.*, III, 5, 35.

(9) *Faire bouquer quelqu'un*, c'est lui faire dépit, le faire enrager, l'obliger à céder.

ce que la penitence que Lyciscus eut de la trahison contre eulx commise, venoyt en saison qu'il n'y avoyt personne de reste de ceulx qui en avoyent esté interessez, et ausquels debvoit toucher le plaisir de cette penitence : tout ainsin est à plaindre la vengeance, quand celuy envers lequel elle s'employe perd le moyen de la souffrir; car, comme le vengeur y veult veoir pour en tirer du plaisir, il fault que celuy sur lequel il se venge y reçoyve aussi pour en recevoir du desplaisir et de la repentance. « Il s'en repentira, disons nous; et, pour luy avoir donné d'une pistolade [1] en la teste, estimons nous qu'il s'en repente ? au rebours, si nous nous en prenons garde, nous trouverons qu'il nous faict la moue en tumbant; il ne nous en sçait pas seulement mauvais gré, c'est bien loing de s'en repentir; et luy prestons le plus favorable de touts les offices de la vie, qui est de le faire mourir promptement et insensiblement : nous sommes à ronniller [2], à trotter, et à fuyr les officiers de la justice qui nous suivent; et luy est en repos. Le tuer, est bon pour eviter l'offense à venir; non pour venger celle qui est faicte : c'est une action plus de crainte, que de braverie; de precaution, que de courage; de deffense, que d'entreprinse. Il est apparent que nous quittons par là et la vraye fin de la vengeance, et le soing de nostre reputation : nous craignons, s'il demeure en vie, qu'il nous recharge d'une pareille : ce n'est pas contre luy, c'est pour toy, que tu t'en desfais.

Au royaume de Narsingue, cet expedient nous demeureroit inutile : là, non seulement les gents de guerre, mais aussi les artisants desmeslent leurs querelles à coups d'espee. Le roy ne refuse point le camp à qui se veult battre, et assiste, quand ce sont personnes de qualité, estrenant le victorieux d'une chaisne d'or; mais, pour laquelle conquerir, le premier à qui il en prend envye peult venir aux armes avec celuy qui la porte; et pour s'estre desfaict d'un combat, il en a plusieurs sur les bras.

Si nous pensions, par vertu, estre tousiours maistres de nostre ennemy, et le gourmander à nostre poste, nous serions bien marris qu'il nous eschappast, comme il faict en mourant. Nous voulons vaincre, mais plus seurement que honnorablement; et cherchons plus la fin, que la gloire, en nostre querelle.

Asinius Pollio, pour un honneste homme moins excusable, representa une erreur pareille; qui ayant escript des invectives contre Plancus, attendoit qu'il feust mort pour les publier : c'estoit faire la figue à un aveugle, et dire des pouilles à un sourd, et offenser un homme sans sentiment, plustost que

d'encourir le hazard de son ressentiment. Aussi disoit on pour luy, « que ce n'estoit qu'aux lutins de luicter les morts. » Celuy qui attend à veoir trespasser l'aucteur duquel il veult combattre les escripts, que dict il, sinon qu'il est foible et noisif [3] ? On disoit à Aristote, que quelqu'un avoyt mesdict de luy : Qu'il face plus, dict il, qu'il me fouette, prouveu que ie n'y sois pas. »

Nos peres se contentoient de revencher une iniure par un desmenti, un desmenti par un coup, et ainsin par ordre; ils estoient assez valeureux pour ne craindre pas leur adversaire vivant et oultragé : nous tremblons de frayeur, tant que nous le veoyons en pieds; et qu'il soit ainsin, nostre belle practique d'auiourd'huy porte elle pas de poursuivre à mort, aussi bien celuy que nous avons offensé, que celuy qui nous a offensez ? C'est aussi une espece de lascheté qui a introduict en nos combats singuliers cet usage de nous accompaigner de seconds, et tiers, et quarts : c'estoit anciennement des duels; ce sont à cette heure rencontres et battailles. La solitude faisoit peur aux premiers qui l'inventerent, *quam in se cuique minimum fiduciæ esset* [4]; car naturellement quelque compaignie que ce soit apporte confort et soulagement au danger. On se servoit anciennement de personnes tierces, pour garder qu'il ne s'y feist desordre et desloyauté, et pour tesmoigner de la fortune du combat : mais depuis qu'on a prins ce train, qu'ils s'y engagent eulx mesmes, quiconque y est convié ne peult honnestement s'y tenir comme spectateur, de peur qu'on ne luy attribue que ce soit faulte ou d'affection ou de cœur. Oultre l'iniustice d'une telle action, et vilenie, d'engager à la protection de vostre honneur aultre valeur et force que la vostre, ie treuve du desadvantage à un homme de bien, et qui pleinement se fie de soy, d'aller mesler sa fortune à celle d'un second : chascun court assez de hazard pour soy, sans le courir encores pour un aultre, et a assez à faire à s'asseurer en sa propre vertu pour la deffense de sa vie, sans commettre chose si chere en mains tierces. Car, s'il n'a esté expressement marchandé au contraire, des quatre, c'est une partie liee; si vostre second est à terre, vous en avez deux sus les bras, avecques raison : et de dire que c'est supercherie, elle l'est voirement; comme de charger, bien armé, un homme qui n'a qu'un tronçon d'espee, ou, tout saiu, un homme qui est desia fort blecé; mais si ce sont

[1] *Pistolade*, *pistoletade*, coup de pistolet.
[2] *A nous cacher dans les trous, comme des connils. des lapins.*
[3] *Querelleur*
[4] *Parce que chacun se défioit de soi même.*

advantages que vous ayez gaigné en combattant, vous vous en pouvez servir sans reproche. La disparité et inegalité ne se poise et considere que de l'estat en quoy se commence la meslee ; du reste prenez vous en à la fortune : et quand vous en aurez, tout seul, trois sur vous, vos deux compaignons s'estant laissez tuer, on ne vous faict non plus de tort que ie ferois, à la guerre, de donner un coup d'espee à l'ennemy que ie verrois attaché à l'un des nostres, de pareil advantage. La nature de la societé porte, où il y a trouppe contre trouppe, comme où nostre duc d'Orleans desfia le roy d'Angleterre Henry, cent contre cent ; trois cents contre autant, comme les Argiens contre les Lacedemoniens ; trois à trois, comme les Horaciens contre les Curiaciens, Que la multitude de chasque part n'est consideree que pour un homme seul : par tout où il y a compaignie, le hazard y est confus et meslé.

I'ay interest domestique à ce discours : car mon frere sieur de Matecoulom feut convié, à Rome, à seconder un gentilhomme qu'il ne cognoissoit guere, lequel estoit deffendeur, et appellé par un aultre. En ce combat, il se trouva de fortune avoir en teste un qui luy estoit plus voysin et plus cogneu : ie voudrois qu'on me feist raison de ces loix d'honneur qui vont si souvent chocquant et troublant celles de la raison. Aprez s'estre desfaict de son homme, veoyant les deux maistres de la querelle en pieds encores et entiers, il alla descharger son compaignon. Que pouvoit il moins ? debvoit il se tenir coy, et regarder desfaire, si le sort l'eust ainsin voulu, celuy pour la deffense duquel il estoit là venu ? ce qu'il avoyt faict iusques alors ne servoit rien à la besongne : la querelle estoit indecise. La courtoisie que vous pouvez et certes debvez faire à vostre ennemy, quand vous l'avez reduict en mauvais termes et à quelque grand desadvantage, ie ne veoy pas comment vous la puissiez faire, quand il va de l'interest d'aultruy, où vous n'estes que suivant, où la dispute n'est pas vostre : il ne pouvoit estre ny iuste, ny courtois, au hazard de celuy auquel il s'estoit presté. Aussi feut il delivré des prisons d'Italie par une bien soubdaine et solenne recommandation de nostre roy. Indiscrette nation ! nous ne nous contentons pas de faire sçavoir nos vices et folies au monde, par reputation ; nous allons aux nations estrangeres pour les leur faire veoir en presence ! Mettez trois François aux deserts de Libye, ils ne seront pas un mois ensemble, sans se harceler et esgratigner ; vous diriez que cette peregrination[1] est une partie dressee pour donner aux estrangers le plaisir de nos tragedies, et le plus

souvent à tels qui s'esiouyssent de nos maulx et qui s'en mocquent. Nous allons apprendre en Italie à escrimer, et l'exerceons aux despens de nos vies, avant que de le sçavoir ; si fauldroit il, suivant l'ordre de la discipline, mettre la theorique avant la practique : nous trahissons nostre apprentissage :

> Primitiæ iuvenis miseræ, bellique propinqui
> Dura rudimenta[2] !

Ie sçay bien que c'est un art utile à sa fin mesme (au duel des deux princes cousins germains, en Espaigne, le plus vieil, dict Tite Live, par l'adresse des armes et par ruse, surmonta facilement les forces estourdies du plus ieune) ; et art, comme i'ay cogneu par experience, duquel la cognoissance a grossi le cœur à aulcuns oultre leur mesure naturelle ; mais ce n'est pas proprement vertu, puis qu'elle tire son appuy de l'adresse, et qu'elle prend aultre fondement que de soy mesme. L'honneur des combats consiste en la ialousie du courage, non de la science : et pourtant ay ie veu quelqu'un de mes amys, renommé pour grand maistre en cet exercice, choisir en ses querelles des armes qui luy ostassent le moyen de cet advantage, et lesquelles despendoient entierement de la fortune et de l'assurance, afin qu'on n'attribuast sa victoire plustost à son escrime qu'à sa valeur ; et, en mon enfance, la noblesse fuyoit la reputation de bien escrimer comme iniurieuse, et se desroboit pour l'apprendre, comme un mestier de subtilité desrogeant à la vraye et naïfve vertu.

> Non schivar, non parar, non ritirarsi
> Voglion costor, nè qui destrezza ha parte ;
> Non danno i colpi or finti, or pieni, or scarsi :
> Toglie l' ira e 'l furor l' uso dell' arte.
> Odi le spade orribilmente urtarsi
> A mezzo il ferro ; il piè d' orma non parte :
> Sempre è il piè fermo, e la man sempre in moto ;
> Nè scende taglio in vau, nè punta a voto[3].

Les buttes[4], les tournois, les barrieres, l'image des combats guerriers, estoient l'exercice de nos

---

[1] Ce voyage.

[2] Tristes épreuves d'un jeune courage ! funeste apprentissage d'une guerre prochaine ! VIRG., Énéide, XI, 156.

[3] Ils ne veulent ni esquiver, ni parer, ni fuir : l'adresse n'a point de part à leur combat : leurs coups ne sont point simulés, tantôt directs, tantôt obliques : la colère, la fureur leur ôte l'usage de l'art. Ecoutez l'horrible choc de leurs épées qui se heurtent : leurs pieds sont toujours fermes, toujours immobiles, et leurs mains toujours en mouvement ; de la taille, de la pointe, leurs coups ne sont jamais sans effet. TORQUATO TASSO, Gerusal., liber., c. XII, stanz. 55.

[4] Motte de terre élevée, sur laquelle il y a un blanc à viser, lorsque l'on tire à l'arquebuse.

peres : cet aultre exercice est d'autant moins noble, qu'il ne regarde qu'une fin privee ; qui nous apprend à nous entrecruyner, contre les loix et la iustice, et qui, en toute façon, produict tousiours des effects dommageables. Il est bien plus digne et mieulx seant de s'exercer en choses qui asseurent, non qui offensent nostre police, qui regardent la publicque seureté et la gloire commune. Publius Rutilius, consul, feut le premier qui instruisit le soldat à manier ses armes par adresse et science, qui conioingnit l'art à la vertu, non pour l'usage de querelle privee, ce feut pour la guerre et querelles du peuple romain ; escrime populaire et civile : et, oultre l'exemple de Cesar, qui ordonna aux siens de tirer principalement au visage des gentsdarmes de Pompeius, en la bataille de Pharsale, mille aultres chefs de guerre se sont ainsin advisez d'inventer nouvelle forme d'armes, nouvelle forme de frapper et de se couvrir, selon le besoing de l'affaire present.

Mais, tout ainsin que Philopœmen condemna la luicte, en quoy il excelloit, d'autant que les preparatifs qu'on employoit à cet exercice estoient divers à ceulx qui appartiennent à la discipline militaire, à laquelle seule il estimoit les gents d'honneur se debvoir amuser : il me semble aussi que cette adresse à quoy on façonne ses membres, ces destours et mouvements à quoy on dresse la ieunesse en cette nouvelle eschole, sont non seulement inutiles, mais contraires plustost et dommageables à l'usage du combat militaire ; aussi y employent communement nos gents des armes particulieres, et peculierement[1] destinees à cet usage : et i'ay veu qu'on ne trouvoit gueres bon qu'un gentilhomme, convié à l'espee et au poignard, s'offrist en equipage de gentdarme ; ny qu'un aultre offrist d'y aller avecques sa cappe[2], au lieu du poignard. Il est digne de consideration que Lachez, en Platon, parlant d'un apprentissage de manier les armes, conforme au nostre, dict n'avoir iamais de cette eschole veu sortir nul grand homme de guerre, et nommeement des maistres d'icelle : quant à ceulx là, nostre experience en dict bien autant. Du reste, au moins pouvons nous tenir que ce sont suffisances de nulle relation et correspondance ; et, en l'institution des enfants de sa police : Platon interdict les arts de mener les poings, introduictes par Amycus et Epeius, et de luicter, par Antaeus et Cercyo, parce qu'elles ont aultre but que de rendre la ieunesse plus apte au service bellique, et n'y conferent point[3]. Mais ie m'en vois un peu bien à gauche de mon theme.

L'empereur Maurice, estant adverty, par son-

ges et plusieurs prognosticques, qu'un Phocas, soldat pour lors incogneu, le debvoit tuer, demandoit à son gendre Philippus qui estoit ce Phocas, sa nature, ses conditions et ses mœurs ; et comme, entre aultres choses, Philippus luy dict qu'il estoit lasche et craintif, l'empereur conclud incontinent par là qu'il estoit doncques meurtrier et cruel. Qui rend les tyrans si sanguinaires, c'est le soing de leur seureté, et que leur lasche cœur ne leur fournit d'aultres moyens de s'asseurer, qu'en exterminant ceulx qui les peuvent offenser, iusques aux femmes, de peur d'une esgratigneure :

Cuncta ferit, dum cuncta timet[4].

Les premieres cruautez s'exercent pour elles mesmes ; de là s'engendre la crainte d'une iuste revenche, qui produict aprez une enfileure de nouvelles cruautez, pour les estouffer les unes par les aultres. Philippus, roy de Macedoine, celuy qui eut tant de fusees à desmesler avecques le peuple romain, agité de l'horreur des meurtres commis par son ordonnance, ne se pouvant resoudre contre tant de familles en divers temps offensees, print party de se saisir de touts les enfants de ceulx qu'il avoyt faict tuer, pour, de iour en iour, les perdre l'un aprez l'aultre, et ainsin establir son repos.

Les belles matieres sieent bien, en quelque place qu'on les seme : moy, qui ay plus de soing du poids et utilité des discours, que de leur ordre et suitte, ne doibs pas craindre de loger icy, un peu à l'escart, une tresbelle histoire. Quand elles sont si riches de leur propre beaulté, et se peuvent seules trop soustenir, ie me contente du bout d'un poil pour les ioindre à mon propos.

Entre les aultres condemnez par Philippus[5], avoyt esté un Herodicus, prince des Thessaliens : aprez luy, il avoyt encores depuis faict mourir ses deux gendres, laissants chascun un fils bien petit. Theoxena et Archo estoient les deux veufves. Theoxena ne peut estre induicte à se remarier, en estant fort poursuivie. Archo espousa Poris, le premier homme d'entre les Aeniens, et en eut nombre d'enfants, qu'elle laissa touts en bas aage. Theoxena, espoinçonnee[6] d'une charité maternelle envers ses nepveux, pour les avoir en sa conduicte

---

(1) *Spécialement.* — (2) *Habit de guerre.*

(3) *Et n'y contribuent point.* Conférer, en ce sens, est purement latin.

(4) Il frappe tout, parce qu'il craint tout. CLAUD., *in Eutrop.,* I, 182.

(5) Toute cette histoire est prise de TITE-LIVE, XL, 4 : mais Montaigne n'a pas toujours traduit fidèlement son original.

(6) *Animée, aiguillonnée.*

et protection, espousa Poris. Voicy venir la proclamation de l'edict du roy. Cette courageuse mère, se desfiant et de la cruauté de Philippus, et de la licence de ses satellites envers cette belle et tendre ieunesse, osa dire qu'elle les tueroit plustost de ses mains que de les rendre. Poris, effrayé de cette protestation, luy promet de les desrober et emporter à Athenes, en la garde d'aulcuns siens hostes fideles. Ils prennent occasion d'une feste annuelle qui se celebroit à Aenie, en l'honneur d'Aeneas, et s'y en vont. Ayants assisté, le iour, aux cerimonies et banquet publique, la nuict ils s'escoulent dans un vaisseau preparé, pour gaigner païs par mer. Le vent leur feut contraire; et, se trouvants le lendemain à la veue de la terre d'où ils avoyent desmaré, feurent suivis par les gardes des ports. Au ioindre, Poris s'embesongnant à haster les mariniers pour la fuyte, Theoxena, forcenée d'amour et de vengeance, se reiectant à sa premiere proposition, faict apprest d'armes et de poison, et les presentant à leur veue; « Or sus, mes enfants, la mort est meshuy le seul moyen de vostre deffense et liberté, et sera matiere aux dieux de leur saincte iustice : ces espées traictes, ces coupes pleines, vous en ouvrent l'entree : courage. Et toy, mon fils, qui est plus grand, empoigne ce fer, pour mourir de la mort plus forte. » Ayants d'un costé cette vigoreuse conseillere, les ennemys de l'aultre à leur gorge, ils coururent de furie chascun à ce qui luy feust le plus à main; et, demy morts, feurent iectez en la mer. Theoxena, fiere d'avoir si glorieusement prouveu à la seureté de touts ses enfants, accollant chaudement son mary : « Suivons ces garsons, mon amy; et iouyssons de mesme sepulture avecques eulx. » Et, se tenants ainsin embrassez, se precipiterent : de maniere que le vaisseau feut ramené à bord, vuide de ses maistres.

Les tyrans, pour faire touts les deux ensemble, et tuer, et faire sentir leur cholere, ont employé toute leur suffisance à trouver moyen d'alonger la mort. Ils veulent que leurs ennemys s'en aillent, mais non pas si viste qu'ils n'ayent loysir de savourer leur vengeance. Là dessus ils sont en grand' peine : car si les torments sont violents, ils sont courts; s'ils sont longs, ils ne sont pas assez douloureux à leur gré : les voylà à dispenser leurs engins. Nous en veoyons mille exemples en l'antiquité; et ie ne sçay si, sans y penser, nous ne retenons pas quelque trace de cette barbarie.

Tout ce qui est au delà de la mort simple, me semble pure cruauté. Nostre iustice ne peult esperer que celuy que la crainte de mourir, et d'estre descapité, ou pendu, ne gardera de faillir, en soit

empesché par l'imagination d'un feu languissant, ou des tenailles, ou de la roue. Et ie ne sçay ce pendant, si nous les iectons au desespoir; car en quel estat peult estre l'ame d'un homme, attendant vingt quatre heures la mort, brisé sur une roue, ou, à la vieille façon, cloué à une croix? Iosephe recite que pendant les guerres des Romains en Iudee, passant où l'on avoyt crucifié quelques Iuifs, trois iours y avoyt, il recogneut trois de ses amys, et obteint de les oster de là; les deux moururent, dict il, l'aultre vescut encores depuis.

Chalcondyle, homme de foy, aux memoires qu'il a laissé des choses advenues de son temps et prez de luy, recite pour extreme supplice celuy que l'empereur Mechmet practiquoit souvent, de faire trencher les hommes en deux parts par le fauls [1] du corps, à l'endroict du diaphragme, et d'un seul coup de cimeterre : d'où il arrivoit qu'ils mourussent comme de deux morts à la fois; et veoyoit on, dict il, l'une et l'aultre part pleine de vie se demener long temps aprez, pressee de torment. Ie n'estime pas qu'il y eust grande souffrance en ce mouvement : les supplices plus hideux à veoir ne sont pas tousiours les plus forts à souffrir; et treuve plus atroce ce que d'aultres historiens en recitent contre des seigneurs epirotes, qu'il les feit escorcher par le menu, d'une dispensation si malicieusement ordonnee, que leur vie dura quinze iours à cette angoisse.

Et ces deux aultres : Croesus ayant faict prendre un gentilhomme, favori de Pantaleon, son frere, le mena en la boutique d'un foullon, où il le feit gratter et carder à coups de cardes et peignes de ce mestier, iusques à ce qu'il en mourut. George Sechel, chef de ces païsans de Poloigne, qui, soubs tiltre de la croisade, feirent tant de maulx, desfaict en bataille par le vayvode de Transsylvanie, et prins, feut trois iours attaché nud sur un chevalet, exposé à toutes les manieres de torments que chascun pouvoit apporter contre luy; pendant lequel temps on fit ieusner plusieurs aultres prisonniers. Enfin luy vivant et veoyant, on abbruva de son sang Lucat, son cher frere, et pour le salut duquel seul il prioit, tirant sur soy toute l'envye [2] de leurs mesfaicts : et feit lon paistre vingt de ses plus favoris capitaines, deschirants à belles dents sa chair, et en engloutissants les morceaux. Le reste du corps et parties du dedans, luy expiré, feurent mises bouillir, qu'on feit manger à d'aultres de sa suitte.

(1) Par l'enfonceure; à la lettre, par le defaut du corps.
(2) Toute la haine que les mesfaits de l'un et de l'autre devoient inspirer.

## CHAPITRE XXVIII.

*Toutes choses ont leur saison.*

Ceulx qui apparient Cato le censeur au ieune Cato, meurtrier de soy mesme, apparient deux belles natures et de formes voysines. Le premier exploicta la sienne à plus de visages, et precelle en exploicts militaires et en utilité de ses vacations publicques : mais la vertu du ieune, oultre ce que c'est blaspheme de luy en apparier null' aultre en vigueur, feut bien plus nette ; car qui deschargeroit d'envye et d'ambition celle du censeur, ayant osé chocquer l'honneur de Scipion, en bonté et en toutes parties d'excellence de bien loing plus grand, et que luy, et que tout aultre homme de son siecle ?

Ce qu'on dict, entre aultres choses, de luy, qu'en son extreme vieillesse il se meit à apprendre la langue grecque, d'un ardent appetit, comme pour assouvir une longue soif, ne me semble pas luy estre fort honnorable : c'est proprement ce que nous disons, « Retumber en enfantillage. » Toutes choses ont leur saison, les bonnes et tout[1] ; et ie puis dire mon patenostre hors de propos ; comme on defera T. Quintius Flaminius de ce qu'estant general d'armee, on l'avoyt veu à quartier, sur l'heure du conflict, s'amusant à prier Dieu, en une bataille qu'il gaigna.

Imponit finem sapiens et rebus honestis[2].

Eudemonidas, veoyant Xenocrates, fort vieil, s'empresser aux leçons de son eschole : « Quand sçaura cettuy cy, dict il, s'il apprend encores ! » Et Philopœmen, à ceulx qui hault louoient le roy Ptolemaeus de ce qu'il durcissoit sa personne touts les iours à l'exercice des armes : « Ce n'est, dict il, pas chose louable à un roy de son aage de s'y exercer ; il les debvroit hormais[3] reellement employer. » Le ieune doibt faire ses apprests ; le vieil, en iouyr, disent les sages ; et le plus grand vice qu'ils remarquent en nous, c'est que nos desirs raieunissent sans cesse ; nous recommenceons tousiours à vivre.

Nostre estude et nostre envye debvroient quelquesfois sentir la vieillesse. Nous avons le pied à la fosse ; et nos appetits et poursuittes ne font que naistre :

Tu secanda marmora
Locas sub ipsum funus, et, sepulcri
Immemor, struis domos[4].

Le plus long de mes desseings n'a pas un an d'estendue : ie ne pense desormais qu'à finir, me desfois de toutes nouvelles esperances et entreprinses, prends mon dernier congé de touts les lieux que ie laisse, et me despossede touts les iours de ce que i'ay. *Olim iam nec perit quidquam mihi, nec acquiritur..... plus superest viatici quam viæ*[5].

Vixi, et, quem dederat cursum fortuna, peregi[6].

C'est enfin tout le soulagement que ie treuve en ma vieillesse, qu'elle amortit en moy plusieurs desirs et soings de quoy la vie est inquietee ; le soing du cours du monde, le soing des richesses, de la grandeur, de la science, de la santé, de moy. Cettuy cy apprend à parler, lors qu'il luy fault apprendre à se taire pour iamais. On peult continuer à tout temps l'estude, non pas l'escholage : la sotte chose qu'un vieillard abecedaire !

Diversos diversa iuvant ; non omnibus annis
Omnia conveniunt[7].

S'il fault estudier, estudions un estude sortable à nostre condition, à fin que nous puissions respondre, comme celuy à qui, quand on demanda à quoy faire ces estudes en sa decrepitude, « A m'en partir meilleur, et plus à mon ayse, » respondit il. Tel estude feut celuy du ieune Cato, sentant sa fin prochaine, qui se rencontra au discours de Platon, De l'eternité de l'ame ; non, comme il fault croire, qu'il ne feust de long temps garny de toute sorte de munitions pour un tel deslogement ; d'asseurance, de volonté ferme et d'instruction, il en avoyt plus que Platon n'en a en ses escripts ; sa science et son courage estoient, pour ce regard, au dessus de la philosophie : il print cette occupation, non pour le service de sa mort ; mais, comme celuy qui n'interrompit pas seulement son sommeil en l'importance d'une telle deliberation, il continua aussi sans chois et sans changement ses estudes avec les aultres actions accoustumees de sa vie. La nuict qu'il veint d'estre refusé de la preture, il la passa à iouer ; celle en laquelle il debvoit mourir, il la passa à lire : la perte ou de la vie, ou de l'office, tout luy feut un.

---

[1] *Aussi. Et tout*, dans ce sens-là, est un vrai gasconisme ; à la campagne, on dit encore *itout* pour *oussi*.

[2] Même dans la vertu, le sage sait s'arrêter. Juv., VI, 444.

[3] *Désormais*, à l'avenir.

[4] Vous faites tailler des marbres, à la veille de mourir, vous bâtissez une maison, et il faudroit songer à un tombeau. Hor., Od., II, 18, 17.

[5] Depuis long-temps, je ne perds ni ne gagne ;... il me reste plus de provisions que de chemin à faire. Sénèq., Épist. 77.

[6] J'ai vécu, j'ai fourni la carrière que m'avoit donnée la fortune. Virg., Énéide, IV, 653.

[7] Les hommes aiment des choses diverses : toute chose ne convient pas à tout âge. Pseudo Gallus, I, 104.

# CHAPITRE XXIX.

### *De la vertu.*

Ie treuve, par experience, qu'il y a bien à dire entre les boutees [1] et saillies de l'ame, ou une resolue et constante habitude : et veoy bien qu'il n'est rien que nous ne puissions, voire iusques à surpasser la Divinité mesme, dict quelqu'un, d'autant que c'est plus de se rendre impassible, de soy, que d'estre tel, de sa condition originelle ; et iusques à pouvoir ioindre à l'imbecillité de l'homme une resolution et asseurance de Dieu ; mais c'est par secousses : et ez vies de ces heros du temps passé, il y a quelquefois des traicts miraculeux, et qui semblent de bien loing surpasser nos forces naturelles ; mais ce sont traicts, à la verité ; et est dur à croire que de ces conditions ainsi esleuees, on en puisse teindre et abbruver l'ame en maniere qu'elles luy deviennent ordinaires et comme naturelles. Il nous escheoit à nous mesmes, qui ne sommes qu'avortous d'hommes, d'eslancer par fois nostre ame, esveillee par les discours ou exemples d'aultruy, bien loing au delà de son ordinaire : mais c'est une espece de passion, qui la poulse et agite, et qui la ravit aulcunement hors de soy ; car, ce tourbillon franchi, nous veyons que, sans y penser, ielle se desbande et relasche d'elle mesme, sinon usques à la derniere touche, au moins iusques à n'estre plus celle là ; de façon que lors, à toute occasion, pour un oyseau perdu, ou un verre cassé, nous nous laissons esmouvoir à peu prez comme l'un du vulgaire. Sauf l'ordre, la moderation et la constance, i'estime que toutes choses soient faisables par un homme bien manqué [2] et defaillant en gros. A cette cause, disent les sages, il fault, pour iuger bien à poinct d'un homme, principalement controoller ses actions communes, et le surprendre en son à touts les iours.

Pyrrho, celuy qui bastit de l'ignorance une si plaisante science, essaya, comme touts les aultres vrayement philosophes, de faire respondre sa vie à sa doctrine. Et, parce qu'il maintenoit la foiblesse du iugement humain estre si extreme que de ne pouvoir prendre party ou inclination, et le vouloyt suspendre perpetuellement balancé, regardant et accueillant toutes choses comme indifferentes, on conte qu'il se maintenoit tousiours de mesme façon et visage : s'il avoyt commencé un propos, il ne laissoit pas de l'achever, bien que celuy à qui il parloit s'en feust allé ; s'il alloit, il ne rompoit son chemin pour empeschement qui se presentast, conservé des precipices, du heurt des charrettes, et aultres accidents, par ses amys : car,

de craindre ou eviter quelque chose, c'eust esté chocquer ses propositions, qui ostoient aux sens mesmes toute eslection et certitude. Quelquefois il souffrit d'estre incisé et cauterisé, d'une telle constance, qu'on ne luy en veit pas seulement ciller les yeulx. C'est quelque chose de ramoner l'ame à ces imaginations ; c'est plus d'y ioindre les effects ; toutefois il n'est pas impossible : mais de les ioindre avecques telle perseverance et constance, que d'en establir son train ordinaire, certes, en ces entreprinses si esloingnees de l'usage commun, il est quasi incroyable qu'on le puisse. Voylà pourquoy, comme il feut quelquefois rencontré en sa maison, tansant bien asprement avecques sa sœur, et luy estant reproché de faillir eu cela à son indifference : « Quoy, dict il, fault il qu'encores cette femmelette serve de tesmoingnage à mes regles ? » Une autre fois, qu'on le veit se defendre d'un chien : « Il est, dict il, tresdifficile de despouiller entierement l'homme : et se fault mettre en debvoir et efforcer de combattre les choses, premierement par les effects, mais au pis aller, par la raison et par les discours. »

Il y a environ sept ou huict ans, qu'à deux lieues d'icy, un homme de village, qui est encores vivant, ayant la teste de long temps rompue par la ialousie de sa femme, revenant un iour de la besongne, et elle le bienveignant [3] de ses criailleries accoustumees, entra en telle furie, que sur le champ, à tout la serpe qu'il tenoit encores en ses mains, s'estant moissonné tout net les pieces qui le mettoient en fiebvre, les luy iecta au nez. Et il se dict qu'un ieune gentilhomme des nostres, amoureux et gaillard, ayant, par sa perseverance, amolli enfin le cœur d'une belle maistresse, desesperé de ce que, sur le poinct de la charge, il s'estoit trouvé mol luy mesme et desfailly, et que

*Non viriliter*
*Iners senile penis extulerat caput,*[4]

il s'en priva soubdain revenu au logis, et l'envoya, cruelle et sanglante victime, pour la purgation de son offense. Si c'eust esté par discours et religion, comme les presbtres de Cybele, que ne dirions nous d'une si haultaine entreprinse ?

Depuis peu de iours, à Bergerac, à cinq lieues de ma maison, contremont la riviere de Dordoigne, une femme ayant esté tormentee et battue, le soir avant, de son mary, chagrin et fascheux de sa com-

---

(1) *Élans, boutades, efforts.*
(2) *Défectueux, imparfait, foible.*
(3) *L'accueillant, pour sa bienvenue.*
(4) La partie dont il attendoit le plus de service, n'avoit donné aucun signe de vigueur. TIBULLE, *Priap.*, carm. 84.

plexion, delibera d'eschapper à sa rudesse, au pris de sa vie; et s'estant, à son lever, accointée de ses voysines comme de coustume, leur laissant couler quelque mot de recommandation de ses affaires, prenant une sienne sœur par la main, la mena avecques elle sur le pont, et, aprez avoir prins congé d'elle, comme par maniere de ieu, sans montrer aultre changement ou alteration, se precipita du hault en bas en la riviere, où elle se perdit. Ce qu'il y a de plus en cecy, c'est que ce conseil meurit une nuict entiere dans sa teste.

C'est bien aultre chose des femmes indiennes: car estant leur coustume, aux marys d'avoir plusieurs femmes, et à la plus chere d'elles de se tuer aprez son mary, chascune, par le desseing de toute sa vie, vise à gaigner ce poinct et cet advantage sur ses compaignes; et les bons offices qu'elles rendent à leur mary ne regardent aultre recompense que d'estre preferées à la compaignie de sa mort.

    .... Ubi mortifero iacta est fax ultima lecto,
     Uxorum fusis stat pia turba comis:
    Et certamen habent lethi, quæ viva sequatur
     Coniugium: pudor est non licuisse mori.
    Ardent victrices, et flammæ pectora præbent,
     Imponuntque suis ora perusta viris [1].

Un homme escript encores en nos iours avoir veu en ces nations orientales cette coustume en credit, que non seulement les femmes s'enterrent aprez leurs marys, mais aussi les esclaves desquelles il a eu iouyssance; ce qui se faict en cette maniere: le mary estant trespassé, la veufve peult, si elle veult (mais peu le veulent), demander deux ou trois mois d'espace à disposer de ses affaires. Le iour venu, elle monte à cheval, parée comme à nopces, et d'une contenance gaye, va, dict elle, dormir avecques son espoux, tenant en sa main gauche un mirouer, une flesche en l'autre: s'estant ainsin promenée en pompe, accompaignée de ses amys et parents et de grand peuple en feste, elle est tantost rendue au lieu publicque destiné à tels spectacles: c'est une grande place, au milieu de laquelle il y a une fosse pleine de bois, et ioingnant icelle, un lieu relevé de quatre ou cinq marches, sur lequel elle est conduicte, et servie d'un magnifique repas; aprez lequel, elle se met à baller et à chanter, et ordonne, quand bon luy semble, qu'on allume le feu. Cela faict, elle descend, et, prenant par la main le plus proche des parents de son mary, ils vont ensemble à la riviere voysine, où elle se despouille toute nue, et distribue ses ioyaux et vestements à ses amys, et se va plongeant dans l'eau, comme pour y laver ses pechez: sortant de là, elle s'en-

veloppe d'un linge iaune de quatorze brasses de long; et, donnant derechef la main à ce parent de son mary, s'en revont sur la motte, où elle parle au peuple, et recommande ses enfants, si elle en a. Entre la fosse et la motte, on tire volontiers un rideau, pour leur oster la veue de cette fornaise ardente, ce qu'aulcunes deffendent, pour tesmoigner plus de courage. Finy qu'elle a de dire, une femme luy presente un vase plein d'huile à s'oindre la teste et tout le corps, lequel elle iecte dans le feu quand elle en a faict, et en l'instant s'y lance elle mesme. Sur l'heure, le peuple renverse sur elle quantité de busches pour l'empescher de languir; et se change toute leur ioye en dueil et tristesse. Si ce sont personnes de moindre estoffe, le corps du mort est porté au lieu où on le veult enterrer, et là mis en son seant, la veufve, à genoux devant luy, l'embrassant estroictement; et se tient en ce poinct, pendant qu'on bastit autour d'eulx un mur, qui, venant à se haulser iusques à l'endroict des espaules de la femme, quelqu'un des siens, par le derriere prenant sa teste, luy tord le col; et rendu qu'elle a l'esprit, le mur est soubdain monté et clos, où ils demeurent ensevelis.

En ce mesme païs, il y avoyt quelque chose de pareil en leurs gymnosophistes: car, non par la contrainte d'aultruy, non par l'impetuosité d'un' humeur soubdaine, mais par expresse profession de leur regle, leur façon estoit, à mesure qu'ils avoyent attainct certain aage, ou qu'ils se veoyoient menacez par quelque maladie, de se faire dresser un buchier, et au dessus un lict bien paré; et aprez avoir festoyé ioyeusement leurs amys et cognoissants, s'aller planter dans ce lict, en telle resolution, que le feu y estant mis, on ne les veist mouvoir ny pieds, ny mains: et ainsin mourut l'un d'eulx, Calanus, en presence de toute l'armée d'Alexandre le grand. Et n'estoit estimé entre eulx ny sainct, ny bienheureux, qui ne s'estoit ainsin tué, envoyant son ame purgée et purifiée par le feu, aprez avoir consommé tout ce qu'il y avoyt de mortel et terrestre. Cette constante premeditation de toute la vie, c'est ce qui faict le miracle.

Parmy nos aultres disputes, celle du *Fatum* s'y est meslée: et, pour attacher les choses advenir et nostre volonté mesme à certaine et inevitable necessité, on est encores sur cet argument du temps

---

[1] Lorsque la torche funèbre est lancée sur le bûcher, on voit à l'entour les épouses échevelées se disputer l'honneur de mourir, et de suivre leur époux; survivre est une honte pour elles. Celle qui sort victorieuse de ce combat, se précipite dans les flammes, et, d'une bouche ardente, embrasse en mourant son époux qui n'est plus. PROP., III, 13, 17.

passé, « Puisque Dieu preveoit toutes choses debvoir ainsin advenir, comme il faict sans doute ; il fault doncques qu'elles adviennent ainsin. » A quoy nos maistres respondent, « Que le veoir que quelque chose advienne, comme nous faisons, et Dieu de mesmes (câr tout luy estant present, il veoit plustost qu'il ne prevoit), ce n'est pas la forcer d'advenir : voire, nous veoyons, à cause que les choses adviennent ; et les choses n'adviennent pas, à cause que nous veoyons : l'advenement faict la science, non la science l'advenement. Ce que nous veoyons advenir, advient ; mais il pouvoit aultrement advenir ; et Dieu, au registre des causes des advenements qu'il a en sa prescience, y a aussi celles qu'on appelle fortuites, et les volontaires qui despendent de la liberté qu'il a donné à nostre arbitrage, et sçait que nous fauldrons, parce que nous aurons voulu faillir. »

Or, i'ay veu assez de gents encourager leurs trouppes de cette necessité fatale : car si nostre heure est attachée à certain poinct, ny les harquebuzades ennemyes, ny nostre hardiesse, ny nostre fuyte et couardise, ne la peuvent advancer ou reculer. Cela est beau à dire ; mais cherchez qui l'effectuera : et s'il est ainsin, qu'une forte et vifve creance tire apres soy les actions de mesme, certes cette foy, de quoy nous remplissons tant la bouche, est merveilleusement legiere en nos siecles ; sinon que le mespris qu'elle a des œuvres, luy face desdaigner leur compaignie. Tant y a, qu'à ce mesme propos, le sire de Iouinville, tesmoing croyable autant que tout aultre, nous raconte des Bedoins, nation meslee aux Sarrasins, ausquels le roy sainct Louys eut affaire en la Terre saincte, qu'ils croyoient si fermement, en leur religion, les iours d'un chascun estre de toute eternité prefix et compté, d'une preordonnance inevitable, qu'ils alloyent à la guerre nuds, sauf un glaive à la turquesque, et le corps seulement couvert d'un linge blanc : et pour leur plus extreme mauldisson, quand ils se courrouceoient aux leurs, ils avoyent tousiours en la bouche : « Mauldict sois tu comme celuy qui s'arme, de peur de la mort ! » Voylà bien aultre preuve de creance et de foy que la nostre. Et de ce reng est aussi celle que donnerent ces deux religieux de Florence, du temps de nos peres : Estants en quelque controverse de science, ils s'accorderent d'entrer touts deux dans le feu, en presence de tout le peuple, et en la place publicque, pour la verification chascun de son party : et en estoient desia les apprests touts faicts, et la chose iustement sur le poinct de l'execution, quand elle feut interrompue par un accident improuveu.

Un ieune seigneur turc, ayant faict un signalé faict d'armes de sa personne, à la veue des deux batailles d'Amurath et de l'Huniade [1], prestes à se donner [2], enquis par Amurath, qui l'avoyt, en si grande ieunesse et inexperience (car c'estoit la premiere guerre qu'il eust veu), rempli d'une si genereuse vigueur de courage, respondit, « Qu'il avoyt eu pour souverain precepteur de vaillance un lievre : quelque iour, estant à la chasse, dict il, ie descouvris un lievre en forme [3] ; et encores que i'eusse deux excellents levriers à mon costé, si me sembla il, pour ne le faillir point, qu'il valloit mieulx y employer encores mon arc ; car il me faisait fort beau ieu. Ie commenceay à descocher mes flesches, et iusques à quarante qu'il y en avoyt en ma trousse, non sans l'assener seulement ; mais sans l'esveiller. Aprez tout, ie descouplay mes levriers aprez, qui n'y peurent non plus. I'apprins par là qu'il avoyt esté couvert par sa destinee ; et que ny les traicts ny les glaives ne portent que par le congé de nostre fatalité, laquelle il n'est en nous de reculer ny d'advancer. » Ce cònte doibt servir à nous faire veoir en passant combien nostre raison est flexible à toute sorte d'images. Un personnage, grand d'ans, de nom, de dignité et de doctrine, se vantoit à moy d'avoir esté porté à certaine mutation tresimportante de sa foy par une incitation estrangere, aussi bizarre ; et au reste, si mal concluante, que ie la trouvois plus forte au revers : luy l'appelloit miracle ; et moy aussi, à divers sens. Leurs historiens disent que la persuasion estant populairement semee entre les Turcs de la fatale et imployable prescription de leurs iours, ayde apparemment à les asseurer aux dangers. Et ie cognoy un grand prince qui en faict heureusement son proufict, soit qu'il la croye, soit qu'il la prenne pour excuse à se hazarder extraordinairement : Prouveu que fortune ne se lasse trop tost de luy faire espaule !

Il n'est point advenu de nostre memoire un plus admirable effect de resolution, que de ces deux qui conspirerent la mort du prince d'Orange. C'est merveille comment on peut eschauffer le second, qui l'executa, à une entreprinse en laquelle il estoit si mal advenu à son compaignon, y ayant apporté tout ce qu'il pouvoit, et, sur cette trace, et de mesmes armes, aller entreprendre un seigneur, armé d'une si fresche instruc-

(1) Le célèbre Jean Corvin Huniade, vayvode de Transylvanie, général des armées de Ladislas, roi de Hongrie, et l'un des plus grands capitaines de son siècle.

(2) A se liever, ou à se choquer, comme on a mis dans quelques anciennes éditions.

(3) Terme de chasse ; un lievre en forme, c'est un lievre au gìte.

tion de desfiance, puissant de suitte d'amys et de force corporelle, en sa salle, parmy ses gardes, en une ville toute à sa devotion. Certes, il y employa une main bien determinee, et un courage esmeu d'une vigoureuse passion. Un poignard est plus seur pour assener; mais d'autant qu'il a besoing de plus de mouvement et de vigueur de bras que n'a un pistolet, son coup est plus subiect à estre gauchy ou troublé. Que celuy là ne courust à une mort certaine, ie n'y fois pas grand doubte; car les esperances de quoy on eust sceu l'amuser ne pouvoient loger en entendement rassis, et la conduicte de son exploict montre qu'il n'en avoyt pas faulte, non plus que de courage. Les motifs d'une si puissante persuasion peuvent estre divers, car nostre fantasie faict de soy et de nous ce qu'il luy plaist. L'execution qui feut faicte prez d'Orleans [1], n'eut rien de pareil; il y eut plus de hazard que de vigueur; le coup n'estoit pas à la mort, si la fortune ne l'eust rendu tel; et l'entreprinse de tirer, estant à cheval, et de loing, et à un qui se mouvoit au bransle de son cheval, feust l'entreprinse d'un homme qui aimoit mieulx faillir son effect que faillir à se sauver. Ce qui suivit aprez le montra; car il se transit et s'enyvra de la pensee de si haulte execution, si qu'il perdit entierement son sens et à conduire sa fuyte, et à conduire sa langue en ses responses. Que luy falloit il, que recourir à ses amys au travers d'une riviere? c'est un moyen où ie me suis iecté à moindres dangers, et que i'estime de peu de hazard, quelque largeur qu'ayt le passage, prouveu que vostre cheval treuve l'entree facile, et que vous preveoyiez au delà un bord aysé, selon le cours de l'eau. L'aultre [2], quand on luy prononcea son horrible sentence : « J'y estois preparé, dict il; ie vous estonnerai de ma patience. »

Les Assassins [3], nation despendante de la Phœnicie, sont estimez, entre les Mahometans, d'une souveraine devotion et pureté de mœurs. Ils tiennent que le plus court chemin à gaigner paradis, c'est de tuer quelqu'un de religion contraire. Parquoy on l'a veu souvent entreprendre, à un ou deux, en pourpoinct, contre des ennemys puissants, au pris d'une mort certaine, et sans aulcun soing de leur propre danger. Ainsin feut assassiné (ce mot est emprunté de leur nom) nostre comte Raymond de Tripoli, au milieu de sa ville, pendant nos entreprinses de la guerre saincte; et pareillement Conrad, marquis de Montferrat : les meurtriers conduicts au supplice, touts enflez et fiers d'un si beau chef d'œuvre.

## CHAPITRE XXX.

### D'un enfant monstrueux.

Ce conte s'en ira tout simple; car ie laisse aux medecins d'en discourir. Ie veis avant hier un enfant que deux hommes et une nourrice, qui se disoient estre le pere, l'oncle, et la tante, conduisoient pour tirer quelque soul de le montrer à cause de son estrangeté. Il estoit, en tout le reste, d'une forme commune, et se soustenoit sur ses pieds, marchoit et gazouilloit, environ comme les aultres de mesme aage : il n'avoyt encores voulu prendre aultre nourriture que du tettin de sa nourrice; et ce qu'on essaya en ma presence de luy mettre en la bouche, il le maschoit un peu, et le rendoit sans avaller : ses cris sembloient bien avoir quelque chose de particulier : il estoit aagé de quatorze mois iustement. Au dessoubs de ses tettins, il estoit prins et collé à un aultre enfant, sans teste, et qui avoyt le conduict du dos estouppé [4], le reste entier; car il avoit bien l'un bras plus court, mais il luy avoyt esté rompu par accident, à leur naissance : ils estoient ioincts face à face, et comme si un plus petit enfant en vouloyt accoller un plus grandelet. La ioincture et l'espace où ils se tenoient n'estoit que de quatre doigts, ou environ, en maniere que si vous retroussiez cet enfant imparfaict, vous veoyiez au dessoubs le nombril de l'aultre : ainsin la cousture se faisoit entre les tettins et son nombril. Le nombril de l'imparfaict ne se pouvoit veoir, mais ouy bien tout le reste de son ventre : voylà comme ce qui n'estoit pas attaché, comme bras, fessier, cuisses et iambes de cet imparfaict, demouroient pendants et bransolants sur l'aultre, et luy pouvoit aller sa longueur iusques à my iambe. La nourrice nous adioustoit qu'il urinoit par touts les deux endroicts; aussi estoient les membres de cet aultre nourris et vivants, et en mesme poinct que les siens, sauf qu'ils estoient plus petits et menus. Ce double corps et ces membres divers se rapportants à une seule teste, pourroient bien fournir de favorable prognosticque au roy [5], de maintenir sous l'union de ses loix ces parts et pieces diverses de nostre estat : mais, de peur que l'evenement ne le desmente, il vault mieulx le laisser passer devant; car il n'est que de deviner en choses faictes,

(1) Par Poltrot, qui assassina le duc de Guise, un soir que ce duc s'en retournoit à cheval à son logis.

(2) Balthazar Gérard, qui venoit de tuer le prince d'Orange par un infâme assassinat.

(3) Ou Assassiniens, peuples qui habitoient dix à douze villes de la Phénicie.

(4) Bouché, fermé. — (5) Henri III.

*ut, quam facta sunt, tum ad coniecturam aliqua interpretatione revocentur* [1] : comme on dict d'Epimenides, qu'il devinoit à reculons?

Ie viens de veoir un pastre en Medoc, de trente ans ou environ, qui n'a aulcune moustre des parties genitales : il a trois trous par où il rend son eau incessamment ; il est barbu, a desir, et recherche l'attouchement des femmes.

Ce que nous appellons monstres ne le sont pas à Dieu, qui veoid en l'immensité de son ouvrage l'infinité des formes qu'il a comprinses : et est à croire que cette figure qui nous estonne se rapporte et tient à quelque aultre figure de mesme genre incogneu à l'homme. De sa toute sagesse il ne part rien que bon, et commun, et reglé : mais nous n'en veoyons pas l'assortiment et la relation. *Quod crebro videt, non miratur, etiamsi, cur fiat, nescit. Quod ante non vidit, id, si evenerit, ostentum esse censet* [2]. Nous appellons contre nature, ce qui advient contre la coustume : rien n'est que selon elle, quel qu'il soit. Que cette raison universelle et naturelle chasse de nous l'erreur et l'estonnement que la nouvelle nous apporte.

---

# CHAPITRE XXXI.

### *De la cholere.*

Plutarque est admirable par tout, mais principalement où il iuge des actions humaines. On peult veoir les belles choses qu'il dict, en la comparaison de Lycurgus et de Numa, sur le propos de la grande simplesse que ce nous est, d'abandonner les enfants au gouvernement et à la charge de leurs peres. La plus part de nos polices, comme dict Aristote, laissent à chascun, en maniere des cyclopes, la conduicte de leurs femmes et de leurs enfants, selon leur folle et indiscrete fantasie : et quasi les seules Lacedemonienne et Cretense ont commis aux loix la discipline de l'enfance. Qui ne veoid qu'en un estat tout despend de cette education et nourriture? et cependant, sans aulcune discretion, on la laisse à la mercy des parents, tant fols et meschants qu'ils soyent.

Entre aultres choses, combien de fois m'a il prins envye, passant par nos rues, de dresser une farce pour venger des garsonnets que ie veoyois escorcher, assommer et meurtrir à quelque pere ou mere furieux et forcenez de cholere! Vous leur veoyez sortir le feu et la rage des yeulx,

      Rabie iecur incendente, feruntur
Præcipites ; ut saxa iugis abrupta, quibus mons
Subtrahitur, clivoque latus pendente recedit [3],

(et, selon Hippocrates, les plus dangereuses maladies sont celles qui desfigurent le visage), à tout [4] une voix trenchante et esclatante, souvent contre qui ne faict sortir que de nourrisse. Et puis les voylà estropiez, estourdis de coups ; et nostre iustice qui n'en faict compte, comme si ces esboittements et eslochements [5] n'estoient pas des membres de nostre chose publicque :

    Gratum est, quod patriæ civem populoque dedisti,
    Si facis, ut patriæ sit idoneus, utilis agris,
    Utilis et bellorum et pacis rebus agendis [6].

Il n'est passion qui esbransle tant la sincerité des iugements, que la cholere. Aulcun ne feroit doubte de punir de mort le iuge qui, par cholere, auroit condemné son criminel ; pourquoy est il non plus permis aux peres et aux pedantes [7], de fouetter les enfants et les chastier estants en cholere? ce n'est plus correction, c'est vengeance. Le chastiement tient lieu de medecine aux enfants : et souffririons nous un medecin qui feust animé et courroucé contre son patient?

Nous mesmes, pour bien faire, ne debvrions iamais mettre la main sur nos serviteurs, tandis que la cholere nous dure. Pendant que le pouls nous bat et que nous sentons de l'esmotion, remettons la partie : les choses nous sembleront à la verité aultres quand nous serons r'accoysez [8] et refroidis. C'est la passion qui commande lors, c'est la passion qui parle ; ce n'est pas nous : au travers d'elle, les faultes nous apparoissent plus grandes, comme les corps au travers d'un brouillas. Celuy qui a faim use de viande ; mais celuy qui veult user de chastiement n'en doibt avoir faim ny soif. Et puis, les chastiements qui se font avecques poids et discretion se receoivent bien mieulx et avecques plus de fruict de celuy qui les souffre : aultrement, il ne pense pas avoir esté iustement condemné par un homme agité d'ire et de furie ; et allegue, pour sa iustification, les

---

(1) Afin de pouvoir, par quelque interprétation, faire cadrer l'événement avec la conjecture. Cic., *de Divinat.*, II, 31.

(2) L'homme ne s'étonne pas de ce qu'il voit souvent, quoiqu'il en ignore la cause. Si ce qu'il n'a jamais vu arrive, c'est un prodige pour lui. Cic., *de Divinat.*, II, 22.

(3) Ils sont emportés par leur rage, comme un rocher qui, tout à coup perdant son point d'appui, se précipite du haut de la montagne où il étoit suspendu. Juv., VI, 647.

(4) *Avec*, comme on l'a déjà vu plusieurs fois.

(5) *Esboittement, eslochement*, termes synonymes qui signifient dislocation.

(6) La patrie te sait bon gré de lui avoir donné un nouveau citoyen, pourvu que tu le rendes propre à la servir, soit en labourant la terre, soit dans les camps, soit dans les arts de la paix. Juv., XIV, 70.

(7) *Aux pédants, aux maîtres d'école.*

(8) *Racroysez, calmer, apaiser.*

mouvements extraordinaires de son maistre, l'inflammation de son visage, les serments inusitez,
et cette sienne inquietude et precipitation temeraire :

> Ora tument ira, nigrescunt sanguine venæ,
> Lumina Gorgoneo sævius igne micant[1].

Suetone recite que Caïus Rabirius ayant esté con-
damné par Cesar, ce qui luy servit le plus envers
le peuple, auquel il appella, pour luy faire gaigner sa cause, ce feut l'animosité et l'aspreté que
Cesar avoyt apporté en ce iugement.

Le dire est aultre chose que le faire : il fault
considerer le presche à part, et le prescheur à part.
Ceulx là se sont donné beau ieu en nostre temps,
qui ont essayé de chocquer la verité de nostre
Eglise par les vices de ses ministres; elle tire ses
tesmoingnages d'ailleurs : c'est une sotte façon
d'argumenter, et qui reiecteroit toutes choses
en confusion; un homme de bonnes mœurs peult
avoir des opinions faulses; et un meschant peult
prescher verité, voire celuy qui ne la croit pas.
C'est sans doubte une belle harmonie, quand le
faire et le dire vont ensemble : et ie ne veulx pas
nier que le dire, lors que les actions suivent, ne
soit de plus d'auctorité et efficace; comme disoit
Eudamidas, oyant un philosophe discourir de la
guerre : Ces propos sont beaux; mais celuy qui les
dient n'en est pas croyable, car il n'a pas les aureilles accoustumées au son de la trompette : » et
Cleomenes, oyant un rhetoricien haranguer de la
vaillance, s'en print fort à rire; et, l'aultre s'en
scandalisant, il luy dict : « L'en ferois de mesme si
c'estoit une arondelle qui en parlast; mais si c'estoit une aigle, ie l'orrois volontiers. » l'apperceois,
ce me semble, ez escripts des anciens, que celuy
qui dict ce qu'il pense, l'assene bien plus vifvement que celuy qui se contrefaict. Oyez Cicero
parler de l'amour de la liberté; oyez en parler
Brutus : les escripts mesmes vous sonnent que cettuy cy estoit homme pour l'achetter au pris de la
vie. Que Cicero, pere d'eloquence, traicte du
mespris de la mort; que Seneque en traicte aussi :
celuy là traisne languissant, et vous sentez qu'il vous
veult resoudre de choses de quoy il n'est pas resolu;
il ne vous donne point de cœur, car luy mesme
n'en a point : l'aultre vous anime et enflamme.
Ie ne veoy iamais aucteur, mesmement de ceulx
qui traictent de la vertu et des actions, que ie ne
recherche curieusement quel il a esté : car les
ephores à Sparte, veoyants un homme dissolu
proposer au peuple un advis utile, luy comman-
derent de se taire, et prierent un homme de bien
de s'en attribuer l'invention, et le proposer.

Les escripts de Plutarque, à les bien savourer,
nous le descouvrent assez, et ie pense le cognoistre iusques dans l'ame; si voudrois ie que nous
eussions quelques memoires de sa vie. Et me suis
iecté en ce discours à quartier, à propos du bon
gré que ie sens à Aul. Gellius de nous avoir laissé
par escript ce conte de ses mœurs, qui revient à
mon subiect de la cholere : un sien esclave, mauvais homme et vicieux, mais qui avoyt les aureilles
aulcunement abbruvées des leçons de philosophie,
ayant esté, pour quelque sienne faulte, despouillé
par le commandement de Plutarque, pendant
qu'on le fouettoit, grondoit au commencement,
« Que c'estoit sans raison, et qu'il n'avoyt rien
faict : » mais enfin, se mettant à crier, et iniurier
bien à bon escient son maistre, luy reprochoit
« qu'il n'estoit pas philosophe comme il s'en vantoit; qu'il luy avoyt souvent ouï dire qu'il estoit
laid de se courroucer, voire qu'il en avoyt faict un
livre; et ce que lors, tout plongé en la cholere, il
le faisoit si cruellement battre, desmentoit entierement ses escripts. » A cela Plutarque, tout froidement et tout rassis; « Comment, dict il, rustre,
« à quoy iuges tu que ie sois à cette heure cour-
« roucé? mon visage, ma voix, ma couleur, ma pa-
« role, te donne elle quelque tesmoingnage que
« ie sois esmeu? mon visage, ma voix, ma couleur, ma pa-
« ie sois esmeu? ie ne pense avoir ny les yeulx ef-
« farouchez, ny le visage troublé, ny un cry ef-
« froyable? rougis ie? escume ie? m'eschappe il
« de dire chose de quoy i'aye à me repentir? tres-
« sauls ie? fremis ie de courroux? car, pour te dire,
« ce sont là les vrais signes de la cholere. » Et puis,
se destournant à celuy qui fouettoit : « Continuez,
luy dict il, tousiours vostre besongne, pendant que
cettuy cy et moy disputons. » Voylà son conte.

Archytas Tarentinus, revenant d'une guerre où
il avoyt esté capitaine general, trouva tout plein de
mauvais mesnage en sa maison, et ses terres en
friche, par le mauvais gouvernement de son receveur, et l'ayant faict appeller; « Va', luy dict il,
que, si ie n'estois en cholere, ie t'estrillerois
bien! » Platon de mesme, s'estant eschauffé contre
l'un de ses esclaves, donna à Speusippus charge
de le chastier, s'excusant d'y mettre la main luy
mesme, sur ce qu'il estoit courroucé. Charillus,
lacedemonien, à un Elote qui se portoit trop insolemment et audacieusement envers luy. « Par les
dieux, dict il, si ie n'estois courroucé, ie te ferois
tout à cette heure mourir. »

C'est une passion qui se plaist en soy, et qui se
flatte. Combien de fois nous estans esbranslez soubs

[1] Son visage est bouffi de colère, ses veines se gonflent et deviennent noires, ses yeux étincellent d'un feu plus ardent que
celui des yeux de la Gorgone. Ov., de Arte amandi, III, 503.

une faulse cause, si on vient à nous presenter quelque bonne deffense ou excuse, nous despitons nous
contre la verité mesme et l'innocence? l'ay retenu
à ce propos un merveilleux exemple de l'antiquité:
Piso, personnage partout ailleurs de notable vertu,
s'estant esmeu contre un sien soldat, de quoy revenant seul du fourrage, il ne luy sçavoit rendre
compte où il avoyt laissé un sien compaignon,
teint pour averé qu'il l'avoyt tué, et le condemna
soubdain à la mort. Ainsin qu'il estoit au gibet,
voicy arriver ce compaignon esgaré: toute l'armee
en feit grand' feste, et aprez force caresses et ac-
collades des deux compaignons, le bourreau meine
l'un et l'aultre en la presence de Piso, s'attendant
bien toute l'assistance que ce luy seroit à luy
mesme un grand plaisir. Mais ce feut au rebours:
car, par honte et despit, son ardeur, qui estoit encores en son effort, se redoubla, et, d'une subtilité que sa passion luy fournit soubdain, il en feit
trois coulpables, parce qu'il en avoyt trouvé un innocent, et les feit despescher touts trois: le premier soldat, parce qu'il y avoyt arrest contre luy;
le second qui s'estoit egaré, parce qu'il estoit cause
de la mort de son compaignon; et le bourreau,
pour n'avoir obey au commandement qu'on luy
avoyt faict.

Ceulx qui ont à negocier avecques des femmes
testues, peuvent avoir essayé à quelle rage on les
iecte, quand on oppose à leur agitation le silence
et la froideur, et qu'on desdaigne de nourrir leur
courroux. L'orateur Celius estoit merveilleusement
cholere de sa nature: A un qui souppoit en sa
compaignie, homme de molle et douce conversation, et qui, pour ne l'esmouvoir, prenoit party
d'approuver tout ce qu'il disoit, et d'y consentir:
luy, ne pouvant souffrir son chagrin se passer ainsin sans aliment: « Nie moy quelque chose, de
par les dieux! dict il, afin que nous soyons deux. »
Elles, de mesmes, ne se courroucent qu'afin qu'on
se contrecourrouce; à l'imitation des loix de l'a-
mour. Phocion, à un homme qui luy troubloit son
propos en l'iniuriant asprement, n'y feit aultre
chose que se taire, et luy donner tout loysir d'es-
puiser sa cholere: cela faict, sans aulcune mention de ce trouble, il recommencea son propos en
l'endroict où il l'avoyt laissé. Il n'est replique si
picquante comme est un tel mespris.

Du plus cholere homme de France (et c'est
tousiours imperfection, mais plus excusable à un
homme militaire: car en cet exercice il y a certes
des parties qui ne s'en peuvent passer), ie dy souvent que c'est le plus patient homme que ie cognoisse à brider sa cholere: elle l'agite de telle violence et fureur,

Magno veluti quum flumma souore
Virgea suggeritur costis undantis aheni,
Exsultantque æstu latices, furit intus aquaï
Fumidus, atque alte spumis exuberat amnis;
Nec iam se capit unda; volat vapor ater ad auras [1];

qu'il fault qu'il se contraigne cruellement pour la
moderer. Et pour moy, ie ne sçache passion pour
laquelle couvrir et soustenir ie pense faire un tel
effort: ie ne voudrois pas mettre la sagesse à si
hault pris. Ie ne regarde pas tant ce qu'il faict,
que combien il luy couste à ne faire pis.

Un aultre se vantoit à moy du reglement et
doulceur de ses mœurs, qui est à la verité singuliere: ie luy disois que c'estoit bien quelque chose,
notamment à ceulx, comme luy, d'eminente qualité, sur lesquels chascun à les yeulx, de se presenter au monde tousiours bien temperez; mais
que le principal estoit de prouvoir au dedans et à
soy mesme, et que ce n'estoit pas à mon gré bien
mesnagier ses affaires, que de se ronger interieu-
rement; ce que ie craignois qu'il feist, pour maintenir ce masque et cette reglee apparence par le
dehors.

On incorpore la cholere en la cachant; comme
Diogenes dict à Demosthenes, lequel, de peur
d'estre apperceu en une taverne, se reculoit au
dedans: «Tant plus tu te récules arriere, tant plus
tu y entres. » Ie conseille qu'on donne plustost une
buffe [2] à la ioue de son valet, un peu hors de saison, que de gehenner sa fantasie pour representer cette sage contenance; et aimerois mieulx
produire mes passions, que de les couver à mes
despens: elles s'alanguissent en s'esventant et en
s'esprimant: il vault mieulx que leur poincte
agisse au dehors, que de la plier contre nous. Omnia vitia in aperto leviora sunt: et tunc pernicio-
sissima, quum, simulata sanitate, subsidunt [3].

l'advertis ceulx qui'ont loy de se pouvoir courroucer en ma famille: Premierement qu'ils mesnagent leur cholere, et ne l'espandent pas à tout
pris, car cela en empesche l'effect et le poids: la
criaillerie temeraire et ordinaire passe en usage,
et faict que chascun la mesprise; celle que vous
employez contre un serviteur pour son larrecin,
ne se sent point, d'autant que c'est celle mesme
qu'il vous a veu employer cent fois contre luy,
pour avoir mal reinsé un verre, ou mal assis une

---

(1) Ainsi, lorsque la flamme pétillante d'un bois sec s'allume à
grand bruit sous un vase d'airain, l'eau, soulevée par la chaleur,
frémit, bouillonne, et franchit écumante les bords du vase; une
noire vapeur s'élève dans les airs. VIRG., Énéid., VII, 462.

(2) Buffe, soufflet.

(3) Les maladies de l'ame qui se manifestent, sont les plus légères: les plus dangereuses sont celles qui se cachent sous l'apparence de la santé. SÉNÈQUE, Epist. 56.

escabelle : Secondement, qu'ils ne se courroucent point en l'air, et regardent que leur reprehension arrive à celuy de qui ils se plaignent, car ordinairement ils crient avant qu'il soit en leur presence, et durent à crier, un siecle aprez qu'il est party[1].

Et secum petulans amentia certat[2] :

ils s'en prennent à leur umbre, et poulsent cette tempeste en lieu où personne n'en est ny chastié ni interessé que du tintamarre de leur voix, tel qui n'en peult mais. l'accuse pareillement aux querelles ceulx qui brayent et se mutinent sans partie[3], il fault garder ces rodomontades où elles portent :

Mugitus veluti quum prima in prælia taurus
Terrificos ciet, atque irasci in cornua tentat,
Arboris obnixus trunco, ventosque lacessit
Ictibus, et sparsa ad pugnam proludit arena[4].

Quand ie me courrouce, c'est le plus vifvement, mais aussi le plus briefvement et secretement, que e puis : ie me perds bien en vistesse et en violence; mais non pas en trouble, si que i'aille iectant à l'abandon et sans chois toutes sortes de paroles inurieuses, et que ie ne regarde d'asseoir pertinennent mes poinctes où i'estime qu'elles blecent le plus; car ie n'y employe communement que la angue. Mes valets en ont meilleur marché aux randes occasions qu'aux petites : les petites me urprennent; et le malheur veult que depuis que ous estes dans le precipice, il n'importe qui vous yt donné le bransle, vous allez tousiours iusques u fond; la cheute se presse, s'esmeut, et se haste 'elle mesme. Aux grandes occasions, cela me paye[5] u'elles sont si iustes, que chascun s'attend d'en eoir naistre une raisonnable cholere; ie me gloiie à tromper leur attente : ie me bande et preare contre celles cy, elles me mettent en cervelle, t menacent de m'emporter bien loing, si ie les uivois; aysement ie me garde d'y entrer, et suis ssez fort, si ie l'attends, pour repousser l'impulion de cette passion, quelque violente cause qu'elle ye; mais si elle me preoccupe et saisit une fois, lle m'emporte, quelque vaine cause qu'elle ayt. e marchande ainsin avecques ceulx qui peuvent ontester avecques moy : « Quand vous me sentirez smeu le premier, laissez moy aller à tort ou à roict : i'en feray de mesme à mon tour. » La tempeste ne s'engendre que de la concurrence des choieres, qui se produisent volontiers l'une de l'aulre, et ne naissent pas en un poinct : donnons à hascune sa course, nous voylà tousiours en paix. tile ordonnance, mais de difficile execution. Par ois m'advient il aussi de representer le courroucé,

pour le reglement de ma maison, sans aulcune vraye esmotion. A mesure que l'aage me rend les humeurs plus aigres, i'estudie à m'y opposer; et feray, si ie puis, que ie seray d'oresenavant d'autant moins chagrin et difficile, que i'auray plus d'excuse et d'inclination à l'estre, quoyque par cy devant ie l'aye esté entre ceulx qui le sont le moins.

Encores un mot pour clorre ce pas. Aristote dict que « la cholere sert par fois d'armes à la vertu et à la vaillance. » Cela est vraysemblable : toutesfois ceulx qui y contredisent, respondent plaisamment Que c'est un' arme de nouvel usage, car nous remuons les aultres armes, cette cy nous remue; nostre main ne la guide pas, c'est elle qui guide nostre main; elle nous tient, nous ne la tenons pas.

---

# CHAPITRE XXXII.

### Deffense de Seneque et de Plutarque.

La familiarité que i'ay avecques ces personnages icy, et l'assistance qu'ils font à ma vieillesse, et à mon livre massonné purement de leurs despouilles, m'oblige à espouser leur honneur.

Quant à Seneque, parmy une milliasse de petits livrets, que ceulx de la religion pretendue reformee font courir pour la deffense de leur cause, qui partent par fois de bonne main, et qu'il est grand dommage n'estre embesongnee à meilleur subiect, i'en ai veu aultresfois un qui, pour alonger et remplir la similitude qu'il veult trouver du gouvernement de nostre pauvre feu roy Charles neufviesme avecques celuy de Neron, apparie feu monsieur le cardinal de Lorraine avecques Seneque, leurs fortunes, d'avoir esté touts deux les premiers au gouvernement de leurs princes, et quand et quand leurs mœurs, leurs conditions, et leurs desportements. En quoy, à mon opinion, il faict bien de l'honneur audict seigneur cardinal : car, encores que ie sois de ceulx qui estiment autant son esprit, son eloquence, son zele envers sa religion et service de son roy, et sa bonne fortune d'estre nay en un siecle où il feut si nouveau et si rare,

---

(1) Coste croit que Montoigne lance ici, en passant, un trait contre sa femme.
(2) L'insensé, ne se possedant pas, combat contre lui-même. Claudien, in Eutrop., I, 257.
(3) Sans partie adverse, sans antagoniste.
(4) Ainsi, brûlant d'amour et mugissant de rage,
D'un taureau furieux le superbe rival,
Quand son naissant courroux prélude au choc fatal,
Lutte contre les vents, s'exerce contre un chêne,
Et sous ses bonds fougueux disperse au loin l'arène.
        Virg., Én., XII, 103, trad. de Delille.
(5) Me satisfait, me dédommage.

et quand et quand si necessaire pour le bien publicque , d'avoir un personnage ecclesiastique de telle noblesse et dignité , suffisant et capable de sa charge ; si est ce qu'à confesser la verité, ie n'estime sa capacité de beaucoup prez telle, ny sa vertu si nette et entiere ny si ferme , que celle de Seneque.

Or, ce livre dequoy ie parle , pour venir à son but , faict une description de Seneque tresiniurieuse, ayant emprunté ces reproches de Dion l'historien , duquel ie ne croy aulcunement le tesmoingnage : car , oultre qu'il est inconstant , qui , aprez avoir appelé Seneque tressage tantost, et tantost ennemy mortel des vices de Neron, le faict ailleurs avaricieux, usurier, ambitieux , lasche, voluptueux et contrefaisant le philosophe à faulses enseignes, sa vertu paroist si vifve et vigoreuse en ses escripts, et la deffense y est si claire à aulcunes de ces imputations , comme de sa richesse et despense excessifve, que ie n'en croirois aulcun tesmoingnage au contraire; et dadvantage, il est bien plus raisonnable de croire en telles choses les historiens romains, que les grecs et estrangers : or, Tacitus et les aultres parlent treshonnorablement et de sa vie et de sa mort, et nous le peignent en toutes choses personnage tresexcellent et tresvertueux; et ie ne veulx alleguer aultre reproche contre le iugement de Dion, que cettuy cy qui est inevitable, c'est qu'il a le sentiment si malade aux affaires romaines, qu'il ose soustenir la cause de Iulius Cesar contre Pompeius, et d'Antonius contre Cicero.

Venons à Plutarque. Iean Bodin [1] est un bon aucteur de nostre temps, et accompagné de beaucoup plus de iugement que la tourbe des escrivailleurs de son siecle, et merite qu'on le iuge et considere : ie le trouve un peu hardi en ce passage de sa Methode de l'histoire, où il accuse Plutarque non seulement d'ignorance (surquoy ie l'eusse laissé dire , cela n'estant pas de mon gibier ), mais aussi en ce que cet aucteur escript souvent « des choses incroyables et entierement fabuleuses : » ce sont ses mots. S'il eust dict simplement, « les choses aultrement qu'elles ne sont, » ce n'estoit pas grande reprehension; car ce que nous n'avons pas veu, nous le prenons des mains d'aultruy et à credit: et ie veoy qu'à escient il en parle par fois diversement mesme histoire; comme le iugement des trois meilleurs capitaines qui eussent oneques esté, faict par Hannibal, il est aultrement en la vie de Flaminius, aultrement en celle de Pyrrhus. Mais, de le charger d'avoir prins pour argent comptant des choses incroyables et impossibles, c'est accuser de faulte de iugement le plus iudicieux aucteur du monde : et voicy son exemple : « comme, ce dict il , quand il recite qu'un enfant de Lacedemone se laissa deschirer tout le ventre à un reguardeau , qu'il avoyt desrobé, et le tenoit caché soubs sa robbe, iusques à mourir plustost que de descouvrir son larrecin. » Ie treuve en premier lieu cet exemple mal choisi; d'autant qu'il est bien malaysé de borner les efforts des facultez de l'ame, là où des forces corporelles nous avons plus de loy [2] de les limiter et cognoistre : et à cette cause, si c'eust esté à moy à faire, i'eusse plustost choisi un exemple de cette seconde sorte ; et il y en a de moins croyables, comme, entre aultres, ce qu'il recite de Pyrrhus, « que, tout blecé qu'il estoit, il donna si grand coup d'espee à un sien ennemy, armé de toutes pieces, qu'il le fendit du hault de la teste iusques au bas, si bien que le corps se partit en deux parts. » En son exemple, ie n'y treuve pas grand miracle, ny ne recois l'excuse dequoy il couvre Plutarque, d'avoir adiousté ce mot, « comme on dict, » pour nous advertir, et tenir en bride nostre creance; car, si ce n'est aux choses receues par auctorité et reverence d'ancienneté ou de religion , il n'est voulu ny recevoir luy mesme , ny nous proposer à croire choses de soy incroyables; et que ce mot, « comme on dict, » il ne l'employe pas en ce lieu pour cet effect, il est aysé à veoir par ce que luy mesme nous raconte ailleurs, sur ce subiect de la patience des enfants lacedemoniens, des exemples advenus de son temps plus mal aysez à persuader : comme celuy que Cicero a tesmoigné aussi avant luy, « pour avoir (à ce qu'il dict) esté sur les lieux, » que iusques à leur temps , il se trouvoit des enfants , en cette preuve de patience à quoy on les essayoit devant l'autel de Diane, qui souffroient d'y estre fouettez iusques à ce que le sang leur couloit par tout, non seulement sans s'escrier, mais encores sans gemir, et aulcuns iusques à y laisser volontairement la vie: et ce que Plutarque aussi recite, avecques cent aultres tesmoings, qu'au sacrifice, un charbon ardent s'estant coulé dans la manche d'un enfant lacedemonien, ainsin qu'il encensoit, il se laissa brusler tout le bras, iusques à ce que la senteur de la chair cuicte en veint aux assistants. Il n'estoit rien, selon leur coustume, où il leur allast plus de la reputation, ny dequoy ils eussent à souffrir plus de blasme et de honte, que d'estre surprins en larrecin. Ie suis si imbu de la grandeur de ces hommes là , que non seulement il ne me semble point, comme à Bodin , que son conte soit incroyable, mais que ie ne le treuve

(1) Célèbre jurisconsulte d'Angers. Sa Méthode de l'histoire, citée ici par Montaigne, parut en 1566 : ses autres ouvrages sont aujourd'hui presque oubliés , même sa République et sa Démonomanie. Il mourut en 1596 , quatre ans après Montaigne.

(2) Plus de moyen , de faculté, de liberté.

pas seulement rare et estrange. L'histoire spartaine est pleine de mille plus aspres exemples et plus rares : elle est, à ce prix, toute miracle.

Marcellinus recite, sur ce propos du larrecin, que de son temps il ne s'estoit encores peu trouver aulcune sorte de torment qui peust forcer les Aegyptiens, surprins en ce mesfaict qui estoit fort en usage entre eulx, à dire seulement leur nom.

Un païsan espaignol, estant mis à la gehenne, sur les complices de l'homicide du preteur Lucius Piso, crioit au milieu des torments « Que ses amys ne bougeassent, et l'assistassent en toute seureté; et qu'il n'estoit pas en la douleur de luy arracher un mot de confession : » et n'en eut on aultre chose pour le premier iour. Le l'endemain, ainsin qu'on le ramenoit pour recommencer son torment, s'esbranslant vigoureusement entre les mains de ses gardes, il alla froisser sa teste contre une paroy, et s'y tua.

Epicharis, ayant saoulé et lassé la cruauté des satellites de Neron, et soustenu leur feu, leurs battures, leurs engins, sans aulcune voix de revelation de sa coniuration, tout un iour, rapportee à la gehenne l'endemein, les membres touts brisez, passa un lacet de sa robbe dans l'un bras de sa chaize, à tout un nœud coulant, et y fourrant sa teste, s'estrangla du poids de son corps. Ayant le courage d'ainsin mourir, et se desrober aux premiers torments, semble elle pas à escient avoir presté sa vie à cette espreuve de sa patience du iour precedent, pour se mocquer de ce tyran, et encourager d'aultres à semblable entreprinse contre luy ?

Et qui s'enquerra à nos argoulets[1] des experiences qu'ils ont eues en ces guerres civiles, il se trouvera des effects de patience, d'obstination et d'opiniastreté parmy nos miserables siecles, et en cette tourbe molle et effeminee encores que l'aegyptienne, dignes d'estre comparez à ceulx que nous venons de reciter de la vertu spartaine.

Ie sçay qu'il s'est trouvé des simples païsans s'estre laissez griller la plante des pieds, escraser le bout des doigts à tout le chien d'une pistole[2], poulser les yeulx sanglants hors de la teste, à force d'avoir le front serré d'une chorde, avant que de s'estre seulement voulu mettre à rençon. I'en ay veu un, laissé pour mort tout nud dans un fossé, ayant le col tout meurtry et enflé d'un licol qui y pendoit encores, avecques lequel on l'avoyt tirassé toute la nuict à la queue d'un cheval, le corps percé en cent lieux à coups de dague qu'on luy avoyt donnez, non pas pour le tuer, mais pour luy faire de la douleur et de la crainte; qui avoyt

souffert tout cela, et iusques à y avoir perdu parole et sentiment, resolu, à ce qu'il me dict, de mourir plustost de mille morts, (comme de vray, quant à sa souffrance, il en avoyt passé une toute entiere), avant que rien promettre; et si estoit un des plus riches laboureurs de toute la contree. Combien en a l'on veu se laisser patiemment brusler et rostir pour des opinions empruntees d'aultruy, ignorees et incogneues ? I'ay cogneu cent et cent femmes, car ils disent que les testes de Gascoigne ont quelque prerogative en cela, que vous eussiez plustost faict mordre dans le fer chauld, que de leur faire desmordre une opinion qu'elles eussent conceue en cholere; elles s'exasperent à l'encontre des coups et de la contraincte : et celuy qui forgea le conte de la femme qui, pour aulcune correction de menaces et bastonnades, ne cessoit d'appeller son mary Pouilleux, et qui, precipitee dans l'eau, haulsoit encores, en s'estouffant, les mains, et faisoit, au dessus de sa teste, signe de tuer des pouils, forgea un conte duquel en verité touts les iours on veoid l'image expresse, en l'opiniastreté des femmes. Et est l'opiniastreté sœur de la constance, au moins en vigueur et fermeté.

Il ne fault pas iuger ce qui est possible et ce qui ne l'est pas, selon ce qui est croyable et incroyable à nostre sens, comme i'ay dict ailleurs[3]; et est une grande faulte, et en laquelle toutesfois la plus part des hommes tumbent, ce que ie ne dy pas pour Bodin, de faire difficulté de croire d'aultruy ce qu'eulx ne sçauroient faire, ou ne voudroient. Il semble à chascun que la maistresse forme de l'humaine nature est en luy; selon elle, il fault regler touts les aultres : les allures qui ne se rapportent aux siennes sont feinctes et faulses. Quelle bestiale stupidité! Luy propose l'on quelque chose des actions ou facultez d'un aultre? la premiere chose qu'il appelle à la consultation de son iugement, c'est son exemple : selon qu'il en va chez luy, selon cela va l'ordre du monde. O l'asnerie dangereuse et insupportable! Moy, ie considere aulcuns hommes fort loing au dessus de moy, notamment entre les anciens; et, encores que ie recognoisse clairement mon impuissance à les suivre de mille pas, ie ne laisse pas de les suivre à veue, et iuger les ressorts qui les haulsent ainsin, desquels i'apperceois aulcunement en moy les semences : comme ie fais aussi de l'extreme bassesse des esprits, qui ne m'estonne et que ie ne mes-

(1) *Argoulet* s'est dit autrefois d'un carabin (cavalier armé d'une carabine); et il se dit figurément d'un homme de néant.
(2) *Avec le chien d'un pistolet.*
(3) Liv. I, ch. 26.

crois non plus. Ie veoy bien le tour que celles là [1]
se donnent pour se monter, et admire leur grandeur : et ces eslancements que ie treuve tresbeaux,
ie les embrasse; et si mes forces n'y vont, au moins
mon iugement s'y applique tresvolontiers.

L'aultre exemple qu'il allegue « des choses incroyables et entierement fabuleuses » dictes par
Plutarque; c'est « qu'Agesilaus feut mulcté [2] par les
ephores, pour avoir attiré à soy seul le cœur et
la volonté de ses citoyens. » Ie ne sçay quelle
marque de faulseté il y treuve : mais tant y a, que
Plutarque parle là des choses qui luy debvoient
estre beaucoup mieulx cogneues qu'à nous; et
n'estoit pas nouveau en Grece de veoir les hommes
punis et exilez pour cela seul d'agreer trop à leurs
citoyens, tesmoing l'ostracisme et le petalisme [3].

Il y a encores en ce mesme lieu un' aultre accusation qui me picque pour Plutarque, où il dict
qu'il a bien assorty de bonne foy les Romains aux
Romains, et les Grecs entre eulx; mais non les
Romains aux Grecs, tesmoing, dict il, Demosthenes et Cicero, Cato et Aristides, Sylla et Lysander, Marcellus et Pelopidas, Pompeius et Agesilaus : estimant qu'il a favorisé les Grecs, de leur
avoir donné des compaignons si dispareils. C'est
iustement attaquer ce que Plutarque a de plus
excellent et louable; car en ses comparaisons (qui
est la piece plus admirable de ses œuvres, et en
laquelle, à mon advis, il s'est autant pleu ), la
fidelité et sincerité de ses iugements eguale leur
profondeur et leur poids : c'est un philosophe qui
nous appreud la vertu. Veoyons si nous le pourrons garantir de ce reproche de prevarication et
faulseté. Ce que ie puis penser avoir donné occasion à ce iugement, c'est ce grand et esclatant
lustre des noms romains que nous avons en la
teste; il ne nous semble point que Demosthenes
puisse eguler la gloire d'un consul, proconsul et
preteur de cette grande republique : mais, qui
considerera la verité de la chose, et les hommes
par eulx mesmes, à quoy Plutarque a plus visé,
et à balancer leurs mœurs, leurs naturels, leur
suffisance que leur fortune, ie pense, au rebours
de Bodin, que Cicero et le vieulx Cato en doibvent
de reste à leurs compaignons. Pour son desseing,
i'eusse plustost choisi l'exemple du ieune Cato
comparé à Phocion; car en ce pair, il se trouveroit une plus vraysemblable disparité à l'advantage
du Romain. Quant à Marcellus, Sylla et Pompeius,
ie veoy bien que leurs exploicts de guerre sont
plus enflez, glorieux et pompeux que ceulx des
Grecs que Plutarque leur apparie : mais les actions
les plus belles et vertueuses, non plus en la guerre
qu'ailleurs, ne sont pas tousiours les plus fameu-

ses; ie veoy souvent des noms de capitaines estouffez sous la splendeur d'aultres noms de moins
de merite : tesmoing Labienus, Ventidius, Telesinus, et plusieurs aultres : et à le prendre par là,
si i'avoy à me plaindre pour les Grecs, pourrois ie
pas dire que beaucoup moins est Camillus comparable à Themistocles, les Gracches à Agis et Cleomenes, Numa à Lycurgus? Mais c'est folie de vouloir iuger, d'un traict, les choses à tant de visages.

Quand Plutarque les compare, il ne les eguale
pas pourtant : qui plus disertement et consciencieusement pourroit remarquer leurs differences?
Vient il à parangonner [4] les victoires, les exploicts
d'armes, la puissance des armees conduictes par
Pompeius, et ses triumphes, avecques ceulx d'Agesilaus? « ie ne croy pas, dict il, que Xenophon
mesme, s'il estoit vivant, encores qu'on luy ayt
concedé d'escrire tout ce qu'il a voulu à l'advantage d'Agesilaus, osast les mettre en comparaison. »
Parle il de conferer Lysander à Sylla? « il n'y a,
dict il, point de comparaison, ny en nombre de
victoires, ny en hazard de battailles; car Lysander
ne gaigna seulement que deux battailles navales,
etc. » Cela, ce n'est rien desrober aux Romains :
pour les avoir simplement presentez aux Grecs, il
ne leur peult avoir faict iniure, quelque disparité
qui y puisse estre : et Plutarque ne les contrepoise
pas entiers; il n'y a en gros aulcune preference; il
apparie les pieces et les circonstances, l'une aprez
l'aultre, et les iuge separeement. Parquoy, si on
le vouloyt convaincre de faveur, il falloit en espelucher quelque iugement particulier; ou dire, en
general, qu'il auroit failly d'assortir tel Grec à tel
Romain, d'autant qu'il y en auroit d'aultres plus
correspondants pour les apparier, et se rapportants mieulx.

## CHAPITRE XXXIII.

### *L'histoire de Spurina.*

La philosophie ne pense pas avoir mal employé
ses moyens, quand elle a rendu la raison la
souveraine maistrise de nostre ame, et l'auctorité
de tenir en bride nos appetits; entre lesquels,

(1) Ces ames anciennes, dont Montaigne parloit quelques lignes plus haut dans l'édition de 1588, fol. 510 : Mey, disoit il,
ie considere aultrunes de ces ames anciennes, eslevees insques au
ciel ou pris de la mienne. Il substitua depuis, aulcuns hommes, et
oublia de corriger les mots celles là, qui ne se rapportent plus à
rien. — (2) Mulcter, condamner à une peine, à une amende.
(3) L'ostracisme estoit, à Athènes, une sentence de bannissement politique pour dix ans. Le petalisme estoit la même chose
à Syracuse, mais cette peine n'y duroit que cinq ans.
(4) Camparer.

ceulx qui iugent qu'il n'en y a point de plus violents que ceulx que l'amour engendre, ont cela, pour leur opinion, qu'ils tiennent au corps et à l'ame, et que tout l'homme en est possedé, en maniere que la santé mesme en despend, et est la medecine par fois contrainete de leur servir de maquerellage : mais, au contraire, on pourroit aussi dire que le meslange du corps y apporte du rabais et de l'affoiblissement; car tels desirs sont subiects à satieté, et capables de remedes materiels.

Plusieurs, ayants voulu deliver leurs ames des alarmes continuelles que leur donnoit cet appetit, se sont servis d'incision et destrenchement des parties esmeues et alterees; d'aultres en ont du tout abbattu la force et l'ardeur par frequente application de choses froides, comme neige et de vinaigre : les haires de nos ayeulx estoient de cet usage; c'est une matiere tissue de poil de cheval, dequoy les uns d'entr'eulx faisoient des chemises, et d'aultres des ceinctures à gehenner leurs reins. Un prince me disoit, il n'y a pas long temps, que, pendant sa ieunesse, un iour de feste solenne, en la court du roy François premier, où tout le monde estoit paré, il lui print envye de se vestir de la haire, qui est encores chez luy, de monsieur son pere; mais, quelque devotion qu'il eust, qu'il ne sceut avoir la patience d'attendre la nuict pour se despouiller, et en feut long temps malade; adioustant qu'il ne pensoit pas qu'il y eust chaleur de ieunesse si aspre, que l'usage de cette recepte ne peust amortir : toutesfois à l'adventure ne les a il pas essayees les plus cuisantes; car l'experience nous faict veoir qu'une telle esmotion se maintient bien souvent soubs des habits rudes et marmiteux, et que les haires ne rendent pas tousiours heres [1] ceulx qui les portent.

Xenocrates proceda plus rigoureusement; car ses disciples, pour essayer sa continence, luy ayants fourré dans son lict Laïs, cette belle et fameuse courtisane, toute nue, sauf les armes de sa beaulté et folastres appasts, ses philtres; sentant qu'en despit de ses discours et de ses regles, le corps revesche commencoit à se mutiner, il se feit brusler les membres qui avoyent presté l'aureille à cette rebellion. Là où les passions qui sont toutes en l'ame, comme l'ambition, l'avarice, et aultres, donnent bien plus à faire à la raison : car elle n'y peult estre secourue que de ses propres moyens; ny ne sont ces appetits là capables de satieté, voire ils s'aiguisent et augmentent par la iouyssance.

Le seul exemple de Iulius Cesar peult suffire à nous montrer la disparité de ces appetits; car iamais homme ne feut plus addonné aux plaisirs amoureux. Le soing curieux qu'il avoyt de sa personne en est un tesmoingnage, iusques à se servir à cela des moyens les plus lascifs qui feussent lors en usage, comme de se faire pinceter tout le corps, et farder de parfums d'une extreme curiosité : et de soy il estoit beau personnage, blanc, de belle et alaigre taille, le visage plein, les yeulx bruns et vifs, s'il en fault croire Suetone; car les statues qui se voient de luy à Rome, ne rapportent pas bien par tout à cette peincture. Oultre ses femmes, qu'il changea quatre fois, sans compter les amours de son enfance avecques le roy de Bithynie Nicomede, il eut le pucellage de cette tant renommee royne d'Aegypte, Cleopatra, tesmoing le petit Cesarion qui en nasquit : il feit aussi l'amour à Eunoé, royne de Mauritanie, et à Rome, à Postumia, femme de Servius Sulpitius; à Lollia, de Gabinius; à Tertulla, de Crassus; et à Mutia mesme, celle du grand Pompeius; qui feut la cause, disent les historiens romains, pourquoy son mary la repudia, ce que Plutarque confesse avoir ignoré; et les Curions pere et fils reprocherent depuis à Pompeius, quand il espousa la fille de Cesar, qu'il se faisoit gendre d'un homme qui l'avoyt fait cocu, et que luy mesme avoyt accoustumé d'appeler Aegisthus : il entreteint, oultre tout ce nombre, Servilia, sœur de Cato et mere de Marcus Brutus, dont chascun tient que proceda cette grande affection qu'il portoit à Brutus, parce qu'il estoit nay en temps auquel il y avoyt apparence qu'il feust yssu de luy. Ainsin l'ay raison, ce me semble, de le prendre pour homme extremement addonné à cette desbauche, et de complexion tresamoureuse : mais l'aultre passion de l'ambition, dequoy il estoit aussi infiniment blecé, venant à combattre celle là, elle luy feit incontinent perdre place.

Me ressouvenant, sur ce propos, de Mehemed, celuy qui subiugua Constantinople, et apporta la finale extermination du nom grec, ie ne seache point où ces deux passions se treuvent plus egalement balancees; parceillement indefatigable ruffien et soldat : mais, quand en sa vie elles se presentent en concurrence l'une de l'aultre, l'ardeur querelleuse gourmande tousiours l'amoureuse ardeur; et cette cy, encores que ce feust hors sa naturelle saison, ne regaigna pleinement l'auctorité souveraine, que quand il se trouva en grande vieillesse, incapable de plus soustenir le faix des guerres.

Ce qu'on recite pour un exemple contraire de

---

[1] Montaigne ioue ici sur le mot *haire*, cilice, chemise de crin ou *poil de cheval*; et sur le mot *haire*, pauvre *hère*, homme foible, sans vigueur, sans bien, sans merite, sans credit.

Ladislaus, roy de Naples, est remarquable ; que, bon capitaine, courageux et ambitieux, il se proposoit pour fin principale de son ambition, l'execution de sa volupté, et iouyssance de quelque rare beaulté. Sa mort feut de mesme : ayant rengé, par un siege bien poursuivy, la ville de Florence si à destroict, que les habitants estoient apres à composer de sa victoire; il la leur quitta, prouveu qu'ils luy livrassent une fille de leur ville, dequoy il avoyt ouï parler, de beaulté excellente : force feut de la luy accorder, et garantir la publicque ruyne par une iniure privee. Elle estoit fille d'un medecin fameux de son temps, lequel, se trouvant engagé en si vilaine necessité, se resolut à une haulte entreprinse. Comme chascun paroit sa fille et l'attournoit d'ornements et ioyaux, qui la peussent rendre agreable à ce nouvel amant, luy aussi luy donna un mouchoir exquis en senteur et en ouvrage, duquel elle eust à se servir en leurs premieres approches : meuble qu'elles n'y oublient gueres, en ces quartiers là. Ce mouchoir, empoisonné selon la capacité de son art, venant à se frotter à ces chairs esmeues et pores ouverts, inspira son venin si promptement, qu'ayant soubdain changé leur sueur chaulde en froide, ils expirerent entre les bras l'un de l'aultre.

Ie m'en revois à Cesar. Ses plaisirs ne luy feirent iamais desrober une seule minute d'heure, ny destourner un pas, des occasions qui se presentoient pour son aggrandissement : cette passion regenta en luy si souverainement toutes les aultres, et posseda son ame d'une auctorité si pleine, qu'elle l'emporta où elle voulut. Certes, i'en suis despit, quand ie considere, au demourant, la grandeur de ce personnage et les merveilleuses parties qui estoient en luy; tant de suffisance en toute sorte de sçavoir, qu'il n'y a quasi science en quoy il n'ayt escript : il estoit tel orateur, que plusieurs ont preferé son eloquence à celle de Cicero ; et luy mesme, à mon advis, n'estimoit luy debvoir gueres en cette partie, et ses deux Anti-catous feurent principalement escripts pour contrebalancer le bien dire que Cicero avoyt employé en son Cato. Au demourant, feut il iamais ame si vigilante, si actifve, et si patiente de labeur, que la sienne ? et, sans doubte, encores estoit elle embellie de plusieurs rares semences de vertu, ie dy vifves, naturelles, et non contrefaictes : il estoit singulierement sobre, et si peu delicat en son manger, qu'Oppius recite qu'un iour luy ayant esté presenté à table, en quelque saulse, de l'huile medecinee, au lieu d'huile simple, il en mangea largement, pour ne faire honte à son hoste; une aultrefois, il feit fouetter son boulanger [1], pour

luy avoir servy d'aultre pain que celuy du commun. Cato mesme avoyt accoustumé de dire de luy, que c'estoit le premier homme sobre qui se feust acheminé à la ruyne de son païs. Et quant à ce que ce mesme Cato l'appella un iour yvrongne, cela adveint en cette façon : Estants touts deux au senat, où se parloit du faict de la coniuration de Catilina, de laquelle Cesar estoit soupseçonné, on luy veint apporter de dehors un brevet [2], à cachetes : Cato, estimant que ce feust quelque chose de quoy les coniurez l'advertissent, le somma de le lui donner; ce que Cesar feut contrainct de faire, pour eviter un plus grand souspeçon : c'estoit, de fortune, une lettre amoureuse que Servilia, sœur de Cato, luy escrivoit. Cato l'ayant leue, la luy reiecta, en luy disant : « Tien, yvrongne, » Cela, dy ie, feut plustost un mot de desdaing et de cholere, qu'un exprez reproche de ce vice; comme souvent nous iniurions ceulx qui nous faschent, des premieres iniures qui nous viennent à la bouche, quoyqu'elles ne soyent nullement deues à ceulx à qui nous les attachons : ioinct que ce vice que Cato luy reproche est merveilleusement voysin de celuy auquel il avoyt surprins Cesar; car Venus et Bacchus se conviennent volontiers, à ce que dict le proverbe : mais chez moy Venus est bien plus alaigre, accompaignee de la sobricté.

Les exemples de sa doulceur et de sa clemence envers ceulx qui l'avoyent offensé sont infinis : ie dy oultre ceulx qu'il donna pendant le temps que la guerre civile estoit encores en son progrez, desquels il faict luy mesme assez sentir, par ses escripts, qu'il se servoit pour amadouer ses ennemys, et leur faire moins craindre sa future domination et sa victoire. Mais si fault il dire que ces exemples là, s'ils ne sont suffisants à nous tesmoigner sa naïfve doulceur, ils nous montrent au moins une merveilleuse confiance et grandeur de courage en ce personnage : Il luy est advenu souvent de renvoyer des armees toutes entieres à son ennemy, apres les avoir vaincues, sans daigner seulement les obliger par serment, sinon de le favoriser, au moins de se contenir sans luy faire la guerre : Il a prins trois et quatre fois tels capitaines de Pompeius, et autant de fois remis en liberté : Pompeius declaroit ses ennemys touts ceulx qui l'accompaignoient à la guerre; et luy, feit proclamer qu'il tenoit pour amys touts ceulx qui ne bougeoient, et ne s'armoient effectuellement contre luy : A ceulx de ses capitaines qui se

(1) On sait que, chez les Romains, tous les artisans étoient des esclaves.

(2) Un billet doux, une lettre

lesroboient de luy, pour aller prendre aultre condition, il renvoyoit encores les armes, chevaulx, et equipages : Les villes qu'il avoyt prinses par force, il les laissoit en liberté de suivre tel party qu'il leur plairoit, ne leur donnant aultre garnison que la memoire de sa doulceur et clemence : Il deffendit, le iour de sa grande bataille de Pharsale, qu'on ne meist qu'à toute extremité la main sur les citoyens romains. Voylà des traicts bien hazardeux, selon mon iugement : et n'est pas merveille si, aux guerres civiles que nous sentons, ceulx qui combattent, comme luy, l'estat ancien de leur païs, n'en imitent l'exemple ; ce sont moyens extraordinaires, et qu'il n'appartient qu'à la fortune de Cesar, et à son admirable pourvoyance, de heureusement conduire. Quand ie considere la grandeur incomparable de cette ame, i'excuse la victoire de ne s'estre peu despestrer de luy, voire en cette tresiniuste et tresinique cause.

Pour revenir à sa clemence, nous en avons plusieurs naïfs exemples au temps de sa domination, lorsque, toutes choses estants reduictes en sa main, n'avoyt plus à se feindre. Caius Memmius avoyt script contre luy des oraisons trespoignantes, ausquelles il avoyt bien aigrement respondu ; si ne laissa il bientost aprez d'ayder à le faire consul. Caius Calvus, qui avoyt faict plusieurs epigrammes iniurieux contre luy, ayant employé de ses amys pour le reconcilier, Cesar se convia luy mesme à luy escrire le premier ; et nostre bon Catulle, qui l'avoyt testonné si rudement sous le nom de Mamurra, s'en estant venu excuser à luy, il le feit ce iour mesme soupper à sa table. Ayant esté adverty d'aulcuns qui parloient mal de luy, il n'en feit aultre chose que declarer, en une sienne harangue publicque, qu'il en estoit adverty. Il craignoit encores moins ses ennemys, qu'il ne les haïssoit : aulcunes coniurations et assemblees qu'on faisoit contre sa vie luy ayant esté descouvertes, il se contenta de publier, par edict, qu'elles luy estoient cogneues, sans aultrement en poursuivre les aucteurs. Quant au respect qu'il avoyt à ses amys, Caius Oppius voyageant avecques luy, et se trouvant mal, il luy quitta un seul logis qu'il y avoyt, et coucha toute la nuict sur la dure et au descouvert. Quant à sa iustice, il feit mourir un sien serviteur qu'il aimoit singulierement, pour avoir couché avecques la femme d'un chevalier romain, quoyque personne ne s'en plaignist. Iamais homme n'apporta ny plus de moderation en sa victoire, ny plus de resolution en la fortune contraire.

Mais toutes ces belles inclinations feurent alterees et estouffees par cette furieuse passion ambi-tieuse à laquelle il se laissa si fort emporter, qu'on peult ayseement maintenir qu'elle tenoit le timon et le gouvernail de toutes ses actions : d'un homme liberal, elle en rendit un voleur publicque pour fournir à cette profusion et largesse, et luy feit dire ce vilain et tresiniuste mot, que si les plus meschants et perdus hommes du monde luy avoyent esté fideles au service de son aggrandissement, il les cheriroit et advanceroit de son pouvoir, aussi bien que les plus gents de bien ; l'enyvra d'une vanité si extreme, qu'il osoit se vanter, en presence de ses concitoyens, «d'avoir rendu cette grande republique romaine un nom sans forme et sans corps ;» et dire « que ses responses debvoient meshuy servir de loix ; » et recevoir assis le corps du senat venant vers luy ; et souffrir qu'on l'adorast et qu'on luy feist, en sa presence, des honneurs divins. Somme, ce seul vice, à mon advis, perdit en luy le plus beau et le plus riche naturel qui feut oncques ; et a rendu sa memoire abominable à touts les gents de bien, pour avoir voulu chercher sa gloire de la ruyne de son païs et subversion de la plus puissante et florissante chose publicque que le monde verra iamais. Il se pourroit bien, au contraire, trouver plusieurs exemples de grands personnages ausquels la volupté a faict oublier la conduicte de leurs affaires, comme Marcus Antonius, et aultres ; mais où l'amour et l'ambition seroient en eguale balance, et viendroient à se chocquer de forces pareilles, ie ne fois aulcun doubte que cette cy ne gaignast le pris de la maistrise.

Or, pour me remettre sur mes brisees, c'est beaucoup de pouvoir brider nos appetits par le discours de la raison, ou de forcer nos membres, par violence, à se tenir en leur debvoir : mais, de nous fouetter pour l'interest de nos voysins ; de non seulement nous desfaire de cette doulce passion qui nous chatouille, du plaisir que nous sentons de nous veoir agreables à aultruy, et aimez et recherchez d'un chascun, mais encores de prendre en haine et à contre cœur nos graces qui en sont cause, et condemner nostre beauté, parce que quelqu'aultre s'en eschauffe, ie n'en ay veu gueres d'exemples : cettuy cy en est. Spurina, ieune homme de la Toscane,

> Qualis gemma micat, fulvum quæ dividit aurum,
> Aut collo decus, aut capiti ; vel quale per artem
> Inclusum buxo, aut Oricia terebintho
> Lucet ebur [1],

estant doué d'une singuliere beaulté, et si exces-

---

(1) Comme brille un diamant enchassé dans l'or, superbe or-nement d'un collier ou d'une couronne, ou comme l'ivoire éclate environné de buis ou de térébinthe. Virg., Æn., X, 134.

44

sifve que les yeulx plus continents ne pouvoient en souffrir l'esclat continuemment, ne se contentant point de laisser sans secours tant de fiebvre et de feu, qu'il alloit attisant partout, entra en furieux despit contre soy mesme et contre ces riches presents que nature luy avoyt faicts, comme si on se debvoit prendre à eulx de la faulte d'aultruy, et detailla et troubla, à force de playes qu'il se feit à escient, et de cicatrices, la parfaicte proportion et ordonnance que nature avoyt si curieusement observee en son visage.

Pour en dire mon advis, i'admire telles actions plus que ie ne les honnore : ces excez sont ennemys de mes regles. Le desseing en feut beau et consciencieux, mais, à mon advis, un peu manque de prudence : quoy? si sa laideur servit depuis à en iecter d'aultres au peché de mespris et de haine ; ou d'envye, pour la gloire d'une si rare recommandation ; ou de calomnie, interpretant cette humeur à une forcenee ambition : y a il quelque forme de laquelle le vice ne tire, s'il veult, occasion à s'exercer en quelque maniere? Il estoit plus iuste, et aussi plus glorieux, qu'il feist de ces dons de Dieu un subiect de vertu exemplaire et de reglement.

Ceulx qui se desrobent aux offices communs, et à ce nombre infini de regles espineuses à tant de visages, qui lient un homme d'exacte preud'hommie en la vie civile, font, à mon gré, une belle espargne, quelque poincte d'aspreté peculiere qu'ils s'enioignent : c'est aulcunement mourir, pour fuyr la peine de bien vivre. Ils peuvent avoir aultre pris ; mais le pris de la difficulté, il ne m'a iamais semblé qu'ils l'eussent, ny qu'en malaysance il y aye rien au delà de se tenir droict emmy les flots de la presse du monde, respondant et satisfaisant loyalement à touts les membres de sa charge. Il est à l'adventure plus facile de se passer nettement de tout le sexe, que de se maintenir deuement de tout poinct en la compaignie de sa femme ; et a lon de quoy couler plus incurieusement en la pauvreté, qu'en l'abondance iustement dispensee : l'usage conduict selon raison a plus d'aspreté que n'a l'abstinence ; la moderation est vertu bien plus affaireuse que n'est la souffrance. Le bien vivre du ieune Scipion a mille façons ; le bien vivre de Diogenes n'en a qu'une : cette cy surpasse d'autant en innocence les vies ordinaires, comme les exquises et accomplies la surpassent en utilité et en force.

# CHAPITRE XXXIV.

*Observations sur les moyens de faire la guerre, de Iulius Cesar.*

On recite de plusieurs chefs de guerre, qu'ils ont eu certains livres en particuliere recommandation ; comme le grand Alexandre, Homere ; Scipion africain, Xenophon ; Marcus Brutus, Polybius ; Charles cinquiesme, Philippe de Comines ; et dict on, de ce temps, que Machiavel est encores ailleurs en credit. Mais le feu mareschal Strozzi[1], qui avoyt prins Cesar pour sa part, avoyt sans doubte bien mieulx choisi ; car, à la verité, ce debvroit estre le breviaire de tout homme de guerre, comme estant le vray et souverain patron de l'art militaire : et Dieu sçait encores de quelle grace et de quelle beaulté il a fardé cette riche matiere, d'une façon de dire si pure, si delicate et si parfaicte, qu'à mon goust il n'y a aulcuns escripts au monde qui puissent estre comparables aux siens en cette partie.

Ie veulx icy enregistrer certains traicts particuliers et rares, sur le faict de ses guerres, qui me sont demeurez en memoire.

Son armee estant en quelque effroy, pour le bruit qui couroit des grandes forces que menoit contre luy le roy Iuba : au lieu de rabattre l'opinion que ses soldats en avoyent prinse, et apetisser les moyens de son ennemy, les ayant faict assembler pour les r'asseurer et leur donner courage, il print une voye toute contraire à celle que nous avons accoustumé ; car il leur dict qu'ils ne se meissent plus en peine de s'enquerir des forces que menoit l'ennemy, et qu'il en avoyt eu bien certain advertissement : et lors il leur en feit le nombre surpassant de beaucoup et la verité et la renommee qui en couroit dans son armee ; suivant ce que conseille Cyrus en Xenophon ; d'autant que la tromperie n'est pas de tel interest, de trouver les ennemys par effect plus foibles qu'on n'avoyt esperé que de les trouver à la verité bien forts, aprez les avoir iugez foibles par reputation.

Il accoustumoit sur tout ses soldats à obeyr simplement, sans se mesler de contrerooller ou parler des desseings de leur capitaine, lesquels il ne leur communiquoit que sur le poinct de l'execution : et prenoit plaisir, s'ils en avoyent descouvert quelque chose, de changer sur le champ d'advis, pour les tromper ; et souvent, pour cet effect, ayant assigné un logis en quelque lieu, il passoit oultre, et

(1) Pierre Strozzi, Florentin au service de France, tué au siége de Thionville, le 20 de juin 1558.

allongeoit la journee, notamment s'il faisoit mauvais temps et pluvieux.

Les Souysses, au commencement de ses guerres le Gaule, ayants envoyé vers luy pour leur donner passage au travers des terres des Romains, estant deliberé de les empescher par force, il leur contrefeit toutesfois un bon visage, et print quelques iours de delay à leur faire response, pour se servir de ce loysir à assembler son armee. Ces paures gents ne sçavoient pas combien il estoit excellent mesnagier du temps ; car il redict maintesfois que c'est la plus souveraine partie d'un capitaine que la science de prendre au poinct les occasions, et la diligence, qui est en ses exploicts, à la verité, nouïe et incroyable.

S'il n'estoit pas fort consciencieux, en cela, de prendre advantage sur son ennemy, soubs couleur d'un traicté d'accord, il l'estoit aussi peu en ce qu'il ne requeroit en ses soldats aultre vertu que la vaillancee, ny ne punissoit gueres aultres vices que la mutination et la desobeyssauce. Souvent, prez ses victoires, il leur laschoit la bride à toute licence, les dispensant pour quelque temps des reigles de la discipline militaire, adioustant à cela, qu'il avoyt des soldats si bien creez, que, touts parfumez et musquez, ils ne laissoient pas d'aller furieusement au combat. De vray, il aimoit qu'ils eussent richement armez, et leur faisoit porter les harnois gravez, dorez, et argentez, afin que le soing de la conservation de leurs armes les rendist plus aspres à se deffendre. Parlant à eulx, il les appelloit du nom de Compaignons, que nous disons encores : ce qu'Auguste, son successeur, reforma, estimant qu'il l'avoyt faict pour la necessité de ses affaires, et pour flatter le cœur de ceulx qui ne le suivoient que volontairement ;

Rheni mihi Cæsar in undis<br>
Dux erat : hic socius ; facinus quos inquinat, æquat[1] ;

mais que cette façon estoit trop rabbaissee pour la dignité d'un empereur et general d'armee, et remcit en train de les appeller seulement Soldats.

A cette courtoisie, Cesar mesloit toutesfois une grande severité à les reprimer : la neufviesme legion s'estant mutinee auprez de Plaisance, il la cassa avecques ignomnie, quoyque Pompeius feust lors encores en pieds, et ne la receut en grace qu'avecques plusieurs supplications : il les rappaisoit plus par auctorité et par audace que par doulceur.

Là où il parle de son passage de la riviere du Rhin, vers l'Allemaigne, il dict qu'estimant indigne de l'honneur du peuple romain qu'il passast son armee à navire, il feit dresser un pont, à fin qu'il passast à pied ferme. Ce feut là qu'il bastit ce pont admirable, dequoy il dechiffre particulierement la fabrique : car il ne s'arreste si volontiers en nul endroict de ses faicts, qu'à nous representer la subtilité de ses inventions en telle sorte d'ouvrages de main.

J'y ay aussi remarqué cela, qu'il faict grand cas de ses exhortations aux soldats avant le combat : car, où il veult montrer avoir esté surprins ou pressé, il allegue tousiours cela, qu'il n'eut pas seulement loysir de harangner son armee. Avant cette grande battaille contre ceulx de Tournay, « Cesar, dict il, ayant ordonné du reste, courut soubdainement où la fortune le porta, pour exhorter ses gents ; et rencontrant la dixiesme legion, il n'eut loysir de leur dire, sinon, Qu'ils eussent souvenance de leur vertu accoustumee ; qu'ils ne s'estonnassent point, et sousteinssent hardiement l'effort des adversaires : et parce que l'ennemy estoit desia approché à un ject de traict, il donna le signe de la battaille ; et de là estant passé soubdainement ailleurs pour en encourager d'aultres, il trouva qu'ils estoient desia aux prinses. » Voylà ce qu'il en dict en ce lieu là. De vray, sa langue luy a faict en plusieurs lieux de bien notables services ; et estoit, de son temps mesme, son eloquence militaire en telle recommandation, que plusieurs en son armee recueilloient ses harangues ; et, par ce moyen, il en feut assemblé des volumes qui ont duré long temps aprez luy. Son parler avoyt des graces particulieres ; si que ses familiers, et entre aultres Auguste, oyant reciter ce qu'en avoyt esté recueilly, recognoissoit, iusques aux frases et aux mots, ce qui n'estoit pas du sien.

La premiere fois qu'il sortit de Rome avecques charge publique, il arriva en huict iours à la riviere du Rhone, ayant dans son coche, devant luy, un secretaire ou deux qui escrivoient sans cesse ; et derriere luy, celuy qui portoit son espee. Et certes, quand on ne feroit qu'aller, à peine pourroit on atteindre à cette promptitude dequoy, tousiours victorieux, ayant laissé la Gaule, et suivant Pompeius à Brindes, il subiugua l'Italie en dix huict iours ; reveint de Brindes à Rome ; de Rome il s'en alla au fin fond de l'Espaigne, où il passa[2] des difficultez extremes en la guerre contre Afranius et Petreius, et au long siege de Marseille ; de là il s'en retourna en la Macedoine, battit l'armee romaine à Pharsale ; passa de là,

_____

(1) Au passage du Rhin, César étoit mon général ; il est ici (à Rome) mon compagnon : le crime rend égaux tous ceux qui en sont complices. LUCAIN, V, 289.

(2) *Surpassa*, *surmonta*.

suivant Pompeius, en Aegypte, laquelle il subiugua; d'Aegypte il veint en Syrie, et au païs de
Pont, où il combattit Pharnaces; de là en Afrique, où il desfeit Scipion et Iuba; et rebroussa
encores, par l'Italie, en Espaigne, où il desfeit
les enfants de Pompeius :

Ocyor et cœli flammis, et tigride fœta [1].

Ac veluti montis saxum de vertice præceps
Quum ruit avulsum vento, seu turbidus imber
Proluit, aut annis solvit sublapsa vetustas,
Fertur in abruptum magno mons improbus actu,
Exsultatque solo, silvas, armenta, virosque
Involvens secum [2].

Parlant du siege d'Avaricum, il dict que c'estoit sa coustume de se tenir nuict et iour prez des
ouvriers qu'il avoyt en besongne. En toutes entreprinses de consequence, il faisoit tousiours la descouverte luy mesme, et ne passa iamais son armee en lieu qu'il n'eust premierement recogneu;
et, si nous croyons Suetone, quand il feit l'entreprinse de traicter en Angleterre, il feut le premier à sonder le gué.

Il avoyt accoustumé de dire, qu'il aimoit mieulx
la victoire qui se conduisoit par conseil que par
force; et, en la guerre contre Petreius et Afranius,
la fortune luy presentant une bien apparente occasion d'advantage, il la refusa, dict il, esperant,
avecques un peu plus de longueur, mais moins
de hazard, venir à bout de ses ennemis. Il feit
aussi là un merveilleux traict, de commander à
tout son ost de passer à nage la riviere sans aulcune necessité :

Rapuitque ruens in prælia miles,
Quod fugiens timuisset, iter: mox uda receptis
Membra fovent armis, gelidosque a gurgite, cursu
Restituunt artus [3].

Ie le treuve un peu plus retenu et consideré
en ses entreprinses, qu'Alexandre : car cettuy cy
semble rechercher et courir à force les dangers,
comme un impetueux torrent qui chocque et attaque sans discretion et sans chois tout ce qu'il
rencontre ;

Sic tauriformis volvitur Aufidus,
Qui regna Dauni perfluit Appuli,
Dum sævit, horrendamque cultis
Diluviem meditatur agris [4];

aussi estoit il embesongné en la fleur et premiere chaleur de son aage; là où Cesar s'y print
estant desia meur et bien advancé : outre ce qu'A-
lexandre estoit d'une temperature plus sanguine,
cholere et ardente, et si esmouvoit encores cette

humeur par le vin, duquel Cesar estoit tresabstinent.

Mais où les occasions de la necessité se presentoient, et où la chose le requeroit, il ne feut iamais homme faisant meilleur marché de sa personne. Quant à moy, il me semble lire en plusieurs
de ses exploicts une certaine resolution de se perdre, pour fuyr la honte d'estre vaincu. En cette
grande bataille qu'il eut contre ceulx de Tournay, il courut se presenter à la teste des ennemys,
sans bouclier, comme il se trouva, veoyant la
poincte de son armee s'esbransler ; ce qui luy est
advenu plusieurs aultres fois. Oyant dire que ses
gents estoient assiegez, il passa desguisé au travers l'armee ennemye pour les aller fortifier de
sa presence. Ayant traversé à Dyrrachium, avecques
bien petites forces, et veoyant que le reste de son
armee, qu'il avoyt laissee à conduire à Antonius,
tardoit à le suivre, il entreprint luy seul de repasser la mer, par une tresgrande tormente, et se
desroba pour aller reprendre le reste de ses forces,
les ports de delà et toute la mer estant saisie par
Pompeius. Et quant aux entreprinses qu'il a faictes à main armee, il y en a plusieurs qui surpassent en hazard tout discours de raison militaire;
car avecques combien foibles moyens entreprint
il de subiuguer le royaume d'Aegypte; et depuis,
d'aller attaquer les forces de Scipion et de Iuba,
de dix parts plus grandes que les siennes ? Ces
gents là ont eu ie ne sçay quelle plus qu'humaine
confiance de leur fortune; et disoit il qu'il falloit
executer, non pas consulter, les haultes entreprinses. Aprez la bataille de Pharsale, comme
il eust envoyé son armee devant en Asie, et passast avecques un seul vaisseau le destroict de
l'Hellespont, il rencontra en mer Lucius Cassius,
avecques dix gros navires de guerre; il eut le courage non seulement de l'attendre, mais de tirer
droict vers luy, et le sommer de se rendre; et en
veint à bout.

Ayant entreprins ce furieux siege d'Alesia, où
il y avoyt quatre vingt mille hommes de deffense,

(1) Plus rapide que l'éclair, plus prompt que le tigre à qui on
vient d'enlever ses petits. Lucain, V, 405.

(2) Pareil à un vaste rocher, qui, miné par le temps, ou arraché par la fureur des vents ou des eaux, tombe d'une haute
montagne, et, bondissant avec un fracas horrible, entraîne avec
lui les arbres, les troupeaux, et les pasteurs. Virg., Æn., XII,
684.

(3) Le soldat saisit, pour voler aux combats, cette route qu'il
n'auroit osé prendre dans la fuite : tout mouillé, il se couvre de
ses armes, et, dans une course rapide, retrouve la chaleur qu'il
avoit perdue. Lucain, IV, 151.

(4) Ainsi l'Aufide, qui arrose le royaume de l'antique Daunus,
roule ses eaux impétueuses, et menace les moissons d'un horrible
ravage. Hor., Od., IV, 14, 25.

toute la Gaule s'estant eslevee pour luy courre sus et lever le siege, et dressé une armee de cent neuf mille chevaulx [1] et de deux cents quarante mille hommes de pied, quelle hardiesse et maniacle [2] confiance feut ce, de n'en vouloir pas abandonner son entreprinse, et se resoudre à deux si grandes difficultez ensemble ? lesquelles toutesfois il sousteint; et aprez avoir gaigné cette grande battaille contre ceulx de dehors, rengea bientost à sa mercy ceulx qu'il tenoit enfermez. Il en adveint autant à Lucullus, au siege de Tigranocerta contre le roy Tigranes; mais d'une condition dispareille, veu la mollesse des ennemys à qui Lucullus avoyt à faire.

Ie veulx icy remarquer deux rares evenements et extraordinaires, sur le faict de ce siege d'Alesia : l'un, que les Gaulois, s'assemblants pour venir trouver là Cesar, ayants faict denombrement de toutes leurs forces, resolurent en leur conseil de retrencher une bonne partie de cette grande multitude, de peur qu'ils n'en tumbassent en confusion. Cet exemple est nouveau, de craindre à estre trop : mais à le bien prendre, il est vraysemblable que le corps d'une armee doibt avoir une grandeur moderee, et reglee à certaines bornes, soit pour la difficulté de la nourrir, soit pour la difficulté de la conduire et tenir en ordre. Au moins seroit il bien aysé à verifier, par exemple, que ces armees monstrueuses en nombre n'ont gueres rien faict qui vaille. Suivant le dire de Cyrus, en Xenophon, ce n'est pas le nombre des hommes ains le nombre des bons hommes, qui faict l'advantage ; le demourant servant plus de destourbier [3] que de secours. Et Baiazet print le principal fondement à sa resolution de livrer iournee à Tamburlan, contre l'advis de touts ses capitaines, sur ce que le nombre innombrable des hommes de son ennemy luy donnoit certaine esperance de confusion. Scanderbech, bon iuge et tresexpert, avoyt accoustumé de dire que dix ou douze mille combattants fideles debvoient baster [4] à un suffisant chef de guerre, pour garantir sa reputation en toute sorte de besoing militaire. L'aultre poinct, qui semble estre contraire et à l'usage et à la raison de la guerre, c'est que Vercingentorix, qui estoit nommé chef et general de toutes les parties des Gaules revoltees, print party de s'aller enfermer dans Alesia : car celuy qui commande à tout un païs ne se doibt iamais engager, qu'au cas de cette extremité qu'il y allast de sa derniere place, et qu'il n'y eust rien plus à esperer qu'en la defense d'icelle; aultrement il se doibt tenir libre, pour avoir moyens de prouveoir en general à toutes les parties de son gouvernement.

Pour revenir à Cesar, il deveint, avecques le temps, un peu plus tardif et plus consideré, comme tesmoingne son familier Oppius; estimant qu'il ne debvoit ayseement hazarder l'honneur de tant de victoires, lequel une seule desfortune luy pourroit faire perdre. C'est ce que disent les Italiens, quand ils veulent reprocher cette hardiesse temeraire qui se veoid aux ieunes gents, les nommants « Necessiteux d'honneur, » *Bisognosi d'onore* ; et qu'estants encores en cette grande faim et disette de reputation, ils ont raison de la chercher à quelque pris que ce soit, ce que ne doibvent pas faire ceulx qui en ont desia acquis à suffisance. Il y peult avoir quelque iuste moderation en ce desir de gloire, et quelque satieté en cet appetit, comme aux aultres; assez de gents le practiquent ainsin.

Il estoit bien esloingné de cette religion des anciens Romains, qui ne se vouloyent prevaloir en leurs guerres que de la vertu simple et naïfve : mais encores y apportoit il plus de conscience que nous ne ferions à cette heure, et n'approuvoit pas toutes sortes de moyens pour acquerir la victoire. En la guerre contre Ariovistus, estant à parlementer avecques luy, il y surveint quelque remuement entre les deux armees, qui commencea par la faulte des gents de cheval d'Ariovistus : sur ce tumulte, Cesar se trouva avoir fort grand avantage sur ses ennemys; toutesfois il ne s'en voulut point prevaloir, de peur qu'on luy peust reprocher d'y avoir procédé de mauvaise foy.

Il avoyt accoustumé de porter un accoustrement riche au combat, et de couleur esclatante, pour se faire remarquer.

Il tenoit la bride plus estroicte à ses soldats, et les tenoit plus de court, estant prez des ennemys.

Quand les anciens Grecs vouloyent accuser quelqu'un d'extreme insuffisance, ils disoient en commun proverbe, « qu'il ne sçavoit ny lire ny nager : » il avoyt cette mesme opinion, que la science de nager estoit tresutile à la guerre, et en tira plusieurs commoditez : s'il avoyt à faire diligence, il franchissoit ordinairement à la nage les rivieres qu'il rencontroit; car il aimoit à voyager à pied, comme le grand Alexandre. En Aegypte, ayant esté forcé, pour se sauver, de se mettre dans un petit batteau, et tant de gents s'y estants lancez quand et luy, qu'il estoit en danger d'aller à fonds, il aima mieulx se iecter en la mer, et gaigna sa flotte à nage, qui estoit plus de deux cents

(1) Au lieu de *huit mille chevaux* que met César, Montaigne en compte *cent neuf mille*. Peut-être y avoit-il dans son manuscrit, *huit à neuf mille chevaux*, mots qui auront été mal lus par le copiste ou l'imprimeur.

(2) *Furieuse.* — (3) *Trouble*, *dérangement*, *obstacle*.

(4) *Suffire à un habile général.*

pas au delà, tenant en sa main gauche ses tablettes hors de l'eau, et traisnant à belles dents sa cotte d'armes, afin que l'ennemy n'en iouyst, estant desia bien advancé sur l'aage.

Iamais chef de guerre n'eut tant de creance sur ses soldats : au commencement de ses guerres civiles, les centeniers luy offrirent de souldoyer, chascun sur sa bourse, un homme d'armes; et les gents de pied, de le servir à leurs despens, ceulx qui estoient plus aysez entreprenants encores à desfrayer les plus necessiteux. Feu monsieur l'admiral de Chastillon [1] nous feit veoir dernierement un pareil cas en nos guerres civiles; car les François de son armee fournissoient de leurs bourses au payement des estrangers qui l'accompaignoient. Il ne se trouveroit gueres d'exemples d'affection si ardente et si preste parmy ceulx qui marchent dans le vieulx train, sous l'ancienne police des loix; la passion nous commande bien plus vifvement que la raison : il est pourtant advenu en la guerre contre Hannibal, qu'à l'exemple de la liberalité du peuple romain en la ville, les gents-d'armes et capitaines refuserent leur paye; et appelloit on, au camp de Marcellus, Mercenaires, ceulx qui en prenoient. Ayant eu du pire auprez de Dyrrachium, ses soldats se veindrent d'eulx mesmes offrir à estre chastiez et punis; de façon qu'il eut plus à les consoler qu'à les tanser : une sienne seule cohorte sousteint quatre legions de Pompeius plus de quatre heures, iusques à ce qu'elle feut quasi toute desfaicte à coups de traicts, et se trouva dans la trenchee cent trente mille flesches : un soldat, nommé Scaeva, qui commandoit à l'une des entrees, s'y mainteint invincible, ayant un œil crevé, une espaule et une cuisse percees, et son escu faulsé en deux cents trente lieux. Il est advenu à plusieurs de ses soldats, prins prisonniers, d'accepter plustost la mort que de vouloir promettre de prendre aultre party : Granius Petronius prins par Scipion en Afrique, Scipion, aprez avoir faict mourir ses compaignons, luy manda qu'il luy donnoit la vie, car il estoit homme de reng et questeur : Petronius respondit, « que les soldats de Cesar avoyent accoustumé de donner la vie aux aultres, non la recevoir; » et se tua tout soubdain de sa main propre.

Il y a infinis exemples de leur fidelité : il ne fault pas oublier le traict de ceulx qui feurent assiegez à Salone, ville partisane pour Cesar contre Pompeius, pour un rare accident qui y advint. Marcus Octavius les tenoit assiegez; ceulx de dedans estants reduicts en extreme necessité de toutes choses, en maniere que pour suppleer au default qu'ils avoyent d'hommes, la plus part d'entre

eulx y estants morts et blecez, ils avoyent mis en liberté touts leurs esclaves, et pour le service de leurs engins, avoyent esté contraincts de coupper les cheveux de toutes les femmes à fin d'en faire des chordes, oultre une merveilleuse disette de vivres; et ce neantmoins, resolus de iamais ne se rendre. Aprez avoir traisné ce siege en grande longueur, d'où Octavius estoit devenu plus nonchalant et moins attentif à son entreprinse, ils choisirent un iour sur le midy, et, comme ils eurent rengé les femmes et les enfants sur leurs murailles pour faire bonne mine, sortirent en telle furie sur les assiegeants, qu'ayant enfoncé le premier, le second et tiers corps de garde, et le quatriesme, et puis le reste, et, ayant faict du tout abandonner les trenchees, les chasserent iusques dans les navires; et Octavius mesme se sauva à Dyrrachium, où estoit Pompeius. Ie n'ay point memoire pour cett' heure d'avoir veu aulcun aultre exemple, où les assiegez battent en gros les assiegeants, et gaignent la maistrise de la campagne; ny qu'une sortie ayt tiré en consequence une pure et entiere victoire de bataille.

---

## CHAPITRE XXXV.

*De trois bonnes femmes.*

Il n'en est pas à douzaines, comme chascun sçait, et notamment aux debvoirs de mariage; car c'est un marché plein de tant d'espineuses circoustances, qu'il est malaysé que la volonté d'une femme s'y maintienne entiere long temps : les hommes, quoyqu'ils y soyent avecques un peu meilleure condition, y ont trop affaire. La touche d'un bon mariage, et sa vraye preuve, regarde le temps que la societé dure; si elle a esté constamment doulce, loyale, et commode. En nostre siecle, elles reservent plus communement à estaler leurs bons offices et la vehemence de leur affection, envers leurs marys perdus; cherchent au moins lors à donner tesmoingnage de leur bonne volonté: tardif tesmoinguage et hors de saison! Elles preuvent plustost par là qu'elles ne les aiment que morts : la vie est pleine de combustion; et le trespas, d'amour et de courtoisie. Comme les peres cachent l'affection envers leurs enfants; elles volontiers, de mesmes, cachent la leur envers le mary, pour maintenir un honneste respect. Ce mystere n'est pas de mon goust : elles ont beau s'escheveler et s'esgratigner, ie m'en vois à l'aureille d'une

[1] Gaspard de Coligny II du nom, comte de Coligny, seigneur de Châtillon-sur-Loing, amiral de France, assassiné le 24 août 1572, et une des plus illustres victimes de la Saint-Barthélemy.

femme de chambre et d'un secretaire : « Comment estoient ils? Comment ont ils vescu ensemble? » Il me souvient tousiours de ce bon mot, *iactantius mærent, quæ minus dolent*[1] : leur rechigner est odieux aux vivants, et vain aux morts. Nous dispenserons volontiers qu'on rie[2] aprez, prouveu qu'on nous rie pendant la vie. Est ce pas de quoy resusciter de despit, qui m'aura craché au nez pendant que i'estois, me vienne frotter les pieds quand e ne suis plus? S'il y a quelque honneur à plorer es marys, il n'appartient qu'à celles qui leur ont i : celles qui ont ploré en la vie, qu'elles rient en a mort, au dehors comme au dedans. Aussi, ne egardez pas à ces yeulx moites et à cette piteuse oix; regardez ce port, ce teinct et l'embonpoinct le ces ioues soubs ces grandes voiles; c'est par là qu'elle parle françois : il en est peu de qui la santé l'aille en amendant, qualité qui ne sçait pas menir. Cette cerimonieuse contenance ne regarde pas ant derriere soy, que devant; c'est acquest, plus que payement : en mon enfance, une honneste et reshelle dame qui vit encores, veufve d'un prince, voyt ie ne sçay quoy plus en sa parure qu'il n'est ermis par les loix de nostre veufvage : à ceulx qui luy reprochoient, « C'est, disoit elle, que ie ne ractique plus de nouvelles amitiez, et suis hors de olonté de me remarier. »

Pour ne disconvenir du tout à nostre usage, i'ay y choisi trois femmes qui ont aussi employé l'effrt de leur bonté et affection autour la mort de eurs marys : ce sont pourtant exemples un peu ultres, et si pressants, qu'ils tirent hardiement la ie en consequence.

Pline le ieune avoyt, prez d'une sienne maison n Italie, un voysin merveilleusement tormenté e quelques ulceres qui lui estoient survenues ez arties honteuses. Sa femme, le voyant si longuenent languir, le pria de permettre qu'elle veist à oysir et de prez l'estat de son mal, et qu'elle luy iroit plus franchement qu'aulcun aultre ce qu'il vvoyt à en esperer. Aprez avoir obtenu cela de luy, t l'avoir curieusement consideré, elle trouva qu'il stoit impossible qu'il en peust guarir; et que tout e qu'il avoyt à attendre, c'estoit de traisner fort ong temps une vie douloureuse et languissante : si uy conseilla, pour le plus seur et souverain renede, de se tuer; et le trouvant un peu mol à me si rude entreprinse : « Ne pense point, luy lict elle , mon amy, que les douleurs que ie te 'eois souffrir ne me touchent autant qu'à toy, et jue pour m'en delivrer ie ne me vueille servir moy nesme de cette medecine que ie t'ordonne. Ie te reulx accompaigner à la guarison, comme i'ay 'aict à la maladie : oste cette crainte, et pense que

nous n'aurons que plaisir en ce passage qui nous doibt delivrer de tels torments : nous nous en irons heureusement ensemble. » Cela dict, et ayant rechauffé le courage de son mary, elle resolut qu'ils se precipiteroient en la mer par une fenestre de leur logis qui y respondoit. Et pour maintenir iusques à sa fin cette loyale et vehemente affection dequoy elle l'avoyt embrassé pendant sa vie, elle voulut encores qu'il mourust entre ses bras : mais de peur qu'ils ne luy faillissent, et que les estreinctes de ses enlacements ne veinssent à se relascher par la cheute et la crainte, elle se feit lier et attacher bien estroictement avecques luy par le fauls[3] du corps; et abandonna ainsin sa vie pour le repos de celle de son mary. Celle là estoit de bas lieu; et parmy telle condition de gents, il n'est pas si nouveau d'y veoir quelque traict de rare bonté :

Extrema per illos
Iustitia excedens terris vestigia fecit[4].

Les aultres deux sont nobles et riches, où les exemples de vertu se logent rarement.

Arria, femme de Cecina Pætus, personnage consulaire, feut mere d'un' aultre Arria, femme de Thrasea Pætus, celuy duquel la vertu feut tant renommée du temps de Neron, et , par le moyen de ce gendre , mere grand' de Fannia; car la ressemblance des noms de ces hommes et femmes, et de leurs fortunes, en a faict mesconter plusieurs. Cette premiere Arria , Cecina Pætus, son mary, ayant esté prins prisonnier par les gents de l'empereur Claudius, aprez la desfaicte de Scribonianus, duquel il avoyt suivi le party, supplia ceulx qui l'emmenoient prisonnier à Rome de la recevoir dans leur navire, où elle leur seroit de beaucoup moins de despense et d'incommodité qu'un nombre de personnes qu'il leur fauldroit pour le service de son mary; et qu'elle seule fourniroit à sa chambre, à sa cuisine, et à touts aultres offices. Ils l'en refuserent : et elle , s'estant iectee dans un batteau de pescheur qu'elle loua sur le champ, le suivit en cette sorte depuis la Sclavonie. Comme ils feurent à Rome, un iour, en presence de l'empereur, Iunia, veufve

<hr/>

[1] Celles qui sont les moins affligées , pleurent avec le plus d'ostentation. TACITE , *Ann.*, II , 77. Il y a dans Tacite : *Periisse Germanicum, nulli jactantius mærent, quam qui maxime lætantur*.

[2] *Dispenser* signifioit autrefois *permettre*, et c'est dans ce sens que Montaigne l'emploie ici : *Nous permettrons volontiers à nos femmes de rire après notre mort , pourvu qu'elles nous rient pendant notre vie*.

[3] *Par le milieu du corps.*

[4] La justice , fuyant nos coupables climats,
Sous le chaume innocent porta ses derniers pas.
VIRG., *Géorg.*, II , 473 , trad. de Delille.

de Scribonianus, s'estant accostee d'elle familierement pour la societé de leurs fortunes, elle la
repoulsa rudemeut avecques ces paroles : « Moy,
dict elle, que ie parle à toy, ny que ie t'escoute !
à toy, au giron de laquelle Scribonianus feut tué !
et tu vis encores ! » Ces paroles, avecques plusieurs aultres signes, feirent sentir à ses parents
qu'elle estoit pour se desfaire elle mesme, impa-
tiente de supporter la fortune de son mary. Et
Thrasea, son gendre, la suppliant sur ce propos
de ne se vouloir perdre, et luy disant ainsin :
« Quoy ! si ie courois pareille fortune à celle de
Cecina, voudriez vous que ma femme, vostre fille,
en feist de mesme ? » « Comment doncques ? si
ie le voudrois ! respondit elle : ouy, ouy, ie le
voudrois, si elle avoyt vescu aussi long temps et
d'aussi bon accord avecques toy, que i'ay faict
avecques mon mary. » Ces responses augmentoient
le soing qu'on avoyt d'elle, et faisoient qu'on regardoit de plus prez à ses deportements. Un iour,
aprez avoir dict à ceulx qui la gardoient, « Vous
avez beau faire, vous me pouvez bien faire plus
mal mourir, mais de me garder de mourir, vous
ne sçauriez, » s'eslançant furieusement d'une chaire
où elle estoit assise, elle s'alla de toute sa force
choquer la teste contre la paroy voysine ; duquel
coup estant cheute de son long esvanouïe, et fort
blecee, aprez qu'on l'eut à toute peine faicte revenir : « Ie vous disois bien, dict elle, que si vous
me refusiez quelque façon aysee de me tuer, i'en
choisirois quelque aultre, pour malaysee qu'elle
feust. » La fin d'une si admirable vertu feut telle :
son mary Paetus n'ayant pas le cœur assez ferme
de soy mesme pour se donner la mort, à laquelle
la cruauté de l'empereur le rengeoit ; un iour,
entre aultres, aprez avoir premierement employé
les discours et enhortements propres au conseil
qu'elle luy donnoit à ce faire, elle print le poignard que son mary portoit, et le tenant nud en
sa main, pour la conclusion de son exhortation,
« Fais ainsin, Paetus, » luy dict elle ; et en mesme
instant, s'en estant donné un coup mortel dans l'estomach, et puis l'arrachant de sa playe, elle le luy
presenta, finissant quand et quand sa vie avecques
cette noble, genereuse et immortelle parole, *Pœte,
non dolet*. Elle n'eut loysir que de dire ces trois
paroles d'une si belle substance ; « Tiens, Paetus,
il ne m'a point faict mal : »

> Casta suo gladium quum traderet Arria Pæto,
>   Quem de visceribus traxerat ipsa suis :
> Si qua fides, vulnus quod feci non dolet, inquit,
>   Sed quod tu facies, id mihi, Pæte, dolet [1] :

il est bien plus vif en son naturel, et d'un sens

plus riche : car et la playe et la mort de son
mary, et les siennes, tant s'en fault qu'elles luy
poisassent, qu'elle en avoyt esté la conseillere
et promotrice ; mais ayant faict cette haulte et
courageuse entreprinse pour la seule commodité
de son mary, elle ne regarde qu'à luy encores, au
dernier traict de sa vie, et à luy oster la crainte
de la suivre en mourant. Paetus se frappa tout
soubdain de ce mesme glaive : honteux, à mon
advis, d'avoir eu besoin d'un si cher et precieux
enseignement.

Pompeia Paulina, ieune et tresnoble dame romaine, avoyt espousé Seneque en son extreme vieillesse. Neron, son beau disciple, envoya ses satellites
vers luy pour luy denoncer l'ordonnance de sa mort ;
ce qui se faisoit en cette maniere : Quand les empereurs romains de ce temps avoyent condemné
quelque homme de qualité, ils luy mandoient par
leurs officiers de choisir quelque mort à sa poste,
et de la prendre dans tel ou tel delay qu'ils luy faisoient prescrire selon la trempe de leur cholere,
tantost plus pressé, tantost plus long, luy donnant
terme pour disposer pendant ce temps là de ses affaires, et quelquesfois luy ostant le moyen de ce
faire, par la briefveté du temps : et, si le condemné
estrivoit [2] à leur ordonnance, ils menoient des gents
propres à l'executer, ou luy couppant les veines des
bras et des iambes, ou luy faisant avaller du poison
par force ; mais les personnes d'honneur n'attendoient pas cette necessité, et se servoient de leurs
propres medecins et chirurgiens à cet effect. Seneque ouït leur charge, d'un visage paisible et asseuré, et aprez, demanda du papier pour faire son
testament : ce qui luy ayant esté refusé par le capitaine, il se tourna vers ses amys : « Puisque ie ne
puis, leur dict il, vous laisser aultre chose en recognoissance de ce que ie vous doibs, ie vous laisse
au moins ce que i'ay de plus beau, à sçavoir l'image
de mes mœurs et de ma vie, laquelle ie vous prie
conserver en vostre memoire ; à fin qu'en ce faisant, vous acqueriez la gloire de sinceres et veritables amys : » et quand et quand, appaisant tantost
l'aigreur de la douleur qu'il leur veoyoit souffrir,
par doulces paroles, tantost roidissant sa voix, pour
les en tanser : « Où sont, disoit il, ces beaux preceptes de la philosophie ? que sont devenues les
provisions que par tant d'annees nous avons faictes
contre les accidents de la fortune ? La cruauté de

---

[1] Lorsque la chaste Arria présentoit à son cher Pœtus le poignard qu'elle venoit de retirer de son sein : Pœtus, lui dit-elle,
crois moi : le coup que je viens de me donner ne me fait point de
mal ; je ne souffre que de celui que tu vas te donner. MARTIAL,
I. 14.

[2] *Résistoit.*

Neron nous estoit elle incogneue? Que pouvions nous attendre de celuy qui avoyt tué sa mere et son frere, sinon qu'il feist encores mourir son gouverneur qui l'a nourry et eslevé? » Aprez avoir dict ces paroles en commun, il se destourne à sa femme, et, l'embrassant estroictement, comme par la poisanteur de la douleur elle defailloit de cœur et de forces, la pria de porter un peu plus patiemment cet accident, pour l'amour de luy; et que l'heure estoit venue où il avoyt à monstrer, non plus par discours et par disputes, mais par effect, le fruict qu'il avoyt tiré de ses estudes; et que sans doubte il embrassoit la mort, non seulement sans douleur, mais avecques alaigresse : « Parquoy, m'amie, disoit il, ne la deshonnore par tes larmes, à fin qu'il ne semble que tu l'aimes plus que ma reputation : appaise ta douleur, et te console en la cognoissance que tu as eu de moy et de mes actions, conduisant le reste de ta vie par les honnestes occupations ausquelles tu es addonnee. » A quoy Paulina, ayant un peu reprins ses esprits, et reschauffé la magnanimité de son courage, par une tresnoble affection : « Non, Seneca, respondit elle, ie ne suis pas pour vous laisser sans ma compaignie en telle necessité; ie ne veulx pas que vous pensiez que les vertueux exemples de vostre vie ne m'ayent encores apprins à sçavoir bien mourir : et quand le pourrois ie ny mieulx, ny plus honnestement, ny plus à mon gré, qu'avecques vous? ainsin faictes estat que ie m'en vois quand et vous. » Lors Seneque, prenant en bonne part une si belle et glorieuse deliberation de sa femme, et pour se delivrer aussi de la crainte de la laisser aprez sa mort à la mercy et cruauté de ses ennemys : « Ie t'avoy, Paulina, dict il, conseillé ce qui servoit à conduire plus heureusement ta vie : tu aimes doncques mieulx l'honneur de la mort; vrayement ie ne te l'envyerai point : la constance et la resolution soyent pareilles à nostre commune fin; mais la beauté et la gloire soit plus grande de ta part. » Cela faict, on leur couppa en mesme temps les veines des bras : mais parce que celles de Seneque, resserrees tant par la vieillesse que par son abstinence, donnoient au sang le cours trop long et trop lasche, il commanda qu'on luy couppast encores les veines des cuisses; et, de peur que le torment qu'il en souffroit n'attendrist le cœur de sa femme, et pour se delivrer aussi soy mesme de l'affliction qu'il portoit de la veoir en si piteux estat, aprez avoir tresamoureusement prins congé d'elle, il la pria de permettre qu'on l'emportast en la chambre voysine, comme on feit. Mais toutes ces incisions estant encores insuffisantes pour le faire mourir, il commande à Statius Annœus, son medecin, de luy donner un

bruvage de poison, qui n'eut gueres non plus d'effect; car, par la foiblesse et froideur des membres, elle[1] ne peut arriver iusques au cœur : par ainsin on luy feit en oultre apprester un baing fort chauld; et lors, sentant sa fin prochaine, autant qu'il eut d'haleine, il continua des discours tresexcellents sur le subiect de l'estat où il se trouvoit, que ses secretaires recueillirent tant qu'ils peurent ouyr sa voix : et demeurerent ses paroles dernieres, long temps depuis, en credit et honneur ez mains des hommes (ce nous est une bien fascheuse perte qu'elles ne soient venues iusques à nous). Comme il sentit les derniers traicts de la mort, prenant de l'eau du baing toute sanglante, il en arrousa sa teste, en disant : « Ie voue cette eau à Iupiter le liberateur. » Neron, adverty de tout cecy, craignant que la mort de Paulina, qui estoit des mieulx apparentees dames romaines, et envers laquelle il n'avoyt nulles particulieres inimitiez, luy veinst à reproche, renvoya en toute diligence luy faire r'attacher ses playes : ce que ses gents d'elle feirent sans son sceu, estant desia demy morte et sans aulcun sentiment. Et ce que, contre son desseing, elle vesquit depuis, ce feut treshonnorablement et comme il appartenoit à sa vertu, montrant, par la couleur blesme de son visage, combien elle avoyt escoulé de vie par ses blecceures.

Voylà mes trois contes tresveritables, que ie treuve aussi plaisants et tragiques que ceulx que nous forgeons à nostre poste pour donner plaisir au commun; et m'estonne que ceulx qui s'addonnent à cela, ne s'advisent de choisir plustost dix mille tresbelles histoires qui se rencontrent dans les livres, où ils auroient moins de peine, et apporteroient plus de plaisir et proufit : et qui en vouldroit bastir un corps entier et s'entretenant, il ne fauldroit qu'il fournist du sien que la liaison, comme la souldure d'un aultre metal; et pourroit entasser par ce moyen force veritables evenements de toutes sortes, les disposant et diversifiant selon que la beauté de l'ouvrage le requerroit, à peu prez comme Ovide a cousu et rapiecé sa Metamorphose, de ce grand nombre de fables diverses.

En ce dernier couple, cela est encores digne d'estre consideré, Que Paulina offre volontiers à quitter la vie pour l'amour de son mary, et Que son mary avoyt aultrefois quitté aussi la mort pour l'amour d'elle. Il n'y a pas pour nous grand contrepoids en cet eschange : mais, selon son humeur stoïcque, ie croy qu'il pensoit avoir autant faict pour elle, d'alonger sa vie en sa faveur, comme s'il feust mort pour elle. En l'une des lettres qu'il escript à

---

[1] *La poison*, c'est ainsi qu'on parloit du temps de Montaigne

Lucilius, aprez qu'il luy a faict entendre comme,
la fiebvre l'ayant prins à Rome, il monta soubdain
en coche pour s'en aller à une sienne maison aux
champs, contre l'opinion de sa femme qui le vouloyt arrester; et qu'il luy avoyt respondu que la
fiebvre qu'il avoyt, ce n'estoit pas fiebvre du corps,
mais du lieu; il suit ainsin : « Elle me laissa aller,
me recommandant fort ma santé. Or, moy qui sçay
que ie loge sa vie en la mienne, ie commence de prouveoir à moy, pour prouveoir à elle : le privilege que
ma vieillesse m'avoyt donné me rendant plus ferme
et plus resolu à plusieurs choses, ie le perds, quand
il me souvient qu'en ce vieillard il y en a une ieune
à qui le proufite. Puisque ie ne la puis renger à
m'aimer plus courageusement, elle me renge à
m'aimer moy mesme plus curieusement : car il fault
prester quelque chose aux honnestes affections; et,
par fois, encores que les occasions nous pressent
au contraire, il fault r'appeler la vie, voire avecques torment; il fault arrester l'ame entre les dents,
puisque la loy de vivre, aux gents de bien, ce n'est
pas autant qu'il leur plaist, mais autant qu'ils doibvent. Celuy qui n'estime pas tant sa femme ou un
sien amy, que d'en alonger sa vie, et qui s'opiniastre à mourir, il est trop delicat et trop mol : il fault
que l'ame se commande cela, quand l'utilité des
nostres le requiert; il fault par fois nous prester à
nos amys, et, quand nous voudrions mourir pour
nous, interrompre nostre desseing pour eulx. C'est
tesmoingnage de grandeur de courage, de retourner
en la vie pour la consideration d'aultruy, comme
plusieurs excellents personnages ont faict; et est un
traict de bonté singuliere, de conserver la vieillesse
( de laquelle la commodité la plus grande, c'est la
nonchalance de sa duree, et un plus courageux et
desdaigneux usage de la vie ), si on sent que cet
office soit doulx, agreable, et proufitable à quelqu'un bien affectionné. Et en receoit on une tresplaisante recompense : car, qu'est il plus doulx,
que d'estre si cher à sa femme, qu'en sa consideration on en devienne plus cher à soy mesme ?
Ainsin ma Pauline m'a chargé, non seulement sa
crainte, mais encores la mienne : ce ne m'a pas
esté assez de considerer combien resoluement ie
pourrois mourir, mais i'ay aussi consideré combien
irresoluement elle le pourroit souffrir. Ie me suis
contraict à vivre, et c'est quelquefois magnanimité
que vivre. » Voylà ses mots, excellents comme est
son usage.

## CHAPITRE XXXVI.

### Des plus excellents hommes.

Si on me demandoit le chois de touts les hommes
qui sont venus à ma cognoissance, il me semble
en trouver trois excellents au dessus de touts les
aultres.

L'un Homere : non pas qu'Aristote ou Varro,
pour exemple, ne feussent à l'adventure aussi
sçavants que luy, ny possible encores qu'en son
art mesme Virgile ne luy soit comparable : ie
le laisse à inger à ceulx qui les cognoissent touts
deux. Moy, qui n'en cognoy que l'un, puis seulement dire cela, selon ma portee, que ie ne croy pas
que les Muses mesmes allassent au delà du Romain :

Tale facit carmen docta testudine, quale
  Cynthius impositis temperat articulis [1];

toutesfois en ce iugement, encores ne fauldroit il
pas oublier que c'est principalement d'Homere
que Virgile tient sa suffisance; que c'est son guide
et maistre d'eschole; et qu'un seul traict de l'Iliade
a fourny de corps et de matiere à cette grande et
divine Aeneïde. Ce n'est pas ainsin que ie compte :
i'y mesle plusieurs aultres circonstances qui me
rendent ce personnage admirable, quasi au dessus
de l'humaine condition; et, à la verité, ie m'estonne souvent que luy, qui a produict et mis en
credit au monde plusieurs deïtez par son auctorité, n'a gaigné reng de dieu luy mesme. Estant
aveugle, indigent; estant avant que les sciences
feussent redigees en regle et observations certaines, il les a tant cogneues, que touts ceulx qui se
sont meslez depuis d'establir les polices, de conduire guerres, et d'escrire ou de la religion, ou de
la philosophie, en quelque secte que ce soit, ou
des arts, se sont servis de luy comme d'un maistre
tresparfaict en la cognoissance de toutes choses,
et de ses livres comme d'une pepiniere de toute
espece de suffisance :

Qui, quid sit pulchrum, quid turpe, quid utile,
                              [quid non,
  Plenius ac melius Chrysippo et Crantore dicit [2];

et comme dict l'aultre,

      A quo, ceu fonte perenni,
  Vatum Pieriis ora rigantur aquis [3];

<hr>

(1) Il chante, sur sa docte lyre, des vers pareils à ceux que
chante Apollon lui même. Properce, II, 34. 79.
(2) Il nous dit bien mieux que Crantor et Chrysippe ce qui est
honnête et ce qui ne l'est point, ce qu'il faut faire et ce qu'il
faut éviter. Hor., Epist., I, 2, 3.
(3) Source intarissable, où les poëtes viennent s'enivrer tour
à tour des eaux sacrées du Permesse. Ovide, Amor., III, 9, 25.

et l'aultre,

Adde Heliconiadum comites, quorum unus Home-
Sceptra potitus [1];                          [rus

et l'aultre,

          Cuiusque ex ore profuso
Omnis posteritas latices in carmina duxit,
Amnemque in tenues ausa est deducere rivos,
Unius fœcunda bonis [2].

C'est contre l'ordre de la nature qu'il a faict la
plus excellente production qui puisse estre ; car la
naissance ordinaire des choses, elle est imparfaicte ; elles s'augmentent, se fortifient par l'accroissance : l'enfance de la poësie, et de plusieurs
aultres sciences, il l'a rendue meure, parfaicte, et
accomplie. A cette cause le peult on nommer le
premier et dernier des poëtes, suivant ce beau
tesmoingnage que l'antiquité nous a laissé de luy,
« que n'ayant eu nul qu'il peust imiter avant luy,
il n'a eu nul aprez luy qui le peust imiter. » Ses
paroles, selon Aristote, sont les seules paroles qui
ayent mouvement et action : ce sont les seuls mots
substanciels. Alexandre le grand, ayant rencontré, parmy les despouilles de Darius, un riche
coffret, ordonna qu'on le luy reservast pour y
loger son Homere : disant que c'estoit le meilleur
et plus fidele conseiller qu'il eust en ses affaires
militaires. » Pour cette mesme raison, disoit Cleomenes, fils d'Anaxandridas, que « c'estoit le poëte
des Lacedemoniens, parce qu'il estoit tresbon
maistre de la discipline guerriere. » Cette louange
singuliere et particuliere luy est aussi demeuree,
au iugement de Plutarque, « que c'est le seul aucteur du monde qui n'a iamais saoulé ne desgouté
les hommes, se montrant aux lecteurs tousiours
tout aultre, et fleurissant tousiours en nouvelle
grace. » Ce follastre d'Alcibiades, ayant demandé,
à un qui faisoit profession des lettres, un livre
d'Homere, luy donna un soufflet, parce qu'il n'en
avoyt point : comme qui trouveroit un de nos
presbtres sans breviaire. Xenophanes se plaignoit
un iour à Hieron, tyran de Syracuse, de ce qu'il
estoit si pauvre qu'il n'avoyt dequoy nourrir deux
serviteurs : « Et quoy, luy respondit il, Homere,
qui estoit beaucoup plus pauvre que toy, en nourrit bien plus de dix mille, tout mort qu'il est. »
Qu'e n'estoit ce dire, à Panaetius, quand il nommoit Platon « l'Homere des philosophes ? » Oultre
cela, quelle gloire se peult comparer à la sienne ?
il n'est rien qui vive en la bouche des hommes,
comme son nom et ses ouvrages ; rien si cogneu
et si receu que Troye, Helene, et ses guerres, qui
ne feurent à l'adventure iamais : nos enfants s'appellent encores des noms qu'il forgea il y a plus

de trois mille ans ; qui ne cognoist Hector et
Achille ? Non seulement aulcunes races particulieres, mais la plus part des nations cherchent
origine en ses inventions. Mahomet second de ce
nom, empereur des Turcs, escrivant à nostre pape
Pie second : « Ie m'estonne, dict il, comment les
Italiens se bandent contre moy, attendu que nous
avons nostre origine commune des Troyens, et que
i'ay comme eulx interest de venger le sang d'Hector sur les Grecs, lesquels ils vont favorisant
contre moy. » N'est ce pas une noble farce, de
laquelle les roys, les choses publicques et les empereurs vont iouant leur personnage tant de siecles, et à laquelle tout ce grand univers sert de
theatre. Sept villes grecques entrerent en debat du
lieu de sa naissance : tant son obscurité mesme
luy apporta d'honneur !

Smyrna, Rhodos, Colophon, Salamis, Chios, Ar-
[gos, Athenæ [3].

L'aultre, Alexandre le grand : car, Qui considerera l'aage qu'il commença ses entreprinses ; le
peu de moyen avecques lequel il feit un si glorieux
desseing ; l'auctorité qu'il gaigna en cette sienne
enfance, parmy les plus grands et experimentez
capitaines du monde desquels il estoit suivi ; la
faveur extraordinaire dequoy fortune embrassa et
favorisa tant de siens exploicts hazardeux, et à
peu que ie ne die temeraires ;

Impellens quidquid sibi summa petenti
Obstaret, gaudensque viam fecisse ruina [4] ;

cette grandeur, d'avoir, à l'aage de trente trois
ans, passé victorieux toute la terre habitable, et,
en une demie vie, avoir attainct tout l'effort de
l'humaine nature, si que vous ne pouvez imaginer sa duree legitime, et la continuation de son
accroissance en vertu et en fortune insques à un
iuste terme d'aage, que vous n'imaginiez quelque
chose au dessus de l'homme ; d'avoir faict naistre
de ses soldats tant de branches royales, laissant
aprez sa mort le monde en partage à quatre successeurs, simples capitaines de son armee, desquels les descendants ont depuis si long temps
duré, maintenants cette grande possession ; tant

<hr>

(1) Ajoutez-y les compagnons des Muses, parmi lesquels Homère tient le sceptre. LUCRÈCE, III, 1050.
(2) Source abondante, dont tous les poëtes ont répandu les
trésors dans leurs vers ; fleuve immense, partage en mille petits
ruisseaux : l'héritage d'un seul homme a enrichi tous les autres.
MANILIUS, II, 8.
(3) Smyrne, Rhodes, Colophon, Salamine, Chio, Argos,
Athènes. Traduction d'un vers grec tout semblable, cité par
AULU-GELLE, III, 11.
(4) Renversant tout ce qui s'opposoit à sa grandeur, il aimoit
à s'ouvrir un chemin à travers les ruines. LUCAIN, I, 149.

d'excellentes vertus qui estoient en luy, iustice, temperance, liberalité, foy en ses paroles, amour envers les siens, humanité envers les vaincus; car ses mœurs semblent, à la verité, n'avoir aucun iuste reproche, ouy bien aulcunes de ses actions particulieres, rares, et extraordinaires; mais il est impossible de conduire si grands mouvements avecques les regles de la iustice, telles gents veulent estre iugez en gros par la maistresse fin de leurs actions : la ruyne de Thebes et de Persepolis, le meurtre de Menander, et du medecin d'Ephestion, de tant de prisonniers persiens à un coup, d'une trouppe de soldats indiens, non sans interest de sa parole; des Cosseïens, iusques aux petits enfants, sont saillies un peu mal excusables; car, quant à Clitus, la faulte en feut amendee oultre son poids, et tesmoingne cette action, autant que toute aultre, la debonnaireté de sa complexion, et que c'estoit de soy une complexion excellemment formee à la bonté, et a esté ingenieusement dict de luy, « qu'il avoyt de la nature ses vertus, de la fortune ses vices : » quant à ce qu'il estoit un peu vanteur, un peu trop impatient d'ouyr mesdire de soy, et quant à ses maugeoires, armes et mors qu'il feit semer aux Indes ? toutes ces choses me semblent pouvoir estre condonnees [1] à son aage, et à l'estrange prosperité de sa fortune: Qui considerera quand et quand tant de vertus militaires, diligence, pourvoyance, patience, discipline, subtilité, magnanimité, resolution, bonheur, en quoy, quand l'auctorité d'Hannibal ne nous l'auroit apprins, il a esté le premier des hommes; les rares beaultez et conditions de sa personne, iusques au miracle; ce port, et ce venerable maintien, soubs un visage si ieune, vermeil, et flamboyant;

Qualis, ubi Oceani perfusus Lucifer unda,
Quem Venus ante alios astrorum diligit ignes,
Extulit os sacrum cœlo, tenebrasque resolvit [2];

l'excellence de son sçavoir et capacité; la duree et grandeur de sa gloire, pure, nette, exempte de tache et d'envye; et qu'encores long temps aprez sa mort, ce feut une religieuse croyance d'estimer que ses medailles portassent bonheur à ceulx qui les avoyent sur eulx; et que plus de roys et de princes ont escript ses gestes, qu'aultres historiens n'ont escript les gestes d'aultre roy ou prince que ce soit; et qu'encores à present les Mahometans, qui mesprisent toutes aultres histoires, receoivent et honnorent la sienne seule, par special privilege : Il confessera, tout cela mis ensemble, que i'ay eu raison de le preferer à Cesar mesme, qui seul m'a peu mettre en doubte du

chois; et il ne se peult nier qu'il n'y ayt plus du sien en ses exploicts, plus de la fortune en ceulx d'Alexandre. Ils ont eu plusieurs choses eguales; et Cesar, à l'adventure, aulcunes plus grandes; ce feurent deux feux, ou deux torrents, à ravager le monde par divers endroicts;

Et velut immissi diversis partibus ignes
Arentem in silvam, et virgulta sonantia lauro;
Aut ubi decursu rapido de montibus altis
Dant sonitum spumosi amnes, et in æquora cur-
Quisque suum populatus iter [3]: [runt,

mais quand l'ambition de Cesar auroit de soy plus de moderation, elle a tant de malheur, ayant rencontré ce vilain subiect de la ruyne de son païs, et de l'empirement universel du monde, que, toutes pieces ramassees et mises en la balance, ie ne puis que ie ne penche du costé d'Alexandre.

Le tiers, et le plus excellent, à mon gré, c'est Epaminondas. De gloire, il n'en a pas à beaucoup prez tant que d'aultres (aussi n'est ce pas une piece de la substance de la chose) : de resolution et de vaillance, non pas de celle qui est aiguisee par ambition, mais de celle que la sapience et la raison peuvent planter en une ame bien reglee, il en avoyt tout ce qui s'en peult imaginer : de preuves de cette sienne vertu, il en a faict autant, à mon advis, qu'Alexandre mesme, et que Cesar; car encores que ses exploicts de guerre ne soyent ny si frequents, ny si enflez, ils ne laissent pas pourtant, à les bien considerer et toutes leurs circonstances, d'estre aussi poisants et roides, et portants autant de tesmoingnage de hardiesse et de suffisance militaire. Les Grecs luy ont faict cet honneur, sans contredict, de le nommer le premier homme d'entre eulx: mais estre le premier de la Grece, c'est facilement estre le prime [4] du monde. Quant à son sçavoir et suffisance, ce iugement ancien nous en est resté, « que iamais homme ne sceut tant, et ne parla si peu que luy; » car il estoit pythagorique de secte; et ce qu'il parla, nul ne parla iamais mieulx: excellent orateur et trespersuasif. Mais quant à ses mœurs et conscience, il a de bien loing surpassé touts ceulx qui se sont iamais meslez de manier affaires;

(1) Pardonnées.
(2) Tel brille l'astre du matin, cet astre que Vénus chérit entre tous les feux de l'Olympe, lorsque, baigné des eaux de l'Océan, il s'élève majestueux, et dissipe les ténèbres de la nuit. VIRG., Énéid., VIII, 589.
(3) Tels des feux allumés, en divers endroits, dans une forêt pleine de broussailles bruyantes, de lauriers secs et pétillants; ou tels deux torrents, qui tombent avec fracas du haut des montagnes, et courent, tout écumants, se précipiter dans la mer, après avoir tout ravagé sur leur passage. VIRG., Én., XII, 521.
(4) Ou premier, comme on a mis dans quelques éditions.

car en cette partie, qui doibt estre principalement consideree, qui seule marque veritablement quels nous sommes, et laquelle ie contrepoise seule à toutes les aultres ensemble, il ne cede à aulcun philosophe, non pas à Socrates mesmes : en cettuy cy l'innocence est une qualité propre, maistresse, constante, uniforme, incorruptible, au parangon [1] de laquelle elle paroist, en Alexandre, subalterne, incertaine, bigarree, molle, et fortuite.

L'ancienneté iugea, qu'à espelucher par le menu touts les aultres grands capitaines, il se treuve en chascun quelque speciale qualité qui le rend illustre : en cettuy cy seul, c'est une vertu et suffisance pleine partout et pareille, qui, en touts les offices de la vie humaine, ne laisse rien à desirer de soy, soit en occupation publique ou privee, ou paisible, ou guerriere, soit à vivre, soit à mourir grandement et glorieusement : ie ne cognoy nulle ny forme, ny fortune d'homme que ie regarde avecques tant d'honneur et d'amour.

Il est bien vray que son obstination à la pauvreté, ie la treuve aulcunement scrupuleuse, comme elle est peincte par ses meilleurs amys, et cette seule action, haulte pourtant et tresdigne d'admiration, ie la sens un peu aigrette, pour, par souhait mesme, en la forme qu'elle estoit en luy, m'en desirer l'imitation.

Le seul Scipion Emilien, qui luy donneroit une fin aussi fiere et magnifique, et la cognoissance des sciences autant profonde et universelle, se pourroit mettre à l'encontre à l'aultre plat de la balance. Oh, quel desplaisir le temps m'a faict d'oster de nos yeulx, à poinct nommé, des premieres, la couple de vies, iustement la plus noble qui feust en Plutarque, de ces deux personnages par le commun consentement du monde, l'un le premier des Grecs, l'aultre des Romains ! Quelle matiere ! quel œuvrier !

Pour un homme non sainct, mais que nous disons galant homme, de mœurs civiles et communes, d'une haulteur moderee ; la plus riche vie, que ie sçache, à estre vescue entre les vivants, comme on dict, et estoffee de plus de riches parties et desirables, c'est, tout consideré, celle d'Alcibiades, à mon gré.

Mais quant à Epaminondas, pour exemple d'une excessive bonté, ie veulx adiouster icy aulcunes de ses opinions : Le plus doulx contentement qu'il eut en toute sa vie, il tesmoigna que c'estoit le plaisir qu'il avoyt donné à son pere et à sa mere de sa victoire de Leuctres ; il couche de beaucoup, preferant leur plaisir au sien si iuste et si plein d'une tant glorieuse action : Il ne pen-

soit pas « qu'il feust loysible, pour recouvrer mesmes la liberté de son païs, de tuer un homme sans cognoissance de cause ; » voylà pourquoy il feut si froid à l'entreprinse de Pelopidas, son compaignon, pour la delivrance de Thebes : Il tenoit aussi, « qu'en une battaille il falloit fuyr la rencontre d'un amy qui feust au party contraire, et l'espargner : » Et son humanité à l'endroict des ennemys mesmes l'ayant mis en souspeçon envers les Bœotiens, de ce qu'aprez avoir miraculeusement forcé les Lacedemoniens de luy ouvrir le pas qu'ils avoyent entrepris de garder à l'entree de Moree, prez de Corinthe, il s'estoit contenté de leur avoir passé sur le ventre, sans les poursuivre à toute oultrance, il feut deposé de l'estat de capitaine general, treshonnorablement, pour une telle cause, et pour la honte que ce leur feut d'avoir, par necessité, à le remonter tantost aprez en son degré, et recognoistre combien despendoit de luy leur gloire et leur salut : la victoire le suivant comme son umbre par tout où il guidast : la prosperité de son païs mourut aussi, luy mort, comme elle estoit née par luy.

———

## CHAPITRE XXXVII.

*De la ressemblance des enfants aux peres.*

Ce fagotage de tant de diverses pieces se faict en cette condition, que ie n'y mets la main que lors qu'une trop lasche oisifveté me presse, et non ailleurs que chez moy : ainsin il s'est basty à diverses poses et intervalles, comme les occasions me detiennent ailleurs par fois plusieurs mois [2], Au demourant, ie ne corrige point mes premieres imaginations par les secondes ; ouy, à l'adventure, quelque mot, mais pour diversifier, non pour oster. Ie veulx representer le progrez de mes humeurs, et qu'on veoye chasque piece en sa naissance. Ie prendroy plaisir d'avoir commencé plustost, et à recognoistre le train de mes mutations. Un valet qui me servoit à les escrire soubs moy, pensa faire un grand butin de m'en desrober plusieurs pieces, choisies à sa poste : cela me console, qu'il n'y fera pas plus de gaing, que i'y ay faict de perte. Ie me suis envieilli de sept ou huict ans depuis que ie commenceay : ce n'a pas esté sans quelque nouvel acquest ; i'y ay

(1) En comparaison.
(2) Ce chapitre, comme plusieurs details portent à le croire, fut écrit par Montaigne quelque temps aprés son voyage en Suisse, en Allemagne et en Italie. Montaigne avoit été absent de chez lui plus de dix-sept mois.

practiqué la cholique, par la liberalité des ans : leur commerce et longue conversation ne se passe ayseement, sans quelque tel fruict. Ie voudrois bien, de plusieurs aultres presents qu'ils ont à faire à ceulx qui les hantent long temps, qu'ils en eussent choisi quelqu'un qui m'eust esté plus acceptable ; car ils ne m'eussent sceu faire que i'eusse en plus grande horreur, dez mon enfance : c'estoit, à poinct nommé, de touts les accidents de la vieillesse, celuy que ie craignois le plus. I'avoy pensé maintesfois, à part moy, que i'allois trop avant, et qu'à faire un si long chemin, ie ne fauldrois pas de m'engager enfin en quelque malplaisante rencontre : ie sentois et protestois assez, Qu'il estoit heure de partir, et qu'il falloit trencher la vie dans le vif et dans le sain, suivant la regle des chirurgiens, quand ils ont à coupper quelque membre ; Qu'à celuy qui ne la rendoit à temps, nature avoyt accoustumé de faire payer de bien rudes usures. Il s'en falloit tant que i'en feusse prest lors, qu'en dix huict mois ou environ qu'il y a que ie suis en ce malplaisant estat ; i'ay desia apprins à m'accommoder ; i'entre desia en composition de ce vivre choliqueux, i'y treuve dequoy me consoler, et dequoy esperer : Tant les hommes sont accoquinez à leur estre miserable, qu'il n'est si rude condition qu'ils n'acceptent pour s'y conserver ! Oyez Maecenas,

> Debilem facito manu,
> Debilem pede, coxa ;
> Lubricos quate dentes :
> Vita dum superest, bene est [1] :

et couvroit Tamburlan d'une sotte humanité la cruauté fantastique qu'il exerceoit contre les ladres [2], en faisant mettre à mort autant qu'il en venoyt à sa cognoissance, « pour, disoit il, les delivrer de la vie qu'ils vivoient si penible : » car il n'y avoyt nul d'eulx qui n'eust mieulx aimé estre trois fois ladre, que de n'estre pas : et Antisthenes le stoïcien [3], estant fort malade, et s'escriant : « Qui me delivrera de ces maulx ? » Diogenes, qui l'estoit venu veoir, luy presentant un couteau : « Cettuy cy, si tu veulx, bientost. » « Ie ne dy pas de la vie, repliqua il, ie dy des maulx. » Les souffrances qui nous touchent simplement par l'ame, m'affligent beaucoup moins qu'elles ne font la plus part des aultres hommes ; partie, par iugement, car le monde estime plusieurs choses horribles, ou evitables au pris de la vie, qui me sont à peu prez indifferentes ; partie, par une complexion stupide et insensible que i'ay aux accidents qui ne donnent à moy de droict fil ; laquelle complexion i'estime l'une des meilleures pieces

de ma naturelle condition : mais les souffrances vrayement essentielles et corporelles, ie les gouste bien vifvement. Si est ce pourtant, que, les prevoyant aultresfois d'une veue foible, delicate, et amollie par la iouyssance de cette longue et heureuse santé et repos que Dieu m'a presté, la meilleure part de mon aage, ie les avoy conceuës, par imagination, si insupportables, qu'à la verité i'en avoy plus de peur, que ie n'y ay trouvé de mal : par où i'augmente tousiours cette creance, Que la pluspart des facultez de nostre ame, comme nous les employons, troublent plus le repos de la vie, qu'elles n'y servent.

Ie suis aux prinses avecques la pire de toutes les maladies, la plus soubdaine, la plus douloureuse, la plus mortelle, et la plus irremediable ; i'en ay desia essayé cinq ou six bien longs accez et penibles : toutesfois, ou ie me flatte, ou encores y a il en cet estat dequoy se soustenir, à qui a l'ame deschargee de la crainte de la mort, et deschargee des menaces, conclusions et consequences dequoy la medecine nous enteste ; mais l'effect mesme de la douleur n'a pas cette aigreur si aspre et si poignante, qu'un homme rassis en doibve entrer en rage et en desespoir. I'ay au moins ce proufit de la cholique, que, ce que ie n'avoy encores peu sur moy, pour me concilier du tout et m'accointer à la mort, elle le parfera ; car d'autant plus elle me pressera et importunera, d'autant moins me sera la mort à craindre. I'avoy desia gaigné cela, de ne tenir à la vie que par la vie seulement ; elle desnouera encores cette intelligence : et Dieu vueille qu'enfin, si son aspreté vient à surmonter mes forces, elle ne me reiecte à l'aultre extremité, non moins vicieuse, d'aimer et desirer à mourir !

> Summum nec metuas diem, nec optes [4] :

ce sont deux passions à craindre, mais l'une a son remede bien plus prest que l'aultre.

Au demourant, i'ay tousiours trouvé ce precepte cerimonieux, qui ordonne si rigoureusement et exactement de tenir bonne contenance et un maintien desdaigneux et posé, à la souffrance des maulx. Pourquoy la philosophie, qui ne regarde que le vif et les effects, se va elle amusant à ces apparences externes ? Qu'elle laisse ce soing aux

---

(1) Vers de Mécène, conservés par Sénèque, *Epist.* 101, et que La Fontaine traduit ainsi, *Fables*, I, 15 :

> Qu'on me rende impotent,
> ' Cul-de-jatte, goutteux, manchot, pourvu qu'en somme
> Je vive ; c'est assez : je suis plus que content.

(2) *Les lépreux.* — (3) Ou plutôt *le cynique*.
(4) Ne craignez ni ne désirez votre dernier jour. MARTIAL, X, 47.

farceurs et maistres de rhetorique, qui font tant d'estat de nos gestes : qu'elle condamne hardiement au mal cette lascheté voyelle, si elle n'est ny cordiale, ny stomachale, et preste ces plainctes volontaires au genre des souspirs, sanglots, palpitations, paslissements que nature a mis hors de nostre puissance : prouveu que le courage soit sans effroy, les paroles sans desespoir, qu'elle se contente ; qu'importe que nous tordions nos bras, prouveu que nous ne tordions nos pensees? elle nous dresse pour nous, non pour aultruy ; pour estre, non pour sembler : qu'elle s'arreste à gouverner nostre entendement qu'elle a prins à instruire : qu'aux efforts de la cholique, elle maintienne l'ame capable de se recognoistre, de suivre son train accoustumé, combattant la douleur et la soustenant, non se prosternant honteusement à ses pieds ; esmeue et eschauffee du combat, non abbattue et renversee ; capable de commerce, capable d'entretien, et d'aultre occupation, iusques à certaine mesure. En accidents si extremes, c'est cruauté de requerir de nous une desmarche si composee : si nous avons beau ieu, c'est peu que nous ayons mauvaise mine : si le corps se soulage en se plaignant, qu'il le face ; si l'agitation luy plaist, qu'il se tourneboule et tracasse à sa fantasie ; s'il luy semble que le mal s'evapore aulcunement (comme aulcuns medecins disent que cela ayde à la delivrance des femmes enceinctes), pour poulser hors la voix avecques plus grande violence, ou s'il en amuse son torment, qu'il crie tout à faict. Ne commandons point à cette voix qu'elle aille, mais permettons le luy. Epicurus ne pardonne pas seulement à son sage de crier aux torments, mais il le luy conseille : *Pugiles etiam, quum feriunt, in iactandis cœstibus ingemiscunt, quia profundenda voce omne corpus intenditur, venitque plaga vehementior*[1]. Nous avons assez de travail du mal, sans nous travailler à ces regles superflues.

Ce que ie dy, pour excuser ceulx qu'on veoid ordinairement se tempester aux secousses et assaults de cette maladie : car pour moy, ie l'ay passee iusques à cette heure avecques un peu meilleure contenance, et me contente de gemir sans brailler ; non pourtant que ie me mette en peine pour maintenir cette decence exterieure, car ie fais peu de cas d'un tel advantage, ie preste en cela au mal autant qu'il veult ; mais, ou mes douleurs ne sont pas si excessifves ou i'y apporte plus de fermeté que le commun. Ie me plains, ie me despite, quand les aigres poinctures me pressent ; mais ie n'en viens point au desespoir comme celuy là,

Eiulatu, questu, gemitu, fremitibus
Resonando, multum flebiles voces refert[2] :

ie me taste au plus espez du mal ; et ay tousiours trouvé que i'estois capable de dire, de penser, de respondre, aussi sainement qu'en une aultre heure, mais non si constamment, la douleur me troublant et destournant. Quand on me tient le plus atterré, et que les assistants m'espargnent, i'essaye souvent mes forces, et leur entame moy mesme des propos les plus esloingnez de mon estat. Ie puis tout par un soubdain effort : mais ostez en la duree. Oh ! que n'ay ie la faculté de ce songeur de Cicero, qui songeant embrasser une garse, trouva qu'il s'estoit deschargé de sa pierre emmy ses draps ! les niennes me desgarsent[3] estrangement. Aux intervalles de cette douleur excessifve, lorsque mes ureteres[4] languissent sans me ronger, ie me remets soubdain en ma forme ordinaire, d'autant que mon ame ne prend aultre alarme que la sensible et corporelle ; ce que ie doibs certainement au soing que i'ay eu à me preparer par discours à tels accidents :

Laborum
Nulla mihi nova nunc facies inopinave surgit :
Omnia præcepi, atque animo mecum ante peregi[5].

Ie suis essayé[6] pourtant un peu bien rudement pour un apprenti, et d'un changement bien soubdain et bien rude, estant cheu tout à coup d'une tresdoulce condition de vie et tresheureuse, à la plus douloureuse et penible qui se puisse imaginer : car, oultre ce que c'est une maladie bien fort à craindre d'elle mesme, elle faict en moy ses commencements beaucoup plus aspres et difficiles qu'elle n'a accoustumé : les accez me reprennent si souvent, que ie ne sens quasi plus d'entiere santé. Ie maintiens toutesfois, iusques à cette heure, mon esprit en telle assiette, que, prouveu que i'y puisse apporter de la constance, ie me treuve en assez meilleure condition de vie que mille aultres, qui n'ont ny fiebvre ny mal que celuy qu'ils se donnent eulx mesmes par la faulte de leurs discours.

Il est certaine façon d'humilité subtile, qui naist

(1) Les lutteurs aussi, tout en frappant leur adversaire, tout en agitant leurs cestes, font entendre quelques gémissements : c'est qu'en poussant un cri tous les nerfs se roidissent, et le coup s'élance et tombe avec plus de fermeté. Cic., *Tusc.*, II, 23.

(2) Qui, par ses pleurs, ses cris, ses longs gémissements,
Répandoit dans les airs l'horreur de ses tourments.
Vers du *Philoctète* d'Attius, cités deux fois par Cicéron, *de Finib.*, II, 29 ; *Tusc.*, II, 14. Trad. de M. J. V. Leclerc.

(3) Ce mot *desgarser*, dont la signification est ici fort aisée à deviner, paraît être forgé par Montaigne.

(4) Les deux canaux par où l'*urine* est portée des reins dans la vessie. C'est de là que nous disons l'urètre.

(5) Aucune peine, aucun danger n'a rien de nouveau pour moi ; j'ai tout prévu, je suis préparé à tout. Virg., *Æn.*, VI, 103.

(6) *Je suis mis à l'essai*, à l'épreuve.

de la presumption, comme cette cy, Que nous recognoissons nostre ignorance en plusieurs choses,
et sommes si courtois d'advouer qu'il y ayt ez ouvrages de nature aulcunes qualitez et conditions
qui nous sont imperceptibles, et desquelles nostre
suffisance ne peult descouvrir les moyens et les
causes : par cette honneste et consciencieuse declaration, nous esperons gaigner qu'on nous croira
aussi de celles que nous dirons entendre. Nous
n'avons que faire d'aller trier des miracles et des
difficultez estrangeres; il me semble que parmy les
choses que nous veoyons ordinairement, il y a des
estrangetez si incomprehensibles, qu'elles surpassent toute la difficulté des miracles : Quel monstre
est ce, que cette goutte de semence, dequoy nous
sommes produicts, porte en soy les impressions,
non de la forme corporelle seulement, mais des
pensements et des inclinations de nos peres? cette
goutte d'eau, où loge elle ce nombre infini de
formes? et comme portent elles ces ressemblances,
d'un progrez si temeraire et si desreglé, que l'arriere fils respondra à son bisayeul, le nepveu à l'oncle? En la famille de Lepidus, à Rome, il y en a
eu trois, non de suite, mais par intervalles, qui
nasquirent un mesme œil convert de cartilage: A
Thebes il y avoyt une race qui portoit dez le ventre de la mere la forme d'un fer de lance; et qui ne
le portoit, estoit tenu illegitime: Aristote dict qu'en
certaine nation où les femmes estoient communes,
on assignoit les enfants à leurs peres par la ressemblance.

Il est à croire que ie doibs à mon pere cette
qualité pierreuse; car il mourut merveilleusement
affligé d'une grosse pierre qu'il avoyt en la vessie.
Il ne s'apperceut de son mal que le soixante septiesme an de son aage : et avant cela il n'en avoyt
eu aulcune menace ou ressentiment aux reins, aux
costez, ny ailleurs; et avoyt vescu iusques lors en
une heureuse santé, et bien peu subiecte à maladie; et dura encores sept ans en ce mal, trainant
une fin de vie bien douloureuse. I'estois nay vingt
cinq ans, et plus, avant sa maladie, et durant le
cours de son meilleur estat, le troisiesme de ses
enfants en reng de naissance. Où se couvoit tant de
temps la propension à ce default? et lorsqu'il estoit si loing du mal, cette legiere piece de sa substance, dequoy il me bastit, comment en portoit
elle pour sa part une si grande impression? et
comment encores si couverte, que quarante cinq
ans aprez i'aye commencé à m'en ressentir, seul
iusques à cette heure entre tant de freres et de
sœurs, et touts d'une mere? Qui m'esclaircira de
ce progrez, ie le croiray d'autant d'aultres miracles qu'il voudra : prouvez que, comme ils font ,

il ne me donne pas en payement une doctrine
beaucoup plus difficile et fantastique que n'est la
chose mesme.

Que les medecins excusent un peu ma liberté;
car, par cette mesme infusion et insinuation fatale, i'ay receu la haine et le mespris de leur doctrine : cette antipathie que i'ay à leur art m'est
hereditaire. Mon pere a vescu soixante et quatorze
ans, mon aycul soixante et neuf, mon bisayeul prez
de quatre vingts, sans avoir gousté aulcune sorte
de medecine; et, entre eulx, tout ce qui n'estoit
de l'usage ordinaire tenoit lieu de drogue. La medecine se forme par exemples et experience : aussi
faict mon opinion. Voylà pas une bien expresse
experience, et bien advantageuse? ie ne sçay s'ils
m'en trouveront trois en leurs registres, nayz, nourris et trespassez en mesme fouyer, mesme toict,
ayants autant vescu par leur conduicte. Il fault
qu'ils m'advouent en cela, que si ce n'est la raison,
au moins que la fortune est de mon party : or,
chez les medecins, fortune vault bien mieulx que
la raison. Qu'ils ne me prennent point à cette heure
à leur advantage, qu'ils ne me menacent point,
atterré comme ie suis; ce seroit supercherie. Aussi,
à dire la verité, i'ay assez gaigné sur eulx par mes
exemples domestiques, encores qu'ils s'arrestent là.
Les choses humaines n'ont pas tant de constance :
il y a deux cents ans, il ne s'en fault que dix huict,
que cet essay nous dure, car le premier nasquit
l'an mil quatre cents deux; c'est vrayement bien
raison que cette experience commence à nous faillir. Qu'ils ne me reprochent point les maulx qui
me tiennent à cette heure à la gorge : d'avoir vescu
sain quarante sept ans pour ma part, n'est ce pas
assez? quand ce sera le bout de ma carriere, elle
est des plus longues.

Mes ancestres avoyent la medecine à contre-
cœur par quelque inclination occulte et naturelle;
car la veue mesme des drogues faisoit horreur à mon
pere. Le seigneur de Gaviac, mon oncle paternel,
homme d'Eglise, maladif dez sa naissance, et qui feit
toutesfois durer cette vie debile iusques à soixante
sept ans, estant tumbé aultrefois en une grosse et
vehemente fiebvre continue, il feut ordonné par
les medecins qu'on luy declareroit, s'il ne se vouloyt
ayder (ils appellent secours ce qui le plus souvent
est empeschement ), qu'il estoit infailliblement
mort. Ce bon homme, tout effroyé comme il feut
de cette horrible sentence, « Si, respondit il, ie suis
doncques mort. » Mais Dieu rendit tantost aprez
vain ce prognosticque. Le dernier des freres, ils estoient quatre, sieur de Bussaguet, et de bien loing
le dernier, se soubmeit seul à cet art, pour le commerce, ce croy ie, qu'il avoyt avecques les aultres

arts, car il estoit conseiller en la cour de parlement; et luy succeda si mal, qu'estant, par apparence, de plus forte complexion, il mourut pourtant long temps avant les aultres, sauf un, le sieur de Sainct Michel.

Il est possible que i'ay receu d'eulx cette dyspathie [1] naturelle à la medecine : mais s'il n'y eust en que cette consideration, i'eusse essayé de la forcer; car toutes ces conditions qui naissent en nous sans raison, elles sont vicieuses, c'est une espece de maladie qu'il fault combattre. Il peult estre que i'y avoy cette propension; mais ie l'ay appuyee et fortifiee par les discours, qui m'en ont estably l'opinion que i'en ay : car ie hais aussi cette consideration de refuser la medecine pour l'aigreur de son goust; ce ne seroit ayseement mon humeur, qui treuve la santé digne d'estre rachettee par touts les cauteres et incisions les plus penibles qui se facent : et, suivant Epicurus, les voluptez me semblent à eviter, si elles tirent à leur suitte des douleurs plus grandes; et les douleurs à rechercher, qui tirent à leur suitte des voluptez plus grandes. C'est une precieuse chose que la santé, et la seule qui merite, à la verité, qu'on y employe, non le temps seulement, la sueur, la peine, les biens, mais encores la vie à sa poursuitte; d'autant que sans elle la vie nous vient à estre penible et iniurieuse; la volupté, la sagesse, la science et la vertu, sans elle, se ternissent et esvanouissent : et aux plus fermes et tendus discours que la philosophie nous vueille imprimer au contraire, nous n'avons qu'à opposer l'image de Platon estant frappé du hault mal ou d'une apoplexie, et, en cette presupposition, le desfier d'appeler à son secours les riches facultez de son ame. Toute voye qui nous meneroit à la santé ne se peult dire, pour moy, ny aspre ny chere. Mais i'ay quelques aultres apparences qui me font estrangement desfier de toute cette marchandise. Ie ne dy pas qu'il n'y en puisse avoir quelque art; qu'il n'y ayt, parmy tant d'ouvrages de nature, des choses propres à la conservation de nostre santé, cela est certain : i'on tends bien qu'il y a quelque simple qui humecte, quelqu'aultre qui asseiche; ie scay, par experience, et que les raiforts produisent des vents, et que les feuilles du sené laschent le ventre; ie scay plusieurs telles experiences, comme ie scay que le mouton me nourrit, et que le vin m'eschauffe; et disoit Solon que le manger estoit, comme les aultres drogues, une medecine contre la maladie de la faim; ie ne desadvoue pas l'usage que nous tirons du monde, ny ne doubte de la puissance et uberté [2] de nature, et de son application à nostre besoing; ie veoy bien que les brochets et les arondes [3] se treuvent bien d'elle : Ie me desfie des inventions de

nostre esprit, de nostre science et art, en faveur duquel nous l'avons abandonnee et ses regles, et auquel nous ne scavons tenir moderation ny limite. Comme nous appellons justice, le pastissage [4] des premieres loix qui nous tumbent en main, et leur dispensation et practique, tresinepte souvent et tresinique; et comme ceulx qui s'en mocquent, et qui l'accusent, n'entendent pas pourtant iniurier cette noble vertu, ains condemner seulement l'abus et profanation de ce sacré tiltre : de mesme, en la medecine, i'honnore bien ce glorieux nom, sa proposition, sa promesse, si utile au genre humain; mais ce qu'il designe [5], entre nous, ie ne l'honnore ny l'estime.

En premier lieu, l'experience me le faict craindre; car, de ce que i'ay de cognoissance, ie ne veoy nulle race de gents si tost malade, et si tard guarie, que celle qui est soubs la iurisdiction de la medecine : leur santé mesme est alteree et corrompue par la contraincte des regimes. Les medecins ne se contentent point d'avoir la maladie en gouvernement; ils rendent la santé malade, pour garder qu'on ne puisse en aulcune saison eschapper leur auctorité : d'une santé constante et entiere, n'en tirent ils pas l'argument d'une grande maladie future? I'ay esté assez souvent malade; i'ay trouvé, sans leur secours, mes maladies aussi doulces à supporter (et en ay essayé quasi de toutes les sortes), et aussi courtes qu'à nul aultre; et si n'y ay point meslé l'amertume de leurs ordonnances. La santé, ie l'ay libre et entiere, sans regle, et sans aultre discipline que de ma coustume et de mon plaisir : tout lieu m'est bon à m'arrester; car il ne me fault aultres commoditez, estant malade, que celles qu'il me fault estant sain : Ie ne me passionne point d'estre sans medecin, sans apotiquaire et sans secours; dequoy i'en veoy la pluspart plus affligez que du mal. Quoy? eulxmesmes font ils veoir de l'heur et de la duree, en leur vie, qui nous puisse tesmoingner quelque apparent effect de leur scicnce?

Il n'est nation qui n'ayt esté plusieurs siecles sans la medecine, et les premiers siecles, c'est à dire les meilleurs et les plus heureux; et du monde la dixiesme partie ne s'en sert pas, encores à cette heure; infinies nations ne la cognoissent pas, où l'on vit et plus sainement et plus longuement qu'on ne faict icy; et parmy nous, le commun peuple s'en passe heureusement : les Romains

---

(1) Aversion.
(2) Fertilité, abondance. — (3) Les hirondelles.
(4) Le mélange informé, l'espèce de salmigondis ou de macédoine.
(5) Prescrit, ordonne.

avoyent esté six cents ans avant que de la recevoir; mais, aprez l'avoir essayee, ils la chasserent de leur ville, par l'entremise de Cato le censeur, qui montra combien ayseement il s'en pouvoit passer, ayant vescu quatre vingts et cinq ans, et faict vivre sa femme iusqu'à l'extreme vieillesse, non pas sans medecine, mais ouy bien sans medecin; car toute chose qui se treuve salubre à nostre vie, se peult nommer medecine: il entretenoit, ce dict Plutarque, sa famille en santé, par l'usage, ce me semble, du lievre: comme les Arcades, dict Pline, guarissent toutes maladies avecques du laict de vache; et les Lybiens, dict Herodote, iouyssent populairement d'une rare santé; par cette coustume qu'ils ont, aprez que leurs enfants ont atteinct quatre ans, de leur cauteriser et brusler les veines du chef et des temples, par où ils couppent chemin, pour leur vie, à toute defluxion de rheume; et les gents de village de ce païs, à touts accidents, n'employent que du vin le plus fort qu'ils peuvent, meslé à force safran et espice: tout cela avecques une fortune pareille.

Et à dire vray, de toute cette diversité et confusion d'ordonnances, quelle autre fin et effect aprez tout y a il, que de vuider le ventre? ce que mille simples domestiques peuvent faire: et si ne sçay si c'est si utilement qu'ils disent, et si nostre nature n'a point besoing de la residence de ses excrements, iusques à certaine mesure, comme le vin a de la lie pour sa conservation; vous voyez souvent des hommes sains tumber en vomissements ou flux de ventre, par accident estranger, et faire un grand vuidange d'excrements sans besoing aulcun precedent, et sans aulcune utilité suivante, voire avecques empirement et dommage. C'est du grand Platon que i'apprins n'agueres que, de trois sortes de mouvements qui nous appartiennent, le dernier et le pire est celuy des purgations, que nul homme, s'il n'est fol, ne doibt entreprendre qu'à l'extreme necessité. On va troublant et esveillant le mal, par oppositions contraires; il fault que ce soit la forme de vivre qui doulcement l'allanguisse et reconduise à sa fin: les violentes harpades [1] de la drogue et du mal sont tousiours à nostre perte, puisque la querelle se desmesle chez nous, et que la drogue est un secours infiable [2], de sa nature ennemy à nostre santé, et qui n'a accez en nostre estat que par le trouble. Laissons un peu faire: l'ordre qui prouveoid aux pulces et aux taulpes, prouveoid aussi aux hommes qui ont la patience pareille, à se laisser gouverner, que les pulces et les taulpes: nous avons beau crier Bihore [3], c'est bien pour nous enrouer, mais non pour l'advancer: c'est un ordre superbe et impiteux [4]; nostre

crainte, nostre desespoir le desgouste et retarde de nostre ayde, au lieu de l'y convier; il doibt au mal son cours, comme à la santé; de se laisser corrompre en faveur de l'un, au preiudice des droicts de l'aultre, il ne le fera pas, il tumberoit en desordre. Suivons, de par Dieu! suivons: il meine ceulx qui suivent; ceulx qui ne le suivent pas, il les entraisne, et leur rage, et leur medecine ensemble. Faites ordonner une purgation à vostre cervelle; elle y sera mieulx employee qu'à vostre estomach.

On demandoit à un Lacedemonien, qui l'avoyt faict vivre sain si long temps: « L'ignorance de la medecine, » respondit il: et Adrian l'empereur crioit sans cesse, en mourant, « Que la presse des medecins l'avoyt tué. » Un mauvais luicteur se feit medecin: « Courage, lui dict Diogenes; tu as raison: tu mettras à cette heure en terre ceulx qui t'y ont mis aultrefois. » Mais ils ont cet heur, selon Nicocles, que « le soleil esclaire leur succez, et la terre cache leur faulte. » Et oultre cela, ils ont une façon bien advantageuse à se servir de toutes sortes d'evenements: car, ce que la fortune, ce que la nature ou quelque aultre cause estrangere ( desquelles le nombre est infini ), produict en nous de bon et de salutaire, c'est le privilege de la medecine de se l'attribuer; touts les heureux succez qui arrivent au patient qui est sous son regime, c'est d'elle qu'il les tient; les occasions qui m'ont guary moy, et qui guarissent mille aultres qui n'appellent point les medecins à leurs secours, ils les usurpent en leurs subiects [5]: et quant aux mauvais accidents, Ou ils les desadvouent tout à faict, en attribuant la coulpe au patient, par des raisons si vaines, qu'ils n'ont garde de faillir d'en trouver tousiours assez bon nombre de telles: « Il a descouvert son bras, il a ouï le bruit d'un coche,

Rhedarum transitus arcto<br>Vicorum in flexu [6]:

on a entr'ouvert sa fenestre; il s'est couché sur le costé gauche, ou il a passé par sa teste quelque pensement penible; somme, une parole, un songe, une œuillade leur semble suffisante excuse pour se descharger de faulte: Ou, s'il leur plaist, ils se ser-

_____

(1) *Griffades, coups de harpons ou de griffes, c'est-à-dire vi-lents combats entre la drogue et le mal.*

(2) *Mal assuré, auquel on ne peut se fier.*

(3) *Bihore (terme dont se servent les charretiers du Languedoc, pour hâter leurs chevaux; il répond à notre hie! et signifie, à la lettre, vite, dehors.* — (4) *Inexorable.*

(5) *Ils s'en font honneur à l'égard de ceux qui se sont mis entre leurs mains.*

(6) *Le bruit des chars embarrassés au détour des rues etroites.* JUVÉNAL, III, 256.

vent encores de cet empirement et en font leurs affaires, par cet aultre moyen qui ne leur peult jamais faillir : c'est de nous payer, lorsque la maladie se treuve rechauffee par leurs applications, de l'asseurance qu'ils nous donnent qu'elle seroit bien aultrement empiree sans leurs remedes; celuy qu'ils ont iecté d'un morfondement [1] en une fiebvre quotidienne, il eust eu, sans eulx, la continue. Ils n'ont garde de faire mal leurs besongnes, puisque le dommage leur revient à proufit. Vrayement ils ont raison de requerir du malade une application de creance favorable : il fault qu'elle le soit, à la verité, en bon escient et bien souple, pour s'appliquer à des imaginations si malaysees à croire. Platon disoit bien à propos, Qu'il n'appartenoit qu'aux medecins de mentir en toute liberté, puisque nostre salut despend de la vanité et faulseté de leurs promesses. Aesope, aucteur de tresrare excellence, et duquel peu de gents descouvrent toutes les graces, est plaisant à nous representer cette auctorité tyrannique qu'ils usurpent sur ces pauvres ames affoiblies et abattues par le mal et la crainte; car il conte qu'un malade estant interrogé par son medecin quelle operation il sentoit des medicaments qu'il luy avoyt donnez : « I'ay fort sué, » respondit il ; « Cela est bon ! » dict le medecin. Une aultre fois il luy demanda encores comme il s'estoit porté depuis : « I'ay eu un froid extreme, feit il, et si ay fort tremblé. » « Cela est bon ! » suivit le medecin. A la troisiesme fois, il luy demanda derechef comment il se portoit : « Ie me sens, dict il, enfler et bouffir comme d'hydropisie : » « Voylà qui va bien ! » adiousta le medecin. L'un de ses domestiques venant, aprez, à s'enquerir à luy de son estat : « Certes, mon amy, respond il, à force de bien estre, ie me meurs. »

Il y avoyt en Aegypte une loy plus iuste, par laquelle le medecin prenoit son patient en charge, les trois premiers iours, aux perils et fortunes du patient; mais, les trois iours passez, c'estoit aux siens propres : car quelle raison y a il qu'Aesculapius leur patron ayt esté frappé du fouldre pour avoir ramené Hippolytus de mort à vie;

Nam Pater omnipotens, aliquem indignatus ab umbris
Mortalem infernis ad lumina surgere vitæ, [bris
Ipse repertorem medicinæ talis, et artis,
Fulmine Phœbigenam Stygias detrusit ad undas [2];

et ses suivants soient absouls, qui envoyent tant d'ames de la vie à la mort ? Un medecin vantoit à Nicocles son art estre de grande auctorité: « Vrayement c'est mon [3], dict Nicocles, qui peult impunement tuer tant de gents. »

Au demourant, si i'eusse esté de leur conseil, i'eusse rendu ma discipline plus sacree et mysterieuse : ils avoyent assez bien commencé ; mais ils n'ont pas achevé de mesme. C'estoit un bon commencement, d'avoir faict des dieux et des daimons aucteurs de leur science, d'avoir prins un langage à part, une escriture à part ; quoy qu'en sente la philosophie, que c'est folie de conseiller un homme pour son proufit, par maniere non intelligible : *Ut si quis medicus imperet, ut sumat*

Terrigenam, herbigradam, domiportam, sanguine,
[cassam [4].

C'estoit une bonne regle en leur art, et qui accompaigne toutes les arts fantastiques, vaines et supernaturelles, Qu'il fault que la foy du patient preoccupe, par bonne esperance et asseurance, leur effect et operation : laquelle regle ils tiennent iusques là, que le plus ignorant et grossier medecin, ils le treuvent plus propre à celuy qui a fiance en luy, que le plus experimenté et incongneu. Le chois mesme de la pluspart de leurs drogues est aulcunement mysterieux et divin : Le pied gauche d'une tortue, L'urine d'un lezard, La fiente d'un elephant, Le foye d'une taulpe, Du sang tiré soubs l'aile droicte d'un pigeon blanc; et pour nous aultres choliqueux ( tant ils abusent desdaigneusement de nostre misere), des crottes de rat pulverisees, et telles autres singeries qui ont plus le visage d'un enchantement magicien, que de science solide. Ie laisse à part le nombre impair de leurs pillules, la destination de certains iours et festes de l'annee, la distinction des heures à cueillir les herbes de leurs ingredients, et cette grimace rebarbatifve et prudente de leur port et conteunance, dequoy Pline mesme se mocque. Mais ils ont failly, veulx ie dire, de ce qu'à ce beau commencement ils n'ont adiousté cecy, De rendre leurs assemblees et consultations plus religieuses et secretes : aulcun homme profane n'y debvoit avoir accez, non plus qu'aux secretes cerimonies d'Aesculape ; car il advient de cette faulte, que leur irresolution, la foiblesse de leurs arguments, divi-

[1] Un *morfondement* est une maladie causée par un froid subit, après avoir eu chaud.

[2] Jupiter, indigné qu'un mortel, échappé des ténèbres infernales, reparût au séjour de la lumière, frappa de la foudre l'inventeur de cet art audacieux, et précipita sur les bords du Styx le fils d'Apollon. VIRG., *Énéide*, VII, 770.

[3] *Vraiment oui, puisqu'il peut*, etc. Dans cette expression, *vrayement c'est mon*, le mot de *mon* sert à affirmer plus fortement ; mais il est à présent tout-à-fait barbare en ce sens-là.

[4] Comme si un médecin ordonnoit à un malade de prendre

Un enfant de la terre, errant sur le gazon,
Privé d'os et de sang, et portant sa maison.

CIC., *de Divinat.*, II, 64 : trad. de Regnier.

nations et fondements, l'aspreté de leurs contestations, pleines de haine, de ialousie, et de consideration particuliere, venants à estre descouvertes à un chascun, il fault estre merveilleusement aveugle, si on ne se sent bien hazardé entre leurs mains. Qui veid iamais medecin se servir de la recepte de son compaignon, sans y retrencher ou adiouster quelque chose ? ils trahissent assez par là leur art, et nous font veoir qu'ils y considerent plus leur reputation, et par consequent leur proufit, que l'interest de leurs patients. Celuy là de leurs docteurs est plus sage, qui leur a anciennement prescript qu'un seul se mesle de traicter un malade : car s'il ne faict rien qui vaille, le reproche à l'art de la medecine n'en sera pas fort grand, pour la faulte d'un homme seul ; et au rebours, la gloire en sera grande, s'il vient à bien rencontrer : là où quand ils sont beaucoup, ils descrient à touts les coups le mestier; d'autant qu'il leur advient de faire plus souvent mal que bien. Ils se debvoient contenter du perpetuel desaccord qui se treuve ez opinions des principaux maistres et aucteurs anciens de cette science, lequel n'est cogneu que des hommes versez aux livres, sans faire veoir encores au peuple les controverses et inconstances de iugement qu'ils nourrissent et continuent entre eulx.

Voulons nous un exemple de l'ancien debat de la medecine? Herophilus loge la cause originelle des maladies, aux humeurs; Erasistratus, au sang des arteres; Asclepiades, aux atomes invisibles s'escoulants en nos pores; Alcmaeon, en l'exuperance ou default des forces corporelles; Diocles, en l'inequalité des elements du corps, et en la qualité de l'air que nous respirons; Strato, en l'abondance, crudité, et corruption de l'aliment que nous prenons; Hippocrates la loge aux esprits. Il y a l'un de leurs amys, qu'ils cognoissent mieulx que moy, qui s'escrie à ce propos, « Que la science la plus importante qui soit en nostre usage, comme celle qui a charge de nostre conservation et santé, c'est, de malheur, la plus incertaine, la plus trouble, et agitee de plus de changements. » Il n'y a pas grand danger de nous mescompter à la haulteur du soleil, ou en la fraction de quelque supputation astronomique : mais icy, où il y va de tout nostre estre, ce n'est pas sagesse de nous abandonner à la mercy de l'agitation de tant de vents contraires.

Avant la guerre peloponnesiaque, il n'estoit pas grands nouvelles de cette science. Hippocrates la meit en credit : tout ce que cettuy cy avoyt establ y, Chrysippus le renversa : depuis, Erasistratus, petit fils d'Aristote, tout ce que Chrysip-

pus en avoyt escript : aprez ceulx cy, surveindrent les empiriques, qui preindrent une voye toute diverse des anciens au maniement de cet art : quand le credit de ces derniers commencea à s'envieillir, Herophilus meit en usage une aultre sorte de medecine, qu'Asclepiades veiut à combattre et aneantir à son tour : à leur reng gaignerent auctorité les opinions de Themison, et depuis de Musa; et encores aprez, celles de Vectius Valens, medecin fameux par l'intelligence qu'il avoyt avec Messalina : l'empire de la medecine tumba du temps de Neron à Thessalus, qui abolit et condemna tout ce qui en avoyt esté tenu iusques à luy : la doctrine de cettuy cy feut abbattue par Crinas de Marseille, qui apporta de nouveau de regler toutes les operations medecinales aux ephemerides et mouvements des astres, manger, dormir et boire, à l'heure qu'il plairoit à la lune et à Mercure : son auctorité feut bientost aprez supplantee par Charinus, medecin de cette mesme ville de Marseille; cettuy cy combattoit non seulement la medecine ancienne, mais encores l'usage des bains chaulds, publicque, et tant de siecles auparavant accoustumé; il faisoit baigner les hommes dans l'eau froide, en hyver mesme, et plongeoit les malades dans l'eau naturelle des ruisseaux. Iusques au temps de Pline, aucun Romain n'avoyt encores daigné exercer la medecine : elle se faisoit par des estrangers et Grecs; comme elle se faict, entre nous François, par des Latineurs : car, comme dict un tresgrand medecin, nous ne recevons pas ayseement la medecine que nous entendons, non plus que la drogue que nous cueillons. Si les nations desquelles nous retirons le gayac, la salseperille [1], et le bois d'esquine [2], ont des medecins, combien pensons nous, par cette mesme recommandation de l'estrangeté, la rareté et la cherté, qu'ils facent feste de nos choulx et de nostre persil ? car qui oseroit mespriser les choses recherchees de si loing, au hazard d'une si longue peregrination [3], et si perilleuse? Depuis ces anciennes mutations de la medecine, il y en a eu infinies aultres iusques à nous ; et, le plus souvent, mutations entieres et universelles, comme sont celles que produisent, de nostre temps, Paracelse, Fioravanti, et Argenterius [4] : car ils ne changent pas seulement une recepte, mais, à ce

---

(1) *Salseperille.*
(2) Racine d'un certain ioue des Indes, de laquelle on faict usage dans la médecine.
(3) *Voyage.*
(4) *Léonard Fioravanti*, médecin et alchymiste, ou plutôt charlatan, né à Boulogne, fut assez long-temps célèbre en Italie; il mourut en 1588. *Jean Argentier*, homme plus estimable, né à Quiers, ville de Piémont, en 1513, mourut à Turin en 1572.

qu'on me dict, toute la contexture et police du corps de la medecine, accusants d'ignorance et de piperie ceulx qui en ont faict profession iusques à eulx. Ie vous laisse à penser où en est le pauvre patient.

Si encores nous estions asseurez, quand ils se mescomptent, qu'il ne nous nuisist pas, s'il ne nous proufite; ce seroit une bien raisonnable composition, de se hazarder d'acquerir du bien, sans se mettre en danger de perte. Aesope faict ce conte, qu'un qui avoyt achetté un More esclave, estimant que cette couleur luy feust venue par accident et mauvais traictement de son premier maistre, le feit medeciner de plusieurs bains et bruvages avecques grand soing: il advient, que le More n'en amenda aulcunement sa couleur basanee, mais qu'il en perdit entierement sa premiere santé. Combien de fois nous advient il de veoir les medecins imputants les uns aux aultres la mort de leurs patients? Il me souvient d'une maladie populaire qui feut aux villes de mon voysinage, il y a quelques annees, mortelle et tresdangereuse: cet orage estant passé, qui avoyt emporté un nombre infini d'hommes, l'un des plus fameux medecins de toute la contree veint à publier un livret, touchant cette matiere, par lequel il se radvise de ce qu'ils avoyent usé de la saignee, et confesse que c'est l'une des causes principales du dommage qui en estoit advenu. Dadvantage, leurs aucteurs tiennent qu'il n'y a aulcune medecine qui n'ayt quelque partie nuisible: et si celles mesmes qui nous servent, nous offensent aulcunement, que doibvent faire celles qu'on nous applique du tout hors de propos? De moy, quand il n'y auroit aultre chose, i'estime qu'à ceulx qui haïssent le goust de la medecine, ce soit un dangereux effort, et de preiudice, de l'aller avaller à une heure si incommode, avecques tant de contrecœur; et croy que cela essaye[1] merveilleusement le malade en une saison où il a tant besoing de repos: oultre ce, qu'à considerer les occasions sur quoy ils fondent ordinairement la cause de nos maladies, elles sont si legieres et si delicates, que i'argumente par là qu'une bien petite erreur en la dispensation de leurs drogues peult nous apporter beaucoup de nuisance. Or, si le mescompte du medecin est dangereux, il nous va bien mal; car il est fort malaysé qu'il n'y retumbe souvent: Il a besoing de trop de pieces, considerations et circonstances, pour affuster[2] iustement son desseing: il fault qu'il cognoisse la complexion du malade, sa temperature, ses humeurs, ses inclinations; ses actions, ses pensements mesmes, et ses imaginations; il fault qu'il se responde des circonstances exter-

nes, de la nature du lieu, condition de l'air et du temps, assiette des planetes et leurs influences; qu'il sçache, en la maladie, les causes, les signes, les affections, les iours critiques; en la drogue, le poids, la force, le païs, la figure, l'aage, la dispensation; et fault que toutes ces pieces il les sçache proportionner et rapporter l'une à l'aultre, pour en engendrer une parfaicte symmetrie: à quoy s'il fault[3] tant soit peu, si de tant de ressorts il y en a un tout seul qui tire à gauche, en voylà assez pour nous perdre. Dieu sçait de quelle difficulté est la cognoissance de la pluspart de ces parties: car, pour exemple, comment trouvera il le signe propre de la maladie, chascune estant capable d'un infini nombre de signes? combien ont ils de debats entr'eulx et de doubtes sur l'interpretation des urines? aultrement d'où viendroit cette altercation continuelle que nous veoyons entr'eulx sur la cognoissance du mal? comment excuserions nous cette faulte, où ils tumbent si souvent, de prendre martre pour regnard? Aux maulx que i'ay eu, pour peu qu'il y eust de difficulté, ie n'en ay iamais trouvé trois d'accord: ie remarque plus volontiers les exemples qui me touchent. Dernierement, à Paris, un gentilhomme feut taillé par l'ordonnance des medecins, auquel on ne trouva de pierre non plus à la vessie qu'à la main: et là mesme, un evesque qui m'estoit fort amy, avoyt esté instamment solicité, par la pluspart des medecins qu'il appelloit à son conseil, de se faire tailler; i'aydois moy mesme, soubs la foy d'aultruy, à le luy suader: quand il feust trespassé, et qu'il feut ouvert, on trouva qu'il n'avoyt mal qu'aux reins. Ils sont moins excusables en cette maladie, d'autant qu'elle est aulcunement palpable. C'est par là que la chirurgie me semble beaucoup plus certaine, parce qu'elle veoid et manie ce qu'elle faict; il y a moins à coniecturer et à deviner: là où les medecins n'ont point de *speculum matricis* qui leur descouvre nostre cerveau, nostre poulmon, et nostre foye.

Les promesses mesmes de la medecine sont incroyables: car, ayant à prouveoir à divers accidents et contraires qui nous pressent souvent ensemble, et qui ont une relation quasi necessaire, comme la chaleur du foye, et froideur de l'estomach, ils nous vont persuadant que, de leurs ingredients, cettuy cy eschauffera l'estomach, cet aultre refreschira le foye; l'un a sa charge d'aller droict aux reins, voire iusques à la vessie, sans

{1} *Essaye*, signifie, en général, *éprouve*, *met à l'épreuve*; et ici met à une rude épreuve.
{2} *Affûter*, ajuster, disposer.
{3} *S'il se meprend*, s'il manque.

estaler ailleurs ses operations, et conservant ses forces et sa vertu, en ce long chemin et plein de destourbiers[1], iusques au lieu au service duquel il est destiné, par sa propriété occulte; l'aultre asseichera le cerveau; celuy là humectera le poulmon. De tout cet amas, ayant faict une mixtion de bruvage, n'est ce pas quelque espece de resverie d'esperer que ces vertus s'aillent divisant et triant de cette confusion et meslange, pour courir à charges si diverses? Ie craindrois infiniement qu'elles perdissent ou eschangeassent leurs etiquettes, et troublassent leurs quartiers. Et qui pourroit imaginer qu'en cette confusion liquide, ces facultez ne se corrompent, confondent, et alterent l'une l'aultre? Quoy, que l'execution de cette ordonnance despend d'un aultre officier, à la foy et mercy duquel nous abandonnons, encores un coup, nostre vie?

Comme nous avons des pourpoinctiers[2], des chaussetiers pour nous vestir; et en sommes d'aultant mieulx servis, que chascun ne se mesle que de son subiect, et a sa science plus restreincte et plus courte que n'a un tailleur qui embrasse tout; et comme, à nous nourrir, les grands, pour plus de commodité, ont des offices distinguez de potagers et de rostisseurs, dequoy un cuisinier, qui prend la charge universelle, ne peult si exquisement venir à bout: de mesme, à nous guarir, les Aegyptiens avoyent raison de reiecter ce general mestier de medecin, et descoupper cette profession; à chasque maladie, à chasque partie du corps, son œuvrier; car cette partie en estoit bien plus proprement et moins confusement traictee, de ce qu'on ne regardoit qu'à elle specialement. Les nostres ne s'advisent pas, que, qui prouveoid à tout, ne prouveoid à rien; que la totale police de ce petit monde leur est indigestible. Ce pendant qu'ils craignent d'arrester le cours d'un dysenterique, pour le luy causer la fiebvre, ils me tuerent un amy qui valoyt mieulx que touts tant qu'ils sont[3]. Ils mettent leurs divinations au poids, à l'encontre des maulx presents; et, pour ne guarir le cerveau au preiudice de l'estomach, offensent l'estomach et empirent le cerveau par ces drogues tumultuaires et dissentieuses[4].

Quant à la varieté et foiblesse des raisons de cet' art, elle est plus apparente qu'en aulcun aultre art: Les choses aperitifves sont utiles à un homme choliqueux, d'aultant qu'ouvrant les passages et les dilatant, elles acheminent cette matiere gluante, de laquelle se bastit la grave[5] et la pierre, et conduisent contrebas ce qui se commence à durcir et amasser aux reins: les choses aperitifves sont dangereuses à un homme choli-

queux, d'autant qu'ouvrant les passages et les dilatant, elles acheminent vers les reins la matiere propre à bastir la grave, lesquels s'en saisissants volontiers pour cette propension qu'ils y ont, il est malaysé qu'ils n'en arrestent beaucoup de ce qu'on y aura charrié; d'advantage, si de fortune il s'y rencontre quelque corps un peu plus grosset qu'il ne fault pour passer touts ces destroicts qui restent à franchir pour l'expeller[6] au dehors, ce corps estant esbranslé par ces choses aperitifves, et iecté dans ces canaux estroicts, venant à les boucher, acheminera une certaine mort et tres-douloureuse. Ils ont une pareille fermeté aux conseils qu'ils nous donnent de nostre regime de vivre: Il est bon de tumber souvent de l'eau[7]; car nous veoyons, par experience, qu'en la laissant croupir, nous luy donnons loysir de se descharger de ses excrements et de sa lie, qui servira de matiere à bastir la pierre en la vessie: Il est bon de ne tumber point souvent de l'eau; car les poisants excrements qu'elle traisne quand et elle, ne s'emporteront point s'il n'y a de la violence, comme on veoid, par experience, qu'un torrent qui roule avecques roideur balaye bien plus nettement le lieu où il passe, que ne faict le cours d'un ruisseau mol et lasche: Pareillement, il est bon d'avoir souvent affaire aux femmes, car cela ouvre les passages, et achemine la grave et le sable: il est bien aussi mauvais, car cela eschauffe les reins, les lasse et affoiblit: il est bon de se baigner aux eaux chauldes, parce que cela relasche et amollit les lieux où se croupit le sable et la pierre: mauvais aussi est il, d'autant que cette application de chaleur externe ayde les reins à cuire, durcir et petrifier la matiere qui y est disposee: A ceulx qui sont aux bains, il est plus salubre de manger peu le soir, afin que le bruvage des eaux qu'ils ont à prendre l'endemain matin, face plus d'operation, rencontrant l'estomach vuide et non empesché: au rebours, il est meilleur de manger peu au disner, pour ne troubler l'operation de l'eau, qui n'est pas encores parfaicte, et ne charger l'estomach

(1) *Troubles, dérangements.*

(2) *Des tailleurs* pour-*pointiers; ceux qui ne faisoient que des* pourpoints, *que l'habillement du tronc du corps, à la différence des* chaussetiers, *qui faisoient les hauts de-chausses et les bas.*

(3) *Sans doute il veut parler de son ami Estienne de la Boëtie, mort de la dysenterie en 1565. Il est tout simple alors qu'il se rappelle cette perte avec tant d'amertume : les médecins doivent le lui pardonner.*

(4) *Par ces drogues mêlées confusément, et qui ont des qualités discordantes et contraires.*

(5) *La gravelle, maladie des reins et de la vessie, causée par quelque gravier.*

(6) *Expulser, chasser dehors.*

(7) *Tomber de l'eau, pour dire lâcher de l'eau, uriner, expression gasconne.*

si soubdain aprez cet aultre travail, et pour laisser l'office de digerer à la nuict, qui le sçait mieulx faire que ne faict le iour, où le corps et l'esprit sont en perpetuel mouvement et action. Voylà comment ils vont bastelant[1], et baguenaudant à nos despens en touts leurs discours ; et ne me sçauroient fournir proposition, à laquelle ie n'en rebastisse une contraire de pareille force. Qu'on ne crie donc plus aprez ceulx qui, en ce trouble, se laissent doulcement conduire à leur appetit et au conseil de nature, et se remettent à la fortune commune.

J'ay veu, par occasion de mes voyages, quaſi touts les bains fameux de chrestienté ; et, depuis quelques annees, ay commencé à m'en servir : car, en general, i'estime le baigner salubre, et croy que nous encourons non legieres incommoditez en nostre santé, pour avoir perdu cette coustume, qui estoit generalement observee au temps passé quaſi en toutes les nations, et est encore en plusieurs, de se laver le corps touts les iours ; et ne puis pas imaginer que nous ne vallions beaucoup moins de tenir ainsin nos membres encroustez, et nos pores estouppez de crasse : et quant à leur boison, la fortune a faict premierement qu'elle ne soit aulcunement ennemye de mon goust ; secondement, elle est naturelle et simple, qui au moins n'est pas dangereuse si elle est vaine, de quoy ie prends pour respondant cette infinité de peuples de toutes sortes et complexions qui s'y assemble ; et, encores que ie n'y aye apperceu aulcun effect extraordinaire et miraculeux, ains que, m'en informant un peu plus curieusement qu'il ne se faict, i'aye trouvé mal fondez et faulx touts les bruits de telles operations qui se sement en ces lieux là, et qui s'y croyent (comme le monde va se pipant ayseement de ce qu'il desire), toutesfois aussi n'ay ie veu gueres de personnes que ces eaux ayent empiré, et ne leur peult on sans malice refuser cela, qu'elles n'esveillent l'appetit, facilitent la digestion, et nous prestent quelque nouvelle alaigresse, si on n'y va par trop abbattu de forces ; ce que ie desconseille de faire : elles ne sont pas pour relever une poisante ruyne ; elles peuvent appuyer une inclination legiere, ou prouvoir à la menace de quelque alteration. Qui n'y apporte assez d'alaigresse, pour pouvoir iouyr le plaisir des compaignies, qui s'y trouvent, et des promenades et exercices à quoy nous convie la beaulté des lieux où sont communement assises ces eaux, il perd sans doubte la meilleure piece et plus asseuree de leur effect. A cette cause, i'ay choisi iusques à cette heure à m'arrester et à me servir de celles où il y avoit plus d'amœnité de lieu, commodité de logis, de vivres et de com-

paignies, comme sont, en France, les bains de Banieres ; en la frontiere d'Allemaigne et de Lorraine, ceulx de Plombieres ; en Souysse, ceulx de Bade ; en la Toscane, ceulx de Lucques, et specialement ceulx *della Villa*, desquels i'ay usé plus souvent et à diverses saisons.

Chasque nation a des opinions particulieres touchant leur usage, et des loix et formes de s'en servir, toutes diverses ; et, selon mon experience, l'effect quasi pareil : le boire n'est aulcunement receu en Allemaigne ; pour toutes maladies, ils se baignent, et sont à grenouiller dans l'eau, quasi d'un soleil à l'aultre ; en Italie, quand ils boivent neuf iours, ils s'en baignent pour le moins trente, et communement boivent l'eau mixtionnee d'aultres drogues, pour secourir son operation : on nous ordonne icy de nous promener pour la digerer ; là, on les arreste au lict où ils l'ont prinse, iusques à ce qu'ils l'ayent vuidee, leur eschauffant continuellement l'estomach et les pieds : comme les Allemans ont de particulier de se faire generalement touts cornetter[2] et ventouser avecques scarification, dans le bain ; ainsin ont les Italiens leurs *doccie*[3], qui sont certaines gouttieres de cette eau chaulde, qu'ils conduisent par des cannes, et vont baignant une heure le matin, et autant l'aprez disnee, par l'espace d'un mois, ou la teste, ou l'estomach, ou aultre partie du corps à laquelle ils ont affaire. Il y a infinies aultres differences de coustumes en chasque contree ; ou, pour mieulx dire, il n'y a quasi aulcune ressemblance des unes aux aultres. Voylà comment cette partie de medecine, à laquelle seule ie me suis laissé aller, quoyqu'elle soit la moins artificielle, si a elle sa bonne part de la confusion et incertitude qui se veoid partout ailleurs en cet art.

Les poëtes disent tout ce qu'ils veulent avecques plus d'emphase et de grace, tesmoing ces deux epigrammes,

> Alcon hesterno signum Iovis attigit : ille,
> Quamvis marmoreus, vim patitur medici.
> Ecce hodie, iussus transferri ex æde vetusta,
> Effertur, quamvis sit deus atque lapis[4] :

et l'aultre,

> Lotus nobiscum est, hilaris cœnavit ; et idem
> Inventus mane est mortuus Andragoras.

1. *Faisant les bateleurs, se jouant et badinant.*
2. *Ventouser* — (3) *Douches.*
3. Le médecin Alcon toucha hier la statue de Jupiter ; et tout marbre qu'il est, Jupiter a éprouvé la vertu du medecin aujourd'hui : on le fire de son vieux temple ; et quoiqu'il soit dieu et pierre, on va l'enterrer. AUSONE. *Ep.* [...]

Tam subitæ mortis causam, Faustine, requiris?
In somnis medicum viderat Hermocratem [1]:

sur quoy ie veulx faire deux contes :

Le baron de Caupene en Chalosse, et moy, avons en commun le droict de patronage d'un benefice qui est de grande estendue, au pied de nos montaignes, qui se nomme *Lahontan*. Il est des habitants de ce coing, ce qu'on dict de ceulx de la vallée d'Angrougne : ils avoyent une vie à part, les façons, les vestements et les mœurs à part ; regis et gouvernez par certaines polices et coustumes particulieres receues de pere en fils, ausquelles ils s'obligeoient, sans autre contraincte que de la reverence de leur usage. Ce petit estat s'estoit continué de toute ancienneté en une condition si heureuse, qu'aulcun iuge voysin n'avoyt esté en peine de s'informer de leur affaire ; aulcun advocat employé à leur donner advis, ny estranger appellé pour esteindre leurs querelles, et n'avoyt on iamais veu aulcun de ce destroict [2] à l'aumosne : ils fuyoient les alliances et le commerce de l'aultre monde, pour n'alterer la pureté de leur police : iusques à ce, comme ils recitent, que l'un d'entre eulx, de la memoire de leurs peres, ayant l'ame espoinçonnée d'une noble ambition, alla s'adviser, pour mettre son nom en credit et reputation, de faire l'un de ses enfants maistre Iean, ou maistre Pierre, et l'ayant faict instruire à escrire en quelque ville voysine, le rendit enfin un beau notaire de village. Cettuy cy, devenu grand, commencea à desdaigner leurs anciennes coustumes, et à leur mettre en teste la pompe des regions de deçà : le premier de ses comperes à qui on escorna une chevre, il luy conseilla d'en demander raison aux iuges royaux d'autour de delà ; et de cettuy cy à un aultre, iusques à ce qu'il eust tout abastardy. A la suitte de cette corruption, ils disent qu'il y en surveint incontinent un' aultre de pire consequence, par le moyen d'un medecin à qui il print envie d'espouser une de leurs filles, et de s'habituer parmy eulx. Cettuy cy commencea à leur apprendre premierement le nom des fiebvres, des rheumes et des apostumes, la situation du cœur, du foye et des intestins, qui estoit une science iusques lors tresesloignee de leur cognoissance ; et, au lieu de l'ail, de quoy ils avoyent apprins à chasser toutes sortes de maulx, pour aspres et extremes qu'ils feussent, il les accoustuma, pour une toux ou pour un morfondement, à prendre les mixtions estrangeres, et commencea à faire traficque non de leur santé seulement, mais aussi de leur mort. Ils iurent que, depuis lors seulement, ils ont apperceu que le serein leur appesantissoit la teste, que le

boire ayant chauld, apportoit nuisance, et que les vents de l'automne estoient plus griefs que ceulx du printemps ; que, depuis l'usage de cette medecine, ils se treuvent accablez d'une legion de maladies inaccoustumees, et qu'ils apperceoivent un general deschet en leur ancienne vigueur, et leurs vies de moitié raccourcies. Voylà le premier de mes contes.

L'aultre est, qu'avant ma subiection graveleuse, oyant faire cas du sang de bouc à plusieurs, comme d'une manne celeste envoyee en ces derniers siecles pour la tutelle et conservation de la vie humaine, et en oyant parler à des gents d'entendement comme d'une drogue admirable et d'une operation infaillible ; moy, qui ay tousiours pensé estre en bute à touts les accidents qui peuvent toucher tout aultre homme, prins plaisir, en pleine santé, à me prouveoir de ce miracle ; et commanday, chez moy, qu'on me nourrist un bouc selon la recepte : car il fault que ce soit aux mois les plus chaleureux de l'esté qu'on le retire, et qu'on ne luy donne à manger que des herbes aperitifves, et à boire que du vin blanc. Ie me rendis de fortune chez moy le iour qu'il debvoit estre tué : on me veint dire que mon cuisinier trouvoit dans la panse deux ou trois grosses boules qui se chocquoient l'une l'aultre parmy sa mangeaille. Ie feus curieux de faire apporter toute cette tripaille en ma presence, et feis ouvrir cette grosse et large peau. Il en sortit trois gros corps, legiers comme des esponges, de façon qu'il semble qu'ils soyent creux ; durs, au demourant, par le dessus, et fermes, bigarrez de plusieurs couleurs mortes ; l'un parfaict en rondeur, à la mesure d'une courte boule ; les aultres deux, un peu moindres, ausquels l'arrondissement est imparfaict, et semble qu'il s'y acheminast. J'ay trouvé, m'en estant faict enquerir à ceulx qui ont accoustumé d'ouvrir de ces animaulx, que c'est un accident rare et inusité. Il est vraysemblable que ce sont des pierres cousines des nostres : et s'il est ainsin, c'est une esperance bien vaine aux graveleux, de tirer leur guerison du sang d'une beste qui s'en alloit elle mesme mourir d'un pareil mal. Car de dire que le sang ne se sent pas de cette contagion, et n'en altere sa vertu accoustumee, il est plustost à croire qu'il ne s'engendre rien en un corps que par la conspiration et communication de toutes les parties : la masse agit tout' entiere, quoyque

(1) Hier, Andragoras se baigna avec nous, soupa gaiement, et on l'a trouvé mort ce matin. Voulez-vous savoir, Faustinus, quelle est la cause d'une mort si subite? Il avoit vu en songe le médecin Hermocrate. MARTIAL, VI, 55.
(2) *District*.

l'une piece y contribue plus que l'aultre, selon la diversité des operations : parquoy il y a grande apparence qu'en toutes les parties de ce bouc, il y avoyt quelque qualité petrifiante. Ce n'estoit pas tant par la crainte de l'advenir, et pour moy, que i'estois curieux de cette experience ; comme c'estoit, qu'il advient chez moy, ainsin qu'en plusieurs maisons, que les femmes y font amas de telles menues droguecries pour en secourir le peuple, usant de mesme recepte à cinquante maladies, et de telle recepte qu'elles ne prennent pas pour elles, et si triumphent en bons evenements.

Au demourant, i'honnore les medecins, non pas, suivant le precepte, pour la necessité ( car, à ce passage on en oppose un aultre du prophete, reprenant le roy Asa d'avoir eu recours au medecin), mais pour l'amour d'eulx mesmes, en ayant veu beaucoup d'honnestes hommes et dignes d'estre aimez. Ce n'est pas à eulx que i'en veulx, c'est à leur art : et ne leur donne pas grand blasme de faire leur proufit de nostre sottise, car la plus part du monde faict ainsin ; plusieurs vacations[1], et moindres, et plus dignes que la leur, n'ont fondement et appuy qu'aux abus publicques. Ie les appelle en ma compaignie quand ie suis malade, s'ils se rencontrent à propos, et demande à en estre entretenu ; et les paye comme les aultres. Ie leur donne loy de me commander de m'abrier chauldement, si ie l'aime mieulx ainsin que d'aultre sorte : ils peuvent choisir, d'entre les porreaux et les laictues, dequoy il leur plaira que mon bouillon se face, et m'ordonner le blanc ou le clairet ; et ainsin de toutes aultres choses qui sont indifferentes à mon appetit et usage. I'entends bien que ce n'est rien faire pour eulx, d'autant que l'aigreur et l'estrangeté sont accidents de l'essence propre de la medecine. Lycurgus ordonnoit le vin aux Spartiates malades ; pourquoy ? parce qu'ils en haissoient l'usage, sains : tout ainsin qu'un gentilhomme, mon voysin, s'en sert pour drogue tressalutaire à ses fiebvres, parce que, de sa nature, il en hait mortellement le goust. Combien en veoyons nous d'entre eulx estre de mon humeur ? desdaigner la medecine pour leur service, et prendre une forme de vie libre, et toute contraire à celle qu'ils ordonnent à aultruy ? Qu'est ce cela, si ce n'est abuser tout destroussement de nostre simplicité? car ils n'ont pas leur vie et leur santé moins chere que nous, et accommoderoient leurs effects à leur doctrine, s'ils n'en cognoissoient eulx mesmes la faulseté.

C'est la crainte de la mort et de la douleur, l'impatience du mal, une furieuse et indiscrete soif de la guarison, qui nous aveugle ainsin : c'est pure lascheté qui nous rend nostre croyance si molle et maniable. La plus part pourtant ne croyent pas tant, comme ils endurent et laissent faire ; car ie les oys se plaindre, et en parler, comme nous : mais ils se resolvent enfin : « Que feroy ie doncques ? » Comme si l'impatience estoit de soy quelque meilleur remede que la patience. Y a il aulcun de ceulx qui se sont laissez aller à cette miserable subiection, qui ne se rende egalement à toute sorte d'impostures? qui ne se mette à la mercy de quiconque a cette impudence de luy donner promesse de sa guarison? Les Babyloniens portoient leurs malades en la place : le medecin, c'estoit le peuple ; chascun des passants ayant, par humanité et civilité, à s'enquerir de leur estat, et, selon son experience, leur donner quelque advis salutaire. Nous n'en faisons gueres aultrement ; il n'est pas une simple femmelette de qui nous n'employons les barbotages et les brevets[2] : et, selon mon humeur, si i'avoy à en accepter quelqu'une, i'accepterois plus volontiers cette medecine qu'aulcune aultre ; d'autant qu'au moins il n'y a nul dommage à craindre. Ce qu'Homere et Platon disoient des Aegyptiens, qu'ils estoient touts medecins, il se doibt dire de touts peuples : il n'est personne qui ne se vante de quelque recepte, et qui ne la hazarde sur son voysin, s'il l'en veult croire. I'estois, l'aultre iour, en une compaignie, où ie ne sçay qui, de ma confrairie, apporta la nouvelle d'une sorte de pilulles compilees de cent et tant d'ingredients, de compte faict : il s'en esmeut une feste et une consolation singuliere ; car quel rochier soustiendroit l'effort d'une si nombreuse batterie? I'entends toutesfois, par ceulx qui l'essayerent, que la moindre petite grave[3] ne daigna s'en esmouvoir.

Ie ne me puis desprendre de ce papier, que ie n'en die encores ce mot, sur ce qu'ils nous donnent, pour respondant de la certitude de leurs drogues, l'experience qu'ils ont faicte : La plus part, et, ce croy ie, plus des deux tiers des vertus medecinales, consistent en la quinteessence ou proprieté occulte des simples, de laquelle nous ne pouvons avoir aultre instruction que l'usage ; car quinteessence n'est aultre chose qu'une qualité de laquelle, par nostre raison, nous ne sçavons trouver la cause. En telles preuves, celles qu'ils disent avoir acquises par l'inspiration de quelque daimon, ie suis content de

---

(1) *Professions.*

(2) Le *barbotage* est, au propre, l'action de *barboter* dans l'eau ; il est pris ici, au figuré, pour celle de *marmoter, parler entre ses dents. Les brevets sont des billets suspendus au cou, en forme d'amulettes.*

(3) *Le moindre petit gravier*

les recevoir ( car, quant aux miracles, ie n'y touche iamais); ou bien encores les preuves qui se tirent des choses qui, pour aultre consideration, tumbent souvent en nostre usage, comme si en la laine dequoy nous avons accoustumé de nous vestir, il s'est trouvé, par accident, quelque occulte proprieté dessiccatifve qui guarisse les mules au talon, et si, au raifort que nous mangeons pour la nourriture, il s'est rencontré quelque operation aperitifve : Galen recite qu'il advient à un ladre de recevoir guarison, par le moyen du vin qu'il beut, d'autant que de fortune une vipere s'estoit coulee dans le vaisseau. Nous trouvons, en cet exemple, le moyen et une conduicte vraysemblable à cette experience, comme aussi en celles ausquelles les medecins disent avoir esté acheminez par l'exemple d'aulcunes bestes : mais en la plus part des aultres experiences à quoy ils disent avoir esté conduicts par la fortune, et n'avoir eu aultre guide que le hazard, ie treuve le progrez de cette information incroyable. l'imagine l'homme, regardant autour de luy le nombre infini des choses, plantes, animaulx, metaulx; ie ne sçay par où luy faire commencer son essay : et, quand sa premiere fantasie se iectera sur la corne d'un élan, à quoy il fault prester une créance bien molle et aysee, il se treuve encores autant empesché en sa seconde operation; il luy est proposé tant de maladies et tant de circonstances, qu'avant qu'il soit venu à la certitude de ce poinct où doibt ioindre la perfection de son experience, le sens humain y perd son latin; et avant qu'il ayt trouvé, parmy cette infinité de choses, que c'est cette corne; parmy cette infinité de maladies, l'epilepsie; tant de complexions, au melancholique; tant de saisons, en hyver; tant de nations, au François; tant d'aages, en la vieillesse; tant de mutations celestes, en la conionction de Venus et de Saturne; tant de parties du corps, au doigt : à tout cela, n'estant guidé ny d'argument, ny de coniecture, ny d'exemple, ny d'inspiration divine, ains du seul mouvement de la fortune, il fauldroit que ce feust par une fortune parfaictement artificielle, reglee, et methodique. Et puis, quand la guarison feut faicte, comment se peult il asseurer que ce ne feust Que le mal estoit arrivé à sa periode? ou Un effect du hazard? ou L'operation de quelque aultre chose qu'il eust ou mangé, ou beu, ou touché ce iour là? ou Le merite des prieres de sa mere grand? D'advantage, quand cette preuve auroit esté parfaicte, combien de fois feut elle reiteree? et cette longue chordee de fortunes et de rencontres, r'enfilee, pour en conclure une regle? Quand elle sera conclue, par qui est ce? De tant de millions, il n'y a que trois hommes qui se meslent d'enregistrer

leurs experiences : le sort aura il rencontré à poinct nommé l'un de ceulx cy? Quoy, si un aultre, et si cent aultres ont faict des experiences contraires? A l'adventure y verrions nous quelque lumiere, si touts les iugements et raisonnements des hommes nous estoient cogneus : mais que trois tesmoings et trois docteurs regentent l'humain genre, ce n'est pas la raison : il fauldroit que l'humaine nature les eust desputez et choisis, et qu'ils feussent declarez nos syndics par expresse procuration.

### A MADAME DE DURAS [1].

« Madame, vous me trouvastes sur ce pas dernierement que vous me veinstes veoir. Parce qu'il pourra estre que ces inepties se rencontreront quelquesfois entre vos mains, ie veulx aussi qu'elles portent tesmoingnage que l'aucteur se sent bien fort honnoré de la faveur que vous leur ferez. Vous y recognoistrez ce mesme port et ce mesme air que vous avez veu en sa conversation. Quand i'eusse peu prendre quelque aultre façon que la mienne ordinaire, et quelque aultre forme plus honnorable et meilleure, ie ne l'eusse pas faict ; car ie ne veulx rien tirer de ces escripts, sinon qu'ils me representent à vostre memoire, au naturel. Ces mesmes conditions et facultez, que vous avez praticquees et recueillies, madame, avecques beaucoup plus d'honneur et de courtoisie qu'elles ne meritent, ie les veulx loger, mais sans alteration et changement, en un corps solide qui puisse durer quelques annees, ou quelques iours aprez moy, où vous les retrouverez, quand il vous plaira vous en refreschir la memoire, sans prendre aultrement la peine de vous en souvenir; aussi ne le valent elles pas : ie desire que vous continuez en moy la faveur de vostre amitié, par ces mesmes qualitez par le moyen desquelles elle a esté produicte.

« Ie ne cherche aulcunement qu'on m'aime et estime mieulx, mort, que vivant; l'humeur de Tibere est ridicule, et commune pourtant, qui avoyt plus de soing d'estendre sa renommee à l'advenir, qu'il n'avoyt de se rendre estimable et agreable aux hommes de son temps. Si i'estois de ceulx à qui le monde peut debvoir louange, ie l'en quitterois pour la moitié, et qu'il me la payast d'advance; qu'elle se hastast et ammoncelast tout autour de moy, plus espesse qu'alongee, plus pleine que durable; et qu'elle s'evanouïst hardic-

(1) Marguerite de Gramont, fille d'Antoine, vicomte d'Aster, et d'Hélène de Clermont; veuve de Jean de Durfort, seigneur de Duras, que le roi de Navarre, depuis Henri IV, envoya en 1575 vers le pape Grégoire XIII, et qui fut tué prés de Livourne, sans laisser de postérité.

ment quand et ma cognoissance, et quand ce doulx son ne touchera plus mes aureilles. Ce seroit une sotte humeur d'aller, à cette heure que ie suis prez d'abandonner le commerce des hommes, me produire à eulx par une nouvelle recommandation. Ie ne fais nulle recepte des biens que ie n'ay peu employer à l'usage de ma vie. Quel que ie soye, ie le veulx estre ailleurs qu'en papier : mon art et mon industrie ont esté employez à me faire valoir moy mesme ; mes estudes, à m'apprendre à faire, non pas à escrire. I'ay mis touts mes efforts à former ma vie ; voylà mon mestier et mon ouvrage : ie suis moins faiseur de livres, que de nulle aultre besongne. I'ay desiré de la suffisance, pour le service de mes commoditez presentes et essentielles, non pour en faire magasin et reserve à mes heritiers. Qui a de la valeur, si le face cognoistre en ses mœurs, en ses propos ordinaires, à traicter l'amour, ou des querelles, au ieu, au lict, à la table, à la conduicte de ses affaires, à son œconomie : ceulx que ie veoy faire de bons livres soubs de meschantes chausses, eussent premierement faict leurs chausses, s'ils m'en eussent creu : demandez à un Spartiate s'il aime mieulx estre bon rhetoricien que bon soldat ; non pas moy [1], que bon cuisinier, si ie n'avoy qui m'en servist. Mon Dieu ! madame, que ie haïrois une telle recommandation, d'estre habile homme, par escript ; et estre un homme de neant et un sot, ailleurs ! i'aime mieulx encores estre un sot, et icy, et là, que d'avoir si mal choisi où employer ma valeur. Aussi il s'en fault tant que i'attende à me faire quelque nouvel honneur par ces sottises, que ie ferai beaucoup si ie n'y en perds point, de ce peu que i'en avoy acquis ; car, oultre ce que cette peincture morte et muette desrobera à mon estre naturel, elle ne se rapporte pas à mon meilleur estat, mais beaucoup descheu de ma premiere vigueur et alaigresse, tirant sur le flestri et le rance : ie suis sur le fond du vaisseau, qui sent tantost le bas et la lie.

« Au demourant, madame, ie n'eusse pas osé remuer si hardiement les mysteres de la medecine, attendu le credit que vous et tant d'aultres luy donnez, si ie n'y eusse esté acheminé par ses aucteurs mesmes. Ie croy qu'il n'en ont que deux anciens latins, Pline et Celsus : si vous les veoyez quelque iour, vous trouverez qu'ils parlent bien plus rudement à leur art, que ie ne fois ; ie ne fois que la [2] pincer, ils l'esgorgent. Pline se mocque entre aultres choses, dequoy, quand ils sont au bout de leur chorde, ils ont inventé cette belle desfaicte, de r'envoyer les malades, qu'ils ont agitez et tormentez, pour neant, de leurs dro-

gues et regimes, les uns au secours des vœux et miracles, les aultres aux eaux chauldes. (Ne vous courroucez pas, madame ; il ne parle pas de celles de deçà, qui sont soubs la protection de vostre maison, et toutes Gramontoises.) Ils ont une tierce sorte de desfaicte, pour nous chasser d'auprez d'eulx, et se descharger des reproches que nous leur pouvons faire du peu d'amendement à nos maulx qu'ils ont eu si long temps en gouvernement qu'il ne leur reste plus aulcune invention à nous amuser, c'est de nous envoyer chercher la bonté de l'air de quelque aultre contree. Madame, en voylà assez : vous me donnez bien congé de reprendre le fil de mon propos, duquel ie m'estois destourné pour vous entretenir. »

Ce feut, ce me semble, Pericles, lequel estant enquis comme il se portoit : « Vous le pouvez, dict il, iuger par là, » en montrant des brevets [3] qu'il avoyt, attachez au col et au bras. Il vouloyt inferer qu'il estoit bien malade, puisqu'il en estoit venu iusques là d'avoir recours à choses si vaines, et de s'estre laissé equipper en cette façon. Ie ne dy pas que ie ne puisse estre emporté un iour à cette opinion ridicule, de remettre ma vie et ma santé à la mercy et gouvernement des medecins ; ie pourray tumber en cette resverie, ie ne me puis respondre de ma fermeté future : mais lors aussi, si quelqu'un s'enquiert à moy comment ie me porte, ie luy pourray dire, comme Pericles : « Vous le pouvez iuger par là, » montrant ma main chargee de six dragmes d'opiate. Ce sera un bien evident signe d'une maladie violente ; i'auray mon iugement merveilleusement desmanché : si l'impatience et la frayeur gaignent cela sur moy, on en pourra conclure une bien aspre fiebvre en mon ame.

I'ay prins la peine de plaider cette cause, que i'entends assez mal, pour appuyer un peu et conforter la propension naturelle contre les drogues et practique de nostre medecine, qui s'est derivee en moy par mes ancestres ; à fin que ce ne feust pas seulement une inclination stupide et temeraire, et qu'elle eust un peu plus de forme ; aussi, que ceulx qui me veoyent si ferme contre les exhortements et menaces qu'on me faict quand mes maladies me pressent, ne pensent pas que ce soit simple opiniastreté ; ou qu'il y ait quelqu'un si fascheux, qui iuge encores que ce soit quelque aiguillon de gloire : ce seroit un desir bien assenё[1] de vouloir tirer honneur d'une action qui n'est commune avecques mon iardinier et mon muletier! Certes, ie n'ay point le cœur si enflé ny si venteux, qu'un plaisir solide, charnu et moelleux, comme la santé, ie l'allasse eschanger pour un plaisir imaginaire, spirituel, et aëree : la gloire, voire celle des quatre fils Aymon, est trop cher achettee à un homme de mon humeur, si elle luy couste trois bons accez de cholique. La santé, de par Dieu! Ceulx qui aiment nostre medecine peuvent avoir aussi leurs considerations bonnes, grandes, et fortes; ie ne hais point les fantasies contraires aux miennes : il s'en fault tant que ie

m'effarouche de veoir de la discordance de mes iugements à ceulx d'aultruy, et que ie me rende incompatible à la societé des hommes pour estre d'aultre sens et party que le mien, qu'au rebours ( comme c'est la plus generale façon que nature ayt suivy, que la varieté, et plus aux esprits qu'aux corps, d'autant qu'ils sont de substance plus soupple et susceptible de formes), ie treuve bien plus rare de veoir convenir nos humeurs et nos desseings. Et ne feut iamais au monde deux opinions pareilles, non plus que deux poils, ou deux grains : leur plus universelle qualité, c'est la diversité.

---

# LIVRE TROISIESME.

## CHAPITRE I.

### De l'utile et de l'honneste.

Personne n'est exempt de dire des fadeses; le malheur est de les dire curieusement :

Næ iste magno conatu magnas nugas dixerit[2].

Cela ne me touche pas : les miennes m'eschappent aussi nonchalamment qu'elles le valent; d'où bien leur prend : ie les quitterois soubdain, à peu de const qu'il y eust; et ne les achette ny ne les vends que ce qu'elles poisent; ie parle au papier, comme ie parle au premier que ie rencontre. Qu'il soit vray, voicy dequoy.

A qui ne doibt estre la perfidie detestable, puisque Tibere la refusa à si grand interest ? On luy manda d'Allemaigne que, s'il le trouvoit bon, on le desferoit d'Arminius par poison : c'estoit le plus puissant ennemy que les Romains eussent, qui les avoyt si vilainement traictez soubs Varus, et qui seul empeschoit l'accroissement de sa domination en ces contrees là. Il feit response, « que le peuple romain avoyt accoustumé de se venger de ses ennemys par voye ouverte, les armes en main; non par fraude et en cachette : » il quitta l'utile pour l'honneste. C'estoit, me direz vous, un affronteur : Ie le croy; ce n'est pas grand miracle, à gents de sa profession : mais la confession de la vertu ne porte pas moins en la bouche de celuy qui la hait; d'autant que la verité la luy arrache par force, et que s'il ne la veult recevoir en soy, au moins il s'en couvre pour s'en parer.

Nostre bastiment, et public et privé, est plein d'imperfection : mais il n'y a rien d'inutile en nature, non pas l'inutilité mesme; rien ne s'est ingeré en cet univers, qui n'y tienne place opportune. Nostre estre est cimenté de qualitez maladifves : l'ambition, la ialousie, l'envye, la vengeance, la superstition, le desespoir, logent en nous, d'une si naturelle possession, que l'image s'en recognoist aussi aux bestes; voire et la cruauté, vice si desnaturé; car, au milieu de la compassion, nous sentons au dedans ie ne sçay quelle aigredoulce poincte de volupté maligne à veoir souffrir aultruy, et les enfants la sentent :

Suave mari magno, turbantibus æquora ventis,
E terra magnum alterius spectare laborem[3] :

desquelles qualitez qui osteroit les semences en l'homme, destruiroit les fondamentales conditions de nostre vie. De mesme, en toute police, il y a des offices necessaires, non seulement abiects, mais encores vicieux : les vices y treuvent leur reng, et s'employent à la cousture de nostre liaison, comme les venins à la conservation de nostre santé. S'ils deviennent excusables, d'autant qu'ils nous font besoing, et que la necessité commune

---

(1) *Assener* signifie proprement *porter un coup où l'on a dessein de frapper.* Montaigne l'emploie ici d'une manière fort singulière; et peut être est-il le premier qui se soit avisé de dire : *Un desir bien ou mal assené.*

(2) Cet homme va me dire, avec grande emphase, de grandes sottises. Térence, *Heaut.*, act. III, sc. 5. v. 8.

(3) Il est doux, lorsque les vents bouleversent les mers, de contempler du rivage le péril des vaisseaux battus par la tempête. Lucrèce, II, 1.

efface leur vraye qualité, il fault laisser iouer cette partie aux citoyens plus vigoreux et moins craintifs, qui sacrifient leur honneur et leur conscience, comme ces aultres anciens sacrifierent leur vie pour le salut de leur pays; nous aultres, plus foibles, prenons des roolles et plus aysez et moins hazardeux. Le bien public requiert qu'on trahisse, et qu'on mente, et qu'on massacre : resignons cette commission à gents plus obeyssants et plus soupples.

Certes, i'ay eu souvent despit de veoir des iuges attirer, par fraude et faulses esperances de faveur ou pardon, le criminel à descouvrir son faict, et y employer la piperie et l'impudence. Il serviroit bien à la iustice, et à Platon mesme qui favorise cet usage, de me fournir d'aultres moyens plus selon moy : c'est une iustice malicieuse; et ne l'estime pas moins blecee par soy mesme, que par aultruy. Ie respondis, il n'y a pas long temps, qu'à peine trahirois ie le prince pour un particulier, qui serois tresmarry de trahir aulcun particulier pour le prince : et ne hais pas seulement à piper, mais ie hais aussi qu'on se pipe en moy; ie n'y veulx pas seulement fournir de matiere et d'occasion.

En ce peu que i'ay eu à negocier entre nos princes, en ces divisions et subdivisions qui nous deschirent auiourd'huy, i'ay curieusement evité qu'ils se mesprinssent en moy, et s'enferrassent en mon masque. Les gents du mestier se tiennent les plus couverts, et se presentent et contrefont és plus moyens et les plus voysins qu'ils peuvent : moy, ie m'offre par mes opinions les plus vifves, et par la forme mienne : tendre negociateur, et novice, qui aime mieulx faillir à l'affaire, qu'à moy. C'a esté pourtant, iusques à cette heure, avecques tel heur (car certes fortune y a la principale part), que peu ont passé de main à aultre avecques moins de souspeçon, plus de faveur et de privauté. I'ay une façon ouverte, aysee à s'insinuer, et à se donner credit, aux premieres accointances. La naïfveté et la verité pure, en quelque siecle que ce soit, treuvent encores leur opportunité et leur mise. Et puis de ceulx là est la liberté peu suspecte et peu odieuse, qui besongnent sans aulcun leur interest, et peuvent veritablement employer la response de Hyperides aux Atheniens, se plaignant de l'aspreté de son parler : « Messieurs, ne considerez pas si ie suis libre; mais si ie le suis sans rien prendre, et sans amender par là mes affaires. » Ma liberté m'a aussi ayseement deschargé du souspeçon de feinctise, par sa vigueur, n'espargnant rien à dire, pour poisant et cuisant qu'il feust (ie n'eusse peu dire pis, absent); et en ce qu'elle a une montre apparente de simplesse et de nonchalance. Ie ne pretends aultre fruict, en agissant, que d'agir; et n'y attache longues suittes et propositions : chasque action faict particulierement son ieu; porte s'il peult [1].

Au demourant, ie ne suis pressé de passion, ou haineuse, ou amoureuse, envers les grands; ny n'ay ma volonté garrotee d'offense ou d'obligation particuliere. Ie regarde nos roys d'une affection simplement legitime et civile, ny esmeue ny desmeue par interest privé, dequoy ie me sçay bon gré; la cause generale et iuste ne m'attache non plus, que modereement et sans fiebvre; ie ne suis pas subiect à ces hypotheques et engagements penetrants et intimes. La cholere et la haine sont au delà du debvoir de la iustice; et sont passions servant seulement à ceulx qui ne tiennent pas assez à leur debvoir par la raison simple : *Utatur motu animi, qui uti ratione non potest* [2]. Toutes intentions legitimes et equitables sont d'elles mesmes equables et temperees; sinon elles s'alterent en seditieuses et illegitimes : c'est ce qui me faict marcher par tout la teste haulte, le visage et le cœur ouvert. A la verité, et ne crainds point de l'advouer, ie porterois facilement au besoing une chandelle à sainct Michel, l'aultre à son serpent, suivant le desseing de la vieille : ie suivrai le bon party iusques au feu, mais exclusifvement si ie puis : que Montaigne s'engouffre quand et la ruyne publicque, si besoing est; mais, s'il n'est pas besoing, ie sçauray bon gré à la fortune qu'il se sauve; et autant que mon debvoir me donne de chorde, ie l'emploie à sa conservation. Feut ce pas Atticus, lequel se tenant au iuste party, et au party qui perdit, se sauva par sa moderation, en cet universel naufrage du monde, parmy tant de mutations et diversitez? Aux hommes, comme luy, privez, il est plus aysé; et en telle sorte de besongne, ie treuve qu'on peult iustement n'estre pas ambitieux à s'ingerer et convier soy mesme.

De se tenir chancelant et mestis, de tenir son affection immobile et sans inclination, aux troubles de son païs et en une division publicque, ie ne le treuve ny beau ny honneste : *Ea non media, sed nulla via est, velut eventum exspectantium, quo fortunæ consilia sua applicent* [3]. Cela peult estre permis envers les affaires des voysins; et Gelon, ty-

---

[1] *Que le coup porte, s'il peut.*

[2] *Que celui-là s'abandonne aux mouvements de l'âme, qui ne peut suivre la raison.* Cic., *Tusc.*, IV. 25.

[3] Ce n'est pas prendre un chemin mitoyen, c'est n'en prendre aucun : c'est attendre l'évènement, afin de passer du côté de la fortune. Tite Live, XXXII. 21.

rau de Syracuse, suspendit ainsin son inclination, en la guerre des Barbares contre les Grecs, tenant un' ambassade à Delphes avecques des presents, pour estre en eschauguette [1] à veoir de quel costé tumberoit la fortune, et prendre l'occasion à poinct, pour le concilier au victorieux. Ce seroit une espece de trahison, de le faire aux propres et domestiques affaires, ausquels necessairement il fault prendre party par application de desseing : mais de ne s'embesongner point, à homme qui n'a ny charge ny commandement exprez qui le presse, ie le treuve plus excusable (et si ne practique pour moy cette excuse) qu'aux guerres estrangeres ; desquelles pourtant, selon nos loix, ne s'empesche qui ne veult. Toutesfois ceulx encores qui s'y engagent, tout à faict, le peuvent avecques tel ordre et attrempance [2], que l'orage debvra couler par dessus leur teste, sans offense. N'avions nous pas raison de l'esperer ainsin du feu evesque d'Orleans, sieur de Morvilliers [3] ? Et i'en cognoy, entre ceulx qui y ouvrent valeureusement à cette heure, de mœurs ou si equables, ou si doulces, qu'ils seront pour demourer debout, quelque iniurieuse mutation et cheute que le ciel nous appreste. Ie tiens que c'est aux roys proprement de s'animer contre les roys ; et me mocque de ces esprits qui, de gayeté de cœur, se presentent à querelles si disproportionnees : car on ne prend pas querelle particuliere avecques un prince, pour marcher contre luy ouvertement et courageusement pour son honneur et selon son debvoir ; s'il n'aime un tel personnage, il faict mieulx, il l'estime : et notamment, la cause des loix, et deffense de l'ancien estat, a tousiours cela, que ceulx mesme qui, pour leur desseing particulier, le troublent, en excusent les deffenseurs, s'ils ne les honnorent.

Mais il ne fault pas appeller debvoir, comme nous faisons touts les iours, une aigreur et une intestine aspreté qui naist de l'interest et passion privee ; ny courage, une conduicte traistresse et malicieuse : ils nomment zele, leur propension vers la malignité et violence ; ce n'est pas la cause qui les eschauffe, c'est leur interest ; ils attisent la guerre, non parce qu'elle est iuste, mais parce que c'est guerre.

Rien n'empesche qu'on ne se puisse comporter commodement entre des hommes qui se sont ennemys, et loyalement : conduisez vous y d'une, sinon par tout eguale affection (car elle peult souffrir differentes mesures), mais au moins temperee, et qui ne vous engage tant à l'un, qu'il puisse tout requerir de vous : et vous contentez aussi d'une moyenne mesure de leur grace ; et de couler en eau trouble, sans y vouloir pescher.

L'aultre maniere, de s'offrir de toute sa force à ceulx là et à ceulx cy, tient encores moins de la prudence que de la conscience. Celuy envers qui vous en trahissez un, duquel vous estes pareillement bien venu, sçait il pas que de soy vous en faictes autant à son tour ? il vous tient pour un meschant homme ; ce pendant il voyt, et tire de vous, et faict ses affaires de vostre desloyauté : car les hommes doubles sont utiles, en ce qu'ils apportent ; mais il se fault garder qu'ils n'emportent que le moins qu'on peult.

Ie ne dy rien à l'un, que ie ne puisse dire à l'aultre, à son heure, l'accent seulement un peu changé ; et ne rapporte que les choses, ou indifferentes, ou cogneues, ou qui servent en commun. Il n'y a point d'utilité pour laquelle ie me permette de leur mentir. Ce qui a esté fié à mon silence, ie le cele religieusement ; mais ie prends à celer le moins que ie puis : c'est une importune garde, du secret des princes, à qui n'en a que faire. Ie presente volontiers ce marché, Qu'ils me fient peu ; mais qu'ils se fient hardiment de ce que ie leur apporte. I'en ai tousiours plus sceu que ie n'ay voulu. Un parler ouvert ouvre un autre parler, et le tire hors, comme faict le vin et l'amour. Philippides respondit sagement, à mon gré, au roy Lysimachus, qui luy disoit, « Que veulx tu que ie te communique de mes biens ? » « Ce que tu voudras, prouveu que ce ne soit de tes secrets. » Ie voy que chascun se mutine, si on luy cache le fonds des affaires ausquels on l'employe ; et si on luy en a desrobé quelque arriere sens : pour moy, ie suis content qu'on ne m'en die non plus qu'on veult que i'en mette en besongne ; et ne desire pas que ma science oultrepasse et contraigne ma parole. Si ie doibs servir d'instrument de tromperie, que ce soit au moins saufve ma conscience ; ie ne veulx estre tenu serviteur ny si affectionné, ny si loyal, qu'on me treuve bon à trahir personne : qui est infidele à soy mesme, l'est excusablement à son maistre. Mais ce sont princes, qui n'acceptent pas les hommes à moitié ; et mesprisent les services limitez et conditionnez : Il n'y a remede : ie leur dy franchement mes bornes ; car esclave ; ie ne doibs estre que de la raison, encore n'en puis ie bien venir à bout. Et eulx aussi ont tort d'exiger d'un homme libre telle subiection à leur service et telle obligation, que de celuy qu'ils ont faict et achetté, ou duquel la fortune tient particulierement et expressement à la leur. Les loix m'ont osté de grand'peine ; elles m'ont choisi party, et donné un

(1) En sentinelle. — (2) Modération.<br>(3) Jean de Morvilliers, évêque d'Orléans, garde des sceaux de France, né à Blois en 1506, mort à Tours en 1577.

naistre : toute aultre superiorité et obligation doibt estre relatifve à celle là, et retrenchée. Si n'est ce pas à dire, quand mon affection me porteroit aultrement, qu'incontinent i'y portasse la main : la volonté et les desirs se font loy eulx mesmes ; les ictions ont à la recevoir de l'ordonnance publicque.

Tout ce mieu proceder est un peu bien dissoiant à nos formes ; ce ne seroit pas pour produire ;rands effects, ny pour y durer : l'innocence nesme ne sçauroit, à cette heure, ny negocier entre nous sans dissimulation, ny marchander sans menterie ; aussi ne sont aulcunement de mon gibier es occupations publicques : ce que ma profession en requiert, ie l'y fournis en la forme que ie puis a plus privée. Enfant, on m'y plongea iusques aux iureilles, et il succedoit : si m'en desprins ie de )elle heure. I'ay souvent depuis evité de m'en nesler, rarement accepté, iamais requis ; tenant e dos tourné à l'ambition, mais, sinon comme les ireurs d'aviron qui s'advancent ainsin à reculons, ellement toutesfois que, de ne m'y estre point imbarqué, i'en suis moins obligé à ma resolution ju'à m'a bonne fortune : car il y a des voyes, moins nnemyes de mon goust, et plus conformes à ma )ortée, par lesquelles si elle m'eust appellé aultresois au service publicque et à mon advancement ers le credit du monde, ie sçay que i'eusse passé )ar dessus la raison de mes discours, pour la suivre. Ceulx qui disent communement, contre ma proession, que ce que i'appelle franchise, simplesse it naïfveté en mes mœurs, c'est art et finesse, et )lustost prudence, que bonté ; industrie, que naure ; bon sens, que bon heur ; me font plus d'honeur qu'ils ne m'en ostent : mais, certes, ils font na finesse trop fine ; et qui m'aura suivi et espié de prez, ie luy donray gaigné, s'il ne confesse qu'il 1'y a point de regle en leur eschole qui sceut rapporter ce naturel mouvement, et maintenir une apparence de liberté et de licence, si pareille et inflexible, parmy des routes si tortues et diverses, et que toute leur attention et engin ne les y sçauroit conduire. La voye de la verité est une et simple ; celle du proufit particulier, et de la commodité des affaires qu'on a en charge, double, inegale, et fortuite. I'ay veu souvent en usage ces libertez contrefaictes et artificielles, mais le plus souvent sans succez : elles sentent volontiers leur asne d'Aesope, lequel, par emulation du chien, veint à se iecter tout gayement, à deux pieds, sur les espaules de son maistre ; mais autant que le chien recevoit de caresses, de pareille feste, le pauvre asne en receut deux fois autant de bastonnades : *id maxime quemque decet, quod est cuiusque suum maxime* [1], Ie ne veulx pas priver la tromperie de son reng ;

ce seroit mal entendre le monde : ie sçay qu'elle a servy souvent proufitablement, et qu'elle maintient et nourrit la plus part des vacations des hommes. Il y a des vices legitimes ; comme plusieurs actions, ou bonnes ou excusables, illegitimes.

La iustice en soy, naturelle et universelle, est aultrement reglée, et plus noblement, que n'est cette aultre iustice speciale, nationale, contrainete au besoing de nos polices : *Veri iuris germanæque iustitiæ solidam et expressam effigiem nullam tenemus ; umbra et imaginibus utimur* [2] : si que le sage Dandamis [3], oyant reciter les vies de Socrates, Pythagoras, Diogenes, les iugea grands personnages en toute aultre chose, mais trop asservis à la reverence des loix ; pour lesquelles auctoriser, et seconder, la vraye vertu a beaucoup à se desmettre de sa vigueur originelle ; et non seulement par leur permission plusieurs actions vicieuses ont lieu, mais encore à leur suasion : *ex senatusconsultis plebisquescitis scelera exercentur* [4]. Ie suis le langage commun, qui faict difference entre les choses utiles et les honnestes ; si que, d'aulcunes actions naturelles, non seulement utiles mais necessaires, il les nomme deshonnestes et sales.

Mais continuons nostre exemple de la trahison. Deux pretendants au royaume de Thrace estoient tumbez en debat de leurs droicts ; l'empereur les empescha de venir aux armes : mais l'un d'eulx, soubs couleur de conduire un accord amiable par leur entrevue, ayant assigné son compagnon pour le festoyer en sa maison, le feit emprisonner et tuer. La iustice requeroit que les Romains eussent raison de ce forfaict ; la difficulté en empeschoit les voyes ordinaires : ce qu'ils ne peurent legitimement sans guerre et sans hazard, ils entreprindrent de le faire par trahison ; ce qu'ils ne peurent honnestement, ils le feirent utilement : à quoy se trouva propre un Pomponius Flaccus. Celluy cy, soubs feinctes paroles et asseurances, ayant attiré cet homme dans ses rets, au lieu de l'honneur et faveur qu'il luy promettoit, l'envoya pieds et poings liez à Rome. Un traistre y trahit l'aultre, contre l'usage commun ; car ils sont pleins de defiance, et est malaysé de les surprendre par leur art : tesmoing la poisante experience que nous venons d'en sentir.

Sera Pomponius Flaccus qui voudra, et en est

(1) Ce qui est le plus naturel à chacun, c'est ce qui lui sied le mieux. Cic., *de Offic.*, I, 31.

(2) Nous n'avons point de modèle solide et positif d'un veritable droit et d'une justice parfaite ; nous n'en avons qu'une ombre, qu'une image. Cic., *de Offic.*, III, 17.

(3) Dandamis, sage indien, qui vivoit du temps d'Alexandre.

(4) Il est des crimes autorisés par les sénatus-consultes et les plébiscites. Sénèque, *Epist.* 95.

assez qui le voudront : quant à moy, et ma parole et ma foy sont, comme le demourant, pieces de ce commun corps; leur meilleur effect, c'est le service public; ie tiens cela pour presupposé. Mais, comme si on me commandoit que ie prinsse la charge du palais et des plaids, ie respondrois, « Ie n'y entends rien ; » ou la charge de conducteur de pionniers, ie dirois : « Ie suis appellé à un roolle plus digne : « de mesme, qui me voudroit employer à mentir, à trahir, et à me pariurer, pour quelque service notable, non que d'assassiner ou empoisonner ; ie dirois, « Si i'ay volé ou desrobé quelqu'un, envoyez moy plustost en gallere. » Car il est loysible à un homme d'honneur de parler ainsin que feirent les Lacedemoniens, ayants esté desfaicts par Antipater, sur le poinct de leurs accords : « Vous nous pouvez commander des charges poisantes et dommageables, autant qu'il vous plaira ; mais de honteuses et deshonnestes, vous perdrez votre temps de nous en commander. » Chascun doibt avoir iuré à soy mesme ce que les roys d'Aegypte faisoient solennellement iurer à leurs iuges, « qu'ils ne se desvoyeroient de leur conscience, pour quelque commandement qu'eulx mesmes leur en feissent. » A telles commissions, il y a note evidente d'ignominie et de condemnation : et qui vous la donne, vous accuse ; et vous la donne, si vous l'entendez bien, en charge et en peine. Autant que les affaires publiques s'amendent de vostre exploict, autant s'en empirent les vostres ; vous y faictes d'autant pis, que mieulx vous y faictes : et ne sera pas nouveau, ny à l'adventure sans quelque air de iustice, que celuy mesme vous ruyne, qui vous aura mis en besongne.

Si la trahison peult estre en quelque cas excusable ; lors seulement elle l'est, qu'elle s'employe à chastier et trahir la trahison. Il se treuve, assez de perfidies, non seulement refusees, mais punies par ceulx en faveur desquels elles avoyent esté entreprinses. Qui ne sçait la sentence de Fabricius à l'encontre du medecin de Pyrrhus? Mais cecy encores se treuve, que tel l'a commandee, qui par aprez l'a vengee rigoreusement sur celuy qu'il y avoyt employé; refusant un credit et pouvoir si effrené, et desadvouant un servage et une obeyssance si abandonnee et si lasche. Iaropelc, duc de Russie, practiqua un gentilhomme de Hongrie, pour trahir le roy de Poloigne Boleslaus, en le faisant mourir, ou donnant aux Russiens moyen de luy faire quelque notable dommage. Cettuy cy s'y porta en galant homme [1] ; s'addonna, plus que devant, au service de ce roy, obteint d'estre de son conseil et de ses plus feaulx. Avecques ces advantages, et choisissant à poinct l'opportunité de l'ab-

sence de son maistre, il trahit aux Russiens Visilicie [2], grande et riche cité, qui feut entierement saccagee et arse [3] par eulx, avec occision totale, non seulement des habitans d'icelle de tout sexe et aage, mais de grand nombre de noblesse de là autour, qu'il y avoyt assemblé à ces fins. Iaropelc, assouvy de sa vengeance et de son courroux, qui pourtant n'estoit pas sans tiltre (car Boleslaus l'avoyt fort offensé, et en pareille conduicte), et saoul du fruict de cette trahison, venant à en considerer la laideur nue et seule, et la regarder d'une veue saine et non plus troublee par sa passion, la print à un tel remors et contrecœur, qu'il en feit crever les yeulx, et coupper la langue et les parties honteuses, à son executeur.

Antigonus persuada les soldats Argyraspides de luy trahir Eumenes, leur capitaine general, son adversaire : mais, l'eut il faict tuer aprez qu'ils le luy eurent livré, il desira luy mesme estre commissaire de la iustice divine, pour le chastiement d'un forfaict si detestable ; et les consigna entre les mains du gouverneur de la province, luy donnant tresexprez commandement de les perdre et mettre à malefin, en quelque maniere que ce feust, tellement que, de ce grand nombre qu'ils estoient, aulcun ne veid oncques puis l'air de Macedoine : mieulx il en avoyt esté servy, d'autant il le iugea il avoir esté plus meschamment et punissablement.

L'esclave qui trahit la cachette de P. Sulpicius, son maistre, feut mis en liberté, suivant la promesse de la proscription de Sylla ; mais, suivant la promesse de la raison publicque, tout libre, il fut precipité du roc Tarpeïen.

Et nostre roy Clovis, au lieu des armes d'or qu'il leur avoyt promis, feit pendre les trois serviteurs de Canacre, aprez qu'ils luy eurent trahy leur maistre à quoy il les avoyt practiquez.

Ils les font pendre avecques la bourse de leur payement au col : ayant satisfaict à leur seconde foy et speciale, ils satisfont à la generale et premiere.

Mahomet second, se voulant desfaire de son frere, pour la ialousie de la domination, suivant le style de leur race, y employa l'un de ses officiers, qui le suffoqua, l'engorgeant de quantité d'eau prinse trop à coup : cela faict, il livra, pour l'expiation de ce meurtre, le meurtrier entre les mains de la mere du trespassé, car ils n'estoient freres que de pere : elle, en sa presence, ouvrit à ce meurtrier l'estomach ; et, tout chauldement, de ses mains fouillant et arrachant son cœur, le iecta

(1) En habile homme.
(2) *Visliza*, ville de la Haute-Pologne, dans le palatinat de Sandomir, appelée en latin *Visliria*. — (3) *Brûlée*.

à manger aux chiens. Et à ceulx mesmes qui ne valent rien, il est si doulx, ayant tiré l'usage d'une action vicieuse, y pouvoir hormais couldre en toute seureté quelque traict de bonté et de iustice, comme par compensation et correction consciencieuse; joinct qu'ils regardent les ministres de tels horribles malefices comme gents qui les leur reprochent, et cherchent, par leur mort, d'estouffer la cognoissance et tesmoingnage de telles menees.

Or, si par fortune on vous en recompense, pour ne frustrer la necessité publicque de cet extreme et desesperé remede, celuy qui le faict ne laisse pas de vous tenir, s'il ne l'est luy mesme, pour un homme mauldit et execrable, et vous tient plus traistre que ne faict celuy contre qui vous l'estes; car il touche la malignité de vostre courage, par vos mains, sans desadveu, sans obiect : mais il vous employe, tout ainsin qu'on faict les hommes perdus aux executions de la haulte iustice, charge autant utile, comme elle est peu honneste. Oultre la vilité de telles commissions, il y a de la prostitution de couscience. La fille à Seianus, ne pouvant estre punie à mort, en certaine forme de iugement à Rome, d'autant qu'elle estoit vierge, feut, pour donner passage aux loix, forcee par le bourreau, avant qu'il l'estranglast : non sa main seulement, mais son ame est esclave à la commodité publique.

Quand le premier Amurath, pour aigrir la punition contre ses subiects qui avoyent donné support à la parricide rebellion de son fils contre luy, ordonna que leurs plus proches parents presteroient la main à cette execution; ie treuve treshonneste à aulcuns d'iceulx d'avoir choisi plustost d'estre iniustement tenus coulpables du parricide d'un aultre, que de servir la iustice, de leur propre parricide : et où, en quelques bicoques forcees de mon temps, i'ay veu des coquins, pour garantir leur vie, accepter de pendre leurs amys et consorts, ie les ay tenus de pire condition que les pendus. On dict que Witolde, prince de Lithuanie, introduisit en cette nation, que le criminel condemné à mort eust luy mesme de sa main à se desfaire; trouvant estrange qu'un tiers, innocent de la faulte, feust employé et chargé d'un homicide.

Le prince, quand une urgente circonstance, et quelque impetueux et inopiné accident du besoing de son estat, luy faict gauchir sa parole et sa foy, ou aultrement le iecte hors de son debvoir ordinaire, doibt attribuer cette necessité à un coup de la verge divine : vice n'est ce pas, car il a quitté sa raison à une plus universelle et puissante raison; mais, certes, c'est malheur : de maniere qu'à

quelqu'un qui me demandoit, « Quel remede? » « Nul remede, feis ie, s'il feust veritablement gehenné [1] entre ces deux extremes; *sed videat, ne quæratur latebra periurio* [2] : il le falloit faire; mais s'il le feit sans regret, s'il ne luy greva de le faire, c'est signe que sa conscience est en mauvais termes. » Quand il s'en trouveroit quelqu'un de si tendre conscience, à qui nulle guarison ne semblast digne d'un si poisant remede, ie ne l'en estimerois pas moins : il ne se sçauroit perdre plus excusablement et decemment. Nous ne pouvons pas tout : ainsin comme ainsin nous fault il souvent, comme à la derniere anchre, remettre la protection de nostre vaisseau à la pure conduicte du ciel. A quelle plus iuste necessité se reserve il? que luy est il moins possible à faire, que ce qu'il ne peult faire qu'aux despens de sa foy et de son honneur? choses qui, à l'adventure, luy doibvent estre plus cheres que son propre salut, ouy, et que le salut de son peuple. Quand, les bras croisez, il appellera Dieu simplement à son ayde, n'aura il pas à esperer que la divine bonté n'est pour refuser la faveur de sa main extraordinaire à une main pure et iuste? Ce sont dangereux exemples, rares et maladifves exceptions à nos regles naturelles; il y fault ceder, mais avecques grande moderation et circonspection : aulcune utilité privee n'est digne pour laquelle nous facions cet effort à nostre conscience; la publicque, bien, lors qu'elle est et tresapparente et tresimportante.

Timoleon se garantit à propos de l'estrangeté de son exploict, par les larmes qu'il rendit, se souvenant que c'estoit d'une main fraternelle qu'il avoyt tué le tyran; et cela pincea iustement sa conscience, qu'il eust esté nécessité d'achetter l'utilité publique à tel pris de l'honnesteté de ses mœurs. Le senat mesme, delivré de servitude par son moyen, n'osa rondement decider d'un si hault faict, et deschiré en deux si poisants et contraires visages; mais les Syracusains ayant tout à poinct, à l'heure mesme, envoyé requerir les Corinthiens de leur protection, et d'un chef digne de restablir leur ville en sa premiere dignité, et nettoyer la Sicile de plusieurs tyranneaux qui l'oppressoient, il y deputa Timoleon, avecques cette nouvelle desfaicte et declaration : « Que, selon ce qu'il se porteroit bien ou mal en sa charge, leur arrest prendroit party, à la faveur du liberateur de son païs, ou à la desfaveur du meurtrier de son frere. » Cette fantastique conclusion a quelque excuse, sur le danger de l'exemple et importance

(1) Tourmenté, pressé, serré.
(2) Mais qu'il se garde bien de chercher un prétexte pour couvrir son parjure. Cic., de Offic., III, 29.

d'un faict si divers [1] ; et feirent bien d'en descharger leur iugement, ou de l'appuyer ailleurs et en
des considerations tierces. Or, les deportements
de Timoleon en ce voyage rendirent bientost sa
cause plus claire, tant il s'y porta dignement et
vertueusement, en toutes façons : et le bonheur
qui l'accompaigna aux aspretez qu'il eut à vaincre en cette noble besongne, sembla luy estre envoyé par les dieux conspirants et favorables à sa
iustification.

La fin de cettuy cy est excusable, si aulcune le
pouvoit estre : mais le proufit de l'augmentation
du revenu publicque, qui servit de pretexte au
senat romain à cet orde [2] conclusion que ic m'en
vois reciter, n'est pas assez fort pour mettre à garant une telle iniustice : Certaines citez s'estoient
rachettees à pris d'argent, et remises en liberté,
avecques l'ordonnance et permission du senat, des
mains de L. Sylla : la chose estant tumbee en
nouveau iugement, le senat les condemna à estre taillables comme auparavant, et que l'argent
qu'elles avoyent employé pour se rachetter demeureroit perdu pour elles. Les guerres civiles
produisent souvent ces vilains exemples : Que
nous punissons les privez, de ce qu'ils nous ont
creu quand nous estions aultres; et un mesme magistrat faict porter la peine de son changement à
qui n'en peult mais ; le maistre fouette son disciple de docilité, et la guide [3] son aveugle : horrible image de iustice !

Il y a des regles en la philosophie et faulses et
molles. L'exemple qu'on nous propose, pour faire
prevaloir l'utilité privee à la foy donnee, ne recevoit pas assez de poids par la circonstance qu'ils
y meslent : Des voleurs vous ont prins, ils vous
ont remis en liberté, ayant tiré de vous serment
du payement de certaine somme. On a tort de dire
qu'un homme de bien sera quitte de sa foy, sans
payer, estant hors de leurs mains. Il n'en est
rien : ce que la crainte m'a faict une fois vouloir, ie suis tenu de le vouloir encores, sans
crainte ; et, quand elle n'aura forcé que ma langue sans la volonté, encores suis ie tenu de faire
la maille bonne de ma parole [4]. Pour moy, quand
par fois ell' a inconsiderement devancé ma pensee, i'ay faict conscience de la desadvouer pourtant : aultrement, de degré en degré, nous vien-
drons à abolir tout le droict qu'un tiers prend de
nos promesses et serments. *Quasi vero forti viro
vis possit adhiberi* [5]. En cecy seulement a loy l'interest privé de nous excuser de faillir à nostre
promesse, si nous avons promis chose meschante
et inique de soy ; car le droict de la vertu doibt
prevaloir le droict de nostre obligation.

I'ay aultrefois logé Epaminondas au premier
reng des hommes excellents [6], et ne m'en desdis
pas. Iusques où montoit il la consideration de son
particulier debvoir ? qui ne tua iamais homme
qu'il eust vaincu ; qui, pour ce bien inestimable
de rendre la liberté à son païs, faisoit conscience
de tuer un tyran, ou ses complices, sans les formes de la iustice ; et qui iugeoit meschant homme,
quelque bon citoyen qu'il feust, celuy qui, entre
les ennemys et en la bataille, n'espargnoit son
amy et son hoste. Voylà une ame de riche composition : il marioit aux plus rudes et violentes
actions humaines la bonté et l'humanité, voire
mesme la plus delicate qui se treuve en l'eschole
de la philosophie. Ce courage si gros, enflé, et
obstiné contre la douleur, la mort, la pauvreté,
estoit ce nature, ou art, qui l'eust attendry iusques au poinct d'une si extreme douleeur et debonnaireté de complexion ? Horrible de fer et de
sang, il va fracassant et rompant une nation invincible contre tout aultre que contre luy seul; et
gauchit [7], au milieu d'une telle meslee, au rencontre de son hoste et de son amy. Vrayement celuy là proprement commandoit bien à la guerre,
qui luy faisoit souffrir le mors de la benignité,
sur le poinct de sa plus forte chaleur, ainsin en-
flammee qu'elle estoit, et toute escumeuse de fureur et de meurtres. C'est miracle de pouvoir
mesler à telles actions quelque image de iustice ;
mais il n'appartient qu'à la roideur d'Epaminondas d'y pouvoir mesler la douleeur et la facilité
des mœurs les plus molles et la pure innocence :
et, où l'un dict aux Mamertins « que les statuts
n'avoyent point de mise envers les hommes armez; » l'aultre, au tribun du peuple, « que le
temps de la iustice, et de la guerre, estoient deux; »
le tiers, « que le bruit des armes l'empeschoit d'entendre la voix des loix, » cettuy cy n'estoit pas
seulement empesché d'entendre celle de la civilité
et pure courtoisie. Avoyt il pas emprunté de ses
ennemys l'usage de sacrifier aux muses, allant à
la guerre, pour destremper, par leur douleeur
et gayeté, cette furie et aspreté martiale ? Ne
craignons point, aprez un si grand precepteur,
d'estimer qu'il y a quelque chose illicite contre
les ennemys mesmes; que l'interest commun ne
doibt pas tout requerir de touts, contre l'interest

(1) *Si étrange, si singulier.*

(2) *Ord* et *sale*, termes synonymes. D'*ord*, dont on ne se sert
plus aujourd'hui, est venu *ordure*, qui est encore en usage.

(3) *Le guide.* — (4) *De tenir fermement ma parole.*

(5) *Comme si la violence pouvoit rien sur un homme de cœur.*
Cic., *de Offic.*, III, 3o.

(6) Livre II, c. 36, pag. 356.

(7) *Gauchir; tourner à gauche; détourner*

privé; *manente memoria, etiam in dissidio publi-*
*corum fœderum, privati iuris*[1] ;

> Et nulla potentia vires
> Præstandi, ne quid peccet amicus, habet[2];

et que toutes choses ne sont pas loysibles à un
homme de bien, pour le service de son roy, ny
de la cause generale et des loix; *non enim patria*
*præstat omnibus officiis;..... et ipsi conducit pios*
*habere cives in parentes*[3]. C'est une instruction
propre au temps : nous n'avons que faire de durcir nos courages par ces lames de fer; c'est assez
que nos espaules le soyent; c'est assez de tremper nos plumes en encre, sans les tremper en
sang : si c'est grandeur de courage, et l'effect
d'une vertu rare et singuliere, de mespriser l'amitié, les obligations privees, sa parole et la parenté,
pour le bien commun et obeyssance du magistrat;
c'est assez vrayement, pour nous en excuser, que
c'est une grandeur qui ne peult loger en la grandeur du courage d'Epaminondas.

J'abomine les enhortements enragez de cette
aultre ame desreglee,

> ... Dum tela micant, non vos pietatis imago
> Ulla, nec adversa conspecti fronte parentes
> Commoveant; vultus gladio turbate verendos[4].

Ostons aux meschants naturels, et sanguinaires,
et traistres, ce pretexte de raison; laissons là cette
iustice enorme et hors de soy, et nous tenons aux
plus humaines imitations. Combien peult le temps
et l'exemple! En une rencontre de la guerre civile contre Cinna, un soldat de Pompeius ayant
tué, sans y penser, son frere qui estoit au party
contraire, se tua sur le champ soy mesme, de
honte et de regret; et quelques annees aprez, en
une aultre guerre civile de ce mesme peuple, un
soldat, pour avoir tué son frere, demanda recompense à ses capitaines.

On argumente mal l'honneur et la beaulté d'une
action, par son utilité; et conclud on mal d'estimer que chascun y soit obligé, et qu'elle soit honneste à chascun, si elle est utile:

> Omnia non pariter rerum sunt omnibus apta[5].

Choisissons la plus necessaire et plus utile de
l'humaine societé; ce sera le mariage : si est ce
que le conseil des saincts treuve le contraire party
plus honneste, et en exclud la plus venerable vacation des hommes; comme nous assignons au
haras les bestes qui sont de moindre estime.

# CHAPITRE II.

*Du repentir.*

Les aultres forment l'homme : ie le recite; et en
represente un particulier, bien mal formé, et lequel si i'avoy à façonner de nouveau, ie ferois
vrayement bien aultre qu'il n'est : meshuy[6], c'est
faict. Or, les traicts de ma peincture ne se fourvoyent point, quoyqu'ils se changent et diversi-
fient : le monde n'est qu'une bransloire perenne[7];
toutes choses y branslent sans cesse, la terre, les
rochiers du Caucase, les pyramides d'Aegypte, et
du bransle publicque et du leur; la constance
mesme n'est aultre chose qu'un bransle plus languissant. Ie ne puis asseurer mon obiect; il va
trouble et chancelant, d'une yvresse naturelle : ie
le prends en ce poinct, comme il est en l'instant
que ie m'amuse à luy : ie ne peinds pas l'estre, ie
peinds le passage; non un passage d'aage en aultre,
ou, comme dict le peuple, de sept en sept ans,
mais de iour en iour, de minute en minute : il fault
accommoder mon histoire à l'heure; ie pourray
tantost changer, non de fortune seulement, mais
aussi d'intention. C'est un contrerolle de divers et
muables accidents, et d'imaginations irresolues,
et, quand il y eschet, contraires; soit que ie sois
aultre moy mesme, soit que ie saisisse les subiects
par aultres circonstances et considerations : tant y
a que ie me contredis bien à l'adventure, mais la
verité, comme disoit Demades, ie ne la contredis
point. Si mon ame pouvoit prendre pied, ie ne
m'essaierois pas, ie me resouldrois[8] : elle est
tousiours en apprentissage et en espreuve.

Ie propose une vie basse et sans lustre : c'est
tout un; on attache aussi bien toute la philosophie morale à une vie populaire et privee, qu'à
une vie de plus riche estoffe : chasque homme
porte la forme entiere de l'humaine condition. Les
aucteurs se communiquent au peuple par quelque
marque speciale et estrangere; moy, le premier,
par mon estre universel; comme Michel de Mon-

---

(1) Le souvenir du droit particulier subsistant même au milieu des dissensions publiques. Tite-Live, XXV, 18.

(2) Nulle puissance ne peut autoriser l'infraction des droits de
l'amitié. Ovide, *de Ponto*, I, 7, 37.

(3) Car la patrie ne l'emporte pas sur tous les devoirs ; et il lui
importe à elle-même d'avoir des citoyens qui soient pieux envers
leurs parents. Cic., *de Offic.*, III, 23.

(4) Tant que le glaive brillera, qu'aucun sentiment de pitié
ou de tendresse ne vous touche ; que la vue même de vos pères,
dans le parti opposé, n'ébranle point vos courages : frappez, dé-
figurez ces faces vénérables. Lucain, VII, 320.

(5) Toutes choses ne conviennent pas également à tous. Properce, III, 9, 7.

(6) *Désormais.* — (7) *Perpétuelle.*

(8) *Je parlerois décisivement, et d'un ton de maître.*

taigne, non comme grammairien, ou poëte, ou iurisconsulte. Si le monde se plaind dequoy ie parle trop de moy, ie me plainds dequoy il ne pense seulement pas à soy. Mais est ce raison que, si particulier en usage, ie pretende me rendre public en cognoissance? est il aussi raison, que ie produise au monde, où la façon et l'art ont tant de credit et de commandement, des effects de nature et cruds et simples, et d'une nature encores bien foiblette? est ce pas faire une muraille sans pierre, ou chose semblable, que de bastir des livres sans science et sans art? Les fantasies de la musique sont conduictes par art; les miennes, par sort. Au moins i'ay cecy selon la discipline, Que iamais homme ne traicta subiect qu'il entendist, ne cogneust mieulx que ie fois celuy que 'ay entrepris; et qu'en celuy là ie suis le plus sçavant homme qui vive: secondement, Que iamais aulcun ne penetra en sa matiere plus avant, ny en espelucha plus distinctement les membres et suittes, et n'arriva plus exactement et plus pleinement à la fin qu'il s'estoit proposé à sa besongne. Pour la parfaire, ie n'ay besoing d'y apporter que la fidelité: celle là y est, la plus sincere et pure qui se treuve. Ie dy vray, non pas tout mon saoul, mais autant que ie l'ose dire: et l'ose un peu plus en vieillissant; car il semble que la coustume concede à cet aage plus de liberté de bavasser [1], et d'indiscretion à parler de soy. Il ne peult advenir icy, ce que ie veoy advenir souvent, que l'artisan et sa besongne se contrarient: un homme de si honneste conversation a il faict un si sot escript? où, des escripts si sçavants sont ils partis d'un homme de si foible conversation? Qui a un entretien commun, et ses escripts rares, c'est à dire que sa capacité est en lieu d'où il l'emprunte, et non en luy. Un personnage sçavant n'est pas sçavant par tout; mais le suffisant est par tout suffisant, et à ignorer mesme: icy nous allons conformement, et tout d'un train, mon livre et moy. Ailleurs, on peult recommander et accuser l'ouvrage, à part de l'œuvrier: icy, non; qui touche l'un, touche l'aultre. Celuy qui en iugera sans le cognoistre, se fera plus de tort qu'à moy: celuy qui l'aura cogneu, m'a du tout satisfaict. Heureux oultre mon merite, si i'ay seulement cette part à l'approbation publique, que ie face sentir aux gents d'entendement que i'estois capable de faire mon proufit de la science, si i'en eusse eu; et que ie meritois que la memoire me secourust mieulx.

Excusons icy ce que ie dy souvent, que ie me repens rarement, et que ma conscience se contente de soy, non comme de la conscience d'un

ange, ou d'un cheval, mais comme de la conscience d'un homme: adioustant tousiours ce refrain, non un refrain de cerimonie, mais de naïfve et essentielle soubmission, « que ie parle enquerant et ignorant, me rapportant de la resolution, purement et simplement, aux creances communes et legitimes.» Ie n'enseigne point, ie raconte.

Il n'est vice veritablement vice qui n'offense, et qu'un iugement entier n'accuse; car il a de la laideur et incommodité si apparente, qu'à l'adventure ceulx là ont raison qui disent qu'il est principalement produict par bestise et ignorance: tant il est mal aysé d'imaginer qu'on le cognoisse sans le haïr! La malice hume la pluspart de son propre venin, et s'en empoisonne. Le vice laisse, comme un ulcere en la chair, une repentance en l'ame, qui tousiours s'esgratigne et s'ensanglante elle mesme: car la raison efface les aultres tristesses et douleurs, mais elle engendre celle de la repentance, qui est plus griefve, d'autant qu'elle naist au dedans, comme le froid et le chauld des fiebvres est plus poignant que celuy qui vient du dehors. Ie tiens pour vices (mais chascun selon sa mesure) non seulement ceulx que la raison et la nature condemnent, mais ceulx aussi que l'opinion des hommes a forgé, voire faulse et erronee, si les loix et l'usage l'auctorise.

Il n'est pareillement bonté qui ne resiouysse une nature bien nee; il y a, certes, ie ne sçay quelle congratulation de bien faire, qui nous resiouyt en nous mesmes, et une fierté genereuse qui accompaigne la bonne conscience: une ame courageusement vicieuse se peult à l'adventure garnir de securité; mais de cette complaisance et satisfaction, elle ne s'en peult fournir. Ce n'est pas un legier plaisir de se sentir preservé de la contagion d'un siecle si gasté, et de dire en soy: « Qui me verroit iusques dans l'ame, encores ne me trouveroit il coulpable, ny de l'affliction et ruyne de personne, ny de vengeance ou d'envye, ny d'offense publique des loix, ny de nouvelleté et de trouble, ny de faulte à ma parole; et, quoy que la licence du temps permist et apprinst à chascun, si n'ay ie mis la main ny ez biens, ny en la bource d'homme françois, et n'ay vescu que sur la mienne, non plus en guerre qu'en paix; ny ne me suis servy du travail de personne sans loyer. » Ces tesmoignages de la conscience plaisent; et nous est grand benefice que cette esiouyssance naturelle, et le seul payement qui iamais ne nous manque.

De fonder la recompense des actions vertueu-

es sur l'approbation d'aultruy, c'est prendre un
op incertain et trouble fondement, signamment
n un siecle corrompu et ignorant, comme cettuy
y; la bonne estime du peuple est injurieuse: à
ui vous fiez vous de veoir ce qui est louable?
Dieu me gard d'estre homme de bien selon la
escription que ie veoy faire touts les iours, par
onneur, à chascun de soy. *Quæ fuerant vitia,*
*ores sunt* [1]. Tels de mes amys ont par fois entre-
rins de me chapitrer et mercurialiser [2] à cœur
uvert, ou de leur propre mouvement, ou se-
ons [3] par moy comme d'un office qui, à une
me bien faicte, non en utilité seulement, mais
n doulceur aussi, surpasse touts les offices de
amitié; ie l'ay tousiours accueilli des bras de la
ourtoisie et recognoissance les plus ouverts:
nais, à en parler asture en conscience, i'ay sou-
ent trouvé en leurs reproches et louanges tant
e faulse mesure, que ie n'eusse gueres failly de
aillir, plustost que de bien faire à leur mode.
Nous aultres principalement, qui vivons une vie
rivee qui n'est en montre qu'à nous, debvons
voir establis un patron au dedans, auquel tou-
her nos actions [4], et, selon iceluy, nous caresser
antost, tantost nous chastier. I'ay mes loix et ma
our pour iuger de moy, et m'y addresse plus
qu'ailleurs: ie restreinds bien selon aultruy mes
ctions, mais ie ne les estends que selon moy. Il
n'y a que vous qui sçache si vous estes lasche et
ruel, ou loyal et devotieux: les aultres ne vous
eoyent point, ils vous devinent par coniectures
ncertaines; ils veoyent non tant vostre nature,
que vostre art: par ainsin, ne vous tenez pas à
eur sentence, tenez vous à la vostre: *Tuo tibi*
*udicio est utendum* [5]... *Virtutis et vitiorum grave*
*ipsius conscientiæ pondus est, qua sublata, iacent*
*omnia* [6].

Mais ce qu'on dict, que la repentance suit de
prez le peché, ne semble pas regarder le peché
qui est en son hault appareil, qui loge en nous
comme en son propre domicile: on peult desadvouer et desdire les vices qui nous surprennent,
et vers lesquels les passions nous emportent,
mais ceulx qui, par longue habitude, sont enra-
cinez et anchrez en une volonté forte et vigoureuse,
ne sont pas subiects à contradiction. Le repentir
n'est qu'une desdicte de nostre volonté, et opposition de nos fantasies, qui nous pourmeine à touts
sens. Il faict desadvouer à celuy là sa vertu passee
et sa continence:

*Quæ mens est hodie, cur eadem non puero fuit?*
*Vel cur his animis incolumes non redeunt genæ* [7]?

C'est une vie exquise, celle qui se maintient en

ordre iusques en son privé. Chascun peult avoir part
au bastelage, et representer un honneste personnage en l'eschaffaud [8]; mais au dedans et en sa poictrine, où tout nous est loysible, où tout est caché,
d'y estre reglé, c'est le poinct. Le voysin degré,
c'est de l'estre en sa maison, en ses actions ordinaires, desquelles nous n'avons à rendre raison à
personne, où il n'y a point d'estude, point d'artifice: et pourtant Bias, peignant un excellent estat
de famille: «de laquelle, dict il, le maistre soit
tel au dedans par luy mesme, comme il est au dehors par la crainte de la loy et du dire des hommes:»
et feut une digne parole de Iulius Drusus aux œu-
vriers qui luy offroient, pour trois mille escus,
mettre sa maison en tel poinct que ses voysins n'y
auroient plus la veue qu'ils y avoyent: «Ie vous
en donneray, dict il, six mille, et faictes que
chascun y veoye de toutes parts.» On remarque
avecques honneur l'usage d'Agesilaus, de prendre,
en voyageant, son logis dans les eglises, à fin que
le peuple et les dieux mesmes veissent dans ses
actions privees. Tel a esté miraculeux au monde,
auquel sa femme et son valet n'ont rien veu seulement de remarquable; peu d'hommes ont esté
admirez par leurs domestiques; nul a esté pro-
fete non seulement en sa maison, mais en son
païs, dict l'experience des histoires: de mesme aux
choses de neant; et en ce bas exemple, se veoid
l'image des grands. En mon climat de Gascoigne,
on tient pour drolerie de me veoir imprimé:
d'autant que la cognoissance qu'on prend de moy
s'esloigne de mon giste, i'en vaulx d'autant mieulx;
i'achette les imprimeurs en Guienne; ailleurs ils
m'achettent. Sur cet accident se fondent ceulx qui
se cachent vivants et presents, pour se mettre en
credit trespassez et absents. l'aime mieulx en avoir
moins; et ne me iecte au monde que pour la part
que i'en tire: au partir de là, ie l'en quitte. Le
peuple reconvoye [9] celuy là, d'un acte publicque,
avecques estonnement, iusqu'à sa porte: il laisse
avecques sa robbe ce roolle; il en retumbe d'autant
plus bas, qu'il s'estoit plus hault monté; au dedans,

---

[1] Les vices d'autrefois sont devenus les mœurs d'aujourd'hui. SÉNÈQUE, *Epist.* 39.

[2] *Reprendre, censurer.*

[3] *Avertis, invités, sollicités par moi.*

[4] *Par lequel nous puissions juger du prix de nos actions.*

[5] Servez-vous de votre propre jugement. CICÉRON, *Tuscul.,* I, 25.

[6] Le témoignage intérieur que se rend le vice ou la vertu est d'un grand poids: ôtez cette conscience, tout le reste ne leur est rien. CIC., *de Nat. deor.,* III, 35.

[7] Hélas! que ne pensois-je autrefois comme je pense aujourd'hui! ou que n'ai je encore aujourd'hui l'éclat dont brilloit ma jeunesse! HOR., *Od.,* IV, 10, 7.

[8] *En plein théâtre, en public.*

[9] *Reconduit.*

chez luy, tout est tumultuaire et vil. Quand le reglement s'y trouveroit, il fault un iugement vif et bien trié pour l'appercevoir en ces actions basses et privees : ioinct que l'ordre est une vertu morne et sombre. Gaigner une bresche, conduire une ambassade, regir un peuple, ce sont actions esclatantes : tanser, rire, vendre, payer, aimer, haïr, et converser avecques les siens, et avecques soy mesme, doulcement et iustement, ne relascher point, ne se desmentir point ; c'est chose plus rare, plus difficile, et moins remarquable. Les vies retirees soustiennent par là, quoy qu'on die, des debvoirs autant ou plus aspres et tendus, que ne le font les aultres vies ; et les privez, dict Aristote, servent la vertu plus difficilement et haultement, que ne font ceulx qui sont en magistrat : nous nous preparons aux occasions eminentes, plus par gloire que par conscience. La plus courte façon d'arriver à la gloire, ce seroit faire pour la conscience ce que nous faisons pour la gloire : et la vertu d'Alexandre me semble representer assez moins de vigueur en son theatre que ne faict celle de Socrates en cette exercitation basse et obscure. Ie conceois ayseement Socrates en la place d'Alexandre ; Alexandre en celle de Socrates, ie ne puis. Qui demandera à celuy là, ce qu'il sçait faire, il respondra, « Subiuguer le Monde : » qui le demandera à cettuy cy, il dira, « Mener l'humaine vie conformement à sa naturelle condition : » science bien plus generale, plus poisante, et plus legitime.

Le pris de l'ame ne consiste pas à aller hault, mais ordonneement ; sa grandeur ne s'exerce pas en la grandeur, c'est en la mediocrité. Ainsin que ceulx qui nous iugent et touchent au dedans, ne font pas grand' recepte de la lueur de nos actions publicques, et veoyent que ce ne sont que filets et pointes d'eau fine reiaillies d'un fond au demourant limonneux et poisant : en pareil cas, ceulx qui nous iugent par cette brave apparence du dehors, concluent de mesme de nostre constitution interne ; et ne peuvent accoupler des facultez populaires et pareilles aux leurs, à ces aultres facultez qui les estonnent, si loing de leur visee. Ainsin donnons nous aux daimons des formes sauvages ; et qui non à Tamburlan des sourcils eslevez, des nazeaux ouverts, un visage affreux, et une taille desmesuree, comme est la taille de l'imagination qu'il en a conceue par le bruit de son nom ? Qui m'eust faict veoir Erasme aultresfois, il eust esté mal aysé que ie n'eusse prins pour adages et apophthegmes tout ce qu'il eust dict à son valet et à son hostesse. Nous imaginons bien plus sortablement un artisan sur sa garderobbe ou sur sa femme, qu'un grand president, venerable par son maintien et

suffisance : il nous semble que de ces haults throncs ils ne s'abaissent pas iusques à vivre. Comme les ames vicieuses sont incitees souvent à bien faire par quelque impulsion estrangere ; aussi sont les vertueuses, à faire mal : il les fault doncques iuger par leur estat rassis, quand elles sont chez elles, si quelquesfois elles y sont ; ou au moins quand elles sont plus voysines du repos, et en leur naïfve assiette.

Les inclinations naturelles s'aydent et fortifient par institution ; mais elles ne se changent gueres et surmontent : mille natures, de mon temps, ont eschappé vers la vertu, ou vers le vice, au travers d'une discipline contraire.

Sic ubi desuetæ silvis in carcere clausæ
Mansuevere feræ, et vultus posuere minaces,
Atque hominem didicere pati, si torrida parvus
Venit in ora cruor, redeunt rabiesque furorque,
Admonitæque tument gustato sanguine fauces ;
Fervet, et a trepido vix abstinet ira magistro [1] :

On n'extirpe pas ces qualitez originelles, on les couvre, on les cache. Le langage latin m'est comme naturel ; ie l'entends mieulx que le françois : mais il y a quarante ans que ie ne m'en suis du tout point servy à parler ny gueres à escrire. Si est ce qu'à des extremes et soubdaines esmotions, où ie suis tumbé deux ou trois fois en ma vie, et l'une, veoyant mon pere, tout sain, se renverser sur moy pasmé, i'ay tousiours eslancé du fond des entrailles les premieres paroles, latines : nature se sourdant [2], et s'esprimant à force, à l'encontre d'un si long usage ; et cet exemple se dict d'assez d'aultres.

Ceulx qui ont essayé de r'adviser [3] les mœurs du monde, de mon temps, par nouvelles opinions, reforment les vices de l'apparence ; ceulx de l'essence, ils les laissent là, s'ils ne les augmentent : et l'augmentation y est à craindre ; on se seiourne [4] volentiers de tout aultre bienfaire ; sur ces reformations externes, arbitraires, de moindre coust et de plus grand merite ; et satisfaict on à bon marché, par là, les aultres vices naturels, consubstantiels et intestins. Regardez un peu comment s'en porte nostre experience : il

---

[1] Ainsi, quand les bêtes fauves, dans l'ombre de leur prison, oubliant les forêts, semblent s'être adoucies, et que, dépouillant leur orgueil farouche, elles ont appris à souffrir l'empire de l'homme ; si, par hasard, un peu de sang vient à toucher leurs lèvres enflammées, leur rage se réveille ; leur gosier s'enfle, altéré du sang dont le goût vient d'exciter la soif ; elles brûlent de s'en assouvir, et leur cruauté s'abstient à peine de dévorer leur maître pâlissant. Lucain, IV, 237.

[2] Sourdant. — [3] Corriger, reformer.

[4] On s'abstient, on se dispense.

est personne, s'il s'escoute, qui ne descouvre en y une forme sienne, une forme maistresse, qui icte contre l'institution, et contre la tempeste s passions qui luy sont contraires. De moy, ie : me sens gueres agiter par secousse ; ie me euve quasi tousiours en ma place, comme font ; corps lourds et poisans : si ie ne suis chez moy, n suis tousiours bien prez. Mes desbauches ne emportent pas fort loing, il n'y a rien d'extreme d'estrange ; et si ay des r'advisements sains et ;oreux.

La vraye condemnation, et qui touche la comme façon de nos hommes, c'est que leur retraicte esme est pleine de corruption et d'ordure ; l'idée leur amendement, chafourree [1] ; leur penitence, lade et en coulpe [2] autant à peu prez que leur ché : aulcuns, ou pour estre collez au vice d'une ache naturelle, ou par longue accoustumance, en treuvent plus la laideur : à d'aultres (duquel ;iment ie suis) le vice poise, mais ils le combalancent avecques le plaisir ou aultre occa-n ; et le souffrent et s'y prestent, à certain pris, ieusement pourtant et laschement. Si se pourroit à l'adventure, imaginer si esloingnee dispro-rtion de mesure, où, avecques iustice, le plaisir :useroit le peché, comme nous disons de l'utilité ; u seulement s'il estoit accidental et hors du pe-é, comme au larrecin, mais en l'exercice mesme celuy, comme en l'accointance des femmes, où icitation est violente, et, dict on, par fois in-icible. En la terre d'un mien parent, l'aultre ir que i'estois en Armaignac, ie veis un païsan e chascun surnomme le Larron. Il faisoit ainsin conte de sa vie : Qu'estant nay mendiant, et iuvant qu'à gaigner son pain au travail de ses ains, il n'arriveroit iamais à se fortifier assez ntre l'indigence, il s'advisa de se faire larron : avoyt employé à ce mestier toute sa ieunesse, seureté, par le moyen de sa force corporelle ; r il moissonnoit et vendangeoit des terres d'aul-y, mais c'estoit au loing et à si gros monceaux, l'il estoit inimaginable qu'un homme en eust nt emporté en une nuict sur ses espaules ; et avoyt ing, oultre cela, d'egualer et disperser le dom-âge qu'il faisoit, si que la foule estoit moins im-ortaible à chasque particulier. Il se treuve, à cette ure en sa vieillesse, riche pour un homme de condition, mercy à cette trafieque, de laquelle se confesse ouvertement. Et pour s'accommoder ecques Dieu de ses acquests, il dict estre touts s iours aprez à satisfaire, par bienfaicts, aux suc-sseurs de ceulx qu'il a desrobez ; et, s'il n'acheve ar d'y prouvoir tout à la fois, il ne peult), qu'il à chargera ses heritiers, à la raison de la science

qu'il a luy seul du mal qu'il a faict à chascun. Par cette description, soit vraye ou faulse, cettuy cy regarde le larrecin comme action desbonneste, et le hait, mais moins que l'indigence ; s'en repent bien simplement, mais, en tant qu'elle estoit ainsin contrebalancee et compensee, il ne s'en repent pas. Cela, ce n'est pas cette habitude qui nous incor-pore au vice, et y conforme nostre entendement mesme ; ny n'est ce vent impetueux qui va trou-blant et aveuglant à secousses nostre ame, et nous precipite pour l'heure, iugement et tout, en la puissance du vice.

Ie fois coustumierement entier ce que ie fois, et marche tout d'une piece ; ie n'ay gueres de mouvement qui se cache et desrobe à ma raison, et qui ne se conduise, à peu prez, par le consen-tement de toutes mes parties, sans division, sans sedition intestine : mon iugement en a la coulpe ou la louange entiere ; et la coulpe qu'il a une fois, il l'a tousiours ; car quasi dez sa naissance il est un, mesme inclination, mesme route, mesme force : et en matiere d'opinions universelles, dez l'enfance, ie me logeay au poinct où i'avoy à me tenir. Il y a des pechez impetueux, prompts et subits, laissous les à part : mais en ces aultres pechez à tant de fois reprins, deliberez et consultez, ou pechez de com-plexion, ou pechez de profession et de vacation, ie ne puis pas concevoir qu'ils soient plantez si long temps en un mesme courage, sans que la raison et la conscience de celuy qui les possede le veuille constamment, et l'entende ainsin ; et le repentir qu'il se vante luy en venir à certain instant pres-cript, m'est un peu dur à imaginer et former. Ie ne suis pas la secte de Pythagoras, « que les hommes prennent une ame nouvelle quand ils approchent des simulacres des dieux pour recueillir leurs ora-cles ; » sinon qu'il voulust dire cela mesme, Qu'il fault bien qu'elle soit estrangere, nouvelle, et prestee pour le temps : la nostre montrant si peu de signe de purification et netteté condigne à cet office.

Ils font tout à l'opposite des preceptes stoïcques, qui nous ordonnent bien de corriger les imperfec-tions et vices que nous recognoissons en nous, mais nous deffendent d'en alterer le repos de nostre ame : ceulx cy nous font accroire qu'ils en ont grande desplaisance et remors au dedans ; mais d'amendement et correction, ny d'interruption, ils ne nous en font rien apparoir. Si n'est ce pas guarison, si on ne se descharge du mal : si la repen-tance poisoit sur le plat de la balance, elle empor-teroit le peché. Ie ne treuve aucune qualité si

(1) Confuse, barbouillée. — (2) Faute.

aysee à contrefaire que la devotion, si on n'y conforme les mœurs et la vie : son essence est abstruse et occulte ; les apparences, faciles et pompeuses.

Quant à moy, ie puis desirer en general estre aultre ; ie puis condemner et me desplaire de ma forme universelle, et supplier Dieu pour mon entiere reformation, et pour l'excuse de ma foiblesse naturelle; mais cela, ie ne le doibs nommer repentir, ce me semble, non plus que le desplaisir de n'estre ny ange ny Cato. Mes actions sont reglees, et conformes à ce que ie suis et à ma condition ; ie ne puis faire mieulx : et le repentir ne touche pas proprement les choses qui ne sont pas en nostre force ; ouy bien le regret. I'imagine infinies natures plus haultes et plus reglees que la mienne ; ie n'amende pourtant mes facultez : comme ny mon bras ny mon esprit ne deviennent plus vigoreux, pour en concevoir un aultre qui le soit. Si l'imaginer et desirer un agir plus noble que le nostre, produisoit la repentance du nostre, nous aurions à nous repentir de nos operations plus innocentes, d'autant que nous iugeons bien qu'en la nature plus excellente elles aurojent esté conduictes d'une plus grande perfection et dignité ; et voudrions faire de mesme. Lorsque ie consulte des deportements de ma ieunesse, avecques ma vieillesse, ie treuve que ie les ay communement conduicts avecques ordre, selon moy : c'est tout ce que peult ma resistance. Ie ne me flatte pas ; à circonstances pareilles, ie serois tousiours tel : ce n'est pas macheure [1], c'est plutost une teincture universelle, qui me tache. Ie ne cognoy pas de repentance superficielle, moyenne, et de cerimonie : il fault qu'elle me touche de toutes parts, avant que ie la nomme ainsi ; et qu'elle pince mes entrailles et les afflige, autant profondement que Dieu me veoid, et autant universellement.

Quant aux negoces [2], il m'est eschappé plusieurs bonnes adventures, à faulte d'heureuse conduicte : mes conseils ont pourtant bien choisi, selon les occurrences qu'on leur presentoit ; leur façon est de prendre tousiours le plus facile et seur party. Ie treuve qu'en mes deliberations passees, i'ay, selon ma regle, sagement procedé, pour l'estat du subiect qu'on me proposoit, et en ferois autant d'icy à mille ans, en pareilles occasions ; ie ne regarde pas quel il est à cette heure, mais quel il estoit, quand i'en consultois : la force de tout conseil gist au temps ; les occasions et les matieres roulent et changent sans cesse. I'ay encouru quelques lourdes erreurs en ma vie, et importantes, non par faulte de bon advis, mais par faulte de bonheur. Il y a des parties secretes aux obiects

qu'on manie, et indivinables, signamment en la nature des hommes ; des conditions muettes, sans montre, incogneues par fois du possesseur mesme, qui se produisent et esveillent par des occasions survenantes : si ma prudence ne les a peu penetrer et profetizer, ie ne luy en sçay nul mauvais gré ; sa charge se contient en ses limites : si l'evenement me bat, s'il favorise le party que i'ay refusé, il n'y a remede, ie ne m'en prends pas à moy, i'accuse ma fortune, non pas mon ouvrage ; cela ne s'appelle pas repentir.

Phocion avoyt donné aux Atheniens certain advis qui ne feut pas suivi : l'affaire pourtant se passant, contre son opinion, avecques prosperité, quelqu'un luy dict : « Eh bien, Phocion, es tu content que la chose aille si bien ? » « Bien suis ie content, feit il, qu'il soit advenu cecy ; mais ie ne me repens point d'avoir conseillé cela. » Quand mes amys s'addressent à moy pour estre conseillez, ie le fois librement et clairement, sans m'arrester, comme faict quasi tout le monde, à ce que la chose estant hazardeuse, il peult advenir au rebours de mon sens, par où ils ayent à me faire reproche de mon conseil ; dequoy il ne me chault [3] : car ils auront tort ; et ie n'ay deu leur refuser cet office.

Ie n'ay gueres à me prendre de mes faultes ou infortunes, à aultre qu'à moy ; car, en effect, ie me sers rarement des advis d'aultruy, si ce n'est par humeur de cerimonie ; sauf où i'ay besoing d'instruction, de science, ou de la cognoissance du faict. Mais, ez choses où ie n'ay à employer que le iugement, les raisons estrangeres peuvent servir à m'appuyer, mais peu à me destourner : ie les escoute favorablement et decemment toutes ; mais, qu'il m'en souvienne, ie n'en ay creu iusqu'à cette heure que les miennes. Selon moy, ce ne sont que mousches et atomes qui promenent ma volonté : ie prise peu mes opinions ; mais ie prise aussi peu celles des aultres. Fortune me paye dignement : si ie ne receois pas de conseil, i'en donne aussi peu. I'en suis fort peu enquis [4], mais i'en suis encores moins creu ; et ne sçache nulle entreprinse publique ny privee que mon advis aye redressee et ramence. Ceulx mesmes que la fortune y avoyt aulcunement attachez, se sont laissez plus volontiers manier à toute aultre cervelle qu'à la mienne. Comme cil [5] qui suis bien autant ialoux des droicts de mon repos, que des droicts de mon auctorité, ie l'aime mieulx ainsi : me laissant là, on faict selon ma pro-

(1) Macheure, tache, contusion, meurtrissure.
(2) Affaires. — (3) Il ne m'importe.
(4) Enquis est le participe d'enquérir ; il signifie ici requis.
(5) Celui.

fession, qui est de m'establir et contenir tout en moy. Ce m'est plaisir, d'estre desinteressé des affaires d'aultruy, et desgagé de leur gariement [1].

En touts affaires, quand ils sont passez, comment que ce soit, i'y ay peu de regret; car cette imagination me met hors de peine, qu'ils debvoient ainsin passer : les voylà dans le grand cours de l'univers, et dans l'enchaisneure des causes stoïcques; vostre fantasie n'en peult, par souhait et imagination, remuer un poinct, que tout l'ordre des choses ne renverse, et le passé, et l'advenir.

Au demourant, ie hais cet accidental repentir que l'aage apporte. Celuy qui disoit anciennement estre obligé aux annees; dequoy elles l'avoyent desfaict de la volupté, avoyt aultre opinion que la mienne, ie ne sçauray iamais bon gré à l'impuissance, de bien qu'elle me face; *nec tam aversa unquam videbitur ab opere suo providentia, ut debilitas inter optima inventa sit* [2]. Nos appetits sont rares en la vieillesse; une profonde satieté nous saisit aprez le coup : en cela, ie ne veoy rien de conscience; le chagrin et la foiblesse nous impriment une vertu lasche et catarrheuse. Il ne nous fault pas laisser emporter si entiers aux alterations naturelles, que d'en abastardir nostre iugement. La ieunesse et le plaisir n'ont pas faict aultrefois que i'aye mescogneu le visage du vice en la volupté; ny ne faict, à cette heure, le desgoust que les ans m'apportent, que ie mescognoisse celuy de la volupté au vice : ores [3] que ie n'y suis plus, i'en iuge comme si i'y estois. Moy, qui la secoue vifvement et attentivement, treuve que ma raison est celle mesme que i'avoy en l'aage plus licencieux, sinon, à l'adventure, d'autant qu'elle s'est affoiblie et empiree en vieillissant; et treuve que ce qu'elle refuse de m'enfourner à ce plaisir, en consideration de l'interest de ma santé corporelle, elle ne le feroit, non plus qu'aultrefois, pour la santé spirituelle. Pour la veoir hors de combat, ie ne l'estime pas plus valeureuse : mes tentations sont si cassees et mortifiees, qu'elles ne valent pas qu'elle s'y oppose; tendant seulement les mains au devant, ie les coniure. Qu'on luy remette en presence cette ancienne concupiscence, ie crains qu'elle auroit moins de force à la soustenir, qu'elle n'avoyt aultrefois; ie ne luy veoy rien iuger à part soy, que lors elle ne iugeast, ny aulcune nouvelle clarté : parquoy, s'il y a convalescence, c'est une convalescence maleficiee. Miserable sorte de remede, debvoir à la maladie sa santé! Ce n'est pas à nostre malheur de faire cet office; c'est au bonheur de nostre iugement. On ne me faict rien faire par

les offenses et afflictions, que les mauldire : c'est aux gents qui ne s'esveillent qu'à coups de fouet. Ma raison a bien son cours plus delivre [4] en la prosperité; elle est bien plus distraite et occupee à digerer les maulx que les plaisirs : ie veoy bien plus clair en temps serein; la santé m'advertit, comme plus alaigrement, aussi plus utilement, que la maladie. ie me suis advancé le plus que i'ay peu vers ma reparation et reglement, lors que i'avoy à en iouyr : ie serois honteux, et envyeux, que la misere et l'infortune de ma vieillesse eust à se preferer à mes bonnes annees, saines, esveillees, vigoreuses, et qu'on eust à m'estimer, non par où i'ay esté, mais par où i'ay cessé d'estre.

A mon advis, c'est « le vivre heureusement, » non, comme disoit Antisthenes, « le mourir heureusement, » qui faict l'humaine felicité. Ie ne me suis pas attendu d'attacher monstrueusement la queue d'un philosophe à la teste et au corps d'un homme perdu; ny que ce chetif bout eust à desadvouer et desmentir la plus belle, entiere et longue partie de ma vie : ie me veulx presenter et faire veoir par tout uniformement. Si i'avoy à revivre, ie revivrois comme i'ay vescu [5] : ny ie ne plains le passé, ny ie ne crains l'advenir; et, si ie ne me deceois, il est allé du dedans environ comme du dehors. C'est une des principales obligations que i'aye à ma fortune, que le cours de mon estat corporel ayt esté conduict chasque chose en sa saison; i'en ay veu l'herbe, et les fleurs, et le fruict; et en veoy la seicheresse : heureusement, puisque c'est naturellement. Ie porte bien doulcement les maulx que i'ay, d'autant qu'ils sont en leur poinct, et qu'ils me font aussi plus favorablement souvenir de la longue felicité de ma vie passee : pareillement, ma sagesse peult bien estre de mesme taille, en l'un et en l'aultre temps; mais elle estoit bien de plus d'exploict et de meilleure grace, verte, gaye, naïfve, qu'elle n'est à present, cassee, grondeuse, laborieuse. Ie renonce doncques à ces reformations casuelles et douloureuses. Il fault que Dieu nous touche le courage; il fault que nostre conscience s'amende d'elle mesme, par renforcement de nostre raison, non par l'affoiblissement de nos appetits : la volupté n'en est en soy ny pasle ny descoulouree,

(1) *Garantie , saure-gorde.*

(2) Et la Providence ne sera jamais si ennemie de son ouvrage, que la foiblesse puisse être mise au rang des meilleures choses. QUINTIL., *Inst. orat.*, V, 12.

(3) *À présent.* — (4) *Plus libre.*

(5) « Paroles horribles, et qui marquent une extinction entière de tout sentiment de religion, mais qui sont dignes de celui, etc. » *Logique de Port-Royal*, III , 20.

49

pour estre apperceue par des yeulx chassieux et troubles.

On doibt aimer la temperance par elle mesme, et pour le respect de Dieu qui nous l'a ordonnee, et la chasteté; celle que les catarrhes nous presentent, et que ie doibs au benefice de ma cholique, ce n'est ny chasteté, ny temperance : on ne peult se vanter de mespriser et combattre la volupté, si on ne la veoid, si on l'ignore, et ses graces, et ses forces et sa beaulté plus attrayante; ie cognoy l'une et l'aultre, c'est à moy de le dire. Mais il me semble qu'en la vieillesse nos ames sont subiectes à des maladies et imperfections plus importunes qu'en la ieunesse; ie le disois estant ieune; lors on me donnoit de mon menton par le nez : ie le dy encores à cette heure, que mon poil gris m'en donne le credit. Nous appellons sagesse la difficulté de nos humeurs, le desgout des choses presentes; mais, à la verité, nous ne quittons pas tant les vices, comme nous les changeons, et, à mon opinion, en pis : oultre une sotte et caduque fierté, un babil ennuyeux, ces humeurs espineuses et inassociables, et la superstition, et un soing ridicule des richesses, lors que l'usage en est perdu, i'y treuve plus d'envye, d'iniustice et de malignité; elle nous attache plus de rides en l'esprit qu'au visage : et ne se veoid point d'ames, ou fort rares, qui en vieillissant ne sentent l'aigre et le moisi. L'homme marche entier vers son croist et vers son decroist. A veoir la sagesse de Socrates, et plusieurs circonstances de sa condemnation, ioserois croire qu'il s'y presta aulcunement luy mesme, par prevarication, à dessein, ayant de si prez, aagé de soixante et dix ans, à souffrir l'engourdissement des riches allures de son esprit, et l'eblouïssement de sa clarté accoustumee. Quelles metamorphoses luy veoy ie faire touts les iours en plusieurs de mes cognoissants! C'est une puissante maladie, et qui se coule naturellement et imperceptiblement : il y fault grande provision d'estude, et grande precaution, pour eviter les imperfections qu'elle nous charge, ou au moins affoiblir leur progrez. Ie sens que, nonobstant touts mes retrenchements, elle gaigne pied à pied sur moy : ie soustiens tant que ie puis; mais ie ne sçay enfin où elle me menera moy mesme. A toutes adventures, ie suis content qu'on sache d'où ie seray tumbé.

## CHAPITRE III.

### De trois commerces.

Il ne fault pas se clouer si fort à ses humeurs et complexions : nostre principale suffisance, c'est sçavoir s'appliquer à divers usages. C'est estre, mais ce n'est pas vivre, que se tenir attaché et obligé par necessité à un seul train : les plus belles ames sont celles qui ont plus de varieté et de soupplesse. Voylà un honnorable tesmoinguage du vieulx Cato : *Huic versatile ingenium sic pariter ad omnia fuit, ut natum ad id unum diceres, quodcumque ageret* [1]. Si c'estoit à moy à me dresser à ma mode, il n'est aulcune si bonne façon où ie voulusse estre fiché pour ne m'en sçavoir desprendre : la vie est un mouvement inegual, irregulier, et multiforme [2]. Ce n'est pas estre amy de soy, et moins encores maistre, c'est en estre esclave, de se suivre incessamment, et estre si prins à ses inclinations, qu'on n'en puisse fourvoyer, qu'on ne les puisse tordre. Ie le dy à cette heure, pour ne me pouvoir facilement despestrer de l'importunité de mon ame, en ce qu'elle ne sçait communement s'amuser, sinon où elle s'empesche, ny s'employer, que bandee et entiere; pour legier subiect qu'on luy donne, elle le grossit volontiers, et l'estire [3], iusques au poinct où elle ayt à s'y embesongner de toute sa force : son oysifveté m'est, à cette cause, une penible occupation, et qui offense ma santé. La plus part des esprits ont besoing de matiere estrangere pour se desgourdir et exercer : le mien a besoing pour se rasseoir plustost et seiourner, *vitia otii negotio discutienda sunt* [4]; car son plus laborieux et principal estude, c'est, s'estudier soy. Les livres sont, pour luy, du genre des occupations qui le desbauchent de son estude : aux premieres pensees qui luy viennent, il s'agite, et faict preuve de sa vigueur à touts sens, exerce son maniement, tantost vers la force, tantost vers l'ordre et la grace, se renge, modere, et fortifie. Il a dequoy esveiller ses facultez par luy mesme; nature luy a donné, comme à touts, assez de matiere sienne pour son utilité, et des subiects propres assez, où inventer et iuger.

Le mediter est un puissant estude et plein, à qui sçait se taster et employer vigoureusement : i'aime mieulx forger [5] mon ame, que la meubler.

[1] Il avoit l'esprit si flexible et si propre à tout, que, quelque chose qu'il fit, on auroit dit qu'il estoit uniquement né pour cela. Tite-Live, XXXIX, 40.
[2] *Variable, changeant.* — [3] *Et l'etend, l'alonge, le tire.*
[4] C'est par l'occupation que l'on peut échapper aux vices de l'oisiveté. Sénèque, *Epist.* 56.
[5] *Façonner.*

Il n'est point d'occupation ny plus foible, ny plus forte, que celle d'entretenir ses pensees, selon l'ame que c'est ; les plus grandes en font leur vacation, *quibus vivere est cogitare* [1] : aussi l'a nature favorisee de ce privilege, qu'il n'y a rien que nous puissions faire si long temps, ny action à laquelle nous nous addonnions plus ordinairement et facilement. C'est le besongne des dieux, dict Aristote, de laquelle naist et leur beatitude et la nostre.

La lecture me sert specialement à esveiller par divers objects mon discours [2] ; à embesongner mon jugement, non ma memoire. Peu d'entretiens doncques m'arrestent, sans vigueur et sans effort : il est vray que la gentillesse et la beauté me remplissent et occupent autant, ou plus, que le poids et la profondeur ; et, d'autant que ie sommeille en tout autre communication, et que ie n'y preste que l'escorce de mon attention, il m'advient souvent, en telle sorte de propos abbattus et lasches, propos de contenance, de dire et respondre des songes et bestises, indignes d'un enfant et ridicules, ou de me tenir obstiné en silence, plus ineptement encores et incivilement. J'ay une façon resveuse qui me retire à moy, et, d'aultre part, une lourde ignorance et puerile de plusieurs choses communes : par ces deux qualitez, i'ay gaigné qu'on puisse faire, au vray, cinq ou six contes de moy, aussi niais que d'aultre, quel qu'il soit.

Or, suivant mon propos, cette complexion difficile me rend delicat à la practique des hommes, il me les fault trier sur le volet [3] ; et me rend incommode aux actions communes. Nous vivons et negocions avecques le peuple : si sa conversation nous importune, si nous desdaignons à nous appliquer aux ames basses et vulgaires (et les basses et vulgaires sont souvent aussi reglees que les plus deslices, et toute sapience est insipide qui ne s'accommode à l'insipience commune), il ne nous fault plus entremettre ny de nos propres affaires, ny de ceulx d'aultruy ; et les publicques et les privez se desmeslent avec ces gents là. Les moins tendues et plus naturelles allures de nostre ame, sont les plus belles ; les meilleures occupations, les moins efforcees. Mon Dieu, que la sagesse faict un bon office à ceulx de qui elle renge les desirs à leur puissance ! il n'est point de plus utile science. « Selon qu'on peult, » c'estoit le refrain et le mot favori de Socrates ; mot de grande substance. Il fault addresser et arrester nos desirs aux choses les plus aysees et voysines. Ne m'est ce pas une sotte humeur, de disconvenir avecques un millier à qui ma fortune me joinct, de qui ie ne me puis passer ; pour me tenir à un ou deux qui sont hors de mon commerce, ou plustost à un desir fantastique

de chose que ie ne puis recouvrer ? Mes mœurs molles, ennemyes de toute aigreur et aspreté, peuvent ayseement m'avoir deschargé d'envyes et d'inimitiez ; d'estre aimé, ie ne dy, mais de n'estre point haï, iamais homme n'en donna plus d'occasion : mais la froideur de ma conversation m'a desrobé, avecques raison, la bienvueillance de plusieurs, qui sont excusables de l'interpreter à aultre et pire sens.

Ie suis trescapable d'acquerir et maintenir des amitiez rares et exquises ; d'autant que ie me harpe [4] avecques si grande faim aux accointances qui reviennent à mon goust, ie m'y produis, ie m'y iecte si avidement, que ie ne fauls pas ayseement de m'y attacher, et de faire impression où ie donne : i'en ay faict souvent heureuse preuve. Aux amitiez communes, ie suis aulcunement sterile et froid ; car mon aller n'est pas naturel, s'il n'est à pleine voile : oultre ce, que ma fortune, m'ayant duict et affriandé de ieunesse à une amitié seule et parfaicte, m'a à la verité aulcunement desgousté des aultres, et trop imprimé en la fantasie, qu'elle est beste de compaignie, non pas de trouppe, comme disoit cet ancien ; aussi, que i'ay naturellement peine à me communiquer à demy, et avecques modification, et cette servile prudence et souspeçonneuse qu'on nous ordonne en la conversation de ces amitiez nombreuses et imparfaictes : et nous l'ordonne lon principalement en ce temps, qu'il ne se peult parler du monde que dangereusement ou faulsement.

Si voy ie bien pourtant que, qui a, comme moy, pour sa fin les commoditez de sa vie (ie dy les commoditez essencielles), doibt fuyr, comme la peste, ces difficultez et delicatesses d'humeur. Ie louerois une ame à divers estages, qui sçache et se tendre et se desmonter ; qui soit bien par tout où sa fortune la porte ; qui puisse deviser avecques son voysin, de son bastiment, de sa chasse et de sa querelle, entretenir avecques plaisir un charpentier et un iardinier. J'envye ceulx qui sçavent s'apprivoiser au moindre de leur suitte, et dresser de l'entretien en leur propre train : et le conseil de Platon ne me plaist pas, de parler tousiours d'un langage maestral [5] à ses serviteurs, sans ieu, sans familiarité, soit envers les masles, soit en-

---

(1) Pour lesquelles vivre, c'est penser. Cicén., *Tusc. quæst*, V, 38. — (2) *Ma raison.*

(3) *Trier sur le volet*, c'est choisir, entre plusieurs choses de la même espèce, celle qui est la plus excellente. Cette expression est fondée sur la coutume qu'ont les jardiniers, de répandre leurs graines sur une planche qu'ils nomment *volet*, afin de choisir les meilleures pour semer.

(4) *Je me harponne, je m'attache fortement.*

(5) *Magistral, d'un ton de maître.*

vers les femelles; car, oultre ma raison, il est inhumain et iniuste de faire tant valoir cette telle quelle prerogative de la fortune; et les polices où il se souffre moins de disparité entre les valets et les maistres, me semblent les plus equitables. Les aultres s'estudient à eslancer et guinder leur esprit; moy, à le baisser et coucher : il n'est vicieux qu'en extension.

> Narras et genus Aeaci,
> Et pugnata sacro bella sub Ilio :
> Quo Chium pretio cadum
> Mercemur, quis aquam temperet ignibus,
> Quo præbente domum, et quota,
> Pelignis caream frigoribus, taces [1].

Ainsin, comme la vaillance lacedemonienne avoyt besoing de moderation, et du son doulx et gracieux du ieu des fleutes pour la flatter en la guerre, de peur qu'elle ne se iectast à la temerité et à la furie, là où toutes aultres nations ordinairement employent des sons et des voix aigues et fortes, qui esmeuvent et qui eschauffent à oultrance le courage des soldats : il me semble de mesme, contre la forme ordinaire, qu'en l'usage de nostre esprit, nous avons, pour la pluspart, plus besoing de plomb, que d'ailes; de froideur et de repos, que d'ardeur et d'agitation. Sur tout, c'est à mon gré bien faire le sot, que de faire l'entendu entre ceulx qui ne le sont pas; parler tousiours bandé, *favellar in punta di forchetta* [2]. Il fault se desmettre au train de ceulx avecques qui vous estes, et par fois affecter l'ignorance : mettez à part la force et la subtilité, en l'usage commun; c'est assez d'y reserver l'ordre : traisnez vous au demourant à terre, s'ils veulent.

Les sçavants chopent [3] volontiers à cette pierre; ils font tousiours parade de leur magistere [4], et sement leurs livres par tout; ils en ont en ce temps entonné si fort les cabinets et aureilles des dames, que si elles n'en ont retenu la substance, au moins elles en ont la mine : à toute sorte de propos et matiere, pour basse et populaire qu'elle soit, elles se servent d'une façon de parler et d'escrire nouvelle et sçavante,

> Hoc sermone pavent, hoc iram, gaudia, curas,
> Hoc cuncta effundunt animi secreta; quid ultra?
> Concumbunt docte [5];

et alleguent Platon et sainct Thomas, aux choses ausquelles le premier rencontré serviroit aussi bien de tesmoing : la doctrine qui ne leur a peu arriver en l'ame, leur est demeuree en la langue. Si les bien nees me croient, elles se contenteront de faire valoir leurs propres et naturelles richesses :

elles cachent et couvrent leurs beaultez soubs des beaultez estrangeres : c'est grande simplesse d'estouffer sa clarté, pour luire d'une lumiere empruntee; elles sont enterrees et ensevelies soubs l'art, *de capsula totæ* [6]. C'est qu'elles ne se cognoissent point assez : le monde n'a rien de plus beau; c'est à elles d'honnorer les arts, et de farder le fard. Que leur fault il, que vivre aimees et honnorees? elles n'ont, et ne sçavent, que trop pour cela : il ne fault qu'esveiller un peu et reschauffer les facultez qui sont en elles. Quand ie les veoy attachees à la rhetorique, à la iudiciaire, à la logique, et semblables drogueries si vaines, et inutiles à leur besoing, i'entre en crainte que les hommes qui les leur conseillent, le facent pour avoir loy [7] de les regenter soubs ce tiltre : car quelle aultre excuse leur trouverois ie? Baste [8], qu'elles peuvent, sans nous, renger la grace de leurs yeulx à la gayeté, à la severité et à la doulceur, assaisonner un nenny de rudesse, de doubte et de faveur, et qu'elles ne cherchent point d'interprete aux discours qu'on faict pour leur service : avecques cette science, elles commandent à baguette, et regentent les regents et l'eschole. Si toutesfois il leur fasche de nous ceder en quoy que ce soit, et veulent par curiosité avoir part aux livres, la poësie est un amusement propre à leur besoing : c'est un art folastre et subtil, desguisé, parlier [9], tout en plaisir, tout en montre, comme elles. Elles tireront aussi diverses commoditez de l'histoire. En la philosophie, de la part qui sert à la vie, elles prendront les discours qui les dressent à iuger de nos humeurs et conditions, à se deffendre de nos trahisons, à regler la temerité de leurs propres desirs, à mesnager leur liberté, allonger les plaisirs de la vie, et à porter humainement l'inconstance d'un serviteur, la rudesse d'un mary, et l'importunité des ans et des rides, et choses semblables. Voylà, pour le plus, la part que ie leur assignerois aux sciences.

---

(1) Vous nous contez toute la race d'Éacus, et tous les combats livrés sous les murs sacrés d'Ilion: mais vous ne nous dites pas combien nous coûtera le vin de Chio : qui doit nous preparer le bain, et dans quelle maison, à quelle heure nous braverons le froid des montagnes d'Abruzzæ. Hor., *Od.*, III, 19, 5.

(2) Parler sur la pointe d'une fourchette; c'est-à-dire un langage precieux, recherché.

(3) Choper; heurter du pied en marchant.

(4) Science magistrale et doctorale.

(5) Crainte, colère, joie, chagrin, tout, jusqu'à leurs plus secrètes passions, est exprimé dans ce style. Que dirai je enfin? c'est doctement qu'elles se pâment. Juv., VI, 189.

(6) Elles ne sont que fard et parfum. C'est un mot de Sénèque, qui l'applique aux petits maîtres de son temps : *Nosti complures juvenes* (dit-il, *Epist.* 115) *barba et coma nitidos, de capsula totos.*

(7) Loisir, liberté, occasion, moyen.

(8) Il suffit, c'est assez : de l'italien *basta*.

(9) Parleur, habillard.

Il y a des naturels particuliers, retirez et internes : ma forme essencielle est propre à la communication et à la production : ie suis tout au dehors et en evidence, nay à la societé et à l'amitié. La solitude que i'aime et que ie presche, ce n'est principalement que ramener à moy mes affections et mes pensees; restreindre et resserrer, non mes pas, ains mes desirs et mon soucy, resignant la solicitude estrangere, et fuyant mortellement la servitude et l'obligation, et non tant la foule des hommes, que la foule des affaires. La solitude locale, à dire verité, m'estend plustost, et m'eslargit au dehors; ie me iecte aux affaires d'estat et à l'univers plus volontiers quand ie suis seul : au Louvre et en la presse, ie me resserre et contrains en ma peau ; la foule me repoulse à moy ; et ne m'entretiens iamais si follement, si licencieusement et particulierement, qu'aux lieux de respect et de prudence cerimonieuse : nos folies ne me font pas rire, ce sont nos sapiences. De ma complexion, ie ne suis pas ennemy de l'agitation des courts; i'y ay passé partie de la vie, et suis faict à me porter allaigrement aux grandes compaignies, prouveu que ce soit par intervalles et à mon poinct : mais cette mollesse de iugement, dequoy ie parle, m'attache par force à la solitude. Voire chez moy, au milieu d'une famille peuplee, et maison des plus frequentees, i'y veoy des gents assez, mais rarement ceulx avecques qui i'aime à communiquer : et ie reserve là, et pour moy, et pour les aultres, une liberté inusitee; il s'y faict trefve de cerimonie, l'assistance et convoyemens[1], et telles aultres ordonnances penibles de nostre courtoisie : oh ! la servile et importune usance ! Chascun s'y gouverne à sa mode; y entretient qui veult ses pensees: ie m'y tiens muet, resveur et enfermé, sans offense de mes hostes.

Les hommes de la societé et familiarité desquels ie suis en queste, sont ceulx qu'on appelle honnestes et habiles hommes : l'image de ceulx icy me desgouste des aultres. C'est, à le bien prendre, de nos formes, la plus rare; et forme qui se doibt principalement à la nature. La fin de ce commerce, c'est simplement la privauté, frequentation et conference, l'exercice des ames, sans aultre fruict. En nos propos, touts subiects me sont eguaux ; il ne me chault qu'il y ayt ny poids ny profondeur; la grace et la pertinence y sont tousiours; tout y est teinct d'un iugement meur et constant, et meslé de bonté, de franchise, de gayeté, et d'amitié. Ce n'est pas au subiect des substitutions seulement que nostre esprit monstre sa beaulté et sa force, et aux affaires des roys; il la monstre autant aux confabulations[2] privees : ie coguoy mes gents au silence

mesme et à leur soubrire, et les descouvre mieulx, à l'adventure, à table qu'au conseil : Hippomachus disoit bien qu'il cognoissoit les bons luicteurs à les veoir simplement marcher par une rue. S'il plaist à la doctrine de se mesler à nos devis, elle n'en sera point refusee, non magistrale, imperieuse et importune, comme de coustume, mais suffragante[3] et docile elle mesme; nous n'y cherchons qu'à passer le temps : à l'heure d'estre instruicts et preschez, nous l'irons trouver en son throsne; qu'elle se desmette[4] à nous pour ce coup, s'il luy plaist; car, toute utile et desirable qu'elle est, ie presuppose qu'encores au besoing nous en pourrions nous bien du tout passer, et faire nostre effect sans elle. Une ame bien nee, et exercee à la practique des hommes, se rend pleinement agreable d'elle mesme : l'art n'est aultre chose que le contreroolle et le registre des productions de telles ames.

C'est aussi pour moy un doulx commerce, que celuy des belles et honnestes femmes : *nam nos quoque oculos eruditos habemus*[5]. Si l'ame n'y a pas tant à iouyr qu'au premier, les sens corporels, qui participent aussi plus à cettuy cy, le ramenent à une proportion voysine de l'aultre; quoyque, selon moy, non pas eguale. Mais c'est un commerce où il se fault tenir un peu sur ses gardes, et notamment ceulx en qui le corps peult beaucoup, comme en moy. Ie m'y eschaulday en mon enfance, et y souffris toutes les rages que les poëtes disent advenir à ceulx qui s'y laissent aller sans ordre et sans iugement; il est vray que ce coup de fouet m'a servy depuis d'instruction;

Quicumque Argolica de classe Capharea fugit,
Semper ab Euboicis vela retorquet aquis[6].

C'est folie d'y attacher toutes ses pensees, et s'y engager d'une affection furieuse et indiscrette. Mais d'aultre part, de s'y mesler sans amour et sans obligation de volonté, en forme de comediens, pour iouer un roolle commun de l'aage et de la coustume, et n'y mettre du sien que les paroles, c'est, de vray, prouveoir à sa seureté, mais bien laschement, comme celuy qui abandonneroit son honneur, ou son proufit, ou son plaisir, de peur du danger; car il est certain que, d'une telle practique, ceulx qui

[1] *Reconduites.*
[2] *Conversations, entretiens, discours familiers.*
[3] Une doctrine *suffragante* signifie une science qui ne sert qu'à confirmer les *devis* familiers par son *suffrage* et sa *voix*, par allusion aux délibérations publiques.
[4] *Qu'elle s'abaisse jusqu'à nous, s'accommode à notre portée.*
[5] Car nous aussi nous avons des yeux qui s'y connoissent. Cic., *Paradox.*, V, 2.
[6] Quiconque s'est sauvé d'entre les rochers de Capharée, détourne toujours ses voiles de la mer perfide d'Eubée. Ovid., *Trist.*, I, 1, 83.

la dressent n'en peuvent esperer aulcun fruict qui touche ou satisface une belle ame : il fault avoir, en bon escient, desiré ce qu'on veult prendre, en bon escient, plaisir de iouyr ; ie dy quand iniustement fortune favoriseroit leur masque ; ce qui advient souvent, à cause de ce qu'il n'y a aulcune d'elles, pour malotrue qu'elle soit, qui ne pense estre bien aimable, qui ne se recommande par son aage, ou par son poil, ou par son mouvement (car de laides universellement il n'en est non plus que de belles ; et les filles brachmanes qui ont faulte d'aultre recommandation, le peuple assemblé à cry publicque pour cet effect, vont en la place, faisant montre de leurs parties matrimoniales, veoir si par là au moins elles ne valent pas d'acquerir un mary) : par consequent il n'en est pas une qui ne se laisse facilement persuader au premier serment qu'on luy faict de la servir. Or, de cette trahison commune et ordinaire des hommes d'auiourd'huy, il fault qu'il advienne ce que desia nous monstre l'experience ; c'est qu'elles se rallient et reiectent à elles mesmes, ou entre elles, pour nous fuyr ; ou bien qu'elles se rengent aussi de leur costé à cet exemple que nous leur donnons, qu'elles iouent leur part de la farce, et se prestent à cette negociation, sans passion, sans soing et sans amour, *Neque affectui suo, aut alieno, obnoxiæ* [1] ; estimants, suivant la persuasion de Lysias en Platon, qu'elles se peuvent addonner plus utilement et commodement à nous, d'autant que moins nous les aimons : il en ira comme des comedies, le peuple y aura autant ou plus de plaisir que les comediens. De moy, ie ne cognoy non plus Venus sans Cupidon, qu'une maternité sans engeance : ce sont choses qui s'entreprestent et s'entredoibvent leur essence. Ainsin cette piperie reiaillit sur celuy qui la faict : il ne luy couste gueres ; mais il n'acquiert aussi rien qui vaille. Ceulx qui ont faict Venus deesse, ont regardé que sa principale beauté estoit incorporelle et spirituelle : mais celle que ces gents cy cherchent, n'est pas seulement humaine, ny mesme brutale. Les bestes ne la veulent si lourde et si terrestre : nous veoyons que l'imagination et le desir les eschauffe souvent et solicite, avant le corps ; nous veoyons, en l'un et l'autre sexe, qu'en la presse elles ont du chois et du triage en leurs affections, et qu'elles ont entre elles des accointances de longue bienvueillance ; celles mesmes à qui la vieillesse refuse la force corporelle, fremissent encores, hennissent et tressaillent d'amour ; nous les veoyons, avant le faict, pleines d'esperance et d'ardeur, et, quand le corps a ioué son ieu, se chatouiller encores de la doulceur de cette souvenance, et en veoyons qui s'enflent de fierté au partir

de là, et qui en produisent des chants de feste et de triumphe, lasses et saoules. Qui n'a qu'à descharger le corps d'une necessité naturelle, n'a que faire d'y embesongner aultruy, avecques des apprets si curieux ; ce n'est pas viande à une grosse et lourde faim.

Comme celuy qui ne demande point qu'on me tienne pour meilleur que ie suis, ie diray cecy des erreurs de ma ieunesse. Non seulement pour le danger qu'il y a de la santé (si n'ay ie sceu si bien faire que ie n'en aye eu deux attainctes, legieres toutesfois et preambulaires), mais encores par mespris, ie ne me suis gueres addonné aux accointances venales et publicques : i'ay voulu aiguiser ce plaisir par la difficulté, par le desir, et par quelque gloire ; et aimois la façon de l'empereur Tibere, qui se prenoit en ses amours autant par la modestie et noblesse, que par aultre qualité ; et l'humeur de la courtisane Flora, qui ne se prestoit à moins que d'un dictateur, ou consul, ou censeur, et prenoit son deduict en la dignité de ses amoureux. Certes, les perles et le brocadel [2] y conferent quelque chose, et les tiltres, et le train.

Au demourant, ie faisois grand compte de l'esprit, mais prouveu que le corps n'en feust pas à dire ; car, en responder en conscience, si l'une ou l'aultre des deux beaultez debvoit necessairement y faillir, i'eusse choisi de quitter plustost la spirituelle : elle a son usage en meilleures choses ; mais au subiect de l'amour, subiect qui principalement se rapporte à la veue et à l'attouchement, on faict quelque chose sans les graces de l'esprit, rien sans les graces corporelles. C'est le vray advantage des dames, que la beaulté ; elle est si leur, que la nostre, quoyqu'elle desire des traits un peu aultres, n'est en son poinct, que confuse avecques la leur, puerile et imberbe : on dict que chez le grand Seigneur, ceulx qui le servent soubs tiltre de beaulté, qui sont en nombre infini, ont leur congé, au plus loing, à vingt et deux ans. Les discours, la prudence et les offices d'amitié se treuvent mieulx chez les hommes : pourtant gouvernent ils les affaires du monde.

Ces deux commerces [3] sont fortuites et despendants d'aultruy ; l'un est ennuyeux par sa rareté, l'aultre se flestrit avec l'aage : ainsi ils n'eussent pas assez prouveu au besoing de ma vie. Celuy des livres, qui est le troisiesme, est bien plus seur et

(1) N'étant maîtrisées ni par leur propre passion, ni par celle d'autrui. TACITE, *Annal.*, XIII, 45.
(2) *La brocatelle*, ou le *brocart*.
(3) L'un avec les hommes par une conversation libre et familière, et l'autre avec les femmes par l'amour.

lus à nous : il cede aux premiers les aultres ad
antages ; mais il a pour sa part la constance et
acilité de son service. Cettuy cy costoye tout mon
:ours, et m'assiste par tout ; il me console en la
vieillesse et en la solitude ; il me descharge du
ioids d'une oysifveté ennuyeuse, et me desfaict à
oute heure des compaignies qui me faschent ; il
:smousse les poinctures de la douleur, si elle n'est
lu tout extreme et maistresse. Pour me distraire
l'une imagination importune, il n'est que de re-
:ourir aux livres ; ils me destournent facilement à
:ulx, et me la desrobent : et si ne se mutinent
ioint, pour veoir que ie ne les recherche qu'au
lefault de ces aultres commoditez, plus reelles,
ifves et naturelles ; ils me recoivent tousiours
le mesme visage. Il a bel aller à pied, dict on,
qui mene son cheval par la bride ; et nostre Iacques, roy de Naples et de Sicile, qui beau, ieune
t sain, se faisoit porter par païs en civiere, cou-
hé sur un meschant oreiller de plume, vestu d'une
obbe de drap gris et un bonnet de mesme, suivi
c pendant d'une grande pompe royale, lictieres,
hevaulx à main de toutes sortes, gentilshommes
t officiers, representoit une austerité tendre en-
ores et chancelante : le malade n'est pas à plain-
ire, qui a la guarison en sa manche. En l'expe-
ience et usage de cette sentence, qui est tres-
eritable, consiste tout le fruict que ie tire des
ivres : ie ne m'en sers en effet, quasi non plus
que ceulx qui ne les cognoissent point ; i'en iouys,
omme les avaricieux des tresors, pour sçavoir
ique i'en iouyray quand il me plaira : mon ame se
assasie et contente de ce droict de possession. ie
e voyage sans livres, ny en paix, ny en guerre :
outesfois il se passera plusieurs iours, et des mois,
ans que ie les employe ; ce sera tantost, dy ie,
u demain, ou quand il me plaira : le temps court
:t s'en va ce pendant, sans me blecer ; car il ne
.e peult dire combien ie me repose et seiourne
:n cette consideration, qu'ils sont à mon costé
pour me donner du plaisir à mon heure ; et à re-
:ognoistre combien ils portent de secours à ma
vie. C'est la meilleure munition que i'aye trouvé
i cet humain voyage ; et plaincts extremement les
hommes d'entendement qui l'ont a dire. I'accepte
plustost toute aultre sorte d'amusement, pour legier qu'il soit, d'autant que cettuy cy ne me peult
faillir.

Chez moy, ie me destourne un peu plus souvent
à ma librairie, d'où, tout d'une main, ie
commande à mon mesnage. Ie suis sur l'entree,
et veoy soubs moy mon iardin, ma bassecourt,
ma court, et dans la plus part des membres de ma
maison. Là ie feuillette à cette heure un livre, à

cette heure un aultre, sans ordre et sans desseing,
à pieces descousues. Tantost ie resve ; tantost i'enregistre et dicte, en me promenant, mes songes
que voicy. Elle est au troisiesme estage d'une tour :
le premier c'est ma chapelle ; le second, une
chambre et sa suitte, où ie me couche souvent,
pour estre seul ; au dessus, elle a une grande garderobbe : c'estoit, au temps passé, le lieu plus
inutile de ma maison. Ie passe là, et la plus part
des iours de ma vie, et la plus part des heures du
iour : ie n'y suis iamais la nuict. A sa suitte est
un cabinet assez poly, capable à recevoir du feu
pour l'hyver, tresplaisamment percé : et si ie ne
craignois non plus le soing que la despense, le
soing qui me chasse de toute besongne, i'y pourrois facilement couldre à chasque costé une galle-
rie de cent pas de long et douze de large, à plain
pied, ayant trouvé touts les murs montez, pour
aultre usage, à la haulteur qu'il me fault. Tout lieu
retiré requiert un promenoir ; mes pensees dorment, si ie les assis; mon esprit ne va pas seul,
comme si les iambes l'agitent : ceulx qui estudient
sans livre, en sont touts là. La figure en est ronde,
et n'a de plat, que ce qu'il fault à ma table et à
mon siege ; et vient m'offrant, en se courbant,
d'une veue, touts mes livres, rengez sur des pul-
pitres à cinq degrez tout à l'environ. Elle a trois
veues de riche et libre prospect [1], et seize pas de
vuide en diametre. En hyver, i'y suis moins continuellement ; car ma maison est iuchee sur un
tertre, comme dict son nom, et n'a point de
piece plus esventee que cette cy, qui me plaist
d'estre un peu penible et à l'escart, tant pour le
fruict de l'exercice, que pour reculer de moy la
presse. C'est là mon siege : i'essaye à m'en rendre
la domination pure, et à soustraire ce seul coing
à la communauté et coniugale, et filiale, et civile ; par tout ailleurs ie n'ay qu'une auctorité
verbale, en essence, confuse. Miserable à mon
gré, qui n'a chez soy, où estre à soy ; où se faire
particulierement la court ; où se cacher ! L'ambition paye bien ses gents, de les tenir tousiours
en montre, comme la statue d'un marché : *magna
servitus est magna fortuna* [2] : Ils n'ont pas seulement leur retraict pour retraicte. Ie n'ay rien iugé
de si rude en l'austerité de vie que nos religieux
affectent, que ce que ie veoy, en quelqu'une de
leurs compaignies, avoir pour regle une perpetuelle société de lieu, et assistance nombreuse
entre eulx, en quelque action que ce soit ; et

(1) *Prospect*, du latin *prospectus*, vue qui s'etend au loin et devant le spectateur.
(2) Une grande fortune est une grande servitude. Sénèque,
*Consol. ad Polybium*, c. 26.

treuve aulcunement plus supportable d'estre tousiours seul, que ne le pouvoir iamais estre.

Si quelqu'un me dict que c'est avilir les muses,
de s'en servir seulement de iouet et de passetemps; il ne sçait pas, comme moy, combien vault
le plaisir, le ieu, et le passetemps : à peine que
ie ne die toute aultre fin estre ridicule. Ie vis du
iour à la iournee, et, parlant en reverence, ne
vis que pour moy : mes desseings se terminent là.
I'estudiay ieune pour l'ostentation ; depuis, un
peu pour m'assagir [1] ; à cette heure pour m'esbattre : iamais pour le quest [2]. Une humeur vaine
et despensiere que i'avoy aprez cette sorte de
meuble, non pour en prouvoir seulement mon
besoing, mais, de trois pas au delà, pour m'en
tapisser et parer, ie l'ay pieça abandonnee.

Les livres ont beaucoup de qualitez agreables
à ceulx qui les sçavent choisir; mais, aulcun bien
sans peine ; c'est un plaisir qui n'est pas net et
pur, non plus que les aultres ; il a ses incommoditez, et bien poisantes : l'ame s'y exerce ; mais
le corps, duquel ie n'ay non plus oublié le soing,
demeure ce pendant sans action , s'atterre, et
s'attriste. Ie ne sçache excez plus dommageable
pour moy, ny plus à eviter, en cette declinaison
d'aage.

Voylà mes trois occupations favories et particulieres : ie ne parle point de celles que ie doibs
au monde par obligation civile.

## CHAPITRE IV.

### De la diversion.

I'ay aultresfois esté employé à consoler une
dame vrayement affligee; la plupart de leurs
dueils sont artificiels et cerimonieux,

Uberibus semper lacrymis, semperque paratis
In statione sua, atque exspectantibus illam,
Quo iubeat manare modo [3].

On y procede mal, quand on s'oppose à cette
passion ; car l'opposition les picque et les engage
plus avant à la tristesse : on exaspere le mal par la
ialousie du debat. Nous veoyons, des propos communs, que ce que i'auray dict sans soing, si on
vient à me le contester, ie m'en formalize; ie l'espouse; beaucoup plus ce à quoy i'aurois interest.
Et puis, en ce faisant, vous vous presentez à vostre operation, d'une entree rude; là où les premiers accueils du medecin envers son patient
doibvent estre gracieux, gays et agreables : et ia-

mais medecin laid et rechigné n'y feit œuvre. Au
contraire donecques, il fault ayder, d'arrivee, et
favoriser leur plaincte, et en tesmoigner quelque
approbation et excuse. Par cette intelligence, vous
gaignez credit à passer oultre, et, d'une facile et
insensible inclination, vous vous coulez aux discours plus fermes et propres à leur guarison.
Moy, qui ne desirois principalement que de piper
l'assistance qui avoyt les yeulx sur moy, m'advisay
de plastrer le mal; aussi me trouve ie, par experience, avoir mauvaise main et infructueuse à
persuader : ou ie presente mes raisons trop poinc-
tues et trop seiches, ou trop brusquement, ou
trop nonchalamment. Aprez que ie me feus ap-
pliqué un temps à son torment, ie n'essayay pas
de le guarir par fortes et vifves raisons, parce que
i'en ay faulte, ou que ie pensois aultrement faire
mieulx mon effect ; ny n'allay choisissant les diverses manieres que la philosophie prescript à
consoler; Que ce qu'on plainct n'est pas mal,
comme Cleanthes; Que c'est un legier mal, comme
les peripateticiens; Que se plaindre n'est action ny
iuste ny louable, comme Chrysippus; ny cette cy
d'Epicurus, plus voysine à mon style, de transfe-
rer la pensee des choses fascheuses aux plaisantes;
Ny faire une charge de tout cet amas, le dispensant par occasion, comme Cicero : mais, declinant
tout mollement nos propos, et les gauchissant peu
à peu aux subiects plus voysins, et puis un peu
plus esloingnez, selon qu'elle se prestoit plus à
moy, ie luy desrobay imperceptiblement cette
pensee douloureuse, et la teins en bonne contenance, et du tout r'appaisee, autant que i'y feus.
I'usay de diversion. Ceulx qui me suivirent à ce
mesme service, ny trouverent aucun amendement ; car ie n'avoy pas porté la coignee aux
racines.

A l'adventure ay ie touché ailleurs quelque espece de diversions publicques : et l'usage des militaires, dequoy se servit Pericles en la guerre
peloponnesiacque, et mille aultres ailleurs, pour
revoquer de leur païs les forces contraires , est
trop frequent aux histoires. Ce feut un ingenieux
destour, dequoy le sieur d'Himbercourt sauva et
soy et d'aultres, en la ville du Liege, où le duc de
Bourgoigne, qui la tenoit assiegee, l'avoyt faict
entrer pour executer les convenances de leur
reddition accordee. Ce peuple, assemblé de nuict
pour y prouvoir, commence à se mutiner contre

(1) Pour me rendre sage, me faire devenir sage.
(2) Quest, ou queste, du latin quæstus; gain, lucre, profit.
(3) Une femme a toujours des larmes toutes prêtes, qui, au
premier ordre, vont couler en abondance. JUVÉNAL, Sat., VI,
272.

ces accords passez; et delibererent plusieurs de courre sus aux negociateurs qu'ils tenoient en leur puissance : luy, sentant le vent de la premiere ondee de ces gents qui venoyent se ruer en son logis, lascha soubdain vers eulx deux des habitants de la ville (car il y en avoyt aulcuns avecques luy), chargez de plus doulces et nouvelles offres à proposer en leur conseil, qu'il avoyt forgees sur le champ pour son besoing. Ces deux arresterent la premiere tempeste, ramenants cette tourbe esmeue en la maison de ville, pour ouyr leur charge, et y deliberer. La deliberation feut courte : voicy desbonder un second orage autant animé que l'aultre; et luy, à leur despecher en teste quatre nouveaux et semblables intercesseurs, protestants avoir à leur declarer à ce coup des presentations plus grasses [1], du tout à leur contentement et satisfaction, par où ce peuple feut derechef repoulsé dans le conclave. Somme, que, par telle dispensation d'amusements, divertissant leur furie et la dissipant en vaines consultations, il l'endormit enfin, et gaigna le iour, qui estoit son principal affaire.

Cet aultre conte est aussi de ce predicament [2] : Atalante, fille de beaulté excellente et de merveilleuse disposition, pour se desfaire de la presse de mille poursuivants qui la demandoient en mariage, leur donna cette loy, « qu'elle accepteroit celuy qui l'egualeroit à la course, prouveu que ceulx qui y fauldroient en perdissent la vie. » Il s'en trouva assez qui estimerent ce pris digne d'un tel hazard, et qui encoururent la peine de ce cruel marché. Hippomenes, ayant à faire son essay aprez les aultres, s'addressa à la deesse tutrice de cette amoureuse ardeur, l'appellant à son secours; qui, exaucant sa priere, le fournit de trois pommes d'or, et de leur usage. Le champ de la course ouvert, à mesure qu'Hippomenes sent sa maistresse luy presser les talons, il laisse eschapper, comme par inadvertance, l'une de ces pommes; la fille, amusee de sa beaulté, ne fault point de se destourner pour l'amasser :

*Obstupuit virgo, nitidique cupidine pomi*
*Declinat cursus, aurumque volubile tollit [3].*

Autant en feit il, à son poinct, et de la seconde et de la tierce : iusques à ce que, par ce fourvoyement, et divertissement, l'advantage de la course luy demeura. Quand les medecins ne peuvent purger le catharre, ils le divertissent et desvoyent à une autre partie moins dangereuse : ie m'appercois que c'est aussi la plus ordinaire recepte aux maladies de l'ame; *abducendus etiam nonnunquam animus est ad alia studia, sollicitudines, curas, ne-*

*gotia; loci denique mutatione, tanquam ægroti non convalescentes, sæpe curandus est [4];* on luy faict peu chocquer les maulx de droict fil; on ne luy en faict ny soustenir ny rabbattre l'attaincte, on la luy faict decliner et gauchir:

Cette aultre leçon est trop haulte et trop difficile : c'est à faire à ceulx de la premiere classe de s'arrester purement à la chose, la considerer, la iuger : il appartient à un seul Socrates d'accointer la mort d'un visage ordinaire, s'en apprivoiser et s'en iouer; il ne cherche point de consolation hors de la chose, le mourir luy semble accident naturel et indifferent; il fiche là iustement sa veue, et s'y resoult, sans regarder ailleurs. Les disciples de Hegesias, qui se font mourir de faim, eschauffez des beaux discours de ses leçons, et si dru, que le roy Ptolemee luy feit deffendre de plus entretenir son eschole de ces homicides discours; ceulx là ne considerent point la mort en soy; ils ne la iugent point : ce n'est pas là où ils arrestent leur pensee; ils courent, ils visent à un estre nouveau.

Ces pauvres gents qu'on veoid, sur l'eschaffaud, remplis d'une ardente devotion, y occupants touts leurs sens autant qu'ils peuvent, les aureilles aux instructions qu'on leur donne, les yeulx et les mains tendues au ciel, la voix à des prieres haultes, avecques une esmotion aspre et continuelle, font, certes, chose louable et convenable à une telle necessité : on les doibt louer de religion, mais non proprement de constance; ils fuyent la luicte, ils destournent de la mort leur consideration, comme on amuse les enfants pendant qu'on leur veult donner le coup de lancette. I'en ay veu, si par fois leur veue se ravaloit à ces horribles apprests de la mort qui sont autour d'eulx, s'en transir, et reiecter avecques furie ailleurs leur pensee : à ceulx qui passent une profondeur effroyable, on ordonne de clorre ou destourner leurs yeulx.

Subrius Flavius, ayant, par le commandement de Neron, à estre desfaict, et par les mains de Niger, touts deux chefs de guerre : quand on le mena au champ où l'execution debvoit estre faicte, veoyant le trou, que Niger avoyt faict caver pour le mettre, inegual et mal formé. « Ny cela mesme, dict il, se tournant aux soldats qui y assistoient,

---

[1] Des offres plus avantageuses.
[2] De cette categorie. On appelle *prédicaments*, en logique, les dix catégories d'Aristote.
[3] Surprise, charmée de la beauté de cette pomme, elle se détourne de sa course, et saisit l'or qui roule à ses pieds. Ovide, Métam., X, 666.
[4] Quelquefois il faut détourner l'ame vers d'autres goûts, d'autres soins, d'autres occupations; souvent même il faut essayer de la guérir par le changement de lieu, comme les malades qui ne sauroient autrement recouvrer la santé. Cic., *Tusc. quæst.*, IV, 35.

n'est selon la discipline militaire: » et , à Niger qui l'exhortoit de tenir la teste ferme , « Frapasses tu seulement aussi ferme ! » et devina bien; car, le bras tremblant à Niger, il la luy couppa à divers coups. Celluy cy semble bien avoir eu sa pensee droictement et fixement au subiect.

Celuy qui meurt en la meslee, les armes à la main , il n'estudie pas lors la mort, il ne la sent, ny ne la considere; l'ardeur du combat l'emporte. Un honneste homme de ma cognoissance estant tumbé, comme il se battoit en estacade [1], et se sentant daguer [2] à terre par son ennemy de neuf ou dix coups, chascun des assistants luy crioit qu'il pensast à sa conscience; mais il me dict depuis, qu'encores que ces voix luy veinssent aux aureilles, elles ne l'avoyent aulcunement touché, et qu'il ne pensa iamais qu'à se descharger [3] et à se venger: il tua son homme en ce mesme combat. Beaucoup feit pour L. Silanus, celuy qui luy apporta sa condemnation, de ce qu'ayant ouï sa responce, « qu'il estoit bien preparé à mourir, mais non pas de mains scelerees, » il se rua sur luy avecques ses soldats pour le forcer, et comme luy, tout desarmé, se deffendoit obstineement de poings et de pieds, il le feit mourir en ce debat, dissipant en prompte cholere et tumultuaire le sentiment penible d'une mort longue et preparee à quoy il estoit destiné.

Nous pensons tousiours ailleurs : l'esperance d'une meilleure vie nous arreste et appuye; ou l'esperance de la valeur de nos enfants; ou la gloire future de nostre nom; ou la fuyte des maulx de cette vie; ou la vengeance qui menace ceulx qui nous causent la mort :

Spero equidem mediis, si quid pia numina possunt,
Supplicia hausurum scopulis, et nomine Dido
Sæpe vocaturum...
Audiam; et hæc manes veniet mihi fama sub imos [4].

Xenophon sacrifioit, couronné, quand on luy veint annoncer la mort de son fils Gryllus en la battaille de Mantinee : au premier sentiment de cette nouvelle, il iecta sa couronne à terre; mais, par la suite du propos, entendant la forme d'une mort tresvaleureuse, il l'amassa et remeit sur sa teste : Epicurus mesme se console, en sa fin, sur l'eternité et l'utilité de ses escripts; *omnes clari et nobilitati labores fiunt tolerabiles* [5]: et la mesme playe, le mesme travail, ne poise pas, dict Xenophon, à un general d'armee comme à un soldat : Epaminondas print sa mort bien plus alaigrement , ayant esté informé que la victoire estoit demeuree de son costé : *hæc sunt solatia, hæc fomenta summorum dolorum* [6] : et telles aultres circonstances nous

amusent, divertissent et destournent de la consideration de la chose en soy. Voire , les arguments de la philosophie vont à touts coups costoyant et gauchissant la matiere, et à peine essuyant sa crouste : le premier homme de la premiere eschole philosophique et surintendante des aultres , ce grand Zeno, contre la mort : « Nul mal n'est honnorable ; la mort l'est; elle n'est pas doncques mal : » contre l'yvrongnerie : « Nul ne fie son secret à l'yvrongue : chascun le fie au sage ; le sage ne sera doncques pas yvrongne . » Cela est ce donner au blanc? l'aime à veoir ces ames principales ne se pouvoir desprendre de nostre consorce [7] ; tant parfaicts hommes qu'ils soyent ; ce sont tousiours bien lourdement des hommes.

C'est une doulce passion que la vengeance, de grande impression et naturelle : ie le voy bien, encores que ie n'en aye aulcune experience. Pour en distraire dernierement un ieune prince, ie ne luy allois pas disant qu'il falloit prester la ioue à celuy qui vous avoyt frappé l'aultre, pour le debvoir de charité; ny ne luy allois representer les tragiques evenements que la poësie attribue à cette passion : ie la laissay là; et m'amusay à luy faire gouster la beaulté d'une image contraire, l'honneur, la faveur, la bienveuillance qu'il acquerroit par clemence et bonté : ie le destournay à l'ambition. Voylà comme lon en faict.

Si vostre affection en l'amour est trop puissante, dissipez la, disent ils; et disent vray, car ie l'ay souvent essayé avec utilité : rompez la à divers desirs, desquels il y en ayt un regent et un maistre, si vous voulez; mais, de peur qu'il ne vous gourmande et tyrannise, affoiblissez le, seiournez le [8], en le divisant et divertissant :

Quum morosa vago singulti et inguine vena [9],

Coniicito humorem collectum in corpora quæque [10]:

et prouveoyez y de bonne heure, de peur que vous n'en soyez en peine, s'il vous a une fois saisi;

---

(1) En champ clos.
(2) Frapper à coups de dague.
(3) Se dégager, se débarrasser.
(4) S'il est des dieux vengeurs du crimé, j'espère que tu trouveras , sur les plus affreux écueils, un supplice digne de toi , et qu'en périssant tu invoqueras Didon... Je l'apprendrai ; le bruit de ta mort viendra jusqu'à moi dans le séjour des mânes. VIRG., Énéide, IV, 582-587.
(5) Tous les travaux accompagnés de gloire sont faciles à supporter. CIC., Tusc. quæst., II, 24.
(6) C'est là ce qui console , ce qui adoucit les plus grandes douleurs. CIC., Tusc. quæst., II, 25.
(7) Dégager de notre communauté.
(8) Donnez-lui du repos , amortissez-le.
(9) Lorsque vous serez tourmenté par les plus violents désirs. PERSE, Sat., VI, 73.
(10) Assouvissez-les sur le premier objet qui s'offrira. LUCR., IV, 1062.

Si non prima novis conturbes vulnera plagis,
Volgivagaque vagus venere ante recentia cures [1].

Ie feus aultrefois touché d'un puissant desplaisir, selon ma complexion; et encores plus iuste que puissant : ie m'y feusse perdu à l'adventure, si ie m'en feusse simplement fié à mes forces. Ayant besoing d'une vehemente diversion pour m'en distraire, ie me feis, par art, amoureux, et par estude; à quoy l'aage m'aydoit : l'amour me soulagea et retira du mal qui m'estoit causé par l'amitié. Par tout ailleurs, de mesme : une aigre imagination me tient; ie treuve plus court, que de la dompter, la changer; ie luy en substitue, si ie ne puis une contraire, au moins un' aultre : tousiours la variation soulage, dissoult, et dissipe. Si ie ne puis la combattre, ie luy eschappe; et, en la fuyant, ie fourvoye, ie ruse : muant [2] de lieu, d'occupation, de compaignie, ie me sauve dans la presse d'aultres amusements et pensees, où elle perd ma trace et m'esgare [3].

Nature procede ainsin, par le benefice de l'inconstance; car le temps, qu'elle nous a donné pour souverain medecin de nos passions, gaigne son effect principalement par là, que, fournissant aultres et aultres affaires à nostre imagination, il desmesle et corrompt cette premiere apprehension, pour forte qu'elle soit. Un sage ne veoid gueres moins son amy mourant, au bout de vingt et cinq ans, qu'au premier an; et, suivant Epicurus, de rien moins; car il n'attribuoit aulcun lenitement des fascheries, ny à la prevoyance, ny à l'antiquité d'icelles : mais tant d'aultres cogitations traversent cette cy, qu'elle s'alanguit et se lasse enfin.

Pour destourner l'inclination des bruits communs, Alcibiades couppa les aureilles et la queue à son beau chien, et le chassa en la place; à fin que donnant ce subiect pour babiller au peuple, il laissast en paix ses aultres actions. I'ay veu aussi, pour cet effect de divertir les opinions et coniectures du peuple et desvoyer [4] les parleurs, des femmes couvrir leurs vrayes affections par des affections contrefaictes : mais i'en ay veu telle, qui, en se contrefaisant, s'est laissee prendre à bon escient, et a quitté la vraye et originelle affection pour la feincte; et apprins par elle que ceulx qui se treuvent bien logez, sont des sots de consentir à ce masque : les recueils et entretiens publicques estant reservez à ce serviteur aposté, croyez qu'il n'est gueres habile s'il ne se met enfin à vostre place, et vous envoye en la sienne. Cela c'est proprement tailler et couldre un soulier, pour qu'un aultre le chausse.

Peu de chose nous divertit et destourne; car peu de chose nous tient. Nous ne regardons gueres les subiects en gros et seuls; ce sont des circoustances ou des images menues et superficielles, qui nous frappent, et des vaines escorces qui reiaillissent des subiects,

Folliculos ut nunc teretes æstate cicadæ
Linquunt [5]:

Plutarque mesme regrette sa fille par des singeries de son enfance : le souvenir d'un adieu, d'une action, d'une grace particuliere, d'une recommandation derniere, nous afflige : la robbe de Cesar troubla toute Rome, ce que sa mort n'avoyt pas faict : le son mesme des noms, qui nous tintouine aux aureilles : « Mon pauvre maistre ! ou, Mon grand amy ! Helas ! mon cher pere ! ou, Ma bonne fille ! » Quand ces redictes me pincent, et que i'y regarde de prez, ie treuve que c'est une plaincte grammairienne et voyelle [6]; le mot et le ton me blecent; comme les exclamations des prescheurs esmeuvent leur auditoire souvent plus que ne font leurs raisons, et comme nous frappe la voix piteuse d'une beste qu'on tue pour nostre service; sans que ie poise ou penetre ce pendant la vraye essence et massifve de mon subiect :

His se stimulis dolor ipse lacessit [7]:

ce sont les fondements de nostre dueil.

L'opiniastreté de mes pierres, specialement en la verge, m'a par fois iecté en longues suppressions d'urine, de trois, de quatre iours, et si avant en la mort, que c'est esté folie d'esperer l'eviter, voyre desirer [8]; veu les cruels efforts que cet estat apporte. Oh ! que ce bon empereur qui faisoit lier la verge à ses criminels, pour les faire mourir à faulte de pisser, estoit grand maistre en la science de bourrellerie ! Me trouvant là, ie consideroy par combien legieres causes et obiects l'imagination nourrissoit en moy le regret de la vie; de quels atomes se bastissoit en mon ame le poids et la difficulté de ce deslogement; à combien frivoles pensees nous donnions place en un si grand affaire : un chien, un cheval, un livre, un verre, et quoy non ? tenoient compte en ma perte; aux aultres, leurs ambitieuses esperances, leur bource, leur science, non moins sottement à mon gré. Ie veoy nonchalamment la mort, quand ie la veoy univer-

---

(1) Si vous ne mêlez à ses premiers coups de nouvelles blessures, et que vous n'effaciez ses premières impressions, en laissant errer vos caprices. LUCRÈCE. IV, 1067.

(2) Changeant de lieu, etc. — (3) Et me perd de vue.

(4) Mettre hors de la voie, du chemin, désorienter.

(5) Comme ces peaux déliées dont les cigales se dépouillent en été. LUCRÈCE, V, 801.

(6) Une plainte de mots et de voix, ou de sons.

(7) C'est par ces traits que la douleur s'aiguillonne et s'irrite. LUCRÈCE, II, 42.

(8) Même de désirer l'éviter.

sellement, comme fin de la vie. Ie la gourmande
en bloc : par le menu, elle me pille ; les larmes
d'un laquay, la dispensation de ma desferre [1],
l'attouchement d'une main cogneue, une consolation commune, me desconsole et m'attendrit.
Ainsin nous troublent l'ame les plainctes des fables ;
et les regrets de Didon et d'Ariadné passionnent
ceulx mesmes qui ne les croyent point, en Virgile
et en Catulle. C'est un exemple de nature obstinee
et dure, n'en sentir aulcune esmotion, comme on
recite, pour miracle, de Polemon ; mais aussi ne
paslit il pas seulement à la morsure d'un chien
enragé qui luy emporta le gras de la iambe. Et
nulle sagesse ne va si avant de concevoir la cause
d'une tristesse si vifve et entiere par iugement,
qu'elle ne souffre accession par la presence, quand
les yeulx et les aureilles y ont leur part : parties
qui ne peuvent estre agitees que par vains accidents.

Est ce raison que les arts mesmes se servent et
facent leur proufit de nostre imbecillité et bestise
naturelle ? L'orateur, dict la rhetorique, en cette
farce de son plaidoyer, s'esmouvera par le son de
sa voix et par ses agitations feinctes, et se laira
piper à la passion qu'il represente ; il s'imprimera
un vray dueil et essenciel, par le moyen de ce bastelage qu'il ioue, pour le transmettre aux iuges à
qui il touche encores moins : comme font ces personnes qu'on loue aux mortuaires pour ayder à
la cerimonie du dueil, qui vendent leurs larmes à
poids et à mesure, et leur tristesse ; car encores
qu'ils s'esbranslent en forme empruntee, toutesfois,
en habituant et rengeant la contenance, il est certain qu'ils s'emportent souvent touts entiers, et reçoivent en eulx une vraye melancholie. Ie feus,
entre plusieurs aultres de ses amys, conduire à
Soissons le corps de monsieur de Gramont [2], du
siege de la Fere, où il feut tué ; ie consideray que
par tout où nous passions, nous remplissions de
lamentation et de pleurs le peuple que nous ren-
contrions, par la seule montre de l'appareil de
nostre convoy ; car seulement le nom du trespassé
n'y estoit pas cogneu. Quintilian dict avoir veu des
comediens si fort engagez en un roolle de dueil,
qu'ils en ploroient encores au logis : et de soy
mesme, qu'ayant prins à esmouvoir quelque passion en aultruy, il l'avoyt espousee iusques à se
trouver surprins, non seulement de larmes, mais
d'une pasleur de visage et port d'homme vrayement
accablé de douleur.

En une contree prez de nos montaignes, les
femmes font le presbtre Martin [3] ; car, comme elles
agrandissent le regret du mary perdu, par la souvenance des bonnes et agreables conditions qu'il

avoyt, elles font tout d'un train aussi recueil et
publient ses imperfections ; comme pour entrer
d'elles mesmes en quelque compensation, et se divertir de la pitié au desdaing : de bien meilleure
grace encores que nous, qui, à la perte du premier
cogneu, nous picquons à luy prester des louanges
nouvelles et faulses, et à le faire tout aultre quand
nous l'avons perdu de veue, qu'il ne nous sembloit
estre quand nous le veoyions ; comme si le regret
estoit une partie instructive, ou que les larmes,
en lavant nostre entendement, l'esclaircissent. Ie
renonce dez à present aux favorables tesmoingnages qu'on me voudra donner, non parce que
i'en seray digne, mais parce que ie seray mort.

Qui demandera à celuy là, « Quel interest avez
vous à ce siege ? » « L'interest de l'exemple, dira
« il, et de l'obeyssance commune du prince : ie n'y
« pretends proufit quelconque ; et de gloire, ie
« sçay la petite part qui en peult toucher un par-
« ticulier comme moy : ie n'ay icy ny passion, ny
« querelle. » Veoyez le pourtant, le l'endemain,
tout changé, tout bouillant et rougissant de cholere, en son reng de bataille pour l'assault : c'est
la lueur de tant d'acier, et le feu et tintamarre de
nos canons et de nos tambours qui luy ont iecté
cette nouvelle rigueur et haine dans les veines.
Frivole cause ! me direz vous. Comment cause ?
il n'en fault point pour agiter nostre ame ; une
resverie sans corps et sans subiect la regente et
l'agite : que ie me iecte à faire des chasteaux en
Espaigne, mon imagination m'y forge des commoditez et des plaisirs, desquels mon ame est reellement chatouillee et resiouye. Combien de fois
embrouillons nous nostre esprit de cholere ou de
tristesse par telles umbres, et nous inserons en des
passions fantastiques qui nous alterent et l'ame et
le corps ! Quelles grimaces estonnees, riardes [4],
confuses, excite la resverie en nos visages ! quelles
saillies et agitations de membres et de voix ! semble il pas de cet homme seul, qu'il aye des visions
faulses d'une presse d'aultres hommes avecques qui
il negocie, ou quelque daimon interne qui le per-
secute ? Enquerez vous à vous où est l'obiect de
cette mutation : est il rien, sauf nous, en nature,
que l'inanité substante, sur quoy elle puisse ? Cambyses, pour avoir songé, en dormant, que son
frere debvoit devenir roy de Perse, le feit mourir ;

[1] *Dépouille, défroque.*

[2] Philibert, comte de Gramont et de Guiche, fut tué, en 1580, au siege de la Fère, entrepris pour la ligue par le maré-chal de Matignon.

[3] Expression proverbiale fondée sur le conte d'un prêtre, nommé Martin, qui faisoit les fonctions de prêtre et de clerc, en disant la messe.

[4] *Plaisantes.*

un frere qu'il aimoit, et duquel il s'estoit tousiours
fié : Aristodemus, roy des Messeniens, se tua pour
une fantasie qu'il print de mauvaise augure, de ie ne
sçay quel hurlement de ses chiens ; et le roy Midas
en feit autant, troublé et fasché de quelque malplaisant songé qu'il avoyt songé. C'est priser sa vie
iustement ce qu'elle est, de l'abandonner pour un
songe. Oyez pourtant nostre ame triumpher de la
misere du corps, de sa foiblesse, de ce qu'il est en
butte à toutes offenses et alterations : vrayement
elle a raison d'en parler !

O prima infelix fingenti terra Prometheo !
Ille parum cauti pectoris egit opus.
Corpora disponens, mentem non vidit in arte ;
Recta animi primum debuit esse via [1].

---

# CHAPITRE V.

### Sur des vers de Virgile.

A mesure que les pensements utiles sont plus
pleins et solides, ils sont aussi plus empeschants
et plus onereux : le vice, la mort, la pauvreté, les
maladies, sont subiects graves, et qui grevent. Il
fault avoir l'ame instruicte des moyens de soustenir et combattre les maulx, et instruicte des regles de bien vivre et de bien croire ; et souvent
l'esveiller et exercer en cette belle estude : mais à
une ame de commune sorte, il fault que ce soit
avecques relasche et moderation ; elle s'affolle,
d'estre trop continuellement bandee. l'avoy besoing, en ieunesse, de m'advertir et soliciter pour
me tenir en office ; l'alaigresse et la santé ne conviennent pas tant bien, dict on, avecques ces discours serieux et sages : ie suis à present en un
aultre estat ; les conditions de la vieillesse ne
m'advertissent que trop, m'assagissent, et me
preschent. De l'excez de la gayeté, ie suis tumbé
en celuy de la severité, plus fascheux : par quoy,
ie me laisse à cette heure aller un peu à la desbauche, par desseing, et employe quelquefois
l'ame à des pensements folastres et ieunes, où
elle se seiourne. le ne suis meshuy que trop rassis,
trop poisant, et trop meur . les ans me font leçon,
touts les iours, de froideur et de temperance. Ce
corps fuyt le desreglement, et le craind : il est à
son tour de guider l'esprit vers la reformation ; il
regente, à son tour, et plus rudement et imperieusement ; il ne me laisse pas une heure, ny
dormant, ny veillant, chomer d'instructions de
mort, de patience, et de penitence. le me deffends
de la temperance, comme i'ay faict aultrefois de
la volupté : elle me tire trop arriere, et iusques

à la stupidité. Or, ie veulx estre maistre de moy,
à touts sens : la sagesse a ses excez, et n'a pas
moins besoing de moderation que la folie. Ainsin, de peur que ie ne seiche, tarisse et m'aggrave
de prudence, aux intervalles que mes maulx me
donnent,

Mens intenta suis ne siet usque malis [2],

ie gauchis tout doulcement, et desrobe ma veue
de ce ciel orageux et nubileux que i'ay devant
moy, lequel, Dieu mercy, ie considere bien sans
effroy, mais non pas sans contention et sans estude ; et me vois amusant en la recordation des
ieunesses passees :

Animus quod perdidit, optat,
Atque in præterita se totus imagine versat [3].

Que l'enfance regarde devant elle ; la vieillesse,
derriere : estoit ce pas ce que signifioit le double
visage de Ianus ? Les ans m'entrainent s'ils veulent, mais à reculons ! autant que mes yeulx peuvent recognoistre cette belle saison expiree, ie les
y destourne à secousses : si elle eschappe de mon
sang et de mes veines, au moins n'en veulx ie
desraciner l'image de la memoire ;

Hoc est,
Vivere bis, vita posse priore frui [4].

Platon ordonne aux vieillards d'assister aux
exercices, dances et ieulx de la ieunesse, pour se
resiouyr, en aultruy, de la souplesse et beaulté
du corps qui n'est plus en eulx, et rappeller en
leur souvenance la grace et faveur de cet aage ver-
dissant ; et veult qu'en ces esbats ils attribuent
l'honneur de la victoire au ieune homme qui aura
le plus esbaudi [5] et resiouy, et plus grand nombre
d'entre eulx. Ie marquois aultrefois les iours poisants et tenebreux, comme extraordinaires ; ceulx
là sont tantost les miens ordinaires : les extraordinaires sont les beaux et sereins ; ie m'en vois au
train de tressaillir, comme d'une nouvelle faveur,
quand aucune chose ne me deult [6]. Que ie me
chatouille, ie ne puis tantost plus arracher un

---

(1) O malheureuse argile qui fut d'abord façonnée par Prométhée ! qu'il a montré peu de sagesse dans son ouvrage ! En formant le corps de l'homme, il n'a pris aucun soin de l'esprit ; c'est
pourtant par l'esprit qu'il eût dû commencer. Prop., III , 5 . 7.
(2) De peur que mon ame ne soit toujours occupée de ses
maux. Ovide , Trist., IV, 1, 4.
(3) Mon esprit soupire après ce qu'il a perdu , et se rejette
tout entier dans le passé. Pétrone , Satiric., c. 128.
(4) C'est vivre deux fois, que de pouvoir jouir de la vie passée.
Martial , X , 23 , 7.
(5) Esbaudi , signifie à peu près la même chose que resiouy. Ce
mot représente l'allégresse qui saute et qui danse.
(6) Ne me fait du mal.

pauvre rire de ce meschant corps; ie ne m'esgaye qu'en fantasie et en songe, pour destourner par ruse le chagrin de la vieillesse : mais, certes, il fauldroit autre remede qu'en songe ! Foible luicte de l'art contre la nature ! C'est grand' simplesse d'alonger et anticiper, comme chascun faict, les incommoditez humaines : i'aime mieulx estre moins long temps vieil, que d'estre vieil avant que de l'estre : iusques aux moindres occasions de plaisir que ic puis rencontrer, ic les empoigne. Ie cognoy bien, par ouyr dire, plusieurs especes de voluptez prudentes, fortes, et glorieuses : mais l'opinion ne peult pas assez sur moy pour m'en mettre en appetit; ie ne les veulx pas tant magnanimes, magnifiques et fastucuses, comme ie les veulx doulcereuses, faciles et prestes : *A natura discedimus ; populo nos damus, nullius rei bono auctori*[1]. Ma philosophie est en action, en usage naturel et present, peu en fantasie : prinsse ie plaisir à iouer aux noisettes et à la toupie !

Non ponebat enim rumores ante salutem[2].

La volupté est qualité peu ambitieuse : elle s'estime assez riche de soy, sans y mesler le pris de la reputation; et s'aime mieulx à l'umbre. Il fauldroit donner le fouet à un ieune homme qui s'amuseroit à choisir le goust du vin et des saulces : il n'est rien que i'aye moins sceu, et moins prisé; à cette heure ic l'apprends : i'en ay grand' honte, mais qu'y ferois ie ? i'ay encores plus de honte et de despit des occasions qui m'y poulsent. C'est à nous à resver et à baguenauder; et à la ieunesse à se tenir sur la reputation et sur le bon bout : elle va vers le monde, vers le credit; nous en venons : *Sibi arma, sibi equos, sibi hastas, sibi clavam, sibi pilam, sibi natationes et cursus habeant; nobis senibus, ex lusionibus multis, talos relinquant et tesseras*[3] : les loix mesmes nous envoient au logis. Ie ne puis moins, en faveur de cette chestifve condition où mon nage me poulse, que de luy fournir de iouets et d'amusoires, comme à l'enfance; aussi y retumbons nous : et la sagesse et la folie auront prou[4] à faire, à m'estayer et secourir par offices alternatifs, en cette calamité d'aage;

Misce stultitiam consiliis brevem[5].

Ie fuys de mesme les plus legieres poinctures; et celles qui ne m'eussent pas aultrefois esgratigné, me transpercent à cette heure : mon habitude commence de s'appliquer si volontiers au mal ! *In fragili corpore, odiosa omnis offensio est*[6];

Mensque pati durum sustinet ægra nihil[7].

I'ay esté tousiours chatouilleux et delicat aux of-

fenses; i'y suis plus tendre à cette heure, et ouvert partout :

Et minimæ vires frangere quassa valent[8].

Mon iugement m'empesche bien de regimber et grouder contre les inconveniens que nature m'ordonne de souffrir, mais non pas de les sentir : ie courrois d'un bout du monde à l'autre, chercher un bon an de tranquillité plaisante et eniouee, moy qui n'ay aultre fin que vivre et me resiouyr. La tranquillité sombre et stupide se treuve assez pour moy; mais elle m'endort et enteste : ie ne m'en contente pas. S'il y a quelque personne, quelque bonne compaignie nous en la ville, en France, ou ailleurs, resseante, ou voyagere[9], à qui mes humeurs soyent bonnes, de qui les humeurs me soyent bonnes, il n'est que de siffler en paulme, ie leur iray fournir des Essais en chair et en os.

Puisque c'est le privilege de l'esprit, de se r'avoir de la vieillesse[10], ie luy conseille autant que ic puis, de le faire : qu'il verdisse, qu'il fleurisse cependant, s'il peult, comme le guy sur un arbre mort. Ie crains que c'est un traistre; il s'est si estroictement affretté[11] au corps qu'il m'abandonne, à touts coups, pour le suivre en sa necessité : ie le flatte à part, ie le practique, pour neant; i'ay beau essayer de le destourner de cette colligance[12], et luy presenter et Seneque et Catulle, et les dames et les dances royales; si son compaignon a la cholique, il semble qu'il l'ayt aussi : les puissances mesmes qui luy sont particulieres et propres ne se peuvent lors soublever; elles sentent évidemment le morfondu; il n'y a point d'alaigresse en ces productions, s'il n'en y a quand et quand au corps.

Nos maistres ont tort dequoy, cherchants les causes des eslancements extraordinaires de nostre

<hr>

[1] Nous abandonnons la nature ; et nous prenons pour guide le peuple, qui ne sait que nous égarer. Sénèque, *Epist.* 99.

[2] A tous les vains coquets préféraut mon plaisir.
                     Cicér., *de Offic.*, I, 24.

[3] Qu'ils gardent pour eux les armes, les chevaux, les javelots, la massue, la paume, la nage et la course ; qu'ils nous laissent, à nous autres vieillards, les dés et les osselets. Cic., *de Senect.*, c. 16.

[4] *Beaucoup, assez.*

[5] Mêle à ta sagesse un grain de folie. Hor., *Od.*, IV, 12, 27.

[6] Pour un corps debile, la moindre secousse est insupportable. Cic., *de Senect.*, c. 18.

[7] Et un esprit malade ne peut rien souffrir d'incommode. Ovide, *de Ponto*, I, 5, 18.

[8] Ce qui est déjà ébranlé, se brise au moindre effort. Ov., *Trist.*, III, 11, 22.

[9] *Dont le séjour soit fixé quelque part, ou qui aime à voyager.*

[10] *D'échapper à la vieillesse.* — [11] *Lié, attaché, accroché.*

[12] *Étroite liaison. Colligance* ou *colligance*, du latin *colligare,* joindre, lier, nouer ensemble.

sprit, oultre ce qu'ils en attribuent à un ravissement divin, à l'amour, à l'aspreté guerriere', à la
poësie, au vin, ils n'en ont donné sa part à la
santé ; une santé bouillante, vigoreuse, pleine,
oysifve, telle qu'aultrefois la verdeur des ans et
a securité me la fournissoient par venues [1] : ce
feu de gayeté suscite en l'esprit des esloises [2] vifves
et claires, oultre nostre clairté naturelle, et entre les enthousiasmes, les plus gaillards, sinon les
plus esperdus [3]. Or bien, ce n'est pas merveille,
si un contraire estat affaisse mon esprit, le cloue,
et en tire un effect contraire :

*Ad nullum consurgit opus, cum corpore languet [4]* ;

Il veult encores que ie luy sois tenu dequoy il
reste, comme il dict, beaucoup moins à ce contentement, que ne porte l'usage ordinaire des
hommes. Au moins pendant que nous avons trefve,
chassons les maulx et difficultez de nostre commerce ;

Dum licet, obducta solvatur fronte senectus [5] :

*tetrica sunt amœnanda iocularibus [6].* J'aime une
sagesse gaye et civile, et fuys l'aspreté des mœurs
et l'austerité, ayant pour suspecte toute mine rebarbatifve,

Tristemque vultus tetrici arrogantiam [7] ;

Et habet tristis quoque turba cinædos [8].

Ie croy Platon de bon cœur, qui dict Les humeurs
faciles ou difficiles estre un grand preiudice à la
bonté ou mauvaistié de l'ame. Socrates eut un
visage constant, mais serein et riant; non fas-
cheusement constant comme le vieil Crassus, qu'on
ne veit iamais rire. La vertu est qualité plaisante
et gaye.

Ie sçay bien que fort peu de gents rechigneront
à la licence de mes escripts, qui n'ayent plus à rechigner à la licence de leur pensee : ie me conforme bien à leur courage ; mais i'offense leurs yeulx.
C'est une humeur bien ordonnee, de pincer [9] les
escripts de Platon, et couler ses negociations preten-
dues avecques Phedon, Dion, Stella, Archeanassa !
*Non pudeat dicere, quod non pudet sentire [10].* Ie
hais un esprit hargneux et triste, qui glisse par
dessus les plaisirs de sa vie, et s'empoigne et paist
aux malheurs; comme les mouches qui ne peuvent tenir contre un corps bien poly et bien lissé,
et s'attachent et reposent aux lieux scabreux et
raboteux; et comme les ventouses qui ne hument
et appetent que le mauvais sang.

Au reste, ie me suis ordonné d'oser dire tout ce
que i'ose faire ; et me desplais des pensees mesmes

impubliables : la pire de mes actions et conditions
ne me semble pas si laide, comme ie treuve laid et
lasche de ne l'oser advouer. Chascun est discret
en la confession, on le debvroit estre en l'action :
la hardiesse de faillir est aulcunement compensee
et bridee par la hardiesse de le confesser : qui s'o-
bligeroit à tout dire, s'obligeroit à ne rien faire
de ce qu'on est contrainct de taire. Dieu vueille
que cet excez de ma licence attire nos hommes
iusques à la liberté, par dessus ces vertus couardes
et mineures [11], nees de nos imperfections; qu'aux
despens de mon immoderation, ie les attire iusques au poinct de la raison ! Il fault veoir son vice
et l'estudier pour le redire : ceulx qui le celent à
aultruy, le celent ordinairement à eulx mesmes;
et ne le tiennent pas pour assez couvert, s'ils le
veoyent ; ils le soubstrayent et deguisent à leur
propre conscience : *quare vitia sua nemo confite-
tur? quia etiam nunc in illis est : somnium nar-
rare vigilantis est [12].* Les maulx du corps s'esclaircissent en augmentant; nous trouvons que c'est
goutte, que ce nous nommions rheume ou fou-
leure : les maulx de l'ame s'obscurcissent en leur
force, le plus malade les sent le moins; voylà
pourquoy il les fault souvent remanier, au iour,
d'une main impiteuse, les ouvrir et arracher du
creux de nostre poictrine. Comme en matiere de
bienfaicts [13], de mesme en matiere de mesfaicts,
c'est, par fois, satisfaction que la seule confession.
Est il quelque laideur au faillir qui nous dispense
de nous en debvoir confesser ? Ie souffre peine à
me feindre ; si que i'evite de prendre les secrets
d'aultruy en garde : n'ayant pas bien le cœur de
desadvouer ma science : ie puis la taire ; mais la

---

(1) *Sans interruption.*
(2) Ce mot, qui se prend ici pour des imaginations et des
conceptions spirituelles, signifie proprement un *eclair*, cette lumière vive et éclatante qui précède le tonnerre.
(3) *Extravagants.*
(4) Languissant avec le corps, il ne se porte sur aucun objet.
*Pseudo Gallus*, I, 125.
(5) Que la vieillesse se déride, lorsqu'elle le peut encore. Hor.,
*Epod.*, XIII, 7.
(6) Il est bon d'adoucir, par l'enjouement, les noirs chagrins
de la vie. SIDOINE APOLLINAIRE, *Epist.*, I, 9.
(7) Et la tristesse arrogante d'un visage retrogné. On ne sait
d'où Montaigne a tiré ce vers iambique.
(8) Parmi ces gens au maintien sévère, il y a des débauchés.
MARTIAL, VII, 58, 9.
(9) *De critiquer les écrits de Platon, et de glisser légèrement
sur ses*, etc.
(10) N'ayez pas honte de dire tout haut ce que vous n'avez pas
honte d'approuver tout bas.
(11) *affectées, minaudières.*
(12) D'où vient que personne ne confesse ses vices? c'est qu'il
en est encore esclave. Il faut être éveillé pour raconter ses songes. SÉNÈQUE, *Epist.* 53.
(13) *Bienfaicts* est pris ici dans le sens opposé à *mesfaicts*, c'est-
à-dire dans le sens de *bonnes actions*, puisque *mesfaicts* signifie
évidemment *mauvaises actions*.

nier, ie ne puis sans effort et desplaisir : pour estre bien secret, il le fault estre par nature, non par obligation. C'est peu, au service des princes, d'estre secret, si on n'est menteur encores. Celuy qui s'enquestoit à Thales Milesius s'il debvoit solennellement nier d'avoir paillardé, s'il se feust addressé à moy, ie luy eusse respondu qu'il ne le debvoit pas faire : car le mentir me semble encores pire que la paillardise. Thales luy conseilla tout aultrement, et qu'il iurast pour garantir le plus, par le moins : toutesfois ce conseil n'estoit pas tant eslection de vice que multiplication. Sur quoy disons ce mot, en passant, qu'on faict bon marché à un homme de conscience, quand on luy propose quelque difficulté au contrepoids du vice ; mais quand on l'enferme entre deux vices, on le met à un rude chois, comme on feit Origene, ou qu'il idolastrast, ou qu'il se souffrist iouyr charnellement à un grand vilain Aethiopien qu'on luy presenta : il subit la premiere condition ; et vicieusement, dict on. Pourtant ne seroient pas sans goust, selon leur erreur, celles qui nous protestent, en ce temps, qu'elles aimeroient mieulx charger leur conscience de dix hommes, que d'une messe.

Si c'est indiscretion de publier ainsin ses erreurs, il n'y a pas grand danger qu'elle passe en exemple et usage ; car Ariston disoit que les vents que les hommes craignent le plus sont ceulx qui les descouvrent. Il fault rebrasser [1] ce sot haillon qui cache nos mœurs : ils envoyent leur conscience au bordel, et tiennent leur contenance en regle ; iusques aux traistres et assassins, ils espousent les loix de la cerimonie, et attachent là leur debvoir. Si n'est ce ny à l'iniustice de se plaindre de l'incivilité ; ny à la malice, de l'indiscretion. C'est dommage qu'un meschant homme ne soit encores un sot, et que la decence pallie son vice : ces incrustations n'appartiennent qu'à une bonne et saine paroy [2], qui merite d'estre conservée, d'estre blanchie.

En faveur des huguenots qui accusent nostre confession auriculaire et privee, ie me confesse en public, religieusement et purement ; sainct Augustin, Origene et Hippocrates ont publié les erreurs de leurs opinions ; moy encores, de mes mœurs. Ie suis affamé de me faire cognoistre ; et ne me chault à combien, prouveu que ce soit veritablement : ou, pour dire mieulx, ie n'ay faim de rien ; mais ie fuys mortellement d'estre prins en eschange [3] par ceulx à qui il arrive de cognoistre mon nom. Celuy qui faict tout pour l'honneur et pour la gloire, que pense il gaigner, en se produisant au monde en masque, desrobant son vray estre à la cognoissance du peuple ? Louez un bossu de sa belle taille, il le doibt recevoir à iniure : si

vous estes couard, et qu'on vous honnore pour un vaillant homme, est ce de vous qu'on parle ? on vous prend pour un aultre ; i'aimerois aussi cher que celuy là se gratifiast des bonnetades qu'on luy faict, pensant qu'il soit maistre de la trouppe, luy qui est des moindres de la suitte. Archelaus, roy de Macedoine, passant par la rue, quelqu'un versa de l'eau sur luy : les assistants disoient qu'il debvoit le punir. « Ouy ; mais, dict il, il n'a pas versé l'eau sur moy, mais sur celuy qu'il pensoit que ie fusse : » Socrates, à celuy qui l'advertissoit qu'on mesdisoit de luy, « Point, dict il ; il n'y a rien en moy de ce qu'ils disent, » Pour moy, qui me loueroit d'estre bon pilote, d'estre bien modeste, ou d'estre bien chaste, ie ne luy en debvrois nul grammercy ; et pareillement, qui m'appelleroit traistre, voleur, ou yvrongne, ie me tiendrois aussi peu offensé. Ceulx qui se mescognoissent, se peuvent paistre de faulses approbations ; non pas moy, qui me voy, et qui me recherche iusques aux entrailles, qui sçay bien ce qui m'appartient : il me plaist d'estre moins loué, prouveu que ie sois mieulx cogneu ; on me pourroit tenir pour sage, en telle condition de sagesse que ie tiens pour sottise. Ie m'ennuye que mes Essais servent les dames de meuble commun seulement, et de meuble de sale : ce chapitre me fera du cabinet ; i'aime leur commerce un peu privé ; le publicque est sans faveur et saveur. Aux adieux, nous eschauffons, oultre l'ordinaire, l'affection envers les choses que nous abandonnons, ie prends l'extreme congé des ieux du monde ; voicy nos dernieres accolades.

Mais venons à mon theme. Qu'a faict l'action genitale aux hommes, si naturelle, si necessaire et si iuste, pour n'en oser parler sans vergongne, et pour l'exclure des propos serieux et reglez ? Nous prononceons hardiment, tuer, desrober, trahir ; et cela, nous n'oserions qu'entre les dents. Est ce à dire que moins nous en exhalons en parole, d'autant nous avons loy d'en grossir la pensee ? car il est bon que les mots qui sont le moins en usage, moins escripts, et mieulx teus, sont les mieulx sceus et plus generalement cogneus ; nul aage, nulles mœurs l'ignorent non plus que le pain : ils s'impriment en chascun, sans estre esprimez, et sans voix et sans figure ; et le sexe qui le faict le plus, a charge de le taire le plus. Il est bon aussi, que c'est une action que nous avons mis en la franchise du silence, d'où c'est crime de l'arracher, non pas mesme pour l'accuser et iuger ; ny n'osons la fouetter, qu'en periphrase et peincture. Grand'

---

(1) Retroussez, découvrir.
(2) Côté intérieur d'une muraille.
(3) D'être pris pour autre que je ne suis.

faveur à un criminel, d'estre si exsecrable, que la justice estime iniuste de le toucher et de le veoir, libre et sauvé par le benefice de l'aigreur de sa condemnation. N'en va il pas comme en matiere de livres, qui se rendent d'autant plus venaulx et publicques, de ce qu'ils sont supprimez? Ie m'en vois, pour moy, prendre au mot l'advis d'Aristote, qui diet, « L'estre honteux, servir d'ornement à la jeunesse; mais de reproche à la vieillesse. « Ces vers se preschent en l'eschole ancienne; eschole à laquelle ie me tiens bien plus qu'à la moderne : ses vertus me semblent plus grandes, ses vices, moindres :

Ceulx qui par trop fuyant Venus estrivent,
Faillent autant que ceulx qui trop la suivent.

Tu, dea, tu rerum naturam sola gubernas,
Nec sine te quidquam dias in luminis oras
Exoritur, neque fit lætum, nec amabile quidquam [1].

Ie ne sçay qui a peu malmesler [2] Pallas et les Muses avecques Venus, et les refroidir envers l'Amour : mais ie ne veoy aulcunes deitez qui s'adviennent mieulx, ny qui s'entredoibvent plus. Qui ostera aux Muses les imaginations amoureuses, leur desrobera le plus bel entretien qu'elles ayent et la plus noble matiere de leur ouvrage; et qui fera perdre à l'Amour la communication et service de la poësie, l'affoiblira de ses meilleures armes : par ainsin on charge le dieu d'accointance et de bienvueillance, et les deesses protectrices d'humanité et de justice, du vice d'ingratitude et de mescognoissance. Ie ne suis pas de si long temps cassé de l'estat et suitte de ce dieu, que ie n'aye la memoire informee de ses forces et valeurs;

Agnosco veteris vestigia flammæ [3];

l y a encores quelque demourant d'esmotion et chaleur aprez la fiebvre :

Nec mihi deficiat calor hic, hiemantibus annis [4] !

Tout asseiché que ie suis et appesanty, ie sens encores quelques tiedes restes de cette ardeur passee :

Qual l'alto Egeo, perche Aquilone o Noto
Cessi, che tutto prima il volse e scosse,
Non s'accheta egli però; ma 'l suono e 'l moto
Ritien dell' onde anco agitate e grosse [5] :

mais de ce que ie m'y entends, les forces et vaeur de ce dieu se treuvent plus vifves et plus animees en la peincture de la poësie, qu'en leur proure essence,

Et versus digitos habet [6] :

elle represente ie ne sçay quel air plus amoureux que l'Amour mesme. Venus n'est pas si belle toute nue, et vifve, et haletante, comme elle est icy chez Virgile :

Dixerat; et niveis hinc atque hinc diva lacertis
Cunctantem amplexu molli fovet. Ille repente
Accepit solitam flammam; notusque medullas
Intravit calor, et labefacta per ossa cucurrit:
Non secus atque olim tonitru quum rupta corusco
Ignea rima micans percurrit lumine nimbos.
. . . . . . . . . . . . Ea verba locutus,
Optatos dedit amplexus; placidumque petivit
Coniugis infusus gremio per membra soporem [7].

Ce que i'y treuve à considerer, c'est qu'il la peinct un peu bien esmeue pour une Venus maritale! en ce sage marché, les appetits ne se treuvent pas si folastres; ils sont sombres et plus mousses. L'amour hait qu'on se tienne par ailleurs que par luy, et se mesle laschement aux accointances qui sont dressees et entretenues sous aultre tiltre, comme est le mariage : l'alliance, les moyens, y poisent par raison, autant ou plus, que les graces et la beauté. On ne se marie pas pour soy, quoy qu'on die; on se marie autant, ou plus pour sa posterité, pour sa famille; l'usage et l'interest du mariage touche nostre race, bien loing pardelà nous: pourtant me plaist cette façon, qu'on le conduise plus tost par main tierce, que par les propres, et par le sens d'aultruy, que par le sien : tout cecy, combien à l'opposite des conventions amoureuses? Aussi est ce une espece d'inceste d'aller employer à ce parentage venerable et sacré, les efforts et les extravagances de la licence amoureuse, comme il me semble avoir dict ailleurs : il fault, dict Aristote, toucher sa femme prudemment et severement, de peur qu'en la chatouillant trop lascifvement, le plaisir ne la face sortir hors des gonds de raison. Ce qu'il dict pour la conscience, les medecins le

(1) O Vénus! toi seule tu gouvernes la nature : sans toi, rien ne s'élève aux rivages célestes du jour; sans toi, rien n'est charmant, rien n'est aimable. Lucrèce, I, 22.
(2) Brouiller.
(3) Je reconnois la trace de mes premiers feux. Virg., Énéid., IV, 23.
(4) Heureux si, dans l'hiver de mes ans, ce reste de chaleur ne m'abandonne pas! (Ce vers paroît être d'un moderne).
(5) Ainsi la mer Égée, bouleversée par le Notus ou l'Aquilon, ne s'apaise pas après la tempête; long temps irritée, elle s'agite et murmure encore. Tasso. Tasso Gierus., liber., c. XII, st. 63.
(6) Le vers sait chatouiller. Juv., VI, 196.
(7) Elle dit; et, comme il balance, la déesse passe autour de lui ses bras blancs comme la neige, et le réchauffe d'un doux embrassement. Aussitôt Vulcain sent renaître son ardeur accoutumée : un feu qu'il connoît le pénètre, et court jusque dans la moelle de ses os. Ainsi un éclair brille dans la nuée fendue par le tonnerre, et parcourt de ses rubans de feu les nuages épars dans la région de l'air... Enfin, il donne à son épouse les embrassemens qu'elle attend, et, couché sur son sein, il s'abandonne tout entier aux charmes d'un paisible sommeil. Virg., Énéide. VIII, 387, 392.

51

disent pour la santé : « Qu'un plaisir excessifvement chauld, voluptueux, et assidu, altere la semence, et empesche la conception : » disent d'aultre part, « qu'à une congression languissante, comme celle là est de sa nature, pour la remplir d'une iuste et fertile chaleur, il s'y fault presenter rarement et à notables intervalles, »

Quo rapiat sitiens Venerem, interiusque recon-
[dat [1].

Ie ne veoy point de mariages qui faillent plustost et se troublent, que ceulx qui s'acheminent par la beaulté et desirs amoureux : il y fault des fondements plus solides et plus constants, et y marcher d'aguet [2] ; cette bouillante alaigresse n'y vault rien.

Ceulx qui pensent faire bonneur au mariage, pour y ioindre l'amour, font, ce me semble, de mesme ceulx qui, pour faire faveur à la vertu, tiennent que la noblesse n'est aultre chose que vertu. Ce sont choses qui ont quelque cousinage ; mais il y a beaucoup de diversité : on n'a que faire de troubler leurs noms et leurs tiltres ; on fait tort à l'une ou à l'aultre de les confondre. La noblesse est une belle qualité, et introduicte avecques raison ; mais d'autant que c'est une qualité despendant d'aultruy, et qui peult tumber en un homme vicieux et de neant, elle est en estimation bien loing au dessoubs de la vertu : c'est une vertu, si ce l'est, artificielle et visible ; despendant du temps et de la fortune ; diverse en forme, selon les contrees ; vivante, et mortelle ; sans naissance, non plus que la riviere du Nil ; genealogique et commune ; de suitte et de similitude ; tiree par consequence, et consequence bien foible. La science, la force, la bonté, la beaulté, la richesse, toutes aultres qualitez, tumbent en communication et en commerce : cette cy se consomme en soy, de nulle emploite au service d'aultruy. On proposoit à l'un de nos roys le chois de deux competiteurs en une mesme charge, desquels l'un estoit gentilhomme, l'aultre ne l'estoit point : il ordonna que, sans respect de cette qualité, on choisist celuy qui auroit le plus de merite ; mais où la valeur seroit entierement pareille, qu'alors on eust respect à la noblesse : c'estoit iustement luy donner son reng. Antigonus, à un ieune homme incogneu qui luy demandoit la charge de son pere, homme de valeur, qui venoyt de mourir : « Mon amy, feit il, en tels bienfaicts, ie ne regarde pas tant la noblesse de mes soldats, comme ie fois leur prouesse. » De vray, il n'en doibt pas aller comme des officiers du roy de Sparte, trompettes, menestriers, cuisiniers, à qui en leur charge succedoient les enfants, pour ignorants qu'ils feussent, avant les

mieulx experimentez du mestier. Ceulx de Calecut font, des nobles, une espece par dessus l'humaine : le mariage leur est interdict, et toute aultre vacation, que bellique ; de concubines, ils en peuvent avoir leur saoul, et les femmes autant de ruffiens, sans ialousie les uns des aultres : mais c'est un crime capital et irremissible de s'accoupler à personne d'aultre condition que la leur ; et se tiennent pollus, s'ils en sont seulement touchez en passant, et, comme leur noblesse en estant merveilleusement iniuriee et interessee, tuent ceulx qui seulement ont approché un peu trop prez d'eulx : de maniere que les ignobles sont tenus de crier en marchant comme les gondoliers de Venise, au contour des rues, pour ne s'entreheurter ; et les nobles leur commandent de se iecter au quartier qu'ils veulent : ceulx cy evitent par là cette ignominie, qu'ils estiment perpetuelle ; ceulx là, une mort certaine. Nulle duree de temps, nulle faveur de prince, nul office, ou vertu, ou richesse, peult faire qu'un roturier devienne noble : à quoy ayde cette coustume, que les mariages sont deffendus de l'un mestier à l'aultre ; ne peult une de race courdonniere espouser un charpentier : et sont les parents obligez de dresser les enfants à la vacation des peres, precisement, et non à aultre vacation ; par où se maintient la distinction et continuation de leur fortune.

Un bon mariage, s'il en est, refuse la compaignie et conditions de l'amour : il tasche à representer celles de l'amitié. C'est une doulce societé de vie, pleine de constance, de fiance, et d'un nombre infini d'utiles et solides offices, et obligations mutuelles. Aulcune femme qui en savoure le goust,

Optato quam iunxit lumine tæda [3],

ne voudroit tenir lieu de maistresse à son mary : si elle est logee en son affection comme femme, elle y est bien plus honnorablement et seurement logee. Quand il fera l'esmeu ailleurs et l'empressé, qu'on luy demande pourtant lors, « à qui il aimeroit mieulx arriver une honte, ou à sa femme ou à sa maistresse ? de qui la desfortune l'affligeroit le plus ? à qui il desire plus de grandeur ? » ces demandes n'ont aulcun doubte en un mariage sain.

Ce qu'il s'en veoid si peu de bons, est signe de son pris et de sa valeur. A le bien façonner et à le bien prendre, il n'est point de plus belle piece

(1) Afin qu'elle saisisse plus avidement les dons de Vénus, et se les recèle profondément dans son sein. Virg., *Géorg.*, III, 137.

(2) *De propos délibéré*, avec circonspection.

(3) Unie à celui qu'elle aimoit. Catulle, *de Coma Beren.*, ... carm. LXIV, v. 79.

en nostre societé : nous ne nous en pouvons pas
ser, et l'allons avilissant. Il en advient ce qui se
veoid aux cages : les oyseaux qui en sont dehors,
desesperent d'y entrer; et d'un pareil soing en
sortir, ceulx qui sont au dedans. Socrates, enquis Qui estoit plus commode, prendre ou ne
prendre point de femme : « Lequel des deux on
face, dict il, on s'en repentira. » C'est une con-
vention à laquelle se rapporte bien à poinct ce
qu'on dict, *Homo homini*, ou *deus*, ou *lupus* [1] : il
fault la rencontre de beaucoup de qualitez à le bastir. Il se treuve en ce temps plus commode aux
ames simples et populaires, où les delices, la curiosité et l'oysiveté ne le troublent pas tant : les
humeurs desbauchees, comme est la mienne, qui
hais toute sorte de liaison et d'obligation, n'y sont
pas si propres;

Et mihi dulce magis resoluto vivere collo [2].

De mon desseing [3], i'eusse fuy d'espouser la Sagesse mesme, si elle m'eust voulu : mais, nous
avons beau dire, la coustume et l'usage de la vie
commune nous emporte; la plus part de mes actions se conduisent par exemple, non par chois :
toutefois ie ne m'y conviay pas proprement, on
m'y mena, et y feus porté par des occasions estrangeres; car non seulement les choses incommodes, mais il n'en est aulcune si laide et vicieuse et evitable, qui ne puisse devenir acceptable par quelque condition et accident : tant l'humaine posture est vaine! et y feus porté, certes,
plus mal preparé lors, et plus rebours [4], que ie
ne suis à present, aprez l'avoir essayé : et tout licencieux qu'on me tient, i'ay en verité plus severement observé les loix de mariage, que ie n'a-
voy ny promis ny esperé. Il n'est plus temps de
regimber, quand on s'est laissé entraver : il fault
prudemment mesnager sa liberté; mais depuis
qu'on s'est soubmis à l'obligation, il s'y fault tenir
soubs les loix du debvoir commun, au moins s'en
efforcer. Ceulx qui entreprennent ce marché pour
s'y porter avecques haine et mespris, font iniustement et incommodeement : et cette belle regle,
que ie voy passer de main en main entre elles,
comme un sainct oracle,

Sers ton mary comme ton maistre,
Et t'en garde comme d'un traistre,

qui est à dire : « Porte toy envers luy d'une reverence contraincte, ennemye et desfiante, » cry
de guerre et de desfi, est pareillement iniurieuse
et difficile. Ie suis trop mol pour desseing si
espineux : A dire vray, ie ne suis pas encores arrivé
à cette perfection d'habileté et galantise d'esprit,

que de confondre la raison avecques l'iniustice,
et mettre en risee tout ordre et regle qui n'accorde à mon appetit [5] : pour haïr la superstition,
ie ne me iecte pas incontinent à l'irreligion. Si on
ne faict tousiours son debvoir, au moins le fault il
tousiours aimer et recognoistre : c'est trahison de
se marier sans s'espouser. Passons oultre.

Nostre poëte represente un mariage plein d'accord et de bonne convenance, auquel pourtant il
n'y a pas beaucoup de loyauté. A il voulu dire
qu'il ne soit pas impossible de se rendre aux efforts de l'amour, et ce neantmoins reserver quelque debvoir envers le mariage; et qu'on le peult
blecer, sans le rompre tout à faict? tel valet ferre
la mule au maistre [6] qu'il ne hait pas pourtant.
La beaulté, l'opportunité, la destinee, car la destinee y met aussi la main,

Fatum est in partibus illis
Quas sinus abscondit : nam, si tibi sidera cessent,
Nil faciet longi mensura incognita nervi [7],

l'ont attachee à un estranger, non pas si entiere
peult estre, qu'il ne luy puisse rester quelque liaison par où elle tient encores à son mary. Ce sont
deux desseings, qui ont des routes distinguees et
non confondues : une femme se peult rendre à tel
personnage, que nullement elle ne voudroit avoir
espousé; ie ne dy pas pour les conditions de la
fortune, mais pour celles mesmes de la personne.
Peu de gents ont espousé des amyes, qui ne s'en
soyent repentis; et, iusques en l'aultre monde,
quel mauvais mesnage a faict Iupiter avecques sa
femme, qu'il avoyt premierement practiquee et
iouye par amourettes ? c'est ce qu'on dict, Chier
dans le panier, pour aprez le mettre sur sa teste.
I'ay veu de mon temps, en quelque bon lieu,
guarir honteusement et deshonnestement l'amour
par le mariage : les considerations sont trop aultres. Nous aimons, sans nous empescher [8], deux
choses diverses et qui se contrarient. Isocrates disoit que la ville d'Athenes plaisoit, à la mode que
font les dames qu'on sert par amour : chascun aimoit à s'y venir promener, et y passer son temps;

(1) L'homme est à l'homme, ou un dieu, ou un loup. SYMM.,
*Epist.*, X, 104, et PLAUTE, *Asinar.*, act. II, sc. IV, v. 88.
(2) Il est plus doux pour moi d'être exempt de ce joug. *Pseudo-
Gallus*, I, 61.
(3) *De mon propre mouvement, à suivre mon inclination naturelle.*
(4) *Et plus à contre cœur.*
(5) *Qui ne s'accorda pas avec mes désirs.*
(6) *Ferrer la mule*, c'est, d'après le dictionnaire de l'Académie, *profiter sur l'achat qu'on fait pour un autre.*
(7) Il y a une fatalité attachée à ces organes que voilent nos habits: car il ne vous servira de rien d'avoir été bien traité de la
nature, si le malheur vous en veut. JUV., *Sat.*, IX, 32.
(8) *Sans nous lier, sans nous engager.*

nul ne l'aimoit pour l'espouser, c'est à dire, pour s'y habituer et domicilier. J'ay avecques despit veu des marys haïr leurs femmes, de ce, seulement, qu'ils leur font tort : au moins ne les fault il pas moins aimer, pour raison de nostre faulte; par repentance et compassion au moins, elles nous en debvoient estre plus cheres.

Ce sont fins differentes, et pourtant compatibles, dict il, en quelque façon : Le mariage a, pour sa part, l'utilité, la iustice, l'honneur, et la constance un plaisir plat, mais plus universel : L'amour se fonde au seul plaisir, et l'a, de vray, plus chastouilleux, plus vif, et plus aigu; un plaisir attizé par la difficulté; il y fault de la picqueure et de la cuisson : ce n'est plus amour, s'il est sans flesches et sans feu. La liberalité des dames est trop profuse [1] au mariage, et esmousse la poincte de l'affection et du desir : pour fuyr à cet inconvenient, veoyez la peine qu'y prennent en leurs loix Lycurgus et Platon.

Les femmes n'ont pas tort du tout, quand elles refusent les regles de vie qui sont introduictes au monde; d'autant que ce sont les hommes qui les ont faictes sans elles. Il y a naturellement de la brigue et riotte [2] entre elles et nous; le plus estroict consentement que nous ayous avecques elles, encores est il tumultuaire et tempesteux. A l'advis de nostre aucteur, nous les traictons inconsidereement en cecy : Aprez que nous avons cogneu qu'elles sont, sans comparaison, plus capables et ardentes aux effects de l'amour que nous, et que ce presbtre ancien l'a ainsi tesmoigné, qui avoyt esté tantost homme, tantost femme,

*Venus huic erat utraque nota* [3];

et, en oultre, que nous avons apprins de leur propre bouche la preuve qu'en feirent aultrefois, en divers siecles, un empereur et une emperiere de Rome, maistres ouvriers et fameux en cette besongne; luy despucela bien en une nuict dix vierges sarmates ses captifves; mais elle fournit reellement, en une nuict, à vingt et cinq entreprinses, changeant de compaignie, selon son besoing et son goust,

*Adhuc ardens rigidæ tentigine vulvæ,*
*Et lassata viris, nondum satiata, recessit* [4];

et que sur le differend advenu à Cateloigne [5], entre une femme se plaignant des efforts trop assiduels de son mary, non tant, à mon advis, qu'elle en feust incommodee (car ie ne croy les miracles qu'en foy,) comme pour retrencher, soubs ce pretexte, et brider, en ce mesme qui est l'action fondamentale du mariage, l'auctorité des marys en-

vers leurs femmes, et pour montrer que leurs hergnes [6] et leur maliguité passent oultre la couche nuptiale, et foulent aux pieds les graces et doulceurs mesmes de Venus; à laquelle plaincte le mary respondoit, homme vrayement brutal et desnaturé, qu'aux iours mesmes de ieusne il ne s'en sçauroit passer à moins de dix; intervint ce notable arrest de la royne d'Aragon, par lequel, aprez meure deliberation de conseil, cette bonne royne, pour donner regle et exemple, à tout temps, de la moderation et modestie requise en un iuste mariage, ordonna, pour bornes legitimes et necessaires, le nombre de six par iour, relaschant et quittant beaucoup du besoing et desir de son sexe, « pour establir, disoit elle, une forme aysee, et par consequent permanente et immuable : » en quoy s'escrient les docteurs, « Quel doibt estre l'appetit et la concupiscence feminine, puisque leur raison, leur reformation et leur vertu se taille à six fois ! » considerants le divers iugement de nos appetits; car Solon, patron de l'eschole legiste, ne taxe qu'à trois fois par mois, pour ne faillir point, cette hantise coniugale : Aprez avoir creu, dy ie, et presché cela [7], nous sommes allez leur donner la continence peculierement [8] en partage, et sur peines dernieres et extremes.

Il n'est passion plus pressante que cette cy, à laquelle nous voulons qu'elles resistent seules, non simplement comme à un vice de sa mesure, mais comme à l'abomination et exsecration, plus qu'à l'irreligion et au parricide; et nous nous y rendons ce pendant, sans coulpe et reproche. Ceulx mesmes d'entre nous qui ont essayé d'en venir à bout, ont assez advoué quelle difficulté, ou plustost impossibilité, il y avoyt; usant de remedes materiels, à mater, affoiblir et refroidir le corps : nous, au contraire, les voulons saines, vigoreuses, en bon poinct, bien nourries et chastes ensemble; c'est à dire, et chauldes et froides; car le mariage, que nous disons avoir charge de les empescher de brusler, leur apporte peu de refreschissement, selon nos mœurs : Si elles en prennent un à qui la vigueur de l'aage boult encores, il fera gloire de l'espandre ailleurs;

(1) *Trop prodigue.* — (2) *Petite querelle, petite dispute.*
(3) Qui connoissoit les plaisirs des deux sexes. OVIDE, *Métam.,* III, 323.
(4) Brûlante encore de volupté, elle se retira enfin plus fatiguée qu'assouvie. JUV., *Sat.,* VI, 128.
(5) *En Catalogne.* — (6) *Humeur chagrine, acariâtre.*
(7) *Que les femmes sont plus ardentes aux effects de l'amour que nous.* C'est ce que Montaigne prétend plus haut : et l'on ne trouve qu'ici la fin de cette période, dont le sens a été long-temps suspendu.
(8) *Particulièrement.*

Sit tandem pudor; aut eamus in ius:
Multis mentula millibus redempta,
Non est hæc tua, Basse; vendidisti [1];

le philosophe Polemon feut iustement appellé en
iustice par sa femme; de ce qu'il alloit semant en
un champ sterile le fruict deu au champ genital:
Si c'est de ces aultres cassez, les voylà, en plein
mariage, de pire condition que vierges et veufves.
Nous les tenons pour bien fournies, parce qu'elles
ont un homme auprez d'elles; comme les Romains teindrent pour violee Clodia Laeta, Ves-
tale, que Caligula avoyt approchee, encores qu'il
feust averé qu'il ne l'avoyt qu'approchee: mais,
au rebours, on recharge par là leur necessité,
d'autant que l'attouchement et la compaignie de
quelque masle que ce soit esveille leur chaleur,
qui demeureroit plus quiete [2] en la solitude; et à
cette fin, comme il est vraysemblable, de rendre
par cette circonstance et consideration leur chasteté plus meritoire, Boleslaus et Kinge sa femme,
roys de Poloigne, la vouerent d'un commun accord, couchez ensemble, le iour mesme de leurs
nopces, et la mainteindrent à la barbe des commoditez maritales.

Nous les dressons, dez l'enfance, aux entremises de l'amour; leur grace, leur attifeure, leur
science, leur parole, toute leur instruction ne regarde qu'à ce but: leurs gouvernantes ne leur impriment aultre chose que le visage de l'amour,
ne feust qu'en le leur representant continuellement pour les en desgouster. Ma fille (c'est tout
ce que i'ay d'enfants) est en l'aage auquel les loix
excusent les plus eschauffees de se marier; elle est
d'une complexion tardifve, mince et molle, et a
esté par sa mere eslevee de mesme, d'une forme
retiree et particuliere, si qu'elle ne commence
encores qu'à se desniaiser de la naïfveté de l'enfance: elle lisoit un livre françois devant moy; le
mot de fouteau [3] s'y rencontra, nom d'un arbre
cogneu; la femme qu'ell' a pour sa conduicte,
l'arresta tout court un peu rudement, et la feit
passer par dessus ce mauvais pas. Ie la laissay
faire, pour ne troubler leurs regles; car ie ne
m'empesche aulcunement de ce gouvernement;
la police feminine a un train mysterieux, il fault
le leur quitter: mais, si ie ne me trompe, le commerce de vingt laquays n'eust sceu imprimer en
sa fantasie, de six mois, l'intelligence et usage
et toutes les consequences du son de ces syllabes
scelerees [4], comme feit cette bonne vieille par sa
reprimande et son interdiction.

Motus doceri gaudet Ionicos
Matura virgo, et frangitur artubus

Iam nunc, et incestos amores
De tenero meditatur ungui [5].

Qu'elles se dispensent un peu de la cerimonie;
qu'elles entrent en liberté de discours: nous ne
sommes qu'enfants au pris d'elles en cette science.
Oyez leur representer nos poursuittes et nos entretiens; elles vous font bien cognoistre que nous
ne leur apportons rien qu'elles n'ayent sceu et
digeré sans nous. Seroit ce, ce que dict Platon,
qu'elles ayent esté garsons deshauchez aultrefois?
Mon aureille se rencontra un iour en lieu où elle
pouvoit desrober aulcun des discours faicts entre
elles sans souspeçons: que ne puis ie le dire?
Nostre dame (feis ie) allons à cette heure estudier des frases d'Amadis et des registres de Boccace et de l'Aretin, pour faire les habiles: nous
employons vrayement bien nostre temps! Il n'est
ny parole, ny exemple, ny desmarche, qu'elles
ne sçachent mieulx que nos livres: c'est une discipline qui naist dans leurs veines;

Et mentem Venus ipsa dedit [6].

que ces bons maistres d'eschole, nature, ieunesse
et santé, leur soufflent continuellement dans
l'ame; elles n'ont que faire de l'apprendre: elles
l'engendrent:

Nec tantum niveo gavisa est ulla columbo
Compar, vel si quid dicitur improbius,
Oscula mordenti semper decerpere rostro,
Quantum præcipue multivola est mulier [7].

Qui n'eust tenu un peu en bride cette naturelle
violence de leur desir, par la crainte et honneur
dequoy on les a prouvees, nous estions diffa-
mez. Tout le mouvement du monde se resout et
rend à cet accouplage; c'est une matiere infuse
par tout; c'est un centre où toutes choses regardent. On veoid encores des ordonnances de la
vieille et sage Rome, faictes pour le service de

(1) Rougis enfin de ta conduite, ou allons en justice. Tu m'as vendu ce meuble, Bassus; je l'ai acheté à beaux deniers comptants: il n'est plus à toi. MARTIAL, XII, 90, 10.
(2) Tranquille.
(3) Fouteau est le nom du hêtre en vieux français.
(4) Criminelles, scélérates.
(5) Voyez cette beauté sous les yeux de sa mère;
Elle apprend, en naissant, l'art dangereux de plaire,
Et d'irriter en nous de funestes penchants:
Son enfance prévient le temps d'être coupable;
Le vice trop aimable
Instruit ses premiers ans.
HOR., Od., III, 6, 21: trad. de Voltaire.
(6) Et que Vénus elle-même leur a inspirée. VIRG., Géorg., III, 267.
(7) Jamais colombe, jamais l'oiseau le plus lascif n'a prodigué, avec tant d'ardeur et de plaisir, ses baisers et ses douces morsures, qu'une femme qui s'abandonne à sa passion. CAT., Carm., LXVI, 125.

l'amour; et les preceptes de Socrates à instruire les courtisanes :

Necnon libelli stoïci inter sericos
Iacere pulvillos amant [1] :

Zeno , parmy ses loix, regloit aussi les escarquillements et les secousses du despucelage. De quel sens estoit le livre du philosophe Strato, De la coniunction charnelle ? et de quoy traictoit Theophraste , en ceulx qu'il intitula, l'un l'Amoureux, l'aultre de l'Amour ? de quoy Aristippus, au sien Des anciennes delices ? que veulent pretendre les descriptions si estendues et vifves en Platon , des amours de son temps plus hardies ? et le livre de l'Amoureux, de Demetrius Phalereus ? et Clinias, ou l'Amoureux forcé, de Heraclides Ponticus ? et d'Antisthenes, celuy de faire les enfants, ou des Nopces ; et l'aultre, du Maistre ou de l'Amant ? et d'Aristo, celuy des Exercices amoureux ? de Cleanthes, un de l'Amour, l'aultre de l'Art d'aimer ? les Dialogues amoureux de Sphaereus ? et la Fable de Iupiter et de Iuno, de Chrysippus, eshontee au delà de toute souffrance ? et ses cinquante epistres si lascifves ? Ie veulx laisser à part les escripts des philosophes qui ont suivi la secte d'Epicurus, protectrice de la volupté. Cinquante deitez estoient, au temps passé, asservies à cet office ; et s'est trouvé nation, où, pour endormir la concupiscence de ceulx qui venoyent à la devotion, on tenoit aux temples des garses et des garsons à iouyr, et estoit acte de cerimonie de s'en servir avant venir à l'office : *nimirum propter continentiam incontinentia necessaria est ; incendium ignibus exstinguitur* [2].

En la plus part du monde, cette partie de nostre corps estoit deifiee : en mesme province, les uns se l'escorchoient pour en offrir et consacrer un lopin ; les aultres offroient et consacroient leur semence : en une aultre, les ieunes hommes se le perceoient publicquement et ouvroient en divers lieux entre chair et cuir, et traversoient, par ces ouvertures, des brochettes, les plus longues et grosses qu'ils pouvoient souffrir ; et de ces brochettes faisoient apres du feu, pour offrande à leurs dieux ; estimez peu vigoureux et peu chastes, s'ils venoyent à s'estonner par la force de cette cruelle douleur : ailleurs, le plus sacré magistrat estoit reveré et recogneu par ces parties là : et , en plusieurs cerimonies , l'effigie en estoit portee en pompe, à l'honneur de diverses divinitez ; les dames aegyptiennes, en la feste des Bacchanales, en portoient au col un de bois, exquisement formé, grand et poisant, chascune selon sa force ; oultre ce que la statue de leur dieu en representoit un qui surpassoit en mesure le reste du corps. Les femmes mariees, icy prez, en forgent, de leur couvrechef, une figure sur leur front, pour se glorifier de la iouyssance qu'elles en ont ; et venant à estre veufves, le couchent en arriere, et ensepvelissent soubs leur coeffure. Les plus sages matrones, à Rome, estoient honnorees d'offrir des fleurs et des couronnes au dieu Priapus ; et sur ses parties moins honnestes faisoit on seoir les vierges, au temps de leurs nopces. Encores ne sçay ie si i'ay veu en mes iours quelque air de pareille devotion. Que vouloyt dire cette ridicule piece de la chausseure de nos peres, qui se veoid encore en nos Souysses ? à quoy faire la montre que nous faisons à cette heure, de nos pieces, en forme, soubs nos gregues ; et, souvent, qui pis est , oultre leur grandeur naturelle, par faulseté et imposture ? Il me prend envye de croire que cette sorte de vestement feut inventee aux meilleurs et plus consciencieux siecles, pour ne piper le monde, pour que chascun rendist en public compte de son faict ; les nations plus simples l'ont encores aulcunement rapportant au vray : lors, on instruisoit la science de l'œuvrier, comme il se faict de la mesure du bras ou du pied. Ce bon homme qui, en ma ieunesse, chastra tant de belles et antiques statues en sa grande ville, pour ne corrompre la veue, suivant l'advis de cet aultre ancien bon homme,

Flagitii principium est, nudare inter cives cor-
[pora [3] :

se debvoit adviser, comme aux mysteres de la bonne deesse toute apparence masculine en estoit forclose, que ce n'estoit rien advancer, s'il ne faisoit encores chastrer et chevaulx, et asnes, et nature enfin :

Omne adeo genus in terris, hominumque, fera-
[rumque,
Et genus æquoreum, pecudes, pictæque volucres,
In furias ignemque ruunt [4].

Les dieux, dict Platon, nous ont fourni d'un membre inobedient [5] et tyrannique, qui , comme un animal furieux, entreprend, par la violence de son

---

(1) Souvent ces petits livres qu'on trouve sur les coussins de nos belles sont l'ouvrage des stoïciens. Hor., *Epod.*, VIII, 15.
(2) Parce que l'incontinence est nécessaire pour la continence, et que l'incendie s'éteint par le feu.
(3) C'est une cause de dérèglements, que d'étaler en public, des nudités. Ennius *apud* Cic., *Tusc. quæst.*, IV, 33.
(4) Amour, tout sent tes feux, tout se livre à la rage,
Tout , et l'homme qui pense , et la brute sauvage,
Et le peuple des eaux, et l'habitant des airs.
Virg., *Géorg.*, III, 244. Trad. de Delille.
(5) Désobeïssant.

appetit, de soubmettre tout à soy : de mesme aux femmes le leur, comme un animal glouton et avide, auquel si ou refuse aliments en sa saison, il forcene [1], impatient de delay ; et, soufflant sa rage en leur corps, empesche les conduicts, arreste la respiration, causant mille sortes de maulx ; iusques à ce qu'ayant humé le fruict de la soif commune, il en ayt largement arrousé et ensemencé le fond de leur matrice.

Or, se debvoit aviser, aussi mon legislateur ; qu'à l'adventure est ce un plus chaste et fructueux usage, de leur faire de bonne heure cognoistre le vif, que de le leur laisser deviner selon la liberté et chaleur de leur fantasie : au lieu des parties vrayes, elles en substituent, par desir et par esperance, d'aultres extravagantes au triple ; et tel de ma cognoissance s'est perdu, pour avoir faict la descouverte des siennes en lieu où il n'estoit encores au propre de les mettre en possession de leur plus serieux usage. Quel dommage ne font ces enormes pourtraicts que les enfants vont semant aux passages et escalliers des maisons royales? de là leur vient [2] un cruel mespris de nostre portee naturelle. Que sçait on, si Platon, ordonnant, aprez d'aultres republiques bien instituees, que les hommes et femmes, vieulx, ieunes, se presentent nuds à la vue les uns des aultres, en ses gymnastiques, n'a pas regardé à cela ? Les Indiennes qui veoyent les hommes à crud, ont au moins refroidy le sens de la vue ; et, quoy que dient les femmes de ce grand royaume du Pegu, qui, au dessoubs de la ceincture, n'ont à se couvrir qu'un drap fendu par le devant, et si estroict que, quelque cerimonieuse decence qu'elles y cherchent, à chasque pas on les veoid toutes, que c'est une invention trouvee aux fins d'attirer les hommes à elles et les retirer des masles, a quoy cette nation est du tout abandonnee, il se pourroit dire qu'elles y perdent plus qu'elles n'advancent, et qu'une faim entiere est plus aspre que celle qu'on a rassasiee au moins par les yeulx : aussi disoit Livia, « qu'à une femme de bien, un homme nud n'est non plus qu'une image. » Les Lacedemoniennes, plus vierges femmes que ne sont nos filles, veoyoient touts les iours les ieunes hommes de leur ville despouillez en leurs exercices ; peu exactes elles mesmes à couvrir leurs cuisses en marchant, s'estimants, comme dict Platon, assez couvertes de leur vertu sans vertugado [3]. Mais ceulx là, desquels parle sainct Augustin, ont donné un merveilleux effort de tentation à la nudité, qui ont mis en doubte, Si les femmes, au iugement universel, resusciteront en leur sexe, et non plus tost au nostre, pour ne nous tenter encores en ce sainct estat. On les leurre, en somme, et acharne, par

touts moyens ; nous eschauffons et incitons leur imagination sans cesse : et puis nous crions au ventre. Confessons le vray, il n'en est guercs d'entre nous, qui ne craigne plus la honte qui luy vient des vices de sa femme, que des siens ; qui ne se soigne plus ( charité esmerveillable! ) de la conscience de sa bonne espouse, que de la sienne propre ; qui n'aimast mieulx estre voleur et sacrilege, et que sa femme feust meurtriere et heretique, que si elle n'estoit plus chaste que son mary : inique estimation de vices! Nous et elles sommes capables de mille corruptions plus dommageables et desnaturees, que n'est la lascifveté : mais nous faisons et poisons les vices, non selon nature, mais selon nostre interest ; par où ils prennent tant de formes inegales.

L'aspreté de nos decrets rend l'application des femmes à ce vice, plus aspre et vicieuse que ne porte sa condition, et l'engage à des suittes pires que n'est leur cause : elles offriront volontiers d'aller au palais querir du gain, et, à la guerre, de la reputation, plustost que d'avoir, au milieu de l'oisifveté et des delices, à faire une si difficile garde ; veoyent elles pas qu'il n'est ny marchand, ny procureur, ny soldat, qui ne quitte sa besongne pour courre à cette aultre, et le crocheteur, et le savetier, touts harassez et hallebrenez [4] qu'ils sont de travail et de faim ?

    Num tu, quæ tenuit dives Achæmenes,
    Aut pinguis Phrygiæ Mygdonias opes,
    Permutare velis crine Licymniæ,
      Plenas aut Arabum domos,
    Dum fragrantia detorquet ad oscula
    Cervicem, aut facili sævitia negat,
    Quæ poscente magis gaudeat eripi,
      Interdum rapere occupet [5] ?

Ie ne sçay si les exploicts de Cesar et d'Alexandre surpassent en rudesse la resolution d'une belle ieune femme, nourrie en nostre façon, à la lumiere et commerce du monde, battue de tant d'exemples contraires, et se maintenant entiere au milieu de mille continuelles et fortes poursuittes. Il n'y a point de faire plus espineux qu'est ce non faire, ny plus actif : ie treuve plus aysé de porter une cuirasse toute sa vie, qu'un pucelage ; et est

---

(1) Il extravague, il devient hors de sens.

(2) De là vient que les femmes ont un cruel mépris, etc.

(3) Vertugadin, cotte gonflée avec un cercle : de l'espagnol vertugado.

(4) Fatigué, foible.

(5) Les richesses de l'Arabie et de la Phrygie, les trésors d'Achémène, pourroient-ils vous payer un seul cheveu de Licymnie, dans ces doux moments où, répondant à vos baisers, elle tourne la tête vers vous ; puis, par un doux caprice, refuse ce qu'elle veut se laisser ravir, et bientôt vous prévient elle-même ? Hor., Od., II, 12, 21.

le vœu de la virginité le plus noble de touts les vœux, comme estant le plus aspre : *Diaboli virtus in lumbis est* [1], dict sainct Ierosme.

Certes, le plus ardu et le plus vigoureux des humains debvoirs, nous l'avons resigné aux dames, et leur en quittons la gloire. Cela leur doibt servir d'un singulier aiguillon à s'y opiniastrer ; c'est une belle matiere à nous braver, et à fouler aux pieds cette vaine preeminence de valeur et de vertu que nous pretendons sur elles : elles trouveront, si elles s'en prennent garde, qu'elles en seront non seulement tresestimees, mais aussi plus aimees. Un galant homme n'abandonne point sa poursuitte, pour estre refusé, prouveu que ce soit un refus de chasteté, non de chois : nous avons beau iurer, et menacer, et nous plaindre ; nous mentons, nous les en aimons mieulx : il n'est point de pareil leurre, que la sagesse non rude et renfrongnee. C'est stupidité et lascheté, de s'opiniastrer contre la haine et le mespris ; mais contre une resolution vertueuse et constante, meslee d'une volonté recognoissante, c'est l'exercice d'une ame noble et genereuse. Elles peuvent recognoistre nos services, iusques à certaine mesure, et nous faire sentir honnestement qu'elles ne nous desdaignent pas ; car cette loy qui leur commande de nous abominer, parce que nous les adorons, et nous haïr de ce que nous les aimons, elle est, certes, cruelle, ne feust que de sa difficulté : pourquoy n'orront elles nos offres et nos demandes, autant qu'elles se contiennent soubs le debvoir de la modestie ? que va lon devinant qu'elles sonnent au dedans quelque sens plus libre ? Une royne de nostre temps disoit ingenieusement, « que de refuser ces abords, c'est tesmoingnage de foiblesse, et accusation de sa propre facilité ; et qu'une dame non tentee ne se pouvoit vanter de sa chasteté. » Les limites de l'honneur ne sont pas retrenchez du tout si court : il a dequoy se relascher ; il peult se dispenser [2] aulcunement, sans se forfaire ; au bout de sa frontiere, il y a quelque estendue, libre, indifferente, et neutre. Qui l'a peu chasser et acculer à force, iusques dans son coing et son fort, c'est un malhabile homme s'il n'est satisfaict de sa fortune : le pris de la victoire se considere par la difficulté. Voulez vous sçavoir quelle impression a faict en son cœur vostre servitude et vostre merite ? mesurez le à ses mœurs : telle peult donner plus, qui ne donne pas tant. L'obligation du bienfaict se rapporte entierement à la volonté de celuy qui donne ; les aultres circonstances qui tumbent au bien faire, sont muettes, mortes, et casueles : ce peu luy couste plus à donner, qu'à sa compaigne son tout. Si en quelque chose la rareté sert d'estimation, ce doibt estre en cecy ; ne regardez pas combien peu c'est, mais combien peu l'ont : la valeur de la monnoye se change selon le coing et la marque du lieu. Quoy que le despit et l'indiscretion d'aulcuns leur puisse faire dire sur l'excez de leur mescontentement, tousiours la vertu et la verité regaigne son advantage : i'en ay veu, desquelles la reputation a esté longtemps interessee par iniure [3], s'estre remises en l'approbation universelle des hommes par leur seule constance, sans soing et sans artifice ; chascun se respent et se desment de ce qu'il en a creu ; de filles un peu suspectes, elles tiennent le premier reng entre les dames d'honneur. Quelqu'un disoit à Platon : « Tout le monde mesdict de vous : » « Laissez les dire, feit il, ie vivray de façon que ie leur feray changer de language. » Oultre la crainte de Dieu, et le pris d'une gloire si rare, qui les doibt inciter à se conserver, la corruption de ce siecle les y force : et si i'estois en leur place, il n'est rien que ie ne feisse plustost que de commettre ma reputation en mains si dangereuses. De mon temps, le plaisir d'en conter (plaisir qui ne doibt gueres en doulceur à celuy mesme de l'effect), n'estoit permis qu'à ceulx qui avoyent quelque amy fidele et unique : à present, les entretiens ordinaires des assemblees et des tables, ce sont les vanteries des faveurs reçeües, et liberalité secrete des dames. Vrayement c'est trop d'abiection et de bassesse de cœur, de laisser ainsi fierement persecuter, paistrir, et fourrager ces tendres et mignardes doulceurs, à des personnes ingrates, indiscrettes, et si volages.

Cette nostre exasperation immoderee et illegitime contre ce vice, naist de la plus vaine et tempestuse maladie qui afflige les ames humaines, qui est la ialousie.

$$Quis\ vetat\ apposito\ lumen\ de\ lumine\ sumi\ ?$$
$$Dent\ licet\ assidue,\ nil\ tamen\ inde\ perit\ [4].$$

Celle là, et l'envye sa sœur, me semblent des plus ineptes de la trouppe. De cette cy, ie n'en puis gueres parler : cette passion, qu'on peinct si forte et si puissante, n'a, de sa grace, aulcune adresse [5] en moi. Quant à l'autre [6], ie la cognoy, au moins

---

(1) Car la vertu du diable est aux roignons. S. Jérôme, *contre Jovinien*, II, t. II, p. 72, éd. de Bâle, 1537. Traduction de Montaigne.

(2) *Se donner quelque liberté, sans se perdre, sans être coupable.*

(3) *A été long-temps compromise injustement, à tort.* Par injure est un latinisme, *injuria*, c'est-à-dire *sine jure*, sans justice.

(4) Empêche-t-on d'allumer un flambeau à la lumière d'un autre flambeau ? Elles ont beau donner, le fonds ne diminue jamais. OVIDE, *de Arte amandi*, III, 93.

(5) *Influence sur moi.*

(6) *La jalousie.*

de veue. Les bestes en ont ressentiment : le pasteur Chratis estant tumbé en l'amour d'une chevre, son bouc, ainsin qu'il dormoit, luy veint, par ialousie, chocquer la teste, de la sienne, et la luy escraza. Nous avons monté l'excez de cette fiebvre, à l'exemple d'aulcunes nations barbares : les mieulx disciplinees en ont esté touchees, c'est raison, mais non pas transportees :

Ense maritali nemo confossus adulter
Purpureo Stygias sanguine tinxit aquas [1] :

Lucullus, Cesar, Pompeius, Antonius, Cato, et d'aultres braves hommes, feurent cocus, et le sceurent, sans en exciter tumulte ; il n'y eut, en ce temps là, qu'un sot de Lepidus qui en mourut d'angoisse.

Ah! tum te miserum malique fati,
Quem attractis pedibus, patente porta,
Percurrent raphanique mugilesque [2] :

et le dieu de nostre poëte, quand il surprint avecques sa femme l'un de ses compaignons, se contenta de leur en faire honte,

Atque aliquis de dis non tristibus optat
Sic fieri turpis [3] ;

et ne laisse pourtant pas de s'eschauffer des molles caresses qu'elle luy offre, se plaignant qu'elle soit pour cela entree en desfiance de son affection :

Quid causas petis ex alto? fiducia cessit
Quo tibi, diva, mei [4] ?

voire, elle luy faict requeste pour un sien bastard,

Arma rogo genitrix nato [5],

qui luy est liberalement accordee; et parle Vulcan d'Aeneas avecques honneur,

Arma acri facienda viro [6],

d'une humanité à la verité plus qu'humaine ; et cet excez de bonté, ie consens qu'on le quitte aux dieux :

Nec divis homines componier æquum est [7].

Quant à la confusion des enfants, oultre ce que les plus graves legislateurs l'ordonnent et l'affectent en toutes leurs republiques, elle ne touche pas les femmes, où cette passion est, ie ne sçay comment, encores mieulx en son siege :

Sæpe etiam Iuno, maxima cœlicolum,
Coniugis in culpa flagravit quotidiana [8].

Lorsque la ialousie saisit ces pauvres ames foibles et sans resistance, c'est pitié comme elle les tirasse et tyrannise cruellement : elle s'y insinue soubs tiltre d'amitié ; mais, depuis qu'elle les possede, les mesmes causes qui servoient de fondement à la bienvueillance servent de fondement de haine capitale. C'est, des maladies d'esprit, celle à qui plus de choses servent d'aliment, et moins de choses de remede : la vertu, la santé, le merite, la reputation du mary, sont les boutefeux de leur maltalent [9] et de leur rage :

Nullæ sunt inimicitiæ, nisi amoris, acerbæ [10].

Cette fiebvre laidit et corrompt tout ce qu'elles ont de bel et de bon d'ailleurs ; et d'une femme ialouse, quelque chaste qu'elle soit et mesnagiere, il n'est action qui ne sente à l'aigre et à l'importun : c'est une agitation enragee, qui les reiecte à une extremité du tout contraire à sa cause. Il feut bon d'un Octavius à Rome : Ayant couché avecques Pontia Postumia, il augmenta son affection par la iouyssance, et poursuivit à toute instance de l'espouser : ne la pouvant persuader, cet amour extreme le precipita aux effects de la plus cruelle et mortelle inimitié ; il la tua. Pareillement, les symptomes ordinaires de cette aultre maladie amoureuse, ce sont haines intestines, monopoles [11], coniurations,

Notumque furens quid femina possit [12],

et une rage qui se ronge d'autant plus, qu'elle est contraincte de s'excuser du pretexte de bienvueillance.

Or, le debvoir de chasteté a une grande estendue : est ce la volonté que nous voulons qu'elles brident? c'est une piece bien souple et actifve ; elle a beaucoup de promptitude, pour la pouvoir

---

(1) Jamais un adultère, percé de l'épée d'un mari, n'a teint de son sang les eaux du Styx.

(2) Infortuné! si tu es pris sur le fait, tu seras trainé par les pieds hors du logis, et on chargera de ton supplice les surmulets et les raves! CATULLE, *Carm.*, XV, 17.

(3) Alors un dieu peu austère se mit à dire : Qu'on m'expose à un tel déshonneur! OVIDE, *Métam.*, IV, 187.

(4) A quoi bon tant de détours? Pourquoi, déesse, ne pas vous fier à votre époux? VIRG., *Énéide*, VIII, 395.

(5) C'est une mère qui vous demande des armes pour son fils VIRG., *Énéide*, VIII, 383.

(6) Il s'agit de faire des armes pour un héros. VIRG., *Énéide*, VIII, 441.

(7) Aussi n'est-il pas juste de comparer les hommes aux dieux. CATULLE, *Carm.*, LXVIII, 141.

(8) Souvent la reine des dieux fut irritée des fautes journalières de son mari. ID., *ibid.*, v. 138.

(9) *Dépit.*

(10) Il n'y a de haines implacables, que celles de l'amour. PROPERCE, II, 8, 3.

(11) *Assemblées facticuses.*

(12) Car on sait jusqu'où va la fureur d'une femme. VIRG., *Én.*, V, 21.

arrester : comment? si les songes les engagent par
fois si avant, qu'elles ne s'en puissent desdire; il
n'est pas en elles, ny à l'adventure en la Chasteté
mesme, puisqu'elle est femelle, de se deffendre
des concupiscences et du desirer. Si leur volonté
seule nous interesse, où en sommes nous? Imaginez
la grand' presse, à qui auroit ce privilege d'estre
porté, tout empenné, sans yeulx et sans langue,
sur le poing de chascune qui l'accepteroit : les
femmes scythes crevoient les yeulx à touts leurs
esclaves et prisonniers de guerre, pour s'en servir
plus librement et couvertement. Oh ! le furieux
advantage que l'opportunité ! Qui me demanderoit
la premiere partie en l'amour, ie respondrois que
c'est sçavoir prendre le temps; la seconde de mesme;
et encores la tierce : c'est un poinct qui peult tout.
I'ay eu faulte de fortune souvent, mais par fois aussi
d'entreprinse : Dieu gard' de mal qui peult encores
s'en mocquer. Il y fault en ce siecle plus de temerité,
laquelle nos ieunes gents excusent, sous pretexte
de chaleur; mais, si elles y regardoient de prez,
elles trouveroient qu'elle vient plustost de mespris.
Ie craignois superstitieusement d'offenser; et respecte volontiers ce que i'aime : oultre ce, qu'en
cette marchandise, qui en oste la reverence, en
efface le lustre; i'aime qu'on y face un peu l'enfant,
le craintif, et le serviteur. Si ce n'est du tout en
cecy, i'ay, d'ailleurs, quelques airs de la sotte honte
dequoy parle Plutarque, et en a esté le cours de ma
vie blecé et taché diversement; qualité bien mal advenante à ma forme universelle : qu'est il de nous
aussi, que sedition et discrepance[1]? I'ay les yeulx
tendres à soustenir un refus, comme à refuser : et
me poise tant de poiser à aultruy, que, ez occasions
où le debvoir me force d'essayer la volonté de
quelqu'un en chose doubteuse et qui luy couste,
ie le fois maigrement et envy[2]; mais si c'est pour
mon particulier, quoyque die veritablement Homere, « qu'à un indigent c'est une sotte vertu que
la honte, » i'y commets ordinairement un tiers qui
rougisse en ma place : et escconduis ceulx qui m'employent, de pareille difficulté; si qu'il m'est advenu
par fois d'avoir la volonté de nier, que ie n'en avoy
pas la force.

C'est doncques folie d'essayer à brider aux
femmes un desir qui leur est si cuisant et si naturel : et quand ie les oys se vanter d'avoir leur
volonté si vierge et si froide, ie me mocque d'elles;
elles se reculent trop arriere : Si c'est une vieille
esdentee et descrepite, ou une ieune seiche et pulmonique; s'il n'est du tout croyable, au moins
elles ont apparence de le dire : Mais celles qui se
meuvent et qui respirent encores, elles en empirent leur marché, d'autant que les excuses incon-

siderees servent d'accusation comme un gentilhomme de mes voysins, qu'on souspeçonnoit d'impuissance,

> Languidior tenera cui pendens sicula beta
> Nunquam se mediam sustulit ad tunicam[3],

trois ou quatre iours aprez ses nopces, alla iurer
tout hardiement, pour se iustifier, qu'il avoyt
faict vingt postes la nuict precedente; dequoy on
s'est servy depuis à le convaincre de pure ignorance, et à le desmarier : oultre que ce n'est rien
dire qui vaille : car il n'y a ny continence ny vertu,
s'il n'y a de l'effort au contraire. Il est vray,
fault il dire, mais ie ne suis pas preste à me rendre : les saincts mesmes parlent ainsin. S'entend,
de celles qui se vantent en bon escient de leur
froideur et insensibilité, et qui veulent en estre
crues d'un visage serieux ; car, quand c'est d'un
visage affecté, où les yeulx desmentent leurs paroles, et du iargon de leur profession qui porte
coup à contrepoil, ie le treuve bon. Ie suis fort
serviteur de la naïfveté et de la liberté; mais il
n'y a remede : si elle n'est du tout niaise ou enfantine, elle est inepte, et messeante aux dames
en ce commerce; elle gauchit incontinent sur l'impudence. Leurs desguisements et leurs figures ne
trompent que les sots; le mentir y est en siege
d'honneur : c'est un destour qui nous conduict à
la verité par une faulse porte. Si nous ne pouvons
contenir leur imagination, que voulons nous d'elles?
Les effects ? il en est assez qui eschappent à toute
communication estrangere, par lesquels la chasteté peult estre corrompue;

> Illud sæpe facit, quod sine teste facit[4] :

et ceulx que nous craignons le moins, sont à l'adventure les plus à craindre; leurs pechez muets
sont les pires :

> Offendor mœcha simpliciore minus[5].

Il est des effects qui peuvent perdre sans impudi-
cité leur pudicité; et, qui plus est, sans leur sceu :
*obstetrix, virginis cuiusdam integritatem manu
velut explorans, sive malevolentia, sive inscitia,
sive casu, dum inspicit, perdidit*[6] : telle a adiré[7]

(1) *Contrarieté.*

(2) *A contre-cœur, avec répugnance*, invitus.

(3) Qui n'avoit jamais donné le moindre signe de rigueur. Catulle , *Carm.* LXVII, 21. Ces deux vers sont trop libres pour
être traduits littéralement.

(4) L'on fait souvent ce qu'on fait sans témoin.
> Martial, VII, 62, 6.

(5) Je hais moins une femme qui ne dissimule pas ses vices.
Martial, VI, 7, 6.

(6) Ces paroles qu'on ne sauroit traduire ouvertement en
françois, sont de S. Augustin, *de Civit. Dei*, I, 18. — (7) *Égaré.*

sa virginité, pour l'avoir chorchee, telle s'en es-battant, l'a tuee. Nous ne sçaurions leur circons-crire precisement les actions que nous leur def-fendons; il fault concevoir nostre loy soubs paroles generales et incertaines : l'idee mesme que nous forgeons à leur chasteté est ridicule : car, entre les extremes patrons que i'en aye, c'est Fatua, femme de Faunus, qui ne se laissa veoir oncques, puis ses nopces, à masle quelconque; et la femme de Hieron, qui ne sentoit pas son mary punais, esti-mant que ce feust une qualité commune à touts hommes : il fault qu'elles deviennent insensibles pour nous satisfaire.

Or, confessons que le nœud du iugement de ce debvoir gist principalement en la volonté : il y a eu des marys qui ont souffert cet accident, non seulement sans reproche et offense envers leurs femmes, mais avecques singuliere obligation et recommandation de leur vertu; telle, qui aimoit mieulx son honneur que sa vie, l'a prostitué à l'ap-petit forcené d'un mortel ennemy, pour sauver la vie à son mary, et a faict pour luy ce qu'elle n'eust aulcunement faict pour soy. Ce n'est pas icy le lieu d'estendre ces exemples; ils sont trop haults et trop riches pour estre representez en ce lustre; gardons les à un plus noble siege : mais pour des exemples de lustre plus vulgaire, est il pas touts les iours des femmes entre nous qui, pour la seule utilité de leurs marys, se prestent, et par leur expresse ordonnance et entremise? et anciennement Phaulius l'Argien offrit la sienne au roy Philippus par ambition; tout ainsin que par civilité ce Galba, qui avoyt donné à soupper à Mecenas, voyant que sa femme et luy commen-ceoient à complotter par œuillades et signes, se laissa couler sur son coussin, representant un homme aggravé de sommeil, pour faire espaule à leurs amours; ce qu'il advoua d'assez bonne grace; car, sur ce poinct, un valet ayant prins la hardiesse de porter la main sur les vases qui estoient sur la ta-ble, il luy cria tout franchement : « Comment, coquin; vecis tu pas que ie ne dors que pour Me-cenas? » Telle a les mœurs desbordees, qui a la volonté plus reformee que n'a cett' aultre qui se conduict soubs une apparence reglee. Comme nous en veoyons qui se plaignent d'avoir esté vouees à chasteté, avant l'aage de cognoissance; i'en ay veu aussi se plaindre veritablement d'avoir esté vouees à la desbauche, avant l'aage de cog-noissance; le vice des parents en peult estre cause; ou la force du besoing, qui est un rude conseiller. Aux Indes orientales, la chasteté y es-tant en singuliere recommandation, l'usage pour-tant souffroit qu'une femme mariee se peust aban-

donner à qui luy presentoit un elephant; et cela, avecques quelque gloire d'avoir esté estimee à si hault pris. Phedon le philosophe, homme de maison, aprez la prinse de son païs d'Elide, feit mestier de prostituer, autant qu'elle dura, la beauté de sa ieunesse à qui en voulut, à pris d'ar-gent, pour en vivre. Et Solon feut le premier en la Grece, dict on, qui, par ses loix, donna la li-berté aux femmes, aux despens de leur pudicité, de prouveoir au besoing de leur vie : coustume que Herodote dict avoir esté receue avant luy en plusieurs polices. Et puis, quel fruict de cette pe-nible solicitude [1]? car, quelque iustice qu'il y ayt en cette passion, encores fauldroit il veoir si elle nous charie utilement : est il quelqu'un qui les pense boucler par son industrie?

Pone seram; cohibe: sed quis custodiet ipsos Custodes? cauta est, et ab illis incipit uxor [2]:

quelle commodité ne leur est suffisante, en un siecle si sçavant?

La curiosité est vicieuse par tout; mais elle est pernicieuse icy : c'est folie de vouloir s'esclaircir d'un mal auquel il n'y a point de medecine qui ne l'empire et le rengrege [3]; duquel la honte s'aug-mente et se publie principalement par la ialou-sie; duquel la vengeance blece plus nos enfants qu'elle ne nous guarit. Vous asseichez et mourez à la queste d'une si obscure verification. Combien piteusement y sont arrivez ceulx de mon temps qui en sont venus à bout! Si l'advertisseur n'y pre-sente quand et quand le remede et son secours, c'est un advertissement iniurieux, et qui merite mieulx un coup de poignard, que ne faict un des-mentir. On ne se mocque pas moins de celuy qui est en peine d'y prouveoir, que de celuy qui l'i-gnore. Le charactere de la cornardise est indele-bile; à qui il est une fois attaché, il l'est tous-iours : le chastiement l'esprime plus que la faulte. Il faict beau veoir arracher de l'umbre et du doubte nos malheurs privez, pour les trompetter en des eschaffauds tragiques; et malheurs qui ne pincent que par le rapport : car Bonne femme, et Bon mariage, se dict, non de qui l'est, mais du-quel on se taist. Il fault estre ingenieux à eviter cette ennuyeuse et inutile cognoissance; et avoyent les Romains en coustume, revenans de voyage, d'envoyer au devant en la maison faire sçavoir leur arrivee aux femmes, pour ne les surprendre;

(1) De la jalousie.
(2) Enferme-la sous clef, donne lui des gardiens. Mais qui les gardera eux-mêmes? Ta femme est adroite; elle commencera par eux. Juv., Sat., VI, 346.
(3) Rengreger; aggraver, augmenter.

et pourtant a introduict certaine nation que le presbtre ouvre le pas à l'espousee, le iour des nopces, pour oster au marié le doubte et la curiosité de chercher en ce premier essay, si elle vient à luy vierge, ou blecee d'une amour estrangere.

Mais le monde en parle. Ie sçay cent honnestes hommes cocus, honnestement et peu indecemment; un galant homme en est plaiuct, non pas desestimé. Faites que vostre vertu estouffe vostre malheur; que les gents de bien en mauldissent l'occasion; que celuy qui vous offense tremble seulement à le penser. Et puis, de qui ne parle on en ce sens, depuis le petit iusques au plus grand ?

> Tot qui legionibus imperitavit,
> Et melior quam tu multis fuit, improbe, rebus [1]:

veois tu qu'on engage en ce reproche tant d'honnestes hommes en ta presence ? pense qu'on ne t'espargne non plus ailleurs. Mais iusques aux dames, elles s'en mocqueront : et de quoy se mocquent elles en ce temps plus volontiers que d'un mariage paisible et bien composé ? Chascun de vous a faict quelqu'un cocu : or, nature est toute en pareilles, en compensation et vicissitude. La frequence de cet accident en doibt meshuy avoir moderé l'aigreur : le voylà tantost passé en coustume.

Miserable passion ! qui a cecy encores, d'estre incommunicable,

> Fors etiam nostris invidit questibus aures [2];

car à quel amy osez vous fier vos doleances, qui, s'il ne s'en rit, ne s'en serve d'acheminement et d'instruction pour prendre luy mesme sa part à la curee ? Les aigreurs comme les douceurs du mariage se tiennent secrettes par les sages; et parmy les aultres importunes conditions qui se treuvent en iceluy, cette cy, à un homme languagier [5], comme le suis, est des principales, que la coustume rende indecent et nuisible qu'on communique à personne tout ce qu'on en sçait et qu'on en sent.

De leur donner mesme conseil à elles, pour les desgouster de la ialousie, ce seroit temps perdu : leur essence est si confite en souspeçon, en vanité et en curiosité, que de les guarir par voye legitime, il ne fault pas l'esperer. Elles s'amendent souvent de cet inconvenient, par une forme de santé, beaucoup plus à craindre que n'est la maladie mesme; car, comme il y a des enchantements qui ne sçavent pas oster le mal qu'en le rechargeant à un aultre, elles reiectent ainsin volontiers cette fiebvre à leurs marys, quand elles la perdent. Toutesfois, à dire vray, ie ne sçay si on peult souf-

frir d'elles pis que la ialousie : c'est la plus dangereuse de leurs conditions, comme de leurs membres, la teste. Pittacus disoit, « que chascun avoyt son default; que le sien estoit la mauvaise teste de sa femme : hors cela, il s'estimeroit de tout poinct heureux. » C'est un bien poisant inconvenient, duquel un personnage si iuste, si sage, si vaillant, sentoit tout l'estat de sa vie alteré : que debvons nous faire, nous aultres hommelets ? Le senat de Marseille eut raison d'interiner sa requeste à celuy qui demandoit permission de se tuer, pour s'exempter de la tempeste de sa femme; car c'est un mal qui ne s'emporte iamais qu'en emportant la piece, et qui n'a aultre composition qui vaille, que la fuyte ou la souffrance, quoyque toutes les deux tresdifficiles. Celuy là s'y entendoit, ce me semble, qui dict « qu'un bon mariage se dressoit d'une femme aveugle, avecques un mary sourd. »

Regardons aussi que cette grande et violente aspreté d'obligation*que nous leur enioignons, ne produise deux effects contraires à nostre fin : à sçavoir Qu'elle aiguise les poursuivants ; Et face les femmes plus faciles à se rendre; car, quant au premier poinct, montant le pris de la place, nous montons le pris et le desir de la conqueste. Seroit ce pas Venus mesme qui eust ainsin finement haulsé le chevet [4] à sa marchandise par le maquerelage des loix, cognoissant combien c'est un sot deduit, qui ne le feroit valoir par fantasie et par cherté? enfin c'est toute chair de porc, que la saulse diversifie, comme disoit l'hoste de Flaminius. Cupidon est un dieu felon : il faict son ieu à luicter la devotion et la iustice; c'est sa gloire, que sa puissance chocque tout'aultre puissance, et que toutes aultres regles cedent aux siennes;

> Materiam culpæ prosequiturque suæ [5].

Et quant au second poinct : serions nous pas moins cocus, si nous craignions moins de l'estre ? suivant la complexion des femmes; car la deffense les incite et convie :

> Ubi velis, nolunt; ubi nolis, volunt ultro [6]:

> Concessa pudet ire via [7].

(1) D'un héros, d'un fameux général d'armée, supérieur en tant de choses à un misérable comme toi. Lucrèce, III, 1039, 1041.

(2) Le sort nous envie jusqu'à la consolation de faire entendre nos plaintes. Catulle, Carm., LXVII, 170.

(3) Grand parleur, verbeux.

(4) Renchéri sa marchandise.

(5) Il cherche incessamment une nouvelle matière à ses excès. Ovide, Trist., IV, 1, 34.

(6) Voulez-vous, elles ne veulent point; ne voulez-vous point, elles veulent. Térence, Eunuch., act. IV, sc. 8, v. 43.

(7) Elles rougissent de suivre une route permise. Lucain, II, 446.

Quelle meilleure interpretation trouverions nous au faict de Messalina? Elle feit au commencement son mary cocu à cachetes, comme il se faict : mais conduisant ses parties trop aysement, par la stupidité qui estoit en luy, elle desdaigna soubdain cet usage; la voylà à faire l'amour à la descouverte, advouer des serviteurs, les entretenir et les favoriser à la veue d'un chascun : elle vouloyt qu'il s'en ressentist. Cet animal ne se pouvant esveiller pour tout cela, et luy rendant ses plaisirs mols et fades par cette trop lasche facilité par laquelle il sembloit qu'il les auctorisast et legitimast, que feit elle? Femme d'un empereur sain et vivant, et à Rome, au theatre du monde, en plein midy, en feste et cerimonie publicque, et avecques Silius, duquel elle iouyssoit long temps devant, elle se marie un iour que son mary estoit hors de la ville. Semble il pas qu'elle s'acheminast à devenir chaste, par la nonchalance de son mary? ou qu'elle cherchast un aultre mary qui luy aiguisast l'appetit par sa jalousie, et qui, en luy insistant [1], l'incitast? Mais la premiere difficulté qu'elle rencontra feut aussi la derniere : cette beste s'esveilla en sursault; on a souvent pire marché de ces sourdauds endormis; i'ay veu par experience que cette extreme souffrance, quand elle vient à se desnouer, produict des vengeances plus aspres; car, prenant feu tout à coup, la cholere et la fureur s'emmoncelant en un, esclatte touts ses efforts à la premiere charge,

Irarumque omnes effundit habenas [2] :

il la feit mourir, et grand nombre de ceulx de son intelligence; iusques à tel qui n'en pouvoit mais, et qu'elle avoyt convié à son lict à coups d'escourgee [3].

Ce que Virgile dict de Venus et de Vulcan, Lucrece l'avoyt dict plus sortablement d'une iouyssance desrobee d'elle et de Mars :

Belli fera mœnera Mavors
Armipotens regit, in gremium qui sæpe tuum se
Reiicit, æterno devinctus vulnere amoris;
. . . . . . . . . . . . . . . . . . . . . . . . !
Pascit amore avidos inhians in te, dea, visus,
Eque tuo pendet resupini spiritus ore.
Hunc tu, diva, tuo recubantem corpore sancto
Circumfusa super, suaveis ex ore loquelas
Funde [4].

Quand ie rumine ce reiicit, pascit, inhians, molli, fovet, medullas, labefacta, pendet, percurrit [5], et cette noble circumfusa, mere du gentil infusus, i'ay desdaing de ces menues poinctes et allusions verbales qui nasquirent depuis. A ces bonnes gents, il ne falloit d'aigue et subtile rencontre : leur language est tout plein, et gros d'une vigueur

naturelle et constante : ils sont tout epigramme; non la queue seulement, mais la teste, l'estomach, et les pieds. Il n'y a rien d'efforcé [6], rien de traisnant, tout y marche d'une pareille teneur : contextus virilis est ; non sunt circa flosculos occupati [7]. Ce n'est pas une eloquence molle, et seulement sans offense : elle est nerveuse et solide, qui ne plaist pas tant, comme elle remplit et ravit ; et ravit le plus les plus forts esprits. Quand ie veoy ces braves formes de s'expliquer, si vifves, si profondes, ie ne dy pas que c'est Bien dire, ie dy que c'est Bien penser. C'est la gaillardise de l'imagination qui esleve et enfle les paroles : pectus est, quod disertum facit [8] : nos gents appellent iugement, language; et beaux mots, les pleines conceptions. Cette peincture est conduicte, non tant par dexterité de la main, comme pour avoir l'obiect plus vifvement empreinct en l'ame. Gallus parle simplement, parce qu'il conceoit simplement : Horace ne se contente point d'une superficielle expression, elle le trahiroit ; il veoid plus clair et plus oultre dans les choses; son esprit crochette et furette tout le magasin des mots et des figures, pour se representer; et les luy fault oultre l'ordinaire, comme sa conception est oultre l'ordinaire. Plutarque dict qu'il veid le langage latin par les choses : icy de mesme; le sens esclaire et produict les paroles, non plus de vent, ains de chair et d'os; elles signifient plus qu'elles ne disent. Les imbeciles sentent encores quelque image de cecy : car en Italie ie disois ce qu'il me plaisoit, en devis communs; mais aux propos roides, ie n'eusse osé me fier à un idiome que ie ne pouvois plier ny contourner oultre son allure commune : i'y veulx pouvoir quelque chose du mien.

Le maniement et employte des beaux esprits donne pris à la langue; non pas l'innovant, tant, comme le remplissant de plus vigoureux et divers services, l'estirant et ployant : ils n'y apportent point de mots, mais ils enrichissent les leurs, ap-

(1) En lui résistant.
(2) Et lâche la bride à ses transports. Virg., Én., XII, 499.
(3) Étrivières ; fouet, verges.
(4) Souvent ce dieu si fier, vaincu par tes appas,
Dépose sa fierte pour languir dans tes bras:
Sa tête est sur ton sein nonchalamment penchée,
Et l'amour tient son ame à ta bouche attachée;
Ses yeux étincelants errent sur ton beau corps.
. . . . . . . . . . . . . . . . . . . . . .
Parle pour les Romains dans ces moments si doux.
Lucrèce, I, 35. Trad. de Hesnault.
(5) Tous ces mots, si naturels et si expressifs, se trouvent, les uns dans le passage de Virgile cité plus haut, et les autres dans ce dernier passage de Lucrèce.
(6) De forcé.
(7) Leur discours est un tissu de beautés mâles ; ils ne songent pas à l'orner de vaines fleurs. Sénèque, Épist. 33.
(8) C'est le cœur qui fait l'éloquence. Quintil., X, 7.

pesantissent [1] et enfoncent leur signification et leur usage, luy apprennent des mouvements inaccoustumez, mais prudemment et ingenieusement. Et combien peu cela soit donné à touts, il se veoid par tant d'escrivains françois de ce siecle : ils sont assez hardis et desdaigneux, pour ne suivre pas la route commune ; mais faulte d'invention et de discretion les perd ; il ne s'y veoid qu'une miserable affectation d'estrangeté, des desguisements froids et absurdes, qui, au lieu d'eslever, abbattent la matiere : prouveu qu'ils se gorgiasent [2] en la nouvelleté, il ne leur chault de l'efficace ; pour saisir un nouveau mot, ils quittent l'ordinaire, souvent plus fort et plus nerveux.

En nostre language ie treuve assez d'estoffe, mais un peu faulte de façon : car il n'est rien qu'on ne feist du iargon de nos chasses et de nostre guerre, qui est un genereux terrein à emprunter ; et les formes de parler, comme les herbes, s'amendent et fortifient en les transplantant. Ie le treuve suffisamment abondant, mais non pas maniant et vigoureux suffisamment ; il succombe ordinairement à une puissante conception : si vous allez tendu, vous sentez souvent qu'il languit soubs vous, et fleschit ; et qu'à son default le latin se presente au secours, et le grec à d'aultres. D'aulcuns de ces mots que ie viens de trier, nous en appercevons plus malayseement l'energie, d'autant que l'usage et la frequence nous en ont aulcunement avily et rendu vulgaire la grace ; comme en nostre commun, il s'y rencontre des frases excellentes, et des metaphores, desquelles la beauté flestrit de vieillesse, et la couleur s'est ternie par maniement trop ordinaire : mais cela n'oste rien du goust à ceulx qui ont bon nez, ny ne desroge à la gloire de ces anciens aucteurs qui, comme il est vraysemblable, meirent premierement ces mots en ce lustre.

Les sciences traictent les choses trop finement, d'une mode artificielle, et differente à la commune et naturelle. Mon page faict l'amour, et l'entend : lisez luy Leon hebreu [3], et Ficin ; on parle de luy, de ses pensees et de ses actions, et si n'y entend rien. Ie ne recognoy pas chez Aristote la plus part de mes mouvements ordinaires ; on les a couverts et revestus d'une aultre robbe, pour l'usage de l'eschole : Dieu leur doint bien faire [4] ! Si i'estois du mestier, ie naturaliserois l'art, autant comme ils artialisent la nature [5]. Laissons là Bembo et Equicola [6].

Quand i'escris, ie me passe bien de la compaignie et souvenance des livres, de peur qu'ils n'interrompent ma forme ; aussi qu'à la verité les bons aucteurs m'abbattent par trop, et rompent

le courage : ie fois volontiers le tour de ce peintre, lequel, ayant miserablement representé des coqs, deffendoit à ses garsons qu'ils ne laissassent venir en sa boutique aulcun coq naturel ; et aurois plustost besoing, pour me donner un peu de lustre, de l'invention du musicien Antigenides, qui, quand il avoyt à faire la musique, mettoit ordre que, devant ou aprez luy, son auditoire feust abbruvé de quelques aultres mauvais chantres. Mais ie me puis plus malayseement desfaire de Plutarque : il est si universel et si plein, qu'à toutes occasions, et quelque subiect extravagant que vous ayez prins, il s'ingere à vostre besongne, et vous tend une main liberale et inespuisable de richesses et d'embellissements. Il m'en faict despit, d'estre si fort exposé au pillage de ceulx qui le hantent ; ie ne le puis si peu raccointer [7], que ie n'en tire cuisse ou aile.

Pour ce mien desseing, il me vient aussi à propos d'escrire chez moy, en païs sauvage, où personne ne m'ayde, ny me releve ; ou ie ne hante communement homme qui entende le latin de son patenostre, et de françois un peu moins. Ie l'eusse faict meilleur ailleurs, mais l'ouvrage eust esté moins mien : et sa fin principale et perfection, c'est d'estre exactement mien. Ie corrigerois bien une erreur accidentale, dequoy ie suis plein, ainsi que ie cours inadvertemment ; mais les imperfections qui sont en moy ordinaires et constantes, ce seroit trahison de les oster. Quand on m'a dict, ou que moy mesme me suis dict : « Tu es trop espez en figures : Voylà un mot du creu de Gascoigne : Voylà une frase dangereuse ( ie n'en refuis [8] aulcune de celles qui s'usent emmy les rues françoises ; ceulx qui veulent combattre l'usage par la grammaire se mocquent) : Voylà un discours ignorant : Voylà un discours paradoxe : En voylà un trop fol : Tu te ioues souvent ; on estimera que tu dies à droict ce que tu dis à feincte. »

---

(1) Leur donnent plus de poids, plus de force et plus d'énergie ; enrichissent la langue de tours nouveaux, mais autorisés par l'application sage et ingénieuse qu'ils en savent faire.

(2) Gorgiaser, plaire, flatter, applaudir.

(3) Léon hébreu, ou de Juda, est un rabbin portugais qui vivoit sous Ferdinand-le-Catholique, et qui a composé un Dialogue sur l'Amour. Ce dialogue a été traduit de l'italien en françois, et souvent imprimé dans le seizième siècle. — Ficin, qui vivoit dans le même temps, traduisit les œuvres de Platon, de Plotin, et composa divers écrits de métaphysique.

(4) Dieu veuille qu'ils aient eu raison !

(5) Mot heureux, forgé par Montaigne.

(6) Bembo (le cardinal) est un poëte licencieux, dont Jean Martin a traduit gli Asolani, sous le titre : les Asolains, de la Nature d'Amour, Paris, 1547, in-8°. — Equicola, théologien et philosophe du seizième siècle, a fait un livre intitulé, della Natura d'amore. C'est à tous ces ouvrages que Montaigne fait allusion.

(7) Fréquenter. — (8) Refuse.

« Ouy, fois icy mais ie corrige les faultes d'inadvertance, non celles de coustume. Est ce pas ainsin que ie parle par tout? me represente ie pas vifvement? suffit. I'ay faict ce que i'ay voulu: tout le monde me recognoist en mon livre, et mon livre en moy. »

Or, i'ay une condition singeresse et imitatrice: quand ie me meslois de faire des vers (et n'en feis iamais que des latins), ils accusoient evidemment le poëte que ie venoy dernierement de lire; et de mes premiers Essais, aulcuns puent un peu l'estranger: à Paris, ie parle un language aulcunement aultre qu'à Montaigne. Qui que ie regarde avecques attention, m'imprime facilement quelque chose du sien: ce que ie considere, ie l'usurpe; une sotte contenance, une desplaisante grimace, une forme de parler ridicule; les vices plus; d'autant qu'ils me poignent, ils s'accrochent à moy, et ne s'en vont pas sans secouer. On m'a veu plus souvent iurer, par similitude, que par complexion: imitation meurtriere, comme celle des singes horribles en grandeur et en force que le roy Alexandre rencontra en certaine contree des Indes, desquels aultrement il eust esté difficile de venir à bout; mais ils en presterent le moyen par cette leur inclination à contrefaire tout ce qu'ils veoyoient faire: car, par là, les chasseurs apprindrent de se chausser des souliers à leur veue, avecques force nœuds de liens; de s'affubler d'accoustrements de teste à tout des lacs courants, et oindre, par semblant, leurs yeulx de glux. Ainsin mettoit imprudemment à mal ces pauvres bestes leur complexion singeresse: ils s'engluoient, s'enchevestroient [1] et garrotoient eulx mesmes. Cett' aultre faculté de representer ingenieusement les gestes et paroles d'un aultre, par desseing, qui apporte souvent plaisir et admiration, n'est en moy, non plus qu'en une souche Quand ie iure selon moy, c'est seulement, Par Dieu! qui est le plus droict de tous les serments. Ils disent que Socrates iuroit le Chien: Zeno, cette mesme interiection qui sert asture [2] aux Italiens, Cappari [3]: Pythagoras, L'eau et L'air. Ie suis si aysé à recevoir, sans y penser, ces impressions superficielles, qu'ayant eu en la bouche, Sire ou Altesse, trois iours de suite; huict iours aprez ils m'eschappent pour Excellence ou pour Seigneurie; et ce que i'auray prins à dire en bastelant et en me mocquant, ie le diray l'endemain serieusement. Pourquoy, à escrire, i'accepte plus envy [4] les arguments battus, de peur que ie les traicte aux despens d'aultruy. Tout argument m'est egualement fertile; ie les prends sur une mouche: et Dieu vueille que celuy que i'ay ici en main n'ayt

pas esté prins par le commandement d'une volonté autant volage! Que ie commence par celle qu'il me plaira; car les matieres se tiennent toutes enchaisnees les unes aux aultres.

Mais mon ame me desplaist, de ce qu'elle produict ordinairement ses plus profondes resveries, plus folles et qui me plaisent le mieulx, à l'improuveu et lors que ie les cherche moins, lesquelles s'esvanouïssent soubdain, n'ayant sur le champ où les attacher; à cheval, à la table, au lict; mais plus à cheval, où sont mes plus larges entretiens. I'ay le parler un peu delicatement ialoux d'attention et de silence, si ie parle de force: qui m'interrompt, m'arreste. En voyage, la necessité mesme des chemins couppe les propos; oultre ce, que ie voyage plus souvent sans compaignie propre à ces entretiens de suitte: par où ie prends tout loysir de m'entretenir moy mesme. Il m'en advient comme de mes songes: en songeant, ie les recommande à ma memoire (car ie songe volontiers que ie songe); mais, l'endemain, ie me represente bien leur couleur comme elle estoit, ou gaye, ou triste, ou estrange, mais, quels ils estoient au reste, plus i'ahanne [5] à le trouver, plus ie l'enfonce en l'oubliance. Aussi des discours fortuites qui me tumbent en fantasie, il ne m'en reste en memoire qu'une vaine image; autant seulement qu'il m'en fault pour me faire ronger et despiter aprez leur queste, inutilement.

Or doncques, laissant les livres à part, et parlant plus materiellement et simplement, ie treuve, aprez tout, que l'Amour n'est aultre chose que la soif de cette iouyssance, en un subiect desiré; ny Venus, aultre chose que le plaisir à descharger ses vases [6], comme le plaisir que nature nous donne à descharger d'aultres parties; qui devient vicieux ou par immoderation, ou par indiscretion: pour Socrates, l'amour est appetit de generation, par l'entremise de la beauté. Et, considerant maintefois la ridicule titillation de ce plaisir, les absurdes mouvements escervelez et estourdis dequoy il agite Zeno et Cratippus, cette rage indiscrette, ce visage enflammé de fureur et de cruauté au plus doux effect de l'amour, et puis cette morgue grave, severe et ecstatique en une action si folle; qu'on aye logé peslemesle nos delices et nos ordures ensemble; et que la supreme volupté aye du transy

---

(1) *Se mettoient le chevêtre, le licou, comme à une bête de somme.*
(2) *A cette heure.*
(3) *Cappari, ou capparis, c'est le nom d'un arbrisseau, le câprier.*
(4) *Plus à contre-cœur.* — (5) *Je m'efforce.*
(6) *Montaigne avoit d'abord écrit roignons; mais il a substitué à ce mot celui de vases, comme plus décent.*

et du plainctif comme la douleur : ie croy qu'il est vray, ce que dict Platon, que l'homme a esté faict par les dieux pour leur iouet,

> Quænam ista iocandi
> Sævitia[1] !

et que c'est par mocquerie que nature nous a laissé la plus trouble de nos actions, la plus commune, pour nous egualer par là, et apparier les fols et les sages, et nous et les bestes. Le plus contemplatif et prudent homme, quand ie l'imagine en cette assiette, ie le tiens pour affronteur de faire le prudent et le contemplatif : ce sont les pieds du paon, qui abbattent son orgueil.

> Ridentem dicere verum,
> Quid vetat[2]?

Ceulx qui, parmy les ieux, refusent les opinions serieuses, font, dict quelqu'un, comme celuy qui craint d'adorer la statue d'un sainct, si elle est sans devantiere[3]. Nous mangeons bien et beuvons comme les bestes : mais ce ne sont pas actions qui empeschent les offices de nostre ame, en celles là nous gardons nostre advantage sur elles, cette cy met toute aultre pensee soubs le ioug, abrutit et abestit, par son imperieuse auctorité, toute la theologie et philosophie qui est en Platon, et si ne s'en plainct pas. Par tout ailleurs vous pouvez garder quelque decence; toutes aultres operations souffrent des regles d'honnesteté : cette cy ne se peult pas seulement imaginer, que vicieuse ou ridicule; trouvez y, pour veoir, un proceder sage et discret. Alexandre disoit, qu'il se cognoissoit principalement mortel par cette action, et par le dormir. Le sommeil suffoque et supprime les facultez de nostre ame : la besongne les absorbe et dissipe de mesme; certes, c'est une marque, non seulement de nostre corruption originelle, mais aussi de nostre vanité et desformité.

D'un costé nature nous y poulse, ayant attaché à ce desir la plus noble, utile et plaisante de toutes ses fonctions; et la nous laisse, d'aultre part, accuser et fuyr comme insolente et deshonneste, en rougir, et recommander l'abstinence. Sommes nous pas bien brutes, de nommer brutale l'operation qui nous faict? Les peuples, ez religions, se sont rencontrez en plusieurs convenances, comme sacrifices, luminaires, encensemens, ieusnes, offrandes; et entre aultres, en la condemnation de cette actiòn : toutes les opinions y viennent, oultre l'usage si estendu des circoncisions, qui en est une punition. Nous avons à l'adventure raison de nous blasmer de faire une si sotte production que l'homme; d'appeler l'action, henteuse; et hon-

teuses, les parties qui y servent (asteure sont les miennes proprement honteuses et peneuses[4]). Les Esseniens, dequoy parle Pline, se maintenoient, sans nourrice, sans maillot, plusieurs siecles, de l'abord des estrangers qui, suivants cette belle humeur, se rengeoient continuellement à eulx ; ayant toute une nation hazardé de s'exterminer, plustost que s'engager à un embrassement feminin, et de perdre la suitte des hommes, plustost que d'en forger un. Ils disent que Zeno n'eut affaire à femme qu'une fois en sa vie, et que ce feut par civilité, pour ne sembler desdaigner trop obstineement le sexe. Chascun fuyt à le veoir naistre, chascun court à le veoir mourir : pour le destruire, on cherche un champ spacieux, en pleine lumiere ; pour le construire, on se musse[5] dans un creux tenebreux, et le plus contrainct qu'il se peult : c'est le debvoir, de se cacher et rougir pour le faire, et c'est gloire, et naissent plusieurs vertus, de le sçavoir desfaire : l'un est iniure, l'aultre est faveur ; car Aristote dict que Bonifier quelqu'un, c'est le Tuer, en certaine frase de son païs. Les Atheniens, pour apparier la desfaveur de ces deux actions, ayants à mundificr[6] l'isle de Delos, et se iustifier envers Apollo, deffendirent au pourpris d'icelle tout enterrement, et tout enfautement ensemble. *Nostri nosmet pœnitet[7].*

Il y a des nations qui se couvrent en mangeant. Ie sçay une dame, et des plus grandes, qui a cette mesme opinion, Que c'est une coutenance desagreable de mascher, qui rabbat beaucoup de leur grace et de leur beauté ; et ne se presente pas volontiers en publicque avecques appetit : et sçay un homme qui ne peult souffrir de veoir manger, ny qu'on le veoye, et fuyt toute assistance plus quand il s'emplit, que s'il se vuide. En l'empire du Turc, il se veoid grand nombre d'hommes qui, pour exceller sur les aultres, ne se laissent iamais veoir quand ils font leur repas; qui n'en font qu'un la sepmaine; qui se deschiquettent et descouppent la face et les membres; qui ne parlent iamais à personne : gents fanatiques, qui pensent honnorer leur nature en se desnaturant, qui se prisent de leur mespris, et s'amendent de leur empirement! Quel monstrueux animal, qui se faict horreur à soy mesme, à qui ses plaisirs poisent, qui se tient à malheur! Il y en a qui cachent leur vie,

---

(1) Cruelle manière de se jouer! CLAUD, *in Eutrop.*, 1, 24.
(2) Rien n'empêche de dire la vérité en riant. HOR., *Sat.*, I, 1, 24.
(3) *Si elle est toute découverte.*
(4) *Humbles.* — (5) *Cache.*
(6) *Purifier.*
(7) Nous estimons à vice nostre estre. TER., *Phormion*, act. I, sc. 3, v. 20. Traduction de Montaigne.

Exsilioque domos et dulcia limina mutant [1],

et la desrobent de la veue des aultres hommes; qui evitent la santé et l'alaigresse, comme qualitez ennemyes et dommageables : non seulement plusieurs sectes, mais plusieurs peuples, mauldissent leur naissance, et benissent leur mort : il en est où le soleil est abominé, les tenebres adorees. Nous ne sommes ingenieux qu'à nous malmener; c'est le vray gibbier de la force de notre esprit : dangereux outil en desreglement !

O miseri! quorum gaudia crimen habent [2].

Hé ! pauvre homme ! tu as assez d'incommoditez necessaires, sans les augmenter par ton invention ; et es assez miserable de condition, sans l'estre par art ; tu as des laideurs reelles et essencielles, à suffisance, sans en forger d'imaginaires : trouves tu que tu sois trop à l'ayse, si la moitié de ton ayse ne te fasche? trouves tu que tu ayes rempli touts les offices necessaires à quoy nature t'engage, et qu'elle soit manque et oysifve chez toy, si tu ne t'obliges à nouveaux offices? Tu ne crains point d'offenser ses loix, universelles et indubitables; et te picques aux tiennes, partisanes et fantastiques; et d'autant plus qu'elles sont particulieres, incertaines, et plus contredictes, d'autant plus tu fois là ton effort : les ordonnances positifves de ta paroisse t'occupent et attachent; celles de Dieu et du monde ne te touchent point. Cours un peu par les exemples de cette consideration; ta vie en est toute.

Les vers de ces deux poëtes, traictants ainsi reserveement et discrettement de la lascifveté, comme ils font, me semblent la descouvrir et esclairer de plus prez. Les dames couvrent leur sein d'un reseau [3], les presbtres plusieurs choses sacrees, les peintres umbragent leur ouvrage, pour luy donner plus de lustre; et dict on que le coup du soleil et du vent est plus poisant par reflection qu'à droict fil. L'Aegyptien respondit sagement à celuy qui luy demandoit, « Que portes tu là caché soubs ton manteau ? » « Il est caché soubs mon manteau, afin que tu ne sçaches pas que c'est ; » mais il y a certaines aultres choses qu'on cache pour les montrer. Oyez cettuy là, plus ouvert,

Et nudam pressi corpus ad usque meum [4] :

il me semble qu'il me chaponne. Que Martial retrousse Venus à sa poste, il n'arrive pas à la faire paroistre si entiere : celuy qui dict tout, il nous saoule et nous desgouste. Celuy qui craint à s'exprimer, nous achemine à en penser plus qu'il n'en y a : il y a de la trahison en cette sorte de modestie; et, notamment, nous entr'ouvrant, comme

font ceulx cy, une si belle route à l'imagination. Et l'action et la peincture doibvent sentir leur larrecin.

L'amour des Espaignols et des Italiens, plus respectueuse et craintifve, plus mineuse [5] et couverte, me plaist : ic ne sçay qui, anciennement, desiroit le gosier allongé comme le col d'une grue, pour savourer plus long temps ce qu'il avalloit; ce souhait est mieulx à propos en cette volupté viste et precipiteuse, mesme à telles natures comme est la mienne, qui suis vicieux en soubdaineté. Pour arrester sa fuyte, et l'estendre en preambules, entre eulx tout sert de faveur et de recompense; une œuillade, une inclination, une parole, un signe. Qui se pourroit disner de la fumée du rost, feroit il pas une belle espargne? C'est une passion qui mesle, à bien peu d'essence solide, beaucoup plus de vanité et resverie fiebvreuse : il la fault payer et servir de mesme. Apprenons aux dames à se faire valoir, à s'estimer, à nous amuser et à nous piper; nous faisons nostre charge extreme la premiere, il y a tousiours de l'impetuosité françoise : faisant filer leurs faveurs, et les estalant en detail, chascun, iusques à la vieillesse miserable, y treuve quelque bout de lisiere, selon son vaillant et son merite. Qui n'a iouyssance qu'en la iouyssance, qui ne gaigne que du hault poinct, qui n'aime la chasse qu'en la prinse, il ne luy appartient pas de se mesler à nostre eschole : plus il y a de marches et degrez, plus il y a de haulteur et d'honneur au dernier siege; nous nous debvrions plaire d'y estre conduicts, comme il se faict aux palais magnifiques, par divers portiques et passages, longues et plaisantes galleries, et plusieurs destours. Cette dispensation reviendroit à nostre commodité; nous y arresterions, et nous y aimerions plus long temps : sans esperance et sans desir, nous n'allons plus rien qui vaille. Nostre maistrise et entiere possession leur est infiniement à craindre : depuis qu'elles sont du tout rendues à la mercy de nostre foy et constance, elles sont un peu bien hazardees; ce sont vertus rares et difficiles : soubdain qu'elles sont à nous, nous ne sommes plus à elles;

Postquam cupidæ mentis satiata libido est,
Verba nihil metuere, nihil periuria curant [6];

---

(1) Et vont vivre et mourir loin du toit paternel.
              Virg., *Georg.*, II, 511.

(2) Malheureux! qui se font un crime de leurs plaisirs. *Pseudo-Gallus*, I, 180. — (3) *D'un réseau.*

(4) Et je l'ai pressée toute nue contre mon corps. Ov., *Amor*, I, 5, 24.

(5) *Plus minaudière.*

(6) Dès que nous avons satisfait le caprice de notre passion, nous comptons pour rien les promesses et les sermens. Catull., *Carm.*, LXIV, 147.

33

et Thrasonides, ieune homme grec, feut si amoureux de son amour, qu'il refusa, ayant gaigné le cœur d'une maistresse, d'en iouyr, pour n'amortir, rassasier et allanguir par la iouyssance cette ardeur inquiete, de laquelle il se glorifioit et se paissoit. La cherté donne goust à la viande : veoyez combien la forme des salutations qui est particuliere à nostre nation, abastardit par sa facilité la grace des baisers, lesquels Socrates dict estre si puissants et dangereux à voler nos cœurs. C'est une desplaisante coustume, et iniurieuse aux dames, d'avoir à prester leurs levres à quiconque a trois valets à sa suitte, pour mal plaisant qu'il soit,

> Cuius livida naribus caninis
> Dependet glacies, rigetque barba...
> Centum occurrere malo culilingis [1] :

et nous mesmes n'y gaignons gueres; car, comme le monde se veoid party [2], pour trois belles il nous en fault baiser cinquante laides : et à un estomach tendre, comme sont ceulx de mon aage, un mauvais baiser en surpaye un bon.

Ils font les poursuivants en Italie, et les transis, de celles mesmes qui sont à vendre; et se deffendent ainsin : « Qu'il y a des degrez en la iouyssance; et que par services ils veulent obtenir pour eulx celle qui est la plus entiere : elles ne vendent que le corps; la volonté ne peult estre mise en vente, elle est trop libre et trop sienne. » Ainsin ceulx cy disent que c'est la volonté qu'ils entreprennent : et ont raison; c'est la volonté qu'il faut servir et practiquer [5]. I'ay horreur d'imaginer mien, un corps privé d'affection : et me semble que cette forcenerie est voysine à celle de ce garson, qui alla saillir par amour la belle image de Venus que Praxiteles avoyt faicte; ou de ce furieux aegyptien, eschauffé aprez la charongne d'une morte qu'il embaumoit et ensueroit [4] : lequel donna occasion à la loy, qui feut faicte depuis en Aegypte, que les corps des belles et ieunes femmes, et de celles de bonne maison, seroient gardez trois iours avant qu'on les meist entre les mains de ceulx qui avoyent charge de prouveoir à leur enterrement. Periander feit plus merveilleusement, qui estendit l'affection coniugale (plus reglee et legitime) à la iouyssance de Melissa sa femme trespassee. Ne semble ce pas estre une humeur lunatique de la Lune, ne pouvant aultrement iouyr de Endymion son mignon, l'aller endormir pour plusieurs mois, et se paistre de la iouyssance d'un garson qui ne se remuoit qu'en songe ? Ie dy pareillement qu'on aime un corps sans ame, ou sans sentiment, quand on aime un corps sans son consentement et sans son desir. Toutes iouyssances ne sont pas unes; il y a des

iouyssances etiques et languissantes : mille aultres causes que la bienvueillance nous peuvent acquerir cet octroy des dames; ce n'est suffisant tesmoingnage d'affection; il y peut eschoir de la trahison, comme ailleurs : elles n'y vont par fois que d'une fesse,

> Tanquam thura merumque parent...
> Absentem, marmoreamve putes [5] :

i'en sçay qui aiment mieulx prester cela que leur coche, et qui ne se communiquent que par là. Il fault regarder si vostre compaignie leur plaist pour quelque aultre fin encores, ou pour celle là seulement, comme d'un gros garson d'estable; en quel reng, et à quel pris vous y estes logé,

> Tibi si datur uni;
> Quo lapide illa diem candidiore notet [6].

Quoy, si elle mange vostre pain à la saulse d'une plus agreable imagination?

> Te tenet, absentes alios suspirat amores [7].

Comment ? avons nous pas veu quelqu'un, en nos iours, s'estre servy de cette action à l'usage d'une horrible vengeance, pour tuer par là, et empoisonner, comme il feit, une honneste femme?

Ceulx qui cognoissent l'Italie ne trouveront iamais estrange si, pour ce subiect, ie ne cherche ailleurs des exemples; car cette nation se peult dire regente du reste du monde en cela. Ils ont plus communement des belles femmes, et moins de laides que nous; mais des rares et excellentes beaultez, i'estime que nous allons à pair. Et en iuge autant des esprits : de ceulx de la commune façon, ils en ont beaucoup plus, et evidemment; la brutalité y est sans comparaison plus rare : d'ames singulieres et du plus hault estage, nous ne leur en debvons rien. Si i'avoy à estendre cette similitude, il me sembleroit pouvoir dire de la vaillance, qu'au rebours elle est, au pris d'eulx, populaire chez nous et naturelle; mais on la veoid par fois en leurs mains, si pleine et si vigoreuse, qu'elle surpasse touts les plus roides exemples que nous en ayons. Les mariages de ce païs là clochent en cecy :

[1] Martial, VII, 94. Quoique Montaigne ait changé le dernier mot, ce passage ne peut être traduit.

[2] Partagé. — [3] Gagner par des pratiques adroites.

[4] Ensuerer, ou ensuairer; envelopper d'un linceul un corps mort.

[5] Aussi graves que si elles offroient aux dieux le vin et l'encens... Vous diriez qu'elles sont absentes, ou de marbre. Martial, XI, 105, 12 ; et 59, 8.

[6] Si elle se donne à vous seul, si elle regarde ce jour-là comme heureux. Catulle, LXVIII, 147.

[7] Elle vous presse dans ses bras, et soupire pour un ami absent. Tibulle, I, 6, 35.

leur coustume donne communement la loy si rude aux femmes, et si serve, que la plus esloingnee accointance avecques l'estranger leur est autant capitale que la plus voysine. Cette loy faict que toutes les approches se rendent necessairement substantielles; et, puisque tout leur revient à mesme compte, elles ont le chois bien aysé : et ont elles brisé ces cloisons, croyez qu'elles font feu. *Luxuria ipsis vinculis, sicut fera bestia, irritata, deinde emissa* [1]. Il leur fault un peu lascher les resnes :

> Vidi ego nuper equum, contra sua frena tenacem,
>   Ore reluctanti fulminis ire modo [2].

on allanguit le desir de la compaignie, en luy donnant quelque liberté. Nous courons à peu prez mesme fortune : ils sont trop extremes en contraincte; nous, en licence. C'est un bel usage de nostre nation, qu'aux bonnes maisons nos enfants soyent receus, pour y estre nourris et eslevez pages, comme en une eschole de noblesse; et est discourtoisie, dict on, et iniure, d'en refuser un gentilhomme : i'ay apperceu (car autant de maisons, autant de divers styles et formes) que les dames qui ont voulu donner aux filles de leur suitte les regles plus austeres, n'y ont pas eu meilleure adventure; il y fault de la moderation, il fault laisser bonne partie de leur conduicte à leur propre discretion; car, ainsin comme ainsin, n'y a il discipline qui les sceust brider de toutes parts. Mais il est bien vray que celle qui est eschappee, bagues saufves, d'un escholage libre, apporte bien plus de fiance de soy, que celle qui sort saine d'une eschole severe et prisonniere.

Nos peres dressoient la contenance de leurs filles à la honte et à la crainte ( les courages et les desirs tousiours pareils); nous, à l'asseurance : nous n'y entendons rien; c'est à faire aux Sarmates, qui n'ont loy de coucher avecques homme, que de leurs mains elles n'en ayent tué un aultre en guerre. A moy, qui n'y ay droict que par les aureilles, suffit si elles me retiennent pour le conseil, suivant le privilege de mon aage. Ie leur conseille doneques, et à nous aussi, l'abstinence; mais, si ce siecle en est trop ennemy, au moins la discretion et la modestie; car, comme dict le conte d'Aristippus, parlant à des ieunes gents qui rougissoient de le veoir entrer chez une courtisane, « Le vice est de n'en pas sortir, non pas d'y entrer : » qui ne veult exempter sa conscience, qu'elle exempte son nom [3]; si le fonds n'en vault gueres, que l'apparence tienne bon.

Ie loue la gradation et la longueur en la dispensation de leurs faveurs : Platon montre qu'en

toute espece d'amour, la facilité et promptitude est interdicte aux tenants [4]. C'est un traict de gourmandise, laquelle il fault qu'elles couvrent de toute leur art, de se rendre ainsin temerairement en gros, et tumultuairement : se conduisant en leur dispensation ordonneement et mesureement, elles pipent bien mieulx nostre desir, et cachent le leur. Qu'elles fuyent tousiours devant nous; ie dy celles mesmes qui ont à se laisser attrapper : elles nous battent mieulx en fuyant, comme les Scythes. De vray, selon la loy que nature leur donne, ce n'est pas proprement à elles de vouloir et desirer; leur roolle est souffrir, obeyr, consentir : c'est pourquoy nature leur a donné une perpetuelle capacité; à nous, rare et incertaine : elles ont tousiours leur heure, afin qu'elles soyent tousiours prestes à la nostre, *pati natæ* [5] : et où elle a voulu que nos appetits eussent montre et declaration prominente, ell' a faict que les leurs fussent occultes et intestins [6], et les a fournies de pieces impropres à l'ostentation, et simplement pour la deffensifve. Il fault laisser à la licence amazoniene les traicts pareils à cettuy cy : Alexandre passant par l'Hyrcanie, Thalestris, royne des Amazones, le veint trouver avec trois cents gents d'armes de son sexe, bien montez et bien armez, ayant laissé le demourant d'une grosse armee qui la suivoit, au delà des voysines montaignes : et luy dict tout hault, et en publicque : « Que le bruit de ses victoires et de sa valeur l'avoyt menee là, pour le veoir, luy offrir ses moyens et sa puissance au secours de ses entreprinses; et que le trouvant si beau, ieune, et vigoureux, elle, qui estoit parfaicte en toutes ses qualitez, luy conseilloit qu'ils couchassent ensemble, afin qu'il nasquist, de la plus vaillante femme du monde, et du plus vaillant homme qui feust lors vivant, quelque chose de grand et de rare pour l'advenir. » Alexandre la remercia du reste; mais, pour donner temps à l'accomplissement de sa derniere demande, il arresta treize iours en ce lieu, lesquels il festoya le plus alaigrement qu'il peut, en faveur d'une si courageuse princesse.

Nous sommes, quasi en tout, Iniques iuges de leurs actions, comme elles sont des nostres : i'ad-

---

(1) *La luxure est comme une bête feroce qui s'irrite de ses chaînes, et qui s'échappe avec plus de fureur.* TITE-LIVE, XXXIV, 4.

(2) *Je vis naguère un cheval qui, rebelle au frein, luttoit contre les rênes et s'élançoit comme la foudre.* OV., *Amor.*, III, 4, 15.

(3) *Sa réputation, sa renommée.*

(4) *A ceux qui ont quelque chose à défendre*, par opposition aux assaillants.

(5) *Nées pour souffrir.* SÉNÈQUE, *Epist.* 95.

(6) *Cachés et renfermés.*

voue la verité, lors qu'elle me nuit, de mesme que si elle me sert. C'est un vilain desreglement qui les poulse si souvent au change, et les empesche de fermir [1] leur affection en quelque subiect que ce soit; comme on veoid de cette deesse à qui l'on donne tant de changements et d'amys : mais est il vray que c'est contre la nature de l'amour, s'il n'est violent; et contre la nature de la violence, s'il est constant. Et ceulx qui s'en estonnent, s'en escrient, et cherchent les causes de cette maladie en elles, comme desnaturee et incroyable, que ne veoyent ils combien souvent ils la receoivent en eulx, sans espovantement et sans miracle? Il seroit à l'adventure plus estrange d'y veoir de l'arrest ; ce n'est pas une passion simplement corporelle : si on ne treuve point de bout en l'avarice et en l'ambition, il n'y en a non plus en la paillardise; elle vit encores aprez la satieté; et ne luy peult on prescrire ny satisfaction constante, ny fin ; elle va tousiours oultre sa possession. Et si, l'inconstance leur est à l'adventure aulcunement plus pardonnable qu'à nous : elles peuvent alleguer, comme nous, l'inclination, qui nous est commune, à la variété et à la nouvelleté; et alleguer secondement, sans nous, Qu'elles achettent chat en sac [2] : Ieanne, royne de Naples, feit estrangler Andreosse [3], son premier mary, aux grilles de sa fenestre, avecques un laqs d'or et de soye, tissu de sa main propre; sur ce qu'aux corvees matrimoniales, elle ne luy trouvoit ny les parties, ny les efforts assez respondants à l'esperance qu'elle en avoyt conceue à veoir sa taille, sa beaulté, sa ieunesse et disposition, par où elle avoyt esté prinse et abusee; Que l'action a plus d'effort que n'a la souffrance; ainsin, que de leur part tousiours au moins il est prouveu à la necessité, de nostre part il peult advenir aultrement. Platon, à cette cause, establit sagement par ses loix, avant tout mariage, pour decider de son opportunité, que les iuges veoyent les garsons, qui y pretendent, tout fin nuds, et les filles nues iusqu'à la ceincture seulement. En nous essayant, elles ne nous treuvent, à l'adventure, pas dignes de leur choix:

Experta latus, madidoque simillima loro
Inguina, nec lassa stare coacta manu,
Deserit imbelles thalamos [4].

Ce n'est pas tout que la volonté charie droict ; la foiblesse et l'incapacité rompent legitimement un mariage,

Et quærendum aliunde foret nervosius illud,
Quod posset zonam solvere virgineam [5] :

pourquoy non ? et, selon sa mesure, une intelligence amoureuse plus licencieuse et plus active,

Si blando nequeat superesse labori [6].

Mais n'est ce pas grande impudence, d'apporter nos imperfections et foiblesses en lieu où nous desirons plaire et y laisser bonne estime de nous et recommandation ? Pour ce peu qu'il m'en fault à cette heure,

           Ad unum
Mollis opus [7],

ie ne voudrois importuner une personne que i'ay à reverer et craindre:

       Fuge suspicari,
Cuius undenum trepidavit ætas
    Claudere lustrum [8].

Nature se debvoit contenter d'avoir rendu cet aage miserable, sans le rendre encores ridicule. Ie hais de le veoir, pour un poulce de chestifve vigueur qui l'eschauffe trois fois la sepmaine, s'empresser et se gendarmer de pareille aspreté, comme s'il avoyt quelque grande et legitime iournee dans le ventre; un vray feu d'estoupe : et admire sa cuisson, si vifve et fretillante, en un moment si lourdement congelee et esteincte. Cet appetit ne debvroit appartenir qu'à la fleur d'une belle ieunesse : fiez vous y, pour veoir, à seconder cett' ardeur indefatigable, pleine, constante et magnanime qui est en vous; il vous la lairra vrayement en beau chemin : renvoyez le hardiement plustost vers quelque enfance molle, estonnee, et ignorante, qui tremble encores soubs la verge, et en rougisse;

Indum sanguineo veluti violaverit ostro
Si quis ebur, vel mixta rubent ubi lilia multa
   Alba rosa [9].

Qui peult attendre, l'endemain, sans mourir de honte, le desdaing de ces beaux yeulx conseus [10] de sa lascheté et impertinence,

(1) De fixer, d'affermir.

(2) On dit aujourd'hui acheter chat en poche; et tel est même le texte de l'édition de 1588; fol. 588 verso.

(3) André, fils de Charles, roi de Hongrie, et qui fut marié à Jeanne Ire de Naples. Les Italiens l'appelèrent Andreasso.

(4) Après avoir tenté, par de longs et vains efforts, d'exciter la vigueur de son époux, elle abandonne une couche impuissante. MARTIAL, VII, 58, 3.

(5) Et il faut chercher ailleurs un époux capable de délier la ceinture virginale. CATULLE, Carm., LXVII, 27.

(6) ....... S'il succombe, au plaisir inhabile.
       VIRG., Georg., III, 127, trad. de Delille.

(7) Pouvant à peine réussir une fois. HOR., Epod., XII, 15.

(8) Ne craignez rien d'un homme dont le onzième lustre est déjà fermé. HORACE, Od., II, 4, 22.

(9) Comme un ivoire éclatant marqué de pourpre, comme des lis mêlés avec des roses. VIRG., Énéide, XII, 67.

(10) Témoins.

Et taciti fecere tamen conuicia vultus [1],

il n'a iamais senty le contentement et la fierté de
les leur avoir battus et ternis par le vigoureux exercice d'une nuict officieuse et actifve. Quand i'en ay
veu quelqu'une s'ennuyer de moy, ie n'en ay point
incontinent accusé sa legereté; i'ay mis en doubte
si ie n'avoy pas raison de m'en prendre à nature
plustost : certes elle m'a traicté illegitimement et
incivilement ,

Si non longa satis, si non bene mentula crassa :

Nimirum sapiunt, videntque parvam
Matronæ quoque mentulam illibenter [2];

et d'une lesion enormissime. Chascune de mes pieces
est egalement mienne, que toute aultre ; et nulle
aultre ne me faict plus proprement homme, que
cette cy.

Ie doibs au public universellement mon pourtraict. La sagesse de ma leçon est en verité, en
liberté, en essence, toute; desdaignant, au roolle
de ses vrays debvoirs, ces petites regles, feinctes,
usuelles, provinciales; naturelle toute, constante,
generale, de laquelle sont filles, mais bastardes,
la civilité, la cerimonie. Nous aurons bien les vices
de l'apparence, quand nous aurons eu ceulx de
l'essence : quand nous aurons faict à ceulx icy, nous
courrons sus aux aultres, si nous trouvons qu'il y
faille courir; car il y a danger que nous fantasions [3]
des offices nouveaux, pour excuser nostre negligence envers les naturels offices, et pour les confondre. Qu'il soit ainsin, il se veoid Qu'ez lieux où
les faultes sont malefices [4], les malefices ne sont
que faultes; Qu'ez nations où les loix de la bienseance sont plus rares et lasches, les loix primitifves
de la raison commune sont mieulx observees : l'innumerable multitude de tant de debvoirs suffoquant
nostre soing, l'allanguissant et dissipant. L'application aux legieres choses nous retire des iustes :
oh, que ces hommes superficiels prennent une route
facile et plausible, au pris de la nostre ! ce sont
umbrages dequoy nous nous plastrons et entre-
payons ; mais nous n'en payons pas, ains [5] en rechargeons nostre debte envers ce grand inge qui
trousse nos panneaux et haillons d'autour nos parties honteuses, et ne se feind point à nous veoir
par tout, iusques à nos intimes et plus secretes
ordures : utile decence de nostre virginale pudeur,
si elle luy pouvoit interdire cette descouverte.
Enfin, qui desniaiseroit l'homme d'une si scrupuleuse superstition verbale, n'apporteroit pas
grande perte au monde. Nostre vie est partie en
folie, partie en prudence : qui n'en escript que re-
verement et regulierement, il en laisse en arriere
plus de la moitié. Ie ne m'excuse pas envers moy ;

et si ie le faisois, ce seroit plustost de mes excuses
que ie m'excuserois, que d'aultre mienne faulte :
ie m'excuse à certaines humeurs que i'estime plus
fortes en nombre que celles qui sont de mon costé.
En leur consideration, ie diray encores cecy (car
ie desire de contenter chascun; chose pourtant
tresdifficile, *esse unum hominem accommodatum
ad tantam morum ac sermonum et voluntatum va-
rietatem* [6] ), Qu'ils n'ont à se prendre proprement
à moy de ce que ie fois dire aux auctoritez receues
et approuvees de plusieurs siecles ; et Que ce n'est
pas raison qu'à faulte de rhythme ils me refusent
la dispense que mesme des hommes ecclesiastiques,
des nostres, et des plus cretez [7], iouyssent en ce
siecle : en voicy deux,

Rimula, dispeream, ni monogramma tua est [8].

· Un vit d'amy la contente et bien traicte [9].

Quoy tant d'aultres ? I'aime la modestie ; et n'est
par iugement que i'ay choisi cette sorte de parler
scandaleux : c'est nature qui l'a choisi pour moy.
Ie ne le loue, non plus que toutes formes contraires à l'usage receu ; mais ie l'excuse, et, par
circonstances tant generales que particulieres, en
allege l'accusation.

Suivons. Pareillement d'où peult venir cette
usurpation d'auctorité souveraine que vous prenez sur celles qui vous favorisent à leurs despens,

Si furtiva dedit nigra munuscula nocte [10],

que vous en investissez incontinent l'interest, la
froideur, et une auctorité martiale ? C'est une con-
vention libre : que ne vous y prenez vous, comme
vous les y voulez tenir ? il n'y a point de prescription sur les choses volontaires. C'est contre la
forme, mais il est vray pourtant, que i'ay en mon
temps conduict ce marché, selon que sa nature
peult souffrir, aussi consciencieusement qu'aultre

[1] Qu'ils nous reprochent dans leur silence même. OVIDE,
*Amor.*, 1, 7, 21.
[2] De ces trois vers, le premier est le commencement d'une
épigramme des *Veterum Poëtarum Catalecta*, intitulée *Priapus*;
les autres sont tirés d'une autre épigramme du même recueil,
intitulée *ad Matronas*. Aucun des trois vers ne peut être traduit.
[3] Que nous imaginions à nous fantaisie.
[4] Où les fautes sont des crimes, les crimes ne sont que des
fautes.
[5] Au contraire, nous en grevons, etc.
[6] Qu'un seul homme se conforme à cette grande variété de
mœurs, de discours et de volontés. Q. Cic., *de Petit. consul*,
c. 14.
[7] Des plus huppés.
[8] Vers de THÉODORE DE BÈZE. Il se trouve dans une épigramme de ses *Juvenilia*, page 165.
[9] SAINT GELAIS, *Œuvres poétiques*, page 69.
[10] Si, durant une nuit obscure, elle vous a accordé furtivement quelques faveurs. CATULLE, *Carm.*, LXVIII, 145.

marché, et avecques quelque air de iustice; et que ie ne leur ay tesmoingné de mon affection, que ce que i'en sentois; et leur en ay représenté naïfvement la decadence, la vigueur et la naissance, les accez et les remises : on n'y va pas tousiours un train. I'ay esté si espargnant à promettre, que ie pense avoir plus tenu que promis ny deu : elles y ont trouvé de la fidelité, iusques au service de leur inconstance, ie dy inconstance advouee, et par fois multipliee. Ie n'ay iamais rompu avecques elles tant que i'y tenois, ne feust ce que par le bout d'un filet; et, quelques occasions qu'elles m'en ayent donné, n'ay iamais rompu iusques au mespris et à la haine : car telles privautez, lors mesme qu'on les acquiert par les plus honteuses conventions, encores m'obligent elles à quelque bienvueillance. De cholere, et d'impatience un peu indiscrette, sur le poinct de leurs ruses et desfuytes[1], et de nos contestations, ie leur en ay faict veoir par fois; car ie suis, de ma complexion, subiect à des esmotions brusques qui nuisent souvent à mes marchez, quoyqu'elles soyent legieres et courtes. Si elles ont voulu essayer la liberté de mon iugement, ie ne me suis pas feinct à leur donner des advis paternels et mordants, et à les pincer où il leur cuisoit. Si ie leur ay laissé à se plaindre de moy, c'est plustost d'y avoir trouvé un amour, au pris de l'usage moderne, sottement consciencieux : i'ay observé ma parole ez choses dequoy on m'eust ayseement dispensé; elles se rendoient lors par fois avecques reputation, et soubs des capitulations qu'elles souffroient ayseement estre faulsees par le vaincqueur : i'ay faict caler[2], soubs l'interest de leur honneur, le plaisir en son plus grand effort, plus d'une fois; et où la raison me pressoit, les ay armees contre moy : si qu'elles se conduisoient plus seurement et severement par mes regles, quand elles s'y estoient franchement remises, qu'elles n'eussent faict par les leurs propres. I'ay, autant que i'ay peu, chargé sur moy seul le hazard de nos assignations, pour les en descharger; et ay dressé nos parties tousiours par le plus aspre et inopiné, pour estre moins en souspeçon, et en oultre, par mon advis, plus accessible : ils sont ouverts principalement par les endroicts qu'ils tiennent de soy couverts; les choses moins craintes sont moins deffendues et observees; on peult oser plus ayseement ce que personne ne pense que vous oserez, qui devient facile par sa difficulté. Iamais homme n'eut ses approches plus impertinemment genitales. Cette voye d'aimer est plus selon la discipline; mais combien elle est ridicule à nos gents, et peu effectuelle, qui le sçait

mieulx que moy ? si ne m'en viendra point le repentir : ie n'y ay plus que perdre :

> Me tabula sacer
> Votiva paries indicat uvida
> Suspendisse potenti
> Vestimenta maris deo[3] :

il est à cette heure temps d'en parler ouvertement. Mais, tout ainsin comme à un aultre ie dirois, à l'adventure, « Mon amy, tu resves; l'amour de ton temps, a peu de commerce avecques la foy et la preud'hommie;

> Hæc si tu postules
> Ratione certa facere, nihilo plus agas,
> Quam si des operam, ut cum ratione insanias[4] :

aussi, au rebours, si c'estoit à moy de recommencer, ce seroit certes le mesme train, et par mesme progrez, pour infructueux qu'il me peust estre; l'insufisance et la sottise est louable en une action meslouable : autant que ie m'esloingne de leur humeur en cela, ie m'approche de la mienne. Au demourant, en ce marché, ie ne me laissois pas tout aller : ie m'y plaisois, mais ie ne m'y oubliois pas : ie reservois en son entier ce peu de sens et de discretion que nature m'a donné, pour leur service et pour le mien; un peu d'esmotion, mais point de resverie. Ma conscience s'y engageoit aussi iusques à la desbauche et dissolution; mais iusques à l'ingratitude, trahison, malignité et cruauté, non. Ie n'achettois pas le plaisir de ce vice à tout pris; et me contentois de son propre et simple coust : nullum intra se vitium est[5]. Ie hais quasi à pareille mesure une oysifveté croupie et endormie, comme un embesongnement et espineux et penible; l'un me pince, l'aultre m'assopit : i'aime autant les bleceures, comme les meurtrisseures; et les coups trenchants, comme les coups orbes[6]. I'ay trouvé en ce marché, quand i'y estois plus propre, une iuste moderation entre ces deux extremitez. L'amour est une agitation esveillee, vifve, et gaie; ie n'en estois ny troublé ny affligé, mais i'en estois eschauffé et encores alteré : il s'en fault arrester là; elle n'est nuisible qu'aux fols. Un ieune homme demandoit au philosophe Panetius, s'il sieroit bien au sage d'estre

---

(1) Défaites, réponses évasives, faux-fuyants.
(2) Céder, ployer.
(3) Le tableau sacré que j'ai suspendu dans le temple de Neptune, déclare à tout le monde que j'ai consacré à ce dieu mes habits tout mouillés encore de mon naufrage. Hor., Od., I, 5, 13.
(4) Prétendre l'assujettir à des règles, c'est vouloir allier la folie avec la raison. Térence, Eunuch., act. I, sc. 1, v. 16.
(5) Nul vice n'est renfermé en lui-même. Sénèq., Ép. 95.
(6) Un coup orbe est un coup qui ne fait que meurtrissure, sans ouverture de plaie.

amoureux : « Laissons là le sage, respondit il ; mais toy, et moy qui ne le sommes pas, ne nous engageons point en chose si esmeue et violente, qui nous esclave à aultruy, et nous rende contemptibles[1] à nous. » Il disoit vray, qu'il ne fault pas fier chose de soy si precipiteuse à une ame qui n'aye dequoy en soustenir les venues, et dequoy rabattre par effect la parole d'Agesilaüs ; « que la prudence et l'amour ne peuvent ensemble. » C'est une vaine occupation, il est vray, messeante, honteuse, et illegitime ; mais, à la conduire en cette façon, ie l'estime salubre, propre à desgourdir un esprit et un corps poisant ; et, comme medecin, ie l'ordonnerois à un homme de ma forme et condition, autant volontiers qu'aulcune aultre recepte, pour l'esveiller et tenir en force bien avant dans les ans, et le dilayer[2] des prinses de la vieillesse. Pendant que nous n'en sommes qu'aux fauxbourgs, que le pouls bat encores,

Dum nova canities, dum prima et recta senectus,
Dum superest Lachesi quod torqueat, et pedibus
Porto meis, nullo dextram subeunte bacillo[3] ; [me

nous avons besoing d'estre solicitez et chatouillez par quelque agitation mordicante, comme est cette cy. Veoyez combien elle a rendu de ieunesse, de vigueur et de gayeté au sage Anacreon : et Socrates, plus vieil que ie ne suis, parlant d'un obiect amoureux : « M'estant, dict il, appuyé contre son espaule, de la mienne, et approché ma teste à la sienne, ainsin que nous regardions ensemble dans un livre, ie sentis, sans mentir, soubdain une picqueure dans l'espaule, comme de quelque morsure de beste ; et feus plus de cinq iours depuis, qu'elle me fourmilloit : et m'escoula dans le cœur une demangeaison continuelle. » Un attouchement, et fortuite, et par une espaule, alloit eschauffer et alterer une ame refroidie et enervee par l'aage, et la premiere de toutes les humaines en reformation ! Pourquoy non dea[4] ? Socrates estoit homme, et ne vouloyt ny estre ny sembler aultre chose. La philosophie n'estrive[5] point contre les voluptés naturelles, prouveu que la mesure y soit ioincte, et en presche la moderation, non la fuyte ; l'effort de sa resistance s'employe contre les estraugeres et bastardes ; elle dict que les appetits du corps ne doibvent pas estre augmentez par l'esprit ; et nous advertit ingenieusement de ne vouloir point esveiller nostre faim par la saturité[6] ; de ne vouloir farcir, au lieu de remplir, le ventre ; d'eviter toute iouyssance qui nous met en disette, et toute viande et boisson qui nous altere et affame : comme, au service de l'amour, elle nous ordonne de prendre un ob-

iect qui satisface simplement au besoing du corps ; qui n'esmeuve point l'ame, laquelle n'en doibt pas faire son faict, ains suivre nuement et assister le corps. Mais ay ie pas raison d'estimer que ces preceptes qui ont pourtant d'ailleurs, selon moy, un peu de rigueur, regardent un corps qui face son office ; et qu'à un corps abbattu, comme un estomach prosterné, il est excusable de le rechauffer et soustenir par art, et, par l'entremise de la fantasie, luy faire revenir l'appetit et l'alaigresse, puisque de soy il l'a perdue ?

Pouvons nous pas dire qu'il n'y a rien en nous, pendant cette prison terrestre, purement ny corporel, ny spirituel, et qu'iniurieusement nous desmembrons un homme tout vif ; et qu'il semble y avoir raison que nous nous portions envers l'usage du plaisir aussi favorablement au moins que nous faisons envers la douleur ? Elle estoit (pour exemple) vehemente, iusques à la perfection, en l'ame des saincts, par la penitence ; le corps y avoyt naturellement part, par le droict de leur colligance[7], et si pouvoit avoir peu de part à la cause : si ne se sont ils pas contentez qu'il suivist nuement, et assistast l'ame affligee ; ils l'ont affligé luy mesme de peines atroces et propres, à fin qu'à l'envy l'un de l'aultre l'ame et le corps plongeassent l'homme dans la douleur, d'autant plus salutaire que plus aspre. En pareil cas, aux plaisirs corporels, est ce pas iniustice d'en refroidir l'ame, et dire qu'il l'y faille entraisner comme à quelque obligation et necessité contraincte et servile ? c'est à elle plustost de les couver et fomenter, de s'y presenter et convier, la charge de regir luy appartenant : comme aussi à mon advis à elle, aux plaisirs qui luy sont propres, d'en inspirer et infondre[8] au corps tout le ressentiment que porte sa condition, et de s'estudier qu'ils luy soyent doulx et salutaires. Car c'est bien raison, comme ils disent, que le corps ne suive point ses appetits au dommage de l'esprit : mais pourquoy n'est ce pas aussi raison que l'esprit ne suive pas les siens au dommage du corps ?

Ie n'ay point aultre passion qui me tienne en haleine : ce que l'avarice, l'ambition, les querelles, les procez, font à l'endroict des aultres, qui,

---

(1) Méprisables. — (2) Retarder, éloigner.
(3) [ Pendant que )
  Mon corps n'est point courbé sous le faix des années ;
  Qu'on ne voit point mes pas sous l'âge chanceler,
  Et qu'il reste a la Parque encor de quoi filer.
      Juv., Sat., III, 26, trad. de Boileau.
(4) Pourquoi cela ne seroit-il pas ? Non dea, pour non, da.
(5) Ne se defend pas. — (6) Satiété, rassasiement.
(7) Union, liaison.
(8) Infondre, du latin infundere, verser dedans.

comme moy, n'ont point de vacation assignee, l'amour le feroit plus commodeement; il me rendroit la vigilance, la sobrieté, la grace, le soing de ma personne; rasseureroit ma contenance, à ce que les grimaces de la vieillesse, ces grimaces difformes et pitoyables, ne veinssent à la corrompre; me remettroit aux estudes sains et sages, par où ie me peusse rendre plus estimé et plus aimé, ostant à mon esprit le desespoir de soy et de son usage, et le raccointant à soy; me divertiroit de mille pensees ennuyeuses, de mille chagrins melancholiques que l'oysifveté nous charge en tel aage, et le mauvais estat de nostre santé; reschaufferoit, au moins en songe, ce sang que nature abandonne; soustiendroit le menton, et allongeroit un peu les nerfs et la vigueur et alaigresse de la vie à ce pauvre homme qui s'en va le grand train vers sa ruyne. Mais i'entends bien que c'est une commodité fort mal aysee à recouvrer: par foiblesse et longue experience, nostre goust est devenu plus tendre et plus exquis; nous demandons plus, lors que nous apportons moins; nous voulons le plus choisir, lors que nous meritons le moins d'estre acceptez; nous cognoissants tels, nous sommes moins hardis et plus desfiants; rien ne nous peult asseurer d'estre aimez, veu nostre condition, et la leur. I'ay honte de me trouver parmy cette verte et bouillante ieunesse,

Cuius in indomito constantior inguine nervus,
Quam nova collibus arbor inhæret[1].

Qu'irions nous presenter nostre misere parmy cette alaigresse,

Possint ut iuvenes visere fervidi,
Multo non sine risu,
Dilapsam in cineres facem[2]?

Ils ont la force et la raison pour eulx; faisons leur place, nous n'avons plus que tenir: et ce germe de beauté naissante ne se laisse manier à mains si gourdes, et practiquer à moyens purs materiels; car, comme respondit ce philosophe ancien à celuy qui se mocquoit de quoy il n'avoyt sceu gaigner la bonne grace d'un tendron qu'il pourchassoit, « Mon amy, le hameçon ne mord pas à du fromage si frais. » Or, c'est un commerce qui a besoing de relation et de correspondance: les aultres plaisirs que nous recevons, se peuvent recognoistre par recompenses de nature diverse; mais cettuy cy ne se paye que de mesme espece de monnoye. En verité, en ce deduit, le plaisir que ie fois chastouille plus doulcement mon imagination que celuy que ie sens: or, cil[3] n'a rien de genereux, qui peult recevoir plaisir où il n'en

donne point; c'est une vile ame, qui veult tout debvoir, et qui se plaist de nourrir de la conference[4] avecques les personnes ausquelles il est en charge: il n'y a beaulté, ny grace, ni privauté si exquise, qu'un galant homme deust desirer à ce pris. Si elles ne nous peuvent faire du bien que par pitié, i'aime bien mieulx ne vivre point que de vivre d'aulmosne. Ie voudrois avoir droict de le leur demander, au style auquel i'ay veu quester en Italie: *Fate ben per voi*[5]; ou à la guise que Cyrus enhortoit ses soldats, « Qui s'aimera, si me suive. » Ralliez vous, me dira lon, à celles de vostre condition, que la compaignie de mesme fortune vous rendra plus aysees. Oh! la sotte composition et insipide!

Nolo
Barbam vellere mortuo leoni[6]:

Xenophon employe pour obiection et accusation, à l'encontre de Menon, Qu'en son amour il embesongnast des obiects passant fleur. Ie treuve plus de volupté à seulement veoir le iuste et doulx meslange de deux ieunes beaultez, ou à le seulement considerer par fantasie, qu'à faire moy mesme le second d'un meslange triste et informe: ie resigne cet appetit fantastique à l'empereur Galba, qui ne s'addonnoit qu'aux chairs dures et vieilles; et à ce pauvre miserable,

O ego di faciant talem te cernere possim,
Caræque mutatis oscula ferre comis,
Amplectique meis corpus non pingue lacèrtis[7]!

et entre les premieres laideurs, ie compte les beaultez artificielles et forcees: Emonez, ieune gars de Chio, pensant par des beaux atours acquerir la beaulté que nature luy ostoit, se presenta au philosophe Arcesilaüs, et luy demanda, si un sage se pourroit veoir amoureux: « Ouy dea, respondit l'aultre, prouveu que ce ne feust pas d'une beaulté parce et sophistiquee comme la tienne. » La laideur d'une vieillesse advouee est moins vieille et moins laide à mon gré, qu'un' aultre peincte et lissee. Le diray ie? prouveu qu'on

---

(1) Qui toujours est en état de bien faire.
Ce vers de La Fontaine suffit pour faire entrevoir le sens de ce passage d'Horace (*Epod.*, XII, 19), trop libre pour être traduit.
(2) Pour se divertir à nos dépens, en leur montrant un flambeau qui n'est plus que cendre? Hor., *Od.*, IV, 13, 26.
(3) *Celui.*
(4) *A entretenir commerce avec des personnes auxquelles il est à charge.*
(5) *Faites-moi quelque bien pour vous-même.*
(6) Je ne veux pas arracher la barbe à un lion mort. Martial, X, 90, 9.
(7) Oh! plût aux dieux que je pusse te voir! que je pusse baiser tes cheveux blanchis. et serrer dans mes bras ton corps amaigri par la douleur! Ovide, *ex Ponto*, 1, 4, 49.

ne m'en prenne à la gorge : l'amour ne me semble proprement et naturellement en sa saison, qu'en l'aage voysin de l'enfance ;

> Quem si puellarum insereres choro,
> Mire sagaces falleret hospites
> Discrimen obscurum, solutis
> Crinibus, ambiguoque vultu[1] :

et la beaulté non plus; car, ce qu'Homere l'estend iusques à ce que le menton commence à s'umbrager, Platon mesme l'a remarqué pour rare ; et est notoire la cause pour laquelle si plaisamment le sophiste Bion appelloit les poils folets de l'adolescence, Aristogitons et Harmodiens : en la virilité, ie le treuve desia aulcunement hors de son siege, non qu'en la vieillesse[2] ;

> Importunus enim transvolat aridas
> Quercus[3] :

et Marguerite, royne de Navarre, allonge, en femme, bien loing, l'advantage des femmes, ordonnant qu'il est saison, à trente ans, qu'elles changent le tiltre de belles en bonnes. Plus courte possession nous luy donnons sur nostre vie, mieulx nous en valons. Veoyez son port: c'est un menton puerile. Qui ne sçait, en son eschole, combien on procede au rebours de tout ordre? l'estude, l'exercitation, l'usage, sont voyes à l'insuffisance : les novices y regentent : *Amor ordinem nescit*[4]. Certes, sa conduicte a plus de garbe[5], quand elle est meslee d'inadvertence et de trouble; les faultes, les succez contraires, y donnent poincte et grace : prouveu qu'elle soit aspre et affamée, il chault peu qu'elle soit prudente : veoyez comme il va chancellant, chopant[6] et follastrant; on le met aux ceps[7], quand on le guide par art et sagesse; et contrainct on sa divine liberté, quand on le soubmet à ces mains barbues et calleuses.

Au demourant, ie leur oys souvent peindre cette intelligence toute spirituelle, et desdaigner de mettre en consideration l'interest que les sens y ont : tout y sert; mais ie puis dire avoir veu souvent que nous avons excusé la foiblesse de leurs esprits en faveur de leurs beaultez corporelles; mais que ie n'ay point encores veu qu'en faveur de la beaulté de l'esprit, tant rassis et meur soit il, elles vueillent prester la main à un corps qui tombe tant soit peu en decadence. Que ne prend il envye à quelqu'une, de faire cette noble harde[8] socratique du corps à l'esprit? achettant, au pris de ses cuisses, une intelligence et generation philosophique et spirituelle, le plus hault pris où elle les puisse monter? Platon ordonne, en ses loix, que celuy qui aura faict quel-

que signalé et utile exploict en la guerre, ne puisse estre refusé, durant l'expedition d'icelle, sans respect de sa laideur ou de son aage, de baiser, ou aultre faveur amoureuse de qui il la vueille. Ce qu'il treuve si iuste, en recommandation de la valeur militaire, ne le peult il pas estre aussi, en recommandation de quelque aultre valeur? et que ne prend il envye à une de preoccuper, sur ses compaignes, la gloire de cet amour chaste? chaste, dy ie bien,

> Nam si quando ad prælia ventum est,
> Ut quondam in stipulis magnus sine viribus ignis
> Incassum furit[9].

les vices qui s'estouffent en la pensée, ne sont pas des pires.

Pour finir ce notable commentaire, qui m'est eschappé d'un flux de caquet, flux impetueux par fois et nuisible,

> Ut missum sponsi furtivo munere malum
> Procurrit casto virginis e gremio,
> Quod miseræ oblitæ molli sub veste locatum,
> Dum adventu matris prosilit, excutitur,
> Atque illud prono præceps agitur decursu:
> Huic manat tristi conscius ore rubor[10],

ie dy que les masles et femelles sont iectez en mesme moule : sauf l'institution et l'usage, la difference n'y est pas grande. Platon appelle indifferemment les uns et les aultres à la societé de touts estudes, exercices, charges et vacations guerrieres et paisibles, en sa republique; et le philosophe Antisthenes ostoit toute distinction entre leur vertu et la nostre. Il est bien plus aysé d'accuser un sexe que d'excuser l'aultre : c'est ce qu'on dict, « Le fourgon se mocque de la paele. »

---

(1) Lorsque, les cheveux flottants sur les épaules, un jeune homme, introduit au milieu d'un chœur de jeunes filles, peut tromper les yeux les plus pénétrants; tant ses traits tiennent également de l'un et l'autre sexe. Hon., *Od.*, II, 5, 21.

(2) *Et à plus forte raison dans la vieillesse.*

(3) Car il n'arrête pas son vol sur les chesnes àrides. Hon., *Od.*, IV, 13, 5.

(4) L'amour ne connoît point l'ordre ( la règle ). S. Jérôme, à la fin de sa *Lettre à Chromatius*, t. I, p. 217.

(5) *Bonne grâce*, agrément.

(6) *Choper*; heurter du pied en marchant.

(7) *Aux fers*, dans les chaines. — (8) *Troc*, échange.

(9) . . . . . . Car son feu dès l'abord se consume ;
Tel le chaume s'eteint, au moment qu'il s'allume.
Virg., *Géorg.*, III, 98. Trad. de Delille.

(10) Ainsi tombe en roulant, du chaste sein d'une jeune vierge, une pomme qu'elle a reçue de son amant à la dérobée ; elle oublie qu'elle avoit caché ce fruit sous sa robe, et, se levant à l'arrivée de sa mère, elle le laisse échapper ; la rougeur de son visage décèle sa honte et son secret. Catulle, *Carm.*, LXV, 19.

54

## CHAPITRE VI.

### *Des coches.*

Il est bien aysé à verifier que les grands aucteurs, escrivants des causes, ne se servent pas seulement de celles qu'ils estiment estre vrayes, mais de celles encores qu'ils ne croyent pas, prouveu qu'elles ayent quelque invention et beaulté : ils disent assez veritablement et utilement, s'ils disent ingenieusement. Nous ne pouvons nous asseurer de la maistresse cause; nous en entassons plusieurs, pour veoir si, par rencontre, elle se trouvera en ce nombre,

> Namque unam dicere causam
> Non satis est, verum plures, unde una tamen, sit [1] :

Me demandez vous d'où vient cette coustume de benir ceulx qui esternuent ? Nous produisons trois sortes de vents : celuy qui sort par embas est trop sale : celuy qui sort de la bouche porte quelque reproche de gourmandise : le troisiesme est l'esternuement; et parce qu'il vient de la teste, et est sans blasme, nous luy faisons cet honneste recueil. Ne vous mocquez pas de cette subtilité; elle est, dict on, d'Aristote.

Il me semble avoir veu en Plutarque ( qui est, de touts les aucteurs que ie cognoisse, celuy qui a mieulx meslé l'art à la nature, et le iugement à la science ), rendant la cause du soublevement d'estomach qui advient à ceulx qui voyagent en mer, que cela leur arrive de crainte, aprez avoir trouvé quelque raison par laquelle il prouve que la crainte peult produire un tel effect. Moy, qui y suis fort subiect, sçay bien que cette cause ne me touche pas : et le sçay, non par argument, mais par necessaire experience. Sans alleguer ce qu'on m'a dict, qu'il en arrive de mesme souvent aux bestes, et specialement aux porceaux, hors de toute apprehension de danger; et ce qu'un mien cognoissant m'a tesmoigné de soy, qu'y estant fort subiect, l'envye de vomir luy estoit passee, deux ou trois fois, se trouvant pressé de frayeur en grande tormente, comme à cet ancien, *peius vexabar, quam ut periculum mihi succurreret* [2] : ie n'eus iamais peur sur l'eau, comme ie n'ay aussi ailleurs (et s'en est assez souvent offert de iustes, si la mort l'est), qui m'ayt troublé et esblouï. Elle naist par fois de faulte de iugement, comme de faulte de cœur. Touts les dangers que i'ay veu, c'a esté les yeulx ouverts, la veue libre, saine, et entiere : encores fault il du courage à craindre. Il me servit aultrefois, au pris d'aultres, pour conduire et tenir en ordre ma fuyte, qu'elle feust, si

non sans crainte, toutesfois sans effroy et sans estonnement : elle estoit esmeue, mais non pas estourdie ny esperduc. Les grandes ames vont bien plus oultre, et representent des fuytes, non rassises seulement et saines, mais fieres : disons celle qu'Alcibiades recite de Socrates, son compaignon d'armes : « Ie le trouvay, dict il, aprez la roupte [3] « de nostre armee, luy et Lachez, des derniers « entre les fuyants; et le consideray tout à mon « ayse, et en seureté; car i'estois sur un bon che « val, et luy à pied, et avions ainsin combattu. Ie « remarquay premierement, combien il montroit « d'advisement et de resolution, au pris de La « chez; et puis la braverie de son marcher, nul « lement different du sien ordinaire; sa veue ferme « et reglee, considerant et iugeant ce qui se pas « soit autour de luy; regardant tantost les uns, « tantost les aultres, amys et ennemys, d'une façon « qui encourageoit les uns, et signifioit aux aultres « qu'il estoit pour vendre bien cher son sang et sa « vie à qui essayeroit de la luy oster; et se sauve « rent ainsin : car volontiers on n'attaque pas ceulx « cy, on court aprez les effroyez. » Voylà le tesmoingnage de ce grand capitaine, qui nous apprend, ce que nous essayons touts les iours, qu'il n'est rien qui iecte tant aux dangers, qu'une faim inconsideree de nous en mettre hors : *quo timoris minus est, eo minus ferme periculi est* [4]. Nostre peuple a tort de dire, « Celuy là craint la mort, » quand il veult esprimer qu'il y songe et qu'il la preveoid. La prevoyance convient egalement à ce qui nous touche en bien et en mal : considerer et iuger le danger est aulcunement le rebours de s'en estonner. Ie ne me sens pas assez fort pour soustenir le coup et l'impetuosité de cette passion de la peur, ny d'aultre vehemente : si i'en estois un coup vaincu et atterré, ie ne m'en releverois iamais bien entier : qui auroit faict perdre pied à mon ame, ne la remettroit iamais droicte en sa place; elle se retaste et recherche trop vifvement et profondement, et, pourtant, ne lairroit iamais ressouder et consolider la playe qui l'auroit percee. Il m'a bien prins qu'aulcune maladie ne me l'ayt encores desmise : à chasque charge qui me vient, ie me presente et oppose en mon hault appareil; ainsin, la premiere qui m'emporteroit, me mettroit sans ressource. Ie n'en fois point à deux : par quelque endroict que le ravage faulsast

---

(1) Ce n'est pas assez de nommer une seule cause; il en faut indiquer plusieurs, quoiqu'il n'y en ait qu'une seule de véritable. LUCRECE, VI, 704.

(2) J'étois trop malade pour songer au péril. SEN., *Epist.* 53.

(3) La déroute.

(4) Pour l'ordinaire, moins il y a de crainte, moins il y a de danger. TITE LIVE, XXII, 5.

ma levee[1], me voyla ouvert, et noyé sans remede. Epicurus dict, que le sage ne peult iamais passer à un estat contraire : i'ay quelque opinion de l'envers de cette sentence, Que qui aura esté une fois bien fol, ne sera nulle aultre fois bien sage. Dieu me donne le froid selon la robbe, et me donne les passions selon le moyen que i'ay de les soustenir : nature m'ayant descouvert d'un costé, m'a couvert de l'aultre; m'ayant desarmé de force, m'a armé d'insensibilité, et d'une apprehension reglee, ou mousse[2].

Or, ie ne puis souffrir long temps (et les souffrois plus difficilement en ieunesse) ny coche, ny lictiere, ny batteau, et hais toute aultre voiture que de cheval, et en la ville et aux champs : mais ie puis souffrir la lictiere moins qu'un coche; et par mesme raison, plus ayseement une agitation rude sur l'eau, d'où se produict la peur, que le mouvement qui se sent en temps calme. Par cette legiere secousse que les avirons donnent, desrobant le vaisseau soubs nous, ie me sens brouiller, ie ne sçay comment, la teste et l'estomach; comme ie ne puis souffrir soubs moy un siege tremblant. Quand la voile ou le cours de l'eau nous emporte egualement, ou qu'on nous toue[3], cette agitation unie ne me blece aulcunement : c'est un remuement interrompu qui m'offense; et plus, quand il est languissant. Ie ne sçaurois aultrement peindre sa forme. Les medecins m'ont ordonné de me presser et cengler d'une serviette le bas du ventre, pour remedier à cet accident; ce que ie n'ay point essayé, ayant accoustumé de luicter les defauts qui sont en moy, et les dompter par moy mesme.

Si i'en avoy la memoire suffisamment informee, ie ne plaindrois mon temps à dire icy l'infinie varieté que les histoires nous presentent de l'usage des coches au service de la guerre; divers, selon les nations, selon les siecles; de grand effect, ce me semble, et necessité : si que c'est merveille que nous en ayons perdu toute cognoissance. I'en diray seulement cecy, que tout freschement, du temps de nos peres, les Hongres les mirent tresutilement en besongne contre les Turcs, en chascun y ayant un rondellier[4] et un mousquetaire, et nombre de harquebuzes rengees, prestes et chargees, le tout couvert d'une pavesade[5], à la mode d'une galliote. Ils faisoient front, à leur battaille, de trois mille tels coches; et, aprez que le canon avoyt ioué, les faisoient tirer, et avaller aux ennemys cette salve avant que de taster le reste, qui n'estoit pas un legier advancement; ou descochoient lesdits coches dans leurs escadrons, pour les rompre et y faire iour; oultre le secours qu'ils en pouvoient prendre, pour flancquer en lieux

chatouilleux les trouppes marchant à la campaigne, ou à couvrir un logis[6] à la haste, et le fortifier. De mon temps, un gentilhomme, en l'une de nos frontieres, impos[7] de sa personne, et ne trouvant cheval capable de son poids, ayant une querelle, marchoit par païs en coche, de mesme cette peincture[8], et s'en trouvoit tresbien. Mais laissons ces coches guerriers.

Comme si leur neantise[9] n'estoit assez cogneue à meilleures enseignes, les derniers roys de nostre premiere race marchoient par païs en un charriot mené de quatre bœufs. Marc Antoine feut le premier qui se feit mener à Rome, et une garse menestriere quand et luy, par des lyons attelez à un coche. Heliogabalus en feit depuis autant, se disant Cybele, la mere des dieux; et aussi par des tigres, contrefaisant le dieu Bacchus : il attela aussi par fois deux cerfs à son coche; et une aultre fois quatre chiens; et encores quatre garses nues, se faisant traisner par elles, en pompe, tout nud. L'empereur Firmus feit mener son coche à des austruches de merveilleuse grandeur, de maniere qu'il sembloit plus voler que rouler.

L'estrangeté de ces inventions me met en teste cette aultre fantasie : Que c'est une espece de pusillanimité aux monarques, et un tesmoingnage de ne sentir point assez ce qu'ils sont, de travailler à se faire valoir, et paroistre, par despenses excessifves : ce seroit chose excusable en païs estranger; mais parmy ses subiects, où il peult tout, il tire de sa dignité le plus extreme degré d'honneur où il puisse arriver : Comme à un gentilhomme, il me semble qu'il est superflu de se vestir curieusement en son privé; sa maison, son train, sa cuisine, respondent assez de luy. Le conseil qu'Isocrates donne à son roy, ne me semble sans raison : « Qu'il soit splendide en meubles et utensiles, d'autant que c'est une despense de duree qui passe iusques à ses successeurs; et qu'il fuye toutes magnificences qui s'escoulent incontinent et de l'usage et de la memoire. » I'aimois à me parer quand i'estois cabdet, à faulte d'aultre parure; et me seoit bien : il en est sur qui les belles robbes plorent. Nous avons des contes merveilleux de la frugalité de nos roys autour de leurs personnes, et en leurs

---

(1) C'est-à-dire, rompit la digue, la chaussée qui me couvre.

(2) Affoiblie.

(3) On qu'on nous remorque.

(4) Soldat armé d'une rondelle, ou rondache. espèce de bouclier, ainsi nommé parce qu'il est rond.

(5) Réunion de parois pour couvrir et défendre ceux qui rament.

(6) Un logement, un poste, une position.

(7) Impotent, peu dispos.

(8) Semblable à ceux que je viens de décrire. — (9) Faineantise

dons; grands roys en credit, en valeur, et en fortune. Demosthenes combat à oultrance la loy de sa ville qui assignoit les deniers publicques aux pompes des ieux et de leurs festes; il veult que leur grandeur se montre en quantité de vaisseaux bien equippez, et bonnes armees bien fournies : et a lou raison d'accuser Theophrastus qui establit, en son livre des richesses, un advis contraire, et maintient telle nature de despense estre le vray fruict de l'opulence : ce sont plaisirs, dict Aristote, qui ne touchent que la plus basse commune; qui s'esvanouïssent de la souvenance aussitost qu'on en est rassasié; et desquels nul homme iudicieux et grave ne peult faire estime. L'employte [1] me sembleroit bien plus royale, comme plus utile, iuste et durable, en ports, en havres, fortifications et murs, en bastiments sumptueux, en eglises, hospitaux, colleges, reformation de rues et chemins : en quoy le pape Gregoire treiziesme lairra sa memoire recommandable à long temps; et en quoy nostre royne Catherine tesmoigneroit à longues annees sa liberalité naturelle et munificence, si ses moyens suffisoient à son affection : la fortune m'a faict grand desplaisir d'interrompre la belle structure du pont neuf de nostre grande ville, et m'oster l'espoir, avant mourir, d'en veoir en train le service.

Oultre ce, il semble aux subiects, spectateurs de ces triumphes, qu'on leur faict montre de leur propres richesses, et qu'on les festoye à leurs despens : car les peuples presument volontiers des roys, comme nous faisons de nos valets, qu'ils doibvent prendre soing de nous apprester en abondance tout ce qu'il nous fault, mais qu'ils n'y doibvent aulcunement toucher de leur part; et pourtant l'empereur Galba, ayant prins plaisir à un musicien pendant son soupper, se feit porter sa boëte, et luy donna en sa main une poignee d'escus qu'il y pescha, avecques ces paroles : « Ce n'est pas du publicque, c'est du mien. » Tant y a, qu'il advient le plus souvent que le peuple a raison; et qu'on repaist ses yeulx de ce de quoy il avoyt à paistre son ventre.

La liberalité mesme n'est pas bien en son lustre en main souveraine; les privez y ont plus de droict : car, à le prendre exactement, un roy n'a rien proprement sien, il se doibt soy mesme à aultruy : la iurisdiction ne se donne point en faveur du iuridiciant, c'est en faveur du iuridicié; on faict un superieur, non iamais pour son proufit, ains pour le proufit de l'inferieur, et un medecin pour le malade, non pour soy; toute magistrature, comme toute art, iecte sa fin hors d'elle, *nulla ars in se versatur* [2] : parquoy les gouverneurs de l'en-

fance des princes, qui se picquent à leur imprimer cette vertu de largesse, et les preschent de ne sçavoir rien refuser, et n'estimer rien si bien employé que ce qu'ils donneront (instruction que i'ay veu en mon temps fort en credit), ou ils regardent plus à leur proufit qu'à celuy de leur maistre, ou ils entendent mal à qui ils parlent. Il est trop aysé d'imprimer la liberalité en celuy qui a de quoy y fournir autant qu'il veult, aux despens d'aultruy; et son estimation se reglant, non à la mesure du present, mais à la mesure des moyens de celuy qui l'exerce, elle vient à estre vaine en mains si puissantes; ils se treuvent prodigues avant qu'ils soient liberaulx : pourtant [3], elle est peu de recommandation, au pris d'aultres vertus royales, et la seule, comme disoit le tyran Dionysius, qui se comporte bien avec la tyrannie mesme. Ie luy apprendrois plustost ce verset du laboureur ancien : Τῇ χειρὶ δεῖ σπείρειν, ἀλλὰ μὴ ὅλῳ τῷ θυλάκῳ, « qu'il fault, à qui en veult retirer fruict, semer de la main, non pas verser du sac : » il fault espandre le grain, non pas le respandre; et qu'ayant à donner, ou, pour mieulx dire, à payer et rendre à tant de gents selon qu'ils ont deservy, il en doibt estre loyal et advisé dispensateur. Si la liberalité d'un prince est sans discretion et sans mesure, ie l'aime mieulx avare.

La vertu royale semble consister le plus en la iustice; et de toutes les parties de la iustice, celle là remarque mieulx les roys, qui accompaigne la liberalité : car ils l'ont particulierement reservee à leur charge; là où toute autre iustice, ils l'exercent volontiers par l'entremise d'aultruy. L'immoderee largesse est un moyen foible à leur acquerir bienveuillance; car elle rebute plus de gents qu'elle n'en practique [4] *Quo in plures usus sis, minus in multos uti possis.... Quid autem est stultius, quam, quod libenter facias, curare ut id diutius facere non possis* [5]? et, si elle est employee sans respect du merite, faict vergongne à qui la receoit, et se receoit sans grace. Des tyrans ont esté sacrifiez à la haine du peuple par les mains de ceulx mesmes qu'ils avoyent iniquement advancez : telle maniere d'hommes estimans asseurer la possession des biens indeuement receus, s'ils montrent avoir à mespris et haine celuy duquel ils les tenoient, et se rallient au iugement et opinion commune en cela.

---

(1) La depense.
(2) Nul art n'est renfermé en lui même. Cic., *de Finib. bon. et mal.* V, 6.
(3) C'est pourquoi. — (4) Gagne.
(5) On peut d'autant moins l'exercer qu'on l'a déjà plus exercée... Quelle folie de se mettre dans l'impuissance de faire longtemps ce qu'on fait avec plaisir! Cic., *de Offic.* II, 15.

Les subiects d'un prince excessif en dons, se rendent excessifs en demandes ; ils se taillent, non à la raison, mais à l'exemple. Il y a certes souvent dequoy rougir de nostre impudence ; nous sommes surpayez selon iustice, quand la recompense eguale nostre service ; car, n'en debvons nous rien à nos princes, d'obligation naturelle ? S'il porte nostre despense, il faict trop ; c'est assez qu'il l'ayde : le surplus s'appelle bienfaict, lequel ne se peult exiger ; car le nom mesme de la Liberalité sonne Liberté. A nostre mode, ce n'est iamais faict ; le receu ne se met plus en compte ; on n'aime la liberalité que future ; parquoy plus un prince s'espuise en donnant, plus il s'appauvrit d'amys. Comment assouviroit il les envyes qui croissent à mesure qu'elles se remplissent ? Qui a sa pensee à prendre, ne l'a plus à ce qu'il a prins ; la convoitise n'a rien si propre que d'estre ingrate.

L'exemple de Cyrus ne duira pas mal en ce lieu, pour servir, aux roys de ce temps, de touche à recognoistre leurs dons bien ou mal employez, et leur faire veoir combien cet empereur les assenoit[1] plus heureusement qu'ils ne font, par où ils sont reduicts à faire leurs emprunts, aprez, sur les subiects incogneus, et plustost sur ceulx à qui ils ont faict du mal, que sur ceulx à qui ils ont faict du bien, et n'en reçoivent aydes où il y aye rien de gratuit que le nom. Crœsus luy reprochoit sa largesse : et calculoit à combien se monteroit son thresor, s'il eust eu les mains plus restreinctes. Il eut envye de iustifier sa liberalité ; et, despeschant de toutes parts vers les grands de son estat qu'il avoyt particulierement advancez, pria chascun de le secourir d'autant d'argent qu'il pourroit, à une sienne necessité, et le luy envoyer par declaration. Quand touts ces bordereaux luy feurent apportez, chascun de ses amys n'estimant pas que ce feust assez faire de luy en offrir seulement autant qu'il en avoyt receu de sa munificence, y en meslant du sien propre beaucoup, il se trouva que cette somme se montoit bien plus que ne disoit l'espargne de Crœsus. Sur quoy Cyrus : « Ie ne suis pas moins amoureux des richesses, que les aultres princes ; et en suis plustost plus mesnagier : vous voyez à combien peu de mise i'ay acquis le thresor inestimable de tant d'amys, et combien ils me sont plus fideles thresoriers, que ne seroient des hommes mercenaires, sans obligation, sans affection ; et ma chevance mieulx logee qu'en des coffres appellant sur moy la haine, l'envye et le mespris des aultres princes. »

Les empereurs tiroient excuse à la superfluité de leurs ieux et montres publicques, de ce que leur auctorité despendoit aulcunement (au moins

par apparence) de la volonté du peuple romain, lequel avoyt de tout temps accoustumé d'estre flatté par telle sorte de spectacles et d'excez. Mais c'estoient particuliers qui avoyent nourry cette coustume de gratifier leurs concitoyens et compaignons, principalement sur leur bource, par telle profusion et magnificence ; elle eut tout aultre goust, quand ce feurent les maistres qui vindrent à l'imiter : *pecuniarum translatio a iustis dominis ad alienos non debet liberalis videri*[2]. Philippus, de ce que son fils essayoit par presents de gaigner la volonté des Macedoniens, l'en tansa par une lettre, en cette maniere : « Quoy ! as tu envye que tes subiects te tiennent pour leur bourcier, non pour leur roy ? Veulx tu les practiquer ? practique les des bienfaicts de ta vertu, non des bienfaicts de ton coffre. »

C'estoit pourtant une belle chose, d'aller faire apporter et planter, en la place aux arenes, une grande quantité de gros arbres, touts branchus et touts verts, representants une grande forest ombrageuse, despartie en belle symmetrie ; et, le premier iour, iecter là dedans mille austruches, mille cerfs, mille sangliers, et mille daims, les abandonnant à piller au peuple ; le l'endemain faire assommer en sa presence cent gros lyons, cent leopards, et trois cents ours ; et, pour le troisiesme iour, fait combattre à oultrance trois cents paires de gladiateurs, comme feit l'empereur Probus. C'estoit aussi belle chose, à veoir ces grands amphitheatres encroustez de marbre au dehors, labouré d'ouvrages et statues, le dedans reluisant de rares enrichissements,

Balteus en gemmis, en illita porticus auro[3] :

tous les costez de ce grand vuide remplis et environnez, depuis le fond iusques au comble, de soixante ou quatre vingts rengs d'eschelons, aussi de marbre, couverts de carreaux,

Exeat, inquit,
Si pudor est, et de pulvino surgat equestri,
Cuius res legi non sufficit[4] ;

où se peussent renger cent mille hommes assis à leur ayse : et la place du fonds, ou les ieux se iouoient, la faire premierement, par art, entr'ou-

---

[1] Les plaçoit.
[2] Le don qu'on fait à des estrangers, d'un argent qu'on a pris aux legitimes proprietaires, ne doit point passer pour liberalité. Cic., *de Offic.*, I, 14.
[3] Vois-tu la ceinture du theatre ornee de pierres precieuses, et le portique tout couvert d'or ? Calpurn., *Eclog.*, VII, 47.
[4] Si vous avez quelque pudeur, quittez, dit on, les carreaux destinés aux chevaliers, vous qui n'avez pas les biens fixes par la loi. Juv., *Sat.* III, 153.

vrir et fendre en crevasses; representant des autres
qui vomissoient les bestes destinees au spectacle ;
et puis, secondement, l'inouder d'une mer profonde, qui charioit force monstres marins, chargee de vaisseaux armez, à representer une bataille navalle; et, tiercement, l'aplanir et asseicher
de nouveau, pour le combat des gladiateurs; et,
pour la quatriesme façon, la sabler de vermillon
et de storax, au lieu d'arene, pour y dresser un
festin solenne, à tout le nombre iufini de peuple,
le dernier acte d'un seul iour.

> Quoties nos descendentis arenæ
> Vidimus in partes, ruptaque voragine terræ
> Emersisse feras, et eisdem sœpe latebris
> Aurea cum croceo creverunt arbuta libro!...
> Nec solum nobis silvestria cernere monstra
> Contigit; æquoreos ego cum certantibus ursis
> Spectavi vitulos, et equorum nomine dignum,
> Sed deforme pecus [1].

Quelquesfois on y a faict naistre une haulte montaigne pleine de fruictiers et arbres verdoyants,
rendant par son faiste un ruisseau d'eau, comme
de la bouche d'une vifve fontaine : quelquesfois on
y promena un grand navire, qui s'ouvroit et des-
prenoit de soy mesme, et, aprez avoir vomy de son
ventre quatre ou cinq cents bestes à combat, se
resserroit et s'esvanouïssoit, sans ayde : aultresfois, du bas de cette place, ils faisoient eslancer
des surgeons et filets d'eau qui reiaillissoient cou-
tremont, et, à cette haulteur infinie, alloient ar-
rousant et embaumant cette infinie multitude. Pour
se couvrir de l'iniure du temps, ils faisoient tendre
cette immense capacité, tantost de voiles de pourpre labourez à l'aiguille; tantost de soye d'une ou
aultre couleur, et les advanceoient et retiroient en
un moment, comme il leur venoyt en fantasie :

> Quamvis non modico caleant spectacula sole,
> Vela reducuntur, quum venit Hermogenes [2].

Les rets aussi qu'on mettoit au devant du peuple,
pour le deffendre de la violence de ces bestes
eslancees, estoient tissus d'or :

> Auro quoque torta refulgent
> Retia [3].

S'il y a quelque chose qui soit excusable en tels
excez, c'est où l'invention et la nouveauté fournit
d'admiration, non pas la despense : en ces vanitez
mesmes, nous descouvrons combien ces siecles estoient fertiles d'aultres esprits que ne sont les
nostres. Il va de cette sorte de fertilité, comme il
faict de toutes aultres productions de la nature :
ce n'est pas à dire qu'il y ayt lors employé son
dernier effort : nous n'allons point; nous rodons

plustost, et tournevirons çà et là; nous nous pro-
menons sur nos pas. Ie crains que nostre cognoissance soit foible en touts sens; nous ne veoyons
ny gueres loing, ny gueres arriere; elle embrasse
peu, et vit peu; courte et en estendue de temps,
et en estendue de matiere :

> Vixere fortes ante Agamemnona
> Multi, sed omnes illacrymabiles
> 　Urgentur, ignotique longa
> 　　Nocte [4].

> Et supera bellum Thebanum, et funera Troiæ,
> Multi alias alii quoque res cecinere poetæ [5]:

et la narration de Solon, sur ce qu'il avoyt apprins des presbtres d'Aegypte, de la longue vie de
leur estat, et maniere d'apprendre et conserver les
histoires estrangeres, ne me semble tesmoingnage
de refus en cette consideration. *Si interminatam in
omnes partes magnitudinem regionum videremus
et temporum, in quam se iniiciens animus et in-
tendens, ita late longeque peregrinatur, ut nullam
oram ultimi videat, in qua possit insistere : in hac
immensitate... infinita vis innumerabilium* appa-
reret formarum [6]. Quand tout ce qui est venu, par
rapport, du passé iusques à nous, seroit vray, et
seroit sceu par quelqu'un, ce seroit moins que
rien, au pris de ce qui est ignoré. Et de cette
mesme image du monde qui coule pendant que
nous y sommes, combien chestifve et racourcie est
la cognoissance des plus curieux ? non seulement
des evenements particuliers, que fortune rend
souvent exemplaires et poisants, mais de l'estat
des grandes polices et nations, il nous en eschappe
cent fois plus qu'il n'en vient à nostre science :
nous nous escrions du miracle de l'invention de
nostre artillerie, de nostre impression; d'aultres
hommes, un aultre bout du monde, à la Chine,

---

[1] Combien de fois n'avons-nous pas vu une partie de l'arène
s'abaisser, et des bêtes féroces sortir tout à coup d'un abîme d'où
s'élevoit ensuite un bocage d'arbres dorés !... J'ai vu dans l'am-
phithéâtre, non-seulement les monstres des forêts, mais aussi
des phoques parmi les ours, et le hideux troupeau des chevaux
marins. CALPURNIUS, *Eclog.*, VII , 64.

[2] Quoiqu'un soleil brûlant darde ses rayons sur l'amphi-
théâtre, on retire les voiles dès qu'Hermogène vient à paroître.
MARTIAL, XII , 29 , 15.

[3] CALPURN., *Eclog.*, VII , 53. Montaigne a traduit ce passage
avant de le citer.

[4] Il y a eu des héros avant Agamemnon; mais, ensevelis
dans une nuit éternelle, ils ne font pas aujourd'hui répandre de
larmes. Hor., *Carm.*, IV, 9 , 25.

[5] Avant la guerre de Thèbes et la ruine de Troie, d'autres
poètes avoient chanté d'autres évènements. LUCR., V, 327.

[6] Si nous pouvions voir l'étendue infinie des régions et des
siècles, où l'esprit peut à son gré se promener de toutes parts,
sans rencontrer un terme qui borne sa vue, nous découvririons
une quantité innombrable de formes dans cette immensité.
CIC., *de Nat. deor.*, I , 20.

en iouyssoit mille ans auparavant. Si nous veoyions autant du monde comme nous n'en veoyons pas, nous appercevrions, comme il est à croire, une perpetuelle multiplication et vicissitude de formes. Il n'y a rien de seul et de rare, eu esgard à nature, ouy bien eu esgard à nostre cognoissance, qui est un miserable fondement de nos regles, et qui nous represente volontiers une tresfaulse image des choses. Comme vainement nous concluons auiourd'huy l'inclination et la decrepitude du monde, par les arguments que nous tirons de nostre propre foiblesse et decadence;

Iamque adeo est affecta ætas, effrœtaque tellus [1] :

ainsin vainement concluoit cettuy là sa naissance et ieunesse, par la vigueur qu'il veoyoit aux esprits de son temps, abondants en nouvelletez et inventions de divers arts :

> [que
> Verum, ut opinor, habet novitatem summa, recens-
> Natura est mundi, neque pridem exordia cepit:
> Quare etiam quædam nunc artes expoliuntur,
> Nunc etiam augescunt; nunc addita navigiis sunt
> Multa [2].

Nostre monde vient d'en trouver un autre (et qui nous respond si c'est le dernier de ses freres, puisque les dæmons, les Sibylles, et nous, avons ignoré cettuy cy iusqu'à cette heure?) non moins grand, plain et membru, que luy; toutesfois si nouveau et si enfant, qu'on luy apprend encores son a, b, c : il n'y a pas cinquante ans qu'il ne sçavoit ny lettres, ny poids, ny mesure, ny vestements, ny bleds, ny vignes; il estoit encores tout nud, au giron, et ne vivoit que des moyens de sa mere nourrice. Si nous concluons bien de nostre fin, et ce poëte de la ieunesse de son siecle, cet aultre monde ne fera qu'entrer en lumiere, quand le nostre en sortira : l'univers tumbera en paralysie ; l'un membre sera perclus, l'aultre en vigueur. Bien crainds ie que nous aurons tresfort hasté sa declinaison et sa ruyne par nostre contagion ; et que nous luy aurons bien cher vendu nos opinions et nos arts. C'estoit un monde enfant; si ne l'avons nous pas fouetté et soubmis à nostre discipline par l'advantage de nostre valeur et forces naturelles, ny ne l'avons practiqué [3] par nostre iustice et bonté, ny subiugué par nostre magnanimité. La plus part de leurs responses, et des negociations faictes avecques eulx, tesmoignent qu'ils ne nous debvoient rien en clarté d'esprit naturelle et en pertinence : l'espovantable magnificence des villes de Cusco et de Mexico, et, entre plusieurs choses pareilles, le iardin de ce roy où tous les arbres, les fruicts et toutes les herbes, selon l'ordre et gran-

deur qu'ils ont en un iardin, estoient excellemment formées en or, comme en son cabinet tous les animaulx qui naissoient en son estat et en ses mers, et la beaulté de leurs ouvrages en pierrerie, en plume, en cotton, en la peincture, montrent qu'ils ne nous cedoient non plus en l'industrie. Mais quant à la devotion, observance des loix, bonté, liberalité, loyauté, franchise, il nous a bien servy de n'en avoir pas tant qu'eulx : ils se sont perdus par cet advantage, et vendus et trahis eulx mesmes.

Quant à la hardiesse et courage, quant à la fermeté, constance, resolution contre les douleurs et la faim et la mort, ie ne craindrois pas d'opposer les exemples que ie trouverois parmi eulx aux plus fameux exemples anciens que nous ayons aux memoires de nostre monde pardeçà. Car pour ceulx qui les ont subiuguez, qu'ils ostent les ruses et bastelages dequoy ils se sont servis à les piper, et le iuste estonnement qu'apportoit à ces nations là de veoir arriver si inopineement des gents barbus, divers en language, en religion, en forme et en contenance, d'un endroict du monde si esloingné, et où ils n'avoyent iamais sceu qu'il y eust habitation quelconque, montez sur des grands monstres incogneus, contre ceulx qui n'avoyent non seulement iamais veu de cheval, mais beste quelconque duicte à porter et soustenir homme ny aultre charge; garnis d'une peau luisante et dure, et d'une arme trenchante et resplendissante, contre ceulx qui, pour le miracle de la lueur d'un mirouer ou d'un coulteau, alloient eschangeant une grande richesse en or et en perles, et qui n'avoyent ny science, ny matiere par où tout à loysir ils sceussent percer nostre acier; adioustez y les fouldres et tonnerres de nos pieces et harquebuzes, capables de troubler Cesar mesme, qui l'en eust surprins autant inexperimenté et à cett'heure, contre des peuples nuds, si ce n'est où l'invention estoit arrivee de quelque tissu de cotton, sans aultres armes, pour le plus, que d'arcs, pierres, bastons et boucliers de bois; des peuples surprins, soubs couleur d'amitié et de bonne foy, par la curiosité de veoir des choses estrangeres et incogneues : ostez, dy ie, aux conquerants cette disparité, vous leur ostez toute l'occasion de tant de victoires. Quand ie regarde cette ardeur indomptable dequoy tant de milliers d'hommes, femmes

---

[1] Les hommes n'ont plus la même vigueur, ni la terre son ancienne fertilité. Lucrèce, II, 1151.

[2] La nature n'est pas ancienne, à mon avis ; le monde ne fait que de naître : aussi voyons-nous que plusieurs arts se perfectionnent, et qu'on rend tous les jours celui de la navigation plus complet. Lucrèce, V, 331.

[3] Gagné.

et enfants, se presentent et reiectent à tant de fois aux dangers inevitables, pour la deffense de leurs dieux et de leur liberté; cette genereuse obstination de souffrir toutes extremitez et difficultez, et la mort, plus volontiers que de se soubmettre à la domination de ceulx de qui ils ont esté si honteusement abusez, et aulcuns choisissants plustost de se laisser defaillir par faim et par ieusne, estants prins, que d'accepter le vivre des mains de leurs ennemys, si vilement victorieuses : ie preveoy que, à qui les eust attaquez pair à pair, et d'armes, et d'experience, et de nombre, il y eust faict aussi dangereux, et plus, qu'en aultre guerre que nous veoyons.

Que n'est tombée soubs Alexandre, ou soubs ces anciens Grecs et Romains, une si noble conqueste; et une si grande mutation et alteration de tant d'empires et de peuples, soubs des mains qui eussent doulcement poly et desfriché ce qu'il y avoyt de sauvage, et eussent conforté et promeu les bonnes semences que nature y avoyt produict; meslant non seulement à la culture des terres et ornement des villes les arts de deçà, en tant qu'elles y eussent esté necessaires, mais aussi meslant les vertus grecques et romaines aux originelles du païs! Quelle reparation éust ce esté, et quel amendement à toute cette machine, que les premiers exemples et deportements nostres, qui se sont presentez par delà, eussent appellé ces peuples à l'admiration et imitation de la vertu, et eussent dressé, entre eulx et nous, une fraternelle societé et intelligence! Combien il eust esté aysé de faire son proufit d'ames si neufves, si affamees d'apprentissage, ayants, pour la plus part, de si beaux commencements naturels! Au rebours, nous nous sommes servis de leur ignorance et inexperience, à les plier plus facilement vers la trahison, luxure, avarice, et vers toute sorte d'inhumanité et de cruauté, à l'exemple et patron de nos mœurs. Qui meit iamais à tel pris le service de la mercadence [1] et de la traficque? tant de villes rasees, tant de nations exterminées, tant de millions de peuples passez au fil de l'espec, et la plus riche et belle partie du monde bouleversee, pour la negociation des perles et du poivre? Mechaniques victoires! Iamais l'ambition, iamais les inimitiez publiques, ne poulserent les hommes, les uns contre les aultres, à si horribles hostilitez et calamitez si miserables.

En costoyant la mer à la queste de leurs mines, aulcuns Espaignols prindrent terre en une contrée fertile et plaisante, fort habitée; et feirent à ce peuple leurs remonstrances accoustumées : « Qu'ils estoient gents paisibles, venants de loing-

tains voyages, envoyez de la part du roy de Castille, le plus grand prince de la terre habitable, auquel le pape, representant Dieu en terre, avoyt donné la principauté de toutes les Indes : Que s'ils vouloyent luy estre tributaires, ils seroient tresbenignement traictez : » Leur demandoient des vivres pour leur nourriture, et de l'or pour le besoing de quelque medecine; leur remonstroient, au demourant, la creance d'un seul Dieu, et la verité de nostre religion, laquelle ils leur conseilloient d'accepter; y adioustants quelques menaces. La response feut telle : « Que quant à estre paisibles, ils n'en portoient pas la mine, s'ils l'estoient : Quant à leur roy, puisqu'il demandoit, il debvoit estre indigent et necessiteux; et celuy qui luy avoyt faict cette distribution, homme aimant dissention, d'aller donner à un tiers chose qui n'estoit pas sienne, pour le mettre en debat contre les anciens possesseurs : Quant aux vivres, qu'ils leur en fourniroient : D'or, ils en avoyent peu, et que c'estoit chose qu'ils mettoient en null' estime, d'autant qu'elle estoit inutile au service de leur vie, là où tout leur soing regardoit seulement à la passer heureusement et plaisamment; pourtant ce qu'ils en pourroient trouver, sauf ce qui estoit employé au service de leurs dieux, qu'ils le prinssent hardiement : Quant à un seul Dieu, le discours leur en avoyt pleu; mais qu'ils ne vouloyent changer leur religion, s'en estants si utilement servis si long temps; et qu'ils n'avoyent accoustumé prendre conseil que de leurs amys et cognoissants : Quant aux menaces, c'estoit signe de faulte de iugement, d'aller menacer ceulx desquels la nature et les moyens estoient incogneus : Ainsin, qu'ils se despeschassent promptement de vuider leur terre; car ils n'estoient pas accoustumez de prendre en bonne part les honnestetez et remonstrances de gents armez et estrangers; aultrement, qu'on feroit d'eulx comme de ces aultres, leur moustrant les testes d'aulcuns hommes iusticiez autour de leur ville. » Voylà un exemple de la balbucie [2] de cette enfance. Mais tant y a, que ny en ce lieu là, ny en plusieurs aultres où les Espaignols ne trouverent les marchandises qu'ils cherchoient, ils ne feirent arrest ny entreprinse, quelque aultre commodité qu'il y eust : tesmoing mes Cannibales.

Des deux les plus puissants monarques de ce monde là, et à l'adventure de cettuy cy, roys de tant de roys, les derniers qu'ils en chasserent : celuy du Peru, ayant esté prins en une battaille, et mis à une rençon si excessive; qu'elle surpasse

---

[1] Du commerce. — [2] Du balbutiement

toute creance; et celle là fidellement payee, et avoir donné, par sa conversation, signe d'un courage, franc, liberal et constant, et d'un entendement net et bien composé, il print envye aux vaincqueurs, aprez en avoir tiré un million trois cents vingt cinq mille cinq cents poisant d'or, oultre l'argent, et aultres choses qui ne monterent pas moins (si que leurs chevaulx n'alloient plus ferrez que d'or massif), de veoir encores, au pris de quelque desloyauté que ce feust, quel pouvoit estre le reste des thresors de ce roy, et iouyr librement de ce qu'il avoyt resserré. On luy apposta une faulse accusation et preuve, Qu'il desseignoit de faire soublever ses provinces pour se remettre en liberté : sur quoy, par beau iugement de ceulx mesmes qui luy avoyent dressé cette trahison, on le condemna à estre pendu et estranglé publicquement, luy ayant faict rachetter le torment d'estre bruslé tout vif, par le baptesme qu'on luy donna au supplice mesme; accident horrible et inouï, qu'il souffrit pourtant sans se desmentir ny de contenance, ny de parole, d'une forme et gravité vrayement royale. Et puis, pour endormir les peuples estonnez et transis de chose si estrange, on contrefeit un grand dueil de sa mort, et luy ordonna lon des sumptueuses funerailles.

L'aultre, roy de Mexico, ayant long temps deffendu sa ville assiegee, et montré en ce siege tout ce que peult et la souffrance et la perseverance, si oncques prince et peuple le montra; et son malheur l'ayant rendu vif entre les mains des ennemys, avecques capitulation d'estre traicté en roy; aussi ne leur feit il rien veoir en la prison, indigne de ce tiltre : ne trouvant point, aprez cette victoire, tout l'or qu'ils s'estoient promis; quand ils eurent tout remué et tout fouillé, ils se meirent à en chercher des nouvelles par les plus aspres gehennes dequoy ils se peurent adviser sur les prisonniers qu'ils tenoient; mais pour n'avoir rien profité, trouvant des courages plus forts que leurs torments, ils en veinrent enfin à telle rage, que, contre leur foy et contre tout droict des gents, ils condemnerent le roy mesme, et l'un des principaulx seigneurs de sa court, à la gehenne en presence l'un de l'aultre. Ce seigneur, se trouvant forcé de la douleur, environné de braziers ardents, tourna sur la fin piteusement sa veue vers son maistre, comme pour luy demander mercy de ce qu'il n'en pouvoit plus : le roy, plantant fierement et rigoreusement les yeulx sur luy, pour reproche de sa lascheté et pusillanimité, luy dict seulement ces mots, d'une voix rude et ferme : « Et moy, suis ie dans un baing? suis ie pas plus à mon ayse que toy? » Celuy là soubdain

aprez succomba aux douleurs, et mourut sur la place. Le roy, à demy rosty, feut emporté de là, non tant par pitié (car quelle pitié toucha iamais des ames si barbares, qui, pour la doubteuse information de quelque vase d'or à piller, feissent griller devant leurs yeulx un homme, non qu'un roy [1] si grand et en fortune et en merite), mais ce feut que sa constance rendoit de plus en plus honteuse leur cruauté. Ils le pendirent depuis, ayant courageusement entrepris de se delivrer, par armes, d'une si longue captivité et subiection : où il feit sa fin digne d'un magnanime prince.

A une aultre fois, ils meirent brusler pour un coup, en mesme feu, quatre cents soixante hommes touts vifs; les quatre cents, du commun peuple; les soixante, des principaulx seigneurs d'une province, prisonniers de guerre simplement. Nous tenons d'eulx mesmes ces narrations; car ils ne les advouent pas seulement, ils s'en vantent et les preschent. Seroit ce pour tesmoingnage de leur iustice, ou zele envers la religion? certes, ce sont voyes trop diverses et ennemyes d'une si saincte fin. S'ils se feussent proposé d'estendre nostre foy, ils eussent consideré que ce n'est pas en possession de terres qu'elle s'amplifie, mais en possession d'hommes; et se feussent trop contentez des meurtres que la necessité de la guerre apporte, sans y mesler indifferemment une boucherie, comme sur des bestes sauvages, universelle, autant que le fer et le feu y ont peu attaindre; n'en ayant conservé, par leur desseing, qu'autant qu'ils en ont voulu faire de miserables esclaves pour l'ouvrage et service de leurs minieres [2] : si que plusieurs des chefs ont esté punis à mort, sur les lieux de leur conqueste, par ordonnance des roys de Castille, iustement offensez de l'horreur de leurs deportements, et quasi touts desestimez et malvoulus [3]. Dieu a meritoirement permis que ces grands pillages se soient absorbez par la mer en les transportant, ou par les guerres intestines dequoy ils se sont mangez entre eulx : et la plus part s'enterrerent sur les lieux, sans aulcun fruict de leur victoire.

Quant à ce que la recepte, et entre les mains d'un prince mesnagier et prudent [4], respond si peu à l'esperance qu'on en donna a ses predecesseurs, et à cette premiere abondance de richesses qu'on rencontra à l'abord de ces nouvelles terres (car encores qu'on en retire beaucoup, nous veoyons que ce n'est rien, au pris de ce qui s'en debvoit

(1) Disons plus, un roi si grand, etc. — (2) Mines.
(3) Et hais. — (4) Philippe II.

attendre), c'est que l'usage de la monnoye estoit entierement incogneu, et que par consequent leur or se trouva tout assemblé, n'estant en aultre service que de montre et de parade, comme un meuble reservé de pere en fils par plusieurs puissants roys qui espuisoient tousiours leurs mines, pour faire ce grand monceau de vases et statues à l'ornement de leurs palais et de leurs temples : au lieu que nostre or est tout en employte [1] et en commerce ; nous le menuisons et alterons en mille formes, l'espandons et dispersons. Imaginons que nos roys amonceelassent ainsin tout l'or qu'ils pourroient trouver en plusieurs siecles, et le gardassent immobile.

Ceulx du royaume de Mexico estoient aulcunement plus civilisez, et plus artistes que n'estoient les aultres nations de là. Aussi ingeoient ils, ainsin que nous, que l'univers feust proche de sa fin ; et en prindrent pour signe la desolation que nous y apportasmes. Ils croyoient que l'estre du monde se despart en cinq aages, et en la vie de cinq soleils consecutifs, desquels les quatre avoyent desia fourny leur temps, et que celuy qui leur esclairoit estoit le cinquiesme. Le premier perit avecques toutes les aultres creatures, par universelle inondation d'eaux : le second, par la cheute du ciel sur nous, qui estouffa toute chose vivante ; auquel aage ils assignent les geants, et en feirent voir aux Espaignols des ossements, à la proportion desquels la stature des hommes revenoit à vingt paulmes de haulteur : le troisiesme, par feu qui embrasa et consuma tout : le quatriesme, par une esmotion d'air et de vent, qui abbattit iusques à plusieurs montaignes ; les hommes n'en moururent point, mais ils feurent changez en magots : quelles impressions ne souffre la lascheté de l'humaine creance ! Aprez la mort de ce quatriesme soleil, le monde feut vingt cinq ans en perpetuelles tenebres ; au quinziesme desquels, feut creé un homme et une femme qui referent l'humaine race : dix ans aprez, à certain de leurs iours, le soleil parut nouvellement creé ; et commence, depuis, le compte de leurs annees par ce iour là : le troisiesme iour de sa creation, moururent les dieux anciens ; les nouveaux sont nayz depuis, du iour à la journee. Ce qu'ils estiment de la maniere que ce dernier soleil perira, mon aucteur n'en a rien apprins ; mais leur nombre de ce quatriesme changement rencontre à cette grande conionction des astres, qui produisit il y a huict cents tant d'ans, selon que les astrologiens estiment, plusieurs grandes alterations et nouvelletez au monde.

Quant à la pompe et magnificence, par où ie

suis entré en ce propos, ny Grece, ny Rome, ny Aegypte, ne peult, soit en utilité, ou difficulté, ou noblesse, comparer aulcun de ses ouvrages au chemin qui se veoid au Peru, dressé par les roys du païs, depuis la ville de Quito iusques à celle de Cusco ( il y a trois cents lieues ), droict, uny, large de vingt cinq pas, pavé, revestu de costé et d'aultre de belles et haultes murailles, et le long d'icelles, par le dedans, deux ruisseaux perennes [2] bordez de beaux arbres qu'ils nomment *Molly*. Où ils ont trouvé des montaignes et rochiers, ils les ont taillez et applanis, et comblé les fondrieres de pierre et de chaux. Au chef [3] de chasque iournee, il y a de beaux palais, fournis de vivres, de vestements et d'armes, tant pour les voyageurs, que pour les armees qui ont à y passer. En l'estimation de cet ouvrage, i'ay compté la difficulté, qui est particulierement considerable en ce lieu là ; ils ne bastissoient point de moindres pierres que de dix pieds en carré ; ils n'avoyent aultre moyen de charrier qu'à force de bras, en trainant leur charge ; et pas seulement l'art d'eschaffauder, n'y sçachants aultre finesse que de haulser autant de terre contre leur bastiment, comme il s'esleve, pour l'oster aprez.

Retumbons à nos coches. En leur place, et de toute aultre voicture, ils se faisoient porter par les hommes, et sur les espaules. Ce dernier roy du Peru, le iour qu'il feut prins, estoit ainsin porté sur des brancars d'or, et assis dans une chaize d'or, au milieu de sa battaille. Autant qu'on tuoit de ces porteurs pour le faire cheoir à bas ( car on le vouloyt prendre vif ), autant d'aultres, et à l'envy, prenoient la place des morts : de façon qu'on ne le peut oneques abbattre, quelque meurtre qu'on feist de ces gents là ; iusques à ce qu'un homme de cheval l'alla saisir au corps, et l'avalla [4] par terre.

## CHAPITRE VII.

### *De l'incommodité de la grandeur.*

Puisque nous ne la pouvons aveindre, vengeons nous à en mesdire : si n'est ce pas entierement mesdire de quelque chose, d'y trouver des defaults ; il s'en treuve en toutes choses, pour belles et desirables qu'elles soient. En general, elle a cet evident advantage, qu'elle se ravalle quand il luy plaist, et qu'à peu prez elle a le chois de l'une et l'autre condition : car on ne tumbe pas de toute

---

(1) En emplettes, en achat, en trafic.
(2) Perpétuels. — (3) Au bout, à la fin.
(4) Le mot à val ; le renverse.

haulteur; il en est plus, desquelles on peult descendre sans tumber. Bien me semble il que nous la faisons trop valoir; et trop valoir aussi la resolution de ceulx que nous avons ou veu ou ouï dire l'avoir mesprisee, ou s'en estre desmis de leur propre desseing : son essence n'est pas si evidemment commode, qu'on ne la puisse refuser sans miracle. Ie treuve l'effort bien difficile à la souffrance des maulx; mais au contentement d'une mediocre mesure de fortune, et fuyte de la grandeur, i'y treuve fort peu d'affaire : c'est une vertu, ce me semble, où moy, qui ne suis qu'un oyson, arriverois sans beaucoup de contention; que doibvent faire ceulx qui mettroient encores en consideration la gloire qui accompaigne ce refus, auquel il peult escheoir plus d'ambition qu'au desir mesme et iouyssance de la grandeur? d'autant que l'ambition ne se conduict iamais mieulx selon soy, que par une voye esgaree et inusitee.

J'aiguise mon courage vers la patience; ie l'affoiblis vers le desir: autant qu'ie à souhaitter qu'un aultre, et laisse à mes souhaits autant de liberté et d'indiscretion; mais pourtant, si ne m'est il iamais advenu de souhaiter ny empire ny royauté, ny l'eminence de ces haultes fortunes et commanderesses: ie ne vise pas de ce costé là; ie m'aime trop. Quand ie pense à croistre, c'est bassement, d'une accroissance contraincte et couarde, proprement pour moy, en resolution, en prudence, en santé, en beaulté, et en richesse encores; mais ce credit, cette auctorité si puissante, foule mon imagination, et, tout à l'opposite de l'aultre, m'aimerois à l'adventure mieulx deuxiesme ou troisiesme à Perigueux, que premier à Paris; au moins, sans mentir, mieulx troisiesme à Paris, que premier en charge. Ie ne veulx ny debattre avecques un huissier de porte, miserable incogneu [1]; ny faire fendre, en adoration, les presses où ie passe. Ie suis duict à un estage moyen, comme par mon sort, aussi par mon goust; et ay montré, en la conduicte de ma vie et de mes entreprinses, que i'ay plustost fuy, qu'aultrement [2], d'eniamber pardessus le degré de fortune auquel Dieu logea ma naissance : toute constitution naturelle est pareillement iuste et aysee. I'ay ainsin l'ame poltronne, que ie ne mesure pas la bonne fortune selon sa haulteur; ie la mesure selon sa facilité.

Mais si ie n'ay point le cœur gros assez, ie l'ay à l'equipollent [3] ouvert, et qui m'ordonne de publier hardiment sa foiblesse. Qui me donneroit à conferer la vie de L. Thorius Balbus, galant homme, beau, sçavant, sain, entendu et abondant en toute sorte de commoditez et plaisirs, conduisant une vie tranquille et toute sienne, l'ame bien preparee

contre la mort, la superstition, les douleurs, et aultres encombriers [4] de l'humaine necessité, mourant enfin en battaille, les armes en la main, pour la deffense de son païs, d'une part; et d'aultre part, la vie de M. Regulus, ainsin grande et haultaine que chascun la cognoist, et sa fin admirable : l'une sans nom, sans dignité; l'autre exemplaire et glorieuse à merveilles : i'en dirois certes ce qu'en dict Cicero, si ie sçavois aussi bien dire que luy. Mais s'il me les falloit coucher sur la mienne [5], ie dirois aussi que la premiere est autant selon ma portee, et selon mon desir que ie conforme à ma portee, comme la seconde est loing au delà : qu'à cette cy ie ne puis advenir [6], que par veneration; i'adviendrois volontiers à l'aultre, par usage.

Retournons à nostre grandeur temporelle, d'où nous sommes partis. Ie suis desgousté de maistrise, et actifve et passifve. Otanez, l'un des sept qui avoyent droict de pretendre au royaume de Perse, print un party que i'eusse prins volontiers : c'est qu'il quitta à ses compaignons son droict d'y pouvoir arriver par eslection ou par sort, prouveu que luy et les siens vecussent en cet empire hors de toute subiection et maistrise, sauf celle des loix antiques, et y eussent toute liberté qui ne porteroit preiudice à icelles : impatient de commander, comme d'estre commandé.

Le plus aspre et difficile mestier du monde, à mon gré, c'est faire dignement le roy. I'excuse plus de leurs faultes qu'on ne faict communement, en consideration de l'horrible poids de leur charge, qui m'estonne : il est difficile de garder mesure à une puissance si desmesuree; si est ce que c'est, envers ceulx mesmes qui sont de moins excellente nature, une singuliere incitation à la vertu, d'estre logé en tel lieu où vous ne faciez aulcun bien qui ne soit mis en registre et en compte; et où le moindre bienfaire porte sur tant de gents, et où vostre suffisance, comme celle des prescheurs, s'addresse principalement au peuple, iuge peu exact, facile à piper, facile à contenter. Il est peu de choses ausquelles nous puissions donner le iugement sincere, parce qu'il en est peu ausquelles, en quelque façon, nous n'ayons particulier interest. La superiorité et inferiorité, la maistrise et la subiection, sont obligees à une naturelle envye et contestation; il fault qu'elles s'entrepillent perpetuellement. Ie ne croy ny l'une, ny l'aultre, des droicts

(1) Sous entendez comme un.
(2) Que desiré. — (3) Equivalent.
(4) Encombrements, misères. — (5) Comparer à la mienne.
(6) Advenir a ici le même sens d'atteindre que le mot areindre, au commencement de ce chapitre, et vient également du latin advenire.

de sa compaigne : laissons en dire à la raison, qui est inflexible et impassible, quand nous en pourrons finer[1]. Ie feuillettois, il n'y a pas un mois, deux livres escossois, se combattants sur ce subiect : le populaire rend le roy de pire condition qu'un charretier ; le monarchique le loge quelques brasses au dessus de Dieu, en puissance et souveraineté.

Or, l'incommodité de la grandeur, que i'ay prins icy à remarquer par quelque occasion qui vient de m'en advertir, est cette cy : Il n'est, à l'adventure, rien plus plaisant au commerce des hommes que les essais que nous faisons les uns contre les aultres, par ialousie d'honneur et de valeur, soit aux exercices du corps et de l'esprit ; ausquels la grandeur souveraine n'a aucune vraye part. A la verité, il m'a semblé souvent qu'à force de respect on y traicte les princes desdaigneusement et iniurieusement ; car, ce dequoy ie m'offensois infiniement en mon enfance, que ceulx qui s'exerceoient avecques moy espargnassent de s'y employer à bon escient, pour me trouver indigne contre qui ils s'efforceassent, c'est ce qu'on veoid leur advenir touts les iours, chascun se trouvant indigne de s'efforcer contre eulx : si on recognoist qu'ils ayent tant soit peu d'affection à la victoire, il n'est celuy qui ne se travaille à leur prester, et qui n'aime mieulx trahir sa gloire, que d'offenser la leur ; on n'y employe qu'autant d'effort qu'il en fault pour servir à leur honneur. Quelle part ont ils à la meslee, en laquelle chascun est pour eulx ? Il me semble veoir ces paladins du temps passé, se presentants aux ioustes et aux combats avecques des faces et des armes faees[2]. Brisson, courant contre Alexandre, se feignit en la course : Alexandre l'en tansa ; mais il luy en debvoit faire donner le fouet. Pour cette consideration, Carneades disoit : « que les enfants des princes n'apprennent rien à droict, qu'à manger des chevaulx ; d'autant qu'en tout aultre exercice, chascun fleschit soubs eulx, et leur donne gaigné : mais un cheval, qui n'est ny flateur ny courtisan, verse le fils du roy par terre, comme il feroit le fils d'un crocheteur. »

Homere a esté contrainct de consentir que Venus feust blecée au combat de Troye, une si doulce saincte[3] et si delicate, pour luy donner du courage et de la hardiesse ; qualitez qui ne tumbent aucunement en ceulx qui sont exempts de danger : on faict courroucer, craindre, fuyr les dieux, s'enialouser, se douloir, et se passionner, pour les honnorer des vertus qui se bastissent entre nous de ces imperfections. Qui ne participe au hazard et difficulté, ne peult pretendre interest

à l'honneur et plaisir qui suit les actions hazardeuses. C'est pitié de pouvoir tant, qu'il advienne que toutes choses vous cedent : vostre fortune reiecte trop loing de vous la société et la compaignie : elle vous plante trop à l'escart. Cette aysance et lasche facilité de faire tout baisser soubs soy, est ennemye de toute sorte de plaisir : c'est glisser, cela ; ce n'est pas aller : c'est dormir, ce n'est pas vivre. Concevez l'homme accompaigné d'omnipotence, vous l'abysmez : il fault qu'il vous demande, par aulmosne, de l'empeschement et de la resistance ; son estre et son bien est en indigence.

Leurs bonnes qualitez sont mortes et perdues ; car elles ne se sentent que par comparaison, et on les en met hors : ils ont peu de cognoissance de la vraye louange, estants battus d'une si continuelle approbation et uniforme. Ont ils affaire au plus sot de leurs subiects ? ils n'ont aucun moyen de prendre advantage sur luy : en disant, « C'est pource qu'il est mon roy, » il luy semble avoir assez dict qu'il a presté la main à se laisser vaincre. Cette qualité estouffe et consomme les aultres qualitez vrayes et essentielles, elles sont enfoncees dans la royauté ; et ne leur laisse[4], à eulx faire valoir, que les actions qui la touchent directement et qui luy servent, les offices de leur charge : c'est tant estre roy, qu'il n'est que par là. Cette lueur estrangere qui l'environne, le cache et nous le desrobe ; nostre veue s'y rompt et s'y dissipe, estant remplie et arrestee par cette forte lumiere. Le senat ordonna le pris d'eloquence à Tibere : il le refusa, n'estimant pas que d'un iugement si peu libre, quand bien il eust esté veritable, il s'en peust ressentir[5].

Comme on leur cede touts advantages d'honneur, aussi conforte lon et auctorise les defaults et vices qu'ils ont, non seulement par approbation, mais aussi par imitation. Chascun des suivants d'Alexandre portoit, comme luy, la teste à costé[6] ; et les flateurs de Dionysius s'entreheurtoient en sa presence, poulsoient et versoient ce qui se rencontroit à leurs pieds, pour dire qu'ils avoyent la veue aussi courte que luy. Les greveures[7] ont aussi par fois servy de recommandation et faveur : i'en ay veu la surdité en affectation ; et parce que le maistre haïssoit sa femme, Plutarque a veu les courtisans repudier les leurs qu'ils aimoient : qui plus est, la paillardise s'en est veue en credit, et toute dissolution, comme aussi la desloyauté, les

(1) Terminer, finir.
(2) Enchantées. — (3) Déesse.
(4) Cette qualité, dis-e, ne laisse aux rois, pour se faire valoir, que les actions qui la touchent et l'intéressent directement ; savoir, les offices de leur charge.
(5) Prévaloir. — (6) De côté.
(7) Les hernies, du mot latin grassedo.

blasphemes, la cruauté, comme l'heresie, comme la superstition, l'irreligion, la mollesse, et pis, si pis il y a; par un exemple encores plus dangereux que celuy des flateurs de Mithridates, qui, d'autant que leur maistre pretendoit à l'honneur de bon medecin, luy portoient à inciser et cauteriser leurs membres; car ces aultres souffrent cauteriser leur ame, partie plus delicate et plus noble.

Mais pour achever par où i'ay commencé, Adrian l'empereur debattant avecques le philosophe Favorinus de l'interpretation de quelque mot, Favorinus luy en quitta bientost la victoire: ses amys se plaignants à luy: « Vous vous mocquez, feit il; voudriez vous qu'il ne feust pas plus sçavant que moy, luy qui commande à trente legions? » Auguste escrivit des vers contre Asinius Pollio: « Et moy, dict Pollio, ie me tais; ce n'est pas sagesse d'escrire à l'envy de celuy qui peult proscrire: » et avoyent raison; car Dionysius, pour ne pouvoir eguater Philoxenus en la poësie, et Platon en discours, en condemna l'un aux carrieres, et envoya vendre l'aultre esclave en l'isle d'Ægine.

## CHAPITRE VIII.

### De l'art de conferer.

C'est un usage de nostre iustice d'en condemner aulcuns pour l'advertissement des aultres. De les condemner, parce qu'ils ont failly, ce seroit bestise, comme dict Platon, car ce qui est faict ne se peult desfaire; mais c'est à fin qu'ils ne faillent plus de mesme, ou qu'on fuye l'exemple de leur faulte: on ne corrige pas celuy qu'on pend; on corrige les aultres par luy. Ie fois de mesme: mes erreurs sont tantost naturelles et incorrigibles; mais ce que les honnestes hommes proufitent au public en se faisant imiter, ie le proufiteray à l'adventure à me faire eviter:

*Nonne vides, Albi ut male vivat filius? utque*
*Barrus inops? magnum documentum, ne patriam*
*Perdere quis velit[1];*                      [rem

publiant et accusant mes imperfections, quelqu'un apprendra de les craindre. Les parties que i'estime le plus en moy, tirent plus d'honneur de m'accuser, que de me recommander: voylà pourquoy i'y retumbe, et m'y arreste plus souvent. Mais quand tout est compté, on ne parle iamais de soy, sans perte: les propres condemnations sont tousiours accrues; les louanges, mescrues. Il en peult estre aulcuns de ma complexion, qui m'instruis mieulx par contrarieté que par similitude, et par fuyte

que par suitte: à cette sorte de discipline regardoit le vieulx Cato, quand il dict « que les sages ont plus à apprendre des fols, que les fols des sages; » et cet ancien ioueur de lyre, que Pausanias recite avoir accoustumé contraindre ses disciples d'aller ouyr un mauvais sonneur, qui logeoit vis à vis de luy, où ils apprinssent à haïr ses desaccords et faulses mesures: l'horreur de la cruauté me reiecte plus avant en la clemence, qu'aulcun patron de clemence ne me sçauroit attirer; un bon escuyer ne redresse pas tant mon assiette, comme faict un procureur, ou un venitien, à cheval; et une mauvaise façon de language reforme mieulx la mienne, que ne faict la bonne. Touts les iours, la sotte contenance d'un aultre m'advertit et m'advise: ce qui poinct, touche et esveille mieulx que ce qui plaist. Ce temps est propre à nous amender à reculons; par disconvenance plus que par convenance; par difference, que par accord. Estant peu appris par les bons exemples, ie me sers des mauvais, desquels la leçon est ordinaire: ie me suis efforcé de me rendre autant agreable, comme i'en veoyois de fascheux; aussi ferme, que i'en veoyois de mols; aussi doulx, que i'en veoyois d'aspres; aussi bon, que i'en veoyois de meschants: mais ie me proposois des mesures invincibles.

Le plus fructueux et naturel exercice de nostre esprit, c'est, à mon gré, la conference: i'en treuve l'usage plus doulx que d'aulcune aultre action de nostre vie; et c'est la raison pourquoy, si i'estois asture[2] forcé de choisir, ie consentirois plustost, ce croy ie, de perdre la veue, que l'ouyr ou le parler. Les Atheniens, et encores les Romains, conservoient en grand honneur cet exercice en leurs academies: de nostre temps, les Italiens en retiennent quelques vestiges, à leur grand proufit, comme il se veoid par la comparaison de nos entendements aux leurs. L'estude des livres, c'est un mouvement languissant et foible qui n'eschauffe point: là où la conference apprend, et exerce, en un coup. Si ie confere avecques une ame forte et un roide ioustear, il me presse les flancs, me picque à gauche et à dextre; ses imaginations eslancent les miennes: la ialousie, la gloire, la contention me poulsent et rehaulsent au dessus de moy mesme; et l'unisson est qualité du tout ennuyeuse en la conference. Mais comme nostre esprit se fortifie par la communication des esprits vigoreux et reglez, il ne se peult dire combien il perd et s'abastardit par le continuel commerce et frequentation

(1) Voyez-vous le fils d'Albius? qu'il a de peine à vivre! Voyez vous la misère de Barrus? exemples qui nous apprennent à ne pas dissiper notre patrimoine. Hor., *Sat.*, I, 4, 109

(2) *A cette heure.*

que nous avons avecques les esprits bas et maladifs : il n'est contagion qui s'espande comme celle là ; ie sçay par assez d'experience combien en vault l'aulne. l'aime à contester et à discourir ; mais c'est avecques peu d'hommes, et pour moy : car de servir de spectacle aux grands, et faire à l'envy parade de son esprit et de son caquet, ie treuve que c'est un mestier tresmesseant à un homme d'honneur.

La sottise est une mauvaise qualité ; mais de ne la pouvoir supporter, et s'en despiter et ronger, comme il m'advient, c'est une aultre sorte de maladie qui ne doibt gueres à la sottise en importunité ; et est ce qu'à present ie veulx accuser du mien. l'entre en conference et en dispute avecques grande liberté et facilité, d'autant que l'opinion treuve en moy le terrain mal propre à y penetrer et y poulser de haultes racines : nulles propositions m'estonnent, nulle creance me blece, quelque contrarieté qu'elle aye à la mienne ; il n'est si frivole et si extravagante fantasie qui ne me semble bien sortable à la production de l'esprit humain. Nous aultres, qui privons nostre iugement du droict de faire des arrests, regardons mollement les opinions diverses ; et si nous n'y prestons le iugement, nous y prestons ayseement l'aureille. Où l'un plat est vuide du tout en la balance, ie laisse vaciller l'aultre soubs les songes d'une vieille ; et me semble estre excusable si i'accepte plustost le nombre impair : le ieudy, au pris du vendredy ; si ie m'aime mieulx douziesme ou quatorziesme, que treiziesme, à table ; si ie veoy plus volentiers un lievre costoyant que traversant mon chemin, quand ie voyage ; et donne plustost le pied gauche que le droict à chausser. Toutes telles ravasseries, qui sont en credit autour de nous, meritent au moins qu'on les escoute : pour moy, elles emportent seulement l'inanité, mais elles l'emportent. Encores sont, en poids, les opinions vulgaires et casuelles aultre chose que rien, en nature ; et qui ne s'y laisse aller iusques là, tumbe à l'adventure au vice de l'opiniastreté, pour eviter celuy de la superstition.

Les contradictions doncques des iugements ne m'offensent ny m'alterent ; elles m'esveillent seulement et m'exercent. Nous fuyons la correction : il s'y fauldroit presenter et produire, notamment quand elle vient par forme de conference, non de regence. A chasque opposition, on ne regarde pas si elle est iuste ; mais, à tort ou à droict, comment on s'en desfera : au lieu d'y tendre les bras, nous y tendons les griffes. Ie souffrirois estre rudement heurté par mes amys : « Tu es un sot ; tu resves. » l'aime, entre les galants hommes,

qu'on s'esprime courageusement ; que les mots aillent où va la pensee : il nous fault fortifier l'ouïe, et la durcir contre cette tendreur du son cerimonieux des paroles. l'aime une societé et familiarité forte et virile ; une amitié qui se flatte en l'aspreté et vigueur de son commerce, comme l'amour aux morsures et aux esgratigneures sanglantes : elle n'est pas assez vigoreuse et genereuse, si elle n'est querelleuse, si elle est civilisee et artiste, si elle craint le hurt [1], et a ses allures contrainctes : *Neque enim disputari, sine reprehensione, potest* [2]. Quand on me contrarie, on esveille mon attention, non pas ma cholere ; ie m'advance vers celuy qui me contredict, qui m'instruit : la cause de la verité debvroit estre la cause commune à l'un et à l'aultre. Que respondra il ? la passion du courroux luy a desia frappé le iugement ; le trouble s'en est saisi avant la raison. Il seroit utile qu'on passast par gageure la decision de nos disputes ; qu'il y eust une marque materielle de nos pertes, à fin que nous en teinssions estat ; et que mon valet me peust dire : « Il vous cousta l'annee passee cent escus, à vingt fois, d'avoir esté ignorant et opiniastre. » Ie festoye et caresse la verité en quelque main que ie la treuve, et m'y rends alaigrement, et luy tends mes armes vaincues, de loing que ie la veoy approcher ; et, pourveu qu'on n'y procede point d'une trongne trop imperieusement magistrale, ie prends plaisir à estre reprins, et m'accommode aux accusateurs, souvent plus par raison de civilité, que par raison d'amendement, aimant à gratifier et à nourrir la liberté de m'advertir, par la facilité de ceder ; ouy, à mes despens.

Toutesfois il est, certes, malaysé d'y attirer les hommes de mon temps : ils n'ont pas le courage de corriger, parce qu'ils n'ont pas le courage de souffrir à l'estre ; et parlent tousiours avec dissimulation en presence les uns des aultres. Ie prends si grand plaisir d'estre iugé et cogneu, qu'il m'est comme indifferent en quelle des deux formes ie le sois ; mon imagination se contredict elle mesme si souvent et condemne, que ce m'est tout un qu'un aultre le face, veu principalement que ie ne donne à sa reprehension que l'auctorité que ie veulx : mais ie romps paille avec celuy qui se tient si hault à la main, comme i'en cognoy quelqu'un qui plaint son advertissement s'il n'en est creu, et prend à iniure si on estrive [3] à le suivre. Ce que Socrates recueilloit, tousiours riant, les con-

(1) Le heurt, le choc.
(2) Car il n'y a pas de discussion sans contradiction. Cic. *de finib. bon. et mal.* I, 8.
(3) Lutte.

tradictions qu'on faisoit à son discours, on pouvoit dire que sa force en estoit cause ; et que l'advantage ayant à tumber certainement de son costé, il les acceptoit comme matiere de nouvelle victoire. Mais nous veoyons, au rebours, qu'il n'est rien qui nous y rende le sentiment si delicat, que l'opinion de la preeminence, et le desdaing de l'adversaire ; et que par raison, c'est au foible plustost d'accepter de bon gré les oppositions qui le redressent et rabillent. Ie cherche, à la verité, plus la frequentation de ceulx qui me gourment, que de ceulx qui me craignent : c'est un plaisir fade et nuisible d'avoir affaire à gents qui nous admirent et facent place. Antisthenes commanda à ses enfants « de ne sçavoir iamais gré ny grace à homme qui les louast. » Ie me sens bien plus fier de la victoire que ie gaigne sur moy, quand, en l'ardeur mesme du combat, ie me fois plier soubs la force de la raison de mon adversaire, que ie ne me sens gré de la victoire que ie gaigne sur luy par sa foiblesse : enfin, ie receois et advoue toute sorte d'attainctes qui sont de droict fil, pour foibles qu'elles soient ; mais ie suis par trop impatient de celles qui se donnent sans forme. Il me chault peu de la matiere, et me sont les opinions unes, et la victoire du subiect à peu prez indifferente. Tout un iour ie contesteray paisiblement, si la conduicte du debat se suit avecques ordre : ce n'est pas tant la force et la subtilité que ie demande, comme l'ordre ; l'ordre qui se veoid touts les iours aux altercations des bergers et des enfants de boutique, iamais entre nous : s'ils se destracquent, c'est en incivilité ; si faisons nous bien : mais leur tumulte et impatience ne les desvoye pas de leur theme, leur propos suit son cours ; s'ils previennent l'un l'aultre, s'ils ne s'attendent pas, au moins ils s'entendent. On respond tousiours trop bien pour moy, si on respond à ce que ie dy : mais, quand la dispute est troublee et desreglee, ie quitte la chose, et m'attache à la forme avecques despit et indiscretion ; et me iecte à une façon de debattre, testue, malicieuse et imperieuse, dequoy i'ay à rougir aprez. Il est impossible de traicter de bonne foy avecques un sot ; mon iugement ne se corrompt pas seulement à la main d'un maistre si impetueux, mais aussi ma conscience.

Nos disputes debvroient estre deffendues et punies comme d'aultres crimes verbaux : quel vice n'esveillent elles et n'amoncellent, tousiours regies et commandees par la cholere ? Nous entrons en inimitié, premierement contre les raisons, et puis, contre les hommes. Nous n'apprenons à disputer que pour contredire : et chascun contre-disant et estant contredict, il en advient que le fruict du disputer, c'est perdre et aneantir la verité. Ainsin Platon, en sa Republique, prohibe cet exercice aux esprits ineptes et mal nayz. A quoy faire vous mettez vous en voye de quester ce qui est, avecques celuy qui n'a ny pas, ny alleure qui vaille ? On ne faict point tort au subiect, quand on le quitte pour veoir du moyen de le traicter ; ie ne dy pas moyen scholastique et artiste, ie dy moyen naturel, d'un sain entendement. Que sera ce enfin ? l'un va en orient, l'aultre en occident ; ils perdent le principal, et l'escartent dans la presse des incidents : au bout d'une heure de tempeste, ils ne sçavent ce qu'ils cherchent ; l'un est bas, l'aultre hault, l'aultre costier[1] ; qui se prend à un mot et une similitude ; qui ne sent plus ce qu'on luy oppose, tant il est engagé en sa course, et pense à se suivre, non pas à vous ; qui, se trouvant foible de reins, craint tout, refuse tout, mesle dez l'entree et confond le propos, ou, sur l'effort du debat, se mutine à se taire tout plat, par une ignorance despite, affectant un orgueilleux mespris, ou une sottement modeste fuyte de contention : prouveu que cettuy cy frappe, il ne luy chault combien il se descouvre ; l'aultre compte ses mots, et les poise pour raisons ; celuy là n'y employe que l'advantage de sa voix et de ses poulmons ; en voylà un qui conclud contre soy mesme ; et cettuy cy qui vous assourdit de prefaces et digressions inutiles ; cet aultre s'arme de pures iniures, et cherche une querelle d'Allemaigne, pour se desfaire de la societé et conference d'un esprit qui presse le sien ; ce dernier ne veoid rien en la raison, mais il vous tient assiegé sur la closture dialectique de ses clauses, et sur les formules de son art.

Or, qui n'entre en desfiance des sciences, et n'est en double s'il s'en peult tirer quelque solide fruict au besoing de la vie, à considerer l'usage que nous en avons ? *nihil sanantibus litteris*[2]. Qui a prins de l'entendement en la logique ? où sont ses belles promesses ? *nec ad melius vivendum, nec ad commodius, disserendum*[3]. Veoid on plus de barbouillage au caquet des harengieres, qu'aux disputes publicques des hommes de cette profession ? I'ai merois mieulx que mon fils apprinst aux tavernes à parler, qu'aux escholes de la parlerie. Ayez un maistre ez arts, conferez avecques luy ; que ne nous faict il sentir cette excellence artificielle, et ne ravit les femmes et les ignorants comme nous

---

(1) A côté.
(2) De ces lettres qui ne guérissent de rien. Sén., Epist. 59.
(3) Elle n'enseigne ni à mieux vivre, ni à mieux raisonner. Cic., de Finib., I, 19.

sommes, par l'admiration de la fermeté de ses raisons, de la beaulté de son ordre? que ne nous domine il et persuade comme il veult? un homme si advantageux en matiere et en conduicte, pourquoy mesle il à son escrime les iniures, l'indiscretion et la rage? Qu'il oste son chapperon, sa robbe, et son latin, qu'il ne batte pas nos aureilles d'Aristote tout pur et tout crud : vous le prendrez pour l'un d'entre nous, ou pis. Il me semble de ceste implication et entrelaceure du language par où ils nous pressent, qu'il en va comme des ioueurs de passe passe; leur souplesse combat et force nos sens, mais elle n'esbransle aulcunement nostre creance : hors ce bastelage, ils ne font rien qui ne soit commun et vil; pour estre plus sçavants, ils n'en sont pas moins ineptes. I'aime et honnore le sçavoir, autant que ceux qui l'ont; et, en son vray usage, c'est le plus noble et puissant acquest des hommes; mais en ceulx là (et il en est un nombre infini de ce genre) qui en establissent leur fondamentale suffisance et valeur, qui se rapportent de leur entendement à leur memoire, *sub aliena umbra latentes*[1], et ne peuvent rien que par livre; ie le hais, si ie l'ose dire, un peu plus que la bestise. En mon païs, et de mon temps, la doctrine amende assez les bources, nullement les ames : si elle les rencontre mousses, elle les aggrave et suffoque, masse crue et indigeste; si desliees, elle les purifie volontiers, clarifie, et subtilise iusques à l'exinanition[2]. C'est chose de qualité à peu prez indifferente; tresutile accessoire à une ame bien nee, pernicieux à une aultre ame, et dommageable; ou plustost, chose de tresprecieux usage, qui ne se laisse pas posseder à vil pris : en quelque main c'est un sceptre; en quelque aultre, une marotte.

Mais suivons. Quelle plus grande victoire attendez vous, que d'apprendre à vostre ennemy qu'il ne vous peult combattre? Quand vous gaignez l'advantage de vostre proposition, c'est la verité qui gaigne; quand vous gaignez l'advantage de l'ordre et de la conduicte, c'est vous qui gaignez. Il m'est advis qu'en Platon et en Xenophon Socrates dispute plus en faveur des disputants qu'en faveur de la dispute, et pour instruire Euthydemus et Protagoras de la congnoissance de leur impertinence, plus que de l'impertinence de leur art : il empoigne la premiere matiere, comme celuy qui a une fin plus utile que de l'esclaircir; à sçavoir, esclaircir les esprits qu'il prend à manier et exercer. L'agitation et la chasse est proprement de nostre gibier : nous ne sommes pas excusables de la conduire mal et impertinemment; de faillir à la prinse, c'est aultre chose : car nous sommes nayz

à quester la verité; il appartient de la posseder, à une plus grande puissance; elle n'est pas, comme disoit Democritus, cachee dans le fond des abysmes, mais plustost eslevee en haulteur infinie en la cognoissance divine. Le monde n'est qu'une eschole d'inquisition : ce n'est pas à qui mettra dedans, mais à qui fera les plus belles courses. Autant peult faire le sot celuy qui dict vray, que celuy qui dict fauls; car nous sommes sur la maniere, non sur la matiere, du dire. Mon humeur est de regarder autant à la forme qu'à la substance, autant à l'advocat qu'à la cause, comme Alcibiades ordonnoit qu'on feist; et touts les iours m'amuse à lire en des aucteurs, sans soing de leur science, y cherchant leur façon, non leur subiect : tout ainsin que ie poursuis la communication de quelque esprit fameux, non afin qu'il m'enseigne, mais afin que ie le congnoisse, et que le congnoissant, s'il le vault, ie l'imite. Tout homme peult dire veritablement; mais dire ordonneement, prudemment, et suffisamment, peu d'hommes le peuvent : par ainsin la faulseté qui vient d'ignorance ne m'offense point; c'est l'ineptie. I'ay rompu plusieurs marchez qui m'estoient utiles, par l'impertinence de la contestation de ceulx avecques qui ie marchandois. Ie ne m'esmeus pas une fois l'an des faultes de ceulx sur lesquels i'ay puissance; mais, sur le poinct de la bestise et opiniastreté de leurs allegations, excuses et deffenses asnieres et brutales, nous sommes touts les iours à nous en prendre à la gorge : ils n'entendent ny ce qui se dict ny pour quoy, et respondent de mesme; c'est pour desesperer. Ie ne sens heurter rudement ma teste que par une aultre teste; et entre plustost en composition avecques le vice de mes gents, qu'avecques leur temerité, leur importunité, et leur sottise; qu'ils facent moins, prouveu qu'ils soient capables de faire; vous vivez en esperance d'eschauffer leur volouté : mais d'une souche, il n'y a ny qu'esperer, ny que iouyr qui vaille.

Or quoy, si ie prends les choses aultrement qu'elles ne sont? Il peult estre : et pourtant[3] i'accuse mon impatience, et tiens, premierement, qu'elle est egualement vicieuse en celuy qui a droict, comme en celuy qui a tort; car c'est tousiours un' aigreur tyrannique, de ne pouvoir souffrir une forme diverse à la sienne; et puis, qu'il n'est, à la verité, point de plus grande fadese et plus constante, que de s'esmouvoir et piequer des fadeses du monde, ny plus heteroclite; car elle nous formalise principalement contre nous : et ce

---

(1) Qui se tapissent soubs l'umbre estrangere. Sen., *Epist.* 33. Traduction de Montaigne.

(2) *Anéantissement.* — (3) *Et c'est pour quoy.*

philosophe du temps passé n'eust jamais eu faulte d'occasion à ses pleurs, tant qu'il se feust consideré. Myson, l'un des sept sages, d'une humeur timonienne et democritienne, interrogé, De quoy il rioit tout seul : « De ce mesme que ie ris tout seul, » respondit il. Combien de sottises dy ie et responds ie touts les iours, selon moy ; et volontiers doncques combien plus frequentes, selon aultruy ? si ie m'en mords les levres, qu'en doibvent faire les aultres ? Somme, il fault vivre entre les vivants, et laisser la riviere courre soubs le pont, sans nostre soing, ou, à tout le moins, sans nostre alteration. De vray, pourquoy, sans nous esmouvoir, rencontrons nous quelqu'un qui ayt le corps tortu et mal basty ; et ne pouvons souffrir le rencontre d'un esprit mal rengé, sans nous mettre en cholere? cette vicieuse aspreté tient plus au iuge qu'à la faulte. Ayons tousiours en la bouche ce mot de Platon : « Ce que ie treuve mal sain, n'est ce pas pour estre moy mesme mal sain ? ne suis ie pas moy mesme en coulpe ? mon advertissement se peult il pas renverser contre moy ? » Sage et divin refrain, qui fouette la plus universelle et commune erreur des hommes. Non seulement les reproches que nous faisons les uns aux aultres, mais nos raisons aussi et nos arguments et matieres controverses, sont ordinairement retorquables à nous, et nous enferrons de nos armes : de quoy l'ancienneté m'a laissé assez de graves exemples. Ce feut ingenieusement dict et bien à propos, par celuy qui l'inventa :

Stercus cuique suum bene olet [1].

Nos yeulx ne veoyent rien en derriere : cent fois le iour, nous nous mocquons de nous sur le subiect de nostre voysin, et detestons en d'aultres les defaults qui sont en nous plus clairement, et les admirons, d'une merveilleuse impudence et inadvertence. Encores hier ie feus à mesme de veoir un homme d'entendement et gentil personnage se mocquant aussi plaisamment que iustement, de l'inepte façon d'un aultre qui rompt la teste à tout le monde du registre de ses genealogies et alliances, plus de moitié faulses (ceux là se iectent plus volontiers sur tels sots propos, qui ont leurs qualitez plus doubteuses et moins seures) ; et luy, s'il eust reculé sur soy, se feust trouvé non gueres moins intemperant et ennuyeux à semer et faire valoir la prerogative de la race de sa femme. Oh! importune presumptiou, de laquelle la femme se veoid armee par les mains de son mary mesme! S'il entendoit du latin, il luy fauldroit dire :

Agesis, hæc non insanit satis sua sponte, instiga [2].

le n'entends pas que nul n'accuse, qui ne soit net ( car nul n'accuseroit), voire ny net en mesme sorte de tache : mais i'entends que nostre iugement, chargeant sur un aultre, duquel pour lors il est question, ne nous espargne pas, d'une interne et severe iurisdiction. C'est office de charité, que qui ne peult oster un vice en soy cherche ce neantmoins à l'oster en aultruy, où il peult avoir moins maligne et revesche semence : ny ne me semble response à propos, à celuy qui m'advertit de ma faulte, dire qu'elle est aussi en luy. Quoy pour cela? tousiours l'advertissement est vray et utile. Si nous avions bon nez, nostre ordure nous debvroit plus puir, d'autant qu'elle est nostre : et Socrates est d'advis que qui se trouveroit coulpable, et son fils, et un estranger, de quelque violence et iniure, debvroit commencer par soy à se presenter à la condemnation de la iustice, et implorer, pour se purger, le secours de la main du bourreau; secondement pour son fils, et dernierement pour l'estranger : si ce precepte prend le ton un peu trop hault, au moins se doibt il presenter le premier à la punition de sa propre conscience.

Les sens sont nos propres et premiers iuges, qui n'apperçoivent les choses que par les accidents externes; et n'est pas merveille, si, en toutes les pieces du service de nostre societé, il y a un si perpetuel et universel meslange de cerimonies et apparences superficielles; si que la meilleure et plus effectuelle part des polices consiste en cela. C'est tousiours l'homme que nous avons affaire, duquel la condition est merveilleusement corporelle. Que ceulx qui nous ont voulu bastir, ces annees passees, un exercice de religion si contemplatif et immateriel, ne s'estonnent point s'il s'en treuve qui pensent qu'elle feust eschappee et fondue entre leurs doigts, si elle ne tenoit parmy nous comme marque, tiltre, et instrument de division et de part, plus que par soy mesme. Comme en la conference, la gravité, la robbe, et la fortune de celuy qui parle, donnent souvent credit à des propos vains et ineptes : il n'est pas à presumer qu'un monsieur si suivi, si redoubté, n'aye au dedans quelque suffisance aultre que populaire; et qu'un homme à qui on donne tant de commissions et de charges, si desdaigneux et si morguant, ne soit plus habile que cet aultre qui le salue de si loing, et que personne n'employe. Non seulement les mots, mais aussi les grimaces de ces gents là, se considerent et mettent en

(1) Chacun aime l'odeur de son fumier. *Proverbe latin.*
(2) Courage ! elle n'est pas assez folle d'elle-même ; irrite encore sa folie. TÉRENCE, *Andr.*, act. IV, sc. 2, v. 9.

compte; chascun s'appliquant à y donner quelque belle et solide interpretation. S'ils se rabbaissent à la conference commune, et qu'on leur presente aultre chose qu'approbation et reverence, ils vous assomment de l'auctorité de leur experience; ils ont ouï, ils ont veu, ils ont faict : vous estes accablé d'exemples. Ie leur dirois volontiers que le fruict de l'experience d'un chirurgien n'est pas l'histoire de ses practiques, et se souvenir qu'il a guary quatre empestez et trois goutteux, s'il ne sçait de cet usage tirer de quoy former son iugement, et ne nous sçait faire sentir qu'il en soit devenu plus sage à l'usage de son art : comme en un concert d'instruments, on n'oyt pas un luth, une espinette, et la fleute; on oyt une harmonie en globe, l'assemblage et le fruict de tout cet amas. Si les voyages et les charges les ont amendez, c'est à la production de leur entendement de le faire paroistre. Ce n'est pas assez de compter les experiences, il les fault poiser et assortir; et les fault avoir digerees et alambiquees, pour en tirer les raisons et conclusions qu'elles portent. Il ne feut iamais tant d'historiens; bon est il tousiours et utile de les ouyr, car ils nous fournissent tout plein de belles instructions et louables, du magasin de leur memoire; grande partie, certes, au secours de la vie : mais nous ne cherchons pas cela pour cette heure, nous cherchons si ces recitateurs et recueilleurs sont louables eulx mesmes.

Ie hais toute sorte de tyrannie, et la parliere, et l'effectuelle : ie me bande volontiers contre ces vaines circonstances qui pipent nostre iugement par les sens; et, me tenant au guet de ces grandeurs extraordinaires, ay trouvé que ce sont, pour le plus, des hommes comme les aultres :

Rarus enim ferme sensus communis in illa
Fortuna [1] :

A l'adventure les estime lon et apperceoit moindres qu'ils ne sont, d'autant qu'ils entreprennent plus, et se montrent plus : ils ne respondent point au faix qu'ils ont prins. Il fault qu'il y ayt plus de vigueur et de pouvoir au porteur qu'en la charge : celuy qui n'a pas remply sa force, il vous laisse deviner s'il a encores de la force au delà, et s'il a esté essayé iusques à son dernier poinct; celuy qui succombe à sa charge, il descouvre sa mesure et la foiblesse de ses espaules : c'est pourquoy on veoid tant d'ineptes ames entre les sçavantes, et plus que d'aultres; il s'en feust-faict des bons hommes de mesnage, bons marchands, bons artisans; leur vigueur naturelle estoit taillee à cette proportion. C'est chose de grand poids que la science, ils fondent dessoubs : pour estaler et distribuer cette

riche et puissante matiere, pour l'employer et s'en ayder, leur engin n'a ny assez de vigueur, ny assez de maniement : elle ne peult qu'en une forte nature; or elles sont bien rares : et les foibles, dict Socrates, corrompent la dignité de la philosophie, en la maniant; elle paroist et inutile et vicieuse, quand elle est mal estuyee [2]. Voylà comment ils se gastent et affolent [3].

Humani qualis simulator simius oris,
Quem puer arridens pretioso stamine serum
Velavit, nudasque nates ac terga reliquit,
Ludibrium mensis [4].

A ceulx pareillement qui nous regissent et commandent, qui tiennent le monde en leur main, ce n'est pas assez d'avoir un entendement commun, de pouvoir ce que nous pouvons; ils sont bien loing au dessoubs de nous, s'ils ne sont bien loing au dessus : comme ils promettent plus, ils doibvent aussi plus.

Et pourtant leur est le silence, non seulement contenance de respect et gravité, mais encores souvent de proufit et de mesnage : car Megabyzus, estant allé veoir Apelles en son ouvrouer [5], feut long temps sans mot dire; et puis commencea à discourir de ses ouvrages : dont il receut cette rude reprimande : « Tandis que tu as gardé silence, tu semblois quelque grande chose, à cause de tes chaisnes et de ta pompe; mais maintenant qu'on t'a ouï parler, il n'est pas iusques aux garsons de ma boutique qui ne te mesprisent ». Ces magnifiques atours, ce grand estat, ne luy permettoient point d'estre ignorant d'une ignorance populaire, et de parler impertinemment de la peincture : il debvoit maintenir, muet, cette externe et presumptifve suffisance. A combien de sottes ames, en mon temps, a servy une mine froide et taciturne, du tiltre de prudence et de capacité !

Les dignitez, les charges, se donnent necessairement plus par fortune que par merite; et a lon tort souvent de s'en prendre aux roys : au rebours, c'est merveille qu'ils y ayent tant d'heur, y ayants si peu d'adresse :

Principis est virtus maxima, nosse suos [6] :

----

(1) Le sens commun est assez rare dans cette haute fortune. JUVÉNAL, VIII, 73.
(2) En mauvais état. — (3) Se nuisent.
(4) Tel ce singe, imitateur de l'homme, qu'un enfant couvre, en riant, d'un précieux tissu de soie; mais il lui laisse le derrière nu, et l'expose ainsi à la risée des convives. CLAUDIEN, in Eutrop., I, 303.
(5) Ouvroir, ou atelier.
(6) Le premier mérite d'un prince est de bien connoître ceux qu'il doit s'attacher. MARTIAL, VIII, 15.

car la nature ne leur a pas donné la veue qui se puisse estendre à tant de peuples, pour en discerner la precellence, et percer nos poictrines où loge la cognoissance de nostre volonté et de nostre meilleure valeur : il fault qu'ils nous trient par coniecture et à tastons ; par la race, les richesses, la doctrine, la voix du peuple ; tresfoibles arguments. Qui pourroit trouver moyen qu'on en peust iuger par iustice, et choisir les hommes par raison, establiroit, de ce seul traict, une parfaite forme de police.

« Ouy mais, il a mené à poinct ce grand affaire. » C'est dire quelque chose ; mais ce n'est pas assez dire : car cette sentence est iustement receue, « Qu'il ne fault pas iuger les conseils par les evenements. » Les Carthaginois punissoient les mauvais advis de leurs capitaines, encores qu'ils feussent corrigez par une heureuse yssue : et le peuple romain a souvent refusé le triumphe à des grandes et tresutiles victoires, parce que la conduicte du chef ne respondoit point à son bonheur. On s'apperçoit ordinairement, aux actions du monde, que la fortune, pour nous apprendre combien elle peult en toutes choses, et qui prend plaisir à rabbattre nostre presumption, n'ayant peu faire les malhabiles, sages, elle les faict heureux, à l'envy de la vertu ; et se mesle volontiers à favoriser les executions où la trame est plus purement sienne : d'où il se veoid touts les iours que les plus simples d'entre nous mettent à fin de tresgrandes besongnes et publicques et privees ; et, comme Siramnez le Persien respondit à ceulx qui s'estonnoient comment ses affaires succedoient si mal, veu que ses propos estoient si sages, « Qu'il estoit seul maistre de ses propos, mais du succez de ses affaires c'estoit la fortune, » ceulx cy peuvent responder de mesme, mais d'un contraire biais. La pluspart des choses du monde se font par elles mesmes ;

Fata viam inveniunt[1] ;

l'yssue auctorise souvent une tresinepte conduicte : nostre entremise n'est quasi qu'une routine, et, plus communement, consideration d'usage et d'exemple, que de raison. Estonné de la grandeur de l'affaire, i'ay aultrefois sceu, par ceulx qui l'avoyent mené à fin, leurs motifs et leur adresse ; ie n'y ay trouvé que des advis vulgaires : et les plus vulgaires et usitez sont aussi peultestre les plus seurs et plus commodes à la practique, sinon à la montre. Quoy, si les plus plattes raisons sont les mieulx assises ; les plus basses et lasches, et les plus battues, se couchent mieulx aux affaires ? Pour conserver l'auctorité du conseil des roys, il

n'est pas besoing que les personnes profanes y participent, et y veoyent plus avant que de la premiere barriere : il se doibt reverer à credit et en bloc, qui en veult nourrir sa reputation. Ma consultation esbauche un peu la matiere, et la considere legierement par ses premiers visages : le fort et principal de la besongne, i'ay accoustumé de le resigner au ciel.

Permitte divis cetera[2].

L'heur et le malheur sont, à mon gré, deux souveraines puissances : c'est imprudence d'estimer que l'humaine prudence puisse remplir le roolle de la fortune ; et vaine est l'entreprinse de celuy qui presume d'embrasser et causes et consequences, et mener par la main le progrez de son faict ; vaine sur tout aux deliberations guerrieres. Il ne feut iamais plus de circonspection et prudence militaire, qu'il s'en veoid par fois entre nous : seroit ce qu'on craind de se perdre en chemin, se reservant à la catastrophe de ce ieu ? Ie dy plus, que nostre sagesse mesme et consultation suit, pour la pluspart, la conduicte du hazard : ma volonté et mon discours se remue tantost d'un air, tantost d'un aultre ; et y a plusieurs de ces mouvements qui se gouvernent sans moy : ma raison a des impulsions et agitations iournalieres et casuelles :

Vertuntur species animorum, et pectora motus
Nunc alios, alios, dum nubila ventus agebat,
Concipiunt[3].

Qu'on regarde qui sont les plus puissants aux villes, et qui font mieulx leurs besongnes ; on trouvera, ordinairement, que ce sont les moins habiles : il est advenu aux femmelettes, aux enfants, et aux insensez, de commander des grands estats, à l'egal des plus suffisants princes ; et y rencontrent (dict Thucydides) plus ordinairement les grossiers que les subtils : nous attribuons les effects de leur bonne fortune à leur prudence ;

Ut quisque fortuna utitur,   [cimus[4] :
Ita præcellet ; atque exinde sapere illum omnes di-

par quoy ie dy bien, en toutes façons, que les evenements sont maigres tesmoings de nostre pris et capacité.

Or i'estois sur ce poinct, qu'il ne fault que veoir un homme eslevé en dignité : quand nous l'aurions

(1) Les destins s'ouvrent la route. Virg., Énéide, III, 395.
(2) Abandonnez le reste aux dieux. Horace, Od., I, 9, 9.
(3) La disposition de l'ame varie sans cesse : maintenant une passion l'agite ; que le vent change, une autre l'entrainera. Virg., Géorg., I, 420.
(4) Un homme ne s'élève qu'à la faveur de la fortune, et dès lors tout le monde vante son habileté. Pl., Pseudol., II, 3, 13.

cogueu, trois iours devant, homme de peu, il coule insensiblement, en nos opinions, une image de grandeur de suffisance ; et nous persuadons que, croissant de train et de credit, il est creu de merite: nous iugeons de luy, non selon sa valeur, mais à la mode des iectons, selon la prerogative de son reng. Que la chance tourne aussi, qu'il retumbe et se mesle à la presse, chascun s'enquiert avecques admiration de la cause qui l'avoyt guindé si hault : « Est ce luy? faict on ; N'y sçavoit il aultre chose quand il y estoit? Les princes se contentent ils de si peu? Nous estions vrayement en bonnes mains ! » C'est chose que i'ay veu souvent de mon temps: voire, et le masque des grandeurs qu'on represente aux comedies nous touche aulcunement et nous pipe. Ce que i'adore moy mesme aux roys, c'est la foule de leurs adorateurs: toute inclination et soubmission leur est deue, sauf celle de l'entendement ; ma raison n'est pas duicte à se courber et flechir, ce sont mes genoux. Melanthius, interrogé ce qu'il luy sembloit de la tragedie de Dionysius: « Ie ne l'ay, dict il, point veue, tant elle est offusquee de language:» aussi la pluspart de ceulx qui iugent les discours des grands, debvroient dire : « Ie n'ay point entendu son propos, tant il estoit offusqué de gravité, de grandeur, et de maiesté. » Antisthenes suadoit un iour aux Atheniens qu'ils commandassent que leurs asnes feusseut aussi bien employez au labourage des terres, comme estoient les chevaulx : sur quoy il luy feut respondu que cet animal n'estoit pas nay à un tel service : « C'est tout un, repliqua il; il n'y va que de vostre ordonnance; car les plus ignorants et incapables hommes que vous employez aux commandements de vos guerres, ne laissent pas d'en devenir incontinent tresdignes, parce que vous les y employez : » à quoy touche l'usage de tant de peuples qui canonizent le roy qu'ils ont faict d'entre eulx, et ne se contentent point de l'honnorer, s'ils ne l'adorent. Ceulx de Mexico, depuis que les cerimonies de son sacre sont parachevees, n'osent plus le regarder au visage; ains, comme s'ils l'avoyent deifié par sa royauté, entre les serments qu'ils luy font iurer de maintenir leur religion, leurs loix, leurs libertez, d'estre vaillant, iuste, et debonnaire, il iure aussi de faire marcher le soleil en sa lumiere accoustumee, esgoutter les nuees en temps opportun, courir aux rivieres leurs cours, et faire porter à la terre toutes choses necessaires à son peuple.

Ie suis divers à cette façon commune ; et me desfie plus de la suffisance quand ie la voy accompaignee de grandeur de fortune et de recommandation populaire : il nous fault prendre garde combien c'est de parler à son heure, de choisir son poinct, de rompre le propos, ou le changer, d'une auctorité magistrale, de se deffendre des oppositions d'aultruy par un mouvement de teste, un soubris, ou un silence, devant une assistance qui tremble de reverence et de respect. Un homme de moustrueuse fortune, venant mesler son advis à certain legier propos, qui se demenoit tout laschement en sa table, commencea iustement ainsin : « Ce ne peult estre qu'un menteur ou ignorant qui dira aultrement que, etc. » Suivez cette poincte philosophique, un poignard à la main.

Voicy un aultre advertissement, duquel ie tire grand usage : c'est Qu'aux disputes et conferences, touts les mots qui nous semblent bons, ne doibvent pas incontinent estre acceptez. La plus part des hommes sont riches d'une suffisance estrangere ; il peult bien advenir à tel de dire un beau traict, une bonne response et sentence, et la mettre en avant, sans en cognoistre la force. Qu'on ne tient pas tout ce qu'on emprunte, à l'adventure se pourra il verifier par moy mesme. Il n'y fault point tousiours ceder, quelque verité ou beaulté qu'elle ayt : ou il la fault combattre à escient, ou se tirer arriere, soubs couleur de ne l'entendre pas, pour taster de toutes parts comment elle est logee en son aucteur. Il peult advenir que nous nous enferrons, et aydons au coup, oultre sa portee. I'ay aultrefois employé, à la necessité et presse du combat, des revirades [1] qui ont faict faulsee oultre mon desseing et mon esperance : ie ne les donnois qu'en nombre, on les recevoit en poids. Tout ainsin comme, quand ie debats contre un homme vigoreux, ie me plais d'anticiper ses conclusions, ie luy oste la peine de s'interpreter, i'essaye de prevenir son imagination imparfaicte encores et naissante; l'ordre et la pertinence de son entendement m'advertit et menace de loing : de ces aultres ie fois tout le rebours ; il ne fault rien entendre que par eulx, ny rien presupposer. S'ils iugent en paroles universelles, « Cecy est bon, Cela ne l'est pas, » et qu'ils rencontrent; veoyez si c'est la fortune qui rencontre pour eulx : qu'ils circonscrivent et restreignent un peu leur sentence ; pour quoy c'est; par où c'est. Ces iugements universels, que ie voy si ordinaires, ne disent rien ; ce sont gents qui saluent tout un peuple en foule et en trouppe : ceulx qui en ont vraye cognoissance, le saluent et remarquent nommeement et particulierement ; mais c'est une hazardeuse entreprinse : d'où i'ay veu, plus souvent que touts les iours, advenir que les esprits foible-

1. Repliques, ripostes.

ment fondez, voulants faire les ingenieux à remarquer en la lecture de quelque ouvrage le poinct de la beaulté, arrestent leur admiration, d'où si mauvais chois, qu'au lieu de nous apprendre l'excellence de l'aucteur, ils nous apprennent leur propre ignorance. Cette exclamation est seure, « Voylà qui est beau! » ayant ouï une entiere page de Virgile; par là se sauvent les fins : mais d'entreprendre à le suivre par espaulettes [1], et, de iugement exprez et trié, vouloir remarquer par où un bon aucteur se surmonte, poisant les mots, les frases, les inventions, et ses diverses vertus; l'une aprez l'aultre : ostez vous de là. *Videndum est, non modo quid quisque loquatur, sed etiam quid quisque sentiat, atque etiam quade causa quisque sentiat* [2]. I'oys iournellement dire à des sots des mots non sots; ils disent une bonne chose : sçachons iusques où ils la cognoissent; veoyons par où ils la tiennent. Nous les aydons à employer ce beau mot et cette belle raison, qu'ils ne possedent pas; ils ne l'ont qu'en garde : ils l'auront producte à l'adventure et à tastons; nous la leur mettons en credit et en pris. Vous leur prestez la main; à quoy faire? ils ne vous en sçavent nul gré, et en deviennent plus ineptes : ne les secondez pas, laissez les aller; ils manieront cette matiere comme gents qui ont peur de s'eschaulder; ils n'osent luy changer d'assiette et de iour, ny l'enfoncer : crou-lez la tant soit peu; elle leur eschappe; ils vous la quittent, toute forte et belle qu'elle est : ce sont belles armes; mais elles sont mal emmanchees. Combien de fois en ay ie veu l'experience! Or, si vous venez à les esclaircir et confirmer, ils vous saisissent et desrobent incontinent cet advantage de vostre interpretation : « C'estoit ce que ie vouloy dire : voylà iustement ma conception; si ie ne l'ay ainsin esprimé, ce n'est que faulte de langue. » Soufflez. Il faut employer la malice mesme, à corriger cette fiere bestise. Le dogme d'Hegesias, « qu'il ne fault ny haïr ny accuser, ains instruire, » a de la raison ailleurs; mais icy c'est iniustice et inhumanité de secourir et redresser celuy qui n'en a que faire, et qui en vault moins. I'aime à les laisser embourber et empestrer encores plus qu'ils ne sont, et si avant, s'il est possible, qu'enfin ils se recognoissent.

La sottise et desreglement de sens n'est pas chose guarissable par un traict d'advertissement : et pouvons proprement dire de cette reparation ce que Cyrus respond à celuy qui le presse d'enhorter son ost [3], sur le poinct d'une bataille : « Que les hommes ne se rendent pas courageux et belliqueux sur le champ par une bonne harangue; non plus qu'on ne devient incontinent musicien,

pour ouyr une bonne chanson. » Ce sont apprentissages qui ont à estre faits avant la main, par longue et constante institution. Nous debvons ce soing aux nostres, et cette assiduité de correction et d'instruction; mais d'aller prescher le premier passant, et regenter l'ignorance ou ineptie du premier rencontré, c'est un usage auquel ie veulx grand mal. Rarement le fois ie, aux propos mesmes qui se passent avecques moy; et quitte plustost tout, que de venir à ces instructions reculees et magistrales; mon humeur n'est propre non plus à parler qu'à escrire pour les principians [4] : mais aux choses qui se disent en commun, ou entre aultres, pour faulses et absurdes que ie les inge, ie ne me iecte iamais à la traverse, ny de parole ny de signe.

Au demourant, rien ne me despite tant en la sottise, que de quoy elle se plaist plus que aulcune raison ne se peult raisonnablement plaire. C'est malheur, que la prudence vous deffend de vous satisfaire et fier de vous, et vous renvoye tousiours mal content et craintif; là où l'opiniastreté et la temerité remplissent leurs hostes d'esiouyssance et d'asseurance. C'est aux plus malhabiles de regarder les aultres hommes par dessus l'espaule, s'en retournants tousiours du combat pleins de gloire et d'alaigresse; et, le plus souvent encores, cette oultrecuidance de language et gayeté de visage leur donne gaigné, à l'endroict de l'assistance, qui est communement foible et incapable de bien iuger et discerner les vrais advantages. L'obstination et ardeur d'opinion est la plus seure preuve de bestise : est il rien certain, resolu, desdaigneux, contemplatif, grave, serieux, comme l'asne?

Pouvons nous pas mesler au tiltre de la conference et communication, les devis poinctus et couppez que l'alaigresse et la privauté introduict entre les amys, gaussants et gaudissants [5] plaisamment et vifvement les uns les aultres? exercice auquel ma gayeté naturelle me rend assez propre; et s'il n'est aussi tendu et serieux que cet aultre exercice que ie viens de dire, il n'est pas moins aigu et ingenieux, ny moins proufitable, comme il sembloit à Lycurgus. Pour mon regard, i'y apporte plus de liberté d'esprit, et i'y ay plus d'heur que d'invention : mais ie suis parfaict en la souffrance; car i'endure la revenche, non seulement aspre,

---

(1) Façon de parler proverbiale : *à diverses reprises; par une suite de mouvements d'epaule.*

(2) Il faut non seulement écouter ce que chacun dit, mais examiner encore ce que chacun pense, et pourquoi il le pense. Cic., *de Offic.*, I, 41.

(3) D'exhorter, d'encourager son armée. — (4) *Commençants.*

(5) Gausser et gaudir, termes à peu près synonymes, qui signifie rire, se moquer, se railler les uns des autres.

mais indiscrette aussi, sans alteration : et à la charge qu'on me faict, si ie n'ay de quoy repartir brusquement sur le champ, ie ne vois pas m'amusant à suivre cette poincte, d'une contestation ennuyeuse et lasche, tirant à l'opiniastreté ; ie la laisse passer, et, baissant ioyeusement les aureilles, remets d'en avoir ma raison à quelque heure meilleure : n'est pas marchand qui tousiours gaigne. La pluspart changent de visage et de voix où la force leur fault ; et, par une importune cholere, au lieu de se venger, accusent leur foiblesse et leur impatience. En cette gaillardise, nous pinceons par fois des chordes secrettes de nos imperfections, lesquelles, rassis, nous ne pouvons toucher sans offense ; et nous entradvertissons utilement de nos defaults.

Il y a d'aultres ieux de mains indiscrets et aspres, à la françoise, que ie hais mortellement : i'ay la peau tendre et sensible : i'en ay veu, en ma vie, enterrer deux princes de nostre sang royal. Il faict laid se battre en s'esbattant.

Au reste, quand ie veulx iuger de quelqu'un, ie luy demande combien il se contente de soy ; iusques où son parler ou son escript luy plaist. Ie veulx eviter ces belles excuses, « Ie le feis en me iouant ;

*Ablatum mediis opus est incudibus istud[1] ;*

Ie n'y feus pas une heure ; Ie ne l'ay reveu depuis. » Or, dy ie, laissons doncques ces pieces ; donnez m'en une qui vous represente bien entier, par laquelle il vous plaise qu'on vous mesure : et puis, que trouvez vous le plus beau en vostre ouvrage ? est ce ou cette partie, ou cette cy ? la grace, ou la matiere, ou l'invention, ou le iugement, ou la science ? Car ordinairement ie m'apperceois qu'on fault autant à iuger de sa propre besongne, que de celle d'aultruy, non seulement pour l'affection qu'on y mesle, mais pour n'avoir la suffisance de la cognoistre et distinguer : l'ouvrage, de sa propre force et fortune, peult seconder l'œuvrier et le devancer oultre son invention et cognoissance. Pour moy, ie ne iuge la valeur d'aultre besongne plus obscurement que de la mienne ; et loge les Essais tantost bas inconstamment et doubteusement. Il y a plusieurs livres utiles, à raison de leurs subiects, desquels l'aucteur ne tire aulcune recommandation ; et des bons livres, comme des bons ouvrages, qui font honte à l'œuvrier. I'escriray la façon de nos convives et de nos vestements, et l'escriray de mauvaise grace ; ie publieray les edicts de mon temps, et les lettres des princes qui passent ez mains publicques ; ie feray un abbregé sur un bon livre ( et tout abbregé sur

un bon livre est un sot abbregé ), lequel livre viendra à se perdre, et choses semblables : la posterité retirera utilité singuliere de telles compositions ; moy, quel honneur, si ce n'est de ma bonne fortune ? Bonne part des livres fameux sont de cette condition.

Quand ie leus Philippes de Comines, il y a plusieurs annees, tresbon aucteur certes, i'y remarquay ce mot pour non vulgaire : « Qu'il se fault bien garder de faire tant de service à son maistre, qu'on l'empesche d'en trouver la iuste recompense : » ie debvois louer l'invention, non pas luy ; ie la rencontray en Tacitus, il n'y a pas long temps : *Beneficia eo usque læta sunt, dum videntur exsolvi posse ; ubi multum antevenere, pro gratia odium redditur*[2] : et Seneque vigoreusement : *Nam qui putat esse turpe non reddere, non vult esse cui reddat*[3] : et Cicero, d'un biais plus lasche : *Qui se non putat satisfacere, amicus esse nullo modo potest.*[4] Le subiect, selon qu'il est, peult faire trouver un homme sçavant et memorieux[5] ; mais, pour iuger en luy les parties plus siennes et plus dignes, la force et beaulté de son ame, il fault sçavoir ce qui est sien, et ce qui ne l'est point : et, en ce qui n'est pas sien, combien on luy doibt, en consideration du chois, disposition, ornement et language qu'il a fourny. Quoy, s'il a emprunté la matiere, et empiré la forme, comme il advient souvent ! Nous aultres, qui avons peu de practique avecques les livres, sommes en cette peine, que quand nous veoyons quelque belle invention en un poëte nouveau, quelque fort argument en un prescheur, nous n'osons pourtant les en louer, que nous n'ayons prins instruction, de quelque sçavant, si cette piece leur est propre, ou si elle est estrangere : iusques lors ie me tiens tousiours sur mes gardes.

Ie viens de courre d'un fil l'histoire de Tacitus ( ce qui ne m'advient gueres ; il y a vingt ans que ie ne meis en livre une heure de suitte ) ; et l'ay faict à la suasion d'un gentilhomme que la France estime beaucoup, tant pour sa valeur propre, que pour une constante forme de suffisance et bonté qui se veoid en plusieurs freres qu'ils sont. Ie ne sçache point d'aucteur qui mesle à un registré pu-

---

(1) Cet ouvrage , imparfait encore, a été retiré du métier. Ovide , *Trist.*, I , 6 , 29.

(2) Les bienfaits sont agréables tant que l'on croit pouvoir s'acquitter : mais lorsqu'ils deviennent trop grands, loin de les reconnoître, on les paie de huine. Tacite, *Annal.*, IV, 18.

(3) Celui qui trouve honteux de ne pas rendre voudroit qu'il n'y eût plus personne à qui il fût obligé. Sénèq., *Epist.* 81.

(4) Celui qui ne croit pas être quitte envers vous, ne sauroit être votre ami. Q. Cic., *de Petitione consulatus*, c. 9.

(5) *Memorieux* ; qui a de la mémoire.

blieque tant de consideration des mœurs et inclinations particulieres : et me semble le rebours de ce qu'il luy semble à luy, Qu'ayant specialement à suivre les vies des empereurs de son temps, si diverses et extremes en toute sorte de formes, tant de notables actions que nommeement leur cruauté produisit en leurs subiects, il avoyt une matiere plus forte et attirante à discourir et à narrer, que s'il éust eu à dire des battailles et agitations universelles; si que souvent ie le treuve sterile, courant par dessus ces belles morts, comme s'il craignoit nous fascher de leur multitude et longueur. Cette forme d'histoire est de beaucoup la plus utile ; les mouvements publicques despendent plus de la conduicte de la fortune ; les privez, de la nostre. C'est plustost un iugement, que deduction d'histoire, il y a plus de preceptes que de contes : ce n'est pas un livre à lire, c'est un livre à estudier et apprendre; il est si plein de sentences, qu'il y en a à tort et à droict; c'est une pepiniere de discours ethiques et politiques, pour la provision et ornement de ceulx qui tiennent quelque reng au maniement du monde. Il plaide tousiours par raisons solides et vigoreuses, d'une façon poincte et subtile, suivant le style affecté du siecle; ils aimoient tant à s'enfler, qu'où ils ne trouvoyent de la poincte et subtilité aux choses, ils l'empruntoient des paroles. Il ne retire pas mal à l'escrire de Seneque : il me semble plus charnu; Seneque plus aigu. Son service est plus propre à un estat trouble et malade, comme est le nostre present; vous diriez souvent qu'il nous peinct, et qu'il nous pince.

Ceulx qui doubtent de sa foy, s'accusent assez de luy vouloir mal d'ailleurs. Il a les opinions saines, et pend du bon party aux affaires romaines. Ie me plains un peu toutesfois de quoy il a iugé de Pompeius plus aigrement que ne porte l'advis des gents de bien qui ont vescu et traicté avecques luy; de l'avoir estimé du tout pareil à Marius et à Sylla, sinon d'autant qu'il estoit plus couvert. On n'a pas exempté d'ambition son intention au gouvernement des affaires, ny de vengeance; et ont craint ses amys mesmes que la victoire l'eust emporté oultre les bornes de la raison, mais non pas iusques à une mesure si effrenee : il n'y a rien, en sa vie, qui nous ayt menacé d'une si expresse cruauté et tyrannie. Encores ne fault il pas contrepoiser le soupçon à l'evidence : ainsin ie ne l'en croy pas. Que ses narrations soient naïfves et droictes, il se pourroit, à l'adventure, argumenter de cecy mesme, Qu'elles ne s'appliquent pas tousiours exactement aux conclusions de ses iugements, lesquels il suit selon la pente qu'il y a prinse, souvent oultre la matiere qu'il nous montre, laquelle il n'a daigné

incliner d'un seul air. Il n'a pas besoing d'excuse d'avoir approuvé la religion de son temps, selon les loix qui luy commandoient, et ignoré la vraye : cela, c'est son malheur, non pas son default.

I'ay principalement consideré son iugement, et n'en suis pas bien esclaircy par tout : comme ces mots de la lettre que Tibere, vieil et malade, envoyoit au senat, «Que vous escriray ie : messieurs, ou comment vous escriray ie, ou que ne vous escriray ie point, en ce temps? les dieux et les deesses me perdent pirement que ie ne me sens touts les iours perir, si ie le sçay ! » ie n'apperceois pas pourquoy il les applique si certainement à un poignant remors qui tormente la conscience de Tibere; au moins lors que i'estois à mesme, ie ne le veis point.

Cela m'a semblé aussi un peu lasche, qu'ayant eu à dire qu'il avoyt exercé certain honnorable magistrat à Rome, il s'aille excusant que ce n'est point par ostentation qu'il l'a dict : ce traict me semble bas de poil, pour une ame de sa sorte; car le n'oser parler roundement de soy, accuse quelque faulte de cœur : un iugement roide et haultain, et qui iuge sainement et seurement, il use à toutes mains des propres exemples, ainsin que de chose estrangere; et tesmoingue franchement de luy, comme de chose tierce. Il fault passer par dessus ces regles populaires de la civilité, en faveur de la verité et de la liberté. I'ose non seulement parler de moy, mais parler seulement de moy : ie fourvoye quand i'escris d'aultre chose, et me desrobe à mon subiect. Ie ne m'aime pas si indiscrettement, et ne suis si attaché et meslé à moy, que ie ne me puisse distinguer et considerer à quartier, comme un voysin, comme un arbre : c'est pareillement faillir de ne veoir pas iusques où on vault, ou d'en dire plus qu'on n'en veoid. Nous debvons plus d'amour à Dieu qu'à nous, et le cognoissons moins; et si en parlons tout nostre saoul.

Si ses escripts rapportent aulcune chose de ses conditions, c'estoit un grand personnage, droicturier et courageux, non d'une vertu superstitieuse, mais philosophique et genereuse. On le pourra trouver hardi en ses tesmoingnages; comme où il tient qu'un soldat portant un faix de bois, ses mains se roidirent de froid, et se collerent à sa charge, si qu'elles y demeurerent attachees et mortes, s'estants desparties des bras. I'ay accoustumé, en telles choses, de plier soubs l'auctorité de si grands tesmoings.

Ce qu'il dict aussi, que Vespasian, par la faveur du dien Serapis, guarit en Alexandrie une femme aveugle, en lui oignant les yeulx de sa salive, et ie ne sçay quel aultre miracle, il le faict par l'exemple et debvoir de touts bons historiens. Ils tiennent registre des evenements d'importance : parmy les accidents publicques, sont aussi les bruits et opinions populaires. C'est leur roolle de reciter les communes creances, non pas de les regler; cette part touche les theologiens et les philosophes directeurs des consciences : pourtant tressagement, ce sien compaignon, et grand homme comme luy : *Equidem plura transcribo, quam credo; nam nec affirmare sustineo, de quibus dubito, nec subducere, quæ accepi* [1] : et l'aultre : *Hæc neque affirmare, neque refellere operæ pretium est...; famæ rerum standum est* [2]. Et escrivant en un siecle auquel la creance des prodiges commenceoit à diminuer, il dict ne vouloir pourtant laisser d'inserer en ses annales, et donner pied à chose receue de tant de gents de bien et avecques si grande reverence de l'antiquité : c'est tresbien dict. Qu'ils nous rendent l'histoire, plus selon qu'ils receoivent, que selon qu'ils estiment. Moy qui suis roy de la matiere que ie traicte, et qui n'en doibs compte à personne, ne m'en croy pourtant pas du tout : ie hazarde souvent des boutades de mon esprit, desquelles ie me desfie, et certaines finesses verbales dequoy ie secoue les aureilles; mais ie les laisse courir à l'adventure. Ie veoy qu'on s'honnore de pareilles choses; ce n'est pas à moy seul d'en iuger. Ie me presente debout et couché; le devant et le derriere; à droicte et à gauche, et en touts mes naturels plys. Les esprits, voire pareils en force, ne sont pas tousiours pareils en application et en goust.

Voylà ce que la memoire m'en presente en gros, et assez incertainement : touts iugements en gros sont lasches et imparfaicts.

----

# CHAPITRE IX.

## *De la vanité.*

Il n'en est, à l'adventure, aulcune plus expresse que d'en escrire si vainement. Ce que la Diuinité nous en a si divinement esprimé debvroit estre soigneusement et continuellement medité par les gents d'entendement. Qui ne veoid que i'ay prins une route par laquelle, sans cesse et sans travail, i'iray autant qu'il y aura d'encre et de papier au monde ? Ie ne puis tenir registre de ma vie par mes actions; fortune les met trop bas : ie le tiens par mes fantasies. Si ay ie veu un gentilhomme qui ne communiquoit sa vie, que par les operations de son ventre : vous veoyiez chez luy, en montre, un ordre de bassins [3] de sept ou huict iours : c'estoit son

estude, ses discours; tout aultre propos luy puoit. Ce sont icy, un peu plus civilement, des excrements d'un vieil esprit, dur tantost, tantost lasche, et tousiours indigeste. Et quand seray ie à bout de representer une continuelle agitation et mutation de mes pensees, en quelque matiere qu'elles tumbent, puisque Diomedes remplit six mille livres du seul subiect de la grammaire ? Que doibt produire le babil, puisque le begayement et desnouement de la langue estouffa le monde d'une si horrible charge de volumes ! Tant de paroles pour les paroles seules ! O Pythagoras, que n'esconiuras tu cette tempeste ! On accusoit un Galba, du temps passé, de ce qu'il vivoit oyseusement : il respondit que « chascun debvoit reudre raison de ses actions, non pas de son seiour. » Il se trompoit; car la iustice a cognoissance et animadversion aussi sur ceulx qui choment.

Mais il y debvroit avoir quelque coerction des loix contre les escrivains ineptes et inutiles, comme il y a contre les vagabonds et faineants : on banniroit des mains de nostre peuple, et moy, et cent aultres. Ce n'est pas mocquerie : l'escrivaillerie semble estre quelque symptome d'un siecle desbordé : quand escrivismes nous tant, que depuis que nous sommes en trouble ? quand les Romains tant, que lors de leur ruyne ? Oultre ce, que l'affinement des esprits, ce n'en est pas l'assagissement, en une police : cet embesongnement oisif naist de ce que chascun se preud laschement à l'office de sa vacation, et s'en desbauche. La corruption du siecle se faict par la contribution particuliere de chascun de nous : les uns y conferent la trahison, les aultres l'iniustice, l'irreligion, la tyrannie, l'avarice, la cruauté, selon qu'ils sont plus puissants : les plus foibles y apportent la sottise, la vanité, l'oysifveté; desquels ie suis. Il semble que ce soit la saison des choses vaines, quand les dommageables nous pressent : en un temps où le meschamment faire est si commun, de ne faire qu'inutilement il est comme louable. Ie me console que ie seray des derniers sur qui il fauldra mettre la main : ce pendant qu'on pourvoira aux plus pressants, i'auray loy [4] de m'amender; car il me semble que ce seroit contre raison de poursuivre les menus incouvenients, quand les grands nous infestent. Et le medecin Philotimus, à un qui luy

----

(1) J'en dis plus que je n'en crois; mais, comme je n'ai garde d'assurer les choses dont je doute, aussi ne puis-je pas supprimer celles que j'ai apprises. Quinte-Curce, IX, 1.
(2) Je ne dois pas me mettre en peine d'affirmer ni de réfuter ces choses... : il faut s'en tenir à la renommée. Tite-Live, I, Préfat., et VIII, 6.
(3) *Vases de nuit.*
(4) *Loisir, faculté.*

presentoit le doigt à panser, auquel il recognoissoit, au visage et à l'haleine, un ulcere aux poulmons : « Mon amy, feit il, ce n'est pas à cette heure le temps de t'amuser à tes ongles. »

Ie veis pourtant sur ce propos, il y a quelques annees, qu'un personnage de qui i'ay la memoire en recommandation singulier, au milieu de nos grands maulx, qu'il n'y avoyt ny loy, ny iustice, ny magistrat qui feist son office non plus qu'à cette heure, alla publier ie ne sçay quelles 'chestifves reformations sur les habillements, la cuisine, et la chicane. Ce sont amusoires dequoy on paist un peuple malmené, pour dire qu'on ne l'a pas du tout mis en oubly. Ces aultres font de mesme, qui s'arrestent à deffendre, à toute instance, des formes de parler, les dances et les ieux, à un peuple abandonné à toute sorte de vices exsecrables. Il n'est pas temps de se laver et descrasser, quand on est attainct d'une bonne fiebvre : c'est à faire aux seuls Spartiates de se mettre à se peigner et testonner [1], sur le poinct qu'ils se vont precipiter à quelque extreme hazard de leur vie.

Quant à moy, i'ay cette aultre pire coustume, que si i'ay un escarpin de travers, ie laisse encores de travers et ma chemise et ma cappe : ie desdaigne de m'amender à demy. Quand ie suis en mauvais estat, ie m'acharne au mal ; ie m'abandonne par desespoir, et me laisse aller vers la cheute, et iecte, comme l'on dict, le manche aprez la coignee ; ie m'obstine à l'empirement, et ne m'estime plus digne de mon soing : ou tout bien, ou tout mal. Ce m'est faveur, que la desolation de cet estat se rencontre à la desolation de mon aage : ie souffre plus volontiers que mes maulx en soient rechargez, que si mes biens en eussent esté troublez. Les paroles que i'esprime au malheur sont paroles de despit : mon courage se herisse, au lieu de s'applatir ; et, au rebours des aultres, ie me treuve plus devot en la bonne qu'en la mauvaise fortune, suivant le precepte de Xenophon, sinon suivant sa raison ; et fois plus volontiers les doulx yeulx au ciel, pour le remercier, que pour le requerir. I'ay plus de soing d'augmenter la santé quand elle me rit, que ie n'ay de la remettre, quand ie l'ay escartee : les prosperitez me servent de discipline et d'instruction ; comme aux aultres les adversitez et les verges. Comme si la bonne fortune estoit incompatible avecques la bonne conscience, les hommes ne se rendent gents de bien qu'en la mauvaise. Le bonheur m'est un singulier aiguillon à la moderation et modestie : la priere me gaigne, la menace me rebute ; la faveur me ploye, la crainte me roidit.

Parmy les conditions humaines cette cy est assez commune, de nous plaire plus des choses estrangeres que des nostres, et d'aimer le remuement et le changement ;

Ipsa dies ideo nos grato perluit haustu,
Quod permutatis hora recurrit equis [2] :

i'en tiens ma part. Ceulx qui suivent l'aultre extremité, de s'agreer en eulx mesmes ; d'estimer ce qu'ils tiennent, au dessus du reste ; et de ne recognoistre aulcune forme plus belle que celle qu'ils veoyent ; s'ils ne sont plus advisez que nous, ils sont à la verité plus heureux : ie n'envye point leur sagesse, mais ouy leur bonne fortune.

Cette humeur avide des choses nouvelles et incogneues ayde bien à nourrir en moy le desir de voyager ; mais assez d'aultres circonstances y conferent : ie me destourne volontiers du gouvernement de ma maison. Il y a quelque commodité à commander, feust ce dans une grange, et à estre obey des siens ; mais c'est un plaisir trop uniforme et languissant: et puis, il est, par necessité, meslé de plusieurs pensements fascheux ; tantost l'indigence et l'oppression de vostre peuple, tantost la querelle d'entre vos voysins, tantost l'usurpation qu'ils font sur vous, vous afflige ;

Aut verberatæ grandine vineæ,
Fundusque mendax, arbore nunc aquas
Culpante, nunc torrentia agros
Sidera, nunc hiemes iniquas [3] :

et qu'à peine, en six mois, envoyera Dieu une saison dequoy vostre receveur se contente bien à plain ; et que si elle sert aux vignes, elle ne nuise aux prez ;

Aut nimiis torret fervoribus ætherius sol,
Aut subiti perimunt imbres, gelidæque pruinæ,
Flabraque ventorum violento turbine vexant [4] :

ioinct le soulier neuf et bien formé, de cet homme du temps passé, qui vous blece le pied ; et que l'estranger n'entend pas combien il vous couste, et combien vous prestez à maintenir l'apparence de cet ordre qu'on veoid en vostre famille, et qu'à l'adventure l'achettez vous trop cher.

Ie me suis prins tard au mesnage : ceulx que

---

[1] Friser les cheveux.

[2] La lumière même du jour ne nous plaît que parce que les heures ont changé de coursiers. *Fragm.* de PÉTRONE, p. 678.

[3] Tantôt vos vignes sont frappées de la grêle ; tantôt vos terres, trompant votre espérance, accusent ou les pluies, ou les chaleurs trop vives, ou les hivers trop rigoureux. Hon., *Od.*, III, 1, 29.

[4] Ou le soleil brûle de ses feux les productions de la terre : ou les pluies soudaines, les gelées piquantes les détruisent ; ou les vents impétueux les emportent dans leurs tourbillons. LUCR., V, 216.

nature avoyt fait naistre avant moy m'en ont deschargé long temps ; j'avoy desia prins un aultre
ply, plus selon ma complexion. Toutesfois de ce
que i'en ay veu, c'est une occupation plus empes-
chante que difficile : quiconque est capable d'aultre chose, le sera bien ayseement de celle là. Si ie
cherchoy à m'enrichir, cette voye me sembleroit
trop longue : i'eusse servy les roys : trafieque plus
fertile que toute aultre. Puisque ie ne pretends
acquerir que la reputation de n'avoir rien acquis,
non plus que dissipé, conformement au reste de
ma vie, impropre à faire bien et à faire mal qui
vaille, et que ie ne cherche qu'à passer ; ie le puis
faire, Dieu mercy, sans grande attention. Au pis
aller, courez tousiours, par retrenchement de despense, devant la pauvreté : c'est à quoy ie m'attends, et de me reformer, avant qu'elle m'y force.
I'ay estably au demourant, en mon ame, assez de
degrez à me passer de moins que ce que i'ay ; ie
dy, passer avecques contentement : *non æstimatione census, verum victu atque cultu, terminatur
pecuniæ modus* [1]. Mon vray besoing n'occupe pas
si iustement tout mon avoir, que, sans venir au
vif, fortune n'ayt où mordre sur moy. Ma presence, toute ignorante et desdaigneuse qu'elle est,
preste grande espaule à mes affaires domestiques :
ie m'y employe, mais despiteusement ; ioinct que
i'ay cela chez moy, que pour brusler à part la
chandelle par mon bout, l'aultre bout ne s'espargne de rien.

Les voyages ne me blecent que par la despense,
qui est grande et oultre mes forces, ayant accoustumé d'y estre avecques equipage non necessaire
seulement, mais encores honneste : il me les en
fault faire d'autant plus courts et moins frequents ;
et n'y employe que l'escume et ma reserve, tem-
porisant et differant, selon qu'elle vient. Ie ne
veulx pas que le plaisir du promener corrompe
le plaisir du repos ; au rebours, i'entends qu'ils
se nourrissent et favorisent l'un l'aultre. La fortune m'a aydé en cecy ; que, puisque ma principale profession en cette vie estoit de la vivre mollement, et plustost laschement qu'affaireusement,
elle m'a osté le besoing de multiplier en richesses,
pour prouveoir à la multitude de mes heritiers.
Pour un, s'il n'a assez de ce dequoy i'ay eu si
plantureusement [2] assez, à son dam ; son imprudence ne meritera pas que ie luy en desire davantage. Et chascun, selon l'exemple de Phocion,
prouveoid suffisamment à ses enfants, qui leur
prouveoid, en tant qu'ils ne luy sont dissemblables. Nullement serois ie d'advis du faict de Crates : il laissa son argent chez un banquier, avecques cette condition : « Si ses enfants estoient

des sots, qu'il le leur donnast ; s'ils estoient habiles, qu'il le distribuast aux plus sots du peuple : » comme si les sots, pour estre moins capables de s'en passer, estoient plus capables d'user
des richesses !

Tant y a que le dommage qui vient de mon
absence ne me semble point meriter, pendant
que i'auray dequoy le porter, que ie refuse d'accepter les occasions qui se presentent de me distraire de cette assistance penible.

Il y a tousiours quelque piece qui va de travers : les negoces tantost d'une maison, tantost
d'une aultre, vous tirassent ; vous esclairez toutes
choses de trop prez ; vostre perspicacité vous nuit
icy, comme si faict elle assez ailleurs. Ie me desrobe aux occasions de me fascher, et me destourne
de la cognoissance des choses qui vont mal : et si ne
puis tant faire, qu'à toute heure ie ne heurte chez
moy en quelque rencontre qui me desplaise ; et les
friponneries qu'on me cache le plus, sont celles
que ie sçay le mieulx : il en est que, pour faire
moins mal, il fault ayder soy mesme à cacher.
Vaines poinctures ; vaines par fois, mais tousiours
poinctures. Les plus menus et graisles empeschements sont les plus perceants : et comme les petites lettres lassent plus les yeulx, aussi nous picquent plus les petits affaires. La tourbe des
menus maulx offense plus que la violence d'un,
pour grand qu'il soit. A mesure que ces espines
domestiques sont drues et desliees, elles nous mordent plus aigu et sans menaces, nous surprenant
facilement à l'improveu. Ie ne suis pas philosophe : les maulx me foulent selon qu'ils poisent,
et poisent selon la forme, comme selon la matiere, et souvent plus : i'en ay plus de perspicacité que le vulgaire, si i'y ay plus de patience ;
enfin s'ils ne me blecent, ils me poisent. C'est
chose tendre que la vie, et aysee à troubler. Depuis que i'ay le visage tourné vers le chagrin,
*nemo enim resistit sibi, quum cæperit impelli* [3],
pour sotte cause qui m'y ayt porté, i'irrite l'humeur de ce costé là ; qui se nourrit aprez et s'exaspere, de son propre bransle, attirant et emmoncelant une matiere sur aultre de quoy se paistre :

Stillicidi casus lapidem cavat [4] :

ces ordinaires gouttieres me mangent et m'ulce-

(1) Ce n'est point par les revenus de chacun, mais par ses besoins, qu'il faut estimer sa fortune. Cic., *Paradox.*, VI, 3.
(2) *Abondamment.*
(3) La premiere impulsion reçue, on ne peut plus resister.
Senèque, *Epist.* 13.
(4) L'eau qui tombe goutte à goutte
     Perce le plus dur rocher.
               Lucr., I, 314. Trad. de Quinault.

rent. Les inconveniens ordinaires ne sont iamais legiers : ils sont continuels et irreparables, nommeement quand ils naissent des membres du mesnage, continuels et inseparables. Quand ie considere mes affaires de loing et en gros, ie treuve, soit pour n'en avoir la memoire gueres exacte, qu'ils sont allez iusques à cette heure en prosperant, oultre mes comptes et mes raisons : i'en retire, ce me semble, plus qu'il n'y en a; leur bonheur me trahit. Mais suis ie au dedans de la besongne, voy ie marcher toutes ces parcelles,

Tum vero in curas animum diducimus omnes [1] :

mille choses m'y donnent à desirer et craindre. De les abandonner du tout, il m'est tresfacile; de m'y prendre sans m'en peiner, tresdifficile. C'est pitié, d'estre en lieu où tout ce que vous voyez vous embesongne et vous concerne : et me semble iouyr plus gayement les plaisirs d'une maison estrangere, et y apporter le goust plus libre et pur. Diogenes respondit selon moy, à celuy qui luy demanda quelle sorte de vin il trouvoit le meilleur : « L'estranger, » feit il.

Mon pere aimoit à bastir Montaigne où il estoit nay; et, en toute cette police d'affaires domestiques, i'aime à me servir de son exemple et de ses regles; et y attacheray mes successeurs autant que ie pourray. Si ie pouvois mieulx pour luy, ie le ferois : ie me glorifie que sa volonté s'exerce encores et agisse par moy. Ia Dieu ne permette que ie laisse faillir entre mes mains aulcune image de vie que ie puisse rendre à un si bon pere ! Ce que ie me suis meslé d'achever quelque vieulx pan de mur, et de renger quelque piece de bastiment mal dolé [2], c'a esté certes regardant plus à son intention qu'à mon contentement; et accuse ma faineance [3], de n'avoir passé oultre à parfaire les beaux commencemens qu'il a laissez en sa maison, d'autant plus que ie suis en grands termes d'en estre le dernier possesseur de ma race, et d'y porter la derniere main. Car, quant à mon application particuliere, ny ce plaisir de bastir, qu'on dict estre si attrayant, ny la chasse, ny les iardins, ny ces aultres plaisirs de la vie retiree, ne me peuvent beaucoup amuser : c'est chose dequoy ie me veulx mal, comme de toutes aultres opinions qui me sont incommodes; ie ne me soulcie pas tant de les avoir vigoureuses et doctes, comme ie me soulcie de les avoir aysees et commodes à la vie; elles sont bien assez vrayes et saines, si elles sont utiles et agreables. Ceulx qui, m'oyants dire mon insuffisance aux occupations du mesnage, me viennent souffler aux aureilles que c'est desdaing, et que ie laisse de sçavoir les instrumens du labourage, ses saisons, son

ordre, comment on faict mes vins, comme on ente, et de sçavoir le nom et la forme des herbes et des fruicts, et l'apprest des viandes dequoy ie vis, le nom et le pris des estoffes dequoy ie m'habille, pour avoir à cœur quelque plus haulte science, ils me font mourir : cela, c'est sottise, et plustost bestise que gloire; ie m'aimerois mieulx bon escuyer, que bon logicien :

Quin tu aliquid saltem potius, quorum indiget usus,
Viminibus mollique paras detexere iunco [4] ?

Nous empeschons nos pensees du general et des causes et conduictes universelles, qui se conduisent tresbien sans nous; et laissons en arriere nostre faict, et Michel, qui nous touche encores de plus prez que l'homme. Or, i'arreste bien chez moy le plus ordinairement; mais ie voudrois m'y plaire plus qu'ailleurs :

Sit meæ sedes utinam senectæ,
Sit modus lasso maris, et viarum,
    Militiæque [5] !

ie ne sçay si i'en viendray à bout. Ie voudrois qu'au lieu de quelque autre piece de sa succession, mon pere m'eust resigné cette passionnee amour qu'en ses vieulx ans il portoit à son mesnage; il estoit bien heureux de ramener ses desirs à sa fortune, et de se sçavoir plaire de ce qu'il avoyt : la philosophie politique aura bel accuser la bassesse et sterilité de mon occupation, si i'en puis une fois prendre le goust comme luy. Ie suis de cet advis, Que la plus honnorable vacation est de servir au public et estre utile à beaucoup; fructus enim ingenii et virtutis, omnisque præstantiæ, tum maximum capitur, quum in proximum quemque confertur [6] : pour mon regard, ie m'en despars; partie par conscience ( car par où ie voy le poids qui touche telles vacations, ie voy aussi le peu de moyen que i'ay d'y fournir; et Platon, maistre œuvrier en tout gouvernement politique, ne laissa de s'en abstenir ), partie par poltronerie. Ie me contente de iouyr le monde, sans m'en empresser; de vivre une vie seulement excusable, et qui seulement ne poise ny à moy ny à aultruy.

---

(1) Alors mon ame se partage entre mille soucis. VIRG., *Én.*, V, 720.

(2) *Mal poli, mal construit.* — (3) *Fainéantise.*

(4) Pourquoi ne pas s'occuper plutôt à quelque chose d'utile ? à faire des paniers d'osier ou des corbeilles de jonc ? VIRG., *Écl.*, II, 71.

(5) Après tant de voyages, de fatigues et de combats, puissé-je, dans ma vieillesse, y trouver un doux repos ! HOR., *Od.*, II, 6. 6.

(6) Nous ne jouissons jamais mieux des fruits du genie, de la vertu, et de toute espèce de supériorité, qu'en les partageant avec ceux qui nous touchent de plus près. CIC., *de Amicit.*, c. 19.

Iamais homme ne se laissa aller plus plainement et plus laschement au soing et gouvernement
d'un tiers, que ie ferois, si i'avoy à qui. L'un
de mes souhaits, pour cette heure, ce seroit de
trouver un gendre qui sceut appaster commodement mes vieulx ans, et les endormir; entre les
mains de qui ie deposasse, en toute souveraineté,
la conduicte et usage de mes biens; qu'il en feist
ce que i'en fois, et gaignast sur moi ce que i'y gaigne, prouven qu'il y apportast un courage vrayement recognoissant et amy. Mais quoy? nous vivons
en un monde où la loyauté des propres enfants est
incogneue.

Qui a la garde de ma bource en voyage, il l'a
pure et sans contreroolle; aussi bien me tromperoit il en comptant : et si ce n'est un diable, ie
l'oblige à bien faire, par une si abandonnee confiance. *Multi fallere docuerunt, dum timent falli;
et aliis ius peccandi, suspicando, fecerunt* [1]. La
plus commune seureté que ie prends de mes gents,
c'est la mescognoissance : ie ne presume les vices
qu'aprez que ie les ay veus; et m'en fie plus aux
ieunes, que i'estime moins gastez par mauvais
exemple. I'oys plus volontiers dire, au bout de
deux mois, que i'ay despendu quatre cents escus,
que d'avoir les aureilles battues touts les soirs, de
trois, cinq, sept : si ay ie esté desrobé aussi peu
qu'un aultre, de cette sorte de larrecin. Il est vray
que ie preste la main à l'ignorance; ie nourrys, à
escient, aulcunement trouble et incertaine la science
de mon argent : iusques à certaine mesure, ie suis
content d'en pouvoir doubter. Il fault laisser un
peu de place à la desloyauté ou imprudence de
vostre valet : s'il nous en reste en gros dequoy
faire nostre effect, cet excez de la liberalité de
la fortune, laissons le un peu plus courre à sa
mercy : la portion du glanneur. Aprez tout, ie
ne prise pas tant la foy de mes gents, comme ie
mesprise leur iniure [2]. Oh! le vilain et sot estude,
d'estudier son argent, se plaire à le manier, poiser,
et recompter! c'est par là que l'avarice faict ses approches.

Depuis dixhuict ans que ie gouverne des biens,
ie n'ay sceu gaigner sur moy de veoir ny tiltres ny
mes principaulx affaires, qui ont necessairement
à passer par ma science et par mon soing. Ce n'est
pas un mespris philosophique des choses transi-
toires et mondaines; ie n'ay pas le goust si espuré,
et les prise pour le moins ce qu'elles valent : mais
certes c'est paresse et negligence inexcusable et
puerile. Que ne ferois ie plustost, que de lire un
contract? et plustost, que d'aller secouant ces pape-
rasses poudreuses, serf de mes negoces [3], ou
encores pis, de ceulx d'aultruy, comme font tant

de gents à pris d'argent? Ie n'ay rien cher que le
soulcy et la peine; et ne cherche qu'à m'anonchalir
et avachir [4]. I'estois, ce croy ie, plus propre à vivre
de la fortune d'aultruy, s'il se pouvoit sans obligation et sans servitude : et si ne sçay, à l'examiner
de prez, si, selon mon humeur et mon sort,
ce que i'ay à souffrir des affaires, et des serviteurs, et des domestiques, n'a point plus d'abiection, d'importunité et d'aigreur, que n'auroit la
suitte d'un homme, nay plus grand que moy,
qui me guidast un peu à mon ayse : *servitus obe-
dientia est fracti animi et abiecti, arbitrio carentis
suo* [5]. Crates feit pis, qui se iecta en la franchise de
la pauvreté, pour se desfaire des indiguitez et cures [6]
de la maison. Cela ne ferois ie pas; ie hais la pauvreté à pair de la douleur : mais ouy bien, changer
cette sorte de vie à une aultre moins brave et moins
affaireuse.

Absent, ie me despouille de touts tels pensements; et sentirois moins lors la rùyne d'une
tour, que ie ne fois, present, la cheute d'une ar-
doise. Mon ame se desmesle bien ayseement à part;
mais, en presence, elle souffre, comme celle d'un
vigneron : une rene de travers à mon cheval, un
bout d'estriviere qui batte ma iambe, me tiendront
tout un iour en eschec. I'esleve assez mon courage à l'encontre des inconvenients; les yeulx, ie
ne puis.

Sensus! o superi, sensus [7]!

Ie suis, chez moy, respondant de tout ce qui va
mal. Peu de maistres (ie parle de ceulx de moyenne
condition, comme est la mienne), et, s'il en est, ils
sont plus heureux, se peuvent tant reposer sur un
second, qu'il ne leur reste bonne part de la charge.
Cela oste volontiers quelque chose de ma façon au
traictement des survenants; et en ay peu arrester
quelqu'un, par adventure, plus par ma cuisine que
par ma grace, comme font les fascheux : et oste
beaucoup du plaisir que ie debvrois prendre chez
moy de la visitation et assemblee de mes amys. La
plus sotte contenance d'un gentilhomme en sa
maison, c'est de le veoir empesché du train de sa
police, parler à l'aureille d'un valet, en menacer un
aultre des yeulx; elle doibt couler insensiblement,
et representer un cours ordinaire : et treuve laid

(1) Bien des gens ont eux-mêmes enseigné à les tromper, en
craignant d'être trompés; la défiance autorise l'infidélité. Sénèque, *Épist.* 3.

(2) *Comme je me soucie peu du tort qu'ils peuvent me faire.* Injure signifie ici tort; c'est l'expression latine, *injuria*.

(3) *Esclave de mes affaires.*

(4) *Rendre mou, paresseux, comme une vache.*

(5) L'esclavage est la sujétion d'un esprit lâche et foible, qui
n'est point maître de sa propre volonté. Cic., *Paradox.*, V, 1.

(6) *Et soins.* — (7) Les sens! ô dieux! les sens.

qu'on entretienne ses hostes du traictement qu'on leur faict, autant à l'excuser qu'à le vanter. J'aime l'ordre et la netteté,

> Et cantharus et lanx
> Ostendunt mihi me [1],

au pris de l'abondance ; et regarde chez moy exactement à la necessité, peu à la parade. Si un valet se bat chez aultruy, si un plat se verse, vous n'en faites que rire : vous dormez, ce pendant que monsieur range avecques son maistre d'hostel son faict pour vostre traictement du lendemain. I'en parle selon moy ; ne laissant pas, en general, d'estimer combien c'est un doulx amusement ; à certaines natures, qu'un mesnage paisible, prospere, conduict par un ordre reglé ; et ne voulant attacher à la chose mes propres erreurs et inconvenients, ny desdire Platon, qui estime la plus heureuse occupation à chascun, « Faire ses particuliers affaires sans iniustice. »

Quand ie voyage, ie n'ay à penser qu'à moy, et à l'employte de mon argent ; cela se dispose d'un seul precepte : il est requis trop de parties à amasser ; ie n'y entends rien. A despendre [2], ie m'y entends un peu, et à donner iour à ma despense, qui est de vray son principal usage : mais ie m'y attends [3] trop ambitieusement ; qui la rend inegale et difforme, et en oultre immoderee en l'un et l'aultre visage ; si elle paroist, si elle sert, ie m'y laisse indiscrettement aller ; et me resserre autant indiscrettement, si elle ne luit, et si elle ne me rit. Qui que ce soit, ou art, ou nature, qui nous imprime cette condition de vivre par la relation à aultruy, nous faict beaucoup plus de mal que de bien : nous nous defraudons [4] de nos propres utilitez, pour former les apparences à l'opinion commune ; il ne nous chault pas tant qu'elle soit nostre estre en nous et en effect, comme quel il soit en la cognoissance publicque : les biens mesmes de l'esprit et la sagesse nous semblent sans fruict, si elle n'est iouye que de nous, si elle ne se produit à la veue et approbation estrangere. Il y en a de qui l'or coule à gros bouillons par des lieux soubterrains, imperceptiblement ; d'aultres l'estendent tout en lames et en feuilles ; si qu'aux uns les liards valent escus, aux aultres le rebours, le monde estimant l'employte et la valeur, selon la montre. Tout soing curieux autour des richesses sent à l'avarice : leur dispensation mesme, et la liberalité trop ordonnee et artificielle, elles ne valent pas une advertence [5] et solicitude penible : qui veult faire sa despense iuste, la faict estroicte et contraincte. La garde ou l'employte sont, de soy, choses indifferentes, et ne prennent couleur de

bien ou de mal, que selon l'application de nostre volonté.

L'aultre cause qui me convie à ces promenades, c'est la disconvenance aux mœurs presentes de nostre estat. Ie me consolerois ayseement de cette corruption, pour le regard de l'interest publicque ;

> Peioraque sæcula ferri
> Temporibus, quorum sceleri non invenit ipsa
> Nomen, et a nullo posuit natura metallo [6] ;

mais pour le mien, non : i'en suis en particulier trop pressé ; car en mon voysinage, nous sommes tantost, par la longue licence de ces guerres civiles, enveillis en une forme d'estat si desbordee,

> Quippe ubi fas versum atque nefas [7],

qu'à la verité c'est merveille qu'elle se puisse maintenir :

> Armati terram exercent, semperque recentes
> Convectare iuvat prædas, et vivere rapto [8].

Enfin ie veoy, par nostre exemple, que la societé des hommes se tient et se could ; à quelque pris que ce soit ; en quelque assiette qu'on les couche, ils s'appilent et se rengent en se remuant et s'entassant : comme des corps mal unis, qu'on empoche sans ordre, treuvent d'eulx mesmes la façon de se ioindre et s'emplacer les uns parmy les aultres, souvent mieulx que l'art ne les eust sceu disposer. Le roy Philippus feit un amas des plus meschants hommes et incorrigibles qu'il peust trouver, et les logea touts en une ville qu'il leur feit bastir, qui en portoit le nom : i'estime qu'ils dresserent, des vices mesmes, une contexture politique entre eulx, et une commode et iuste societé. Ie veoy, non une action, ou trois, ou cent, mais des mœurs, en usage commun et receu, si farouches, en inhumanité surtout et desloyauté, qui est pour moy la pire espece des vices, que ie n'ay point le courage de les concevoir sans horreur ; et les admire, quasi autant que ie les deteste : l'exercice de ces meschancetez insignes porte marque de vigueur

---

(1) J'aime à pouvoir me mirer dans les plats et dans les verres. Hor., *Epist.*, I, 5, 23.

(2) *A dépenser.*

(3) *Je m'y applique.*

(4) *Frustrons.*

(5) *Une surveillance, une attention.*

(6) Je supporterois ce siècle pire que le siècle de fer, dans lequel les noms manquent aux crimes, et que la nature ne peut désigner par un nouveau métal. Juv., *Sat.*, XIII, 28.

(7) Où le juste et l'injuste sont confondus. Virg., *Géorg.*, I, 504.

(8) On laboure tout armé ; on n'aime qu'à vivre de butin, et à faire tous les jours de nouveaux brigandages. Virg., *Énéide*, VII, 748.

et force d'ame, autant que d'erreur et desreglement. La nécessité compose les hommes et les assemble : cette coustnre fortuite se forme aprez en
loix; car il en a esté d'aussi sauvages qu'aulcune
opinion humaine puisse enfanter, qui toutesfois
ont maintenu leurs corps avecques autant de santé
et longueur de vie que celles de Platon et Aristote
sçauroient faire : et certes toutes ces descriptions
de police, feinctes par art, se treuvent ridicules et
ineptes à mettre en practique.

Ces grandes et longues altercations de la meilleure forme de société, et des regles plus commodes à nous attacher, sont altercations propres seulement à l'exercice de nostre esprit : comme il se
treuve ez arts plusieurs subiects qui ont leur essence en l'agitation et en la dispute, et n'ont aulcune vie hors de là. Telle peincture de police seroit de mise en un nouveau monde ; mais nous
prenons un monde desià faict et formé à certaines
coustumes; nous ne l'engendrons pas, comme Pyr-
rha, ou comme Cadmus. Par quelque moyen que
nous ayons loy[1] de le redresser et renger de nouveau, nous ne pouvons gueres le tordre de son accoustumé ply, que nous ne rompions tout. On demandoit à Solon s'il avoyt establi les meilleures
loix qu'il avoyt peu aux Atheniens : « Ouy bien,
respondit il, de celles qu'ils eussent receues. »
Varro s'excuse de pareil air : « Que s'il avoyt tout
de nouveau à escrire de la religion, il diroit ce
qu'il en croid ; mais, estant desià receue et
formee, il en dira selon l'usage plus que selon nature. »

Non par opinion, mais en verité, l'excellente et
meilleure police est, à chascune nation, celle soubs
laquelle elle s'est maintenue : sa forme et commodité essencielle despend de l'usage. Nous nous des-
plaisons volontiers de la condition presente ; mais
ie tiens pourtant que d'aller desirant le commandement de peu, en un estat populaire; ou en la
monarchie, une aultre espece de gouvernement,
c'est vice et folie.

> Aime l'estat, tel que tu le veois estre :
> S'il est royal aime la royauté;
> S'il est de peu, ou bien communauté,
> Aime l' aussi; car Dieu t'y a faict naistre.

Ainsin en parloit le bon monsieur de Pibrac, que
nous venons de perdre[2]; un esprit si gentil, les opinions si saines, les mœurs si douces. Cette perte, et
celle qu'en mesme temps nous avons faicte de monsieur de Foix[3], sont pertes importantes à nostre
couronne. Ie ne sçay s'il reste à la France dequoy
substituer une aultre couple pareille à ces deux
Gascons, en sincerité et en suffisance, pour le conseil

de nos roys. C'estoient ames diversement belles,
et certes, selon le siecle, rares et belles, chascune
en sa forme : mais qui les avoyt logees en cet aage,
si disconvenables et si disproportionnees à nostre
corruption et à nos tempestes?

Rien ne presse un estat, que l'innovation; le
changement donne seul forme à l'iniustice et à la
tyrannie. Quand quelque piece se desmanche, on
peult l'estayer ; on peult s'opposer à ce que l'alteration et corruption naturelle à toutes choses ne
nous esloingne trop de nos commencements et
principes : mais d'entreprendre à refondre une si
grande masse, et à changer les fondements d'un si
grand bastiment, c'est à faire à ceulx qui, pour
descrasser, effacent, qui veulent amender les defaults particuliers par une confusion universelle,
et guarir les maladies par la mort ; *non tam com-
mutandarum, quam evertendarum rerum cupidi*[4].
Le monde est inepte à se guarir ; il est si impatient
de ce qui le presse, qu'il ne vise qu'à s'en desfaire,
sans regarder à quel pris. Nous veoyons, par mille
exemples, qu'il se guarit ordinairement à ses despens. La descharge du mal present n'est pas guarison, s'il n'y a, en general amendement de condition : la fin du chirurgien n'est pas de faire
mourir la mauvaise chair ; ce n'est que l'acheminement de sa cure : il regarde au delà, d'y faire
renaistre la naturelle, et rendre la partie à son
deu estre[5]. Quiconque propose seulement d'emporter ce qui le masche[6], il demeure court; car le
bien ne succede pas necessairement au mal; un
aultre mal luy peult succeder, et pire : comme il
advint aux tueurs de Cesar, qui iecterent la chose
publicque à tel poinct, qu'ils curent à se repentir
de s'en estre meslez. A plusieurs depuis, iusques à
nos siecles, il est advenu de mesme : les François
mes contemporanees[7] sçavent bien qu'en dire.
Toutes grandes mutations esbranlent l'estat, et le
desordonnent.

Qui viseroit droict à la guarison, et en consul-

---

(1) *Loisir, liberté, faculté.*

(2) Gui du Faur, seigneur de Pibrac, l'auteur des *Quatrains
contenant préceptes et enseignements utiles pour la vie de l'homme*,
mourut le 27 de mai 1584, à l'âge de cinquante-cinq ans. Ce bon
monsieur de Pibrac avoit publié en 1573 une *Apologie de la Saint-
Barthélemy*; mais il faut que ses contemporains le lui aient par-
donné, car on voit les regrets honorables que Montaigne lui
accorde ; et un iuge bien plus sévère que lui, l'inflexible Jos.
Scaliger, quoique zélé protestant, disoit de lui : PIBRACIUS, *vir
honestissimus, bonus iurisconsultus*, etc.

(3) Conseiller du roi en son conseil privé, et qui fut ambassadeur de France a Venise. C'est à lui que Montaigne dédia, en
1570, les vers français de la Boëtie.

(4) Qui cherchent moins à changer le gouvernement qu'à le
détruire. Cic., *de Offic.*, II, 1.

(5) *A son état de santé et de force.*

(6) *Ce qui le ronge, ce qui le fait souffrir.*

(7) *Mes contemporains.*

teroit avant toute œuvre, se refroidiroit volontiers d'y .mettre la main. Pacuvius·Calavius corrigea le vice de ce proceder, par un exemple insigne. Ses concitoyens estoient mutinez contre leurs magistrats : luy, personnage de grande auctorité en la ville de Capoue, trouva un iour moyen d'enfermer le senat dans le palais ; et, convoquant le peuple en la place, leur dict, Que le iour estoit venu auquel, en pleine liberté, ils pouvoient prendre vengeance des tyrans qui les avoyent si long temps oppressez, lesquels il tenoit à sa mercy, seuls et desarmez : feut d'advis qu'au sort on les tirast hors, l'un aprez l'aultre, et de chascun on ordonnast particulierement, faisant sur le champ executer ce qui en seroit decreté ; prouveu aussi que tout d'un train ils advisassent d'establir quelque homme de bien en la place du condemné, à fin qu'elle ne demeurast vuide d'officier. Ils n'eurent pas plustost ouï le nom d'un senateur, qu'il s'esleva un cry de mescontentement universel à l'encontre de luy : « Ie voy bien, dict Pacuvius, il fault desmettre cettuy cy ; c'est un meschant : ayons en un bon en change. » Ce feut un prompt silence ; tout le monde se trouvant bien empesché au chois. Au premier plus effronté, qui dict le sien, voylà un consentement de voix encores plus grand à refuser celuy là : cent imperfections et iustes causes de le rebuter. Ces humeurs contradictoires s'estant eschauffees, il adveint encores pis du second senateur, et du tiers : autant de discorde à l'eslection, que de convenance à la desmission. S'estant inutilement lassez à ce trouble, ils commencent, qui deçà, qui delà, à se desrober peu à peu de l'assemblee, rapportant chascun cette resolution en son ame, « Que le plus vieil et mieulx cogneu mal est tousiours plus supportable que le mal recent et inexperimenté. »

Pour nous veoir bien piteusement agitez (car que n'avons nous faict ?

Eheu! cicatricum et sceleris pudet,
Fratrumque : quid nos dura refugimus
Aetas ? quid intactum nefasti
Liquimus ? unde manus iuventus
Metu deorum continuit ? quibus
Pepercit aris[1] ?

ie ne vois pas soubdain me resolvant[2] :

Ipsa si velit Salus,
Servare prorsus non potest hanc familiam[3] :

nous ne sommes pas pourtant, à l'adventure, à nostre dernier periode. La conservation des estats est chose qui vraysemblablement surpasse nostre intelligence : c'est, comme dict Platon, chose

puissante, et de difficile dissolution, qu'une civile police ; elle dure souvent contre des maladies mortelles et intestines, contre l'iniure des loix iniustes, contre la tyrannie, contre le desbordement et ignorance des magistrats., licence et sedition des peuples. En toutes nos fortunes, nous nous comparons à ce qui est au dessus de nous, et regardons vers ceulx qui sont mieulx : mesurons nous à ce qui est au dessoubs ; il n'en est point de si miserable qui ne treuve mille exemples où se consoler. C'est nostre vice, que nous veoyons plus mal volontiers ce qui est dessus nous, que volontiers ce qui est dessoubs. Si disoit Solon, « Qui dresseroit un tas de touts les maulx ensemble, qu'il n'est aulcun qui ne choisist plustost de remporter avecques soy les maulx qu'il a, que de venir à division legitime, avecques touts les aultres hommes, de ce tas de maulx, et en prendre sa quote part. » Nostre police se porte mal : il en a esté pourtant de plus malades, sans mourir. Les dieux s'esbattent de nous à la pelotte, et nous agitent à toutes mains :

Enimvero dii nos homines quasi pilas habent[4].

Les astres ont fatalement destiné l'estat de Rome pour exemplaire de ce qu'ils peuvent en ce genre : il comprend en soy toutes les formes et adventures qui touchent un estat ; tout ce que l'ordre y peult, et le trouble, et l'heur, et le malheur. Qui se doibt desesperer de sa condition, veoyant les secousses et mouvements dequoy celuy là feut agité, et qu'il supporta ? Si l'estendue de la domination est la santé d'un estat (dequoy ie ne suis aulcunement d'advis, et me plaist Isocrates qui instruit Nicocles non d'envyer les princes qui ont des dominations larges, mais qui sçavent bien conserver celles qui leur sont escheues), celuy là ne feut iamais si sain, que quand il feut le plus malade. La pire de ses formes luy feut la plus fortunee : à peine recognoist on l'image d'aulcune police soubs les premiers empereurs ; c'est la plus horrible et la plus espesse confusion qu'on puisse concevoir ; toutesfois il la supporta, et y dura, conservant non pas une monarchie resserree en ses limites, mais tant de nations si diverses, si

(1) Hélas ! nos cicatrices, nos guerres parricides, nous couvrent de honte ! Barbares que nous sommes, quels forfaits avons-nous craint de commettre ? où n'avons-nous point porté nos attentats ? est-il une chose sainte que n'ait profanée notre jeunesse ? est-il un autel qu'elle ait respecté ? Hor., *Od.*, I, 35, 35.

(2) *Je ne vois pas soudain dire d'un ton résolu et décisif.*

(3) Non, quand la déesse *Salus* voudroit elle-même sauver cette famille, elle n'en viendroit pas à bout. Térence, *Adelph.*, act. IV, sc. 7, v. 43.

(4) Paroles de Plaute, dans le prologue des *Captifs*, v. 22, et dont Montaigne rend fort bien le sens avant que de les citer.

esloignees, si mal affectionnees, si desordon-neement commandees et iniustement conquises :

Nec gentibus ullis
Commodat in populum, terræ pelagique potentem,
Invidiam fortuna suam [1].

Tout ce qui bransle ne tumbe pas. La contexture d'un si grand corps tient à plus d'un clou ; il tient mesme par son antiquité : comme les vieulx basti-ments ausquels l'aage a desrobé le pied, sans crouste et sans ciment, qui pourtant vivent et se soustiennent en leur propre poids,

Nec iam validis radicibus hærens,
Pondere tuta suo est [2].

Dadvantage, ce n'est pas bien procedé de recog-noistre seulement le flancq et le fossé, pour iuger de la seureté d'une place ; il fault voir par où on y peult venir, en quel estat est l'assaillant : peu de vaisseaux fondent de leur propre poids, et sans violence estrangere. Or tournons les yeulx par tout ; tout croule autour de nous : en touts les grands estats, soit de chrestienté, soit d'ailleurs, que nous cognoissons, regardez y, vous y trou-verez une evidente menace de changement et de ruyne :

Et sua sunt illis incommoda, parque per omnes
Tempestas [3].

Les astrologues ont beau ieu à nous advertir, comme ils font, de grandes alterations et muta-tions prochaines : leurs divinations sont presentes et palpables, il ne fault pas aller au ciel pour cela. Nous n'avons pas seulement à tirer consolation de cette societé universelle de mal et de menace, mais encores quelque esperance pour la duree de nostre estat ; d'autant que naturellement rien ne tumbe là où tout tumbe : la maladie universelle est la santé particuliere ; la conformité est qualité ennemye à la dissolution. Pour moy, ie n'en entre point au desespoir, et me semble y voir des rou-tes à nous sauver :

Deus hæc fortasse benigna
Reducet in sedem vice [4].

Qui sait si Dieu voudra qu'il en advienne comme des corps qui se purgent et remettent en meilleur estat par longues et griefves maladies, lesquelles leur rendent une santé plus entiere et plus nette que celle qu'elles leur avoyent osté ? Ce qui me poise le plus, c'est qu'à compter les symptomes de nostre mal, j'en veoy autant de naturels, et de ceulx que le ciel nous envoye et proprement siens, que de ceulx que nostre desreglement et l'impru-

dence humaine y conferent : il semble que les as-tres mesmes ordonnent que nous avons assez duré, et oultre les termes ordinaires. Et cecy aussi me poise, que le plus voysin mal qui nous menace, ce n'est pas alteration en la masse entiere et so-lide, mais sa dissipation et divulsion : l'extreme de nos craintes.

Encores en ces ravasseries icy crains ie la tra-hison de ma memoire, que, par inadvertence, elle m'aye faict enregistrer une chose deux fois. Ie hais à me recognoistre ; et ne retaste iamais qu'envy [5] ce qui m'est une fois eschappé. Or, ie n'apporte icy rien de nouvel apprentissage ; ce sont imaginations communes : les ayant à l'adven-ture conceues cent fois, i'ay peur de les avoir desia enroollees. La redicte est par tout ennuyeuse, feust ce dans Homere ; mais elle est ruyneuse aux choses qui n'ont qu'une montre superficielle et passagiere. Ie me desplais de l'inculcation, voire aux choses utiles, comme en Seneque ; et l'usage de son eschole stoïcque me desplaist, de redire sur chasque matiere, tout au long et au large, les principes et presuppositions qui servent en gene-ral, et realleguer tousiours de nouveau les argu-ments et raisons communes et universelles.

Ma memoire s'empire cruellement touts les iours ;

Pocula Lethæos ut si ducentia somnos
Arente fauce traxerim [6].

Il fauldra doresnavant (car, Dieu mercy, iusques à cette heure, il n'en est pas advenu de faulte) qu'au lieu que les aultres cherchent temps et oc-casion de penser à ce qu'ils ont à dire, ie fuye à me preparer, de peur de m'attacher à quelque obligation de laquelle i'aye à despendre. L'estre tenu et obligé me fourvoye, et le despendre d'un si foible instrument qu'est ma memoire. Ie ne lis iamais cette histoire, que ie ne m'en offense d'un ressentiment propre et naturel : Lyncestes, ac-cusé de coniuration contre Alexandre, le iour qu'il feut mené en la presence de l'armee, sui-vant la coustume, pour estre ouï en ses deffenses, avoyt en sa teste une harangue estudiee, de la-quelle, tout hesitant et begayant, il prononcea

[1] Et la fortune n'a voulu confier à aucune nation le soin de sa haine contre les maîtres du monde. Lucain, I, 82.

[2] Il ne tient plus à la terre que par de foibles racines ; son poids seul l'y attache encore. Lucain, I, 138.

[3] Ils ont aussi leurs infirmités, et un pareil orage les menace tous. On ne sait d'où Montaigne a tiré ce vers.

[4] Peut-être un dieu, par un retour favorable, nous rendra-t-il notre premier état. Hor., Epod., XIII, 7.

[5] Qu'à regret, à contre-cœur.

[6] Comme si, brûlant de soif, j'eusse bu à longs traits au fleuve assoupissant du Léthé. Hor., Epod., XIV, 3.

quelques paroles. Comme il se troubloit de plus
en plus, ce pendant qu'il luicte avecques sa memoire et qu'il la retaste, le voylà chargé et tué à
coups de pique par les soldats qui luy estoient plus
voysins, le tenants pour convaincu : son estonnement et son silence leur servit de confession ;
ayant eu en prison tant de loysir de se preparer,
ce n'est plus, à leur advis, la memoire qui luy
manque; c'est la conscience qui luy bride la langue
et luy oste la force. Vrayement c'est bien dict : le
lieu estonne, l'assistance, l'exspectation, lors
mesme qu'il n'y va que de l'ambition de bien dire;
que peult on faire, quand c'est une harangue qui
porte la vie en consequence ?

Pour moy, cela mesme, que ie sois lié à ce que
i'ay à dire, sert à m'en desprendre. Quand ie me
suis commis et assigné entierement à ma memoire,
ie prends si fort sur elle, que ie l'accable; elle
s'effroye de sa charge. Autant que ie m'en rapporte à elle, ie me mets hors de moy, iusques à
essayer ma contenance; et me suis veu quelque
iour en peine de celer la servitude en laquelle
i'estois entravé : là où mon desseing est de representer, en parlant, une profonde nonchalance
d'accent et de visage, et des mouvements fortuites et impremeditez, comme naissants des occasions presentes, aimant aussi cher ne rien dire
qui vaille, que de montrer estre venu preparé
pour bien dire; chose messeante, sur tout à gents
de ma profession, et chose de trop grande obligation à qui ne peult beaucoup tenir. L'apprest
donne plus à esperer qu'il ne porte : on se met
souvent sottement en pourpoinct, pour ne saulter pas mieulx qu'en saye [1] : *nihil est his, qui pla-*
*cere volunt, tam adversarium, quam exspectatio* [2].
Ils ont laissé, par escript, de l'orateur Curio,
que quand il proposoit la distribution des pieces
de son oraison, en trois, ou en quatre, ou le
nombre de ses arguments ou raisons; il luy advenoit volontiers, ou d'en oublier quelqu'un, ou
d'y en adiouster un ou deux de plus. I'ay tousiours bien evité de tumber en cet inconvenient,
ayant haï ces promesses et prescriptions, non seulement pour la desfiance de ma memoire, mais
aussi pour ce que cette forme retire trop à l'artiste : *simpliciora militares decent* [3]. Baste, que
ie me suis meshuy promis de ne prendre point la
charge de parler en lieu de respect : car, quant à
parler en lisant son escript, oultre ce qu'il est tresinepte, il est de grand desadvantage à ceulx qui, par
nature, pouvoient quelque chose en l'action; et de
me iecter à la mercy de mon invention presente, encores
moins : ie l'ay lourde et trouble, qui ne sçauroit
fournir aux soubdaines necessitez et importantes.

Laisse, lecteur, courir encores ce coup d'essay,
et ce troisiesme alongeail du reste des pieces de
ma peincture. I'adiouste, mais ie ne corrige pas :
Premierement, parce que celuy qui a hypothequé
au monde son ouvrage, ie treuve apparence qu'il
n'y aye plus de droict : qu'il die, s'il peult, mieulx
ailleurs, et ne corrompe la besongne qu'il a vendue. De telles gents, il ne fauldroit rien achetter
qu'aprez leur mort. Qu'ils y pensent bien, avant
que de se produire : qui les haste ? Mon livre est
tousiours un, sauf qu'à mesure qu'on se met à le
renouveller, à fin que l'achetteur ne s'en aille les
mains du tout vuides, ie me donne loy d'y attacher, comme ce n'est qu'une marqueterie mal
ioincte, quelque embleme supernumeraire; ce ne
sont que surpoids qui ne condemnent point la
premiere forme, mais donnent quelque prix particulier à chascune des suivantes, par une petite
subtilité ambitieuse : de là toutesfois il adviendra facilement qu'il s'y mesle quelque transpo-
sition de chronologie, mes contes prenants place
selon leur opportunité, non tousiours selon leur
aage.

Secondement, à cause que, pour mon regard,
ie crains de perdre au change : mon entendement
ne va pas tousiours avant, il va à reculons aussi;
ie ne me desfie gueres moins de mes fantasies,
pour estre secondes ou tierces, que premieres, ou
presentes, ou passees : nous nous corrigeons aussi
sottement souvent, comme nous corrigeons les
aultres. Ie suis enviellly de nombre d'ans depuis
mes premieres publications, qui feurent l'an mil
cinq cents quatre vingts : mais ie fois doubte que
ie sois assagi d'un poulce. Moy, asture [4], et moy,
tantost, sommes bien deux; quand meilleur, ie
n'en puis rien dire. Il feroit bel estre vieil, si
nous ne marchions que vers l'amendement : c'est
un mouvement d'yvrongne, titubant [5], vertigi-
neux [6], informe; ou des ioncs que l'air manie casuellement selon soy [7]. Antiochus avoyt vigoureusement escript en faveur de l'academie; il print
sur ses vieulx ans un aultre party : lequel des
deux ie suivisse, seroit ce pas tousiours suivre
Antiochus ? Aprez avoir estably le doubte, vouloir establir la certitude des opinions humaines, estoit ce pas establir le doubte, non la cer-

(1) *Sagum*, espèce de casaque militaire. C'est la *blouse* gauloise.

(2) Rien de plus contraire à ceux qui veulent plaire, que de
faire beaucoup attendre d'eux. Cic., *Acad.*, II, 4.

(3) La simplicité va bien aux guerriers. QUINTIL., *Inst. Orat.*,
XI, 1.

(4) *A cette heure.* — (5) *Chancelant.*

(6) *Troublé par des vertiges, irrégulier.*

(7) *Ou des roseaux que l'air agite par hasard à son gré.*

titude, et promettre, qui luy eust donné encores un aage à durer, qu'il estoit tousiours en termes de nouvelle agitation, non tant meilleure, qu'aultre ?

La faveur publicque m'a donné un peu plus de hardiesse que ie n'esperois : mais ce que ie crains le plus, c'est de saouler ; i'aimerois mieulx poindre, que lasser, comme a faict un sçavant homme de mon temps. La louange est tousiours plaisante, de qui, et pour quoy elle vienne : si fault il, pour s'en agreer iustement, estre informé de sa cause ; les imperfections mesmes ont leur moyen de se recommander : l'estimation vulgaire et commune se veoid peu heureuse en rencontre ; et, de mon temps, ie suis trompé si les pires escripts ne sont ceulx qui ont gaigné le dessus du vent populaire. Certes, ie rends graces à des honnestes hommes qui daignent prendre en bonne part mes foibles efforts : il n'est lieu où les faultes de la façon paroissent tant, qu'en une matiere qui de soy n'a point de recommandation. Ne te prends point à moy, lecteur, de celles qui se coulent icy par la fantasie ou inadvertence d'aultruy ; chasque main, chasque ouvrier y apporte les siennes : ie ne me mesle, ny d'orthographe ( et ordonne seulement qu'ils y suivent l'ancienne ), ny de la punctuation ; ie suis peu expert en l'un et en l'aultre. Où ils rompent du tout le sens, ie m'en donne peu de peine, car au moins ils me deschargent : mais où ils en substituent un fauls, comme ils font si souvent, et me destournent à leur conception, ils me ruynent. Toutesfois, quand la sentence n'est forte à mesure, un honneste homme la doibt refuser pour mienne. Qui cognoistra combien ie suis peu laborieux, combien ie suis faict à ma mode, croira facilement que ie redicterois plus volontiers encores autant d'Essais, que de m'assubiettir à resuivre ceulx cy pour cette puerile correction.

Ie disois doncques tantost, qu'estant planté en la plus profonde miniere de ce nouveau metal[1], non seulement ie suis privé de grande familiarité avecques gents d'aultres mœurs que les miennes, et d'aultres opinions, par lesquelles ils tiennent ensemble d'un nœud[2], qui commande tout aultre nœud ; mais encores ie ne suis pas sans hazard parmy ceulx à qui tout est egualement loysible, et desquels la pluspart ne peult meshuy empirer son marché vers nostre iustice ; d'où naist l'extreme degré de licence. Comptant toutes les particulieres circonstances qui me regardent, ie ne treuve homme des nostres à qui la deffense des loix couste, et en gaing cessant, et en dommage emergeant[3], disent les clercs, plus qu'à moy : et tels font bien les braves de leur chaleur et aspreté,

qui font beaucoup moins que moy, en iuste balance. Comme maison de tout temps libre, de grand abord, et officieuse à chascun ( car ie ne me suis iamais laissé induire d'en faire un outil de guerre, laquelle ie vois chercher plus volontiers où elle est le plus esloingnee de mon voysinage ), ma maison a merité assez d'affection populaire, et seroit bien malaysé de me gourmander sur mon fumier ; et i'estime à un merveilleux chef d'œuvre et exemplaire, qu'elle soit encores vierge de sang et de sac, soubs un si long orage, tant de changements et agitations voysines : car, à dire vray, il estoit possible, à un homme de ma complexion, d'eschapper à une forme constante et continue, quelle qu'elle feust ; mais les invasions et incursions contraires, et alternations et vicissitudes de la fortune, autour de moy, ont iusqu'à cette heure plus exasperé qu'amolly l'humeur du païs, et me rechargent de dangers et difficultez invincibles.

I'eschappe : mais il me desplaist que ce soit plus par fortune, voire et par ma prudence, que par iustice ; et me desplaist d'estre hors la protection des loix, et soubs aultre sauvegarde que la leur. Comme les choses sont, ie vis, plus qu'à demy, de la faveur d'aultruy ; qui est une rude obligation. Ie ne veulx debvoir ma seureté, ny à la bonté et benignité des grands, qui s'agreent de ma legalité et liberté, ny à la facilité des mœurs de mes predecesseurs, et miennes ; car quoy, si i'estois aultre ? Si mes deportements et la franchise de ma conversation obligent mes voysins, ou la parenté ; c'est cruauté qu'ils s'en puissent acquitter en me laissant vivre, et qu'ils puissent dire : « Nous luy condonnons la libre continuation du service divin en la chapelle de sa maison, toutes les eglises d'autour estants par nous desertees ; et luy condonnons l'usage de ses biens et sa vie, comme il conserve nos femmes et nos bœufs au besoing. » De longue main chez moy, nous avons part à la louange de Lycurgus athenien, qui estoit general depositaire et gardien des bources de ses concitoyens. Or, ie tiens qu'il fault vivre par droict, et par auctorité, non par recompense, ny par grace. Combien de galants hommes ont mieulx aimé perdre la vie, que la debvoir ! Ie fuys à me soubmettre à toute sorte d'obligation, mais sur tout à celle qui m'attache par debvoir d'honneur. Ie ne treuve rien si cher, que ce qui m'est donné, et ce pour quoy ma volonté demeure hypothequee par tiltre de gratitude ; et receois plus volontiers les offices qui

(1) Au milieu de ce que ce siècle a de plus corrompu.
(2) Celui de la religion. — (3) Pardessus.

sont à vendre : ie croy bien pour ceulx cy, ie ne donne que de l'argent; pour les aultres, ie me donne moy mesme.

Le nœud qui me tient par la loi d'honnesteté me semble bien plus pressant et plus poisant, que n'est celuy de la contrainte civile; on me garrote plus doulcement par un notaire, que par moy : n'est ce pas raison, que ma conscience soit beaucoup plus engagee à ce en quoy on s'est simplement fié d'elle? Ailleurs, ma foy ne doibt rien, car on ne luy a rien presté : qu'on s'ayde de la fiance et asseurance qu'on a prinse hors de moy. I'aimerois bien plus cher rompre la prison d'une muraille et des loix, que de ma parole. Ie suis delicat à l'observation de mes promesses, iusques à la superstition; et les fois en touts subiects volontiers incertaines et conditionnelles. A celles qui sont de nul poids, ie donne poids de la ialousie de ma regle; elle me gehenne et charge de son propre interest : ouy, ez entreprinses toutes miennes et libres, si i'en dy le poinct, il me semble que ie me le prescris, et que le donner à la science d'aultruy, c'est le preordonner à soy; il me semble que ie le promets, quand ie le dy; ainsin i'esvente peu mes propositions. La condemnation que ie fois de moy est plus vifve et plus roide que n'est celle des iuges, qui ne me prennent que par le visage de l'obligation commune; l'estreincte de ma conscience [1], plus serree et plus severe. Ie suis laschement les debvoirs ausquels on m'entraisneroit si ie n'y allois : *hoc ipsum ita iustum est, quod recte fit, si est voluntarium* [2]. Si l'action n'a quelque splendeur de liberté, elle n'a point de grace ny d'honneur :

*Quod me ius cogit, vix voluntate impetrent* [3]:

où la nécessité me tire, i'aime à lascher la volonté; *quia quidquid imperio cogitur, exigenti magis, quam præstanti, acceptum refertur* [4]: I'en sçay qui suivent cet air iusques à l'iniustice; donnent plustost qu'ils ne rendent; prestent plustost qu'ils ne payent; font plus escharsement [5] bien à celuy à qui ils en sont tenus. Ie ne vois pas là, mais ie touche contre.

I'aime tant à me descharger et desobliger, que i'ay par fois compté à proufit les ingratitudes, offenses et indignitez que i'avoy receu de ceulx à qui, ou par nature, ou par accident, i'avoy quelque debvoir d'amitié; prenant cette occasion de leur faulte, pour autant d'acquit et deschaige de ma debte. Encores que ie continue à leur payer les offices apparents de la raison publicque, ie treuve grande espargne pourtant à faire par iustice ce que ie faisois par affection, et à me soulager un

peu de l'attention et solicitude de ma volonté au dedans ; *est prudentis sustinere*, *ut currum*, *sic impetum benevolentiæ* [6], laquelle i'ay trop urgente et pressante où ie m'addonne, au moins pour un homme qui ne veult estre aulcunement en presse : et me sert cette mesnagerie, de quelque consolation aux imperfections de ceulx qui me touchent; ie suis bien desplaisant [7] qu'ils en vaillent moins, mais tant y a que i'en espargne aussi quelque chose de mon application et engagement envers eulx. I'approuve celuy qui aime moins son enfant, d'autant qu'il est ou teigneux, ou bossu, et non seulement quand il est malicieux, mais aussi quand il est malheureux et mal nay (Dieu mesme en a rabbattu cela de son pris et estimation naturelle); prouveu qu'il se porte en ce refroidissement avecques moderation et iustice exacte : en moy, la proximité n'allege pas les defaults, elle les aggrave plustost.

Aprez tout, selon que ie m'entends en la science du bienfaict et de recognoissance, qui est une subtile science et de grand usage, ie ne veoy personne plus libre et moins endebté que ie suis iusques à cette heure. Ce que ie doibs, ie le doibs simplement aux obligations communes et naturelles : il n'en est point qui soit plus nettement quitte d'ailleurs;

Nec sunt mihi nota potentum
Munera [8].

Les princes me donnent prou [9], s'ils ne m'ostent rien; et me font assez de bien, quand ils ne me font point de mal : c'est tout ce que i'en demande. Oh! combien ie suis tenu à Dieu de ce qu'il luy a pleu que i'aye receu immediatement de sa grace tout ce que i'ay! qu'il a retenu particulierement à soy toute ma debte! Combien ie supplie instamment sa saincte misericorde, que iamais ie ne doibve un essenciel grammercy à personne! Bien heureuse franchise qui m'a conduict si loing! Qu'ell' acheve! l'essaye à n'avoir exprez besoing de nul ; *in me omnis spes est mihi* [10]: c'est chose que chascun peult

---

(1) C'est-à-dire, *l'obligation que ma conscience m'impose*.
(2) L'action la plus iuste n'est iuste qu'autant qu'elle est volontaire. Cic., *de Offic.*, I, 9.
(3) Je ne fais guère volontairement les choses auxquelles m'oblige le devoir. Térence, *Adelph.*, act. III, sc. 6, v. 44.
(4) Parce que, dans les choses qu'une autorité supérieure ordonne, on sait plus de gré à celui qui commande qu'à celui qui exécute. Valère Maxime, II, 2, 6. — (5) *Chichement*.
(6) Il est prudent de retenir, comme un char qui s'emporte, le premier essor de l'amitié. Cic., *de Amicit.*, c. 17.
(7) *Je suis bien fâché*.
(8) Les présents des grands me sont inconnus. Virg., *Énéide*, XII, 519. — (9) *Beaucoup*.
(10) Toutes mes espérances sont en moi. Térence, *Adelph.*, act. III, sc. 5, v. 9.

en soy, mais plus facilement ceulx que Dieu a mis
à l'abry des necessitez naturelles et urgentes. Il
faict bien piteux et hazardeux despendre d'un aultre.
Nous mesmes, qui est la plus iuste adresse et la plus
seure, ne nous sommes pas assez asseurez. Ie n'ay
rien mien, que moy; et si en est la possession, en
partie, manque[1] et empruntee. Ie me cultive, et
en courage, qui est le plus fort, et encores en fortune, pour y trouver de quoy me satisfaire, quand
ailleurs tout m'abandonneroit. Eleus Hippias ne se
fournit pas seulement de science, pour, au giron
des muses, se pouvoir ioyeusement escarter de
toute aultre compaignie au besoing; ny seulement
de la cognoissance de la philosophie, pour apprendre à son ame de se contenter d'elle, et se passer
virilement des commoditez qui luy viennent du
dehors, quand le sort l'ordonne : il feut si curieux
d'apprendre encores à faire sa cuisine, et son poil,
ses robbes, ses souliers, ses bragues[2], pour se
fonder en soy autant qu'il pourroit, et soubstraire
au secours estranger. On iouyt bien plus librement
et plus gayement des biens empruntez, quand ce
n'est pas une iouyssance obligee et contraincte par
le besoing; et qu'on a, et en sa volonté, et en sa
fortune, la force et les moyens de s'en passer. Ie
me cognoy bien; mais il m'est malaysé d'imaginer
nulle si pure liberalité de personne envers moy,
nulle hospitalité si franche et gratuite, qui ne me
semblast disgraciee, tyrannique et teincte de reproche, si la necessité m'y avoyt enchevestré.
Comme le donner est qualité ambitieuse et de prerogative; aussi est l'accepter qualité de soubmission : tesmoing l'iniurieux et querelleux refus que
Baiazet feit des presents que Temir[3] luy envoyoit:
et ceulx qu'on offrit, de la part de l'empereur Solyman, à l'empereur de Calicut, le meirent en si
grand despit, que non seulement il les refusa rudement, disant que ny luy ny ses predecesseurs
n'avoyent accoustumé de prendre, et que c'estoit
leur office de donner; mais, en oultre, feit mettre
en un cul de fosse les ambassadeurs envoyez à cet
effect. Quand Thetis, dict Aristote, flatte Iupiter;
quand les Lacedemoniens flattent les Atheniens,
ils ne vont pas leur refreschissant la memoire des
biens qu'ils leur ont faicts, qui est tousiours odieuse,
mais la memoire des bienfaicts qu'ils ont receus
d'eulx. Ceulx que ie veoy si familierement employer
tout chascun et s'y engager, ne le feroient pas, s'ils
savouroient comme moy la doulceur d'une pure
liberté, et s'ils poisoient, autant que doibt poiser
à un sage homme, l'engageure d'une obligation :
elle se paye à l'adventure quelquesfois, mais elle
ne se dissoult iamais. Cruel garrotage à qui aime
affranchir les coudees de sa liberté en touts sens !

Mes coguoissants, et au dessus et au dessoubs de
moy, sçavent s'ils en ont iamais veu de moins
solicitant, requerant, suppliant, ny moins chargeant sur aultruy. Si ie le suis au delà de tout
exemple moderne, ce n'est pas grande merveille,
tant de pieces de mes mœurs y contribuant; un peu
de fierté naturelle, l'impatience du refus, contraction de mes desirs et desseings, inhabileté à toute
sorte d'affaires, et, mes qualitez plus favories,
l'oysifveté, la franchise : par tout cela, i'ay prins
à haine mortelle d'estre tenu ny à aultre, ny par
aultre que moy. I'employe bien vifvement tout ce
que ie puis à m'en passer, avant que i'employe la
beneficence d'un aultre, en quelque, ou legiere,
ou poisante, occasion ou besoing que ce soit.
Mes amys m'importunent estrangement quand ils
me requierent de requerir un tiers : et ne me semble gueres moins de coust, desengager celuy qui
me doibt, usant de luy, que m'engager envers
celuy qui ne me doibt rien. Cette condition ostee,
et cett' aultre, Qu'ils ne vueillent de moy chose
negocieuse et soulcieuse (car i'ay denoncé à tout
soing guerre capitale), ie suis commodement facile
et prest au besoing de chascun. Mais i'ay encores
plus fuy à recevoir, que ie n'ay cherché à donner;
aussi est il bien plus aysé, selon Aristote. Ma fortune m'a peu permis de bien faire à aultruy; et ce
peu qu'elle m'en a permis, elle l'a assez maigrement logé. Si elle m'eust faict naistre pour tenir
quelque reng entre les hommes, i'eusse esté ambitieux de me faire aimer, non de me faire craindre
ou admirer : l'esprimerai ie plus insolemment ?
i'eusse autant regardé au plaire qu'au proufiter.
Cyrus, tressagement, et par la bouche d'un tresbon capitaine et meilleur philosophe encores, estime sa bonté et ses bienfaicts loing au delà de sa
vaillance et belliqueuses conquestes : et le premier
Scipion, par tout où il se veult faire valoir, poise
sa debonnaireté et humanité au dessus de sa hardiesse et de ses victoires; et a tousiours en la bouche ce glorieux mot, « Qu'il a laissé aux ennemys
autant à l'aimer qu'aux amys. » Ie veulx doncques
dire que, s'il fault ainsin debvoir quelque chose,
ce doibt estre à plus legitime tiltre que celuy dequoy ie parle, auquel la loy de cette miserable
guerre m'engage; et non d'un si gros debte comme
celuy de ma totale conservation : il m'accable.

Ie me suis couché mille fois chez moy, imaginant qu'on me trahiroit et assommeroit cette nuict
là; composant avecques la fortune, que ce feust

(1) *Défectueuse.*
(2) *Ses hauts-de-chausses*, *bracce.*
(3) *Timur, ou Tamerlan.*

sans effroy et sans langueur : et me suis escrié, aprez mon patenostre,

Impius hæc tam culta novalia miles habebit[1]!

Quel remede ? c'est le lieu de ma naissance et de la plus part de mes ancestres; ils y ont mis leur affection et leur nom. Nous nous durcissons à tout ce que nous accoustumons[2] : et, à une miserable condition comme est la nostre, c'a esté un tresfavorable present de nature que l'accoustumance, qui endort nostre sentiment à la souffrance de plusieurs maulx. Les guerres civiles ont cela de pire que les aultres guerres, de nous mettre chascun en eschauguette[3] en sa propre maison :

Quam miserum, porta vitam muroque tueri,
Vixque suæ tutum viribus esse domus[4]!

C'est grande extremité d'estre pressé iusques dans son mesnage et repos domestique. Le lieu où ie me tiens est tousiours le premier et le dernier à la batterie de nos troubles, et où la paix n'a iamais son visage entier :

Tum quoque, quum pax est, trepidant formidine
[belli[5].

Quoties pacem fortuna lacessit,
Hac iter est bellis... Melius, fortuna, dedisses
Orbe sub Eoo sedem, gelidaque sub Arcto,
Errantesque domos[6].

Ie tire, par fois, le moyen de me fermir contre ces considerations, de la nonchalance et lascheté : elles nous menent aussi aulcunement à la resolution. Il m'advient souvent d'imaginer avecques quelque plaisir les dangers mortels, et les attendre : ie me plonge, la teste baissée, stupidement dans la mort, sans la considerer et recognoistre, comme dans une profondeur muette et obscure qui m'engloutit d'un sault, et m'estouffe en un instant d'un puissant sommeil, plein d'insipidité et indolence. Et en ces morts courtes et violentes, la consequence que i'en preveoy me donne plus de consolation, que l'effect, de trouble. Ils disent, Comme la vie n'est pas la meilleure pour estre longue, que la mort est la meilleure pour n'estre pas longue. Ie ne m'estrange pas tant de l'estre mort, comme i'entre en confidence avecques le mourir. Ie m'enveloppe et me tapis en cet orage, qui me doibt aveugler et ravir de furie, d'une charge prompte et insensible. Encores s'il advenoit, comme disent aulcuns iardiniers, que les roses et violettes naissent plus odoriferantes prez des aulx et des oignons, d'autant qu'ils succent et tirent à eulx ce qu'il y a de mauvaise odeur en la terre; aussi que ces depravees natures humassent tout le venin de

mon air et du climat, et m'en rendissent d'autant meilleur et plus pur, par leur voysinage, que ie ne perdisse pas tout ! Cela n'est pas : mais de cecy il en peult estre quelque chose, Que la bonté est plus belle et plus attrayante quand elle est rare ; et que la contrarieté et diversité roidit et resserre en soy le bienfaire, et l'enflamme par la ialousie de l'opposition et par la gloire. Les voleurs, de leur grace, ne m'en veulent pas particulierement : ne fois ie pas moy à eulx; il m'en fauldroit à trop de gents. Pareilles consciences logent soubs diverses sortes de robbes; pareille cruauté, desloyauté, volerie; et d'autant pire, qu'elle est plus lasche, plus seure et plus obscure soubs l'umbre des loix. Ie hais moins l'iniure professe, que traistresse; guerriere, que pacifique et iuridique. Nostre fiebvre est survenue en un corps qu'elle n'a de gueres empiré : le feu y estoit, la flamme s'y est prinse : le bruit est plus grand; le mal, de peu. Ie responds ordinairement à ceulx qui me demandent raison de mes voyages : « Que ie sçay bien ce que ie fuys, mais non pas ce que ie cherche. » Si on me dict que parmy les estrangers il y peult avoir aussi peu de santé, et que leurs mœurs ne valent pas mieulx que les nostres; ie responds premierement, qu'il est malaysé,

Tam multæ scelerum facies[7]!

secondement, que c'est tousiours gaing, de changer un mauvais estat, à un estat incertain; et que les maulx d'aultruy ne nous doibvent pas poindre comme les nostres.

Ie ne veulx pas oublier cecy, Que ie ne me mutine iamais tant contre la France, que ie ne regarde Paris de bon œil : elle[8] a mon cœur dez mon enfance : et m'en est advenu, comme des choses excellentes; plus i'ay veu, depuis, d'autres villes belles, plus la beaulté de cette cy peult et gaigne sur mon affection : ie l'aime par elle mesme, et plus en son estre seul, que rechargee de pompe estrangere : ie l'aime tendrement, iusques à ses verrues et à ses taches : ie ne suis François que par

(1) Ces terres, si bien coltivées, seront-elles donc la proie d'un soldat barbare? VIRG., Eclog., I, 71.
(2) Nous tournons en coutume. — (3) En vedette, en sentinelle.
(4) Qu'il est triste d'avoir besoin d'une porte et d'une muraille pour protéger sa vie, et d'être à peine en sûreté dans sa propre maison ! OVIDE, Trist., IV, 1, 69.
(5) Même lorsque nous sommes en paix, nous ne cessons de redouter la guerre. OVIDE, Trist., III, 10, 67.
(6) Toutes les fois que la fortune a rompu la paix, c'est ici le chemin de la guerre... Pourquoi le sort ne nous a-t-il pas fait habiter des cabanes errantes, sous le char brûlant du soleil, ou sous les astres glacés de l'ourse? LUCAIN, I, 255 et 56; 251.
(7) Tant le crime s'est multiplié parmi nous ! VIRG., Géorg., I, 506.
(8) Cette ville.

cette grande cité, grande en peuples, grande en felicité de son assiette; mais surtout grande et incomparable en varieté, et diversité de commoditez, la gloire de la France, et l'un des plus nobles ornements du monde. Dieu en chasse loing nos divisions! Entiere et unie, ie la treuve deffendue de toute aultre violence : ie l'advise, que de touts les partys, le pire sera celuy qui la mettra en discorde; et ne crains pour elle, qu'elle mesme; et crains pour elle, autant certes que pour aultre piece de cet estat. Tant qu'elle durera, ie n'auray faulte de retraicte où rendre mes abbois; suffisante à me faire perdre le regret de tout' aultre retraicte.

Non parce que Socrates l'a dict, mais parce qu'en verité c'est mon humeur, et à l'adventure non sans quelque excez, i'estime touts les hommes mes compatriotes; et embrasse un Polonois comme un François, postposant [1] cette liaison nationale à l'universelle et commune. Ie ne suis gueres feru [2] de la doulceur d'un air naturel : les cognoissances toutes neufves et toutes miennes me semblent bien valoir les aultres communes et fortuites cognoissances du voysinage; les amitiez pures de nostre acquest emportent ordinairement celles ausquelles la communication du climat, ou du sang, nous ioignent. Nature nous a mis au monde libres et desliez; nous nous emprisonnons en certains destroicts, comme les roys de Perse, qui s'obligeoient de ne boire iamais aultre eau que celle du fleuve de Choaspez, renonceoient, par sottise, à leur droict d'usage en toutes les aultres eaux, et asseichoient, pour leur regard, tout le reste du monde. Ce que Socrates feit sur sa fin, d'estimer une sentence d'exil pire qu'une sentence de mort contre soy, ie ne seray, à mon advis, iamais ny si cassé, ny si estroictement habitué en mon païs, que ie le feisse; ces vies celestes ont assez d'images que i'embrasse par estimation plus que par affection; et en ont aussi de si eslevees et extraordinaires, que, par estimation mesme, ie ne les puis embrasser, d'autant que ie ne les puis concevoir : cette humeur feut bien tendre à un homme qui iugeoit le monde sa ville; il est vrai qu'il desdaignoit les peregrinations, et n'avoyt gueres mis le pied hors le territoire d'Attique. Quoy? qu'il plaignoit l'argent de ses amys à desengager sa vie; et qu'il refusa de sortir de prison par l'entremise d'aultruy, pour ne desobeyr aux loix en un temps qu'elles estoient d'ailleurs si fort corrompues. Ces exemples sont de la premiere espece pour moy; de la seconde, sont d'aultres que ie pourrois trouver en ce mesme personnage : plusieurs de ces rares exemples surpassent la force de mon action, mais aulcuns surpassent encores la force de mon iugement.

Oultre ces raisons, le voyager me semble un exercice proufitable : l'ame y a une continuelle exercitation à remarquer des choses incogneues et nouvelles; et ie ne sçache point meilleure eschole, comme i'ay dict souvent, à façonner la vie, que de luy proposer incessamment la diversité de tant d'aultres vies, fantasies et usances, et luy faire gouster une si perpetuelle varieté de formes de nostre nature. Le corps n'y est ny oysif, ny travaillé; et cette moderee agitation le met en haleine. Ie me tiens à cheval sans desmonter, tout choliqueux que ie suis, et sans m'y ennuyer, huict et dix heures,

*Vires ultra sortemque senectæ* [3]:

nulle saison m'est ennemye, que le chauld aspre d'un soleil poignant; car les ombrelles, dequoy, depuis les anciens Romains, l'Italie se sert, chargent plus les bras qu'ils ne deschargent la teste. Ie voudrois sçavoir quelle industrie c'estoit aux Perses, si anciennement, et en la naissance de la luxure, de se faire du vent frez et des umbrages à leur poste [4], comme dict Xenophon. I'aime les pluyes et les crottes, comme les cannes. La mutation d'air et de climat ne me touche point; tout ciel m'est un : ie ne suis battu que des alterations internes que ie produis en moy; et celles là m'arrivent moins en voyageant. Ie suis mal aysé à esbransler; mais estant avoyé [5], ie vois tant qu'on veult : i'estrive [6] autant aux petites entreprinses qu'aux grandes, et à m'equiper pour faire une iournee et visiter un voysin, que pour un iuste voyage. I'ay apprins à faire mes iournees, à l'espaignole, d'une traicte; grandes et raisonnables iournees : et, aux extremes chaleurs, les passe de nuict, du soleil couchant iusques au levant. L'aultre façon, de repaistre en chemin, en tumulte et haste, pour la disnee, nommeement aux courts iours, est incommode. Mes chevaux en valent mieulx : iamais cheval ne m'a failly, qui a sceu faire avecques moy la premiere iournee. Ie les abbruve partout; et regarde seulement qu'ils ayent assez de chemin de reste, pour battre leur eau. La paresse à me lever donne loysir à ceulx qui me suivent de disner à leur ayse, avant partir [7] : pour moy, ie ne mange iamais trop tard; l'appetit me

[1] *Subordonnant, estimant inférieure.*
[2] *Frappé.*
[3] Au-delà des forces et de la santé d'un vieillard. Virg., Én., VI, 114.
[4] *A leur gré.* — [5] *En chemin.*
[6] *J'hésite.*
[7] Ceci prouve qu'on dinoit de bien bonne heure du temps de Montaigne : on dine encore à huit heures du matin dans les campagnes.

vient en mangeant, et point aultrement ; ie n'ay point de faim qu'à table.

Aulcuns se plaignent dequoy ie me suis agreé à continuer cet exercice, marié, et vieil. Ils ont tort : il est mieulx temps d'abandonner sa maison, quand on l'a mise en train de continuer sans nous ; quand on y a laissé de l'ordre qui ne desmente point sa forme passee : c'est bien plus d'imprudence de s'esloingner, laissant en sa maison une garde moins fidele, et qui ayt moins de soing de prouveoir à vostre besoing.

La plus utile et honnorable science et occupation à une mere de famille, c'est la science du mesnage. I'en veoy quelqu'une avare : de mesnagieres, fort peu ; c'est sa maistresse qualité, et qu'on doibt chercher avant toute aultre, comme le seul douaire qui sert à ruyner ou sauver nos maisons. Qu'on ne m'en parle pas : selon que l'experience m'en a appris, ie requiers d'une femme mariee, au dessus de toute aultre vertu, la vertu œconomique. Ie l'en mets au propre, luy laissant par mon absence tout le gouvernement en main. Ie veoy avecques despit, en plusieurs mesnages, monsieur revenir maussade et tout marmiteux [1] du tracas des affaires, environ midy, que madame est encores aprez à se coeffer et attiffer en son cabinet : c'est à faire aux roynes ; encores ne sçay ie : il est ridicule et iniuste que l'oysifveté de nos femmes soit entretenue de nostre sueur et travail. Il n'adviendra, que ie puisse, à personne d'avoir l'usage de ses biens plus liquide que moy, plus quiete [2] et plus quitte. Si le mary fournit de matiere, nature mesme veult qu'elles fournissent de forme.

Quant aux debvoirs de l'amitié maritale qu'on pense estre interessez par cette absence, ie ne le croy pas. Au rebours, c'est une intelligence qui se refroidit volontiers par une trop continuelle assistance, et que l'assiduité blece. Toute femme estrangere nous semble honneste femme : et chascun sent, par experience, que la continuation de se veoir ne peult representer le plaisir que l'on sent à se desprendre et reprendre à secousses. Ces interruptions me remplissent d'une amour recente envers les miens, et me redonnent l'usage de ma maison plus doulx : la vicissitude eschauffe mon appetit, vers l'un, et puis vers l'aultre party. Ie sçay que l'amitié a les bras assez longs pour se tenir et se ioindre d'un coing du monde à l'aultre, et specialement cette cy, où il y a une continuelle communication d'offices, qui en reveillent l'obligation et la souvenance. Les stoïciens disent qu'il y a si grande colligance [3] et relation entre les sages, que celuy qui disné en France repaist son compaignon en Aegypte ; et qui estend seulement son doigt où que ce soit, touts les sages qui sont sur la terre habitable en sentent ayde. La iouyssance et la possession appartiennent principalement à l'imagination : elle embrasse plus chauldement et plus continuellement ce qu'elle va querir, que ce que nous touchons. Comptez vos amusements iournaliers ; vous trouverez que vous estes lors plus absent de vostre amy, quand il vous est present : son assistance relasche vostre attention, et donne liberté à vostre pensee de s'absenter à toute heure, pour toute occasion. De Rome en hors, ie tiens et regente ma maison, et les commoditez que i'y ai laissé : ie veoy croistre mes murailles, mes arbres et mes rentes, et descroistre, à deux doigts prez comme quand i'y suis :

Ante oculos errat domus, errat forma locorum [4].

Si nous ne iouyssons que ce que nous touchons, adieu nos escus, quand ils sont en nos coffres ; et nos enfants, s'ils sont à la chasse. Nous les voulons plus prez. Au iardin, est ce loing ? à une demy iournee ? quoy, à dix lieues, est ce loing ou prez ? Si c'est prez : quoy onze, douze, treize ? et ainsin pas à pas. Vrayement, celle qui sçaura prescrire à son mary « Le quantiesme pas finit le prez, et le quantiesme pas donne commencement au loing, » ie suis d'advis qu'elle l'arreste entre deux ;

Excludat iurgia finis...
Utor permisso ; caudæque pilos ut equinæ
Paulatim vello, et demo unum, demo etiam unum,
Dum cadat elusus ratione ruentis acervi [5];

et qu'elles appellent hardiement la philosophie à leur secours ; à qui quelqu'un pourroit reprocher, Puis qu'elle ne veoid ny l'un ny l'aultre bout de la ioincture entre le trop et le peu, le long et le court, le legier et le poisant, le prez et le loing ; Puis qu'elle n'en recognoist le commencement ny la fin, Qu'elle iuge bien uncertainement du milieu : rerum natura nullam nobis dedit cognitionem finium [6]. Sont elles pas encores femmes et amyes des trespassez, qui ne sont pas au bout de cettuy

(1) Piteux, de triste mine. — (2) Plus paisible, plus tranquille.
(3) Liaison ; union.
(4) J'ai sans cesse devant les yeux ma maison et tous les lieux que j'ai quittés. Ovide, Trist., III, 4, 57. Montaigne a changé ce vers pour l'adapter à son idée.
(5) Convenons d'un terme pour nous accorder : sans cela, je prends ce que vous me donnez ; et, comme celui qui arracheroit la queue d'un cheval crin à crin, j'ôte une lieue, puis une autre, jusqu'à ce que le nombre marqué disparoisse, et qu'il ne vous reste plus rien. Hor., Epist., II, 1, 38, et 45.
(6) La nature ne nous a point permis de connoître les bornes des choses. Cic., Acad., II, 29.

cy, mais en l'aultre monde? Nous embrassons et ceulx qui ont esté, et ceulx qui ne sont point encores, non que les absents. Nous n'avons pas faict marché, en nous mariant, de nous tenir continuellement accouez [1] l'un à l'aultre, comme ie ne sçay quels petits animaulx que nous veyons, ou comme les ensorcelez de Karenty [2], d'une maniere chiennine : et ne doibt une femme avoir les yeulx si gourmandement fichez sur le devant de son mary, qu'elle n'en puisse voir le derriere, où besoing est. Mais ce mot de ce peintre si excellent de leurs humeurs seroit il point de mise en ce lieu, pour representer la cause de leurs plainctes ?

Uxor, si cesses, aut te amare cogitat,
Aut tete amari, aut potare, aut animo obsequi;
Et tibi bene esse soli, quum sibi sit male [3];

ou bien seroit ce pas que, de soy, l'opposition et contradiction les entretient et nourrit ; et qu'elles s'accommodent assez, prouveu qu'elles vous incommodent ?

En la vraye amitié, de laquelle ie suis expert, ie me donne à mon amy, plus que ie ne le tire à moy. Ie n'aime pas seulement mieulx luy faire bien, que s'il m'en faisoit ; mais encores, qu'il s'en face, qu'à moy : il m'en faict lors le plus, quand il s'en faict : et si l'absence luy est ou plaisante ou utile, elle m'est bien plus doulce que sa presence ; et ce n'est pas proprement absence, quand il y a moyen de sentr'advertir. I'ay tiré aultrefois usage de nostre esloingnement, et commodité : nous remplissions mieulx et estendions la possession de la vie, en nous separant : il vivoit [4], il iouyssoit, il veoyoit pour moy, et moy pour luy, autant plainement que s'il y eust esté : l'une partie de nous demeuroit oysifve quand nous estions ensemble ; nous nous confondions : la separation du lieu rendoit la conionction de nos volontez plus riche. Cette faim insatiable de la presence corporelle accuse un peu la foiblesse en la iouyssance des ames.

Quant à la vieillesse, qu'on m'allegue : au rebours, c'est à la ieunesse à s'asservir aux opinions communes, et se contraindre pour aultruy ; elle peult fournir à touts les deux, au peuple et à soy : nous n'avons que trop à faire à nous seuls. A mesure que les commoditez naturelles nous faillent soustenons nous par les artificielles. C'est iniustice d'excuser la ieunesse de suivre ses plaisirs, et deffendre à la vieillesse d'en chercher. Ieune, ie couvrois mes passions enioucees, de prudence ; vieil, ie desmesle les tristes, de desbauche. Si prohibent les loix platoniques de peregriner avant quarante ans ou cinquante, pour rendre la peregrination plus utile et instructifve. Ie consentirois plus volontiers à cet aultre second article des mesmes loix, qui l'interdict aprez les soixante.

« Mais, en tel aage, vous ne reviendrez iamais d'un si long chemin. » Que m'en chault il? ie ne l'entreprends, ny pour en revenir, ny pour le parfaire : i'entreprends seulement de me bransler, pendant que le bransle me plaist ; et me promene pour me promener. Ceulx qui courent un benefice ou un lievre, ne courent pas : ceulx là courent, qui courent aux barres, et pour exercer leur course. Mon desseing est divisible par tout : il n'est pas fondé en grandes esperances ; chasque iournee en faict le bout : et le voyage de ma vie se conduict de mesme. I'ay veu pourtant assez de lieux esloingnez, où i'eusse desiré qu'on m'eust arresté. Pourquoy non, si Chrysippus, Cleanthes, Diogenes, Zeno, Antipater, tant d'hommes sages, de la secte plus renfrongnee, abandonnerent bien leur païs [5], sans aulcune occasion de s'en plaindre, et seulement pour la iouyssance d'un aultre air ? Certes le plus grand desplaisir de mes peregrinations, c'est que ie n'y puisse apporter cette resolution d'establir ma demeure où ie me plairois ; et qu'il me faille tousiours proposer de revenir, pour m'accommoder aux humeurs communes.

Si ie craignois de mourir en aultre lieu que celuy de ma naissance, si ie pensois mourir moins à mon ayse, esloingné des miens ; à peine sortirois ie hors de France : ie ne sortirois pas sans effroy hors de ma paroisse ; ie sens la mort qui me pince continuellement la gorge ou les reins. Mais ie suis aultrement faict ; elle m'est une par tout. Si toutesfois i'avoy à choisir, ce seroit, ce croy ie, plustost à cheval, que dans un lict ; hors de ma maison, et loing des miens. Il y a plus de crevecœur que de consolation à prendre congé de ses amys ; i'oublie volontiers ce debvoir de nostre entregent [6] : car des offices de l'amitié, celuy là est le seul desplaisant ; et oublierois ainsin volontiers à dire ce grand et eternel adieu. S'il se tire quelque com-

---

(1) Attachés par la queue, mot en usage dans plusieurs provinces.

(2) Ou Karantia, ville de l'île de Rugen, dans la mer Baltique.

(3) Tardez-vous à revenir au logis, votre femme s'imagine que vous en aimez une autre, que vous en êtes aimé, que vous buvez, que vous vous donnez du bon temps ; enfin, que vous êtes seul à vous amuser, tandis qu'elle se donne tant de peine. Tér., Adelph., act. I, sc. 1, v. 7.

(4) La Boëtie.

(5) Chrysippe étoit de Soles; Cléanthe, d'Assos; Diogène, de Babylone; Zénon, de Cittium; Antipater, de Tarse : tous philosophes stoïciens qui passèrent leur vie à Athènes, comme a remarqué Plutarque dans son traité de l'Exil, c. 12.

(6) Civilité, politesse.

modité de cette assistance, il s'en tire cent incommoditez. J'ay veu plusieurs mourants bien piteusement, assiegez de tout ce train ; cette presse les estouffe. C'est contre le debvoir, et est tesmoingnage de peu d'affection et de peu de soing, de vous laisser mourir en repos : l'un tormente vos yeulx, l'aultre vos aureilles, l'aultre la bouche ; il n'y a sens, ny membre, qu'on ne vous fracasse. Le cœur vous serre de pitié, d'ouyr les plainctes des amys ; et de despit, à l'adventure d'ouyr d'aultres plainctes feinctes et masquees. Qui a tousiours eu le goust tendre, affoibly ; il l'a encores plus : il luy fault, en une si grande necessité, une main doulce, et accommodee à son sentiment, pour le grater iustement où il luy cuit ; ou qu'on ne le grate point du tout. Si nous avons besoing de sage femme, à nous mettre au monde, nous avons bien besoing d'un homme encores plus sage, à nous en tirer. Tel, et amy, le fauldroit il achetter bien cherement pour le service d'une telle occasion. Ie ne suis point arrivé à cette vigueur desdaigneuse qui se fortifie en soy mesme, que rien n'ayde, ny ne trouble : ie suis d'un poinct plus bas : ie cherche à conniller[1], et à me desrober de ce passage, non par crainte, mais par art. Ce n'est pas mon advis de faire, en cette action, preuve ou montre de ma constance. Pour qui ? lors cessera tout le droict et l'interest que i'ay à la reputation. Ie me contente d'une mort recueillie en soy, quiete[2], et solitaire, toute mienne, convenable à ma vie retiree et privee : au rebours de la superstition romaine, où l'on estimoit malheureux celuy qui mouroit sans parler, et qui n'avoyt ses plus proches à luy clorre les yeulx. J'ay assez affaire à me consoler, sans avoir à consoler aultruy ; assez de pensees en la teste, sans que les circonstances m'en apportent de nouvelles ; et assez de matiere à m'entretenir, sans l'emprunter. Cette partie n'est pas du roolle de la societé ; c'est l'acte à un seul personnage. Vivons et rions entre les nostres ; allons mourir et rechigner entre les incogneus : on treuve, en payant, qui vous tourne la teste, et qui vous frotte les pieds ; qui ne vous presse qu'autant que vous voulez, vous presentant un visage indifferent ; vous laissant vous gouverner et plaindre à vostre mode.

Ie me desfais touts les iours, par discours, de cette humeur puerile et inhumaine qui faict que nous desirons d'esmouvoir, par nos maulx, la compassion et le dueil en nos amys : nous faisons valoir nos inconveniens oultre leur mesure, pour attirer leurs larmes ; et la fermeté que nous louons en chascun à soustenir sa mauvaise fortune, nous l'accusons et reprochons à nos proches, quand c'est

en la nostre : nous ne nous contentons pas qu'ils se ressentent de nos maulx, si encores ils ne s'en affligent. Il fault estendre la ioye ; mais retrencher autant qu'on peult la tristesse. Qui se faict plaindre sans raison, est homme pour n'estre pas plainct, quand la raison y sera : c'est pour n'estre iamais plainct, que se plaindre tousiours, faisant si souvent le piteux, qu'on ne soit pitoyable à personne. Qui se faict mort, vivant, est subiect d'estre tenu pour vif, mourant. I'en ay veu prendre la chevre[3], de ce qu'on leur trouvoit le visage frez, et le pouls posé ; contraindre leur ris, parce qu'il trahissoit leur guarison ; et haïr la santé, de ce qu'elle n'estoit pas regrettable : qui bien plus est, ce n'estoient pas femmes. Ie represente mes maladies, pour le plus, telles qu'elles sont, et evite les paroles de mauvais prognosticque, et les exclamations composees. Sinon l'alaigresse, au moins la contenance rassise des assistants est propre prez d'un sage malade : pour se veoir en un estat contraire, il n'entre point en querelle avecques la santé ; il luy plaist de la contempler en aultruy, forte et entiere, et en iouyr au moins par compaignie : pour se sentir fondre contrebas, il ne reiecte pas du tout les pensees de la vie ; ny ne fuyt les entretiens communs. Ie veulx estudier la maladie, quand ie suis sain : quand elle y est, elle faict son impression assez reelle, sans que mon imagination l'ayde. Nous nous preparons, avant la main, aux voyages que nous entreprenons, et y sommes resolus : l'heure qu'il nous fault monter à cheval, nous la donnons à l'assistance, et, en sa faveur, l'estendons.

Ie sens ce proufit inesperé de la publication de mes mœurs, qu'elle me sert aulcunement de regle : il me vient par fois quelque consideration de ne trahir l'histoire de ma vie ; cette publicque declaration m'oblige de me tenir en ma route, et à ne desmentir l'image de mes conditions, communément moins desfigurees et contredictes que ne porte la malignité et maladie des iugements d'auiourd'huy. L'uniformité et simplesse de mes mœurs produict bien un visage d'aysee interpretation ; mais, parce que la façon en est un peu nouvelle et hors d'usage, elle donne trop beau ieu à la mesdisance. Si est il vray qu'à qui me veult loyalement iniurier, il me semble fournir bien suffisamment où mordre en mes imperfections advouees et cogneues, et de quoy s'y saouler, sans s'escarmoucher au vent. Si, pour en preoccuper moy mesme l'accusation et la descouverte, il luy semble que ie luy esdente sa morsure, c'est raisou qu'il prenne son droict vers

<hr>

[1] A me cacher, comme un conuil, un lapin, dans son trou.
[2] Paisible, tranquille. — [3] Se fâcher, se mettre en colere.

l'amplification et extension, l'offense a ses droicts, oultre la iustice ; et que les vices dequoy ie luy montre des racines chez moy, il les grossisse en arbres ; qu'il y employe non seulement ceulx qui me possedent, mais ceulx aussi qui ne font que me menacer, iniurieux vices et en qualité et en nombre ; qu'il me batte par là. I'embrasserois volontiers l'exemple du philosophe Bion : Antigonus le vouloyt picquer sur le subiect de son origine : Il luy couppa broche [1] : « Ie suis, dict il, fils d'un « serf, boucher, stigmatizé, et d'une putain, que « mon pere espousa par la bassesse de sa fortune : « touts deux furent punis pour quelque mesfaict. « Un orateur m'achetta enfant, me trouvant beau « et advenant ; et m'a laissé, mourant, touts ses « biens : lesquels ayant transporté en ceste ville « d'Athenes, ie me suis addonné à la philosophie. « Que les historiens ne s'empeschent à chercher « nouvelles de moy ; ie leur en diray ce qui en est. » La confession genereuse et libre enerve le reproche, et desarme l'iniure. Tant y a que, tout compté, il me semble qu'aussi souvent on me loue, qu'on me desprise, oultre la raison : comme il me semble aussi que dez mon enfance, en reng et degré d'honneur, on m'a donné lieu plustost au dessus, qu'au dessoubs, de ce qui m'appartient. Ie me trouverois mieulx en païs auquel ces ordres feussent ou reglez ou mesprisez. Entre les hommes, depuis que l'altercation de la prerogative au marcher ou à se seoir passe trois repliques, elle est incivile. Ie ne crains point de ceder ou preceder iniquement, pour fuyr à une si importune contestation ; et iamais homme n'a eu envye de presseance, à qui ie ne l'aye quittée.

Oultre ce proufit que ie tire d'escrire de moy, i'en ay esperé cet autre, que s'il advenoit que mes humeurs pleussent et accordassent à quelque honneste homme, avant mon trepas, il rechercheroit de nous ioindre. Ie luy ay donné beaucoup de païs gaigné ; car, tout ce qu'une longue cognoissance et familiarité luy pourroit avoir acquis en plusieurs annees, il l'a veu en trois iours en ce registre, et plus seurement et exactement. Plaisante fantasie ! plusieurs choses que ie ne voudrois dire au particulier, ie les dy au publicque ; et, sur mes plus secretes sciences ou pensees, renvoye à une boutique de libraire mes amys plus feaux ;

Excutienda damus præcordia [2].

Si, à si bonnes enseignes, ie sçavois quelqu'un qui me feust propre, certes, ie l'irois trouver bien loing ; car la douceur d'une sortable et agreable compaignie ne se peult assez achetter à mon gré. Oh ! un amy ! Combien est vraye cette ancienne

sentence, « que l'usage en est plus necessaire et plus doulx que des elements de l'eau et du feu ! »

Pour revenir à mon conte : Il n'y a doncques pas beaucoup de mal de mourir loing, et à part : si estimons nous à debvoir de nous retirer pour des actions naturelles, moins disgraciees que cette cy, et moins hideuses. Mais encores ceulx qui en viennent là, de trainer languissants un long espace de vie, ne debvroient, à l'adventure, souhaitter d'empescher [5] de leur misere une grande famille : pourtant les Indois, en certaine province, estimoient iuste de tuer celuy qui seroit tumbé en telle necessité ; en une aultre de leurs provinces, ils l'abandonnoient seul à se sauver comme il pourroit. A qui ne se rendent ils enfin ennuyeux et insupportables ? les offices communs n'en vont point iusques là. Vous apprenez la cruauté par force à vos meilleurs amys, durcissant et femme et enfants, par long usage à ne sentir et plaindre plus vos maulx. Les souspirs de ma cholique n'apportent plus d'esmoy à personne. Et quand nous tirerions quelque plaisir de leur conversation, ce qui n'advient pas tousiours, pour la disparité des conditions qui produict aysement mespris ou envye envers qui que ce soit, n'est ce pas trop d'en abuser tout un aage ? Plus ie les verrois se contraindre de bon cœur pour moy, plus ie plaindrois leur peine. Nous avons loy [4] de nous appuyer, non pas de nous coucher si lourdement, sur aultruy, et nous estayer en leur ruyne, comme celuy qui faisoit esgorger des petits enfants, pour se servir de leur sang à guarir une sienne maladie ; ou cet aultre à qui on fournissoit des ieunes tendrons à couver la nuict ses vieulx membres, et mesler la douceur de leur haleine à la sienne aigre et poisante. La decrepitude est qualité solitaire. Ie suis sociable iusques à l'excez ; si me semble il raisonnable que meshuy ie me soubstraye de la veue du monde mon importunité, et la couve moy seul ; que ie m'appile et me recueille en ma coque, comme les tortues ; que i'apprenne à veoir les hommes sans m'y tenir. Ie leur ferois oultrage en un pas si pendant [5] : il est temps de tourner le dos à la compaignie.

« Mais, en ces voyages, vous serez arresté miserablement en un caignard [6], où tout vous manquera. » La plus part des choses necessaires, ie les porte quand et moy : et puis, nous ne sçaurions eviter la fortune, si elle entreprend de nous courre

[1] Il lui ferma la bouche.
[2] Nous leur donnons à sonder tous les replis de notre âme. Perse, V, 22.
[3] D'embarrasser. — [4] La liberté, le droit.
[5] Si glissant. — [6] En un chenil.

sus. Il ne me fault rien d'extraordinaire, quand ie suis malade : ce que nature ne peult en moy, ie ne veulx pas qu'un bolus [1] le face. Tout au commencement de mes fiebvres et des maladies qui m'atterrent, entier encores et voysin de la santé, ie me reconcilie à Dieu par les derniers offices chrestiens ; et m'en treuve plus libre et deschargé, me semblant en avoir d'autant meilleure raison de la maladie. De notaire et de conseil, il m'en fault moins que de medecins. Ce que ie n'auray estably de mes affaires, tout sain, qu'on ne s'attende point que ie le face malade. Ce que ie veulx faire pour le service de la mort, est tousiours faict ; ie n'oserois le delayer d'un seul iour [2] : et, s'il n'y a rien de faict, c'est à dire, Ou que le doubte m'en aura retardé le chois (car par fois c'est bien choisir de ne choisir pas), Ou que tout à faict ie n'auray rien voulu faire.

I'escris mon livre à peu d'hommes, et à peu d'annees. Si c'eust esté une matiere de duree, il l'eust fallu commettre à un language plus ferme. Selon la variation continuelle qui a suivi le nostre iusques à cette heure, qui peult esperer que sa forme presente soit en usage d'icy à cinquante ans ? il escoule touts les iours de nos mains ; et, depuis que ie vis, s'est alteré de moitié. Nous disons qu'il est asture parfaict : autant en dict du sien chasque siecle. Ie n'ay garde de l'en tenir là, tant qu'il fuyra et s'ira difformant comme il faict. C'est aux bons et utiles escripts de le clouer à eulx ; et ira son credit selon la fortune de nostre estat. Pourtant ne crains ie point d'y inserer plusieurs articles privez qui consument leur usage entre les hommes qui vivent auiourd'huy, et qui touchent la particuliere science d'aulcuns, qui y verront plus avant que de la commune intelligence. Ie ne veulx pas, aprez tout, comme ie veoy souvent agiter la memoire des trespassez, qu'on aille debattant : « Il iugeoit, il vivoit ainsin : Il vouloyt cecy : S'il eust parlé sur sa fin, il eust dict, il eust donné : Ie le cognoissois mieulx que tout aultre. » Or, autant que la bienseance me le permet, ie fois icy sentir mes inclinations et affections ; mais plus librement et plus volontiers le fois ie de bouche à quiconque desire en estre informé. Tant y a, qu'en ces memoires, si on y regarde, on trouvera que i'ay tout dict, ou tout designé : ce que ie ne puis esprimer, ie le montre au doigt :

Verum animo satis hæc vestigia parva sagaci
Sunt, per quæ possis cognoscere cetera tute [3].

Ie ne laisse rien à desirer et deviner de moy. Si on doibt s'en entretenir, ie veulx que ce soit ve-

ritablement et iustement : ie reviendrois volontiers de l'aultre monde, pour desmentir celuy qui me formeroit aultre que ie n'estois, feust ce pour m'honnorer. Des vivants mesme, ie sens qu'on parle tousiours aultrement qu'ils ne sont : et, si à toute force ie n'eusse maintenu un amy que i'ay perdu, on me l'eust deschiré en mille contraires visages.

Pour achever de dire mes foibles humeurs, i'advoue qu'en voyageant ie n'arrive guere en logis où il ne me passe par la fantasie si i'y pourray estre et malade, et mourant, à mon ayse. Ie veulx estre logé en lieu qui me soit bien particulier, sans bruit, non maussade, ou fumeux, ou estouffé. Ie cherche à flatter la mort par ces frivoles circonstances ; ou, pour mieulx dire, à me descharger de tout aultre empeschement, à fin que ie n'aye qu'à m'attendre à elle, qui me poisera volontiers assez, sans aultre recharge. Ie veulx qu'elle ayt sa part à l'aysance et commodité de ma vie : c'en est un grand lopin, et d'importance ; et espere meshuy qu'il ne desmentira pas le passé. La mort a des formes plus aysees les unes que les aultres, et prend diverses qualitez selon la fantasie de chascun : entre les naturelles, celle qui vient d'affoiblissement et appesantissement me semble molle et doulce : entre les violentes, i'imagine plus malayseement un precipice, qu'une ruyne qui m'accable ; et un coup trenchant d'une espee, qu'une harquebuzade, et eusse plustost beu le bruvage de Socrates, que de me frapper comme Cato ; et, quoy que ce soit un, si sent mon imagination difference, comme de la mort à la vie, à me iecter dans une fournaise ardente, ou dans le canal d'une platte riviere : Tant sottement nostre crainte regarde plus au moyen qu'à l'effect ! Ce n'est qu'un instant ; mais il est de tel poids, que ie donnerois volontiers plusieurs iours de ma vie pour le passer à ma mode. Puisque la fantasie d'un chascun treuve du plus et du moins en son aigreur, puisque chascun a quelque chois entre les formes de mourir, essayons un peu plus avant d'en trouver quelqu'une deschargee de tout desplaisir. Pourroit on pas la rendre encores voluptueuse,

---

(1) Une pilule.

(2) Ce que Montaigne dit ici sur le service de la mort, il le pensoit très sincèrement, comme il paroit par ce que rapporte Bernard Authone, dans l'article des testaments de son Commentaire sur la coutume de Bordeaux : « Feu Montaigne, auteur des Essais, sentant approcher la fin de ses jours, se leva du lit en chemise, prenant sa robe de chambre, ouvrit son cabinet, fit appeler tous ses valets et autres legataires, et leur paya les legats (legs) qu'il leur avoit laissés dans son testament, prevoyant la difficulté que feroient ses héritiers à payer ses legats. »

(3) Mais ces traits si legers suffiront à un esprit si pénétrant, pour deviner le reste. Lucrèce, I, 403.

comme les Commourants [1] d'Antonius et de Cleopatra ? Ie laisse à part les efforts que la philosophie et la religion produisent, aspres et exemplaires : mais entre les hommes de peu, il s'en est
trouvé , comme un Petronius et un Tigellinus à
Rome, engagez à se donner la mort, qui l'ont
comme endormie par la mollesse de leurs apprests ;
ils l'ont faicte couler et glisser parmy la lascheté
de leurs passetemps accoustumez, entre des garses
et bons compaignons ; nul propos de consolation,
nulle mention de testament, nulle affectation
ambitieuse de constance , nul discours de leur
condition future ? parmy les ieux, les festins, fa-
ceties, entretiens communs et populaires, et la
musique , et des vers amoureux. Ne sçaurions
nous imiter cette resolution en plus honneste contenance ? Puisqu'il y a des morts bonnes aux fols,
bonnes aux sages ; trouvons en qui soient bonnes
à ceulx d'entre deux. Mon imagination m'en presente quelque visage facile, et, puisqu'il fault
mourir , desirable. Les tyrans romains pensoient
donner la vie au criminel à qui ils donnoient le
chois de sa mort. Mais Theophraste, philosophe si delicat, si modeste, si sage , a il pas esté
forcé, par la raison , d'oser dire ce vers latinisé
par Cicero ,

    Vitam regit fortuna, non sapientia [2] ?

La fortune ayde à la facilité du marché de ma vie,
me l'ayant logee en tel poinct, qu'elle ne faict
meshuy ny besoing aux miens, ny empeschement :
c'est une condition que i'eusse acceptee en toutes
les saisons de mon aage ; mais en cette occasion
de trousser mes bribes et de plier bagage, ie
prends plus particulierement plaisir à ne leur apporter ny plaisir, ny desplaisir, en mourant. Elle
a , d'un artiste compensation , faict que ceulx qui
peuvent pretendre quelque materiel fruict de ma
mort, en receoivent d'ailleurs, conioinctement,
une materielle perte. La mort s'appesantit souvent en nous, de ce qu'elle poise aux aultres ; et
nous interesse de leur interest , quasi autant que
du nostre, et plus et tout [3] par fois.

    En cette commodité de logis que ie cherche, ie
n'y mesle pas la pompe et l'amplitude, ie la hais
plustost ; mais certaine propreté simple , qui se
rencontre plus souvent aux lieux où il y a moins
d'art, et que nature honnore de quelque grace
toute sienne. *Non amplìter, sed mundìter convi-
vium* [4]. *Plus salis, quam sumptus* [5] : Et puis, c'est à
faire à ceulx que les affaires entrainent en plein
hyver par les Grisons, d'estre surprins en chemin
en cette extremité : moy, qui le plus souvent
voyage pour mon plaisir, ne me guide pas si mal :

s'il faict laid à droicte, ie prends à gauche ; si ie
me treuve mal propre à monter à cheval, ie m'arreste ; et faisant ainsin, ie ne veoy à la verité rien
qui ne soit aussi plaisant et commode que ma maison : il est vray que ie treuve la superfluité tousiours superflue, et remarque de l'empeschement
en la delicatesse mesme et en l'abondance. Ay ie
laissé quelque chose à veoir derriere moy, i'y retourne ; c'est tousiours mon chemin : ie ne trace
aucune ligne certaine, ny droicte ny courbe. Ne
treuve ie point, où ie vois, ce qu'on m'avoyt dict,
comme il advient souvent que les iugements d'aultruy ne s'accordent pas aux miens, et les ay trouvez le plus souvent fauls ; ie ne plainds pas ma
peine, i'ay apprins que ce qu'on disoit n'y est
point.

    I'ay la complexion du corps libre, et le goust
commun, autant qu'homme du monde : la diversité des façons d'une nation à aultre ne me touche
que par le plaisir de la varieté : chasque usage a
sa raison. Soyent des assiettes d'estain, de bois,
de terre ; bouilly ou rosty ; beurre, ou huyle, de
noix, ou d'olive ; chauld ou froid, tout m'est un ;
et si un , que, vieillissant, i'accuse cette genereuse
faculté, et aurois besoing que la delicatesse et le
chois arrestast l'indiscretion de mon appetit, et
par fois soulageast mon estomach. Quand i'ay esté
ailleurs qu'en France, et que, pour faire courtoisie, on m'a demandé si ie vouloy estre servy à
la françoise, ie m'en suis mocqué, et me suis tousiours iecté aux tables les plus espesses d'estrangers. I'ay honte de veoir nos hommes enyvrez de
cette sotte humeur, De s'effaroucher des formes
contraires aux leurs : il leur semble estre hors de
leur element, quand ils sont hors de leur village ;
où qu'ils aillent, ils se tiennent à leurs façons, et
abominent les estrangers. Retrouvent ils un compatriote en Hongrie, ils festoyent cette adventure ;
les voylà à se rallier, et à se recoudre ensemble ,
à condemner tant de mœurs barbares qu'ils
veoyent : pourquoy non barbares, puis qu'elles ne
sont françoises ? Encores sont ce les plus habiles
qui les ont recogneues pour en mesdire. La plus

(1) *Commorientes* ; titre d'une comédie de Plaute , imitée des
Συναποθνήσκοντες de Diphile ( Térence, *Adelph. prol.*, v. 7 ).
Ici , Montaigne fait allusion à la confrérie des *Synapothanou-
mènes* , ou *bande de ceux qui veulent mourir ensemble* , formée
par Antoine et Cléopâtre après la bataille d'Actium : s'y enrôler,
c'étoit s'engager à mourir avec eux.

(2)  Le sort règle nos jours, plutôt que la sagesse.
                              Cic., *Tusc. quæst.*, V, 9.

(3) *Et plus aussi quelquefois.*

(4) Un repas où règne la propreté plutôt que l'abondance.
Corn. Nepos, *Vie d'Atticus*, c. 13.

(5) Plus d'agrément que de frais. Ancien poète cité par No-
nius, XI, 19.

part ne prennent l'aller que pour le venir : ils voyagent couverts et resserrez, d'une prudence taciturne et incommunicable, se deffendants de la contagion d'un air incogneu. Ce que ie dy de ceulx là me ramentoit, en chose semblable, ce que i'ay par fois apperceu en aulcuns de nos ieunes courtisans : ils ne tiennent qu'aux hommes de leur sorte; nous regardent comme gents de l'aultre monde, avecques desdaing, ou pitié. Ostez leur les entretiens des mysteres de la court, ils sont hors de leur gibbier; aussi neufs pour nous et mal habiles, comme nous sommes à eulx. On dict bien vray, qu'un honneste homme, c'est un homme meslé. Au rebours, ie peregrine tressaoul de nos façons; non pour chercher des Gascons en Sicile, i'en ay assez laissé au logis : ie cherche des Grecs plustost, et des Persans; i'accointe ceulx là, ie les considere; c'est là où ie me preste, et où ie m'employe. Et qui plus est, il me semble que ie n'ay rencontré gueres de manieres qui ne vaillent les nostres : ie couche de peu; car à peine ay ie perdu mes girouettes de veue.

Au demourant, la plus part des compaignies fortuites que vous rencontrez en chemin, ont plus d'incommoditez que de plaisir : ie ne m'y attache point, moins asteure [1] que la vieillesse me particularise et sequestre aulcunement des formes communes. Vous souffrez pour aultruy, ou aultruy pour vous : l'un et l'aultre inconvenient est poisant; mais le dernier me semble encores plus rude. C'est une rare fortune, mais de soulagement inestimable, d'avoir un honneste homme, d'entendement ferme, et de mœurs conformes aux vostres, qui aime à vous suivre : i'en ay eu faulte extreme en touts mes voyages. Mais une telle compaignie, il la fault avoir choisie et acquise dez le logis. Nul plaisir n'a saveur pour moy, sans communication : il ne me vient pas seulement une gaillarde pensee en l'ame, qu'il ne me fasche de l'avoir produicte seul, et n'ayant à qui l'offrir. *Si cum hac exceptione detur sapientia, ut illam inclusam teneam, nec enuntiem, reiiciam* [2]. L'aultre l'avoyt monté d'un ton au dessus : *Si contigerit ea vita sapienti, ut innomium rerum affluentibus copiis, quamvis omnia, quæ cognitione digna sunt, summo otio secum ipse consideret et contempletur; tamen, si solitudo tanta sit, ut hominem videre non possit, excedat e vita* [3]. L'opinion d'Archytas m'agree, « qu'il feroit desplaisant, au ciel mesme, et à se promener dans ces grands et divins corps celestes, sans l'assistance d'un compaignon. » Mais il vault mieulx encores estre seul, qu'en compaignie ennuyeuse et inepte. Aristippus s'aimoit à vivre estranger par tout :

*Me si fata meis paterentur ducere vitam*
*Auspiciis* [4],

ie choisirois à la passer le cul sur la selle,

> *Visere gestiens,*
> *Qua parte debacchentur ignes,*
> *Qua nebulæ, pluviique rores* [5].

« Avez vous pas des passe temps plus aysez? De quoy avez vous faulte? Vostre maison est elle pas en bel air et sain, suffisamment fournie, et capable plus que suffisamment? La maiesté royale y a peu plus d'une fois en sa pompe. Vostre famille n'en laisse elle pas en reglement plus au dessoubs d'elle, qu'elle n'en a au dessus en eminence? Y a il quelque pensee locale qui vous ulcere, extraordinaire, indigestible;

> *Quæ te nunc coquat et vexet sub pectore fixa* [6]?

Où cuidez vous pouvoir estre sans empeschement et sans destourbier [7]? *Nunquam simpliciter fortuna indulget* [8]. Veoyez doncques qu'il n'y a que vous qui vous empeschez : et vous vous suivrez par tout, et vous plaindrez par tout; car il n'y a satisfaction çà bas, que pour les ames ou brutales ou divines. Qui n'a du contentement à une si iuste occasion, où pense il le trouver? A combien de milliers d'hommes arreste une telle condition que la vostre le but de leurs souhaits? Reformez vous seulement; car en cela vous pouvez tout : là où vous n'avez droict que de patience envers la fortune; *nulla placida quies est, nisi quam ratio composuit* [9]. »

Ie veoy la raison de cet advertissement, et la veoy tresbien : mais on auroit plustost faict, et plus pertinemment, de me dire en un mot : « Soyez sage. » Cette resolution est oultre la sagesse; c'est son ouvrage et sa production : ainsin faict le medecin, qui va criaillant aprez un pauvre malade

---

(1) *A cette heure.*

(2) Si l'on m'offroit la sagesse, à condition de la tenir renfermée, sans la communiquer à personne, je n'en voudrois pas. Sénèque, *Epist.* 6.

(3) Si le sage se trouvoit dans une solitude absolue, où cependant il jouiroit à la fois et de l'abondance de toutes les choses nécessaires, et du loisir de contempler et d'étudier tout ce qui est digne d'être connu, sans doute il renonceroit à la vie. Cic., *de Offic.*, I, 43.

(4) Si le destin me permettoit de passer ma vie selon mes désirs. Virg., *Enéide*, IV, 340.

(5) J'irois voir les régions que le soleil brûle de ses feux; j'irois voir celles où se forment les nuages et les frimas. Hor., III, 3, 54.

(6) Qui, attachée à votre ame, vous consume et vous ronge. *Ennius apud Cicer. de Senectute*, c. 1.

(7) *Sans embarras.*

(8) Les faveurs de la fortune ne sont jamais sans mélange. Quinte-Curce, IV, 14.

(9) La véritable tranquillité est celle que nous a donnée la raison. Sénèque, *Epist.* 56.

languissant, « qu'il se resiouysse : » il luy conseil-
leroit un peu moins ineptement s'il luy disoit :
« Soyez sain. » Pour moy, ie ne suis qu'un homme
de la commune sorte. C'est un precepte salutaire,
certain, et d'aysee intelligence, « Contentez vous
du vostre ; » c'est à dire, de la raison ; l'execution
pourtant n'en est non plus aux plus sages qu'en
moy. C'est une parole populaire, mais elle a une
terrible estendue : que ne comprend elle ? Toutes
choses tumbent en discretion et modification. Ie
sçay bien qu'à le prendre à la lettre, ce plaisir de
voyager porte tesmoingnage d'inquietude et d'irresolution : aussi sont ce nos maistresses qualitez et
predominantes. Ouy, ie le confesse, ie ne veoy
rien seulement en songe et par souhaict, où ie me
puisse tenir : la seule varieté me paye, et la possession de la diversité ; au moins si quelque chose
me paye. A voyager, cela mesme me nourrit, que
ie me puis arrester sans interest, et que i'ay où
m'en divertir commodement. I'aime la vie privee,
parce que c'est mon chois que ie l'aime, non
par disconvenance à la vie publicque, qui est à
l'adventure autant selon ma complexion : i'en sers
plus gaiement mon prince, parce que c'est par
libre eslection de mon iugement et de ma raison,
sans obligation particuliere ; et que ie n'y suis pas
reiecté ny contrainct pour estre irrecevable à tout
autre party, et mal voulu : ainsin du reste. Ie hais
les morceaux que la necessité me taille ; toute commodité me tiendroit à la gorge, de laquelle seule
i'aurois à despendre :

*Alter remus aquas, alter mihi radat arenas* [1] :

une seule chorde ne m'arreste iamais assez. « Il y
a de la vanité, dictes vous, en cet amusement. »
Mais où non ? et ces beaux preceptes sont vanité ;
et vanité toute la sagesse : *Dominus novit cogitationes sapientium, quoniam vanæ sunt* [2]. Ces exquises subtilitez ne sont propres qu'au presche : ce
sont discours qui nous veulent envoyer touts bas-
tez en l'aultre monde. La vie est un mouvement
materiel et corporel, action imparfaicte de sa propre essence, et desreglee : ie m'employe à la servir selon elle.

*Quisque suos patimur manes* [3].

*Sic est faciendum, ut contra naturam universam ni-
hil contendamus ; ea tamen conservata, propriam
sequamur* [4]. A quoy faire ces poinctes eslevees de
la philosophie, sur lesquelles aulcun estre humain
ne se peult rasseoir ? et ces regles, qui excedent
nostre usage et nostre force ?

Ie veoy souvent qu'on nous propose des images
de vie, lesquelles, ny le proposant, ny les audi-

teurs, n'ont aulcune esperance de suivre, ny, qui
plus est, envye. De ce mesme papier où il vient
d'escrire l'arrest de condemnation contre un adul-
tere, le iuge en desrobe un lopin pour en faire
un poulet à la femme de son compaignon : celle à
qui vous viendrez de vous frotter illicitement,
criera plus asprement tantost, en vostre presence
mesme, à l'encontre d'une pareille faulte de sa
compaigne, que ne feroit Porcie : et tel condemne
les hommes à mourir pour des crimes qu'il n'estime point faultes. I'ay veu, en ma ieunesse, un
galant homme presenter d'une main, au peuple, des
vers excellents et en beauté et en desbordement ;
et de l'aultre main, en mesme instant, la plus querelleuse reformation theologienne dequoy le monde
se soit desieuné [5] et il y a long temps. Les hommes
vont ainsin : on laisse les loix et preceptes suivre
leur voye ; nous en tenons une aultre, non par
desreglement de mœurs seulement, mais par opinion souvent, et par iugement contraire. Sentez [6]
lire un discours de philosophie ; l'invention, l'eloquence, la pertinence, frappe incontinent vostre
esprit, et vous esmeut : il n'y a rien qui chatouille
ou poigne vostre conscience ; ce n'est pas à elle
qu'on parle. Est il pas vray ? Si disoit Ariston,
« que ny une estuve, ny une leçon n'est d'aulcun
fruict, si elle ne nettoye et ne decrasse. » On peult
s'arrester à l'escorce ; mais c'est aprez qu'on a retiré la moüelle : comme, aprez avoir avalé le bon
vin d'une belle coüppe, nous en considerons les
graveures et l'ouvrage. En toutes les chambres de
la philosophie ancienne, cecy se trouvera, qu'un
mesme œuvrier y publie des regles de temperance,
et publie ensemble des escripts d'amour et desbauche : et Xenophon, au giron de Clinias, escrivit contre la vertu aristippique. Ce n'est pas
qu'il y ayt une conversion miraculeuse qui les agite
à ondees : mais c'est que Solon se represente tantost soy mesme, tantost en forme de legislateur ;
tantost il parle pour la presse [7], tantost pour soy ;
et prend pour soy les regles libres et naturelles,
s'asseurant d'une santé ferme et entiere :

*Curentur dubii medicis maioribus ægri* [8].

(1) Je veux toujours frapper l'eau d'une rame, et de l'autre
toucher le rivage. PROPERCE, III, 3, 23.
(2) Le Seigneur connoit que les pensées des sages ne sont que
vanité. Ps. 93, V, 11 ; et *Corinth.*, I, 3, 20.
(3) Nous avons chacun nos passions. VIRG., *Énéide*, VI, 743.
(4) Nous devons faire en sorte que, sans jamais aller contre
les lois de la nature universelle, nous suivions cependant notre
propre nature. CIC., *de Offic.*, I, 31.
(5) *Se soit régalé* (en rompant son jeûne).
(6) De l'italien *sentite*, *écoutez*.
(7) Pour la foule, la multitude.
(8) Qu'un malade en danger appelle les médecins les plus habiles. Juv., XIII, 124.

Antisthenes permet au sage d'aimer, et faire à sa mode ce qu'il treuve estre opportun, sans s'attendre aux loix : d'autant qu'il a meilleur advis qu'elles, et plus de cognoissance de la vertu. Son disciple Diogenes disoit : « Opposer aux perturbations, la raison ; à fortune, la confidence[1] ; aux loix, nature. » Pour les estomachs tendres, il fault des ordonnances contraincttes et artificielles ; les bons estomachs se servent simplement des prescriptions de leur naturel appetit : ainsi font nos medecins, qui mangent le melon et boivent le vin frez, ce pendant qu'ils tiennent leur patient obligé au syrop et à la panade. « Ie ne sçay quels livres, disoit la courtisanne Laïs, quelle sapience, quelle philosophie ; mais ces gents là battent aussi souvent à ma porte, qu'aulcuns aultres. » D'autant que nostre licence nous porte tousiours au delà de ce qui nous est loysible et permis, on a estrecy, souvent oultre la raison universelle, les preceptes et les loix de nostre vie :

Nemo satis credit tantum delinquere, quantum Permittas[2].

Il seroit à desirer qu'il y eust plus de proportion du commandement, à l'obeyssance : et semble la visée iniuste, à laquelle on ne peult atteindre. Il n'est si homme de bien, qu'il mette à l'examen des loix toutes ses actions et pensees, qui ne soit pendable dix fois en sa vie ; voire tel qu'il seroit tresgrand dommage et tresiniuste de punir et de perdre :

Ole, quid ad te,
De cute quid faciat ille, vel illa sua[3] ?

et tel pourroit n'offenser point les loix, qui n'en meriteroit point la louange d'homme de vertu, et que la philosophie feroit tresiustement fouetter : Tant cette relation est trouble et inegale ! Nous n'avons garde d'estre gens de bien selon Dieu ; nous ne le sçaurions estre selon nous : l'humaine sagesse n'arriva iamais aux debvoirs qu'elle s'estoit elle mesme prescripts ; et, si elle y estoit arrivee, elle s'en prescriroit d'aultres au delà, où elle aspirast tousiours et prestendist : Tant nostre estat est ennemy de consistance ! L'homme s'ordonne à soy mesme d'estre necessairement en faulte : il n'est gueres fin de tailler son obligation, à la raison d'un autre estre que le sien : à qui prescript il ce qu'il s'attend que personne ne face ? luy est il iniuste de ne faire point ce qu'il luy est impossible de faire ? Les loix qui nous condamnent à ne pouvoir pas, nous condamnent de ce que nous ne pouvons pas.

Au pis aller, cette difforme liberté de se presenter à deux endroicts, et les actions d'une façon,

les discours de l'aultre, soit loysible à ceulx qui disent les choses : mais elle ne le peult estre à ceulx qui se disent eulx mesmes, comme ie fois ; il fault que i'aille de la plume comme des pieds. La vie commune doibt avoir conference[4] aux aultres vies : la vertu de Cato estoit vigoureuse oultre la raison de son siecle ; et à un homme qui se mesloit de gouverner les aultres, destiné au service commun, il se pourroit dire que c'estoit une iustice, sinon iniuste, au moins vaine et hors de saison. Mes mœurs mesmes, qui ne disconviennent de celles qui courent, à peine de la largeur d'un poulce, me rendent pourtant aulcunement farouche à mon aage, et inassociable. Ie ne sçay pas si ie me treuve desgousté, sans raison, du monde que ie hante ; mais ie sçay bien que ce seroit sans raison si ie me plaignois qu'il feust desgousté de moy, puisque ie le suis de luy. La vertu assignee aux affaires du monde est une vertu à plusieurs plys, encoigneures et coudes, pour s'appliquer et ioindre à l'humaine foiblesse ; meslee et artificielle, non droicte, nette, constante, ny purement innocente. Les annales reprochent iusques à cette heure à quelqu'un de nos roys de s'estre trop simplement laissé aller aux consciencieuses persuasions de son confesseur ; les affaires d'estat ont des preceptes plus hardis :

Exeat aula,
Qui vult esse pius[5].

I'ay aultrefois essayé d'employer au service des maniements publiques les opinions et regles de vivre, ainsin rudes, neufves, impolies ou impollues, comme ie les ay nees chez moy, ou rapportees de mon institution, et desquelles ie me sers, sinon si commodement, au moins seurement, en particulier ; une vertu scholastique et novice : ie les y ay trouvees ineptes et dangereuses. Celuy qui va en la presse, il fault qu'il gauchisse, qu'il serre ses coudes, qu'il recule, ou qu'il advance, voire qu'il quitte le droict chemin, selon ce qu'il rencontre ; qu'il vive non tant selon soy, que selon aultruy, non selon ce qu'il se propose, mais selon ce qu'on luy propose, selon le temps, selon les hommes, selon les affaires. Platon dict que qui eschappe, brayes[6] nettes, du maniement du monde, c'est par miracle qu'il en eschappe ; et dict aussi,

(1) Le courage, la résolution.
(2) L'homme ne croit jamais avoir atteint le terme prescrit à ses passions. Juv., XIV, 233.
(3) Que t'importe, Olus, de quelle manière celui-ci ou celle-là dispose de sa personne ? Martial, VII, 9, 1.
(4) Du rapport, de la relation.
(5) Quitte la cour, si tu veux être juste.
                                        Lucain, VIII, 493.
(6) Hault-de-chausse, caleçon.

que, quand il ordonne son philosophe chef d'une police, il n'entend pas le dire d'une police corrompue, comme celle d'Athenes, et encores bien moins comme la nostre, envers lesquelles la sagesse mesme perdroit son latin; et une bonne herbe, transplantee en solage [1] fort divers à sa condition, se conforme bien plustost à iceluy, qu'elle ne le reforme à soy. Ie sens que si i'avoy à me dresser tout à faict à telles occupations, il m'y fauldroit beaucoup de changement et de rabillage. Quand ie pourrois cela sur moy ( et pourquoy ne le pourrois ie avecques le temps et le soing ? ), ie ne le voudrois pas. De ce peu que ie me suis essayé en cette vacation, ie m'en suis d'autant desgousté : ie me sens fumer en l'ame, par fois, aulcunes tentations vers l'ambition ; mais ie me bande et obstine au contraire :

At tu, Catulled, obstinatus obdura [2].

On ne m'y appelle gueres, et ie m'y convie aussi peu : la liberté et l'oysifveté, qui sont mes maistresses qualitez, sont qualitez diametralement contraires à ce mestier là. Nous ne sçavons pas distinguer les facultez des hommes ; elles ont des divisions et bornes malaysees à choisir et delicates : de conclure, par la suffisance d'une vie particuliere, quelque suffisance à l'usage publicque, c'est mal conclu : tel se conduict, bien, qui ne conduict pas bien les aultres ; et faict des Essais, qui ne sçauroit faire des effects : tel dresse bien un siege, qui dresseroit mal une battaille ; et discourt bien en privé, qui harangueroit mal un peuple ou un prince : voire, à l'adventure est ce plustost tesmoingnage à celuy qui peult l'un, de ne pouvoir point l'aultre, qu'aultrement. Ie treuve que les esprits haults ne sont de gueres moins aptes aux choses basses, que les bas esprits aux haultes. Estoit il à croire que Socrates eust appresté aux Atheniens matiere de rire à ses despens, pour n'avoir oncques sceu compter les suffrages de sa tribu, et en faire rapport au conseil? certes la veneration en quoy i'ay les perfections de ce personnage, merite que sa fortune fournisse, à l'excuse de mes principales imperfections, un si magnifique exemple. Nostre suffisance est detaillee à menues pieces : la mienne n'a point de latitude, et si est chetifve en nombre. Saturninus, à ceulx qui luy avoyent deferé tout commandement : « Compaignons, dict il, vous avez perdu un bon capitaine, pour en faire un mauvais general d'armee. »

Qui se vante, en un temps malade comme cettuy cy, d'employer au service du monde une vertu naïfve et sincere, ou il ne la cognoist pas, les opinions se corrompants avecques les mœurs

( de vray, oyez la leur peindre, oyez la plus part se glorifier de leurs desportements, et former leurs regles ; au lieu de peindre la vertu, ils peignent l'iniustice toute pure et le vice, et le presentent ainsin faulse à l'institution des princes ) ; ou, s'il la cognoist, il se vante à tort, et, quoy qu'il die, faict mille choses dequoy sa conscience l'accuse. Ie croirois volontiers Seneca de l'experience qu'il en feit en pareille occasion, prouveu qu'il m'en voulust parler à cœur ouvert. La plus honnorable marque de bonté, en une telle necessité, c'est recognoistre librement sa faulte et celle d'aultruy ; appuyer, et retarder de sa puissance, l'inclination vers le mal ; suivre envy [3] cette pente ; mieulx esperer, et mieulx desirer. I'apperceoy, en ces desmembrements de la France et divisions où nous sommes tumbez, chascun se travailler à deffendre sa cause, mais iusques aux meilleurs, avecques desguisement et mensonge : qui en escriroit rondement, en escriroit temerairement et vicieusement. Le plus iuste party, si est ce encores le membre d'un corps vermoulu et verreux ; mais, d'un tel corps, le membre moins malade s'appelle sain, et à bon droict, d'autant que nos qualitez n'ont tiltre qu'en la comparaison : l'innocence civile se mesure selon les lieux et saisons. I'aimerois à veoir en Xenophon une telle louange d'Agesilaus : estant prié par un prince voysin avecques lequel il avoyt aultrefois esté en guerre, de le laisser passer en ses terres, il l'octroya, luy donnant passage à travers le Peloponnese ; et non seulement ne l'emprisonna ou empoisonna, le tenant à sa mercy, mais l'accueillit courtoisement, suivant l'obligation de sa promesse, sans luy faire offense. A ces humeurs là, ce ne seroit rien dire ; ailleurs et en aultre temps, il se fera compte de la franchise et magnanimité d'une telle action : ces babouins capettes [4] s'en feussent mocquez ; si peu retire l'innocence spartaine à la françoise. Nous ne laissons pas d'avoir des hommes vertueux ; mais c'est selon nous. Qui a ses mœurs establies en reglement au dessus de son siecle ; ou qu'il torde et esmousse ses regles ; ou, ce que ie luy conseille plustost, qu'il se retire à quartier, et ne se mesle point de nous : qu'y gaigneroit il ?

---

(1) Sol, terroir.
(2) Ferme, Catulle : tiens bon jusqu'à la fin. CATULLE, Carm., VIII, 19. — (3) A regret.
(4) Ecoliers du collège de Montaigu à Paris. On les nommoit capettes à cause des capes ou petits manteaux qu'ils portoient. Comme on les traitoit fort durement, tant à l'égard de la table que de la discipline, le mot de capette fut employé pour désigner un écolier du caractère le plus méprisable, un sot, un impertinent écolier. Montaigne traite ici de capettes, de babouins capettes, la plupart des hommes de son siècle, qui n'auroient rien compris à la magnanimité d'Agésilas.

Egregium sauctumque virum si cerno, bimembri
Hoc monstrum puero, et miranti iam sub aratro
Piscibus inventis, et fœtæ comparo mulæ [1].

On peult regretter les meilleurs temps, mais non
pas fuyr aux presents : on peult desirer aultres magistrats, mais il fault, ce nonobstant, obeyr à ceulx
icy ; et à l'adventure y a il plus de recommandation
d'obeyr aux mauvais qu'aux bons. Autant que l'i-
mage des loix receues et anciennes de cette monarchie reluira en quelque coing, m'y voylà planté :
si elles viennent par malheur à se contredire et empescher entr'elles, et produire deux parts, de chois
doubteux et difficile, mon eslection sera volontiers
d'eschapper et me desrober à cette tempeste ; nature m'y pourra prester ce pendant la main, ou les
hazards de la guerre. Entre Cesar et Pompeius, ie
mê feusse franchement declaré : mais entre ces
trois voleurs [2] qui veinrent depuis, ou il eust fallu
se cacher, ou suivre le vent : ce que i'estime loysible, quand la raison ne guide plus.

Quo diversus abis [3] ?

Cette farcisseure est un peu hors de mon theme :
ie m'esgare ; mais plustost par licence que par mesgarde : mes fantasies se suivent, mais par fois c'est
de loing ; et se regardent, mais d'une veue oblique.
I'ay passé les yeulx sur tel dialogue de Platon,
miparty d'une fantastique bigarrure ; le devant à
l'amour, tout le bas à la rhetorique : ils ne craignent point ces nuances [4], et ont une merveilleuse
grace à se laisser ainsin rouler au vent, ou à le
sembler. Les noms de mes chapitres n'en embrassent pas tousiours la matiere ; souvent ils la denotent seulement par quelque marque : comme ces
aultres, l'Andrie, l'Eunuche ; ou ceulx cy, Sylla,
Cicero, Torquatus. I'aime l'allure poëtique, à
saults et à gambades : c'est un' art, comme dict
Platon, legiere, volage, demoniacle [5]. Il est des
ouvrages en Plutarque où il oublie son theme ; où
le propos de son argument ne se treuve que par incident, tout estouffé en matiere estrangere : veoyez
ces allures au Daimon de Socrates. O Dieu ! que
ses gaillardes escapades, que cette variation a de
beaulté ! et plus lors, que plus elle retire au nonchalant et fortuite ! C'est l'indiligent lecteur qui
perd mon subiect, non pas moy : il s'en trouvera
tousiours en un coing quelque mot qui ne laisse pas
d'estre bastant, quoyqu'il soit serré. Ie vois au
change, indiscrettement et tumultuairement : mon
style et mon esprit vont vagabondant de mesme. Il
fault avoir un peu de folie, qui ne veult avoir plus
de sottise, disent et les preceptes de nos maistres,
et encores plus leurs exemples. Mille poëtes traisnent et languissent à la prosaïque : mais la meilleure

prose ancienne, et ie la seme ceans indifferemment pour vers, reluit par tout de la vigueur et
hardiesse poëtique, et represente quelque air de
sa fureur. Il luy fault, certes, quitter la maistrise
et preeminence en la parlerie. Le poëte, dict Platon, assis sur le trepied des Muses, verse, de furie,
tout ce qui luy vient en la bouche, comme la gar-
gouille d'une fontaine, sans le ruminer et poiser,
et luy eschappe des choses de diverse couleur, de
contraire substance, et d'un cours rompu : luy
mesme est tout poëtique ; et la vieille theologie est
toute poësie, disent les sçavants ; et la premiere
philosophie, c'est l'originel language des dieux.
I'entends que la matiere se distingue soy mesme :
elle montre assez où elle se change, où elle conclud, où elle commence, où elle se reprend, sans
l'entrelacer de paroles de liaison et de cousture, introduictes pour le service des aureilles foibles ou
nonchalantes, et sans me gloser moy mesme. Qui
est celuy qui n'aime mieulx n'estre pas leu, que de
l'estre en dormant, ou en fuyant ? nihil est tam
utile, quod in transitu prosit [6]. Si prendre des livres, estoit les apprendre ; et si les veoir, estoit
les regarder ; et les parcourir, les saisir : i'aurois
tort de me faire du tout si ignorant que ie dy. Puisque ie ne puis arrester l'attention du lecteur par
le poids ; manco male [7], s'il advient que ie l'arreste
par mon embrouilleure. « Voiremais, il se repentira
par aprez de s'y estre amusé. » C'est mon [8] ; mais
il s'y sera tousiours amusé. Et puis, il est des humeurs
comme cela, à qui l'intelligence porte desdaing ;
qui m'en estimeront mieulx de ce qu'ils ne sçauront
ce que ie dy : ils concluront la profondeur de mon
sens, par l'obscurité ; laquelle, à parler en bon
escient, ie hais bien fort, et l'eviterois, si ie me
sçavois eviter. Aristote se vante en quelque lieu de
l'affecter : Vicieuse affectation ! Parce que la couppure si frequente des chapitres, dequoy i'usois au
commencement, m'a semblé rompre l'attention
avant qu'elle soit nee, et la dissoudre, desdaignant
s'y coucher pour si peu et se recueillir, ie me suis
mis à les faire plus longs, qui requierent de la
proposition et du loysir assigné. En telle occupation, à qui on ne veult donner une seule heure,

(1) Aperçois-je un homme integre et vertueux, je suis aussi sur-
pris que si je voyois un enfant à deux têtes, une mule féconde,
ou des poissons trouvés en labourant la terre. Juv., XIII, 64.
(2) Octave, Marc-Antoine et Lépide.
(3) Où vas-tu t'égarer ? Virg., Énéide, V, 166.
(4) Ces changements.
(5) Démoniaque, ou plutôt divine, δαιμονική.
(6) Il n'y a rien de si utile, qu'il puisse être utile en passant.
Sénèque, Epist. 1.
(7) Pas si mal ! c'est toujours autant de gagné, s'il advient en
effet que je l'arrête, etc.
(8) Sans doute.

on ne veult rien donner : et ne faict on rien pour celuy pour qui on ne faict qu'aultre chose faisant. Ioinct qu'à l'adventure ay ie quelque obligation particuliere à ne dire qu'à demy, à dire confusement, à dire discordamment. Ie veulx doncques mal à cette raison troublefeste, et ces proiects extravagants qui travaillent la vie, et ces opinions si fines, si elles ont de la verité; ie la treuve trop chere et trop incommode. Au rebours, ie m'employe à faire valoir la vanité mesme et l'asnerie, si elle m'apporte du plaisir; et me laisse aller aprez mes inclinations naturelles, sans les contreroolier de si prez.

I'ay veu ailleurs des maisons ruinees, et des statues, et du ciel, et de la terre : ce sont tousiours des hommes. Tout cela est vray ; et si pourtant ne sçaurois reveoir si souvent le tumbeau de cette ville, si grande et si puissante, que ie ne l'admire et revere. Le soing des morts nous est en recommandation : or, i'ay esté nourry, des mon enfance, avecques ceulx icy; i'ay eu cognoissance des affaires de Rome, long temps avant que ie l'aye eue de ceulx de ma maison : ie sçavois le Capitole et son plan, avant que ie sçeusse le Louvre; et le Tibre, avant la Seine. I'ay eu plus en teste les conditions et fortunes de Lucullus, Metellus, et Scipion, que ie n'ay d'aulcuns hommes des nostres : ils sont trespassez; si est bien mon pere aussi entierement qu'eulx, et s'est esloingné de moy et de la vie, autant en dixhuict ans, que ceulx là ont faict en seize cents; duquel pourtant ie ne laisse pas d'embrasser et practiquer la memoire, l'amitié et societé, d'une parfaicte union et tresvifve. Voire, d'une humeur, ie me rends plus officieux envers les trespassez : ils ne s'aydent plus ; ils en requierent, ce me semble, d'autant plus mon ayde. La gratitude est là iustement en son lustre; le bienfaict est moins richement assigné, où il y a retrogradation et reflexion. Arcesilaus, visitant Ctesibius malade, et le trouvant en pauvre estat, luy fourra tout bellement, soubs le chevet du lict, de l'argent qu'il luy donnoit ; et en le luy celant, luy donnoit, en oultre, quittance de luy en sçavoir gré. Ceulx qui ont merité de moy de l'amitié et de la recognoissance, ne les ont iamais perdues pour n'y estre plus; ie les ay mieulx payez, et plus soigneusement, absents et ignorants : ie parle plus affectueusement de mes amys, quand il n'y a plus de moyen qu'ils le sçachent. Or, i'ay attaqué cent querelles pour la deffense de Pompeius, et pour la cause de Brutus; cette accointance dure encores entre nous : les choses presentes mesmes, nous ne les tenons que par la fantasie. Me trouvant inutile à ce siecle, ie me reiecte à cet aultre; et en suis si embabouiné, que l'estat de cette vieille Rome, libre,

iuste et florissante ( car ie n'en aime ny la naissance, ny la vieillesse ), m'interesse et me passionne : par quoy ie ne sçaurois reveoir si souvent l'assiette de leurs rues et de leurs maisons, et ces ruynes profondes iusques aux antipodes, que ie ne m'y amuse. Est ce par nature, ou par erreur de fantasie, que la veue des places que nous sçavons avoir esté hantees et habitees par personnes desquelles la memoire est en recommandation, nous esmeut aulcunement plus qu'ouyr le recit de leurs faicts, ou lire leurs escripts? *Tanta vis admonitionis inest in locis!... Et id quidem in hac urbe infinitum; quacumque enim ingredimur, in aliquam historian vestigium ponimus* [1]. Il me plaist de considerer leur visage, leur port, et leurs vestements : ie remasche ces grands noms entre les dents, et les fois retentir à mes aureilles : *ego illos veneror, et tantis nominibus semper assurgo* [2]. Des choses qui sont en quelque partie grandes et admirables, i'en admire les parties mesmes communes : ie les veisse volontiers deviser, promener, et soupper. Ce seroit ingratitude de mespriser les reliques et images de tant d'honnestes hommes et si valeureux, lesquels i'ay veu vivre et mourir, et qui nous donnent tant de bonnes instructions par leur exemple, si nous les sçavions suivre.

Et puis, cette mesme Rome que nous veoyons, merite qu'on l'aime : confederee de si long temps, et par tant de tiltres, à nostre couronne; seule ville commune et universelle : le magistrat souverain qui y commande est recogneu pareillement ailleurs : c'est la ville metropolitaine de toutes les nations chrestiennes; l'Espaignol et le François, chascun y est chez soy; pour estre des princes de cet estat, il ne fault qu'estre de chrestienté, où qu'elle soit. Il n'est lieu çà bas que le ciel ayt embrassé avecques telle influence de faveur, et telle constance; sa ruyne mesme est glorieuse et enflee :

*Laudandis pretiosior ruinis* [3] :

encores retient elle, au tumbeau, des marques et images d'empire : *ut palam sit, uno in loco gaudentis opus esse naturæ* [4]. Quelqu'un se blasmeroit, et se mutineroit en soy mesme, de se sentir chatouiller d'un si vain plaisir : nos humeurs ne sont pas trop vaines, qui sont plaisantes; quelles qu'elles

(1) Tant les lieux sont propres à réveiller en nous des souvenirs!... Il n'est rien dans cette ville qui n'avertisse la pensée ; et partout où l'on met le pied, on marche pour ainsi dire sur quelque histoire mémorable. Cic., *de Finib. bon. et mal.*, V, 1 et 2.

(2) J'honore ces grands hommes, et ne prononce jamais leurs noms qu'avec respect. Sénèque, *Epist.* 64.

(3) Plus précieuse par ses belles ruines. Sidoine Apollinaire, *Carm.* XXIII, *Narbo*, v. 62.

(4) On diroit qu'ici surtout la nature a pris un singulier plaisir à son ouvrage. Pline, *Nat. Hist.*, III, 5.

soient qui contentent constamment un homme sa pable de sens commun, ie ne sçaurois avoir le cœur de le plaindre.

Ie doibs beaucoup à la fortune, dequoy iusques à cette heure elle n'a rien faict contre moy d'oultrageux, au moins au delà de ma portee. Seroit ce pas sa façon, de laisser en paix ceulx de qui elle n'est point importunee?

> Quanto quisque sibi plura negaverit,
> A dis plura feret : nil cupientium
> Nudus castra peto...
>          Multa petentibus
> Desunt multa [1].

Si elle continue, elle me renvoyera trescontent et satisfaict :

> Nihil supra
> Deos lacesso [2].

Mais gare le heurt! il en est mille qui rompent au port. Ie me console ayseement de ce qui adviendra icy, quand ie n'y seray plus; les choses presentes m'embesongnent assez :

> Fortunæ cetera mando [3] :

aussi n'ay ie point cette forte liaison qu'on dict attacher les hommes à l'advenir, par les enfants qui portent leur nom et leur honneur; et en doibs desirer à l'adventure d'autant moins, s'ils sont si desirables. Ie ne tiens que trop au monde et à cette vie, par moy mesme; ie me contente d'estre en prinse de la fortune par les circonstances proprement necessaires à mon estre, sans luy alonger par ailleurs sa iurisdiction sur moy; et n'ay iamais estimé qu'estre sans enfants, feust un default qui deust rendre la vie moins complete et moins contente : la vacation sterile a bien aussi ses commoditez. Les enfants sont du nombre des choses qui n'ont pas fort dequoy estre desirees, notamment à cette heure qu'il seroit si difficile de les rendre bons : *bona iam nec nasci licet, ita corrupta sunt semina* [4]; et si ont iustement dequoy estre regrettees, à qui les perd aprez les avoir acquises.

Celuy qui me laissa ma maison en charge, prognosticquoit que ie la deusse ruyner, regardant à mon humeur si peu casaniere. Il se trompa : me voicy comme i'y entray, si non un peu mieulx; sans office pourtant et sans benefice.

Au demourant, si la fortune ne m'a faict aulcune offense violente et extraordinaire, aussi n'a elle pas, de grace : tout ce qu'il y a de ses dons chez nous, il y est avant moy, et au delà de cent ans; ie n'ay particulierement aulcun bien essenciel et solide que ie doibve à sa liberalité. Elle m'a faict quelques fa-

veurs venteuses, honnoraires et titulaires, sans substance; et me les a aussi, à la verité, non pas accordees, mais offertes, Dieu sçait, à moy qui suis tout materiel, qui ne me paye que de la realité, encores bien massifve; et qui, si ie l'osois confesser, ne trouverois l'avarice gueres moins excusable, que l'ambition; ny la douleur moins evitable, que la honte; ny la santé moins desirable, que la doctrine; ou la richesse, que la noblesse.

Parmy ses faveurs vaines, ie n'en ay point qui plaise tant à cette niaise humeur qui s'en paist chez moy, qu'une Bulle authentique de bourgeoisie romaine, qui me feut octroyee dernierement que i'y estois, pompeuse en sceaux et lettres dorees, et octroyee avecques toute gracieuse liberalité. Et parce qu'elles se donnent en divers style, plus ou moins favorable; et, qu'avant que i'en eusse veu, i'eusse esté bien ayse qu'on m'en eust montré un formulaire, ie veulx, pour satisfaire à quelqu'un, s'il s'en treuve malade de pareille curiosité à la mienne, la transcrire icy en sa forme [5] :

Quod Horatius Maximus, Martius Cecius, Alexander Mutus, almæ urbis Conservatores, de Illustrissimo viro Michaele Montano, equite sancti Michaelis, et a cubiculo regis Christianissimi, Romana civitate donando, ad Senatum retulerunt; S. P. Q. R. de ea re ita fieri censuit.

Quum, veteri more et instituto, cupide illi semper studioseque suscepti sint, qui virtute ac nobili-

(1) Plus nous nous refusons, plus les dieux nous accordent. Tout pauvre que je suis, je me jette dans le parti de ceux qui ne désirent rien... Quiconque a beaucoup de désirs manque de beaucoup de choses. Hor., *Od.*, III, 16, 21 et 42.

(2) Je ne demande rien de plus aux dieux. Hor., *Od.*, II, 18, 11.

(3) Je laisse le reste à la fortune. Ovide, *Métam.*, II, 140.

(4) Il ne peut plus rien naître de bon, tant les germes sont corrompus.

(5) Traduction de la Bulle de bourgeoisie romaine :

« Sur le rapport fait au Sénat par Oracio Massimi, Marzo Cecio, Alessandro Muti, Conservateurs de la ville de Rome, touchant le droit de cité romaine à accorder à l'Illustrissime Michel de Montaigne, chevalier de l'ordre de Saint-Michel, et gentilhomme ordinaire de la chambre du roi très chrétien, le Sénat et le peuple Romain a décrété :

« Considérant que, par un antique usage, ceux-là ont toujours été adoptés parmi nous avec ardeur et empressement, qui, distingués en vertu et en noblesse, avoient servi et honoré notre république, ou pouvoient le faire un jour : Nous, pleins du respect pour l'exemple et l'autorité de nos ancêtres, nous croyons devoir imiter et conserver cette louable coutume. A ces causes, l'Illustrissime Michel de Montaigne, chevalier de l'ordre de Saint-Michel, et gentilhomme ordinaire de la chambre du roi très chrétien, fort zélé pour le nom Romain, étant, par le rang et l'éclat de sa famille et par ses qualités personnelles, très digne d'être admis au droit de cité romaine par le suprême jugement et les suffrages du Sénat et du peuple Romain; il a plu au Sénat et au peuple romain que l'Illustrissime Michel de Montaigne, orné de tous les genres de mérite, et très cher à ce noble peuple, fût inscrit comme citoyen Romain, tant pour lui que pour sa postérité, et appelé à jouir de tous les honneurs et avantages

tate præstantes, magno Reipublicæ nostræ usui atque ornamento fuissent, vel esse aliquando possent : Nos, maiorum nostrorum exemplo atque auctoritate permoti, præclaram hanc consuetudinem nobis imitandam ac servandam fore censemus. Quamobrem quum Illustrissimus Michael Montanus, eques sancti Michaelis, et a cubiculo regis Christianissimi, Romani nominis studiosissimus, et familiæ laude atque splendore, et propriis virtutum meritis dignissimus sit, qui summo Senatus Populique Romani iudicio ac studio in Romanam civitatem adsciscatur; placere Senatui P. Q. R., Illustrissimum Michaelem Montanum, rebus omnibus ornatissimum, atque huic inclyto Populo carissimum, ipsum posterosque in Romanam civitatem adscribi, ornarique omnibus et præmiis et honoribus, quibus illi fruuntur, qui cives patriciique Romani nati, aut iure optimo facti sunt. In quo censere Senatum P. Q. R., se non tam illi ius civitatis largiri, quam debitum tribuere, neque magis beneficium dare, quam ab ipso accipere, qui, hoc civitatis munere accipiendo, singulari civitatem ipsam ornamento atque honore affecerit. Quam quidem S. C. auctoritatem iidem Conservatores per Senatus P. Q. R. scribas in acta referri, atque in Capitolii curia servari, privilegiumque huiusmodi fieri, solitoque urbis sigillo communiri curarunt. Anno ab urbe condita CXƆ CCC XXXI; post Christum natum M. D. LXXXI, III idus martii.

HORATIUS FUSCUS, *sacri S. P. Q. R. scriba.*
VINCENT. MARTHOLUS, *sacri S. P. Q. R. scriba.*

N'estant bourgeois d'aulcune ville, ie suis bien ayse de l'estre de la plus noble qui feut et qui sera oncques. Si les aultres se regardoient attentivement, comme ie fois, ils se trouveroient, comme ie fois, pleins d'inanité et de fadese. De m'en desfaire, ie ne puis, sans me desfaire moy mesme. Nous en sommes tout confits, tant les uns que les aultres : mais ceulx qui ne le sentent en ont un peu meilleur compte; encores ne sçay ie.

Cette opinion et usance commune, de regarder ailleurs qu'à nous, a bien prouveu à nostre affaire; c'est un obiect plein de mescontentement; nous n'y veoyons que misere et vanité : pour ne nous desconforter, nature a reiecté bien à propos l'action de nostre veue, au dehors. Nous allons en avant à vau l'eau; mais de rebrousser vers nous nostre course, c'est un mouvement penible : la mer se brouille et s'empesche ainsin, quand elle est repoulsee à soy. Regardez, dict chascun, les bransles du ciel; regardez au publicque, à la querelle de cettuy là, au pouls d'un tel, au testament de cet aultre; somme, regardez tousiours, hault ou bas, ou à costé, ou devant, ou derriere vous. C'estoit un commandement paradoxe, que nous faisoit anciennement ce dieu à Delphes, Regardez dans

vous ; recognoissez vous ; tenez vous à vous : vostre esprit et vostre volonté qui se consomme ailleurs, ramenez la en soy : vous vous escoulez, vous vous respandez ; appilez vous ; soustenez vous : on vous trahit, on vous dissipe, on vous desrobe à vous. Veois tu pas que ce monde tient toutes ses vues contrainctes au dedans, et ses yeulx ouverts à se contempler soy mesme ? C'est tousiours vanité pour toy, dedans et dehors : mais elle est moins vanité, quand elle est moins estendue. Sauf toy, ô homme, disoit ce dieu, chasque chose s'estudie la premiere, et a, selon son besoing, des limites à ses travaulx et desirs. Il n'en est une seule si vuide et necessiteuse que toy, qui embrasses l'univers. Tu es le scrutateur, sans cognoissance ; le magistrat, sans iurisdiction ; et, aprez tout, le badin de la farce.

---

# CHAPITRE X.

### *De mesnager sa volonté.*

Au pris du commun des hommes, peu de choses me touchent, ou, pour mieulx dire, me tiennent ; car c'est raison qu'elles touchent, prouveu qu'elles ne nous possedent. I'ay grand soing d'augmenter, par estude et par discours, ce privilege d'insensibilité, qui est naturellement bien advancé en moy : i'espouse et me passionne par consequent de peu de choses. I'ay la veue claire, mais ie l'attache à peu d'obiects : le sens, delicat et mol ; mais l'apprehension et l'application, ie l'ay dure et sourde. Je m'engage difficilement : autant que ie puis, ie m'employe tout à moy ; et, en ce subiect mesme, ie briderois pourtant et soustiendrois voluntiers mon affection, qu'elle ne s'y plonge trop entiere, puisque c'est un subiect que ie possede à la mercy d'aultruy, et sur lequel la fortune a plus de droict que ie n'ay : de maniere que, iusques à la santé, que i'estime tant, il me seroit besoing de ne la pas desirer et m'y addonner si furieusement, que i'en

réservés à ceux qui sont nés citoyens et patriciens de Rome, ou le sont devenus au meilleur titre. En quoi le Sénat et le peuple Romain pense qu'il accorde moins un droit qu'il ne paie une dette, et que c'est moins un service qu'il rend qu'un service qu'il reçoit de celui qui, en acceptant ce droit de cité, honore et illustre la cité même. Les Conservateurs ont fait transcrire ce sénatus-consulte par les secrétaires du Sénat et du peuple Romain, pour être déposé dans les archives du Capitole, et en ont fait dresser cet acte, muni du sceau ordinaire de la ville. L'an de la fondation de Rome 2331, et de la naissance de J. C. 1581, le 13 de mars.

ORAZIO FOSCO, secrétaire du sacré Sénat et du peuple Romain.

VINCENTE MARTOLI, secrétaire du sacré Sénat et du peuple Romain. »

treuve les maladies importables[1]. On se doibt moderer entre la haine de la douleur et l'amour de la volupté; et ordonne Platon une moyenne route de vie entre les deux. Mais aux affections qui me distrayent de moy, et attachent ailleurs, à celles là certes m'oppose ie de toute ma force. Mon opinion est, Qu'il se fault prester à aultruy, et ne se donner qu'à soy mesme. Si ma volonté se trouvoit aysee à s'hypothequer et à s'appliquer, ie n'y durerois pas; ie suis trop tendre, et par nature et par usage:

Fúgax rerum, securaque in otia natus[2].

Les debats contestez et opiniastrez qui donneroient enfin advantage à mon adversaire, l'yssue qui rendroit honteuse ma chaulde poursuitte, me rongeroit à l'adventure, bien cruellement: si ie mordois à mesme, comme font les aultres, mon ame n'auroit iamais la force de porter les alarmes et esmotions qui suivent ceulx qui embrassent tant; elle seroit incontinent disloquee par cette agitation intestine. Si quelquesfois on m'a poulsé au maniement d'affaires estrangeres, i'ay promis de les prendre en main, non pas au poulmon et au foye; de m'en charger, non de les incorporer; de m'en soigner, ouy; de m'en passionner, nullement: i'y regarde, mais ie ne les couve point. I'ay assez à faire à disposer et renger la presse domestique que i'ay dans mes entrailles et dans mes veines, sans y loger et me fouler d'une presse estrangere; et suis assez interessé de mes affaires essenciels, propres et naturels, sans en convier d'aultres forains[3]. Ceulx qui sçavent combien ils se doibvent, et de combien d'offices ils sont obligez à eulx, treuvent que nature leur a donné cette commission pleine assez, et nullement oysifve: « Tu as bien largement affaire chez toy, ne t'esloigne pas. »

Les hommes se donnent à louage: leurs facultez ne sont pas pour eulx, elles sont pour ceulx à qui ils s'asservissent: leurs locataires sont chez eulx, ce ne sont pas eulx[4]. Cette humeur commune ne me plaist pas. Il fault mesnager la liberté de nostre ame, et ne l'hypothequer qu'aux occasions iustes, lesquelles sont en bien petit nombre, si nous iugeons sainement. Veoyez les gents apprins à se laisser emporter et saisir: ils le font par tout, aux petites choses comme aux grandes, à ce qui ne les touche point, comme à ce qui les touche; ils s'ingerent indifferemment où il y a de la besongne et de l'obligation; et sont sans vie, quand ils sont sans agitation tumultuaire: *in negotiis sunt, negotii causa*[5]: « Ils ne cherchent la besongne que pour embesongnement. » Ce n'est pas qu'ils vueillent aller, tant comme c'est qu'ils ne se peuvent

tenir: ne plus ne moins qu'une pierre esbranslee en sa cheute, qui ne s'arreste iusqu'à tant qu'elle se couche. L'occupation est, à certaine maniere de gents, marque de suffisance et de dignité; leur esprit cherche son repos au bransle, comme les enfants au berceau: ils se peuvent dire autant serviables à leurs amys, comme importuns à eulx mesmes. Personne ne distribue son argent à aultruy; chascun y distribue son temps et sa vie: il n'est rien dequoy nous soyons si prodigues, que de ces choses là, desquelles seules l'avarice nous seroit utile et louable. Ie prends une complexion toute diverse: ie me tiens sur moy, et communement desire mollement ce que ie desire; et desire peu; m'occupe et embesongne de mesme, rarement et tranquillement. Tout ce qu'ils veulent et conduisent, ils le font de toute leur volonté et vehemence. Il y a tant de mauvais pas, que, pour le plus seur, il fault un peu legierement et superficiellement couler ce monde, et le glisser, non pas l'enfoncer. La volupté mesme est douloureuse en sa profondeur:

Incedis per ignes
Suppositos cineri doloso[6].

Messieurs de Bordeaux m'esleurent maire de leur ville, estant esloigné de France, et encores plus esloigné d'un tel pensement. Ie m'en excusay; mais on m'apprint que i'avoy tort, le commandement du roy s'y interposant aussi. C'est une charge qui doibt sembler d'autant plus belle, qu'elle n'a ny loyer ny gaing, aultre que l'honneur de son execution. Elle dure deux ans; mais elle peult estre continuee par seconde eslection, ce qui advient tresrarement: elle le feut à moy; et ne l'avoyt esté que deux fois auparavant, quelques annees y avoyt, à monsieur de Lansac, et freschement à monsieur de Biron, mareschal de France, en la place duquel ie succeday; et laissay la mienne à monsieur de Matignon, aussi mareschal de France: glorieux de si noble assistance;

Uterque bonus pacis bellique minister[7].

La fortune voulut part à ma promotion, par cette particuliere circonstance qu'elle y meit du sien,

(1) *Insupportables.*

(2) Ennemi des affaires, et né pour la tranquillité et le repos. Ovide, *Trist.*, III, 2, 9.

(3) *D'autres affaires extérieures, étrangères, du dehors.*

(4) *Sous-entendu, qui y sont.*

(5) Sénèque, *Epist.* 22. Montaigne traduit ces mots après les avoir cités.

(6) Vous marchez sur un feu couvert d'une cendre perfide. Hor., *Od.*, II, 1, 7.

(7) Tous deux habiles politiques et braves guerriers. Virg., *Énéide*, XI, 658.

non vaine du tout : car Alexandre desdaigna les ambassadeurs corinthiens qui luy offroyent la bourgeoisie de leur ville ; mais quand ils veinrent à luy deduire comme Bacchus et Hercules estoient aussi en ce registre, il les en remercia gracieusement.

A mon arrivee, ie me deschiffray fidelement et consciencieusement tout tel que ie me sens estre ; sans memoire, sans vigilance, sans experience et sans vigueur ; sans haine aussi, sans ambition, sans avarice, et sans violence : à ce qu'ils feussent informez et instruicts de ce qu'ils avoyent à attendre de mon service ; et parce que la cognoissance de feu mon pere les avoyt seule incitez à cela, et l'honneur de sa memoire, ie leur adioustay bien clairement que ie serois tresmarry que chose quelconque feist autant d'impression en ma volonté, comme avoyent faict aultrefois en la sienne leurs affaires, et leur ville, pendant qu'il l'avoyt en gouvernement, en ce lieu mesme auquel ils m'avoyent appellé. Il me souvenoit de l'avoir veu vieil, en mon enfance, l'ame cruellement agitee de cette tracasserie publicque, oubliant le doulx air de sa maison où la foiblesse des ans l'avoyt attaché long temps avant, et son mesnage, et sa santé ; et mesprisant certes sa vie, qu'il y cuida perdre, engagé pour eulx à des longs et penibles voyages. Il estoit tel ; et luy partoit cette humeur d'une grande bonté de nature : il ne feut iamais ame plus charitable et populaire. Ce train, que ie loue en aultruy, ie n'aime point à le suivre ; et ne suis pas sans excuse.

Il avoyt ouï dire qu'il se falloit oublier pour le prochain ; que le particulier ne venoyt en aulcune consideration au pris du general. La plus part des regles et preceptes du monde prennent ce train, de nous poulser hors de nous, et chasser en la place, à l'usage de la societé publicque : ils ont pensé faire un bel effect de nous destourner et distraire de nous, presupposants que nous n'y teinssions que trop et d'une attache trop naturelle, et n'ont espargné rien à dire pour cette fin ; car il n'est pas nouveau aux sages de prescher les choses comme elles servent, non comme elles sont. La verité a ses empeschements, incommoditez et incompatibilitez avecques nous : il nous fault souvent tromper, à fin que nous ne nous trompions ; et ciller nostre veue, eslourdir nostre entendement, pour les redresser et amender *imperiti enim iudicant, et qui frequenter in hoc ipsum fallendi sunt, ne errent*[1]. Quand ils nous ordonnent d'aimer, avant nous, trois, quatre, et cinquante degrez de choses, ils representent l'art des archers qui, pour arriver au poinct, vont prenants leur visee grande espace au dessus de la bute : pour dresser un bois courbe, on le recourbe au rebours.

I'estime qu'au temple de Pallas, comme nous voyons en toutes aultres religions, il y avoyt des mysteres apparents, pour estre montrez au peuple ; et d'aultres mysteres plus secrets et plus haults, pour estre montrez seulement à ceulx qui en estoient profez : il est vraysemblable qu'en ceulx cy se treuve le vray poinct de l'amitié que chascun se doibt ; non une amitié faulse qui nous faict embrasser la gloire, la science, la richesse, et telles choses, d'une affection principale et immoderee, comme membres de nostre estre ; ny une amitié molle et indiscrette, en laquelle il advient ce qui se veoid au lierre, qu'il corrompt et ruyne la paroy qu'il accole ; mais une amitié salutaire et reglee, egalement utile et plaisante. Qui en sçait les debvoirs et les exerce, il est vrayement du cabinet des muses ; il a attainct le sommet de la sagesse humaine et de nostre bonheur : cettuy cy, sçachant exactement ce qu'il se doibt, treuve dans son roolle, qu'il doibt appliquer à soy l'usage des autres hommes et du monde ; et, pour ce faire, contribuer à la societé publicque les debvoirs et offices qui le touchent. Qui ne vit aulcunement à aultruy, ne vit gueres à soy : *qui sibi amicus est, scito hunc amicum omnibus esse*[2]. La principale charge que nous ayons, c'est à chascun sa conduicte ; et est ce pour quoy nous sommes icy. Comme qui oublieroit de bien et sainctement vivre ; et penseroit estre quitte de son debvoir, en y acheminant et dressant les autres, ce seroit un sot : tout de mesme, qui abandonne, en son propre, le sainement et gayement vivre, pour en servir aultruy, prend à mon gré un mauvais et desnaturé party.

Ie ne veulx pas qu'on refuse, aux charges qu'on prend, l'attention, les pas, les paroles, et la sueur, et le sang au besoing :

> Non ipse pro caris amicis,
> Aut patria, timidus perire[3] :

mais c'est par emprunt, et accidentalement ; l'esprit se tenant tousiours en repos et en santé ; non pas sans action, mais sans vexation, sans passion. L'agir simplement luy couste si peu, qu'en dormant mesme il agit : mais il luy fault donner le

(1) Ce sont des ignorants qui jugent, et il faut souvent les tromper, pour les empêcher de tomber dans l'erreur. QUINTIL., *Inst. orat.*, II, 17.

(2) Sachez que celui qui est ami de soi-même, l'est aussi de tous les autres. SÉNÈQUE, *Epist.* 6.

(3) Tout prêt moi-même à mourir pour mes amis ou pour ma patrie. HOR., *Od.*, IV, 9, 51.

bransle avecques discretion; car le corps reçoit les charges qu'on luy met sus, iustement selon qu'elles sont; l'esprit les estend et les appesantit souvent à ses despens, leur donnant la mesure que bon luy semble. On faict pareilles choses avecques divers efforts, et differente contention de volonté; l'un va bien sans l'aultre : car combien de gents se hazardent touts les iours aux guerres, dequoy il ne leur chault; et se pressent aux dangers des battailles, desquelles la perte ne leur troublera pas le voysin sommeil ? tel en sa maison, hors de ce danger qu'il n'oseroit avoir regardé, est plus passionné de l'yssue de cette guerre, et en a l'ame plus travaillee, que n'a le soldat qui y employe son sang et sa vie. I'ay peu me mesler des charges publicques, sans me despartir de moy, de la largeur d'une ongle ; et me donner à aultruy, sans m'oster à moy. Cette aspreté et violence de desirs empesche plus qu'elle ne sert à la conduicte de ce qu'on entreprend ; nous remplit d'impatience envers les evenements ou contraires ou tardifs, et d'aigreur et de souspeçon envers ceulx avecques qui nous negocions. Nous ne conduisons iamais bien la chose de laquelle nous sommes possedez et conduicts :

Malè cuncta ministrat
Impetus [1].

Celuy qui n'y employe que son iugement et son adresse, il y procede plus gayement ; il feinct, il ploye, il differe tout à son ayse, selon le besoing des occasions ; il fault d'attaincte, sans torment et sans affliction, prest et entier pour une nouvelle entreprinse ; il marche tousiours la bride à la main. En celuy qui est enyvré de cette intention violente et tyrannique, on veoid, par necessité, beaucoup d'imprudence et d'iniustice : l'impetuosité de son desir l'emporte ; ce sont mouvements temeraires, et, si fortune n'y preste beaucoup, de peu de fruict. La philosophie veult qu'au chastiement des offenses receues, nous en distrayons la cholere ; non à fin que la vengeance en soit moindre, ains, au rebours, à fin qu'elle en soit d'autant mieulx assenée et plus poisante, à quoy il luy semble que cette impetuosité porte empeschement. Non seulement la cholere trouble ; mais, de soy, elle lasse aussi les bras de ceulx qui chastient ; ce feu estourdit et consomme leur force : comme en la precipitation, *festinatio tarda est* [2], la hastiveté se donne elle mesme la iambe, « s'entrave, et s'arreste : » *ipsa se velocitas implicat.* Pour exemple, selon ce que i'en veoy par usage ordinaire, l'avarice n'a point de plus grand destourbier que soy mesme : plus elle est tendue et

vigoreuse, moins elle en est fertile ; communement elle attrappe plus promptement les richesses, masquee d'une image de liberalité.

Un gentilhomme, treshomme de bien et mon amy, cuida brouiller la santé de sa teste, par une trop passionnee attention et affection aux affaires d'un prince, son maistre : lequel maistre s'est ainsin peinct soy mesme à moy, « Qu'il veoid le poids des accidents, comme un aultre ; mais qu'à ceulx qui n'ont point de remede, il se resoult soubdain à la souffrance ; aux aultres, aprez y avoir ordonné les provisions necessaires, ce qu'il peult faire promptement par la vivacité de son esprit, il attend en repos ce qui s'en peult ensuivre. » De vray, ie l'ay veu à mesme, maintenant une grande nonchalance et liberté d'actions et de visage au travers de bien grands affaires et bien espineux : ie le treuve plus grand et plus capable en une mauvaise qu'en une bonne fortune ; ses pertes luy sont plus glorieuses que ses victoires, et son dueil que son triumphe.

Considerez qu'aux actions mesmes qui sont vaines et frivoles, au ieu des eschecs, de la paulme, et semblables, cet engagement aspre et ardent d'un desir impetueux iecte incontinent l'esprit et les membres à l'indiscretion et au desordre ; on s'esblouit, on s'embarrasse soy mesme : celuy qui se porte plus modereement envers le gaing et la perte, il est tousiours chez soy ; moins il se picque et passionne au ieu, il le conduict d'autant plus advantageusement et seurement.

Nous empeschons, au demourant, la prinse et la serre de l'ame, à luy donner tant de choses à saisir : les unes, il les luy fault seulement presenter, les aultres attacher, les aultres incorporer : elle peult veoir et sentir toutes choses, mais elle ne se doibt paistre que de soy ; et doibt estre instruicte de ce qui la touche proprement, et qui proprement est de son avoir et de sa substance. Les loix de nature nous apprennent ce que iustement il nous fault. Aprez que les sages nous ont dict que, selon elle, personne n'est indigent, et que chascun l'est selon l'opinion, ils distinguent ainsi subtilement les desirs qui viennent d'elle, de ceulx qui viennent du desreglement de nostre fantasie : ceulx desquels on veoid le bout sont siens ; ceulx qui fuyent devant nous, et desquels nous ne pouvons ioindre la fin, sont nostres : la pauvreté des biens est aysee à guarir ; la pauvreté de l'ame, impossible :

(1) La passion n'est jamais un bon guide. STACE, *Thébaïde*, X, 704.
(2) La précipitation retarde plus qu'elle n'avance. QUINTE-CURCE, IX, 9, 12.

Nam si,quod satis est homini, id satis esse potesset,
Hoc sat erat; nunc, quum hoc non est, qui credimu'
Divitias ullas animum mi explere potesse [1]? [porro

Socrates, vcoyant porter en pompe par sa ville
grande quantité de richesses, ioyaux et meubles
de pris : « Combien de choses, dict il, ie ne desire
point ! » Metrodorus vivoit du poids de douze
onces par iour; Epicurus, à moins : Metrocles
dormoit, en hyver, avecques les montons; en esté,
aux cloistres des eglises : *Sufficit ad id natura, quod
poscit* [2]. Cleanthes vivoit de ses mains, et se vantoit que Cleanthes, s'il vouloyt, nourriroit encores un autre Cleanthes.

Si ce que nature exactement et originellement
nous demande pour la conservation de nostre
estre, est trop peu (comme de vray combien ce
l'est, et combien à bon compte nostre vie se peult
maintenir, il ne se doibt esprimer mieulx que par
cette consideration, Que c'est si peu, qu'il eschappe la prinse et le choc de la fortune par sa
petitesse), dispensons nous de quelque chose plus
oultre; appellons encore nature, l'usage et condition de chascun de nous; taxons nous, traictons nous à cette mesure; estendons nos appartenances et nos comptes iusques là; car iusques là
il me semble bien que nous avons quelque excuse.
L'accoustumance est une seconde nature, et non
moins puissante. Ce qui manque à ma coustume,
ie tiens qu'il me manque; et i'aimerois presque
egualement qu'on m'ostast la vie, que si on me
l'essimoit [3], et retrenchoit bien loing de l'estat auquel ie l'ay vescue si long temps. Ie ne suis plus
en termes d'un grand changement, ny de me
iecter à un nouveau train et inusité, non pas
mesme vers l'augmentation. Il n'est plus temps de
devenir aultre; et comme ie plaindrois quelque
grande adventure qui me tumbast à cette heure
entre mains, qu'elle ne seroit venue en temps que
i'en peusse iouyr;

Quo mihi fortunas, si non conceditur uti [4]?

ie me plaindrois de mesme de quelque acquest
interne. Il vault quasi mieulx iamais, que si tard,
devenir honneste homme, et bien entendu à vivre,
lorsqu'on n'a plus de vie. Moy, qui m'en vois,
resignerois facilement à quelqu'un qui veinst, ce
que i'apprends de prudence pour le commerce
du monde : moustarde aprez disner. Ie n'ay que
faire du bien duquel ie ne puis rien faire : à quoy
la science, à qui n'a plus de teste? C'est iniure et
desfaveur de fortune, de nous offrir des presents
qui nous remplissent d'un iuste despit de nous
avoir failly en leur saison. Ne me guidez plus, ie
ne puis plus aller. De tant de membres qu'a la

suffisance, la patience nous suffit. Donnez la capacité d'un excellent dessus au chantre qui a les
poulmons pourris, et d'eloquence à l'eremite re-
legué aux deserts d'Arabie. Il ne fault point d'art
à la cheute : la fin se treuve, de soy, au bout de
chasque besongne. Mon monde est failly, ma
forme expirée : ie suis tout du passé, et suis tenu
de l'auctoriser et d'y conformer mon yssue. Ie
veulx dire cecy par maniere d'exemple : Que
l'eclipsement nouveau des dix iours du papé [5],
m'ont prins si bas, que ie ne m'en puis bonnement accoustrer : ie suis des annees ausquelles
nous comptions aultrement. Un si ancien et long
usage me vendique [6] et rappelle à soy; ie suis
contrainct d'estre un peu heretique par là : incapable de nouvelleté, mesme correctifve. Mon
imagination, en despit de mes dents, se iecte
tousiours dix iours plus avant ou plus arriere, et
grommelle à mes aureilles : « Cette regle touche
ceulx qui ont à estre. » Si la santé mesme, si sucree, vient à me retrouver par boutades, c'est
pour me donner regret, plustost que possession,
de soy : ie n'ay plus où la retirer. Le temps me
laisse : sans luy rien ne se possede. Oh! que ie
ferois peu d'estat de ces grandes dignitez eslec-
tifves, que ie veoy au monde; qui ne se donnent
qu'aux hommes prests à partir; ausquelles on ne
regarde pas tant combien deuement on les exer-
cera, que combien peu longuement on les exer-
cera; dez l'entree on vise à l'yssue. Somme, me
voicy aprez d'achever cet homme, non d'en refaire un aultre. Par long usage, cette forme m'est
passee en substance, et fortune en nature.

Ie dy doncques que chascun d'entre nous foi-
blets, est excusable d'estimer sien ce qui est comprins soubs cette mesure; mais aussi, au delà de
ces limites, ce n'est plus que confusion : c'est la
plus large estendue que nous puissions octroyer à
nos droicts. Plus nous amplifions nostre besoing et
possession, d'autant plus nous engageons nous aux
coups de la fortune et des adversitez. La carriere
de nos desirs doibt estre circonscripte et restreincte à un court limite des commoditez les plus

---

(1) Si l'homme se contentoit de ce qui lui suffit, je serois assez riche; mais, comme il n'en est rien, les plus grandes richesses pourront-elles jamais remplir mes vœux? Lucil., *lib.* 3,
*apud Nonium Marcellum*, V, § 98.
(2) La nature pourvoit à ce qu'elle exige. Sén., *Epist.* 90.
(3) On me l'amaigrissoit, etc. *Essimer* est un terme de fauconnerie; *essimer un faucon*, c'est-à-dire lui ôter de sa graisse
par diverses cures.
(4) A quoi me servent les biens, si je ne puis en user? Hor.,
*Epist.*, I, 5, 12.
(5) Grégoire XIII, qui réforma le calendrier. En France, on
passa subitement du 9 au 20 de decembre 1582.
(6) Revendique.

proches et contiguës ; et doibt, en oultre, leur course se manier, non en ligne droicte qui face bout ailleurs, mais en rond duquel les deux poinctes se tiennent et terminent en nous par un brief contour. Les actions qui se conduisent sans cette reflexion ( s'entend voysine reflexion et essencielle ), comme sont celles des avaricieux, des ambitieux, et tant d'aultres qui courent de poincte, desquels la course les emporte tousiours devant eulx, ce sont actions erronees et maladifves.

La plus part de nos vacations sont farcesques ; *mundus universus exercet histrioniam* [1]. Il fault iouer deuement nostre roolle, mais comme roolle d'un personnage emprunté : du masque et de l'apparence, il n'en fault pas faire une essence reelle ; ny de l'estranger, le propre : nous ne sçavons pas distinguer la peau de la chemise ; c'est assez de s'enfariner le visage, sans s'enfariner la poictrine. I'en veoy qui se transforment et se transsubstancient en autant de nouvelles figures et de nouveaux estres, qu'ils entreprennent de charges ; et qui se prelatent iusques au foye et aux intestins, et entrainent leur office iusques en leur garderobbe : ie ne puis leur apprendre à distinguer les bonnetades qui les regardent, de celles qui regardent leur commission, ou leur suitte, ou leur mule ; *tantum se fortunæ permittunt, etiam ut naturam dediscant* [2] : ils enflent et grossissent leur ame et leur discours naturel, selon la haulteur de leur siege magistral. Le maire, et Montaigne, ont tousiours esté deux, d'une separation bien claire. Pour estre advocat ou financier, il n'en fault pas mescognoistre la fourbe qu'il y a en telles vacations : un honneste homme n'est pas comptable du vice ou sottise de son mestier, et ne doibt pourtant en refuser l'exercice ; c'est l'usage de son païs, et il y a du proufit : il fault vivre du monde, et s'en prevaloir, tel qu'on le treuve. Mais le iugement d'un empereur doibt estre au dessus de son empire, et le veoir et considerer comme accident estranger ; et luy, doibt sçavoir iouyr de soy à part, et se communiquer comme Iacques et Pierre, au moins à soy mesme.

Ie ne sçay pas m'engager si profondement et si entier : quand ma volonté me donne à un party, ce n'est pas d'une si violente obligation, que mon entendement s'en infecte. Aux presents brouillis de cet estat, mon interest ne m'a faict mescognoistre ny les qualitez louables en nos adversaires, ny celles qui sont reprochables en ceulx que i'ay suivis. Ils adorent tout ce qui est de leur costé : moy ie n'excuse pas seulement la pluspart

des choses qui sont du mien : un bon ouvrage ne perd pas ses graces pour plaider contre moy. Hors le nœud du debat, ie me suis maintenu en equanimité et pure indifference : *neque extra necessitates belli, præcipuum odium gero* [3] : dequoy ie me gratifie d'autant, que ie veoy communement faillir au contraire : *utatur motu animi, qui uti ratione non potest* [4]. Ceulx qui allongent leur cholere et leur haine au delà des affaires, comme faict la pluspart, montrent qu'elle leur part d'ailleurs, et de cause particuliere : tout ainsin comme, à qui estant guary de son ulcere la fiebvre demeure encores, montre qu'elle avoyt un aultre principe plus caché. C'est qu'ils n'en ont point à la cause, en commun, et en tant qu'elle blece l'interest de touts et de l'estat ; mais luy en veulent seulement en ce qu'elle leur masche [5] en privé : voylà pourquoy ils s'en picquent de passion particuliere, et au delà de la iustice et de la raison publique : *non tam omnia universi, quam ea, quæ ad quemque pertinerent, singuli carpebant* [6]. Ie veulx que l'advantage soit pour nous ; mais ie ne forcene point [7], s'il ne l'est. Ie me prends fermement au plus sain des partys ; mais ie n'affecte pas qu'on me remarque specialement ennemy des aultres, et oultre la raison generale. I'accuse merveilleusement cette vicieuse forme d'opiner : « Il est de la ligue ; car il admire la grace de monsieur de Guise. L'activité du roy de Navarre l'estonne : il est huguenot. Il treuve cecy à dire aux mœurs du roy : il est seditieux en son cœur. » et ne conceday pas au magistrat mesme qu'il eust raison de condemner un livre, pour avoir logé entre les meilleurs poëtes de ce siecle un heretique. N'oserions nous dire d'un voleur, qu'il a belle greve [8] ? Fault il, si elle est putain, qu'elle soit aussi punaise ? Aux siecles plus sages, revoqua on le superbe tiltre de Capitolinus, qu'on avoyt auparavant donné à Marcus Manlius, comme conservateur de la religion et liberté publique ? estouffa on la memoire de sa liberalité et de ses faicts d'armes, et recompenses militaires octroyees à sa vertu, parce qu'il affecta depuis la royauté,

---

(1) Tout le monde joue la comédie. Fragment de PÉTRONE, conservé par Jean de Sarisbery, *Policratic.*, III, 8.
(2) Ils s'abandonnent tellement à leur fortune, qu'ils en oublient leur nature même. QUINTE-CURCE, III, 2, 18.
(3) Et hors les nécessités de la guerre, je ne veux aucun mal à l'ennemi.
(4) Que celui-là s'abandonne à la passion, qui ne peut suivre la raison. CIC., *Tuscul.*, IV, 25.
(5) *Les blesse, les incommode.*
(6) Ils ne s'accordoient pas tous à blâmer toutes choses, mais chacun d'eux censuroit ce qui les intéressoit personnellement. TITE-LIVE, XXXIV, 36.
(7) *Je ne suis point hors de moi.* — (8) *Belle jambe.*

au preiudice des loix de son païs? S'ils ont prins en haine un advocat, l'endemain il leur devient incloquent. I'ay touché ailleurs le zele qui poulse des gents de bien à semblables faultes. Pour moy, ie sçay bien dire, « Il faict meschamment cela ; et vertueusement cecy. » De mesme, aux prognosticques ou evencments sinistres des affaires, ils veulent que chascun, en son party, soit aveugle ou hebété ; que nostre persuasion et iugement serve, non à la verité, mais au proiect de nostre desir. Ie fauldrois plustost vers l'aultre extremité : tant ie crains que mon desir me suborne ; ioinct, que ie me desfie un peu tendrement des choses que ie souhaitte.

I'ay veu, de mon temps, merveilles en l'indiscrette et prodigieuse facilité des peuples à se laisser mener et manier la creance et l'esperance, où il a pleu et servy à leurs chefs, par dessus cent mescomptes les uns sur les aultres, par dessus les fantosmes et les songes. Ie ne m'estonne plus de ceulx que les singeries d'Apollonius et de Mahomet embufflerent [1]. Leur sens et entendement est entierement estouffé en leur passion : leur discretion [2] n'a plus d'aultre chois, que ce qui leur rit, et qui conforte leur cause. I'avoy remarqué souverainement cela au premier de nos partys fiebvreux ; cet aultre, qui est nay depuis, en l'imitant, le surmonte : par où ie m'advise que c'est une qualité inseparable des erreurs populaires ; aprez la premiere qui part, la opinions s'entrepoulsent, suivant le vent, comme les flots ; on n'est pas du corps, si on s'en peult desdire, si on ne vague le train commun. Mais, certes, on faict tort aux partys iustes, quand on les veult secourir de fourbes ; i'y ay tousiours contredict : ce moyen ne porte qu'envers les testes malades ; envers les saines, il y a des voyes plus seures, et non seulement plus honnestes, à maintenir les courages et excuser les accidents contraires.

Le ciel n'a point veu un si poisant desaccord que celuy de Cesar et de Pompeius, ny ne verra pour l'advenir : toutesfois il me semble recognoistre, en ces belles ames, une grande moderation de l'un envers l'aultre ; c'estoit une ialousie d'honneur et de commandement, qui ne les emporta pas à haine furieuse et indiscrette ; sans malignité, et sans detraction : en leurs plus aigres exploicts, ie descouvre quelque demourant de respect et de bienvueillance ; et iuge ainsin, que, s'il leur eust esté possible, chascun d'eulx eust desiré de faire son affaire sans la ruyne de son compaignon, plustost qu'avecques sa ruyne. Combien aultrement il en va de Marius et de Sylla! prenez y garde.

Il ne fault pas se precipiter si esperduement

aprez nos affections et interests. Comme, estant ieune, ie m'opposois au progrez de l'amour que ie sentois trop advancer sur moy, et m'estudiois qu'il ne me feust pas si agreable qu'il veinst à me forcer enfin et captiver du tout à sa mercy : i'en use de mesme à toutes aultres occasions, où ma volonté se prend avecques trop d'appetit ; ie me penche à l'opposite de son inclination, comme ie la veoy se plonger, et enyvrer de son vin : ie fuys à nourrir son plaisir si avant, que ie ne l'en puisse plus r'avoir sans perte sanglante. Les ames qui, par stupidité, ne veoyent les choses qu'à demy, iouyssent de cet heur, que les nuisibles les blecent moins : c'est une ladrerie spirituelle qui a quelque air de santé, et telle santé que la philosophie ne mesprise pas du tout ; mais pourtant ce n'est pas raison de la nommer sagesse, ce que nous faisons souvent. Et de cette maniere se mocqua quelqu'un anciennement de Diogenes, qui alloit embrassant en plein hyver, tout nud, une image de neige pour l'essay de sa patience ; celuy là le rencontrant en cette desmarche : « As tu grand froid à cette heure ? » luy dict il. « Du tout point, » respond Diogenes. « Or, suivit l'aultre, que penses tu donc faire de difficile et d'exemplaire à te tenir là ? » Pour mesurer la constance, il fault necessairement sçavoir la souffrance.

Mais les ames qui auront à veoir les evencments contraires et les iniures de la fortune en leur profondeur et aspreté, qui auront à les poiser et gouster selon leur aigreur naturelle et leur charge, qu'elles employent leur art à se garder d'en enfiler les causes, et en destournent les advenues ; que feit le roy Cotys : il paya liberalement la belle et riche vaisselle qu'on luy avoyt presentee ; mais parce qu'elle estoit singulierement fragile, il la cassa incontinent luy mesme, pour s'oster de bonne heure une si aysee matiere de courroux contre ses serviteurs. Pareillement, i'ay volontiers evité de n'avoir mes affaires confus, et n'ay cherché que mes biens feussent contigus à mes proches et ceulx à qui i'ay à me ioindre d'une estroicte amitié ; d'où naissent ordinairement matieres d'alienation et dissociation. I'aimois aultresfois les ieux hazardeux des chartes et dez : ie m'en suis desfaict il y a long temps, pour cela seulement que, quelque bonne mine que ie feisse en ma perte, ie ne laissois pas d'en avoir, au dedans, de la picqueure. Un homme d'honneur, qui doibt sentir un desmentir et une offense iusques au cœur, qui n'est pour prendre une mauvaise excuse en payement et consolation de sa perte, qu'il evite le progrez des affaires doubteux et des altercations

(1) *Séduisirent, trompèrent.* — (2) *Leur discernement.*

contentieuses. Ie fuys les complexions tristes et les hommes hargneux, comme les empestez; et aux propos que ie ne puis traicter sans interest et sans esmotion, ie ne m'y mesle, si le debvoir ne m'y force : *melius non incipient, quam desinent* [1]. La plus seure façon est doncques, Se preparer avant les occasions.

Ie sçay bien qu'aulcuns sages ont prins aultre voye, et n'ont pas craint de se harper [2] et engager iusques au vif à plusieurs obiects : ces gents là s'asseurent de leur force, soubs laquelle ils se mettent à couvert en toute sorte de succez ennemys, faisant luicter les maulx par la vigueur de la patience :

Velut rupes, vastum quæ prodit in æquor,
Obvia ventorum furiis, expostaque ponto,
Vim cunctam atque minas perfert cœlique maris.
Ipsa immota manens [3].                     [que,

N'attaquons pas ces exemples; nous n'y arriverions point. Ils s'obstinent à veoir resoluement, et sans se troubler, la ruyne de leur païs, qui possedoit et commandoit toute leur volonté : pour nos ames communes, il y a trop d'effort et trop de rudesse à cela. Cato en abandonna la plus noble vie qui feut oncques : à nous aultres petits, il fault fuyr l'orage de plus loing; il fault prouveoir au sentiment, non à la patience; et eschever [4] aux coups que nous ne sçaurions parer. Zeno, veoyant approcher Chremonidez, ieune homme qu'il aimoit, se leva soubdain; et Cleanthes luy en demandant la raison : « I'entends, dict il, que les medecins ordonnent le repos principalement, et deffendent l'esmotion à toutes tumeurs. » Socrates ne dict point : « Ne vous rendez pas aux attraicts de la beaulté; soustenez la, efforcez vous au contraire. » « Fuyez la, faict il, courez hors de sa veue et de son rencontre, comme d'une poison puissante, qui s'eslance et frappe de loing. » Et son bon disciple, feignant ou recitant, mais, à mon advis, recitant plustost que feignant, les rares perfections de ce grand Cyrus, le faict desfiant de ses forces à porter les attraicts de la divine beaulté de cette illustre Panthee, sa captifve, et en commettant la visite et garde à un aultre qui eust moins de liberté que luy. Et le sainct Esprit, de même, *Ne nos inducas in tentationem* [5] : nous ne prions pas que nostre raison ne soit combatue et surmontee par la concupiscence; mais qu'elle n'en soit pas seulement essayee [6] : que nous ne soyons conduicts en estat où nous ayons seulement à souffrir les approches, solicitations, et tentations du peché; et supplions nostre Seigneur de maintenir nostre conscience tranquille, plainement et parfaictement delivree du commerce du mal.

Ceulx qui disent avoir raison de leur passion vindicatifve, ou de quelqu'autre espece de passion penible, disent souvent vray, comme les choses sont, mais non pas comme elles feurent; ils parlent à nous, lorsque les causes de leur erreur sont nourries et advancees par eulx mesmes : mais reculez plus arriere, rappellez ces causes à leur principe; là, vous les prendrez sans vert [7]. Veulent ils que leur faulte soit moindre, pour estre plus vieille; et que d'un iniuste commencement la suitte soit iuste ? Qui desirera du bien à son païs comme moy, sans s'en ulcerer ou maigrir, il sera desplaisant, mais non pas transi, de le veoir menaceant ou sa ruyne, ou une duree non moins ruyneuse : pauvre vaisseau, que les flots, les vents, et le pilote, tirrassent à si contraires desseings !

In tam diversa, magister,
Ventus, et unda, trahunt [8].

Qui ne bee [9] point aprez la faveur des princes, comme aprez chose dequoy il ne se sçauroit passer, ne se picque pas beaucoup de la froideur de leur recueil [10] et de leur visage, ny de l'inconstance de leur volonté. Qui ne couve point ses enfants, ou ses honneurs, d'une propension esclave, ne laisse pas de vivre commodement aprez leur perte. Qui faict bien principalement pour sa propre satisfaction, ne s'altere guere pour veoir les hommes iuger de ses actions contre son merite. Un quart d'once de patience prouveoit à tels inconvenients. Ie me treuve bien de cette recepte; me rachettant des commencements, au meilleur compte que ie puis; et me sens avoir eschappé par son moyen beaucoup de travail et de difficultez. Avecques bien peu d'effort, i'arreste ce premier bransle de mes esmotions, et abandonne le subiect qui me commence à poiser, et avant qu'il m'emporte. Qui n'arreste le partir, n'a garde d'arrester la course : qui ne sçait leur fermer la porte, ne les chassera pas, entrees : qui ne peult venir à bout du commencement, ne viendra pas à bout de la fin; ny n'en soustiendra la cheute, qui n'en a peu soustenir l'esbranslement : *etenim ipsæ se impellunt,*

(1) Il est plus facile de ne pas commencer, que de s'arrêter. SÉNÈQUE, *Epist.* 72.
(2) Cramponner.
(3) Tel un rocher s'avance dans la vaste mer, exposé à la furie des vents et des flots, et, bravant les menaces et les efforts du ciel et de la mer conjurés, demeure lui-même inébranlable. VIRG., *Énéide*, X, 693.
(4) Esquiver les coups, de l'italien *schifare*, d'où le mot *esquif*.
(5) Ne nous induisez pas en tentation. MATTH., c. 6, v. 13.
(6) Tentée. — (7) Expression proverbiale : *au dépourvu.*
(8) On ne sait d'où Montaigne a tiré ces vers qu'il a traduits ayant que de les citer.
(9) Soupire. — (10) Accueil.

*ubi semel a ratione discessum est; ipsaque sibi im-*
*becillitas indulget, in altumque provehitur impru-*
*dens, nec reperit locum consistendi* [1]. Ie sens à
temps les petits vents qui me viennent taster et
bruire au dedans, avantcoureurs de la tempeste.

*Ceu flamina prima*
*Quum deprensa fremunt silvis, et cæca volutant*
*Murmura, venturos nautis prodentia ventos* [2] :

A combien de fois me suis ie faict une bien
evidente iniustice, pour fuyr le hazard de la recevoir encores pire des iuges, aprez un siecle d'ennuys, et d'ordes [3] et viles practiques, plus ennemyes
de mon naturel que n'est la gehenne et le feu ? *Con-*
*venit a litibus, quantum licet, et nescio an paulo*
*plus etiam, quam licet, abhorrentem esse : est enim*
*non modo liberale, paululum nonnunquam de suo*
*iure decedere, sed interdum etiam fructuosum* [4]. Si
nous estions bien sages, nous nous debvrions resiouyr et vanter, ainsi que i'ouïs un iour bien naïfvement un enfant de grande maison faire feste à
chascun, dequoy sa mere venoyt de perdre son procez, comme sa toux, sa fiebvre, ou autre d'importune garde. Les faveurs mesmes que la fortune pouvoit m'avoir donné, parentez et accointances envers
ceulx qui ont souveraine auctorité en ces choses
là, i'ay beaucoup faict, selon ma conscience, de
fuyr instamment de les employer au preiudice
d'aultruy, et de ne monter, par dessus leur droicte
valeur, mes droicts. Enfin, i'ay tant faict par mes
iournees (à la bonne heure le puisse ie dire !) que me
voicy encores vierge de procez, qui n'ont pas laissé
de se convier plusieurs fois à mon service, par bien
iuste tiltre, s'il m'eust pleu d'y entendre ; et vierge
de querelles : i'ay, sans offense de poids, passifve
ou actifve, escoulé tantost une longue vie, et sans
avoir ouï pis que mon nom : Rare grace du ciel !

Nos plus grandes agitations ont des ressorts et
causes ridicules : combien encourut de ruyne nostre
dernier duc de Bourgoigne, pour la querelle d'une
charretee de peaux de mouton ! et l'engraveure [5]
d'un cachet feut ce pas la premiere et maistresse
cause du plus horrible croulement que cette machine [6] aye oncques souffert ? car Pompeius et Cesar ce ne sont que les reiectons et la suitte des deux
aultres : et i'ay veu de mon temps les plus sages
testes de ce royaume, assemblees avecques grande
cerimonie et publicque despense, pour des traictez
et accords, desquels la vraye decision despendoit
cependant en toute souveraineté des devis du cabinet des dames, et inclination de quelque femmelette. Les poëtes ont bien entendu cela, qui ont
mis, pour une pomme, la Grece et l'Asie à feu et
à sang. Regardez pour quoy celuy là s'en va

courre fortune de son honneur et de sa vie, à tout [7]
son espee et son poignard ; qu'il vous die d'où
vient la source de ce debat : il ne le peult faire
sans rougir : tant l'occasion en est vaine et frivole !

A l'enfourner [8], il n'y va que d'un peu d'advisement ; mais depuis que vous estes embarqué,
toutes les chordes tirent ; il y faict besoing de
grandes provisions bien plus difficiles et importantes. De combien il est plus aysé de n'y entrer
pas que d'en sortir ! Or, il fault proceder au rebours du roseau, qui produict une longue tige et
droicte, de la premiere venue ; mais aprez, comme
s'il s'estoit allangui et mis hors d'haleine, il vient
à faire des nœuds frequents et espez, comme des
pauses qui montrent qu'il n'a plus cette premiere
vigueur et constance : il fault plustost commencer
bellement et froidement, et garder son haleine et
ses vigoreux eslans au fort et perfection de la besongne. Nous guidons les affaires, en leurs commencements, et les tenons à nostre mercy ; mais,
par aprez, quand ils sont esbranslez, ce sont eulx
qui nous guident et emportent, et avons à les
suivre.

Pourtant n'est ce pas à dire que ce conseil m'ayt
deschargé de toute difficulté, et que ie n'aye eu
de la peine souvent à gourmer et brider mes passions : elles ne se gouvernent pas tousiours selon
la mesure des occasions, et ont leurs entrees mesmes souvent aspres et violentes. Tant y a, qu'il
s'en tire une belle espargne, et du fruict ; sauf
pour ceulx qui, au bien faire, ne se contentent de
nul fruict, si la reputation en est à dire : car à la
verité, un tel effect n'est en compte qu'à chascun
en soy ; vous en estes plus content, mais non plus
estimé, vous estant reformé avant que d'estre en
dance et que la matiere feust en veue. Toutesfois
aussi, non en cecy seulement, mais en touts aultres
debvoirs de la vie, la route de ceulx qui visent à
l'honneur est bien diverse à celle que tiennent
ceulx qui se proposent l'ordre et la raison. I'en
treuve qui se mettent inconsiderecment et furieu-

---

(1) Car, du moment qu'on a quitté le sentier de la raison, les
passions se poussent, s'avancent d'elles mêmes ; la foiblesse humaine trouve du plaisir à ne point résister ; et insensiblement on
se voit en pleine mer le jouet des flots. Cic., *Tusc. quæst.*, IV,
18.

(2) Ainsi lorsque le vent, foible encore, s'agite dans les forêts,
il frémit, et, par un sourd murmure, annonce aux nautonniers
la tempête prochaine. Virg., *Énéide*, X, 97.

(3) *De sales.*

(4) On doit faire, pour éviter les procès, tout ce qui dépend
de soi, et peut être même un peu plus : car il est non-seulement
honnête, mais quelquefois utile de relâcher un peu de ses
droits. Cic., *de Offic.*, II, 18.

(5) *La gravure.*

(6) La république romaine ébranlée par la rivalité et les
guerres civiles de Marius et de Sylla.

(7) *Avec.* — (8) *Au commencement, au début.*

sement en lice, et s'alentissent en la course. Comme Plutarque dict que ceulx qui, par le vice de la mauvaise honte, sont mols et faciles à accorder quoy qu'on leur demande; sont faciles aprez à faillir de parole et à se desdire : pareillement qui entre legierement en querelle, est subiect d'en sortir aussi legicrement. Cette mesme difficulté qui me garde de l'entamer, m'inciteroit d'y tenir ferme, quand ie serois esbranslé et eschauffé. C'est une mauvaise façon : depuis qu'on y est, il fault aller, ou crever. « Entreprenez froidement, disoit Bias, mais poursuivez ardemment. » De faulte de prudence, on retumbe en faulte de cœur, qui est encores moins supportable.

La plus part des accords de nos querelles du iour d'hui sont honteux et menteurs : nous ne cherchons qu'à sauver les apparences, et trahissons ce pendant et desadvouons nos vrayes intentions; nous plastrons le faict. Nous sçavons comment nous l'avons dict et en quel sens, et les assistants le sçavent, et nos amys à qui nous avons voulu faire sentir nostre advantage : c'est aux despens de nostre franchise, et de l'honneur de nostre courage, que nous desadvouons nostre pensee, et cherchons des connillieres[1] en la faulseté, pour nous accorder; nous nous desmentons nous mesmes, pour sauver un desmentir que nous avons donné à un aultre. Il ne fault pas regarder si vostre action ou vostre parole peult avoir aultre interpretation; c'est vostre vraye et sincere interpretation qu'il fault meshuy maintenir, quoy qu'il vous couste. On parle à vostre vertu et à vostre conscience; ce ne sont parties à mettre en masque : laissons ces vils moyens et ces expedients à la chicane du palais. Les excuses et reparations que ie veoy faire touts les iours pour purger l'indiscretion, me semblent plus laides que l'indiscretion mesme. Il vauldroit mieulx l'offenser encores un coup, que de s'offenser soy mesme en faisant telle amende à son adversaire. Vous l'avez bravé, esmeu de cholere; et vous l'allez rappaiser et flatter, en vostre froid et meilleur sens : ainsin vous vous soubmettez plus que vous ne vous estiez advancé. Ie ne treuve aulcun dire si vicieux à un gentilhomme, comme le desdire me semble luy estre honteux, quand c'est un desdire qu'on luy arrache par auctorité; d'autant que l'opiniastreté luy est plus excusable que la pusillanimité. Les passions me sont autant aysees à eviter, comme elles me sont difficiles à moderer : *exscinduntur facilius animo, quam temperantur*[2]. Qui ne peult attaindre à cette noble impassibilité stoïcale, qu'il se sauve au giron de cette mienne stupidité populaire : ce que ceulx là faisoyent par vertu, ie me duis[3] à le faire par complexion. La moyenne region loge les tempestes :

les deux extremes, des hommes philosophes, et des hommes ruraux, concurrent en tranquillité et en bonheur :

Felix, qui potuit rerum cognoscere causas,
Atque metus omnes et inexorabile fatum,
Subiecit pedibus, strepitumque Acherontis avari!
Fortunatus et ille, deos qui novit agrestes, [res[4]!
Panaque, Silvanumque senem, Nymphasque soro-

De toutes choses les naissances sont foibles et tendres : pourtant fault il avoir les yeulx ouverts aux commencements; car comme lors, en sa petitesse, on n'en descouvre pas le danger; quand il est accreu, on n'en descouvre plus le remede. I'eusse rencontré un million de traverses touts les iours plus malaysees à digerer, au cours de l'ambition, qu'il ne m'a esté malaysé d'arrester l'inclination naturelle qui m'y portoit :

Iure perhorrui
Late conspicuum tollere verticem[5].

Toutes actions publicques sont subiectes à incertaines et diverses interpretations; car trop de testes en iugent. Aulcuns disent de cette mienne occupation de ville ( et ie suis content d'en parler un mot, non qu'elle le vaille, mais pour servir de montre de mes mœurs en telles choses), que ie m'y suis porté en homme qui s'esmeut trop laschement, et d'une affection languissante; et ils ne sont pas du tout esloingez d'apparence. I'essaye à tenir mon ame et mes pensees en repos, *quum semper natura, tum etiam ætate iam quietus*[6]; et si elles se desbauchent parfois à quelque impression rude et penetrante, c'est, à la verité, sans mon conseil. De cette langueur naturelle on ne doibt pourtant tirer aulcune preuve d'impuissance (car faulte de soing, et faulte de sens, ce sont deux choses), et moins, de mescognoissance et d'ingratitude envers ce peuple, qui employa touts les plus extremes moyens qu'il eust en ses mains à me gratifier, et avant m'avoir cogneu, et aprez; et feit bien plus

---

(1) *Des subterfuges, des échappatoires, comme un conuil ou lapin.*

(2) On les arrache plus ayseement de l'ame qu'on ne les bride. Traduction de Montaigne.

(3) Je m'accoutume.

(4) Heureux le sage instruit des lois de l'univers,
Dont l'ame inébranlable affronte les revers,
Qui regarde en pitié les fables du Ténare,
Et s'endort au vain bruit de l'Achéron avare!
Mais trop heureux aussi qui suit les douces lois
Et du dieu des troupeaux, et des nymphes des bois!
VIRG., *Géorg.*, II, 490, trad. de Delille.

(5) C'est avec raison que j'ai toujours craint d'élever la tête et d'attirer les regards. HOR., *Od.*, III, 16, 18.

(6) Toujours tranquille de ma nature, et plus encore à présent par un effet de l'âge. Q. CIC., *de Petit. Consulat.*, c. 2.

pour moy, en me redonnant ma charge, qu'en me la donnant premierement. Ie luy veulx tout le bien qui se peult ; et certes, si l'occasion y eust esté, il n'est rien que i'eusse espargné pour son service. Ie me suis esbranslé pour luy, comme ie fois pour moy. C'est un bon peuple, guerrier et genereux, capable pourtant d'obeyssance et discipline, et de servir à quelque bon usage, s'il y est bien guidé. Ils disent aussi cette mienne vacation s'estre passee sans marque et sans trace. Il est bon ! on accuse ma cessation en un temps où quasi tout le monde estoit convaincu de trop faire. I'ay un agir trepignant, où la volonté me charrie [1] ; mais cette poincte est ennemye de perseverance. Qui se voudra servir de moy, selon moy, qu'il me donne des affaires où il face besoing de vigueur et de liberté, qui ayent une conduicte droicte et courte, et encores hazardeuse ; i'y pourray quelque chose : s'il la fault longue, subtile, laborieuse, artificielle et tortue, il fera mieulx de s'addresser à quelque aultre. Toutes charges importantes ne sont pas difficiles : i'estois preparé à m'embesongner plus rudement un peu, s'il en eust esté grand besoing ; car il est en mon pouvoir de faire quelque chose plus que ie ne fois, et que ie n'aime à faire. Ie ne laissay, que ie sçache, aulcun mouvement que le debvoir requist en bon escient de moy. I'ay facilement oublié ceulx que l'ambition mesle au debvoir et couvre de son tiltre ; ce sont ceulx qui le plus souvent remplissent les yeulx et les aureilles, et contentent les hommes : non pas la chose, mais l'apparence les paye ; s'ils n'oyent du bruit, il leur semble qu'on dorme. Mes humeurs sont contradictoires aux humeurs bruyantes : i'arresterois bien un trouble, sans me troubler ; et chastierois un desordre sans alteration : ay ie besoin de cholere et d'inflammation ? ie l'emprunte, et m'en masque. Mes mœurs sont mousses, plustost fades qu'aspres. Ie n'accuse pas un magistrat qui dorme, prouveu que ceulx qui sont soubs sa main dorment quand et luy : les loix dorment de mesme. Pour moy, ie loue une vie glissante, sombre et muette : *neque submissam et abiectam, neque se efferentem* [2] : ma fortune le veult ainsin. Ie suis nay d'une famille qui a coulé sans esclat et sans tumulte ; et, de longue memoire, particulierement ambitieuse de preud'homie.

Nos hommes sont si formez à l'agitation et ostentation, que la bonté, la moderation, l'equabilité, la constance, et telles qualitez quietes [3] et obscures, ne se sentent plus : les corps raboteux se sentent ; les polys se manient imperceptiblement : la maladie se sent ; la santé, peu ou point ; ny les choses qui nous oignent, au pris de celles qui nous

poignent. C'est agir pour sa reputation et proufit particulier, non pour le bien, de remettre à faire en la place ce qu'on peult faire en la chambre du conseil ; et en plein midy, ce qu'on eust faict la nuict precedente ; et d'estre ialoux de faire soy mesme ce que son compaignon faict aussi bien : ainsin faisoyent aulcuns chirurgiens de Grece les operations de leur art sur des eschaffauds à la vue des passants, pour en acquerir plus de practique et de chalandise. Ils iugent que les bons reglemens ne se peuvent entendre qu'au son de la trompette. L'ambition n'est pas un vice de petits compaignons, et de tels efforts que les nostres. On disoit à Alexandre : « Vostre pere vous lairra une grande domination, aysee et pacifique ; » ce garson estoit envyeux des victoires de son pere, et de la iustice de son gouvernement ; il n'eust pas voulu iouyr l'empire du monde mollement et paisiblement. Alcibiades, en Platon, aime mieulx mourir, ieune, beau, riche, noble, sçavant, tout cela par excellence, que de s'arrester en l'estat de cette condition : cette maladie est, à l'adventure, excusable en une ame si forte et si pleine. Quand ces ametes [4] si naines et chestifves s'en vont embabouinant [5] et pensent espandre leur nom, pour avoir iugé à droict un affaire, ou continué l'ordre des gardes d'une porte de ville, ils en montrent d'autant plus le cul, qu'ils esperent en haulser la teste. Ce menu bien faire n'a ne corps ne vie ; il va s'esvanouïssant en la premiere bouche, et ne se promeue que d'un quarrefour de rue à l'aultre. Entretenez en hardiment vostre fils et vostre valet, comme cet ancien, qui n'ayant aultre auditeur de ses louanges, et consent [6] de sa valeur, se bravoit avecques sa chambriere, en s'escriant : « O Perrette, le galant et suffisant homme de maistre que tu as ! » Entretenez vous en vous mesme, au pis aller ; comme un conseiller de ma cognoissance, ayant desgorgé une battelee [7] de paragraphes, d'une extreme contention, et parcille ineptie, s'estant retiré de la chambre du conseil au pissoir du palais, feut ouï marmotant entre les dents, tout consciencieusement : « *Non nobis, Domine, non nobis, sed nomini tuo da gloriam* [8]. » Qui ne peult d'ailleurs, si se paye de sa bource.

(1) C'est-à-dire, *partout où la volonté m'entraîne, je suis vif, ardent, empressé*.
(2) Egalement éloignée de la bassesse et d'un insolent orgueil. Cic., *de Offic.*, I, 34.
(3) *Tranquilles.*
(4) *Petites ames.*
(5) *Se faisant illusion à elles-mêmes.*
(6) *Et qui fût rousentant, qui convint, qui fût témoin de*, etc.
(7) *Batelée, charge d'un bateau ; au figuré, multitude.*
(8) Non point à nous, Seigneur, non point à nous, mais à ton nom la gloire en soit donnée. *Ps.* 113, 4, 1.

La renommee ne se prostitue pas à si vil compte : les actions rares et exemplaires, à qui elle est deue, ne souffriroient pas la compaignie de cette foule innumerable de petites actions iournalieres. Le marbre eslevera vos tiltres tant qu'il vous plaira pour avoir faict rapetasser un pan de mur, ou descrotter un ruisseau publicque ; mais non pas les hommes qui ont du sens. Le bruit ne suit pas toute bonté, si la difficulté et estrangeté n'y est ioincte : voire ny la simple estimation n'est deue à nulle action qui naist de la vertu, selon les stoïciens ; et ne veulent qu'on sçache seulement gré à celuy qui, par temperance, s'abstient d'une vieille chassieuse. Ceulx qui ont cogneu les admirables qualitez de Scipion l'Africain, refusent la gloire que Panaetius luy attribue d'avoir esté abstinent de dons, comme gloire non tant sienne, comme de son siecle. Nous avons les voluptez sortables à nostre fortune ; n'usurpons pas celles de la grandeur : les nostres sont plus naturelles ; et d'autant plus solides et seures, qu'elles sont plus basses. Puisque ce n'est par conscience, au moins par ambition, refusons l'ambition : desdaignons cette faim de renommee et d'honneur, basse et belistresse [1], qui nous le faict coquiner [2] de toute sorte de gents (_quæ est ista laus, quæ possit e macello peti_ [3] ?) par moyens abiects, et à quelque vil pris que ce soit : c'est deshonneur d'estre ainsin honnoré. Apprenons à n'estre non plus avides que nous sommes capables, de gloire. De s'enfler de toute action utile et innocente, c'est à faire à gents à qui elle est extraordinaire et rare : ils la veulent mettre pour le pris qu'elle leur couste. A mesure qu'un bon effect est plus esclatant, ie rabbats de sa bonté le souppeçon en quoy i'entre qu'il soit produict, plus pour estre esclatant, que pour estre bon : estalé, il est à demy vendu. Ces actions là ont bien plus de grace qui eschappent de la main de l'œuvrier, nonchalamment et sans bruit, et que quelque honneste homme choisit apres, et r'esleve de l'umbre, pour les poulser en lumiere à cause d'elles mesmes. _Mihi quidem laudabiliora videntur omnia, quæ sine venditatione, et sine populo teste fiunt_ [4], dict le plus glorieux homme du monde.

Ie n'avoy qu'à conserver, et durer, qui sont effects sourds et insensibles ; l'innovation est de grand lustre ; mais elle est interdicte en ce temps, où nous sommes pressez et n'avons à nous defendre que des nouvelletez. L'abstinence de faire est souvent aussi genereuse que le faire ; mais elle est moins au iour, et ce peu que ie vauls est quasi tout de cette espece. En somme, les occasions en cette charge ont suivi ma complexion ; dequoy ie

leur sçay tresbon gré : est il quelqu'un qui desire estre malade pour veoir son medecin en besongne ? et fauldroit il pas fouetter le medecin qui nous desireroit la peste, pour mettre son art en practique ? Ie n'ay point eu cett' humeur inique et assez commune, de desirer que le trouble et la maladie des affaires de cette cité rehaulsast et honnorast mon gouvernement : i'ay presté de bon cœur l'espaule à leur aysance et facilité. Qui ne me voudra sçavoir gré de l'ordre, de la doulce et muette tranquillité qui a accompaigné ma conduicte ; au moins ne peult il me priver de la part qui m'en appartient, par le tiltre de ma bonne fortune. I'ay ainsin faict, que i'aime autant estre heureux que sage, et debvoir mes succez purement à la grace de Dieu, qu'à l'entremise de mon operation. I'avoy assez disertement publié au monde mon insuffisance en tels maniements publicques : i'ay encores pis que l'insuffisance ; c'est qu'elle ne me desplaist gueres, et que ie ne cherche gueres à la guarir, veu le train de vie que i'ay desseigné [5]. Ie ne me suis, en cette entremise, non plus satisfaict à moy mesme ; mais à peu prez i'en suis arrivé à ce que ie m'en estois promis ; et si ay de beaucoup surmonté ce que i'en avoy promis à ceulx à qui i'avoy à faire ; car ie promets volontiers un peu moins de ce que ie puis et de ce que i'espere tenir. Ie m'asseure n'y avoir laissé ny offense, ny haine : d'y laisser regret et desir de moy, ie sçay à tout le moins bien cela, que ie ne l'ay pas fort affecté :

Mene huic confidere monstro !
Mene salis placidi vultum, fluctusque quietos
Ignorare [6] !

---

# CHAPITRE XI.

### _Des boiteux._

Il y a deux ou trois ans qu'on accourcit l'an de dix iours en France. Combien de changements doibvent suivre cette reformation ! ce feut proprement remuer le ciel et la terre à la fois. Ce neantmoins, il n'est rien qui bouge de sa place ; mes voysins treuvent l'heure de leurs semences, de leur recolte, l'opportunité de leurs negoces,

---

(1) _Gueuse, mendiante._ — (2) _Mendier._
(3) Quelle est cette gloire, qu'on peut trouver au marché ? Cic., _de Finib. bon. et mal._, II, 15.
(4) Pour moi, je trouve bien plus digne d'éloge ce qui se fait sans ostentation, et loin des yeux du peuple. Cic., _Tusc. quæst._, II, 26.
(5) _Que je me suis tracé._
(6) Moi ! que je me fie à ce monstre ! que je me repose sur le calme apparent de cette mer perfide ! Virg., _Énéide_, V, 849.

les iours nuisibles et propices, au mesme poinct iustement où ils les avoyent assignez de tout temps : ny l'erreur ne se sentoit en nostre usage; ny l'amendement ne s'y sent : Tant il y a d'incertitude par tout! tant nostre appercevance est grossiere, obscure et obtuse! On dict que ce reglement se pouvoit conduire d'une façon moins incommode, soubstrayant, à l'exemple d'Auguste, pour quelques annees, le iour du bissexte, qui, ainsin comme ainsin, est un iour d'empeschement et de trouble, iusques à ce qu'on feust arrivé à satisfaire exactement ce debte; ce que mesme on n'a pas faict par cette correction, et demeurons encores en arrerages de quelques iours; et si, par mesme moyen, on pouvoit prouvoir à l'advenir, ordonnant qu'apres la revolution de tel ou tel nombre d'annees, ce iour extraordinaire seroit tousiours eclipsé; si que nostre mescompte ne pourroit d'ores en avant exceder vingt et quatre heures. Nous n'avons aultre compte du temps que les ans : il y a tant de siecles que le monde s'en sert; et si, c'est une mesure que nous n'avons encores achevé d'arrester, et telle, que nous doubtons touts les iours quelle forme les aultres nations luy ont diversement donné, et quel en estoit l'usage. Quoy, ce que disent aulcuns, que les cieux se compriment vers nous en vieillissant, et nous iectent en incertitude des heures mesmes et des iours, et des mois? ce que dict Plutarque, qu'encores de son temps l'astrologie n'avoyt sceu borner le mouvement de la lune : nous voylà bien accommodez pour tenir registre des choses passees !

Ie resvassois presentement, comme ie fois souvent, sur ce, Combien l'humaine raison est un instrument libre et vague. Ie veoy ordinairement que les hommes, aux faicts qu'on leur propose, s'amusent plus volontiers à en chercher la raison, qu'à en chercher la verité. Ils passent par dessus les presuppositions; mais ils examinent curieusement les consequences : ils laissent les choses, et courent aux causes. Plaisants causeurs ! La cognoissance des causes touche seulement celuy qui a la conduicte des choses; non à nous, qui n'en avons que la souffrance, et qui en avons l'usage parfaictement plein et accompli selon nostre besoing, sans en penetrer l'origine et l'essence; ny le vin n'en est plus plaisant à celuy qui en sçait les facultez premieres. Au contraire, et le corps et l'ame interrompent et alterent le droict qu'ils ont de l'usage du monde et d'eulx mesmes, y meslant l'opinion de science : les effects nous touchent, mais les moyens, nullement. Le determiner et le distribuer appartient à la maistrise et à la regence; comme à la subiection et apprentis-

sage, l'accepter. Reprenons nostre coustume. Ils commencent ordinairement ainsin : « Comment est ce que cela se faict? » « Mais, se faict il? » fauldroit il dire. Nostre discours [1] est capable d'estoffer cent aultres mondes, et d'en trouver les principes et la contexture; il ne luy fault ny matiere ny baze : laissez le courre; il bastit aussi bien sur le vuide que sur le plein, et de l'inanité que de matiere;

Dare pondus idonea fumo [2]!

Ie treuve, quasi par tout, qu'il fauldroit dire : « Il n'en est rien ; » et employerois souvent cette response; mais ie n'ose; car ils crient que c'est une desfaicte produicte de foiblesse d'esprit et d'ignorance, et me fault ordinairement basteler [3], par compaignie, à traicter des subiects et contes frivoles que ie mescrois entierement : ioinct qu'à la verité, il est un peu rude et querelleux de nier tout sec une proposition de faict; et peu de gents faillent, notamment aux choses malaysees à persuader d'affermer qu'ils l'ont veue, ou d'alleguer des tesmoings desquels l'auctorité arreste nostre contradiction. Suivant cet usage, nous sçavons les foundements et les moyens de mille choses qui ne feurent onequos; et s'escarmouche le monde en mille questions, desquelles et le Pour et le Contre est fauls. *Ita finitima sunt falsa veris,..... ut in præcipitem locum non debeat se sapiens committere* [4].

La verité et le mensonge ont leurs visages conformes; le port, le goust, et les allures pareilles : nous les regardons du mesme œil. Ie treuve que nous ne sommes pas seulement lasches à nous deffendre de la piperie, mais que nous cherchons et convions à nous y enferrer : nous aimons à nous embrouiller en la vanité, comme conforme à nostre estre.

I'ay veu la naissance de plusieurs miracles de mon temps : encores qu'ils s'estouffent en naissant, nous ne laissons pas de prevoir le train qu'ils eussent prins, s'ils eussent vescu leur aage; car il n'est que de trouver le bout du fil, on en desvide tant qu'on veult; et y a plus loing de rien à la plus petite chose du monde, qu'il n'y a de celle là iusques à la plus grande. Or, les premiers qui sont abbruvez de ce commencement d'estrangeté, venants à semer leur histoire, sentent, par les oppositions qu'on leur faict, où loge la difficulté de la

[1] *Notre raisonnement.*
[2] Tout prêt à donner du poids à de la fumée. PERSE, V, 20.
[3] *Plaisanter.*
[4] Le faux approche si fort du vrai,... que le sage ne doit pas s'engager dans un défilé si périlleux. CIC., *Acad.*, II, 21.

persuasion, et vont calfeutrant cet endroict de quelque piece faulse : oultre ce que, *insita hominibus libidine alendi de industria rumores* [1], nous faisons naturellement conscience de rendre ce qu'on nous a presté, sans quelque usure et accession de nostre creu. L'erreur particuliere faict premierement l'erreur publicque; et, à son tour aprez, l'erreur publicque faict l'erreur particuliere. Ainsin va tout ce bastiment, s'estoffant et formant de main en main; de maniere que le plus esloingné tesmoing en est mieulx instruict que le plus voysin; et le dernier informé, mieulx persuadé que le premier. C'est un progrez naturel : car quiconque croit quelque chose, estime que c'est ouvrage de charité de la persuader à un aultre; et, pour ce faire, ne craind point d'adiouster, de son invention, autant qu'il veoid estre necessaire en son conte, pour suppleer à la resistance et au default qu'il pense estre en la conception d'aultruy. Moy mesme, qui fois singuliere conscience de mentir, et qui ne me soulcie gueres de donner creance et auctorité à ce que ie dy, m'apperceois toutesfois, aux propos que i'ay en main, qu'estant eschauffé, ou par la resistance d'un aultre, ou par la propre chaleur de ma narration, ie grossis et enfle mon subiect par voix, mouvements, vigueur et force de paroles, et encores par extension et amplification, non sans interest de la verité naïfve; mais ie le fois en condition pourtant, qu'au premier qui me ramene, et qui me demande la verité nue et crue, ie quitte soubdain mon effort, et la luy donne sans exaggeration, sans emphase et remplissage. La parole naïfve et bruyante, comme est la mienne ordinaire, s'emporte volontiers à l'hyperbole. Il n'est rien à quoy communement les hommes soient plus tendus, qu'à donner voye à leurs opinions : où le moyen ordinaire nous fault, nous y adioustons le commandement, la force, le fer et le feu. Il y a du malheur d'en estre là, que la meilleure touche de la verité ce soit la multitude des croyants, en une presse où les fols surpassent de tant les sages en nombre. *Quasi vero, quidquam sit tam valde, quam nihil sapere, vulgare* [2]. *Sanitatis patrocinium est, insanientium turba* [3]. C'est chose difficile de resouldre son iugement contre les opinions communes : la premiere persuasion, prinse du subiect mesme, saisit les simples; de là elle s'espand aux habiles soubs l'auctorité du nombre et antiquité des tesmoingnages. Pour moy, de ce que ie n'en croirois pas un, ie n'en croirois pas cent uns; et ne iuge pas les opinions par les aus.

Il y a peu de temps que l'un de nos princes, en qui la goutte avoyt perdu un beau naturel et une

alaigre composition, se laissa si fort persuader au rapport qu'on faisoit des merveilleuses operations d'un presbtre, qui, par la voye des paroles et des gestes, guarissoit toutes maladies, qu'il feit un long voyage pour l'aller trouver, et, par la force de son apprehension, persuada et endormit ses iambes pour quelques heures, si qu'il en tira du service qu'elles avoyent desappris luy faire il y avoyt long temps. Si la fortune eust laissé emmonceler cinq ou six telles adventures, elles estoient capables de mettre ce miracle en nature. On trouva, depuis, tant de simplesse et si peu d'art en l'architecte de tels ouvrages, qu'on le iugea indigne d'aulcun chastiement : comme si feroit on de la pluspart de telles choses, qui les recognoistroit en leur giste. *Miramur ex intervallo fallentia* [4] : nostre veue represente ainsin souvent de loing des images estranges, qui s'esvanouïssent en s'approchant; *nunquam ad liquidum fama perducitur* [5].

C'est merveille de combien vains commencements et frivoles causes naissent ordinairement si fameuses impressions ! Cela mesme en empesche l'information; car, pendant qu'on cherche des causes et des fins fortes et poisantes et dignes d'un si grand nom, on perd les vrayes; elles eschappent de nostre veue par leur petitesse; et, à la verité, il est requis un bien prudent, attentif et subtil inquisiteur en telles recherches, indifferent, et non preoccupé. Iusques à cette heure, touts ces miracles et evenements estranges se cachent devant moy. Ie n'ay veu monstre et miracle au monde, plus exprez que moy mesme : on s'apprivoise à toute estrangeté, par l'usage et le temps; mais plus ie me hante et me cognoy, plus ma difformité m'estonne, moins ie m'entends en moy.

Le principal droict d'advancer et produire tels accidents, est reservé à la fortune. Passant avant hier dans un village, à deux lieues de ma maison, ie trouvay la place encores toute chaulde d'un miracle qui venoyt d'y faillir : par lequel le voysinage avoyt esté amusé plusieurs mois; et commenceoient les provinces voysines de s'en esmouvoir, et y accourir à grosses trouppes de toutes qualitez. Un ieune homme du lieu s'estoit ioué à

---

(1) Par la passion qui porte naturellement les hommes à donner cours à des bruits incertains. Tite-Live, XXVIII, 24.
(2) Comme s'il n'y avoit rien de si commun que de mal juger des choses. Cic., *de Divinat.*, II, 39.
(3) Belle autorité pour la sagesse qu'une multitude de fous! S. Aug., *de Civit. Dei*, VI, 10.
(4) Nous admirons les choses qui trompent par leur éloignement. Sénèque, *Epist.* 118.
(5) Jamais la renommée ne se réduit à la vérité. Quinte-Curce, IX, 2.

contrefaire, une nuict, en sa maison, la voix d'un esprit, sans penser à aultre finesse qu'à iouyr d'un badinage present : cela luy ayant un peu mieulx succedé qu'il n'esperoit, pour estendre sa farce à plus de ressorts, il y associa une fille de village, du tout [1] stupide et niaise ; et feurent trois enfin, de mesme aage et pareille suffisance : et de presches domestiques en feirent des presches publicques, se cachants soubs l'autel de l'eglise, ne parlants que de nuict, et deffendants d'y apporter aulcune lumiere. De paroles qui tendoient à la conversion du monde, et menace du iour du iugement (car ce sont subiects soubs l'auctorité et reverence desquels l'imposture se tapit plus ayseement ), ils veinrent à quelques visions et mouvements si niais et si ridicules, qu'à peine y a il rien si grossier au ieu des petits enfants. Si toutesfois la fortune y eust voulu prester un peu de faveur, qui sçait iusques où se feust accreu ce bastelage ? Ces pauvres diables sont à cette heure en prison : et porteront volontiers la peine de la sottise commune, et ne sçay si quelque iuge se vengera sur eulx de la sienne. On vooid clair en cette cy, qui est descouverte ; mais en plusieurs choses de pareille qualité, surpassants nostre cognoissance, ie suis d'advis que nous soustenions [2] nostre iugement, aussi bien à reiecter qu'à recevoir.

Il s'engendre beaucoup d'abus au monde, ou, pour le dire plus hardiment, touts les abus du monde s'engendrent, de ce qu'on nous apprend à craindre de faire profession de nostre ignorance, et que nous sommes tenus d'accepter tout ce que nous ne pouvons refuter : nous parlons de toutes choses par preceptes et resolution. Le style, à Rome, portoit que cela mesme qu'un tesmoing deposoit pour l'avoir vu de ses yeulx, et ce qu'un iuge ordonnoit de sa plus certaine science, estoit conceu en cette forme de parler, « Il me semble .» On me faict haïr les choses vraysemblables, quand on me les plante pour infaillibles : i'aime ces mots, qui amollissent et moderent la temerité de nos propositions : « A l'adventure, Aulcunement, Quelque, On dict, Ie pense, » et semblables : et si i'eusse eu à dresser des enfants, ie leur eusse tant mis en la bouche cette façon de respondre, enquestante, non resolutifve : « Qu'est ce à dire? Ie ne l'entends pas, Il pourroit estre, Est il vray ? » qu'ils eussent plustost gardé la forme d'apprentifs à soixante ans, que de representer les docteurs à dix ans, comme ils font. Qui veult guarir de l'ignorance, il fault la confesser.

Iris est fille de Thaumantis [3] : l'admiration est fondement de toute philosophie ; l'inquisition, le progrez; l'ignorance, le bout. Voire dea, il y a quelque ignorance forte et genereuse, qui ne doibt rien en honneur et en courage à la science : ignorance pour laquelle concevoir il n'y a pas moins de science qu'à concevoir la science. Ie veis en mon enfance un procez que Corras [4], conseiller de Thoulouse, feit imprimer, d'un accident estrange ; de deux hommes qui se presentoient l'un pour l'aultre. Il me souvient (et ne me souvient aussi d'aultre chose) qu'il me sembla avoir rendu l'imposture de celuy qu'il iugea coulpable, si merveilleuse et excedant de si loing nostre cognoissance et la sienne qui estoit iuge, que ie trouvay beaucoup de hardiesse en l'arrest qui l'avoyt condemné à estre pendu. Recevons quelque forme d'arrest qui die, « La cour n'y entend rien : » plus librement et ingenuement que ne feirent les Areopagites, lesquels, se trouvants pressez d'une cause qu'ils ne pouvoient desvelopper, ordonnerent que les parties en viendroient à cent ans.

Les sorcieres de mon voysinage courent hazard de leur vie, sur l'advis de chasque nouvel aucteur qui vient donner corps à leurs songes. Pour accommoder les exemples que la divine parole nous offre de telles choses, trescertains et irrefragables exemples, et les attacher à nos evenements modernes puisque nous n'en voyons ny les causes, ny les moyens, il y fault aultre engin [5] que le nostre : il appartient, à l'adventure, à ce seul trespuissant tesmoingnage de nous dire, « Cettuy cy en est, et celle là ; et non, cet aultre. » Dieu en doibt estre creu, c'est vrayement bien raison ; mais non pourtant un d'entre nous, qui s'estonne de sa propre narration ( et necessairement il s'en estonne, s'il n'est hors du sens), soit qu'il l'employe au faict d'aultruy, soit qu'il l'employe contre soy mesme.

Ie suis lourd, et me tiens un peu au massif et au vraysemblable, evitant les reproches anciens, *Maiorem fidem homines adhibent iis, quæ non intelligunt* [6]. — *Cupidine humani ingenii, libentius obscura creduntur* [7]. Ie veoy bien qu'on se courrouce ; et me deffend on d'en doubter, sur peine d'iniures exsecrables : nouvelle façon de persua-

---

(1) *Tout-à-fait.* — (2) *Suspendions.*

(3) *C'est-à-dire de l'admiration.*

(4) Ou plutôt Coras, savant jurisconsulte, né à Toulouse en 1513. Long temps persécuté comme calviniste, il fut assassiné à la conciergerie de Toulouse avec trois cents autres prisonniers, le 4 d'octobre 1572. La cause célèbre dont Montaigne parle ici est celle du faux Martin Guerre.

(5) *Esprit.*

(6) Les hommes ajoutent plus de foi à ce qu'ils n'entendent point.

(7) L'esprit humain est porté à croire plus volontiers les choses obscures. TACITE, *Hist.*, I, 22.

der ! Pour Dieu mercy, ma creance ne se manie pas à coups de poing. Qu'ils gourmandent ceulx qui accusent de faulseté leur opinion; ie ne l'accuse que de difficulté et de hardiesse, et condemne l'affirmation opposite, egalement avecques eulx, sinon si imperieusement. Qui establit son discours par braverie et commandement, montre que la raison y est foible. Pour une altercation verbale et scholastique, qu'ils ayent autant d'apparence que leurs contradicteurs; *videantur sane, non affirmentur modo* [1] : mais en la consequence effectuelle qu'ils eu tirent, ceulx cy ont bien de l'advantage. A tuer les gents, il fault une clarté lumineuse et nette ; et est nostre vie trop reelle et essencielle, pour garantir ces accidents supernaturels et fantastiques.

Quant aux drogues et poisons, ie les mets hors de mon compte ; ce sont homicides, et de la pire espece : toutesfois en cela mesme, on dict qu'il ne fault pas tousiours s'arrester à la propre confession de ces gents icy ; car on leur a veu par fois s'accuser d'avoir tué des personnes qu'on trouvoit saines et vivantes. En ces aultres accusations extravagantes, ie dirois volontiers que c'est bien assez qu'un homme, quelque recommandation qu'il aye, soit creu de ce qui est humain : de ce qui est hors de sa conception, et d'un effect supernaturel, il en doibt estre creu lors seulement qu'une approbation supernaturelle l'a auctorisé. Ce privilege qu'il a pleu à Dieu donner à aulcuns de nos tesmoignages, ne doibt pas estre avily et communiqué legierement. I'ay les aureilles battues de mille tels contes. «Trois le veirent un tel iour, en levant : Trois le veirent l'endemain, en occident : à telle heure, tel lieu, ainsin vestu : » certes, ie ne m'en croirois pas moy mesme. Combien treuve ie plus naturel et plus vraysemblable que deux hommes mentent, que ie ne fois qu'un homme, en douze heures, passe, quand et les vents, d'orient en occident : combien plus naturel, que nostre entendement soit emporté de sa place par la volubilité de nostre esprit detraqué, que cela, qu'un de nous soit envolé sur un balay, au long du tuyau de sa cheminee, en chair et en os, par un esprit estranger ! Ne cherchons pas des illusions du dehors et incogneues, nous qui sommes perpetuellement agitez d'illusions domestiques et nostres. Il me semble qu'on est pardonnable de mescroire une merveille, autant au moins qu'on peult en destourner et elider [2] la verification par voye non merveilleuse ; et suis l'advis de S. Augustin, « Qu'il vault mieulx pencher vers le doubte que vers l'asseurance, ez choses de difficile preuve et dangereuse creance. »

Il y a quelques annees que ie passay par les terres d'un prince souverain, lequel en ma faveur, et pour rabbattre mon incredulité, me feit cette grace de me faire veoir en sa presence, en lieu particulier, dix ou douze prisonniers de ce genre, et une vieille entre aultres, vrayement bien sorciere en laideur et deformité, tresfameuse de longue main en cette profession. Ie veis et preuves et libres confessions, et ie ne sçay quelle marque insensible sur cette miserable vieille ; et m'enquis, et parlay tout mon saoul, y apportant la plus saine attention que ie peusse ; et ne suis pas homme qui me laisse gueres garotter le iugement par preoccupation. Enfin, et en conscience, ie leur eusse plustost ordonné de l'ellebore que de la ciguë: *captisque res magis mentibus, quam consceleratis, similis visa* [3] : la iustice a ses propres corrections pour telles maladies. Quant aux oppositions et arguments que des honnestes hommes m'ont faict, et là, et souvent ailleurs, ie n'en ay poinct senty qui m'attachent, et qui ne souffrent solution tousiours plus vraysemblable que leurs conclusions. Bien est vray que les preuves et raisons qui se fondent sur l'experience et sur le faict, celles là, ie ne les desnoue point, aussi n'ont elles point de bout : ie les trenche souvent comme Alexandre son nœud. Aprez tout, c'est mettre ses coniectures à bien hault pris, que d'en faire cuire un homme tout vif.

On recite par divers exemples (et Præstantius de son pere) que, assopy et endormy bien plus lourdement que d'un parfaict sommeil, il fantasia [4] estre iument, et servir de sommier [5] à des soldats: et ce qu'il fantasioit, il l'estoit. Si les sorciers songent ainsin materiellement; si les songes par fois se peuvent ainsin incorporer en effects, encores ne croy ie pas que nostre volonté en feust tenue à la iustice : ce que ie dy, comme celuy qui n'est pas iuge ny conseiller des roys, ny s'en estime de bien loing digne, ains homme du commun, nay et voué à l'obeyssance de la raison publicque, et en ses faicts, et en ses dicts. Qui mettroit mes resveries en compte, au preiudice de la plus chestifve loy de son village, ou opinion, ou coustume, il se feroit grand tort, et encores autant à moy; car, en ce que ie dy, ie ne pleuvis [6] aultre certitude, sinon que c'est ce que lors i'en avoy en la pensee, pensee tumultuaire et vacillante. C'est par maniere de devis que ie parle de tout, et de rien par maniere d'advis ; *nec me pudet, ut istos, fateri nescire, quod*

---

(1) Pourvu qu'on propose ces faits comme vraisemblables, et qu'on ne les affirme pas. Cic., *Acad.*, II, 27.
(2) *Briser, rompre.*
(3) Il me sembla qu'il y avoit en cela plus de folie que de crime. TITE-LIVE, VIII, 18.
(4) *Songea.*
(5) *Cheval de somme.* — (6) *Je ne garantis.*

*nesciam* [1] : ie ne serois pas si hardi à parler, s'il m'appartenoit d'en estre creu; et feut ce que ie respondis à un grand, qui se plaignoit de l'aspreté et contention de mes enhortements. Vous sentant bandé et preparé d'une part, ie vous propose l'aultre, de tout le soing que ie puis, pour esclaircir vostre iugement, non pour l'obliger. Dieu tient vos courages, et vous fournira de chois. Ie ne suis pas si presumptueux, de desirer seulement que mes opinions donnassent pente à chose de telle importance : ma fortune ne les a pas dressées à si puissantes et si eslevees conclusions. Certes, i'ay non seulement des complexions en grand nombre, mais aussi des opinions assez, desquelles ie desgousterois volontiers mon fils, si i'en avoy. Quoy, si les plus vrayes ne sont pas tousiours les plus commodes à l'homme? tant il est de sauvage composition!

A propos, ou hors de propos, il n'importe; on dict en Italie, en commun proverbe, que celuy là ne cognoist pas Venus en sa parfaicte douleeur, qui n'a couché avecques la boiteuse. La fortune ou quelque particulier accident ont mis, il y a long temps, ce mot en la bouche du peuple : et se dict des masles comme des femelles; car la royne des Amazones respondit au Scythe qui la convioit à l'amour, ἄριστα χωλὸς οἰφεῖ, « le boiteux le faict le mieulx. » En cette republique feminine, pour fuyr la domination des masles, elles les stropioient dez l'enfance, bras, iambes, et aultres membres qui leur donnoient advantage sur elles, et se servoient d'eulx à ce seulement à quoy nous nous servons d'elles par deçà. I'eusse dict que le mouvement detraqué de la boiteuse apportast quelque nouveau plaisir à la besongne, et quelque poincte de douceur à ceulx qui l'essayent; mais ie viens d'apprendre que mesme la philosophie ancienne en a decidé: elle dict que les iambes et cuisses des boiteuses ne recevant, à cause de leur imperfection, l'aliment qui leur est deu, il en advient que les parties genitales qui sont au dessus, sont plus pleines, plus nourries et vigoureuses; ou bien que ce default empeschant l'exercice, ceulx qui en sont entachez dissipent moins leurs forces, et en viennent plus entiers aux ieux de Venus : qui est aussi la raison pour quoy les Grecs descrioient les tisserandes, d'estre plus chauldes que les aultres femmes, à cause du mestier sedentaire qu'elles font, sans grand exercice du corps. De quoy ne pouvons nous raisonner à ce pris là ? De celles icy ie pourrois aussi dire que ce tremoussement, que leur ouvrage leur donne ainsi assises, les esveille et solicite, comme faict les dames le croulement [3] et tremblement de leurs coches.

Ces exemples servent ils pas à ce que ie disois au commencement : Que nos raisons anticipent souvent l'effect, et ont l'estendue de leur iurisdiction si infinie, qu'elles iugent et s'exercent en l'inanité mesme, et au non estre? Oultre la flexibilité de nostre invention à forger des raisons à toutes sortes de songes, nostre imagination se treuve pareillement facile à recevoir des impressions de la faulseté, par bien frivoles apparences; car, par la seule auctorité de l'usage ancien et publicque de ce mot, ie me suis aultrefois faict accroire avoir receu plus de plaisir d'une femme, de ce qu'elle n'estoit pas droicte, et mis cela au compte de ses graces.

Torquato Tasso, en la comparaison qu'il faict de la France à l'Italie, dict avoir remarqué cela, que nous avons les iambes plus grailes que les gentilshommes italiens, et en attribue la cause à ce que nous sommes continuellement à cheval : qui est celle mesme de laquelle Suetone tire une toute contraire conclusion; car il dict, au rebours, que Germanicus avoyt grossi les siennes par continuation de ce mesme exercice. Il n'est rien si souple et erratique [3] que nostre entendement; c'est le soulier de Theramenes, bon à touts pieds : et il est double et divers; et les matieres, doubles et diverses. « Donne moy une dragme d'argent, » disoit un philosophe cynique à Antigonus : « Ce n'est pas present de roy, » respondit il : « Donne moy doncques un talent : » « Ce n'est pas present pour cynique. »

Seu plures calor ille vias et cæca relaxat
Spiramenta, novas veniat qua succus in herbas:
Seu durat magis, et venas adstringit hiantes;
Ne tenues pluviæ, rapidive potentia solis
Acrior, aut Boreæ penetrabile frigus adurat [4].

*Ogni medaglia ha il suo riverso* [5]. Voylà pourquoy Clitomachus disoit anciennement que Carneades avoyt surmonté les labeurs d'Hercules, pour avoir arraché des hommes le consentement, c'est à dire l'opinion et la temerité de iuger. Cette fantasie de Carneades, si vigoureuse, nasquit à mon advis anciennement de l'impudence de ceulx qui font profession de sçavoir, et de leur oultrecui

---

(1) Et je n'ai pas honte, comme eux, d'avouer qui j'ignore ce que je ne suis point. Cic., *Tusc. quæst.*, I, 25.

(2) *L'ébranlement et l'agitation de leurs carrosses.* — (3) *Erroné.*

(4) Souvent, dit Virgile, il est bon de mettre le feu dans un champ stérile, et de brûler les restes de la paille : « Soit parce que cette chaleur ouvre les pores de la terre et débouche les canaux imperceptibles par où le suc se communique aux plantes, soit parce que le feu la resserre, et en ferme les ouvertures, par où l'on empêche que les pluies ne s'y insinuent avec trop d'abondance, ou que la chaleur trop ardente du soleil, ou la violence du froid ne la dessèche. » Virg., *Géorg.*, I, 89.

(5) Toute médaille a son revers. *Proverbe italien.*

dance desmesuree. On meit Aesope en vente, avecques deux autres esclaves : l'achetteur s'enquit du
premier ce qu'il sçavoit faire; celuy là, pour se
faire valoir, respondit monts et merveilles, qu'il
sçavoit et cecy et cela : le deuxiesme en respondit
de soy autant ou plus : quand ce feut à Aesope, et
qu'on luy eut aussi demandé ce qu'il sçavoit faire :
« Rien, dict il, car ceulx cy ont tout preoccupé :
ils sçavent tout. » Ainsin est il advenu en l'eschole
de la philosophie : la fierté de ceulx qui attribuoient à l'esprit humain la capacité de toutes
choses, causa en d'aultres, par despit et par emulation, cette opinion, qu'il n'est capable d'aulcune
chose : les uns tiennent en l'ignorance cette mesme
extremité que les aultres tiennent en la science ;
à fin qu'on ne puisse nier que l'homme ne soit
immoderé par tout, et qu'il n'a point d'arrest, que
celuy de la necessité, et impuissance d'aller oultre.

## CHAPITRE XII.

### De la physionomie.

Quasi toutes les opinions que nous avons sont
prinses par auctorité et à credit : il n'y a point de
mal; nous ne sçaurions pirement choisir, que par
nous, en un siecle si foible. Cette image des discours de Socrates que ses amys nous ont laissee,
nous ne l'approuvons que pour la reverence de
l'approbation publicque; ce n'est pas par nostre
cognoissance : ils ne sont pas selon nostre usage;
s'il naissoit, à cette heure, quelque chose de pareil, il est peu d'hommes qui le prisassent. Nous
n'appercevons les graces que pointues, bouffies,
et enflees d'artifice : celles qui coulent soubs la
naïfveté et la simplicité, eschappent ayseement à
une veue grossiere comme est la nostre; elles ont
une beaulté delicate et cachee; il fault la veue nette,
et bien purgee, pour descouvrir cette secrette lumiere. Est pas la naïfveté, selon nous, germaine à
la sottise, et qualité de reproche? Socrates faict
mouvoir son ame d'un mouvement naturel et commun; ainsin dict un païsan, ainsin dict une femme.
il n'a iamais en la bouche, que cochers, menuisiers,
saveliers et massons : ce sont inductions et similitudes tirees des plus vulgaires et cogneues actions
des hommes; chascun l'entend. Soubs une si vile
forme, nous n'eussions iamais choisi la noblesse et
splendeur de ses conceptions admirables, nous qui
estimons plates et basses toutes celles que la doctrine ne r'esleve, qui n'appercevons la richesse
qu'en montre et en pompe. Nostre monde n'est
formé qu'à l'ostentation : les hommes ne s'enflent

que de vent; et se manient à bonds, comme les
balons. Cettuy cy ne se propose point des vaines
fantasies : sa fin feut, Nous fournir de choses et
de preceptes qui reellement et plus ioinctement
servent à la vie;

Servare modum, finemque tenere,
Naturamque sequi [1].

Il feut aussi tousiours un et pareil, et se monta,
non par boutades, mais par complexion, au dernier poinct de vigueur; ou, pour mieulx dire, il ne
monta rien, mais ravalla plustost et ramena à son
poinct originel et naturel, et luy soubmeit la vigueur, les aspretez et les difficultez; car, en Cato,
on veoid bien à clair que c'est une allure tendue
bien loing au dessus des communes; aux braves
exploicts de sa vie, et en sa mort, on le sent tousiours monté sur ses grands chevaulx : cettuy cy
ralle à terre [2], et, d'un pas mol et ordinaire, traicte
les plus utiles discours, et se conduict, et à la mort,
et aux plus espineuses traverses qui se puissent
presenter, au train de la vie humaine.

Il est bien advenu, que le plus digne homme
d'estre cogneu et d'estre presenté au monde pour
exemple, ce soit celuy duquel nous ayons plus
certaine cognoissance : il a esté esclairé par les
plus clairvoyants hommes qui feurent oncques; les
tesmoings que nous avons de luy sont admirables
en fidelité et en suffisance. C'est grand cas, d'avoir
peu donner tel ordre aux pures imaginations d'un
enfant, que, sans les alterer ou estirer [3], il en ayt
produict les plus beaux effects de nostre ame :
il ne la represente ny eslevee, ny riche; il ne la
represente que saine, mais certes d'une bien alaigre et nette santé. Par ces vulgaires ressorts et naturels, par ces fantasies ordinaires et communes,
sans s'esmouvoir et sans se picquer, il dressa non
seulement les plus reglees, mais les plus haultes et
vigoreuses creances, actions et mœurs, qui feurent
oncques. C'est luy qui ramena du ciel, où elle
perdoit son temps, la sagesse humaine, pour la
rendre à l'homme, où est sa plus iuste et plus laborieuse besongne. Veoyez le plaider devant ses
iuges; veoyez par quelles raisons il esveille son
courage aux hazards de la guerre; quels arguments
fortifient sa patience contre la calomnie, la tyrannie, la mort, et contre la teste de sa femme;
il n'y a rien d'emprunté de l'art et des sciences;
les plus simples y recognoissent leurs moyens et
leur force; il n'est possible d'aller plus arriere et
plus bas. Il a faict grand faveur à l'humaine na-

(1) Régler ses actions, garder la loi du devoir, suivre la nature. LUCAIN, II, 581.

(2) Rase la terre. — (3) Ou les étendre, les agrandir.

ture, de montrer combien elle peult d'elle mesme.

Nous sommes, chascun, plus riches que nous ne pensons; mais on nous dresse à l'emprunt et à la queste; on nous duict à nous servir plus de l'aultruy, que du nostre. En aulcune chose l'homme ne sçait s'arrester au poinct de son besoing : de volupté, de richesse, de puissance, il en embrasse plus qu'il n'en peult estreindre; son avidité est incapable de moderation. Ie treuve qu'en curiosité de sçavoir, il en est de mesme : il se taille de la besongne bien plus qu'il n'en peult faire, et bien plus qu'il n'en a affaire, estendant l'utilité du sçavoir, autant qu'est sa matiere : *ut omnium rerum, sic litterarum quoque, intemperantia laboramus* [1] : et Tacitus a raison de louer la mere d'Agricola, d'avoir bridé en son fils un appetit trop bouillant de science.

C'est un bien, à le regarder d'yeulx fermes, qui a, comme les aultres biens des hommes, beaucoup de vanité et foiblesse propre et naturelle, et d'un cher coust. L'acquisition en est bien plus hazardeuse que de toute aultre viande ou boisson; car, ailleurs, ce que nous avons achetté, nous l'emportons au logis, en quelque vaisseau; et là, nous avons loy d'en examiner la valeur, combien, et à quelle heure, nous en prendrons : mais les sciences, nous ne les pouvons, d'arrivee, mettre en aultre vaisseau qu'en nostre ame; nous les avallons en les achettant, et sortons du marché ou infects desià, ou amendez : il y en a qui ne font que nous empescher et charger, au lieu de nourrir; et telles encores, qui, soubs tiltre de nous guarir, nous empoisonnent. I'ay prins plaisir de veoir, en quelque lieu, des hommes, par devotion, faire vœu d'ignorance, comme de chasteté, de pauvreté, de penitence : c'est aussi chastrer nos appetits desordonnez, d'esmousser cette cupidité qui nous espoinçonne à l'estude des livres, et priver l'ame de cette complaisance voluptueuse qui nous chastouille par l'opinion de science; et est richement accomplir le vœu de pauvreté, d'y ioindre encores celle de l'esprit. Il ne nous fault gueres de doctrine pour vivre à nostre ayse : et Socrates nous apprend qu'elle est en nous, et la maniere de l'y trouver et de s'en ayder. Toute cette nostre suffisance, qui est au delà de la naturelle, est à peu prez vaine et superflue; c'est beaucoup si elle ne nous charge et trouble plus qu'elle ne nous sert : *paucis opus et litteris ad mentem bonam* [2] : ce sont des excez fiebvreux de nostre esprit, instrument brouillon et inquiete. Recueillez vous; vous trouverez en vous les arguments de la nature contre la mort, vrays, et les plus propres à vous servir à la necessité : ce sont ceulx qui font mourir

un païsan, et des peuples entiers, aussi constamment qu'un philosophe. Feusse ie mort moins alaigrement avant qu'avoir veu les Tusculanes? i'estime que non : et, quand ie me treuve au propre, ie sens que ma langue s'est enrichie; mon courage, de peu; il est comme nature me le forgea, et se targue pour le conflict, non que d'une marche naturelle et commune : les livres m'ont servy non tant d'instruction, que d'exercitation. Quoy, si la science, essayant de nous armer de nouvelles deffenses contre les inconvenients naturels, nous a plus imprimé en la fantasie leur grandeur et leur poids, qu'elle n'a ses raisons et subtilitez à nous en couvrir? Ce sont voirement subtilitez, par où elle nous esveille souvent bien vainement : les aucteurs mesmes plus serrez et plus sages, veoyez, autour d'un bon argument, combien ils en sement d'aultres legiers, et, qui y regarde de prez, incorporels [3]; ce ne sont qu'arguties verbales, qui nous trompent : mais d'autant que ce peult estre utilement, ie ne les veulx pas aultrement espelucher : il y en a ceans assez de cette condition, en divers lieux, ou par emprunt, ou par imitation. Si se fault il prendre un peu garde, de n'appeller pas force, ce qui n'est que gentillesse; et ce qui n'est qu'aigu, solide; ou bon, ce qui n'est que beau : *quæ magis gustata, quam potata, delectant* [4] : tout ce qui plaist, ne paist pas, *ubi non ingenii, sed animi negotium agitur* [5].

A veoir les efforts que Seneque se donne pour se preparer contre la mort; à le veoir suer d'ahan [6] pour se roidir et pour s'assurer, et se debattre si long temps en cette perche, il nous eust esbranslé sa reputation, s'il ne l'eust, en mourant, tresvaillamment maintenue. Son agitation si ardente, si frequente, montre qu'il estoit chauld et impetueux luy mesme (*magnus animus remissius loquitur, et securius.... non est alius ingenio, alius animo color* [7], il le fault convaincre à ses despens); et montre aulcunement qu'il estoit pressé de son adversaire. La façon de Plutarque, d'autant qu'elle est plus desdaigneuse et plus destendue, elle est, selon moy, d'autant plus virile et persuasifve : ie croirois aysement que son ame avoyt les mouve-

(1) Nous ne mettons pas plus de moderation dans l'étude des lettres que dans tout le reste. Sénèque, *Epist.* 106.
(2) On n'a pas besoin de savoir beaucoup, pour être sage. Sénèque, *Epist.* 106.
(3) Sans corps, vides de sens, frivoles.
(4) Choses qui plaisent plus au goût qu'à l'estomac. Cic., *Tusc. quæst.*, V, 5.
(5) Lorsqu'il s'agit de l'ame, et non de l'esprit. Sén., *Epist.* 75.
(6) D'effort, de fatigue, de peine.
(7) Une ame forte s'exprime d'une manière plus calme, plus tranquille... L'esprit a la même teinte que l'ame. Sén., *Epist.* 113, 114.

ments plus asseurez et plus reglez. L'un, plus aigu, nous picque et eslance en sursault; touche plus l'esprit : l'aultre, plus solide, nous informe[1], establit et conforte constamment; touche plus l'entendement. Celuy là ravit nostre iugement : cettuy cy le gaigne. I'ay veu pareillement d'aultres escripts, encores plus reverez, qui, en la peincture du combat qu'ils soustiennent contre les aiguillons de la chair, les representent si cuisants, si puissants et invincibles, que nous mesmes, qui sommes de la voierie[2] du peuple, avons autant à admirer l'estrangeté et vigueur incogneue de leur tentation, que leur resistance.

A quoy faire nous allons nous gendarmant par ces efforts de la science? Regardons à terre : les pauvres gents que nous y veoyons espandus, la teste penchante aprez leur besongne, qui ne sçavent ny Aristote ny Cato, ny exemple ny precepte; de ceulx là tire nature touts les iours des effects de coustance et de patience, plus purs et plus roides que ne sont ceulx que nous estudions si curieusement en l'eschole : combien en veoy ie ordinairement qui mescognoissent la pauvreté; combien qui desirent la mort, ou qui la passent sans alarme et sans affliction? Celuy là qui fouït mon iardin, il a, ce matin, enterré son pere ou son fils. Les noms mesmes, dequoy ils appellent les maladies, en addoulcissent et amollissent l'aspreté : la Phthisie, c'est la toux pour eulx; la Dysenterie, devoyement d'estomach; un Pleuresis, c'est un morfondement : et, selon qu'ils les nomment doulcement, ils les supportent aussi; elles sont bien griefves, quand elles rompent leur travail ordinaire; ils ne s'allictent que pour mourir. *Simplex illa et aperta virtus in obscuram et solertem scientiam versa est*[3].

I'escrivois cecy environ le temps qu'une forte charge de nos troubles se croupit plusieurs mois, de tout son poids, droict sur moy : i'avoy, d'une part, les ennemys à ma porte; d'aultre part, les picoreurs[4], pires ennemys, *non armis ; sed vitiis certatur*[5]; et essayois[6] toute sorte d'iniures militaires à la fois :

Hostis adest dextra lævaque a parte timendus,
Vicinoque malo terret utrumque latus[7],

Monstrueuse guerre! les aultres agissent au dehors; cette cy encores contre soy, se ronge et se desfaict par son propre venin. Elle est de nature si maligne et ruyneuse, qu'elle se ruyne quand et quand le reste, et se deschire et despece de rage. Nous la veoyons plus souvent se dissouldre par elle mesme, que par disette d'aulcune chose necessaire, ou par la force ennemye. Toute discipline la fuyt : elle vient guarir la sedition, et en

est pleine; veult chastier la desobeyssance, et en montre l'exemple; et, employee à la deffense des loix, faict sa part de rebellion à l'encontre des siennes propres. Où en sommes nous ? nostre medecine porte infection !

Nostre mal s'empoisonne
Du secours qu'on luy donne.

*Exsuperat magis, ægrescitque medendo*[8].

*Omnia fanda, nefanda, malo permista furore,
Iustificam nobis mentem avertere deorum*[9].

En ces maladies populaires, on peult distinguer, sur le commencement, les sains, des malades; mais quand elles viennent à durer, comme la nostre, tout le corps s'en sent, et la teste et les talons : aulcune partie n'est exempte de corruption; car il n'est air qui se hume si goulement, qui s'espande et penetre, comme faict la licence. Nos armees ne se lient et tiennent plus que par ciment estranger : des François on ne sçait plus faire un corps d'armee constant et reglé. Quelle honte ! il n'y a qu'autant de discipline que nous en font veoir des soldats empruntez ! Quant à nous, nous conduisons à discretion, et non pas du chef, chascun selon la sienne; il a plus à faire au dedans qu'au dehors : c'est au commandant de suivre, courtizer et plier, à luy seul d'obeyr : tout le reste est libre et dissolu. Il me plaist de veoir combien il y a de lascheté et de pusillanimité en l'ambition; par combien d'abiection et de servitude il luy fault arriver à son but : mais cecy me desplaist il, de veoir des natures debonnaires, et capables de iustice, se corrompre touts les iours au maniement et commandement de cette confusion. La longue souffrance engendre la coustume; la coustume, le consentement et l'imitation. Nous avions assez d'ames mal nees, sans gaster les bonnes et genereuses : si que, si nous continuons, il restera malayseement à qui fier la santé de cet estat, au cas que fortune nous la redonne :

Hunc saltem everso iuvenem succurrere seclo
Ne prohibete[10] !

(1) *Nous forme, nous façonne.* — (2) *De la lie du peuple.*
(3) Cette vertu simple et naïve a été changée en une science subtile et obscure. SÉNÈQUE, *Epist.* 95.
(4) *Partisans, maraudeurs.*
(5) Ce n'est pas par les armes que l'on combat, mais par les crimes. — (6) *Éprouvois.*
(7) A droite, à gauche, un ennemi redoutable me presse; des deux côtés je dois craindre. OVIDE, *de Ponto*, I, 3, 57.
(8) Les remèdes ne font qu'aigrir le mal. VIRG., *Én.*, XII, 46.
(9) Le juste, l'injuste, confondus par nos coupables fureurs, ont détourné de nous la protection des dieux. CATULLE, *de Nuptiis Pelei et Thetidos*, v. 405.
(10) N'empêchez pas, du moins, que ce jeune héros ne soutienne l'état sur le penchant de sa ruine! VIRG., *Géorg*, I, 500.

Qu'est devenu cet ancien precepte ? que les soldats ont plus à craindre leur chef, que l'ennemy : et ce merveilleux exemple ? qu'un pommier s'estant trouvé enfermé dans le pourpris du camp de l'armee romaine, elle feut veue l'endemein en desloger, laissant au possesseur le compte entier de ses pommes, meures et delicieuses. I'aimerois bien que nostre jeunesse, au lieu du temps qu'elle employe à des peregrinations moins utiles, et apprentissages moins honnorables, elle le meist, moitié à voir de la guerre sur mer, soubs quelque bon capitaine commandeur de Rhodes ; moitié à recognoistre la discipline des armees turkesques ; car elle a beaucoup de differences, et d'advantages sur la nostre : cecy en est, que nos soldats deviennent plus licencieux aux expeditions ; là, plus retenus et craintifs ; car les offenses ou larrecins sur le menu peuple, qui se punissent de bastonnades en la paix, sont capitales en la guerre ; pour un œuf prins sans payer, ce sont, de compte prefix, cinquante coups de baston ; pour toute aultre chose, tant legiere soit elle, non necessaire à la nourriture, on les empale, ou decapite sans deport [1]. Ie me suis estonné, en l'histoire de Selim, le plus cruel conquerant qui feut oncques, voir, que lors qu'il subiugua l'Aegypte, les beaux jardins d'autour de la ville de Damas, tous ouverts, et en terre de conqueste, son armee campant sur le lieu mesme, feurent laissez vierges des mains des soldats, parce qu'ils n'avoyent pas eu le signe de piller.

Mais est il quelque mal en une police, qui vaille estre combattu par une drogue si mortelle [2] ? non pas, disoit Favonius, l'usurpation de la possession tyrannique d'une republique. Platon, de mesme, ne consent pas qu'on face violence au repos de son païs, pour le guarir, et n'accepte pas l'amendement qui trouble et hazarde tout, et qui couste le sang et ruyne des citoyens ; establissant l'office d'un homme de bien, en ce cas, de laisser tout là ; seulement prier Dieu qu'il y porte sa main extraordinaire : et semble sçavoir mauvais gré à Dion, son grand amy, d'y avoir un peu aultrement procedé. I'estois Platonicien de ce costé là, avant que ie sceusse qu'il y eust de Platon au monde. Et si ce personnage doibt purement estre refusé de nostre consorce [3], luy qui, par la sincerité de sa conscience, merita envers la faveur divine de penetrer si avant en la chrestienne lumière, au travers des tenebres publicques du monde de son temps, ie ne pense pas qu'il nous siese bien de nous laisser instruire à un païen, combien c'est d'impieté de n'attendre de Dieu nul secours simplement sien, et sans

nostre cooperation. Ie doubte souvent, si, entre tant de gents qui se meslent de telle besongne, nul s'est rencontré d'entendement si imbecille, à qui on aye en bon escient persuadé, Qu'il alloit vers la reformation, par la derniere des difformations ; qu'il tiroit vers son salut, par les plus expresses causes que nous ayons de trescertaine damnation ; Que, renversant la police, le magistrat et les loix, en la tutelle desquelles Dieu l'a colloqué, desmembrant sa mere et en donnant à ronger les pieces à ses anciens ennemys, remplissant des haines parricides les courages fraternels, appellant à son ayde les diables et les furies, il puisse apporter secours à la sacrosaincte doulceur et iustice de la loy divine. L'ambition, l'avarice, la cruauté, la vengeance, n'ont point assez de propre et naturelle impetuosité ; amorçons les et les attizons par le glorieux tiltre de iustice et devotion. Il ne se peult imaginer un pire estat des choses, qu'où la meschanceté vient à estre legitime, et prendre avecques le congé du magistrat, le manteau de la vertu : *nihil in speciem fallacius, quam prava religio, ubi deorum numen prætenditur sceleribus* [4] : l'extreme espece d'iniustice, selon Platon, c'est que ce qui est iniuste soit tenu pour iuste.

Le peuple y souffrit bien largement lors, non les dommages presents seulement,

> Undique totis
> Usque adeo turbatur agris [5],

mais les futurs aussi : les vivants y eurent à partir ; si eurent ceulx qui n'estoient encores nayz : on le pilla, et moy par consequent ; iusques à l'esperance, luy ravissant tout ce qu'il avoyt à s'apprester à vivre pour longues annees :

> Quæ nequeunt secum ferre aut abducere, perdunt :
> Et cremat insontes turba scelesta casas [6].
> Muris nulla fides, squalent populatibus agri [7].

Oultre cette secousse, i'en souffris d'aultres : i'encourus les inconvenients que la moderation apporte en telles maladies : ie feus pelaudé [8] à toutes mains ; au Gibelin, i'estois Guelphe ; au Guelphe,

(1) *Délai, retard.* — (2) C'est à-dire *par la guerre civile.*
(3) *Société, communauté.*
(4) Rien de plus trompeur que la superstition, qui couvre ses crimes de l'intérêt des dieux. Tite-Live, XXXIX, 16.
(5) Tant sont affreux les désordres qui règnent dans nos campagnes ! Virg., *Eclog.*, I, 11.
(6) Ils détruisent ce qu'ils ne peuvent emporter ou emmener, et, dans leur fureur barbare, ils brûlent jusqu'aux chaumières... Ovide, *Trist.*, III, 10, 65.
(7) Nulle sûreté dans les villes ; les champs sont en proie aux plus affreux ravages. Claud., *in Eutrop.*, I, 244.
(8) *Ecorché, dépouillé.*

Gibelin: quelqu'un de mes poëtes dict bien cela, mais ie ne sçay où c'est. La situation de ma maison, et l'innoïutance des hommes de mon voysinage, me presentoient d'un visage; ma vie et mes actions, d'un aultre. Il ne s'en faisoit point des accusations formees, car il n'y avoyt où mordre; ie ne desempare iamais des loix, et qui m'eust recherché, m'en eust deu de reste: c'estoient suspicions muettes qui couroient soubs main, ausquelles il n'y a iamais faulte d'apparence, en un meslange si confus, non plus que d'esprits ou envyeux ou ineptes. I'ayde ordinairement aux presumptions iniurieuses que la fortune seme contre moy, par une façon que i'ay, dez tousiours, de fuyr à me iustifier, excuser et interpreter; estimant que c'est mettre ma conscience en compromis, de plaider pour elle; *perspicuitas enim argumentatione elevatur* [1] : et, comme si chascun veoyoit en moy aussi clair que ie fois, au lieu de me tirer arriere de l'accusation, ie m'y advance, et la rencheris plustost par une confession ironique et mocqueuse, si ie ne m'en tais tout à plat, comme de chose indigne de response. Mais ceulx qui le prennent pour une trop haultaine confiance ne m'en veulent gueres moins de mal, que ceulx qui le prennent pour foiblesse d'une cause indefensible: nommeement les grands, envers lesquels faulte de submission est l'extreme faulte, rudes à toute iustice qui se cognoist, qui se sent, non desmise [2], humble et suppliante: i'ay souvent heurté à ce pilier. Tant y a que, de ce qui m'adveint lors, un ambitieux s'en feust pendu; si eust faict un avaricieux. Ie n'ay soing quelconque d'acquerir;

Sit mihi, quod nunc est, etiam minus; et mihi vivam
Quod superest ævi, si quid superesse volent di [3];

mais les pertes qui me viennent par l'iniure d'aultruy, soit larrecin, soit violence, me pincent environ comme un homme malade et gehenné d'avarice. L'offense a, sans mesure, plus d'aigreur que n'a la perte. Mille diverses sortes de maulx accoururent à moy à la file: ie les eusse plus gaillardement soufferts à la foule.

Ie pensay desià, entre mes amys, à qui ie pourrois commettre une vieillesse necessiteuse et disgraciee: aprez avoir rodé les yeulx par tout, ie me trouvay en pourpoinct [4]. Pour se laisser tumber à plomb, et de si hault, il fault que ce soit entre les bras d'une affection solide, vigoureuse et fortunee: elles sont rares, s'il y en a. Enfin, ie cogneus que le plus seur estoit de me fier à moy mesme de moy et de ma necessité; et, s'il m'advenoit d'estre froidement en la grace de la fortune, que ie me re-

commandasse de plus fort à la mienne, m'attachasse, regardasse de plus prez à moy. En toutes choses les hommes se iectent aux appuis estrangers, pour espargner les propres, seuls certains et seuls puissants, qui sçait s'en armer: chascun court ailleurs, et à l'advenir, d'autant que nul n'est arrivé à soy. Et me resolus que c'estoient utiles inconvenients: d'autant, Premierement, qu'il faut advertir à coups de fouet les mauvais disciples, quand la raison n'y peult assez; comme, par le feu et violence des coings, nous ramenons un bois tortu à sa droicture. Ie me presche, il y a si long temps, de me tenir à moy, et separer des choses estrangeres: toutesfois, ie tourne encores tousiours les yeulx à costé; l'inclination, un mot favorable d'un grand, un bon visage, me tente: Dieu sçait s'il en est cherté en ce temps, et quel sens il porte! i'oys encores, sans rider le front, les subornements qu'on me faict pour me tirer en place marchande; et m'en deffends si mollement, qu'il semble que ie souffrisse plus volontiers d'en estre vaincu. Or, à un esprit si indocile, il fault des bastonnades; et fault rebattre et resserrer, à bons coups de mail [5], ce vaisseau qui se desprend, se descoust, qui s'eschappe et desrobe de soy. Secondement, que cet accident me servoit d'exercitation pour me preparer à pis; si moy, qui, et par le benefice de la fortune, et par la condition de mes mœurs, esperois estre des derniers, venoy à estre, des premiers, attrappé de cette tempeste; m'instruisant de bonne heure à contraindre ma vie, et la renger pour un nouvel estat. La vraye liberté c'est pouvoir toute chose sur soy: *potentissimus est, qui se habet in potestate* [6]. En un temps ordinaire et tranquille, on se prepare à des accidents moderez et communs: mais en cette confusion, où nous sommes depuis trente ans, tout homme françois, soit en particulier, soit en general, se veoid à chasque heure sur le poinct de l'entier renversement de sa fortune; d'autant fault il tenir son courage fourny de provisions plus fortes et vigoureuses. Sçachons gré au sort de nous avoir faict vivre en un siecle non mol, languissant, ny oysif: tel qui ne l'eust esté par aultre moyen, se rendra fameux par son malheur. Comme ie ne lis gueres ez histoires ces confusions des aultres estats, que ie n'aye regret de ne les avoir peu mieulx con-

(1) Car la dispute affoiblit l'évidence. Cicér., *de Nat. deor.*, III, 4.
(2) *Soumise*, du latin *demissa*.
(3) Que je conserve le peu que j'ai, et même moins, s'il le faut; que j'emploie pour moi-même les jours qui me restent, si les dieux m'en accordent encore. Hon., *Epist.*, I, 18, 107.
(4) C'est-à-dire, *dépouillé de mon bien.* — (5) *Maillet.*
(6) Le plus puissant est celui qui est le maître de lui-même. Sénèque, *Epist.* 90.

siderer, present: ainsin, faict ma curiosîté, que ie
m'aggree aulcunement de veoir de mes yeulx ce
notable spectacle de nostre mort publicque, ses
symptomes et sa forme; et, puisque ie ne la puis
retarder, ie suis content d'estre destiné à y assister, et m'en instruire. Si cherchons nous avidement
de recognoistre, en umbre mesme, et en la fable
des theatres, la montre des ieux tragiques de l'humaine fortune: ce n'est pas sans compassion de ce
que nous oyons; mais nous nous plaisons d'esveiller
nostre desplaisir, par la rareté de ces pitoyables
evenemens. Rien ne chatouille, qui ne pince. Et
les bons historiens fuyent, comme un' eau dormante
et mer morte, des narrations calmes, pour regaigner
les seditions, les guerres, où ils sçavent que nous les
appellons.

Ie doubte si ie puis assez honnestement advouer
à combien vil pris du repos et tranquillité de ma
vie, ie l'ay plus de moitié passee en la ruyne de
mon païs. Ie me donne un peu trop bon marché
de patience, ez accidents qui ne me saisissent au
propre; et, pour me plaindre à moy, regarde non
taut ce qu'on m'oste, que ce qui me reste de sauve,
et dedans et dehors. Il y a de la consolation à eschever[1] tantost l'un, tantost l'aultre, des maulx
qui nous guignent[2] de suite, et asseuent ailleurs
autour de nous: aussi, qu'en matiere d'interets
publicques, à mesure que mon affection est plus
universellement espandue, elle en est plus foible;
ioinct qu'il est vray, à demy, *tantum ex publicis
malis sentimus, quantum ad privatas res pertinet*[3];
et que la santé d'où nous partismes estoit telle,
qu'elle soulage elle mesme le regret que nous en
debvrions avoir. C'estoit santé, mais non qu'à la
comparaison de la maladie qui l'a suivie; nous ne
sommes cheus de gueres hault: la corruption et le
brigandage qui est en dignité et en office, me semble
le moins supportable; on nous vole moins iniurieusement dans un bois, qu'en lieu de seureté. C'estoit
une ioincture universelle de membres gastez en particulier, à l'envy les uns des aultres, et, la pluspart,
d'ulceres envieillis, qui ne recevoient plus ny ne
demandoient guarison.

Ce croulement doncques m'anima, certes, plus
qu'il ne m'atterra, à l'ayde de ma conscience, qui
se portoit non paisiblement seulement, mais fierement, et ne trouvois en quoy me plaindre de moy.
Aussi, comme Dieu n'envoye iamais non plus les
maulx que les biens touts purs aux hommes, ma
santé teint bon ce temps là, oultre son ordinaire;
et, ainsi que sans elle ie ne puis rien, il est peu
de choses que ie ne puisse avecques elle. Elle me
donna moyen d'esveiller toutes mes provisions, et
de porter la main au devant de la playe qui eust

passé volontiers plus oultre: et esprouvai, en ma
patience, que i'avoy quelque tenue contre la fortune; et qu'à me faire perdre mes arçons, il falloit
un grand heurt. Ie ne le dy pas pour l'irriter à me
faire une charge plus vigoureuse: ie suis son serviteur; ie luy tends les mains: pour Dieu, qu'elle se
contente! Si ie sens ses assaults? si fais. Comme
ceulx que la tristesse accable et possede se laissent
pourtant par intervalles tastonner[4] à quelque plaisir, et leur eschappe un soubrire: ie puis aussi
assez sur moy pour rendre mon estat ordinaire paisible et deschargé d'ennuyeuse imagination; mais
ie me laisse pourtant, à boutades, surprendre des
morsures de ces malplaisantes pensees, qui me battent pendant que ie m'arme pour les chasser, ou
pour les luicter.

Voicy un aultre rengregement de mal qui m'arriva à la suitte du reste: Et dehors et dedans ma
maison, ie feus accueilly d'une peste, vehemente
au pris de toute aultre: car, comme les corps sains
sont subiects à plus griefves maladies, d'autant
qu'ils ne peuvent estre forcez que par celles là;
aussi mon air tressalubre, où, d'aulcune memoire,
la contagion, bien que voysine, n'avoyt sceu prendre
pied, venant à s'empoisonner, produisit des effects
estranges:

Mista senum et iuvenum densantur funera; nullum
Sæva caput Proserpina fugit[5]:

i'eus à souffrir cette plaisante[6] condition, que la
veue de ma maison m'estoit effroyable; tout ce qui
y estoit, estoit sans garde, et à l'abandon de qui en
avoyt envye. Moy, qui suis si hospitalier, feus en
trespenible queste de retraicte pour ma famille;
une famille esgaree, faisant peur à ses amys et à
soy mesme, et horreur, où qu'elle cherchast à se
placer: ayant à changer de demeure, soubdain
qu'un de la trouppe commenceoit à se douloir du
bout du doigt; toutes maladies sont alors prinses
pour peste; on ne se donne pas le loysir de les recognoistre. Et c'est le bon, que, selon les regles de
l'art, à tout danger qu'on approche, il fault estre
quarante iours en transe de ce mal: l'imagination
vous excerceant ce pendant à sa mode, et enfieb-
vrant vostre santé mesme. Tout cela m'eust beaucoup moins touché, si ie n'eusse eu à me ressentir
de la peine d'aultruy, et servir six mois miserable-

(1) *Esquiver.* — (2) *Qui nous visent et guettent.*
(3) Nous ne sentons des maux publics que ce qui nous touche.
Tite Live, XXX, 44.
(4) *Flatter, amadouer.*
(5) Jeunes gens, vieillards, tout s'entasse pêle-mêle dans le
tombeau; nulle tête n'échappe à l'inexorable Proserpine. Hon.,
*Od.*, I, 28, 19.
(6) *Plaisante*, par antiphrase.

ment de guide à cette caravane; car ie porte en moy mes preservatifs, qui sont, resolution et souffrance. L'apprehension ne me presse gueres, laquelle on craint particulierement en ce mal; et si, estant seul, ie l'eusse voulu prendre, c'eust esté une fuyte bien plus gaillarde et plus esloingnee : c'est une mort qui ne me semble des pires; elle est communement courte, d'estourdissement, sans douleur, consolee par la condition publicque, sans cerimonie, sans dueil, sans presse. Mais, quant au monde des environs, la centiesme partie des ames ne se peult sauver :

> Videas desertaque regna
> Pastorum, et longe saltus lateque vacantes [1].

En ce lieu, mon meilleur revenu est manuel : ce que cent hommes travailloient pour moy, choma pour long temps.

Or lors, quel exemple de resolution ne veismes nous en la simplicité de tout ce peuple ? Generalement, chascun renonceoit au soing de la vie : les raisins demeurerent suspendus aux vignes, le bien principal du païs; touts indifferemment se preparants et attendants la mort, à ce soir, ou au l'endemain, d'un visage et d'une voix si peu effroyee, qu'il sembloit qu'ils eussent compromis à cette necessité, et que ce feust une condemnation universelle et inevitable. Elle est tousiours telle : mais à combien peu tient la resolution au mourir? la distance et difference de quelques heures, la seule consideration de la compaignie, nous en rend l'apprehension diverse. Veoyez ceulx cy : pour ce qu'ils meurent en mesme mois, enfants, ieunes, vieillards, ils ne s'estonnent plus, ils ne se plorent plus. J'en veis qui craignoient de demeurer derriere, comme en une horrible solitude : et n'y cogneus communement aultre soing que des sepultures; il leur faschoit de veoir les corps espars emmy les champs, à la mercy des bestes, qui y peuplerent incontinent. Comment les fantasies humaines se descouppent! les Neorites, nation qu'Alexandre subiugua, iectent les corps des morts au plus profond de leurs bois, pour y estre mangez : seule sepulture estimee entr'eulx heureuse. Tel, sain, faisoit desià sa fosse : d'aultres s'y couchoient encores vivants; et un manœuvre des miens, avecques ses mains et ses pieds, attira sur soy la terre en mourant. Estoit ce pas s'abrier pour s'endormir plus à son ayse, d'une entreprinse en haulteur aulcunement pareille à celle des soldats romains qu'on trouva, aprez la iournee de Cannes, la teste plongee dans des trous, qu'ils avoyent faicts et comblez de leurs mains en s'y suffoquant? Somme, toute une nation feut incontinent, par usage, logee en une marche qui ne cede en roideur à aulcune resolution estudiee et consultee.

La pluspart des instructions de la science à nous encourager, ont plus de montre que de force, et plus d'ornement que de fruict. Nous avons abandonné nature, et luy voulons apprendre sa leçon; elle qui nous menoit si heureusement et si seurement : et cependant les traces de son instruction, et ce peu qui, par le benefice de l'ignorance, reste de son image empreint en la vie de cette tourbe rustique d'hommes impolis, la science est contraincte de l'aller touts les iours empruntant pour en faire patron, à ses disciples, de constance, d'innocence, et de tranquillité. Il faict beau veoir, Que ceulx cy, pleins de tant de belles cognoissances, ayent à imiter cette sotte simplicité, et à l'imiter aux premieres actions de la vertu; et Que nostre sapience apprenne, des bestes mesmes, les plus utiles enseignements aux plus grandes et necessaires parties de nostre vie, comme il nous fault vivre et mourir, mesnager nos biens, aimer et eslever nos enfants, entretenir iustice : singulier tesmoingnage de l'humaine maladie; et Que cette raison, qui se manie à nostre poste, trouvant tousiours quelque diversité et nouvelleté, ne laisse chez nous aulcune trace apparente de la nature; et en ont faict les hommes, comme les parfumiers de l'huile; ils l'ont sophistiquee de tant d'argumentations et de discours appellez du dehors, qu'elle en est devenue variable et particuliere à chascun, et a perdu son propre visage, constant et universel, et nous fault en chercher tesmoingnage des bestes, non subiect à faveur, corruption, ny à diversité d'opinions : car il est bien vray qu'elles mesmes ne vont pas tousiours exactement dans la route de nature; mais ce qu'elles en desvoyent, c'est si peu que vous en apercevez tousiours l'orniere : tout ainsi que les chevaulx qu'on mene en main, font bien des bonds et des escapades, mais c'est à la longueur de leurs longes, et suivent ce neantmoins tousiours les pas de celuy qui les guide; et comme l'oyseau prend son vol, mais soubs la bride de sa filiere [2]. *Exsilia, tormenta, bella, morbos, naufragia meditare,..... ut nullo sis malo tiro* [3] : à quoy nous sert cette curiosité de preoccuper touts les inconveniens de

---

(1) Vous auriez vu les campagnes et les bois changés en de vastes déserts. Virg., *Géorg.*, III, 476.

(2) Terme de fauconnerie : on appelle *filière* une ficelle d'environ dix toises, que l'on tient attachée aux pieds de l'oiseau pendant qu'on le réclame, jusqu'à ce qu'il soit assuré.

(3) Méditez souvent l'exil, la torture, les guerres, les maladies, les naufrages,..... afin que nul malheur ne vous trouve novice. Sénèque, *Epist.* 91, 107,

l'humaine nature, et nous preparer avecques tant de peine à l'encontre de ceulx mesmes qui n'ont, à l'adventure, point à nous toucher? *parem passis tristitiam facit, pati posse*[1], non seulement le coup, mais le vent et le pet, nous frappe : ou, comme les plus fiebvreux, car certes c'est fiebvre, aller dez à cette heure vous faire donner le fouet, parce qu'il peult advenir que fortune vous le fera souffrir un iour; et prendre vostre robbe fourree dez la S. Iean, parce que vous en aurez besoing à Noël? Iectez vous en l'experience de touts les maulx qui vous peuvent arriver, nommeement des plus extremes; esprouvez vous là, disent ils; asseurez vous là. Au rebours, le plus facile et plus naturel seroit en descharger mesme sa pensee : ils ne viendront pas assez tost; leur vray estre ne nous dure pas assez; il fault que nostre esprit les estende et alonge, et qu'avant la main il les incorpore en soy et s'en entretienne, comme s'ils ne poisoient pas raisonnablement à nos sens. « Ils poiseront assez, quand ils y seront, dict un des maistres, non de quelque tendre secte, mais de la plus dure; ce pendant, favorise toy, crois ce que tu aimes le mieulx : que te sert il d'aller recueillant et prevenant ta malefortune, et de perdre le present, par la crainte du futur; et estre, dez cette heure, miserable, parce que tu le doibs estre avecques le temps? » Ce sont ses mots. La science nous faict volontiers un bon office, de nous instruire bien exactement des dimensions des maulx,

Curis acuens mortalia corda[2]!

ce seroit dommage, si partie de leur grandeur eschappoit à nostre sentiment et cognoissance !

Il est certain qu'à la pluspart, la preparation à la mort a donné plus de torment que n'a faict la souffrance. Il feut iadis veritablement dict, et par un bien iudicieux aucteur, *Minus afficit sensus fatigatio, quam cogitatio*[3]. Le sentiment de la mort presente nous anime parfois, de soy mesme, d'une prompte resolution de ne plus eviter chose du tout inevitable : plusieurs gladiateurs se sont veus, au temps passé, aprez avoir couardement combattu, avaller courageusement la mort, offrants leur gosier au fer de l'ennemy, et le conviants. La veue de la mort à venir a besoing d'une fermeté lente, et difficile par consequent à fournir. Si vous ne sçavez pas mourir, ne vous chaille[4]; nature vous en informera sur le champ, plainement et suffisamment; elle fera exactement cette besongne pour vous : n'en empeschez vostre soing :

Incertam frustra, mortales, funeris horam
Quæritis, et qua sit mors aditura via[5]

Pœna minor, certam subito perferre ruinam;
Quod timeas, gravius sustinuisse diu[6].

Nous troublons la vie par le soing de la mort; et la mort, par le soing de la vie : l'une nous ennuye; l'aultre nous effroye. Ce n'est pas contre la mort que nous nous preparons, c'est chose trop momentanee; un quart d'heure de passion, sans consequence, sans nuisance, ne merite pas des preceptes particuliers : à dire vray, nous nous preparons contre les preparations de la mort. La philosophie nous ordonne d'avoir la mort tousiours devant les yeulx, de la preveoir et considerer avant le temps, et nous donne, aprez, les regles et les precautions pour prouveoir à ce que cette prevoyance et cette pensee ne nous blece : ainsin font les medecins qui nous iectent aux maladies, afin qu'ils ayent où employer leurs drogues et leur art. Si nous n'avons sceu vivre, c'est iniustice de nous apprendre à mourir, et difformer la fin de son total : si nous avons sceu vivre constamment et tranquillement, nous sçaurons mourir de mesme. Ils s'en vanteront tant qu'il leur plaira, *tota philosophorum vita commentatio mortis est*[7]; mais il m'est advis que c'est bien le bout, non pourtant le but, de la vie; c'est sa fin, son extremité, non pourtant son obiect : elle doibt estre elle mesme à soy sa visee, son desseing; son droict estude est se regler, se conduire, se souffrir. Au nombre de plusieurs aultres offices, que comprend le general et principal chapitre de Sçavoir vivre, est cet article de Sçavoir mourir, et des plus legiers, si nostre crainte ne luy donnoit poids.

A les iuger par l'utilité, et par la verité naïfve, les leçons de la simplicité ne cedent gueres à celles que nous presche la doctrine; au contraire. Les hommes sont divers en sentiment et en force : il les fault mener à leur bien selon eulx, et par routes diverses.

Quo me cumque rapit tempestas, deferor hospes[8].

(1) Il est aussi pénible de craindre un mal que de l'avoir souffert. Sénèque, *Epist.* 74.
(2) Éclairant les mortels par une triste prévoyance. Virg., *Géorg.*, I, 123.
(3) La souffrance du mal frappe moins nos sens que l'imagination. Quintil., *Inst. Orat.*, I, 12.
(4) Ne vous en mettez pas en peine.
(5) En vain, mortels, vous cherchez à connoitre d'avance votre dernière heure, et le chemin par lequel la mort ira jusqu'à vous... Properce, II, 27, 1.
(6) Il est moins douloureux de supporter un moment le coup qui nous écrase, que de souffrir long-temps le supplice de la crainte.
(7) Toute la vie des philosophes est une méditation de la mort. Cic., *Tusc. quæst.*, I, 30.
(8) Je cède au flot qui m'emporte, et j'aborde où je me trouve. Hor., *Epist.*, I, 1, 15.

Ie ne veis iamais païsan de mes voysins entrer en cogitation de quelle contenance et asseurance il passeroit cette heure derniere : nature luy apprend à ne songer à la mort que quand il se meurt; et lors, il a meilleure grace qu'Aristote, lequel la mort presse doublement, et par elle, et par une si longue premeditation : pourtant feut ce l'opinion de Cesar, que la moins premeditee mort estoit la plus heureuse et plus deschargee. *Plus dolet, quam necesse est, qui ante dolet, quam necesse est* [1]. L'aigreur de cette imagination naist de nostre curiosité : nous nous empeschons tousiours ainsin, voulants devancer et regenter les prescriptions naturelles. Ce n'est qu'aux docteurs d'en disner plus mal, touts sains, et se renfrongner de l'image de la mort : le commun n'a besoing ny de remede, ny de consolation, qu'au heurt et au coup; et n'en considere qu'autant iustement qu'il en souffre. Est ce pas ce que nous disons, que la stupidité et faulte d'apprehension du vulgaire luy donne cette patience aux maulx presents, et cette profonde nonchalance des sinistres accidents futurs; que leur ame, pour estre plus crasse et obtuse, est moins penetrable et agitable? Pour Dieu! s'il est ainsin, tenons d'oresenavant eschole de bestise : c'est l'extreme fruict que les sciences nous promettent, auquel cette cy conduict si doulcement ses disciples.

Nous n'aurons pas faulte de bons regents, interpretes de la simplicité naturelle; Socrates en sera l'un : car, de ce qu'il m'en souvient, il parle environ en ce sens, aux iuges qui deliberent de sa vie : « I'ay peur, messieurs, si ie vous prie de ne me « faire mourir, que ie m'enferre en la delation de « mes accusateurs, qui est, Que ie vois plus l'en- « tendu que les aultres, comme ayant quelque « cognoissance plus cachee des choses qui sont « au dessus et au dessoubs de nous. Je sçay que ie « n'ay ny frequenté, ny recogneu la mort, ny n'ay « veu personne qui ayt essayé ses qualitez, pour « m'en instruire. Ceulx qui la craignent, presup- « posent la cognoistre : quant à moy, ie ne sçay ny « quelle elle est, ny quel il faict en l'aultre monde. « A l'adventure est la mort chose indifferente, à « l'adventure desirable. Il est à croire pourtant, si « c'est une transmigration d'une place à aultre, « qu'il y a de l'amendement d'aller vivre avecques « tant de grands personnages trespassez, et d'estre « exempt d'avoir plus affaire à iuges iniques et « corrompus : si c'est un aneantissement de nostre « estre, c'est encores amendement d'entrer en une « longue et paisible nuict; nous ne sentons rien « de plus doulx en la vie qu'un repos et sommeil « tranquille et profond, sans songes. Les choses

« que ie sçay estre mauvaises, comme d'offenser « son prochain, et desobeyr au superieur, soit « Dieu, soit homme, ie les evite soigneusement : « celles desquelles ie ne sçay si elles sont bonnes ou « mauvaises, ie ne les sçaurois craindre. Si ie m'en « vois mourir, et vous laisse en vie, les dieux seuls « veoyent à qui, de vous ou de moy, il en ira mieulx. « Par quoy, pour mon regard, vous en ordonnerez « comme il vous plaira. Mais, selon ma façon de « conseiller les choses iustes et utiles, ie dy bien « que, pour vostre conscience, vous ferez mieulx « de m'eslargir, si vous ne veoyez plus avant que « moy en ma cause; et, iugeant selon mes actions « passees, et publiques, et privees, selon mes in- « tentions, et selon le proufit que tirent touts les « iours de ma conversation tant de nos citoyens « et ieunes et vieulx, et le fruict que ie vous fois « à touts, vous ne pouvez deuement vous des- « charger envers mon merite, qu'en ordonnant « que ie sois nourry, attendu ma pauvreté, au « Prytance, aux despens publicques, ce que sou- « vent ie vous ay veu, à moindre raison, oc- « troyer à d'aultres. Ne prenez pas à obstination « ou desdaing, que, suivant la coustume, ie n'aille « vous suppliant et esmouvant à commiseration. « I'ay des amys et des parents, n'estant, comme « dict Homere, engendré ny de bois, ny de pierre, « non plus que les aultres, capables de se pre- « senter avecques des larmes et du dueil; et ay « trois enfants esplorez, dequoy vous tirer à pitié: « mais ie ferois honte à nostre ville, en l'aage que « ie suis, et en telle reputation de sagesse que « m'en voicy en prevention, de m'aller desmettre « à si lasches contenances. Que diroit on des aul- « tres Atheniens? i'ay tousiours admonesté ceulx « qui m'ont ouï parler, de ne rachetter leur vie « par une action deshonneste; et, aux guerres de « mon païs, à Amphipolis, à Potidee, à Delie, « et aultres où ie me suis trouvé, i'ay montré, « par effects, combien i'estois loing de garantir « ma seureté par ma honte. Dadvantage, i'inter- « resserois vostre debvoir, et vous convierois à « choses laides; car ce n'est pas à mes prieres de « vous persuader, c'est aux raisons pures et so- « lides de la iustice. Vous avez iuré aux dieux « d'ainsin vous maintenir : il sembleroit que ie « vous voulsisse souspeçonner et recriminer de ne « croire pas qu'il y en aye; et moy mesme tes- « moingnerois contre moy, de ne croire point en « eulx comme ie doibs, me desfiant de leur con- « duicte, et ne remettant purement en leurs « mains mon affaire. Ie m'y fie du tout; et tiens

<hr/>

1) Celui qui s'afflige d'avance, s'afflige trop STS., *Epist.* 98

« pour certain qu'ils feront en cecy, selon qu'il
« sera plus propre à vous et à moy : les gents de
« bien, ny vivants, ny morts, n'ont aulcunement
« à se craindre des dieux. »

Voylà pas un playdoyer puerile, d'une haulteur
inimaginable, veritable, franc et iuste, au delà
de tout exemple ; et employé en quelle necessité ?
Vrayement ce feust raison qu'il le preferast à celuy
que ce grand orateur Lysias avoyt mis par escript
pour luy ; excellemment façonné au style iudiciaire, mais indigne d'un si noble criminel. Eust
on ouï de la bouche de Socrates une voix suppliante ? cette superbe vertu eust elle calé [1] au
plus fort de sa montre ? et sa riche et puissante
nature eust elle commis à l'art sa deffense ; et, en
son plus hault essay, renoncé à la verité et naïfveté, ornements de son parler, pour se parer du
fard des figures, et feinctes d'un' oraison apprinse ?
Il feit tressagement, et selon luy, de ne corrompre point une teneur de vie incorruptible et une
si saincte image de l'humaine forme, pour alouger
d'un an sa decrepitude, et trahir l'immortelle
memoire de cette fin glorieuse. Il debvoit sa vie,
non pas à soy, mais à l'exemple du monde : seroit
ce pas dommage publique qu'il l'eust achevee
d'un' oysifve et obscure façon ? Certes, une si nonchalante et molle consideration de sa mort meritoit que la posterité le considerast d'autant plus
pour luy ; ce qu'elle feit : et il n'y a rien en la justice si iuste, que ce que la fortune ordonna pour
sa recommandation ; car les Atheniens eurent en
telle abomination ceulx qui en avoyent esté cause,
qu'on les fuyoit comme personnes excommuniees ;
on tenoit pollu tout ce à quoy ils avoyent touché ;
personne à l'estuve ne lavoit avecques eulx, personne ne les saluoit ny accointoit ; si qu'enfin ne
pouvant plus porter cette haine publique, ils se
pendirent eulx mesmes.

Si quelqu'un estime que, parmy tant d'aultres
exemples que i'avoy à choisir pour le service de
mon propos, ez dicts de Socrates, i'aye mal trié
cettuy cy ; et qu'il iuge ce discours estre eslevé
au dessus des opinions communes : ie l'ay faict à
escient ; car ie iuge aultrement ; et tiens que c'est
un discours, en reng et en naïfveté, bien plus
arriere et plus bas que les opinions communes. Il
represente, en une hardiesse inartificielle et securité enfantine, la pure et premiere impression
et ignorance de nature ; car il est croyable que
nous avons naturellement crainte de la douleur,
mais non de la mort, à cause d'elle : c'est une
partie de nostre estre, non moins essencielle que
le vivre. A quoy faire nous en auroit nature
engendré la haine et l'horreur, veu qu'elle luy

tient reng de tresgrande utilité, pour nourrir la
succession et vicissitude de ses ouvrages ? et qu'en
cette republique universelle, elle sert plus de
naissance et d'augmentation, que de perte ou
ruyne ?

Sic rerum summa novatur [2].

Mille animas una necata dedit [3],

la defaillance d'une vie est le passage à mille aultres vies. Nature a empreint aux bestes le soing
d'elles et de leur conservation : elles vont iusques
là, de craindre leur empirement, de se heurter
et blecer, que nous les enchevestrions et battions,
accidents subiects à leur sens et experience ; mais
que nous les tuyons, elles ne le peuvent craindre,
ny n'ont la faculté d'imaginer et conclure la mort :
si dict on encores qu'on les veoid, non seulement
la souffrir gayement ( la pluspart des chevaulx
hennissent en mourant, les cygnes la chantent ),
mais de plus, la recherchent à leur besoing, comme
portent plusieurs exemples des elephants.

Oultre ce, la façon d'argumenter de laquelle se
sert icy Socrates, est elle pas admirable egalement en simplicité et en vehemence ? Vrayement
il est bien plus aysé de parler comme Aristote, et
vivre comme Cesar, qu'il n'est aysé de parler et
vivre comme Socrates : là, loge l'extreme degré de
perfection et de difficulté ; l'art n'y peult ioindre.
Or, nos facultez ne sont pas ainsin dressees ; nous
ne les essayons, ny ne les cognoissons ; nous nous
investissons de celles d'aultruy, et laissons chomer
les nostres : comme quelqu'un pourroit dire de moy,
que i'ay seulement faict icy un amas de fleurs estrangeres, n'y ayant fourny du mien que le filet à
les lier.

Certes, i'ay donné à l'opinion publicque, que
ces parements empruntez m'accompaignent ; mais
ie n'entends pas qu'ils me couvrent et qu'ils me
cachent : c'est le rebours de mon desseing, qui ne
veulx faire montre que du mien et de ce qui est mien
par nature ; et si ie m'en feusse creu, à tout hazard
i'eusse parlé tout fin seul. Ie m'en charge de plus
fort touts les iours, oultre ma proposition et ma
forme premiere, sur la fantasie du siecle, et par
oysifveté. S'il me messied à moy, comme ie le croy,
n'importe ; il peult estre utile à quelque aultre.
Tel allegue Platon et Homere, qui ne les veid
oncques : et moy, ay prins des lieux assez, ailleurs
qu'en leur source. Sans peine et sans suffisance,
ayant mille volumes de livres autour de moy en ce

[1] Se fût-elle abaissée.
[2] Ainsi la naturelle se renouvelle. Lucrèce, II, 74.
[3] Ovide, Fastes, I, 380. Montaigne traduit ce passage après l'avoir cité.

lieu ou i'escris, i'emprunteray presentement, s'il me plaist, d'une douzaine de tels ravaudeurs, gents que ie ne feuillette gueres, de quoy esmailler le traicté de la Physionomie : il ne fault que l'epistre liminaire d'un Allemand pour me farcir d'allegations. Et nous allons quester par là une friande gloire, à piper le sot monde ! Ces pastissages de lieux communs, dequoy tant de gents mesnagent leur estude, ne servent gueres qu'à subiects communs, et servent à nous montrer, non à nous conduire : ridicule fruict de la science, que Socrates exagite [1] si plaisamment contre Euthydemus. I'ay veu faire des livres de choses ny iamais estudiees, ny entendues; l'aucteur commettant à divers de ses amys sçavans la recherche de cette cy et de cette aultre matiere à le bastir, se contentant, pour sa part, d'en avoir proiecté le desseing, et lié par son industrie ce fagot de provisions incogneues : au moins est sien l'encre et le papier. Cela, c'est, en conscience, achetter ou emprunter un livre, non pas le faire; c'est apprendre aux hommes, non qu'on sçait faire un livre, mais, ce dequoy ils pouvoient estre en doubte, qu'on ne le sçait pas faire. Un president se vantoit, où i'estois, d'avoir amoncelé deux cents tant de lieux estrangers en un sien arrest presidental : en le preschant, il effaceoit la gloire qu'on luy en donnoit : Pusillanime et absurde vanterie, à mon gré, pour un tel subiect et telle personne ! Ie fois le contraire; et, parmy tant d'emprunts, ie suis bien ayse d'en pouvoir desrober quelqu'un, le desguisant et difformant à nouveau service : au hazard que ie laisse dire que c'est par faulte d'avoir entendu son naturel usage, ie luy donne quelque particuliere addresse de ma main, à ce qu'il en soit d'autant moins purement estranger. Ceulx cy mettent leurs larrecins en parade et en compte; aussi ont ils plus de credit aux loix que moy : nous aultres naturalistes, estimons qu'il y ayt grande et incomparable preference de l'honneur de l'invention, à l'honneur de l'allegation.

Si i'eusse voulu parler par science, i'eusse parlé plus tost; i'eusse escript du temps plus voysin de mes estudes, que i'avoy plus d'esprit et de memoire; et me feusse plus fié à la vigueur de cet aage là, qu'à cettuy cy, si i'eusse voulu faire mestier d'escrire. Et quoy, si cette faveur gracieuse que la fortune m'a nagueres offerte par l'entremise de cet ouvrage, m'eust peu rencontrer en telle saison, au lieu de celle cy, où elle est egualement desirable à posseder, et preste à perdre ? Deux de mes cognoissants, grands hommes en cette faculté, ont perdu par moitié, à mon advis, d'avoir refusé de se mettre au iour à quarante ans, pour attendre les soixante. La maturité a ses defaults, comme la

verdeur, et pires ; et autant est la vieillesse incommode à cette nature de besongne, qu'à toute aultre : quiconque met sa decrepitude soubs la presse, faict folie, s'il espere en espreindre [2] des humeurs qui ne sentent le disgracié, le resveur et l'assopy; nostre esprit se constipe et s'espaissit en vieillissant. Ie dy pompeusement et opulemment l'ignorance, et dy la science maigrement et piteusement; accessoirement cette cy et accidentalement, celle là expressement et principalement : et ne traicte à poinct nommé de rien, que du rien; ny d'aulcune science, que de celle de l'inscience. I'ay choisi le temps où ma vie, que i'ay à peindre, ie l'ay toute devant moy; ce qui en reste tient plus de la mort : et de ma mort seulement, si ie la rencontrois babillarde, comme font d'aultres, donnerois ie encores volontiers advis au peuple, en deslogeant.

Socrates a esté un exemplaire parfaict en toutes grandes qualitez. I'ay despit qu'il eust rencontré un corps et un visage si disgraciez, comme ils disent, et si disconvenable à la beaulté de son ame : luy si amoureux et si affolé de la beaulté : nature luy feit iniustice. Il n'est rien plus vraysemblable que la conformité et relation du corps à l'esprit. *Ipsi animi, magni refert, quali in corpore locati sint : multa enim e corpore exsistunt, quæ acuant mentem; multa, quæ obtundant* [3] : cettuy cy parle d'une laideur desnaturee, et difformité de membres; mais nous appellons laideur aussi, une mesadvenance au premier regard, qui loge principalement au visage, et nous desgoute par bien legieres causes, par le teint, une tache, une rude contenance, par quelque cause souvent inexplicable, en des membres pourtant bien ordonnez et entiers. La laideur qui revestoit un' ame tres belle en La Boëtie, estoit de ce predicament [4] : cette laideur superficielle, qui est toutesfois la plus imperieuse, est de moindre preiudice à l'estat de l'esprit, et a peu de certitude en l'opinion des hommes. L'aultre, qui d'un plus propre nom s'appelle difformité, plus substancielle, porte plus volontiers coup iusques au dedans : non pas tout soulier de cuir bien lissé, mais tout soulier bien formé, montre l'interieure forme du pied : Comme Socrates disoit de la sienne, qu'elle en accusoit iustement autant en son ame, s'il ne l'eust corrigee par institution. Mais, en le disant, ie tiens qu'il se mocquoit, suivant son usage; et iamais ame si excellente ne se feit elle mesme.

[1] *Critique*; c'est le mot latin *exagitat.* — [2] *En exprimer.*
[3] Il importe beaucoup dans quel corps l'ame soit logée ; car plusieurs qualités corporelles servent à aiguiser l'esprit, et plusieurs autres à l'émousser. Cic., *Tusc. quæst.*, I, 33.
[4] Étoit de cette catégorie.

Ie ne puis dire assez souvent combien i'estime la beaulté qualité puissante et advantageuse : il l'appelloit, « une courte tyrannie ; » et Platon, « le privilege de nature. » Nous n'en avons point qui la surpasse en credit : elle tient le premier reng au commerce des hommes ; elle se presente au devant ; seduict et preoccupe nostre iugement, avecques grande auctorité et merveilleuse impression. Phryné perdoit sa cause entre les mains d'un excellent advocat, si, ouvrant sa robbe, elle n'eust corrompu ses iuges par l'esclat de sa beaulté. Et ie treuve que Cyrus, Alexandre, Cesar, ces trois maistres du monde, ne l'ont pas oublice à faire leurs grands affaires ; non a pas le premier Scipion. Un mesme mot embrasse en grec le bel et le bon : et le sainct Esprit appelle souvent bons, ceulx qu'il veult dire beaux. Ie maintiendrois volentiers le reng des biens, selon que portoit la chanson que Platon dict avoir esté triviale, prinse de quelque ancien poëte : « la Santé, la Beaulté, la Richesse. » Aristote dict, Aux beaux appartenir le droict de commander ; et, quand il en est de qui la beaulté approche celle des images des dieux, Que la veneration leur est pareillement deue : à celuy qui lui demandoit pourquoy plus long temps et plus souvent on hantoit les beaux : « Cette demande, feit il, n'appartient à estre faicte que par un aveugle.»La plus part, et les plus grands philosophes, payerent leur escholage, et acquirent la sagesse, par l'entremise et faveur de leur beaulté. Non seulement aux hommes qui me servent, mais aux bestes aussi, ie la considere à deux doigts prez de la bonté.

Si me semble il que ce traict et façon de visage ; et ces lineaments, par lesquels on argumente aulcunes complexions internes et nos fortunes à venir, est chose qui ne loge pas bien directement et simplement soubs le chapitre de beaulté et de laideur : non plus que toute bonne odeur et serenité d'air n'en promet pas la santé ; ny toute espesseur et puanteur, l'infection en temps pestilent. Ceulx qui accusent les dames de contredire leur beaulté par leurs mœurs ne rencontrent pas tousiours : car en une face qui ne sera pas trop bien composee, il peult loger quelque air de probité et de fiance, comme, au rebours, i'ay leu parfois, entre deux beaux yeulx, des menaces d'une nature maligne et dangereuse. Il y a des physionomies favorables ; et, en une presse d'ennemys victorieux, vous choisirez incontinent parmy des hommes incogneus, l'un plustost que l'aultre, à qui vous rendre et fier vostre vie, et non proprement par la consideration de la beaulté.

C'est une foible garantie que la mine ; toutesfois elle a quelque consideration : et si i'avoy à les

fouetter, ce seroit plus rudement les meschants qui desmentent et trahissent les promesses que nature leur avoyt plantees au front ; ie punirois plus aigrement la malice ; en une apparence debonnaire. Il semble qu'il y ayt aulcuns visages heureux, d'aultres malencontreux ; et croy qu'il y a quelque art à distinguer les visages debonnaires, des niais ; les severes, des rudes ; les malicieux, des chagrins ; les desdaigneux, des melancholiques, et telles aultres qualitez voysines. Il y a des beaultez, non fieres seulement, mais aigres ; il y en a d'aultres doulces, et, encores au delà, fades : d'en prognosticquer les adventures futures, ce sont matieres que ie laisse indecises.

I'ay prins, comme i'ay dict ailleurs, bien simplement et cruement, pour mon regard, ce precepte ancien : que « Nous ne sçaurions faillir à suivre nature : » que le souverain precepte, c'est de « Se conformer à elle. » Ie n'ay pas corrigé, comme Socrates, par la force de la raison, mes complexions naturelles, et n'ay aulcunement troublé, par art, mon inclination : ie me laisse aller, comme ie suis venu ; ie ne combats rien ; mes deux maistresses pieces vivent, de leur grace, en paix et bon accord : mais le laict de ma nourrice a esté, Dieu merci ! mediocrement sain et temperé. Diray ie cecy en passant ? que ie veoy tenir en plus de pris qu'elle ne vault, qui est seule quasi en usage entre nous, certaine image de preud'hommie scholastique, serve des preceptes, contrainete soubs l'esperance et la crainte. Ie l'aime telle que les loix et religions non facent, mais parfacent et auctorisent ; qui se sente de quoy se soustenir sans ayde ; nee en nous de ses propres racines, par la semence de la raison universelle, empreinte en tout homme non desnaturé. Cette raison, qui redresse Socrates de son vicieux ply, le rend obeyssant aux hommes et aux dieux qui commandent en sa ville, courageux en la mort, non parce que son ame est immortelle, mais parce qu'il est mortel. Ruyneuse instruction à toute police, et bien plus dommageable qu'ingenieuse et subtile, qui persuade aux peuples la religieuse creance suffire seule, et sans les mœurs, à contenter la divine iustice ! l'usage nous faict veoir une distinction enorme entre la devotion et la conscience.

I'ay une apparence favorable, et en forme, et en interpretation ;

Quid dixi, habere? Imo habui, Chreme [1] :

Heu ! tantum attriti corporis ossa vides [2] :

(1) Qu'ai-je dit, j'ai ? je devois dire, j'avois. Tér., Heaut., act. I, sc. 1, v. 42.

(2) Hélas ! vous ne voyez plus en moi que le squelette d'un corps affoibli. On ne sait d'où Montaigne a tiré ce vers.

et qui faict une contraire montre à celle de Socrates. Il m'est souvent advenu que, sur le simple
credit de ma presence et de mon air, des personnes qui n'avoyent aulcune cognoissance de moy, s'y
sont grandement fiees, soit pour leurs propres affaires, soit pour les miennes; et en ay tiré, ez
païs estrangers, des faveurs singulieres et rares.
Mais ces deux experiences valent, à l'adventure,
que ie les recite particulierement : Un quidam delibera de surprendre ma maison et moy; son art
feut d'arriver seul à ma porte, et d'en presser un
peu instamment l'entree. Ie le cognoissois de nom,
et avoy occasion de me fier de luy, comme de mon
voysin et aulcunement mon allié : ie luy feis ouvrir, comme ie fois à chascun. Le voicy tout effroyé, son cheval hors d'haleine, fort harassé. Il
m'entreteint de cette fable : « Qu'il venoyt d'estre
rencontré, à une demye lieue de là, par un sien ennemy, lequel ie cognoissois aussi, et avoy ouï parler de leur querelle; que cet ennemy luy avoyt
merveilleusement chaussé les esperons; et qu'ayant
esté surprins en desarroy, et plus foible en nombre, il s'estoit iecté à ma porte à sauveté; qu'il estoit en grand' peine de ses gents, lesquels il disoit
tenir pour morts ou prins. » I'essayai tout naïvement de le conforter, asseurer, et refreschir. Tantost aprez, voylà quatre ou cinq de ses soldats qui
se presentent en mesme contenance et effroy, pour
entrer ; et puis d'aultres, et d'aultres encores
aprez, bien equippez et bien armez, iusques à
vingt cinq ou trente, feignants avoir leur ennemy
aux talons. Ce mystere commençeoit à taster mon
souspeçon : ie n'ignorois pas en quel siecle ie vivois, combien ma maison pouvoit estre envyee; et
avoy plusieurs exemples d'aultres de ma cognoissance, à qui il estoit mesadvenu de mesme. Tant
y a, que, trouvant qu'il n'y avoyt point d'acquest
d'avoir commencé à faire plaisir, si ie n'achevois,
et ne pouvant me desfaire sans tout rompre, ie
me laissay aller au party le plus naturel et le plus
simple, comme ie fois tousiours, commandant
qu'ils entrassent. Aussi, à la verité, ie suis peu
desfiant et souspeçonneux de ma nature; ie penche volontiers vers l'excuse et l'interpretation plus
doulce; ie prends les hommes selon le commun
ordre; et ne croy pas ces inclinations perverses
et desnaturees si ie n'y suis forcé par grand tesmoingnage, nou plus que les monstres et miracles :
et suis homme, en oultre, qui me commets volontiers à la fortune, et me laisse aller à corps
perdu entre ses bras; dequoy, iusques à cette heure,
i'ay eu plus l'occasion de me louer que de me
plaindre, et l'ay trouvee et plus advisee, et plus
amye de mes affaires, que ie ne suis. Il y a quel-

ques actions en ma vie, desquelles on peult iustement nommer la conduicte difficile, ou, qui
voudra, prudente : de celles là mesmes, posez que
la tierce partie soit du mien, certes les deux tierces
sont richement à elle. Nous faillons, ce me semble,
en ce que nous ne nous fions pas assez au ciel de
nous, et pretendons plus de nostre conduicte,
qu'il ne nous appartient; pourtant se fourvoyent
si souvent nos desseings : il est envyeux de l'estendue que nous attribuons aux droicts de l'humaine
prudence, au preiudice des siens; et nous les rac-
courcit d'autant plus que nous les amplifions.
Ceulx cy se teinrent à cheval, en ma court; le chef
avecques moy dans ma salle, qui n'avoyt voulu
qu'on establast son cheval, disant avoir à se retirer
incontinent qu'il auroit eu nouvelles de ses hommes. Il se veid maistre de son entreprinse : et n'y
restoit sur ce poinct que l'execution. Souvent depuis il a dict, car il ne craignoit pas de faire ce
conte, que mon visage et ma franchise luy avoyent
arraché la trahison des poings. Il remonta à cheval, ses gents ayants continuellement les yeulx sur
luy, pour veoir quel signe il leur donneroit, bien
estonnez de le veoir sortir, et abandonner son advantage.

Une aultre fois, me fiant à ie ne sçay quelle
trefve qui venoyt d'estre publiee en nos armees,
ie m'acheminay à un voyage, par païs estrangement chatouilleux. Ie ne feus pas si tost esventé,
que voylà trois ou quatre cavalcades de divers
lieux pour m'attraper : l'une me ioignit à la troisiesme iournee, où ie feus chargé par quinze ou
vingt gentilshommes masquez, suivis d'une ondee
d'argoulets [1]. Me voylà prins et rendu, retiré dans
l'espez d'une forest voysine, desmonté, devalizé,
mes cofres fouillez, ma boite prinse, chevaulx et
esquipage dispersez à nouveaux maistres. Nous
feusmes long temps à contester dans ce hallier,
sur le faict de ma rançon, qu'ils me tailloient si
haulte, qu'il paroissoit bien que ie ne leur estois
gueres cogneu. Ils entrerent en grande contestation de ma vie. De vray, il y avoyt plusieurs circonstances qui me monacçoient du danger où i'en
estois.

Tunc animis opus, Aenea, tunc pectore firmo [2].

Ie me mainteins tousiours, sur le tiltre de ma
trefve, à leur quitter seulement le gaing qu'ils
avoyent faict de ma despouille, qui n'estoit pas à
mespriser, sans promesse d'aultre rançon. Aprez
deux ou trois heures que nous eusmes esté là, et

(1) Arquebusiers.
(2) C'est alors qu'il fallut montrer du courage et de la fermeté. Virg., Énéide, VI, 261.

64

qu'ils m'eurent faict monter sur un cheval qui n'a-
voyt garde de leur eschapper, et commis ma conduicte particuliere à quinze ou vingt harquebuziers, et dispersé mes gents à d'aultres, ayant
ordonné qu'on nous menast prisonniers diverses
routes, et moy desià acheminé à deux ou trois
harquebuzades de là,

    *Iam prece Pollucis, iam Castoris implorata*[1] :

voicy une soubdaine et tresinopinee mutation qui
leur print. Ie veis revenir à moy le chef, avecques
paroles plus doulces : se mettant en peine de rechercher en la trouppe mes hardes escartees, et
me les faisant rendre, selon qu'il s'en pouvoit recouvrer, iusques à ma boite. Le meilleur present
qu'ils me feirent, ce feut enfin ma liberté : le reste
ne me touchoit gueres en ce temps là. La vraye
cause d'un changement si nouveau, et de ce r'advisement sans aulcune impulsion apparente, et
d'un repentir si miraculeux, en tel temps, en une
entreprinse pourpensee[2] et deliberee, et devenue
iuste par l'usage (car d'arrivee ie leur confessay
ouvertement le party duquel i'estois, et le chemin
que ie tenois), certes, ie ne sçay pas bien encores
quelle elle est. Le plus apparent qui se demasqua,
et me feit cognoistre son nom, me redict lors plusieurs fois, qui ie debvois cette delivrance à mon
visage, liberté et fermeté de mes paroles, qui me
rendoient indigne d'une telle mesadventure, et
me demanda asseurance d'une pareille. Il est possible que la bonté divine se voulut servir de ce
vain instrument pour ma conservation : elle me
deffendit encores l'endemain d'aultres pires embusches, desquelles ceulx cy mesmes m'avoyent
adverty. Le dernier est encores en pieds, pour en
faire le conte ; le premier feut tué il n'y a pas long
temps.

    Si mon visage ne respondoit pour moy, si on
ne lisoit en mes yeulx et en ma voix la simplicité
de mon intention, ie n'eusse pas duré sans querelle et sans offense, si long temps, avecques cette
indiscrette liberté de dire à tort et à droict ce qui
me vient en fantasie, et iuger temerairement des
choses. Cette façon peult paroistre, avecques raison, incivile et mal accommodee à nostre usage ;
mais oultrageuse et malicieuse, ie n'ay veu personne qui l'en ayt iugee ; ny qui se soit picqué de
ma liberté, s'il l'a receue de ma bouche : les paroles redictes ont, comme aultre son, aultre sens.
Aussi ne hais ie personne ; et suis si lasche à offenser, que, pour le service de la raison mesme,
ie ne le puis faire ; et, lorsque l'occasion m'a convié aux condemnations criminelles, i'ay plustost
manqué à la iustice : *ut magis peccari nolim, quam*

*satis animi ad vindicanda peccata habeam*[3]. On
reprochoit, dict on, à Aristote d'avoir esté trop
misericordieux envers un meschant homme : « l'ay
esté, de vray, dict il, misericordieux envers
l'homme, non envers la meschanceté. » Les iugements ordinaires s'exasperent à la punition, par
l'horreur du mesfaict : cela mesme refroidit le
mien ; l'horreur du premier meurtre m'en faict
craindre un second ; et la laideur de la premiere
cruauté m'en faict abhorrer toute imitation. A
moy, qui ne suis qu'escuyer de trefles, peult toucher ce qu'on disoit de Charillus, roy de Sparte :
« Il ne sçauroit estre bon, puisqu'il n'est pas mauvais aux meschants : » ou bien ainsin car Plutarque
le presente en ces deux sortes, comme mille aultres choses, diversement et contrairement : « Il fault
bien qu'il soit bon, puisqu'il l'est aux meschants
mesmes. » De mesme qu'aux actions legitimes ie me
fasche de m'y employer quand c'est envers ceulx
qui s'en desplaisent ; aussi, à dire verité, aux illegitimes, ie ne fois pas assez de conscience de m'y
employer, quand c'est envers ceulx qui y consentent.

---------------

## CHAPITRE XIII.

### *De l'experience.*

Il n'est desir plus naturel que le desir de cognoissance. Nous essayons touts les moyens qui nous y
peuvent mener ; quand la raison nous fault, nous y
employons l'experience,

    *Per varios usus artem experientia fecit,*
    *Exemplo monstrante viam*[4],

qui est un moyen de beaucoup plus foible et plus
vil ; mais la verité est chose si grande, que nous
ne debvons desdaigner aulcune entremise qui nous
y conduise. La raison a tant de formes, que nous ne
sçavons à laquelle nous prendre : l'experience n'en
a pas moins ; la consequence que nous voulons tirer
de la conference des evenements est mal seure,
d'autant qu'ils sont tousiours dissemblables. Il
n'est aulcune qualité si universelle, en cette image
des choses, que la diversité et varieté. Et les Grecs,
et les Latins, et nous, pour le plus exprez exemple
de similitude, nous servons de celuy des œufs :

---------------

(1) Lorsque j'avois imploré déjà le secours de Castor et de
Pollux. CATULLE, *Carm.*, LXVI, 65.

(2) *Réfléchie.*

(3) Je voudrois qu'on n'eût pas commis de fautes ; mais je n'ai
pas le courage de punir celles qui sont commises. TITE-LIVE,
XXIX, 21.

(4) C'est par différentes épreuves que l'expérience a produit
l'art ; l'exemple d'autrui nous a montré la route. MANIL., I, 59.

toutesfois il s'est trouvé des hommes, et notamment un en Delphes, qui recognoissoit des marques de difference entre les œufs, si qu'il n'en prenoit iamais l'un pour l'aultre; et y ayant plusieurs poules, sçavoit iuger de laquelle estoit l'œuf. La dissimilitude s'ingere d'elle mesme en nos ouvrages : nul art peult arriver à la similitude; ny Perrozet, ny aultre, ne peult si soigneusement polir et blanchir l'envers de ses chartes, qu'aulcuns ioueurs ne les distinguent, à les voir seulement couler par les mains d'un aultre. La ressemblance ne faict pas tant, un; comme la difference faict, aultre. Nature s'est obligee à ne rien faire aultre, qui ne feust dissemblable.

Pourtant, l'opinion de celuy là ne me plaist gueres, qui pensoit, par la multitude des loix, brider l'auctorité des iuges, en leur taillant leurs morceaux; il ne sentoit point qu'il y a autant de liberté et d'estendue à l'interpretation des loix, qu'à leur façon : et ceulx là se mocquent, qui pensent appetisser nos debats et les arrester, en nous r'appellant à l'expresse parole de la Bible; d'autant que nostre esprit ne treuve pas le champ moins spacieux à contrerooller le sens d'aultruy qu'à representer le sien, et comme s'il y avoyt moins d'animosité et d'aspreté à gloser qu'à inventer. Nous veoyons combien il se trompoit; car nous avons en France plus de loix que tout le reste du monde ensemble, et plus qu'il n'en fauldroit à regler touts les mondes d'Epicurus; *ut olim flagitiis, sic nunc legibus laboramus* [1] : et si avons tant laissé à opiner et decider à nos iuges, qu'il ne feut iamais liberté si puissante et si licencieuse. Qu'ont gaigné nos legislateurs à choisir cent mille especes et faicts particuliers, et y attacher cent mille loix? ce nombre n'a aulcune proportion avecques l'infinie diversité des actions humaines; la multiplication de nos inventions n'arrivera pas à la variation des exemples : adioustez y en cent fois autant; il n'adviendra pas pourtant que, des evenements à venir, il s'en treuve aulcun qui, en tout ce grand nombre de milliers d'evenements choisis et enregistrez, en rencontre un auquel il se puisse ioindre et apparier si exactement, qu'il n'y reste quelque circonstance et diversité qui requiere diverse consideration de iugement. Il y a peu de relation de nos actions, qui sont en perpetuelle mutation, avecques les loix fixes et immobiles : les plus desirables, ce sont les plus rares, plus simples, et generales; et encores croy ie qu'il vauldroit mieulx n'en avoir point du tout, que de les avoir en tel nombre que nous avons.

Nature les donne tousiours plus heureuses que

ne sont celles que nous nous donnons : tesmoing la peincture de l'aage doré des poëtes, et l'estat où nous veoyons vivre les nations qui n'en ont point d'aultres : en voylà, qui, pour touts iuges, employent en leurs causes le premier passant qui voyage le long de leurs montaignes; et ces aultres eslisent, le iour du marché, quelqu'un d'entr'eulx, qui, sur le champ, decide touts leurs procez. Quel danger y auroit il que les plus sages vuidassent ainsin les nostres selon les occurrences, et à l'œuil, sans obligation d'exemple et de consequence? A chasque pied, son soulier. Le roy Ferdinand, envoyant des colonies aux Indes, prouveut sagement qu'on n'y menast aulcuns escholiers de la iurisprudence, de crainte que les procez ne peuplassent en ce nouveau monde, comme estant science, de sa nature, generatrice d'altercation et division : iugeant avecques Platon, que « C'est une mauvaise provision de païs, que iurisconsultes et medecins. »

Pourquoy est ce que nostre language commun, si aysé à tout aultre usage, devient obscur et non intelligible en contract et testament; et que celuy qui s'esprime si clairement, quoy qu'il die et escrive, ne treuve en cela aulcune maniere de se declarer qui ne tumbe en doubte et contradiction? si ce n'est que les princes de cet art, s'appliquants d'une peculiere [2] attention à trier des mots solennes et former des clauses artistes [3], ont tant poisé chasque syllabe, espeluché si primement chasque espece de cousture, que les voylà enfrasquez [4] et embrouillez en l'infinité des figures, et si menues partitions, qu'elles ne peuvent plus tumber soubs aulcun reglement et prescription, ny aulcune certaine intelligence : *confusum est, quidquid usque in pulverem sectum est* [5]. Qui a veu des enfants, essayants de renger à certain nombre une masse d'argent vif; plus ils le pressent et petrissent, et s'estudient à le contraindre à leur loy, plus ils irritent la liberté de ce genereux metal; il fuyt à leur art, et se va menuisant et esparpillant, au delà de tout compte : c'est de mesme; car en subdivisant ces subtilitez, on apprend aux hommes d'accroistre les doubtes; on nous met en train d'estendre et diversifier les difficultez, on les alonge, on les disperse. En semant les questions et les retaillant, on faict fructifier et foisonner le monde en incertitude et en querelle; comme la

---

(1) On souffre autant des lois, qu'on souffroit autrefois des crimes. TACITE, *Annal.*, III, 25.

(2) *Spéciale.* — (3) *Arrangées avec art.*

(4) *Embarrassés.* De l'italien *infruscarsi*, s'embarrasser dans les branches des arbres.

(5) Tout ce qui est divisé jusqu'à n'être que poussière, devient confus. SÉNÈQUE, *Épist.* 89.

terre se rend fertile, plus elle est esmiee et profondement remuee : *Difficultatem facit doctrina*[1].
Nous doublions sur Ulpian, et redoublions encores
sur Bartolus et Baldus. Il falloit effacer la trace de
cette diversité innumerable d'opinions; non point
s'en parer, et en entester la posterité. Ie ne sçay
qu'en dire; mais il se sent, par experience, que
tant d'interpretations dissipent la verité et la rompent. Aristote a escript pour estre entendu : s'il
ne l'a peu, moins le fera un moins habile et un
tiers, que celuy qui traicte sa propre imagination.
Nous ouvrons la matiere, et l'espandons en la des-
trempant; d'un subiect nous en faisons mille, et
retumbons, en multipliant et subdivisant, à l'infinité des atomes d'Epicurus. Iamais deux hommes
ne iugerent pareillement de mesme chose; et est impossible de veoir deux opinions semblables exactement, non seulement en divers hommes, mais en
mesme homme à diverses heures. Ordinairement ie
treuve à doubter en ce que le commentaire n'a dai-
gué toucher; ie bronche plus volontiers en païs plat :
comme certains chevaulx que ie cognoy, qui chop-
pent plus souvent en chemin uny.

Qui ne diroit que les gloses augmentent les
doubtes et l'ignorance, puisqu'il ne se veoid aucun livre, soit humain, soit divin, sur qui le monde
s'embesongne, duquel l'interpretation face tarir
la difficulté? le centiesme commentaire le renvoye à son suivant, plus espineux et plus scabreux que le premier ne l'avoyt trouvé: quand
est il convenu entre nous, « ce livre en a assez, il
n'y a meshuy plus que dire? » Cecy se veoid mieulx
en la chicane : on donne auctorité de loy à infinis
docteurs, infinis arrests, et autant d'interpretations; trouvons nous pourtant quelque fin au besoing d'interpreter? s'y veoid il quelque progrez
et advancement vers la tranquillité? nous fault il
moins d'advocats et de iuges, que lors que cette
masse de droict estoit encores dans sa premiere
enfance? Au contraire, nous obscurcissons et en-
sepvelissons l'intelligence; nous ne la descouvrons
plus qu'à la mercy de tant de clostures et barrieres. Les hommes mescognoissent la maladie naturelle de leur esprit : il ne faict que fureter et
quester, et va sans cesse tournoyant, bastissant,
et s'empestrant en sa besongne, comme nos vers
à soye, et s'y estouffe; *mus in pice*[2] : il pense remarquer de loing ie ne sçay quelle apparence de
clarté et verité imaginaire; mais, pendant qu'il
y court, tant de difficultez luy traversent la voye,
d'empeschements et de nouvelles questes, qu'elles
l'esgarent et l'enyvrent non gueres autrement
qu'il advient aux chiens d'Aesope, lesquels des-
couvrants quelque apparence de corps mort flot-

ter en mer, et ne le pouvants approcher, entreprindrent de boire cette eau, d'asseicher le passage,
et s'y estoufferent. A quoy se rencontre ce qu'un
Crates disoit des escripts de Heraclitus, « qu'ils
avoyent besoing d'un lecteur bon nageur, » à fin
que la profondeur et poids de sa doctrine ne l'en-
gloutist et suffoquast. Ce n'est rien que foiblesse
particuliere, qui nous faict contenter de ce que
d'autres, ou que nous mesmes avons trouvé en
cette chasse de cognoissance; un plus habile ne
s'en contentera pas : il y a tousiours place pour
un suivant, ouy et pour nous mesmes, et route
par ailleurs. Il n'y a point de fin en nos inquisitions : nostre fin est en l'aultre monde. C'est
signe de raccourcissement d'esprit, quand il se
contente; ou signe de lasseté. Nul esprit genereux
ne s'arreste en soy; il pretend tousiours, et va
oultre ses forces; il a des eslans au delà de ses
effects : s'il ne s'advance, et ne se presse, et ne
s'accule, et ne se chocque et tournevire, il n'est
vif qu'à demy : ses poursuittes sont sans terme et
sans forme; son aliment, c'est admiration, chasse,
ambiguité : ce que declaroit assez Apollo, parlant
tousiours à nous doublement, obscurement et
obliquement; ne nous repaissant pas, mais nous
amusant et embesongnant. C'est un mouvement
irregulier, perpetuel, sans patron et sans but : ses
inventions s'eschauffent, se suivent, et s'entre-
produisent l'une l'aultre :

> Ainsin veoid on, en un ruisseau coulant,
> Sans fin l'une eau aprez l'aultre roulant;
> Et tont de reng, d'un eternel conduict,
> L'une suit l'aultre, et l'une l'aultre fuyt.
> Par cette cy celle là est poulsee,
> Et cette cy par l'aultre est devancee:
> Tousiours l'eau va dans l'eau; et tousiours est ce
> Mesme ruisseau, et tousiours eau diverse[3].

Il y a plus affaire à interpreter les interpretations, qu'à interpreter les choses; et plus de
livres sur les livres, que sur aultre subiect : nous
ne faisons que nous entregloser. Tout formille de
commentaires : d'aucteurs, il en est grand' cherté.
Le principal et plus fameux sçavoir de nos siecles,
est ce pas sçavoir entendre les sçavants? est ce
pas la fin commune et derniere de tous estudes?
Nos opinions s'entent les unes sur les aultres; la
premiere sert de tige à la seconde, la seconde à la
tierce : nous eschellons ainsi de degré en degré;
et advient de là que le plus hault monté a souvent plus d'honneur que de merite, car il n'est

---

(1) C'est la doctrine qui produit les difficultés. QUINTIL., *Inst.
orat.*, X, 3.
(2) C'est une souris dans la poix, proverbe latin.
(3) Vers d'Estienne de La Boëtie.

monté que d'un grain sur les espaules du penultime.

Combien souvent, et sottement à l'adventure, ay ie estendu mon livre à parler de soy ? sottement, quand ce ne seroit que pour cette raison, qu'il me debvoit souvenir de ce que ie dy des aultres qui en font de mesme, » Que ces œuillades si frequentes à leur ouvrage, tesmoingnent que le cœur leur frissonne de son amour; et les rudoyements mesmes desdaigneux dequoy ils le battent, que ce ne sont que mignardises et affeteries d'une faveur maternelle; » suivant Aristote, à qui et se priser et se mespriser naissent souvent de pareil air d'arrogance. Car mon excuse, « Que ie doibs avoir en cela plus de liberté que les aultres, d'autant qu'à poinct nommé i'escris de moy et de mes escripts, comme de mes aultres actions; Que mon theme se renverse en soy : » ie ne sçay si chascun la prendra.

J'ay veu en Allemaigne que Luther a laissé autant de divisions et d'altercations sur le doubte de ses opinions, et plus, qu'il n'en esmeut sur les Escriptures sainctes. Nostre contestation est verbale : le demande que c'est que Nature, Volupté, Cercle, et Substitution; la question est de paroles, et se paye de mesme. Une pierre, c'est un corps : mais qui presseroit, « Et corps, qu'est ce? » « Substance;» « et substance, quoy? » ainsin de suitte, acculeroit enfin le respondant au bout de son Calepin. On eschange un mot pour un aultre mot, et souvent plus incogneu : ie sçay mieulx que c'est qu'Homme, que ie ne sçay que c'est Animal, ou Mortel, ou Raisonnable. Pour satisfaire à un doubte, ils m'en donnent trois; c'est la teste d'Hydra. Socrates demandoit à Menon, « Que c'estoit que vertu. » « Il y a, dict Menon, vertu d'homme et de femme, de magistrat et d'homme privé, d'enfant et de vieillard. » « Voicy qui va bien, s'escria Socrates : nous estions en cherche d'une vertu; tu nous en apportes un exaim. » Nous communiquons une question; on nous en redonne une ruchee. Comme nul evenement et nulle forme ressemble entierement à aultre ; aussi ne differe l'une de l'aultre entierement : ingenieux meslange de nature. Si nos faces n'estoient semblables, on ne sçauroit discerner l'homme de la beste; si elles n'estoient dissemblables, on ne sçauroit discerner l'homme de l'homme : toutes choses se tiennent par quelque similitude; tout exemple cloche; et la relation qui se tire de l'experience est tousiours desfaillante et imparfaicte. On ioinct toutesfois les comparaisons par quelque bout : ainsin servent les loix, et s'assortissent ainsin à chascun de nos affaires par

quelque interpretation destournee, contraincte et biaise.

Puisque les loix ethiques[1], qui regardent le debvoir particulier de chascun en soy, sont si difficiles à dresser, comme nous veoyons qu'elles sont ; ce n'est pas merveille si celles qui gouvernent tant de particuliers le sont dadvantage. Considerez la forme de cette iustice qui nous regit; c'est un vray tesmoingnage de l'humaine imbecillité : Tant il y a de contradiction et d'erreur ! Ce que nous trouvons faveur et rigueur en la iustice, et y en trouvons tant, que ie ne sçay si l'entredeux s'y treuve si souvent, ce sont parties maladifves et membres iniustes du corps mesme et essence de la iustice. Des païsans viennent de m'advertir en haste qu'ils ont laissé presentement en une forest qui est à moy, un homme meurtry de cent coups, qui respire encores, et qui leur a demandé de l'eau par pitié, et du secours pour le soublever : disent qu'ils n'ont osé l'approcher, et s'en sont fuys, de peur que les gents de la iustice ne les y attrapassent, et, comme il se faict de ceulx qu'on rencontre prez d'un homme tué, ils n'eussent à rendre compte de cet accident, à leur totale ruyne; n'ayants ny suffisance, ny argent, pour deffendre leur innocence. Que leur eusse ie dict ? il est certain que cet office d'humanité les eust mis en peine.

Combien avons nous descouvert d'innocents avoir esté punis, ie dy sans la coulpe[2] des iuges; et combien en y a il eu que nous n'avons pas descouverts? Cecy est advenu de mon temps : Certains sont condemnez à la mort pour un homicide; l'arrest, sinon prononcé, au moins conclu et arresté. Sur ce poinct, les iuges sont advertis, par les officiers d'une cour subalterne voysine, qu'ils tiennent quelques prisonniers, lesquels advouent disertement cet homicide, et apportent à tout ce faict une lumiere indubitable. On delibere si pourtant on doibt interrompre et differer l'execution de l'arrest donné contre les premiers : on considere la nouvelleté de l'exemple, et sa consequence pour accrocher les iugements; que la condemnation est iuridiquement passee; les iuges privez de repentance. Somme, ces pauvres diables sont consacrés aux formules de la iustice. Philippus, ou quelque aultre, prouveut à un pareil inconvenient, en cette maniere. Il avoyt condemné en grosses amendes un homme envers un aultre, par un iugement resolu. La verité se descouvrant quelque temps aprez, il se trouva

[1] Morales.
[2] Faute.

qu'il avoyt iniquement iugé. D'un costé estoit la raison de la cause ; de l'aultre costé la raison des formes iudiciaires : il satisfeit aulcunement à toutes les deux, laissant en son estat la sentence, et recompensant, de sa bource, l'interest du condemné. Mais il avoyt à faire à un accident reparable : les miens feurent pendus irreparablement. Combien ay ie veu de condemnations plus crimineuses que le crime !

Tout cecy me faict souvenir de ces anciennes opinions : « Qu'il est force de faire tort en detail, qui veult faire droict en gros ; et iniustice en petites choses, qui veult venir à chef de faire iustice ez grandes : Que l'humaine iustice est formée au modele de la medecine, selon laquelle tout ce qui est utile est aussi iuste et honneste : Et de ce que tiennent les stoïciens, que nature mesme procede contre iustice, en la pluspart de ses ouvrages : Et de ce que tiennent aussi les cyrenaïques, qu'il n'y a rien iuste de soy ; que les coustumes et loix forment la iustice : Et les theodoriens, qui treuvent iuste au sage le larrecin, le sacrilege, toute sorte de paillardise, s'il cognoist qu'elle luy soit proufitable. » Il n'y a remede : i'en suis là, comme Alcibiades, que ie ne me representeray iamais, que ie puisse, à homme qui decide de ma teste ; où mon honneur et ma vie despende de l'industrie et soing de mon procureur plus que de mon innocence. Ie me hazarderois à une telle iustice, qui me recogneust du bien faict, comme du mal faict ; où i'eusse autant à esperer qu'à craindre : l'indemnité n'est pas monnoye suffisante à un homme qui faict mieulx que de ne faillir point. Nostre iustice ne nous presente que l'une de ses mains, et encores la gauche ; quiconque il soit, il en sort avecques perte.

En la Chine, duquel royaume la police et les arts, sans commerce et cognoissance des nostres, surpassent nos exemples en plusieurs parties d'excellence, et duquel l'histoire m'apprend combien le monde est plus ample et plus divers, que ny les anciens ny nous ne penetrons, les officiers deputez par le prince pour visiter l'estat de ses provinces, comme ils punissent ceulx qui malversent en leur charge, ils remunerent aussi, de pure liberalité, ceulx qui s'y sont bien portez oultre la commune sorte, et oultre la necessité de leur debvoir : on s'y presente, non pour se garantir seulement, mais pour y acquerir ; ny simplement pour estre payé, mais pour y estre estrené.

Nul iuge n'a encores, Dieu mercy, parlé à moy comme iuge, pour quelque cause que ce soit, ou mienne ou tierce, ou criminelle ou civile : nulle prison m'a receu, non pas seulement pour m'y

promener ; l'imagination m'en rend la veue, mesme du dehors, desplaisante. Ie suis si affady aprez la liberté, que qui me deffendroit l'accez de quelque coing des Indes, i'en vivrois aulcunement plus mal à mon ayse : et tant que ie trouveray terre, ou air ouvert ailleurs, ie ne croupiray en lieu où il me faille cacher. Mon Dieu ! que mal pourrois ie souffrir la condition où ie voy tant de gents, clouez à un quartier de ce royaume, privez de l'entree des villes principales, et des courts, et de l'usage des chemins publicques, pour avoir querellé nos loix ! Si celles que ie sers me menaceoient seulement le bout du doigt, ie m'en irois incontinent en trouver d'aultres, où que ce feust. Toute ma petite prudence, en ces guerres civiles où nous sommes, s'employe à ce qu'elles n'interrompent ma liberté d'aller et venir.

Or, les loix se maintiennent en credit, non parce qu'elles sont iustes, mais parce qu'elles sont loix : c'est le fondement mystique de leur auctorité, elles n'en ont point d'aultre ; qui bien leur sert. Elles sont souvent faictes par des sots ; plus souvent par des gents qui, en haine d'egualité, ont faulte d'equité ; mais tousiours par des hommes, aucteurs vains et irresolus. Il n'est rien si lourdement et largement faultier, que les loix ; ny si ordinairement. Quiconque leur obeyt parce qu'elles sont iustes, ne leur obeyt pas iustement par où il doibt. Les nostres françoises prestent aulcunement la main, par leur desreglement et deformité, au desordre et corruption qui se veoid en leur dispensation et execution : le commandement est si trouble et inconstant, qu'il excuse aulcunement et la desobeyssance, et le vice de l'interpretation, de l'administration et de l'observation. Quel que soit doncques le fruict que nous pouvons avoir de l'experience, à peine servira beaucoup à nostre institution celle que nous tirons des exemples estrangers, si nous faisons si mal nostre proufit de celle que nous avons de nous mesmes, qui nous est plus familiere, et, certes, suffisante à nous instruire de ce qu'il nous fault. Ie m'estudie plus qu'aultre subiect : c'est ma metaphysique, c'est ma physique.

> Qua Deus hanc mundi temperet arte domum ;
> Qua venit exoriens, qua deficit, unde coactis
> Cornibus in plenum menstrua luna redit ;
> Unde salo superant venti, quid flamine captet
> Eurus, et in nubes unde perennis aqua ;
> Sit ventura dies, mundi quæ subruat arces [1].

[1] Par quel art Dieu gouverne le monde; par quelle route la lune s'élève et se retire ; comment, réunissant son double croissant, elle répare ses pertes chaque mois ; d'où partent les vents qui règnent sur la mer ; quels sont les effets de celui du midi ; quelles eaux produisent incessamment les nuages ; s'il doit venir un jour qui détruise le monde. PROPERCE, III, 5, 26.

Qnærite, quos agitat mundi labor [1].

En cette université, ie me laisse ignoramment et
negligemment manier à la loy generale du monde :
ie la sçauray assez, quand ie la sentiray; ma science
ne luy peult faire changer de route : elle ne se diver-
sifiera pas pour moy; c'est folie de l'esperer, et
plus grand'folie de s'en mettre en peine, puisqu'elle est necessairement semblable, publicque,
et commune. La bonté et capacité du Gouverneur
nous doibt, à pur et à plein, descharger du soing
de gouvernement : les inquisitions et contempla-
tions philosophiques ne servent que d'aliment à
nostre curiosité. Les philosophes, avecques grand'-
raison, nous renvoyent aux regles de nature;
mais elles n'ont que faire de si sublime cognoissance : ils les falsifient, et nous presentent son
visage peinct, trop hault en couleur et trop so-
phistiqué; d'où naissent tant de divers pourtraicts
d'un subiect si uniforme. Comme elle nous a
fourny de pieds, à marcher; aussi a elle de prudence, à nous guider en la vie : prudence non tant
ingenieuse, robuste et pompeuse, comme celle de
leur invention; mais, à l'advenant, facile, quiete
et salutaire, et qui faict tresbien ce que l'aultre
dict, en celuy qui a l'heur de sçavoir l'employer
naïfvement et ordonneement, c'est à dire naturellement. Le plus simplement se commettre à nature, c'est s'y commettre le plus sagement. Oh !
que c'est un doulx et mol chevet, et sain, que
l'ignorance et l'incuriosité, à reposer une teste
bien faicte !

J'aimerois mieulx m'entendre bien en moy,
qu'en Cicero. De l'experience que i'ay de moy,
ie treuve assez dequoy me faire sage, si i'estois
bon escholier : qui remet en sa memoire l'excez
de sa cholere passée, et iusques où cette fiebvre
l'emporta, veoid la laideur de cette passion mieulx
que dans Aristote, et en conceoit une haine plus
iuste : qui se souvient des maulx qu'il a courus,
de ceulx qui l'ont menacé, des legieres occasions
qui l'ont remué d'un estat à aultre, se prepare par
là aux mutations futures, et à la recognoissance de
sa condition. La vie de Cesar n'a point plus d'exemple que la nostre pour nous; et emperiere, et populaire, c'est tousiours une vie, que tous accidents
humains regardent. Escoutons y seulement; nous
nous disons tout dequoy nous avons principalement besoing : qui se souvient de s'estre tant et
tant de fois mescompté de son propre iugement,
est il pas un sot de n'en entrer pour iamais en
desfiance? Quand ie me treuve convaincu, par la
raison d'aultruy, d'une opinion faulse, ie n'apprends pas tant ce qu'il m'a dict de nouveau et cette
ignorance particuliere, ce seroit peu d'acquest;

comme en general i'apprends ma debilité et la
trahison de mon entendement : d'où ie tire la reformation de toute la masse. En toutes mes aultres
erreurs, ie fois de mesme; et sens de cette regle
grande utilité à la vie : ie ne regarde pas l'espece
et l'individu, comme une pierre où i'aye brunché;
i'apprends à craindre mon allure par tout, et
m'attends à la regler. D'apprendre qu'on a dict
ou faict une sottise, ce n'est rien que cela : il fault
apprendre qu'on n'est qu'un sot : instruction bien
plus ample et importante. Les fauls pas que ma
memoire m'a faict si souvent, lors mesme qu'elle
s'asseure le plus de soy, ne se sont pas inutilement
perdus : elle a beau me iurer à cette heure et m'asseurer, ie secoue les aureilles; la premiere opposition
qu'on faict à son tesmoingnage, me met en suspens, et n'oserois me fier d'elle en chose de poids,
ny la garantir sur le faict d'aultruy : et n'estoit
que ce que ie fois par faulte de memoire, les
aultres le font encores plus souvent par faulte de
foy, ie prendroy tousiours, en chose de faict, la
verité, de la bouche d'un aultre, plustost que de
la mienne. Si chascun espioit de prez les effects et
circonstances des passions qui le regentent, comme
i'ay faict de celles à qui i'estois tumbé en partage,
il les verroit venir, et rallentiroit un peu leur impetuosité et leur course : elles ne nous saultent pas
tousiours au collet d'un primsault [2]; il y a de la
menace et des degrez :

Fluctus uti primo cœpit quum albescere vento,
Paulatim sese tollit mare, et altius undas
Erigit, inde imo consurgit ad æthera fundo [3].

Le iugement tient chez moy un siege magistral,
au moins il s'en efforce soigneusement; il laisse
mes appetits aller leur train, et la haine, et l'a-
mitié, voire et celle que ie me porte à moy mesme,
sans s'en alterer et corrompre : s'il ne peult reformer les aultres parties selon soy, au moins ne
se laisse il pas difformer à elles; il faict son ieu à
part.

L'advertissement à chascun « De se cognoistre, »
doibt estre d'un important effect, puisque ce Dieu
de science et de lumiere le feit planter au front
de son temple, comme comprenant tout ce qu'il
avoyt à nous conseiller : Platon dict aussi que
prudence n'est aultre chose que l'execution de
cette ordonnance; et Socrates le verifie par le

(1) Sondez ces mystères, vous qu'agite le soin de connoistre la
nature. Lucain, I, 417.
(2) D'un premier saut.
(3) Ainsi l'on voit, au premier souffle des vents, la mer blanchir, s'enfler peu à peu, soulever ses ondes, et bientôt, du fond
des abimes, porter ses vagues jusqu'aux nues. Virc., Énéide
VII, 528.

menu, en Xenophon. Les difficultez et l'obscurité ne s'appercoivent en chascune science, que par ceulx qui y ont entree; car encores fault il quelque degré d'intelligence, à pouvoir remarquer qu'on ignore, et fault poulser à une porte, pour sçavoir qu'elle nous est close : d'où naist cette platonique subtilité, que « Ny ceulx qui sçavent n'ont à s'enquerir, d'autant qu'ils sçavent; Ny ceulx qui ne sçavent, d'autant que pour s'enquerir il fault sçavoir dequoy on s'enquiert. » Ainsin en cette cy « De se cognoistre soy mesme, » ce que chascun se veoid si resolu et satisfaict, ce que chascun y pense estre suffisamment entendu, signifie que chascun n'y entend rien du tout; comme Socrates apprend à Euthydeme. Moy, qui ne fois aultre profession, y treuve une profondeur et varieté si infinie, que mon apprentissage n'a aultre fruict que de me faire sentir combien il me reste à apprendre. A ma foiblesse, si souvent recogneue, ie doibs l'inclination que i'ay à la modestie, à l'obeyssance des creances qui me sont prescriptes, à une constante froideur et moderation d'opinions, et la haine de cette arrogance importune et querelleuse se croyant et fiant toute à soy, ennemye capitale de discipline et de verité. Oyez les regenter; les premieres sottises qu'ils mettent en avant, c'est au style qu'on establit les religions et les loix. *Nihil est turpius, quam cognitioni et perceptioni assertionem approbationemque præcurrere* [1]. Aristarchus disoit qu'anciennement à peine se trouva il sept sages au monde; et que, de son temps, à peine se trouvoit il sept ignorants : aurions nous pas plus de raison que luy, de le dire en nostre temps? L'affirmation et l'opiniastreté sont signes exprez de bestise. Cettuy cy aura donné du nez à terre cent fois pour un iour; le voylà sur ses ergots, aussi resolu et entier que devant : vous diriez qu'on luy a infus, depuis, quelque nouvelle ame et vigueur d'entendement, et qu'il luy advient comme à cet ancien fils de la terre, qui reprenoit nouvelle fermeté et se renforçoit par sa cheute;

Cui quum tetigere parentem,<br>
Iam defecta vigent renovato robore membra [2]:

ce testu indocile pense il pas reprendre un nouvel esprit, pour reprendre une nouvelle dispute? C'est par mon experience que i'accuse l'humaine ignorance, qui est, à mon advis, le plus seur party de l'eschole du monde. Ceulx qui ne la veulent conclure en eulx, par un si vain exemple que le mien, ou que le leur, qu'ils la recognoissent par Socrates, le maistre des maistres : car le philosophe Antisthenes, à ses disciples, « Allons,

disoit il, vous et moy ouyr Socrates : là ie seray disciple avecques vous : » et, soustenant ce dogme de sa secte stoïcque, « que la vertu suffisoit à rendre une vie pleinement heureuse et n'ayant besoing de chose quelconque; » « Sinon de la force de Socrates, » adioustoit il.

Cette longue attention que i'employe à me considerer, me dresse à iuger aussi, passablement, des aultres; et est peu de choses dequoy ie parle plus heureusement et excusablement : il m'advient souvent de veoir et distinguer plus exactement les conditions de mes amys, qu'ils ne font eulx mesmes; i'en ay estonné quelqu'un par la pertinence de ma description, et l'ay adverty de soy. Pour m'estre, dez mon enfance, dressé à mirer ma vie dans celle d'aultruy, i'ay acquis une complexion studieuse en cela; et, quand i'y pense, ie laisse eschapper autour de moy peu de choses qui y servent, contenances, humeurs, discours. I'estudie tout : ce qu'il me fault fuyr, ce qu'il me fault suivre. Ainsin à mes amys, ie descouvre, par leurs productions, leurs inclinations internes; non pour renger cette infinie varieté d'actions, si diverses et si descouppees, à certains genres et chapitres, et distribuer distinctement mes partages et divisions en classes et regions cogneues;

Sed neque quam multæ species, et nomina quæ sint,<br>
Est numerus [3].

Les sçavants parlent, et denotent leurs fantasies, plus specifiquement et par le menu : moy, qui n'y veoy qu'autant que l'usage m'en informe, sans regle, presente generalement les miennes, et à tastons; comme en cecy, ie prononce ma sentence par articles descousus; ainsi que de chose qui ne se peult dire à la fois et en bloc : la relation et la conformité ne se treuvent point en telles ames que les nostres, basses et communes. La sagesse est un bastiment solide et entier, dont chasque piece tient son reng, et porte sa marque : *sola sapientia in se tota conversa est* [4]. Ie laisse aux artistes, et ne sçay s'ils en viennent à bout en chose si meslee, si menue et fortuite, de renger en bandes cette infinie diversité de visages, et arrester nostre inconstance, et la mettre par ordre. Non seulement ie treuve malaysé d'attacher nos

(1) Rien n'est plus honteux que de faire marcher l'assertion et la décision avant la perception et la connoissance. Cic., *Acad.*, I, 13.

(2) Antée, dont les forces épuisées se renouveloient dès qu'il avoit touché sa mère. Lucain, IV, 599.

(3) Car on n'en sauroit dire tous les noms, ni désigner toutes les espèces. Virg., *Géorg.*, II, 103.

(4) Il n'y a que la sagesse qui soit toute renfermée en elle-même. Cic., *de Finib. bon. et mal.*, III, 7.

actions les unes aux aultres; mais, chascune à part soy, ie treuve malaysé de designer proprement par quelque qualité principale : tant elles sont doubles, et bigarrees à divers lustres. Ce qu'on remarque pour rare au roy de Macedoine, Perseus, « Que son esprit, ne s'attachant à aulcune condition, alloit errant par tout genre de vié, et representant des mœurs si essorees[1] et vagabondes, qu'il n'estoit cogneu, ny de luy, ny d'aultres, quel homme ce feut, » me semble à peu prez convenir à tout le monde; et, par dessus touts, i'ay veu quelque aultre, de sa taille, à qui cette conclusion s'appliqueroit plus proprement encores, ce croy ie : Nulle assiette moyenne; s'emportant tousiours de l'un à l'aultre extreme par occasions indivinables; nulle espece de train, sans traverse et contrarieté merveilleuse; nulle faculté simple : si que le plus vraysemblablement qu'on en pourra feindre un iour, ce sera, Qu'il affectoit et estudioit de se rendre cogneu par estre mecognoissable. Il faict besoing d'aureilles bien fortes, pour s'ouyr franchement iuger : et, parce qu'il en est peu qui le puissent souffrir sans morsure, ceulx qui se hazardent de l'entreprendre envers nous, nous montrent un singulier effect d'amitié; car c'est aimer sainement, d'entreprendre à blecer et offenser pour proufiter. Ie treuve rude de iuger celuy là, en qui les mauvaises qualitez surpassent les bonnes : Platon ordonne trois parties à qui veult examiner l'ame d'un aultre, Science, Bienvueillance, Hardiesse.

Quelquesfois on me demandoit à quoy i'eusse pensé estre bon, qui se feust advisé de se servir de moy pendant que i'en avoy l'aage;

Dum melior vires sanguis dabat, æmula necdum
Temporibus geminis canebat sparsa senectus[2];

A rien, dy ie : et m'excuse volontiers de ne sçavoir faire chose qui m'esclave à aultruy. Mais i'eusse dict ses veritez à mon maistre, et eusse contreroollé ses mœurs, s'il eust voulu : non en gros, par leçons sholastiques que ie ne sçay point, et n'en voy naistre aulcune vraye reformation en ceulx qui les sçavent; mais les observant pas à pas, en toute opportunité, et en iugeant à l'œil, piece à piece, simplement et naturellement; luy faisant veoir quel il est en l'opinion commune; m'opposant à ses flatteurs. Il n'y a nul de nous qui ne valust moins que les roys, s'il estoit ainsin continuellement corrompu, comme ils sont, de cette canaille de gents : comment, si Alexandre, ce grand et roy et philosophe, ne s'en peut deffendre? I'eusse eu assez de fidelité, de iugement et de liberté, pour cela. Ce seroit un office sans nom, aultrement il perdroit son effect

et sa grace; et est un roolle qui ne peult indifferemment appartenir à touts : car la verité mesme n'a pas ce privilege d'estre employee à toute heure et en toute sorte; son usage, tout noble qu'il est, a ses circonscriptions et limites. Il advient souvent, comme le monde est, qu'on la lasche à l'aureille du prince, non seulement sans fruict, mais dommageablement, et encores iniustement : et ne me fera lon pas accroire qu'une saincte remontrance ne puisse estre appliquee vicieusement; et que l'interest de la substance ne doibve souvent ceder à l'interest de la forme.

Ie voudrois, à ce mestier, un homme content de sa fortune,

    Quod sit, esse velit; nihilque malit[3],

et nay de moyenne fortune : d'autant que, d'une part, il n'auroit point de crainte de toucher vifvement et profondement le cœur du maistre, pour ne perdre par là le cours de son advancement; et d'aultre part, pour estre d'une condition moyenne, il auroit plus aysee communication à toute sorte de gents. Ie le voudrois à un homme seul; car respandre le privilege de cette liberté et privauté à plusieurs, engendreroit une nuisible irreverence; oui, et de celuy là ie requerrois surtout la fidelité du silence.

Un roy n'est pas à croire, quand il se vante de sa constance à attendre le rencontre de l'ennemy, pour sa gloire; si, pour son proufit et amendement, il ne peult souffrir la liberté des paroles d'un amy, qui n'ont aultre effort que de luy pincer l'ouïe, le reste de leur effect estant en sa main. Or, il n'est aulcune condition d'hommes qui ayt si grand besoing, que ceulx là, de vrays et libres advertissements : ils soustiennent une vie publicque; et ont à agreer à l'opinion de tant de spectateurs, que, comme on a accoustumé de leur taire tout ce qui les divertit de leur route, ils se treuvent, sans le sentir, engagez en la haine et detestation de leurs peuples, pour des occasions souvent qu'ils eussent peu eviter, à nul interest de leurs plaisirs mesme, qui les en eust advisez et redressez à temps. Communement leurs favoris regardent à soy, plus qu'au maistre : et il leur va de bon[4]; d'autant qu'à la verité, la pluspart des offices de la vraye amitié sont, envers le souverain, en un rude et perilleux essay; de maniere qu'il y faict besoing, non seulement de

----

(1) *Si libres en leur essor.*
(2) Lorsqu'un sang plus vif bouilloit dans mes veines, et que la vieillesse jalouse n'avoit pas encore blanchi ma tête. Virg., *Énéide*, V, 415.
(3) Qui voulût être ce qu'il est, et rien de plus. Martial, X, 47, 12.
(4) *Et cela leur réussit.*

beaucoup d'affection et de franchise , mais encores de courage.

Enfin, toute cette fricassee que ie barbouille ici , n'est qu'un registre des essais de ma vie, qui est , pour l'interne santé, exemplaire assez, à prendre l'instruction à contrepoil : mais quant à la santé corporelle, personne ne peult fournir d'experience plus utile que moy, qui la presente pure, nullement corrompue et alteree par art et par opination[1]. L'experience est proprement sur son fumier au subiect de la medecine, où la raison luy quitte toute la place : Tibere disoit, que quiconque avoyt vescu vingt ans, se debvoit respondre des choses qui luy estoient nuisibles ou salutaires, et se sçavoir conduire sans medecine : et le pouvoit avoir apprins de Socrates, lequel, conseillant à ses disciples soigneusement, et comme un tresprincipal estude, l'estude de leur santé, adioustoit qu'il estoit malaysé qu'un homme d'entendement, prenant garde à ses exercices, à son boire et à son manger, ne discernast mieulx que tout medecin ce qui luy estoit bon ou mauvais. Si faict la medecine profession d'avoir tousiours l'experience pour touche de son operation : ainsin Platon avoyt raison de dire, que pour estre vray medecin, il seroit necessaire que celuy qui l'entreprendroit eust passé par toutes les maladies qu'il veult guarir, et par touts les accidents et circonstances dequoy il doibt iuger. C'est raison qu'ils prennent la verole, s'ils la veulent sçavoir panser. Vrayement ie m'en fierois à celuy·là : car les aultres nous guident, comme celuy qui peint les mers, les escueils et les ports, estant assis sur sa table, et y faict promener le modele d'une navire en toute seureté ; iectez le à l'effect, il ne sçait par où s'y prendre. Ils font telle description de nos maulx , que faict un trompette de ville qui crie un cheval ou un chien perdu ; Tel poil, telle haulteur, telle aureille : mais presentez le luy, il ne le cognoist pas pourtant. Pour Dieu ! que la medecine me face un iour quelque bon et perceptible secours, veoir comme ie crieray de bonne foy,

Tandem efficaci do manus scientiæ[2] !

Les arts qui promettent de nous tenir le corps en santé, et l'ame en santé, nous promettent beaucoup : mais aussi n'en est point qui tiennent moins ce qu'elles promettent. Et, en nostre temps, ceulx qui font profession de ces arts entre nous, en monstrent moins les effects que touts aultres hommes : on peult dire d'eulx, pour le·plus, qu'ils vendent les drogues medecinales ; mais qu'ils soient medecins, cela ne peult on dire. I'ay assez vescu pour mettre en compte l'usage qui m'a conduict si loing :

pour qui en voudra gouster, i'en ay faict l'essay, son eschanson. En voicy quelques articles, comme la souvenance me les fournira : ie n'ay point·de façon qui ne soit allee variant selon les accidents, mais i'enregistre celles que i'ay plus souvent veu en train, qui ont eu plus de possession en moy iusqu'asteure[3].

Ma forme de vie est pareille en maladie comme en santé : mesme lict, mesmes heures, mesmes viandes me servent, et mesme bruvage, ie n'y adiouste du tout rien, que la moderation du plus et du moins, selon ma force et appetit. Ma santé, c'est maintenir sans destourbier[4] mon estat accoustumé. Ie veoy que la maladie m'en desloge d'un costé ; si ie croy les medecins, ils m'en destourneront de l'aultre : et, par fortune, et par art, me voylà hors de ma route. Ie ne croy rien plus certainement que cecy : Que ie ne sçaurois estre offensé par l'usage des choses que i'ay si long temps accoustumces. C'est à la coustume de donner forme à nostre vie, telle qu'il luy plaist : elle peult tout en cela ; c'est le bruvage de Circé, qui diversifie nostre nature comme bon luy semble. Combien de nations, et à trois pas de nous, estiment ridicule la crainte du serein qui nous blece si apparemment ! et nos bateliers et nos païsans s'en mocquent. Vous faites malade un Allemand de le coucher sur un matelas ; comme un Italien sur la plume, et un François sans rideau et sans feu. L'estomach d'un Espaignol ne dure pas à nostre forme de manger ; ny le nostre, à boire à la Souysse. Un Allemand me feit plaisir, à Auguste[5], de combattre l'incommodité de nos foyers, par ce mesme argument dequoy nous nous servons ordinairement à condemner leurs poësles : car, à la verité, cette chaleur croupie, et puis la senteur de cette matiere reschauffee, dequoy ils sont composez, enteste la pluspart de ceulx qui n'y sont pas experimentez ; moy, non ; mais, au demourant, estant cette chaleur eguale, constante et universelle, sans lueur, sans fumee, sans le vent que l'ouverture de nos cheminees nous apporte, elle a bien, par ailleurs, dequoy se comparer à la nostre. Que n'imitons nous l'architecture romaine ? car on dict qu'anciennement le feu ne se faisoit en leurs maisons que par le dehors et au pied d'icelles ; d'où s'inspiroit la chaleur à tout le logis, par les tuyaux practiquez dans l'espez du mur, lesquels alloient embrassant les lieux qui en debvoient estre eschauffez : ce que i'ay veu clairement

(1) Opinion.
(2) Enfin je recounois un art dont je vois les effets. Hor., XVII, 1.
(3) Jusqu'à cette heure. — (4) Sans trouble.
(5) A Augsbourg, Augusta Vindelicorum.

signifié, ie ne sais où, en Seneque. Cettuy cy, m'oyant louer les commoditez et beaultez de sa ville, qui le merite certes, commencea à me plaindre dequoy i'avoy à m'en esloigner : et des premiers inconveniens qu'il m'alleguà, ce feut la poisanteur de teste que m'apporteroient les cheminees ailleurs. Il avoyt ouï faire cette plaincte à quelqu'un, et nous l'attachoit, estant privé, par l'usage, de l'appercevoir chez luy. Toute chaleur qui vient du feu m'affoiblit et m'appesantit ; si disoit Evenus, que le meilleur condiment[1] de la vie estoit le feu : ie prends plustost toute aultre façon d'eschapper au froid.

Nous craignons les vins au bas[2] ; en Portugal, cette fumee est en delices, et est le bruvage des princes. En somme, chasque nation a plusieurs coustumes et usances qui sont non seulement incogneues, mais farouches et miraculeuses, à quelque aultre nation. Que ferons nous à ce peuple qui ne faict recepte que de tesmoingnages imprimez, qui ne croid les hommes s'ils ne sont en livre, ny la verité, si elle n'est d'aage competent ? nous mettons en dignité nos sottises, quand nous les mettons en moule : il y a bien pour luy aultre poids, de dire : « Ie l'ay leu : » que si vous dictes : « Ie l'ay ouï dire. » Mais moy, qui ne mescroy non plus la bouche, que la main, des hommes ; et qui sçay qu'on escript autant indiscrettement qu'on parle ; et qui estime ce siecle, comme un autre passé, i'allegue aussi volontiers un mien amy, que Aulugelle et que Macrobe ; et ce que i'ay veu, que ce qu'ils ont escript : et, comme ils tiennent, de la vertu, qu'elle n'est pas plus grande, pour estre plus longue, i'estime de mesme de la verité, que pour estre plus vieille, elle n'est pas plus sage. Ie dy souvent que c'est pure sottise, qui nous faict courir aprez les exemples estrangers et scholastiques : leur fertilité est pareille, à cette heure, à celle du temps d'Homere et de Platon. Mais n'est ce pas que nous cherchons plus l'honneur de l'allegation, que la verité du discours ? comme si c'estoit plus, d'emprunter de la boutique de Vascosan ou de Plantin[3] nos preuves, que de ce qui se veoid en nostre village ; ou bien, certes, que nous n'avons pas l'esprit d'espelucher et faire valoir ce qui se passe devant nous, et le iuger assez vivement, pour le tirer en exemple : car si nous disons que l'auctorité nous manque pour donner foy à nostre tesmoinguage, nous le disons hors de propos ; d'autant qu'à mon advis, des plus ordinaires choses et plus communes et cogneues, si nous sçavions trouver leur jour, se peuvent former les plus grands miracles de nature, et les plus merveilleux exemples, notamment sur le subiect des actions humaines.

Or, sur mon subiect, laissant les exemples que ie sçay par les livres, et ce que dict Aristote d'Andron argien, qu'il traversoit sans boire les arides sablons de la Libye ; un gentilhomme, qui s'est acquitté dignement de plusieurs charges, disoit, où i'estois, qu'il estoit allé de Madrid à Lisbonne, en plein esté, sans boire. Il se porte vigoreusement pour son aage, et n'a rien d'extraordinaire en l'usage de sa vie, que cecy, d'estre deux ou trois mois, voire un an, ce m'a il dit, sans boire. Il sent de l'alteration ; mais il la laisse passer, et tient que c'est un appetit qui s'alanguit ayseement de soy mesme ; et boit plus par caprice, que pour le besoing ou pour le plaisir.

En voicy d'un aultre : Il n'y a pas long temps que ie rencontray l'un des plus sçavans hommes de France, entre ceulx de non mediocre fortune, estudiant au coing d'une salle qu'on luy avoyt rembarré de tapisserie, et autour de luy, un tabut[4] de ses valets, plein de licence. Il me dict, et Seneque quasi autant de soy, qu'il faisoit son proufit de ce tintamarre ; comme si, battu de ce bruit, il se ramenast et resserrast plus en soy pour la contemplation, et que cette tempeste de voix repercutast ses pensees au dedans : estant escholier à Padoue, il eut son estude si long temps logé à la batterie des coches et du tumulte de la place, qu'il se forma non seulement au mespris, mais à l'usage du bruit, pour le service de ses estudes. Socrates respondit à Alcibiades, s'estonnant comme il pouvoit porter le continuel tintamarre de la teste de sa femme, « Comme ceulx qui sont accoustumez à l'ordinaire bruit des roues à puiser l'eau. » Ie suis bien au contraire ; i'ay l'esprit tendre et facile à prendre l'essor : quand il est empesché à part soy, le moindre bourdonnement de mouche l'assassine.

Seneque, en sa ieunesse, ayant mordu chauldement à l'exemple de Sextius, de ne manger chose qui eust prins mort, s'en passoit en un an, avecques plaisir, comme il dict ; et s'en desporta, seulement pour n'estre souspeçonné d'emprunter cette regle d'aulcunes religions nouvelles qui la semoyent : il print, quand et quand, des preceptes d'Attalus, de ne se coucher plus sur des loudiers[5] qui enfondrent ; et employa iusqu'à la vieillesse ceulx qui ne cedent point au corps. Ce que l'usage de son temps luy faict compter à rudesse, le nostre nous le faict tenir à mollesse.

(1) *Assaisonnement*, *ragoût*.
(2) On dit que le vin est *au bas*, quand le tonneau est presque vide.
(3) Célèbres imprimeurs du 16e siecle.
(4) *Vacarme*, *tracas*.
(5) *Couverture matelassée et molle* : du latin *lodix*.

Regardez la difference du vivre de mes valets à bras, à la mienne ; les Scythes et les Indes n'ont rien plus esloingné de ma force et de ma forme. Ie sçay avoir retiré de l'aulmosne, des enfants, pour m'en servir, qui bientost aprez m'ont quitté et ma cuisine et leur livree, seulement pour se rendre à leur premiere vie : et en trouvay un, amassant depuis des moules, emmy la voierie, pour son disner, que par priere, ny par menace, ie ne sceus distraire de la saveur et doulceur qu'il trouvoit en l'indigence. Les gueux ont leurs magnificences et leurs voluptez, comme les riches, et, dict on, leurs dignitez et ordres politiques. Ce sont effects de l'accoustumance : elle nous peult duire, non seulement à telle forme qu'il luy plaist (pourtant, disent les sages, nous fault il planter à la meilleure, qu'elle nous facilitera incontinent), mais aussi au changement et à la variation, qui est le plus noble et le plus utile de ses apprentissages. La meilleure de mes complexions corporelles, c'est d'estre flexible et peu opiniastre : i'ay des inclinations plus propres et ordinaires, et plus agreables, que d'aultres ; mais, avecques bien peu d'effort, ie m'en destourne, et me coule ayscement à la façon contraire. Un ieune homme doibt troubler ses regles, pour esveiller sa vigueur, là garder de moisir et s'apoltronnir ; et n'est train de vie si sot et si debile que celuy qui se conduict par ordonnance et discipline ;

Ad primum lapidem vectari quum placet, hora
Sumitur ex libro ; si prurit frictus ocelli
Angulus, inspecta genesi, collyria quærit [1] :

il se reiectera souvent aux excez mesme, s'il m'en croit : aultrement, la moindre desbauche le ruyne ; il se rend incommode et desagreable en conversation. La plus contraire qualité à un honneste homme, c'est la delicatesse et obligation à certaine façon particuliere ; et elle est particuliere, si elle n'est ployable et souple. Il y a de la honte de laisser à faire par impuissance, ou de n'oser, ce qu'on veoid faire à ses compaignons : que telles gents gardent leur cuisine. Par tout ailleurs, il est indecent ; mais à un homme de guerre, il est vicieux et insupportable ; lequel, comme disoit Philopœmen, se doibt accoustumer à toute diversité et inegalité de vie.

Quoyque i'aye esté dressé, autant qu'on a peu, à la liberté et à l'indifference, si est ce que, par nonchalance m'estant, en vieillissant, plus arresté sur certaines formes (mon aage est hors d'institution, et n'a desormais dequoy regarder ailleurs qu'à se maintenir), la coustume a desià, sans y penser, imprimé si bien en moy son charactere en certaines

choses, que i'appelle excez, de m'en despartir : et, sans m'essayer, ne puis ny dormir sur iour, ny faire collation entre les repas, ny desieusner, ny m'aller coucher, sans grand intervalle, comme de trois bonnes heures, aprez le soupper, ny faire des enfants qu'avant le sommeil, ny les faire debout, ny porter ma sueur, ny m'abbruver d'eau pure ou de vin pur, ny me tenir nue teste long temps, ny me faire tondre aprez disner ; et me passerois autant malayseement de mes gants que de ma chemise, et de me laver à l'yssue de table et à mon lever, et de ciel et rideaux à mon lict, comme de choses bien necessaires. Ie disnerois sans nappe ; mais, à l'allemande, sans serviette blanche, tresincommodement ; ie les souille plus qu'eulx et les Italiens ne font, et m'ayde peu de cuillier et de fourchette. Ie plaends qu'on n'aye suivi un train que i'ay veu commencer, à l'exemple des roys ; qu'on nous changeast de serviette selon les services, comme d'assiette. Nous tenons de ce laborieux soldat, Marius, que, vieillissant, il devint delicat en son boire, et ne le prenoyt qu'en une sienne couppe particuliere : moy ie me laisse aller de mesme à certaine forme de verres, et ne bois pas volontiers en verre commun ; non plus que d'une main commune : tout metal m'y desplaist au pris d'une matiere claire et transparente : que mes yeulx y tastent aussi, selon leur capacité. Ie doibs plusieurs telles mollesses à l'usage. Nature m'a aussi, d'aultre part, apporté les siennes : comme, De ne soustenir plus deux pleins repas en un iour, sans surcharger mon estomach ; ny l'abstinence pure de l'un des repas, sans me remplir de vents, asseicher ma bouche, estonner mon appetit : De m'offenser d'un long serein ; car, depuis quelques annees, aux courvees de la guerre, quand toute la nuict y court, comme il advient communement, aprez cinq ou six heures l'estomach me commence à troubler, avecques vehemente douleur de teste ; et n'arrive point au iour sans vomir. Comme les aultres s'en vont desieusner, ie m'en vois dormir ; et, au partir de là, aussi gay qu'auparavant. I'avoy tousiours apprins que le serein ne s'espandoit qu'à la naissance de la nuict : mais, hantant ces annees passees familierement, et long temps, un seigneur imbu de cette creance, Que le serein est plus aspre et dangereux sur l'inclination du soleil une heure ou deux avant son coucher, lequel il evite soigneusement, et mesprise celuy de la nuict ; il a cuidé m'imprimer, non tant son discours, que son sentiment. Quoy, que

[1] Veut-il se faire porter à un mille, l'heure du départ est prise dans son livre d'astrologie ; l'œil lui démange-t-il pour se l'être frotté, point de remède avant d'avoir consulté son horoscope. Juv., VI, 576.

le doubte mesme, et l'inquisition [1], frappe nostre imagination, et nous change? Ceulx qui cedent tout à coup à ces pentes, attirent l'entiere ruyne sur eulx; et plaids plusieurs gentilshommes, qui, par la sottise de leurs medecins, se sont mis en chartre touts iennes et entiers: encores vauldroit il mieulx souffrir un rheume, que de perdre pour iamais, par desaccoustumance, le commerce de la vie commune, en action de si grand usage. Fascheuse science, qui nous descrie les plus doulces heures du iour! Estendons nostre possession iusques aux derniers moyens: le plus souvent on s'y durcit en s'opiniastrant, et corrige lon sa complexion, comme feit Cesar le haut mal, à force de le mespriser et corrompre. On se doibt addonner aux meilleures regles, mais non pas s'y asservir; si ce n'est à celles, s'il y en a quelqu'une, ausquelles l'obligation et servitude soit utile.

Et les roys et les philosophes fientent, et les dames aussi: les vies publicques se doibvent à la cerimonie; la mienne obscure et privee, iouyt de toute dispense naturelle; soldat et gascon, sont qualitez aussi un peu subiectes à l'indiscretion: par quoy, ie diray cecy de cette action, Qu'il est besoing de la renvoyer à certaines heures prescriptes et nocturnes, et s'y forcer par coustume et assubiectir, comme i'ay faict; mais non s'assubiectir, comme i'ay faict en vieillissant, au soing de particuliere commodité de lieu et de siege pour ce service, et le rendre empeschant par longueur et mollesse: toutesfois, aux plus sales offices, est il pas aulcunement excusable de requerir plus de soing et de netteté! *Natura homo mundum et elegans animal est* [2]. De toutes les actions naturelles, c'est celle que ie souffre plus mal volontiers m'estre interrompue. I'ay veu beaucoup de gents de guerre incommodez du desreglement de leur ventre: tandis que le mien et moy ne nous faillons iamais au poinct de nostre assignation, qui est au sault du lict, si quelque violente occupation ou maladie ne nous trouble.

Ie ne iuge doncques point, comme ie disois, où les malades se puissent mettre mieulx en seureté, qu'en se tenant coy dans le train de vie où ils se sont eslevez et nourrys; le changement, quel qu'il soit, estonne et blece. Allez croire que les chastaignes nuisent à un Perigourdin ou à un Luquois, et le laict et le formage aux gents de la montaigne. On leur va ordonnant une non seulement nouvelle, mais contraire forme de vie: mutation qu'un sain ne pourroit souffrir. Ordonnez de l'eau à un Breton de soixante dix ans; enfermez dans une estuve un homme de marine; defendez le promener à un laquay basque: ils les priment

vent de mouvement, et enfin d'air et de lumiere.

### An vivere tanti est [3]?

Cogimur a suetis animum suspendere rebus,
Atque, ut vivamus, vivere desinimus.....
Hos superesse reor, quibus et spirabilis aer,
Et lux, qua regimur, redditur ipsa gravis [4]?

S'ils ne font aultre bien, ils font au moins cecy, qu'ils preparent de bonne heure les patients à la mort, leur sappant peu à peu et retranchant l'usage de la vie.

Et sain et malade, ie me suis voluntiers laissé aller aux appetits qui me pressoient. Ie donne grande auctorité à mes desirs et propensions: ie n'aime point à guarir le mal par le mal; ie hais les remedes qui importunent plus que la maladie. D'estre subiect à la cholique, et subiect à m'abstenir du plaisir de manger des huistres; ce sont deux maulx pour un: le mal nous pince d'un costé; la regle, de l'aultre. Puisqu'on est au hazard de se mescompter, hazardons nous plustost à la suitte du plaisir. Le monde faict au rebours, et ne pense rien utile, qui ne soit penible; la facilité luy est suspecte. Mon appetit, en plusieurs choses, s'est assez heureusement accommodé par soy mesme, et rengé à la santé de mon estomach; l'acrimonie et la poincte des saulses m'agreerent estant ieune; mon estomach s'en ennuyant depuis, le goust l'a incontinent suivi: le vin nuit aux malades; c'est la premiere chose dequoy ma bouche se desgouste, et d'un desgoust invincible. Quoy que ie receoive desagreablement, me nuit; et rien ne me nuit, que ie face avecques faim et alaigresse. Ie n'ay iamais receu nuisance d'action qui m'eust esté bien plaisante: et si ay faict ceder à mon plaisir, bien largement, toute conclusion medecinale: et me suis, ieune,

Quem circumcursans huc atque huc sæpe Cupido
Fulgebat crocina splendidus in tunica [5],

presté, autant licencieusement et inconsidereement qu'aultre, au desir qui me tenoit saisi;

### Et militavi non sine gloria [6];

(1) *La recherche.*
(2) L'homme est, de sa nature, un animal propre et délicat. Sénèq., *Epist.* 92. — (3) La vie est-elle d'un si grand prix?
(4) On nous oblige à nous priver des choses auxquelles nous sommes accoutumés, et, pour prolonger notre vie, nous cessons de vivre... En effet, mettrai-je au nombre des vivants ceux à qui l'on rend incommode l'air qu'ils respirent, et la lumière qui les éclaire? Pseudo-Gall., *Eleg.*, I, 155, 247.
(5) Lorsque l'Amour, couvert d'une robe éclatante, voltigeoit sans cesse autour de moi. Catulle, *Carm.*, LXVI, 133.
(6) Et j'ai mérité quelque gloire dans ce genre de combat. Hor., *Od.* III, 26, 2.

plus toutes fois en continuation et en durée, qu'en saillie :

Sex me vix memini sustinuisse vices [1].

Il y a du malheur, certes, et du miracle, à confesser en quelle foiblesse d'ans [2] ie me rencontray premierement en sa subiection. Ce feut bien rencontre ; car ce feut long temps avant l'aage de chois et de cognoissance : il ne me souvient point de moy de si loing ; et peult on marier ma fortune à celle de Quartilla, qui n'avoyt point memoire de son fillage :

Inde tragus, celeresque pili, mirandaque matri
Barba meæ [3].

Les medecins ployent, ordinairement avecques utilité, leurs regles à la violence des envyes aspres qui surviennent aux malades : ce grand desir ne se peult imaginer si estranger et vicieux, que nature ne s'y applique. Et puis, combien est ce de contenter la fantasie ? A mon opinion, cette piece là importe de tout ; au moins, au-delà de toute aultre. Les plus griefs et ordinaires maulx sont ceulx que la fantasie nous charge : ce mot espaignol me plaist à plusieurs visages, *defienda me Dios de my* [4] Ie plaints, estant malade, de quoy ie n'ay quelque desir qui me donne ce contentement de l'assouvir ; à peine m'en destourneroit la medecine : autant en fois ie sain ; ie ne voy gueres plus qu'esperer et vouloir. C'est pitié d'estre alanguy et affoibly iusques au souhaitter.

L'art de medecine n'est pas si resolue, que nous soyons sans auctorité, quoy que nous facions : elle change selon les climats, et selon les lunes ; selon Fernel, et selon l'Escale [5]. Si vostre medecin ne treuve bon que vous dormez, que vous usez de vin, ou de telle viande, ne vous chaille ; ie vous en trouveray un aultre qui ne sera pas de son advis : la diversité des arguments et opinions medecinales embrasse toute sorte de formes. Ie veis un miserable malade crever et se pasmer d'alteration, pour se guarir ; et estre mocqué depuis par un aultre medecin, condamnant ce conseil comme nuisible : avoyt il pas bien employé sa peine? Il est mort freschement, de la pierre, un homme de ce mestier, qui s'estoit servy d'extreme abstinence à combattre son mal : ses compagnons disent qu'au rebours ce ieusne l'avoyt asseiché, et luy avoyt cuict le sable dans les roignons.

I'ay apperceu qu'aux blecceures et aux maladies, le parler m'esmeut et me nuit, autant que desordre que ie face. La voix me couste et me lasse ; car ie l'ay haulte et efforcée, si que, quand ie suis venu à entretenir l'aureille des grands, d'affaires

de poids, ie les ay mis souvent en soing de moderer ma voix.

Ce conte merite de me divertir : Quelqu'un, en certaine eschole grecque, parloit hault, comme moy : le maistre des cerimonies luy manda qu'il parlast plus bas : « Qu'il m'envoye, feit il, le ton auquel il veult que ie parle. » L'aultre luy repliqua, « Qu'il prinst son ton des aureilles de celuy à qui il parloit. » C'estoit bien dict, prouveu qu'il s'entende : « Parlez selon ce que vous avez à faire à vostre auditeur : » car, si c'est à dire, « Suffise vous qu'il vous oye ; ou, reglez vous par luy, » ie ne treuve pas que ce feust raison. Le ton et mouvement de la voix a quelque expression et signification de mon sens ; c'est à moy à le conduire pour me representer : il y a voix pour instruire, voix pour flater, ou pour tanser ; ie veulx que ma voix non seulement arrive à luy, mais, à l'adventure, qu'elle le frappe, et qu'elle le perce. Quand ie mastine mon laquay, d'un ton aigre et poignant, il seroit bon qu'il veinst à me dire : « Mon maistre, parlez plus doulx, ie vous oys bien. » *Est quædam vox ad auditum accommodata, non magnitudine, sed proprietate* [6]. La parole est moitié à celuy qui parle, moitié à celuy qui l'escoute ; cettuy cy se doibt preparer à la recevoir, selon le bransle qu'elle prend : comme entre ceulx qui iouent à la paulme, celuy qui soustient, se desmarche [7] et s'appreste, selon qu'il veoid remuer celuy qui luy iecte le coup, et selon la forme du coup.

L'experience m'a encores apprins cecy, Que nous nous perdons d'impatience. Les maulx ont leur vie et leurs bornes, leurs maladies et leur santé. La constitution des maladies est formée au patron de la constitution des animaulx ; elles ont leur fortune limitée dez leur naissance, et leurs iours : qui essaye de les abbreger imperieusement, par force, au travers de leur course, il les alonge et multiplie ; et les harcelle, au lieu de les appaiser. Ie suis de l'advis de Crantor, « Qu'il ne fault ny obstineement s'opposer aux maulx, et à l'estourdie, ny leur succomber de mollesse ; mais qu'il leur fault ceder naturellement, selon leur condition et la nostre. » On doibt donner passage

---

(1) Je me souviens d'avoir à peine remporté six victoires. Ov., *Amor.*, III, 7, 26. — (2) *En quel âge tendre.*

(3) Aussi eus-je bientôt du poil sous l'aisselle, et une barbe précoce étonna ma mère. MARTIAL, XI, 22, 7.

(4) Que Dieu me défende de moi-même!

(5) *Fernel*, médecin du Henri II, célèbre praticien, né en 1497, mort en 1558. *L'Escale*, plus connu sous le nom de J. C. Scaliger, un des plus grands érudits de ce siècle , né en 1484, mort en 1558.

(6) Il y a une sorte de voix qui est faite pour l'oreille , non pas tant par son étendue que par sa propriété. QUINTIL., XI, 3.

(7) Se retire , se tient en arrière.

aux maladies : et ie treuve qu'elles arrestent moins chez moy, qui les laisse faire ; et en ay perdu, de celles qu'on estime plus opiniastres et tenaces, de leur propre decadence, sans ayde et sans art, et contre ses regles. Laissons faire un peu à nature : elle entend mieulx ses affaires que nous. « Mais un tel en mourut. » Si ferez vous ; sinon de ce mal là, d'un aultre : et combien n'ont pas laissé d'en mourir, ayant trois medecins à leur cul ? L'exemple est un mirouer vague, universel, et à tout sens. Si c'est une medecine voluptueuse, acceptez la ; c'est tousiours autant de bien present : ie ne m'arresteray ny au nom, ny à la couleur, si elle est delicieuse et appetissante ; le plaisir est des principales espèces du proufit. I'ay laissé envieillir et mourir en moy, de mort naturelle, des rheumes, defluxions goutteuses, relaxation, battements de cœur, micraines et aultres accidents, que i'ay perdus, quand ie m'estois à demy formé à les nourrir : on les coniure mieulx par courtoisie que par braverie. Il fault souffrir doulcement les loix de nostre condition : nous sommes pour vieillir, pour affoiblir, pour estre malades, en despit de toute medecine. C'est la premiere leçon que les Mexicains font à leurs enfants, quand, au partir du ventre des meres, ils les vont saluant aiusin : « Enfant, tu es venu au monde pour endurer : endure, souffre, et tais toy. » C'est iniustice, de se douloir qu'il soit advenu à quelqu'un ce qui peult advenir à chascun : *Indignare, si quid in te inique proprie constitutum est* [1].

Veoyez un vieillard qui demande à Dieu qu'il luy maintienne sa santé entiere et vigoureuse, c'est à dire qu'il le remette en ieunesse :

Stulte, quid hæc frustra votis puerilibus optas [2]?

n'est ce pas folie ? sa condition ne le porte pas. La goutte, la gravelle, l'indigestion, sont symptomes des longues annees ; comme des longs voyages, la chaleur, les pluyes et les vents. Platon ne croit pas qu'Aesculape se meist en peine de prouvenir, par regimes, à faire durer la vie, en un corps gasté et imbecille, inutile à son pays, inutile à sa vacation, et à produire des enfants sains et robustes ; et ne treuve pas ce soing convenable à la iustice et prudence divine, qui doibt conduire toutes choses à utilité. Mon bon homme, c'est faict ; on ne vous sçauroit redresser ; on vous plastrera pour le plus, et estansonnera un peu, et alongera lon de quelque heure vostre misere :

Non secus instantem cupiens fulcire ruinam,
Diversis contra nititur obiicibus ;
Donec certa dies, omni compage soluta,
Ipsum cum rebus subtrahat auxilium [3] :

Il fault apprendre à souffrir ce qu'on ne peult eviter : nostre vie est composee, comme l'harmonie du monde, de choses contraires, aussi de divers tons, doulx et aspres, aigus et plats, mols et graves : le musicien qui n'en aimeroit que les uns, que voudroit il dire ? il fault qu'il s'en sçache servir en commun, et les mesler ; et nous aussi, les biens et les maulx, qui sont consubstanciels à nostre vie : nostre estre ne peult, sans se meslange ; et y est l'une bande non moins necessaire que l'aultre. D'essayer à regimber contre la necessité naturelle, c'est representer la folie de Ctesiphon, qui entreprenoit de faire à coups de pied avecques sa mule.

Ie consulte peu des alterations que ie sens ; car ces gents icy sont advantageux, quand ils vous tiennent à leur misericorde : ils vous gourmandent les aureilles de leurs prognosticques ; et, me surprenant aultrefois affoibly du mal, m'ont iniurieusement traicté de leurs dogmes et trongne magistrale, me menaceant, tantost de grandes douleurs, tantost de mort prochaine. Ie n'en estois abbattu, ny deslogé de ma place ; mais i'en estois heurté et poulsé : si mon iugement n'en est ny changé, ny troublé, au moins il en estoit empesché ; c'est tousiours agitation et combat.

Or, ie traicte mon imagination le plus doulcement que ie puis, et la deschargerois, si ie pouvois, de toute peine et contestation ; il la fault secourir et flater ; et piper [4], qui peult : mon esprit est propre à cet office ; il n'a point faulte d'apparences par tout ; s'il persuadoit, comme il presche, il me secourroit heureusement. Vous en plaist il un exemple ? il dict « Que c'est pour mon « mieulx que i'ay la gravelle : que les bastiments « de mon aage ont naturellement à souffrir quel- « que gouttiere ; il est temps qu'ils commencent à « se lascher et desmentir : C'est une commune ne- « cessité, et n'eust on pas faict pour moy un nou- « veau miracle : Ie paye, par là, le loyer deu à la « vieillesse, et ne sçaurois en avoir meilleur com- « pte : Que la compaignie me doibt consoler, es- « tant tumbé en l'accident le plus ordinaire des « hommes de mon temps : I'en veoy par tout d'af- « fligez de mesme nature de mal ; et m'en est la « societé honnorable, d'autant qu'il se prend plus « volontiers aux grands ; son essence a de la no-

(1) Plains-toi, si l'on t'impose à toi seul une iniuste loi. Sénèque, *Epist.* 91.
(2) Insensé ! à quoi bon ces vœux puerils, qui ne sauroient être accomplis? Ovide, *Trist.*, III, 8, 11.
(3) Ainsi celui qui veut soutenir un bâtiment, l'étaie dans les endroits où il menace ruine ; mais enfin toute la charpente se désunit, et les étais tombent avec l'édifice. Ps.-Gallus, I, 171.
(4) Et tromper, *pour qui le peut.*

« blesse et de la dignité : Que des hommes qui en
« sont frappez, il en est peu de quittes à meilleure
« raison ; et si, il leur couste la peine d'un fas-
« cheux regime, et la prinse ennuyeuse et quoti-
« dienne des drogues medecinales : là où ie le
« doibs purement à ma bonne fortune ; car quel-
« ques bouillons communs de l'eryngium[1] et herbe
« du turc, que deux ou trois fois i'ay avallez, en
« faveur des dames qui, plus gracieusement que
« mon mal n'est aigre, m'en offroient la moitié du
« leur, m'ont semblé egalement faciles à prendre,
« et inutiles en operation : ils ont à payer mille
« vœux à Aesculape, et autant d'escus à leur me-
« decin, de la profluvion[2] de sable aysée et abon-
« dante, que ie reçcois souvent par le benefice de
« nature : la decence mesme de ma contenance en
« compaignie n'en est pas troublee ; et porte mon
« eau dix heures, et aussi long temps qu'un sain.
« La crainte de ce mal, faict il, t'effroyoit aul-
« tresfois, quand il t'estoit incogneu ; les crys et le
« desespoir de ceulx qui l'aigrissent par leur im-
« patience, t'en engendroient l'horreur. C'est un
« mal qui te bat les membres par lesquels tu as le
« plus failly : Tu es homme de conscience,

Quæ venit indignæ pœna, dolenda venit[3] :

« regarde ce chastiement ; il est bien doulx au pris
« d'aultres, et d'une faveur paternelle : Regarde
« sa tardifveté ; il n'incommode et occupe que la
« saison de ta vie qui, ainsin comme ainsin[4], est
« meshuy perdue et sterile, ayant faict place à la
« licence et plaisirs de ta ieunesse, comme par
« composition. La crainte et pitié que le peuple a
« de ce mal, te sert de matiere de gloire ; qualité
« de laquelle si tu as le iugement purgé, et en as
« guary ton discours, tes amys pourtant en re-
« cognoissent encores quelque teincture en ta com-
« plexion. Il y a plaisir à ouyr dire de soy, Voylà
« bien de la force, voylà bien de la patience. On
« te veoid suer d'ahan, paslir, rougir, trembler,
« vomir iusques au sang, souffrir des contractions
« et convulsions estranges, desgoutter par fois de
« grosses larmes des yeulx, rendre les urines es-
« pesses, noires et effroyables, ou les avoir arres-
« tees par quelque pierre espineuse et herissee
« qui te poinct et escorche cruellement le col de
« la verge ; entretenant ce pendant le col des assis-
« tants, d'une contenance commune ; bouffonant
« à pauses[5] avecques tes gents ; tenant ta partie en
« un discours tendu ; excusant de parole ta dou-
« leur, et rabbattant de la souffrance. Te souvient
« il de ces gents du temps passé, qui recherchoient
« les maulx avecques si grand'faim, pour tenir
« leur vertu en haleine et en exercice ? mets le cas

« que nature te porte et te poulse à cette glo-
« rieuse eschole, en laquelle tu ne feusses iamais
« entré de ton gré. Si tu me dis, que c'est un mal
« dangereux et mortel : quels aultres ne le sont ?
« car c'est une piperie medicinale, d'en excepter
« aulcuns qu'ils disent n'aller point de droict fil à
« la mort : qu'importe, s'ils y vont par accident,
« ou s'ils glissent et gauchissent ayseement vers la
« voye qui nous y mene ? Mais tu ne meurs pas
« de ce que tu es malade, tu meurs de ce que tu es
« vivant : la mort te tue bien, sans le secours de
« la maladie ; et à d'aulcuns les maladies ont es-
« loingné la mort, qui ont plus vescu, de ce qu'il
« leur sembloit s'en aller mourants : ioinct qu'il est,
« comme des playes, aussi des maladies, mede-
« cinales et salutaires. La cholique est souvent non
« moins vivace que vous : il se veoid des hommes
« ausquels elle a continué depuis leur enfance
« iusques à leur extreme vieillesse ; et s'ils ne luy
« eussent failly de compaignie, elle estoit pour les
« assister plus oultre : vous la tuez plus souvent
« qu'elle ne vous tue. Et quand elle te presente-
« roit l'image de la mort voysine, seroit ce pas un
« bon office, à un homme de tel aage, de le rame-
« ner aux cogitations de sa fin ? Et qui pis est, tu n'as
« plus pour quoy guarir : Ainsin comme ainsin, au
« premier iour la commune necessité t'appelle.
« Considere combien artificiellement et doulce-
« ment elle te desgouste de la vie et desprend du
« monde ; non te forçant, d'une subiection tyran-
« nique, comme tant d'aultres maulx que tu veois
« aux vieillards, qui les tiennent continuellement
« entravez, et sans relasche, de foiblesses et dou-
« leurs ; mais par advertissements, et instructions
« reprinses à intervalles ; entremeslant des longues
« pauses de repos, comme pour te donner moyen
« de mediter et repeter sa leçon à ton ayse. Pour
« te donner moyen de iuger sainement, et pren-
« dre party en homme de cœur, elle te presente
« l'estat de la condition entiere, et en bien et en
« mal ; et, en mesme iour, une vie tresalaigre tan-
« tost, tantost insupportable. Si tu n'accolles la
« mort, au moins tu luy touches en paulme[6], une
« fois le mois : par où tu as de plus à esperer qu'elle
« t'attrapera un iour sans menace ; et qu'estant
« si souvent conduict insques au port, te fiant d'es-

---

(1) *Panicaut, ou chardon roland :* sa racine est apéritive.
*Herbe du turc,* turquette, nom vulgaire de la herniaire, *herniaria
glabra.*

(2) *Pour un écoulement de sable aisé et abondant,* etc. *Profluvion* est purement latin, *profluvium sanguinis,* flux de sang.

(3) Le mal qu'on n'a pas mérité est le seul dont on ait droit
de se plaindre. OVIDE, *Heroid..* V, S.

(4) *D'une manière ou d'une autre.*

(5) *De temps en temps.* — (6) *Dans la paume de la main.*

« tre encores aux termes accoustumez, on t'aura ,
« et ta fiance, passé l'eau un matin inopinement.
« On n'a point à se plaindre des maladies qui par-
« tagent loyalement le temps avecques la santé. »

Ie suis obligé à la fortune, dequoy elle m'assault si souvent de mesme sorte d'armes : elle m'y
façonne, et m'y dresse par usage, m'y durcit et
habitue : ie sçay à peu prez meshuy en quóy i'en
doibs estre quitte. A faulte de memoire naturelle,
i'en forge de papier : et comme quelque nouveau
symptome survient à mon mal, ie l'escris ; d'où il
advient que asteure, estant quasi passé par toute
sorte d'exemples, si quelque estonnement me
menace, feuilletant ces petits brevets descousus,
comme des feuilles sibyllines , ie ne fauls plus de
trouver où me consoler de quelque prognosticque
favorable en mon experience passee. Me sert aussi
l'accoustumance à mieulx esperer pour l'advenir :
car la conduicte de ce vuidange ayant continué si
long temps, il est à croire que nature ne changera
point ce train, et n'en adviendra aultre pire accident que celuy que ie sens. En oultre , la condition
de cette maladie n'est point mal advenante à ma
complexion prompte et soubdaine : quand elle
m'assault mollement, elle me faict peur, car c'est
pour long temps ; mais, naturellement, elle a des
excez vigoreux et gaillards ; elle me secoue à oultrance, pour un iour ou deux. Mes reins ont duré
un aage sans alteration ; il y en a tantost un autre
qu'ils ont changé d'estat : les maulx ont leur periode comme les biens ; à l'adventure est cet accident à sa fin. L'aage affoiblit la chaleur de mon
estomach ; sa digestion en estant moins parfaicte, il
renvoye cette matiere crue à mes reins : pourquoy
ne pourra estre, à certaine revolution, affoiblie
pareillement la chaleur de mes reins, si bien qu'ils
ne puissent plus petrifier mon flegme ; et nature
s'acheminer à prendre quelque aultre voye de
purgation ? Les ans m'ont evidemment faict tarir
aulcuns rheumes ; pourquoy non ces excrements
qui fournissent de matiere à la grave ? Mais est il
rien doulx au pris de cette soubdaine mutation,
quand , d'une douleur extreme, ie viens, par le
vuidange de ma pierre, à recouvrer, comme d'un
esclair, la belle lumiere de la santé, si libre et si
pleine, comme il advient en nos soubdaines et
plus aspres choliques ? Y a il rien en cette douleur
soufferte, qu'on puisse contrepoiser au plaisir d'un
si prompt amendement ? De combien la santé me
semble plus belle aprez la maladie, si voysine et
si contiguë que ie les puis recognoistre, en presence l'une de l'aultre, en leur plus hault appareil ; où elles se mettent à l'envy, comme pour se
faire teste et contrecarre ! Tout ainsi que les

stoïciens disent que les vices sont utilement introduicts pour donner pris et faire espaule à la vertu :
nous pouvons dire, avecques meilleure raison, et
coniecture moins hardie, que nature nous a presté
la douleur pour l'honneur et le service de la volupté et indolence. Lorsque Socrates, aprez qu'on
l'eust deschargé de ses fers, sentit la friandise de
cette demangeaison que leur pesanteur avoyt causé
en ses iambes, il se resiouyt à considerer l'estroicte
alliance de la douleur à la volupté ; comme elles
sont associees d'une liaison necessaire, si qu'à
tours [1] elles se suivent et entr'engendrent ; et
s'escrioit au bon Aesope, qu'il deust avoir prins
de cette consideration un corps propre à une belle
fable.

Le pis que ie vcoye aux aultres maladies, c'est
qu'elles ne sont pas si griefves en leur effect, comme
elles sont en leur yssue : on est un an à se r'avoir,
tousiours plein de foiblesse et de crainte. Il y a tant
de hazard , et tant de degrez à se reconduire à sauveté, que ce n'est iamais faict : avant qu'on vous
aye deffublé d'un couvrechef, et puis d'une calote ;
avant qu'on vous aye rendu l'usage de l'air , et du
vin, et de vostre femme, et des melons, c'est grand
cas si vous n'estes recheu en quelque nouvelle misere. Cette cy a ce privilege, qu'elle s'emporte tout
net : là où les aultres laissent tousiours quelque impression et alteration qui rend le corps susceptible
de nouveau mal, et se prestent la main les uns
aux aultres. Ceulx là sont excusables , qui se contentent de leur possession sur nous sans l'estendre
et sans introduire leur sequelle ; mais courtois et
gracieux sont ceulx de qui le passage nous apporte
quelque utile consequence. Depuis ma cholique ,
ie me treuve deschargé d'aultres accidents, plus
ce me semble que ie n'estois auparavant, et n'ay
point eu de fiebvre depuis ; i'argumente que les
vomissements extremes et frequents que ie souffre , me purgent : et d'aultre costé , mes des-
goustements, et les ieusnes estranges que ie passe,
digerent mes humeurs peccantes ; et nature vuide,
en ces pierres, ce qu'elle a de superflu et nuisible. Qu'on ne me die point que c'est une medecine trop cher vendue ; car quoy, tant de puants
bruvages, cauteres, incisions, suees, setons, dietes,
et tant de formes de guarir, qui nous apportent
souvent la mort, pour ne pouvoir soustenir leur
violence et importunité ? Par ainsin , quand ie suis
attainct , ie le prends à medecine ; quand ie suis
exempt , ie le prends à constante et entiere delivrance.

Voicy encores une faveur de mon mal, parti-

_____
[1] *Si bien que tour à tour.*

culiere : C'est qu'à peu prez, il faict son ieu à part, et me laisse faire le mien, ou il ne tient qu'à faulte de courage ; en sa plus grande esmotion, ie l'ay tenu dix heures à cheval. Souffrez seulement, vous n'avez que faire d'aultre regime ; iouez, disnez, courez, faictes cecy, et faictes encores cela, si vous pouvez ; vostre desbauche y servira plus qu'elle n'y nuira : Dictes en autant à un verolé, à un goutteux, à un hernieux. Les aultres maladies ont des obligations plus universelles, gehennent bien aultrement nos actions, troublent tout nostre ordre, et engagent à leur consideration tout l'estat de la vie : cette cy ne faict que pincer la peau ; elle vous laisse l'entendement et la volonté en vostre disposition, et la langue, et les pieds, et les mains ; elle vous esveille plustost qu'elle ne vous assopit. L'ame est frappee de l'ardeur d'une fiebvre, et atterree d'une epilepsie, et disloquee par une aspre micraine, et enfin estonnee par toutes les maladies qui blecent la masse et les plus nobles parties : icy, on ne l'attaque point ; s'il luy va mal, à sa coulpe [1] ; elle se trahit elle mesme, s'abandonne, et se desmonte. Il n'y a que les fols qui se laissent persuader que ce corps dur et massif qui se cuict en nos roignons, se puisse dissouldre par bruvages : par quoy, depuis qu'il est esbranslé, il n'est que luy donner passage ; aussi bien le prendra il.

Ie remarque encores cette particuliere commodité, que c'est un mal auquel nous avons peu à deviner : nous sommes dispensez du trouble auquel les aultres maulx nous iectent par l'incertitude de leurs causes, et conditions, et progrez ; trouble infiniement penible : nous n'avons que faire des consultations et interpretations doctorales ; les sens nous montrent que c'est, et où c'est.

Par tels arguments, et forts et foibles, comme Cicero le mal de sa vieillesse, i'essaye d'endormir et amuser mon imagination, et graisser ses playes. Si elles s'empirent demain, demain nous y pourvoyrons d'aultres eschappatoires. Qu'il soit vray : voicy, depuis de nouveau ; que les plus legiers mouvements espreignent [2] le pur sang de mes reins ; quoy pour cela ? ie ne laisse de me mouvoir comme devant, et picquer aprez mes chiens, d'une iuvenile [3] ardeur et insolente ; et treuve que i'ay grand' raison d'un si important accident, qui ne me couste qu'une sourde poisanteur et alteration en cette partie : c'est quelque grosse pierre, qui foule et consomme la substance de mes roignons, et ma vie, que ie vuide peu à peu, non sans quelque naturelle doulceur, comme un excrement hormais superflu et empeschant. Or, sens ie quelque chose qui croule ? ne vous attendez pas que i'aille m'amusant à re-

cognoistre mon pouls et mes urines, pour y prendre quelque prevoyance ennuyeuse : ie .seray assez à temps à sentir le mal, sans l'alonger par le mal de la peur. Qui craint de souffrir, il souffre desia de ce qu'il craint. Ioinct que la dubitation et ignorance de ceulx qui se meslent d'expliquer les ressorts de nature et ses internes progrez, et tant de fauls prognosticques de leur art, nous doibt faire cognoistre qu'ell' a ses moyens infiniement incogneus : il y a grande incertitude, varieté et obscurité, de ce qu'elle nous promet ou menace. Sauf la vieillesse, qui est un signe indubitable de l'approche de la mort, de touts les aultres accidents, ie veoy peu de signes de l'advenir, sur quoy nous ayons à fonder nostre divination. Ie ne me iuge que par vray sentiment, non par discours : A quoy faire ? puisque ie n'y veulx apporter que l'attente et la patience. Voulez vous sçavoir combien ie gaigne à cela ? regardez ceulx qui font aultrement, et qui despendent de tant de diverses persuasions et conseils ; combien souvent l'imagination les presse sans le corps. I'ay maintesfois prins plaisir, estant en seureté et delivré de ces accidents dangereux, de les communiquer aux medecins, comme naissants lors en moy : ie souffrois l'arrest de leurs horribles conclusions, bien à mon ayse ; et en demeurois de tant plus obligé à Dieu de sa grace, et mieulx instruict de la vanité de cet art.

Il n'est rien qu'on doibve tant recommander à la ieunesse que l'activité et la vigilance : nostre vie n'est que mouvement. Ie m'esbranle difficilement, et suis tardif par tout ; à me lever, à me coucher, et à mes repas : c'est matin pour moy que sept heures ; et, où ie gouverne, ie ne disne ny avant onze, ny ne souppe qu'aprez six heures. I'ay aultresfois attribué la cause des fiebvres et maladies où ie suis tumbé, à la pesanteur et assopissement que le long sommeil m'avoyt apporté ; et me suis tousiours repenty de me r'endormir le matin. Platon veult plus de mal à l'excez du dormir, qu'à l'excez du boire. I'aime à coucher dur, et seul ; voire sans femme, à la royale ; un peu bien couvert. On ne bassine iamais mon lict : mais, depuis la vieillesse, on me donne, quand i'en ay besoing, des draps à eschauffer les pieds et l'estomach. On trouvoit à redire au grand Scipion, d'estre dormart ; non, à mon advis, pour aultre raison, sinon qu'il faschoit aux hommes qu'en luy seul il n'y eust aulcune chose à redire. Si i'ay quelque curiosité en mon traictement, c'est plustost au coucher qu'à aultre chose ; mais ie cede et

(1) C'est sa faute.
(2) Expriment, tirent, font sortir. — (3) Jeune.

m'accommode en general, autant que tout autre, à la necessité. Le dormir a occupé une grande partie de ma vie; et le continue encores, en cet aage, huict ou neuf heures, d'une haleine. Ie me retire avecques utilité de cette propension paresseuse; et en vaulx evidemment mieulx. Ie sens un peu le coup de la mutation; mais c'est faict en trois iours. Et n'en veoy gueres qui vive à moins, quand il est besoing, et qui s'exerce plus constamment, ny à qui les corvees poisent moins. Mon corps est capable d'une agitation ferme, mais non pas vehemente et soubdaine. Ie fuys meshuy les exercices violents, et qui me menent à la sueur: mes membres se lassent avant qu'ils s'eschauffent. Ie me tiens debout, tout le long d'un iour, et ne m'ennuye point à me promener; mais sur le pavé, depuis mon premier aage, ie n'ay aimé d'aller qu'à cheval; à pied, ie me crotte iusques aux fesses; et les petites gents sont subiects, par ces rues, à estre chocquez et coudoyez, à faulte d'apparence: et ay aimé à me reposer, soit couché, soit assis, les iambes autant ou plus haultes que le siege.

Il n'est occupation plaisante comme la militaire: occupation et noble en execution (car la plus forte, genereuse et superbe de toutes les vertus est la vaillance), et noble en sa cause: il n'est point d'utilité, ny plus iuste, ny plus universelle, que la protection du repos et grandeur de son païs. La compaignie de tant d'hommes vous plaist, nobles, ieunes, actifs; la veue ordinaire de tant de spectacles tragiques; la liberté de cette conversation, sans art; et une façon de vie, masle et sans cerimonie; la varieté de mille actions diverses; cette courageuse harmonie de la musique guerriere, qui vous entretient et eschauffe et les aureilles et l'ame; l'honneur de cet exercice, son aspreté mesme et sa difficulté, que Platon estime si peu, qu'en sa republique il en faict part aux femmes et aux enfants: vous vous conviez aux roolles et hazards particuliers, selon que vous iugez de leur esclat et de leur importance; soldat volontaire; et veoyez quand la vie mesme y est excusablement employee,

*Pulchrumque mori succurrit in armis [1].*

De craindre les hazards communs qui regardent une si grande presse; de n'oser ce que tant de sortes d'ames osent, et tout un peuple, c'est à faire à un cœur mol et bas oultre mesure: la compaignie asseure iusques aux enfants. Si d'aultres vous surpassent en science, en grace, en force, en fortune, vous avez des causes tierces à qui vous en prendre; mais de leur ceder en fermeté d'ame,

vous n'avez à vous en prendre qu'à vous. La mort est plus abiecte, plus languissante et penible dans un lict, qu'en un combat: les fiebvres et les catarrhes, autant douloureux et mortels, qu'une harquebuzade. Qui seroit faict à porter valeureusement les accidents de la vie commune, n'auroit point à grossir son courage pour se rendre gendarme. *Vivere, mi Lucili, militare est [2].*

Il ne me souvient point de m'estre iamais veu galleux: si est la graterie, des gratifications de nature les plus doulces, et autant à main; mais ell' a la penitence trop importunement voysine. Ie l'exerce plus aux aureilles, que i'ay au dedans pruantes [3], par secousses.

Ie suis nay de touts les sens, entiers quasi à la perfection. Mon estomach est commodement bon, comme est ma teste; et, le plus souvent, se maintiennent au travers de mes fiebvres, et aussi mon haleine. I'ay oultrepassé l'aage auquel des nations, non sans occasion, avoyent prescript une si iuste fin à la vie, qu'elles ne permettoient point qu'on l'excedast; si ay ie encores des remises, quoyqu'inconstantes et courtes, si nettes, qu'il y a peu à dire de la santé et indolence de ma ieunesse. Ie ne parle pas de la vigueur et alaigresse: ce n'est pas raison qu'elle me suive hors ses limites;

*Non hoc amplius est liminis, aut aquæ*
*Cœlestis, patiens latus [4].*

Mon visage me descouvre incontinent, et mes yeulx: touts mes changements commencent par là, et un peu plus aigres qu'ils ne sont en effect; ie fois souvent pitié à mes amys, avant que i'en sente la cause. Mon mirouer ne m'estonne pas; car, en la ieunesse mesme, il m'est advenu, plus d'une fois, de chausser ainsin un teinct et un port trouble et de mauvais prognosticque, sans grand accident; en maniere que les medecins, qui ne trouvoient au dedans cause qui respondist à cette alteration externe, l'attribuoient à l'esprit, et à quelque passion secrete qui me rongeast au dedans: ils se trompoient. Si le corps se gouvernoit autant selon moy, que faict l'ame, nous marcherions un peu plus à nostre ayse: ie l'avoy lors, non seulement exempte de trouble, mais encores pleine de satisfaction et de feste, comme elle est le plus ordinairement, moitié de sa complexion, moitié de son desseing:

(1) Qu'il est beau de mourir les armes à la main!
Virg., Æn., II, 317.
(2) Vivre, mon cher Lucilius, c'est faire la guerre. Sénèque, Epist. 96.
(3) *Subjettes à des démangeaisons*, expression gasconne.
(4) Je n'ai plus la force de rester la nuit devant la porte d'une maîtresse, à souffrir le froid ou la pluie. Hor., Od., III, 10, 19.

Nec vitiant artus ægræ contagia mentis [1].

Ie tiens que cette sienne temperature a relevé maintesfois le corps de ses chentes : il est souvent abbattu ; que si elle n'est emouee, elle est au moins en estat tranquille et reposé. I'eus la fiebvre quarte, quatre ou cinq mois, qui m'avoyt tout desvisagé ; l'esprit alla tousiours non paisiblement, mais plaisamment. Si la douleur est hors de moy, l'affoiblissement et la langueur ne m'attristent gueres : ie veoy plusieurs defaillances corporelles, qui font horreur seulement à nommer, que ie craindrois moins que mille passions et agitations d'esprit que ie veoy en usage. Ie prends party de ne plus courre ; c'est assez que ie me traisne : ny ne me plaipds de la decadence naturelle qui me tient ;

Quis tumidum guttur miratur in Alpibus [2] ?

non plus que ie ne regrette que ma duree ne soit aussi longue et entiere que celle d'un chesne.

Ie n'ay point à me plaindre de mon imagination : i'ay eu peu de pensees en ma vie qui m'ayent seulement interrompu le cours de mon sommeil, si elles n'ont esté du desir, qui m'esveillast sans m'affliger. Ie songe peu souvent ; et lors, c'est des choses fantastiques et des chimeres, produictes communement de pensees plaisantes, plustost ridicules que tristes : et tiens qu'il est vray que les songes sont loyaux interpretes de nos inclinations ; mais il y a de l'art à les assortir et entendre :

Res, quæ in vita usurpant homines, cogitant, cu-
     [rant, vident,
Quæque agunt vigilantes, agitantque, ea si cui in
Minus mirandum est [3].     [somno accidunt,

Platon dict dadvantage que c'est l'office de la prudence d'en tirer des instructions divinatrices pour l'advenir : ie ne veoy rien à cela, sinon les merveilleuses experiences que Socrates, Xenophon, Aristote, en recitent, personnages d'auctorité irreprochable. Les histoires disent que les Atlantes ne songent iamais ; qui ne mangent aussi rien qui aye prins mort : ce que i'adiouste, d'autant que c'est à l'adventure l'occasion pour quoy ils ne songent point ; car Pythagoras ordonnoit certaine preparation de nourriture, pour faire les songes à propos. Les miens sont tendres et ne m'apportent aucune agitation de corps, ny expression de voix. I'ay veu plusieurs de mon temps en estre merveilleusement agitez : Theon le philosophe se promenoit en songeant ; et le valet de Pericles, sur les tuiles mesmes et faiste de la maison.

Ie ne choisis gueres à table, et me prends à la premiere chose et plus voysine ; et me remue mal

volontiers d'un goust à un aultre. La presse des plats et des services me desplaist autant qu'aultre presse : ie me contente ayseement de peu de mets ; et hais l'opinion de Favorinus, qu'en un festin, il fault qu'on vous desrobe la viande où vous prenez appetit, et qu'on vous en substitue tousiours une nouvelle ; et que c'est un miserable soupper, si on n'a saoulé les assistants de cropions de divers oyseaux ; et que le seul bequefigue merite qu'on le mange entier. I'use familierement de viandes salees : si aime ie mieulx le pain sans sel ; et mon boulanger chez moy n'en sert pas d'aultre pour ma table, contre l'usage du païs. On a eu, en mon enfance, principalement à corriger le refus que ie faisois des choses que communement on aime le mieulx en cet aage ; sucres, confitures, pieces de four. Mon gouverneur combattit cette haine de viandes delicates, comme une espece de delicatesse ; aussi n'est elle aultre chose que difficulté de goust, où qu'il s'applique. Qui oste à un enfant certaine particuliere et obstinee affection au pain bis, et au lard, ou à l'ail, il luy oste la friandise. Il en est qui font les laborieux et les patients, pour regretter le bœuf et le iambon, parmy les perdris : ils ont bon temps ; c'est la delicatesse des delicats ; c'est le goust d'une molle fortune, qui s'affadit aux choses ordinaires et accoustumees ; *per quæ luxuria divitiarum tædio ludit* [4]. Laisser à faire bonne chere de ce qu'un aultre la faict ; avoir un soing curieux de son traictement, c'est l'essence de ce vice :

Si modica cœnare times olus omne patella [5].

Il y a bien vrayement cette difference, qu'il vault mieulx obliger son desir aux choses plus aysees à recouvrer ; mais c'est tousiours vice de s'obliger : i'appellois aultrefois delicat, un mien parent qui avoyt desappris, en nos galeres, à se servir de nos licts, et se despouiller pour se coucher.

Si i'avoy des enfants masles, ie leur desirasse volontiers ma fortune : Le bon pere que Dieu me donna, qui n'a de moy que la recognoissance de sa bonté, mais certes bien gaillarde, m'envoya, dez le berceau, nourrir à un pauvre village des siens,

(1) Jamais les troubles de mon esprit n'ont influé sur mon corps. OVIDE, *Trist.*, III, 8, 25.

(2) S'étonne-t-on de voir des goîtres dans les Alpes ? JUVÉNAL, XIII, 162.

(3) En effet, il n'est pas surprenant que les hommes retrouvent en songe les choses qui les occupent dans la vie et qu'ils méditent, qu'ils voient, qu'ils font, lorsqu'ils sont éveillés. CIC. *de Divinat.*, I, 22.

(4) Ce sont les caprices du luxe, qui voudroit échapper à l'ennui des richesses. SÉNÈQUE, *Epist.* 18.

(5) Si tu ne sçais pas te contenter d'un plat de légumes pour ton souper. HOR., *Epist.*, I, 5, 2.

et m'y teint autant que ie feus en nourrisse, et enãôruã uu delà ; me dressant à la plus basse et commune façon de vivre : *magna pars libertatis est bene moratus venter* [1]. Ne prenez iamais, et donnez encores moins à vos femmes, la charge de leur nourriture ; laissez les former à la fortune, soubs des loix populaires et naturelles ; laissez à la coustume de les dresser à la frugalité et à l'austerité : qu'ils ayent plustost à descendre de l'aspreté, qu'à monter vers elle. Son humeur visoit encores à une aultre fin ; de me r'allier avecques le peuple et cette condition d'hommes qui a besoing de nostre ayde ; et estimoit que ie feusse tenu de regarder plustost vers celuy qui me tend les bras, que vers celuy qui me tourne le dos : et feut cette raison, pourquoy aussi il me donna à tenir, sur les fonts, à des personnes de la plus abiecte fortune, pour m'y obliger et attacher.

Son dessein n'a pas du tout mal succedé : ie m'addonne volontiers aux petits, soit pour ce qu'il y a plus de gloire, soit par naturelle compassion, qui peult infiniement en moy. Le party que ie condemneray en nos guerres, ie le condemneray plus asprement, fleurissant et prospere : il sera pour me concilier aulcunement à soy, quand ie le verray miserable et accablé. Combien volontiers ie considere la belle humeur de Chelonis, fille et femme de roys de Sparte ! Pendant que Cleombrotus, son mary, aux desordres de sa ville, eut advantage sur Leonidas son pere, elle feit la bonne fille, et se r'allia avecques son pere, en son exil, en sa misere ; s'opposant au victorieux. La chance veint elle à tourner? la voylà changee de vouloir avecques la fortune, se rengeant courageusement à son mary, lequel elle suivit par tout où sa ruyne le porta ; n'ayant, ce me semble, aultre chois, que de se iecter au party où elle faisoit le plus de besoing, et où elle se montroit plus pitoyable. Ie me laisse naturellement aller aprez l'exemple de Flaminius, qui se prestoit à ceulx qui avoyent besoing de luy, plus qu'à ceulx qui luy pouvoient bien faire, que ie ne fois à celuy de Pyrrhus, propre à s'abaisser soubs les grands, et à s'enorgueillir sur les petits.

Les longues tables m'ennuyent et me nuisent : car, soit pour m'y estre accoustumé enfant, à faulte de meilleure contenance, ie mange autant que i'y suis. Pourtant chez moy, quoyqu'elle soit des courtes, ie m'y mets volontiers un peu aprez les aultres, sur la forme d'Auguste : mais ie ne l'imite pas, en ce qu'il en sortoit aussi avant les aultres ; au rebours, i'aime à me reposer long temps aprez, et en ouyr conter, prouveu que ie ne m'y mesle point ; car ie me lasse et me blece

de pailei l'estomach plein, autant comme ie treuve l'exercice de crier et contester, avant le repas, tressalubre et plaisant.

Les anciens Grecs et Romains avoyent meilleure raison que nous, assignants à la nourriture, qui est une action principale de la vie, si aultre extraordinaire occupation ne les en divertissoit, plusieurs heures, et la meilleure partie de la nuict ; mangeants et beuvants moins hastifvement que nous, qui passons en poste toutes nos actions ; et esteudants ce plaisir naturel à plus de loysir et d'usage, y entresemants divers offices de conversation, utiles et agreables.

Ceulx qui doibvent avoir soing de moy, pourroient à bon marché me desrober ce qu'ils pensent m'estre nuisible ; car en telles choses, ie ne desire iamais, ny ne treuve à dire, ce que ie ne veoy pas : mais aussi, de celles qui se presentent, ils perdent leur temps de m'en prescher l'abstinence ; si que, quand ie veulx ieusner, il me fault mettre à part des souppeurs, et qu'on me presente iustement autant qu'il est besoing pour une reglee collation ; car, si ie me mets à table, i'oublie ma resolution. Quand i'ordonne qu'on change d'apprest à quelque viande, mes gents sçavent que c'est à dire que mon appetit est allanguy, et que ie ny toucheray point.

En toutes celles qui le peuvent souffrir, ie les aime peu cuictes ; et les aime fort mortifiees, et iusques à l'alteration de la senteur, en plusieurs. Il n'y a que la dureté qui generalement me fasche (de toute aultre qualité, ie suis aussi nonchalant et souffrant qu'homme que i'aye cogneu) ; si que, contre l'humeur commune, entre les poissons mesmes il m'advient d'en trouver et de trop frais et de trop fermes : ce n'est pas la faulte de mes dents, que i'ay eu tousiours bonnes iusques à l'excellence, et que l'aage ne commence de menacer qu'à cette heure ; i'ay appris, dez l'enfance, à les frotter de ma serviette, et le matin, et à l'entree et yssue de la table. Dieu faict grace à ceulx à qui il soubstraict la vie par le menu : c'est le seul benefice de la vieillesse ; la derniere mort en sera d'autant moins pleine et nuisible, elle ne tuera plus qu'un demy ou un quart d'homme. Voylà une dent qui me vient de cheoir, sans douleur, sans effort ; c'estoit le terme naturel de sa duree : et cette partie de mon estre, et plusieurs aultres, sont desia mortes, aultres demy mortes, des plus actifves, et qui tenoient le premier reng pendant la vigueur de mon aage. C'est

---

[1] C'est une partie de la liberté, que de savoir régler son estomac. Sénèque, *Epist.* 123.

ainsin que ie fonds, et eschappe à moy. Quelle bestise sera ce à mon entendement, de sentir le sault de cette cheute, desia si advancee, comme si elle estoit entiere? Ie ne l'espere pas. A la verité, ie receois une principale consolation aux pensees de ma mort, qu'elle soit des iustes et naturelles; et que meshuy ie ne puisse en cela requerir ny esperer, de la destinee, faveur qu'illegitime [1]. Les hommes se font accroire qu'ils ont eu aultresfois, comme la stature, la vie aussi plus grande; mais ils se trompent : et Solon, qui est de ces vieux temps là, en taille pourtant l'extreme duree à soixante dix ans. Moy, qui ay tant adoré, et si universellement, cette ἄριστον μέτρον [2] du temps passé, et qui ay tant prins pour la plus parfaicte la moyenne mesure, pretendray ie une desmesuree et prodigieuse vieillesse? Tout ce qui vient au revers du cours de nature, peult estre fascheux; mais ce qui vient selon elle, doibt estre tousiours plaisant; *omnia, quæ secundum naturam fiunt, sunt habenda in bonis* [3] : par ainsin dict Platon, la mort que les playes ou maladies apportent, soit violente; mais celle qui nous surprend, la vieillesse nous y conduisant, est de toutes la plus legiere, et aulcunement delicieuse. *Vitam adolescentibus vis aufert, senibus maturitas* [4]. La mort se mesle et confond par tout à nostre vie : le declin preoccupe son heure, et s'ingere au cours de nostre advancement mesme. I'ay des pourtraicts de ma forme de vingt et cinq, et de trente cinq ans; ie les compare avecques celuy d'asteure [5] : combien de fois ce n'est plus moy! combien est mon image presente plus esloingnée de celles là, que de celle de mon trespas! C'est trop abusé de nature, de la tracasser si loing, qu'elle soit contrainte de nous quitter; et abandonner nostre conduicte, nos yeulx, nos dents, nos iambes et le reste, à la mercy d'un secours estranger et mendié; et nous resigner entre les mains de l'art, lasse de nous suyvre.

Ie ne suis excessifvement desireux ny de salades, ny de fruicts, sauf les melons : mon pere haïssoit toute sorte de saulses; ie les aime toutes. Le trop manger m'empesche; mais par sa qualité, ie n'ay encores cognoissance bien certaine, qu'aulcune viande me nuise; comme aussi ie ne remarque ny lune pleine ny basse, ny l'automne, du printemps. Il y a des mouvements en nous, inconstants et incogneus; car des raiforts, pour exemple, ie les ay trouvez premierement commodes; depuis, fascheux; à present, de rechef commodes. En plusieurs choses, ie sens mon estomach et mon appetit aller ainsin diversifiant; i'ay rechangé du blanc au clairet, et puis du clairet au blanc.

Ie suis friand de poisson, et fois mes iours gras des maigres; et mes festes, des iours de ieusne : ie croy, ce qu'aulcuns disent, qu'il est de plus aysee digestion que la chair. Comme ie fois conscience de manger de la viande, le iour de poisson; aussi faict mon goust, de mesler le poisson à la chair : cette diversité me semble trop esloingnee.

Dez ma ieunesse, ie desrobois par fois quelque repas : Ou à fin d'aiguiser mon appetit à l'endemain (car, comme Epicurus ieusnoit et faisoit des repas maigres pour accoustumer sa volupté à se passer de l'abondance; moy, au rebours, pour dresser ma volupté à faire mieulx son proufit et se servir plus alaigrement de l'abondance) : Ou ie ieusnois, pour conserver ma vigueur au service de quelque action de corps ou d'esprit; car et l'un et l'autre s'apparesse cruellement en moy par la repletion; et, sur tout, ie hais ce sot accouplage d'une deesse si saine et si alaigre, avecques ce petit dieu indigest et roteur, tout bouffy de la fumee de sa liqueur : Ou pour guarir mon estomach malade : Ou pour estre sans compaignie propre; car ie dy, comme ce mesme Epicurus, qu'il ne fault pas tant regarder ce qu'on mange, qu'avecques qui on mange; et loue Chilon, de n'avoir voulu promettre de se trouver au festin de Periander, avant que d'estre informé qui estoient les aultres conviez : Il n'est point de si doulx apprest pour moy, ny de saulse si appetissante, que celle qui se tire de la societé. Ie croy qu'il est plus sain de manger plus bellement et moins, et de manger plus souvent : mais ie veulx faire valoir l'appetit et la faim; ie n'aurois nul plaisir à traisner, à la medecinale, trois ou quatre chestifs repas par iour, ainsin contraincts : Qui m'asseureroit que le goust ouvert que i'ay ce matin, ie le retrouvasse encores à soupper? Prenons, sur tout les vieillards, le premier temps opportun qui nous vient : laissons aux faiseurs d'almanachs les esperances et les prognosticques. L'extreme fruict de ma santé, c'est la volupté : tenons nous à la premiere, presente et cogneue. I'esvite la constance en ces loix de ieusne : qui veult qu'une forme luy serve, fuye à la continuer; nous nous y durcissons; nos forces s'y endorment; six mois aprez, vous y aurez si bien accoquiné vostre estomach, que vostre prou-

(1) Qu'extraordinaire, contre les regles.
(2) Excellente mediocrité.
(3) Tout ce qui se fait selon la nature, doit être compté pour un bien. Cic., *de Senect.*, c. 19.
(4) La mort des ieunes gens est une mort violente : les vieillards meurent de maturité. Cic., *de Senect.*, c. 19.
(5) Orthographe et prononciation gasconne, au lieu d'à cette heure. Montaigne écrit aussi asture.

fit ce ne sera que d'avoir perdu la liberté d'en user aultrement sans dommage.

Ie ne porte les iambes et les cuisses non plus couvertes en hyver qu'en esté ; un bas de soye tout simple. Ie me suis laissé aller, pour le secours de mes rheumes, à tenir la teste plus chaulde, et le ventre, pour ma cholique : mes maulx s'y habituerent en peu de iours, et desdaignerent mes ordinaires provisions ; i'estois monté d'une coëffe à un couvrechef, et d'un bonnet à un chapeau double ; les embourreures de mon pourpoinct ne me servent plus que de garbe [1] : ce n'est rien, si ie n'y adiouste une peau de lievre ou de vautour, une calote à ma teste. Suivez cette gradation, vous irez beau train. Ie n'en feray rien : et me desdirois volontiers du commencement que i'y ay donné, si i'osois. Tumbez vous en quelque inconvenient nouveau ? cette reformation ne vous sert plus ; vous y estes accoustumé : cherchez en une aultre. Ainsin se ruynent ceulx qui se laissent empestrer à des regimes contraincts, et s'y astreignent superstitieusement : il leur en fault encores, et encores aprez, d'aultres au delà ; ce n'est iamais faict.

Pour nos occupations et le plaisir, il est beaucoup plus commode, comme faisoient les anciens, de perdre le disner, et remettre à faire bonne chere à l'heure de la retraicte et du repos, sans rompre le iour : ainsin le faisois ie aultresfois. Pour la santé, ie treuve depuis par experience, au contraire, qu'il vault mieulx disner, et que la digestion se faict mieulx en veillant. Ie ne suis gueres subiect à estre alteré, ny sain, ny malade : i'ay bien volontiers lors la bouche seiche, mais sans soif ; et communement ie ne bois, que du desir qui m'en vient en mangeant, et bien avant dans le repas. Ie bois assez bien, pour un homme de commune façon : en esté, et en un repas appetissant, ie n'oultrepasse point seulement les limites d'Auguste, qui ne beuvoit que trois fois precisement ; mais, pour n'offenser la regle de Democritus, qui deffendoit de s'arrester à quatre, comme à un nombre mal fortuné, ie coule, à un besoing, iusques à cinq : trois demy settiers, environ ; car les petits verres sont les miens favoris, et me plaist de les vuider, ce qu'd'aultres evitent comme chose mal seante. Ie trempe mon vin plus souvent à moitié, par fois au tiers d'eau : et quand ie suis en ma maison, d'un ancien usage que son medecin ordonnoit à mon pere et à soy, on mesle celuy qu'il me fault, dez la sommelerie, deux ou trois heures avant qu'on serve. Ils disent que Cranaus, roy des Atheniens, feut inventeur de cet usage, de tremper le vin d'eau : utilement ou non, i'en ay

veu debattre. I'estime plus decent et plus sain, que les enfants n'en usent qu'aprez seize ou dix huict ans. La forme de vivre plus usitee et commune, est la plus belle : toute particularité m'y semble à eviter ; et haïrois autant un Allemand qui meist de l'eau au vin, qu'un François qui le boiroit pur. L'usage publicque donne loy à telles choses.

Ie crains un air empesché, et fuys mortellement la fumee : la premiere reparation où ie courus chez moy, ce feut aux cheminees et aux retraictz, vice commun des vieulx bastiments, et insupportable ; et, entre les difficultez de la guerre, ie compte ces espesses poussieres, dans lesquelles on nous tient enterrez au chauld tout le long d'une iournee. I'ay la respiration libre et aysee ; et se passent mes morfondements le plus souvent sans offense du poulmon et sans toux.

L'aspreté de l'esté m'est plus ennemye que celle de l'hyver ; car, oultre l'incommodité de la chaleur, moins remediable que celle du froid, et oultre le coup que les rayons du soleil donnent à la teste, mes yeux s'offensent de toute lueur esclatante : ie ne sçaurois à cette heure disner assis vis à vis d'un feu ardent et lumineux.

Pour amortir la blancheur du papier, au temps que i'avoy plus accoustumé de lire, ie couchois sur mon livre une piece de verre, et m'en trouvois fort soulagé. I'ignore, iusques à present, l'usage des lunettes ; et veoy aussi loing que ie feis oncques, et que tout aultre : il est vray que, sur le declin du iour, ie commence à sentir du trouble, et de la foiblesse à lire ; dequoy l'exercice a tousiours travaillé mes yeulx, mais sur tout nocturne. Voylà un pas en arriere, à toute peine sensible : ie reculeray d'un aultre ; du second au tiers, du tiers au quart, si coyement qu'il me fauldra estre aveugle formé, avant que ie sente la decadence et vieillesse de ma veue : Tant les Parques destordent artificiellement nostre vie ! Si suis ie en doubte que mon ouïe marchande à s'espessir ; et verrez que ie l'auray demy perdue, que ie m'en prendray encores à la voix de ceulx qui parlent à moy : il fault bien bander l'ame, pour luy faire sentir comme elle s'escoule.

Mon marcher est prompt et ferme ; et ne sçay lequel des deux, ou l'esprit ou le corps, i'ay arresté plus malayseement en mesme poinct. Le prescheur est bien de mes amys, qui oblige mon attention tout un sermon. Aux lieux de cerimonie, où chascun est si bandé en contenance, où

(1) Montre, bonne grâce, apparence.

i'ay veu les dames tenir leurs yeulx mesmes si certains, ie ne suis iamais venu à bout que quelque piece des miennes n'extravague tousiours : encores que i'y sois assis, i'y suis peu rassis. Comme la chambriere du philosophe Chrysippus disoit de son maistre, qu'il n'estoit yvre que par les iambes ; car il avoyt cette coustume de les remuer, en quelque assiette qu'il feust ; et elle le disoit, lorsque, le vin esmouvant ses compaignons, luy n'en sentoit aulcune alteration : on a peu dire aussi, dez mon enfance, que i'avoy de la folie aux pieds, ou de l'argent vif ; tant i'y ay de remuement et d'inconstance naturelle, en quelque lieu que ie les place.

C'est indecent, oultre ce qu'il nuit à la santé, voire et au plaisir, de manger goulentent, comme ie fois : ie mords souvent ma langue, par fois mes doigts de hastifveté. Diogenes, rencontrant un enfant qui mangeoit ainsin, en donna un soufflet à son precepteur. Il y avoyt des hommes à Rome qui enseignoient à mascher, comme à marcher, de bonne grace. I'en perds le loysir de parler, qui est un si doulx assaisonnement des tables, prouveu que ce soient des propos de mesme, plaisants et courts.

Il y a de la ialousie et envye entre nos plaisirs ; ils se chocquent et empeschent l'un l'aultre : Alcibiades, homme bien entendu à faire bonne chere, chassoit la musique mesme des tables, pour qu'elle ne troublast la doulceur des devis, par la raison, que Platon luy preste, « Que c'est un usage d'hommes populaires, d'appeler des ioueurs d'instruments et des chantres aux festins, à faulte de bons discours et agreables entretiens, dequoy les gents d'entendement sçavent s'entrefestoyer. » Varro demande cecy au convive, « l'Assemblee de personnes, belles de presence, et agreables de conversation, qui ne soient ny muets ny bavards ; Netteté et delicatesse aux vivres, et au lieu ; et le temps serein. » Ce n'est pas une feste peu artificielle et peu voluptueuse, qu'un bon traictement de table : ny les grands chefs de guerre, ny les grands philosophes, n'en ont desdaigné l'usage et la science. Mon imagination en a donné trois en garde à ma memoire, que la fortune me rendit de souveraine doulceur, en divers temps de mon aage plus fleurissant : mon estat present m'en forclost [1] ; car chascun pour soy y fournit de grace principale, et de saveur, selon la bonne trempe de corps et d'ame en quoy lors il se treuve. Moy, qui ne mànie que terre à terre, hais cette inhumaine sapience qui nous veult rendre desdaigneux et ennemys de la culture du corps : i'estime pareille iniustice, prendre à contrecœur les volup-

tez naturelles, que de les prendre trop à cœur. Xerxes estoit un fat, qui, enveloppé en toutes les voluptez humaines, alloit proposer prix à qui luy en trouveroit d'aultres : mais non gueres moins fat est celuy qui retrenche celles que nature luy a trouvees. Il ne les fault ny suivre ny fuyr ; il les fault recevoir. Ie les reccois un peu plus grassement et gracieusement, et me laisse plus volontiers aller vers la pente naturelle. Nous n'avons que faire d'exaggerer leur inanité ; elle se faict assez sentir, et se produict assez : mercy à nostre esprit, maladif, rabbat ioye, qui nous desgouste d'elles, comme de soy mesme ; il traicte et soy, et tout ce qu'il reccoit, tantost avant, tantost arriere, selon son estre insatiable, vagabond et versatile :

Sincerum est nisi vas, quodcunque infundis, aces-[cit [2].

Moy, qui me vante d'embrasser si curieusement les commoditez de la vie et si particulierement, n'y treuve, quand i'y regarde ainsin finement, à peu prez que du vent. Mais quoy ? nous sommes par tout vent : et le vent encores, plus sagement que nous, s'aime à bruire, à s'agiter ; et se contente en ses propres offices, sans desirer la stabilité, la solidité, qualitez non siennes.

Les plaisirs purs de l'imagination, ainsi que les desplaisirs, disent aulcuns, sont les plus grands, comme l'esprimoit la balance de Critolaüs. Ce n'est pas merveille ; elle les compose à sa poste, et se les taille en plein drap : i'en veoy touts les iours des exemples insignes, et, à l'adventure, desirables. Mais moy d'une condition mixte, grossier, ne puis mordre si à faict à ce seul obiect si simple, que ie ne me laisse tout lourdement aller aux plaisirs presents de la loy humaine et generale, intellectuellement sensibles, sensiblement intellectuels. Les philosophes cyrenaïques veulent que, comme les douleurs, aussi les plaisirs corporels soient plus puissants, et comme doubles, et comme plus iustes. Il en est, comme dict Aristote, qui, d'une farouche stupidité, en sont desgoustez : i'en cognoy d'aultres qui, par ambition, le font. Que ne renoncent ils encores au respirer ? que ne vivent ils du leur ? et ne refusent la lumiere, de ce qu'elle est gratuite, ne leur coustant ny invention ny vigueur ? Que Mars, ou Pallas, ou Mercure, les substantent pour veoir, au lieu de Venus, de Cerez, et de Bacchus. Chercheront ils pas la quadrature du cercle, iuchez sur leurs femmes ? Ie

---

(1) M'en exclut.
(2) Si le vase n'est pas net, toute ce que vous y versez s'aigrit. Hor., Epist., I, 2, 54.

hais qu'on nous ordonne d'avoir l'esprit aux nues, pendant que nous avons le corps à table : ie ne veulx pas que l'esprit s'y cloue, ny qu'il s'y veautre ; mais ie veulx qu'il s'y applique ; qu'il s'y seye, non qu'il s'y couche. Aristippus ne deffendoit que le corps, comme si nous n'avions pas d'ame ; Zeno n'embrassoit que l'ame, comme si nous n'avions pas de corps : touts deux vicieusement. Pythagoras, disent ils, a suivi une philosophie toute en contemplation ; Socrates, toute en mœurs et en action : Platon en a trouvé le temperament entre les deux. Mais ils le disent, pour en conter. Et le vray temperament se treuve en Socrates ; et Platon est bien plus socratique que pythagorique, et luy sied mieulx. Quand ie dance, ie dance ; quand ie dors, ie dors : voire, et quand ie me promene solitairement en un beau verger, si mes pensees se sont entretenues des occurrences estrangeres quelque partie du temps ; quelque aultre partie, ie les ramene à la promenade, au verger, à la douceur de cette solitude, et à moy.

Nature a maternellement observé cela, que les actions qu'elle nous a enioinctes pour nostre besoing, nous feussent aussi voluptueuses ; et nous y convie, non seulement par la raison, mais aussi par l'appetit : c'est iniustice de corrompre ses regles. Quand ie veoy et Cesar, et Alexandre, au plus espez de sa grande besongne, iouyr si plainement des plaisirs humains et corporels, ie ne dy pas que ce soit relascher son ame ; ie dy que c'est la roidir, soubmettant par vigueur de courage, à l'usage de la vie ordinaire, ces violentes occupations et laborieuses pensees : sages, s'ils eussent creu que c'estoit là leur ordinaire vacation ; cette cy, l'extraordinaire. Nous sommes de grands fols ! « Il a passé sa vie en oysifveté, » disons nous : « Ie n'ay rien faict d'auiourd'huy. » Quoy ! avez vous pas vescu ? c'est non seulement la fondamentale, mais la plus illustre, de vos occupations. « Si on m'eust mis au propre des grands maniements, i'eusse montré ce que ie sçavois faire. » Avez vous sceu mediter et manier vostre vie ? vous avez faict la plus grande besongne de toutes : pour se montrer et exploicter, nature n'a que faire de fortune ; elle se montre egalement en touts estages, et derriere, comme sans rideau. Avez vous sceu composer vos mœurs ? vous avez bien plus faict que celuy qui a composé des livres : avez vous sceu prendre du repos ? vous avez plus faict que celuy qui a prins des empires et des villes.

Le grand et glorieux chef d'œuvre de l'homme, c'est vivre à propos : toutes aultres choses, regner, thesauriser, bastir, n'en sont qu'appendicules et

adminicules, pour le plus. Ie prends plaisir de veoir un general d'armee, au pied d'une breche qu'il veult tantost attaquer, se prestant tout entier, et delivre [1], à son disner, au devis entre ses amys ; et Brutus, ayant le ciel et la terre conspirez à l'encontre de luy et de la liberté romaine, desrober à ses rondes quelque heure de nuict, pour lire et breveter [2] Polybe en toute securité. C'est aux petites ames, ensepvelies du poids des affaires, de ne s'en sçavoir purement desmesler, de ne les sçavoir et laisser et reprendre :

O fortes, peioraque passi
Mecum sæpe viri ! nunc vino pellite curas :
Cras ingens iterabimus æquor [3].

Soit par gausserie, soit à certes, que le vin theologal et sorbonique est passé en proverbe, et leurs festins, ie treuve que c'est raison qu'ils en disent d'autant plus commodement et plaisamment, qu'ils ont utilement et serieusement employé la matinee à l'exercice de leur eschole : la conscience d'avoir bien dispensé les aultres heures, est un iuste et savoureux condiment [4] des tables. Ainsin ont vescu les sages : et cette inimitable contention à la vertu, qui nous estonne en l'un et l'aultre Cato, cette humeur severe iusques à l'importunité, s'est ainsin mollement soubmise et pleue aux loix de l'humaine condition, et de Venus et de Bacchus ; suivant les preceptes de leur secte, qui demandent le sage parfaict, autant expert et entendu à l'usage des voluptez naturelles, qu'en tout aultre debvoir de la vie : *Cui cor sapiat, ei et sapiat palatus [5]*.

Le relaschement et facilité honnore, ce semble, à merveilles, et sied mieulx à une ame forte et genereuse : Epaminondas n'estimoit pas que de se mesler à la dance des garsons de sa ville, de chanter, de sonner [6], et s'y embesongner avecques attention, feust chose qui derogeast à l'honneur de ses glorieuses victoires et à la parfaicte reformation de mœurs qui estoit en luy. Et parmy tant d'admirables actions de Scipion l'aycul, personnage digne de l'opinion d'une geniture celeste, il n'est rien qui luy donne plus de grace, que de le veoir nonchalamment et puerilement baguenaudant à amasser et choisir des coquilles, et iouer à

(1) *Libre, dégagé de soins.*
(2) *Abréger.*
(3) Braves amis, qui avez souvent partagé avec moi de plus rudes épreuves, noyons nos soucis dans le vin : demain nous parcourrons encore les vastes mers. Hor., *Od.,* I, 7, 30.
(4) *Assaisonnement.*
(5) Qu'il ait le palais délicat, aussi bien que le jugement. Cic., *de Finib. bon. et mal.,* II, 8.
(6) De l'italien *suonare, iouer des instruments.*

67

Cornichon va devant [1]; le long de la marine, avecques Laelius ; et, s'il faisoit mauvais temps, s'amusant et se chatouillant à representer par escript,
en comedies, les plus populaires et basses actions
des hommes ; et, la teste pleine de cette merveilleuse entreprinse d'Hannibal et d'Afrique, visitant
les escholes en Sicile, et se trouvant aux leçons de
la philosophie, iusques à en avoir armé les dents
de l'aveugle envye de ses ennemys à Rome : Ny
chose plus remarquable en Socrates, que ce que,
tout vieil, il treuve le temps de se faire instruire à
baller [2], et iouer des instruments ; et le tient pour
bien employé. Cettuy cy s'est veu en ecstase, debout, un iour entier et une nuict, en presence
de toute l'armee grecque, surprins et ravy par
quelque profonde pensee : il s'est veu le premier,
parmy tant de vaillants hommes de l'armee, courir au secours d'Alcibiades accablé des ennemys,
le couvrir de son corps, et le descharger de la
presse, à vifve force d'armes ; en la bataille De-
lienne, relever et sauver Xenophon renversé de
son cheval : et emmy tout le peuple d'Athenes,
oultré, comme luy, d'un si indigne spectacle, se
presenter le premier à recourir [3] Theramenes, que
les trente tyrans faisoient mener à la mort par
leurs satellites ; et ne desista cette hardie entreprinse, qu'à la remontrance de Theramenes mesme,
quoyqu'il ne feust suivi que de deux, en tout : il
s'est veu, recherché par une beaulté de laquelle
il estoit esprins, maintenir au besoing une severe
abstinence : Il s'est veu continuellement marcher
à la guerre, et fouler la glace, les pieds nuds ; porter mesme robbe en hyver et en esté ; surmonter
touts ses compaignons en patience de travail ; ne
manger point aultrement en festin qu'en son ordinaire : Il s'est veu vingt et sept ans, de pareil visage, porter la faim, la pauvreté, l'indocilité de
ses enfants, les griffes de sa femme, et enfin la calomnie, la tyrannie, la prison, les fers, et le venin :
Mais cet homme là estoit il convié de boire à luy [4],
par debvoir de civilité ? c'estoit aussi celuy de l'armee à qui en demeuroit l'advantage ; et ne refusoit
ny à iouer aux noisettes avecques les enfants, ny à
courir avecques eulx sur un cheval de bois, et y
avoyt bonne grace ; car toutes actions, dict la philosophie, sieent egalement bien, et honnorent egalement le sage. On a dequoy, et ne doibt on iamais
se lasser de presenter l'image de ce personnage à
touts patrons et formes de perfection. Il est fort peu
d'exemples de vie, pleins et purs : et faict on tort
à nostre instruction de nous en proposer touts les
iours d'imbecilles et manques [5], à peine bons à un
seul ply, qui nous tirent arriere, plustost ; cor-
rupteurs plustost que correcteurs. Le peuple se

trompe : on va bien plus facilement par les bouts,
où l'extremité sert de borne, d'arrest et de guide,
que par la voye du milieu large et ouverte ; et selon l'art, que selon nature ; mais bien moins noblement aussi, et moins recommandablement.   ·

La grandeur de l'ame n'est pas tant, tirer à
mont, et tirer avant, comme sçavoir se renger et
circonscrire : elle tient pour grand tout ce qui est
assez ; et montre sa haulteur, à aimer mieulx les
choses moyennes, que les eminentes. Il n'est rien
si beau et legitime que de faire bien l'homme et
deuement ; ny science si ardue que de bien et naturellement sçavoir vivre cette vie ; et de nos maladies la plus sauvage, c'est mespriser nostre estre.

Qui veult escarter son ame, le face hardiement,
s'il peult, lorsque le corps se portera mal, pour la
descharger de cette contagion : Ailleurs, au contraire, qu'elle l'assiste et favorise, et ne refuse
point de participer à ses naturels plaisirs, et de s'y
complaire coniugalement ; y apportant, si elle est
plus sage, la moderation, de peur que, par indiscretion, ils ne se confondent avecques le desplaisir.
L'intemperance est peste de la volupté ; et la temperance n'est pas son fleau, c'est son assaisonnement : Eudoxus, qui en establissoit le souverain
bien, et ses compaignons, qui la monterent à si
hault pris, la savourerent en sa plus gracieuse
doulceur, par le moyen de la temperance, qui
feut en eulx singuliere et exemplaire.

I'ordonne à mon ame de regarder et la douleur
et la volupté, de veue pareillement reglee, *eodem
enim vitio est effusio animi in lætitia, quo in dolore contractio* [6], et pareillement ferme ; mais
gayement l'une, l'aultre severement, et, selon ce
qu'elle y peult apporter, autant soigneuse d'en esteindre l'une, que d'estendre l'aultre. Le veoir
sainement les biens, tire aprez soy le veoir sainement les maulx ; et la douleur a quelque chose de
non evitable en son tendre commencement, et la
volupté quelque chose d'evitable en sa fin excessifve. Platon les accouple, et veult que ce soit
pareillement l'office de la fortitude combattre à
l'encontre de la douleur, et à l'encontre des im-
moderees et charmeresses blandices [7] de la volupté ; ce sont deux fontaines, ausquelles qui

---

(1) Sorte de jeu, selon le Dictionnaire de Trévoux, à qui ira
plus vite en ramassant quelque chose. Ne seroit-ce pas plutôt le
jeu de l'espèce de sabot que les enfants appellent la *corniche*, ou
plutôt celui des *ricochets*, que Scipion s'amusoit à jouer le long
de la mer, avec ses enfants?

(2) *A danser.* — (3) *Secourir.*

(4) *A l'excès.* — (5) *De foibles et défectueux.*

(6) Le cœur dilaté par l'excès de la joie n'est pas moins hors
de son état naturel que lorsqu'il est resserré par la douleur.
Cic., *Tusc. quæst.*, IV, 31.

(7) *Caresses.*

puise, d'où , quand , et combien il fault, soit cité ,
soit homme, soit beste, il est bien heureux. La
première, il la fault prendre par medecine et par
necessité, plus escharsement[1] ; l'aultre par soif,
mais non iusques à l'yvresse. La douleur, la volupté, l'amour, la haine, sont les premieres choses que sent un enfant : si, la raison survenant,
elles s'appliquent à elle, cela c'est vertu.

l'ay un dictionnaire tout à part moy : Ie passe
le temps, quand il est mauvais et incommode ;
quand il est bon, ie ne le veulx pas passer, ie le
retaste, ie m'y tiens : il fault courir le mauvais, et
se rasseoir au bon. Cette frase ordinaire de « Passe
temps, » et de « Passer le temps , » represente
l'usage de ces prudentes gents, qui ne pensent
point avoir meilleur compte de leur vie, que. de
la couler et eschapper, de la passer, gauchir, et,
autant qu'il est en culx, ignorer et fuyr, comme
chose de qualité ennuyeuse et desdaignable : mais
ie la cognoy aultre; et la treuve et prisable et
commode, voire en son dernier decours, où ie la
tiens; et nous l'a nature mise en main, garnie de
telles circonstances et si favorables, que nous n'a-
vons à nous plaindre qu'à nous, si elle nous presse,
et si elle nous eschappe inutilement ; *stulti vita
ingrata est , trepida est, tota in futurum fertur*[2].
Ie me compose pourtant à la perdre sans regret ;
mais comme perdable de sa condition , non comme
moleste et importune : aussi ne sied il proprement
bien de ne se desplaire pas à mourir, qu'à ceulx
qui se plaisent à vivre. Il y a du mesnage à la iouyr:
Ie la iouys au double des aultres; car la mesure,
en la iouyssance, despend du plus ou moins d'application que nous y prestons. Principalement à
cette heure, que i'apperceois la mienne si briefve
en temps, ie la veulx estendre en poids, ie veulx
arrester la promptitude de sa fuyte par la promptitude de ma saisie, et , par la vigueur de l'usage,
compenser la hastifveté de son escoulement : à
mesure que la possession du vivre est plus courte ,
il me la fault rendre plus profonde et plus pleine.

Les aultres sentent la douleur d'un contentement et de la prosperité; ie le sens ainsin qu'eulx,
mais ce n'est pas en passant et glissant ; si la fault
il estudier, savourer et ruminer, pour en rendre
graces condignes à celuy qui nous l'octroye. Ils
iouyssent les aultres plaisirs , comme ils font celuy
du sommeil, sans le cognoistre. A celle fin que le
dormir mesme ne m'eschappast ainsin stupidement, i'ay aultresfois trouvé bon qu'on me le
troublast, à fin que ie l'entreveisse. Ie consulte
d'un contentement avecques moy, ie ne l'escume
pas, ie le sonde; et plie ma raison à le recueillir,
devenue chagrine et desgoutee. Me treuve ie en

quelque assiette tranquille? y a il quelque volupté
qui me chatouille? ie ne la laisse pas fripponner
aux sens : i'y associe mon ame; non pas pour s'y
engager, mais pour s'y agreer; non pas pour s'y
perdre, mais pour s'y trouver; et l'employe, de sa
part, à se mirer dans ce prospere estat, à en poiser et estimer le bonheur, et l'amplifier : elle mesure Combien c'est qu'elle doibt à Dieu , d'estre
en repos de sa conscience et d'aultres passions intestines : d'avoir le corps en sa disposition naturelle, iouyssant ordonneement et competemment
des functions molles et flateuses, par lesquelles il
lui plaist compenser de sa grace les douleurs dequoy sa iustice nous bat à son tour : Combien luy
vault d'estre logee en tel poinct que , où qu'elle
iecte sa veue, le ciel est calme autour d'elle; nul
desir, nulle crainte ou doubte qui luy trouble l'air ;
aulcune difficulté passee, presente, future, par
dessus laquelle son imagination ne passe sans offense. Cette consideration prend grand lustre de
la comparaison des conditions differentes : ainsin
ie me propose en mille visages ceulx que la fortune,
ou que leur propre erreur emporte et tempeste;
et encores ceulx cy, plus prez de moy, qui recoivent si laschement et incurieusement leur bonne
fortune : ce sont gents qui passent voirement[3] leur
temps; ils oultrepassent le present et ce qu'ils possedent, pour servir à l'esperance, et pour des umbrages et vaines images que la fantasie leur met
au devant,

> Morte obita quales fama est volitare figuras ,
> Aut quæ sopitos deludunt somnia sensus[4]:

lesquelles hastent et alongent leur fuyte, à mesme
qu'on les suit : le fruict et but de leur poursuite ,
c'est poursuivre; comme Alexandre disoit que la
fin de son travail, c'estoit travailler :

> Nil actum credens, quum quid superesset agen-
> [dum[5].

Pour moy doncques, i'aime la vie, et la cultive,
telle qu'il a pleu à Dieu nous l'octroyer. Ie ne vois
pas desirant Qu'elle eust à dire la necessité de
boire et de manger; et me sembleroit faillir, non
moins excusablement, de desirer qu'elle l'eust double, *Sapiens divitiarum naturalium quæsitor acer-*

(1) *Plus chichement.*
(2) La vie de l'insensé est désagréable, inquiète : sans cesse
elle se précipite dans l'avenir. Sénèque, *Epist.* 15.
(3) *Véritablement.*
(4) Semblables à ces fantômes qui voltigent autour des tombeaux, à ces vains songes qui trompent nos sens endormis. Virg.,
*Énéide*, X, 641.
(5) Croyant n'avoir rien fait, tant qu'il lui reste encore à
faire. Lucain, II, 657.

*rimus* [1]; Ny que nous nous substantassions, mettant seulement en la bouche un peu de cette drogue par laquelle Epimenides se privoit d'appetit, et se maintenoit; Ny qu'on produisist stupidement des enfants par les doigts, ou par les talons, ains, parlant en reverence, que plustost encores on les produisist voluptueusement par les doigts et par les talons; Ny que le corps feust sans desir et sans chatouillement : ce sont plainctes ingrates et iniques. I'accepte de bon cœur, et recognoissant, ce que nature a faict pour moy; et m'en agree et m'en loue. On faict tort à ce grand et tout puissant Donneur, de refuser son don, l'annuller et desfigurer : Tout bon, il a faict tout bon : *omnia, quæ secundum naturam sunt, æstimatione digna sunt* [2].

Des opinions de la philosophie, i'embrasse plus volontiers celles qui sont les plus solides, c'est à dire les plus humaines et nostres; mes discours sont, conformement à mes mœurs, bas et humbles : elle fait bien l'enfant à mon gré, quand elle se met sur ses ergots pour nous prescher, Que c'est une farouche alliance de marier le divin avecques le terrestre, le raisonnable avecques le desraisonnable, le severe à l'indulgent, l'honneste au deshonneste : Que la volupté est qualité brutale, indigne que le sage la gouste : Que le seul plaisir qu'il tire de la iouyssance d'une belle ieune espouse, c'est le plaisir de sa conscience de faire une action selon l'ordre, comme de chausser ses bottes pour une utile chevauchee. N'eussent les suivants non plus de droict et de nerfs et de suc au despucelage de leurs femmes, qu'en a sa leçon !

Ce n'est pas ce que dict Socrates, son precepteur et le nostre : il prise, comme il doibt, la volupté corporelle; mais il prefere celle de l'esprit, comme ayant plus de force, de constance, de facilité, de varieté, de dignité. Cette cy ne va nullement seule, selon luy (il n'est pas si fantastique), mais seulement premiere; pour luy, la temperance est moderatrice, non adversaire, des voluptez. Nature est un doulx guide; mais non pas plus doulx que prudent et iuste : *intrandum est in rerum naturam, et penitus, quid ea postulet, pervidendum* [3]. Ie queste partout sa piste : nous l'avons confondue de traces artificielles; et ce souverain bien academique et peripatetique, qui est « vivre selon icelle, » devient, à cette cause, difficile à borner et expliquer; et celuy des stoïciens, voysin à celuy là, qui est « consentir à nature. » Est ce pas erreur, d'estimer aulcunes actions moins dignes, de ce qu'elles sont necessaires ? Si ne m'osteront ils pas de la teste, que ce ne soit un tresconvenable mariage du plaisir avecques la necessité, avecques laquelle, dict un ancien, les dieux complottent tousiours. A quoy

faire desmembrons nous en divorce un bastiment tissu d'une si ioincte et fraternelle correspondance ? au rebours, renouons le par mutuels offices : que l'esprit esveille et vivifie la pesanteur du corps; le corps arreste la legiereté de l'esprit, et la fixe. Qui, *velut summum bonum, laudat animæ naturam, et, tanquam malum, naturam carnis accusat, profecto et animam carnaliter appetit, et carnem carnaliter fugit; quoniam id vanitate sentit humana, non veritate divina* [4]. Il n'y a piece indigne de nostre soing, en ce present que Dieu nous a faict; nous en debvons compte iusques à un poil : et n'est pas une commission par acquit, à l'homme, de conduire l'homme selon sa condition; elle est expresse, naïfve et tresprincipale, et nous l'a le Createur donnee serieusement et severement. L'auctorité peult seule envers les communs entendements, et poise plus en language peregrin [5]; rechargeons en ce lieu : *Stultitiæ proprium quis non dixerit, ignave et contumaciter facere, quæ facienda sunt; et alio corpus impellere, alio animum; distrahique inter diversissimos motus* [6] ?

Or sus, pour veoir, faictes vous dire un iour les amusements et imaginations que celuy met en sa teste, et pour lesquelles il destourne sa pensee d'un bon repas, et plaind l'heure qu'il employe à se nourrir : vous trouverez qu'il n'y a rien si fade, en touts les mets de vostre table, que ce bel entretien de son ame (le plus souvent il nous vauldroit mieulx dormir tout à faict, que de veiller à ce à quoy nous veillons); et trouverez que son discours et intentions ne valent pas vostre capirotade [7]. Quand ce seroient les ravissements d'Archimedes mesme, que seroit ce ? Ie ne touche pas icy, et ne mesle point à cette marmaille d'hommes que nous sommes, et à cette vanité de desirs et cogitations qui nous divertissent, ces ames venerables, eslevees par ardeur de devotion et religion, à une constante et consciencieuse meditation des choses divines; lesquelles, preoccupants par l'effort d'une

(1) Le sage recherche avec avidité les richesses naturelles. Sénèque, *Epist.* 119.
(2) Tout ce qui est selon la nature est digne d'estime. Cic., *de Finib. bon. et mal.*, III, 6.
(3) Il faut pénétrer la nature des choses, et voir exactement ce qu'elle exige. Cic., *de Finib. bon. et mal.*, V, 16.
(4) Certainement, quiconque exalte l'ame comme le souverain bien, et condamne le corps comme une chose mauvaise, embrasse et chérit l'ame d'une manière charnelle, et fuit charnellement la chair; parce qu'il ne forme point ce jugement par vérité divine, mais par vanité humaine. S. Augustin, *de Civit. Dei.* XIV, 5.
(5) *Étranger.*
(6) N'est-ce pas le propre de la folie, de faire avec lâcheté et murmure ce qu'on est forcé de faire; de pousser le corps d'un côté, et l'ame de l'autre : de se partager entre des mouvements contraires ? Sénèque, *Epist.* 74.
(7) On *capilotade*, comme on parle aujourd'hui.

vifve et vehemente esperance l'usage de la nourriture eternelle, but final et dernier arrest des
chrestiens desirs, seul plaisir constant, incorruptible, desdaignent de s'attendre [1] à nos necessiteuses commoditez, fluides et ambiguës, et resi-
gnent facilement au corps le soing et l'usage de la
pasture sensuelle et temporelle : c'est un estude
privilegié. Entre nous, ce sont choses que i'ay
tousiours veues de singulier accord, les opinions
supercelestes, et les mœurs soubterraines.

Aesope, ce grand homme, veid son maistre qui
pissoit en se promenant, « Quoy doncques ! feit
il, nous fauldra il, chier en courant ? » Mesna-
geons le temps, encores nous en reste il beaucoup d'oysif et mal employé : nostre esprit n'a
volontiers pas assez d'aultres lieures à faire ses
besongnes, sans se desassocier du corps en ce
peu d'espace qu'il luy fault pour sa necessité. Ils
veulent se mettre hors d'eulx et eschapper à
l'homme; c'est folie au lieu de se transformer en
anges, ils se transforment en bestes; au lieu de se
haulser, ils s'abbattent. Ces humeurs transcen-
dentes m'effroyent, comme les lieux haultains et
inaccessibles; et rien ne m'est fascheux à digerer
en la vie de Socrates, que ses ecstases et ses dai-
moneries; rien si humain en Platon, que ce pour
quoy ils disent qu'on l'appelle divin; et de nos
sciences, celles là me semblent plus terrestres et
basses, qui sont le plus hault montees; et ie ne
treuve rien si humble et si mortel en la vie d'A-
lexandre que ses fantasies autour de son immorta-
lisation. Philotas le mordit plaisamment par sa
response : il s'estoit coniouy avecques luy, par lettre, de l'oracle de Iupiter Hammon, qui l'avoyt
logé entre les dieux : « Pour ta consideration, i'en
« suis bien ayse; mais il y a dequoy plaindre les

« hommes qui auront à vivre avecques un homme
« et luy obeyr, lequel oultrepasse et ne se con-
« tente de la mesure d'un homme : »

Dis te minorem quod geris, imperas [2]

La gentille inscription dequoy les Atheniens hon-
norerent la venue de Pompeius en leur ville, se
conforme à mon sens :

     D'autant es tu Dieu, comme
     Tu te recognois homme.

C'est une absolue perfection, et comme divine,
« de sçavoir iouyr loyalement de son estre. » Nous
cherchons d'aultres conditions, pour n'entendre
l'usage des nostres; et sortons hors de nous, pour
ne sçavoir quel il y faict. Si avons nous beau monter sur des eschasses; car, sur des eschassès, encores
fault il marcher de nos iambes; et au plus esleué
throsne du monde, si ne sommes nous assis que sur
nostre cul. Les plus belles vies sont, à mon gré,
celles qui se rengent au modele commun et humain
avecques ordre, mais sans miracle, sans extravagance. Or, la vieillesse a un peu besoing d'estre
traictee plus tendrement. Recommandons la à ce
dieu protecteur de santé et de sagesse, mais gaye
et sociale :

     Frui paratis et valido mihi,
     Latoe, dones, et, precor, integra
       Cum mente; nec turpem senectam
     Degere, nec cithara carentem [3].

[1] *De prêter leur attention*, du latin *attendere*.
[2] C'est en te soumettant aux dieux que tu règnes sur le
monde. Hon., *Od.*, III, 6, 5.
[3] Ce que je te demande, ô fils de Latone ! c'est de me laisser
jouir du fruit de mes peines : de me donner une santé constante,
un esprit toujours sain ; de me préserver d'une vieillesse étrangère aux doux chants des Muses. Hon., *Od.*, I, 31, 17.

# LETTRES

## DE MICHEL

# DE MONTAIGNE.

## LETTRE I[1].

### A MONSEIGNEUR MONSEIGNEUR DE MONTAIGNE.

..... Quant à ses dernieres paroles, sans doubte si homme en doibt rendre bon compte, c'est moy ; tant parce que, du long de sa maladie, il parloit aussi volontiers à moy qu'à nul aultre, que aussi pource que, pour la singuliere et fraternelle amitié que nous nous estions enteportee, i'avoy trescertaine cognoissance des intentions, iugemens et volontez qu'il avoyt eu durant sa vie, autant sans doubte qu'homme peult avoir d'un aultre ; et parce que ie les sçavois estre haultes, vertueuses, pleines de trescertaine resolution, et, quand tout est dict, admirables. Ie prevoyois bien, que si la maladie luy laissoit le moyen de se pouvoir esprimer, qu'il ne luy eschapperoit rien, en une telle necessité, qui ne feust grand et plein de bon exemple : ainsin, ie m'en prenois le plus garde que ie pouvois. Il est vray, monseigneur, comme i'ay la memoire fort courte, et desbauchee encores par le trouble que mon esprit avoyt à souffrir d'une si lourde perte et si importante, qu'il est impossible que ie n'aye oublié beaucoup de choses que ie voudrois estre sceues : mais celles desquelles il m'est souvenu, ie les vous manderay le plus au vray qu'il me sera possible ; car, pour le represenler ainsin fierement arresté en sa brave desmarche ; pour vous faire veoir ce courage invincible dans un corps atterré et assommé par les furieux efforts de la mort et de la douleur, ie confesse qu'il y fauldroit un beaucoup meilleur style que le mien ; parce qu'encores que durant sa vie, quand il parloit de choses graves et importantes, il en parloit de telle sorte, qu'il estoit malaysé de les si bien escrire, si est ce qu'à ce coup il sembloit que son esprit et sa langue s'efforceassent à l'envy, comme pour luy faire leur dernier service : car sans doubte ie ne le veis iamais plein ny de tant et de si belles imaginations, ny de tant d'eloquence, comme il a esté le long de cette maladie. Au reste, monseigneur, si vous trouvez que i'aye voulu mettre en compte ses propos plus legiers et ordinaires, ie l'ay faict à escient ; car estant dicts en ce temps là, et au plus fort d'une si grande besoigne, c'est un singulier tesmoingnage d'une ame pleine de repos, de tranquillité et d'assurance.

Comme ie revenois du palais, le lundy neufviesme d'aoust 1563, ie l'envoyay convier à disner chez moy. Il me manda qu'il me mercioit ; qu'il se trouvoit un peu mal, et que ie luy ferois plaisir, si ie vouloy estre une heure avecques luy, avant qu'il partist pour aller en Medor[2]. Ie l'allay trouver bientost aprez disner : il estoit couché vestu, et montroit desia ie ne sçay quel changement en son visage. Il me dict que c'estoit un flux de ventre avecques des trenchees, qu'il avoyt prins le iour avant, iouant en pourpoinct soubs une robbe de soye, avecques monsieur d'Escars ; et que le froid luy avoyt souvent faict sentir semblables accidents. Ie trouvay bon qu'il continuast l'entreprinse qu'il avoyt pieça faicte de s'en aller ; mais qu'il n'allast pour ce soir que iusques à Germignan, qui n'est qu'à deux lieues de la ville. Cela faisois ie pour le lieu où il estoit logé, tout avoysiné de maisons infectes de peste, de laquelle il avoyt quelque apprehension, comme revenant de Perigord et d'Agenois, où il avoyt laissé tout empesté ; et puis, pour semblable maladie que la sienne, ie m'estois aultresfois tresbien trouvé de monter à cheval. Ainsin il s'en partit, et madamoiselle de la Boëtie sa femme, et monsieur de Bouillhonnas son oncle, avecques luy.

Le l'endemain, de bien bon matin, voicy venir un de ses gents, à moy, de la part de madamoiselle de la Boëtie, qui me mandoit qu'il s'estoit fort mal trouvé la nuict, d'une forte dysenterie. Elle envoyoit querir un medecin et un apoliquai-

(1) Extrait d'une lettre que Montaigne écrivit à son père, contenant quelques détails sur la maladie et la mort de La Boëtie.
(2) Lisez *Médoc* au lieu de *Médor* ; et *Germignac*, non loin de Pons, département de la Charente-Inférieure, au lieu de *Germignan*.

re , et me prioit d'y aller : comme ie feis l'apres-dinee.

A mon arrivee, il sembla qu'il feust tout esiouy de me veoir ; et , comme ie vouloy prendre congé de luy pour m'en revenir, et luy promeisse de le reveoir l'endemain , il me pria , avecques plus d'affection et d'instance qu'il n'avoyt iamais faict d'aultre chose , que ie.feusse le plus que ie pourrois avecques luy. Cela me toucha aulcunement. Ce neantmoins ie m'en allois, quand madamoi-selle de la Boëtie, qui pressentoit desia ie ne sçay quel malheur, me pria, les larmes à l'œuil , que ie ne bougeasse pour ce soir. Ainsin elle m'arresta; dequoy il se resiouyt avecques moy. Le l'endemain , ie m'en reveins; et le ieudy, le feus retrouver. Son mal alloit en empirant; son flux de sang, et ses trenchees qui l'affoiblissoient encores plus, croissoient d'heure à aultre.

Le vendredy, ie le laissay encores : et le samedy, ie le feus reveoir desia fort abbattu. Il me dict lors que sa maladie estoit un peu contagieuse, et , oultre cela, qu'elle estoit mal plaisante et melancholique; qu'il cognoissoit tresbien mon naturel, et me prioit de n'estre avecques luy que par boutees, mais le plus souvent que ie pourrois. Ie ne l'abandonnay plus. Iusques au dimanche, il ne m'avoyt tenu nul propos de ce qu'il iugeoit de son estre, et ne par-lions que de particulieres occurrences de sa ma-ladie, et de ce que les anciens medecins en avoyent dict ; d'affaires publicques bien peu, car ie l'en trouvay tout desgousté dez le premier mot. Mais le dimanche, il eust une grand'foiblesse : et comme il feut revenu à soy, il dict qu'il luy avoyt semblé estre en uue confusion de toutes choses, et n'avoir rien veu qu'une espesse nue , et brouillart obscur, dans lequel tout estoit peslemesle et sans ordre ; tous-tesfois qu'il n'avoyt eu nul desplaisir à tout cet ac-cident. « La mort n'a rien de pire que cela , luy ie lors , mon frere : » « Mais n'a rien de si mauvais, » me respondit il.

Depuis lors , parce que dez le commencement de son mal il n'avoyt prins nul sommeil, et que, nonobstant touts les remedes, il alloit tousiours en empirant , de sorte qu'on y avoyt desia employé certains bruvages desquels on ne se sert qu'aux dernieres extremitez, il commencea à desesperer entierement de sa guarison ; ce qu'il me commu-niqua. Ce mesme iour, parce qu'il feut trouvé bon, ie luy dy, « Qu'il me sieroit mal, pour l'extreme amitié que ie luy portois, si ie ne me soulciois, que comme en sa santé on avoyt veu toutes ses actions pleines de prudence et de bon conseil autant qu'à homme du monde, qu'il les continuast encores en sa maladie; et que, si Dieu vouloyt qu'il empirast,

ie serois tresmarry qu'à faulte d'advisement il eust laissé nul de ses affaires domestiques descousu , tant pour le dommage que ses parents y pourroient souf-frir, que pour l'interest de sa reputation : » ce qu'il print de moy de tresbon visage; et , aprez s'estre resolu des difficultez qui le tenoient suspens en cela , il me pria d'appeller son oncle et sa femme, seuls, pour leur faire entendre ce qu'il avoyt de-liberé quant à son testament. Ie luy dy qu'il les estonneroit. « Non , non , me dict il , ie les con-soleray ; et leur donneray beaucoup meilleure es-perance de ma santé, que ie ne l'ay moy mesme. » Et puis, il me demanda si les foiblesses qu'il avoyt eues ne nous avoyent pas un peu estonnez. « Cela n'est rien , luy feis ie , mon frere , ce sont accidents ordinaires à telles maladies. » « Vrayement non, ce n'est rien , mon frere , me respondit il , quand bien il en adviendroit ce que vous en craindriez le plus. » « A vous ne seroit ce que heur , luy repli-quay ie ; mais le dommage seroit à moy, qui per-drois la compaignie d'un si grand, si sage et si certain amy, et tel que ie serois asseuré de n'en trouver iamais de semblable. » « Il pourroit bien estre, mon frere, adiousta il : et vous asseure que ce qui me faict avoir quelque soing que i'ay de ma guarison, et n'aller si courant au passage que i'ay desia fran-chy à demy, c'est la consideration de vostre perte, et de ce pauvre homme et de cette pauvre femme ( parlant de son oncle et de sa femme ), que i'aime touts deux uniquement, et qui porteront bien im-patiemment , i'en suis asseuré, la perte qu'ils feront en moy, qui de vray est bien grande pour vous et pour eulx. I'ay aussi respect au desplaisir qu'auront beaucoup de gents de bien qui m'ont aimé et estimé pendant ma vie, desquels , certes ie le confesse, si c'estoit à moy à faire, ie serois content de ne perdre encores la conversation ; et , si ie m'en vois , mon frere , ie vous prie, vous qui les cognoissez, de leur rendre tesmoingnage de la bonne volonté que ie leur ay portee iusques à ce dernier terme de ma vie : et puis, mon frere, par adventure, n'estois ie point nay si inutile , que ie n'eusse moyen de faire service à la chose publicque: mais , quoy qu'il en soit , ie suis prest à partir, quand il plaira à Dieu, estant tout asseuré que ie iouyray de l'ayse que vous me predictes, Et quant à vous , mon amy, ie vous cognoy si sage , que , quelque interest que vous y ayez, si vous conformerez vous volontiers et pa-tiemment à tout ce qu'il plaira à sa saincte Maiesté d'ordonner de moy ; et vous supplie vous prendre garde que le dueil de ma perte ne poulse ce bon homme et cette bonne femme hors des gonds de la raison. » Il me demanda lors comme ils s'y compor-toient desia. Ie luy dy que assez bien pour l'importance de la chose. « Ouy, suivit il, à cette heure qu'ils ont encores un peu d'esperance ; mais si ie la leur ay une fois toute ostee, mon frere, vous serez bien empesché à les contenir. » Suivant ce respect, tant qu'il vescut depuis, il leur cacha tousiours l'opinion certaine qu'il avoyt de sa mort, et me prioit bien fort d'en user de mesme. Quand il les veoyoit auprez de luy, il contrefaisoit la chere plus gaye [1], et les paissoit de belles esperances.

Sur ce poinct, ie le laissay, pour les aller appeller. Ils composerent leur visage le mieulx qu'ils peurent, pour un temps. Et aprez nous estre assis autour de son lict, nous quatre seuls, il dict ainsin, d'un visage posé, et comme tout esiouy :

« Mon oncle, ma femme, ie vous asseure, sur ma foy, que nulle nouvelle attaincte de ma maladie, ou opinion mauvaise que i'aye de ma guarison, ne m'a mis en fantasie de vous faire appeller pour vous dire ce que i'entreprends ; car ie me porte, Dieu mercy, tresbien, et plein de bonne esperance : mais, ayant de longue main appris, tant par longue experience que par longue estude, le peu d'asseurance qu'il y a à l'instabilité et inconstance des choses humaines, et mesme en nostre vie, que nous tenons si chere, qui n'est toutesfois que fumee et chose de neant ; et considerant aussi que, puisque ie suis malade, ie me suis d'autant approché du danger de la mort, i'ay deliberé de mettre quelque ordre à mes affaires domestiques, aprez en avoir eu vostre advis premierement. »

Et puis addressant son propos à son oncle : « Mon bon oncle, dict il, si i'avoy à vous rendre à cette heure compte des grandes obligations que ie vous ay, ie n'aurois eu piece faict [2] : il me suffit que, iusques à present, où que i'aye esté, et à quiconque i'en aye parlé, i'aye tousiours dict que tout ce que un tressage, tresbon et tresliberal pere pouvoit faire pour son fils, tout cela avez vous faict pour moy, soit pour le soing qu'il a fallu à m'instruire aux bonnes lettres, soit lorsqu'il vous a pleu me poulser aux estats [3] ; de sorte que tout le cours de ma vie a esté plein de grands et recommandables offices d'amitiez vostres envers moy ; somme, quoy que i'aye, ie le tiens de vous, ie l'advoue de vous, ie vous en suis redevable, vous estes mon vray pere : ainsin, comme fils de famille, ie n'ay nulle puissance de disposer de rien, s'il ne vous plaist de m'en donner congé. » Lors il se teut, et attendit que les soupirs et les sanglots eussent donné loysir à son oncle de luy respondre, Qu'il trouveroit tousiours tresbon tout ce qu'il luy plairoit. Lors ayant à le faire son heritier, il le supplia de prendre de luy le bien qui estoit sien.

Et puis destournant sa parole à sa femme : « Ma semblance, dict il ( ainsin l'appelloit il souvent, pour quelque ancienne alliance qui estoit entre eulx ), ayant esté ioinct à vous du sainct nœud de mariage, qui est l'un des plus respectables et inviolables que Dieu nous ayt ordonné çà bas pour l'entretien de la societé humaine, ie vous ay aimee, cherie et estimee autant qu'il m'a esté possible, et suis tout asseuré que vous m'avez rendu reciproque affection, que ie ne sçaurois assez recognoistre. Ie vous prie de prendre de la part de mes biens ce que ie vous donne, et vous en contenter, encores que ie sçache bien que c'est bien peu au pris de vos merites. »

Et puis tournant son propos à moy : « Mon frere, dict il, que i'aime si cherement, et que i'avoy choisy parmy tant d'hommes pour renouveller avecques vous cette vertueuse et sincere amitié, de laquelle l'usage est, par les vices, dez si longtemps esloingné d'entre nous, qu'il n'en reste que quelques vieilles traces en la memoire de l'antiquité, ie vous supplie, pour signal de mon affection envers vous, vouloir estre successeur de ma bibliotheque et de mes livres que ie vous donne : present bien petit, mais qui part de bon cœur, et qui vous est convenable pour l'affection que vous avez aux lettres. Ce vous sera μνημόσυνον *tui sodalis* [4]. »

Et puis parlant à tous trois generalement, loua Dieu dequoy, en une si extreme necessité, il se trouvoit accompaigné de toutes les plus cheres personnes qu'il eust en ce monde ; et qu'il luy sembloit tresbeau à veoir une assemblee de quatre si accordants et si unis d'amitié ; faisant, disoit il, estat, que nous nous entr'aimions unanimement les uns pour l'amour des autres. Et nous ayant recommandé les uns aux aultres, il suivit ainsin : « Ayant mis ordre à mes biens, encores me fault il penser à ma conscience. Ie suis chrestien, ie suis catholique : tel ay vescu, tel suis ie deliberé de clorre ma vie. Qu'on me face venir un presbtre ; car ie ne veulx faillir à ce dernier debvoir d'un chrestien. »

Sur ce poinct il finit son propos, lequel il avoyt continué avecques telle asseurance de visage, telle force de parole et de voix, que, là où ie l'avoy trouvé, lorsque i'entray en sa chambre, foible, traisnant lentement les mots les uns aprez les aultres, ayant le pouls abbattu comme de fiebvre lente, et tirant à la mort, le visage pasle et tout meurtry, il sembloit lors qu'il veinst, comme par

(1) *L'accueil plus gai.* — (2) *De long temps fait.*
(3) *Aux emplois publics.* — (4) Un souvenir de votre ami.

miracle, de reprendre quelque nouvelle vigueur, le teinct plus vermeil, et le pouls plus fort, de sorte que ie-luy feis taster le mien, pour les comparer ensemble. Sur l'heure i'eus le cœur si serré, que ie ne sceus rien luy respondre. Mais deux ou trois heures aprez, tant pour luy continuer cette grandeur de courage, que aussi parce que ie souhaittois, pour la ialousie que i'ay eue toute ma vie de sa gloire et de son honneur, qu'il y eust plus de tesmoings de tant et si belles preuves de magnanimité, y ayant plus grande compaignie en sa chambre, ie luy-dy que i'avoy rougi de honte de quoy le courage m'avoyt failly à ouyr ce que luy, qui estoit engagé dans ce mal, avoyt eu courage de me dire : que iusques lors i'avoy pensé que Dieu ne nous donnast gueres si grand advantage sur les accidents humains, et croyois malayseement ce que quelquesfois i'en lisois parmy les histoires : mais qu'en ayant senti une telle preuve, ie louois Dieu dequoy ce avoyt esté en une personne de qui ie feusse tant aimé, et que i'aimasse si cherement ; et que cela me serviroit d'exemple pour iouer ce mesme roolle à mon tour.

Il m'interrompit pour me prier d'en user ainsin, et de montrer, par effect, que les discours que nous avions tenus ensemble pendant nostre santé, nous ne les portions pas seulement en la bouche, mais engravez bien avant au cœur et en l'ame, pour les mettre en execution aux premieres occasions qui s'offriroient ; adioustant que c'estoit la vraye practique de nos estudes et de la philosophie. Et me prenant par la main, « Mon frere, mon amy, me dict il, ie t'asseure que i'ay faict assez de choses, ce me semble, en ma vie, avecques autant de peine et de difficulté que ie-fois cette cy. Et quand tout est dict, il y a fort long temps que i'y estois preparé, et que i'en sçavois ma leçon toute par cœur. Mais n'est ce pas assez vescu iusques à l'aage auquel ie suis ? i'estois prest à entrer à mon trente troisiesme an. Dieu m'a faict cette grace, que tout ce que i'ay passé iusques à cette heure de ma vie, a esté plein de santé et de bonheur : pour l'inconstance des choses humaines, cela ne pouvoit gueres plus durer. Il estoit meshuy temps de se mettre aux affaires, et de voir mille choses malplaisantes, comme l'incommodité de la vieillesse, de laquelle ie suis quitte par ce moyen : et puis, il est vraysemblable que i'ay vescu iusques à cette heure avecques plus de simplicité et moins de malice, que ie n'eusse, par adventure, faict, si Dieu m'eust laissé vivre iusqu'à ce que le soing de m'enrichir, et accommoder mes affaires, me feust entré dans la teste. Quant à moy, ie suis certain, ie m'en vois trouver Dieu, et le seiour

des bienheureux. » Or, parce que ie montrois, mesme au visage, l'impatience que i'avoy à l'ouyr : « Comment, mon frere ! me dict il, me voulez vous faire peur ? Si ie l'avoy ; à qui seroit ce de me l'oster, qu'à vous ? »

Sur le soir, parce que le notaire surveint, qu'on avoyt mandé pour recevoir son testament, ie le luy feis mettre par escript ; et puis ie luy feus dire, S'il ne vouloyt pas signer : « Non pas signer, dict il, ie le veulx faire moy mesme : mais ie voudrois, mon frere, qu'on me donnast un peu de loysir ; car ie me treuve extremement travaillé, et si affoibly que ie n'en puis quasi plus. » Ie me meis à changer de propos ; mais il se reprit soubdain, et me dict qu'il ne falloit pas grand loysir à mourir, et me pria de sçavoir si le notaire avoyt la main bien legiere, car il n'arresteroit gueres à dicter. I'appellay le notaire ; et sur le champ il dicta si vite son testament, qu'on estoit bien empesché à le suivre. Et ayant achevé, il me pria de luy lire : et parlant à moy, « Voylà, dict il, le soing d'une belle chose que nos richesses ! *Sunt hæc, quæ hominibus vocantur bona* [1] ! » Aprez que le testament eust esté signé, comme sa chambre estoit pleine de gents, il me demanda s'il luy feroit mal de parler. Ie luy dy que non, mais que ce feust tout doulcement.

Lors il feit appeler madamoiselle de Saint Quentin sa niepce, et parla ainsin à elle : « Ma niepce m'amie, il m'a semblé, depuis que ie t'ay cogneue, avoir veu reluire en toy des traicts de tresbonne nature : mais ces derniers offices que tu fois, avec si bonne affection et telle diligence, à ma presente necessité, me promettent beaucoup de toy ; et vrayement ie t'en suis obligé, et t'en mercie tresaffectueusement. Au reste, pour me descharger, ie t'advertis d'estre premierement devote envers Dieu : car c'est sans doubte la principale partie de nostre debvoir, et sans laquelle nulle aultre action ne peult estre ny bonne ny belle ; et celle là y estant bien à bon escient, elle traisne aprez soy par necessité toutes aultres actions de vertu. Aprez Dieu, il te fault aimer et honnorer ton pere et ta mere, mesme ta mere ma sœur, que i'estime des meilleures et plus sages femmes du monde ; et te prie de prendre d'elle l'exemple de ta vie. Ne te laisse point emporter aux plaisirs : fuy comme peste ces folles privautez que tu vois les femmes avoir quelquefois avecques les hommes ; car, encores que sur le commencement elles n'ayent rien de mauvais, toutesfois petit à petit elles corrompent l'esprit, et le

(1) Voilà ce que les hommes appellent des biens !

68

conduisent à l'oysifveté, et de là, dans le vilain bourbier du vice. Crois moy; la plus seure garde de la chasteté à une fille, c'est la severité. Ie te prie, et veulx, qu'il te souvienne de moy, pour avoir souvent devant les yeulx l'amitié que ie t'ay portee; non pas pour te plaindre, et pour te douloir de ma perte, et cela deffends ie à touts mes amys tant que ie puis, attendu qu'il sembleroit qu'ils feussent envyeux du bien, duquel, mercy à ma mort, ie me verray bientost iouyssant: et t'asseure, ma fille, que si Dieu me donnoit à cette heure à choisir, ou de retourner à vivre encores, ou d'achever le voyage que i'ay commencé, ie serois bien empesché au chois. Adieu, ma niepce m'amie. »

Il feit, aprez, appeller madamoiselle d'Arsat sa belle fille, et luy dict : « Ma fille, vous n'avez pas grand besoing de mes advertissements, ayant une telle mere, que i'ay trouvee si sage, si bien conforme à mes conditions et volontez, ne m'ayant iamais faict nulle faulte : vous serez tres bien instruicte, d'une telle maistresse d'eschole. Et ne trouvez point estrange, si moy, qui ne vous touche d'aulcune parenté, me soulcie et me mesle de vous; car, estant fille d'une personne qui m'est si proche, il est impossible que tout ce qui vous concerne ne me touche aussi. Et pourtant ay ie tousiours eu tout le soing des affaires de monsieur d'Arsat vostre frere, comme des miennes propres, et, par adventure, ne vous nuira il pas à vostre advancement d'avoir esté ma belle fille. Vous avez de la richesse et de la beaulté assez; vous estes damoiselle de bon lieu : il ne vous reste que d'y adiouster les biens de l'esprit; ce que ie vous prie vouloir faire. Ie ne vous deffends pas le vice, qui est tant detestable aux femmes; car ie ne veulx pas penser seulement qu'il vous puisse tumber en l'entendement, voire ie croy que le nom mesme vous en est horrible. Adieu, ma belle fille. »

Toute la chambre estoit pleine de crys et de larmes, qui n'interrompoient toutesfois nullement le train de ses discours, qui feurent longuets. Mais, aprez tout cela, il commanda qu'on feist sortir tout le monde, sauf sa garnison; ainsin nomma il les filles qui le servoient. Et puis appellant mon frere de Beauregard : « Monsieur de Beauregard, luy dict il, ie vous mercie bien fort de la peine que vous prenez pour moy. Vous voulez bien que ie vous descouvre quelque chose que i'ay sur le cœur à vous dire. » De quoy quand mon frere luy eut donné asseurance, il suivit ainsin. « Ie vous iure que de touts ceulx qui se sont mis à la reformation de l'Eglise, ie n'ay iamais pensé qu'il y en ayt eu un seul qui s'y soit mis avecques meilleur

zele : plus entiere, sincere et simple affection, que vous : et croy certainement que les seuls vices de nos prelats, qui ont sans doubte besoing d'une grande correction, et quelques imperfections que le cours du temps a apporté en nostre Eglise, vous ont incité à cela. Ie ne vous en veulx, pour cette heure, desmouvoir; car aussi ne prie ie pas volontiers personne de faire quoy que ce soit contre sa conscience : mais ie vous veulx bien advertir qu'ayant respect à la bonne reputation qu'a acquis la maison de laquelle vous estes par une continuelle concorde, maison que i'ay autant chere que maison du monde ( mon Dieu, quelle case, de laquelle il n'est iamais sorty acte que d'homme de bien ! ), ayant respect à la volonté de vostre pere, ce bon pere à qui vous debvez tant, de vostre bon oncle, à vos freres, vous fuyiez ces extremitez : ne soyez point si aspre et si violent; accommodez vous à eulx; ne faictes point de bande et de corps à part; ioignez vous ensemble. Vous veoyez combien de ruynes ces dissentions ont apporté en ce royaume; et vous responds qu'elles en apporteront de bien plus grandes. Et, comme vous estes sage et bon, gardez de mettre ces inconvenients parmy vostre famille, de peur de luy faire perdre la gloire et le bonheur duquel elle a iouy iusques à cette heure. Prenez en bonne part, monsieur de Beauregard, ce que ie vous en dy, et pour un certain tesmoingnage de l'amitié que ie vous porte : car pour cet effect me suis ie reservé, iusques à cette heure, à vous le dire; et, à l'adventure, vous le disant en l'estat auquel vous me veoyez, vous donnerez plus de poids et d'auctorité à mes paroles. » Mon frere le remercia bien fort.

Le lundy matin, il estoit si mal, qu'il avoyt quitté toute esperance de vie. De sorte que deslors qu'il me veit, il m'appella tout piteusement, et me dict : « Mon frere, n'avez vous pas de compassion de tant de torments que ie souffre? ne veoyez vous pas meshuy, que tout le secours que vous me faictes ne sert que d'alongement à ma peine? » Bientost aprez, il s'esvanouit; de sorte qu'on le cuida abandonner pour trespassé : enfin, on le reveilla à force de vinaigre et de vin. Mais il ne veit de fort long temps aprez; et nous oyant crier autour de luy, il nous dict : « Mon Dieu! qui me tormente tant? Pourquoy m'oste lon de ce grand et plaisant repos auquel ie suis? Laissez moy, ie vous prie. » Et puis m'oyant, il me dict : « Et vous aussi, mon frere, vous ne voulez doncques pas que ie guarisse? Oh! quel ayse vous me faictes perdre! » Enfin, s'estant encores plus remis, il demanda un peu de vin. Et puis, s'en estant bien trouvé, me dict, que c'estoit la meilleure liqueur du monde. « Non est dea, feis ie pour le mettre en propos ; c'est l'eau. » « C'est mon repliqua il, ὕδωρ ἄριστον [1]. » Il avoyt desia toutes les extrouillez, iusques au visage, glacees de froid, avecques une sueur mortelle qui luy couloit tout le long du corps : et n'y pouvoit on quasi trouver nulle recognoissance de pouls.

Ce matin, il se confessa à son prebstre : mais parce que le prebstre n'avoyt apporté tout ce qu'il luy falloit, il ne luy peut dire la messe. Mais le mardy matin, monsieur de la Boëtie le demanda, pour l'ayder, dict il, à faire son dernier office chrestien. Ainsin, il ouyt la messe, et feit ses pasques. Et comme le prebstre prenoyt congé de luy, il luy dict : « Mon pere spirituel, ie vous supplie humblement, et vous et ceulx qui sont soubs vostre charge, priez Dieu pour moy. Soit qu'il soit ordonné, par les tressacrez thresors des desseings de Dieu, que ie finisse à cette heure mes iours, qu'il ayt pitié de mon ame, et me pardonne mes pechez, qui sont infinis, comme il n'est pas possible que si vile et si basse creature que moy aye peu executer les commandements d'un si hault et si puissant maistre : Ou, s'il luy semble que ie face encores besoing par deçà, et qu'il vueille me reserver à quelque aultre heure, suppliez le qu'il finisse bientost en moy les angoisses que ie souffre, et qu'il me face la grace de guider doresnavant mes pas à la suitte de sa volonté, et de me rendre meilleur que ie n'ay esté. » Sur ce poinct, il s'arresta un peu pour prendre haleine ; et veoyant que le prebstre s'en alloit, il le rappella, et luy dict : « Encores veulx ie dire cecy en vostre presence : ie proteste que comme i'ay esté baptizé, ay vescu, ainsin veulx ie mourir soubs la foy et religion que Moïse planta premierement en Aegypte ; que les peres receurent depuis en Iudee ; et qui de main en main, par succession de temps, a esté apportee en France. » Il sembla, à le veoir, qu'il eust parlé encores plus long temps, s'il eust peu : mais il finit, priant son oncle de prier Dieu pour luy : « Car ce sont, dict il, les meilleurs offices que les chrestiens puissent faire les uns pour les aultres. » Il s'estoit, en parlant, descouvert une espaule, et pria son oncle la recouvrir, encores qu'il eust un valet plus prez de luy ; et puis me regardant : Ingenui est, dict il ; cui multum debens, et plurimum velle debere [2].

Monsieur de Belot le veint veoir aprez midy : et il luy dict, luy presentant sa main : « Monsieur, mon bon amy, i'estois icy à mesme pour payer ma debte, mais i'ay trouvé un bon crediteur qui me l'a remise. » Un peu aprez, comme il se resveilloit en sursault : « Bien ! bien ! qu'elle vienne quand elle voudra, ie l'attends, gaillard et de pied coy : » mots qu'il redict deux ou trois fois en sa maladie. Et puis, comme on luy entreouvroit la bouche par force pour le faire avaller, An vivere tanti est [3] ? dict il, tournant son propos à mousieur de Belot.

Sur le soir, il commencea bien à bon escient à tirer aux traicts de la mort : et comme ie souppois, il me feit appeler, n'ayant plus que l'image et que l'umbre d'un homme, et, comme il disoit luy mesme, non homo sed species hominis ; et me dict, à toutes peines : « Mon frere, mon amy, pleust à Dieu que ie veisse les effects des imaginations que ie viens d'avoir ! » Aprez avoir attendu quelque temps, qu'il ne parloit plus, et qu'il tiroit des souspirs trenchants pour s'en efforcer, car dehors la langue commenceoit fort à luy denier son office, « Quelles sont elles, mon frere ? » luy dy ie. « Grandes, grandes, » me respondit il. « Il ne feut iamais, suivis ie, que ie n'eusse cet honneur que de communiquer à toutes celles qui vous venoyent à l'entendement ; voulez vous pas que i'en iouysse encores ? » « C'est mon dea [4], respondit il ; mais, mon frere, ie ne puis : elles sont admirables, infinies, et indicibles. » Nous en demeurasmes là : car il n'en pouvoit plus. De sorte qu'un peu auparavant il avoyt voulu parler à sa femme, et luy avoyt dict, d'un visage le plus gay qu'il le pouvoit contrefaire, qu'il avoyt à luy dire un conte. Et sembla qu'il s'efforceast pour parler : mais la force luy defaillant, il demanda un peu de vin pour la luy rendre. Ce feut pour neant ; car il esvanouït soubdain, et feut long temps sans veoir.

Estant desia bien voysin de sa mort, et oyant les pleurs de madamoiselle de la Boëtie, il l'appella, et luy dict ainsin. « Ma semblance, vous vous tormentez avant le temps : voulez vous pas avoir pitié de moy ? Prenez courage. Certes, ie porte plus la moitié de peine, pour le mal que ie vous veoy souffrir, que pour le mien ; et avecques raison, parce que les maulx que nous sentons en nous, ce n'est pas nous proprement qui les sentons, mais certains sens que Dieu a mis en nous ; mais ce que nous sentons pour les aultres, c'est par certain iugement et par discours de raison que nous le sentons. Mais ie m'en vois : » cela disoit il, parce que le cœur luy failloit. Or, ayant eu peur d'avoir estonné sa femme, il se reprint, et dict ; « Ie m'en vois dormir : bon soir, ma femme ; allez vous en. » Voylà le dernier congé qu'il print d'elle.

(1) L'eau est la meilleure des choses. PINDARE, Olymp., 1.
(2) Il est d'un cœur noble de vouloir devoir encore plus à celui à qui il doit beaucoup. CIC., Epist. fam., II . 6.
(3) La vie vaut elle tout cela ? — (4) C'est mon avis aussi.

Aprez qu'elle feut partie, «Mon frere, me dict il, tenez vous auprez de moy, s'il vous plaist. » Et puis, on sentant les poinctes de la mort plus pressantes et poignantes, ou bien la force de quelque medicament chauld qu'on luy avoyt faict avaller, il print une voix plus esclatante et plus forte, et donnoit des tours dans son lict avecques tout plein de violence : de sorte que toute la compaignie commencea à avoir quelque esperance, parce que iusques lors la seule foiblesse nous l'avoyt faict perdre. Lors, entre aultres choses, il se print à me prier et reprier, avecques une extreme affection, de luy donner une place. De sorte que i'eus peur que son iugement feust esbranslé: mesme que luy ayant bien doucement remontré qu'il se laissoit emporter au mal, et que ces mots n'estoient pas d'homme bien rassis, il ne se rendit point au premier coup, et redoubla encores plus fort : « Mon frere! mon frere! me refusez vous doncques une place? » Iusques à ce qu'il me contraiguit de le convaincre par raison, et de luy dire, que puisqu'il respiroit et parloit, et qu'il avoyt corps, il avoyt par consequent son lieu. « Voire, voire[1], me respondit il lors, i'en ay; mais ce n'est pas celuy qu'il me fault : et puis, quand tout est dict, ie n'ay plus d'estre. » « Dieu vous en donnera un meilleur bientost, » luy feis ie. « Y feusse ie desia, mon frere! me respondit il; il y a trois iours que i'ahanne[2] pour partir. » Estant sur ces destresses, il m'appella souvent pour s'informer seulement si i'estois prez de luy. Enfin il se meit un peu à reposer, qui nous confirma encores plus en nostre bonne esperance : de maniere que, sortant de sa chambre, ie m'en resiouys avecques madamoiselle de la Boëtie. Mais une heure aprez, ou environ, me nommant une fois ou deux, et puis tirant à soy un grand souspir, il rendit l'ame sur les trois heures du mercredy matin dixhuictiesme d'aoust, l'an mil cinq cents soixante trois, aprez avoir vescu trente deux ans, neuf mois, et dix sept iours.

---

## LETTRE II[5].

### A MONSEIGNEUR MONSEIGNEUR DE MONTAIGNE.

Monseigneur, suivant la charge que vous me donnastes l'annee passee chez vous à Montaigne, i'ay taillé et dressé de ma main, à Raimond Sebond, ce grand theologien et philosophe espaignol, un accoustrement à la françoise; et l'ay devestu, autant qu'il a esté en moy, de ce port farouche et maintien barbaresque que vous luy veites premierement : de maniere qu'à mon opinion, il a

meshuy assez de façon et d'entregent pour se presenter en toute bonne compaignie. Il pourra bien estre que les personnes delicates et curieuses y remarqueront quelque traict et ply de Gascoigne : mais ce leur sera d'autant plus de honte, d'avoir, par leur nonchalance, laissé prendre sur eulx cet advantage à un homme de tout poinct nouveau et apprentif en telle besongne. Or, monseigneur, c'est raison que soubs vostre nom il se poulse en credit et mette en lumiere, puisqu'il vous doibt tout ce qu'il a d'amendement et de reformation. Toutesfois ie veoy bien que, s'il vous plaist de compter avecques luy, ce sera vous qui luy debvrez beaucoup de reste; car, en eschange de ses excellents et tresreligieux discours, de ses haultaines conceptions et comme divines, il se trouvera que vous n'y aurez apporté de vostre part que des mots et du language; marchandise si vulgaire et si vile, que qui plus en a n'en vault, à l'adventure, que moins.

Monseigneur, ie supplie Dieu qu'il vous doint treslongue et tresheureuse vie. De Paris, ce 18 de iuin 1568.

Vostre treshumble et tresobeyssant fils,

MICHEL DE MONTAIGNE.

---

## LETTRE III[4].

### A MONSIEUR MONSIEUR DE LANSAC,

Chevalier de l'ordre du roy, conseiller de son conseil privé, surintendant de ses finances, et capitaine de cent gentilshommes de sa maison.

Monsieur, ie vous envoye la Mesnagerie de Xenophon mise en françois par feu monsieur de la Boëtie : present qui m'a semblé vous estre propre; tant pour estre party premierement, comme vous sçavez, de la main d'un gentilhomme de marque[5], tresgrand homme de guerre et de paix, que pour avoir prins sa seconde façon de ce personnage[6] que ie sçay avoir esté aimé et estimé de vous pendant sa vie. Cela vous servira tousiours d'aiguillon à continuer envers son nom et sa memoire vostre bonne opinion et volonté. Et hardiment, mon-

---

(1) *Vraiment, vrainient.* — (2) *Je m'efforce.*

(3) Cette lettre de Montaigne à son père se trouve au-devant de la *Théologie naturelle de Raimond Sebond*, « traduicte nouvellement en françois par messire Michel, seigneur de Montaigne, chevalier de l'ordre du roy, et gentilhomme ordinaire de sa chambre; » Paris, chez Gabriel Buon, 1569. Le père de Montaigne, mort cette année même, ne put voir cette traduction imprimée.

(4) Cette lettre se trouve au-devant de la *Mesnagerie de Xenophon* et des autres traductions de La Boëtie, imprimées en 1571.

(5) *Xénophon.* — (6) *D'Estienne de La Boëtie.*

sieur, ne craignez pas de les accroistre de quelque
chose : car ne l'ayant gousté que par les tesmoingnages publiques qu'il avoyt donné de soy, c'est à
moy à vous respondre qu'il avoyt tant de degrez
de suffisance au delà, que vous estes bien loing
de l'avoir cogneu tout entier. Il m'a faict cet honneur, vivant, que ie mets au compte de la meilleure fortune des miennes, de dresser avecques
moy une cousture d'amitié si estroicte et si ioincte,
qu'il n'y a eu biais, mouvement, ny ressort en son
ame, que ie n'aye peu considerer et iuger, au
moins si ma veue n'a quelquefois tiré court. Or,
sans mentir, il estoit, à tout prendre, si prez du
miracle, que pour, me iectant hors des barrieres
de la vraysemblance, ne me faire mescroire du
tout, il est force, parlant de luy, que ie me resserre
et restreigne au dessoubs de ce que i'en sçay. Et
pour ce coup, monsieur, ie me contenteray seulement de vous supplier, pour l'honneur et reverence
que vous devez à la verité, de tesmoigner et
croire que nostre Guyenne n'a eu garde de veoir
rien pareil à luy parmy les hommes de sa robbe.
Soubs l'esperance doncques que vous luy rendrez
cela qui luy est tresiustement deu, et pour le refreschir en vostre memoire, ie vous donne ce livre,
qui tout d'un train aussi vous respondra, de ma
part, que, sans l'expresse deffense que m'en faict
mon insuffisancé, ie vous presenterois autant volontiers quelque chose du mien, en recognoissance
des obligations que ie vous doibs, et l'ancienne
faveur et amitié que vous avez portee à ceulx de
nostre maison. Mais, monsieur, à faute de meilleure monnoye, ie vous offre en payement une tres-
asseuree volonté de vous faire humble service.

Monsieur, ie supplie Dieu qu'il vous maintienne
en sa garde.

Vostre obeyssant serviteur,

MICHEL DE MONTAIGNE.

---

## IV.

### ADVERTISSEMENT AU LECTEUR.

Lecteur, tu me doibs tout ce dont tu iouys de
feu M. Estienne de la Boëtie; car ie t'advise que
quant à luy il n'y a rien qu'il eust iamais esperé
de te faire veoir, voire ny qu'il estimast digne de
porter son nom en public. Mais moy, qui ne suis
pas si hault à la main, n'ayant trouvé aultre chose
dans sa librairie, qu'il me laissa par son testament,
encores n'ay ie pas voulu qu'il se perdist : et, de
ce peu de iugement que i'ay, i'espere que tu trou-

veras que les plus habiles hommes de nostre siecle
font bien souvent feste de moindre chose que cela.
I'entends de ceulx qui l'ont practiqué plus ieune
( car nostre accointance ne print commencement
qu'environ six ans avant sa mort ), qu'il avoyt faict
force aultres vers latins et françois, comme soubs
le nom de Gironde, et en ay ouï reciter des riches
lopins : mesme celuy qui a escript les antiquitez de
Bourges en allegue que ie recognoy; mais ie ne
sçay que tout cela est devenu, non plus que ses
poëmes grecs. Et, à la verité, à mesure que chasque saillie luy venoyt à la teste, il s'en deschargeoit sur le premier papier qui luy tumboit en
main, sans aultre soing de le conserver. Asseure
toy que i'y ay faict ce que i'ay peu, et que depuis
sept ans que nous l'avons perdu, ie n'ay peu recouvrer que ce que tu en veois : sauf un discours
DE LA SERVITUDE VOLONTAIRE, et quelques memoires de nos troubles sur l'edict de ianvier 1562.
Mais quant à ces deux dernieres pieces, ie leur
treuve la façon trop delicate et mignarde pour les
abandonner au grossier et pesant air d'une si mal
plaisante saison. A Dieu. De Paris, ce dixiesme
d'aoust 1570.

---

## LETTRE V.[2]

### A MONSIEUR MONSIEUR DE MESMES,

Seigneur de Roissy et de Malassize, conseiller du roy en son
privé conseil.

Monsieur, c'est une des plus notables folies que
les hommes facent, d'employer la force de leur
entendement à ruyner et chocquer les opinions
communes et receues qui nous portent de la satisfaction et du contentement : car, là où tout ce qui
est soubs le ciel employe les moyens et les outils
que nature luy a mis en main ( comme de vray c'en
est l'usage ) pour l'adgencement et commodité de
son estre, ceulx icy, pour sembler d'un esprit plus
gaillard et plus esveillé, qui ne reçoit et qui ne
loge rien que mille fois touché et balancé au plus
subtil de la raison, vont eshranslant leurs ames
d'une assiette paisible et reposee, pour, aprez une
longue queste, la remplir, en somme, de doubte,
d'inquietude, et de fiebvre. Ce n'est pas sans raison
que l'enfance et la simplicité ont esté tant recommandees par la Verité mesme. De ma part, i'aime
mieulx estre plus à mon ayse, et moins habile; plus
content, et moins entendu. Voylà pourquoy, mon-

---

(1) Cet avertissement est imprimé à la suite de la lettre précédente, et sert de préface aux diverses traductions de La Boëtie.
(2) Imprimée au-devant des *Règles de Mariage*, de PLU-
TARQUE, dans le volume cité plus haut.

sieur, quoyque des fines gents se mocquent du soing que nous avons de ce qui se passera icy aprez nous, comme nostre ame, logee ailleurs, n'ayant plus à se ressentir des choses de ça bas, i'estime toutesfois que ce soit une grande consolation à la foiblesse et briefveté de cette vie, de croire qu'elle se puisse fermir et alonger par la reputation et par la renommee; et embrasse tresvolontiers une si plaisante et favorable opinion engendree originellement en nous, sans m'enquerir curieusement ny comment, ny pourquoy. De maniere que, ayant aimé, plus que toute aultre chose, feu monsieur de la Boëtie, le plus grand homme, à mon advis, de nostre siecle, ie penserois lourdement faillir à mon debvoir, si, à mon escient, ie laissois esvanouïr et perdre un si riche nom que le sien, et une memoire si digne de recommandation; et si ie ne m'essayois, par ces parties là, de le ressusciter et remettre en vie. Ie croy qu'il le sent aulcunement, et que ces miens offices le touchent et resiouyssent: de vray, il se loge encores chez moy si entier et si vif, que ie ne le puis croire ny si lourdement enterré, ny si entierement esloingné de nostre commerce. Or, monsieur, parce que chasque nouvelle cognoissance ie donne de luy et de son nom, c'est autant de multiplication de ce sien second vivre, et dadvantage que son nom s'ennoblit et s'honnore du lieu qui le receoit, c'est à moy à faire, non seulement de l'espandre le plus qu'il me sera possible, mais encores de le donner en garde à personnes d'honneur et de vertu; parmy lesquelles vous tenez tel reng, que, pour vous donner occasion de recueillir ce nouvel hoste, et de luy faire bonne chere, i'ay esté d'advis de vous presenter ce petit ouvrage, non pour le service que vous en puissiez tirer, sçachant bien que, à practiquer Plutarque et ses compaignons, vous n'avez que faire de truchement; mais il est possible que madame de Roissy, y veoyant l'ordre de son mesnage et de vostre bon accord representé au vif, sera tres ayse de sentir la bonté de son inclination naturelle avoir non seulement attainct, mais surmonté ce que les plus sages philosophes ont peu imaginer du debvoir et des loix du mariage. Et en toute façon, ce me sera tousiours honneur de pouvoir faire chose qui revienne à plaisir à vous ou aux vostres, pour l'obligation que i'ay de vous faire service.

Monsieur, ie supplie Dieu qu'il vous doint tresheureuse et longue vie. De Montaigne, ce 30 avril 1570.

Vostre humble serviteur,

MICHEL DE MONTAIGNE.

## LETTRE VI[1].

### A MONSEIGNEUR MONSIEUR DE L'HOSPITAL,

#### Chancelier de France.

Monseigneur, i'ay opinion que vous aultres, à qui la fortune et la raison ont mis en main le gouvernement des affaires du monde, ne cherchez rien plus curieusement que par où vous puissiez arriver à la cognoissance des hommes de vos charges: car à peine est il nulle communauté si chestifve, qui n'aye en soy des hommes assez pour fournir commodement à chascun de ses offices, prouveu que le despartement et le triage s'en peust iustement faire; et ce poinct là gaigné, il ne resteroit rien pour arriver à la parfaicte composition d'un estat. Or, à mesure que cela est le plus souhaittable, il est aussi plus difficile, veu que ny vos yeulx ne se peuvent estendre si loing que de tirer et choisir parmy une si grande multitude et si espandue, ny ne peuvent entrer iusques au fond des cœurs pour y veoir les intentions et la conscience, pieces principales à considerer: de maniere qu'il n'a esté nulle chose publique si bien establie, en laquelle nous ne remarquions souvent la faulte de ce despartement et de ce chois; et en celles où l'ignorance et la malice, le fard, les faveurs, les brigues et la violence commandent, si quelque eslection se veoid faicte meritoirement et par ordre, nous le debvons sans doubte à la fortune, qui, par l'inconstance de son bransle divers, s'est pour ce coup rencontree au train de la raison.

Monsieur, cette consideration m'a souvent consolé, sçachant M. Estienne de la Boëtie, l'un des plus propres et necessaires hommes aux premieres charges de la France, avoir tout du long de sa vie croupy, mesprisé, ez cendres de son fouyer domestique, au grand interest[2] de nostre bien commun; car, quant au sien particulier, ie vous advise, monsieur, qu'il estoit si abondamment garny des biens et des thresors qui desfient la fortune, que iamais homme n'a vescu plus satisfaict ny plus content. Ie sçay bien qu'il estoit eslevé aux dignitez de son quartier, qu'on estime des grandes; et sçay, dadvantage, que iamais homme n'y apporta plus de suffisance, et que, en l'aage de trente deux ans, qu'il mourut, il avoyt acquis plus de vraye reputation en ce reng là que nul aultre avant luy: mais tant y a que ce n'est pas raison de laisser en l'estat de soldat un digne capitaine, ny

---

(1) Imprimée dans le même recueil, au-devant des *Pœmata* d'Estienne de la Boëtie.

(2) *Au grand préjudice.*

d'employer aux charges moyennes ceulx qui feroient bien encores les premieres. A la verité, ses forces feurent mal mesnagees, et trop espargnees: de façon que, au delà de sa charge, il luy restoit beaucoup de grandes parties oysifves et inutiles, desquelles la chose publicque eust peu tirer du service, et luy de la gloire.

Or, monsieur, puisqu'il a esté si nonchalant de se poulser soy mesme en lumiere, comme, de malheur, la vertu et l'ambition ne logent gueres ensemble; et qu'il a esté d'un siecle si grossier ou si plein d'envye, qu'il n'y a peu nullement estre aydé par le tesmoingnage d'aultruy, ie souhaitte merveilleusement que, au moins aprez luy, sa memoire, à qui seule meshuy ie doibs les offices de nostre amitié, receoive le loyer de sa valeur, et qu'elle se loge en la recommandation des personnes d'honneur et de vertu. A cette cause m'a il prins envye de le mettre au iour, et de vous le presenter, monsieur, par ce peu de Vers latins qui nous restent de luy. Tout au rebours du masson, qui met le plus beau de son bastiment vers la rue, et du marchand, qui faict montre et parement du plus riche eschantillon de sa marchandise; ce qui estoit en luy le plus recommandable, le vray suc et moelle de sa valeur l'ont suivi, et ne nous en est demouré que l'escorce et les feuilles. Qui pourroit faire veoir les reglez bransles de son ame, sa pieté, sa vertu, sa iustice, la vivacité de son esprit, le poids et la santé de son iugement, la haulteur de ses conceptions si loing eslevees au dessus du vulgaire, son sçavoir, les graces compaignes ordinaires de ses actions, la tendre amour qu'il portoit à sa miserable patrie, et sa haine capitale et iuree conire tout vice, mais principalement contre cette vilaine traficque qui se couvre sous l'honnorable tiltre de iustice, engendreroit certainement à toutes gents de bien une singuliere affection envers luy, meslee d'un merveilleux regret de sa perte. Mais, monsieur, il ne s'en fault tant que ie puisse cela, que du fruict mesme de ses estudes, il n'avoyt encores iamais pensé d'en laisser nul tesmoingnage à la posterité; et ne nous en est demouré que ce que, par maniere de passetemps, il escrivoit quelquesfois.

Quoy que ce soit, ie vous supplie, monsieur, le recevoir de bon visage, et, comme nostre iugement argumente maintesfois d'une chose legiere uné bien grande, et que les ieux mesmes des grands personnages rapportent aux clairvoyants quelque marque honnorable du lieu d'où ils partent, monter, par ce sien ouvrage, à la cognoissance de luy mesme, et en aimer et embrasser par consequent le nom et la memoire. En quoy,

monsieur, vous ne ferez que rendre la pareille à l'opinion tresresolue qu'il avoyt de vostre vertu; et si accomplirez ce qu'il a infiniment souhaitté pendant sa vie: car il n'estoit homme du monde en la cognoissance et amitié duquel il se feust plus volontiers veu logé que en la vostre. Mais si quelqu'un se scandalise dequoy si hardiment i'use des choses d'aultruy, ie l'advise qu'il ne feut iamais rien plus exactement dict ne escript, aux escholes des philosophes, du droict et des debvoirs de la saincte amitié, que ce que ce personnage et moy en avons practiqué ensemble. Au reste, monsieur, ce legier present, pour mesnager d'une pierre deux coups, servira aussi, s'il vous plaist, à vous tesmoingner l'honneur et reverence que ie porte à vostre suffisance, et qualitez singulieres qui sont en vous: car, quant aux estrangeres et fortuites, ce n'est pas de mon goust de les mettre en ligne de compte.

Monsieur, ie supplie Dieu qu'il vous doint tresheureuse et longue vie. De Montaigne, ce 30 avril 1570.

Vostre humble et obeyssant serviteur,

MICHEL DE MONTAIGNE.

---

## LETTRE VII[1].

### A MONSIEUR MONSIEUR DE FOIX,

Conseiller du roy en son conseil privé, et ambassadeur de sa maiesté prez la seigneurie de Venise

Monsieur, estant à mesme de vous recommander, et à la posterité, la memoire de feu Estienne de la Boëtie, tant pour son extreme valeur, que pour la singuliere affection qu'il me portoit, il m'est tumbé en fantasie combien c'estoit une indiscretion de grande consequence, et digne de la coerction de nos loix, d'aller, comme il se faict ordinairement, desrobant à la vertu la gloire sa fidelle compaigne, pour en estrener, sans chois et sans iugement, le premier venu, selon nos interests particuliers: Veu que les deux resnes principales qui nous guident et tiennent en office, sont la peine et la recompense, qui ne nous touchent proprement, et comme hommes, que par l'honneur et la honte, d'autant que celles icy donnent droictement à l'ame, et ne se goustent que par les sentiments interieurs et plus nostres: là où les bestes mesmes se veoyent aulcunement

(1) Imprimée au devant des *Vers françois* d'Estienne de La Boëtie, édit. de Paris, 1572.

capables de toute aultre recompense et peine corporelle. En oultre, il est bon à veoir que la coustume de louer la vertu, mesme de ceulx qui ne
sont plus, ne vise pas à eulx, ains qu'elle faict
estat d'aiguillonner par ce moyen les vivants à les
imiter : comme les derniers chastiements sont employez par la justice, plus pour l'exemple, que
pour l'interest de ceulx qui les souffrent. Or, le
louer et le meslouer s'entrerespondants de si pareille consequence, il est malaysé à sauver que
nos loix deffendent offenser la reputation d'aultruy, et ce neantmoins permettent de l'ennoblir
sans merite. Cette pernicieuse licence de iecter
ainsin, à nostre poste[1], au vent les louanges d'un
chascun, a esté aultresfois diversement restreincte
ailleurs; voire, à l'adventure ayda elle iadis à mettre la poësie en la malegrace des sages. Quoy qu'il
en soit, au moins ne se sçauroit on couvrir, que
le vice du mentir n'y apparoisse tousiours, tresmesseant à un homme bien nay, quelque visage
qu'on luy donne.

Quant à ce personnage de qui ie vous parle,
monsieur, il m'envoye bien loing de ces termes;
car le danger n'est pas que ie luy en preste quelqu'une, mais que ie luy en oste; et son malheur
porte que, comme il m'a fourny, autant qu'homme
puisse, de tresiustes et tresapparentes occasions
de louange, i'ay bien aussi peu de moyen et de suffisance pour la luy rendre; ie dy moy, à qui seul
il s'est communiqué iusques au vif, et qui seul
puis respondre d'un milliou de graces, de perfections et de vertus qui moisirent oysives au giron
d'une si belle ame, mercy à l'ingratitude de sa
fortune. Car, la nature des choses ayant, ie ne
sçay comment, permis que la verité, pour belle et
acceptable qu'elle soit d'elle mesme, si ne l'embrassons nous qu'infuse et insinuee en nostre
creance par les outils de la persuasion, ie me
treuve si fort desgarny, et de credit pour auctoriser mon simple tesmoingnage, et d'eloquence pour
l'enrichir et le faire valoir, qu'à peu a il tenu que
ie n'aye quitté là tout ce soing, ne me restant pas
seulement du sien par où dignement ie puisse
presenter au monde au moins son esprit et son
sçavoir.

De vray, monsieur, ayant esté surprins de sa
destinee en la fleur de son aage, et dans le train
d'une tresheureuse et tresvigoreuse santé, il n'avoyt
pensé à rien moins qu'à mettre au iour des ouvrages
qui deussent tesmoingner à la posterité quel il estoit
en cela: et à l'adventure estoit il assez brave, quand
il y eust pensé, pour n'en estre pas fort curieux.
Mais enfin i'ay prins party qu'il seroit bien plus
excusable à luy, d'avoir ensepveli avecques soy tant

de rares faveurs du ciel, qu'il ne seroit à moy d'ensepvelir encores la cognoissance qu'il m'en avoyt
donnee : et, pourtant, ayant curieusement recueilli
tout ce que i'ay trouvé d'entier parmy ses brouil-
larts et papiers espars çà et là, le iouet du vent et
de ses estudes, il m'a semblé bon, quoy que ce
feust, de le distribuer et de le despartir en autant
de pieces que i'ay peu, pour de là prendre occasion de recommander sa memoire à d'autant plus
de gents, choisissant les plus apparentes et dignes
personnes de ma cognoissance, et desquelles le tesmoingnage luy puisse estre le plus honnorable ;
comme vous, monsieur, qui de vous mesme pouvez
avoir eu quelque cognoissance de luy pendant sa
vie, mais certes bien legiere pour en discourir la
grandeur de son entiere valeur. La posterité le croira,
si bon luy semble ; mais ie luy iure, sur tout ce que
i'ay de conscience, l'avoir sceu et veu tèl, tout consideré, qu'à peine par souhait et imagination pouvois ie monter au delà, tant s'en fault que ie luy
donne beaucoup de compaignons.

Ie vous supplie treshumblement, monsieur, non
seulement prendre la generale protection de son
nom, mais encores de ces dix ou douze Vers françois, qui se iectent, comme par necessité, à l'abry
de vostre faveur. Car ie ne vous celeray pas que la
publication n'en ayt esté differee aprez le reste de
ses œuvres, soubs couleur de ce que, par de là, on
ne les trouvoit pas assez limez pour estre mis en
lumiere. Vous verrez, monsieur, ce qui en est :
et, parce qu'il semble que ce iugement regarde l'interest de tout ce quartier icy, d'où ils pensent qu'il
ne puisse rien partir en vulgaire qui ne sente le sauvage et la barbarie, c'est proprement vostre charge,
qui, au reng de la premiere maison de Guyenne,
receu de vos ancestres, avez adiousté du vostre le
premier reng encores en toute façon de suffisance,
maintenir non seulement par vostre exemple, mais
aussi par l'auctorité de vostre tesmoingnage, qu'il
n'en va pas tousiours ainsi. Et ores[2] que le faire
soit plus naturel aux Gascons que le dire, si est ce
qu'ils s'arment quelquefois autant de la langue que
du bras, et de l'esprit que du cœur. De ma part,
monsieur, ce n'est pas mon gibbier de iuger de
telles choses, mais i'ay ouï dire à personnes qui
s'entendent en sçavoir, que ces vers sont non seulement dignes de se presenter en place marchande ;
mais davantage, qui s'arrestera à la beauté et richesse des inventions, qu'ils sont, pour le subiect,
autant charnus, pleins et moelleux, qu'il s'en soit
encores veu en nostre langue. Naturellement chasque œuvrier se sent plus roide en certaine partie

_____

[1] *A notre gré.* — [2] *Maintenant.*

de son art, et les plus heureux sont ceulx qui se sont empoignez à la plus noble; car toutes pieces egalement necessaires au bastiment d'un corps ne sont pas pourtant egalement prisables. La mignardise du language, la doulceur et la polissure reluisent, à l'adventure, plus en quelques aultres; mais en gentillesse d'imaginations, en nombre de saillies, poinctes et traicts, ie ne pense point que nuls aultres leur passent devant: et si fauldroit il encores venir en composition de ce, que ce n'estoit ny son occupation, ny son estude, et qu'à peine au bout de chasque an mettoit il une fois la main à la plume, tesmoing ce peu qu'il nous en reste de toute sa vie. Car vous veoyez, monsieur, vert et sec, tout ce qui m'en est venu entre mains, sans chois et sans triage; en maniere qu'il y en a de ceulx mesmes de son enfance. Somme, il semble qu'il ne s'en meslast, que pour dire qu'il estoit capable de tout faire; car, au reste, mille et mille fois, voire en ses propos ordinaires, avons nous veu partir de luy choses plus dignes d'estre sceues, plus dignes d'estre admirees.

Voylà, monsieur, ce que la raison et l'affection, ioinctes ensemble par un rare rencontre, me commandent vous dire de ce grand homme de bien; et, si la privauté que i'ay prinse de m'en addresser à vous, et de vous en entretenir si longuement, vous offense, il vous souviendra, s'il vous plaist, que le principal effect de la grandeur et de l'eminence, c'est de vous iecter en bute à l'importunité et embesongnement des affaires d'aultruy. Sur ce, aprez vous avoir presenté ma treshumble affection à vostre service, ie supplie Dieu vous donner, monsieur, tresheureuse et longue vie. De Montaigne, ce premier de septembre, mil cinq cents soixante et dix.

Votre obeyssant serviteur,

MICHEL DE MONTAIGNE.

---

# LETTRE VIII[1].

### A MADAMOISELLE DE MONTAIGNE,

#### MA FEMME.

Ma femme, vous entendez bien que ce n'est pas le tour d'un galant homme, aux regles de ce temps icy, de vous courtizer et caresser encores: car ils disent qu'un habile homme peult bien prendre femme; mais que de l'espouser c'est à faire à un sot. Laissons les dire: ie me tiens, de ma part, à la simple façon du vieil aage; aussi en porte ie tantost le poil: et, de vray, la nouvelleté couste si

cher iusqu'à cette heure à ce pauvre estat (et si ie ne sçay si nous en sommes à la derniere enchere), qu'en tout et par tout i'en quitte le party. Vivons, ma femme, vous et moy, à la vieille françoise. Or, il vous peult souvenir comme feu monsieur de la Boëtie, ce mien cher frere, et compaignon inviolable, me donna, mourant, ses papiers et ses livres, qui m'ont esté, depuis, le plus favory meuble des miens. Ie ne veulx pas chichement en user moy seul, ny ne merite qu'ils ne servent qu'à moy: à cette cause, il m'a prins envye d'en faire part à mes amys. Et parce que ie n'en ay, ce croy ie, nul plus privé que vous, ie vous envoye la lettre consolatoire de Plutarque à sa femme, traduicte par luy en françois: bien marry de quoy la fortune vous a rendu ce present si propre, et que, n'ayant enfant qu'une fille longuement attendue, au bout de quatre ans de nostre mariage, il a fallu que vous l'ayez perdue dans le deuxiesme an de sa vie. Mais ie laisse à Plutarque la charge de vous consoler, et de vous advertir de vostre debvoir en cela, vous priant le croire pour l'amour de moy; car il vous descouvrira mes intentions, et ce qui se peult alleguer en cela, beaucoup mienlx que ie ne ferois moy mesme. Sur ce, ma femme, ie me recommande bien fort à vostre bonne grace, et prie Dieu qu'il vous maintienne en sa garde. De Paris, ce 10 septembre 1570.

Vostre bon mary,

MICHEL DE MONTAIGNE.

---

# LETTRE IX[2].

### A MONSIEUR DUPUY,

Conseiller du roy en sa cour et parlement de Paris.

Monsieur, l'action du sieur de Verres prisonnier, qui m'est bien trescognue, merite qu'à son iugement vous apportiez vostre doulceur naturelle, si en cause du monde vous la pouvez iustement aporter. Il a faict chose non seulement excusable selon les lois militeres de ce siecle, mais necessere, et, comme nous iugeons, louable; il l'a faict sans doubte fort pressé et envis[3]. Le reste du cours de sa vie n'a rien de reprochable. Ie vous supplie,

---

(1) Imprimée au-devant de la *Lettre de consolation de Plutarque à sa femme*, dans le recueil déjà cité.

(2) Cette lettre a été insérée pour la première fois dans l'édition publiée par M. V. Leclerc. L'original existe dans la bibliothèque royale de Paris, et c'est la seule qu'elle possède de notre philosophe. Dans cette copie, on a suivi l'orthographe de l'original.

(3) *Malgré lui*, du latin *invitus*.

monsieur, y employer vostre attention; vous trouverez l'air de ce faict tel que ie vous le represente, qui est poursuivi par une voye plus malicieuse que n'est l'acte mesme. Si cela y peult aussi servir, ie vous veulx dire que c'est un homme nourri en ma maison, aparenté de plusieurs honnestes familles, et sur tout qui a tousiours vescu honnorablement et innocemment, qui m'est fort ami. En le sauvant, vous me chargez d'une extreme obligation. Ie vous supplie treshumblement l'avoir pour recommandé, et aprez vous avoir baisé les mains, prie Dieu vous donner, monsieur, longue et heureuse vie. Du Castera, ce 26 d'avril.

Vostre affectionné serviteur,

MONTAIGNE.

## LETTRE X.

### A MADAMOISELLE PAULMIER.

Madamoiselle, mes amys sçavent que dez l'heure que ie vous eus veue, ie vous destinay un de mes livres : car ie sentis que vous leur aviez faict beaucoup d'honneur. Mais la courtoisie de monsieur Paulmier m'oste le moyen de vous le donner, m'ayant obligé depuis à beaucoup plus que ne vault mon livre. Vous l'accepterez, s'il vous plaist, comme estant vostre avant que ie le deusse; et me ferez cette grace de l'aimer, ou pour l'amour de luy, ou pour l'amour de moy; et ie garderay entiere la debte que i'ay envers monsieur Paulmier, pour m'en revencher, si ie puis d'ailleurs, par quelque service.

DE LA

# SERVITUDE VOLONTAIRE,

OU

# LE CONTR'UN,

### DISCOURS D'ESTIENNE DE LA BOËTIE[1].

D'avoir plusieurs seigneurs aulcun bien ie ne veoy:
Qu'un, sans plus, soit le maistre, et qu'un seul soit
[le roy;

ce dict Ulysse en Homere, parlant en publique. S'il n'eust dict, sinon

D'avoir plusieurs seigneurs aulcun bien ie ne veoy,

cela estoit tant bien dict que rien plus : mais, au lieu que pour parler avecques raison, il falloit dire que la domination de plusieurs ne pouvoit estre bonne, puisque la puissance d'un seul, deslors qu'il prend ce tiltre de maistre, est dure et desraisonnable, il est allé adiouster, tout au rebours,

Qu'un, sans plus, soit le maistre, et qu'un seul soit
[le roy.

Toutesfois, à l'adventure, il fault excuser Ulysse, auquel possible lors il estoit besoing d'user de ce language, et de s'en servir pour appaiser la revolte de l'armee; conformant, ie croy, son propos plus au temps, qu'à la verité. Mais, à parler à bon escient, c'est un extreme malheur d'estre subiect à un maistre, duquel on ne peult estre iamais asseuré qu'il soit bon, puisqu'il est tousiours en sa puissance d'estre mauvais quand il voudra : et d'avoir plusieurs maistres, c'est autant que d'avoir autant de fois à estre extremement malheureux. Si ne veulx ie pas, pour cette heure, debattre cette question tant pourmenee, à sçavoir « Si les

(1) Etienne de La Boëtie, conseiller au parlement de Bordeaux, naquit à Sarlat dans le Périgord, le 1er novembre 1530. Outre le *Traité de la Servitude volontaire*, et les vingt-neuf Sonnets transcrits au chap. 27 du liv. 1er des *Essais*, il avoit traduit dès l'âge de 16 ans divers traités de Plutarque et de Xénophon. Il mourut en 1560, sans avoir rien publié. Montaigne, auquel il légua ses manuscrits, les fit paroître en 1570, 1572 et 1593.

aultres façons de republiques sont meilleures que la monarchie : » A quoy si ie vouloy venir, encores voudrois ie sçavoir, avant que mettre en doubte quel reng la monarchie doibt avoir entre les republiques, si elle y en doibt avoir aulcun : pource qu'il est malaysé de croire qu'il y ayt rien de publicque en ce gouvernement, où tout est à un. Mais cette question est reservee pour un aultre temps, et demanderoit bien son traicté à part, ou plustost ameneroit quand et soy toutes les disputes politiques.

Pour ce coup, ie ne voudrois sinon entendre, S'il est possible, et comme il se peult faire, que tant d'hommes, tant de bourgs, tant de villes, tant de nations, endurent quelquesfois un tyran seul, qui n'a puissance que celle qu'on luy donne ; qui n'a pouvoir de leur nuire, sinon de tant qu'ils ont vouloir de l'endurer ; qui ne sçauroit leur faire mal aulcun, sinon lors qu'ils aiment mieulx le souffrir que luy contredire. Grand' chose, certes, et toutesfois si commune, qu'il s'en fault de tant plus douloir, et moins esbahir, de voir un million de millions d'hommes servir miserablement, ayants le col soubs le ioug, non pas contraincts par une grande force, mais aulcunement ( ce semble ) enchantez et charmez par le seul nom d'un, duquel ils ne doibvent ny craindre la puissance, puis qu'il est seul, ny aimer les qualitez, puis qu'il est, en leur endroict, inhumain et sauvage. La foiblesse d'entre nous hommes est telle : Il fault souvent que nous obeyssions à la force ; il est besoing de temporiser ; on ne peult pas tousiours estre le plus fort. Doncques, si une nation est contraincte par la force de la guerre de servir à un, comme la cité d'Athenes aux trente tyrans, il ne se fault pas esbahir qu'elle serve, mais se plaindre de l'accident ; ou bien plustost ne s'esbahir, ny ne s'en plaindre, mais porter le mal patiemment, et se reserver à l'advenir à meilleure fortune.

Nostre nature est ainsin, que les communs debvoirs de l'amitié emportent une bonne partie du cours de nostre vie : il est raisonnable d'aimer la vertu, d'estimer les beaux faicts, de cognoistre le bien d'où l'on l'a receu, et diminuer souvent de nostre ayse, pour augmenter l'honneur et advantage de celuy qu'on aime, et qui le merite : Ainsin doncques, si les habitans d'un païs ont trouvé quelque grand personnage qui leur ayt montré par espreuve une grande prevoyance pour les garder, grande hardiesse pour les deffendre, un grand soing pour les gouverner ; si, de là en avant, ils s'apprivoisent de luy obeyr, et s'en fier, tant que luy donner quelques advantages, ie ne

sçay si ce seroit sagesse ; de tant qu'on l'osté de là où il faisoit bien, pour l'advancer en lieu où il pourra mal faire : mais certes, si ne pourroit il faillir d'y avoir de la bonté, de ne craindre point mal de celuy duquel on n'a receu que bien.

Mais, ô bon Dieu ! que peult estre cela ? comment dirons nous que cela s'appelle ? quel malheur est cettuy là ? ou quel vice ? ou plustost quel malheureux vice ? veoir un nombre infini, non pas obeyr, mais servir : non pas estre gouvernez, mais tyrannisez ; n'ayants ny biens, ny parents, ny enfants, ny leur vie mesme, qui soit à eulx ! souffrir les pilleries, les paillardises, les cruautez, non pas d'une armee, non pas d'un camp barbare contre lequel il fauldroit despendre son sang et sa vie devant ; mais d'un seul ! non pas d'un Hercules, ne d'un Samson ; mais d'un seul hommeau [1], et le plus souvent du plus lasche et femenin [2] de la nation ; non pas accoustumé à la pouldre des battailles, mais encores à grand' peine au sable des tournois ; non pas qui puisse par force commander aux hommes, mais tout empesché de servir vilement à la moindre femmelette ! Appellerons nous cela lascheté ? dirons nous, que ceulx là qui servent, soient couards et recreus ? Si deux, si trois, si quatre, ne se deffendent d'un, cela est estrange, mais toutesfois possible ; bien pourra lon dire lors, à bon droict, que c'est faulte de cœur : Mais si cent, si mille, endurent d'un seul, ne dira on pas qu'ils ne veulent point, non qu'ils n'osent pas, se prendre à luy, et que c'est non couardise, mais plustost mespris et desdaing ? Si l'on veoid, non pas cent, non pas mille hommes, mais cent païs, mille villes, un million d'hommes, n'assaillir pas un seul, duquel le mieulx traité de tous en receoit ce mal d'estre serf et esclave ; comment pourrons nous nommer cela ? est ce lascheté ?

Or, il y a en touts vices naturellement quelque borne, oultre laquelle ils ne peuvent passer : deux peuvent craindre un, et possible dix ; mais mille, mais un million, mais mille villes, si elles ne se deffendent d'un, cela n'est pas couardise, elle ne va point iusques là ; non plus que la vaillance ne s'estend pas qu'un seul eschelle une forteresse, qu'il assaille une armee, qu'il conquiere un royaume. Doncques quel monstre de vice est cecy, qui ne merite pas encores le nom de couardise ? qui ne treuve de nom assez vilain ? que nature desadvoue avoir faict, et la langue refuse de le nommer ?

Qu'on mette d'un costé cinquante mille hommes en armes ; d'un aultre, autant ; qu'on les renge en battaille ; qu'ils viennent à se ioindre, les uns libres combattants pour leur franchise, les aultres pour la leur oster : ausquels promettra on par coniecture la victoire ? lesquels pensera on qui plus gaillardement iront au combat, ou ceulx qui esperent pour guerdon [1] de leur peine l'entretenement de leur liberté, ou ceulx qui ne peuvent attendre loyer des coups qu'ils donnent ou qu'ils receoivent, que la servitude d'aultruy ? Les uns ont tousiours devant leurs yeulx le bonheur de leur vie passee, l'attente de pareil ayse à l'advenir ; il ne leur souvient pas tant de ce qu'ils endurent ce peu de temps que dure une battaille, comme de ce qu'il conviendra à iamais endurer à eulx, à leurs enfants et à toute la posterité : Les autres n'ont rien qui les enhardisse, qu'une petite poincte de convoitise qui se rebouche soubdain contre le danger, et qui ne peult estre si ardente qu'elle ne se doibve estre esteincte par la moindre goutte de sang qui sorte de leurs playes. Aux battailles tant renommees de Miltiade, de Leonide, de Themistocles, qui ont esté donnees deux mille ans a, et vivent encores auiourd'huy aussi fresches en la memoire des livres et des hommes, comme si c'eust esté l'aultre hier qu'elles feurent donnees en Grece, pour le bien de Grece et pour l'exemple de tout le monde ; qu'est ce qu'on pense qui donna à si petit nombre de gents, comme estoient les Grecs, non le pouvoir, mais le cœur de soustenir la force de tant de navires, que la mer mesme en estoit chargee ; de desfaire tant de nations, qui estoient un si grand nombre que l'esquadron des Grecs n'eust pas fourny, s'il eust fallu des capitaines aux armees des ennemys ? sinon qu'il semble qu'en ces glorieux iours là ce n'estoit pas tant la battaille des Grecs contre les Perses, comme la victoire de la liberté sur la domination, et de la franchise sur la convoitise.

C'est chose estrange d'ouyr parler de la vaillance que la liberté met dans le cœur de ceulx qui la deffendent : mais ce qui se faict en touts païs, par touts les hommes, touts les iours, qu'un homme seul mastine cent mille villes, et les prive de leur liberté ; qui le croiroit, s'il ne faisoit que l'ouyr dire, et non le veoir ? et, s'il ne se veoyoit qu'en païs estranges et loingtaines terres, et qu'on le dict ; qui ne penseroit que cela feust plustost feinct et controuvé, que non pas veritable ? Encores ce seul tyran, il n'est pas besoing de le combattre, il n'est pas besoing de s'en deffendre ; il est de soy mesme desfaict, mais que [2] le païs ne consente à la servitude : il ne fault pas luy rien oster, mais ne luy donner rien ; il n'est point besoing que le païs se mette en peine de faire rien pour soy, mais qu'il ne se mette pas en peine de faire rien contre soy. Ce sont doncques les peuples mesmes qui se laissent, ou plustost se font, gourmander, puis qu'en cessant de servir ils en seroient quittes : c'est le peuple qui s'asservit ; qui se couppe la gorge ; qui, ayant le chois d'estre subiect, ou d'estre libre, quitte sa franchise, et prend le ioug ; qui consent à son mal, ou plustost le pourchasse. S'il luy coustoit quelque chose de recouvrer sa liberté, ie ne l'en presserois point, combien que ce soit ce que l'homme doibt avoir plus cher que de se remettre en son droict naturel, et, par maniere de dire, de beste revenir homme ; mais encores ie ne desire pas en luy si grande hardiesse : ie ne luy permets point qu'il aime mieulx une ie ne sçay quelle sureté de vivre à son ayse. Quoy ? si, pour avoir la liberté, il ne luy fault que la desirer ; s'il n'a besoing que d'un simple vouloir, se trouvera il nation au monde qui l'estime trop chere, la pouvant gaigner d'un seul souhait ? et qui plaigne sa volonté à recouvrer le bien lequel on debvroit rachetter au pris de son sang ? et lequel perdu, touts les gens d'honneur doibvent estimer la vie desplaisante, et la mort salutaire ? Certes, tout ainsin comme le feu d'une petite estincelle devient grand, et tousiours se renforce ; et plus il treuve de bois, et plus est prest d'en brusler ; et, sans qu'on y mette de l'eau pour l'esteindre, seulement en n'y mettant plus de bois, n'ayant plus que consumer, il se consume soy mesme, et devient sans forme aulcune et n'est plus feu : pareillement les tyrans, plus ils pillent, plus ils exigent, plus ils ruynent et destruisent, plus on leur baille, plus on les sert ; d'autant plus ils se fortifient, deviennent tousiours plus forts et plus frez pour aneantir et destruire tout ; et, si on ne leur baille rien, si on ne leur obeyt point, sans combattre, sans frapper, ils demeurent nuds et desfaicts, et ne sont plus rien, sinon que comme la racine, n'ayant plus d'humeur et aliment, devient une branche seiche et morte.

Les hardis, pour acquerir le bien qu'ils demandent, ne craignent point le danger ; les advisez ne refusent point la peine : les lasches et engourdis ne sçavent ny endurer le mal, ny recouvrer le bien ; ils s'arrestent en cela de le souhaitter ; et la vertu d'y pretendre leur est ostee par leur lascheté ; le desir de l'avoir leur demeure par la nature. Ce desir, cette volonté, est commune aux sages et aux indiscrets, aux courageux et aux couards, pour souhaitter toutes choses qui, estant acquises, les

(1) Loyer, récompense.
(2) Pourvu que.

rendroient heureux et contents : une seule en est
à dire, en laquelle ie ne sçay comme nature default aux hommes pour la desirer; c'est la liberté,
qui est toutesfois un bien si grand et si plaisant,
que, elle perdue, touts les maulx viennent à la
file, et les biens mesmes qui demeurent aprez elle
perdent entierement leur goust et saveur, corrompus par la servtiude : la seule liberté, les hommes
ne la desirent point, non pas pour aultre raison,
ce me semble, sinon pource que, s'ils la desiroient,
ils l'auroient; comme s'ils refusoient faire ce bel
acquest, seulement parce qu'il est trop aysé.

Pauvres gents et miserables, peuples insensez,
nations opiniastres en vostre mal, et aveugles en
vostre bien, vous vous laissez emporter devant vous
le plus beau et le plus clair de vostre revenu, piller
vos champs, voler vos maisons, et les despouiller des
meubles anciens et paternels! vous vivez de sorte,
que vous pouvez dire que rien n'est à vous; et sembleroit que meshuy ce vous seroit grand heur, de
tenir à moitié vos biens, vos familles et vos vies : et
tout ce degast, ce malheur, cette ruyne, vous vient,
non pas des ennemys, mais bien certes de l'ennemy,
et de celuy que vous faictes si grand qu'il est, pour
lequel vous allez si courageusement à la guerre,
pour la grandeur duquel vous ne refusez point de
presenter à la mort vos personnes. Celuy qui vous
maistrise tant, n'a que deux yeulx, n'a que deux
mains, n'a qu'un corps, et n'a aultre chose que
ce qu'a le moindre homme du grand nombre infini
de nos villes; sinon qu'il a plus que vous touts,
c'est l'advantage que vous luy faictes pour vous
destruire. D'où il a prins tant d'yeulx; d'où vous
espie il; si vous ne les luy donnez? Comment a il
tant de mains pour vous frapper, s'il ne les prend
de vous? Les pieds dont il foule vos citez, d'où les
a il, s'ils ne sont des vostres? Comment a il aulcun
pouvoir sur vous, que par vous aultres mesmes?
Comment vous oseroit il courir sus, s'il n'avoyt
intelligence avecques vous? Que vous pourroit il
faire, si vous n'estiez receleurs du larron qui vous
pille, complices du meurtrier qui vous tue, et
traistres de vous mesmes? Vous semez vos fruicts,
à fin qu'il en face le degast, vous meublez et rem-
plissez vos maisons, pour fournir à ses voleries;
vous nourrissez vos filles, à fin qu'il ayt de quoy
saouler sa luxure; vous nourrissez vos enfants, à
fin qu'il les mene, pour le mieulx qu'il face, en
ses guerres, qu'il les mene à la boucherie, qu'il les
face les ministres de ses convoitises, les executeurs
de ses vengeances; vous rompez à la peine vos personnes, à fin qu'il se puisse mignarder en ses delices, et se veaultrer dans les sales et vilains plaisirs; vous vous affoiblissez, à fin de le faire plus

fort et roide à vous tenir plus courte la bride : et
de tant d'indignitez, que les bestes mesmes ou ne
sentiroient point, ou n'endureroient point, vous
pouvez vous en delivrer, si vous essayez, non pas
de vous en delivrer, mais seulement de le vouloir
faire. Soyez resolus de ne servir plus; et vous voylà
libres. Ie ne veulx pas que vous le poulsiez, ny le
bransliez; mais seulement ne le soustenez plus :
et vous le verrez, comme un grand colosse à qui
on aura desrobé la baze, de son poids mesme fondre en bas, et se rompre.

Mais, certes, les medecins conseillent bien de ne
mettre pas la main aux playes incurables; et ie ne
fois pas sagement de vouloir en cecy conseiller le
peuple qui a perdu, long temps y a, toute cognoissance, et duquel, puis qu'il ne sent plus son
mal, cela seul montre assez que sa maladie est
mortelle : Cherchons doncques par coniectures, si
nous en pouvons trouver, comment s'est ainsi si
avant enracinee cette opiniastre volonté de servir,
qu'il semble maintenant que l'amour mesme de la
liberté ne soit pas si naturelle.

Premierement, cela est, comme ie croy, hors de
nostre doubte, que, si nous vivions avecques les
droicts que nature nous a donnez et les enseignements qu'elle nous apprend, nous serions naturellement obeyssants aux parents, subiects à la raison, et serfs de personne. De l'obeyssance que
chascun, sans aultre advertissemeut que de son
naturel, porte à ses pere et mere; touts les hommes en sont tesmoings, chascun en soy et pour soy.
De la raison; si elle naist avecques nous, ou non,
qui est une question debattue au fond par les aca-
demiques, et touchee par toute l'eschole des philosophes; pour cette heure ie ne penserois point
faillir en croyant qu'il y a en nostre ame quelque
naturelle semence de raison, qui, entretenue par
bon conseil et coustume, fleurit en vertu, et au
contraire, souvent ne pouvant durer contre les vices survenus, estouffee s'avorte. Mais, certes, s'il
y a rien de clair et d'apparent en la nature, et en
quoy il ne soit pas permis de faire l'aveugle, c'est
cela, Que nature, le ministre de Dieu, et la gou-
vernante des hommes, nous a touts faicts de mesme
forme, et, comme il semble, à mesme moule, à fin
de nous entrecognoistre touts pour compaignons,
ou plustost freres; et si, faisant les partages des
presents qu'elle nous donnoit, elle a faict quelques
advantages de son bien, soit au corps ou à l'esprit,
aux uns plus qu'aux aultres, si n'a elle pourtant
entendu nous mettre en ce monde comme dans un
champ clos et n'a pas envoyé icy bas les plus forts
et plus advisez, comme des brigands armez dans
une forest, pour y gourmander les plus foibles;

mais plustost fault il croire que, faisant ainsin aux uns les parts plus grandes, et aux aultres plus petites, elle vouloyt faire place à la fraternelle affection, à fin qu'elle eust où s'employer, ayants les uns puissance de donner ayde, et les aultres besoing d'en recevoir. Puis doncques que cette bonne mere nous a donné à touts toute la terre pour demeure, nous a touts logez aulcunement en une mesme maison, nous a touts figurez en mesme paste, à fin que chascun se peust mirer et quasi recognoistre l'un dans l'aultre; si elle nous a à touts en commun donné ce grand present de la voix et de la parole, pour nous accointer et fraterniser dadvantage, et faire, par la commune et mutuelle declaration de nos pensees, une communion de nos volontez; et si elle a tasché par touts moyens de serrer et estreindre plus fort le nœud de nostre alliance et societé; si elle a montré, en toutes choses, qu'elle ne vouloyt tant nous faire touts unis, que touts uns : il ne fault pas faire doubte que nous ne soyons touts naturellement libres, puis que nous sommes touts compaignons; et ne peult tumber en l'entendement de personne que nature ayt mis aulcuns en servitude, nous ayant touts mis en compaignie.

Mais, à la verité, c'est bien pour neant de debattre si la liberté est naturelle, puis qu'on ne peult tenir aulcun en servitude sans luy faire tort, et qu'il n'y a rien au monde si contraire à la nature (estant toute raisonnable), que l'iniure. Reste doncques de dire que la liberté est naturelle, et, par mesme moyen, à mon advis, que nous ne sommes pas seulement nayz en possession de nostre franchise, mais aussi avecques affection de la deffendre. Or, si d'adventure nous faisons quelque doubte en cela, et sommes tant abbastardis que ne puissions recognoistre nos biens ny semblablement nos naïfves affections, il fauldra que ie vous face l'honneur qui vous appartient, et que ie monte, par maniere de dire, les bestes brutes en chaire, pour vous enseigner vostre nature et condition. Les bestes (ce m'aid' Dieu!), si les hommes ne font trop les sourds, leur crient, VIVE LIBERTÉ. Plusieurs y en a d'entr' elles, qui meurent sitost qu'elles sont prinses : comme le poisson qui perd la vie aussitost que l'eau; pareillement celles là quittent la lumiere, et ne veulent point survivre à leur naturelle franchise. Si les animaulx avoyent entre eulx leurs rengs et preeminences, ils feroient, à mon advis, de liberté leur noblesse. Les aultres, des plus grandes iusques aux plus petites, lors qu'on les prend, font si grande resistance d'ongles, de cornes, de pieds, de bec, qu'elles declarent assez combien elles tiennent cher ce qu'elles perdent; puis, estants

prinses, nous donnent tant de signes apparents de la cognoissance qu'elles ont de leur malheur, qu'il est bel à veoir, que d'ores en là [1] ce leur est plus languir que vivre, et qu'elles continuent leur vie, plus pour plaindre leur ayse perdu, que pour se plaire en servitude. Que veult dire aultre chose l'elephant qui, s'estant deffendu iusques à n'en pouvoir plus, n'y veoyant plus d'ordre, estant sur le poinct d'estre prins, il enfonce ses maschoires, et casse ses dents contre les arbres; sinon que le grand desir qu'il a de demeurer libre, comme il est nay, luy faict de l'esprit, et l'advise de marchander avecques les chasseurs si, pour le pris de ses dents, il en sera quitte, et s'il sera receu à bailler son yvoire, et payer cette rençon, pour sa liberté? Nous appastons le cheval deslors qu'il est nay, pour l'apprivoiser à servir; et si ne le savons nous tant flatter, que quand ce vient à le domter, il ne morde le frein, qu'il ne rue contre l'esperon, comme, ce semble, pour montrer à la nature, et tesmoigner au moins par là, que s'il sert, ce n'est pas de son gré, mais par nostre contraincte. Que fault il doncques dire?

Mesmes les bœufs sous le poids du ioug geignent,
Et les oyseaulx dans la cage se plaignent,

comme i'ay dict ailleurs aultresfois, passant le temps à nos rimes françoises : car ie ne craindrois point, escrivant à toy, ô Longa, mesler de mes vers, desquels ie ne lis iamais, que, pour le semblant que tu fois de t'en contenter, tu ne m'en faces glorieux. Ainsin doncques, puis que toutes choses qui ont sentiment, deslors qu'elles l'ont, sentent le mal de la subiection, et courent aprez la liberté; puis que les bestes, qui encores sont faictes pour le service de l'homme, ne se peuvent accoustumer à servir qu'avecques protestation d'un desir contraire : quel malencontre a esté cela, qui a peu tant desnaturer l'homme, seul nay, de vray, pour vivre franchement, de luy faire perdre la souvenance de son premier estre et le desir de le reprendre?

Il y a trois sortes de tyrans; ie parle des meschants princes : Les uns ont le royaume par l'eslection du peuple; les aultres, par la force des armes; les aultres, par la succession de leur race. Ceulx qui l'ont acquis par le droict de la guerre, ils s'y portent ainsin, qu'on cognoist bien qu'ils sont, comme on dict, en terre de conqueste. Ceulx qui naissent roys, ne sont pas communement gueres meilleurs, ains estants nayz et nourris dans le sang de la tyrannie, tirent avecques le laict la nature

[1] Derénavant.

du tyran, et font estat des peuples qui sont soubs eulx, comme de leurs serfs hereditaires; et, selon la complexion en laquelle ils sont plus enclins, avares, ou prodigues, tels qu'ils sont, ils font du royaume comme de leur heritage. Celuy à qui le peuple a donné l'estat, debvroit estre, ce me semble, plus supportable; et le seroit, comme ie croy, n'estoit que deslors qu'il se veoid eslevé par dessus les aultres en ce lieu, flatté par ie ne sçay quoy que l'on appelle la grandeur, il delibere de n'en bouger point: communement, celuy là faict estat, de la puissance que le peuple luy a baillee, de la rendre à ses enfants: or, deslors que ceulx là ont prins cette opinion, c'est chose estrange de combien ils passent, en toutes sortes de vices: et mesme en la cruauté, les aultres tyrans; ils ne veoyent aultre moyen, pour asseurer la nouvelle tyrannie, que d'estendre fort la servitude, et estranger [1] tant les subiects de la liberté, encores que la memoire en soit fresche, qu'ils la leur puissent faire perdre. Ainsin, pour en dire la verité, ie veoy bien qu'il y a entre eulx quelque difference; mais de chois, ie n'en veoy point; et, estants les moyens de venir aux regnes, divers, tousiours la façon de regner est quasi semblable: Les esleus, comme s'ils avoyent prins des taureaux à domter, les traictent ainsin. Les conquerants pensent en avoir droict, comme de leur proye: Les successeurs, d'en faire ainsin que de leurs naturels esclaves.

Mais à propos, si d'adventure il naissoit auiourd'huy quelques gents, touts neufs, non accoustumez à la subiection, ny affriandez à la liberté, et qu'ils ne sceussent que c'est ny de l'une, ny de l'aultre, ny à grand' peine des noms; si on leur presentoit, ou d'estre subiects, ou vivre en liberté, à quoy s'accorderoient ils? Il ne fault pas faire difficulté qu'ils n'aimassent trop mieulx obeyr seulement à la raison, que servir à un homme; sinon possible que ce feussent ceulx d'Israël qui, sans contraincte, ny sans aulcun besoing, se feirent un tyran: duquel peuple ie ne lis iamais l'histoire, que ie n'en aye trop grand despit, quasi iusques à devenir inhumain pour me resiouyr de tant de maulx qui leur en adveinrent. Mais certes touts les hommes, tant qu'ils ont quelque chose d'homme, devant qu'ils se laissent assubiectir, il fault l'un des deux, ou qu'ils soient contraincts, ou deceus: Contraincts, par les armes estrangeres, comme Sparte et Athenes, par les forces d'Alexandre, ou par les factions, ainsin que la seigneurie d'Athenes estoit devant venue entre les mains de Pisistrat: Par tromperie perdent ils souvent la liberté; et, en ce, ils ne sont pas si souvent seduicts par aultruy comme ils sont trompez par eulx mesmes: ainsin le

peuple de Syracuse, la maistresse ville de Sicile, qui s'appelle auiourd'hui Saragosse [2], estant pressé par les guerres, inconsidereement ne mettant ordre qu'au danger, esleva Denys, le premier; et luy donna charge de la conduicte de l'armee; et ne se donna garde qu'elle l'eust faict si grand, que cette bonne piece là, revenant victorieux, comme s'il n'eust pas vaincu ses ennemys, mais ses citoyens, se feit de capitaine, roy, et de roy, tyran.

Il n'est pas croyable, comme le peuple, deslors qu'il est assubiecti, tumbe soubdain en un tel et si profond oubli de la franchise, qu'il n'est pas possible qu'il s'esveille pour la r'avoir, servant si franchement et tant volontiers, qu'on diroit, à le veoir, qu'il a non pas perdu sa liberté, mais sa servitude. Il est vray qu'au commencement l'on sert contrainct, et vaincu par la force: mais ceulx qui viennent aprez, n'ayants iamais veu la liberté, et ne sachants que c'est, servent sans regret, et font volontiers ce que leurs devanciers avoyent faict par contraincte. C'est cela, que les hommes naissent soubs le ioug; et puis, nourris et eslevez dans le servage, sans regarder plus avant, se contentans de vivre comme ils sont nayz, et ne pensants point avoir d'aultre droict ny aultre bien que ce qu'ils ont trouvé, ils prennent pour leur nature l'estat de leur naissance. Et toutesfois il n'est point d'heritier si prodigue et nonchalant, qui quelquesfois ne passe les yeulx dans ses registres, pour entendre s'il ionyt de touts les droicts de sa succession, ou si l'on n'a rien entreprins sur luy, ou son predecesseur. Mais certes la coustume qui a en toutes choses grand pouvoir sur nous, n'a en aulcun endroict si grande vertu qu'en cecy, de nous enseigner à servir, et (comme l'on dict que Mithridate se feit ordinaire à boire le poison) pour nous apprendre à avaller et ne trouver pas amer le venin de la servitude.

L'on ne peult pas nier que la nature n'ayt en nous bonne part pour nous tirer là où elle veult, et nous faire dire ou bien ou mal nayz: mais si fault il confesser qu'elle a en nous moins de pouvoir que la coustume; pource que le naturel, pour bon qu'il soit, se perd s'il n'est entretenu; et la nourriture nous faict tousiours de sa façon, comment que ce soit, malgré la nature. Les semences de bien que la nature met en nous sont si menues et glissantes, qu'elles n'endurent pas le moindre heurt de la nourriture contraire; elles ne s'entretiennent pas plus ayseement, qu'elles s'abbastardissent, se fondent et viennent en rien: ne plus ne

(1) Aliéner, détacher.
(2) Les Siciliens l'appellent aujourd'hui *Saragosa* ou *Saragosa*.

moins que les fruictiers, qui ont bien touts quelque naturel à part, lequel ils gardent bien si on les laisse venir ; mais ils le laissent aussitost, pour porter d'aultres fruicts estrangers et non les leurs, selon qu'on les ente : Les herbes ont chascune leur proprieté, leur naturel et singularité ; mais toutesfois le gel, le temps, le terrouer ou la main du iardinier, ou adioustent, ou diminuent beaucoup de leur vertu : la plante qu'on a veue en un endroict, on est ailleurs empesché de la recognoistre. Qui verroit les Venitiens, une poignée de gents vivants si librement, que le plus meschant d'entre eulx ne voudroit pas estre roy ; et touts ainsin nayz et nourris, qu'ils ne cognoissent point d'aultre ambition, sinon à qui mieulx advisera à soigneusement entretenir leur liberté ; ainsin apprins et faicts dez le berceau, ils ne prendroyent point tout le reste des felicitez de la terre, pour perdre le moindre poinct de leur franchise : Qui aura veu, dy ie, ces personnages là, et au partir de là s'en ira aux terres de celuy que nous appellons le Grand Seigneur ; veoyant là des gents qui ne veulent estre nayz que pour le servir, et qui pour le maintenir abandonnent leur vie, penseroit il que les aultres, et ceulx là, eussent mesme naturel, ou plustost s'il n'estimeroit pas que, sortant d'une cité d'hommes, il est entré dans un parc de bestes ? Lycurgue, le policeur de Sparte, ayant nourry, ce dict on, deux chiens touts deux freres, touts deux allaictez de mesme laict, l'un engraissé à la cuisine, l'autre accoustumé par les champs au son de la trompe et du huchet[1] ; voulant montrer au peuple lacedemonien que les hommes sont tels que leur nourriture les faict, meit les deux chiens en plein marché, et entre eulx une souppe et un lievre ; l'un courut au plat et l'autre au lievre : « Toutesfois, ce dict il, si sont ils freres. » Doncques celuy là, avecques ses loix et sa police, nourrit et feit si bien les Lacedemoniens, que chascun d'eulx eust eu plus cher de mourir de mille morts, que de recognoistre aultre seigneur que la loy et le roy.

Ie prends plaisir à ramentevoir un propos que teinrent iadis les favoris de Xerxes, le grand roy de Perse, touchant les Spartiates. Quand Xerxes faisoit les appareils de sa grande armée pour conquerir la Grece, il envoya ses ambassadeurs par les citez gregeoises, demander de l'eau et de la terre : c'estoit la façon que les Perses avoyent de sommer les villes. A Sparte ny à Athenes n'envoya il point, pource que de ceulx que Daire[2] son pere y avoit envoyez pour faire pareille demande, les Spartiates et les Atheniens en avoyent ietté les uns dans les fossez, les autres ils avoyent faict saulter dedans un puits, leur disants qu'ils prinssent là hardiement

de l'eau et de la terre, pour porter à leur prince : ces gents ne pouvoient souffrir que, de la moindre parole seulement, on touchast à leur liberté. Pour en avoir ainsin usé, les Spartiates cogneurent qu'ils avoyent encouru la haine des dieux mesmes, specialement de Talthybie, dieu des heraulds : ils s'adviserent d'envoyer à Xerxes, pour les appaiser, deux de leurs citoyens, pour se presenter à luy, qu'il feist d'eulx à sa guise, et se payast de là pour les ambassadeurs qu'ils avoyent tuez à son pere. Deux Spartiates, l'un nommé Specte, l'aultre Bulis, s'offrirent de leur gré pour aller faire ce paiement. Ils y allerent ; et en chemin ils arriverent au palais d'un Perse que on appelloit Gidarne, qui estoit lieutenant du roy en toutes les villes d'Asie qui sont sur les costes de la mer. Il les recueillit fort honnorablement ; et, aprez plusieurs propos tumbants de l'un en l'autre, il leur demanda pourquoy ils refusoient tant l'amitié du roy : « Croyez, dict il, Spartiates, et cognoissez par moy comment le roy sçait honnorer ceulx qui le valent, et pensez que si vous estiez à luy, il vous feroit de mesme : si vous estiez à luy, et qu'il vous eust cogneus, il n'y a celuy d'entre vous qui ne feust seigneur d'une ville de Grece. » « En cecy, Gidarne, tu ne nous « sçaurois donner bon conseil, dirent les Lacede- « moniens, pource que le bien que tu nous pro- « mets, tu l'as essayé ; mais celuy dont nous iouys- « sons, tu ne sçais que c'est : tu as esprouvé la faveur « du roy ; mais la liberté, quel goust elle a, combien « elle est doulce, tu n'en sçais rien. Or, si tu en « avois tasté toy mesme, tu nous conseillerois de « la deffendre, non pas avecques la lance et l'escu, « mais avecques les dents et les ongles. » Le seul Spartiate disoit ce qu'il falloit dire : mais certes l'un et l'aultre disoient comme ils avoyent esté nourris ; car il ne se pouvoit faire que le Perse eust regret à la liberté, ne l'ayant iamais eue ; ny que le Lacedemonien endurast la subiection, ayant gousté la franchise.

Cato l'utican, estant encores enfant, et soubs la verge, alloit et venoyt souvent chez Sylla le dictateur, tant pource qu'à raison du lieu et maison dont il estoit, on ne luy fermoit iamais les portes, qu'aussi ils estoient proches parents. Il avoyt tousiours son maistre quand il y alloit, comme avoyent accoustumé les enfants de bonne part. Il s'apperceut que dans l'hostel de Sylla, en sa presence ou par son commandement, on emprisonnoit les uns, ou condemnoit les aultres ; l'un estoit banny, l'aultre estranglé ; l'un demandoit le confisc d'un citoyen, et l'aultre la teste : en somme, tout

(1) Du cor. — (2) Darius.

y alloit, non comme chez un officier de la ville, mais comme chez un tyran du peuple; et c'estoit, non pas un parquet de iustice, mais une caverne de tyrannie. Ce noble enfant dict à son maistre : « Que ne me donnez vous un poignard ? ie le cacheray soubs ma robbe : i'entre souvent dans la chambre de Sylla avant qu'il soit levé : i'ay le bras assez fort pour en despecher la ville. » Voylà vrayement une parole appartenante à Cato : c'estoit un commencement de ce personnage, digne de sa mort. Et, neantmoins qu'on ne die ne son nom, ne son païs, qu'on conte seulement le faict tel qu'il est; la chose mesme parlera, et iugera on, à belle adventure, qu'il estoit Romain, et nay dedans Rome, mais dans la vraye Rome, et lorsqu'elle estoit libre.

A quel propos tout cecy? non pas certes que i'estime que le païs et le terrouer parfacent rien; car en toutes contrees, en tout air, est contraire la subiection, et plaisant d'estre libre : mais parce que ie suis d'advis qu'on ayt pitié de ceulx qui, en naissant, se sont trouvez le ioug au col, et que, ou bien on les excuse, ou bien qu'on leur pardonne, si n'ayants iamais veu seulement l'umbre de la liberté, et n'en estants point advertis, ils ne s'apperceoivent point du mal que ce leur est d'estre esclaves. S'il y a quelque païs (comme dict Homere des Cimmeriens) où le soleil se montre aultrement qu'à nous, et aprez leur avoir esclairé six mois continuels, il les laisse sommeillants dans l'obscurité, sans les venir reveoir de l'aultre demye annee, ceulx qui naistroient pendant cette longue nuict, s'ils n'avoyent ouï parler de la clarté, s'esbahiroit on si, n'ayants point veu de iour, ils s'accoustumoient aux tenebres où ils sont nayz, sans desirer la lumiere? On ne plaind iamais ce qu'on n'a iamais eu, et le regret ne vient point, sinon aprez le plaisir; et tousiours est, avecques la cognoissance du bien, le souvenir de la ioye passee. Le naturel de l'homme est bien d'estre franc, et de le vouloir estre; mais aussi sa nature est telle, que naturellement il tient le ply que la nourriture luy donne.

Disons doncques, Ainsin qu'à l'homme toutes choses luy sont naturelles, à quoy il se nourrit et accoustume; mais seulement luy est naïf, à quoy sa nature simple et non alteree l'appelle : ainsin la premiere raison de la servitude volontaire, c'est la coustume : Comme des plus braves courtaults [1], qui, au commencement, mordent le frein, et puis aprez s'en iouent, et là où nagueres ils ruoient contre la selle, ils se portent maintenant dans le harnois, et touts fiers se gorgiasent sous la barde [2]. Ils disent qu'ils ont esté tousiours subiects, que leurs peres

ont ainsin vescu; ils pensent qu'ils sont tenus d'endurer le mors, et le se font accroire par exemples, et fondent eulx mesmes, sur la longueur, la possession de ceulx qui les tyrannisent; mais, pour vray, les ans ne donnent iamais droict de malfaire, ains aggrandissent l'iniure. Tousiours en demeure il quelques uns, mieulx nayz que les aultres, qui sentent le poids du ioug, et ne peuvent tenir de le crouler [3]; qui ne s'apprivoisent iamais de la subiection, et qui tousiours, comme Ulysse, qui, par mer et par terre, cherchoit de veoir la fumee de sa case; ne se sçavent garder d'adviser à leurs naturels privileges, et de se souvenir des predecesseurs et de leur premier estre : ce sont volontiers ceulx là qui, ayants l'entendement net et l'esprit clairvoyant, ne se contentent pas, comme le gros populas [4], de regarder ce qui est devant leurs pieds, s'ils n'advisent et derriere et devant, et ne ramenent encores les choses passees, pour iuger de celles du temps advenir, et pour mesurer les presentes : ce sont ceulx qui ayants la teste, d'eulx mesmes, bien faicte, l'ont encores polie par l'estude et le sçavoir : ceulx là, quand la liberté seroit entierement perdue, et toute hors du monde, l'imaginant et la sentant en leur esprit, et encores la savourant, la servitude ne leur est iamais de goust, pour si bien qu'on l'accoustre.

Le Grand Turc s'est bien advisé de cela, que les livres et la doctrine donnent, plus que toute autre chose, aux hommes le sens de se recognoistre et de haïr la tyrannie : i'entends qu'il n'a en ses terres gueres de plus sçavants qu'il n'en demande. Or, communement, le bon zele et affection de ceulx qui ont gardé malgré le temps la devotion à la franchise, pour si grand nombre qu'il y en nyt, en demeure sans effect pour ne s'entrecognoistre point : la liberté leur est toute ostee, soubs le tyran, de faire et de parler, et quasi de penser; ils demeurent touts singuliers en leurs fantasies : et pourtant Momus ne se mocqua pas trop, quand il trouva cela à redire en l'homme que Vulcan avoyt faict, de quoy il ne luy avoyt mis une petite fenestre au cœur, à fin que par là l'on peust veoir ses pensees. L'on a voulu dire que Brute et Casse, lors qu'ils feirent l'entreprinse de la delivrance de Rome, ou plustost de tout le monde, ne voulurent point que Cicero, ce grand zelateur du bien publique, s'il en feut iamais, feust de la partie, et estimerent son cœur trop foible pour un faict si hault : ils se fioient bien de sa volonté, mais ils ne s'asseuroient point de son courage. Et toutesfois qui voudra discourir les

(1) *Courtault*, cheval qui a les oreilles coupés.
(2) *Se pavanent sous l'armure qui les couvre.*
(3) *Secouer.* — (4) *Le bas peuple.*

faicts du temps passé et les annales anciennes, il
s'en trouvera peu, ou point, de ceulx qui, veoyants
leur pays mal mené et en mauvaises mains, ayants
entreprins d'une bonne intention de le delivrer,
qu'ils n'en soient venus à bout, et que la liberté,
pour se faire apparoistre, ne se soit elle mesme
faict espaule; Harmode, Aristogiton, Thrasybule,
Brute le vieulx, Valere et Dion, comme ils ont
vertueusement pensé, l'executerent heureusement:
en tel cas, quasi iamais à bon vouloir ne default
la fortune. Brute le icune et Casse osterent bien
heureusement la servitude : mais, en ramenant la
liberté, ils moururent; non pas miserablement,
car quel blasme seroit ce de dire qu'il y ayt rien
eu de miserable en ces gents là, ny en leur mort
ny en leur vie? mais certes au grand dommage et
perpetuel malheur et entiere ruyne de la republique; laquelle certes feut, comme il me semble,
enterree avecques eulx. Les aultres entreprinses,
qui ont esté faictes depuis contre les aultres empereurs romains, n'estoient que des coniurations de
gents ambitieux, lesquels ne sont pas à plaindre
des inconvenients qui leur sont advenus; estant bel
à veoir qu'ils desiroient, non pas d'oster, mais de
ruyner la couronne, pretendants chasser le tyran
et retenir la tyrannie. A ceulx là ie ne voudrois pas
mesme qu'il leur en feust bien succedé: et suis content qu'ils ayent montré, par leur exemple, qu'il ne
fault pas abuser du sainct nom de la liberté pour faire
mauvaise entreprinse.

Mais pour revenir à mon propos, lequel i'avoy
quasi perdu, la premiere raison pour quoy les
hommes servent volontiers, est ce, Qu'ils naissent
serfs, et sont nourris tels. De cette cy en vient une
aultre, Que ayseement les gens deviennent, soubs
les tyrans, lasches et effeminez : dont ie sçay merveilleusement bon gré à Hippocrates, le grand
pere de la medecine, qui s'en est prins garde, et
l'a ainsin dict en l'un de ses livres qu'il intitule
« Des maladies. » Ce personnage avoyt certes le
cœur en bon lieu, et le montra bien alors que le
grand roy le voulut attirer prez de luy à force
d'offres et grands presents, et luy, respondit frau-
chement qu'il feroit grand' conscience de se mesler
de guarir les Barbares qui vouloyent tuer les Grecs,
et de rien servir par son art à luy qui entreprenoit d'asservir la Grece. La lettre qu'il luy envoya
se veoid encores auiourd'huy parmy ses aultres
œuvres, et tesmoingnera, pour iamais, de son bon
cœur et de sa noble nature. Or, il est doncques
certain qu'avecques la liberté tout à coup se perd
la vaillance. Les gents subiects n'ont point d'alaigresse au combat, ny d'aspreté : ils vont au danger comme attachez, et touts engourdis, et par

maniere d'acquit; et ne sentent point bouillir dans
le cœur l'ardeur de la franchise qui faict mespriser le peril, et donne envye d'achetter, par
une belle mort entre ses compaignons, l'honneur
de la gloire. Entre les gents libres, c'est à l'envy,
à qui mieulx mieulx, chascun pour le bien commun, chascun pour soy, là où ils s'attendent
d'avoir toute leur part au mal de la desfaicte, ou
au bien de la victoire : mais les gents assubiectis,
oultre ce courage guerrier, ils perdent encores
en toutes aultres choses la vivacité, et ont le
cœur bas et mol, et sont incapables de toutes
choses grandes. Les tyrans cognoissent bien cela :
et veoyants que ils prennent ce ply, pour les faire
mieulx avachir encores, leur y aydent ils.

Xenophon, historien grave, et du premier
reng entre les Grecs, a faict un livret, auquel il
faict parler Simonides, avecques Hieron, le roy
de Syracuses, des miseres du tyran. Ce livret est
plein de bonnes et graves remontrances, et qui
ont aussi bonne grace, à mon advis, qu'il est
possible. Que pleust à Dieu, que touts les tyrans
qui ont iamais esté, l'eussent mis devant les yeulx,
et s'en feussent servis de mirouer! ie ne puis pas
croire qu'ils n'eussent recogneu leurs verrues, et
eu quelque honte de leurs taches. En ce traicté
il conte la peine en quoy sont les tyrans, qui sont
contraincts, faisants mal à touts, se craindre de
touts. Entre aultres choses il dict cela, que les
mauvais roys se servent d'estrangers à la guerre,
et les souldoient, ne s'osants fier de mettre à leurs
gents, ausquels ils ont faict tort, les armes en la
main. Il y a eu de bons roys qui ont bien eu à leur
solde des nations estranges, comme des François
mesmes, et plus encores d'aultres fois qu'auiour-
d'huy, mais à une aultre intention; pour garder
les leurs, n'estimants rien de dommage de l'argent
pour espargner les hommes. C'est ce que disoit
Scipion (ce croy ie le grand Afriquain), qu'il aimeroit mieulx avoir sauvé la vie à un citoyen, que
desfaict cent ennemys. Mais, certes, cela est bien
asseuré, que le tyran ne pense iamais que sa puissance luy soit asseuree, sinon quand il est venu
à ce poinct qu'il n'a soubs luy homme qui vaille :
doncques à bon droict luy dira on cela, que Thra-
son, en Terence, se vante avoir reproché au maistre des elephants,

Pour cela si brave vous estes,
Que vous avez charge des bestes.

Mais cette ruse des tyrans, d'abestir leurs subiects, ne se peult cognoistre plus clairement que
par ce que Cyrus feit aux Lydiens, aprez qu'il se
feut emparé de Sardes, la maistresse ville de Ly-

die, et qu'il eut prins à mercy Cresus, ce tant riche roy, et l'eut emmené captif quand et soy : on luy apporta les nouvelles que les Sardins s'estoient revoltez; il les eut bientost reduicts soubs sa main; mais ne voulant pas mettre à sac une tant belle ville, ny estre tousiours en peine d'y tenir une armee pour la garder, il s'advisa d'un grand expedient pour s'en asseurer : Il y establit des bordeaux, des tavernes et ieux publicques; et feit publier cette ordonnance, Que les habitans eussent à en faire estat. Il se trouva si bien de cette garnison, qu'il ne luy fallut iamais depuis tirer un coup d'espee contre les Lydiens. Ces pauvres gents miserables s'amuserent à inventer toutes sortes de ieux, si bien que les Latins ont tiré leur mot, et ce que nous appellons Passetemps, ils l'appellent LVDI, comme s'ils vouloyent dire LVDI. Touts les tyrans n'ont pas ainsin declaré si exprez qu'ils voulussent effeminer leurs hommes : mais, pour vray, ce que celuy là ordonna formellement et en effect, soubs main ils l'ont pourchassé la pluspart. A la verité, c'est le naturel du menu populaire, duquel le nombre est tousiours plus grand dans les villes : il est souspeçonneux à l'endroict de celuy qui l'aime, et simple envers celuy qui le trompe. Ne pensez pas qu'il y ayt nul oyseau qui se prenne mieulx à la pipee, ny poisson aulcun qui, pour la friandise, s'accroche plustost dans le haim [1] que tous les peuples s'alleichent vistement à la servitude, pour la moindre plume qu'on leur passe, comme on dict, devant la bouche : et est chose merveilleuse qu'ils se laissent aller ainsin tost, mais [2] seulement qu'on les chatouille. Les theatres, les ieux, les spectacles, les gladiateurs, les bestes estranges, les medailles, les tableaux et aultres telles drogueries, estoient aux peuples anciens les appats de la servitude, le pris de leur liberté, les outils de la tyrannie. Ce moyen, cette practique, ces alleichements avoyent les anciens tyrans, pour endormir leurs anciens subiects soubs le ioug. Ainsin les peuples, assottis, trouvans beaux ces passetemps, amusez d'un vain plaisir qui leur passoit devant les yeulx, s'accoustumoient à servir aussi niaisement, mais plus mal, que les petits enfants qui, pour veoir les luysants images de livres illuminez, apprennent à lire. Les romains tyrans s'adviserent encores d'un aultre poinct, De festoyer souvent les dizaines publicques [3], abusans cette canaille comme il falloit, qui se laisse aller, plus qu'à toute chose, au plaisir de la bouche : le plus entendu de touts n'eust pas quitté son escuelle de souppe, pour recouvrer la liberté de la republique de Platon. Les tyrans faisoient largesse du quart de bled, du sextier de

vin, du sesterce : et lors c'estoit pitié d'ouyr crier VIVE LE ROY ! Les lourdauts n'advisoient pas qu'ils ne faisoient que recouvrer partie du leur, et que cela mesme qu'ils recouvroient, le tyran ne leur eust peu donner, si, devant, il ne l'avoyt osté à eulx mesmes. Tel eust amassé auiourd'huy le sesterce, tel se feust gorgé au festin publicque, en benissant Tibere et Neron de leur belle liberalité, qui, l'endemain, estant contrainct d'abandonner ses biens à l'avarice, ses enfants à la luxure, son sang mesme à la cruauté de ces magnifiques empereurs, ne disoit mot non plus qu'une pierre, et ne se remuoit non plus qu'une souche. Tousiours le populas a eu cela : Il est, au plaisir qu'il ne peult honnestement recevoir, tout ouvert et dissolu; et, au tort et à la douleur qu'il ne peult honnestement souffrir, insensible. Ie ne veoy pas maintenant personne qui, oyant parler de Neron, ne tremble mesme au surnom de ce vilain monstre, de cette orde et sale beste : on peult bien dire qu'aprez sa mort, aussi vilaine que sa vie, le noble peuple romain en receut tel desplaisir, se souvenant de ses ieux et festins, qu'il feut sur le poinct d'en porter le dueil; ainsin l'a escript Corneille Tacite, aucteur bon, et grave des plus, et certes croyable. Ce qu'on ne trouvera pas estrange, si l'on considere ce que ce peuple là mesme avoyt faict à la mort de Iules Cesar, qui donna congé aux loix et à la liberté : auquel personnage ils n'y ont, ce me semble, trouvé rien qui valust, que son humanité; laquelle, quoyqu'on la preschast tant, feut plus dommageable que la plus grande cruauté du plus sauvage tyran qui feut oncques, pource que, à la verité, ce feut cette venimeuse doulceur qui, envers le peuple romain, sucra la servitude : mais aprez sa mort, ce peuple là, qui avoyt encores à la bouche ses banquets, en l'esprit la souvenance de ses prodigalitez, pour luy faire ses honneurs et le mettre en cendres, amonceloit, à l'envy, les bancs de la place, et puis esleva une colonne, comme au Pere du peuple (ainsin portoit le chapiteau), et luy feit plus d'honneur, tout mort qu'il estoit, qu'il n'en debvoit faire à homme du monde, si ce n'estoit, possible, à ceulx qui l'avoyent tué. Ils n'oublierent pas cela aussi les empereurs romains, de prendre communement le tiltre de tribun du peuple, tant pour ce que cet office estoit tenu pour sainct et sacré, que aussi qu'il estoit estably pour la deffense et protection du peuple, et soubs la faveur de l'estat. Par ce moyen ils s'asseuroient que ce peuple se fieroit

[1] Hameçon. — [2] Pourvu.
[3] Les decuries du peuple.

plus d'eulx; comme s'il debvoit encourir le nom, et
non pas sentir les effects.

Au contraire auiourd'huy ne font pas beaucoup
mieulx ceulx qui ne font mal aulcun, mesme de
consequence, qu'ils ne facent passer, devant, quelque ioly propos du bien commun et soulagement
publicque. Car vous sçavez bien, ô Longa, le formulaire; duquel en quelques endroicts ils pourroient user assez finement : mais en la pluspart,
certes, il n'y peult avoir assez de finesse, là où il
y a tant d'impudence.

Les roys d'Assyrie, et encores aprez eulx, ceulx
de Mede, ne se presentoient en publicque que le plus
tard qu'ils pouvoient, pour mettre en doubte ce
populas s'ils estoient en quelque chose plus qu'hommes, et laisser en cette resverie les gents qui font
volontiers les imaginatifs aux choses dequoy ils ne
peuvent iuger de veue. Ainsin tant de nations,
qui feurent assez long temps soubs cet empire as-
syrien, avecques ce mystère s'accoustumerent à
servir, et servoient plus voluntiers, pour ne sçavoir quel maistre ils avoyent, ny à grand' peine
s'ils en avoyent; et craignoient touts, à credit, un,
que personne n'avoyt veu. Les premiers roys d'Æ-
gypte ne se montroient gueres, qu'ils ne portassent tantost une branche, tantost du feu sur la
teste, et se masquoient ainsin, et faisoient les basteleurs; et, en ce faisant, par l'estrangeté de la
chose ils donnoient à leurs subiects quelque reverence et admiration : où, aux gents qui n'eussent esté ou trop sots ou trop asservis, ils n'eussent appresté, ce m'est advis, sinon passetemps
et risee. C'est pitié d'ouyr parler de combien de
choses les tyrans du temps passé faisoient leur
proufit pour fonder leur tyrannie; de combien de
petits moyens ils se servoient grandement, ayant
trouvé ce populas faict à leur poste; auquel ils ne
sçavoient tendre filet, qu'il ne s'y veinst prendre;
duquel ils ont eu tousiours si bon marché de tromper, qu'ils ne l'assubiectissoient iamais tant, que
lorsqu'ils s'en mocquoient le plus.

Que diray ie d'une autre belle bourde [1] que les
peuples anciens prinrent pour argent comptant ?
ils creurent fermement que le gros doigt d'un
pied de Pyrrhus, roy des Epirotes, faisoit miracles, et guarissoit les malades de la rate : ils enri-
chirent encores mieulx le conte, que ce doigt,
aprez qu'on eut bruslé tout le corps mort, s'estoit
trouvé entre les cendres, s'estant sauvé, maugré
le feu. Tousiours ainsin le peuple s'est faict luy
mesme les mensonges, pour, puis aprez, les croire.
Prou de gents l'ont ainsin escript, mais de façon,
qu'il est bel à veoir qu'ils ont amassé cela des bruits
des villes et du vilain parler du populaire. Vespa-

sian, revenant d'Assyrie, et passant par Alexandrie pour aller à Rome s'emparer de l'empire,
feit merveilles : il redressoit les boiteux, il rendoit
clairvoyants les aveugles, et tout plein d'aultres
belles choses, ausquelles qui ne pouvoit veoir la
faulte qu'il y avoyt, il estoit, à mon advis, plus
aveugle que ceulx qu'il guarissoit. Les tyrans
mesmes trouvoient fort estrange, que les hommes
peussent endurer un homme leur faisant mal : ils
vouloyent fort se mettre la religion devant, pour
garde corps, et, s'il estoit possible, empruntoient
quelque eschantillon de divinité, pour le soustien
de leur meschante vie. Doncques Salmonnee, si
l'on croid à la sibylle de Virgile et son enfer,
pour s'estre ainsin mocqué des gents, et avoir
voulu faire du Iupiter, en rend maintenant compte,
où elle le veid en l'arriere enfer,

> Souffrant cruels torments, pour vouloir imiter
> Les tonnerres du ciel, et feux de Iupiter.
> Dessus quatre coursiers il s'en alloit, branslant
> ( Hault monté) dans son poing un grand flambeau
>                                        [bruslant,
> Par les peuples gregeois et dans le plein marché,
> En faisant bravad'; mais il entreprenoit        [noit:
> Sur l'honneur qui, sans plus, aux dieux appare-
> L'insensé, qui l'orage et fouldre inimitable
> Contrefaisoit (d'airain, et d'un cours effroyable
> De chevaulx cornepieds) du Pere tout puissant:
> Lequel, bientost aprez, ce grand mal punissant,
> Lancea, non un flambeau, non un lumiere
> D'une torche de cire, avecques sa fumiere,
> Mais par le rude coup d'une horrible tempeste,
> Il le porta çà bas, les pieds par dessus teste.

Si celuy qui ne faisoit que le sot est à cette heure
si bien traicté là bas, ie croy que ceulx qui ont
abusé de la religion pour estre meschants, s'y
trouveront encores à meilleures enseignes.

Les nostres semerent en France ie ne sçay quoy
de tel, des crapauds, des fleurs de liz, l'ampoule,
l'oriflan. Ce que de ma part, comment qu'il en
soit, ie ne veulx pas encores mescroire, puis que
nous et nos ancestres n'avons eu aulcune occasion
de l'avoir mescreu, ayants tousiours des roys si
bons en la paix, si vaillants en la guerre, que,
encores qu'ils naissent roys, si semble il qu'ils ont
esté non pas faicts comme les aultres par la nature,
mais choisis par le Dieu tout puissant, devant que naistre, pour le gouvernement et la garde
de ce royaume. Encores quand cela n'y seroit pas,
si ne voudrois ie pas entrer en lice pour debattre
la verité de nos histoires, ny l'espelucher si privement, pour ne tollir,[2] ce bel estat, où se pourra
fort escrimer nostre poësie françoise, maintenant

---

(1) Sornette, fable, tromperie. — (2) Enlever, ternir.

non pas accoustree, mais, comme il semble, faicte toute à neuf, par nostre Ronsard, nostre Baïf, nostre du Bellay ; qui en cela advancent bien tant nostre langue, que i'ose esperer que bientost les Grecs ny les Latins n'auront gueres, pour ce regard, devant nous, sinon possible que le droict d'aisnesse. Et certes ie ferois grand tort à nostre rhythme (car i'use volontiers de ce mot, et il ne me desplaist) pource qu'encores que plusieurs l'eussent rendue mechanique, toutesfois ie voy assez de gents qui sont à mesme pour la r'anoblir, et luy rendre son premier honneur : mais ie luy ferois, dy ie, grand tort de luy oster maintenant ces beaux contes du roy Clovis, ausquels desià ie voy, ce me semble, combien plaisamment, combien à son ayse, s'y esgayera la veine de nostre Ronsard, en sa Franciade. I'entends sa portee, ie cognoy l'esprit aigu, ie sçay la grace de l'homme : il fera ses besongnes de l'oriflan, aussi bien que les Romains de leurs anciles, *et des boucliers du ciel en bas iectez*, ce dict Virgile : il mesnagera nostre ampoule aussi bien que les Atheniens leur panier d'Erisichthone : il se parlera de nos armes encores dans la tour de Minerve. Certes ie serois oultrageux de vouloir desmentir nos livres, et de courir ainsin sur les terres de nos poëtes. Mais, pour revenir d'où ie ne sçay comment i'avoy destourné le fil de mon propos, a il iamais esté que les tyrans, pour s'asseurer, n'ayent tousiours tasché d'accoustumer le peuple envers eulx, non pas seulement à l'obeyssance et servitude, mais encores à devotion ? Doncques ce que i'ay dict iusques icy, qui apprend les gents à servir volontiers, ne sert gueres aux tyrans que pour le menu et grossier populaire.

Mais maintenant ie viens, à mon advis, à un poinct, lequel est le secret et le resourd[1] de la domination, le soustien et fondement de la tyrannie. Qui pense que les hallebardes des gardes, l'assiette du guet garde les tyrans, à mon iugement se trompe fort : ils s'en aydent, comme ie croy, plus pour la formalité et espovantail, que pour fiance qu'ils y ayent. Les archers gardent d'entrer dans les palais les malhabiles qui n'ont nul moyen, non pas les bien armez qui peuvent faire quelque entreprinse. Certes, des empereurs romains il est aysé à compter qu'il n'y en a pas eu tant qui ayent eschappé quelque danger par le secours de leurs archers, comme de ceulx là qui ont esté tuez par leurs gardes. Ce ne sont pas les bandes de gents à cheval, ce ne sont pas les compaignies de gents à pied, ce ne sont pas les armes, qui deffendent le tyran ; mais, on ne le croira pas du premier coup, toutesfois il est vray, ce sont

tousiours quatre ou cinq qui maintiennent le tyran, quatre ou cinq qui luy tiennent le païs tout en servage. Tousiours il a esté que cinq ou six ont eu l'aureille du tyran, et s'y sont approchez d'eulx mesmes, ou bien ont estez appellez par luy, pour estre les complices de ses cruautez, les compaignons de ses plaisirs, maquereaux de ses voluptez, et communs au bien de ses pilleries. Ces six addressent si bien leur chef, qu'il fault, pour la société, qu'il soit meschant, non pas seulement de ses meschancetez, mais encores des leurs. Ces six ont six cents, qui proufitent soubs eulx, et font de leurs six cents, ce que les six font au tyran. Ces six cents tiennent soubs eulx six mille, qu'ils ont eslevez en estat, ausquels ils ont faict donner ou le gouvernement des provinces, ou le maniement des deniers, à fin qu'ils tiennent la main à leur avarice et cruauté, et qu'ils l'executent quand il sera temps, et facent tant de mal d'ailleurs, que ils ne puissent durer que soubs leur umbre, ny s'exempter, que par leur moyen, des loix et de la peine. Grande est la suitte qui vient aprez de cela. Et qui voudra s'amuser à devuider ce filet, il verra que, non pas les six mille, mais les cent mille, les millions, par cette chorde, se tiennent au tyran, s'aydant d'icelle ; comme, en Homere, Iupiter qui se vante, s'il tire la chaisne, d'amener vers soy tous les dieux. Delà venoyt la creue du senat soubs Iule, l'establissement de nouveaux estats, eslection d'offices ; non pas certes, à bien prendre, reformation de la iustice, mais nouveaux soustiens de la tyrannie. En somme, l'on en vient là, par les faveurs, par les gaings ou regaings[2] que l'on a avecques les tyrans, qu'il se treuve quasi autant de gents ausquels la tyrannie semble estre proufitable, comme de ceulx à qui la liberté seroit agreable. Tout ainsin que les medecins disent qu'à nostre corps, s'il y a quelque chose de gasté, deslors qu'en aultre endroict il s'y bouge rien, il se vient aussi tost rendre vers cette partie vereuse : pareillement, deslors qu'un roy s'est declaré tyran, tout le mauvais, toute la lie du royaume, ie ne dy pas un tas de larroneaux et d'essaurillez[3], qui ne peuvent gueres faire ny bien en une republique, mais ceulx qui sont taxez d'une ardente ambition et d'une notable avarice, s'amassent autour de luy, et le soustiennent, pour avoir part au butin, et estre, soubs le grand tyran, tyranneaux eulx mesmes. Ainsin font les grands voleurs et les fameux coursaires : les uns descouvrent le païs, les autres chevalent[4] les voyageurs ; les uns

<hr/>

[1] *Le ressort.* — [2] *Parts de gain.*
[3] *Gens qui ont été condamnés à avoir les oreilles coupées.*
[4] *Poursuivent les voyageurs pour les détrousser.*

sont en embusche, les aultres au guet ; les uns massacrent, les aultres despouillent ; et encores qu'il y ayt entre eulx des preeminences, et que les uns ne soient que valets, et les aultres les chefs de l'assemblee, si n'en y a il à la fin pas un qui ne se sente du principal butin, au moins de la recherche. On dict bien que les pirates ciliciens ne s'assemblerent pas seulement en si grand nombre, qu'il fallust envoyer contre eulx Pompee le grand ; mais encores tirerent à leur alliance plusieurs belles villes et grandes citez, aux havres desquelles ils se mettoient en grande seureté, revenants des courses ; et pour recompense leur bailloient quelque proufit du recellement de leurs pilleries.

Ainsin le tyran asservit les subiects, les uns par le moyen des aultres, et est gardé par ceulx desquels, s'ils valoient rien, il se debvroit garder ; mais comme on dict, pour fendre le bois il se faict des coings du bois mesme : voylà ses archers, voylà ses gardes, voylà ses hallebardiers. Il n'est pas qu'eulx mesmes ne souffrent quelquesfois de luy : mais ces perdus, ces abandonnez de Dieu et des hommes, sont contents d'endurer du mal, pour en faire, non pas à celuy qui leur en faict, mais à ceulx qui en endurent comme eulx, et qui n'en peuvent mais. Et toutesfois veoyant ces gents là, qui naquettent[1] le tyran, pour faire leurs besongnes de sa tyrannie et de la servitude du peuple, il me prend souvent esbahissement de leur meschanceté, et quelquesfois quelque pitié de leur grande sottise. Car, à dire vray, qu'est ce aultre chose de s'approcher du tyran, sinon que de se tirer plus arriere de leur liberté, et, par maniere de dire, serrer à deux mains et embrasser la servitude ? Qu'ils mettent un petit à part leur ambition, qu'ils se deschargent un peu de leur avarice ; et puis, qu'ils se regardent eulx mesmes, qu'ils se recognoissent : et ils se verront clairement que les villageois, les païsans, lesquels, tant qu'ils peuvent, ils foullent aux pieds, et en font pis que des forceats ou esclaves ; ils verront, dy ie, que ceulx là, ainsin mal menez, sont toutesfois, au pris d'eulx, fortunez et aulcunement[2] libres. Le laboureur et l'artisan, pour tant qu'ils soient asservis, en sont quittes, en faisant ce qu'on leur dict : mais le tyran veoid les aultres qui sont prez de luy, coquinants et mendiants sa faveur ; il ne fault pas seulement qu'ils facent ce qu'il dict, mais qu'ils pensent ce qu'il veult, et souvent, pour luy satisfaire, qu'ils previennent encores ses pensees. Ce n'est pas tout à eulx de luy obeyr, il fault encores luy complaire ; il fault qu'ils se rompent, qu'ils se tormentent, qu'ils se tuent à travailler en ses affaires, et puis, qu'ils se plaisent de son plai-

sir, qu'ils laissent leur goust pour le sien, qu'ils forcent leur complexion, qu'ils despouillent leur naturel ; il fault qu'ils prennent garde à ses paroles, à sa voix, à ses signes, à ses yeulx ; qu'ils n'ayent ny yeulx, ny pieds, ny mains, que tout ne soit au guet, pour espier ses volontez, et pour descouvrir ses pensees. Cela est ce vivre heureusement ? cela s'appelle il vivre ? est il au monde rien si insupportable que cela, ie ne dy pas à un homme bien nay, mais seulement à un qui ayt le sens commun, ou, sans plus, la face d'un homme ? Quelle condition est plus miserable, que de vivre ainsin, qu'on n'ayt rien à soy, tenant d'aultruy son ayse, sa liberté, son corps et sa vie ?

Mais ils veulent servir, pour gaigner des biens : comme s'ils pouvoient rien gaigner qui feust à eulx, puis que ils ne peuvent pas dire d'eulx, qu'ils soient à eulx mesmes ; et, comme si aulcun pouvoit rien avoir de propre soubs un tyran, ils veulent faire que les biens soient à eulx, et ne se souviennent pas que ce sont eulx qui luy donnent la force pour oster tout à touts, et ne laisser rien qu'on puisse dire estre à personne : ils veoyent que rien ne rend les hommes subiects à sa cruauté, que les biens ; qu'il n'y a aulcun crime envers luy digne de mort, que le dequoy ; qu'il n'aime que les richesses ; ne desfaict que les riches qui se viennent presenter, comme devant le boucher, pour s'y offrir ainsin pleins et refaicts, et luy en faire envye. Ces favoris ne se doibvent pas tant souvenir de ceulx qui ont gaigné autour des tyrans beaucoup de biens, comme de ceulx qui ayants quelque temps amassé, puis aprez y ont perdu et les biens et la vie : il ne leur doibt pas venir en l'esprit combien d'aultres y ont gaigné de richesses, mais combien peu ceulx là les ont gardees. Qu'on descouvre toutes les anciennes histoires ; qu'on regarde toutes celles de nostre souvenance, et on verra, tout à plein, combien est grand le nombre de ceulx qui ayants gaigné par mauvais moyens l'aureille des princes, et ayants ou employé leur mauvaistié ou abusé de leur simplesse, à la fin par ceulx là mesmes ont esté aneantis, et autant qu'ils avoyent trouvé de facilité pour les eslever, autant puis aprez y ont ils trouvé d'inconstance pour les y conserver. Certainement, en si grand nombre de gents qui ont esté iamais prez des mauvais roys, il en est peu, ou comme point, qui n'ayent essayé quelquesfois en eulx mesmes la cruauté du tyran qu'ils avoyent devant attisee contre les aultres : le plus souvent, s'estants enrichis, sous umbre de sa fa-

---

(1) Flattent.
(2) En quelque sorte.

veur, des despouilles d'aultruy, ils ont eulx mesmes enrichi les aultres de leur despouille.

Les gents de bien mesmes, si quelquesfois il s'en treuve quelqu'un aimé du tyran, tant soient ils avant en sa grace, tant reluise en eulx la vertu et integrité qui, voire aux plus meschants, donne quelque reverence de soy quand on la veoid de prez, mais ces gents de bien mesmes ne sauroient durer, et fault qu'ils se sentent du mal commun, et qu'à leurs despens ils esprouvent la tyrannie. Un Seneque, un Burre, un Trazee[1], celte terne[2] de gents de bien, desquels mesme les deux leur mauvaise fortune les approcha d'un tyran, et leur meit en main le maniement de ses affaires; touts deux estimez de luy, et cheris, et encores l'un l'avoyt nourry, et avoyt pour gages de son amitié, la nourriture de son enfance : mais ces trois là sont suffisants tesmoings, par leur cruelle mort, combien il y a peu de fiance en la faveur des mauvais maistres. Et, à la verité, quelle amitié peult on esperer en celuy qui a bien le cœur si dur, de haïr son royaume qui ne faict que luy obeyr, et lequel, pour ne se sçavoir pas encores aimer, s'appauvrit luy mesme, et destruit son empire?

Or, si on veult dire que ceulx là pour avoir bien vescu sont tumbez en ces inconvenients[3], qu'on regarde hardiement autour de celuy là mesme[4], et on verra que ceulx qui veinrent en sa grace, et s'y mainteinrent par meschancetez, ne feurent pas de plus longue duree. Qui a ouï parler d'amour si abandonnee, d'affection si opiniastre? qui a iamais leu d'homme si obstineement acharné envers femme, que de celuy là envers Poppee? or feut elle aprez empoisonnee par luy mesme. Agrippine sa mere avoyt tué son mari Claude pour luy faire place en l'empire; pour l'obliger, elle n'avoyt iamais faict difficulté de rien faire ny de souffrir : doncques son fils mesme, son nourrisson, son empereur faict de sa main, aprez l'avoir souvent faillie, luy osta la vie : et n'y eut lors personne qui ne dict qu'elle avoyt fort bien merité cette punition, si c'eust esté par les mains de quelque aultre, que de celuy qui la luy avoyt baillee. Qui feut oncques plus aysé à manier, plus simple, pour le dire mieulx, plus vray niaiz, que Claude l'empereur? qui feut oncques plus coëffé de femme, que luy de Messaline? Il la meit enfin entre les mains du bourreau. La simplesse demeure tousiours aux tyrans, s'ils en ont, à ne sçavoir bien faire; mais ie ne sçay comment à la fin, pour user de cruauté, mesme envers ceulx qui leur sont prez; si peu qu'ils ayent d'esprit, cela mesme s'esveille. Assez commun est le beau mot de cettuy là[5], qui veoyant la gorge descouverte de sa femme, qu'il aimoit le

plus, et sans laquelle il sembloit qu'il n'eust sceu vivre, il la caressa de cette belle parole, « Ce beau col sera tantost couppé, si ie le commande. » Voylà pour quoy la pluspart des tyrans anciens estoient communement tuez par leurs favoris, qui, ayants cogneu la nature de la tyrannie, ne se pouvoient tant asseurer de la volonté du tyran, comme ils se desfioient de sa puissance. Ainsin feut tué Domitian par Estienne; Commode, par une de ses amyes mesme; Antonin, par Macrin; et de mesme quasi touts les aultres.

C'est cela, que certainement le tyran n'est iamais aimé, ny n'aime. L'amitié, c'est un nom sacré, c'est une chose saincte; elle ne se met iamais qu'entre gents de bien, ne se prend que par une mutuelle estime; elle s'entretient, non tant par un bienfaict, que par la bonne vie. Ce qui rend un amy asseuré de l'aultre, c'est la cognoissance qu'il a de son integrité : les respondants qu'il en a, c'est son bon naturel, la foy, et la constance. Il n'y peult avoir d'amitié là où est la cruauté, là où est la desloyauté, là où est l'iniustice. Entre les meschants quand ils s'assemblent, c'est un complot, non pas compaignie; ils ne s'entretiennent pas, mais ils s'entrecraignent; ils ne sont pas amys, mais ils sont complices.

Or, quand bien cela n'empescheroit point, encores seroit il mal aysé de trouver en un tyran une amour asseuree, parce qu'estant au dessus de touts, et n'ayant point de compaignon, il est desià au delà des bornes de l'amitié qui a son gibbier en l'equité, qui ne veult iamais clocher, ains est tousiours eguale. Voylà pour quoy il y a bien (ce dict on) entre les voleurs quelque foy au partage du butin, pource qu'ils sont pairs et compaignons, et que s'ils ne s'entr'aiment, au moins ils s'entrecraignent, et ne veulent pas, en se desunissant, rendre la force moindre : mais du tyran ceulx qui sont les favoris ne peuvent iamais avoir aulcune asseurance, de tant qu'il a apprins d'eulx mesmes qu'il peult tout, et qu'il n'y a ny droict ny debvoir aulcun qui l'oblige; faisant son estat de compter sa volonté pour raison et n'avoir compaignon aulcun, mais d'estre de tout maistre. Doncques n'est ce pas grand' pitié, que veoyant tant d'exemples apparents, veoyant le danger si present, personne ne se vueille faire sage aux despens d'aultruy? et que, de tant de gents qui s'approchent si volontiers des tyrans, il n'y en ayt pas un qui ayt l'advisement et la hardiesse de leur dire ce que dict (comme

<hr>

(1) Un Burrhus, un Thraséas. — (2) Trinité, triumvirat.
(3) Que Burrhus, Senèque et Thraséas ne sont tombés dans ces inconvénients que pour avoir été gens de bien.
(4) De Néron. — (5) De Caligula

porte le conte) le regnard au lyon qui faisoit le malade : « Ie t'irois veoir de bon cœur en ta tasniere ; « mais ie veoy assez de traces de bestes qui vont « en avant vers toy, mais en arriere qui revien- « nent, ie n'en veoy pas une ? »

Ces miserables veoyent reluire les thresors du tyran, et regardent touts estonnez les rayons de sa braverie ; et, alleichez de cette clarté, ils s'approchent, et ne veoyent pas qu'ils se mettent dans la flamme qui ne peult faillir à les consumer : ainsin le satyre indiscret (comme disent les fables), veoyant esclairer le feu trouvé par le sage Promethee, le trouva si beau, qu'il l'alla baiser, et se brusler : ainsin le papillon, qui, esperant iouyr de quelque plaisir, se met dans le feu pource qu'il reluit, il esprouve l'aultre vertu, cela qui brusle, ce dict le poëte toscan. Mais encores mettons que ces mignons eschappent les mains de celuy qu'ils servent ; ils ne se saulvent iamais du roy qui vient aprez : s'il est bon, il fault rendre compte, et recognoistre au moins lors la raison : s'il est mauvais, et pareil à leur maistre, il ne sera pas qu'il n'ayt aussi bien ses favoris, lesquels communement ne sont pas contents d'avoir à leur tour la place des aultres, s'ils n'ont encores le plus souvent et les biens et la vie. Se peult il doncques faire qu'il se treuve aulcun, qui, en si grand peril, avecques si peu d'asseurance, vueille prendre cette malheureuse place, de servir en si grand' peine un si dangereux maistre ? Quelle peine, quel martyre est ce ! vray Dieu ! estre nuict et iour aprez pour songer pour plaire à un, et neantmoins se craindre de luy, plus que d'homme du monde ; avoir tousiours l'œil au guet, l'aureille aux escoutes, pour espier d'où viendra le coup, pour descouvrir les embusches, pour sentir[1] la mine de ses compaignons, pour adviser qui le trahit, rire à chascun, se craindre de touts, n'avoir aulcun ny ennemy ouvert, ny amy asseuré ; ayant tousiours le visage riant et le cœur transy, ne pouvoir estre ioyeux, et n'oser estre triste !

Mais c'est plaisir de considerer, Qu'est ce qui leur revient de ce grand torment, et le bien qu'ils peuvent attendre de leur peine et de cette miserable vie. Volontiers, le peuple du mal qu'il souffre, n'en accuse pas le tyran, mais ceulx qui le gouvernent : ceulx là, les peuples, les nations, tout le monde, à l'envy, iusques aux païsans, iusques aux laboureurs, ils sçavent leurs noms, ils deschiffrent leurs vices, ils amassent sur eulx mille oultrages, mille vilenies, mille mauldissons ; toutes leurs oraisons, touts leurs vœux sont contre ceulx là ; touts les malheurs, toutes les pertes, toutes les famines, ils les leur reprochent ; et si quelquefois ils leur font par apparence quelque honneur, lors mesme ils les maugreent en leur cœur, et les ont en horreur plus estrange que les bestes sauvages. Voylà la gloire, voylà l'honneur qu'ils receoivent de leur service envers les gents, desquels quand chascun auroit une piece de leurs corps, ils ne seroient pas encores, ce semble, satisfaicts, ny à demy saoulez de leur peine ; mais certes, encores aprez qu'ils sont morts, ceulx qui viennent aprez ne sont iamais si paresseux, que le nom de ces mange-peuples ne soit noircy de l'encre de mille plumes, et leur reputation deschiree dans mille livres, et les os mesmes, par maniere de dire, traisnez par la posterité, les punissant, encores aprez la mort, de leur meschante vie.

Apprenons doncques quelquefois, apprenons à bien faire : levons les yeulx vers le ciel, ou bien pour nostre honneur, ou pour l'amour de la mesme vertu, à Dieu tout puissant, asseuré tesmoing de nos faicts, et iuste iuge de nos faultes. De ma part, ie pense bien, et ne suis pas trompé, puis qu'il n'est rien si contraire à Dieu, tout liberal et debonnaire, que la tyrannie, qu'il reserve bien là bas à part pour les tyrans et leurs complices quelque peine particuliere.

(1) Pour éventer la mine.

FIN.

# TABLE
## ANALYTIQUE ET RAISONNÉE
### DES PRINCIPALES MATIÈRES
#### CONTENUES
## DANS LES ESSAIS DE MONTAIGNE.

( Le chiffre arabe indique la page : la lettre *g*, la colonne à gauche ; la lettre *d*, la colonne à droite. )

FIN DE LA TABLE ANALYTIQUE.

# TABLE
## DES PIÈCES ET DES CHAPITRES CONTENUS DANS CE VOLUME.

FIN.

BIBLIOTHEQUE NATIONALE DE FRANCE

3 7531 03268240 4

www.ingramcontent.com/pod-product-compliance
Lightning Source LLC
Chambersburg PA
CBHW052342020726
47503CB00001B/77